教育部人文社会科学重点研究基地山东大学文艺美学研究中心基金资助

文艺美学研究丛书（第二辑）

文艺美学的新生代探索
（上）

曾繁仁　谭好哲　主编

人民出版社

目　录

（上）

序

　　《文艺美学研究丛书》第二辑就要出版了，我感到特别高兴。第一辑主要是中心几位年龄稍长的老师们的成果，而第二辑则是我们中心15年科研工作的集成，包括了中心老、中、青几代学人、中心学术委员会成员以及中心培养的博士和博士后的部分成果。

　　在本文集出版之际，我想谈几点感想。其一是关于科研工作的特色问题。很显然，科研工作首先要坚持基本问题研究，在此前提下要尽量形成自己的特色，因为没有特色就等于没有新意，没有特色就不会有任何影响。即使是某一个热点问题，许多同人在进行这种研究，你的研究就需要有所推进，推进就是特色，开拓相对新的方向更是一种特色。15年来，本中心在形成自己的科研特色上做了一些努力，在坚持文艺美学基本问题研究的前提下在审美文化、生态美学、审美教育、语言学文论、媒介文论等领域取得不少成果，也获得了学术界不同程度的认可和肯定。其二是研究队伍的年轻化。历史在前进，学术在发展，一代又一代学人前后衔接，这是历史发展的必然。回想短短的30年，学术的发展真是呈现长江后浪推前浪的态势。因此，学术发展的希望在年轻一代，目前主要在于20世纪70年代之后出生的学者。本文集收集了15年来本中心科研人员特别是年轻学者的成果，呈现了年轻学者的发展实力和学术风貌，这是非常可喜的事情。其三是教学与科研的结合。我们中心毕竟还是教学单位，立德树人是我们的基本任务，科研与教学的统一是我们的方向。因此，我们也收录了中心所培养的博士后在站期间和博士在读期间发表的部分成果，体现了中心人才培养的水平和新生代学人的学术实力。其四是学术界的支持。学术研究从来都是一种公共的事业，我们中心作为教育部人文社会科学重点研究基地，得到了教育部和学校特别是得到学术界同行专家尤其是老一辈专家的关心和支持。许多老一辈专家出任本中心的学术委员会和专家委员会成员，为中心的科研工作、学术会议、管理工作等方面都贡献了自己的力量。本文集收录了担任过本中心学术职务的学者特别是老一辈学者的成果，反映了中心 15 年学术工作的现实，也表达了我们对于所有参与过中心工作的学者的敬意。

　　15 年弹指一挥间，抚今追昔，感慨万千，借此机会，我衷心地感谢文集中所有的作者对于中心所作出的贡献以及对我本人的支持、关怀和爱护。

曾繁仁

2016 年 4 月 10 日

论福柯解构史学对新历史主义的影响

张 进

福柯著作在方法、术语和实践诸方面都对新历史主义产生了正负两方面的影响。这是一个不争的学术事实，也是新历史主义的实践者和批判者都不否认的，但对这种影响作出具体估价却殊非易事，也是理解当前新历史主义理论和批评实践的要害所在。

福柯的史学理论强调了语言的叙述性在"生产"历史知识过程中的功能，尤其强调了历史话语与古今文化变迁之间的关联。它将"历史话语"设定为各学科的通用语言，认为其意义并不直接源自作为历史行为者或历史书写者的"意图"，也不只与所说所写的内容相关，而是源于文本所自出的社会历史结构。这种颠覆传统历史观念的知识活动对新历史主义文学批评起了直接的推动作用。从总体上看，福柯开辟的考察文学和历史的途径，并不设定历史时期的连贯性和统一性，而强调其差异（difference）、断裂（disruption）和非连续性（discontinuity），主张研究特定话语和社会形态形成的条件，并由此对它进行批判而不是认可；它斩断了思维观念与历史"发展"、档案与心理文化"实体"之间的直接关联，向现象学的"深度"研究方法和"人"的观念提出了挑战。他说："如果说有什么我必须摒弃的研究方法，那就是被广义地称之为现象学的方法，这种方法把考察主体绝对地置于首位，考察主体赋予行为以建构的功能，因而就把考察主体的观点置于一切历史性之上——简言之，这样便导向了一种超验意识。"① 这就将传统文学

---

① Michel Foucault, *The Order of Things*, "*Preface*", Vintage Books, 1970, p.xiv.

批评所依托的根本观念"问题化"了。

传统的历史主义文学批评总是将文学与意识形态、世界图景、精神状况及世界观联系起来加以考察。福柯认为,所谓"意识形态"、"世界观"、"历史时刻"、"历史发展"、"历史目的性"等都不能充当方法论的源泉,相反,它们自身的历史具体性正是应该探究的对象。它们运用语言阐释抹平了事物间的"差异"和事物本身的"裂隙",营造出一个语言层面的"连续性",人们却误将语言自身的逻辑当成了事物之间的逻辑。这样,"变化就在连续性的视域中得到了解释"。① 这种连续性或者是生产方式的序列(詹姆逊等马克思主义者),或者是通向人类解放的进程(自由史学家),或者是"影响"和"遗产"(一般文学史家)。文学史家总是先设定一个历史发展序列("传统"、"影响"、"发展和演进"、"心态或精神"②)以为文学的"背景",然后将文学视为这个序列的记录。这种连续性支持着"人类主体统一性"的观念,"连续的历史是一个关联体,它对于主体的奠基功能是必不可少的"③。针对这种设定,福柯力图将历史作为非连续性而加以重新考察,将连续性的这些形式束之高阁而打开"一般话语空间中的事件群体"并"描述话语事件"。④ 他的思考切入点,就是他所谓的"话语"(discourse)。就对新历史主义的影响而言,福柯学说可分成相互关联的四个方面:话语实践论、知识考古学、系谱学和权力论。

一、话语的实践性

福柯认为历史学家应该检查语言基础(叙事陈述),后者"构成"历史而非"对应于"真实世界,应该摒弃那种从作家意识或单个文本中追寻原意的研究方法。主体并不"产生"意义,意义是话语系统的结果。这似乎与一般结构主义并无二致,但其"话语"概念使他冲破了结构主义的"叙述决定论","带着嘲讽的意味把结构主义运动视为始于16世纪的人文学科(事物

---

① Claire Colebrook, *New Literary Histories*, Manchester University Press, 1997, p.37.
② [法]福柯:《知识考古学》,谢强、马月译,三联书店1998年版,第23—25页。
③ [法]福柯:《知识考古学》,谢强、马月译,三联书店1998年版,第15页。
④ [法]福柯:《知识考古学》,谢强、马月译,三联书店1998年版,第31—32页。

的秩序能够再现于词语秩序中）的最后阶段"①。因此，"话语"在福柯那里具有根本的方法论意义。

福柯的话语依然与结构主义的"语言"相关。话语即是作为文化载体的语言与使用该语言的社会中的整个机制、惯例以及习俗之间的"关系"。话语并非再现事物的符号，话语由符号构成，但话语不只是用符号来确指事物，因而不能"将话语当作符号的整体来研究（把能指成分归结于内容或者表达），而是把话语作为系统地形成这些话语所言及的对象的实践来研究"②。话语本身就是一种社会实践，这种作为"严肃"言语行为的"话语实践"（discursive practice），"形成了"我们所讨论的认识客体，"限定了"客体得以可能的条件。福柯承认，他并非"把握了"而是"扩展了"话语的意义。在他那里，话语包括各种实践、体制、标准、行动和空间分布之间的关系，甚至剧院和精神病院等建筑也都可视为话语。话语既是福柯研究的对象，又是其研究对象得以形成的条件。他说："我们始终停留在话语的范围中。"③ 具体说来，"话语关系并不在于话语中：这些关系并不在自身中把概念或词语联系起来，不在句子或命题之间建立演绎或修辞结构。但是，也不是外在于话语的关系，限定着话语或者强加给它某些形式，或者在某些情况中强迫它陈述某些事情"④。因此，话语既不受一般语言学因素（词义和语法）限制，也不受语言基本单位（如句子、命题或言语行为）限制，而是同政治、经济、文化以及医疗、教育、司法等社会性制度密切联系。话语的作用就是使人实际上不能在话语之外进行思想。

"话语"本身包含着"实践"，是"实践的语言"。不同于现代语言学中的 Langue（语言的形式）和 parole（语言的使用），话语是一种更加广义的语言运用。任何话语都是社会性的和历史具体的。而所谓"实践"，并非对某种具有普遍意义的理论的贯彻或体现，也非"表达行为"、"理性活动"以及"说话主体的'能力'"等，"说话的实践是一个匿名的、历史的规律的整

---

① ［美］海登·怀特：《解码福柯》，见张京媛主编《新历史主义与文学批评》，北京大学出版社 1993 年版，第 111 页。
② ［法］福柯：《知识考古学》，谢强、马月译，三联书店 1998 年版，第 62 页。
③ ［法］福柯：《知识考古学》，谢强、马月译，三联书店 1998 年版，第 32 页。
④ ［法］福柯：《知识考古学》，谢强、马月译，三联书店 1998 年版，第 57 页。

体。"① 这样的话语实践只是一些具有逆转偶然性的"话语事件"（discursive event），是话语空间中的"事件"群体，一切所谓陈述、话语、知识都可以描述为一个个"事件"。看待一个事件不是凭其内在意义和重要性，而是凭外在于它的，它与各种社会性控制力量的关系。事件的意义不是永恒的，它随时有可能遭到偶然性的逆转，必须把偶然性接受为事件产生的一个范畴。"话语事件"观念反对那种将具体陈述之特性和差异缩减到某个终极的连贯性上的企图。

话语描述不同于语言分析，"对于某个话语事实，语言分析提出的问题永远是：这一陈述是根据什么规律形成的？其他相似的陈述又是根据什么规律构成的？而话语事件的描述提出的完全是另外一种问题，即：这种陈述是怎么出现的，而在其位置的不是其他陈述"②。话语描述也区别于思想史分析，后者总是"寓意的"，它追问的是已说出的东西中所说的是什么？而话语分析则朝着另一方向，即把握陈述的特殊性、确定它存在的条件和极限、建立它与其他可能与它发生关联的陈述的对应关系、指出什么是它所排斥的其他形式。因此，话语分析关注的核心问题是，"是什么社会因素和力量使得某种话语和知识形式成为可能？"

话语实践观念强调了非连续性、差异性和偶然性，排斥"深度"（话语主体心理、话语内蕴、语言内在形式以及话语外在指称性等），对于重新思考文本与历史之间的关系具有重要意义，因而对新历史主义的历史诗学产生了深刻影响。后者承认其文学史实践是"逐渐用话语分析替代意识形态批判"③。其话语分析力图揭示，在社会形成过程中文学并不是简单反映它，而是发挥着能动作用。在各种力量交汇的场所，文本是物质性的、能动性的和强有力的组成部分。新历史主义批评通常聚焦于那些标志着裂隙、变化和断裂的特殊历史事件，否认"单一历史进程"的存在，认为文本和话语本身就是作为历史发生的。它一般不将文学作品看成单一意识形态的结果，而视之为话语领域的一部分。话语观念使文学文本向更大的实践领域开放：小说是

---

① ［法］福柯：《知识考古学》，谢强、马月译，三联书店 1998 年版，第 151 页。
② ［法］福柯：《知识考古学》，谢强、马月译，三联书店 1998 年版，第 32 页。
③ Gallagher, C. & Greenblatt, S, *Practicing New Historicism*, The University of Chicago Press, 2000, p.17.

一个话语事件，它并不"反映"历史，它本身就是历史。文本生产新的客体对象，甚至生产新的主体。文本不必联系于其"历史背景"的某些观念；它本身已然是这种历史中的一个积极参与者。新历史主义批评并不将文学文本作为一个自足的单元与某个前文本的（pre-text）起源联系起来，而是将文学作品与不同领域里的其他文本联系起来。其目标即是，使作品"不仅与别的话语模式和类型相联系，而且也与同时代的社会制度和其他非话语性实践相关联"①。当然，新历史主义的"话语"与福柯的话语之间也还存在着一定的区别。虽然他们在强调话语的实践性、事件性和历史性方面相去不远，但前者的"话语"并未完全切断它与主体和指称的关联，在这方面它更接近伊格尔顿所说的"话语"，"'语言'是从客观角度观察的言语或书写，它被看作是没有主体的一条符号链。'话语'意味着把语言理解为个人的话语，即理解为包括说写的主体，因而也潜在地包括读者和听者的事物"②。

二、知识考古学的"纯粹描述"

福柯的话语实践论表明，可以在不考虑话语本身的真理性和内在语言规则的情况下对之进行研究。他在《知识考古学》中将这种方法说成是"描述话语事件"③的"考古学"（archaeology）。考古学即试图在不考虑话语本身真理性的前提下，研究某些类型的严肃言语与其他言语之间关系的规律性即"话语形成"（discourse formation），以及这些话语形成所经历的变化。"考古学"的对象通常是沉默的丰碑、无声的遗迹、历史背景不明的实物，这些陈迹作为对象的"意义"并不主要在于它"说"了什么，而在于它"意味着"什么。福柯对话语进行"考古"，其意略近。它试图避免对话语"内部"意义的"解释"而把注意力集中在实际存在的话语上，把它作为一个具有自我调节能力的独立系统来加以研究。但他并不像结核主义那样将话语看成一个封闭自存的"静态"系统，而认为社会性制度对话语实践有着不可忽视的影

---

① ［美］海登·怀特：《评新历史主义》，见张京媛主编《新历史主义与文学批评》，北京大学出版社 1993 年版，第 95 页。

② ［英］伊格尔顿：《二十世纪西方文学理论》，陕西师范大学出版社 1987 年版，第 126 页。

③ ［法］福柯：《知识考古学》，谢强﹑马月译，三联书店 1998 年版，第 32 页。

响。当然，他的考古学在"悬置"了对象的"内部意义"之后，依然研究作为对象的"话语"以及"话语"之间的关系所形成的"外在意义"，即"某些话语在某时某地出现究竟意味着什么？"

黑格尔式的历史主义强调理性或精神的历史在时间中的整一性和连续性；结构主义在非时间性的层面同样强调了整一性和同质性。它们在解释文本时都将文本指向某些解释视域（发展的或结构的视域），而福柯则将文本看成作为事件的话语本身。话语是由各种相互竞争的力量所构成的系统，这个系统有一系列控制规则，这些规则将那些有效的、可说的、可能的和拥有真理功能的陈述包容进来，而将那些不能具有真理功能的陈述排除出去，并划分出某些特定的学科。作为"文学"范畴的"话语形成"，就受到体制的"排除"与"包容"的动态进程的影响。话语形成通过排除其他陈述而赋予某些陈述以力量、有效性和真理效果。《癫狂与文明》一书表明，理性就是通过重新划分已有的界线而从疯癫中分离出来的。

福柯认为，思想观念与物质决定因素之间并非因果关系，话语形成显示语言事件与非语言事件之间存在着复杂的交互作用和交换关系。任何实践都已然是一种陈述，词语与事物彼此生产对方。文本并非处于孤立状态，它总是处在制度与学科的网络之中。考古学只是在一个作为事件的文本与其他话语事件的关系中对它展开"纯粹描述"。

话语形成不是与"世界观"而是与所谓"知识型"（episteme）相关。后者虽亦指历史时期之特征，但与世界观相去甚远：它强调差异、矛盾和异质性；它也是"反心理主义"的。世界观是一个与物质语境相关的连贯而理想的结构，而知识型则是各种力量的交互作用。与知识型相关的考古学在研究文本时，并不追求文本之下的"深度真理"（不将文本看作是意义的承担者），也不指向控制着表达内在意义的主体或作者的意识。因此，"考古学"与"话语分析"都在斩断了意义与"指称"和"意图"的直接关联之后"描述"话语的意义。

三、系谱学的"当代史"或"效果史"

福柯在其考古学中追求一种"对话语形成的纯粹描述"，这种方法旨在发掘话语的历史条件，但对他自己话语的历史条件和动机却未遑深究。随着他对自己的话语存在条件的省察，其方法也从"纯粹描述"转向了"当代史"或"效果史"，从考古学转向了"系谱学"（genealogy），强调重点也从"话语"转向了"权力"（power）。

福柯的系谱学方法源自尼采，后者认为，根本不存在什么"事实"，有的只是对事实的"解释"。尼采指出，真正的历史学家必须拥有一种权力，将众所周知的东西重铸成一种闻所未闻的东西，"你只能用现在最强有力的东西来解释过去"①。不可能有什么"纯粹"描述，撰述历史是一种权力行为。福柯承接这一思路，强调包括其知识在内的所有知识形式的政治功利性，认为所有的知识行为同时就是权力行为。这就将历史与权力、利益和意志之间的关联凸显出来了。

福柯的系谱学并不像正统历史那样，试图说明所有历史事件都会自然而合乎逻辑地导向当代，而是试图展示那些偶然性、异质性和权力纠葛。这样，历史就变成了竞争性力量的运作场所。尽管系谱学将史学家的位置和陈述发挥作用的方式同时纳入了考察视野，并因此而与纯粹描述的考古学区别开来。但系谱学同样认为，并不是作者"意图"产生了历史的形成。运行在历史中的权力不能缩减为个体意志，个体、体制以及话语恰恰是通过作为力量之网的权力而得到表达的。研究者指出，系谱学"所关心的不是与各学科的源头有关的人物和事件，而是那些就人类社会、个人、语言等提出各种理论的诸学科所据以为'源'并据以为'系'的系统结构。"② 这个系统结构即是权力网络。

这种系谱学对新历史主义者，特别是对格林布拉特、蒙特洛斯和伽勒赫等人 20 世纪 80 年代的文学批评实践产生了重大影响。后者对文艺复兴的读解就是一种"当代的"读解。他们采用系谱学方法而将"权力"作为考察的主要对象。福柯的《规训与惩罚》和《性史》（第 1 卷）是集中体现其系谱学方法的典范之作。这些著作认为，自我是通过"监禁实践"建构起来的；性（sexuality）并非现代分析所"发现"的某种东西，而是通过组织它

---

① ［德］尼采：《历史的用途与滥用》，陈涛译，上海人民出版社 2000 年版，第 50 页。
② 徐贲：《走向后现代与后殖民》，中国社会科学出版社 1996 年版，第 131 页。

的规则"生产"出来的，并不存在什么先于话语限定和禁止的所谓"自然的"性欲望。这种观念方法激发了新历史主义文学批评实践对"自我塑造"问题的研究。《规训与惩罚》中的"全景敞视主义"部分（panopticism）对新历史主义批评家产生了最普遍的影响。在这部分，福柯描述了现代社会形成中的"大禁闭"原型和"规训"原型。福柯指出，在禁闭麻风病人和规训瘟疫患者的过程中，"个人的区分是一种权力挤压的结果，这种权力自我扩展、自我衍生和连接。一方面是大禁闭，另一方面是规训"①。这种做法"让我们想到了我们这个时代"，"直至今天布置在非正常人周围的、旨在给他打上印记和改造他的各种权力机制，都是由这两种形式构成的，都间接地来自这两种形式。"② 批评家雷安指出："这两种形式也暗示出，写作和观看是监视和控制的重要手段；批评家便迅速捕捉住这种暗示而控诉小说与剧院实质上是压制过程的同谋。"③ 新历史主义的批评实践大多运用了这种观念方法。

尽管诸多方面都能显示出新历史主义保持着一个系谱学的维度，但福柯的"权力"具有一些值得注意的特点，由此也能显示出福柯与新历史主义的同中之异。

四、权力的"生产性"和"匿名性"

福柯的系谱学显示出，权力并不是一个否定性字眼；权力不只压制、包容和禁限，它同时也是肯定性的和生产性的。因此，权力的第一个显著特点是压制性与生产性的统一。

福柯的一系列著作深入考察了话语权力的"控制、选择和组织"过程。根据徐贲先生的总结，福柯把这些过程分成三种情况：外在控制过程（指社会性的禁止和排斥，包括直接言论控制、区别与歧视、真理意志对谬误的排斥）、内在控制过程（指权力话语对自身的限制和规定，包括评论原则、作者原则和学科原则）和应用控制过程（指应用话语的决定条件对话语主体的

---

① 〔法〕福柯：《规训与惩罚》，刘兆成、杨远婴译，三联书店1999年版，第222页。
② 〔法〕福柯：《规训与惩罚》，刘兆成、杨远婴译，三联书店1999年版，第224页。
③ Kiernan Ryan, ed. *New Historicism and Cultural Materialism: a Reader*, Arnold, 1996, p.2.

控制，包括言语程式、话语社团、思想原则和社会性占有过程）①。这是一个严密的控制网络。换个角度看，如果主体并不是"既定的"事实，那么它就是这种控制过程"生产"出来的，个人、话语、体制和事件是权力网络的结果，也是以权力网络为条件的。权力的压制性与生产性内在统一，控制与利用互为表里，颠覆与包容相需为用。权力事实上是我们自己的压抑、约束和禁闭的代名词，它就是我们自己的自我造型力和自我监督力。它在生产我们自己的过程中产生了我们的忠诚、驯服、遵从和无意识的颠覆。权力作为一种力量，其生产性和进步性与其压制性和惩罚性同时并举。

从这个意义上说，权力知识为控制者和被控制者所共有，思想被控制者事实上参与了对自己的控制。权力为了更有效地包容和控制颠覆，往往会生产出对它的颠覆。这里能够见出福柯的洞察力，但也显示出他的某种悲观色彩，这也体现在新历史主义文学批评之中。后者的批评也"涉及权力的诸形式"（格林布拉特语），在对"颠覆"与"包容"关系的处理上，他们多倾向于福柯，认为"颠覆"最终会被权力所"包容"。当然，新历史主义者之中也有人并非如此悲观，其中蒙特洛斯等人就认为颠覆的可能性还是存在的。

福柯认为权力存在于控制和抵抗的各个层面，它既控制又生产出主体、关系以及体制和事件。但权力并不在某个个人或集团的控制之中，而是一种只有在特定事件和行动力中才能见出的普遍力量。因此，他认为权力具有匿名性（anonymity）和弥散性（diffusity）。

福柯在《性史》（第 1 卷）中说："权力无所不在，不是因为它包围着一切事物，而是因为它在所有的地方出现。"他称之为权力的力量，产生监禁、压制、包容和对边缘者的排斥，但它并不是我们必须反抗或推翻的"外在于"我们的东西。在福柯那里，权力无法被"外在化"或"对象化"；权力并不是某种实体或某个先在基础，它只是福柯的一种"方法论策略"，一个用来避免将文本、行为或实践指向某个领域（意向、意识形态、利益）的一种"阅读方式"和"解释手段"。在这一点上，他既不同于尼采，又不同于一般新历史主义者。

---

① 参见徐贲《走向后现代与后殖民》，中国社会科学出版社 1996 年版，第 141—150 页。

受福柯思想浸染的新历史主义批评家也着迷于人类社会各个层面权力关系的结构和技术。但他们与福柯在方法论上有明显不同。格林布拉特的《文艺复兴自我塑造》倾向于将权力理解成一种意识形态（权力是由某个个人或集团所使用的观念），而不是像福柯那样以权力为方法论策略或工具。对格林布拉特来说，权力观念已然包含在所研究的文本中，权力是一种表述，是一种意识形态事实，而不是福柯所认为的那种推动意识形态的"匿名性"。正因为权力是一种表述，它才能够在主体形成中发挥作用。在格林布拉特那里，权力变成了另一个"先在基础"，变成了表述得以可能的条件。他说："如果说讨论权力与文艺复兴文学之关系是重要的——不仅作为客体对象，而且作为使表述本身成为可能的条件——那么，抵制将所有的意象和表达都整合到一个单一的主话语，这也是同等重要的。"① 研究发现，二者之异可归结为：在格氏著作中，表述（representation）的观念支持着人的意向性意识，而这种思想正是福柯的匿名性权力概念所直接挑战的观念。格氏并不批判性地使用权力观念，并以之去瓦解解释的超验基础；相反，权力作为表述的表演，使一个总体的文化观念成为可能。"福柯尖锐批判表述概念，因为它支撑着'人'作为思考主体的理论，而新历史主义和文化唯物主义则让权力分析与表述和文化汇聚结合起来了。"② 新历史主义的这些特点，与它接受马克思主义、文化人类学以及解释学的影响分不开。

尽管新历史主义对权力的理解与福柯之间存在着显著不同，但二者都沉迷于权力（关系）。在福柯那里，权力是一个难以捉摸、无法定义而又无远弗届无所不能的"新上帝"，因而极有可能导致林特利查所说的"专制性叙事"（totalitarian narrative）③，从而将实践和功能的多样性归结为一个无所不包的整体单一体系，这就始料不及地走到了福柯理论的对立面。我们看到，通过将范围广大而又各不相同的文化和社会形式解释成权力的单一形式之功能，福柯将权力关系的单一观点强加于过去，而新历史主义则将福柯的精华与糟粕一并继承下来。研究者指出："当我们看到极其多样化的文本、

---

① Stephen Greenblatt, *Shakespearean Negotiations*, University of California Press, 1988, pp.2-3.

② Claire Colebrook, *New Literary Histories*, Manchester University Press, 1997, p.65.

③ 张京媛主编：《新历史主义与文学批评》，北京大学出版社 1993 年版，第 150 页。

事件和人物都屈从于同一种权力形式，被用同一种方式反复解释时，我们便要质问，福柯和新历史主义理论是否能够胜任分析解释过去之复杂性和多样性的工作。"① 针对福柯和新历史主义迷恋权力的做法，批评家泡特（Porter）指出，这种做法只是以权力的宏大叙事代替了"发展进步"的宏大叙事，因为福柯的"权力"消除了特定历史时刻的具体性；新历史主义则通过诉诸权力而消除了差异性。同时，新历史主义也缺乏对于文学文本复杂性的敏感性，甚至"不愿面对文本的措辞和形式需要的复杂要求"②。

结　语

福柯"扩展"话语的意义而使其可能涵盖从一般文本到社会体制和各种建筑的广泛领域。话语所涵摄的一切只有在"话语层面"才成为他的描述对象。他在拒绝分析话语的"内部"含义时，也从未走出话语"之外"，他是"在话语的本身探寻它的形成的规律"。③ 在排除了"深度解释"之后，话语形成分析只能在"话语平面"上进行。他实际上张扬了一种文本性和互文性，以话语现象涵盖了从哲学、文学、史学、伦理学、人类学到意识形态、国家机器等上层建筑的一切领域。以此去处理文本、历史及其间关系问题时，就不免要走向对历史的"文本性"的过分依赖，导致所谓的"文本主义"（textualism），结果将自己封闭在"文本的牢笼"之中。④ 尽管考古学始终追问"使某种话语成为可能的条件是什么？"但他的回答既不指向历史发展的逻辑或起源，也不指向主体意图，而始终指向某些陈述被允许或被排除的"话语形成"。因此，福柯事实上将话语本身看成了一个循环的封闭圆圈，强调了文本与其他文本之间的"内循环"。

总之，在历史诗学的根本问题即历史与文本的关系上，福柯以激进的方式改变了历史观念和文本观念，从而将其间"关系"进一步"问题化"

---

① John Brannigan, *New historicism and Cultural Materialism*, Macmillan Press Ltd., 1998, p.53.

② Kiernan Ryan, ed. *New Historicism and Cultural Materialism：a Reader*, Arnold, 1996, p.xviii.

③ ［法］福柯：《知识考古学》，谢强、马月译，三联书店 1998 年版，第 97 页。

④ Jereremy Hawthorn, *Cunning Passages*, Arnold, 1996, p.16.

了。他拒绝以传统方式将历史理解为"单一的"进程，而是探求历史的差异性和非连续性，尽管他最终未能摆脱以"权力关系"将历史单一化的风险；他使历史性本源弥散在话语的权力网络之中并将历史性与真理意志和知识型联系起来，让人们意识到所谓历史并非一个发生于本源的连贯故事，而是一些可逆转的知识事件。这将人们对历史相对性的认识深化了，但也冒着倒向历史相对主义的风险。他的观念方法突出了"历史的文本性和文本的历史性"，这成了新历史主义批评的辐辏之处，但历史性与文本性之间的张力制衡关系在实践中却难以把握，新历史主义批评实践通常以权力的宏大叙事代替了进步论的宏大叙事，以共时描述代替了历时分析，而这些做法在福柯的理论方法中已经初露端倪。

（原载于《甘肃社会科学》2003 年第 6 期）

美的标准与艺术的责任

薛　扬

一

为艺术而艺术的创始人、法国高蹈派诗人戈蒂耶在《〈阿贝杜斯〉序言》中写道："诗有什么用处？美就是它的用处，这还不够么？花、香气、鸟儿以及一切还没有因效用丧失本来面目者都是如此。就大概来说，一件东西有用便不美，一沾实用，一落人实际生活，它就是由诗变成散文，由自由人变成奴隶，艺术可以一言蔽之，它就是自由，是奢侈，是余裕，是闲适中的心灵开展。"后来在《莫班小姐》的序言中他说得更为直接、更为彻底："只有毫无用处的东西才是美的，所有有用的东西都是丑的，因为这是某种需要的表现，而人的需要如同他那可怜的、残缺不全的本性那样，是卑污的、龌龊的。一幢房子里最有用的地方是厕所。"① "为艺术而艺术"就是要消解掉艺术作品及其创作过程中的一切目的性和功利性的要素，让艺术回归于纯粹"美"的范畴之中。他们认为艺术只为自身存在，它是脱离了一般民众的世俗的审美趣味而独立于现实环境的，它除了给人带来美感以外别无用处，因为一沾世俗的功利目的，就不但不美反而变丑了，就如同房间中的厕所一样而不成为艺术。唯美派的哲学将美同功利目的截然分离开来，将艺术同生活分割，这表现出他们试图维护艺术高高在上的地位，尊重艺术，推崇艺术家，他们的观点归根结底就是，艺术是神圣而非世俗的，美是无用的非功利的，所以美是无实际内容的。

意大利美学家克罗齐也持有类似的观点。他说："美就是表现，而无其

---

① 赵澧等：《唯美主义》，中国人民大学出版社 1988 年版。

他。"① 克罗奇明确提出了艺术独立论，倡导为艺术而艺术的观点。他这样阐述自己的观点："艺术就其为艺术而言，是离效用、道德以及一切实践的价值而独立的。如果没有这独立性，艺术的内在价值就无从说起，美学的科学也就无从思议，因为这科学要有审美事实的独立性为它的必要条件。"② 克罗齐批判了当时社会流行的将艺术与道德混淆的观点，因为有人从道德的观点出发对艺术作品的题材加以毁誉，所以克罗齐就坚持两者的分离。他认为艺术创作的关键是表现得是否完美，而不是题材的选择，为此，他要求艺术批评家们必须废止所谓道德的观点，而"完全采取美学的和纯粹的艺术批评的观点"。因为"内容选择是不可能的，这就完成了艺术独立的原理，也是'为艺术而艺术'一语的正确意义，'艺术对于科学、实践和道德都是独立的'"。"如果要想从某人所见到而表现出来的作品去推断他做了什么起了什么意志，即肯定知识与意志之中有逻辑的关系，那就是错误的。"克罗齐进而以"知行分离说"否定"风格即人说"。他认为作为实践的道德原则的真诚同艺术家无关，艺术家的责任就是"只赋予形式给人在心中存在的东西"③。康德、叔本华等也都认为美在形式，是无关于功利目的的："一个关于美的判断，只要夹杂着极少的利害感在里面，就会有偏爱而不是纯粹的欣赏判断了。"④ 审美主体对审美对象"决不计及其可利用之点"，"亦得离其材质之意义"⑤。因此艺术只是形式上的东西，毫无除形式之外的其他意义。受到他们思想影响的王国维也这样看："美之性质，一言以蔽之曰可爱而不可利用者是已。""一切之美，皆形式之美也。"⑥

　　既然美只是在于形式，那么随之而来的问题是：什么样的形式才是美的，什么样的形式才能真正脱离了功利目的而成为艺术，也就是说评判艺术的标准是什么，这又成为美学家一个值得思考的问题了。英国 18 世纪的政治家博克在驳斥了"美在比例"、"美在适宜或效用"以后，认为"美大半是物体的这样一种性质：它通过感官的中介作用，在人心上机械地起作用"，

① 朱狄：《当代西方美学》，人民出版社 1984 年版，第 70 页。
② 《古典文艺理论译丛》第五辑，人民文学出版社 1963 年版，第 126 页。
③ ［意］克罗齐：《美学原理》，朱光潜译，外国文学出版社 1983 年版，第 63 页。
④ ［德］康德：《判断力批判》上卷，宗白华译，商务印书馆 1987 年版，第 41 页。
⑤ ［德］康德：《判断力批判》上卷，宗白华译，商务印书馆 1987 年版，第 138 页。
⑥ 王国维：《王国维学术经典集》上，江西人民出版社 1997 年版，

他并且认为美的物体所具有的性质首先就是比较小。当然这样的答案不能令人满意，甚至美学家自己也不会满意的。形式主义美学将美与善完全对立起来，认为艺术与美是超越功利目的的纯粹的情感的表现，他们将艺术同道德割裂开来，否认了艺术作品包含一定的题材、内容，因此对美的判断就很难找到合适的标准。古希腊哲学家柏拉图在他的《大希庇阿斯》篇对话里也曾专门讨论了艺术和其他感性事物的美。他逐一分析了一些流行的美的定义，例如"美就是有用的"，"美就是恰当的"，"美就是视觉和听觉所生的快感"，"美就是有益的快感"①，"美就是一位漂亮的小姐"等等，他发现每一种定义在逻辑上都不圆满之后，最后只好得到"美是难的"②这样的结论。而事实上艺术作品除了形式之外，还必定由一定题材和内容构成，题材和内容是以现实生活作为基础的，也是体现艺术作品审美价值的重要因素，因此，人类在审美判断的过程中必定会受到这些因素的影响。

二

有趣的是，曾经认为"美在形式"的康德却又同样表达了与自己矛盾的观点，他在否定美的功利性的同时还认为"美是道德的象征"。在著名的《判断力批判》里，他就充分阐述了这一观点。康德说："美不是客体的一个概念，鉴赏判断也不是知识判断。"③而"目的是一个概念对象"，所以"一个先验的判断必须包含一个来自对象的概念"④。艺术作品只有为人所领悟到才能实现它的审美价值，而人们之所以能够欣赏到美就在于人类不仅是感性的动物，在做审美判断时还会有道德意志的力量在起作用，纯粹的科学性的分析是不能够感受到美的，因此康德又说"按照这样的标准来评判绝不能是纯粹审美的"⑤。人类不但有情感还具有理智，"只有人，他本身就具有他的生存目的，他凭借理性规定着自己的目的"⑥。"这目的，我们在外界是永远不能

---

① 朱光潜：《西方美学史》，人民文学出版社 1979 年版，第 137 页。
② 李醒尘：《西方美学史教程》，北京大学出版社 1994 年版，第 137 页。
③ ［德］康德：《判断力批判》上册，宗白华译，商务印书馆 1964 年版，第 134 页。
④ ［德］康德：《判断力批判》上册，宗白华译，商务印书馆 1964 年版，第 125 页。
⑤ ［德］康德：《判断力批判》上册，宗白华译，商务印书馆 1964 年版，第 74 页。
⑥ ［德］康德：《判断力批判》上册，宗白华译，商务印书馆 1964 年版，第 71 页。

碰到的，我们自自然然地在我们自己内里寻找，并且在那里面，即在那构成我们生存终极的目的，道德的使命中去寻找。"① 所以人类的审美过程是感性同理性的结合，"鉴赏宣布这种愉快对于一般人类，不单是对于人的自私情感普遍有效的，这就使人明了：建立鉴赏真正的入门是道义诸概念的演进和道德情感的培养，只有在感性和道德情感达到一致的场合，真正的鉴赏才能取得确定的不变的形式"。从而，在审美过程中对于美的判断才有可供比较的标准，因为"理想就在于表现道德"②。人类的理性思维使他们在做审美判断时总是受到所谓"世俗的"道德、伦理因素的影响，这不仅仅体现在对于艺术美的判断，人们在欣赏自然美的时候也是一样，我们称呼"自然的……美的事物"时常用的一些名称，如"树木为壮大豪华，或田野为欢笑愉快，甚至色彩的清洁、谦逊、温柔"等等，也"好像是把道德的判断放在根基上的"，"因为他们所引起的感觉和道德判断所引起的心情状况有类似之处"③。所以，"这种兴趣按照它的亲属关系来说是道德的"，"谁对自然的美直接地感到兴趣，我们就有理由猜测他具有善良的道德意念的禀赋"④。不同的审美趣味则反映了人的不同的道德品质，无论是艺术美还是自然美，人们对于审美的判断必定寄寓了他道德修养的水平，人们对自然美、艺术美的领略和品评则不仅能够体现个体的道德水准，还能够体现一个时代的精神面貌。

朱光潜在分析康德的矛盾说法时，认为康德在美的分析中"所得到的纯粹美的结论基本上是形式主义的，而在'崇高分析'中，他却不仅承认崇高对象一般是'无形式'的，而且特别强调崇高感的道德性质和理性基础，这就是放弃了'美的分析'中的形式主义，因而等到继分析崇高之后再回头进一步讨论美时，康德的看法就有了显著的转变，'美在形式'转变为'美是道德观念的象征'，美的基本要素是内容。在写作《判断力批判》的过程中，康德的思想在发展，所以其中有许多前后矛盾的地方"⑤。即使康德在其整体的理论中有前后矛盾的地方，但是单就其对于审美所包含的道德因素的

① ［德］康德：《判断力批判》上册，宗白华译，商务印书馆 1964 年版，第 146 页。
② ［德］康德：《判断力批判》上册，宗白华译，商务印书馆 1964 年版，第 124 页。
③ ［德］康德：《判断力批判》上册，宗白华译，商务印书馆 1964 年版，第 203 页。
④ ［德］康德：《判断力批判》上册，宗白华译，商务印书馆 1964 年版，第 146 页。
⑤ 朱光潜：《西方美学史》，人民文学出版社 1979 年版，第 399 页。

论断来说，却是非常合理的。其实古希腊的哲学家苏格拉底就已经将美学问题同道德问题结合起来，他就指出美的评价标准在于对人的有效用，实现了美学从自然哲学问题向社会科学的转变，从此美与善就密切联系在一起，而美学与伦理学和政治学也就密切联系在一起了①。在审美判断的过程中，真、善、美从来都是结合在一起的，共同构成了事物的美学价值。美的事物必定包含善的意义存在，人们之所以能够欣赏到美就是因为经过了善的判断。

人们对于形式上的审美判断取决于主观感受，而对于内容的领悟则存在着理性的分析，这其中既有文化修养、生活经验的因素，也就必然存在着道德观念所起的作用。美学理论上若干概念，比如优美与崇高、悲剧与喜剧，都是从伦理、道德的立场进行判断的，当艺术作品所反映出的道德理念同欣赏者内心所具有的观念产生共鸣，艺术美也就为人所承认，艺术也才能够实现它的审美价值。同自然美不一样，艺术美乃是由人类主动创造出的审美对象，是人类的精神产品，艺术风格的多样性反映了人们对于美的认识存在着明显的差别，而对于美的判断就将艺术同道德、伦理联系在一起。艺术作品作为人类最重要的审美对象，创作艺术作品的艺术家本身也具有一定的伦理道德观，他们将个人的品德、修养融在作品之中，通过审美的渠道表达了除形式美之外的道德伦理观念，当公众的理念同艺术家相同时，艺术美的价值就实现了。

三

美学作为一门学科的产生乃是针对人类的感性知识体系领域而提出的，而且美学家对于审美客体的研究大都集中在艺术美上面，这正说明了艺术美在人类审美观照对象中的重要地位，因此很多人都盛赞艺术，认为艺术在人的生命中有着重要的意义。叔本华说："艺术是人生的花朵。"②尼采也说："艺术，除了艺术别无他物！它是使生命成为可能的伟大手段，是求生的伟大诱因，是生命的伟大兴奋剂。"③艺术在人类生活中甚至在生命中起着

---

① 朱光潜：《西方美学史》，人民文学出版社1979年版，第38页。
② [德]叔本华：《作为意志和表象的世界》，石冲白译，商务印书馆1982年版，第369页。
③ [德]尼采：《悲剧的诞生》，熊希伟译，华龄出版社1996年版，第149页。

重要的作用，苏姗·朗格说："艺术是人类情感的符号形式的创造。"①"真正能够使我们直接感受到人类生命方式便是艺术方式。"②因为"世界不会来关切人，只有人能关切人，也只有艺术才对人言说，给人以安慰、寄托和温暖的承诺"③。所以阿恩海姆这样评价艺术："在艺术中，人的心灵运用一切有意识和无意识的能力去接收外部世界的信息，并给这些信息赋以形状和加以解释。""我认为，艺术的极高声誉，就在于它能够帮助人类去认识外部世界和自身，它在人类的眼睛面前呈现出来的，是它能够理解或相信是真实的东西。"④由此可见，艺术通过美的形式反映客观世界，并且安慰人类的心灵，人们通过艺术不仅感知世界，更能够净化灵魂，从而在中国传统文化中更是将艺术提高到了"神圣"的地位。唐代朱景玄在《唐朝名画录》中说，"画者圣也"；北宋文学家周敦颐在《通书·文辞》中云："文所以载道也。"因此，艺术作品都具有了道德含义。孔子云："志于道，据于德，依于仁，游于艺。"⑤庄子也说："乐也者……道可载而与之俱也。"⑥南宋美术理论家邓椿云："画者，文之极也。"⑦清代刘熙载云："艺者道之形也。学者兼通六艺，尚矣，次则文章名类，各举一端，莫不为艺，即莫不根极于道。"⑧而"一阴一阳谓之道"⑨。在中华传统文化中认为艺乃是道的化身，艺术家的创作和公众的欣赏都是在领略圣人的"道"，都是在追求美好的心灵和高尚的道德情操，所以晋宋间宗炳不仅以自然山水来"澄怀观道"，还有将山水画出挂在墙上进行"卧游"，在探索"道"的过程中陶冶自己，净化灵魂。

英国20世纪初的评论家克莱夫·贝尔特认为艺术是"线条、色彩以某种特殊方式组成某种形式或形式间的关系，激起我们的审美感情。……我们

① 朱狄：《当代西方美学》，人民出版社1984年版，第130页。
② [美] 苏姗·朗格：《艺术问题》，滕守尧、朱疆源译，中国社会科学出版社1983年版，第66页。
③ 王岳川：《艺术本体论》，上海三联书店1994年版，第137页。
④ [德] 鲁道夫·阿恩海姆：《艺术与视知觉》，滕守尧译，四川人民出版社1998年版，第636—638页。
⑤ 《论语·述而》。
⑥ 《庄子·天运》。
⑦ （宋）邓椿：《画继·杂说·论远》，见人民美术出版社1963年版《画继·画继补遗》。
⑧ （清）刘熙载：《艺概·叙》，上海古籍出版社1978年版。
⑨ 《易经·系辞》。

称之为有意味的形式"①。这种有意味的形式不但给我们以美感，还传达了艺术家的伦理观、道德意志，这样就会对审美的公众在心智上产生影响。张彦远在其《历代名画记》中则说："夫画者，成教化，助人伦，穷神变，测幽微，与六籍同功，四时并运，发于天然，非繇述作。"艺术在传达美的过程中实际起到了教化作用，当艺术作品面对公众时，其自身所具有的道德伦理也同时影响到公众。

康德说："有两样东西，我们愈经常持久地加以思索，它们就愈使心灵充满日新月异、有加无已景仰和敬畏：在我之上的星空和居我心中的道德法则。"因为"前者从我在外在的感觉世界所占的位置开始，把我居于其中的联系拓展到世界之外的世界，星系组成的星系以至一望无垠的规模"；"后者肇始于我的不可思的自我，我的人格……通过我的人格无限地提升我作为理智存在者的价值……向我展现了一种独立于动物性，甚至独立于整个感性世界的生命"②。审美现象的复杂性在于审美主体的人类情感的丰富多样，人类的感官世界中不仅仅能够接受美的内容，也能接受丑恶的东西，并且有些时候，丑恶的内容的诱惑力还要超过艺术的感染力。"使一个人成为幸福的人和使一个人成为善良的人并非一回事。"③而艺术就是通过审美来使一个人成为善良的人。中国传统文化讲求艺术能够"明劝诫，著升沉"，艺术本身所体现出来的道德伦理意志具有一定的教育作用。因此，艺术在人类心理发展中明显带有责任，艺术的创作不可避免富有重要的责任，而对艺术的要求就在于其不违背道德、伦理的常规。

四

艺术所具有的责任感来自于审美的道德判断。艺术作品乃是艺术家情感的表现，不仅能够让公众获得审美享受，还同时会传达出各种道德伦理的观念，潜移默化地影响着人们，感化人们，艺术家的道德以及艺术作品所反映的道德也在其传达过程中接受受众的判断。英国艺术史家、美学家赫伯

---

① ［英］贝尔：《艺术》，周金环、马钟元译，中国文联出版公司1984年版，第4页。
② ［德］康德：《实践理性批判》，韩水法译，商务印书馆1999年版，第177页。
③ ［德］康德：《道德形而上学原理》，苗力田译，上海人民出版社2002年版，第62页。

特·里德在他的《现代绘画简史》中说，现代派绘画具有一种统一的倾向，"这个倾向就是作者所采用的'现代'准则"①。而"根据现代主义理论，艺术唯一重要的目的是吸引心灵和丰富精神"②。然而由唯美主义的"为艺术而艺术"引发的现代派艺术中的许多流派主张艺术要脱离现实政治，脱离道德标准，只要创作出合适的形式即成为艺术，丝毫不顾及艺术的内容，因此有些现代派的作品除了形式怪异之外还表现了色情、暴力、恐怖和血腥等内容。这种唯形式论的艺术观违反了道德准则，违反了人类趋美的天性，而只是满足了部分人追求刺激的心理，因此，这样的艺术作品在其传达过程中，既不能够吸引心灵，也不能丰富精神，只是吸引公众的注目和引起灵魂的躁动。艺术产生于现实的生活之中，其道德内容并不是独立的。因此，艺术家作为公众的一员，其道德伦理标准也不能超越社会现实，个体的审美当以不危害他人为底线，以珍爱生命为总线，这就是艺术创作的根本法则，对于现代艺术的创作极其有意义。

　　伦理道德与艺术之间通过审美传达建立起了联系，从而艺术对于人生、对于社会都有重大意义。但是现实社会中既有美好的事物来慰藉人类脆弱的灵魂，也有丑恶的东西来刺激感官；艺术既能够表现美与道德主题的升华，也能够表现出违背伦理道德的内容而令人不安。而好的艺术不单能够传达美感，更能安慰心灵和激励人生。生活在高科技时代的人们的生存状态的改变关键还是依靠人的精神的转变，人格的完善要通过艺术来完成，而唤醒公众的意识、塑造完美人生的最好途径还是依靠艺术，依靠高尚的精神产品来治疗受伤的灵魂，或是引导人类的精神更健康地发展。在现代社会里，艺术的责任在于使人类生活得更健康，更轻松。因此，艺术创作既不可能是为艺术而艺术的毫无内容的形式，更不能是违背道德的内容，毕竟艺术在传达美感的同时还要表现出一定的道德理念。这就要求有责任心的艺术家创作的艺术作品应当以适应公共道德理念、符合大多数人的审美趣味为目标，在传播美的理念的同时陶冶人们的情操，净化人类的灵魂。鉴于此，现代艺术的责任尤为重大。

（原载于《郑州大学学报》2006 年第 9 期）

---

① ［英］赫伯特·里德：《现代绘画简史》，刘萍君译，上海人民美术出版社 1979 年版，第 2 页。

② ［美］埃伦·迪萨纳亚克：《审美的人》，户晓辉译，商务印书馆 2004 年版，第 53 页。

现代学者旧体诗词创作与其学术之关系

刘士林

在中国现代学术史上有这样一个特殊现象，一大批有影响的学者，如王国维、陈寅恪、马一浮、钱钟书、萧公权、吴宓、朱自清、俞平伯等，除了本专业的学术研究之外，还创作了数量不等的旧体诗词。这些旧体诗词有两个基本特点，一是"诗之新声"；二是"学之别体"。前者代表着中国传统诗词的一个新形态；后者则构成了这些学者学术研究的有机部分。

其学术史与文化史意义在于，不仅从深层心理层面再现了中国现代学术的发生过程，同时以一种隐晦的方式构成了现代中国历史和文化的一部分。

在某种意义上讲，现代学者旧体诗词的最大特点在于"以现代学术入传统诗词"，从而使得他们的学术研究与旧体诗词创作发生了前所未有的密切联系。在现代学者的"学术"与"诗词"之间，不是一般地在诗中发发议论，或者如古代"以才学为诗"者那样为了显示作者的才学，而是有一种浓得化不开的联系，它们共同构成了现代学人生命存在中两个无法分割的部分，失去了哪一个方面，或者单独从哪一个方面去考察，都无法对现代学人获得一个整体性理解。因此，研究现代学者的思想与学术必须同他们的旧体诗词创作紧密结合起来。

现代学者的学术与其旧体诗词创作的关系，大致可以分为三种基本类型：一是"先有诗，后有学"模式。就是说，先在其旧体诗中有了某个"心理意象"，然后才在日后逐渐展开为某个重要的学术方向。尽管诗词中的"心理意象"并不清晰、具体，但它所暗示的基本理念与方向却没有发生大的改变。有时甚至可以说，他们后来的学术研究只是为了完成他们在诗人直观中所发现的问题。最典型的例子是王国维的上古文史研究。关于王国维的学术经历，现代学术史普遍认同的是"三期说"，即主要研究哲学、美学和教育学的早期，重点研究文学和戏曲的中期，以及集中研究古器物、古文字和古史的晚期。一个受过西方学术训练的中国学者，为什么会以钻故纸堆方式作为其学术归宿？这个问题仅仅从学术方向迁移角度是很难说清楚的。按照马克思的看法，人的活动之所以不同于动物的活动，是因为在他的内心深处存在着一个"内在生产观念"。从这个角度观察可以发现，早在王国维转向上古文史研究之前，其内心深处就已经存在着一个与上古文史学术直接相关的"内心的意象"，他后来的学术变革则是这个内在意象物化、现实化的结果。在某种意义上讲，这个上古文史学术研究的"内在生产观念"，与王国维中前期的学术研究没有什么直接联系。而如果从"先有诗，后有学"的角度看则不难发现，它在王国维早期的《咏史诗二十首》中就已经朦朦胧胧地出现了。《咏史诗二十首》在王国维生前未刊行，初载于1928年11月《学衡》杂志第66期。其写作时间有两说，一是清光绪二十四年（1898年）二月前后；一是清光绪二十六年（1900年）五月。两说在时间上相去不远，把它定为王国维早年作品是不成问题的。《咏史诗二十首》在形式上的最大特点是编年体，即所谓的"分咏中国全史"。总揽《咏史诗二十首》，可以发现作者意在撰述一种相对完整的"中国历史大纲"，它以中国民族的种族渊源为起点，从传说中的伏羲一直吟咏到"一代天骄"成吉思汗，举凡中国中古以往的诸历史大事与重要人物，于其中都历历可见，结尾则以"卒章见其志"的方式表达了作者对中国文化复兴的期盼与理想。按照王国维的看法，他的上古文史研究的旨趣与价值理念，在于由"事物变迁之迹"而求其历史兴废之"因果"。如果从王国维之学术与旧体诗词相互影响的角度切入，可知这一主题思想最早是由他的《咏史诗二十首》流露、表达出来的。职是之故，王国维在晚期的学术变革，绝非一时心血来潮，而是在主体内部有一个漫长的孕育与准备期，《咏史诗二十首》就是引导他晚年发生学术转型的"内在生产观念"。也可以这样设想，正是由于"诗"本身相对简略、不能征信于人，才促使王国维以学术研究方式去探索中国古代文明的历史真相。另一方面，大家都知道，王国维从事上古文史研究与罗振玉的资助与影响直接相关。据赵万里《王静安先生年谱》记载，罗振玉正是偶然读到这组咏史诗之一，见其中有"千秋壮观君知否？黑海西头望大秦"，感到十分惊异，"遂拔之于俦类之中"①。所以说，如果没有这组咏史诗，也许就不会有王国维那么多著名的上古文史研究成果，如《殷周制度论》对夏商与殷周制度变化程度之分辨，如《殷卜辞中所见先公先王考》、《殷卜辞中所见先公先王续考》对史书中遗失世代的增补，如《古史新证》对"禹"之历史存在的论证，如《说自契至于成汤八迁》对"后五迁"的补正等。这就是典型的"先有诗，后有学"。

二是"先有学，后有诗"模式。就是先有了某种知识结构与学理基础，然后才发而为诗，使本来不够清晰的文学感受获得深厚的学术与思想支撑，从而区别于一般文人的"吟咏"与"讽诵"。这里最典型的例子是马一浮，他是先有了新儒学的现代学术框架，才有了大量用来批评中西学术文化、品鉴诸家学理高下得失的大量诗作。如儒墨之辨本是先秦学术史上的一个重要话题。由于墨子批评儒家过于苛刻，所以孟子与荀子的回应也十分激烈，如荀子批评墨子是"蔽于用而不知文"②的"役夫之道"，它的意思类似于"五四"时代人们惯用的"引车卖浆者流"，即一种不登大雅之堂的学术与社会主张。而孟子的批评则更加尖刻，他把勤勤恳恳、一心为公的墨子，与"一毛不拔"、只知贪图享受的杨朱之流等量齐观，说他们是"无父无君"的"禽兽"③。这些批评难免有些意气用事，因而也有许多可以再讨论、商榷的地方。受现代学术理性训练与价值中立的影响，马一浮对墨家的批评总体上要理性、客观得多。他的论说主要有三：一是指出"墨家统于《礼》"的源流，主旨是要说明墨学不过是儒家的一个支流；二是指出"墨子虽非乐，而《兼爱》、《尚同》实出于《乐》"，这是批评墨家在学理上自相矛盾；三是由此得出一个结论，就是"墨子之于《礼》、《乐》，是得少失多也"④。其实，这个批评也是很要命的，它的意思是说墨学肤浅，根本没有学到与继承古代学术的真正精华。至于马一浮批评墨学有没有学理上的问题，这里暂且存而

---

① 陈永正：《王国维诗词全编校注》，中山大学出版社 2000 年版，第 3 页。

② 《解蔽》。

③ 《滕文公下》。

④ 《马一浮集》第 1 册，浙江古籍出版社、浙江教育出版社 1996 年版，第 15 页。

不论，然而，必须提到的是马一浮之所以批评墨学，并非完全是出于学术研究的需要，而是与晚清以来的"墨学复兴"思潮直接相关。从中国历史与思想史上看，墨学的每一次复兴，都有批判、清理儒家的意思在，它的核心就是批评儒家礼乐等"虚文"消耗了大量的社会物质财富，从而加剧了社会本身的矛盾与危机。而由于这种批评直接涉及儒家的合法性与权威性，因而每一次都受到儒家的反批评。与历史上的"儒家者流"不尽相同，马一浮的心性太高，性格也过于古直，他对墨学或墨学复兴的态度很平静，甚至有些不屑一顾。除了在学术中批评墨学的病根在于"得少失多"，他还写有一首《嘲宋尹》的诗："鹑衣百结比貂裘，疏食三升足自谋。语道多方良未在，为人虽少且无休。先生不饱犹堪活，弟子长饥事可忧。天下周行真梦梦，华冠说教而何求！"为什么要"嘲宋尹"呢？在这首诗的前面，马一浮特地写了一个序，"宋钘、尹文，墨道也，而文辩弗及，乃欲上说下教，宜庄子讥之。其术在使人我之养毕足而止，曰：我必得活哉！不亦陋乎？今人好墨又不及宋、尹，作此诗以谂后。"值得注意的是，序文中"今人好墨又不及宋、尹"一语，虽然表面上很平静，但批评是极其严厉的，它集中体现了马一浮这位现代儒学大师对晚清以来"墨学复兴"思潮的轻视与贬低。如果说，这个态度与历史上儒家对墨学的批判十分一致，那么，用旧体诗这种文体形式来批判墨学，应是马一浮的一项发明。此外，根据马一浮新儒学的看法，中国古代的"六艺之学"为最高学术，他的一个著名观点是："六艺不唯统摄中土一切之学术，亦可统摄现在西来一切学术。"为什么古代的六艺之学可以"统摄现在西来一切学术"，即 20 世纪从西方传来的文化学术新思潮呢？马一浮的论证是，"举其大概言之，如自然科学可统于《易》，社会科学（或人文科学）可统于《春秋》"①。这个结论正确与否姑且另当别论，从马一浮的新儒学体系出发，它在学理上是绝对可以自成一家之言的。有了这个学术与思想基础，他也写了不少瞧不起西方现代学术的诗句。比如，他有一首《杂释》："人言存在义何居，为是心如是物如。试问谁知存在者，离心别有岂关渠。"在这首诗后有一个"释存在"的自注，表明作者是用诗来解释"存在"这一哲学范畴的。从诗中表达的意思看，他对"存在"是"心"是"物"，

---

① 《马一浮集》第 1 册，浙江古籍出版社、浙江教育出版社 1996 年版，第 21 页。

或是"意识"还是"客体"这种西方哲学主客二分的思路十分反感，认为如果离开了自己新儒学的最高范畴——"心"，所有的分析、思考与研究不仅层次低，也不可能懂得"存在"的真正含义。这都是以马一浮新儒学直接入诗的结果。而如果没有马一浮新儒学的学术在前，则是根本不可能有这些旧体诗在后的。

三是在"学"与"诗"之间"如盐入水"、融合无间。现代学者写了很多好诗，但也有两个共性的问题，一是成为一种"讲学、衡理"的学术研究载体，其负面影响往往是"于诗有损"；二是沦为"于学不足"的文人之诗，在其中看不到有什么深刻的、具有现代意义的学术与思想。至于现代学者最高境界的旧体诗词，可以陈寅恪一个叫"旧巢痕"的意象为例，来说明"直观"与"理性"、"学术"与"性情"、"智者之见"与"仁者之心"是如何完美地融合在一起的。"旧巢痕"一语，在陈寅恪的诗文中凡三见："东坡梦里旧巢痕，惆怅名存实未存。欲访梁王眠食地，待君同去郭西门。"① "细雨残花书掩门，结庐人境似荒村。简斋作客三春过，裴淑知诗一笑温。南渡饱看新世局，北归难觅旧巢痕。芳时已被冬郎误，何地能招自古魂。"② "镜台画幅至今存，偕老浑忘岁序奔。红烛高烧光并照，绿云低覆悄无言。栽花几换海山面，度曲能留月夜魂，珍重玟梁香茜影，他生重认旧巢痕。"③ 它之所以值得特别重视，主要与陈寅恪的《寒柳堂记梦未定稿》有关。《寒柳堂记梦未定稿》是陈寅恪的最后一部著作，他在撰稿之初曾对助手黄萱说，"此书将来作为我的自撰年谱"④。但十分遗憾的是，这一陈寅恪十分看重的文本，"大都在混乱中佚失"，"仅存零星残稿"。陈寅恪如此看重它，主要原因有三：一是它本身有一种文化遗嘱的意味。尽管文本已残，无法了解全部内容，但读过这篇文章的人，应该都会同意它是现代中国的一篇至痛至哀之文。这个悲伤的基调是了解晚年陈寅恪精神生态的一个基本语境。二是它与陈氏家族史密切相关。由于义宁陈氏与晚清政局有密切关系，它也间接地构成了重新认识晚清以来中国文化史的一个重要文本。尽管具体内容尚待钩

① 《答王啸苏》其二。
② 《壬辰春日作》。
③ 《题红梅图》。
④ 蒋天枢：《陈寅恪先生编年事辑》，上海古籍出版社1997年版，第178页。

沉，但从它的一些存目，诸如"孝钦后最恶清流"、"吾家与丰润之关系"、"戊戌政变与先祖先君之关系"等，就可以了解其内容之重要。三是它破了陈寅恪自己所立的不为"今之学"的学术规约。按照一般的理解，陈寅恪不为"今之学"，主要是因为"今之学"与研究者本人有诸多心理、精神和价值的联系，研究起来不易做到客观，这是受过现代学术启蒙的人文学者应该主动回避的。晚年的陈寅恪为什么要"破例"呢？石泉对此有一个解释，他说，陈寅恪"决心在晚年亲自着手阐明所知晚清史事真相"，是因为作者自信可以"排除恩怨毁誉"，写出一部经得起审查的"家史而兼信史"，并表达一位历史学家对近现代历史客观、公允而又超拔的"史识"①。其实，这里还可以再补充一点，就是陈寅恪觉得他要表达的东西太重要，不仅比一般的学术研究重要，而且如果他不表达，就不会有人把它表达出来，所以才有了这个特别值得关注的"晚年学术变法"。

对于研究者来说，最遗憾的无过于《寒柳堂记梦未定稿》文本的残缺不全，特别是一些与晚清政局直接相关的东西，只有一个存目，怎样进行研究呢？所幸的是，陈寅恪除了"学术文章"，还有"诗词歌赋"。也就是说，在文献线索中断的地方，可以通过对其诗赋的解读与阐释来"填充"，使一个残缺的文本得到"修复"与"完形"。这就要回到"旧巢痕"意象。这个意象既有精神分析学家所谓的心理原型意义，同时也是历史学家陈寅恪的"史识"与"仁心"所在。通过对它的分析、还原与阐释，就大体可了解《寒柳堂记梦未定稿》的思想主题。

关于"旧巢痕"的诗学内涵及其"学术与思想"，可从以下三个方面加以分析。

一是从"古典"看，陈寅恪"旧巢痕"一语的诗学渊源无疑在苏轼那里，这一点也为作者所明言。他在《寒柳堂记梦未定稿》一开始就讲到苏轼的两句诗，一句是"事如春梦了无痕"，一句是"九重新扫旧巢痕"。如果说，前一句表达的是宗教语境中的生命幻灭感，那么，后一句表达的则是政治语境中的现实沧桑感。就后一句说，苏东坡"九重新扫旧巢痕"本有对北宋党争的讽刺之意，陈寅恪接着说，"旧巢之旧痕既可扫，则寅恪三世及

---

① 石泉：《甲午战争前后之晚清政局·自序》，生活·读书·新知三联书店 1997 年版。

本身旧事之梦痕，岂可不记耶？"由此可知，苏轼的"旧巢痕"是陈寅恪作《寒柳堂记梦未定稿》的直接原因。就前一句说，"事如春梦了无痕"，本是佛教哲学的"即色即空"观的诗化阐述，也可以使人想到苏东坡早年的一首诗，"人生到处知何似，应似飞鸿踏雪泥。泥上偶然留指爪，鸿飞那复计东西"①。在经历了一生的辛苦遭逢与颠沛流离之后，与中国古代的许多士大夫一样，陈寅恪晚年认同佛教的人生观应该是再正常不过的了，但他与现实政治的关系仍有待进一步去发覆。

二是从"今典"看，"旧巢痕"一语可分两层来解析：一是与许多出身旧日世家的现代知识分子一样，陈寅恪确曾有过一个"幼承庭训"、"讽诵之声不绝"的温暖"旧巢"。在中年遭到目盲打击之后，陈寅恪作有《忆故居诗》，在诗的序文中，他充满深情地写道："寒家有先人之弊庐二，一曰崝庐，在南昌之西门，门悬先祖所撰联，曰'天恩与松菊，人境托蓬瀛'。一曰松门别墅，在庐山之牯岭，前有巨石，先君题'虎守松门'四大字。今卧病成都，慨然东望，因忆平生故居，赋此一诗，庶亲朋览之者，得知予此时之情绪也。"实际上，由于现实世界的巨大变迁，"旧巢"早已不能再为他遮蔽风雨，提供一个诗意栖居之所了，它不过是一种"长歌可以当哭，远望可以当归"的心灵寄托。二是其父陈散原 1901 年的《书感》一诗，其中有"飘零旧日巢堂燕，犹盼花时啄蕊回"的句子。这句诗的含义也是很深刻的，它除了有苏轼"旧巢"的特殊内涵外，还可使人想到刘禹锡的"旧时王谢堂前燕，飞入寻常百姓家"。这里想说明的是，关于刘禹锡的《乌衣巷》，也绝非仅仅是什么"发思古之幽情"，而是一种带有强烈寓言色彩的"政治文本"，主旨在讥讽六朝世家及其门阀制度。这与出身寒素的刘禹锡一直卷入中唐党争的旋涡中相关，而中唐党争说白了就是出身贫寒的士大夫与门阀世族的斗争。除了《乌衣巷》，还有刘禹锡著名的《再游玄都观》等，也可作如是观。陈寅恪出身于义宁陈氏家族，这是一个在近代中国历史上迅速凋零的旧日乔木世家，历史学家的见解与诗人的热衷肠，使他如同《红楼梦》中的贾宝玉，成为一个对此"呼吸领会"最深的世家子弟。也就是说，如果仅仅把"旧巢"理解为陈氏故园残破与不可居住，那就未免有点拘泥于"历史真实"

---

① 《和子由渑池怀旧》。

而对诗人的"言外之旨"毫无会心了。所以，无论对陈散原诗中的"旧日巢堂"，还是陈寅恪文中的"嵥庐"、"松门别墅"，都不可以"一时一地"、"一人一事"地来解读，它们是直接生产了旧日世家的传统社会结构和文化制度的隐喻与象征。明白了这一点，才能理解他们为什么对这个破落的"旧巢"有那么多的依恋与痛惜之情。

三是需要联系作者的"学术与思想"来理解。陈寅恪研究史学，重点研究中古时期的政治与文化制度，他的一个最独特的研究方法就是从"血缘"角度阐释上层政治斗争。"血缘"的具体含义主要是指世族士大夫与庶族士大夫的出身不同，前者的特点是"崇尚礼法、仁孝"，凡事都以儒家伦理道德为基本尺度，而后者的主要特点是"崇尚文辞、智术"，在实践上则以现实利害为取舍标准，因而可以说，"血缘"与"儒家道德"是一体化的关系。这就不能不涉及中国历史上的一个大问题，即如何认识与评价对中国社会影响深远的中古世家制度。简而言之，一般的历史学家都把门阀世族在唐代以来的逐渐解体看作是历史的一大进步。根据他们的看法，世家子弟都是品德败坏、弱智无能、四体不勤、五谷不分，甚至是鱼肉百姓、为恶乡里的社会寄生群体，这也是当代中国的一种已经常识化了的基本观念。最初笔者也这样认为，后来发现了这样一个事实，即自中唐以来，尽管万人痛恨的世袭制度已逐渐退出政治舞台，那些在汉魏诗歌里夜不能寐、"食糟糠"、"处蒿莱"的下层读书人，借助新兴的科举制度往往也可以一夜成名，但是，中国社会的上层建筑在吸纳了大批寒族血液之后，它在执政能力、人性化与道德水准方面，不仅没有提高，反而"一代不如一代"。这个问题无须多讲，只要比较一下主要由世家子弟构成的东汉士大夫与主要从科举中产生的明清士大夫，就会看得十分清楚，这也正是顾炎武曾盛赞东汉士风的原因。实际上，这个历史中的大是大非问题，早已为陈寅恪所洞察。也可以把他的中国历史观表述为，既不是劳动人民创造，也不是英雄创造，而完全是取决于世家士大夫与出身寒微的士大夫这两种"血缘"在中国政治结构中力量对比的消长。不幸的是，出身寒微者的比例越来越大，这就是中国传统社会和文化走向式微的根本原因。陈寅恪很早就为刘禹锡幸灾乐祸的"王谢之家"鸣不平，他说："王导之笼络江东士族，统一内部，结合南人北人二种实力，以抗外侮，民族因得以独立，文化因得以续延，不谓之民族之功臣，似非平情

之论也。"① 这当然不是某个人的事情，陈寅恪的这个"血缘政治论"，一直
贯彻于他的中古历史研究之中。这里可以再举几条：

东汉中晚之世，其统治阶级可分为两类人群：一为内廷之宦官，一为外
廷之士大夫：

> 阉宦之出身大抵为非儒家之寒族……主要之士大夫，其出身则大
> 抵为地方豪族，或间以小族。然绝大多数则为儒家之信徒也。职是之
> 故，其为学也，则从师受经，或游学京师，受业于太学之博士。其为
> 人也，则以孝友礼法见称于宗族乡里。……东汉之季，其士大夫宗经
> 义，而阉宦则尚文辞。士大夫贵仁孝，而阉宦则重智术。盖渊源已异，
> 其衍变所致，自大不相同也。②
>
> ……经术乃两晋、北朝以来山东士族传统之旧家学，词彩则高宗、
> 武后之后崛兴阶级之新工具。……唐代自进士科新兴阶级成立后，其政
> 治社会之地位逐渐扩大，驯致旧日山东士族和崔皋之家，转成孤寒之
> 族。若李（珏）杨之流虽号称士族，即使俱非假托，但旧习门风沦替
> 殆尽，论其实质，亦高宗、武后由进士词科进身之新兴阶级无异。迨
> 其拔起寒微之后，用科举座主门生及同门等关系，勾结朋党，相互援
> 助……转成世家名族……斯亦数百年间之一大世变也。③
>
> ……牛、李两党之对立，其根本在两晋、北朝以来山东士族与唐
> 高宗、武则天之后由进士词科进用之新兴阶级两者互不相容……凡山
> 东旧族挺身而出，与新兴阶级作殊死斗者，必其人之家族尚能保持旧
> 有之特长……④
>
> 唐代自高宗、武则天以后，由文词科举进身之新兴阶级，大抵放
> 荡而不拘受礼法，与山东旧日士族甚异⑤。

① 陈寅恪：《金明馆丛稿初编》，上海古籍出版社 1980 年版，第 68 页。
② 陈寅恪：《金明馆丛稿初编》，上海古籍出版社 1980 年版，第 42 页。
③ 陈寅恪：《唐代政治史述论稿》，上海古籍出版社 1980 年版，第 78 页。
④ 陈寅恪：《唐代政治史述论稿》，上海古籍出版社 1980 年版，第 85 页。
⑤ 陈寅恪：《元白诗笺证稿》，三联书店 2001 年版，第 54 页。

从中可以看出，他对两种血缘集团的价值态度是无须赘言的。为什么会这样，显然，它与陈寅恪的中国文化理念直接相关。陈寅恪在《王观堂先生挽词》序中写道："吾中国文化之定义，具于白虎通三纲六纪之说，其意义为抽象理想最高之境，犹希腊柏拉图所谓 Idea 者。"① 这里还可以补一个马一浮的看法，他在《复性书院缘起叙》中也说："中土圣贤道要，尽在六经。唯六经可统摄一切学术，一切学术莫能外之。"② 如果说中古世家的存在是中国文化的中流砥柱，那么"大抵放荡而不拘受礼法"的"新兴阶级"，就是在根基上直接威胁着中国文化的蛀虫，这是陈寅恪在中古历史研究中获得的最大"史识"。而这种情况到了 20 世纪的中国已经严重得不能再严重了，以"诗礼传家"的旧日世家早已是"覆巢之下"的"卵"，或者是连一点刺激都经受不起的"惊弓之鸟"。陈寅恪的态度是，尽管由于"百无一用是书生"，他不可能改变历史的进程，但正如《红楼梦》作者所谓"闺阁中本自历历有人，万不可因我之不肖，自护己短，一并使其泯灭也"。他也不会听任他喜爱的"旧巢"就这样归于永寂，这就是他所说的"梦痕不仅可记，其中复有可惜者存焉"。他晚期的很多研究的主旨，可以说都是为蒙受诬词与构陷的旧日世家翻案，要把历史的真相与真情传之后人。由此可知，《寒柳堂记梦未定稿》既是他中古历史研究向现代时期的延续，同时也是一份最悲凉的总结，因为它还直接牵涉到作者的"家事"与个人命运。

另外，由于学术与诗的密切联系，还有一个值得关注的现象是"学术变，诗也变"。这种相互影响可以从三方面看，一是现代学人之诗一般都与学人所研习之专业相关。比如，植物学家胡先骕在一首描绘春天的诗中写道："柳枝渲鹅黄，蛰虫振初羽。桥下新绿生，江南三月雨。淡妆弄春姿，杏花如好女。夭桃初含苞，小鬟亦媚妩。科斗（蝌蚪）聚野水，老蛙鸣怒鼓。麦秀菜作花，生意满场圃。荷蓧真可羡，田事趁晴煦。"③ 这在很大程度上就是借鉴了他渊博的动植物学知识。二是与个体治学方式或研究兴趣的迁移有关。如陈衍在《石遗室诗话》卷三十中讲到的"门人龙榆生"，他"年

---

① 陈寅恪：《寒柳堂集》，上海古籍出版社 1980 年版，第 6—7 页。
② 《马一浮集》第 2 册，浙江古籍出版社、浙江教育出版社 1996 年版，第 1171—1172 页。
③ 《春日杂诗》其二。

少专攻《选》体，为所束缚也。近多看《陈简斋集》，近体渐有变态。"① 也可以马一浮为例，马一浮早期研究易学，在他这个时期的诗作中，随处可见的是"以易语入诗"，如"山泽气相求，心亨物无暌"②；"坎陷为川渎，艮止成山丘"③ 等。他还有一首骚体诗《释蒙》，是"以韵语解《易》"的上乘之作。中年以后，随着马一浮新儒学思想体系走向成熟，此时的许多诗作则主要阐释或表达他的新儒学学术与思想。有时为了使"诗中之学"易于被解读，他在诗前诗后往往会插入序、跋，如《观我生并序》，本身就是宣讲新儒学最高义谛的一篇论文。三是一个时代的学术思潮的出现与总体嬗变，也会直接影响到现代学者的旧体诗词。如在汪辟疆的《峡程诗纪》中就清晰可见晚清地理学复兴的烙印，在马一浮的《庐山新谣》中也可见到当时为很多学人所关注的《水经注》、《山海经》研究的影子。由于影响传统学术方向最大的因素是现代西方学术，所以它在现代学人之诗的形式与内容两方面也都留下了深刻的烙印。在形式方面，一个最值得关注的现象是"以西方文史典故入中国旧体诗"。如萧公权在为《吴宓诗集》的题诗中就暗含了柏拉图哲学思想。根据诗人自己的注解，"青宫簿录未曾忘。认得前生号玉郎"，即"本于柏拉图之'回忆说'(DoctrineofReminniscence)"；"绮语廿年修慧业，尘心万劫恋仙乡"与"满眼灵山飞不去，人间无计免清狂"则分别用"理智之激励"（ThePhilosophicUrge）和"神狂"（DivineMadness）之意。而"何妨品列圣凡间"则用的是"'谈会'Symposeum，202 所说，'他是一个卓越的精灵，而且和其他精灵一样，他是介乎神与人之间的。'(Heisagreatspiritand, likeallspirits, heis intermediate between the divine and the mortal.)"④ 又如，胡小石《解酲》中的"招魂谁似幽都好，欲把灵均换但丁"。再如，吴世昌《清平乐》中的"不见班超投笔，拜伦悔作诗人？"在这里，如果不知道"但丁"、"拜伦"是谁，那将很可能再次产生"项羽拿破仑（轮）"式的现代诗学笑料。在内容方面，则是直接把大量具有现代性意义的思想、学术与价值内容直接输入到传统的旧体诗词之中。由于现代学术的发

---

① 《钱仲联，陈衍诗论合集》上册，福建人民出版社 1999 年版，第 430 页。

② 《登天台观石梁瀑布》。

③ 《车经荔浦、阳朔至桂林，望沿途诸山》。

④ 萧公权：《问学谏往录——萧公权治学漫忆》，学林出版社 1997 年版，第 165 页。

生过程是以纯粹理性机能的发育为根本标志，因而它必然要彻底突破古典诗学中"言志"与"缘情"这两种主导模式，一方面，把古典诗学中的"伦理之志"提升为一种建立在理性批判基础上的"独立之精神"；另一方面，也把那种在传统农业社会中孕育的情感方式发展为一种经过现代启蒙之后的"自由之思想"。这正是现代学者的旧体诗词不同于一般的遗老遗少之作，因而成为别具一格的现代中国思想学术文化史重要研究对象的根本原因。

（原载于《河北学刊》第 26 卷 2006 年第 5 期）

"道"的情感现象学

——《二十四诗品》新探

刘旭光

一、当下《二十四诗品》研究的方法论困难与契机

自 1994 年陈尚君、汪涌豪两位先生对《二十四诗品》的作者提出质疑以来，《二十四诗品》的研究就陷入了困境之中。围绕着《二十四诗品》是否为司空图所作，形成了否定和肯定两种态度。经过近十年的探索，应当说，双方都没有找到决定性的证据解决这一公案，尽管近年来所有"认为它非司空图所作的根据逐一被否定或受到有力质疑，《二十四诗品》仍为司空图所作的可能性就愈来愈大了"①，但毕竟没有一个强有力的肯定性的证据把质疑彻底打消，只要这种质疑在，就"必然"会带来《二十四诗品》在研究方法上的困难，这一"必然"是由古典文艺理论研究的方法论造成的。

中国古典文艺理论研究的基本方法是历史唯物主义研究。历史唯物主义研究简言之是这样一种方法：它强调，社会存在决定社会意识，社会意识是社会存在的能动反映。在具体的理论研究中，这种方法在本质上是一种反映论。它认为，一个文本或一种思想，实际上是一种文本之产生年代的一般状况——政治、经济、文化、宗教、意识形态等，和思想者本人之具体状况——如其思想、情感、阅历、社会地位和其复杂的社会关系等的反映。而作家的具体状况又和时代的一般状况具有内在的联系，间接地受其支配，是时代状况的特殊反映。同时这种方法也要求历史和逻辑的统一，也就

---

① 张少康：《司空图及其诗论研究》，学苑出版社 2005 年版，第 139 页。

是说在历史定位的前提下还要进行逻辑定位，从思想自身的继承与发展关系，以及它所反映和解决的时代课题，再对其进行价值判断。这种方法落实在《二十四诗品》的研究上，就体现为把《二十四诗品》作为司空图个人状况，包括其思想、地位、阶级属性、经历、宗教信仰等因素直接或间接的反映。以研究司空图的方式研究《二十四诗品》，再以研究司空图所处时代的方式研究司空图，结果是，研究的起点是《二十四诗品》这一文本，而结论却往往是对作者及其所处时代之社会历史的描述。

一般来说，这种方法是行之有效的，唯物反映论是真理，没有什么思想或艺术能够脱离它的时代。但这种研究是有前提的：文本、作者和时代这三个环节必须是明确无误，任何一个环节上的不确定，都会阻碍历史唯物主义的反映论研究的进行，而这正是当下《二十四诗品》研究的困难所在。不能断定作者，就无法断定文本的年代，这在历史和逻辑两方面都阻碍了研究的展开。首先是历史定位的困难，这使得反映论式的研究无法进行；其次是逻辑研究的困难，丧失了历史定位，就无法对其从思想史的角度进行逻辑定位和价值定位，也就无法确定文本要回答什么样的时代课题。

面对这样的困境，近十年来《二十四诗品》研究呈现出了以下几个方向：最主流的研究是以考据的方式来断定《二十四诗品》的作者与时代，经过近十年的探索，成果也是相当丰硕的，陈、汪所提出的质疑材料几乎都被否定了，但"质疑"本身并没有被否定掉，现在能得出的最积极的成果是断定《二十四诗品》的成书不晚于元代，宋代可能就已出现，但没有材料能确证该书就是司空图所作，最根本的问题在于，还不能说明为什么自晚唐到明末700年间《二十四诗品》在公私著述中皆不见称引。这是个问题，文本的流传最能说明文本的存在①，所以仍然需要更有力的证据来结这一公案。其次，困境带来了理论上的尴尬，无法断定作者也就无法断定时代，反映论式的研究几乎无法展开，历史和逻辑定位也就谈不上了。这造成了批评史和

---

① 张少康先生在其新著《司空图及其诗论研究》第145页中认为这不是一个问题，因为《二十四诗品》只是对诗歌意境的一种生动形象描绘，而不是论诗歌作法的，所以一般人诗歌创作时很难引用它。这个说法难以服人，即便没有创作上的指导性，也是有理论上的反思性的，它在理论上的完整性与系统性是值得创作者和研究者关注的，自明末后《二十四诗品》受到的极大关注恰好说明了这一点。

美学史研究的困惑，对此大家普遍的心态是把这一文本悬置起来，只是把它作为司空图诗学思想的附录，只对文本的思想进行介绍而不作定位，等待考据上的最后定论。再次，研究还是继续进行，要么倾向于发散性研究和比较研究，如研究它和中国画论，和意境概念的关系，与易经的关系等，也有对它进行比较研究的；要么对文本进行细致的考释，为更好地理解文本作好基础性工作。这两种做法的好处是可以回避年代与作者问题。最后是体现在张少康先生的新著《司空图及其诗论研究》中所体现出的做法，回到对司空图的研究，在司空图的其他文艺思想与《二十四诗品》进行细致的比较，寻找二者的共通处和理论上的一致性，从而说明该书"有可能"是司空图所作。应当说这是除考据研究以外当下最现实的态度，但这种研究仍然执着于反映论式的研究，而且所得到的也仅仅是"可能"，"可能性"毕竟不是"现实性"，这仅仅是一种权宜之计，仍然不能对文本进行历史定位与逻辑定位。

有困难就有契机，历史唯物主义的反映论研究面临困难的时候，对别的研究方法来说就是契机。由于历史的原因近五十年来的古典文论研究侧重于反映论式的研究，而对文本自身的逻辑研究偏弱。也就是说，对文本的逻辑结构、理论目的、形上价值等纯思想路线研究不够。按恩格斯所说的，"思想材料有相对独立的发展"，也就是说纯思想史研究是可以的，有价值的。深入挖掘文本的思想内涵，并以各种方法对之进行再解读，这貌似玩"玄"，但仍有价值，特别是反映论研究处于困难的时候。对于《二十四诗品》的研究来说，著作权的悬而未决恰恰可以促使我们暂时放下反映论研究，斩断它和司空图的联系，拒绝用司空图的思想来阐释这一文本，展开理论思辨，转向逻辑结构与逻辑线索研究，挖掘它新的理论价值，这或许是现在《二十四诗品》研究的契机所在。

二、《二十四诗品》的逻辑核心——"道"

要对一个文本进行纯理论研究，就要断定这个文本是不是一个完整的体系，是不是具有逻辑核心，以及这个体系要说明什么问题。关于《二十四诗品》的理论目的，也就是它的主旨，有以下三种说法：其一，认为它是对诗的审美风格或审美图式进行系统描述，是品评诗格；其二，认为它是对

"诗家功用"的提炼与概括，是诗的哲学，是对诗歌创作过程中各环节，如诗人的人生观、创作的方法、诗的品题等问题的指导，收入《诗品集解》的清人许印芳所作《二十四诗品跋》（集解73页）就持这种看法，朱东润先生也有相同看法，《四库提要》说它"诸体毕备，不拘一格"也是有道理的；其三，认为它是品评诗境的，是对诗歌境界的描绘，王士禛、罗根泽、张少康等人都持此种看法。①

第一、三种看法没有把二十四诗品看作一个理论整体，认为各品之间是平等的，它就是描述审美风格或诗境，别无目的。第二种看法倒是想把它撮合成一个理论整体，但从创作过程、创作方法或者"诗的哲学"的角度，要么失之牵强，要么失之空泛。结果倒是清人杨振纲说得好："读者但当领略大意，于不解处以神遇而不以目击，自有一段活泼泼于心胸中……持以不解之解，不必索解于不解，则自解矣。"②

理论研究就是要把可悟而不可说的东西说出来，所以杨氏之说虽为良言，但不是良方。如果不满于以上几种说法，就必须对《二十四诗品》进行逻辑重建，第一步，找到逻辑核心；第二步，以这个核心统领二十四品，使之成为一个完整的理论体系；第三步，在前面两步的基础上，解说《二十四诗品》的理论价值与思想史价值。我们从第一步开始。

《二十四诗品》的逻辑核心是"道"。这是因为，《二十四诗品》在描述诗歌境界的时候，几乎都是以道为核心展开的，似乎是在自觉地在具体诗歌意境与道之间建立联系，这一点在近十年来关于《二十四诗品》之本旨的研究上是共识，许多学者在《二十四诗品》与道的关系上作了深入而细致的研究。从《二十四诗品》所使用概念的角度来看，"道"出现了7次，加上道的同义词或家族类似的词，如"大用"、"真体"、"妙机"、"太和"、"自然"、"天钧"、"真宰"、"真力"、"天枢"，这构成了二十四品的核心概念。然后是作为道的属性或本质特征的概念，真，出现11次；空，6次；神，6次；素，5次；淡，3次；幽，7次。在篇幅本身不大的《二十四诗品》来说，这

---

① 对历来《二十四诗品》主旨之研究的概括，可参看程国赋《世纪回眸司空图及二十四诗品》，《学术研究》1996年第6期；周甲辰《二十四诗品主旨探源》，《忻州师范学院学报》2002年第3期，这里不再展开。

② 《诗品集解·续诗品注》，68页，人民文学出版社1981年版。

非常能说明它的理论核心是"道",而它又大量化用了老庄思想及其话语典故,还有陶渊明诗的诗歌意象,①这足以说明,《二十四诗品》的理论核心是"道"。

与这种"道"核心相伴生的是"道"在心灵中的显现,也就是"人"的形象,也构成了《二十四诗品》的核心。自庄子开始,"道"这种天地本真境界就和人的精神境界是统一在一起的,它和人的最高心灵境界是相通的,"人"的意象在诗品中出现了16次,核心是"幽人",然后有"高人"、"深谷美人"、畸人、可人、佳士、壮士、看诗之人、行歌之人等等。这说明"人"的意象群也是《二十四诗品》的核心之一,而且这种"人"的意象又和"道"有某种内在的联系,都是那种符合道家理想的人格与人的精神状态。

除了道与人这两个主导词外,我们还可以看到大量对"景"的描述,如流云、春水、长空、明月、清露、碧松、空潭等等意象,俯拾皆是。这样一来,我们就发现,《二十四诗品》主要由三个意象群构成,也就是"道—人—景",这就带来了本文真正的理论问题:这三者之间是什么关系?要回答这个问题,就必须对《二十四诗品》的叙述模式进行一个深入研究。

三、《二十四诗品》的叙述模式

这里所说的叙述模式是说,文本以什么样的方式展开对每一诗品的描述或解说,按笔者的理解,《二十四诗品》在叙述中基本是以两种模式展开的,第一种叙述模式体现为这样的表达公式:概括——景物——阐释。概括是指对某一诗品的描述首先进行总体上的概括,而这种概括总是和道的某种状态或性质结合在一起,然后把这一种状态和某种景物及其境象联系起来,最后阐释道和这种景物之间的关系或者二者结合之后所达到的效果。如"缜密","是有真迹,如不可知,意象欲出,造化已奇"。这一句是对缜密这一诗品概括性的描述,这一描述以"造化"(道的另)为归结点。"水流花开,

① 关于这种引用请参看韩文革撰《二十四诗品与老庄哲学》一文,见《武汉理工大学学报》社会科学版2003年第3期;也可见张法著《中国美学史》第四章第六节的内容。

清露未晞，要路愈远，幽行为迟"，这一句是以"景"的方式对诗品进行再描述。最后一句"语不欲犯，思不欲痴，犹春于绿，明月雪时"，则是对缜密的进一步说明与阐释。再以"含蓄"为例："不著一字，尽得风流。语不涉己，若不堪忧。是有真宰，与之沉浮。"这三句首先是概括，然后将之与真宰也就是"道"结合起来，再后是"如渌满酒，花时返秋"，这一句是以形象化的方式，以景物的方式进行描述；最后是"悠悠空尘，忽忽海沤，浅深聚散，万取一收"，这是对含蓄这一诗境的再阐释。以这种叙述模式展开的诗品有：雄浑、冲淡、绮丽、自然、含蓄、缜密、豪放、精神、疏野、实境、形容、超诣、旷达、高古。

第二种叙述模式以景象加阐释的方式展开，如"劲健"品，"行神如空，行气如虹，巫峡千里，连云走风"。这一句是以形象化的方式对劲健品的描述。"饮真茹强，蓄素守中。喻彼行健，是谓存雄。天地与立，神化攸同。期之以实，御之以终。"这是对劲健的阐释。以这种方式展开的诗品有：纤秾、沉着、典雅、清奇、委曲、悲慨、飘逸、洗练、流动、劲健。

在第一种模式中，"概括"是从"道"的角度对诗之"品"的提炼，甚至直接就是对道的性质与特征的描述；而"景物"部分则是刻画一些景象或者是一幅图景，而这些图景恰恰是和前一部分所概括出的东西之间有一种契合，也就是说，有或说明，或指示，或会意，或比喻，或象征等等的关系；"阐释"是指，对前面所描述的意象在内涵上有指示与说明，或是对所描述的诗品之风格特征进行总体上的点拨，这种阐释本质上是一种议论。第二种叙述模式只是没有第一层概括，其后部分是相同的，只不过图像化的东西更丰富一些。

这样一种叙述模式实质上来自理论上的逆向表述。一般来说，对诗之"品"的概括，是一个从大量感性材料不断进行概括与集中的结果，也就是把诗境中的画面、色彩、情感、意蕴、气象等因素进行综合考虑，然后把综合的结果用一个术语表述出来。这是一个进行抽象的过程，这就是像"雄浑"或"清奇"这些表达诗品之术语产生的一般思维过程。但是被它所概括的图像与意蕴又是不确定的，是需要以理解者的审美经验为基础并以其审美联想进行补充的，这就使得术语自身没有明确的所指。因此对于这样的术语进行解释是非常困难的，因此《二十四诗品》把术语产生的过程颠倒过来，以逆向的方式进行表述。首先尽可能地把某一诗品的特点描述出来，然后以富于情感、色彩、意蕴的境象来展示这些特点，再对这些特点进行一个风格上的或效果上的阐释；或者直接把术语所从之出的境象摆出来，用术语所概括的景象来说明术语的内涵。这样一来，把观念性的东西的形成过程反转过来，就成了对于观念的解释，这就是《二十四诗品》叙述模式的根源。

还有一个问题，在每一品中，总是有"景"又有"人"。那么，"人"和"景"又是什么关系，这就构成了《二十四诗品》另一层面上的表述模式。《二十四诗品》中"人"的因素出现在两个层面上，在一些诗品之中，人是作为潜在的"观景者"出来的，是景的体验者，他自身并不出现，如纤秾、高古、自然，"他"和读者是同一的，他在体验和感受着诗品中所描述的景象；而另一种"人"则直接出现在景象中，如幽人、畸人、美人、佳士等，他们是景的一部分，也是景的当下体验者，是和景融为一体的，这一点在冲淡、沉着、精神、典雅等品中可以看出。作为"观景者"的人，是景的接受者，景自身的情感因素通过这种"观"就转变成了观景者的情感状态，作者之所以描述"景"就是为了引发"情"；作为一种景观的人，他的情感状态和他所处的景象之间是直接统一的，他的在场就是情感的在场。这两种人与景的关系构成了《二十四诗品》另一层面上的叙述模式。在这种模式中，景的因素和人的因素统一在了一起，景要么是对人的情感状态、精神状态与生命状态的指引（景引发情），要么直接就是这种状态的显现（情显现为景），景语和情语相互引发又相互印证，这样，人的因素就转化为广义的"情"的因素。

这一转化意味着，《二十四诗品》所描述所有二十四种诗境，实质上就是二十四种人的情感状态和生命状态，是二十四种人生境界。诗境直接展现出来就是"景象"，而景象本身又引发"情"或者就是"情境"，因而以景象为中介，诗境与情境统一在一起，这符合诗的规律——"一切景语皆情语"。

通过对《二十四诗品》叙述模式的研究，我们可以发现，每一诗品都是一种情语，是对人生境界与情感状态的指引，而几乎每一诗品都是以"道"为核心展开的，然后每一诗品又都是以一种"景象"的方式展示出来，似乎在"道"、"景"、"情"之间有一种内在联系，这是不是一种启示呢？

四、道的情感现象学

这确实是一种启示，在《二十四诗品》中体现出了"道"、"景"、"情"三者的统一，在它的叙述中，"道"以"景"的方式展现出来，"情"也以"景"的方式展现出来，道既是景，情亦是景，那么是不是可以推论说，"道"即是"情"？

从形式逻辑的角度来说，这当然是可以的。问题是，这一推论有什么意义呢？我们知道，在以道家思想为基础的文艺理论与美学思想中，往往把文艺的本质归之于"道"，在老、庄的思想中，就暗含着将"道"作为"美"的本体的思想，甚至非道家的文艺理论家也会自觉把文艺的本质归之于道——尽管对"道"会有不同的理解——最能代表这一路线的是刘勰的思想，在《文心雕龙》的前五篇中刘勰将"文"与"道"统一在一起，按"道沿圣以垂文，圣因文而明道"的线路确立了文艺的道本体论。但从文艺创作的实际情况来看，谁都不能回避文艺与情感的关系，这就有了对文艺之本质探索的另一条道路——"情"本体论，如《礼记·乐记》、陆机的《文赋》等，文艺的本质和源泉被认为是情感。这两种观念①都有其合理性，但问题是，以道为本体的理论怎么解释文艺当中的情感问题，而以情感为本体的理论如果不能上升到"道"的高度，就无法揭示文艺的形上追求。这就关系到，道和情感是什么关系。

这样我们就能看到《二十四诗品》的理论价值。在之中，诗的本体是"道"，诗境的核心是"道"，而道又是以"景"与"境"的形态显现出来的，景又传达出"情"。"道"、"景"、"情"三者在《二十四诗品》中圆融一体，这就解决了道本体与情本体之间的关系问题，把两条道路汇合在了一起。按《二十四诗品》的叙述模式与逻辑框架，诗境的本源是"道"，是"道"的某种形态与特征的体现，同时诗境又是人之情，是人生境界，这就有了情与"道"之间的统一关系：道显现在文艺之中，首先展现为某种景象，而情

---

① 这两种观念在罗根泽先生的《中国文学批评史》中大致分为缘情派与载道派，见其书23页。

又和景统一在一起，景是情的感性化，情语以景语的方式言说出来。在三者之中，道是核心，情是目的，景是手段，道是情的本源，景是情的"现——象"，景也是道的"现——象"。因此，我们说《二十四诗品》的逻辑框架是"道的情感现象学"。

"道的情感现象学"这个术语所使用的"现象"一词，是指"展现为感性景象"，"情感现象"则是指这一展现出来的景象是包含着情感特质的。它所解决的理论问题是，作为文艺本体的道，它在文艺之中一定体现为一种"景象"，而该景象又与某种情感状态统一在一起，结果以诗境（景）为中介，情感也成了"道"显现出来的一种样态。当"道"在文艺中展现为情感化的景象，与情感、景象统一在一起，这就完成了道本体与情本体的融合。以这种理论框架为核心，《二十四诗品》总是从"道"的角度解说诗境，又把诗境描述为具体的景象，并借这种景象呈现出某种情感特征与人生境界。这种情感特征与人生境界就构成了《二十四诗品》命名的根据，雄浑、自然、清奇、冲淡、典雅……这些词既是对情感状态或人生境界的描述，也是对诗境的品题，又有"道"本体的根据。形而上的"道"与形而下的"情"结合在了一起。这是这部著作最重要的理论贡献，也是它最核心的理论内涵。

还有一个问题，在《二十四诗品》的理论框架中，"道"和"情"统一在一起，但"道"是单一的，而情感是多样的，用单一的"道"如何解释情感的多样性？如果这个问题不能回答，那么道和情之间还不能实现真正的统一。这就需要我们玩味一下《二十四诗品》的结构和每一品之间的关系。

首先是有没有这种结构与关系？这是个仁智各见的问题，说没有的主要把《二十四诗品》作为诗境与审美风格的描述与分类，各品之间有差异却没有逻辑层次上的差异；而承认其有的，最主要的是把《二十四诗品》作为一个关于创作流程的整体结构，要么是把它作为一个某种文化体系的隐喻，比如把它与《周易》进行联系与比较①，解说它为什么是"二十四"这样一个数字以及它与二十四节气之间的关系，而且它以雄浑起而以流动收，与

---

① 详见赵福坛《我对司空图二十四诗品及其体系之点见》，《广州师范学院学报》（社会科学版）1996 年第 1 期。

《周易》乾卦起而以未济收有相似性。在这个问题上我们的看法是，既然以"道"为二十四诗品的逻辑核心，就应当从这个核心的角度思考每一品与道的关系，从而以道为主线将二十四品串起来。

道本身的性质是生生不已，流转不息，"动"是它的本质属性之一，而《二十四诗品》在解说每一品时，都体现出了"道"的这种动态性质。我们可以把每一品都视为"道"的某种状态，将所有这些状态串起来，就构成了一个道气氤氲、流转变化的轨迹。雄浑是道的本真状态，以冲虚为体，最后一品流动是道的现实状态，以变化为主。其间之二十二品，从叙述的模式来说，凡把它从道的角度进行概括与阐释的，或从道之动静的角度，或从道之隐显的角度，或从道之收放的角度，或从道化之曲直的角度进行描述。诗境从雄浑到流动的流转变化，就是道的流转变化的体现，每一品都是道的某种样态，这就构成了《二十四诗品》深层的动态结构，核心只有一个，而显现出来的样态却有二十四种。它的表层的动态体现在，作者在对每一诗境进行描述时，显然描述中是带有动态因素的，要么是人物的动态，要么是景物的动态，我们总能在每一品当中找到那么几个动词或动态性的情境，恰是这些东西最能说明诗境的核心。恰恰是这不同的动态指引出了不同的情态，景物自身是包含着这种情态的。这就在道的动态与情感的样态之间有了一种联系：道的样态决定着情感的样态。每一品都是道的体现，而每一品都有不同的情感因素。这样一来，道的状态就是情的状态，道的运化流转造成了情感状态的多样性。从这个角度来说，道与情的统一真正完成了。

《二十四诗品》核心性的词语是"道"、"景"，指向的却是"情"，诗品的每一个题名，都既是一种道的状态，也是一种景的状态，也是一种情感状态或者人生境界。《二十四诗品》把三者统一在一起，组成了一个以"道"为核心，以"情"为目的，以景为手段与感情形态的理论系统，既解决了情与道的关系问题，也提炼出了一个系统的民族审美图式与审美风格体系。更具有启发意义的是：一般我们把民族审美精神中最核心的范畴——意境的本源归之于"道"，而自明代以后的诗歌理论，意境最一般的理论内涵是情与景的统一，无论王夫之还是王国维都是从这个角度提示意境之内涵，还没有自觉地把道与意境联系起来，而《二十四诗品》却自觉地进行了这种联系，而且达到了三者间的统一。从《二十四诗品》所表现出的"道的情感现象学"作为一种方法与思路，对于我们研究意境理论，研究意境的产生及其内涵都有重要的启发性与理论意义，但这已经超出了本文的范围，不再多言。另外，如果说"道的情感现象学"不是对《二十四诗品》的一种过度阐释的话，如果《二十四诗品》的这种理论叙述模式不是一种偶然的话，就带来了另一个问题，这个文本从思想内涵上与思想方法上都是比较成熟的，我们有理由怀疑在晚唐的时候诗学领域内是不是可以产生在理论上这么深刻与成熟的理论，这些东西显然超出了司空图的"三外说"。还想要补充一点的是，在司空图的其他文论中没有哪一篇是把诗境与道（及其族类词）结合在一起的，这有点奇怪，只有《诗赋赞》一文的第一句"知道非诗，诗未为奇"，将"道"与诗并提。按我们的思路这句话可以理解为：对一首诗来说，知道了"道"还不是诗，这样的诗还不算奇。以下诸句都是在描述诗之奇，通过这一句我们可以推论，描述或解说"道"还不算是诗，只有把道、情、景统一在一起才算是诗。如果司空图真是这样说的，那么这就可以作为司空图与《二十四诗品》之联系的佐证，但麻烦的是这是清人许印芳在其《诗法萃编》中所引的，与《全唐文》相同，但是在《四部丛刊》中却是"知非诗诗，未为奇奇"，意义全变。这或许是个契机，这两种版本谁对，知"道"这个说法是那里来的？弄清这个问题或许有助于解答《二十四诗品》的著作权问题。

（原载于《文艺理论研究》2006 年第 6 期）

文化生态学：风筝文化研究的新视角

唐建军

　　风筝是一种集设计、造型、扎糊、绘画、放飞于一体的、具有观赏价值、社会娱乐和健身作用的反映民俗生活和民间审美情趣的民艺品物，它起源于中国，已有两千多年的历史。由于风筝属于民间文化、俗文化、下层文化的范畴，在古代中国数千年的发展中，长期被视为乳齿小儿的戏耍物品，登不得大雅之堂。20世纪70年代末80年代初，随着中国对外开放的不断深入和经济全球化趋势的不断加强，风筝蕴含的巨大的经济价值显露出来，成为各地开展文化交流活动和旅游活动的载体。各地的风筝协会纷纷建立，风筝节、风筝会盛行全球，世界上已有十几个国家举办过国际性的风筝交流活动，这些活动使古老的风筝艺术在新时代焕发出新的活力，极大地带动了地方旅游活动的开展，风筝文化成为一种重要的旅游资源。然而，相比于各种红火的风筝实践活动，对风筝文化的理论研究相对滞后，在新的历史条件下，寻找新的视角加强对风筝文化的研究，从而更好地保护和发展这一文化显得尤为重要。

一、风筝文化的研究概况

　　风筝的历史虽然很长，但自古以来对风筝的研究相对来讲是比较少的。在古代，中国只有两本风筝图谱：一本是南宋徽宗的《宣和风筝谱》，民国时还有人见到，现在已经不知所归。二是孔祥泽从日本人手中摹下来的曹雪芹的《南鹞北鸢考工志》。20世纪30年代，有陈泽风的《风筝》和王健吾、金铁盦的《风筝谱》。新中国成立后至"文革"前，有田稼的《放风筝》和王家乙、何振淦的《风筝》。从 20 世纪 70 年代末 80 年代初开始，对风筝的研究多起来，但从笔者所能收集到的研究成果看，80 年代对风筝的研究只是围绕风筝这一民艺品物本身进行的，内容涉及风筝的起源、流派、扎制技巧、风格特点、用途、种类、传说等，大多只是情况的说明和资料的堆积，对风筝艺术的研究缺乏理论上的提升，可以说还是一种较初级的研究。潘鲁生在《民艺学论纲》中指出民艺学研究的学术取向大致有两大方面："一是作为文化存在的现象研究；二是作为生活整体的过程研究。……作为文化的民艺它体现出艺术的特征，作为生活的民艺，它体现出民俗的和社会的特征，这两种学术取向是相辅相成的……"①遵循这一认识，对民艺学研究对象之一的风筝的研究，90 年代之前基本上是从第一个学术取向方面进行的，即更多地将风筝视为一种客观存在的文化现象和艺术作品，注重对这一文化现象自身包括其源流、造型、体裁、绘画、制作技艺等方面的研究，忽视风筝文化与民间社会生活的联系，不考虑它的历史因素、社会因素和功能因素。实际上，风筝既是一种艺术品，又是与民间社会各个方面存在广泛联系的整个民间生活过程的一部分。它"不仅仅是静止的艺术现象，同时又是具有生活意义和生存意义的过程"②。所以，"如果说作为文化现象的民艺所关注的是艺术本体的话，那么作为生活整体的民艺的研究，则关注人的主体性。前者注重文化的历史意义，后者关注人的现实意义，前者是对结果的关注，后者是对生活的关注。这是两种不同的学术取向，是两种相辅相成的研究方法，在学科研究上可互为补充。"③

可喜的是，90 年代以后，适应实践发展的要求和保护民族民间文化的需要，出现了从文化学、社会学、民俗学角度对风筝艺术进行研究的趋势，于云汉、李在泉的《中西风筝发展的分流与趋同》比较了中西风筝不同的艺术特色和社会功用，并从文化传统的角度对产生这种差异的原因进行了分析；罗军的《从南通风筝看民艺功能的综合发挥》通过对南通风筝的分析，指出了南通风筝特点与其地理环境的关系，归纳了民间艺术的社会功能；谢

---

① 潘鲁生：《民艺学论纲》，北京工艺美术出版社 1998 年版，第 21、23—24 页。
② 潘鲁生、唐家路：《民间工艺文化生态保护与调研纵横谈》，《山东社会科学》2001 年第 2 期。
③ 潘鲁生：《民艺学论纲》，北京工艺美术出版社 1998 年版，第 21、23—24 页。

婕的《潍坊风筝工艺传承的历史考察》对潍坊风筝工艺传承的模式进行了探讨；张基振、虞重干的《风筝起源：文化人类学的视角》从文化人类学的视角对风筝的起源进行了分析；刘秋芝的《风筝与俗民生活——以山东潍坊风筝为个案》，从民俗学角度探讨了风筝文化与俗民生活的密切关系，揭示了风筝民俗事项在民众物质生活和精神生活中的作用与地位。以上成果各自从某一个方面对风筝文化艺术进行了研究，可以说已经开始了对风筝艺术"作为生活整体的过程研究"。然而，风筝艺术在我国已发展了两千多年，它超于温饱范围却能历经千年而长存至今，在人民大众中始终有魅力和生命力，相对于这样一个历史悠久、包含着浓郁民族特色的娱乐方式和民间文化载体，仅有以上成果还是远远不够的，这些成果仅是截取了某个区域的风筝艺术或风筝艺术的某个方面进行了研究，仅是"作为生活整体的过程研究"的片断和侧面，还缺乏对风筝文化整体的、系统的、动态的研究。随着风筝技艺被列入国家第一批非物质文化遗产名录，风筝作为旅游文化资源的重要性及其社会功能进一步凸显。面对与以往完全不同的社会背景和时代风貌，风筝文化应如何保护和发展？这就亟须对风筝艺术及其保护利用进行深层次的探讨和理论上的提升，以进一步弘扬和传播风筝文化，使之更加适应现代生活，文化生态学的理论与研究方法由此进入我们的视野。

二、文化生态学与文化研究

文化生态学是一门将生态学的理论方法和系统论的思想应用于文化学研究的新兴交叉学科，研究文化的生成和发展与环境（这里指广义的环境，包括自然环境、社会环境、文化环境）的关系。作为一个概念，它最早由美国文化人类学家朱利安·斯图尔德（Julian Steward）提出。虽然斯图尔德的早期文化生态学理论不无缺憾，但他所提供的研究文化学的新视角由于在一定程度上克服了以往文化理论的不足而受到广泛关注，文化生态学理论得以不断充实和完善。在中国，伴随着全球经济政治一体化步伐的加快，各种非物质文化遗产遭到破坏，各民族文化多样化、文化生态受到严重威胁，文化生态学开始成为显学。

　　之所以用生态学理论研究文化主要基于以下认识：第一，生态学研究生物有机体与其生存环境之间的关系，这契合了对人类文化与自然环境关系的研究。从文化学的理论看，人不仅是生物意义上的人，是自然的产物，同时也是社会的人，是文化的产物。文化不仅是人类文明进化的结果，也是人类与外部环境相适应和协调的手段和途径，因而文化的性质和特征与人类的生态环境密切相关，不同种族、不同地域的文化现象、文化差异、文化模式、文化变迁，是人类为了适应自然条件、生产力发展水平等所作出的选择。"每一种文化都以原始的力量从它的土壤中勃兴起来，都在它的整个生活期中坚实地和那土生的土壤联系着……"① 所以，对人类文化的研究不能无视自然环境的影响；第二，文化一经被创造出来，便与自然界相分离，在真实的自然界之上形成一个"第二自然"，并自成系统，构成了一个与自然生态系统相对应的文化系统。这个文化系统既与自然生态系统有着密切关系，又相对独立，具有整体性、层次性、系统性的特点，它因人类社会生活和需求的多样性而丰富多彩，因人类社会实践的不断进步而运动变化，所以，人类的文化系统与自然生态系统一样也具有生态性，被称作文化生态系统，其中的每一种文化包括非物质文化都是一个动态的生命体，各种文化聚集在一起，形成各种不同的文化群落、文化圈甚至类似生物链的文化链。正如美国文化人类学家怀特所说："无论在什么地方，文化都绝非文化特质的单纯相加或简单汇聚，文化要素总是组成为系统。每种文化都有一定程度的一体化和统一性，它依赖于一定的基础，按照一定的原则或系统组织起来。"② 因而对人类文化系统中的任何一个文化要素的研究都不能孤立地进行，除了要研究它对自然环境的适应外，还要研究一个大的文化圈内各种文化之间的关系。生态学系统、整体、动态的研究方法也可以适用于文化生态系统的研究。

---

① 陈绪新：《文化生态：以一种对话的视野回救现代性》，《科学技术与辩证法》2005 年第 2 期。

② [美] L. A. 怀特：《文化的科学——人类与文明研究》，沈原、黄克克、黄玲伊译，山东人民出版社 1988 年版，第 206 页。

三、文化生态学理论对风筝文化研究的启示

文化生态学把系统论思想引入对文化的研究中，与传统的文化分析方法相比具有理论上和方法上的优势，主要表现在：

第一，整体观和共生观。文化生态学把复杂的人类文化看作一个系统，构成文化生态系统的诸文化因子共同组成一个相互联系不可分割的整体，这个整体及其中的每个因子都与系统外环境发生联系，每个文化因子与整体之间以及因子相互之间也有着纵横交错的联系，因此，每一个文化因子的生存、发展都不是孤立的，它与周围的生态系统、与它所在的系统以及与其他文化因子之间存在着相互依存、共同发展的密切联系，即文化的共生。如果把其中的某个因子从系统中分离出来，它就不能完全保持其在原来系统中的性质、特征和作用，会发生不同程度的变迁或变异。把一个本不属于这一系统的文化因子引入这一系统，会发生文化濡化或文化同化现象，破坏原本系统的平衡。文化生态学的这种强调从整体上去考虑文化因子与环境之间、文化因子之间关系的视角，为风筝文化研究提供了广阔的思路。

在大多数人眼中，风筝只是一个不起眼的民间玩物，但如果我们细细考察，它却具有多重身份，既是娱乐用具，又是传统技艺，还是民间艺术，所以，它含有文化、艺术、体育、科技、民族性等多重概念，是一个复杂的综合体。风筝凝聚了民间的生活方式、思想信仰、审美情趣，它的产生、发展和演变与一地的自然环境特点、时代的生产力水平、特定时期的经济、政治、文化政策密切相关。正如法国艺术史家兼艺术评论家丹纳所指出的："认定一件艺术品不是孤立的，在于找出艺术品所从属的，并且能解释艺术品的总体。"① 民间文化对于民间艺术来说如同一种生态环境，在这种生态环境中繁衍、生长了不同的民间艺术果实，如果仅仅局限于对艺术产品本身的研究，那么就会丧失其内在的生命力。"如果我们不把民艺创造最大限度地还原到民众生活和民俗活动的动态结构中去，在广泛的生活领域里探寻其艺术精神及其与生活的本质的关系，就必然会失去那些丰富的文化意义和生动

---

① 〔法〕丹纳：《艺术哲学》，傅雷译，人民文学出版社1981年版，第4页。

活跃的整体的生活内涵。"① 风筝作为一种民间文化的载体，与古代文明史紧密相连，与古代科学技术的发明发展历程同步，与俗民生活和信仰相互结合，并与历史上的哲学观点、政治主张、审美心理等多种因素相互影响、相互依存。所以它与其他艺术一样，"与自然环境、社会环境及文化背景的关系是密切联系的，彼此之间既互相影响，又相互促进、相互制约，一定的自然环境、社会环境及文化传统可以视作艺术产生与发展的重要的文化生态基础，彼此之间的关系又是全面的、动态的、联系的、发展的"②。可见，对风筝的研究正好需要文化生态学这样一种整体的、系统的理论和方法。

第二，多样平衡观。系统论认为，生态系统是由一定空间内生物成分和非生物成分组成的具有一定结构和功能的生态学单位。生态系统内部具有自我调节能力，调节能力的大小依赖于系统内部的生物多样性。结构越复杂、生物多样性越丰富，生态系统的自我调节能力越强。但是，生态系统的自我调节能力是有限度的，超过了某个限度，调节也就失去了作用。文化生态学认为文化生态系统有着与自然生态系统相同的特性。人类社会的正常发展也赖以多种文化、多种智慧的渗透。环境主义者有一个很形象的比喻，我们的生态系统好似一架飞机，我们人类就坐在这架在太空中飞行着的飞机上，每一个物种就相当于飞机上的一个铆钉，每个物种的灭绝都意味着一个铆钉不翼而飞，长此以往，人类自身的安全怎能得到保障呢？人类每一种文化的形成也是经过了几千年甚至上万年的积累而发展起来的，它们的经验和智慧、它们的信息库藏也是其他的文化所无法代替的。文化形态的多样化是文化生态系统生命力和活力的表现，不同形态的文化作为文化物种链上必要的一环，各有自己的位置，彼此关联，保持着文化生态的整体平衡。如果文化种类减少，不断灭绝，文化环境遭到破坏，人类的文化生态就会受到威胁。"在现代文明迅速席卷全球的今天，以人为中心的观念正使得生物圈内的生物在急剧地递减，同样，以西方文化为中心的观念也正在使得文化圈内的文化种类在急剧递减。同时，是不是也可以说，人类现代的物质文明是以生物的多样性减少为代价的，而人类现代的精神文明却是以文化的多样性减

---

① ［法］丹纳：《艺术哲学》，傅雷译，人民文学出版社 1981 年版，第 4 页。

② 唐家路：《民间艺术的文化生态论》绪言，博士论文，第 7 页。

少为代价的。我们现在感到的是自然生态的被破坏,自然资源的在减少,但同样我们将面临的还有一个文化生态的被破坏和文化资源在减少的问题。"①就生态系统文化多样而言,正如美国学者基辛格所说:"文化的歧异多端是一样极其重要的人类资源。一旦失去了文化的差异,出现了一个一致的世界文化,虽然若干政治整合的问题得以解决,就可能会剥夺了人类一切智慧和理想的源泉,以及充满分歧与选择的各种可能性,演化性适应的重要秘诀之一就是多样性……"② 文化多样性是人类与环境长期协同进化的"心理积淀",每种文化都具有独特的审美价值、精神价值、社会价值、历史价值、符号价值、准确性价值、潜在价值等多样性价值,属于不可再生性、稀缺性、不可替代性资源。

风筝属于民间文化范畴,民间文化是人类的母文化、元文化,它直观而又形象生动地表达着人类最本质的物质与精神需求,包含着丰富的人类文化基因。面对今天全球文化同质化的趋向,文化生态学的多样平衡观为我们指明了对待风筝文化的正确态度。

第三,动态开放观。文化生态学认为,文化生态系统与其环境之间存在着物质、能量和信息的交换,是一个开放系统。外部环境可以对系统产生影响,系统内部诸因子本身也有变异的可能,因而文化生态系统会因外部及内部的变化而处于不断的动态变化之中。因此,系统中的任何因子要达到与系统的协调平衡,必须顺势而为,通过自身的改变适应系统的变化。

民间艺术"其重要的特征,就是能随着时代的演进而变迁,因为民间艺术的起源,多半是由环境所需,才创造创作出来,等环境一变更,艺术自然也会随了时代的飞轮创出新的形式来"③。风筝自发明以来,从实用器物到娱乐用具再到经济文化交流的载体,其功能随着整个社会生态环境的变迁发生过几次变化,在今天新的文化生态环境下还面临着何去何从的选择,对这个问题的研究,需要结合新的生态环境的特点,看到新时代的要求,以动态开放的观点作出回应,实现风筝文化在新的生态环境中的可持续发展。

第四,层次结构观。与系统论思想相一致,文化生态学认为,构成文

---

① 方李莉:《文化生态失衡问题的提出》,《北京大学学报》(哲学社会科学版) 2001 年第 3 期。
② 向维凌、黄晓京:《当代人类学概要》,浙江出版社 1986 年版,第 283 页。
③ 《艺风》(影印本)民间专号,上海文艺出版社 1991 年版,第 13 页。

化生态系统的诸因子，具有无限可分性，即每个因子由它下一层次的诸因子所构成，母系统下有子系统，子系统下还有更小的系统。任何系统不仅是一个独立的系统，而且往往是另一个系统的子系统，同时又可能是另外一个系统的母系统。这样，多层次的文化系统内部的诸因子就在层次间与层次内构成纵横交错的结构关系。这种结构关系就决定了每个文化因子既是纵向传承的，又是横向传播的。

风筝，与其他的民间艺术品一样，就其创作、欣赏和消费来讲，是千百万人的群体行为，所以它的产生、发展、衰落不是纯然由人们的兴趣、好尚决定的，也不是某种外在力量所能任意支配的，而是受着特定的环境条件的规定和制约，这个环境条件既包括自然环境，也包括诸多社会环境，如社会经济条件及其运转秩序、上层建筑的内部关系、社会心理取向、民族文化与世界文化的交往关系、文化之间的相互影响等，还包括风筝自身的资质与社会、文化的适应性程度。所以，我们要全面系统地分析风筝文化与环境的关系，既要分析风筝与自然环境的关系，又要分析风筝与整个社会文化大系统的关系，还要分析风筝自体系统与社会的适应性。

除了研究风筝与各个层次的环境关系之外，层次结构观还提醒我们在研究风筝文化时既要研究它时间轴上的纵向传承，又要研究它空间范围的横向传播，从而探讨在不同的文化生态环境中，风筝的艺术风格或存在形态等方面的变化，只有这样，才能更清晰地看到风筝文化与各个相关生态环境的关系。

综上所述，文化生态学的基本思想理论和方法对研究风筝文化有重要意义。运用文化生态学理论研究文化的目的，是要建设生态文化，也就是一种可持续发展的文化，文化生态学视角下的风筝文化与它所处的各个层次的文化系统能够共生、协调，就能够持续发展，达至文化繁荣；反之，若与各个系统不相协调，不能共生，就只能萎缩、消亡。

（原载于《民俗研究》2007 年第 4 期）

"新美学"的流行与美学何为

范玉刚

当今时代无论被命名为技术时代抑或大众文化时代，都意在凸显某种难以言说的景观，这是一个为吸引"眼球"而假借广告媒介致使审美幻象泛滥的矫情时代。追求快节奏动感生活和速度的现代都市人已被各种"视像"和"符号"包围，为各种审美时尚、审美风格和审美趣味吸引，大量"幻象"及复制品逗引得大众如飞蛾扑火般疯狂。在传媒资讯操控下，大众文化"生活在别处"的感觉如同"幻象"被植入大众的日常生活。于是，生成于特定界域的"日常生活审美化"僭越为一种普遍性话语和时尚化的诉求目标，经过整合与嫁接，以"新美学"名目隆重出场，并假借文化产业迅猛崛起之势，在消费主义文化语境中膨胀为另一种"宏大叙事"，以"媚俗"的美学意味充当了消费主义意识形态的"守夜人"。

一、"新美学"得以可能的界域

为消费主义文化辩护的"新美学"有其出场的历史的和现实的机缘。作为一股流行的审美思潮，它的生成既有西学背景，又有东渐后重新语境化的转换及生成于本土的某种诉求，也可以说是美学理论"介入现实"的自觉转向。它切合了整个当代文化转向的全球化大众文化崛起的事实，并在改写美学研究方向凸显现实品格的实践中，显现出契合时代的积极意义和合理性。其实，早在西方后现代打出"日常生活审美化"旗帜之前，丹尼尔·贝尔就注意到"新美学"的萌芽，并把它与当代文化转向关联起来。"当代文化正在变成一种视觉文化，而不是印刷文化，这是千真万确的事实。这一变革的起源与其说是作为大众传播媒介的电影和电视，不如说是人们 19 世纪中叶开始经历的那种地理和社会流动以及应运而生的一种新美学。"①在大变革的社会潮流中，脱出形而上学视野的"新美学"催生了现实中无数的审美化现象，各种审美文化的兴起和泛化又在肌理层面销蚀着经典美学的内涵。

伴随当代视觉文化转向，在契合"一切等级的和固定的东西都烟消云散了，一切神圣的东西都被亵渎了"②的后现代氛围中，某种特定意味的新审美观应运而生。在"新美学"原则主导下，审美日益扩展到人的生活领域，解构了深度、距离、崇高的美学似乎向着它诞生之初的"感性学"回归，在向经典美学根基点的审美无功利挑战之际，它建构了以凸显"身体"、"视像"为核心特征，以追逐动感和欲望快感为诉求目标的一种日常生活修辞学。这种修辞学张扬审美的功利性、实用性和商品属性，不仅使艺术、审美在经济生活中发挥作用，吸引了工业和商业的注意力，发展出具有增值效应的艺术产业、"美丽产业"，还在消费主义文化语境中日益成为大众扮靓日常生活的一种策略。"新美学"宣称人人都是艺术家，其对艺术与生活边界的消弭，印证了贝尔的一句话："过去，艺术是一种经验，现在，所有的经验都要成为艺术。"③放眼当下，大地艺术、观念艺术、广告艺术、行为艺术、波普艺术、互联网文学、海报、博客、真人秀、生活秀、选美、模特大赛、卡拉 OK……都在解说艺术与生活边界的消失，审美活动与现实活动距离的消解。作为亚文化的大众文化的流行不仅改写了当代文化发展走向，还在某种程度上操控了传媒话语主导权。在大众文化语境中，人们已意识到日常生活日益显示与艺术的同一性和全面的审美化。美学也不再是少数知识精英的研究领域，而成为大众乃至整个社会生活特别是商家的一种组织原则。正是这种原则生发出的物质性力量在社会层面发挥影响，以此融入推动社会发展的合力之中。就此，有学者断言美学、艺术也是生产力。就发生学意义而言，今日中国社会普遍流行的"新美学"，与 20 世纪 90 年代以来大众文化崛起密不可分，特别是伴随世纪之交经济形态升级、产业结构调整引发的

---

① [美] 丹尼尔·贝尔：《资本主义文化矛盾》，赵一凡、蒲隆、任晓雪译，三联书店 1989 年版，第 156 页。
② 《马克思恩格斯选集》第 1 卷，人民出版社 1995 年版，第 275 页。
③ [美] 丹尼尔·贝尔：《后工业社会的来临》，高铦译，商务印书馆 1984 年版，第 529 页。

种种社会现实变化，以及文化格局和走向的改写，文化产业快速发展提供的强大物质性支援等，催生了当前中国社会愈来愈呈现某种物化的文化的审美的特征，这在深层次上印证了大众文化语境是"新美学"生成的界域。

若与现实拉开距离审读当下文化现象，就会明显感觉文化形态正被改写，文化"虚灵的真实"的内在价值日益为外在化、表象化和经济化所蚕食。就世界潮流而言，政治、经济、科技与文化的融合已成普遍趋势，它体现在经济产业下游化与公民需求的上游化、高级化趋势的相应和，体验经济、内容产业、审美经济等文化创意产业在经济生活中的凸显。这一趋势因电子媒介技术及其大众传媒的发达愈发强化。的确，数字化生存的电子时代出现了现实与"幻象"的模糊，尤其是"读图时代"，文化的"快餐式供给"使艺术与生活的界限愈加难以分清，人们对文化的理解愈发趋于功利性、实用性、娱乐性和游戏性，一个确然的事实是我们业已出现文化的"订单式消费"、"快餐式消费"。尽管处于发展中国家行列，但以消费文化为主导的后现代景观已是中国当下某些都市和经济发达地区的现实。

基于全球性大众文化互动和消费主义文化的流行，中国某些学者和刊物大肆张扬"日常生活审美化"，极力解构经典美学观念，为流行的大众文化张目。"在新的时代，审美首先是一种世俗人情、生活享受，然后方可言及其余"的论调不仅为大众接受，在某些学者那里也很有市场。我们固然不赞赏美学囿于理论逻辑之网、漠视鲜活生动的现实，但无视审美文化打着"审美"幌子沉溺感官欲望的肉身化和靓丽的"视像"，认为"美学家仍以形而上的超越精神论审美，着实陋于论世知人"，则难以苟同。美生成于当下缘构境遇之"几微"的本性，必然固守基本的实践品格，认为"当代美学应当走出理论美学、艺术中心论与精英立场，关心当代大众心理健康，参与造就当代大众精神幸福的文化工程"① 有可圈可点之处，但这和颇为时髦的美学要走出观念、走出精英心态、走向大众日常生活的"新美学"旨趣尚有差异。

我们从生成性视角肯定美的现实品格，属意它祈向境界的价值维度，不同于"新美学"张扬的外在拼贴的靓丽、快感的愉悦和舒适。美的生成可

---

① 薛富兴：《生活美学》，《文艺研究》2003 年第 3 期。

能有一种阻滞、精神的痛感，抑或像有的学者指出的要依存于精神生命的"苦难内涵"，但它触及人的内心，使人感动，有助于人性提升。当下市场环境中的审美，在时尚的流行中却可能构成对贫穷的无情拒斥和冷漠，以及对当前贫富差距拉大的遮蔽。尽管当下大众生活随着审美因素、艺术因素、文学因素的增加，"日常生活审美化"不再是天方夜谭，但这不能成为消解美的自主性的理由。

将审美链接到日常消费领域加以整合，并以之为追逐鹄的，则从根本上取消了经典美学的基础，即"感官鉴赏"与"反思鉴赏"的对立。经典美学推崇和维护审美的超功利，但当下美学研究随着视像的"审美内爆"和文化产业化，顺着市场的逐利逻辑，悬置了美的价值向度，不仅导致美被放逐和失去力量，成为装饰生活的花哨碎片和能指的流动，使泛滥的审美现象越来越不关乎人内心的感动、灵魂的净化及情感的震撼，还使美学家丧失自主意识，湮没于时尚。

就社会运行而言，像"分化"曾作为现代社会的主导原则一样，"审美化"几成当代社会普遍遵循的某种"组织原则"。审美不仅在人的感性生活领域攻城掠寨，其向人的所有领域进军的步伐并无驻足迹象。当下方兴未艾的文化创意产业，依托的就是全球消费主义文化的兴起和审美风尚的流行，这种思想观念先行带动产业发展的经济运作模式，受到国家、社会、学界的引导和鼓励。经济上的成功似乎印证了"新美学"的合理性，美在这些产业中往往被"借用"或"盗用"，然而又披着"合法性"外衣。当下都市时空中以视像为中心的各种景观，都在张扬着"新美学"的快感原则。日常生活的五光十色显现着它的"繁华"，大众渴望借助感性愉悦和视觉冲击慰藉疲惫的身心。于是，赏心悦目的文字与图像，无须思考的有趣故事、逸闻趣事、花边新闻，无须经专门艺术培训的艺术消费或互动，或可使紧张困顿的工作心态以别样刺激激发的狂歌劲舞与厮杀猎艳等应时出场。在迈向小康社会的进程中，物质利益追逐中的孤独、紧张、冷漠和空虚是每个现代人都要面对的生存体验。但流行的大众文化在抚慰、舒缓现代人的神经和精神按摩后，也在一定程度上使情感变得肤浅、粗鄙，导致审美趣味媚俗，越发加剧了大众为追赶时尚本已峻急的心境的焦虑，原本为拯救人的压抑的审美自由成了审美疲劳。大众内心的烦躁、焦虑和对情感的渴望被暂时抚平，但灵魂没有得到诗意的滋养，也没能切实提升大众的美感和艺术感。虽然美的景观愈发靓丽、眩目，但美却日渐失去深邃感人的内涵和力量，只好游走于"原生态"的展览抑或肤浅"幻象"及其符号表演，崇高业已堕落为无内容的滑稽和好玩、好看。

二、多元格局下的反思与评判

当下审美、艺术向日常生活渗透扩张的"去分化"，与讲究审美、艺术自律的现代主义的"分化"恰好构成一种逆向运动，这显现出"日常生活审美化"的后现代背景及其价值多元、虚无特点。当代意大利最有国际影响的思想家乔万尼·凡蒂莫在《现代性的终结》中认为，在后现代艺术作品范围内，艺术作品的一切都是装饰性的，就像后现代存在本身一样。装饰成了美学的中心成分，并且在最后分析中成了本体论思考的中心，从而彻底瓦解了传统形而上学艺术本体论。在受媒体权力控制的后现代美学体验中，已不可能再找到艺术作品的稳定性与永久性，也不可能再找到创造与欣赏中美学体验的深刻性与真实性，大众媒体传达出的所有东西都带有一股脆弱与肤浅气息。所谓"光晕"（本雅明）和"争执"（海德格尔），就是美学体验在后现代性中展开自身的方式。后现代主义作为西方晚期资本主义社会文化危机的表征，其对僵化现代主义的反思、批判有着积极意义。它在中国的出场远非西方文化的简单移植，还有着本土诸多要素的诉求。相对尚未浸淫于现代艺术的熏陶和趣味培育的现代中国人而言，它在西方的积极意义如对现代主义"傲慢"、"高贵"、"体制化"等的解构、颠覆，在中国都难以找到"靶子"，中国现代性文化经验尚未形成压抑性的"痼疾"。这样说不是否定它存在的意义，现代性多重内涵可以丰富我们的现代化经验，但在中国偏于建构的现代化进程中以日常生活审美化策略解构经典，其意义令人不敢苟同。即使在西方，面对普遍的"日常生活审美化"景观，许多学者如费瑟斯通、韦尔施、詹姆逊等流露出一丝忧虑，其思想中蕴含着一种后现代批评，对于泛滥无边的"日常生活审美化"也并非毫无批判地鼓与呼。费瑟斯通反思日常生活审美化时认为，当下后现代语境中兴起的各种亚文化消解了经典的高雅艺术，解构了艺术与生活之间的边界，使艺术可以出现在任何地方和任何事物上，结果日常生活中可能到处都是艺术，现代人就生活在到处是艺术品的"幻象"和符号中。韦尔施认为目前全球正在进行一种全面审美化历程。"在物质的层面和社会的层面上，现实紧随新技术和电视媒介，正在证明自身越来越为审美化的过程所支配。它正在演变成一场前所未有的审美活动……它不但影响到现实的单纯建构，而且影响现实的存在模式，以及我们对现实作总体的认识。"① 詹姆逊在后现代景观中看见"倒退"，在《当前时代的倒退》中把这种"倒退"在美学上视作"资产阶级"为动因的"美学复苏"。② 当下中国语境，这种审美观的时尚化运作早已越界，为众多民众所追逐和效仿，许多美学家也对此鼓噪不已。它作为消费主义文化的口号，在商家策划包装下，日益成为大众的日常诉求。它的流行一定程度上与新崛起"中产阶层"的巨型想象和自我诉求的生活策略相关，是文化消费主义偏于"建构"姿态的一种颠覆谋略，是中产阶级生活方式的美学和文化表达及其意识形态诉求。透过审美景观奢华的"幻象"，可以分辨出"新美学"与流行的大众文化一道为新崛起的中产阶层"守夜"。原本作为真理的朝圣者，却因贪恋沿途风光而成了耽溺于碎片式感性欲望的过客，其积极意义更多地耗尽在幻象、狂欢中而丧失了它的原初视野。"在表面的审美化中，一统天下的是最肤浅的审美价值：不计目的的快感、娱乐和享受。"③ 这种媚俗的审美化经验和娱乐成了当下文化指南，一个日益扩张的娱乐性节庆文化侍奉着一个休闲的社会。在一个人之生趣过重地累于外骛而精神内向度日渐萎缩的时代，人们孜孜以求的是关涉利害、得失的"权利"，荒芜的却是人生尊严赖以滋润的心灵"境界"。

当下审美化蔓延不再仅仅流于生活浅表，同样波及社会深层。韦尔施断言："现代美学有一种走向诗性化和审美化的趋势，现代世界则有一种与日俱增地将现实理解为一种审美现象的趋势。"④ 它在西方晚期资本主义社会

---

① [德] 沃尔夫冈·韦尔施：《重构美学》，陆扬、张岩冰译，上海译文出版社 2002 年版，第 10 页。
② [美] 詹姆逊：《当前时代的倒退》，《中华读书报》2002 年 8 月。
③ [德] 沃尔夫冈·韦尔施：《重构美学》，陆扬、张岩冰译，上海译文出版社 2002 年版，第 6 页。
④ [德] 沃尔夫冈·韦尔施：《重构美学》，陆扬、张岩冰译，上海译文出版社 2002 年版，第 52 页。

出场有一定的合理性和积极意义。在其视野中，"美"已被社会统治阶级所驾驭，成为一种压抑大众的隐喻性力量，那么"反美学"或泛化就有抵抗体制规训的意味。规训"是资产阶级控制文化经济的企图，就像它控制金融经济一样……美学是赤裸裸的文化霸权，而大众的辨识力正是对这种霸权的拒绝"①。大众文化坚拒美学和日常生活之间的距离，通过审美泛化把日常生活变成"大众"消解经典美学展开文化实践的场域，这决定了大众的审美体验、艺术体验不是"先锋性"、"精英性"的，而更多地依存于短暂性和当下性。经由日常生活，"身体"、"视像"、"情色消费"具有了时尚意味，成为"新美学"权力运作的场域。"新美学"对"身体"、"情色"的关注除商业策略外，更有着狂欢反叛的激情和感官欲望的满足。身体作为个人自由支配的表征，通过个人反抗宏大的整体观念，固然有摆脱"国家主义"束缚的积极性，但在消费主义文化主宰下，其解放、颠覆的意义几乎被表演性、娱乐性遮蔽，展露的是快感和迎合。当下"开放的肉体的狂欢"已成为诸多艺术和社会思潮聚焦点，甚至出现超生理学的"无器官的肉体"概念。

从学理上讲，"美学从来是有它的特定对象的，严格来说，它原本是建立在压抑和规范欲望的前提之上"②。这一重要前提被"日常生活审美化"排除在视野之外。当下审美时尚以"美"的名义为欲望、物化张目，对诸多非人性现象不是遏制，而是加以粉饰包装、改头换面，俗化人的趣味，"美"被技术化为"物用"，美学被形下化为生活的某种"组织原则"。事实上，这种装饰性形式美的张扬，是在遮蔽美的价值取向上背离本真"形式"概念的乡愿化。究其根本，美学内部始终存在着对感性创造力的肯定和张扬与对欲望快感的遏制和规范的对立，此动态性对立恰是美学生成发展的内在机制，其中审美趣味的指向性导引方向。当下流行的日常生活审美化固然有基于生活实感的一面，但负载更多的则是消费主义、享乐主义的能指滑动。它以感性解放的名义日益膨胀为普遍性话语，并以民粹主义的符号狂欢和自由消费的名义肯定人在金钱面前的"民主"、"平等"，殊不知仍陷入技术"座架"内，对真正危险茫然无知，反而自鸣得意于外表的靓丽和炫目，使原本高扬

① ［美］约翰·费斯克：《理解大众文化》，王晓珏、宋伟杰译，中央编译出版社 2001 年版，第 155 页。
② 陆扬：《论日常生活"审美化"》，《理论与现代化》2004 年第 3 期。

人类精神具有穿透力的美学下坠为技术—审美的、踯躅于现代技术后面充当爬虫。不仅被摆置的图像化艺术或审美现象，就连观念性抽象艺术也成为技术展现的产物，而被纳入技术"座架"中；不仅作为"人工美"的艺术，就是当下非艺术领域也以美的面目示人，以对象化方式成为人的消费品。正如当下休闲的"休而不闲"，就其极端处"休闲消费失去了其使人作为人的非经济本质"①。休闲一旦关联于经济效益，为利益所牵系则越休越忙、越闲越焦虑，时间的本真性被平面化为计算消费的尺度。

新兴阶层意欲在文化、审美上取得合法性，源于历史上"现代资产阶级问鼎艺术，透露出审美共通感的现代信仰性质：占有'美'成为现代社会权威正当合法性的文化象征"②。经大众文化生产、消费和传播，新阶层价值观的合法性获得了文化认同，使生成于特定界域内的"日常生活审美化"，经由审美风格认同中介趋向于社会认同，成为一种普遍性话语，并作为一种具有感召力的号召，超越原初界域获得社会大众普遍认可。当下，"物质消费享受的幸福观已是现代中国新资产阶级与民众共同的人生观。在审美扮饰化、制作化与消费商品化的现代审美时尚中，这一人生观与审美共通感相互支持融合，共同淡化并弥合着两极分化的现实对立"③。原本基于自身经济地位的自我想象和欲望诉求经由借用、僭越、合谋，达成了对公共精神资源的某种夸饰性转换。新阶层通过占有的文化资源对公共精神资源进行侵蚀，通过文化资本运作制造审美风尚的方式，将其形塑的价值观和审美趣味在全社会扩张、弥散开来，制造了一种全社会趋之若鹜的"幻象"，从而将一切社会裂痕、各阶层之间的价值冲突通过大众文化的形式装扮得靓丽无瑕。"市场（金钱）面前人人平等"，若想享受这种"平等"就要付得起钞票。美不仅成为消费社会最昂贵的产品，还可以产业化大批量生产，成为年获千亿产值的朝阳产业而受到社会鼓励。一些人文学者就像当年以股东、董事方式被"俘获"的某些经济学家，成为新阶层利益代言人而鼓吹某些有违"社会正义"的致富方式的合理性一样，充当新崛起阶层文化、审美价值观合法性的

① ［美］约翰·凯利：《走向自由——休闲社会学新论》，赵冉译，云南人民出版社2000年版，第98页。
② 尤西林：《审美共通感的社会认同功能》，《文学评论》2004年第4期。
③ 尤西林：《审美共通感的社会认同功能》，《文学评论》2004年第4期。

辩护人。于是，原本有着积极美好意味的"日常生活审美化"就以华丽的外表、"幻象"复制的泛滥，充斥于体验城市感觉的时空，以大众传媒方式加速扩散，成为现代人膜拜的"神话"。

对此，确实要问问谁的"日常生活"和怎样的"审美化"？更要揭示其虚妄性以及潜在文化政治权力的诉求策略。它的流行、运作方式、生产机制到底有多大涵摄力？这种耗尽原初积极意义、缺失"审美共通感"与淡化"社会正义"的消费主义意识形态的涌现，表征现代审美危机进一步加剧：其一，审美日益技术化、平面化而耗尽内涵，不得不在形式上起劲玩花样，结果在现实面前愈加"乏力"；其二，审美受制于时尚堕落为感官愉悦，随着形上价值维度的萎缩，审美愈加依附外在现象而下坠为一种无深度的平面化原则。这已引起某些学者警觉：新兴富人群体自娱的审美时尚演变为公共审美感知和价值判定是当前主要人文危机，审美时尚的现代转型在此包蕴有中国特殊国情文化选择的社会政治含义，更恶劣的是"当富人以审美时尚厌恶穷人的丑陋外表时，审美共通感的人类公共性及其人文超越本义已遭否弃"①。这种经济上的炫耀使那些真正需要关心、关怀，处于困顿中的底层很难进入其视野，他们在人民的"苦难"面前转开眼球，只是出于道德优越感偶尔去怜悯或救济一下"穷人"，以示"高贵"和"尊严"。固然在平等、自由、多元作为现代理念日益深入人心的当下，不必对其制造的审美风尚、生活趣味横加指责，但对其越界的僭越行为不能不有所警惕，特别是以审美性话语制造的带有精神歧视的"时尚"（底层被排除在"时尚"之外）。仅有"人民文学，重新出发"不够，还要在思想史上揭露这种"虚妄性"和"现代图腾"的本质，通过美学自身生成的精神遏制它的平面性、虚无性。守护艺术、审美的形而上向度，通过具有内涵、力度的艺术、审美活动，"就不仅使得被科技理性和工业文明所分解的人复归统一，而且还可以从经验世界和超验世界的沟通中使人的精神生活获得提升，完成人的本体建构，使人成为康德所说的'作为本体看的人'"②。审美文化的泛滥表征现实构成的审美性质，但当人们庸俗化地理解康德美学思想时，全然没有洞悉康德原初的目

① 尤西林：《审美共通感的社会认同功能》，《文学评论》2004 年第 4 期。
② 王元骧：《关于艺术形而上学性的思考》，《文学评论》2004 年第 4 期。

的论视野和他所依托的"至善"价值底蕴，以及他对"人是目的"的忧虞之思。"'美'的任何契机的寻索都是对'人是什么'从一个确定的心灵向度上的致答，康德美学的真谛始终关联着先验人学之究竟。"① 甚至他在现象层做出美既关联形式又关乎情感的判词，也有着忧心其观念在现实中被滥用的危险——后现代"日常生活审美化"大行其道，确证其担心不是多余。

三、守护与批判：当下时代美学何为

辞源学、考据学意义上的美学肇端于现代性境域，经鲍姆嘉通的命名、康德美学的夯实，美学始具现代学科地位和内涵。在现代化进程中，启蒙现代性使社会越来越理性化，为了反抗理性化桎梏，审美（审丑）却越来越感性化，这种二元动态结构生成现代性的某种张力。现代美学就以其人文价值导向和对技术僭越的遏制，在这种张力结构中保持其尊严和品位。而后现代对现代性的消解使现代美学受到冲击和挑战，并作为现代主义的组成部分成了被解构对象，从而使"新美学"有了出场的机缘。随着时代的文化转向，美的形态和现象发生了改变，人们理解美、感受美的心意机能、心态也发生了变化。美学应对社会转型的挑战，是急不可耐地投身平面化大众文化的狂欢中邀宠，下坠为"欲望修辞学"？还是挺身而出守护美的内核和美的品格，与现代化进路保持适当张力？

对美学在现时代何为的洞察离不开对美学思想史的回味。两千年来，美的内涵、形态曾数次发生移易，但美之为美的内核——祈求"至善"的价值向度未曾动摇。"从柏拉图到康德以至胡塞尔，'美'怎样在认知的视野中隐去，'美'也怎样在价值的趣向上再现。""作为价值祈向的'美'呈现于审美形式却又不滞落于审美形式的任一具体形态。"② 这与当下沉溺本能感官的"快适的艺术"和装饰化形式美的张扬相差之远何止千里。诚然，美的出场关联着人的自觉抑或自觉了的人的意识，它是人生不可或缺的一个维度的拓展，并由此愈加成全自觉了的人。如同康德美学的启示，"美"的问题即是人的问

---

① 黄克剑：《眺望虚灵之真迹》，福建教育出版社 2004 年版，第 18—19 页。
② 黄克剑：《审美自觉与审美形式》，《哲学研究》2000 年第 1 期。

题，"美"的探寻者不是把人的问题归结于美的问题，而是把美的问题归结于人的问题。"从康德到黑格尔，'美'的命意一直牵系着'人'的线索，不过这线索在'美'中的贯穿是由显而隐以至于最终不无歧出或变异。"①

若把美固执地囿于情欲、物欲的肉体感受，则由此引发肉体感官欲望的膨胀必致心灵境界神圣感的失落，这正是当下文化危机的写照。当下身体日益成为传媒业的加工原料与消费意识形态"重构"的对象，是各种时尚写真集、真人秀的载体和无限商机"合谋"的核心。在流行文化中，身体作为隐喻文化场承载着丰富的文化信息，人们不厌其烦而又不堪地"折磨"身体：文身、减肥、瘦身、健身、塑身、整形、美容、染发等。在传媒"指导"下，身体既是一种审美生产，也是一种审美消费；既生产、消费自己的身体，也生产、消费别人的身体。为吸引眼球，现代人对身体的控制、生产、加工、修理能力和技术已达到"脱胎换骨"的水平。鲍德里亚认为最美的消费品就是人的身体，负载着丰富信息和内涵的身体成了具有快感的可赢利的救赎品。当身体成为"注意力经济"载体，人们对身体的"管理、经营"，大多就当之无愧地成了经济行为，在逐利原则主宰下，人们愈加疏远灵魂而着意于身体救赎。

在此语境下，"美"有重新落入遮蔽内向度、凸显外向度的危险，以至整个人类精神状态有趋于萎缩和精神格位下坠的迹象。现时代是电子文化媒介时代，如海德格尔所说，"从本质上看来，世界图像并非意指一幅关于世界的图像，而是指世界被把握为图像"②。视像凸显成为现时代特征，大众传媒应用电子科技手段每天都把难以计数的视像展现在人们眼前，视像形塑了我们观察世界、把握世界和理解世界的新方式。视像与技术相联，与空间相关（时间碎化、空间凸显），充斥于日常生活的方方面面。技术、视像的凸显对审美—艺术观念产生巨大影响：无线通信、广播电视、互联网几乎使空间距离不复存在，中心与边缘的区别不复存在。"计算机最深刻的美学意义在于，它迫使我们怀疑古典的艺术观和现实观。这种观念认为，为了认识现实，人必须站到现实之外，在艺术中则要求画框的存在和雕塑的垫座的存

---

① 黄克剑：《眺望虚灵之真迹》，福建教育出版社 2004 年版，第 126 页。
② 《海德格尔选集》，孙周兴译，上海三联书店 1996 年版，第 899 页。

在。这种认为艺术可以从它的日常环境中分离出来的观念，如同科学中的客观性理想一样，是一种文化的积淀。计算机通过混淆认识者与认识对象，混淆内与外，否定了这种要求纯粹客观性的幻想。"① 现实与虚拟世界的界限越来越模糊，在技术侵蚀下传统审美的静观方式受到挑战，视像在日常生活中的凸显使大众不必按传统方式鉴赏，而是和生活经验、欲望、快感关联起来体验或消费，人们是在动感、在关联着快感和欲望的日常消费中体验美和艺术，这些变化使经典美学的审美体验、审美鉴赏不再可能，当下审美体验和审美感受被置于日常生活的意义中，带着消费时代无法规避的商业气息。此外，视像也不必以现实世界为摹本，而是打造超真实的虚拟世界，这催生了审美主客体以动感为特征的新关系，使审美主客体发生历史性变化，在积极意义上，它是对审美主体能力的提升和一种新要求，与所谓审美客体不再是二元对立，而是一种意向性的相互融合。对此，海德格尔在技术之思中从美学视角运思，反对把美视作宁静的愉悦，反对把艺术当作审美对象，反对视艺术为体验对象。美学何为要对美学作有别于"新美学"的理解，对美学内向度的肯定和"虚灵之真迹"的眺望不是否认其现实品格，也不是无视时代和文化转向，而是看重它在现代性张力中的遏制功能和"思"的品质，因而，对美学史的回味和美学何为的追问，在当下就获得真切的现实意义。"即使单就审美心灵的陶染而言，在当下这个由'泛美'的鼓吹而使美愈来愈沦落为'媚美'的时代，也有必要回味德国古典美学乃至苏格拉底、柏拉图所代表的那个'轴心时代'蕴藉之灵韵，以借着承载美的幽趣的感性形状去眺望一种虚灵之真际。'美'不入语言的牢笼，它自然不致就范于泛文本化圈套。当语言被解构的狂欢者夸大为人生的天罗地网而由此罩给人们一种新的宿命时，'美'无意扮演弥赛亚的角色，它掉头不顾喜剧明星们的热闹庆典，只对那些拙真的灵魂默示一种天趣盈盈的境界。"②

在当下消费文化日盛的语境下，美学不应"乏力"盲目地跟风。"美学在它的纯理论层面上应该是可以有所作为的，大可不必盲目地跟风所谓的日常生活审美化而唯恐不及。"③ 其实，美不仅在理论层面，更应该在当下生成

① [英]汤因比等：《艺术的未来》，王治河译，北京大学出版社1991年版，第98页。
② 黄克剑：《眺望虚灵之真迹》，福建教育出版社2004年版，第2页。
③ 陆扬：《论日常生活"审美化"》，《理论与现代化》2004年第3期。

的体验中，坚守形上人文价值以规范泛滥的感官欲望，培育感知美的判断力和想象力的心意机能，这是美学自为存在的合理性和生生不息的命脉所在。美一旦丧失自主自立自足的价值维度，也就丧失了力量。一旦抽空美生成为美的根本，我们就有被裹挟到审美化浪潮的危险。说到底，美学走向生活、走向现实不是与之"合谋"，而是与之保持适当的张力和独立向度去遏制和规范。当下对"美学何为"的讨论中，对"美"的本真性和独立性谈得太少，致使大众混淆视听，把"美"降格为文化幻象或生活美化，使其形上目的在审美平面化中被庸俗化为生活装饰。"美学对于生活，不应像今天普遍存在的那样，只是一种装饰关系，而应是伦理／美学的权威。美学的表面可能作为设计的外形，然而，其伦理／美学的内核，目标却是公正。"① 美学祈向"至善"的价值维度，不仅使其宽容差异，还高蹈精神的自觉和人类所应当的期许。

在大众文化流行抑或现代技术无孔不入的现时代，社会、文化、人的生存状态乃至心理感觉都发生了显著的无可置疑的变化。哈贝马斯曾断言，当今威胁人类和社会的，主要不是（马克思认为的）经济剥削或（早期法兰克福批判的）政治专制及意识形态，而是经济和行政系统侵蚀了生活世界和社会运行机体，生活世界的结构受到破坏，由此失去独特的人性，即由交往行动支配的生活世界不断遭受、屈从独立自主严密组织起来的行动系统的殖民化，它以冰冷的理性原则不断侵蚀生活（意义）世界。在此情景下，人们为"解毒"求助于审美，力图在被普遍冰封的生活世界中"返魅"，使日常生活大面积地审美化、感性化、娱乐化，并请出身体对抗理性的压抑，在晚期资本主义语境中有积极意义。其实早在尼采那里，身体就已破蛹而出，连同感性化的审美、艺术承担了对专制、禁锢人的现代性的抵制功能。尼采认为审美可以松弛竞争社会中僵硬的社会整合力，可以分解现代意识使之向古代经验开放，未来的艺术将不再是个体的作品。"人民将成为未来的艺术家。"他期待来自拜洛伊德（瓦格纳歌剧中心）的狄奥尼索斯悲剧能够使"国家和社会，更一般地说人与人之间的鸿沟都让位于一种压倒一切

① ［德］沃尔夫冈·韦尔施：《重构美学》，陆扬、张岩冰译，上海译文出版社2002年版，第110页。

的统一性感情，这种感情将把人带向自然的心脏①。他对普遍性审美和人民艺术家拯救诗意日渐消失的生活的寄望，为艺术、审美日常生活化敞开了大门。

我们既肯定大众文化意图以文化精神的情感要素来弥合冰冷理性及单调生活的良好愿望，也要意识到这种追逐经济利益的审美化对人内心深度追求的拒斥，以及这种虚幻审美景观的局限性。它对底层民众审美需求的排斥并不能遮蔽真正意义上美的自由和解放性质，它无时间感的空间形式显现只是谋取利益的市场化装扮。我们在揭穿它"盗用"美的名义的市场化装扮的虚妄时，更要高扬审美的真正意味和所应有的表征人性尊严的高度。美的引导力量从来不只对贵族有效，民间底层鲜活的审美情趣和手工劳作及其艺术性实践，同样使美的力量得到张扬和显现。如陕西民间艺人库淑兰的剪纸世界所蕴含的美的氤氲以及升华出的力量，是当下豪华冷漠的高档会所难以比拟的。在她的世界中，处于底层困顿乃至苦难中的民众，并不是对生活的哀怨和绝望，而是被艺术乃至生活劳作中美的力量所温暖、被美的光辉所照耀。它击中的是人的内心及其升腾出的美的渴望，而不是欲望的满足和感官快意。她的艺术世界里洋溢着的是创造的快乐、美的慑服，是阳光，是憧憬，是美的自然闪光，而不是煽情和欲望张扬。它在美的现象中给人以尊严和热爱生活的激情，而不是刺激人的消费欲望和对贫穷的冷漠。

美学何为，不是以审美现象美化生活，也非给技术披上审美外衣，更不是给身心疲惫的大众以本能猎艳的刺激，而是退回人性生成的本根——能动的创造性，获得一种守护性力量，和对人、社会、世界所应当的"思"，这种回返始源的美正是在实践中生成。在美的活动中，生活以本真样态显现出来，它不是从生活中剥离抽象出"什么"，毋宁就是本真的生活，只要"此—在"绽出地生存，就会有美合乎机缘地涌现，就会有穿透流俗物理时间的"真理之光"闪现。美的活动介于日常生活与非日常生活之间，并在二者之间形成某种必要的张力。只有在伟大的或本真的艺术中，在创造性劳作中，在自然美的显现中，尚流露出美的讯息和指示出"返乡"的路。无论

———————————

① [德] 尼采：《悲剧的诞生》，刘琦译，作家出版社 1986 年版，第 88 页。

"日常生活审美化"有何积极意义，审美祈向形上价值的人文向度都不能被遮蔽，其"虚灵的真实"的价值意味都不能被消解。美学不能任凭商业逻辑取代审美独立性，以肉欲快感为旨归。在历史感和深层意义严重匮乏、缺失成为大众文化普遍症候的当下，我们冀望能够涵摄形上价值维度和形下现实品格、切中时代本质的美学出场。面对审美价值式微、美学失范、媚俗文化流行，美学不应该在"繁华"时代"缺席"，要保留说"不"的权力与批判意识。对泛化的审美视像与商业"合谋"要保持警觉，在众声喧哗中保持清醒，以免坠入消费主义文化的温柔乡而不自知。同时，它在人类精神维度上的挺立和高扬，也在一定程度上检验着现代知识分子的质地与纯度。

（原载于《中国人民大学学报》2007 年第 5 期）

清代诗学对批评方法的运用

胡建次

我国古代文学批评在长期的发展过程中，逐渐形成了一些行之有效的批评方法，如意象批评方法、比较批评方法、源流批评方法、摘句批评方法、纪事批评方法等。这些批评方法，从产生、发展到成熟，都经历了一个源远流长的历史承纳与深化完善过程。伴随着文学批评实践的不断展开，这些批评方法运用的范围不断拓展、运用的水平不断提升、运用的方式不断丰富，从而，为具体文学批评的有效开展产生了很好的促进作用。文学批评方法的运用，在很大程度和一定意义上润滑了文学批评的历史流程，增强了文学批评的个性化色彩。本文对清代诗学对批评方法的运用予以考察。

一、清代诗学对意象批评方法的运用

意象批评是我国古代文学批评的传统形式之一，它是指运用喻象的形式，对所品赏与论评对象的审美意味、风格特征、艺术技巧、成就高下等进行形象化评说的批评方法。

清代，从总体而言，意象批评的运用达到了很高的水平，很多意象批评不是为比而譬，仅仅停留于对单个作家作品的论评，而是紧密结合论者的文学观念、批评主张而加以阐发，批评的理论化色彩明显增强。清代运用过意象批评的诗学著作和篇什很多，主要有：钱谦益《列朝诗集小传》、《戏题徐元叹所藏钟伯敬茶讯诗卷》、《刘司空诗集序》，冯班《马小山停云集序》，吴乔《围炉诗话》、《诗问》、《答万季野诗问补遗》，归庄《玉山诗集序》，侯方域《陈其年诗序》，黄宗羲《金介山诗序》，王夫之《姜斋诗话》、《夕堂永日绪论内编》、《古诗评选》、《唐诗评选》、《明诗评选》，吴淇《统论古今之诗》，沈德潜《说诗晬语》、《唐诗别裁集》，赵执信《谈龙录》，郑燮《与江宾谷江禹九书》，恽敬《与舒白香》，顾嗣立《寒厅诗话》，施补华《岘佣说诗》，何世璂《然镫记闻》，王士禛《渔洋诗话》、《师友诗传录》、《带经堂诗话》，翁方纲《石洲诗话》，洪亮吉《北江诗话》，袁枚《随园诗话》、《续诗品》、《答施兰垞第二书》，叶燮《原诗》，郑方坤《全闽诗话》，钱泳《履园谭诗》，管世铭《读雪山房唐诗钞·凡例》，张宗楠《查初白诗评》，贺裳《载酒园诗话》，厉鹗《白华山人诗说》，李调元《雨村诗话》，洪亮吉《北江诗话》，冒春荣《葚原诗说》，张谦宜《𬘬斋诗谈》，沈善宝《名媛诗话》，朱鹤龄《寒山集序》、《竹笑轩诗集序》，庞垲《诗义固说》，李时勉《古廉文集》，顾安《唐律消夏录序》，毛张健《丹黄余论》，林昌彝《海天琴思录》，朱庭珍《筱园诗话》，陈衍《石遗室诗话》，黄生《唐诗矩》，龚自珍《送徐铁孙序》，何绍基《与汪菊士论诗》，康有为《人境庐诗草序》、《诗集自序》，等等。其中，有不少运用连譬方式品评诗人诗作的语例，极给人以美的享受。如：钱谦益《列朝诗集小传》评竟陵诗派云"所谓深幽孤峭者，如木客之清吟，如幽独君之冥语，如梦而入鼠穴，如幻而之鬼国"①。对明末竟陵诗派一味以"深幽孤峭"为旨予以了形象的贬斥。沈德潜《唐诗别裁集》云："少陵七言古，如建章之宫，千门万户；如巨鹿之战，诸侯皆从壁上观，膝行而前，不敢仰视；如大海之水，长风鼓浪，扬泥沙而舞怪物，灵蠢毕集。别于盛唐诸家，独称大宗。"②管世铭《读雪山房唐诗钞·凡例》云："杜工部七言古诗，随物赋形，因题立制，如怒猊抉石，如香象渡河，如秋隼抟空，如春鲸跋浪，如洞庭张乐，鱼龙出听，如昆阳济师，瓴甓皆震，如太原公子，褐裘高步而来，如许下狂生，蹀躞掺挝而至。"③沈德潜和管世铭都以连串的喻象解说杜甫七言古诗的审美意味和风格特征，甚为形象生动，给人以美感。陈衍《石遗室诗话》云："王右丞，金碧楼台山水也。陈后山，淡淡靛青峦头耳。黄山谷则加赭石，时复著色硃砂。陈简斋欲自别于苏、黄之外，在花卉中为山茶、蜡梅、山礬。吴波不动，楚

① 郭绍虞：《中国历代文论选》（三），上海古籍出版社 1979 年版，第 219 页。
② （清）沈德潜等编：《历代诗别裁集》，浙江古籍出版社 1998 年版，第 98 页。
③ 陈伯海：《历代唐诗论评选》，河北大学出版社 2002 年版，第 1032 页。

山丛碧，李太白足以当之。木叶微脱，石气自青，孟浩然足以当之。空山无人，水流花开，韦苏州足以当之。纷红骇绿，韩退之之诗境也。紫青缭白，柳子厚之诗境也。"① 陈衍为晚清诗坛大家，他以集中连评的方式品评了九位唐宋著名诗人，将他们纳入到同以山水为比照对象的喻象体系中，在意象批评参照系的选择上可谓匠心独运。在对诗理、诗法的阐说方面，清人也大量运用喻象的方式来加以解说。这方面，冯班、吴乔、归庄、侯方域、王夫之、叶燮、沈德潜、厉鹗、袁枚、张谦宜、庞垲、毛张健等人都有体现。如：归庄《玉山诗集序》云："余尝论诗，气、格、声、华，四者缺一不可。譬之于人，气犹人之气，人所赖以生者也，一枝不贯，则成死肌，全体不贯，形神离矣；格如人之五官四体，有定位，不可易，易位则非人矣；声如人之音吐及珩璜琚瑀之节；华如人之威仪及衣裳冠履之饰。"② 归庄以人的身体及不同的生命体征来比譬诗歌的"气"、"格"、"声"、"华"四种审美要素，对它们在诗歌创作和审美表现中的不同价值予以了形象的喻示。厉鹗《绿杉野屋集序》云："夫黏，屋材也；书，诗材也。屋材富，而宋庮桴桷，施之无所不宜；诗材富，而意以为匠，神以为斤，则大篇短章，均擅其胜。"③ 厉鹗以屋材和诗材作比，认为学问是诗歌的材料，但这种材料并不完全仅仅以富为佳，而要在富的基础上有所聚合、有所提炼。张谦宜《絸斋诗谈》云："格如屋之有间架，欲其高竦端正；调如乐之有曲，欲其圆响清粹，和平流丽；句欲炼如熟丝，方可上机；字欲琢如嵌宝器皿，其珠玉珊翠之属，恰与款窍相当。机所以运字句，气所以贯格调，若神之一字，不离四者，亦不滞于四者。发于不自觉，成于经营布置外，但可养不可求，可会其妙，不可言其所以然。读诗而偶得之，当时存胸中，咏哦以竟其趣，久久自悟已。"④ 张谦宜详细论及诗歌的格、调、句、字，他以喻象的形式论说到它们在诗歌创作中的价值与功用，并提出了具体的要求。他将艺术辩证法的原则引入到了对诗歌的格、调、句、字的把握中。又如：袁枚《续诗品》，仿司空图《二十四诗品》体例，以四言六句

---

① 郭绍虞：《中国历代文论选》（二），上海古籍出版社 1979 年版，第 136 页。
② 郭绍虞：《中国历代文论选》（三），上海古籍出版社 1979 年版，第 291 页。
③ 王镇远、邬国平编选：《清代文论选》，人民文学出版社 1999 年版，第 482 页。
④ 郭绍虞编选、富寿荪校点：《清诗话续编》，上海古籍出版社 1983 年版，第 810—811 页。

的韵文体式论说诗学问题。《续诗品》共有 32 首诗组成，不少地方都运用意象的形式阐说诗法、诗理，将诗人作诗之"苦心"形象地道了出来。如《尚识》云："学如弓弩，才如箭镞。识以领之，方能中鹄。善学邯郸，莫失故步；善求仙方，不为药误。我有禅灯，独照独知。不取亦取，虽师勿师。"① 袁枚以喻象的形式，对诗歌创作与才、学、识的关系予以了深刻到位的阐说。

　　清代，诗学理论批评中对意象批评集中运用的承传，主要体现在牟愿相的《小澥草堂杂论诗》和叶燮的《原诗》中。牟愿相《小澥草堂杂论诗》首列"诗小评"，共 62 句，以喻象的形式评价自汉《十九首》至唐代皮日休、陆龟蒙的 72 位诗人。每句用一个比喻评价一位诗人，并称则不限一位。如评："《十九首》如星罗秋旻，芒寒久耀。苏李诗如清庙朱弦，古音嘹唳。古乐府如冷水浇背，陡然一惊。魏武帝诗如鸿门、巨鹿，霸气淋漓。"② 又评："李太白诗如饥鹰下掠，逸气横空。杜子美诗如书成天泣，血渍石上。王摩诘诗如初祖达摩过江说法，又如翠竹得风，天然而笑。孟襄阳诗如过雨石泉，清见鱼影。"③ 等等，论评都紧扣诗人诗作的风格特征加以展开，甚见形象切中。叶燮《原诗》作为理论色彩最浓的清代诗话著作之一，其中，有 10 多处运用到意象批评，均紧密结合论说诗歌义理而展开。如云："我今与子以诗言诗，子固未能知也。不若借事物以譬之，而可晓然矣。今有人焉，拥数万金而谋起一大宅，门堂楼庑，将无一不极轮奂之美，是宅也，必非凭空结撰，如海上之蜃，如三山之云气，以为楼台，将必有所托基焉；而其基必不于荒江穷壑，负郭僻巷，湫隘卑湿之地，将必于平直高敞，水可舟楫，陆可车马者，然后始基而经营之，大厦乃可次第而成。我谓作诗者，亦必先有诗之基焉。"④ 叶燮具体以造房选址为喻来诠解诗歌创作的前提准备，寓意着，造房选址要择选"平直高敞"之处，与其相似，诗歌创作亦必须要有坚实宽厚的生活积累作为根柢。此论说甚为形象生动而富于说服力。其又云："后人无前人，何以有其端绪？前人无后人，何以竟其引伸乎？譬诸地之生

----

① （清）袁枚著，郭绍虞辑注：《续诗品注》，人民文学出版社 1981 年版，第 155 页。
② 郭绍虞编选、富寿荪校点：《清诗话续编》，上海古籍出版社 1983 年版，第 911 页。
③ 郭绍虞编选、富寿荪校点：《清诗话续编》，上海古籍出版社 1983 年版，第 913 页。
④ （清）王夫之等：《清诗话》，上海古籍出版社 1978 年版，第 572 页。

木然，《三百篇》则其根，苏、李诗则其萌芽由蘗，建安诗则生长至于拱把，六朝诗则有枝叶，唐诗则枝叶垂荫，宋诗则能开花，而木之能事方毕。自宋以后之诗，不过花开而谢，花谢而复开，其节次虽层层积累，变换而出，而必不能不从根柢而生者也。"① 叶燮又形象地以树的生长繁衍为喻，解说我国古代诗歌历史的发展流变，显示出宏通而又正变分明的诗史观。叶燮的意象批评注重将不同时期诗歌、不同类型诗歌纳入到同一个比照和论说的视野中，极给人以清楚明了之感，他将意象批评很好地运用到了对诗歌创作之理与对诗歌历史发展及其规律的阐说中。

二、清代诗学对比较批评方法的运用

比较批评是我国古代文学批评的传统形式之一，它是指运用对比或类比的手法，对所品赏与论评对象的审美意味、风格特征、创作技巧、成就高下等进行比照、辨析的批评方法。

清代，比较批评在承纳前人体制的基础上，在所比较的内容和形式两方面都进一步创造生新、完善提高。在诗歌批评方面，清人运用过比较批评的著作和篇什主要有：贺贻孙《诗筏》，王夫之《姜斋诗话》，王士禛《师友诗传续录》，施补华《岘佣说诗》，朱彝尊《唐风采序》，赵翼《瓯北诗话》，牟愿相《小澥草堂杂论诗》，胡寿芝《东目馆诗见》，汪森《韩柳诗选》，叶矫然《龙性堂诗话》，刘熙载《艺概·诗概》、《游艺约言》，乔亿《剑溪说诗》、《说诗五则》，黄生《唐诗矩》，朱庭珍《筱园诗话》，管世铭《读雪山房唐诗钞·凡例》，王闿运《诗法一首示黄生》，邢昉《唐风定》，陆次云《晚唐诗善鸣集》，陈去病《高柳两君子传》，等等。清人诗歌比较批评的运用主要具有以下三方面的特点：一是出现对诗歌境界的形象化比较。如乔亿《说诗五则》云："古人诗境不同。譬诸山川：杜诗如河岳；李诗如海上十洲；孟（襄阳）诗如匡庐；王（右丞）如会稽诸山；高、岑诗如疏勒、祁连，各标塞上；大历十子诗如巫山十二，各占一峰；韦诗如峨眉天半，高无与比；柳诗如巴东三峡，清夜啼猿；韩诗如太行；孟（郊）诗如羊肠坂；苏诗如罗

浮；黄诗如龙门八节滩。此类不可悉数，唯览者自得耳。"① 乔亿以喻象的形式对不同的诗歌境界作出了形象性、审美化的喻示，并且，他将所比较的内容置放在同一个喻体比照系统中，便于人们理解与把握。很显然，这种比较批评是在诗风比较的基础上发展而来的，但它脱却了对具体诗风的比较，而上升到对诗歌不同境界的描述中，富于创新性。二是在比较批评中阐说诗理的成分进一步加大。如赵翼《瓯北诗话》云："中唐诗以韩、孟、元、白为最。韩、孟尚奇警，务言人所不敢言；元、白尚坦易，务言人所共欲言。试平心论之，诗本性情，当以性情为主。奇警者，犹第在词句间争难斗险，使人荡心骇目，不敢逼视，而意味或少焉。坦易者，多触景生情，因事起意，眼前景，口头语，自能沁人心脾，耐人咀嚼。此元、白较胜于韩、孟。世徒以轻俗訾之，此不知诗者也。"② 赵翼针对当世一些人的陋识，在比较中唐几大诗人创作特征时，重新拈出"诗本性情"的论题，他强调诗歌创作的关节便在于情真、景真、事真，这对清代宋诗派漠视情感的创作取径不失为有力的一击。三是出现对不同诗体特征的比较，如刘熙载《艺概·诗概》云："五言尚安恬，七言尚挥霍。安恬者，前莫如陶靖节，后莫如韦左司；挥霍者，前莫如鲍明远，后莫如李太白。""七言可命为古近：近体曰骈、曰谐、曰丽、曰绵。古体曰单、曰拗、曰瘦、曰劲。一尚风容，一尚筋骨。此齐梁、汉魏之分，即初、盛唐之所以别也。""唐初七古，节次多而情韵婉，咏叹取之；盛唐七古，节次少而魄力雄，铺陈尚之。"③ 这些论述，都是我国古代诗歌批评史上所少见的，针对不同的诗体而展开比较辩说，有论有据，富于说服力。

三、清代诗学对源流批评方法的运用

源流批评是我国古代文学批评的传统形式之一，它是指从寻源溯流的角度考察文学创作中创作取径、作品文本、艺术技巧、语言运用等在历时和共时视域中所受到影响的批评方法。

---

① 陈伯海：《历代唐诗论评选》，河北大学出版社 2002 年版，第 1014 页。
② 陈伯海：《历代唐诗论评选》，河北大学出版社 2002 年版，第 969 页。
③ 陈伯海：《历代唐诗论评选》，河北大学出版社 2002 年版，第 927 页。

　　清代，是我国古代文学批评的集大成时期，批评的学理化色彩空前浓厚，批评的各种观点、流派日益交错、互渗、融通。在此时代大背景下，文学源流批评也进入到其完善阶段。这一时期，运用过源流批评的诗学著作和篇什主要有：钱谦益《题怀麓堂诗抄》、《徐元叹诗序》、《与遵王书》，宋湘《说诗八首》，王士禛《师友诗传录》，叶燮《原诗》，陈祚明《采菽堂古诗选》，施补华《岘佣说诗》，刘开《与阮云台宫保论文书》，翁方纲《读剑南集》，何绍基《题冯鲁川小像册论诗》，何世璂《燃灯记闻》，王闿运《湘绮楼论唐诗》、《论诗示黄镠》、《诗法一首示黄生》，陈衍《石遗室诗话》、《剑怀堂诗草序》，鲁九皋《诗学源流考》，樊增祥《草窗诗叙》，杨钟羲《雪桥诗话》，章炳麟《国故论衡·辨诗》，高旭《愿无尽庐诗话》，等等。此期，诗歌源流批评的特点突出表现有四：一是批评的内容进一步深微细密；二是出现源流批评与其他批评方法和谐交融的语例；三是对文学渊源发生发展的宏观叙论进一步加强；四是还出现很多从理论上肯定源流批评之于深化文学批评具有重要作用的论断。在第一个方面，如：王士禛等《师友诗传录》记张笃庆之言云："五古换韵，《十九首》中已有。然四句一换韵者，当以《西洲曲》为宗。此曲系梁祖萧衍所作，而《诗归》误入晋无名氏，不知何据也。"① 陈祚明《采菽堂古诗选》评谢灵运《酬从弟惠连》云："其源出于陈思《赠白马王》一篇章法，承接一丝不纷。"施补华《岘佣说诗》云："蔡琰《悲愤》诗，王粲《七哀》'路逢饥妇人'一首，刘琨《答卢谌》，已开少陵宗派。盖风气之变，必先有数百年之积也。"② 上述几论，都从细微之处论评诗法与诗作源流，给人切实可信之感。在第二个方面，如王闿运《诗法一首示黄生》云："苏诗宽和，枚乘、曹植、陆机宗之；李诗清劲，刘桢、左思、阮籍宗之。曹操、蔡琰，则李之别派；潘岳、颜延之，苏之支流。陶、谢俱出自阮，陶诗真率，谢诗超绝。自是以外，皆小名家矣。"③ 王闿运将诗歌源流批评和比较批评融合到一起，上接了钟嵘《诗品》所开创的"致流别"、"辨清浊"的批评传统，一定意义上，寓示出我国古代诗歌源流批评在内容与形式的不断丰富、拓展与深化中，也有向源流批评的原创传统回归的一

---

① （清）王夫之等：《清诗话》，上海古籍出版社1978年版，第136页。
② （清）王夫之等：《清诗话》，上海古籍出版社1978年版，第976页。
③ 陈伯海：《历代唐诗论评选》，河北大学出版社2002年版，第1041页。

面。第三个方面，则主要体现在叶燮的《原诗》之中，我们放在下文论述。
在第四个方面，所出现对源流批评的理论阐说不少。如：钱谦益《徐元叹诗
序》云："先河后海，穷源溯流，然后伪体始穷，别裁之能始毕。"① 其《与遵
王书》又云："古人论诗，研究体源。钟记室谓李陵出于《楚辞》，陈王出于
《国风》，刘桢出于古诗，王粲出于李陵，莫不应若宫商，辨同苍素。"② 何世
璂《燃灯记闻》云："为诗要穷源溯流，先辨诸家之派。"③ 宋湘《说诗八首》
云："三百诗人岂有师，都成绝唱沁心脾。今人不讲源头水，只问支流派是
谁。"④ 何绍基《题冯鲁川小像册论诗》云："故诗文中不可无考据，却要从
源头上悟会。"⑤ 等等，都从理论上肯定了探源溯流之于深化文学批评的重
要性。

　　清代，诗学理论批评中承传对源流批评集中运用的，主要有叶燮的
《原诗》和王闿运的《湘绮楼论唐诗》。叶燮《原诗》是我国古代继刘勰《文
心雕龙》之后最成系统的文学理论批评著作。在文学史观上，它立足于继承
创造的视点，充分肯定文学的发展变化，强调推陈出新。它对我国古代整个
文学的历史发展作出了详细而富于理论性的阐说。这之中，既有对文学源流
批评的理论阐说，又有对文学源流变化发展的深入探讨，富有个性特色。在
对文学源流批评的必要性、学理性阐说方面，如云："诗有源必有流，有本
必达末；又有因流而溯源，循末以返本。其学无穷，其理日出。乃知诗之为
道，未有一日不相续相禅而或息者也。但就一时而论，有盛必有衰；综千古
而论，则盛而必至于衰，又必自衰而复盛；非在前者之必居于盛，后者之必
居于衰也。……由称诗之人，才短力弱，识又瞢焉而不知所衷；既不能知诗
之源流、本末、正变、盛衰互为循环，并不能辨古今作者之心思、才力、深
浅、高下、长短；孰为沿为革？孰为创为因？孰为流弊而衰？孰为救衰而
盛？——剖析而缕分之，兼综而条贯之；徒自诩矜张，为郛廓隔膜之谈，以
欺人而自欺也。"⑥ 又云："夫惟前者启之，而后者承之而益之；前者创之，而

---

① 王镇远、邬国平编选：《清代文论选》，人民文学出版社 1999 年版，第 11 页。
② 引自张伯伟《中国古代文学批评方法研究》，中华书局 2002 年版，第 167 页。
③ 羊春秋等：《历代论诗绝句选》，湖南人民出版社 1981 年版，第 298 页。
④ 羊春秋等：《历代论诗绝句选》，湖南人民出版社 1981 年版，第 297 页。
⑤ 羊春秋等：《历代论诗绝句选》，湖南人民出版社 1981 年版，第 298 页。
⑥ （清）王夫之等：《清诗话》，上海古籍出版社 1978 年版，第 565 页。

后者因之而广大之。使前者未有是言，则后者亦能如前者之初有是言；前者已有是言，则后者乃能因前者之言而另为他言。总之：后人无前人，何以有其端绪？前人无后人，何以竟其引申乎？"①"吾愿学诗者，必从先型以察其源流，识其升降。"②在上述论说中，叶燮提出了自己对诗歌发展源流本末的辩证认识。他不拘泥于一端之见，而从宏通的视域俯观几千年诗歌的历史发展，见出了诗歌正变盛衰的内在循环性及个中所含蕴的历史辩证法。叶燮将我国古代几千年的源流本末之论上升到了一个极致的理论辨识高度。在对文学渊源流变历史的阐说方面，如云："汉、魏之诗，如画家之落墨于太虚中，初见形象，一幅绢素，度其长短阔狭，先定规模；而远近浓淡，层次脱卸，俱未分明。六朝之诗，始知烘染设色，微分浓淡；而远近层次，尚在形似意想间，犹未显然分明也。盛唐之诗，浓淡远近层次，方一一分明，能事大备。宋诗则能事益精，诸法变化，非浓淡远近层次所得而该，刻画博换，无所不极。"③叶燮形象地以作画为喻，解说我国古代诗歌历史的渊源流变和不同历史时期诗歌美学特征的流变，显示出宏通而又正变分明的诗史观，极见形象生动而富于说服力。叶燮的源流批评注重将不同时期、不同类型的诗歌纳入同一个比照和论说的视野中，给人以清楚明了之感。他将我国古代诗歌源流批评在理论阐说的层面和宏观勾画的领域都大大往前予以推进。正因此，我们可以说，叶燮是我国古典时期一个名副其实的文学史家。

晚清，王闿运《湘绮楼论唐诗》也对源流批评予以广泛的运用。王闿运考察唐代不同诗人诗作的创作源流，体现出对唐诗演变发展的深入认识和对唐诗创作格局的宏观而细致的把握。王闿运寻绎过创作源流的唐代诗人主要有陈子昂、张九龄、刘希夷、张若虚、李白、王维、储光羲、韦应物、杜甫、韩愈、柳宗元孟郊、白居易、李贺、李商隐、卢同、刘叉等。如云："陈、张《感遇》诸作，用单笔而运以理境，乃学嗣宗《咏怀》；所不及者，于开合处见之。""张若虚《春江篇》，直用《西洲》格调，孤篇横绝，竟为大家。《春江花月夜》，萧、杨父子时作之，然皆短篇写兴，即席口占。至若虚乃充为长歌，秾不伤纤，局调俱雅，前幅不过以拨换字面生情耳，'闲潭

---

① （清）王夫之等：《清诗话》，上海古籍出版社 1978 年版，第 588 页。
② （清）王夫之等：《清诗话》，上海古籍出版社 1978 年版，第 589 页。
③ （清）王夫之等：《清诗话》，上海古籍出版社 1978 年版，第 601 页。

梦落花'一折，便缥缈悠逸。王维《桃源行》，似从此滥觞。李贺、高隐，挹其鲜润；宋词元诗，尽其支流：宫体之巨澜也。""昌谷五言，不如七言，义山七言，不如五言。一以涩炼为奇，一以纤绮为巧，均思自树其帜。然出于宫体，倡于艳歌。""杜甫歌行，自称鲍、庾，加以时事，大作波涛，咫尺万里，非虚夸矣。""初唐诸家歌行，皆出齐、梁，多以雅饬为宗，堆写陈典，故当时有点鬼录之笑。""卢同、刘叉得汉谣之恢奇。卢同《月蚀》，刘叉《冰柱》，皆滥觞乐府，运以时事，自成格调，参衡李、杜，俯视韩、张矣。""孟郊瘦刻，赵壹、程晓之支派。""白居易歌行，纯似弹词，《焦仲卿诗》所滥觞也；五言纯以白描，出于高彪、应璩，多令人厌，无文故也。"①等等。王闿运的唐诗源流之论，体现出以下四方面的显著特征：一是主要从汉魏六朝来寻绎不同唐诗的体源，特别注重对汉魏六朝到唐人之间诗歌传统的承续与变异的描述，从而体现出对诗歌发展的宏观把握。二是在论说不同唐人诗作源流时，作者还注重就近溯源，亦即从唐代本朝诗人诗作中来追溯体源。如论李白云："陈子昂、张九龄，以公干之体，自摅怀抱，李白所宗也。"②这体现出较为辩证的认识，对单纯地从古溯源是一个纠偏。三是将源流批评与比较批评有机地融合了起来。王闿运往往在梳理诗人创作源流中，对相互间的优劣、变异作出论说。如云："刘希夷学梁简文，而超逸绝伦，居然青出。""韩愈并推李、杜，而实专于杜；但袭粗迹，故成枯犷。昌黎学杜，以佶屈聱牙为胜，不能得其纵横处，所以敝也。"③四是王闿运通过论说唐诗源流，还鲜明地表达出其文学史观和审美理想，即主张由学唐而不断上溯，入乎"八代"，以汉魏六朝为楷模，这样，诗歌创作则无往而不胜，当世诗歌的发展也更能在崇古风尚中走向繁荣昌盛。

四、清代诗学对摘句批评方法的运用

摘句批评是我国古代文学批评的传统形式之一，它是指通过摘引文本字词、句子或段落的形式，去例说和印证所批评的观点及所阐释的文学理论

观念或原则等的批评方法。

　　清代，文学摘句批评在承纳前人体制的基础上，在所摘句的内容和形式两方面都进一步创造生新、完善提高。在诗歌批评方面，清人摘句批评在纵向深入的同时，其形式也进一步丰富，这标示出我国古代诗歌摘句批评的完善。其具体表现有三：一是摘句进一步与对诗歌义理的阐说相结合，并以立足于对诗歌义理的阐说为主；二是诗话中出现了各种集中摘句的形式；三是论诗诗中也出现不少对摘句批评运用的语例。在第一个方面，清人诗话很多已不再以摘句为能事，但在一些运用摘句批评较多的著作中，其所摘诗句大都旨在阐说诗歌义理，很好地起到了例释、引证以加强论说的作用。如王夫之《姜斋诗话》围绕一些关键性的诗学命题展开不断的摘句例释。如关于情景关系，其论道："情、景名为二，而实不可离。神于诗者，妙合无垠。巧者则有情中景，景中情。景中情者，如'长安一片月'，自然是孤栖忆远之情；'影静千官里'，自然是喜达行在之情。情中景尤难曲写，如'诗成珠玉在挥毫'，写出才人翰墨淋漓、自心欣赏之景。"① 又云："不能作景语，又何能作情语耶？古人绝唱句多景语，如'高台多悲风'、'胡蝶飞南园'、'池塘生春草'、'亭皋木叶下'、'芙蓉露下落'，皆是也，而情寓其中矣。以写景之心理言情，则身心中独喻之微，轻安拈出。"② 还云："有大景，有小景，有大景中小景。'柳叶开时任好风'、'花覆千官淑景移'及'风正一帆悬'、'青霭入看无'，皆以小景传大景之神。若'江流天地外，山色有无中'、'江山如有待，花柳更无私'，张皇使大，反令落拓不亲。宋人所喜，偏在此而不在彼。"③ 显然，这种对诗歌内在本质性命题的阐说是前此诗学著作中所少见的，在论说深度上大大超过前人。又如许印芳《与李生论诗书跋》云："功候深时，精义内含，淡语亦浓；宝光外溢，朴语亦华。既臻斯境，韵外之致，可得而言，而其妙处皆自现前实境得来，表圣所云：'直致所得，以格自奇'也，其自举所得，亦多警句，如'松凉夏健人'、'树密鸟冲人'、'棋声花院闭'、'落叶穿破屋'、'得剑乍如添健仆'、'小栏花韵午晴初'等句，皆现前实境，而落笔时若无淘洗熔炼工夫，必不能著此等语。由

① （清）王夫之等：《清诗话》，上海古籍出版社 1978 年版，第 11 页。
② （清）王夫之等：《清诗话》，上海古籍出版社 1978 年版，第 14 页。
③ （清）王夫之等：《清诗话》，上海古籍出版社 1978 年版，第 14 页。

此而推，王、韦诸家诗能出奇之故，可默会矣。"① 许印芳通过详举诗例，将直写"实境"与生发"韵外之致"的艺术辩证法精髓清楚明白地阐说了出来。第二是诗话中出现了各种集中摘句的形式，如：王士禛曾为施闰章的诗歌作过一份摘句图，共摘录施氏五言律诗 82 联，针对其五言诗"清词丽句，叠见层出"的特点，摘录其中特别出色的句子列以为图。赵翼《瓯北诗话》，其卷三专列有"律诗摘句"，摘引陆游五律和七律中的佳句；卷九又专摘吴伟业的佳句，卷十专论查慎行的诗，"古体则标其题，近题则摘其句"；卷十一也列有"摘句"和"诗人佳句"专篇。易顺鼎《琴志楼摘句诗话》则专摘佳句以示人。诗话集中摘句将古代秀句图与诗话这两种体式很好地结合了起来，在以例晓人、以理服人上更趋细致而充满感悟性。其三，清代诗歌摘句批评的完善还表现在论诗诗对摘句批评的多种运用上，其体现也有三：一是出现了在论诗诗自注中摘句的样式，如王士禛《戏仿元遗山论诗绝句三十二首》。其次，出现了专摘佳句的论诗诗，如赵允怀《记佳句诗九首》、叶廷琯《病中摘句怀人诗三十二首》。第三是出现了以集句的方式所写的论诗诗，如黄之隽《自题香屑集末十二首》，如云"自书自勘不辞劳，心路玲珑格调高。知叹有唐三百载，劣于汉魏近风骚"，四句诗分别出自白居易《题诗屏风绝句》、方干《赠美人》、李洞《赠徐山人》和杜甫《戏为六绝句》。

清代，集中摘句批评的形式主要体现在汪师韩的《诗学纂闻》中。该书中"谢诗累句"、"江文通杂体诗拙句"、"杜诗字句之疵"等条，都分别集中摘引大量诗句为证。"谢诗累句"条共摘引"其中不成句法者"，如"居德斯颐，积善嬉谑"等 34 句诗，归结"以上皆其句不成句者也"；"杜诗字句之疵"条认为"诗至少陵，谓之集大成，然不必无一字一句之可议也"，接着共摘引了"岱宗夫如何，齐鲁青未了"等 63 句诗，归结"以上所录，皆人所共见者，然固无害于杜之大也"。

总结清代诗学对批评方法的运用，可以看出：其主要体现在四个方面：一是对意象批评方法的运用；二是对比较批评方法的运用；三是对源流批评方法的运用；四是对摘句批评方法的运用。在具体的运用中，意象批评、源

---

① 陈伯海：《历代唐诗论评选》，河北大学出版社 2002 年版，第 179 页。

流批评和摘句批评都出现了零散运用和集中运用两种形式；相比照而言，比较批评则囿于零散运用形式之中。当然，从广义而言，意象批评的集中运用中也寓含比较辨析之意，从这一点而言，清人诗学比较批评也有丰富、深化之处。总之，清代诗学作为我国古典诗学的总结集成阶段，它对不同文学批评方法予以了全面继承、丰富、深化和完善。

（原载于《东南大学学报》2008 年第 2 期）

新实践美学：实践美学的一个新的历史境界

岳友熙

新实践美学是以马克思主义的实践唯物主义和实践观点为哲学基础和主要视点的美学流派，是实践美学发展的新阶段。实践美学奠基于马克思的《1844 年经济学哲学手稿》，建构于 20 世纪 50、60 年代的苏联和中国。至 20 世纪 80 年代，它已经发展成为中国当代美学的主导思潮和流派。20 世纪 90 年代以来，实践美学倡导者们借鉴了西方现代和后现代哲学和美学思想，对实践美学的哲学基础和美学理论进一步发展和开掘，使实践美学发展成为新实践美学。新实践美学是实践美学的自我超越和发展，是实践美学发展的新的历史阶段，开辟了实践美学的新的历史境界。

一、哲学基础的开拓与发展

新实践美学之所以显示出旺盛的生命力，主要是因为它具有得天独厚的哲学基础——马克思主义的实践唯物主义和实践观点，并对其哲学基础进行了深入发展和挖掘。

首先，从"实践"概念来看。新实践美学倡导者们认为，"实践"概念的含义本身就不是唯一的、固定不变的，而是一个多层累的、开放的、与时俱进的、不断发展的概念。张玉能指出，在马克思主义创始人那里，实践就有广义和狭义之分，绝不能够与物质生产（劳动）完全等同，绝不应该像后来的"正统的马克思主义"阐释者所做的解释——把"实践"仅仅当作认识论的概念。他通过对马克思主义创始人的《关于费尔巴哈的提纲》、《德意志意识形态》、《1844 年经济学哲学手稿》等原著的深入挖掘，总结出了"实践"应该具有的三层含义：首先，实践是以物质生产为中心的，人类的、现实的、社会的、感性的、对象化的活动；其次，实践还包括精神生产和话语实践；再次，实践不是一个实体本体概念，更不是一个先验的本体论概念，而是一个关系本体的概念。①实践至少包含三个层累：物质交换层、意识作用层、价值评估层。而这三层累分别包含着自己的内在子系统：物质交换层包含三个子系统：工具操作系统、语言符号系统、社会关系系统；意识作用层包含三个子系统：无意识系统（需要冲动系统）、潜意识系统（目的建构系统）、意识系统（情感中介系统）；价值评估层也包含三个子系统：合规律评估系统、合目的评估系统、合规律和合目的相统一的评估系统。这三个层累和各自的子系统组成了实践的结构，并且相互作用、交错运动，构成了人的社会实践，其基本类型包括"物质生产"、"精神生产"和"话语实践"。

　　新实践美学把实践划分为"物质生产"、"精神生产"和"话语实践"，绝不是靠随意地扩大"实践"概念来补充"实践"概念的"非物质性"，并以此来"重建实践美学话语权"；而是把马克思、恩格斯的广义和狭义的实践概念具体化，力图如实地理解"实践"概念，使其更加准确和清楚地符合马克思主义实践唯物主义的原义，使"实践"概念正确地运用于美学的分析与研究。从发生学来看，"美根源于实践"就主要是指"物质生产"，否则就会走向唯心主义；从本体论来看，"美是在社会实践之中人的本质力量的对象化"或者"美在创造中"，就应该包括"物质生产"、"精神生产"和"话语实践"，否则就会产生片面的解释；从认识论来看，"美感是对美的反映的实践"就主要指精神生产，否则就无法理解；从现象学来看，"美是自由实践的显现"也应该是指"物质生产、精神生产、话语实践"；总起来看，"美是显现社会实践的自由的形象的肯定价值"，也应该指"物质生产"、"精神生产"和"话语实践"。但是，永远不能忘记"以物质生产为中心"，否则就不是历史唯物主义了。再比如，在"实践是检验真理的唯一标准"的哲学命题中，"实践"就不能仅仅指"物质生产"，而应该指一切与被判别的对象相关的现实的、感性的、社会的、对象化活动，否则，这个命题就不能成立，或者不具有普遍性。

———————

① 张玉能：《新实践美学的告别》，《吉首大学学报》（社会科学版）2006年第1期。

实践是主体与客体的双向对象化活动，它包含着主体的客体化和客体的主体化，它既是物质资料和体力结合的活动，是感性、物质的活动，又是有目的、渗透着观念形态和意识活动的脑力与体力相结合的改造自然的活动，还是一个不断评估活动本身及其结果，以调节整个过程、运用规律性来达到人的目的自由自觉的有意识活动。

实践的这些含义和结构决定了美学问题的特征，尤其决定了美的特征。实践的物质交换层决定了美的外观形象性（包括外观形式性、感性可感性、理性象征性），实践的意识作用层决定了美的情感超越性（包括精神内涵性、超越功利性、情感中介性），实践的价值评估层决定了美的自由显现性（包括合规律性、合目的性、自由性）。因此，美是显现人类自由的形象的肯定价值。①

其次，我们来看新实践美学的哲学基础——马克思主义的实践唯物主义。新实践美学认为，马克思主义的实践唯物主义与任何一种完整的哲学体系一样，都具有自己的本体论（存在论）、认识论、方法论和价值论，在它那里就是实践本体论（存在论）、实践认识论、实践辩证法和实践价值论。新实践美学就是从这些具体的哲学理论和观点来探讨美学问题的。从实践本体论来看，美的本质只能由实践来决定，美是在实践之中生成；从实践认识论来看，美必然具有客观性，美感就是对美的自由创造性反映；从实践辩证法来看，美既有客观性，也有主体性，还有主客体间性、主体间性；从实践价值论来看，美既是实践自由的产物，也具有意识形态性，自然美也是在实践的自由过程之中生成的价值；从实践美学的全面而辩证的观点来看，艺术既是意识形态，也是创造性生产，还是社会生活的再现，又是人的本质力量的表现。

新实践美学按照实践唯物主义的观点认为，以物质生产为中心的社会实践，是人和社会的存在之根。在社会实践中，自然界被改造为与人关系密切的、能确证人的本质力量的"人化自然"，人的自然也被改造为脱离动物本能的"人化的人"，这种人化的人与人化的自然之间在实践中不仅构成实用关系、认知关系、伦理关系，而且构成审美关系，即对象能满足人的审美

① 岳友熙：《叶茂根深的实践美学》，《武汉理工大学学报》（社会科学版）2005 年第 1 期。

需要，而人也能使对象成为满足人的审美需要的特殊关系。这种关系是人的实践达到一定自由程度的产物。这种审美关系及其自由体现在人的主体身上就成为美感，即人在他自己所创造的世界中直观到自身产生的自由感和精神愉悦，它在对象上体现出来就成为对象的美，即显现了人的特定实践自由的对象的肯定价值。因此，实践唯物主义把美、审美、艺术当作实践的产物合乎逻辑和合乎事实地显示出来了，是对美学问题进行解答的哲学基础。

实践认识论从实践本体论出发，认为人的实践是人的认识的唯一源泉，人的认识过程是一个从实践出发，经过感性认识到知性抽象认识，再到理性具体认识，然后再回到实践的过程。认识真理性的问题，并不是一个理论问题，根本上说，是一个实践问题。在这种实践认识论的指导下，人类的审美认识也是一种特殊的把握世界的方式，它以"实践—精神"的方式把握世界，从对世界的外观形式的实践改造和变形，经过情感的中介作用（驱动、定向、弥散的作用），达到以感觉的方式全面地在对象世界中肯定自己，在自己所创造的对象世界中直观自身。这种审美把握世界的方式所形成的意识形态，也就是艺术，因而，艺术也就是审美的意识形态。因此，审美活动和艺术活动（包括创作和欣赏）既是人对世界的能动的、"实践—精神"的、审美的反映（把握），也是人类以审美的方式创造世界的感性显现，是人在自己所创造的对象世界中直观到自身的自我实现和自我肯定的特殊方式。这样，实践认识论就使对审美和艺术活动的理解，由反映的层面深入到实践的层面。

实践的辩证法既包含着揭示自然、社会等存在的客观规律的客观辩证法，也包含着揭示人的生存及其思维的主观辩证法，还包含着人类社会存在的变化发展规律的历史辩证法。人类对自然、社会和思维的规律的揭示都离不开人的社会实践。而且这些规律又通过人的社会实践成为人可以把握并能够运用来为自己的生存和发展服务的手段，也就是人由必然王国不断向自由王国飞跃的桥梁和纽带。实践作为人类生存的现实活动，不论是从群体还是从个体的角度来看，都是一种"恒新恒异"的创造过程。这个过程是受动与主动、物质与精神、共时与历时的统一，也是从必然到自由，由实用、逻辑（认知）、伦理向审美活动错综超越的过程，因此，审美活动就是受动与主动、物质与精神、共时与历时的统一，表现为合规律与合目的、感性与理性、确定性与不确定性的统一，是人类社会实践的自由形式。美、审美和艺术都是人类由必然王国向自由王国飞跃的历史手段，它们自身也都随着历史的变化发展而变化发展。美和审美及艺术，必定会既有合规律性与合目的性相统一的自由的客观标准，即相对的客观标准，又有其随着实践条件不断变易的开放的性质，即没有绝对的标准。因此，美、审美和艺术就一定是"恒新恒异"的创造。

二、实践美学的自我超越与发展

实践美学自诞生以来，不断丰富、完善和发展，日益显示出了其强大的生命力。马克思和恩格斯早在 1845 年的《德意志意识形态》中就明确宣告他们是"实践唯物主义者"。马克思在《关于费尔巴哈的提纲》中对他们的马克思主义的实践观点作了精辟的阐述，在《德意志意识形态》中对实践范畴也作了原则性的论述，奠定了实践美学马克思主义的实践唯物主义和实践观点的哲学基础。在实践美学刚刚兴起的 20 世纪 50、60 年代，作为实践美学的主要奠基人李泽厚，在与"主观派"、"客观派"、"主客观统一派"的论战中，明确地以马克思主义的实践观点为哲学基础，提出了"人类学本体论美学"、"美是客观性与社会性的统一"、"自然美在于社会实践过程中自然的人化"、"美和美感是社会实践的积淀过程的产物"等命题，并得到了蒋孔阳、刘纲纪、周来祥、聂振斌、李丕显、杨恩寰、梅宝树等许多美学家的赞同。实践美学的最初形态特有的美学体系的框架得以形成。① 但是，由于当时的历史语境和历史局限性，人们对于实践观点、实践范畴的理解和阐释带有"正统马克思主义"的某些偏差。在相当长的历史时期内，苏联的"正统马克思主义"忽视了实践唯物主义，仅仅从认识论的角度来理解实践的观点，甚至认为马克思主义哲学没有本体论（存在论）；同时，中国哲学界也因为受到"冷战"政治思维的影响而在马克思主义中国化的过程中误入了与苏联哲学界相同的歧途。然而，马克思关于实践观点和实践范畴所蕴含的真

---

① 张玉能：《实践美学将放射出新的光辉》，见朱志荣主编《中国美学研究》（第二辑），上海三联书店 2006 年版。

谛的主要方面在实践美学中还是得到了贯彻执行，因此，实践美学在当时的第一次美学大讨论中得以兴起，并且成为大多数美学家认同的美学流派。

"文革"以后，学界"解放思想，实事求是"，坚持"一切从实际出发"，坚持"实践是检验真理的唯一标准"，反对因循守旧、不思进取，自觉地把思想认识从那些不合时宜的观念、做法和体制中解放出来，从对马克思主义的错误的和教条式的理解中解放出来，从主观主义和形而上学的桎梏中解放出来。经过了正本清源、拨乱反正的理论探讨，对马克思主义哲学逐步达到了全面、系统、科学的理解。马克思主义的实践唯物主义和实践观点才得以真正地理解和研究，真正地反映出马克思主义哲学的与时俱进的开放性、科学性和真理性。在 20 世纪 80、90 年代，实践美学经过蒋孔阳、刘纲纪、周来祥等美学家以科学的态度进行大胆探索和研究，得到长足发展，不断走向完善，很快发展成为中国当代美学的主潮。蒋孔阳从马克思主义的实践观点出发，在他的著作《美学新论》中富有创见地提出了"美在创造中"、"美是恒新恒异的创造"、"美是多层累的突创"等革命性命题，并把实践美学推进到更高级的"实践—创造"层面，吸收了中西美学的积极的理论成果，构建了实践美学多层累的、开放性的、与时俱进的美学体系，奠定了实践美学在中国当代美学多元格局中的主导地位，并为其发展开拓了更大的空间；刘纲纪始终坚持马克思主义哲学的实践观点，明确地提出了实践美学的哲学基础——马克思主义的"实践本体论"，进一步阐发了"实践的自由"范畴，巩固了实践美学的实践本体论基础，纠正了中国当代美学的"本体论缺失"，改正了李泽厚的"人类学本体论"的模糊、歧义和偏颇，真正完成了中国当代美学由传统认识论美学向社会（人类）本体论美学的转型；周来祥主要立足于中西美学发展史的角度，深入地总结了美和审美的实践辩证发展过程，提出了"美是辩证发展的和谐"的思想，使实践美学深深地扎根于中西美学历史发展的沃土之中，为实践美学继续发展提供了可靠的历史依据，从而为实践美学成为中国当代美学的主导建构了历时性维度。此外，聂振斌、滕守尧、章建刚等学者从实践美学的视角着眼，关注新时期日益兴起的审美教育、艺术教育、情感教育、审美文化、艺术实践等广阔领域，为实践美学成为中国当代美学的主潮夯实了现实基础。

20 世纪 90 年代，在实践美学不断继续发展、自我超越的过程中，一些年轻的实践美学家在西方现代和后现代思想和美学流派的影响和启发下，发现了实践美学许多不完善、不明确、不恰当之处，运用西方现代主义和后现代主义的思想、观点和方法进行分析批判，提出了"超越实践美学"和建构"后实践美学"的理论主张。这标志着中国当代美学多元格局的形成，也为中国当代美学发展提供了新的契机。另外一些坚决主张（新）实践美学的美学家，如朱立元、张玉能、邓晓芒、易中天、彭富春等学者，一方面应对"后实践美学"的挑战，一方面借助中国当代哲学界对马克思主义实践唯物主义和实践观点的重新认识和发掘，着手对实践美学的哲学基础进行重新认识和发掘，力图克服长期以来"正统马克思主义"的某些不良影响，重树实践美学的话语威信，调整、完善和发展实践美学的理论和范畴体系，形成了一股实践美学的创新热潮。主张实践美学的美学家们发表了大量的学术论文，终于使"实践美学范畴体系"得以面世。尽管这个"实践美学的范畴体系"还有待于不断完善，但它毕竟是实践美学的一道新的光芒。这为新实践美学的发展奠定了比较坚实的基础。

三、新实践美学的理论创新

新实践美学的倡导者们为开拓和完善实践美学理论作出了许多新的贡献：张玉能首先根据马克思、恩格斯著作的原文对"实践"概念作了新的界定，提出了实践是以物质生产为中心包括物质生产、精神生产、话语实践的感性的、现实的活动；重新阐释了实践的结构、过程、类型、功能和双向对象化等与审美的关系，并对于实践美学的美和审美的本质进行了更深入的挖掘；重新阐发了"美是人的本质力量的对象化"的命题，将人的本质分为"本性"（即人的需要）、"类特性"（即自由自觉的活动）和"现实性"（即一切社会关系的总和）三个层次，使此命题的内涵立体化、丰富化；以实践的创造性自由为中心，建立了一个完整的实践美学的范畴体系：美是实践的自由的形象显现的肯定价值，丑是实践的反自由的形象显现的否定价值，崇高是实践的准自由的形象显现的肯定价值，滑稽和幽默是实践的不自由的形象显现的否定价值和肯定价值，悲剧性是崇高的集中表现，喜剧性是滑稽和幽默的集中表现，优美是柔美，崇高是刚美等；提出了实践美学应该是人生论美学与审美人类学的统一；提出了实践美学涵盖着生态美学，生态美学是实践美学的题中应有之义；揭示了实践美学与现代主义美学和后现代主义美学是同步发展的；以实践美学的基本原理回答了后实践美学的提问，如关于美和审美的不确定性、差异性、超越性、普遍性、现代性等；指明了实践美学的最终目的是培养自由全面发展的人，突出了审美教育的重要性；对于艺术的本质作了艺术生产论（艺术是一种特殊的生产形态）、艺术掌握论（艺术是人类掌握世界的特殊方式）、艺术意识形态论（艺术是一种植根于社会生活的意识形态）的综合；指明了游戏和巫术是艺术起源的中介，艺术起源于以劳动为中心的社会实践，而游戏和巫术是其中的主要桥梁；论述了实践美学的价值论维度，从价值论的角度论述美和审美的价值性，美和审美与人的审美需要、人的本质、人的社会性的密切关系；等等。

新实践美学还遵照马克思主义哲学的基本逻辑，吸收了西方20世纪现代和后现代的多元化、多视角、多层次、系统论的精华，构建了一个多层次的、开放性的、系统性的体系。在方法论上，新实践美学首先坚持历史唯物主义的哲学方法，即所谓的方法之方法的"元方法"；其次，新实践美学运用自然科学、社会科学、人文科学等的具体学科方法作为自己的方法；再次，新实践美学还综合运用了观察法、内省法、实验法、问卷法、调查法等具体方法。正是借助这些方法，张玉能在《美学要义》、《美学理论》、《美学教程》中对美、美感、艺术等美学概念都做了多层次、多元化、开放性的整体性探讨。他在对美的分析中认为，在认识论层面上，是对象的客观属性；在本体论层面上，美是社会的属性；在发生学层面上，美是社会实践达到一定程度的自由的产物；在现象学层面上，美是附丽于感性形象之上的性质；在价值论层面上，美是满足人的审美需要的一种形象的肯定价值；在信息论层面上，美是一种反熵的形象信息。① 他对美感分析时认为，在性质上，美感是人所独有的社会意识，是超越了生理刺激和感官愉快的精神性愉悦，是以情感为中介的包括认识、情感、意志的完整的心理活动；在特征上，美感是积淀着理性的直觉（认识），是隐含着功利的愉快（情感），是合规律与合目的的自由创造（意志）；在结构上，按照现代心理学的阐释将美感分为：显

———————

① 张玉能：《美学要义》，华中师范大学出版社1998年版，第五章"美的本质"。

意识（认识—感情—意志）——潜意识（直觉、移情、心理距离）——无意识（本能—需要—目的）；等等①。

　　另外，新实践美学还借鉴了西方现代和后现代的人类本体论转向的学术成果，强调马克思主义实践唯物主义的"以物质生产为中心的社会实践"，是人类本体论（社会本体论）的真正本质或本体。我们知道，西方哲学和美学的发展经历了自然本体论（前6世纪—15世纪）——认识论（16—19世纪）——人类本体论（20世纪）三个阶段。实际上，在20世纪，西方美学和中国美学都是在超越"近代认识论美学"和"古代自然本体论美学"的发展过程中，逐步转向了"人类本体论美学"，而"人类本体论美学"又分为"精神本体论美学"（20世纪50年代）和"语言本体论美学"（20世纪60年代以后）两种发展趋势。与此同时，马克思主义的实践美学则是与其同步发展的。本来由16世纪的"认识论转向"而产生的"拒斥形而上学"曾经使人们误以为哲学不需要本体论了，但在19世纪末、20世纪初兴起的"拒斥形而上学"内部却发生了"人类本体论"的转向，20世纪本体论的回归成为一个无可争辩的事实。例如，本来前期的维特根斯坦极力反对"形而上学"、否定"本质"和"本体"，认为世界只有事实，没有本质或本体，因此，他把事实分为"可言说的"和"不可言说的"。"可言说的"就把它说清楚，而对"本质"、"本体"等"不可言说的"就要保持沉默。然而，后期的维特根斯坦又承认事实还是具有"家族类似"的，也就是"语言游戏"的开放性的共相。后来，美国的分析哲学家奎因进一步提出"本体论承诺"，这样就使本质、本体又悄悄回到了哲学域限之内。然而，经过探讨后的这个本质、本体已经不再是一种诸如理念、上帝、物质之类的"实体"，而是一种"关系"本体。像现象学的"意向性"、存在主义的先于本质的或人所选择的存在和"在世界之中的存在"、精神分析的"无意识结构"、结构主义的"语言结构"、解构主义的"异延"等。马克思主义实践唯物主义的"以物质生产为中心的社会实践"也是这样的本质或本体，而且是人类本体论（社会本体论）的真正本质或本体。

　　中国的实践美学一步步向实践美学的新形态发展。蒋孔阳的《美学新

---

① 　张玉能：《美学要义》，华中师范大学出版社1998年版，第二章"美感的性质和特征"。

论》为新实践美学的发展树立了航标和灯塔。他明确指出，美学要以审美关系作为研究的出发点，"美在创造中"，"美是恒新恒异的创造"，"美是多层累的突创"，美感是一个多层次的辩证统一体等。张玉能在《美学要义》中明确地指出：美学是以艺术为中心研究人对现实的审美关系的人文科学。新实践美学告别了传统实践美学的弊病，吸收了当代西方的思想资源，经过了"实践美学——新实践美学——新实践——创造美学"的生长发展过程，与后现代主义美学同步发展，而且避其短，扬其长，切切实实地走着自己的路。虽然新实践美学还有待完善，但它已经显示出其崭新面貌和新的强大的生命力，成为21世纪世界美学发展的主潮。西方美学的"精神本体论美学"和"语言本体论美学"都没有完全解开美学问题之谜，而新实践美学却能够给出比较合理的答案。因为只有实践美学才能真正超越和否定传统古典形态美学的现当代西方美学的那些局限性，打开美学研究的现当代的宽阔视域和阐释空间。因为马克思主义的实践唯物主义及其实践观点是统一美学问题中的各种矛盾与要素和解开美学问题之谜的钥匙。

　　总之，新实践美学是以马克思主义实践唯物主义为哲学基础，以马克思主义哲学的实践本体论、实践认识论、实践辩证法、实践价值论为体系构架和运思逻辑的当代美学流派，是与西方现代主义和后现代主义美学同步发展的美学流派，是一种合乎实践和历史发展的与时俱进的具有中国特色的当代美学，已经成为中国当代美学的主导潮流。新实践美学及其哲学基础都是与时俱进的、开放的、科学的、具有真理性的思想体系。它对实践美学的扬弃是世界美学的一次革命性变革，比一切西方现当代美学更彻底、更具有生命力。它根据实践唯物主义观点，从自身理论体系的不同方面，可以合乎逻辑、合乎事实、合乎历史地解释美学和文艺学的千古之谜，并且并不封闭这些领域中的真理，而且不断开辟通往这些领域中的真理的道路。新实践美学是实践美学的自我超越和发展，是实践美学发展的新阶段、新境界。

（原载于《社会科学辑刊》2008年第2期）

洞见与盲视

——论伽达默尔的解释学美学

刘　志

一

伽达默尔所开创的解释学对整个 20 世纪人文科学产生了深远的影响。在西方思想界，超越前人的批判性反思总是使得后思充满生机活力，从而形成一个个哲学思潮前赴后继的发展脉络。解释学是对古典解释学、浪漫派、现象学、存在主义等思潮反思的基础上形成的后继思想，所以对其的理解就需要回到这一思想语境中。伽达默尔自己也承认，"我对美学的研究，对解释学历史的研究和对历史哲学的研究是承袭狄尔泰、胡塞尔和海德格尔开辟的道路向前走的"①。他将理解问题，也即"沟通存在于思想之间的个人距离或历史距离"② 确立为思考的重心。

伽氏的解释学思想，无论是问题的提出还是对传统解释学思想的发展，都得益于艺术经验的启发。首先他意识到相对于其他的精神科学领域，存在于艺术经验中的独特内涵有助于拓展理解的意义。前提是要将艺术当作一种特殊的认识方式看待，美学的任务正是确立这种独特性的认识方式。这种认识方式不同于科学意义上的感性认识，也不同于伦理方面的理性认识和一切概念性认识，这种存在于艺术经验中的理解性，被伽达默尔在不同场合命名

① ［德］汉斯－格奥尔格·伽达默尔：《哲学生涯》，陆春文译，商务印书馆 2003 年版，第171 页。

② ［德］汉斯－格奥尔格·伽达默尔：《哲学解释学》，夏镇平译，上海译文出版社 2004 年版，第 97 页。

为当下性、永久性或者是亲近性。正是艺术的这种魅力能够使我们被卷进一个它所创造的世界并驻留其中。而艺术之所以能够成为理解生命的一种独一无二的途径，乃是因为在艺术中生命以某种观察、反思和理论所无法达到的深度解释自身。以绘画为例，伽达默尔指出使绘画区别于符号的东西具有一种本体论的意义。这种本体论的区别物在象征那里只不过是一种对现实物的再现，象征发挥的是一种指示功能，让某个不在场的东西成为现实存在，它是象征物的代表，而且正是因为所象征物往往是非感性的、无限的，需要去通过象征才能使其成为可理解的现实性存在。绘画虽然也是发挥一种对现实的代表功能，但它却并不消失在这种功能里，而是以其自身的存在参与了它所代表的事物的存在，绘画所代表的是比它所代表的事物具有更多意义的东西。它"所代表的东西即'原型'，在绘画中是更丰富地存在于那里，更真实地存在于那里，就好像它是真正地存在一样"①。这种功能被伽达默尔称之为表现。正是这种表现使得艺术不再从属于宗教的或世俗的功能，而是拥有了自身现实存在的权利。

作为人类理解基本途径的艺术，不仅仅具有这种独特的亲近性特征，它还具有开启隐蔽真理的功能。这种隐蔽真理作为人的切身生存，是一种具有普遍联系性的存在。在伽达默尔看来只有通过艺术经验才揭示这种普遍联系性，因为艺术品对于每个特定的当下都具有绝对的当下，而且与此同时适应于所有的未来。这就是为什么作为非概念性、模糊性的艺术，较之科学更能经受住时间考验的原因。历史上亚里士多德、伽利略、牛顿的科学著作如今除了一些科学史家之外很少有人再问津，而像《荷马史诗》、《安提戈涅》、《神曲》等艺术经典却可以长盛不衰。因为艺术所追求的真理就具有着超历史的永久性，追问艺术中这种永久性的内涵，正是解释学探讨理解问题的出发点。但这种艺术真理性在伽达默尔看来，与人类追求一种理解的历史真理相比还是有局限性的。所以要建构普遍的解释学的任务，就需要超越这种局限性。尽管他承认艺术经验中存在有某种广泛的可理解性，但又认为必须去超越其局限性才能获得普遍性的理解，"对于美和艺术，我们有必要采取这

① [德] 汉斯－格奥尔格·伽达默尔：《真理与方法》，洪汉鼎译，上海译文出版社 2004 年版，第 203 页。

样一个立足点，这个立足点并不企求直接性，而是与人类的历史性实在相适应。援引直接性、援引瞬间的天才、援引'体验'的意义并不能抵御人类存在对于自我理解的连续性和统一性的要求。艺术的经验并不能被推入审美意识的非制约性中。"① 他的《真理与方法》一书反思的一个重要出发点就是：艺术经验中具有的审美吸引力与我们对艺术品的理解中遇到的经验相比有何区别，这里所谓经验是将艺术作为一种包蕴着丰富意义，需要通过理解才能把握的内容载体，而只有通过对其经由从体验到理解的转化，才能超越其理解的局限性。

这也是伽达默尔为什么更看重文学的原因。文学的传播媒介是语言，而可以被理解的存在就是语言。作为语言性艺术的文学正切合了解释学所追问的最终目的——存在于一切精神科学中的理解究竟是什么？由于坚信对艺术的经验也就是对意义的经验，所以伽达默尔成功地将探讨整个精神领域里的理解问题转换成了被证实为艺术经验的东西是否也适用于对那些不是艺术作品的东西的理解、是否也整个适用于对其他精神领域的理解。他的回答显然是肯定的。由此伽达默尔在将艺术认识论化之后，也就可以顺理成章地使美学从属于解释学，其哲学解释学思想也就可以借助艺术的牵线搭桥，成为理解整个精神科学领域具有指导意义和普适性价值的基础方法论。

伽达默尔所关注的问题其实是理性和感性在认识真理上的价值关系，而这在西方思想史上争论由来已久。柏拉图崇尚理念贬低感性将诗人逐出理想国，亚里士多德认为诗比历史更具有真理性，整个近代以来的哲学都是在理性和感性之间纠缠不清。康德企图划清二者的界限，然而恰恰是他划界的行为和结果成为后世诟病的原因，正如黑格尔所批评的，能够为现象界和物自体划出界线的那个理性，恰恰证明了超出理性限制的区分的荒谬，这体现出人类思维走到极限所面临的困境。整个现代哲学，无论是浪漫派、现象学、存在哲学还是语言分析哲学，都在寻找从这种困境中突围的道路，有意思的是它们最终都试图从美学那里发现解决问题的出路。这也是现代哲学为什么和艺术结下了不解之缘的原因。

① [德] 汉斯－格奥尔格·伽达默尔：《真理与方法》，洪汉鼎译，上海译文出版社2004年版，第126页。

　　早在古希腊就有"可感知的事物"和"可理解的事物"的区分，但作为可感知的对象和现实模仿物的艺术，一直以来就被认为与认识的真理相距甚远。而以逻辑为基础的认识能力以其清晰性备受推崇。到了现代美学之父鲍姆加通那里，美才被赋以"感性认识的完善"的地位。① 康德更是试图以之作为沟通纯粹理性和实践理性的桥梁，而随着浪漫派将康德批判体系当作"后思"的对象来超越。对直觉的推崇使得艺术的地位空前高涨。在浪漫派思想家们看来，感性认识之所以长期遭到贬低，是因为美学极力想使短暂的感性获得长久存在的地位，正是这一点使得其在整个唯理性主义的哲学体系中备受压制，到了康德这里，这种唯理性主义哲学体系本身发生了危机，艺术作为感性认识的价值才凸现出来。理性认识好比光明，光明能让我们分辨是此非彼，它所发现的科学真理照亮了人类意识的经验世界，正如德国美学家弗兰克所言："光明源自黑暗，而黑暗的延伸更为长远。每一种发现都具有局限性，发现得以澄清，意味着让发现的对象走出黑暗。然而黑暗一直存在，这说明一个发现意义上的真理（即自然科学的真理）绝不可能做到面面俱到，而且注定要给另一个让位，而另一个发现又是同样情形，既不是创造性的也不能超越时代，又得接着给下一个让位，以此类推。"② 这揭示了理性寻求绝对和永恒真理做法的虚妄，其病根恰恰是尼采所指出的：人类的悲剧在于作为一种具有有限性的生物，但他却企图追求永恒。

　　相对于科学真理，艺术中所包含的真理却具有以有限包容无限的优势。比如在莱辛的戏剧《智者纳旦》中，莱辛试图用这个故事来说明源自个体的情感可以超越宗教、种族、文化上的偏见。这一切是随着剧情的发展，使人逐步获得的认识，而且这种认识经历了一个对艺术形象的领会和情感被感染的过程，狄尔泰深刻地分析道："在这里，无限的内涵附着在有限的过程上，所有的民族的自由思想者的亲戚关系的象征附着在现实的描述上。"③ 正是看到了艺术可以以有限体现无限的重要价值，浪漫派才将来源于美的神秘启示置于一个无与伦比的地位，这就不难理解谢林为什么如此强调审美的价

---

① 章启群：《新编西方美学史》，商务印书馆 2004 年版，第 16 页。
② ［德］曼弗雷德·弗兰克：《德国早期浪漫主义美学导论》，聂军译，吉林人民出版社 2006 年版，第 12 页。
③ ［德］威廉·狄尔泰：《体验与诗》，胡其鼎译，三联书店 2003 年版，第 120 页。

值："理性的最高级行为是审美行为，真和善只有在美中才能密切联合在一起——因此，哲学家必然具有与诗人同样的审美能力。不具备审美意识的人是我们那些本本主义的哲学家们。精神哲学是一种审美哲学。"①

二

但浪漫派强调源于艺术创造的直觉虽然凸显了艺术的重要性，也助长了怀疑主义和神秘主义。有鉴于此，胡塞尔力图挽救哲学的声望，它批判了那种将哲学等同于包罗万象的科学（新康德主义）和抛弃一切科学戒律只强调神秘的直觉从而将之玄学化（浪漫派）的趋向，通过有意识地将现象概念和对现象概念的描述区别开来，进而追问意向着的事物是如何被描述的。胡塞尔本人的问题意识是：在一个后康德的时代，要做一个有价值的哲学家就必须对所有的偏见和不言而喻的假定作出说明。他对新康德主义哲学的质疑是：我们有什么权利可以使用我们为认识事物、描述经验而创造的概念？胡塞尔认为理想的知识是直观，是具体的被领悟的东西，而不是通过解释来对实在进行把握。但数学家出身的他，又并没有像浪漫派那样将直觉神秘化，而是通过追问意向着的东西是如何被揭露的，以什么形式被揭露，通过一种意向性直观的经验描绘，重新设想了认识论哲学的出发点和取向，使人们回到未被科学构造前的原初现象，也就是与科学世界相对立的生活世界。胡塞尔希望通过这种被命名为现象学的方法重新为一种严肃而又严密的科学哲学挽回声誉。

海德格尔从两个方面批判了胡塞尔的这种现象学思路：一是他指出在我们的意识中根本不存在纯粹的与外部事物相联系的意向性事物，因为我们与我们意向着的存在物本身就是一体的。他认为胡塞尔的现象学直观并没有摆脱传统形而上学追问主体如何认识外部事物的知识这一荒谬的思路，他认为"此在"是在世的"在"，"此在"的本质正在于它在存在之中。在这个意义上，他对胡塞尔的现象学实施了一种本体论的转换，而胡塞尔原初现象（生

---

① ［德］曼弗雷德·弗兰克：《德国早期浪漫主义美学导论》，聂军译，吉林人民出版社 2006 年版，第 78 页。

活世界）的存在也就不仅仅是一种未被理性"构造"的存在，而是具有了更
丰富的生存论内涵。在海德格尔看来，这种意义并不能只诉诸对此在的意识
直观，还必须将其放到历史存在的框架内来理解，而这正是海德格尔《存在
与时间》一书所要解决的。另一方面，海德格尔批判了胡塞尔现象学的先验
设定的主体性在本体论上的无根据性。海德格尔的解决方案是重新回到古希
腊对存在问题的思考，在他看来那也是对存在问题遗忘的开始。重新以时间
境遇来规定存在的东西，伽达默尔认为这一思想宣告了整个西方形而上学哲
学的终结，因为它使的整个形而上学的问题毁于一旦。

正是海德格尔思想之于西方哲学的这种重要转向意义，所以才对伽达
默尔产生了深深的震撼。在其自传中，他曾描绘第一次阅读海德格尔著作时
的感受："我就像被电棍击中了一样。"① 这种影响贯穿在伽达默尔的整个思
想历程中。在他看来，如何使海德格尔所开启的哲学工作对整个精神科学领
域同样能够发挥影响，是其解释学思想需要完成的任务。

伽达默尔对于海德格尔思想的局限性也有着清醒的认识，即他将人的
语言性完全归于意识的主体性，归之于主体性中的语言能力从而陷入的困
境。尤其是后期海德格尔的思想转向对语言的关注后，这一点体现得更明
显。由于他希望寻找到一种完全不同于传统形而上学哲学的新的表述方式，
以便能够鲜明地将时间结构表现为存在本身的基础结构。但由于语言本身具
有着根深蒂固的形而上的抽象性，所以要在西方形而上学语言内部形成反形
而上学的话语就显得举步维艰，因为我们的一切思维都依赖于语言的普遍
性，一旦取消这种普遍性，便会陷入说不可说的困境中。海德格尔在与日本
学者手冢富雄对话时，就一再地遭遇到这种困境："我们对话的语言不断地
破坏着我们对所讨论的事情的道说的可能性。"② 这也是海德格尔后期喜欢阐
释荷尔德林、里尔克诗歌的原因。他希望通过对诗的阐释，突破语言的局
限，为一个真正全新的提问方式寻求概念，这与维特根斯坦后期思想中对自
身语言分析的批判殊途同归。实际上他们都走到了语言的边界上。对于维特
根斯坦，他意识到了确实有不能讲述的东西。它们自己显露出来的，这就是

---

① ［德］汉斯-格奥尔格·伽达默尔：《哲学生涯》，陈春文译，商务印书馆 2003 年版，第
201 页。
② ［德］海德格尔：《在通向语言的途中》，孙周兴译，商务印书馆 2005 年版，第 101 页。

神秘的东西。对于海德格尔，则体现为通过诗所阐释出来的真理。只有在艺术中那种包围着言语的沉默才显露出来，也就是美的东西都是以逃离的方式来显露自身，以"有"的方式显示"无"的存在，存在也就体现出一种由隐蔽到敞开的神秘转换。海德格尔将之表述为发生在艺术作品内部的开启与隐藏、表白与拒绝、敞开与遮蔽之间的争执。

这种基于哲学思辨作出的作为基础本体论的存在的筹划，在伽达默尔看来尚未提出对生命存在方式的积极说明。虽然他也认为一个阐释者必须首先是个诗人，只有诗人才能体察具有诗意形式力量的原初物。但伽达默尔更强调基于有限存在的体验内涵。他认为对这一体验的任何思辨的补充都是多余的，因为虽然有限性看似一种对思想的消极限定，不能容纳超越的历史或本质，但他依然坚持凭借有限的和可能的经验去论证是一切可靠思想的基础。从这一思路出发，伽达默尔将海德格尔局限于语言言说的存在论，扩展到对此在的历史性理解中去。在他看来，主体不属于世界而是世界的一种界限，理解就是对这一界限的突破。理解也是此在的存在方式。从时间的角度分析，此在的时间距离不是一个无法跨越的鸿沟，这一距离是被习俗和传统的连续性所填满，理解所要做的就是去诠释这些习俗和传统。理解时间中此在的存在，就被伽达默尔扩展到整个历史领域、精神科学领域里。而且只有在这种历史性的理解中，存在的普遍性结构才能获得具体性内涵。

这种存在于历史中的理解对象，伽达默尔称之为"流传物"，他从对经验概念的分析来展开对这种流传物的诠释。流传物就是可被我们经验之物。因此"经验"就成了解释学理论所要面对的核心范畴，这也是一个最难理解的概念之一。培根以来，经验概念在归纳逻辑中对自然科学的发展起了主导性的作用。但这种对经验的实证性理解使其隶属于一种认识论的模式，缩减了经验概念所具有的丰富性内涵。这种模式下的经验只能根据生活提供的现成材料，并且只能获得根据经验科学的逻辑方法得出的结果，但生活本身却不会提供既定的前提和结论，来自这种生活的经验，必然是通过人的亲身经历所获得的，这种经验不仅仅指吃一堑长一智的人生经验，它还是一种向整个精神领域开放的、历史地动态地存在着的东西，我们正是从这种经验中持续不断地学习，才能获得理解。

这种通过对经验内涵的诠释获得的解释学洞见，既来自于对唯心主义美学经验理论的批判：他认为浪漫派对于艺术经验的理解过于静态和狭隘，只是将其看作是"纯粹的意义整合"，没有意识到理解经验的动态性和广阔的历史文化视野；也来自于狄尔泰、胡塞尔和海德格尔的启发：艺术经验来自于体验，与狄尔泰的生命美学仅仅将体验理解为一种结果，需要通过还原获得体验得以发生的背景这一思路不同，胡塞尔的现象学不是将经验理解为自我的现实体验之流的一部分，而是理解为一种意向关系，正是意向性这一现象学术语，揭示了由体验获得的意义统一性、整体性，因为它揭示了经验得以产生的情境内涵，也即意向性的视域。例如，当我们把注意力集中在房间里一面墙上的两个正方形时，整个房间的存在都会呈现在意识之中。而这种意向性的视域，并非是一种主观性活动的结果，也就是说，情境并不是一个自为存在，可以通过主体选择获得。伽达默尔理解的视域与这一意向性理论的启发不无关系。但对视域问题的创造性发展，则来自海德格尔的启发，因为海德格尔从对诗的解读中，发现了存在于艺术作品和理解者之间的动态性，"当此作品建立起一个世界，并同时将此张力置入和固定于其静态格式塔的时候。这是一个双重运动，正是在这里存在有作品对那个自以为唯其独尊的、以纯粹意义整合为其目的的要求的抵抗"①。海德格尔将这种抵抗描写为艺术作品中世界与大地的冲突。在伽达默尔看来，这一揭示不仅可以克服唯心主义美学对艺术经验理解的静态性和狭隘性，而且还使理解在作品的此在中体验到意义的高深与无穷，从而为解释学奠定本体论的基础。使得只是作为一种理解工具的古典解释学，发展成为整个人文学科方法论基础的哲学解释学。

三

纵观伽达默尔解释学思想的整个发展理路：从对艺术审美经验的理解出发，扩展到整个历史领域里的经验。在他看来只有将美学从属于解释学、将对艺术的理解纳入到整个人类学、文化学和历史传统之中，才能超越审美经

---

① ［德］汉斯－格奥尔格·伽达默尔·杜特：《解释学、美学、实践哲学：伽达默尔与杜特对谈录》，金惠敏译，商务印书馆 2005 年版，第 57 页。

验的有限性。艺术经验的人类学基础只有在"游戏、象征、节日"的概念上才能得以阐明。① 解释学作为一门理解的艺术，实际上就是对理解限度的清醒认识，由此可以克服启蒙理性的盲视。只有清醒地认识到自己理解的界限，才能够去谈论何谓真理。这些观念无疑扩展了哲学理解的新视野，把囿于狭隘的语言分析和存在玄谈的哲学扩展到广阔的历史空间和文化空间。这些都是解释学对于 20 世纪哲学的贡献。所以伽达默尔自信地宣称："只有通过解释学的反思我才不再不自由地面对自己，而是可以自由地考虑在我的前理解中哪些可以被证明为正当，哪些则是不能证明的。"②

　　问题在于，当伽达默尔将美学从属于解释学，将艺术认识论化之后，实际上也就产生了对于艺术的盲视，体现在忽视了艺术创作和欣赏之间的差异；以对艺术的理解超越对其的体验，实际上限制了艺术体验本身的价值，割裂了艺术形式与内容之间的关系。

　　具体来看，由于伽达默尔认为存在于所有的精神中的可理解性都是相同的，所以他把艺术创作经验等同于艺术接受的经验，甚至更强调后者。艺术的意义只有通过理解才能实现。这显然忽略了艺术创作和艺术接受之间的差异性，前者更多地依赖于天赋、灵感和体验，而后者则更多地依赖于反思、理解。强调后者实际上是强调思对诗的优先性，这里明显可以看到黑格尔思想的影子。当伽达默尔将这一观念运用到解释学理论的构建时，弊端便凸现出来。如果说他从后思的优先性出发，得出前理解的对于理解界限的约束是一种洞见的话，那么过分强调这种约束则是忽略了理解的创造性价值。虽然理性必须依赖它所活动的被给予的环境，而且无法摆脱前理解的影响，但由此得出"在构成我们的存在的过程中，偏见的作用要比判断的作用大"③ 和"历史不隶属于我们，而是我们隶属于历史"④，显然夸大了历史的制

① 刘小枫：《人类困境中的审美精神——哲人、诗人论美文选》，东方出版中心 1994 年版，第 666 页。
② ［德］汉斯－格奥尔格·伽达默尔：《哲学解释学》，聂镇平译，上海译文出版社 2004 年版，第 40 页。
③ ［德］汉斯－格奥尔格·伽达默尔：《哲学解释学》，聂镇平译，上海译文出版社 2004 年版，第 8 页。
④ ［德］汉斯－格奥尔格·伽达默尔：《真理与方法》，洪汉鼎译，上海译文出版社 2004 年版，第 157 页。

约性，忽略了人的创造性对于走出理解的循环乃至整个人类精神史、文明史发展的巨大价值。杰姆逊指出的后现代表达扭曲、语言说人而非人说语言正是这一思想的极端发展。

解释学美学还体现出对艺术体验自身价值的盲视。伽达默尔也认识到了审美体验的巨大价值，比如他一再强调审美体验不仅是一种与其他体验相并列的体验，而且代表了一般体验的本质类型。因为审美体验可以使体验者摆脱他的生命局限，返回到存在的整体，所以体验性艺术才是真正的艺术。从辞源上看，"体验"一词来自于19世纪传记文学，随着工业革命和两次世界大战导致的本雅明所指出的经验的萎缩，体验一词才成为一种具有宗教意义的神圣术语。克服这种经验的萎缩必须重新进入生命体验，因为有生命之物不是那种我们可以从外界达到对其理解的东西。把握生命性的唯一方式其实在于我们内在于它，而借助艺术体验显然是最佳途径。因为体验是与一个强化着、浓缩着的意义相适应，而且这种意义具有不可替代性和持久性。但伽达默尔更关注的是体验的意义（内涵）而不是体验本身的价值。进入这种意义的内在世界，也就是从体验转化到了理解。这也是为什么他更关注艺术的内容而非形式的原因。关于内容和形式，艺术史学家阿诺德·豪塞尔打过一个比方：形式好比窗子，内容好比透过窗子所看到的世界，一扇窗口可能赢得我们的全部注意，不过，装上窗子还是让人朝外看的。① 这一比拟看似形象生动，但对艺术内容和形式关系的理解并不恰当，因为真正优秀的艺术作品，形式本身就是内容，也就是说，内容完全融于形式之中，正如盐溶于水，我们已经无法在盐水中找到盐的存在了，但窗子本身和窗子外面的世界却是截然分开的。

解释学美学的问题恰恰出在这里，所有对艺术体验内涵的理解，无论是历史的、人类学的还是文化的，作为内容只能发生在对作品形式本身的体验之后。尽管对一部艺术作品价值的评价既可以从体验出发，也可以从理解出发，换言之，艺术作品本身就包含了体验价值和理解价值，但从现象学的角度分析，二者往往并不一致。艺术之为艺术，体验价值才是其本体价

---

① ［美］阿诺德·豪塞尔：《艺术史的哲学》，陈超南、刘天华译，中国社会科学出版社1992年版，第4页。

值。正如盖格尔分析的，"审美的价值属于直接价值"①。虽然体验之后的理解不可否认有时也具有悦心悦智的间接价值，但称其为价值是混淆了事实与价值。正如我买房子花了多少钱和房子值多少钱并不是一回事一样，前者是事实后者是价值。前者是实践中的行为，后者则是理性的分析结果。不可否认，艺术体验的特征是过程和结果、手段和目的相统一的。但解释学美学只是将体验作为达到理解的起点和手段，显然是一种盲视，而且只不过是延续着西方思想史上思对诗的新一轮压制。

这种压制对于 20 世纪艺术的发展无疑产生了负面的影响，其表征是创作的萎靡和批评理论的繁荣。在这种语境下，如何为诗辩护，或者说如何确立真正的批评立场？美国学者埃德蒙森给出了一种回答。他在谈到布莱克被华兹华斯的《不朽颂》所感动时指出：因为诗人"是一个生活在这个世界上的人（哪怕他仅仅是在某些时刻才成为这样的人），不依靠任何宗教的或哲学的慰藉"②。艺术的不朽价值就存在于这些经典的感人魅力中。布莱克的眼泪即是对诗人的同情，又是一种羡慕。批评应该不齿于效仿这种羡慕，无论它是多么难以用言词表达。埃德蒙森实际上是在强调批评应该彰显艺术体验自身的价值，而不是过多地反思和批评，它不仅无益反而有害，它不仅会压制艺术的体验性价值，还会扼杀艺术创作的想象力。

当然，这或许并非是解释学美学的本意，在谈到同时代的思想家那托尔普的哲思意义时，伽达默尔指出，和前辈思想大师一样，他们都试图回答"你们为什么出门？"答案是"为了寻找家园"③。这是整个西方现代哲学共同的意义指向。只不过寻找之旅不能完全归之于语言、存在或文化，寻找是一个永远延伸的过程，正如解释学的理解也是一个向历史、向传统无限开放的过程一样。在这一旅途上，艺术不仅是一种工具性的途径，它还是最好的伴侣。在解释学的意义上，艺术能够通过它自身的现实意义去克服时间的距离，而且它还是现代人精神救赎之道。如果整个现代人的生存处境正如尤纳斯库所言就是希望"生活在别处"的话，那么，艺术无疑是最好的桥梁，因

---

① ［德］莫里茨·盖格尔：《艺术的意味》，艾彦译，华夏出版社 1999 年版，第 91 页。

② ［英］埃德蒙森：《文学对抗哲学》，王柏华译，中央编译出版社 2000 年版，第 262 页。

③ ［德］汉斯－格奥尔格·伽达默尔：《哲学生涯》，陈春文译，商务印书馆 2003 年版，第 57—58 页。

为美的本体论功能在于沟通理想与现实的鸿沟。正如泰拉·萨普所言："只有艺术才可以让人不用离开家就能离家出走。"① 晚年的伽达默尔更强调了这一点。他认为遭遇艺术不仅仅是被一个事件所撞击。艺术还以它自身的魅力改变着我们，这或许是其对解释学美学轻视体验价值的一种补救。

（原载于《上海交通大学学报》2008 年第 2 期）

---

① ［美］理查德·加纳罗、特尔玛·阿特休勒：《艺术：让人成为人》，舒予、吴珊译，北京大学出版社 2007 年版，第 305 页。

大众文化的世俗化崛起与审美化生存

傅守祥

代表了神圣不可侵犯的文化价值规范与模铸人的思想、制约人的行为的文化力量的经典文化，之所以成为经典就在于它的权威性与传统性，但是，随着社会意识形态范式的调整，市场逻辑与消费优先的理念显现出巨大影响力和渗透性，消费时代的文化经典逐渐从单一性的、精英掌控的标准走向多元性的、动态选择的趣味。

毋庸置疑，经典文化渗透着历代文化精英的思想精华，但是，久而久之又常常沉淀成某种意识形态并逐渐形成一统天下的局面，甚至发展到不允许不同的声音发言的程度。这种精英控制的等级阴谋不但损害了普通大众创造文化的积极性，更有可能扼杀人类精神生活的多样性。20 世纪后期，随着文化范式的大幅调整，出现了现代人的媒体化生活和消费性艺术，它们对传统的文化等级秩序和深度追求构成巨大消解。全球化语境中的当代中国社会空前复杂地交织了多元文化因素，对经典观念的颠覆和消解成为潮流，而经典文化的失宠与随之形成的焦虑已成事实，当代文化趋向于从意识形态的等级转向世俗消费的民主、从精英掌控的标准转向动态选择的趣味；但是，肯定物质欲求的合理性与个体选择的多样性并不意味着放弃整个社会共同追求的理想，因此，树立以现代的社会理性为基础、以科学民主为内涵的人文精神正是新世纪中国文化建设的首要课题。

一、世俗化中崛起的大众文化

在当代社会，大众文化借助于现代传播媒介和商业化运作机制，不仅事实上已不容置疑地成为当代文化的主潮，而且深刻地影响了人们的生活方式与闲暇活动本身，改变了当代文化的走向。大众文化的兴起，意味着当代文化从传统的文字的、印刷的时代进入了影像的、视觉的时代。以大众文化为代表的视觉文化时代的来临，意味着传统社会地域文化之间的鸿沟被填平了，文化从特殊地域中凌越出来，成为不同地域居民可以共享的文化；视觉文化时代的来临，也意味着生活与艺术的边界逐渐变得模糊，同时还使公共话语与私人话语变得界限不清。

从"以阶级斗争为纲"到"以经济建设为中心"的政治转向确定以后，中国社会逐渐摆脱了一个多世纪以来的革命战争心态，在"后革命氛围"里最终确立了以市场经济为主导的现代化发展模式和彻底开放的社会调整格局。正是在这种时代背景中，孕育已久的中国大众文化在政治权力默许及市场逻辑笼罩下迅速崛起，取代了传统精英文化的支配地位和美学趣味，并由高科技与现代传媒的强力支持而独霸了最大的市场份额，直接影响着最广大的城镇市民，也间接或错开地传播到广大农村群众那里。大陆大众文化的勃兴是文化受到长期禁锢之后重获解放的结果，是对大一统的文化格局的颠覆，代表了经济和技术上的历史潮流；同时，遵循"市场逻辑"、依靠数码技术的大众文化又带着严重的先天不足，加剧了急功近利的社会价值取向和精神压力，消解了人文价值的传统影响。人的存在确实需要现代经济和技术，但又不能仅限于现代经济和技术。在日常感性得到较好满足的先进国家，对大众文化的批判显得很理直气壮；然而，在日常感性相对匮乏的中国大陆，大众文化的具体效益还是相当复杂的。

随着中国社会向市场经济的迅速转型，市场霸权主义与经济帝国主义全面渗透进社会生活的各个领域包括现代大众传媒和审美文化，在大大增加了人的生存负荷之后又为人们留出了更多的大块生活闲暇时间，于是，审美在痛苦的争吵中迅速走向产业化、商品化和日常生活化；而20世纪90年代初"政治责任感冷漠综合征"造成的从理性沉思到感性愉悦的审美趣味转向，更促使审美文化走向娱乐化、欲望化和享乐化，并形成了审美与生活的全面互渗态势。总之，20世纪90年代以来，在市场逻辑的掌控和数码技术的支撑下，精英文化和高雅文化不断边缘化，而物质化和世俗化的新型消费文化——以产业化的大众文化为表征——不断扩大着自己的地盘并迅速成为事实上的社会主流文化。正是在这种情势转变中，人们越来越不满足于"纯审美"或"唯审美"，而是渴望美在生活、实用、通俗和商业的基础上展现自身，美成为日常生活本身的组成部分：一方面，以往的纯审美被泛化到文化生活的各个层面，日常生活体验成为审美的重要资源；另一方面，日常文化生活也趋向于审美化，有意无意地将审美作为自己的标准，泛审美倾向尤其明显。

　　显然，技术和市场在文化领域的强力介入使当今时代出现了一种明显的文化泛化与审美泛化的趋势，其具体表现就是大众文化崛起中蕴含的日常生活审美化的转型。笔者认为，大众文化的审美实质是一种以"欢乐"为核心理念、以新型技术拓展想象时空的自由体验；其正面意义在于，它在价值上走出了两千多年来的形而上学迷雾，给感性的艺术化生活以较高的地位，结束了"艺术指导生活"的等级控制及"艺术是生活的一面镜子"的庸俗社会学阐释，完成了文化与审美从单一纯粹的、神性体验的精神圣祭到多元共生的、世俗生活的日常消费的巨大转换，形成了艺术（审美）与生活（现实）的双向互动和深度沟通。媒体化生活和消费性艺术至少在可以预期的未来仍将是现代人文化生活的重要方式，况且在科技与市场的互动关系中不断注入的高新技术含量将使它变得越来越新颖怡人；同时，人们心中也出现了一种新的期望，一种既不为过去也不为现今所吓倒的决心。

　　20世纪后期大众文化的崛起正是适应了日常生活层面在现实生活中的上浮态势，显示了这一层面本有的价值所在，知识精英所标举的人文关注与意义追求虽不失崇高积极的一面，但由于缺乏满足日常生活动机与利益的现实性，这些极显浪漫精神与乌托邦理想的审美原则并不能直接进入大众日常生活；主流文化对国家意志的遵循使得它在获得正统性、权威性的同时也削弱了它对平常大众的亲和力度。而大众文化却通过疏远政治道德的理性权威及放逐精英的形而上思考，肯定了人生的平凡性与世俗性，强化了大众现实欲望的追求与满足，强调了平常百姓具体的感受与经验；它直接切入大众的生活领域，直接审视当代人的生存／文化环境与文化实践，这不仅增强了大众与文化之间的互亲感，也促使文化与大众共同面对复杂的当下生活，共同交流复杂的心情意绪。理想、憧憬、权威慢慢回落到日常中，生活原生态审美的零散、琐碎成了文本的话题，平民人物与平凡事件成了聚焦的中心，大众文化正是以其充分生动的当下关怀，完成了对日常生活层面的积极凸呈和对"诗意栖居"的消极背离。总之，大众文化的兴起对经典美学构成了严重的挑战，促使审美范式发生转换，迅速走向世俗化与日常生活化；高雅文化的至高地位和传统研究的学科视野经受到强大冲击，传统经典艺术的创造方式和审美批评理念不再适用于新兴的大众文化或者大众艺术。

二、大众文化的审美化冲击

经历了技术和市场一个多世纪的冲击，尤其是 20 世纪 70 年代以来高科技和经济全球化的笼罩，传统艺术与高科技、时代风尚结合衍生出更多的变种，经典美学的许多理念发生了根本性的动摇，工艺美术、流行音乐、卡通制品、通俗影视剧、各种装饰性的时尚艺术以及身体彩绘、行为艺术等等甚嚣尘上，生理欲望的传达和表述、功利思想的追逐和贯彻更是不亦乐乎。这些都与传统艺术门类的界限分明、经典美学理念的优美崇高形成巨大反差。当代艺术具有一种非常明显的亚品种化和跨品种化，当代审美理念也从超功利化和精神升华（净化）的传统模式里走出来转而满足人们日常的欲望释放和快感追逐，短暂性、平面化和时尚化代替了韵味悠长、意境幽远和个性独特；整个时代的美学主调，从推举崇高庄严的悲剧艺术转而嗜好滑稽幽默的喜剧艺术，沉重的形而上追思和精致典雅的美学趣味成为少数精英思想者和艺术家的专利，轻飘的形而下享受和身体感官的欢娱成为多数人的文化嗜好。"一切必须是当下的满足，精神生活已变成了飘忽而过的快感。随笔式的文章已成为合适的文学形式，报纸取代书籍，花样翻新的读物取代了伴随生命历程的著作。人们草草地阅读，追求简短的东西，但不是那种能引起反思的东西，而是那种快速告诉人们消息而又立刻被遗忘的东西。人们不再能真正地阅读，并与他所读的著作结成精神的同盟。"①

身体本位的欢乐寄托与视觉文化的经验重构是大众文化的新型审美理念与想象方式。审美的身体本位化使大众文化不像经典艺术一样迷恋观念和

---

① ［德］雅斯贝尔斯：《现时代的人》，周晓亮等译，社会科学文献出版社 1992 年版，第68 页。

思想，而是致力于制造一种身体幻象，轻飘的形而下享受和身体感官的娱悦成为多数人的文化趣味；美学的视觉转向使大众文化常常呈现为高品质、虚拟性甚至能以技术之"真"淘汰生活之"真"的影像文化，传统的以文字中介为核心的想象方式被视觉想象与技术想象所替代。人们借助大众文化带来的身体欢乐与视觉冲击实现新型的审美解放和意义创造；同时，借助时尚文本，大众文化实践着以身体欢乐与视觉解放为审美内核的叙事策略、修辞风格与话语狂欢，其喻示的审美理念与诗学内涵都是具有划时代意义的。

从唯审美的精英文化启蒙到泛审美的大众文化狂欢，经典美学逐渐走出了以现代主义艺术为范本的审美自律的内聚模式，投入到新一轮的学科扩张与理念调整之中；当代美学逐渐走出了传统的形而上学范式，进入到新型的社会行为学范式。

经典艺术与大众文化之间有一个根本性的差别：以生产者的情感表现为主体，还是以消费者的欲求宣泄为主体。经典艺术的文化观念建立在艺术家的自我主体性基石之上，因此它强调个体生命经验的自由出场；而大众文化的文化观念建立在消费者的趣味选择基石之上，因此它强调表现最普遍、最平凡的生命体验与日常经验如性幻想与身体快感等，唯有如此才能获得最好的市场收益。经典艺术是意义表现者在面对世界时的一种发现，而大众文化的意义是表现者面对消费者的一种"代言"。因此，经典艺术的意义产生于主体与世界的关系之中，有着极强的指涉性；而大众文化的意义产生于作者与消费者的关系之中，倾向于一种体验性或者游戏经验。二者本质上的区别决定了它们在审美趣味上的巨大差异：从经典艺术美的陶冶到关注身体感觉和生理欲念的快感美学，从经典艺术的"人"之代言到当代文化的大众体验，从经典艺术的文字想象到大众文化的图像复现，从经典艺术的观念幻象到大众文化的身体喜剧，美学迅速进入了自身的当代转型和现实重构；技术主义和物质主义支撑的消费主义哲学成为以大众文化为代表的当代审美理念的文化滋养环境，它注重浅层次的心理愉悦和自我满足、关注情感化的所谓"个性"选择与貌似无意识的所谓"契合"。

显然，审美主义的文化观念建立在艺术家的自我主体性基石之上，强调个体生命经验的自由出场；而大众文化的文化观念建立在消费者的趣味选择上，强调表现最浅层次的普遍性的生命经验以获取最大的市场份额。经典美学一直矢口否认和打压排斥的物质功利性和生理快感，在大众文化审美化语境中一跃成为美的代言者和当红主角。审美主义常常带着审美救世的观念从事艺术活动，艺术对其来说是经国之大业、不朽之盛事，艺术活动就是要揭示世界的本源意义，甚至是为芸芸众生制定普遍有效的理解方式和价值原则；大众文化则无须探究宇宙人生的本质，它并不真正关注哲理化的本质真实或事件性的生活真实，而只是揣测文化市场的动向、琢磨世俗社会中人们的情感欲求，它只要为消费者搭建一个宣泄情感或者实现梦幻的现实舞台或虚拟空间。消费时代的大众文化特别突出明星身体幻象中的性感元素，性感往往成为身体幻象的表征，而性感明星则充斥着各种媒体的空间；作为身体喜剧快活展演的聚焦点，性成为文化市场上很大的商品和很多消费者难舍的梦，它既是生命欲求的内核又是文化产业的卖点。

中国社会审美风尚的流变有其不容小觑的积极意义，它从具体生活层面完成了当代中国文化的特定转换——重新确立了感性价值在日常生活中的地位和功能，重新塑造了大众的文化形象。这对于一向把道德理性和政治诉求放在很高位置上的中国人来说，的确已形成大面积的冲击，并且也具体地体现了当代中国审美文化的基本运动方向。"审美化"成为今日中国社会的直观现实。这种变化一方面打破了中国当代文化依附于政治的传统格局，开辟了建立相对独立的崭新的文化机制的广阔道路；另一方面又在建立这种新的运作机制之中不得不听命于市场的无形之手的拨弄。

三、大众文化审美化的悖论

在当今消费时代，纵向比较经典艺术与大众文化的审美趣味差异及美学转向前后的变化、横向比较中外文化情境与理论话语空间的差别后发现：文化与审美完成了从神性体验的精神圣祭到世俗生活的日常消费的现代转型，迅猛发展的现代高科技及无处不在的资本操纵与市场逻辑导致了经典文化的式微与传统美学的转向。大众文化渗透着审美趣味的巨变，彻底扭转了几千年来人类因因相袭的群体形而上沉重，转而走向企图个性化的个体体验性轻松；同时，大众文化崛起带来的审美泛化现象，既有本雅明所褒赞的防止文化法西斯主义层面上的革命性，也有马尔库塞所贬斥的精神退化意义上的反动性。

实际上，中外学术界对待大众文化的态度一直存在着思想分歧——基于精英式审美救赎与世俗性日常欢乐之别的审美主义与消费主义的对抗。在20世纪后期发生的这场数码技术革命中，信息技术的高度发展和资本主义市场逻辑的全面渗透，促使人类文化的重心由思想精英型走向消费大众型，文化影响极其广阔却极不厚重，社会大众被巨大的生存压力和快速的流行时尚所左右，成为无思想、无主见、无个性的精神盲流，整日沉浸于替代性和虚拟性的满足之中而不能自拔。

大众文化的崛起确实引起了许多全新的话题。大众文化审美化实质上就是使神圣美学世俗化、高雅艺术大众化的过程，其主要表象是日常生活的文化化与审美化，这也是自启蒙主义思潮以来历代思想精英们渴望实现的理想。现在，这个理想表面上实现了，但是深层里却存在许多严重问题，尤其是这次变革的内在动力来源于市场资本和技术文明的控制，而非历代启蒙主义者所期待的自上而下的大众的文化自觉或曰审美自觉。正是缘于这种深层的歧见，已然边缘化的思想精英们仍旧不遗余力地大声疾呼，知其不可为而为之地坚持批判市场资本和技术文明对人类社会的全面控制，揭露大众文化产销中的"迎合"与"媚俗"阴谋，抵制大众文化发展中隐藏的消费主义至上原则。在"像动物一样赤裸裸地高歌欲望和表白功利的时候，思想精英们凭借审美理想坚守着人性升华和精神进化的立场，反对各种形式的人类异化，防止文化恶果的出现。"①

大众文化的审美化是立足于日常生活世界而对发生于每个人周围的各种泛审美活动加以观照，突现了具体审美活动的文化维度及其意义，日常生活或文化娱乐与审美之间相互渗透的状况是促成这种局面的根源。大众文化的审美化是一种以"欢乐"为核心理念、以新型技术拓展想象时空的自由体验，在价值上它走出了两千多年来的形而上学迷雾，给感性的艺术化生活以较高的地位，结束了"艺术指导生活"的等级控制及"艺术是生活的一面镜子"的庸俗社会学阐释，完成了文化与审美从单一纯粹的、神性体验的精神圣祭到多元共生的、世俗生活的日常消费的巨大转换，形成了艺术（审美）

---

① 傅守祥：《大众文化的审美现代性批判》，《哲学研究》2007 年第 7 期。

与生活（现实）的双向互动和深度沟通。但是，在大众文化审美形象化和欢乐身体化的今天，大众文化语义学维度的审美思考却越来越匮乏甚至一度消失。因此，大众文化审美之维的内在张力需要以美学的"悲剧之思"与"神性维度"来制衡消费逻辑主导下的"欢乐空洞"与"装潢艺术"。

从传统的神学美学或哲学美学这种先验预设的形而上学视角审量，大众文化本身及其审美意蕴的合法性都是不具备的。当代社会这种日常生活的审美化是一种反美学现象，是审美趣味的低俗化和审美自律／内聚的大崩溃，以大众文化为代表的文化工业产品是典型的审美麻醉品，在瞬间快感和满足了人们的艺术好奇之后钝化了人们的艺术感觉力和审美想象力，并直接导致审美疲劳、艺术疲劳甚至情感疲劳、心灵疲劳。但是，从当代的社会学美学这种行为学视角分析，大众文化本身及其审美意蕴的合法性都是毋庸置疑的，新技术带来的视觉冲击和崭新想象时空、大众文化蕴含的身体性解放以及经典艺术的通俗化普及与传播都为传统经典美学带来了前所未有的新变化，应该说席勒当年的审美理想在当前这场审美泛化的扩张思潮中得到了部分实现；虽有较大缺陷，但是及时的审美批判和美学矫正以及人们审美品位的提高、审美心态的调整，都会为日常生活具备真正的审美维度和人文理想提供极大帮助，为重建人类信仰的精神家园提供一方无可回避的试验田。在大众文化已然事实存在并广泛影响的前提下，美学除积极揭批其粗滥的形式美本质和浅薄的欢乐打造之外，也应主动帮助其走出"装潢艺术"与"欢乐黑洞"的圈禁地，在新时代和新形势下扩大审美视野，通过新的审美中介材料继续执着地追求审美生活的完整实现。总之，大众文化审美化蕴含着丰富的文化美学、身体美学、技术美学与欢乐诗学的新因素，而审美泛化的形而下之轻与审美现代性的人性解放之重始终是人类精神文明中一个难解的结。

现代文化的悲剧症结是一种思考的悲剧，而大众文化因其消费方式和结构的缺乏，其提供思考的可能性比较小。但是，成熟的大众文化文本应该是既注重日常生活的感性体验又不放弃价值理性维度的意义追求，既着意于审美愉悦的欢乐性解放又不舍弃神性维度的精神提升，并以此制衡生活的表面化、形象化、感观化所带来的无深度的不可承受之轻，在世俗化的文化氛围和生活化的审美环境中，跳出日趋严峻的"欲望陷阱"和"反省匮乏"状况，实现人类真正的审美解放。

当然，我们也应该防止那种后现代主义式的、灌注了极端相对主义和失败主义的"投降"——其"宽容最终几近于漠不关心"，其"人为的无深度性暗中毁坏了一切形而上学的庄严"，这些正是使其作品对现在还没有变得如此玩世不恭和虚无的一个普通公众来说显得如此令人不快和不安的东西，因为很多人继续相信或者想相信艺术仍然有激励和提升的使命，或者哲学仍然必须寻求和发现人们赖以为生的真理。狭隘的精英主义和审美主义必须要改进，后现代主义所谓"多样性现实的无穷多阐释与同等重要"导致的四处蔓生的混杂无序和打着平等旗号的"意义缺失"也是立不住脚的。近年来，"人们反复表达的一个忧虑是，个人除了失去了其行为中的更大社会和宇宙视野外，还失去了某种重要的东西。有人把这表述为生命的英雄纬度的失落。人们不再感觉到有某种值得以死相趋的东西……换句话讲，我们受害于激情之缺乏"①。

（原载于《艺术百家》2008 年第 5 期）

---

① ［加］查尔斯·泰勒：《现代性之隐忧》，程炼译，中央编译出版社 2001 年版，第 4 页。

试论生态美学的存在论维度

傅松雪

实践美学与后实践美学之后，当代中国美学重新面临着一种徘徊彷徨的境地。美学界的一些有识之士指出，传统认识论的思维方式是当今美学发展最主要的瓶颈之一，因而，"超越传统认识论，走向存在论"就成为当代中国美学寻求突破的最重要的一条途径。生态美学无疑是其中最具活力、最有前景的美学思潮。生态美学以人与自然的生态审美关系为出发点，力求突破、超越"人类中心主义"与传统认识论的樊篱，致力于在当代生态文明的视野中构建一种包含着生态整体主义原则的当代存在论审美观。生态美学正以其浓郁的时代气息越来越多地受到学界的认可和青年学者的青睐，研究队伍不断扩大，研究成果不断涌现，呈现出良好的发展态势。

然而，由于人们长期局限在传统认识论的框架之内，基本思路和提问方式大多自觉不自觉地因循着主客二元对立的思维模式，因而对生态美学的理解与接受，也存在着难以突破二元论思维怪圈的现象。这也许是生态美学目前仍然遭到不少人疑虑的最重要的原因之一。因此，在当代生态文明的视野中寻找并廓清生态美学的存在论根基，就显得极为关键。本文不揣浅陋，试从当代存在论的维度，去显露（解读）生态美学存在的源始状态，以救正在传统认识论思维定势中的一些偏见与误解。

一

众所周知，生态美学的提出具有深厚的现实基础。20世纪中期以来，以技术工具理性为主要标志的工业文明所造成的生态危机日益严重，生物链失衡，环境污染，人与自然的关系恶化，生态问题凸显成为这个时代全人类所共同需要解决的最紧迫的现实难题。生态美学的提出正是为了适应这种现实的需要，呼吁人们改变对待自然的态度，"走环境友好型发展之路，以审美的态度对待自然"①。因此，可以说，现实基础，既是生态美学的出发点，也是它的归宿。这意味着，生态美学的提出，从一开始就不是一个纯粹的理论问题或者逻辑问题。相反，它是对传统认识论美学的突破与超越，它的根直接扎在现实的土壤之中。

一般说来，传统认识论具有三个基本特征：一是理性主义的倾向；二是静观求知的倾向；三是抽象思维的倾向②。以传统认识论为哲学基础的美学，虽然极力强调"感性"、"情感"、"形式"等概念或范畴，但由于骨子里改变不了主客二元对立的思维模式，其背后仍然不同程度地印有"理性"、"静观"或者"逻辑推演"的烙印。也就是说，对于美学研究来说，人们总是自觉不自觉地把"美"当作一个现成的认知对象来加以分析，借此获取关于美的本质、美的规律以及美感诸问题的可靠知识。如此一来，现实就成了美学研究所提炼、抽象的材料，成为关于美或美感的抽象规定性的佐证。美，从其现实的存在中被孤立地提取出来，预设成为一种普遍的、超时空的、不变的审美对象（客体），或从属于外在的客观，或从属于内在的主观，或从属于一种主客调和了的关系实体。于是，现实被预设成为等待人去感知、认识、理解的现成客体，美，则成了脱离现实的本质主义的概念性存在。现实与美之间的存在关联被人为地割裂了，美学在一定程度上演绎成为概念、范畴、命题相联结的逻辑体系。它的提出与落实，实际上成为因果推演中的逻辑起点与终极命题，而与现实再无干系。

生态美学则不同，它是应现实之需而生，亦是为了改变现实而有所为的。生态问题的凸显，是对现代工业文明的反思与超越，是对传统认识论框架下技术理性的警醒与冲破。它通过自然被恶化的现实，一方面彰显出传统认识论思维模式的极大局限，另一方面也昭示出一条面向现实、回归现实、植根现实的探索与拯救之路。1962 年，美国著名生态学家莱切尔·卡逊以

① 曾繁仁：《转型期的中国美学》，商务印书馆 2007 年版，第 322 页。
② 俞吾金：《实践诠释学》，云南人民出版社 2001 年版，第 1—2 页。

《寂静的春天》为题，首次深刻揭露了工业文明对环境污染的严重程度，同时也大声呼吁人们积极行动起来，为拯救"万物复苏繁茂生长的春天"而战斗，由此拉开了 20 世纪生态批评的序幕！因此，面对环境恶化的现实，并努力改变这个现实，是生态学的使命，也是生态美学安身立命之本。现实，始终是生态美学由之出与所终归的存在尺度。

生态美学是现实的，而不是观念的；是存在的，而不是逻辑的。这一洞识应该成为从事生态批评和生态美学研究的根本原则。生态美学是现实的，而不是观念的，意味着一切不要从概念或观念入手，而要从现实出发，以现象学的姿态面对生态事实本身，放弃主客二元对立的预先设置。生态美学是存在的，而不是逻辑的，这就意味着生态美学不是一个封闭的、抽象的逻辑体系，而是开放的、实际的存在的追思。克尔凯郭尔曾经说："一个逻辑的体系是可能的，一个存在的体系却是不可能的。"① 因而，构建一种体系，把生态美学圈养在学院的高墙庭院内，远不如"走向荒野"②，看护存在的家园来得更为迫切。事实上，当我们"不是从观念出发来解释实践，而是从物质实践出发来解释观念的东西"③ 时，我们的理解和研究活动已经完成了一个本体论（或译为存在论）意义上的转折。因此，生态美学注定是存在论根基处开出的有根之花，而不是认识论框架中搭建的无本之木。

更为重要的是，生态美学是在当代存在论的培育中开出的灿烂之花，它吸取了当代哲学的思想精华，展现了世界文化与人类智慧的最新成果。当代存在论与传统存在论的一个根本性的区别在于，把抽象的概念性的"存在"转化为具体的、现实的存在。"存在"，从枯燥而封闭的逻辑体系中走出来进入精彩灵动的大千世界，从"单纯"得如同"无人居住的水晶宫"④ 一般的理性王国逃脱出来，返回到实实在在而又有些烦乱的人的生存世界，是当代存在论对哲学的发展，也是对传统认识论思维模式的突破与超越。早在 19 世纪，马克思就不满于以抽象的方式谈论存在问题，曾提出了"想象的

---

① [德] 沃尔特·劳里：《克尔凯郭尔》，牛津大学出版社 1938 年版，第 235 页。
② 美国生态理论家霍尔姆斯·罗尔斯顿 III 在《哲学走向荒野》一书中提出哲学的"荒野转向"。
③ 《马克思恩格斯全集》第 3 卷，人民出版社 1960 年版，第 43 页。
④ [美] 威廉·马雷特：《非理性的人——存在主义哲学研究》，段德智译，上海译文出版社 1992 年版，第 284 页。

存在"和"现实的存在"两个新概念。在马克思看来，所谓"想象的存在"，是指脱离人的感性活动和具体事物的抽象的观念性的"存在"，也就是单纯主观方面构想出来的"存在"；而"现实的存在"就是已经达到的感性的存在。① 当代哲学在胡塞尔、海德格尔、雅斯贝斯等人的开创与建设下，更明确地走上了一条生活世界、此在世界或生存世界的现实之路。从这个意义上说，生态美学是当代存在论在当代生态文明的社会中进行美学探索与研究的必由之路与必然结果。把握与熟知当代存在论的这些思想的精髓，是理解与接受生态美学的必要前提和重要保障。许多对生态美学的不解与疑惑，对当代存在论的不熟悉是其中的主要原因之一。

因此，生态美学的"现实（尺度）"本身要在当代存在论的维度中加以考察，否则很容易掉进传统存在论的陷阱，走不出传统认识论主客二元论的怪圈。我们认为，现实不是摆放在某处、等待认识、观赏的现成对象或客体，而是人与自然相激相荡、和合共生的感性的（或实践的）世界。人和自然就共同生存/存在于这个世界之中。它们互相融合，密不可分地联结在一起。人是自然中的人，自然是人的自然。任何单纯地把一方从关联中分割出来，都是对现实世界的误解。现实，不是独立的、外在于人的客观世界，同样也不单纯是人凭借某种愿望想象出来的主观世界，更不是依据概念、判断、推理抽象出来的逻辑世界。现实，就是人存在的世界。马克思说："人们的存在就是他们的实际生活过程。"② 因此，现实，就是人们实实在在的、具体的、感性的生活世界。无论是人、社会、历史还是自然界，一切都要从这个现实的、感性的世界和在这个世界的活动出发去加以理解。马克思曾经批判旧唯物主义时指出："从前的一切唯物主义——包括费尔巴哈的唯物主义——的主要缺点是：对事物、现实、感性，只是从客体的或者直观的形式去理解，而不是把它们当作人的感性活动，当作实践去理解，不是从主观方面去理解。"③ 同样，马克思也批判唯心主义，认为在黑格尔那里一切都归结为绝对精神、意识，虽然发展了人的某些方面的能动性，但由于"唯心主义当然是不知道真正现实的、感性的活动本身的"，因而"只是抽象地发展

---

① 俞吾金：《实践诠释学》，云南人民出版社 2001 年版，第 263 页。
② 《马克思恩格斯全集》第 3 卷，人民出版社 1960 年版，第 29 页。
③ 《马克思恩格斯全集》第 3 卷，人民出版社 1960 年版，第 3 页。

了"①。马克思对旧唯物主义与唯心主义的批判，应该成为今天我们思考生态美学现实问题的出发点和原则。

有一种看法认为，由于生态哲学把一直被漠视的"自然维度"纳入当代学术思想的视野之中，因此，生态美学必定标举一种在社会美之外的、站在自然立场的、原生态的"环境美学"，因而是对人类文明社会和现代化进程的颠覆与否定，具有反文明、反人类能动性的倾向。这种看法是错误的。确立"自然的维度"，是否就一定意味着反文明、重返原始文明的倾向，姑且不论。是否存在着独立于人之外的"自然维度"或"自然立场"，还是个问题。对这个问题的回答，关系到存在论与认识论的根本区别，关系到理解与构建生态美学的关键环节。马克思说过："在人类历史中即在人类社会的产生过程中形成的自然界是人的现实的自然界。"② 这就是说，自然界的考察，也必须从人的现实世界出发。"被抽象地、孤立地理解的、被固定为与人分离的自然界，对人说来也是无。"③ 这就告诉我们，单纯地从"自然维度"出发不仅难以达到对自然的真正理解，解决目前自然生态恶化的问题，而且这种思维模式本身也是个必须要加以追究与纠正的问题。

"意识在任何时候只能是被意识到的存在，而人们的存在就是他们的实际生活过程。"④ 人们存在的世界，就是人们实际生活于其中的现实世界。然而，人存在的世界，并不仅仅意味着单纯就是"人"的世界，而且意味着"自然"的世界。"人"的世界和"自然"的世界，都是从人与自然和合共生的现实世界中派生出来，并最终加以理解的。通常，我们习惯于把"现实"理解成为人生存的现实，因此我们可以说："环境问题的实质是人的问题，保护地球是人类生存的中心问题。"⑤ 也可以说："生态美学对人类生态系统的考察，是以人的生命存在为前提的，以各种生命系统的相互关联和运动为出发点。因此，人的生命观成为这一考察的理论基点。"⑥ 但这绝不意味着我们无视自然的存在、随意践踏自然存在的权利，也不意味着从人类存在的优

---

① 《马克思恩格斯选集》第 1 卷，人民出版社 1995 年版，第 54 页。
② 《马克思恩格斯全集》第 42 卷，人民出版社 1979 年版，第 128 页。
③ 《马克思恩格斯全集》第 42 卷，人民出版社 1979 年版，第 178 页。
④ 《马克思恩格斯全集》第 3 卷，人民出版社 1960 年版，第 29 页。
⑤ 余谋昌：《生态伦理学》，首都师范大学出版社 1999 年版，第 87 页。
⑥ 徐恒醇：《生态美学》，陕西人民教育出版社 2000 年版，第 14 页。

先主体地位出发，将自然"促逼"成为人类技术进步、文明发展提供能量的可供无限开采的"库存"或"持存物"（德文：Bestand）①。把生态问题、环境问题归根到底看作是人的问题，是基于存在论意义上的现实考量。在存在论的意义上，人、社会、自然的存在是共生同源的，互为一体、相互依存的。"人对自然的态度也就是对自己的态度，人对自然做了什么也就是对自己做了什么，人对自然的损害也就是对自己的损害。"② 这种卓见只有在存在论的意义上才能得到深入的理解和切实的贯彻。人类对待自然的态度和方式，在促进文明发展、社会繁荣的同时，已经造成了严重的自然恶化的现实问题，引发了人类生存的困境，在根本上危及人类生存的现实根基。但"哪里有危险，哪里就有拯救"。"无家可归"的"危险"是人类自己酿成的苦果，"拯救"也就必须由人类来完成。只是我们要彻底改变过去那种视自然为异己对象和外在客体的思维模式，打破传统认识论主客二分的窠臼，回到人与自然和谐共生的、源始境域的存在论视野之中。

因此，只有在存在论的意义上，我们才可以理解，为什么我们把生态美学的提出看作是中国当代美学研究由本质论到经验论、由从抽象的观念出发到从人的实际生存出发、由传统认识论到当代存在论的、最为重要的研究转向和理论创新。马克思在谈到国民经济学同国家、法、道德、市民生活等等的关系时曾说："我的结论是通过完全经验的以对国民经济学进行认真的批判为基础的分析得出的。"③ 那么，我们似乎也可以说，生态美学是通过"完全经验"的、在对生态现实进行深入思考的基础上提出并付诸实施的。这是生态美学研究的出发点，也是生态美学研究努力所要达到的目标。

二

当我们把生态美学的提出归之于现实的需要，甚至归之于"完全经验"

---

① Bestand 一词在日常德语中有"持续、持久、库存、贮存量"等含义。海德格尔用它来表示现代技术所促逼和订造的一切东西的存在方式。汉语通常译为"持存"或"持存物"。参见海德格尔《演讲与论文集》，孙周兴译，三联书店 2005 年版，第 15 页注。

② 余谋昌：《生态伦理学》，首都师范大学出版社 1999 年版，第 87 页。

③ 《马克思恩格斯全集》第 42 卷，人民出版社 1979 年版，第 45 页。

的研究，生态美学研究所遭遇到的疑虑并没有排除。尤其当人们习惯于将之仅仅理解成为人自身的现实需要或人类的主体经验时，这种误解与怀疑反而更深、更重了。因而，我们有必要在存在论的视域中对生态美学的研究进行更加小心的甄别与深入的剖析。

生态美学不是经验论美学，也不是实证主义美学。经验论美学往往把美和美感等同起来，从人的经验感受出发对审美过程和艺术现象进行研究。它通常以审美经验为中心，多采用心理学的调查、实验等研究方法，注重挖掘审美活动中人的心理过程和心理感受，如态度、情感、趣味以及心理距离等。实证主义美学是经验论美学在孔德实证主义精神的影响下的产物。它更加强调从感觉经验出发，采用实证的科学方法对美或审美进行分析归纳，企图使美学摆脱形而上的哲学成为一种"经验的科学"。与传统的经验论美学相比，实证主义美学更加强调审美经验的纯粹性和美的可证实性，排斥对美学问题进行理性的把握。经验论美学和实证主义美学把美或审美从形而上的抽象体系中拉回到形而下的、实际的审美经验或审美活动，一定程度上丰富和发展了美或审美的理论研究。但是由于它们从根本上源于传统认识论的思路，在审美活动中人为地预先了主体与客体、感性与理性、主观与客观等一系列的二元对立，从而割裂了审美经验的完整性与现实性，使美学研究从一开始就带有很大的片面性和机械性。把美当作一种经验的、可证实的科学对象、把审美当成一种固定的、程序化的心理过程加以研究，限制了审美的丰富性与差异性，简化了审美过程的复杂性。这样经过实证归纳出来的审美经验理论在与实际的审美经验相遇时自然会遇到不可避免的困境，因为这些经验理论已经由于经验的片面化理解而脱离了审美经验的实际。这在美学史上已经是被证明了的。

生态美学虽然源于现实、面对现实，但并不拘泥于某种具体的审美状态，也不限制在某种可被实证的审美的现成经验里。也就是说，生态美学研究的虽是生态美，但生态美却不是一种具体的、现成的美或审美的对象。与自然美、社会美这些具体的美的形态不同，生态美是存在论意义上的美。如果说，对自然美、社会美的研究是在存在者状态上进行的关于美的本质与规律的考察，那么，生态美学则是在存在论意义上进行的关于生态视野中美之为美的探索。换言之，生态美学是在人与自然和合共生的生态视野中探讨与追问美的存在及其存在的意义。我们说生态美学是当代的存在论美学，并合而称之为当代生态存在论美学，其意盖出于此。

生态美与自然美、社会美的区别，不是具体形态和分类上的差别，而是存在论的差异，也就是说是存在与存在者之间的差异。如果不了解或者不引入这个差异，我们就不能很好地理解生态美学提出的现实意义和理论创新的学术价值。生态美学是存在论美学，但目前对生态美学的许多论述，依然是在存在者状态上进行的。抹平生态美学的这种存在论差异，把生态美理解成为一种具体的美的形态或审美的对象，才会产生诸如"生态美学的研究对象"、"是否存在'生态美'这一美的形态"、"它和自然美、社会美的关系怎么处理"等之类的疑惑。这些疑惑归根到底是对象化思维或认识论惹下的"祸"。生态学是从自然科学中诞生出来对现代科学技术的反思与突破，可是如果这种反思仍然停留在科学的对象化思维模式中，那么生态美学就无法担负起人类诗意化、审美化生存的愿景。如果生态美学的理解与探索仍然停留在认识论的框架中，那么生态美学就不能担当起在当代存在论上重建、扩展美学的重任或使命。

生态美学的存在论差异，赋予生态美学一种超越性的品格。这种超越性品格，除了表现在生态美学要致力于超越并改变目前环境恶化、人与自然相冲突的"非美的现实生存状况"，建立人与自然之间和谐而愉悦的审美关系之外，还表现在它有三种特性：

1. 本源性。生态美学是在深层生态的视野中，通过对具体的审美现象的阐释，达到对美的存在问题的追问。这种阐释与追问，基于审美现象但又不拘于这种现象，其目的在于显现出此种现象的审美状态和将审美状态带出的存在之缘。这种存在之缘，对于自然与人来说，就表现为一种人与自然之间和合共生的原初关联，即生态关系。生态美学是对具体的审美现象的超越，同时也是对审美现象中审美对象与审美主体的超越。但这种超越不同于从现实具体事物到抽象永恒的本质、概念的"纵向超越"，而是一种从在场的存在者到其背后不在场的存在之间"横向的超越"[1]。这种超越不是由一种事物进入另一个事物或者借助别的事物作为中介来达到对事物的超越，而是

---

[1]   张世英：《进入澄明之境》，商务印书馆1999年版，第8页。

对事物本身的超越，即对事物之成为自身的显现（或澄明）。生态美学通过对审美现象的超越，不是要得出关于美的本质和属性的抽象的概念，而是在审美现象的构成中彰显人与自然互动共生的原初境域和整体意蕴。生态美学对审美现象的超越是本源性的，审美对象和审美主体是从人与自然这个本源性的原初境域中产生的，并且只有回到这个本源境域才能得到解释。

2. 生成性。生态美学是在人与自然的互动共生的生态关系中考察美之为美的问题，因而，它不是静态地把握审美现象，不是把审美现象中的存在者（即审美主体与审美客体）看作是现成的和静止的对象。在生态美学的视野中，美或审美不是预先已经存在的现成的东西，而是处于不断的生成与消逝的运动之中。在海德格尔看来，自然万物是浑然一体、相辅相成，处于一种相激相揉的涌动之中。这种永不停息的运动就是"天、地、神、人的四方游戏"。自然万物从四方游戏中生成，人在四方游戏中成为自身，诗意地栖居于四方游戏所聚焦的世界中。在"天地神人四方游戏"的生态审美观中，生态美学必然观照四方游戏之整体，而超越对游戏中任何一方的单纯和片面的研究，因为没有其他三方，任何一方都不复存在。这种超越对于任何一方来说，意味着生成——即它们在游戏与聚焦中成为它们自身之所是，在超越自身中生成自身。通常我们会说："生态美学是对现实的超越。"这话并不准确，因为现实本身就是超越性，现实是不断生成的。现实是不能超越的，所能超越的只能是不断生成的某种具体的现实状况。这就是说，生态美学基于现实，完成对某种非美的现实生存状况的超越，就不是审美乌托邦的幻想，而是存在论美学的现实使命。

3. 可能性。由于生态美学是在人与自然的互动中把握美的生成与显现，这就意味着生态美学要在某些可能的状态中重演生态美的实际状态，在可能性中展现生态美的现实丰富性。在存在论的意义上，可能性大于现实性。这就是说，可能性更为本源，现实性只是可能性生成（或被把捉到）的一种可能性。这种对现实性的可能性超越，会带来更自由、更诗意化的审美空间，因为它必将冲破科学认知的现有水平，保持着"对事物的泰然任之与对神秘的虚怀敞开"①，保留着对自然的敬畏与尊重。"自然的复魅"也应该在可能

---

① 　孙周兴选编：《海德格尔选集》，上海三联书店 1996 年版，第 1240 页。

性的超越中加以理解。"自然的复魅",不是给已经知晓的自然的某些规律重新披上神秘的面纱,而是对自然存在的权利给予应有的尊重,给自然的存在与发展预留足够的空间,无论这种自然是已知的,还是未知的。"自然的复魅",将限制人类对技术肆无忌惮的滥用和对自然贪得无厌的掠夺,保护人与自然之间融通和谐的关系,为人类自身留下更多诗意的栖居地。

生态美学的超越性品格,源出于人的本质。人作为此在,本身就是超越的。海德格尔说:"我们以'超越'意指人之此在所特有的东西,而且并非作为一种在其他情形下也可能的、偶尔在实行中被设定的行为方式,而是作为先于一切行为而发生的这个存在者的基本机制。"① 人作为此在,是唯一以对存在有所领会的方式存在着的存在者,即人是在存在论层次上存在的,这使人在存在者层次上与其他存在者区别开来。这就是说,人作为此在,不仅能揭示自身的存在,而且还能从自身存在方面着眼,"揭示着一切存在者,亦即总是在一切存在者的存在中揭示存在者"②。此在对自身、对一切存在者的超越,被规定为"在世界之中存在"。这意味着"在世界之中"人与自然的生态关系本身就是超越的和本源的,人和自然分别从生态关系的超越中生出并各成其是的。因此,生态美学研究,必定是一种超出人与自然本身之外的追问,即一种超越单纯存在者的美学研究,以便在人与自然的原初关联中赢获对美之为美的理解。这才是存在论维度上的生态美学研究。

三

生态美学最基本的原则,是"不同于传统'人类中心'的生态整体哲学观"③。此语说的精警凝练,但理解起来却并不容易,常常招致一些人的误解。一方面有人认为"生态问题归根结底是人的存在的问题","人始终是生态活动的基础与出发点",因而"生态美学研究的基本出发点是人而非自

---

① [德]海德格尔:《路标》,孙周兴译,商务印书馆 2000 年版,第 159 页。
② [德]马丁·海德格尔:《存在与时间》,陈嘉映、王庆节译,三联书店 2006 年版,第 17 页。
③ 曾繁仁:《转型期的中国美学》,商务印书馆 2007 年版,第 245 页。

然"，在这种情况下，反对"人类中心主义"、强调从生态整体入手，不是人类自我编织的乌托邦的托词吗？另一方面，也有人认为既然生态美学是以"生物中心主义或生态中心主义"为原则，也就是要"从自然的角度、站在自然和生态的立场"，恢复自然"独立存在的价值和意义"，尤其是独立的审美价值，如此一来势必会对人的"实践和主体性"采取一种否定的"武断姿态"，结果陷入"反人类"倾向的泥淖。那么，这样的美学还是美学吗？

这些言之凿凿的指摘，看似合理，实则大谬，不仅没有搔到生态美学的痒处，反而更加彰显了生态美学提出的必要性和重要性。这些指责是在一种传统认识论的逻辑推理中形成的，其前提仍然是主客二元对立的思维模式。在这种思维模式中，人被预先设置为主体，自然就是为人所设立的客体，人与自然始终处于对立、矛盾的关系冲突之中。标举了人的地位则贬低了自然的存在，抬高了自然的价值则必然损害了人的尊严，是这种二元对立的思维模式所推导出的典型谬误。生态美学是当代存在论思想在美学上的体现，它是一种生态存在论美学观。不彻底清算这种主客二分思维的影响，就无法真正做到对"人类中心主义"的超越，也无法真正触摸到生态美学提出的价值与意义。

我们认为，"人类中心主义"与人作为此在在存在论上的优先地位，从根本上说是两码事。"人类中心主义"，是指人在自然万物的存在中具有中心统治的作用，即包括动物、植物在内的自然万物都是为了人类而存在的。在它看来，人是宇宙的精华、万物的灵长，自然只是供人驱使、支配或征服的对象；人是自然的立法者，一切自然的法则都要从人的需要出发。当人类把自身设定为主体，自然设为客体，人类以技术为手段，以促逼的方式对自然客体进行肆虐开采、掠夺的噩梦与灾难就开始了。改变今日环境恶化之后果，改善人与自然之间对立的关系，必然要从反对"人类中心主义"开始。反对"人类中心主义"，就是要取消人类在存在上的优先权，取消人类在存在者之存在上的统治地位，取消人类对其他存在者之存在进行规定的权力。但这丝毫不意味着要取消人作为此在在存在论上的优先性。人，是这样一种存在者：作为存在者，它和其他非此在的存在者一样，基于存在之遭送而获得存在的规定；作为此在，它在它的存在中是通过自身生存之领会而得到存在的规定性的，并且"作为生存之领会的受托者，此在却又同样源始地包含有对一切非此在式的存在者的存在的领会"①。以此之故，同其他一切存在者相比，此在具有存在论上的优先地位。也就是说，"人在他们的存在中和其他存在者相遭遇，命中注定要把自己的存在作为一个问题来面对，因此，他们在所做的各种事情中就和存在有双重的关联。由于对存在意义的任何研究本身都是人的生存的可能模式，对它的局限和潜能的恰当理解要求对人的生存本身有一种先行的（prior）把握。像海德格尔所称的，此在在存在者——存在论上的这种优先性意味着对人的生存的研究不仅仅是提出一般的存在意义问题的方便的出发点，而且是不可缺少的。"②由于人能在它的存在遭遇并把握任一存在者的存在，因此，对此在的存在论分析就成为最初的道路。需要注意的是，此在在存在论上的优先性，并不意味着人对于存在者的存在及其存在意义具有决定权，而是意味着人在人的生存之际"守护着存在之真理，以便存在者作为它所是的存在者在存在之光中显现出来"③。没有人的生存，没有人在生存中对存在的领会，存在者之存在就无法得到显现与解蔽，存在者之存在也没有意义。"人是存在的守护者"，即是就此在在存在论上的优先性而言的。它与"人类中心主义"的决定和控制存在者之存在是大相径庭的。"人类中心主义"僭夺了存在的天命，把人自身看作是存在者的主人、看作是存在者的"主体"，把存在者之存在状态消融在被设定的"客体性"之中，从而将存在者之存在连根拔起，致使世界消散于一种无家可归的状态。

　　生态美学是存在论美学观，因而人的生存在生态美学的研究中具有优先性。生态美学归根到底是关于人的审美生存问题的研究。只是这里的"人"，不是预先设定的主体，也不是"有理性的动物"，而是赢获了存在论根基的此在。人的本质就是此在，此在就是"在世界之中存在"。人与其他存在者，本质上就诗意地相互依寓或栖居在世界中。人，在本质上就是生态的。因此，对人之生存的存在论考察，以便获得人的真正本质，就是在深层生态的视野中彰显人与世界、人与自然的原初关联，展现出人与自然共生共存的生

---

① 〔德〕马丁·海德格尔：《存在与时间》，陈嘉映、王庆节译，三联书店 2006 年版，第16 页。

② 〔英〕S. 马尔霍尔：《海德格尔的〈存在与时间〉》，亓校盛译，广西师范大学出版社 2007 年版，第 246 页。

③ 〔德〕海德格尔：《路标》，孙周兴译，商务印书馆 2000 年版，第 388 页。

态整体观。同样地，所谓"自然的角度"或"自然的立场"，也必须在此在的生存存在论分析中有其根基，才能在生态整体中获得存在或审美的意义。

由此看来，海德格尔前期思想中从此在的存在论分析出发去追问存在之思的做法，即"基础存在论"，是一条必由之路。有人认为它有"主体主义"或"人类中心主义"的倾向。其实这是一种误解，原因在于它形而上地混淆了存在、存在者与存在论之间的差异。正是为了避免这种误解，海德格尔抛弃了"基础存在论"的称号。原因在于，基础存在论之基础"不承受任何上层建筑"，"并非可以在其上建造什么的基础，并非不可动摇的基础，而毋宁一个可动摇的基础"，它与"此种分析的暂先性质相违悖"。此在在存在论上的优先，指的是一种存在论分析中"暂先"，而不是存在者或存在的优先。抛弃了"基础存在论"的称号，并不表示海德格尔否弃了最初的道路。1949 年在《关于人道主义的信》中，海德格尔明确表示"假如人将来能够思存在之真理，则他就要从绽出之生存出发"①。1959 年海德格尔提出了"天地神人四方游戏说"，完备而清晰地表述了人与自然共生的生态思想。需要注意的是，这里"人"依然不是主体的设定者，不是"有理性的动物"，而只是那个赢获了存在论因子的生成性此在，那个本质上能够承担存在的有死者与栖居者。

因此，生态美学对人类中心主义的超越，坚持一种生态整体主义的原则，是一种深度生态论意义上的人文关怀。人在自然中统治地位的陨落，使人作为存在的守护者，在对自然万物的看护与照料中，反而赢得更多生存的自由和人性的尊严。因为只有在人与自然和合共生的生态境域中，人才能获得人之本质，才能作为绽出的生存者守护着存在之真理，走上一条本真本己的生存之路，即诗意化和审美化的人生之路。这也正是生态美学的目标所在。

综上所述，我们可以看出，存在论维度是进行生态美学研究的基础和关键。生态美学的现实尺度、超越品格以及人文关怀等，只有在存在论的视野中才能够达到真正的理解与沟通，克服长期以来传统认识论主客二分的思维模式。在存在论的追思中考察、构建生态美学，方是当前生态美学研究的重点与难点。

（原载于《人文杂志》2009 年第 1 期）

---

① ［德］海德格尔：《路标》，孙周兴译，商务印书馆 2000 年版，第 396 页。

论五要素文学活动范式的建构

单小曦

　　文学活动是文学的动态存在方式，文学理论研究往往通过建构文学活动模式达到对文学活动事实的理论把握。当某种文学活动模式得到了一定历史阶段的理论共同体的普遍认可，即成为一种"公认的模型或模式（Pattern）"① 时，就成长为了一种文学活动范式（Paradigm）。范式"是任何一个学科领域在发展中达到成熟的标志"②。不过，世界上并不存在具有永久解释效力的理论范式。任何范式都有它的历史文化限度，不同历史条件和文化语境中对象事实的演进变化和主体对对象事实的重新发现，都会带来范式转换或革命，"一种范式向另一种范式的过渡，便是成熟科学通常的发展模式"③。当下，"世界—作家—作品—读者"的四要素文学活动说已经成为中西文论界特别是中国当代文论界解释文学现象通用的和处于主流地位的文学活动范式。

　　这里的问题是，四要素文学活动范式同样具有他的历史文化限度，在现代传媒强势介入人类社会生活和文学活动的今天，忽视媒介要素存在的四

---

① 这是托马斯·库恩对狭义范式的规定，本文在此义上使用范式概念。在广义上，库恩认为任何一种常规科学都是一种范式（见托马斯·库恩：《科学革命的结构》，金吾伦、胡新和译，北京大学出版社 2003 年版）。笔者认为，狭义范式即公认的理论模式是广义范式即学科范式的核心内容。广义范式转换以狭义范式革命为先导。文学活动范式革命意味着文学理论学科范式转换的开始。

② ［美］托马斯·库恩：《科学革命的结构》，金吾伦、胡新和译，北京大学出版社 2003 年版，第 10 页。

③ ［美］托马斯·库恩：《科学革命的结构》，金吾伦、胡新和译，北京大学出版社 2003 年版，第 11 页。

要素范式已经暴露出了不能充分解释文学活动事实的理论局限。也许，建构一种包括文学媒介在内的五要素文学活动范式更符合作为先进文化重要组成部分的中国当代文学理论发展建设的需要。

一、媒介在文学活动中的存在性地位

如上所述，媒介存在论认为，媒介可分为专门性媒介（为传递信息专门发明的媒介形态）和功能性媒介（但凡处于两者之间发挥媒介性功能的所有存在者）两大类。在具体文学活动中，多数情况下的文学媒介具有双重性。

一方面，文学媒介指传递文学信息的专门性媒介，在这个意义上主要包括四个层面的四种类型：（1）符号媒介，直接由各民族的口语语言、书面语言和文字符号组成，它是承载文学信息的符号形式，与文学语义内容一起构成了文学信息。（2）载体媒介，它是书面文学语言、字的承载物，包括石头、泥板、象牙、甲骨、竹简、布帛、兽皮、莎草纸、羊皮纸、植物纤维纸、现代工艺纸、胶片、光盘、电子屏幕等。（3）制品媒介，指的是符号媒介与载体媒介的结合物被进一步加工成的产品，包括册页、扇面、手抄本、羊皮卷、字幅、印刷书刊、电子出版物、互联网网页等。（4）传播媒体，它是对文学的文本进行选择加工乃至于集体生产或再生产、然后向读者传播的传媒机构，包括出版印刷、报纸杂志、电影、电视、网络公司等相关部门。这些传媒机构集生产职能与传播职能于一身，从传播学角度说，就是传播媒介。① 而从另一个角度，这些媒介又可以被划分为（1）媒介物，即文学活动中非人的物性中介；（2）媒介人，文学活动中作为创作主体、传播主体和接受主体的作者、传播者和读者；（3）媒介机构，亦即上述的传播媒体。此处需要指出，自文学诞生之日起这种专门性的文学媒介就是文学活动中的存在性因素。不过由于传统社会中的信息传播媒介不发达，使它的地位没有被彰显出来。在信息传播媒介高度发达的现代传媒时代特别是新近的电子—数字传媒时代，媒介对文化、文学活动的制约力量日益增强，使我们形成了对

---

① 单小曦：《现代传媒语境中的文学存在方式》，中国社会科学出版社 2008 年版，第 31 页。

文学现象的新的"发现"，这才使我们逐渐认识到了文学媒介在文学活动中的重要地位。

　　另一方面，文学媒介具有功能性。即是说，文学活动中发挥作用的诸多媒介形态并不为文学所独有，它们也可以成为新闻、科学、历史、哲学、宗教等各种信息的承载形式。鉴于此种情况，有人认为文学媒介的概念并不成立。这种看法之所以错误，原因在于没有理解文学媒介是文学活动中的功能性要素。就是说，上述四个层面的媒介在一般意义上是人类发明出来的用以传递信息的专门性媒介，但在具体的不同类型的信息传播活动中往往以传递不同信息功能而获得不同媒介身份。文学媒介即上述各个层面的媒介进入文学活动，担当文学信息传播功能的媒介。实际上，传统文学四要素中的世界、作家、读者都有功能性要素的意味。也就是说，世界、作家、读者都不为文学活动所独有，在文学活动之外的情境中，它们既可能是也可以是科学文本、哲学文本、历史文本、宗教文本等的创作源泉、创作主体和接受者。而只有在文学活动中，为文学作品提供创作源泉的世界、从事文学话语生产的写作者、阅读文学文本的读者，才构成文学活动要素的世界、作家、读者。文学媒介也是如此，它是对进入文学活动领域、发挥着承载传递文学信息功能的诸级、诸种媒介形式的指称，这里的关键之点是"进入文学活动领域、发挥着承载传递文学信息功能"，就像只有进入文学活动中的世界、创作主体、接受主体才成其为文学世界、文学家、文学读者一样。

　　更为重要的是，在文学活动中文学媒介还是与其他四要素具有同等地位的存在性构成要素。要对这一问题形成深刻认识，首先需要明确，这里所说的"存在"并非西方传统本体论哲学中的本源、始基、本质等意义上的概念。传统形而上学的"本体论"秉承的是一种实体本体观，其任务是寻找唯一的、特殊的、终极或最后的存在者即"本体"作为解释事物为什么存在的依据。如第一章所诉，从柏拉图的"相"或"型"，到亚里士多德的"实是之所以为实是"① 和"形式"，再到黑格尔的绝对理念，都是这个意义上的"本体"。受这种传统本体论思维模式的制约，传统文学本体论必然要在文学诸要素中选出一个最后的处于本源地位的要素作为文学的本体范畴。影响深

---

① ［古希腊］亚里士多德：《形而上学》，吴寿彭译，商务印书馆 1995 年版，第 56 页。

远的模仿说（包括其变种再现说和反映论）认为，文学的本体就是"世界"，这个世界有时被表述为超验的精神世界，有时被表述为客观的自然世界，有时被表述为现实社会生活。广义的浪漫主义文论则在"作家"环节中寻找文学本体，认为文学本体即作家的心灵、情感或主观精神，精神分析学派认为是深藏于作家潜意识深处的原始本能，原型批评则进一步走向人类种族记忆深处的集体无意识。广义的形式主义文论认为，"作品"才是文学的本体，标榜开展"本体论文学理论"研究的"新批评"派的一些理论家认为，文学作品自身才是一切文学意义产生的本源，文学本体即"诗本身"。韦勒克和沃伦明确表示："艺术品似乎是一种独特的可以认识的对象，它有特别的本体论地位。"① 而在接受美学等读者中心论的文论流派看来，"读者"才是文学意义最后的完成者和实现者，文学本体应属于读者范畴。如此看来，西方两千多年文学本体范畴的演进史不过就是依次在世界、作家、作品、读者四个要素中转换和选择的历史。中国当代文学理论研究中曾经提出过几十种关于文学本体论的看法，② 实际上大多数并没有溢出在四要素中转换和选择的框架之外。而不同看法之间的激烈争鸣，也可以看作是传统本体论思想作祟的结果。

　　媒介是文学存在性要素命题中的"存在"，来自于 20 世纪重建形而上学派的现代存在论哲学观。这种现代哲学观认为，"存在"不是与存在者的存在整体相隔离的唯一的最后实在——某个特殊存在者。对此前面已有所分析，首先不能把"存在"混淆于存在者，其次，"不要靠把一个存在者引回到它所由来的另一存在者这种方式来规定存在者之为存在者，仿佛存在具有某种可能的存在者的性质似的"③。当然，还应重复强调"存在总是某种存在者的存在"。最后，这种"存在"并不指存在者的"什么"，而标识它的"如何"，而存在者的"如何"实为存在方式。概而言之，五要素活动论中的文学存在是立足于存在者存在整体、标识存在者如何得以存在的存在方式。标识事物如何存在的存在方式，打破了在事物诸要素中寻找出一个处于底层、根源地位的要素为"本体"的传统本体论思想。存在方式必然由一定历史、

---

①　[美] 韦勒克、沃伦：《文学理论》，刘象愚等译，三联书店 1984 年版，第 164 页。

②　参见刘大枫《新时期文学本体论思潮》，天津社会科学出版社 2000 年版。

③　刘大枫：《新时期文学本体论思潮》，天津社会科学出版社 2000 年版，第 33 页。

场域中事物诸多要素之间的某种关系、结构来完成。如此，事物本体范畴就必然由多个要素而不可能再由某个唯一的要素独立担当。文学也是如此。按照朱立元先生的理解，"文学既不单纯存在于作家那儿，也不单纯存在于作品中，还不单纯存在于读者那儿。文学是作为一种活动而存在的，存在于创作活动到阅读活动的全过程，存在于作家—作品—读者这个动态流程之中。这三个环节过程的全部活动过程，就是文学的存在方式"①。换言之，世界、作家、文本、读者都不具备单独担当文学存在范畴的资格，但同时又都是文学的存在性构成要素，同时都具有文学存在性地位。

那么，文学媒介是否可以与传统四要素一样进入文学存在性范畴呢？以传统眼光视之，媒介不过就是信息传播的工具，工具为"末"而非"本"，文学媒介也不具备存在性质。实际上，这种判断一方面没有看到媒介在现代社会权力场中地位的变化和强劲走势；另一方面还不完全具备 20 世纪西方哲学和其他人文学术研究提供的现代知识视野；更没有我们倡导的媒介存在论的理论高度。如上所述，20 世纪西方哲学的一次革命是发生了语言学的转向，这次革命和转向的一个重要成果是破除了语言符号为工具的传统观念，而确立了语言、符号对个体人生在体验、感受、认知外在世界和人类文化在意义生成过程中的存在性地位。英国语言学家 L.R. 帕默尔说："获得某一种语言就意味着接受某一套概念和价值。在成长中的儿童缓慢而痛苦地适应社会成规的同时，他的祖先积累了数千年而逐渐形成的所有思想、理想和成见也都铭刻在他的脑子里了。"② 费斯克也认为，符号学强调的是"唯有在我们所属的文化里，透过其概念与语言的结构，我们才能认识这个世界"③。这一点基本上可以看成是中西方理论界已经达成的一种共识。而随着 20 世纪现代传播媒介、传播方式的发展，一个新的事实让我们看到，语言这种符号媒介要在载体媒介、制品媒介和传播媒体中才能实现自身存在的，这就是前面所说的"语言学转向"到"媒介哲学转向"的文化背景。在这一背景下，人们愈来愈看清了比语言更广泛、更基础的文学媒介在文学活动中的重

---

① ［英］帕默尔：《语言学概论》，李荣等译，商务印书馆 1983 年版，第 148 页。

② 朱立元：《解答文学本体论的新思路》，《文学评论家》1988 年第 5 期。

③ ［美］John Fiske：《传播符号学理论》，张锦华译，（台）远流出版事业有限公司 2005 年版，第 153 页。

要地位。如王一川先生说："读者阅读文学作品时首先接触的不是它的语言，而是语言得以存在的具体物质形态——媒介。文学总是依赖一定的媒介去实现其修辞效果的，媒介是文学中的重要因素。"① 总之，今天不仅仅是语言，而包括语言在内的范围更广的所有文学信息传播媒介，都应是文学的存在性要素。

二、五要素文学活动范式的理论资源与初步探讨

建构包含文学媒介要素在内的五要素文学活动范式，首先必然以此前包括四要素范式在内的所有文学活动范式为参照。此外我们还应看到，20世纪以来现代传播学、语言学、符号学、文化理论的相关研究也为我们提供了重要的理论资源。

从传播学视角来看，文学活动不过是人类社会中的一种特殊信息——文学信息的生产、传播、接受和反馈活动。传播学关于信息传播过程的研究已经触及了文学活动理论的相关内容。如著名的 H. 拉斯维尔的"五 W 模式"把一个信息的直线传播过程概括为 Who（谁）/Says What（说了什么）/In Which channel（通过什么渠道）/To whom（向谁说）/With what effect（有什么效果）。对应于文学活动，直线型传播模式可以为我们标识出文学活动过程的作家（"谁"，有时指文学传播者）、文本（"说了什么"）、文学媒介（"通过什么渠道"）、读者（"向谁说"）等构成要素以及文学信息的单线传递过程。奥斯古德与施拉姆等人的双向循环或反馈型传播模式认为，一个信息的传播过程应该是信息在编码者、释码者、译码者群体之间来回循环往复活动。这给我们的启发是，文学活动是文学信息的传播与反馈的双向动态循环。"四要素"文学活动范式已经采纳了这种看法。② 马莱兹克等人的系统模式把传播者和接受者的人格结构、人员群体、社会环境、来自传媒的压力

---

① 王一川主编：《文学理论》，四川人民出版社 2003 年版，第 111 页。此处，王一川把语言和媒介分开来看待了，使用的是较狭义化和本质论意义上的媒介概念。

② 代表性说法是："文学作为一种活动，总是由作品、作家、世界、读者等四个要素组成的……文学理论所把握的不是四个要素中孤立的一个要素，而是由四个要素构成的整体活动及其流动过程和反馈过程。"见童庆炳主编《文学理论教程》（修订二版），高等教育出版社 2004 年版，第 5 页。

和制约等因素看成传播模式中的组成部分。这提醒我们，任何文学活动都是系统性存在，任何文学信息的生产、传递、接受都离不开整个社会文化语境这个大系统和作家、文本、媒介、读者等各环节形成的小系统的制约。①

雅各布森的六要素十字形语言学交流模式会给我们建构新的文学活动论以更大的启发。这一模式认为，任何言语传播活动都由发信人（addresser）、收信人（addressee）、语境（context）、信息（message）、接触（contact）、信码（code）六个要素组成。"发送者（发信人）把信息传给接收者（收信人），信息要想生效，则需要联系某种语境（用另一个较模糊的术语说，就是'指称物'），接收者要想捕捉到这种语境，不管它是语言的还是能够转化成语言的，还需要有为发送者和接收者完全通用和部分通用的信码（因此发送者和接收者就是信息的编码者和解码者）。最后还需要某种接触——在发送者和接收者之间的物质通道和心理联系——以使二者进入和保持在传达过程之中。"② 稍作分析就不难发现，这里的语境、发送者、信息、接收者及其形成的关系恰巧对应和相当于文学活动的世界、作家、文本、读者及其关系。雅氏的语言学交流模式与上述诸多大众传播模式和"四要素"文学活动范式相比，更能准确地描述一个文学活动的基本情况，原因在于：它的语境概念与文学活动论中的"世界"要素不完全相同，但大体相当，这就弥补了大众传播模式世界要素缺失的不足。它的"接触"和"信码"两个要素并不是可有可无的，在文学活动中，其实这两个不可或缺的要素就是笔者所说的文学媒介。"信码"相当于符号媒介，"接触"相当于载体媒介和制品媒介。雅各布森的"六要素"可以合并为"五要素"，这就弥补了"四要素"说文学媒介要素缺失的局限。

明确提出"五要素"大众传播活动模式的是美国当代学者阿瑟·阿萨·伯杰。伯杰的名作《大众传播理论精华》一开篇就写道："我认为，关于大众传媒存在着五个焦点或相关的基本领域：艺术作品或文本（媒介中蕴含着的内容），艺术家（媒介承载的文本的创造者），观众（阅读、收听、观

---

① ［英］丹尼斯·麦奎尔、［瑞典］斯文·温德尔：《大众传播模式论》，祝建华、武伟译，上海译文出版社 1987 年版。

② ［俄］罗曼·雅格布森：《语言学与诗学》，滕守尧译，见赵毅衡编《符号学文学论文集》，百花文艺出版社 2004 年版，第 174—175 页。

看媒介作品的人），美国或社会（观众生活于其中的环境），和一种媒介（它不仅承载文本而且对文本产生影响）。"① 基于这样的理解，伯杰绘制了一个媒介处于中间其他四要素为顶点的矩形图示。伯杰直接讨论的是以大众传播媒体为依托的现代信息传播活动的一般情况，文学活动也完全可以包含其中。与雅各布森的六要素模式相比可以看到，伯杰的"社会"对应的是"语境"，"传媒"综合了"接触"和"信码"的一部分，"艺术作品"是"信息"和"信码"的综合体、"艺术家"、"观众"分别代替了"发信人"、"收信人"。对应于文学活动，恰巧指出了世界、媒介、文本、作家和读者五要素。后来，伯杰又把五焦点的传播过程理论用于对叙事问题的分析："文本由个人（在协作性的传媒，例如电影和电视中，是由集体）创作，为这种或那种类型的观众所撰写，通过某种媒介，如口语、广播、印刷、电视、电影、因特网，等等，传达给他人。这一切都在某个特定的社会中发生。……我们不能忽视这五个焦点当中的任何一个；我们必须根据它们的相互关系来对它们进行考虑。"② 值得注意的是，伯杰的相关讨论已经不再是完全抽象的信息传播问题，而是具体落实到了现代大众艺术和通俗文化中的叙事话语，对我们建构文学活动理论具有更为直接的借鉴意义。

上述理论研究在活动要素、要素之间的关系和整体活动过程方面为我们建构新的文学活动范式提供了有益的启发，但对信息在生产与传播过程中的实践性质或意义生成性问题没有给予应有的重视。John Fiske 的传播符号学研究则把信息的生产、传播与接受视为"意义的产制"。他说："对符号学派而言，讯息（信息）是符号的建构，并透过与接收者的互动而产生意义。"③ 斯图亚特·霍尔在他的著名论文《编码·解码》中充分论述了信息在传播过程中的"扭曲"与"误解"。他设计了一个塔型电视节传播模式，强调编码者（作者与传播者）生产"作为意义的话语节目"（作品）时的编码活动与解码者（观众）接受节目（作品）时的解码活动存在着差异。霍尔解

----

① Arthur Asa berger：*Essentials of Mass Communication Theory*. Sage Publications, Inc 1995, p.1.
② ［美］阿瑟·阿萨·伯杰：《通俗文化、媒介和日常生活中的叙事》，姚媛译，南京大学出版社 2000 年版，第 17 页。
③ John Fiske：《传播符号学理论》，张锦华译，（台）远流出版事业有限公司 2005 年版，第 15 页。

释道：'编码、解码的符码也许并不是完全对称的。对称的程度——即在传达交流中'理解'和'误解'的程度——依赖于'人格化'、编码者—生产者和解码者—接收者所处的位置之间建立的对称／不对称（对等关系）的程度。"① 这种讨论与 20 世纪西方文论中的阐释学、接受理论的相关研究一起警示我们，在建构文学活动范式的时候，必须要考虑到文学信息在生产、传播和接受过程中的流变和生成性问题。

近年来，中国当代文论界逐渐认识到了媒介在文学活动和生产中的存在性问题，并进行了包括文学传媒在内新的文学活动论的初步探讨。王一川先生在 2007 年版《新编美学教程》中，曾立足于雅各布森的"六要素"语言学交流模式提出了一个"七要素"的审美沟通活动模式："审美沟通意味着审美施动者（发信人）发送一个审美文本（信息）给审美受动者（收信人）；这个审美文本有其据以解读的审美语境（语境）；为审美施动者和审美受动者都共通的审美符号（符码）；最后，使得审美施动者和审美受动者建立联系成为可能的物理渠道——审美媒介（触媒）。……考虑到审美沟通得以具体发生的审美条件及其成果的重要性，需要补充这样一个附加参数——审美文化。审美文化是审美沟通在其中发生并产生影响的现成符号系统及其传统的集合。"② 就文学活动而言，审美符号（符码）和审美媒介（触媒）可以综合为文学传媒；审美文化作为"现成符号系统及其传统的集合"，不过就是文化语境的组成部分，因此审美语境与审美文化也可以合二为一，统称为语境或世界。这样，王一川的"七要素"审美活动模式实为"五要素"审美活动模式，在文学活动中就具体为"五要素"文学活动模式。此外，杜书瀛先生发表于 2007 年的论文《论媒介及其对审美—艺术的意义》一文从艺术价值论的角度提出，"媒介不仅是'讯息'，它直接就是生产力；在审美价值和艺术价值的创造过程中，媒介融入了价值本体运行之中，成为其价值生长的一部分"③。李衍柱先生发表于 2007 年下半年的论文《媒介革命与文学生产链的建构》看到了媒介对文学生产的重要意义："媒介是文学生产、传

① ［英］斯图亚特·霍尔：《编码·解码》，王广州译，见罗钢、刘象愚主编《文化研究读本》，中国社会科学出版社 2000 年版，第 348 页。
② 王一川：《新编美学教程》，复旦大学出版社 2007 年版，第 23 页。
③ 杜书瀛：《论媒介及其对审美—艺术的意义》，《文学评论》2007 年第 4 期。

播、交流、消费的纽带。它是整个文学生产流程中不可或缺的工具和载体。媒介在一定程度上决定着文学生产的思维方式、传播方式和接受方式。"① 霍俊国先生 2007 年下半年发表的论文《关于文学艺术活动论的再思考》提出："艾布拉姆斯的'文学四要素'并不完美——在艺术活动的全程中至少还缺乏两个必要的环节，即传播媒介和批评家。"② 这种六要素说，仍然应该是五要素说，因为批评家本来就属于读者范畴。

五要素文学活动范式的直接提出和相关研究，也经历了一个过程。2003 年笔者于四川大学攻读博士学位期间，在冯宪光教授的课堂教学中最初听到文学活动五要素的说法。笔者完成于 2006 年 3 月的博士学位论文《现代传媒语境中的文学存在方式研究》中对文学媒介是文学本体性要素和五要素文学活动问题做了相关讨论。李玉臣先生发表于 2006 年 11 月的文章《由艾布拉姆斯的四要素引发对艺术媒介的理论探讨》，也明确提到了"构成艺术整体活动的基本因素应该有五个，即世界、作者、媒介、作品和读者"的观点。笔者发表于《文艺报》2007 年 3 月 29 日理论争鸣版上的论文《现代传媒：文学活动的第五要素》就传媒构成文学活动第五要素是个事实存在问题进行了专题探讨。2008 年 4 月 24 日，"中国当代文艺理论的发展与文艺学学科建设"学术研讨会在桂林召开，笔者提交了题为《文学活动范式革命与五要素文学活动论的建构》的会议论文并做了同题大会发言，倡导五要素活动说与四要素范式向五要素范式转换的问题，引起了与会专家的广泛关注和积极回应。笔者在博士论文基础上修改、补充、完善而成的专著《现代传媒语境中的文学存在方式》（中国社会科学出版社 2008 年版）对五要素活动范式做了进一步阐述。今天看来，此前的一些提法需要相应调整或修改，有些内容需要做进一步分析并做新的阐发。

三、五要素文学活动范式的理论构成

立足于新媒介时代文学活动发生不同于以往的新变化和理论主体对文

---

① 李衍柱：《媒介革命与文学生产链的建构》，《山东师范大学学报》2007 年第 4 期。
② 霍俊国：《关于文学艺术活动论的再思考》，《齐鲁学刊》2007 年第 4 期。

学活动形成的新的"发现",从文学媒介在文学活动中处于存在性地位的现实出发,通过对传播学中的大众传播模式、语言学中言语信息交流模式、传播符号学模式以及中西文学活动模式和此前我们对这一问题的研究,我们提出并建构出一种新的可以称之为五要素文学活动的文学活动范式。很显然,这种五要素范式与四要素范式相比明显的不同是在传统四要素基础上增加了一个第五要素——文学媒介。但对于文学活动理论而言,传媒要素的增加意义重大。关系性思维、历史主义和场域理论的方法论原则告诉我们,系统、场域中新元素特别是较活跃的新元素的增加将会打破此前各元素之间既成的关系结构,使所有元素按照新的规则重新组合,建立新的联系,从而给系统、场域的整体存在带来革命性的影响。就文学活动场域而言,传媒要素的增加,将使我们对文学活动要素之间的结构关系、存在态势的认识发生根本性变化。

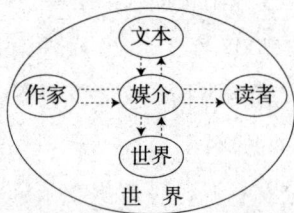

五要素文学活动范式示意图

五要素文学活动范式由文本、世界、作家、媒介、读者五个基本要素形成的整体结构和它们之间的动态关系构成,如图所示。这里以"文本"代替一般而言的"作品"。因为作品属于有时空区隔和边界分明的完成品,它适合指称硬媒介时代的文学文本。后结构主义理论已经在观念上解构了这样的作品概念,主张使用边界模糊、互文性、能产性的文本指称作家的创作成果。计算机、网络等新媒介则在实践上进一步强化了文本的液态化、流动性、交互性和生成性特征。换言之,作品的概念已经不能准确、全面说明当下新媒介时代的文学创作成果了。在上面五个存在性构成要素中,文本是其中的核心要素,即它是使文学活动成其为文学活动的关键环节,这也是艾布拉姆斯将其放置于三角形模式中间的道理所在。但本文置于中间的三角形模式无法形成文学信息的动态循环,刘若愚改造后的模式解决了这个问题。笔者的五要素范式把文本被放在其他四个要素组成的倒三角形的上方，既意味着作为核心要素的文本对其他四个功能性要素具有统领地位，又意味着其他要素对于作品的"物质性"和基础性意义。"世界"是与人的生存紧密关联的"大地"，也必然是文学存在的基础。艾布拉姆斯认为文学活动的世界要素"可以认为是由人物和行动、思想和情感、物质和事件或者生命感觉的本质所构成"①。即是说，作为文学活动要素的世界无怪乎表现为客观现实世界和人的主观精神世界两个方面。波普尔认为，我们生存其中的大千世界可以一分为三："第一，物理客体或物理状态的世界；第二，意识状态或精神状态的世界；第三，思想的客观内容的世界，尤其是科学思想、诗的思想以及艺术作品的世界。"② 很显然，这种思想认为，世界 1、世界 2 是世界 3 的基础和源泉。这些看法所持的还是一种传统的"世界"观。今天，电子传媒特别是计算机网络已经为赛博空间或虚拟空间的开拓提供了技术可能，这使波普尔说的世界 3 得到了空前的拓展。穆尔认为，虚拟空间是不同于三个世界的新世界，它与自然地理空间、人的心理空间、传统的文化空间等相互缠绕、相互交织，今天我们生存其中的世界是一种"混杂的空间（mixed spaces）"③。而在鲍德里亚看来，今天电子传媒制造的影像世界即我们生活于其中的世界，这是一个"没有起源和真实性的真实模型"，是一个"以真实的符号替代真实本身的'超真实'世界"。④ 这些理论探讨都在告诉我们，作为文学活动具体环节的世界是个异常纷繁复杂的世界。与此同时，今天我们就生活在这样的复杂世界之中，文学活动的其他要素——作家、读者、文本、媒介本身也存在于这个世界之中。换言之，这里的"世界"还应该是人类生存和文学活动得以具体存在的社会、历史、文化环境，即广义的语境。笔者的图示对世界的两种情况予以了区分。作家是文学创作主体，在其感受到的"世界"中获取创作材料或信息进行文学创作或文学信息生产。西

① ［美］M. H. 艾布拉姆斯：《镜与灯——浪漫主义文论及批评传统》，郦稚牛等译，北京大学出版社 2004 年版，第 4 页。

② ［英］卡尔·波普尔：《客观知识——一个进化论的研究》，舒炜光等译，上海译文出版社 1987 年版，第 114 页。

③ ［荷］约斯·德·穆尔：《赛博空间的奥德赛——走向虚拟本体论与人类学》，麦永雄译，广西师范大学出版社 2007 年版，第 10 页。

④ ［法］鲍德里亚：《生产之镜》，仰海峰译，中央编译出版社 2005 年版，第 185—187 页。

方现代性文学和文论思想强调作家的天才和对精神自由的超越追求，标举文学创作的个体性、独创性、不可复制性和远离大众的高雅品位，并以此为策略在近百年的文学生产中取得了"输者为赢"的效果，使精英文学或"纯文学"生产在文学场中获得了统治地位。但20世纪中叶之后，文化消费主义和大众文化兴起，精英文学已经退守边缘，大众文学高奏凯歌，数字文本或网络文学势不可挡，这样的"作家"论思想已经受到了巨大挑战。五要素活动论从当下的文学现实和文学生产论的角度理解文学活动中的作家要素，认为文学活动中的作家既包括追求现代性人文价值观念的精英文学家，也包括进行一定文化产业价值生产的大众或通俗文学家，还包括利用互联网突破传统某种体制限制写作的网络写手；既包括传统意义上追求独创性和个性的个体化作家，也包括被精英文学观念所不齿的所有被置于文学生产链上的作者群体。今天，不同类别的作家从事着不同的文学生产，守护着不同的价值观念，扮演着不同的文化角色。任何站在一种价值立场把不合乎此种价值规范的写作者排斥在作家范畴之外的做法，特别是站在精英价值立场否定大众文学作家的做法，都是不尊重现实存在的唯心理论诉求。读者是文学活动的最后一环，是文学价值的三度创造（相对于媒体的二度创造而言）和最终的实现环节，还是文学信息反馈的起始环节。媒介除了上文提到的是文学活动的功能性要素和存在性要素外，在此还要强调它参与文学生产的性质。具体而言，进入文学生产活动流程中的媒介不仅是文学信息的传递者，也是文学价值二度创造者。这首先表现为文字编辑等"把关人"对作家手稿（可能作品）的把关选择与内容加工；其次表现为版式、插图、装帧设计者和影视、网页、多媒体文本制作者利用载体媒介、制品媒介进行的广义审美信息生产；再次表现为计算机、网络等数字新媒介对流动性、立体化、多向度的赛博文本的创造方面。

在现实的文学活动中，传统四要素之间都不是直达关系，而都需以传媒要素为中介获得连接。因此图示中世界、作家、文本、读者之间没有箭头标识。作家的文学创作或文学信息生产并不是直接完成的，世界对于作家的意义要通过肖像、指标、记号等符号媒介形式传递给作家，作家则同样通过这些符号媒介从世界中选择所需信息才能进行文学信息的生产。这样就有了"世界→媒介→作家"之间的关系。作家对来自于世界的材料进行程序化处理（审美变形），或对来自世界的原始信息进行整理加工，创作出文本。同样，这一活动也要经过媒介的中介才能实现。不过这时的媒介不再是世界与作家之间的事物原始的符号媒介了，而是人类文化积淀的重要成果——语言符号。从这个角度说，文学创作活动不过就是作家把世界中的意义（通过原始符号传播）符号化的活动，即作家将从"世界"（现实世界与信息世界）捕捉到和加工成的语义内容物化于语言符号或符号媒介之上，与作者对文学符号成功运用形成的审美信息一起构成文学信息。其次，文学信息不可能是信息链上的裸露性存在，对于少数口传文学而言，它要进一步物化为口头语言；而对于更多的书面文学而言，它的第二次物化表现为文学信息向竹简、羊皮纸、纤维纸、计算机屏幕等载体媒介的物化，即作者将文学信息书写到载体媒介的过程。这是"作家→媒介→文本"之间的关系。文学作品要被读者阅读接受才可以最终实现其价值，但在当今社会，读者获得作品往往要通过作为中介者的另一类媒体才可能实现。就像阿诺德·豪泽尔说的那样："没有中介者，纯粹独立的艺术消费几乎是不可能的，不然就是一种对艺术才能的神化……艺术作为社会财富是集体劳动的结果，其中作者、受者和中介者的地位是平等的。"① 这就是"文本→媒介→读者"之间的关系。读者阅读作品获得了新的审美经验、人生感悟，再通过各种媒介形式影响周围的环境，即反作用于世界，使世界发生变化。这是"读者→媒介→世界"之间的关系。另一方面，信息传播的反馈性质告诉我们，上述四个过程的反馈即"世界→媒介→读者"、"读者→媒介→文本"、"文本→媒介→作家"和"作家→媒介→世界"的过程与前面的四个过程是同时存在的。而这些动态过程必然是在广义的世界中进行的。需要说明的是，图示中的箭头代表的是文学信息生产、传播、接受的流通方向和经过，为了强调文学信息在各要素间的流通并非固定不变，而是一种"意义的产制"，所有箭头都以虚线形式出现。从系统论的观点来看，这里的各要素又都存在着不同的结构元素而形成大小不同的系统，大小圆圈代表的是各要素的系统性存在状态。

① ［匈］阿诺德·豪泽尔：《艺术社会学》，居延安译，学林出版社1987年版，第151—153页。

　　需要特别强调的是，在上面的图示中，媒介处于中间不代表笔者在价值取向上持媒介中心论，而是从媒介的中介性功能和它与其他要素都直接发生关联的实际情况出发，也是为了简便起见，把正反四个过程中四种"媒介"要素合而为一的结果。

（原载于《社会科学研究》2009 年第 1 期）

马克思主义文艺理论的精神品格及其当代启示

时晓丽

一个毋庸置疑的事实是，马克思主义文艺理论在世界的影响力是其他任何一种理论都无法相提并论的，在中国具有不可替代的地位。马克思主义文艺理论在中国的传播是近百年来中国文艺史上最为重大的事件，它作为中国文艺的指导思想，新中国成立 60 多年来一直居于主导地位，给中国现当代文学理论和创作烙上了鲜明的印记。这种深刻而广博的影响，来自于马克思主义文艺理论独有的精神品格，以及我们对其内涵的不断探索和思考。因此，马克思主义文艺理论精神品格的研究对于中国当代文艺的回顾和瞻望都有着重大的意义。

一、开放性

马克思主义文艺理论既有对传统文艺理论的吸收和继承，又在创新中不断地发展和壮大，从而形成开放的精神品格，成为迄今最为科学的文艺理论。

在很长的一段历史时期，马克思主义文艺理论被视作为阶级性或意识形态学说，我们突出强调了经济和政治对于文学的决定作用，忽略了马克思关于文艺审美特征的思想。一味"向外转"的研究方法，忽视了马克思文艺思想的完整性，也无法真正体现它在方法和内容上具有的开放性品格。马克思对文学现象的研究，不是孤立地只研究某一个方面，而是做整体性研究，他们把文艺现象置于世界历史的进程和纷繁的现实生活当中，在揭示自然、社会和人类思维最一般规律的过程中，发现和研究文艺及其发展规律。在如此开阔而深邃的视野下，文艺与美不是孤立的文化现象，而是与人类的历史和现实密切相关，与人的生活方式和生存状态紧密联系。这样的眼光确保了他们的一些基本论述具有内在的一致性，体现出内容上形散而神不散的特点。马克思和恩格斯文学研究涉及的范围很广，包括上自远古近至现代的重大艺术现象，也包括各种文艺学的基本问题，虽然他们没有论述文学的专著，其观点或独立成篇，或散见于各类文章之中，却具有内容上的一贯性和完整性，即始终以人的生活为艺术的基础和核心。他们对于文学的内容与形式、批评标准和地位、作用的探讨，都不是孤立地在文艺自身寻找，而是有机地统一在美学和历史的框架下，根据辩证唯物论和历史唯物论的基本观点，对整个世界艺术和一般文化史进行长期考察的结果。朱光潜认为，"马克思主义美学体系比起过去任何美学大师所构成的任何体系都更宏大、更完整，而且有着更结实的物质基础和历史发展线索。"① 西方形形色色的文艺理论从各个角度给我们提供了新的视角，但是，以文学的某一领域为研究对象而概括出来的结论，毕竟是局部真理，深刻的同时也带有片面性。与此相比，马克思主义文艺理论显示出无与伦比的大视野、大境界。

马克思主义文艺理论不是独立于西方文化之外凭空创造出来的全新理论，而是大量地吸收和继承了西方优秀文化遗产的伟大结晶，其理论来源具有开放性的特点。任何一个伟大的思想家，在他创立自己的思想体系之前，总会经历一些先前的阶段。在这些阶段上，他必须接受先前（包括同时代的）的思想成果，没有这些思想发展阶段，也不可能形成他后来的思想。过去在对马克思和恩格斯文艺思想的继承方面，我们只强调在辩证主义和唯物主义方法论上的继承，而忽视了其价值观的继承，忽视了康德（Kant）、席勒（Schiller）和歌德（Goethe）等思想家自由的观点、完美的人的观点的影响，似乎马克思和恩格斯的思想不在西方自由主义传统链条之中，导致了很长一段时间对康德、席勒式思想家的过低评价，对"自由"、"爱"、"协调"等词的紧张，片面地理解斗争哲学是社会主义的特点。斗争哲学是争取社会和谐、人与人和谐的手段，而不是目的，马克思理论的终极目标是消灭阶级

① 朱光潜：《谈美书简》，上海文艺出版社1984年版，第38—41页。

对立，实现社会和谐。马克思设想的共产主义社会是在"以往发展的全部财富的范围内生成"，全部财富包括人类一切精神的和物质的财富，因此，简单地将马克思思想与西方优秀文化遗产相对立的做法并不符合马克思的思想发展和其理论实际。哲学虽然是"厮杀的战场"，充满着批判和颠覆，但是正如黑格尔"花蕾、花朵和果实的"比喻，彼此不同思想的流动性却可以使它们同时成为有机统一体的环节，构成整体的生命。人文精神创新与有形的物质创新不同，它不是"毁灭性的创造"，它的创新必须以继承为前提，具有内在精神上的一脉相承。马克思作为人类文明的继承者，以人为本的人文精神是马克思主义文艺理论的固有之意，那种认为人学空场的说法是对马克思主义文艺理论的严重曲解。

马克思主义文艺理论以马克思和恩格斯为创始人，经过一大批马克思主义者的共同努力而形成，它不是封闭的，而是不断发展的。这一理论从 19 世纪 40 年代始，迄今已有 160 多年的发展历史，按照地域文化特点集中体现为三种模式：中国马克思主义、苏联马克思主义和西方马克思主义，其发展过程复杂而又曲折，却取得了举世瞩目的成绩。在中国经过瞿秋白、周扬、毛泽东等理论家的努力，形成了中国特色的马克思主义文艺理论。苏联理论家注重研究经典问题，普列汉诺夫（Plekhanov）、卢那察尔斯基（ПуначарскийАнатопийВасипъевич）和里夫希茨（М. А. Пифщиц）等人勾画了马克思和恩格斯文艺理论体系的轮廓，对美和艺术的本质、艺术中的人道主义、现实主义与社会主义现实主义、人民性、艺术典型和创作心理等问题进行了卓有成效的探索，获得了丰硕的富有创见的成果。西方马克思主义注重探索和解决文艺和文化的当代问题，以卢卡契（Lukacs）为代表的现实主义理论家，霍克海默（Horkheimer）、阿尔多诺（Adorno）、弗洛姆（Fromm）、哈贝马斯（Habermas）、马尔库塞（Mar-cuse）和本杰明（Benjamin）等为代表的法兰克福学派，以及英美的伊格尔顿（Eagleton）和詹姆逊（Jameson）等为代表的新马克思主义流派等，运用存在主义、结构主义、弗洛伊德主义、文化阐释学和生态学等多种方法，补充和发展马克思主义文艺理论，试图回答 20 世纪初以来发生的一系列重大的社会、文化和文学问题，在国际上产生了广泛的影响。这三大模式所形成的理论是对马克思主义创始人思想的继承和发展，并使马克思主义文艺理论跨越时空，具有了时间最长、队伍最为庞大的特点。近年来，我国已把国外马克思主义文艺理论纳入马克思主义文学理论的体系中，表明我们的研究已突破了单一的模式，呈现出多样化的格局，充分地体现出马克思主义文艺理论所具有的当代性和世界性的开放品格。

马克思主义文艺理论赋予我们世界文化的眼光，对于我们今天突破文本主义文论和形式主义文论的囿限，向社会、历史和人生开放，极大地拓展文艺研究的视域具有重大的意义。

二、批判性

马克思主义文艺理论的性质和功能是批判的，这从马克思和恩格斯思想和学术的成长道路，及其思想的基本内容和核心价值观可以体现出来，批判性是其理论最为重要的精神品格。

对前人思想的继承是建立思想体系的前提，没有批判、没有否定便不会走出他人思想的跑马场。马克思和恩格斯文艺思想的原创性是在扬弃中建立起来的，是在批判中成熟起来的。马克思曾经在康德和费希特（Fichte）的理想主义中汲取营养，写过不少充满幻想的诗，还写过渗透着理想主义的幽默小说和剧本，当他意识到"我的天国，我的艺术，同我的爱情变成了某种非常遥远的彼岸的东西。一切现实的东西都模糊了，而一切正在模糊的东西都失去了轮廓"[①]，纯粹理想主义客观上容易成为掩盖黑暗严酷现实的面纱，他则以批判的态度对待自己的作品，把存留的诗作付之一炬，转而在青年黑格尔派思想中寻求批判理论。然而，青年黑格尔派热衷于纯理论的批判，他们把政治问题和社会问题的解决转移到了精神领域，马克思和恩格斯不满于这种空谈作风，明确主张把理论的批判同实际斗争结合起来，甚至把两者"看作同一件事情"，最终因思想分歧而与之决裂，并在《1844 年经济学哲学手稿》和《神圣家族》中对其理论体系作了彻底的批判。费尔巴哈（Feuerbach）对黑格尔（Hegel）辩证法采取的严肃批判态度，深刻地影响了马克思和恩格斯，他们认为费尔巴哈是颠倒黑格尔体系做法的第一人，

---

① 《马克思恩格斯全集》第 40 卷，人民出版社 1982 年版，第 10 页。

他"完成了对宗教的批判，同时也巧妙地拟定了对黑格尔的思辨以及一切形而上学的批判的基本要点"①。但是，马克思和恩格斯发现费尔巴哈最终又回到了问题的起点，并没有真正地完成理论的超越。费尔巴哈批判宗教的异化，同时，他又认为"上帝的本质就是人的本质"，基督教的错误只是颠倒了本末，克服宗教异化的途径就是由崇拜神转变为崇拜人的本质，其核心即是爱。恩格斯嘲笑其人本学说为爱的宗教，"只是一个老调子，彼此相爱吧！不分性别，不分等级地互相拥抱吧，——大家和气一团地痛饮吧！"他们在《关于费尔巴哈的提纲》中作了彻底的清算。马克思和恩格斯思想成长的每一个阶段都是从崇拜者的观点出发，最终又结束和批判了他们的哲学，相继走出了理想主义、青年黑格尔主义和费尔巴哈派的影响，这与他们的批判思维有着极大的关系。花朵的怒放正是否定了花蕾，果实的结出也正是否定了花朵，马克思和恩格斯的思想在一次次的批判中破茧而出，最终形成了独立的理论体系。

马克思曾说自己理论的全部价值在于"按其本质来说，它是批判的和革命的"②。马克思和恩格斯的文学思想一言以蔽之为"批判的"，他们几乎所有的文章都体现了"批判"和"论战"的风格，贯穿着对各种非人的和非史的社会文化思潮和现象的批判。马克思的《评普鲁士最近的书报检查令》洋溢着对文化专制主义的批判，《1844 年经济学哲学手稿》充满对异化劳动中非人的生存状态的批判，《神圣家族》通过评论欧仁·苏的长篇小说《巴黎秘密》，批判青年黑格尔派的思辨哲学和基督教教义对人性的压抑、扭曲和戕害，《德意志意识形态》批判德国虚假和有害的意识形态，《卡尔·倍克"穷人之歌"》是对盛行一时的真正社会主义诗歌和理论的批判，在对拉萨尔、敏娜·考茨基和哈克奈斯等许多作家作品的批判中，观点鲜明，从不含混。马克思和恩格斯以批判的姿态与传统和同时代的哲学与文学划清界限，寻求与其他艺术哲学不同的角度来阐发其观点，在批判中建立起自己的文学思想，他们关于文学创作的原则、批评的标准和现实主义理论都是在批判中逐渐确立并走向成熟的。

---

① 《马克思恩格斯全集》第 42 卷，人民出版社 1979 年版，第 177 页。
② 《马克思恩格斯全集》第 42 卷，人民出版社 1979 年版，第 218 页。

马克思和恩格斯的现实主义理论成熟时期，已经是西方现实主义由盛及衰的时期，他们赞扬女作家哈克奈斯具有"现实主义的勇气"，就是对作家敢于在这样的时候标榜自己是现实主义者的高度肯定，这也是对自己文学立场和态度的公开表白。在他们看来，现实主义不是时尚的流行艺术，而是具有永恒的价值。马克思对现实主义的关注是从它作为19世纪的一种新的文学流派开始的，但是，他们没有把它局限在流派的理解层次上，而是从历史上伟大的作家作品中寻找共同的特点。在莎士比亚、巴尔扎克等经典作家的作品中，寻找现实主义的共同精神，从而使他们的现实主义理论超越流派的影响，独树一帜。他们一生主张现实主义，视批判精神为现实主义的灵魂，主张作家直面现实，关注和批判当代的现实问题，敢于为普通劳动者说话。从马克思主义创始人早期艺术实践中艺术旨趣的变化和相关的论述中，可以清楚地看到他们一直恪守的原则：艺术的批判精神旨在转变人的观念、改变社会现状，具有解放人的作用。

尽管一百多年来世界发生了许多变化，许多东西是马克思没有看到甚至没想到的，但时代的基本问题没有变，资本依然起着决定性的作用，人的异化及其贫富差距现象异常严重，这是世界工业化和现代化社会进程中遇到的全球性问题，威胁到每一个国家乃至整个人类的生存和发展。马克思对资本和异化人的批判精神，不仅没有过时，而且仍然是最尖锐、最彻底、最当代的精神资源。这一特点经过西方马克思主义的演绎和发展，得到了进一步的发展。

在"十七年文学"和"文革"时期，我们把马克思主义文艺理论的批判品格仅限于不同阶级和制度之间，并简单地将批判理解为暴力和冲突，把异化和悲剧等都归结于旧制度的问题，认为社会主义没有异化现象，更没有悲剧，遮蔽了马克思美学思想的完整意义。改革开放后，我们的一些艺术工作者远离生活，把文艺研究和文学创作仅仅当作赖以生存的职业，一味迎合市场需求，文学批评文章成为吹捧文。批判思维淡漠，带来了问题意识的缺失，原创性不足，复制化、批量化、拷贝化和克隆化现象日益严重。因此，马克思主义文艺理论的批判精神，对于我们重返文学的深度和本质具有重要的启示意义。

三、实践性

马克思和恩格斯清楚地表明，过去的哲学家只在于解释世界，而他们认为重要的是改变世界。"解释"与"改变"将马克思主义哲学与传统哲学区别开来，也将马克思主义文艺理论与其他艺术理论区别开来，实践性是其理论的精神品格。

过去在对马克思主义文艺理论实践性原则的解释中，我们常常把观念与实践对立起来，过分肯定"改造世界"，而否定"解释世界"，强调物质生产活动，而忽视精神生产。马克思认为自己的哲学和美学与"从天上到地上"的传统思想有着天壤之别，是"从地上升到了天上"，宣告了传统形而上学思维方式的终结。海德格尔（Heidegger）说："随着这一已经由卡尔·马克思完成了的对形而上学的颠倒，哲学达到了最极端的可能性，哲学进入了其终结阶段了。至于说人们现在还在努力尝试哲学思维，那只不过是谋求获得一种模仿性的复兴及其变种而已。"① 在两千多年的西方哲学史中，"人及其世界的问题"主要是以形而上学的方式思考的，即把理念世界视为现实世界的真理和根本，理念世界决定现象世界，马克思创立的直接面对感性现实的思考方式，把以往被头脚倒置的关系又颠倒了过来，完成了对形而上学"真正意义上的颠倒"，使形而上学建立在坚实的现实大地上，然而，他们并未消解形而上，也从未低估过精神的作用，信仰的作用。马克思在谈到人类掌握世界的方式中，其中三种就是精神的，共产主义社会就是对古代理想社会的回忆的改造，是以真正的人并以人的美的感觉程度为实现标准。

马克思立足于现实人的生存实际研究文艺，反对脱离历史、社会和现实生活研究"抽象的人"和"一般的人"，打破了传统形而上学理论对文学和美学抽象理解的思维定势。马克思提出了前资本主义的"人的依赖关系"、资本主义的"物的依赖关系"和共产主义的"自由个性"三形态说，人的自由、发展和解放是马克思考察问题的出发点和最终归宿，人的全面发展和美的生活是其理想，物质生产劳动与精神生产活动是这一理想实现的重要途

① ［德］海德格尔：《面向思的事情》，陈小文、孙周兴译，商务印书馆1993年版，第70页。

径，这与西方传统美学仅仅从精神领域研究人的解放不同。马克思反对的只是精神与物质相分离的玄思哲学，并"没有否定意识能动性、道德的能动性，而是视它们为实践活动的内在环节，认为意识能动性与道德能动性只有以实践活动为基础，并通过实践活动才能得到落实与实现。"① 因此，马克思主义文艺理论的实践性不是二元对立中的唯一性，忽视这一点，就会把马克思等同于马赫主义和庸俗唯物主义，这是不符合马克思主义创始人的观点的。

一切从现实出发，劳动创造了美，实践是马克思文艺思想的基本观点，但是，如果狭义地把实践仅仅理解为劳动，把劳动解释为美的本质、人的本质，就将马克思的美学思想与传统思想完全对立起来，也把马克思的美学思想局限于有形的物质生产活动，无法体现他们在传统之外开拓了更为广阔的全新领域的特质。马克思强调了劳动在人类美学历程中的作用，"五官感觉的形成是以往全部世界历史的产物"，人在劳动中创造了外在世界的美，也创造了主观世界的美，劳动作为实践活动是美产生的根本原因，也是人成为真正人的根本途径。马克思把艺术美与劳动结合起来，把感觉的是否丰富、全面视为人与世界的文明程度，这是美学领域的彻底革命。这一革命把劳动的美学意义提高到前所未有的高度，却并非走向排斥非物质劳动与美的关联的极端，而是把精神生产也视为实践的重要内容。马克思认为人与动物的片面劳动不同，人的实践活动具有全面性，是有意识、有目的、有创造性的过程，"囿于粗陋的实际需要只具有有限的意义"②，只满足于人的生存需要的劳动不是真正的劳动，人的片面发展，与社会分工引发的脑力劳动和体力劳动的分离有关，只有充分地体现人类自由和创造精神的劳动才是美的，创造美的有形的劳动过程是伴随着无形的精神生产活动展开的，因此，全面发展的人即是脑力劳动和体力劳动完美统一的人，这是人类的理想。在马克思看来，世界的一切活动是实践的过程及其结果，文学艺术活动虽然重在解释世界，但它在使人由异化的人、物质性的人提升为精神的人、审美的人方面具有重要的社会作用。艺术走出象牙之塔，反映现实、改造世界的历史使命，

① 贺来：《中国哲学、西方哲学、马克思主义哲学：价值信念层面的对话》，《新华文摘》2009年第3期。
② 《马克思恩格斯全集》第42卷，人民出版社1979年版，第129页。

是马克思主义文艺理论赋予文艺的独有品格，解释世界和改造世界都统一于文学实践活动之中。

马克思主义文艺理论的基本命题不是从传统理论中推演出来的，而是在关注文艺现象、分析作家作品的基础上抽象出来的。由文学批评上升为文学理论，文学理论又贴近和指导创作实际，这一特点的形成，与马克思和恩格斯身份的多重化有关，他们是理论家，同时也是作家和批评家。马克思和恩格斯具有丰富的创作体验，他们在青年时代，积极从事文学活动，创作过诗歌和歌剧，发表过一些揭露和抨击反动统治阶级和贵族僧侣的文艺作品。对文学的兴趣，使他们不仅注重研究文学史上各个时期重要作家的创作实际，而且还特别关注同时代作家的文学实践活动，与海涅、梅林等许多作家结下了终生的友谊，在密切的交往中及时了解和捕捉文学潮流的变化。感性经验的积累，为其理论研究奠定了坚实的基础，也使他们的理论从不拒绝感性，具有强烈的实践性。文学理论应该是在文学批评活动以及在与作家和读者的交流中产生和发展的。这种无障碍的沟通，在他们对《巴黎秘密》、《弗兰茨·冯·济金根》和《城市姑娘》等作品的评论中得以鲜明地展现。

当前我们的文艺理论研究中，传统多于现代，西方多于国内，纯理论多于文艺现象，理论家和批评家、作家相互隔离，许多理论家不熟悉也不屑于阅读当下的作品，缺乏对文学创作深入细致的感受、分析和理解，理论、批评和创作之间缺乏良性互动，制约着文艺的发展。历史已经进入全球化时代，我们面临许多重大的全新的现实问题，如通俗文艺、文化工业、后现代文化、全球化和生态等，需要我们面向现实、面向实践，马克思主义文艺理论的实践性品格对于文艺"三贴近"的推进和发展具有极大的启示意义。

马克思主义文艺理论博大精深，跨越时空，并随着时代的变迁而不断地发展着，然而，其精神品格始终没有改变。开放性、批判性和实践性融为一体的理论特征，是它区别于其他理论的鲜明标记，也是自身不断生长、壮大和充满活力的根本原因，这一重要的精神资源对于我们建设当代文艺、实现马克思主义文艺中国化都具有重要的意义。

（原载于《西北大学学报》（哲学社会科学版）2009 年第 39 卷第 2 期）

西方马克思主义艺术生产论异同辨

何志钧

西方马克思主义理论家远承马克思的艺术生产理论，针对他们所处时代的新的文化境遇对文艺生产问题进行了长期深入的探索，深化和细化了马克思主义经典著作中的艺术生产思想。他们的理论与经典马克思主义的艺术生产理论以其文论研究的生产视角、斩绝的社会文化批判气概、美学政治化诉求、审美救世情怀而显示出了明显的承传逻辑，又有许多新的变异和特色。适应新的时代语境和文化政治需要，西马理论家更重视精神异化、文化工业、文化霸权、阶级意识和抵抗政治等问题。基于技术理性盛行和日常生活空前审美化的新语境，部分西马学者（如本雅明、阿多诺）还自觉地从艺术文化与经济生产交融的角度对艺术生产问题做了新的论析。葛兰西、布莱希特、本雅明、伊格尔顿、威廉斯、阿尔都塞等人的艺术生产思想各有千秋，兹择数端加以辨析。

一、布莱希特：生产美学

提起西马艺术生产理论，人们往往首先会想到本雅明。实际上，这一传统远承马克思而肇始于布莱希特（Brecht）和葛兰西（Gramsci）。

布莱希特的史诗剧和陌生化理论非常明显地体现了他的"生产美学"诉求。而这一诉求又根源于他将文艺当作变革现实和进行社会政治革命手段的行动主义信念。他主张把现实主义作为斗争的方法，强调辩证法批判和变革社会的积极功能，认为辩证法的优越性在于把社会状况当作过程处理，注重考察社会生活的矛盾性。布莱希特非常自觉地运用唯物史观和辩证法观察分析社会问题，在《戏剧小工具篇》中他指出生产的高涨也引起了贫困的高涨，由此导致了社会的矛盾和变革。社会要发展就必须清除一切窒息生产的东西，戏剧的生命力恰在于与社会变革的洪流、投身于社会变革的人的联结上。他说，我们邀请观众到我们的剧院来，我们把世界呈现在他们的智慧和心灵前，以便让他们按自己的心愿改造这个世界。同时，戏剧必须投身于现实中去才有可能和有权利创造出效果卓著的现实的画面①。

正是基于这一思路，布莱希特一反卢卡奇把文艺仅仅视为外部世界反映的传统反映论文艺观，主张文艺也是一种生产，是对现实的介入，是变革生活的一种努力。在此生产与实践的意义是相通的。这也有助于理解布莱希特的史诗剧与亚里士多德的戏剧体戏剧的差异。布莱希特之所以坚决排斥共鸣和移情的亚里士多德戏剧传统，是因为感情共鸣是占统治地位美学的最基本的支柱，它钝化了大众的批判意识，加固了既定社会秩序永世长存、命运不可逆转的政治神话，维护了社会的虚假和谐。因此放弃感情融和，强调距离、冷静和批判性的审视对戏剧来说是一个巨大抉择。

其次，布莱希特的生产美学和视文艺为生产的观念与他对生产、科学、工人阶级的乐观信念息息相关。在此，生产与进步、幸福快乐、可能性有着内在的关联。在布莱希特看来，生产劳动是社会进步和人类幸福的根源，"在布莱希特的作品中，'生产力'蕴涵着更深刻的进步意义，并与生产活动相关"②。文艺也是一种生产是因为它把生产劳动当成主要娱乐源泉，文艺和生产力、科学一样是一种推进人类进步的强大力量，艺术家也隶属于不断推动生产力和社会进步的工人阶级。布莱希特对科学、工艺技术和机械装置高度重视，原因是他们可以用于改造社会，艺术所以是生产也部分地在于它根植于生产能力，有助于培养科学精神和增进人类的快乐幸福。他认为科学和艺术皆为轻松人类生活而存在，一个服务于生计，另一个服务于娱乐。在未来时代，艺术将要从新的生产劳动中汲取娱乐发展动力。这种对工人阶级生产品质的信念在日后的本雅明身上表现得更为明显。

再次，艺术之所以是一种生产，还在于它与**物质生产**具有相似的内在

① ［德］布莱希特：《布莱希特论戏剧》，丁扬忠等译，中国戏剧出版社1990年版，第13—14页。
② ［美］詹姆逊：《布莱希特与方法》，陈永国译，中国社会科学出版社1998年版，第200页。

结构。艺术技巧对艺术生产的重要性恰似劳动工具对物质生产的重要性。如同所有的物质生产，艺术生产也是一种集体性和民主性的活动。艺术家不是超尘脱俗的天才，而是整个社会生产的参与者。布莱希特将剧场视为"实验工场"的观念和马克思关于拉斐尔等人的艺术成就与艺术传统、社会组织、分工、国际交往密切相关的识见显然有相通之处，与本雅明、马歇雷对欧洲个人天才创造美学的无情批判也息息相通。

葛兰西的实践一元论哲学、文化霸权理论在对文艺政治实践性的强调上也与布莱希特有触类旁通之处。较之布莱希特，葛兰西没有对艺术生产问题进行系统论述，他主要是出于建设新型的社会主义文化、民族—人民文学和赢得文化领导权的目的关注艺术生产问题的，把文艺活动与无产阶级革命、民族—人民新文化建设、确立无产阶级新型文化领导权的斗争联系在一起通盘考虑是葛兰西文艺理论的要义所在。在他看来，任何一个社会的统治阶级不仅在政治、经济领域实施统治，而且也通过文化的利导和同化，在文化实践中夺取和确立领导权。而文学艺术领域正是各种文化、各种对立的世界观激烈冲突、斗争的领域，因此必须借助"战斗的批评"，摧毁旧有的文化霸权，逐步建立新的"民族—人民"的文学，为确立新型的文化领导权鸣锣开道。这种新型文学作为"世俗宗教"，也隐含和再生产着某种道德、生活方式、个人与社会的行动准则。[①] 但葛兰西与布莱希特各自的理论又有很大不同。布莱希特的探索从一开始就具有一种普世的视野和普世的文化意识，而葛兰西则完全注目于意大利的民族文化传统，着目于意大利现实，带有强烈的民族意识和现实感。

二、本雅明：机械复制时代的艺术政治学

瓦尔特·本雅明（Walter Benjamin）对艺术生产问题的纵深化思考除了得益于马克思的生产方式理论外，还得益于布莱希特的史诗剧实践。和布莱希特一样，本雅明也视文学为社会生产的重要组成部分，视作家为生产者，也奉行艺术政治化的取向。和布莱希特高度重视戏剧的工艺技术一样，本雅

---

① ［意］葛兰西：《论文学》，吕同六译，人民文学出版社 1983 年版，第 2—3 页。

明也强调艺术对技术的依赖性，认为艺术技巧深刻影响着政治倾向的表达和艺术质量的实现。和布莱希特强调要对技术作功能置换一样，本雅明在《作为生产者的作家》和《机械复制时代的艺术品》中不仅要求艺术家运用先进的技术服务于进步的政治目标，而且要求进步作家对旧有艺术手段进行功能置换。与布莱希特把共鸣和间离效应相对立类似，本雅明也把光晕（Aura）与震惊效应、有韵艺术与机械复制艺术对举。他认为与光晕相应的是静观、体悟的心境和怡然陶醉的超功利态度。随着光晕和膜拜价值的消失，一种新的审美旨趣和效应——震惊应运而生，与震惊相应的则是主体心灵的骚动不安。

但本雅明也极大地推进了布莱希特的生产美学。这种推进表现在两个方面：一是使布莱希特的思想得到了有力的落实，清晰地阐述了艺术何以是及如何才会是社会生产的一部分，艺术家如何使自己的创作体现艺术的生产性和变革社会的实践性，使艺术生产理论变得更有可操作性了。二是细化和深化了布莱希特倡导的生产美学观，其艺术生产理论更显系统化，比布莱希特的理论更为精深。1934 年，本雅明在《作为生产者的作家》这一著名演讲中把艺术家的创作看作是一种生产，把艺术家的创作技巧视为艺术生产力。把艺术生产力与艺术生产关系的矛盾运动视为艺术发展的动力，这一理论明显是在比附马克思的生产方式理论，它虽失之教条、僵硬，却毕竟首次深入思考了技术对文学政治倾向性的作用、作品在生产关系中有何作为等问题。在随后的《机械复制时代的艺术作品》中，本雅明以电影为例淋漓尽致地论析了复制技术的革命性，他指出 19 世纪末以来机械复制技术的大量应用改变了艺术生产与消费的性质，使艺术走向了大众，由少数人的专利品、垄断物变成了大众的共享品。而且，复制技术深刻影响了艺术和审美的范型，重构了艺术和审美的理念，使将艺术神学改造为艺术政治学成为可能，"艺术作品的可机械复制性在世界历史上第一次把艺术品从它对礼仪的寄生中解放了出来。……艺术的整个社会功能就得到了改变。它不再建立在礼仪的根基上，而是建立在另一种实践上，即建立在政治的根基上。"[1]

本雅明艺术生产思想的形成还有时势的原因。离开本雅明生活时代，法

---

[1]　[德] 瓦尔特·本雅明：《机械复制时代的艺术作品》，王才勇译，中国城市出版社 2002 年版，第 17 页。

西斯主义将政治美学化的严峻局势和本雅明这一时期美学政治化的总的思想取向是无法确切理解这一理论的。因此，本雅明与布莱希特在艺术生产问题上也有着不小的差异。这首先在于二者的问题意识和关注焦点不同。布莱希特更关注对工人阶级阶级意识的维护和批判意识的激发，其目标更具有长远性，其论述针对的是旧传统和旧秩序，并无具体针对性和确指性。他更多通过对戏剧领域变革的关注实现其艺术干预现实改善人生的抱负。而本雅明倡导美学政治化、艺术政治化的根本用意在于消解和抵制法西斯主义的政治美学化，现实感非常强烈。而且他的关注目光不仅仅局限于艺术领域而是波及了整个文化和社会。他举电影为例论述机械复制时代的艺术问题还是意在社会政治，意在考察物质技术手段对现代艺术生产和艺术家与公众关系的影响。其次，他对技术的态度比布莱希特更为辩证，思考更为深入。布莱希特实际上也已看到技术令人恐惧的另一面，但他对技术所持的态度总体说还是相当乐观的。技术同样是本雅明艺术生产论的中心概念，本雅明强调艺术生产对物质技术手段的依赖性，强调技术本身所具有的解放潜能，这与布莱希特是一致的。但他也看到了技术发展的历史悖论，看到了传统艺术的"韵味"、"现时现地性"在当代的失落、"传统的大崩溃"。他对技术的态度是非常辩证公允的。尽管他怀恋传统艺术的"光晕"，觉得传统艺术的独一无二性、距离美感、独有的诗韵渐行渐远，但他还是积极地展望现代艺术的新的可能，认为机械复制使艺术品不再是少数人的专利，得以走向大众，使艺术获得了现实活力。在《机械复制时代的艺术品》中，本雅明还以他特有的复杂深邃的辩证眼光警告世人技术并不具有必然的进步性，对技术既可以积极地加以利用，用于推动社会变革和文化进步，也可以用它来维护既定的反动统治。

本雅明的艺术生产论固然有唯技术论之嫌，但也对艺术与经济、技术的关系作了别开生面的极富启发性的阐述，这一研究思路不仅与阿尔都塞、马谢雷等的意识形态生产的文学生产论迥乎不同，而且与布莱希特、伊格尔顿的有关理论也不尽相同。

三、阿尔都塞、马谢雷：意识形态的生产

与布莱希特、本雅明的物质技术——经济政治视角不同，阿尔都塞

(Althusser)、马谢雷（Pierre Macherey）的文学生产论更多着眼于文学生产与意识形态的关系，坚持文学是对意识形态的生产。这一观点的形成至少是由于两个原因。一则，阿尔都塞划分出了社会实践的不同领域：生产实践、政治实践、意识形态实践和理论实践。他认为实践即生产，即运用一定的生产资料把某种原料加工成产品的过程。人类的一切思想和理性活动都是实践，也是生产，文学当然也是一种对意识形态的生产。这种见解尤其明显地表现在阿尔都塞的《意识形态和意识形态的国家机器》一文中。再则，阿尔都塞高度重视意识形态问题，在他看来意识形态是人与世界建立关系的中介和途径，"是人类对人类真实生存条件的真实关系和想象关系的多元决定的统一"①。文学当然也总是产生于和浸润于意识形态氛围中，而且意识形态构成了文学生产的基本加工对象。

阿尔都塞的意识形态生产理论本身也经历了发展变化。阿尔都塞早期从科学与意识形态对立的理性主义立场出发强调艺术处于科学和意识形态之间，是与后二者若即若离的一种活动。当艺术屈服于平庸时它就滑入意识形态的深渊，当它拒绝堕落追随崇高时就飞向科学的天宇。在此，阿尔都塞对艺术寄予了厚望，在他看来艺术和艺术生产有其独特性，它既与意识形态不完全一致，也与科学知识大为不同。同时艺术既疏离于意识形态，又暗指着意识形态，艺术生产的任务也恰在于帮助人们窥见意识形态的真相，确立对社会和个人存在状况的科学认识。

晚期阿尔都塞不再过多强调科学与意识形态的对立，而是更多强调意识形态的社会实践功能。阿尔都塞早在《保卫马克思》中即已指出在意识形态中实践的和社会的职能压倒理论的职能或认识的功能。在《意识形态和意识形态国家机器》中，阿尔都塞更重视意识形态存在的物质性和实体性。他指出每一个社会要得以延续都要再生产其生产条件，这不仅仅是一个生产力的再生产问题，因为"劳动力的再生产需要的不仅是其技术的再生产，同时，还有劳动力对既有秩序规则的顺从的再生产，即工人对主导意识形态的顺从之再生产，以及为剥削、压迫的代理人正确地使用主导意识形态的能力的再生产，以便他们也将能够'用语言'规定统治阶级的统

---

① 　[法] 路易·阿尔都塞：《保卫马克思》，顾良译，商务印书馆 1984 年版，第 203 页。

治"①。与强制性国家机器不同，教会、家庭、教育机构、法律机构、媒体等意识形态国家机器以非暴力的意识形态的方式发挥作用，进行生产关系的再生产，由此文艺的意识形态的生产与物质生产在机制上和内在逻辑上具有了相通性。

马谢雷是阿尔都塞思想的忠实的继承者，他的文学生产论建立在早期阿尔都塞思想的基础之上。和阿尔都塞一样，马谢雷也认为文学是对意识形态的生产。但他的理论并不是阿尔都塞理论的简单翻版，在许多方面，他拓展了阿尔都塞的意识形态生产观。和阿尔都塞一样，他也强调文学和意识形态的离心关系，认为文学对意识形态的加工不是一种简单的反映，但和阿尔都塞相比，他对文学与意识形态关系的复杂性有着更深入的理解。和卢卡奇、戈德曼近乎机械的反映论、同构论思想相比，他的观点更为辩证，更显合情合理。马谢雷基于劳动的材料不同于产品的观点，强调文学作品作为对意识形态原料的加工与意识形态既密切相关又有质的不同。他指出文学作品是由它的不完整性来说明的，"在文学文本中，意识形态被从一种有意识的状态打碎、变换和消解……作品确实是由它与意识形态的关系设定的，但这种关系不是一种类比关系（例如不是一种复制），作品与意识形态总是或多或少地处于矛盾状态。作品既对立于意识形态又来源于意识形态。……文学通过使用意识形态而来挑战它"②。马谢雷秉承了本雅明、布莱希特以来强调文学生产性的艺术生产论传统，对生产与创造作了细致辨析。他认为视作家为创造者的观念根源于反动的人本主义意识形态，我们必须把属人特性还给人，因此生产才是值得提倡的科学概念。作家并不是全能的创造者，文学也并不是一种创造活动，相反，文学是一种生产活动③。这和本雅明认为生活属于创造的领域，而艺术属于生成的领域，坚持艺术乃是一种生产，以形而下的技术概念取代德国传统美学的精神概念有着神似之处。

---

① [法]路易·阿尔都塞：《意识形态和意识形态国家机器（一项研究的笔记）》，载《图绘意识形态》，斯拉沃热·齐泽克、泰奥德·阿多尔诺等著，方杰译，南京大学出版社 2002 年版，第 137 页。

② Pierre Macherey, *A Theory of Literary Production*. trans. Geoffery Wall. London, Henley and Boston: Routledge & Kegan Paul, 1978, pp. 133, 66-67.

③ Pierre Macherey, *A Theory of Literary Production*. trans. Geoffery Wall. London, Henley and Boston: Routledge & Kegan Paul, 1978, pp. 133, 66-67.

马谢雷的艺术生产论以其科学主义的追求而区别于布莱希特和本雅明艺术生产思想的行动主义的激进诉求和切入具体社会语境的现实感。马谢雷虽也认为文学与意识形态具有离心关系，认为文艺能够昭显意识形态的真相和不足，但他并不认为文艺真的能颠覆意识形态。他建构艺术生产理论的目的也主要不在于推进政治实践。马谢雷有感于马克思主义没有系统的文学批评理论，试图以阿尔都塞的结构主义认识论为指导建立一种科学的批评理论。马谢雷清醒地强调必须同时警惕作者中心论和读者中心论两种极端化见解，既不能重蹈创造者的神话，也不能走向另一极端，以公众的神话取代创造者的神话。相反，我们应当高度重视文学生产本身的机制。他强调文学生产是运用文学手段对意识形态原料所进行的加工，不能无视作为文学生产重要手段之一的文学语言的特殊功能。

四、伊格尔顿：文化生产论

与马谢雷基于早期阿尔都塞思想建构自己的文学生产论不同，伊格尔顿（Terry Eagleton）更多得益于晚期阿尔都塞的意识形态思想。作为西马艺术生产理论的集大成者，伊格尔顿对弗洛伊德、阿尔都塞、布莱希特、本雅明、威廉斯、马谢雷等诸家理论均有吸纳，他的文化生产理论就是在兼取诸家理论基础上融会贯通而成的。伊格尔顿早期师从雷蒙德·威廉斯，采纳了威廉斯的"文化与社会"问题框架，之后他一度受阿尔都塞关于意识形态国家机器的论述和对艺术与意识形态的结构关联的探索的启发，强调了艺术兼具精神性和物质实体性的双重形态。布莱希特和本雅明对于文学生产物质技术性和社会性的强调也引发了他对如何"把作品以一种生产方式来分析与把它当作一种经验方式来分析这两者"[1] 有机结合起来的深思。他与马谢雷在强调艺术生产的特殊机制上和文学与意识形态关系的复杂性上也颇多神会。

与马谢雷类似，伊格尔顿也探讨了文学与意识形态的复杂关联。强调了艺术意识形态生产的特殊性和能动性，反对从反映论立场看待文学与意识

---

① ［英］伊格尔顿：《马克思主义与文学批评》，文宝译，人民文学出版社1980年版，第80页。

形态的关系。他认为艺术生产不可能疏离于意识形态之外，文艺生产必然同时是审美意识形态的生产，即用审美形式对意识形态进行的加工，由此意识形态和审美形式必然产生双向互渗的复杂关系。但与马歇雷不同，伊格尔顿反对传统的意识形态内容／美学形式的简单二分法，指出美学的形式也具有意识形态性，但文学文本、审美形式与一般意识形态并非一一对应的关系，文学文本、审美形式作为审美意识形态一方面具有意识形态性，另一方面又往往溢出和超越意识形态话语。与马歇雷超然的科学批评不同，伊格尔顿的意识形态生产理论始终洋溢着政治批评热情。

　　伊格尔顿的审美意识形态生产理论是一种典型的文化生产理论。伊格尔顿的思想虽一直处于快速的发展变化中，但无论早期还是晚期，他的思想都未脱离文化生产的研究范式。他以文化生产的理念为基，把一般生产方式、文学生产方式、一般意识形态、审美意识形态、作者意识形态、文本等众多范畴联结在了一起，构成了一个息息相关、相互表征的网状系统。伊格尔顿力图揭示的作家、文本、意识形态、一般生产方式相互再生产的复杂交互关系和具体状况。较之本雅明，伊格尔顿对艺术生产活动的复杂状况和独特性有着深刻的理解，他没有把"文学生产方式"和一般生产方式简单地对应起来，而是强调文学生产方式以一般生产方式为基础，以意识形态为中介层。"文学生产方式"是一种具有自身独特性的生产方式，是文学生产力和社会关系在特定社会组合形态中的统一。① 作者意识形态作为艺术生产的中枢，既与一般意识形态息息相通，又与之有着完全同构、部分同构和部分矛盾、相互对立三种复杂关系。而文本意识形态又不能简单说成是作者意识形态的"表现"，它是对一般意识形态审美加工的产物。在1990年出版的《审美意识形态》一书中，他把欧洲美学理论发展历史、现代性文化、艺术与审美与社会意识形态联系在一起考察，昭显了"美学"科学的意识形态本性、审美的意识形态功能、审美文化与社会生产方式的内在逻辑关系。同时他也强调审美并不是消极、受动的意识形态的附庸。相反，审美常常以叛逆的姿态突破意识形态的束缚。

（原载于《文学评论》2009 年第 3 期）

---

① Terry Eagleton, *Criticism and Ideology*, Verso, 1976, p.45.

转义修辞：一种现代性修辞观念的
兴起及它的理论意义

谭善明

转义最初是指语言中有别于正常表达的辞格，后来人们通过改变词语的原有意义，临时赋予它们新的含义而形成转义。这种用法伴随着柏拉图对修辞学欺骗人、迷惑人的严厉批判而逐渐被认为是语词的误用。直到 20 世纪，转义的合法地位才得以确立，转义修辞观念也渗透到当代文化的各个领域。这种修辞观念认为，任何话语的生成都是以审美的方式对本义的超越、反对和颠覆，在解构一种认知观念的同时，也建构了新的认知观念，这些都是在修辞式的艺术中完成的。

一、转义修辞观念形成的哲学基础

修辞学曾由于在话语中不断地制造偏离，使得它那难以控制的话语转义行为被理性主义视为异己，这使得修辞学一直举步维艰。但是当人们对知识的理解发生了变化之后，转义又逐渐被视为话语乃至知识的基础。在《人类理解论》中，洛克指出，知识是我们的心灵对两个观念之间的相符或违背所产生的知觉，但是这并不意味着我们就轻易地得到确定无疑的知识，因为，观念不是天赋的，是人在心中构建出来的，并且还要通过语言才能向别人表达出来。情况经常是，观念与事物的本质、词语与观念及事物的本质是不相符合的，而且每个人在不同语境下对某一事物所产生的观念或所使用的词语，都会是不同的。这些在当初都是需要严格规范和纠正的，但是人们逐渐认识到这种同一性的追求永远是虚妄的。知识中无法摆脱的矛盾，引发人们对知识的深入思考：观念上的差异性、语言上的转义行为难道不是一种正常情况吗？我们每次在说出一个词语时，都是指当下关注的某一事物，而绝不是指这一事物的抽象观念本身。

转义的合法地位在这种质疑声中逐渐得以重新确立。修辞学在经历了长期的压抑之后，突然成为一种革命性的力量，在20世纪的文学、哲学、历史学、社会学等领域中大显身手，它通过在话语中的建构和解构作用，以一种审美的冲动不断打破、翻新主观性的"真理"，这正得益于转义修辞观念的确立，首先自然是尼采的思想促进了这场声势浩大的运动。

尼采的修辞学思想深深影响了20世纪人类思想的各个领域，转义修辞观念正是其中最重要的部分。他对修辞学的明确论述，存于1872—1873年冬季他在巴塞尔大学任语文学教授时开设的修辞学课程的笔记中。尼采认为修辞的力量正是体现在转义中，也正是通过转义尼采对根深蒂固的形而上学传统进行了批判。他的看法可以表述为：语言是修辞，修辞的主要手段是转义，一切词语都是转义。尼采认为，语言不可能直接意指，即真正的本义表达是不存在的，语言本身"全然是修辞艺术的产物"，因而语言中只有转义，没有纯粹的本义，那些被认为与事物完全一致的词语，只是因为其修辞性"偕着时日逝去而渐趋模糊"，"语言决不会完整地表示某物，只是展呈某类它觉得突出的特征"。① 尼采在这里是将转义作为语言中的正常情况，并不是派生或畸变的一种形式，"从审美角度来讲，转义不应理解为一种装饰，而从语义学角度来讲，也不应理解为一个从固有本义命名中衍生出来的引申意义"②。尼采的不同之处在于，他不仅是从语言的形式或使用技巧上来为转义辩护，他还要进行认识论上的革新，要对盘踞在我们头顶上的"真理"全面审查。从转义到真理，尼采揭露出了认识论上的巨大谎言，即真理都是以转义的方式生成的，是修辞的结果。

转义正是通过不停地制造差异，以感性的直接性和主观的任意性，将语言变成修辞艺术活动的场所。在《超善恶》、《权力意志》等著作中，尼采从转义出发，通过修辞学的"倒置"或"替代"颠覆传统的形而上学的同一

---

① ［德］尼采：《古修辞学描述》，屠友祥译，上海人民出版社2001年版，第20页。
② ［美］德曼：《解构之图》，李自修译，中国社会科学出版社1998年版，第146页。

性、因果关系、主客体以及真理等概念体系。这种修辞学模式也因转义在话语中的运作而更加具有审美意味，因为转义无论是在修辞格的意义上，还是在话语中能指变换游戏的意义上，都是一种文学式的对现实的虚构性描绘，真理其实是文学性的谎言通过修辞学的强势论证而固定下来的转义。而修辞学若是想避免从审美陷入认知，必须不断以一种转义反对另一种转义，它只能在自我毁灭中点燃重新战斗的力量。这是尼采留给后人的巨大思想财富。

二、转义修辞观念形成的语言学基础

转义修辞观念的兴起同时得益于语言学的转向。这一转向可以追溯到现代语言学的鼻祖索绪尔那里。他对能指和所指进行区分，将语言符号的指称看作是任意的和约定的，这就否定了词语与事物之间的本质符合论，一方面从结构上规定了语言表达的可能性，另一方面也为语词的转换提供了开放性。他在《关于成立修辞学教研室的报告》中表达了他对修辞学的具体看法。[1] 他认为修辞学的目的不是确定忠实表达思想的规范和准则，而是对观察到的现象加以概括，提出一个适用于各种语言的总理论。这一区分将纯粹属于个人的表达技巧排除在修辞之外，修辞学所关注的是语言的表达手段在何种程度上遵从习惯，这些手段从而有着稳定的社会性。语言学的研究领域分为两部分，一部分接近语言，是消极的储备，另一部分则接近言语，是一种积极的能量。前者是对语言内部静态的结构规律的研究，后者是对言语事实进行客观的、系统的归纳总结，这属于修辞学的范围。修辞学虽然是从个体性、差异性入手，但最终要将言语规律、言语结构和言语表达效果进行系统化，总之，它是服从于整个结构主义的宏伟蓝图的。

这种观点深深影响了形式主义和结构主义文论对修辞的看法，当修辞与结构或系统联系在一起的时候，不可避免地采用了语法研究的思路，一种理性的分析和综合使创造性的转义成为可以衡量的语音、词汇、语句等方面的偏离。只要谨慎地对待这种理性主义的倾向，结构主义所揭示的转义现象，就可以为研究文学修辞中的特殊语言活动提供一种参照。结构主义的发

---

① ［瑞士］索绪尔：《关于成立修辞学教研室的报告》，《修辞学习》1992 年第 3 期。

展后来在砸碎"能指—所指"的锁链，在一个多元的、变动的话语世界中为修辞力量的发挥提供了新的契机。而索绪尔所强调的能指与所指之间结合的任意性和约定性被突出出来，而且与话语理论相结合后，形成了解构性的力量，能指被无限延伸，而所指则被搁置。当代西方文论中的修辞观正是直接受益于这一语言学转向。

但是，巴赫金认为以索绪尔为代表的语言学实际上研究的都是脱离语境的孤立的"独白"，这样的研究只要求读者去被动地解读话语而不是与之形成主动的对话关系。他认为修辞学研究的不是抽象的语法范畴构成的体系，而是带有具体意见、体现在对话交往中的话语，是整体语言与个体语言在历史性、社会性条件下表现出来的特殊的话语形象。这代表了语言转向中修辞研究的另一条路线：对话性、差异性、不可完成性的话语理论，使修辞学开始正视话语中的转义行为，并把这种转义认作是审美活动的必备条件。

按照巴赫金的修辞理论，无论是日常生活中的言说者还是文学活动中的行动者，从来不会面对抽象的语言，他们总是在同具体的、有一定取向的话语打交道。修辞的转义特性不仅体现在话语形式上，更主要的是与话语取向相结合，也就是与话语的"说服力"密切相连。这样，话语实践或话语行动这一被修辞学长期抛弃的重要部分，又被重新纳入修辞学的框架，但是与其古希腊传统相比，这种转义修辞观不再主要与伦理学相关，它在知识体系中更多地与意识形态、审美相伴随，它不是对现实的直接参与，而是在话语中影响、改变人们的感受、意见或认识。转义行为本身成为修辞学关注的焦点。

因为任何具体的语言，都会因社会历史的原因而呈现出特殊性，转义的发生就与这样活生生的语言活动密切相关，它为话语所提供的形象色彩和感情色彩也因此带上了时代的特征。修辞研究不能局限于语言自身，要考虑到话语的外部指向。巴赫金在谈到语言时指出："词生活在自身之外，生活在对事物的真实指向中。假如我们彻底地从这一指向里抽象出来，那末我们手中就只剩下词的赤裸裸的尸体了；凭这具尸体，我们丝毫也不能了解词的社会地位和它的一生命运。在语言的自身中研究语言，忽视它身外的指向，是没有任何意义的，正如研究心理感受却离开这感受所指的现实，离开决定了这一感受的现实。"① 这种指向事物的语词正是话语修辞研究的对象，并且由于社会变迁，语词的含义不是一成不变的，而是要依据具体的语境、结合特定的话语才能具有实在的生命。所以转义的发生是语言活动的必然事件，它保障了语言的丰富性和生动性。转义的特殊性还在于，它将具体的社会语境融入话语修辞的内在结构，在话语内部实现了实践指向或认知指向的艺术加工，以审美的形式传达了社会化的声音。只有这样，话语修辞才能始终具有鲜活的生命力，审美地建构着我们所面对的世界。

三、现代西方文论中的转义修辞观

转义修辞的重要性在后结构主义理论中表现得尤为突出。

巴特的文论中所体现出来的修辞思想不仅受到尼采的影响，其浓厚的结构主义特征是 20 世纪语言学转向的显著表现之一。巴特将意识形态的自然性看成是修辞性的意指和润饰过程，作为转义的含蓄意指既破坏着陈规旧套的意识形态，又处在通往意识形态的途中，而只有"可写"之文才会在替代、转换的无尽的能指游戏中维持"醉"。修辞可以通过巧妙的话语编织而赋予意识形态自然化的效果，在无意识中使自己的声音侵入人们毫无防备的观念之中，如此，修辞便成为意识形态的帮凶，试图消弭存在差异的不同意见，在通向认知化的道路上大显身手。但是另一方面，在文本的某一断裂处，修辞却通过转义暴露了意识形态的秘密，它在话语中进行着穿插、翻转、替换等游戏，使一个看似平息的话语改造工程分崩离析，审美愉悦就在意识形态的倾覆过程中显露出来。于是，转义修辞作为文本第二层次的能指，不停地以能指替代能指，以"新物"更换"陈规旧套"，"种种替代，不论其范围与样式如何，皆属转义"②。这种转义活动将重心放在"悦"（或"醉"）的产生上，而不是要形成稳固的意识形态，所以通过"逆常之见"（paradoxa）去砸碎"意见"（doxa），使话语修辞为审美活动的不断展开开辟了道路。

① ［俄］巴赫金：《巴赫金全集》第 3 卷，钱中文译，河北教育出版社 1998 年版，第 73 页。
② 屠友祥：《转义：意识形态的运作手段》，见《古修辞学描述》（外一种），上海人民出版社 2001 年版，第 168 页。

这样，巴特将文本视为一个不断生成之物，转义活动往复不已，文本由传统的可读的文本变为可写的文本：没有固定不变的本义，每一次新的阅读都可能带来对惯常理解的破除，新的转义在话语的运作中宣布了本义的虚构属性，自己却重蹈覆辙。但是文本总是期待着新的阅读，当修辞所造成的差异使意识形态解体，文本的审美价值才得以实现。因此，"艺术家本身的全部工作就是为了毁坏艺术"①，转义修辞以非辩证的方式拆散逐渐滑向同一性的纵聚合体——修辞与意识形态的同谋。

福柯也注意到转义修辞与意识形态的关系。他认为我们所面对的现实，是在话语中进行修辞建构的结果，真理是通过话语权力的掌握而发挥作用的。他和尼采一样，不是把真理当作谬误的对立面去寻找，而是考察真理是如何通过话语修辞而被赋予价值，以至于把我们置于其绝对控制之下的。尼采认为一切语言都是修辞，福柯则进一步认为一切语言都是强喻：在对话语进行细致分析以后可以看到，"词与事物从表面看来如此紧密的结合松懈了，并且话语实践所特有的规则整体显露了"②。能指与所指的铆合是修辞与权力的合谋，而不是依靠某种自然性的联系被放在一起的。这表明，转义行为没有必然性，话语需要修辞的伪装才显出合理性。

德里达的解构主义也通过对话语或观念中的转义修辞方法的分析，来破坏顽固的逻各斯中心主义。他将延异看作生命的本质，起源或中心都不存在，"无限替补必然成倍增加替补的中介，这种中介造成了它们所推迟的意义"，在场是虚幻的，一切东西都是从间接性开始。③文本中也不存在统一性或固定不变的意义中心。文本的这种本质真空，从另一面说，就是语言修辞化的必然结果。语言中心主义在修辞面前被颠覆，语言中的终极本质意义现在被拆解为一种非逻辑的、非科学的修辞性表述。"修辞使得语言与表述对象形成了一种虚拟的和想象的关系，一切'真实的'、'确定的'联系在'隐喻'中被遮蔽乃至埋葬掉了。"④

文学是转义行为非常集中的领域，很多学者致力于文学修辞的研究。

---

① ［法］巴特：《文之悦》，屠友祥译，上海人民出版社 2002 年版，第 66 页。
② ［法］福柯：《知识考古学》，谢强、马月译，三联书店 1998 年版，第 62 页。
③ ［法］德里达：《论文字学》，汪家堂译，上海译文出版社 1999 年版，第 228 页。
④ 丰林：《语言革命与当代西方文本理论》，《天津社会科学》1998 年第 4 期。

德曼将文学活动中修辞的认知特性与审美特性结合起来进行考察。他继承并发展了尼采的修辞理论，将修辞看作是语言本身必不可少的本质，文学批评就是以转义的方式从文本中"误读"出多种模糊不定的意义。他认为文学语言的关键特质实际上是比喻性，修辞不仅远远不是进行文学研究的客观基础，而且它恰恰意味着误读的可能永远存在。任何批评或阅读所声称的"正确"理解都是自欺欺人的，同德里达和巴特一样，德曼认为与文本相遇之际，转义就立刻发生了，永远是偏离和替代，没有整体也没有中心。修辞性使文本不可能具有完整清晰的结构和意义，动摇了语法对文本稳定性的保障，从而开辟了令人眩晕的指涉偏误的可能性。"修辞学从根本上中止了逻辑"，德曼看到了转义的破坏性力量，它也是文学的本质，"我却会毫不犹豫地把语言修辞学的修辞潜在性，同文学自身等同起来"，[①] 不断生成中的文学文本，正是在进行着修辞解构的文本。

解构主义对修辞学的强调是与文学批评和阅读分不开的。这种批评方法不再将修辞看作是对语言的修饰和美化，而是看成对意义的模糊和消解。话语修辞的双向运作，福柯取其一端，研究真理和权力如何在修辞的支持下发挥作用，即意义如何被抽象出来；解构主义者取其另一端，强调转义对文本秩序的瓦解，致使意义漂流不定。不过他们都没有局限于某一方面，米勒就指出，修辞性的解构批评"非但不把文本还原为支离破碎的片断，反而不可避免地将以另一种方式建构它所解构的东西。它在破坏的同时又在建造"[②]。解构批评不仅打破了追求统一性的神话，也预见了自己的有限性——尼采所谓的承认自己在撒谎的谎言，一次新的阅读便以谎言揭露了谎言。修辞，不再是作者在话语中构成美妙言辞的表达手段，而是读者在文本中瓦解话语、破坏意义的有力武器。

因而读者在修辞中的重要性日益显著。在解构主义之外，布斯开创的小说修辞学传统，将接受者的作用纳入到作者对叙事的控制过程。在叙事研究中，修辞逐渐取代语法，写作或阅读被看作是作者、叙事者、读者等多方面的互动过程，不确定性和多元共存依然被认为是文本的本质，转义是文学

①　[美] 德曼：《解构之图》，李自修译，中国社会科学出版社 1998 年版，第 58 页。

②　[美] 米勒：《重申解构主义》，郭英剑译，中国社会科学出版社 1998 年版，第 131 页。

意义的活力之源。

四、转义修辞的理论价值

综上所述，转义修辞观念正体现了当代文化的特殊性，那就是话语中心的游走。修辞现在作为一种解构性的力量加入了审美与认知的较量，在对真理和权力的反叛中，修辞既是因又是果：作为因，它在直觉中创造变换无定的转义以复活所有枯萎了的幻象；作为果，它在快乐中展示自命为谎言的真理，这就是自愿撒谎的审美幻象，这种快乐也就是一种艺术快乐。转义修辞所带来的审美幻象，更是文学自身所具有的，我们只有在虚构中才能体验到审美的快乐，但是审美滑向认知又吞噬这种快乐。另一方面，话语修辞不断地为文本提供转义，并以审美的力量对认知进行改造，这又使快乐得以延续。审美与认知的统一实际上就是话语运作和说服力的统一，话语修辞就是以这样的统一通过转义不停地编织新的可能性，并无情地否定和抛弃过时的本义（或沦为本义的转义）。这也保证了文学作品的活力：每一次创作/阅读都是一个完整的修辞过程，每一次表达/理解都给文本注入了新的形象，转义产生之际，就是一种认知对另一种认知的反抗，也就是新一轮审美过程开始之时。

转义修辞观念从许多方面改变了人们的观念以及知识体系，它为修辞研究、文学研究提供了一种动态的视角。可以从两个方面来认识转义修辞所带来的理论价值：第一，转义修辞的美学价值；第二，转义修辞的认知价值。审美和认知是转义修辞中不可分割的两个方面。

第一，审美方面的价值。

众所周知，有些修辞活动发生在语言的正常表达中，它们更多的只是涉及语言形式层面的使用，首先是追求语言本身的完美通畅，以便有效地传达意义。修辞的一个基本功能是保障语词使用的规范、语言表达的通顺以及篇章布局的合理，它可以有效地避免语言搭配上的、结构上的、逻辑上的失误，以实现语言表达的正确性和准确性。修辞参与话语建构活动，还有另外一个重要方面，那就是语言的转义使用：积极地利用各种修辞手段，从语言的形象性和说服力等方面入手，增强话语的表达效果。修辞的转义过程，可能是运用比喻、拟人等辞格加强语言的可感受性，也可能是通过对语言规范用法或日常用法的突破，以一种新颖独特的语言用法，引导人们更多地关注语言的形式。在这样的话语修辞过程中，语言表达不仅给人带来审美体验，也影响了人们的情感和理智，修辞的说服作用通过审美的方式发挥出来了。

这正体现出转义修辞的美学价值。话语修辞中的这种转义行为应该是修辞美学所要着重研究的对象。从转义的角度来看，话语修辞不仅是对现实的偏离和重构，更重要的是对话语本身的革新，对话语修辞所进行的审美研究主要不是以现实为参考，也不预设一个固定不变的本义系统，而是以经过修辞变形和包装的话语为对象，考察话语更替过程中所体现出来的审美特性。因此，转义修辞研究以对积极修辞的研究为主，即主要研究那种建立在正常表达或零度修辞之上的具有感性形象之美的表达；而在积极修辞中又着重于话语在差异性中的运动，将修辞看作是话语运动的过程或话语行为。

第二，认知方面的价值。

转认修辞的认知价值源于转义行为的两面性。这一点从"转义"一词本身的意义及其变化中可以发现。转义（tropic）一词派生于 tropikos，tropos，在古希腊文中意思是"转动"，在古希腊通用语中的意思是"方法"或"方式"。它通过 tropus 进入现代印欧语系。在古拉丁语中，tropus 意思是"隐喻"或"比喻"，在晚期拉丁语中，尤其是在用于音乐理论时，意思是"调子"或"拍子"。所有这些意思后来都沉积在早期英语的 trope（转义）一词中。[①] 转义在最初就是指语言中有别于正常表达的辞格，人们通过改变词语的原有意义，临时赋予它们新的含义而形成转义。这样使用语言有助于人们进一步感受和认识事物，却也只能是从特定的角度突出了事物的某些特征。转义因而就成为一把双刃剑，既表现和揭示了事物，又隐藏和遮蔽了事物。现代修辞学倾向于认为，揭示和遮蔽在修辞中是不矛盾的，语言的转义用法是话语修辞的主要方面甚至根本方面，修辞就是为某一种言说方式所进行的精心设计，人们接受了一种修辞，就同时接受了其中观察事物的特定角度。这也构成了人类话语活动的根本特征，即任何话语都是修辞性的，

---

① ［美］怀特：《后现代历史叙事学》，陈永国、张万娟译，中国社会科学出版社 2003 年版，第 2 页。

都经历了揭示和遮蔽的转义过程。对修辞学而言，转义首先是指一种偏离了语言字面意义的、约定俗成的或"规范"的用法，背离了习俗和逻辑所认可的表达方式。转义通过变体从所期待的"规范"表达出发，通过它们在话语之间、概念之间确立的联想而生成比喻或思想。转义是话语的灵魂，也是修辞的灵魂。进一步说，人们是通过转义的方式来认识世界和传达意见的，这不仅是由于世界的流动性所致，也是由于人们感知世界的方式引起的，人在对世界的感性把握中，据为己有的不是事物本身，而是事物某些方面的特征。这种流动性和多变性为话语的更替提供了动力，人们在使用语言时不停地抛弃陈旧的表达方式，在语言形式上不断地有所超越或创新，一种美学动力始终伴随着转义行为的全过程。

必须认识到，审美和认知两个方面在转义修辞活动中是不可分割的。转义修辞参与话语建构的特殊性在于，它是以审美的方式作用于人的主观观念，首先通过语言以感性的、形象的、情感的力量影响或改变人的判断、理智甚至思维。新诞生的话语欣喜地以审美击破旧的认知、构建新的认知，这体现了审美与认知的统一。进一步说，转义是结合活生生的语言环境进行话语更迭和创新的，它不一定需要具有因果联系的本义作为基础，修辞过程表面上规律性的背后，隐藏着很大的任意性；而任意性的话语要想得到人们的认同，又必须借助审美的力量使自己显出必然性。话语从任意性到必然性所经历的转义过程，是审美与认知的结合，它从感性的优先性走向知性和理性的优先性，话语的审美因素逐渐减弱，认知特性逐渐明显。一个转义的终点可以成为新的转义的起点，必然性终将被打破，认知又要向审美屈服，只有在这种破旧立新的活动中，转义修辞的审美力量才能被点燃。

修辞的真实取代真理和现实，转义修辞为人类提供了审美的生存方式。这似乎是一种悲哀，它掘起了生活的根基；但也似乎是一种幸运："认识你自己"的箴言已经昭示出智慧是一种痛苦——转义的流动性注定了生命的期限，生命的结束一如意识形态的解体，我们应该在酒神精神中庆祝这一生与死的欢宴。

（原载于《文艺理论研究》2009 年第 5 期）

论康德的"判断力难题"及其解决方式

胡友峰

一、判断力难题

康德批判哲学的根本任务在于审查人类理性各个层次的界限和原则，相应的哲学划分为实践哲学与理论哲学，这种划分在认识能力与领地方法也有着自己独特的要求。领地概念的提出是要解决立法的先天问题以及与之相应的人类理性（广义的理性，包含感性、知性和理性）立法的领域。人类知性在自然概念领地立法，理性在人类自由概念领地立法。但是认识能力能够达到的经验现象界是哲学领地建立其上和哲学立法行使于其上的唯一基地，这样，在同一经验的基地上就有知性和理性的两种立法，它们互不干扰，各自为政。

在康德的理论哲学与实践哲学中，判断力还没有成为一种具有自己独立品性的先天立法能力，康德虽然强调我们的知识开始于感性，由此进展到知性，结束于理性。但是感性也好，知性也罢，即使是理性也只是提供经验材料和概念范畴或者是理性理念，根本不能形成知识，因此要形成知识，就必须归结于判断力的功能的行使，因而无论是判断的错误，还是推理的错误，都不能归结为理性本身的或者是知性本身的错误，原因只能够出现在判断力的缺陷上。判断力究竟是什么呢，在康德知识学中，康德认为"由于能以把知性的全部活动归结为判断，因此一般地说，知性就可以认为是一种实行判断的能力"①。因而我们可以看出，在为康德哲学奠定基础的《纯粹理性

---

① 转引自齐良骥《康德的知识学》，商务印书馆 2000 年版，第 104 页。

批判》中，判断力只是一种从属于知性的判断能力，"要了解知性，必须从判断入手，一切知识都不过是判断，所以我们的工作正应从判断开始"①。通过判断力提供的图式，连接感性直观和知性范畴，使知性范畴应用于感性直观形成真理性的知识，如果判断力应用范畴去规定先验的理念，就会产生各种先验的幻象。因而知性所行使的各种功能，在事实上又又是通过判断力来行使的。从这个角度来看，判断力只是作为知性应用的一种能力，它没有自己独特的概念，也不能够颁布自己独特的原则。因而康德认为"如果一般的知性被看作规则的能力，判断力就是在规则之下归属的能力，就是区别于某物是否受一给予的规则支配的能力"。康德认为，一般的各种逻辑形式只是涉及概念、判断、推理中所表达的知性应用规则的形式，如果要区别某事物是否受到这些规则的支配，就还需要别的规则，照这样下去，就会产生判断力的无穷回溯问题。因而对于一般的逻辑形式而言，判断力只能通过实践来获得，而不能从知识真理中学到。但是在先验的逻辑中，判断力依靠知性范畴的庇护确保了它的存在的合法性，并且以知性范畴的存在作为其处理的根本法则。也就是说，在先验逻辑中，知性的法则并没有得到扩充，而只是在预防判断力在将知性范畴应用于感性直观上的错误，先验逻辑之所以具有这样的功能，原因在于先验逻辑所处理的规则，即知性的范畴，与对象是处在先天的联系之中的。那么，判断力之所以能为知性范畴提供运用的条件，是因为知性范畴是一种特殊的规则能力，在它自身当中，就包含了对象被给予的条件。这样，判断力的作用似乎就被减弱了。但是在康德的"图式"说中，康德则将判断力提供的图式作为范畴与直观的中介，没有判断力所提供的图式，先验的范畴就不能够直接应用到感性直观上来。这样一来，图式就成为连接知性与感性之间的一座桥梁，图式既具有先验的特质，又与感性紧密地联系在一起，康德将先验感性形式的时间作为其连接的感性与知性的图式源泉，这样，康德将判断力的问题静态化为图式的功能问题，因而康德所许诺的先验逻辑提供一种维护和校正判断力的企图就能够完全实现，按照图式的中介原则，判断力作为知性的一种运用能力，在发生知性的判断活动时由于有了图式的中介，把感性直观对象归结到知性范畴中去的时候就不会发

---

① 齐良骥：《康德的知识学》，商务印书馆 2000 年版，第 104 页。

生错误，因而也就不会产生把知性的概念误用于超感性的对象上去时所产生的先验幻象。

通过在《纯粹理性批判》中对判断力功能的分析，康德好像解决了一般逻辑中存在着的判断力的无穷回溯问题，然而在《判断力批判》的序言之中，康德发现原来只是认为在一般逻辑中才存在着的判断力无穷回溯的问题现在又出现在了先验哲学当中，"那么，在我们认识能力的秩序中，在知性与理性之间构成的一个中介环节的判断力，是否也有自己的先天原则；这些先天原则是构成性的还是仅仅是调节性的（因而表明没有自己任何的领地），并且它是否会把规则先天地赋予作为认识能力和欲求能力中介环节的愉快和不愉快的情感（正如同知性对认识能力，理性对欲求能力先天地制定规律那样）：这些正是目前的这个判断力批判所要讨论的。"① 这就说明了判断力如果具有先天的原理，就能够与知性和理性一起成为批判哲学所研究的对象，判断力的无穷回溯直到找到其先验原理为止在其先验批判哲学中就会仍旧存在。但是要进行判断力批判，为判断力寻求自己的先验原理则会伴随着巨大的困难，"判断力的诸原则在一个纯粹哲学体系里并不能在理论哲学与实践哲学之间构成任何特殊的部分，而只能在必要时随机附加到双方的任何一方"。判断力没有自己独立的立法领域，"判断力只是针对知性的应用，所以判断力本身应当指示某种概念，通过这些概念本来并不是认识事物，而只是充当判断力本身的规则，但也不是充当一条判断力可以使自己的判断与之相适合的客观规则，因此为此又将需要一个另外的判断力，以便能够分辨该判断是否属于这个规则的场合"，这样就会形成两种不同的判断力，一种是受概念范畴支配的，判断力归属于知性的范畴之下以形成知识，另一种是不受概念支配的，判断力执行的是自己为自己立法的功能，因而它不再属于知性，因而在《判断力批判》中，康德将这两种不同的判断力分别命名为规定的判断力和反思的判断力。

---

① ［德］康德：《判断力批判》，邓晓芒译，人民出版社 2002 年版，第 2 页。

二、判断力批判如何可能

在康德的知识论中，判断力是知性和感性之间的中介，是知性应用的一种能力，而在《判断力批判》中，康德开始讨论这样一个问题，判断力作为沟通自然与自由之间的桥梁是如何可能的？也就是说，判断力批判是何以可能的？这样，康德就开始对判断力进行批判，以便能够寻找到判断力的先天原理，因而，在第一批判中判断力作为知性的一种应用的能力在这里被一种新的判断力所取代，判断力的这种双重特性成为康德需要解决的一个难题。康德说道："一般的判断力是把特殊思考为包含在普遍之下的能力，如果普遍的东西（规则、原则、规律）被给予了，那么把特殊归摄于它们之下的那个判断力（即使它作为先验的判断力先天地指定了唯有依此才能归摄到那个普遍之下的那些条件）就是规定性的。但如果只有特殊的给予了，判断力必须为此去寻求普遍，那么，这种判断力就是反思性的。"① 康德通过对判断力的重新界定为先验哲学开辟了一个新的天地，也为康德寻求新的理性能力指明了方向。在认识论中，一般的判断力主要处理知性范畴与直观对象之间的关系，知性范畴作为一种先验的规律是已经存在着的，判断力的任务就是将知性范畴应用到具体的感性对象上去，因而一般的判断力主要处理普遍与特殊之间的关系，判断力要将特殊归摄到普遍之中，而在康德的美学的和目的论中，反思判断力开始形成对规定的判断力的倒转，它不仅仅是从特殊中寻求普遍，而且还要寻求反思判断力的先验原理，将判断力和知性、理性相互并列起来，成为批判哲学的一个独立的部类。

因而在探讨规定的判断力与反思的判断力之间区分问题上，回顾一下康德的知识论思想是非常有必要的。康德知识论说到底是规定判断力的一种判断能力，在规律已经提供的前提下，要在一个判断中形成新的知识就必须有判断力的参与，因而如果把一般的知性解释作规则的能力，那么判断力就可以被认为是归属到规则之下的能力，以便区别于某样东西是否从属于一个

---

① ［德］康德：《判断力批判》，第13—14 页。

给定的规则的能力。对于规定的判断力来说，先验原则即知性的范畴是给定的，因此，规定性的判断力并没有自己先天的立法原则，它只是遵守知性的法则来进行判断而已，因而人为自然立法的结论只不过是针对知性概念对自然的建构而言的，以主体去建构客体并保证知识的普遍有效性是康德哲学的一个基本思路，从而规定的判断力只是从属于知性的一种能力而已，它并没有形成自身的合法性基础。

但是知性为自然的立法只是在抽象意义上进行的，因而知性为自然所制定的一切规律都是一般最抽象意义上的规律，因而它只能够针对自然最一般意义上的可能性，但是大自然的无穷奥秘暗含着许多知性无法规定的经验性的规律，这些经验性规律对于知性来说只具有偶然性，而没有普遍性，那么，自然中这些经验性的规律有没有自己的统一性呢？如果有，这些统一性的基础是什么？我们又如何去看待这种同一性？

虽然自然界纷繁复杂的变相并没有得到知性所颁布的规律的规定，但是从理性自身功能的要求来看，这些杂多的自然变相应当具有某种系统的统一性。也就是说，自然的这些经验性规律在知性来看是偶然的，但是就人类理性的思维来说则需要期待它们也应当具有某种必然的规律，并且这些规律也应该构成一个系统的有秩序的整体。因为在康德看来，不仅否定科学规律的普遍必然性是错误的，而且，如果只有部分经验领域具有规律性，从整体上看经验只是偶然事物的集合，对理性来说也是不可接受的。

在这里，针对自然界的经验规律，理性需要另外一种能力来加以判定，因而反思判断力从一般判断力中分离出来，如果要对自然的经验规律加以判定，就需要反思判断力与知性和理性相似，也应该具有自己独特的概念和自己为自己所颁布的独特的先天原则。关于这些问题，康德谈道："反思判断力的任务是从自然中的特殊上升到普遍，所以需要一个原则，这个原则它不能从经验中借来，因为该原则恰好应当为一切经验性的原则在同样是经验性的、但却更高的那些原则之下的统一性提供根据，因而应当为这些原则相互系统隶属的可能性提供根据。所以这样一条先验原则，反思判断力只能作为规律自己给予自己，而不能从别处拿来（因为否则它就会是规定性的判断力了），更不能颁布给自然：因为有关自然规律的反思取决于自然，而自然并不取决于我们据以去获得一个就这些规律而言完全是偶然的自然概念的那些条件。"① 反思判断力的提出是为了给经验的自然规律提供以某种可能性的统一，因而对于自然的建构而言，反思判断力丝毫没有用处，但就经验彻底关联着的自然作为一个整体的系统统一性来说，反思判断力的提出就显得非常有必要，自然形式的合目的性作为反思判断力的一个先天原理而言，恰好为杂多特殊的东西寻求到了某种普遍统一的可能条件。自然的统一性在知性看来是不可想象的事，而理性的要求则需要自然要有自身的统一性，这个要求的实现需要对理性进行新的挖掘和培育，从而分离出反思的判断力。因而针对反思判断力的功能，有人说道："对于反思判断力的认定附加着多重而微妙的限制，些微的疏忽都将带来无可化解的矛盾。自然中杂多的性状竟然匹配于人类的认识能力，使人类的认识总是在多样性中发现统一和一般。最终，康德承认人类可能具有一种不是理论认识的认识能力，依靠这种能力，人类理性有可能达到某种关于物自体的认识。从自然界与主体认识能力关系中提出的自然的形式合目的性原则，一方面只是给反思判断力自身而不是给自然颁布一条调节性原则；另一方面，作为对自然经验整体进行反思的一条重要评判原则，反思判断力毕竟把它以某种方式赋予了自然。"② 反思判断力通过自然合目的性的先验原理而成为先验哲学的一个组成部分，但是它并不能给自然制定任何规律，而只能给自身颁布一项调节性的原理。作为对自然反思的一项原则，自然形式通过人类情感的中介与反思判断力相互关联，从而快与不快的情感就成为反思判断力判断自然合乎人类目的的一个依据。

这样，康德通过将反思判断力从一般判断力中分离出来解决了知性与判断力之间的矛盾，判断力作为知性的一种应用能力主要是指规定的判断力，而反思判断力则同知性、理性一起具有自己的先验原则，组成先验哲学的一个有机的部类，自然形式的合目的性作为反思判断力的先验原理构成了康德目的论哲学的基础，因而康德在给莱因霍尔德的信中将哲学划分为理论哲学、目的论和实践哲学，康德哲学的二分法在反思判断力分离出来的时候变成了三分法，而目的论哲学则就是理论哲学与实践哲学之间的中介。

根据上述分析，我们可以将规定的判断力与反思判断力之间的区分辨

---

① ［德］康德：《判断力批判》，第 14 页。
② 梁仪众：《论康德反思判断力的合法性问题》，载《外国哲学》第 18 辑，商务印书馆 2005 年版。

别如下：规定的判断力是知性的一种应用能力，归根到底它是一种推理的知性，它所适用的范围是无机自然界，而作用的手段则是知性范畴的先天立法，其途径则是从普遍规律出发去界定特殊的直观对象，它是一种对自然的建构性原理，依靠机械因果律在自然界中行使法则，针对的是自然的一般规律；而反思判断力则是一种独立的立法能力，它虽然没有自己的立法领地，但是它可以为自己颁布法令，其立法的手段是自己的先验原理——自然形式的合目的性，立法途径是从特殊寻求一般的法则，它并不能为自然界提供任何的知识，是一种对自然的范导性原理，依靠自然目的论在自然界行使法则，针对的是自然经验性的规律。

三、反思判断力与美学的独立

"反思判断力"与"规定的判断力"是根本不同的一种有着自己先验原理的立法能力。我们知道，规定的判断力作为知性的一种应用能力，它需要将整个自然界看作是一个多样统一的有着必然性规律的存在，虽然它对于自然界无穷多样的变相并不能够提供任何的必然性的规律，但是人类理性的倾向决定了必须为探究这些经验的规律而提出一个先验的原理而作为其对自然进行反思的基础，只有这样，一个有秩序的自然界才是可能的，因而反思判断力开始从一般的判断力中分离出来，将自然界的经验规律作为其进行立法的根据。

将反思判断与规定的判断区分开来，将审美判断和目的论判断归属在反思判断中，是康德美学的一个根本性的贡献。规定的判断是一种认识判断，如果将审美判断看作是规定的判断，无疑是在证明审美活动是一种认识活动，而这正是西方前康德美学的主要特征。而康德将审美判断归结为反思判断，说明审美是与反思、体验相互关联在一起的，因而是一种人类反观自身的价值活动，而这种价值活动是与人的生命活动联系在一起的。但在写作《纯粹理性批判》的时候，康德是把"反思"与"判断"分开来论述的。康德说："反思并不涉及有关对象本身的研究而想要从对象直接得出概念来，它是这样一种心理状态，在这种心理状态下我们首先从事于发现我们在能够达到概念的过程中必备的主观条件。反思乃是所予对象对于我们的知识的各种不同来源的关系的意识；只有通过这种意识，我们才能正确地确定知识的各种来源之间的相互关系。"① 康德在这里谈到"反思"的含义与洛克所说的"反省"的内涵相似，主要是指主体反观自身的一种活动。在后来的分析中，康德把反思划分为"先验反思"和"逻辑反思"，通过先验反思区分出表象究竟是与感性、知性还是与理性相互联系，通过表象之间的相互比较确立究竟是认识判断还是道德判断，因而先验反思考虑到表象与认识能力之间的关系，而"逻辑反思"则根本不考虑表象与认识能力之间的关系，因此一切表象都只是具有认识上的意义，根本不考虑其在认识能力上的差异，只是考虑逻辑形式上的统一，因此一切表象只是在一个等级上，根本没有感性、知性和理性之间的区分，因而就根本没有理论理性与实践理性上的区分，而康德在此所表述的"先验反思"的内涵，只是用于给"规定的判断"即知性判断寻找先天原则的主观根据，因而还不具备"反思判断力"中"反思"的含义。

对于"判断"的含义，我们在前面已经进行了分析，它是构成概念和一切表象之间关系的一种表象，一切判断就是我们在表象之中的统一性机能，我们把判断的质料抽空，只考虑判断的形式因素，那么，一切判断就可以归结为量、质、关系和样式这四种环节，每一个环节还包含有三个子项目，这就是康德著名的判断分类表。康德对审美判断先验性质的分析就是根据这个分类表来进行"类比"而展开的，因而在这里判断只是知性的一种应用能力。

康德后来在《逻辑学讲义》一书中谈及判断力的双重特性，他阐释道："判断力是双重的，或者是决定性的，或者是反思性的。前者由一般到特殊，后者由特殊到一般。后者只有主观的有效性，因为它所趋向的一般，只是经验的一般——仅仅是逻辑的类比。"② 这种区分显然已经非常接近《判断力批判》中的判断力了，不过仍然只是一种认识论意义上的把握，反思判断力还没有找到自己的先验原理，因而，我们可以说，在写作《判断力批判》之前，康德还没有深刻地把握反思判断力的真正内涵。

只有到了写作《判断力批判》的时候，康德第一次将"反思"和"判断力"结合在一起进行分析，从而对判断力进行了严格的划分：规定的判断

---

① ［德］康德：《纯粹理性批判》，韦卓民译，华中师范大学出版社 1991 年版，第 286 页。
② ［德］康德：《逻辑学讲义》，许景行译，商务印书馆 2010 年版，第 81 页。

力是知性的应用，知性将已经先天存在的范畴提供给自然，形成人为自然立法的重要法则。在这种情况下，我们就不可能遭遇到不能纳入先验范畴中的自然，因而所有的判断应该都是将特殊归结为普遍下的规定的判断，因而出现康德《判断力批判》中的反思判断力是不是必要的呢？事实上，康德将反思判断与规定的判断区分开来对于康德美学来说是非常重要的，它是将审美理论与认识理论和道德理论区分开来的关键所在，对于普遍的自然规律有着知性的先天立法，而对于自然中的一些变相，针对自然的经验性的规律在我们知性看来是偶然的，但是对我们理性来说则有着普遍必然性，因而我们必须把这种经验性的规律看成是具有统一性的，这种统一性是依靠了反思判断力才具有了可能性。因而在这些偶然的自然经验性规律的背后必定隐藏着一条不为我们所知道的先验原理，如果我们将这些偶然的经验性规律与知性的先验原理相互对接就会遭遇到困难，因为这些经验性规律并不是由知性来决定的，我们如果能够找到这条多样性统一的规律就能够更好地去探究自然的经验性规律，而反思判断力事实上就在暗中使用了这条不为人们所知道的先验原理——自然形式的合目的性原理，因此，康德对判断力进行批判的目的就是要寻找到这条使多样性自然统一的先验原理。由于这条原理是判断力暗中使用的，因而我们并不能够获得它的知识，因而它只具有主观的有效性，这条原理在反思判断力的批判中成为与主体情感相互关联在一起的主观原理，主体的快与不快就直接与反思判断力的先验原理联系在一起，这样，反思判断力通过对主体情感的批判成为一种审美判断。

　　审美判断力作为一种反思判断力具有怎样的特征呢？在反思判断力中康德又将其划分为审美判断力和目的论判断力，目的论判断力通过知性或理性来判定自然的实在的合目的性的能力，而审美判断力则表现在审美活动中，与规定的判断力指向外部的自然世界获得知识不同，"反思的判断力则指向内心世界，为的是通过对象表象在主观中引起的诸认识能力的自由协调活动而产生愉快的情感"，而且"前者（规定的判断力）把诸认识能力的协调当作认识的手段，后者（反思判断力）则把这种协调本身当作目的"①。可

---

① 邓晓芒：《论康德〈判断力批判〉的先验人类学建构》，见邓晓芒译《判断力批判》，人民出版社 2002 年版，第 389 页。

以说目的是反思判断力思考的根基所在，审美判断力作为一种反思判断力是一种主观形式的原理，它之所以有存在的必要性在于人类理性要求把一切经验对象全部统一在一个完整的系统之中，而知性是无法完成这个任务的，因为规定的判断力无法判别自然的经验性的规律，从而要求借助于一种调节性原理，将这种具有主观形式上反思的审美判断力被理性调节到一切经验性的对象身上，使整个自然界虽然在知性的普遍规律下不能达成多样性的统一，但在审美判断力的反思中，多样性的统一是可能的。也就是说，你认为梅花是美的，而别人可能认为高楼是美的，这种多样性的美的经验规律在审美判断力先验原理的统摄下就具有了统一性。也就是说，各种经验性的美的规律最终是统一在自然形式的合目的性这一审美判断力先验原理之下的，因而审美的多种多样的经验判断在一点上是相同的，就是都可以归结为"自然合目的性"。

从中我们也可以看出康德美学独具匠心的地方。康德美学研究的不是西方古代美学家所追问美的本质问题，而是人类的审美活动问题，在主体审美判断力的指引下，康德将近代哲学中分裂开来的感性、知性和理性在审美判断力中相互贯通起来，同时又将先验方法彻底地贯彻到他的美学研究之中，从而使他的美学思想有了最终的理论依托和最根本的普遍性意义。我们可以说，康德美学通过对审美判断力的发现，扭转了西方美学研究的局面，美学的独立在康德这里真正具有了现实性的意义。

（原载于《兰州学刊》2009 年第 11 期）

T. S. 艾略特的"非个人化"
理论与《荒原》写作

杜吉刚

美国诗人、文论家 T.S. 艾略特诗论的核心是"非个人化"。艾略特认为，诗歌艺术传达的应该是人类普遍的情感与经验，而不是诗人自己的个性、经验、情绪等个人化的因素。"非个人化"是诗歌艺术取得成功、达至完美境界的保证。艾略特说："诗歌不是感情的宣泄，而是对感情的摆脱，诗歌不是个性的表现，而是对个性的摆脱。"[①] "一个艺术家的成长意味着持续不断的自我牺牲、持续不断的个性的消亡。"[②] 艾略特的这一主张提出于1917—1923 年间，而其诗歌名篇《荒原》的写作也正处于这一时期，所以，学术界一般认为，《荒原》正是这种文学观念的体现。现代心理学证明，创作者的心理状态、思想观念等个人化因素与文学作品的主旨倾向，乃至文本的结构状况等不可能不发生关系。作者在创作中虽然企图摆脱自己的情绪，以便能够以一种局外人的超然状态来处理材料、控制创作流程，但事实上，该种企图只是一种主观的愿望，并不符合创作实际。文学作品源于作者的心灵，它也只能是作者心灵的反映。所以，艾略特的诗学理论在具体的诗歌创作中很难得到完整、彻底的贯彻。

作家进行创作，意识与无意识都起着至关重要的作用，这是一个已被现代创作心理学所证明的事实。艾略特《荒原》的写作情况实际上也应该是这样。个人化是无意识的，而非个人化则是有意识的。个人化决定了诗歌的

---

① T. S. Eliot, *Selected Essays 1917—1932*, London: Faber & Faber Limited, 1934, p.21.

② T. S. Eliot, *Selected Essays 1917—1932*, London: Faber & Faber Limited, 1934, p.17.

基本思想、情感走向等内容性因素，而非个人化则成就了诗歌的材料处理方式以及语言的运用、结构的创造等形式方面的营构。所以，在《荒原》的写作中，明显地存在着"非个人化"理论贯彻与背离的张力。

一、"非个人化"理论在《荒原》写作中的背离

《荒原》一诗对于"非个人化"理论的背离，主要体现在题材的选择与处理上。

《荒原》一诗共 5 节、434 行。有学者认为："艾略特在 434 行的长诗中，几乎都在抒写令人厌恶的男女之爱"①；其主题"最后一切都归结到性上"②。虽然夸张，但也道出了一个事实，即诗歌的题材主要是男女两性关系。《荒原》5 节，集中描写、谈论两性关系问题的就占了两节（"对弈"、"火诫"）。而第 1 节"死者的葬仪"、第 5 节"雷霆的话"也局部出现了对两性关系问题的谈论、描写。实际上，就连第 4 节"水里的死亡"也在某种程度上与两性问题有着内在的关联。所以，将《荒原》视为"两性诗"大致还算准确。

两性问题是人类的一个基本问题。"性"可以使人感觉到生命的美好、灵魂的升华；也可以使人感觉到情欲的丑恶、灵性的堕落。《荒原》对于两性关系的描写、处理，更多立足、着眼的是后一点。在艾略特笔下的荒原上，男女之间除了仅存的一点肉欲之外，所谓心灵上的沟通、道义上的忠诚已荡然无存。诗歌第 2 节名为"对弈"，实是男女之间性的博弈。诗歌第 3 节"火诫"，描写的则是炙烤人类的情欲之火。在诗歌的这一部分，荒原上的人们个个放荡堕落且不知悔改，整个荒原似乎成了一个丑恶的淫欲沸腾的世界。

艾略特为什么会对两性关系、两性问题如此着迷？为什么令大多数人向往的爱情在艾略特的笔下居然显得那么可恐、可憎？这和艾略特自身的婚姻、爱情经历有没有关系？在这些描述中，有没有渗透进作者自己的思想感情？回答当然是肯定的。理查德·艾尔曼就曾指出："在《荒原》套用的圣

---

① 郭春英：《从先知预言的角度释〈荒原〉》，《外国文学评论》2004 年第 1 期。
② ［英］戴维·洛奇：《小世界》，王家湘译，上海译文出版社 2007 年版，第 16 页。

杯传说中，渔王的病症在于其性功能的丧失。而在艾略特的情况里，其病症就是他的婚姻。"① 据各种资料显示，艾略特的第一次婚姻应属于一次彻底失败的婚姻。妻子维芬性格外向、聪颖好动，但有高度神经过敏的毛病，艾略特则喜好沉思、过于严肃，两人性格不合。他们的结合比较草率，再加上艾略特家人的反对，结果他很快陷入婚姻困境。在《荒原》第 2 节的前半部分，描写了一对上流社会夫妇的日常生活。妻子心神不宁，焦躁不安。她先是恳求，继而追问，最后大吼大叫。面对妻子的无理和喋喋不休，丈夫除了内心独白外，便以沉默处之。很显然，这对夫妻已失去了共同语言，他们之间存在着难以沟通的隔膜。这是一种没有语言、情感、思想交流的死缠硬磨式的婚姻生活，妻子发出了"我现在该做些什么"，"我们明天该做些什么"的呼声。而与之相对，丈夫的内心回答却是，除了这种程式化的夫妻对弈——死缠硬磨外，便只有"等着那一下敲门的声音"了。至于敲门的是死神还是希望之神，我们无法确切判断，也许两者都有。在这一部分，对于不相沟通的夫妻生活，艾略特可以说是写尽了它的可恐、可憎和给人带来的无奈。庞德认为此处所写正是艾略特夫妇日常生活的写照。② 据说，维芬读罢此段居然拍手叫绝。③ 由此可见，此处所写极有可能就是艾略特夫妇之间一段日常对话的实录。或者，至少可以说是部分实录。

艾略特与维芬结婚是在 1915 年，《荒原》的发表是在 1922 年初。在此期间，维芬的病情开始加重，其性格的神经质趋向也日益明显，这无疑给艾略特带来了巨大的心理压力和烦恼。据北京大学张剑教授考证，在此期间，维芬还与大哲学家罗素之间有一种暧昧关系。张剑曾留学英伦，熟悉西方"荒学"研究的最新进展，并占有大量第一手英文资料，其研究不会无凭无据。但史料却没有记载艾略特对此事的反应。他采取的是一种缄默和洁身自好的态度。艾略特的嫂子曾经指出："维芬毁了一个作为男人的艾略特，

---

① A. Walton Litz (ed.), *Eliot in His Times: Essays on the Occasion of the Fiftieth Anniversary of The Waste Land*, Princeton: Princeton University Press, 1973, p.61.

② Valerie Eliot, *The Waste Land: A Facsimile and Transcript of the Original Drafts*, London: Faber and Raber Limited, 1971, p.126.

③ Valerie Eliot, *The Waste Land: A Facsimile and Transcript of the Original Drafts*, London: Faber and Raber Limited, 1971, p.11.

但是却造就了一个作为诗人的艾略特。"① 艾略特在信中也曾承认：婚后 6 个月的体验使他获得了足以写 20 首长诗的素材。艾略特在经历了如此这般以后，不可能不对婚姻、爱情有所郁结。作家是一个独立的主体，他可以抒写自我，也可以反映外部世界。艾略特主张创作的非个人化，反对在作品中直接表现自我。在创作中，他总是试图以局外人自居，只想表现别人、描写外部世界。但是世界之大、方式之多，作家不可能穷尽。他只能对素材加以选择，而作家的内心郁结、情感，在某种程度上正决定了这种选择。所以，艾略特的理论实际上很难实现。而他对于两性生活材料的处理，正流露了他对婚姻的厌恶、对生活的惧怕，展示出了他深深的性恐惧、性压抑的心理情绪。

二、"非个人化"理论在《荒原》写作中的贯彻

《荒原》表达了作者的感情，流露出了作者内心的郁结，《荒原》的写作是"个人化"的。但是，在《荒原》的写作中，艾略特又确实是在认真地实践"非个人化"理论。那么，这一矛盾是如何解决的？我们经过仔细考查分析发现，艾略特的方法主要有以下几种：

其一，设定特殊的叙事视角。《荒原》是一首叙事诗，写的是诗人的一次梦幻游历，主要内容为诗人在荒原上游历时的所见所闻，叙事结构基本类似于但丁的《神曲》。与《神曲》类似，《荒原》中也出现一个引导者，希腊神话人物帖瑞西士。在《荒原》中，艾略特的叙述，实际上都是在帖瑞西士眼光的参与下进行的。在《荒原》的原注中，艾略特指出："尽管帖瑞西士只是个旁观者，而并不是一个'真正的人物'，但却是诗中最重要的角色，他联络全篇。""帖瑞西士所看到的实在就是该诗的全体。"② 在奥维德的《变形记》中，帖瑞西士是一个相当特别的人物。他曾经是个男子，后来因魔法变为女子，最终成为两性人。所以，他既能洞察男人的世界又能了解女人的秘密，他所看到、体察到的是一个超越于男人与女人之上的完整世界。同时

---

① Tony Sharpe, *T. S. Eliot：A Literary Life*, New York：St. Martin's Press, 1991, p.47.
② *T. S. Eliot Collected Poems：1909—1962*, New York：Brace & World, Inc, 1963, p.72.

他还具有回忆过去、预知未来的能力，其目力、听力、触觉能力所及超越时空、力透任何物体。在作品中，表面上看来，他只出现了一次，但实际上他无处不在。帖瑞西斯这个具有"本源性"的视角实际上也就成了古今人类的一个缩影，他站在一种全人类的视角上通古察今。因为帖瑞西斯的意识具有全人类意识的性质，所以，作者个人的情感、意识便因之而获得一种超越性别的高度，从而也就获得了非个人化的形式。

　　其二，刻意营造众语喧哗的文本图景。在《荒原》一诗中，艾略特先后运用了英、法、德、拉丁、意大利、希腊、梵文7种语言，流行口语、书面语、古语、土语4种语体，营造出了一种众语喧哗的文本图景。作者通过这种方式首先意在强调、表现人与人之间沟通的缺乏、关系的疏远，进而揭示"荒原"的形成原因。第1节"死者的葬仪"中，面对风姿绰约的风信子女郎，"我"却不能言语，眼睛也不能表达心意。在第2节"对弈"中，无论是上流社会中的男女还是下层社会中的夫妻，都处于一种绝对的隔绝状态。在第3节"火诫"中，无论是泰晤士河的"仙女"与她们的朋友，还是那位公司的女职员和她的情人；无论是波特太太和她的客人，还是尤金尼先生对"我"的邀请，好像更多的只是对欲望的一种满足、索取，而缺乏真正的沟通、理解。作品的最后1节"雷霆的话"，作者揭示了"荒原"的得救之途：其中之一即为"同情"，而"同情"的本意即在于人与人之间的相互理解、相互沟通。为充分表现这一主题、描画这一状况的，途径之一即多种语言与多种语体的运用。因为，语言乃人类最为根本的沟通交流工具，是人类一切思想、精神的家，语言的差异必将造成对话的缺乏，以致思想、精神沟通困难。关于《荒原》运用多种语言、多种语体的此一目的，学术界早有研究，且已有较为深刻、准确的认识。但是，《荒原》运用多种语言、多种语体的另一用意，却基本没有引起学术界的注意。这另一用意即在于达到"非个人化"效果。7种语言、4种语体，意在表明该诗中所写、所表达的，并不是某一种族的问题、看法，也不是某一阶层的问题、看法，更不是某一个人的问题、看法，而是一种世界各个民族、各个阶层、各个人类个体所共同存在的问题、共同持有的观念，从而使诗歌所反映的问题、所表达的认识具有一种超越个人、阶层、种族的全人类性。

　　其三，运用互文性写作方法，制造"异口同声"的艺术效果。《荒原》

全诗共引用了 35 位作家大约 56 部作品的名言佳句，内容贯于古今、超越民族。前人的名章佳语、今人的俚语小调，诗人都信手拈来，混杂运用。诗人通过这种借用"他语"的方式，所造成的一个最重大的结果就在于使《荒原》与广阔的社会、文化、历史之间形成了一种广泛的"互文性"关系。虽然这种互文性关系在其最为明显、最为基本的意义上，为整首诗歌提供了一种整体性的类比象征结构、叙事结构，但其更为深层、重要的功能却在于将诗歌导向了一种对于"本源性"荒原的揭示、表达，亦即该种荒原并不是一种时代性、地域性现象，而广泛存在于各个时代、民族、阶层人们的精神生活当中。在这种荒原面前，一切时代都是一个时代、一切地域都是一个地域、一切的人类个体都是一个个体，所有的差别都消失了。荒原成了一种柏拉图"理式世界"性质的所在，成了一种本源性的人类的宿命、难以逃脱的永恒厄运。《荒原》整首诗广征博引，形成了一种不同的民族、不同的时代、不同的人类个体的"共同言说"状况。这样，诗歌所反映的也就不再是诗人自己的个人之见，而有了广泛的代表性、真理性。诗人的言说成为不同时代、不同民族、不同人类个体言说的代表，而诗人的个人言说也融在不同时代、不同民族、不同人类个体的"共同言说"之中。所以，艾略特在《荒原》中对于互文性写作方法的运用，并非像目前学术界所普遍认为的那样，是为了进行古今对比以表达今不如昔的感慨，而是为了暗示古今、欧外的同质性质，暗示过去的意识或状态还在延伸并广泛分布；另外，还是为了达到一种"异口同声"的效果，以摆脱"个人化"的困境。

其四，扩大诗歌的叙事、描写范围。《荒原》一诗共 5 节，其中前 3 节谈论的基本都是两性问题。如果单看前 3 节，完全可以将它视为一首"情诗"。而该诗的第 4 节、第 5 节则改变了这种状况，从而使该诗走出了两性问题的狭小天地，进入广阔的社会领域。第 4 节描述了物欲横流的危害，告诫人们在物质化的社会中克制物欲的必要性、紧迫性。而在第 5 节，作者进一步将笔墨、眼光荡开，诗人的焦虑触及十月革命后的苏联、东欧以至整个一战后的欧洲，笔锋所至尽显文化衰败的症候。这样，诗歌就从两性问题逐渐上升到人类的生存、价值问题，最后扩大到整个人类文化的拯救、复兴问题。至此，一个原本困扰艾略特本人的两性问题、自我精神问题才开始具有一种全人类的性质。"《荒原》表现了一代人的失望"，"是西方人感情精神的结晶，是我们文明的荒废"，"表现了一次大战后整个西方世界的社会危机和信仰危机"等，这些学术界的评述、阐释才因而得以成立。但是，荒原拯救的最后希望——雷霆的训诫"给予"、"同情"、"克制"，每一条所涉及的还是个人的生活问题，它所要解决、拯救的也仅仅是个人心理上和精神上的荒漠。所以，整首诗的主旨最终还是没有摆脱个人生活的困惑问题。可诗歌最后两节，通过对伦敦以外社会状况等内容的摄入，在很大程度上把人们的注意力导向了文本的社会意义，使人们专注于诗歌对于社会的批判，从而在一定意义上掩盖了该诗的主题与作者个人生活之间的关系，压抑了作者个人的声音，弘扬了社会、时代的声音。正因为如此，艾略特本人也特别看重这一节诗，认为就是因为有了这一节，全诗才显得更有意义。①

《荒原》一诗所描写的是一种荒原般的人类的精神状态。在这种状态中，人们缺乏沟通、彼此疏远，缺乏爱心、耽于情欲，不知克制、沉于物质，生命毫无意义、虽生犹死。总之，人的精神领域成了一片不毛之地。《荒原》并不把人类的这种"精神荒漠"视为人类某一特定历史时刻、某一特定地理区域的境遇，而是想象为一种具有普遍性、永恒性的景象，一种能够超越于时空之外的本源性所在，是人类所难以摆脱的一种无穷无尽循环往复的宿命。那么，怎样才能走出这种本源性的精神荒漠？怎样才能进入具有流动性、差异性的时间、空间所在，也就自然构成了艾略特这位抑郁的"骑士"所要寻找"圣杯"的一项最为重要的内容。但是，这样一种人类的精神图景都是通过艾略特的特殊眼光所看到的，是诗人置身于特殊的精神状态下的观感。所以，与其说诗歌反映的是外部的客观世界、是写实，还不如说反映的是诗人的内心世界、主观的心境来得准确。但是，诗人处于一种"荒原"般的精神状态、心理环境当中，却并不认为自己对于人生、社会的一些悲观、沮丧的认识、看法仅仅是一种自己的个人性行为，而视之为一种具有普泛性、永恒性的观念。为此，诗人利用精心设计的叙述视角，广泛调动古今、欧外的各种典故、作品，掺杂运用 7 种语言、4 种语体，以强调诗中所写的图景是一种跨越历史、时空、阶层的人们所共同看到、认识到的人类的

---

① Valerie Eliot, *The Waste Land: A Facsimile and Transcript of the Original Drafts*, London: Faber and Raber Limited, 1971, p. xviii.

精神状态，是一种普适化的认识，而并非为自己的个人之见。但是，事实上，在很大的程度上，这种看法确实又属于艾略特的一种个人观点，那么还怎么能够奢谈古今、欧外呢？所以，艾略特对于诗歌的非个人化处理，在很大程度上也就有了夸大的性质，他是在一种无意识中刻意将自己对于社会人生的悲观看法加以扩大、普适化。虽然，艾略特的困惑、艾略特内心的"精神荒漠"在一战后的西方确实具有一定的代表性，《荒原》也在某种程度上表现了一代人的失望，但这毕竟都是历史性、区域性的，而并不具有超越时空的普适性质。

艾略特在《荒原》中所表现出来的这种矛盾状况，在文学史、批评史上是一种相当普遍、也相当正常的现象。诗人、小说家等进行文学理论建构，其依据往往是自己的个人爱好、个人情趣等"个人化"因素，而一般很少进行客观的、全面的、学理性的论证。其言论虽然也必然地包含许多真理性的内容，但是，其理论的适用性、涵盖面却往往并不宽广，其理论内涵与具体的文学实践间也常常会存在很大落差。文学史、批评史中所普遍存在的这种作家言论与作家作品相互背离的状况给我们从事文学史研究提出了这样的要求：在阐发某一文学史文学文本的过程中，作家本人的文学言论虽然可以作为一个重要的理论参照，但切不可为作家们的言论所局限，而是应该保有更为宽阔的理论视野与实事求是的学术态度。而这也往往正是学者与作家最为明显的区别之处。

（原载于《江西社会科学》2009 年第 11 期）

试论卢梭的审美现代性启示

李妍妍

关于审美现代性的界定，学界的观点并不统一。但总的来看，大都倾向于把审美现代性视为现代性自身矛盾运动的产物，将其发端追溯到欧洲浪漫主义运动时期，并且倾向于把探讨的重心放在与文学艺术相关的领域。因此，美国学者马泰·卡林内斯库才会从现代主义文化和艺术中揭示审美现代性的特质，而英国社会学家拉什则将审美现代性称之为"美学自反性"，并从康德的《判断力批判》中寻找其美学的根基，从德国美学的演变中梳理其发展的逻辑。在这一点上，中国学者刘小枫也具有共通之处，而另一位中国学者周宪虽然扩大了审美的文化表意功能，却仍然承认现代和传统艺术特征的区别即艺术的自律性是探讨审美现代性根本问题的途径。① 按照以上逻辑，审美现代性问题的时间追溯也只能到 18 世纪后半叶的德国美学那里。对此，德国哲学家哈贝马斯也是赞同的，他曾明确提出来席勒的《美育书简》是"构成了走向现代性审美批判的第一项纲领性成果"②，认为席勒延续康德的审美理念，构建了审美的乌托邦。

对上述观点也有不同的意见，例如美国社会学家伯曼则认为卢梭是早

---

① 参见 Matei Calinescu, Five Faces of Modernity——Modernism Avant-Garde Decadence Kitsch Postmoernism. Durham: Duke University Press, 1987, p.4；[英] 拉什：《是专家系统还是受制于处境的伦理? 分崩离析的资本主义中的文化和制度》，选自 [德] 贝克、[英] 吉登斯、[英] 拉什：《自反性现代化——现代社会秩序中的政治、传统与美学》，商务印书馆 2001 年版，第 268 页；刘小枫：《现代性社会理论绪论》，上海三联书店 1998 年版，第 307 页；周宪：《审美现代性批判》，商务印书馆 2005 年版，第 156—178 页。

② Jurgen Habermas, The Philosophical Discourse of Modernity: Twelve Lectures, trans. by Frederick Laurence. Cambridge: polity press, 1987, p. 45。

于席勒的"第一个以 19 世纪和 20 世纪的使用方式来使用'现代主义的'一词的人"①。在这里，本文支持伯曼的观点，卢梭既是启蒙现代性的倡导者，又是启蒙现代性的批判者，他以"情感和自然"批判"理性与文明"对人性的异化，同样可以将其批判称之为审美现代性批判。卢梭虽然没有提出现代性概念，但具有深刻的现代性批判精神，这种精神源自于对理性的批判与反思。他从感觉、情感的角度切入现代理性问题，表达道德现代性与人的存在的关系，关注人的生存方式、精神气质、价值取向及行为举止，体现了自觉的人文关怀和追求自由的理想。可见，卢梭的现代性思考旨在发掘主体精神层面上的现代性，是一种非平面的、深度的思考，因此，我们总是在反思与批判的意义上将其视为审美现代性的法国源头。

一、理论的反思性与批判性

理论的反思性与批判性是卢梭的审美现代性批判带给我们的第一个启示。对科技理性主义的挑战、人本主义的非理性反思、对人的完整性的追求无不表征着现代人生存发展的命运与处境。可以说，在卢梭身上就已经鲜明地体现着现代性发展的内在矛盾，同时也反映出其哲学美学思想中对于现代性生存发展的理性诉求与生命的感性体验、历史理性建构与个体审美调节之间张力的思考与应对。正是这种张力之思使得卢梭的理论思想带有比同时代思想家更多的反思与批判的特点，这也成为其审美现代性批判的一个精神标杆。对此，某种程度上我们也可以用威兰·杜尔的一切精神之"反叛"来形容，而这种"进步的"反动精神更成为我们思考审美现代性问题的一个理论向度。

威尔·杜兰在《世界文明史》中是这样阐述卢梭的批判与反思精神的："但浪漫运动是何意？乃感觉对理性之反叛；本能度理智之反叛；情感对判断之反叛；主体对客体之反叛；主观主义对客观性之反叛；个人对社会之反叛；想象对真实之反叛；传奇对历史之反叛；宗教对科学之反叛；神秘主义对

① ［美］马歇尔·伯曼：《一切坚固的东西都烟消云散了——现代性体验》，徐大建、张辑译，商务印书馆 2003 年版，第 18 页。

仪式之反叛；诗与诗的散文对散文与散文的诗之反叛；新歌德对新古典艺术之反叛；女性对男性之反叛；浪漫的爱情对实利的婚姻之反叛；"自然"与"自然物"对文明与技巧之反叛；情绪表达对习俗限制之反叛；个人自由对社会秩序之反叛；青年对权威之反叛；民主政治对贵族政治之反叛；个人对抗国家——简言之，19 世纪对 18 世纪之反叛，或更精确地说，乃是 1760 至 1859 年对 1648 至 1760 年之反叛。以上浪漫运动趋势的高潮阶段，于卢梭和达尔文期间横扫欧洲。几乎所有这些要素皆从卢梭找到根据。"① 以自然反叛文明，以情感反叛理智，以自由反叛陈规，这是对卢梭反叛精神的总结，也是对其浪漫精神的总结。从更深一个层次来看，卢梭把人性的形而上学倾向与人的自由联系起来，进一步揭示了早期现代理性概念的缺陷，对启蒙现代性精神的社会现代化进行了反思与批判，成为审美现代性的法国源头。可以说，卢梭发起的是一场至今仍未止息的、彻底的美学革命。这也决定了卢梭思想势必会成为一部西方现代美学的启示录。

我们说，卢梭的审美现代性思想源于现代性自身的矛盾，是适应现代性的发展和深化而产生的，因此他对启蒙现代性的反思与批判并非是对现代性的否定，而实际上是对现代性的一种改进与修正。特别是西方现代以来，马克思基于"物质世界的增殖与人的世界的贬值成正比"而提出的异化劳动；尼采通过"上帝死了"来宣布西方启蒙理性主义的破产；马克斯·韦伯基于"形式的合理性"而提出的"铁牢笼"……基本上把现代性理解为一个工具化、理性化、科技化和规范化的过程，因此，对现代性的论述从一开始就具有了反省的特征，这种反省并非对于现代性的彻底否定与抵抗，而是一种有关人性的进步与落后的换位思考，一种自我的反思。相应提出的"共产主义的人性论"、"重估一切价值"、"祛魅"、"审美解放"、"诗意地栖居"、"审美交往理论"……都是在对现代性的现代化理性精神的不断自我反思与批判中推进的。

然而，当今中国理论界过多地粘着于现代化目标的实现和启蒙理性精神的确立，受到唯现代性、崇科技主义的单一理论模式的困扰。在中国的现

---

① ［美］威尔·杜兰：《卢梭与大革命》下册，《世界文明史》第 10 卷，（台湾）幼狮文化公司译，东方出版社 1999 年版，第 1403 页。

代化历史进程中，审美现代性则一直致力于启蒙现代性或社会现代性的确证与建构，已基本遗忘了自我反思与批判的能力。然而，审美现代性作为对现代人在现代文化语境中追求自身价值的反思，就不能只是对现实问题的描述与展示，它的最本然的言说方式应是对"现代人"生存状态的反思与批判，它必然包含着对于社会的现代化带给现代人的"市侩的物质主义"和"庸俗的功利主义"等的价值观念作出文化反思与审美批判的内容，正是这种反思与批判构成了现代性自身演进的方式。所以，要认清和解决当下的现代性问题，我们也必须对现代人生存的境遇有一个清醒的认识。在中国现代化的进程中，西方启蒙时代以来的理性主义思路一直居于显势，人性原有的完整性与丰富性为工具理性所渐次取代。因此，人们在物质享乐得到极大满足的同时，精神支柱的丧失也成为不争的事实。美国学者威利斯·哈曼批评美国社会中"越来越多的人意识到谁也不明白什么是值得做的。我们的发展越来越快，但我们却迷失了方向"①，这同样也是当下国人的真实生存境遇，是我国审美现代性问题讨论所亟待解决的重点。

　　面对这一现状，我们认为理论工作者要做的并不是以诸如消费文化这类舶来精神快餐充斥现代人脆弱的感官，而是应该去寻求可以提供终极关怀、精神依托，让人重新找回做人的尊严和生活意义的价值信仰。因此，我们研究审美现代性问题就应该对人的生存权利和终极生存目的作出回答，并为之提供"应如何"的理论指引。正如美国学者欧文·白璧德所指出的："除非充分自由地运用批评精神来找到解决方法，我们就只能算是区区的现代主义者而不算是完全的彻底的现代人；因为现代精神和批评精神实质上是二而一的。"② 也就是说，人只有具备了主体意识，即对自身生存状态的反思和批判精神，才能称得上是一个具有现代精神的人，也即一个真正意义上的现代人。

　　真正的审美现代性理论，就应该有助于树立人的自我反思和批判的精神和能力。但在目前我国流行的很多关于审美现代性的论说中所缺少的恰恰

---

① ［波］维克多·奥辛廷斯基：《未来启示录》，徐元译，上海译文出版社 1988 年版，第 193 页。

② 参见胡经之、张首映《西方二十世纪文论选》（第四卷），中国社会科学出版社 1989 年版，第 434 页。

正是这种"批判的精神"，它们往往把审美现代性与消费社会和现代传媒所带来的文艺生产及消费的繁荣等量齐观，并以是否反映和认同这一方面作为衡量审美现代性的唯一标准。这突出的表现为有些学者以借鉴西方后现代语境中的社会学理论，把英国社会学家费瑟斯通用来定义西方后现代文化特征的"日常生活审美化"理论作为重振我国文艺学、美学研究的契机，放弃对文学、艺术本身的关注，而将目光由传统的艺术审美转移到了日常生活的大众文化、网络文化等现象上，认为文学理论应当在切近当代文化现实和大众日常生活中寻找新的理论生长点，并把"日常生活审美化"作为我国文艺理论、美学的"当代形态"和文学进入"全球化时代"的标志来宣扬。而事实上，这种无批判地接受科技现代化所带来的大众消费的现实，承认审美活动与日常生活边界的消失，以大众文化来消解审美文化，恰恰是对以科技为主导的现代性的肯定。在本文看来，如果主要以科技进步、城市化和工业文明等现代化成果作为建构文学理论、美学理论现代性的基点的话，那么这种所谓的现代性将不可避免地呈现出一种缺少精神向度的世俗诉求。

二、思维方式的时间性

上面已经提到，审美现代性主要是个批判性、反思性的概念，主要用来反思进入现代社会以来的文化症候。不过，它对当下流行的文化现象的反思与批评并不意味着其自身是非当下的、反现代的，恰恰相反，这正表明了审美现代性是真正关注当下的，只不过这种"当下"不止包含有"过渡、短暂、偶然"之义，不止代表一种"当前意识"，而更包含有一种积极的"历史精神"，这就决定了我们不能以一种封闭的、静态的空间性的思维方式来理解它，因为它的外延是不断敞开的，其意义不仅是对现状的批判更是指向未来的。我们对于当下性的理解并不能只满足于对时髦、流行事物的阐释，不能只局限于新的感受与思考方式的张扬，而应该揭示其中深刻的"时代意识"。这样，我们对于审美现代性乃至整个现代性的理解就从空间性的思维方式转入时间性的思维方式。

在卢梭那里，其审美现代性思想中包含的对于科技理性、人性异化、人的片面性的反思与批判实际上则体现了一种时间意识的转换，即从物理时间向心理时间的转换。17、18 世纪的时间观念是一种线性的、前进的物理时间观，需要通过现实的存在者而被认识，代表着事物的出现、发展、消失的运动之流，因此又可以称之为现实时间。经验主义哲学家普遍奉行这种时间观念，霍布斯就曾认为："时间是运动中先与后的影像"，"是关于那个物体从一个空间继续不断地过渡到另一个空间的观念"。[①] 把时间问题做空间化的处理，这体现了启蒙运动时期人们时间观念上的思维特点。人们普遍把感性的经验、感官的快适作为当下最应关注和最具现代性的问题，也正因为此，理性实现了工具化，科学获得了技术化，人的生存变得功利化。人类的一切生存的目的都需要在现实的时间中来完成，那么从这一层面而言，人虽然生来自由，却难免生活于现实的枷锁之中，因为在空间性的思维模式中，人性的过去、现在和未来是互相被割裂的，因此生活于现在中的人永远也不可能获得自身的完整性。

而卢梭对于人类自由的追求，实际上是做了"时间性"的描述。他把人类的生存活动与时间概念联系起来，为"现在"赋予了存在的意味。这在《一个孤独的散步者的梦》中就有所体现："既不怀恋过去也不奢望将来，放任光阴的流逝而紧紧掌握现在，不论它持续的长短都不留下前后接续的痕迹，无匮乏之感也无享受之感……只感受到自己的存在。"[②] 卢梭的这种时间意识指的是一种心理的时间，认为过去、现在、未来是可以相互渗透的，而且过去和未来都在持续的"现在"之中得以呈现，这里更多地强调了人类生存的意义而非生存的显现。因此，与物理时间意识造成的空间性方式不同，在这种时间性思维模式之中，人们可以从当下的、物质的、经验的世界中解放出来而获得精神的自由与现实的满足感。从卢梭这里，我们似乎可以看到法国哲学家柏格森"绵延说"的萌芽。柏格森最早提出"心理时间"的说法，他认为人们内心体验到的"纯粹的绵延"就是"真正的存在"[③]。德国哲学家海德格尔也批判那种以"现在"为核心的时间观念只是一种流俗的时间观，而"时间性"应该是过去、现在、将来的"统一到时"，是一种敞开的状态，它将"先行于自身……"（指向未来）、"已经在……之中"（实际性

---

① ［英］霍布斯：《论物体》，《西方哲学原著导读》上卷，商务印书馆 1981 年版，第 390 页。
② ［法］卢梭：《一个孤独的散步者的梦》，李平沤译，商务印书馆 2008 年版，第 67 页。
③ ［法］亨利·柏格森：《创造进化论》，姜志辉译，商务印书馆 2004 年版，第 6 页注释。

被抛）和"作为寓于……"（沉沦）这三种此在在世的状态统一起来，使得
人免于完全寓于"常人的常驻状态"而走向"沉沦"，从而在过去与将来的
沟通中实现存在的澄明，所以在海德格尔看来，"源始而本身的时间性的首
要现象是将来"。① 所以，首先作为时间意识而存在的现代性可以是一种"时
间性"的，是一种敞开、面向未来的意识与诉求。

在目前文艺理论界、美学界中盛行的是一种空间性思维方式，这种思
维方式从事物的过去、现在、未来的静态并存关系中分解了现代性所面临的
问题，认为现代性就是"当前性"，这一"当前性"并非处于历史关联中的
时间意识，而是流行时代中的消费意识，这种情况下研究现代性则成为满足
人的现时欲望与需求的理论诉求，审美现代性理论也就以是否能够解说和俯
就当下的大众生活和文化现象而获得理论的"有效性"与"合法性"。然而，
"一切都以'当下'是从、以'当下'为准，以描述和说明'当下'为目的，
而不再有动态的、历史的、发展的观念。这样，我们的理论也就必然会流于
肤浅、平庸。"② 我们认为，理论研究应当具备当下性的色彩，然而这种当下
性并不应该只是局限于一种浅表性的现象关注，而应该是一种深层次的本体
思考；当下性也不应只是标注现在的变化意识，还应是一种反思现在的价值
意识。这就要求我们采用一种时间性的思维方式，即以运动、变化的眼光来
审视审美现代性问题，以反思与批判的视野来冷静地分析当下的大众生活和
文化现象，在理论与现实的张力中获得指向未来的"有效性"与"合法性"。
唯其如此，我们的理论也才会有前瞻性和超前性，才能对推进现实的发展发
挥自己应有的作用。

三、价值观照的当下性

理论并非脱离实践的象牙塔里的深奥理论和烦琐的经院哲学，其最终
目的就在于观照现实，指导人们解决当下生活中的问题。然而，这就涉及审
美现代性话语的边界问题，即何为当下？或者也可以说，审美现代性以何种

---

① ［德］海德格尔：《存在与时间》，陈嘉映、王庆节译，三联书店1987年版，第388—
　　392页。
② 王元骧：《文艺理论的创新与思维范式的变革》，《文学评论》2009年第5期。

方式介入当下呢？随着世界经济一体化和文化多元化趋势的蔓延，西方后现代主义社会中出现的文学变化与文化格局也逐步影响到我国，人们深刻感受到艺术与生活、雅文化与俗文化、精英文化与大众文化的界限越来越模糊，于是有些学者提出了文艺学、美学边界扩容的问题。他们以"日常生活审美化"消解"审美意识形态论"，以"文化批评"、"学院批评"、"媒体批评"消解传统的文学批评，这在表面上看来中国的文艺学、美学界已经实现了多元共生的格局，而实质上这些打着后现代旗号的"新"理论消解的不仅是以往的研究方法、研究视角、研究内容，更包括研究的意义与价值指向。在失落了"应如何"的价值指向之后，文学批评的文化化、日常生活的审美膨胀都难免造成人们的审美心理出现由精英向大众再到市井的下降。当人们追求灯红酒绿、醉生梦死、贪图享乐、骄奢淫逸的审美方式和艺术方式的时候，人们的日常生活就不再是审美化，而是市井化、庸俗化了。我们说，文艺学、美学理论应该根据变化的形式及时作出调整，理论也更应该贴近生活、贴近大众这些都是非常必要的，因为生活与审美之间的界限本来就不是固定的，而是开放性的，不断变化的。然而，这里讲的贴近生活，关注当下人的生存状况，并不是指关注于当下人生活消费与物质满足的高低状况，而是关注当下人的精神需求与道德的状况，这才是理论研究中最为根本的问题。

在我们看来，审美现代性精神应该包含有一种价值向度，而这一价值向度在 18 世纪的卢梭那里，就已经通过对启蒙现代性的质疑与批判有所体现了。18 世纪的自然科学在牛顿力学理论体系的推动之下取得了巨大的成就，人们都沉浸于自然科学的革新所带来的物质的满足之中，即使启蒙哲学家们也不例外。他们把自然科学的研究方法运用到人文科学的研究中来，努力讴歌"举止的改进、知识的成长和扩展"，"必然带来道德的变革，并给予道德以更加坚实的基础"①，而哲学中的永恒命题——人性问题、道德问题均在科技理性万能之迷梦中被遮蔽掉了。卢梭则在 18 世纪首先发现了这一被遮蔽的根本问题，大胆对"科学和艺术能否敦化风俗"的命题作出了否定的论证，认为文明的进步并不一定必然带来道德的变革，也无法为道德进步提供更加坚实的基础。虽然卢梭的社会和革命等理论已载入历史，成为过去的

---

① ［德］E.卡西勒：《启蒙哲学》，顾伟铭等译，山东人民出版社 1988 年版，第 249 页。

那个时代的标识，然而他有关启蒙、文明与异化、美育等的论述，却永远对现实生活中的人发生作用，特别是他对于理性万能论的批判在今天则具有尤其重要的意义。其对人类生存状况的关注，无疑为我们当下的文学理论、美学的现代性建设提供了一种价值观照的向度。

那么，理论应该以何种方式介入当下呢？我们知道，理论是为解决现实中的问题而产生和发展起来的，检验理论的标准也只能看它能否有效地回答和解决现实中所存在的问题。鉴于现代人价值迷惘、自由丧失的生存现状与社会中出现的种种道德诟病，我们认为在评价时下流行的文化批评理论时，就不能仅仅局限于单纯的"美学研究"的视域，而应该以和谐社会科学发展观所要达到的人的全面发展和社会的全面进步为理论基点。人的问题是研究一切其他问题的出发点，"美源于人自身生存的需求"，任何对于美和美的艺术的分析都必须从人的自身展开。德国文化哲学人类学家蓝德曼就把人视为处于未完成状态的半成品，他需要借助于社会和文化的途径来进一步完善，所以我们在承认人作为一种有生命的个人存在，他的个人的感性的需求的合法性的同时，也应该看到感性的人与理性的人之间应保持一种必要的张力。而不能以理性精神的萎缩来换取感性欲望的极大满足，使现实的人大多匍匐于感性的层面之上。所以，仅仅是俯就人性中感性、欲望的因素，把人看作是欲望的主体；把人看作在不断追求自我超越的过程中求感性与理性的统一，这就成了当代文艺理论学者们首先要面对的抉择。而文化主义宣告艺术已经消亡，提出"日常生活审美化"的口号，显然是为了俯就现代人的当下生活状态，迎合了大众对技术表层的满足和偶然性的幻想，把审美所能带给人的感性愉悦与精神上的超越体验对立起来，片面地把"消费和放纵"定位审美的属性，强调人在这种经验的感官层面的追求之中"不再反思自己"，"并在其中而被取消"，其结果只能是导致一种披着后现代外衣的庸俗文化的泛滥，最终成为现代性的"幻象"或"幻想"。可见，文化主义在确定自己的美学原则时显然缺乏一种人文的情怀，它不仅不利于人的全面发展与自由解放，反而会进一步加剧人的异化，与真正的审美现代性精神是背道而驰的。

因此，我们认为，真正具有审美现代性的理论，其研究对象是不能被大众的消费文化所取代的，艺术作为对生命真谛与存在意义的独特表达，也许只是一些"空幻的诺言",但正如罗丹所言:"在我们的生命中,这些空幻的诺言却能使我们的思想跃跃欲动,好像长着翅膀一样……使我们的心灵飞跃,向着无限,永恒,向着智慧与无尽的爱。"①它可以唤起人们的主体意识,引导人们以理性与审美的眼光看待世界和人生。它绝非完全脱离"真"和"善"的范畴而存在的"纯美",而是一种关涉人生存的"价值选择与价值评价",因此也就无法用一种日常生活中的"消费型"文化现象来代替。艺术并没有终结,它作为文艺理论研究对象的地位也不能动摇。这绝不是固守"封闭的艺术自律论",更不是在研究对象上的"作茧自缚",而恰恰是对文艺学、美学立足于人类生存的学科品质的提倡和发扬。

（原载于《东岳论丛》2010 年第 6 期）

---

① ［法］葛赛尔:《罗丹艺术论》,沈琪译,吴作人校,人民美术出版社 1978 年版,第 150 页。

试论中国佛教自然观所蕴含的
生态审美智慧

刘艳芬

　　生态美学已经成为我国美学研究领域的学术前沿问题之一。发掘东方传统生态智慧资源，对于当代生态审美观的构建具有重要价值和意义。当前许多学者已意识到这一点并付诸行动，出现了一批重要的研究成果，其中的代表作有曾繁仁先生的《生态存在论美学论稿》（吉林人民出版社 2009 年版）、邓绍秋先生的《禅宗生态审美研究》（百花洲文艺出版社 2005 年版）和《道禅生态美学智慧》（延边人民出版社 2003 年出版）、任俊华、刘晓华的《环境伦理的文化阐释：中国古代生态智慧探考》（湖南师范大学出版社 2004 年版）、刘元春先生的《共生共荣：佛教生态观》（宗教文化出版社 2002 年版）、张怀承先生的《无我与涅槃：佛家伦理道德精粹》（湖南大学出版社 1999 年版）等。而邓绍秋、刘元春、张怀承的成果则将生态美学与中国佛教哲学美学思想结合起来进行考察，或对佛教生态观作宏观研究，或专门论述佛教某种教义所内蕴的生态因子及其生态意义，或从生态审美观的角度来研究中国佛教，视角新颖独特，其研究工作是具有开拓性的。然而，国内外学者对中国佛教生态审美智慧的研究还相对较少，研究中国诗歌中对佛教生态审美智慧表达特征的成果还较缺乏，从佛教自然观角度进行集中研究和开掘的成果更是鲜见。

　　自然观是指人们对于自然以及人与自然关系的认知和观念。不同的哲学和文化，自然观也各异。佛教作为一种独特的宗教、哲学和文化派别，其自然观极为独特。佛教自然观最明显的特征是人与自然的亲和，而巧合的是"生态审美观的核心内容是人与自然的和谐协调"①。由此可见，佛教自然观在理念施设和践行方面与生态审美有着某种程度的契合。本文试对此加以探讨。

一、人与自然的亲和：佛教自然观蕴涵的生态审美智慧

佛教与自然的源缘关系可以追溯到释迦牟尼。当年佛祖放弃苦修，端坐于尼连禅河畔的菩提树下冥想得悟，从此与自然山水风物结缘。佛教东渐我国后，又吸收了本土的"天人合一"思想，融进了儒家和道家的自然观，形成了自己独特的自然观。中国佛教自然观的独特性在于强调人与自然的和谐。具体而言，表现在如下三个方面。

第一，中国佛教崇尚自然，认为自然是与其追求的本体合一的。魏晋时即色宗认为自然是气色的统一，也正是佛影的化身，居自然之所，察自然之变幻来修行，方能得道。到了唐宋时期，禅宗则进一步突出并强化了这种自然观，认为大自然的一草一木、一花一石都是与人亲和并可以启人悟道的生命存在。只要心境空明，春天观百花吐芳，秋天望朗月悬空，盛夏沐凉风拂面，寒冬察白雪飘飘，都是追随佛影进行修行。于是，禅师们便常常以最自然的常景来展现那至高无上的终极本体。有人问云门文偃禅师"如何是佛法大意？"答曰："春来草自青。"宏智正觉禅师则讲得更生动也更明确："诸禅德，来来去去山中人，识得青山便是身，青山是身身是我，更于何处著根尘？"这里，自然万象个个皆是物、我、梵的统一体，也无一不是佛性真如的体现，"青青翠竹，尽是法身，郁郁黄花，无非般若"。自然于人，是崇高的，又是平等而友好的。对于习禅的人来说，自然是人依存的环境，是有灵性的，充满着亲切感和愉悦感。修行者应在大自然中静观默察，感受大自然的生命律动，才能得悟真如佛性。尤其大乘佛教更是将一切不论是有情识的动物还是无情识的植物都看作是佛性的显现，使得大自然的一草一木无不闪烁着佛性的灵光。这样，人对于自然必然充满了敬爱之情。因此，佛教禅师

---

① 曾繁仁：《马克思、恩格斯与生态审美观》，《陕西师范大学学报》（哲学社会科学版）2004年第 5 期。

才把整个身心都投向自然山水，与自然相融相谐。

第二，中国佛教还强调人生应如自然一样随缘任运。佛教禅宗并不是单纯崇尚自然风物，而是强调吸收自然景物生死随缘、自然流转的精神。禅宗六祖惠能有云："立无念为宗，无相为体，无住为本。无相者，于相而离相；无念者，于念而无念；无住者人之本性。"① 这里的"无念"、"无相"、"无住"，被称作《坛经》的三个总纲，意为人们修佛道应不被外物所牵引，不生好恶、取舍之心，不执着，不停留，心无挂碍，活泼无染。这种境界显然与大自然的水流花开、鸟飞叶落相似，而在湖光山色、春山秋云、清风明月中又易于达到这种境界。禅宗追求的那种淡远任运的心境与"一花一世界，一叶一如来"的瞬间永恒感是合拍的。铃木大拙在《通向禅学之路》中说："禅宗是大海，是大气，是高山，是雷鸣，是闪电，是春天花开、夏天炎热、冬天降雪。"这是对禅宗自然观的一种表述，它强调禅不是外加的而是自然本身，习禅的人应和自然融为一体，成为自然的一部分，才能领悟到真谛。因此，人要敬重自然、爱护自然、融入自然，和大自然同呼吸共命运。

第三，佛教追求的理想境界是人与自然的和谐一致。佛教追求的理想世界种类很多，最有代表性的是阿弥陀佛的西方极乐世界和毗卢遮那佛的华藏世界，但不论哪种理想世界都是山清水秀、风和日丽、鸟兽众多、林木茂盛、花草芬芳、空气清新的无任何污染的世界，人与优美的自然环境都能和谐相处。《阿弥陀经》对西方净土是这样描述的："极乐国土，七重栏楯，七重罗网，七重行树，皆是四宝周匝围绕"；还有"七宝池，八功德水充满其中，池底纯以金沙布地，四边阶道金、银、琉璃、玻璃合成，上有楼阁，亦以金、银、琉璃、玻璃、砗磲、赤珠、玛瑙严饰之，池中莲花，大如车轮，青色青光，黄色黄光，赤色赤光，白色白光，微妙香洁"。《大乘无量寿经》则描述得更美好："池饰七宝，地布金沙，优钵罗华（青莲花），钵昙摩毕（红莲花），拘牟头华（黄莲花），芬陀利华（白莲花），杂色光茂，弥复水上——十方世界诸往生者，皆于七宝池莲花中自然化生，悉受清虚之身，无极之体。"这些文字将佛国描写得美轮美奂、美妙无比，突出了西方极乐世界中人与自然的谐和。大乘佛教认为佛国净土并不在遥远的彼岸，而就在众

---

① 骆继光：《佛教十三经》上卷，河北人民出版社 1994 年版，第 270 页。

生生活的"秽土"之中实现。所以这种对生态和谐的理想境界的追求，使得佛教徒在日常生活中注意环境保护和生态系统的维护。佛教徒不杀生、素食和放生，而且喜欢将佛寺建在青山秀水之间，爱护生灵、美化环境。

　　可见，佛教对于人与自然的关系问题是有独特认识的，追求人与自然的和谐发展是佛教自然观的特点。它虽立足于宣扬泛神主义的佛性论，但却凸现了人对自然的亲和态度，因而蕴涵了深刻的天人相亲相和的中国传统生态审美智慧。佛教徒对自然环境不苛求、不破坏，而融入其中，成为自然的一部分，尽管他们不以审美为目的，但却使他们对自然的态度和行为具有一种诗意和审美意味。这种诗意和审美的获得是以自然生态系统的完好无损为前提的。罗尔斯顿说："禅宗佛教有一种值得羡慕的对生命的尊重。东方的这种思想没有事实和价值之间或者人和自然之间的界限。在西方，自然界被剥夺了它固有的价值，它只有作为工具的价值，这是随着科学和技术的发展而增加的价值。自然界只是人类开发的一种资源。但是禅学不是以人类为中心的。它不鼓励剥削资源。佛教使人类的要求和欲望得以纯洁和控制，使人类适应他的资源和环境。禅宗佛教懂得，我们要给予所有事物的完整性，而不是剥夺个体在宇宙中的特殊意义，它懂得如何把生命的科学和生命的神圣统一起来。"①

　　那么，佛教自然观的生态审美智慧是如何产生和确立的呢？

二、佛教自然观生态审美智慧产生的哲学基础

　　佛教自然观蕴涵着深刻的生态审美智慧，它以缘起论、"依正"说来说明人与自然息息相关，以众生平等、无情有性来阐述人与自然的平等。

1. 佛教以缘起论、"依正"说来说明人与自然息息相关

　　佛教哲学理论的核心是"缘起论"。它主张宇宙中没有不变的实体（即空），整个人生和宇宙间的一切事物和现象都不是孤立的存在，而是因缘和

---

① 张怀承、任峻华：《论中国佛教的生态伦理思想》，《吉首大学学报》（社会科学版）2003
年第9期。

合而生，即是由于一定的条件或原因而形成的。"因缘"是事物产生的原因和条件；因是直接原因、内在条件，缘则是间接原因、外在条件，因此因缘又被称为"内因外缘"。因缘的聚散导致了事物的生灭，佛教称之为因缘集、缘生、缘灭、缘起。《杂阿含经》卷第二有云："有因有缘集世间，有因有缘世间集；有因有缘灭世间，有因有缘世间灭。"意思是世间万法皆由因缘聚集而生起，也由因缘离散而消失。总之，"缘起论"把一切事物和现象都看作是因缘和合而成，小至微尘，大至宇宙，旁及一切生灵，包括人类都是多种因缘和合而生。这样，一切事物都是相对的、暂时的（所谓无常无我），整个世界瞬息万变，事物之间都是互为条件、互相依存的，因此，人们不应执着于事物及生命，以"无我"的胸怀应对大千世界，以求得解脱。

　　缘起论是佛教对整个世界万物生灭兴衰规律的总体阐释，是佛教哲学体系的基础理论。既然各种事物和现象都是依因托缘而起，都由各种条件互相依待、互相作用而生现，那么，一切事物和现象都是不断变化的过程，一切事物和现象都是因果关系的存在，都只能在整体中方可确定。人与自然万物息息相关，如同一束芦苇，相互依赖方可耸立。于是，天台宗提出了"十界互具"、"一念三千"的说法，主张世间"六凡四圣"（即地狱、恶鬼、畜生、阿修罗、人、天、声闻、缘觉、菩萨、佛十界）中的每一界都互相具有其他九界，十界互具，共有百界；法界又与三种"世间"互具，一法界具十法界，三十种世间，于是就有了三千种世间；三千种世间中的每一法都自然具足其他诸法。而人的一个念头，也就具足宇宙全体三千世间，被称为"一念三千"。"夫一心具十法界，一法界又具十法界、百法界，一法界具三十种世间，百法界即具三千种世间，此三千在一念心。若无心而已，介尔有心，即具三千。"① 华严宗则认为法界的形成，以一法而成一切法，以一切法而起一法，并提出了著名的"因陀罗网"比喻。因陀罗网是佛教帝释天宫中的一张张撑开来的缠有无数宝石的巨网。这些宝石熠熠生辉，互相映发，重重无尽。《华严经》以此来形象地说明佛教的缘起论，强调世界万物互相含摄、互相渗透，彼中有此，此中有彼，一即一切，一切即一，彼此关联，互相包容，圆融无碍，所谓"芥子容须弥，毛孔收刹海"，所谓"一法圆通一切性，

---

① 《大正藏》卷 46。

一法遍含一切法。一月普现一切水，一切水月一月摄"①，人与自然不是相互对立，而是相互融合、相互依存。

上述佛教缘起论的思想，是佛教自然观形成和确立的理论基础。由于个人、人类和社会都不是独立存在的，而是与自然休戚相关的，一荣则荣，一损俱损，因此每个人都要善待自然，保护自然，与自然和谐相处。正如日本著名学者阿部正雄所说："佛教关于人与自然关系的见解可以提供一个精神基础，在此基础上当今人们所面临的紧迫问题之一——环境的毁坏——可以有一个解决方法。作为佛教涅槃之基础的宇宙主义观点并不把自己视为人的附属，更准确地说，是从'宇宙'的立场将人视为自己的一个部分。因此，宇宙主义的观点不仅让人克服与自然的疏离，而且让人与自然和谐相处又不失却其个性。"②

为了进一步强调佛教对自然的尊重与爱护，在缘起论基础上，佛教又提出了"依正不二"说。依据缘起论，一切事物和现象都是因果报应的显现，这就是所谓因果报应说。其中"报"又分正报和依报："正由业力，感报此身，故名正报；既有能依正身，即有所依之土，故国土亦名报也。"③而正报，指的是有情众生的生命主体；依报，指众生所依止的生存环境。佛教倡导依正不二，认为生命主体与生存环境是相辅相成的同一整体，一切事物和现象都是自然界的有机组成部分，"天地同根，万物一体，法界同融"，人与花草树木、飞禽走兽相互依存，和谐共处。日本思想家池田大作指出："'依正不二'原理即立足于这种自然观，明确主张人和自然不是相互对立的关系，而是相互依存的。《经藏略义》中'风依天空水依风，大地依水人依地'对生命与环境相互依存的关系作了最好的诠释。如果把主体与环境的关系分开对立起来考察，就不可能掌握双方的真谛。"④

综上可见，建立在佛教缘起论基础上的佛教自然观，因与自然关系密切相关而敬重自然，因与自然一体而亲和自然，这种特殊的关系带有审美性

① 永嘉玄觉：《证道歌》。
② ［日］阿部正雄：《禅与西方思想》，王雷泉等译，上海译文出版社1989年版，第247页。
③ 《三藏法数》。
④ 张怀承、任峻华：《论中国佛教的生态伦理思想》，《吉首大学学报》（社会科学版）2003年第9期。

和诗意性，具有一定的生态审美智慧。曾繁仁先生在《当代生态文明视野中的生态美学观》一文中曾对生态美学中人与自然的关系加以描述，指出："而生态美学观则在承认自然对象特有的神圣性、部分的神秘性和潜在的审美价值的基础上，从人与自然平等共生的亲和关系中来探索自然美问题，这显然是美学领域的一种突破和超越。"① 这种描述，与上述由缘起论决定的佛教自然观竟有许多相似之处，这种理论的契合昭示出佛教自然观具有一定的生态审美意识。

2. 佛教以众生平等论来阐述人与自然平等

佛教对自然的尊重，不仅来自于万物息息相关的关系，而且还以众生平等的思想为前提。佛教认为宇宙万物虽复杂多样、姿态各异，但从是否有"情识"（感情与意识）角度来看，则可分为两类：一类是具有生命的东西，称"众生"或"有情"；一类是不具有情识的东西，如草木瓦石、山河大地等。

佛教主张众生平等。佛教认为宇宙间的一切众生包括地狱、饿鬼、畜牲、阿修罗、人、天六道和湿生、化生、卵生、胎生四生，都是平等的。六道四生依据自身的行为业力，彼此相容，相互转化。《心地观经》云："即无始来，一切众生，轮转五道，经百千劫，于多生中互为父母。"《梵网经》亦有云："一切男子是我父，一切女子是我母，我生生无不从之受生，故六道众生皆是我父母。而杀而食者，即杀我父母，亦杀我故身。"六道众生曾相互作为父母，每一众生都曾获得其他众生的恩惠，因此不能杀生，而应该尊重并爱护人以外的其他生命。这样，佛教就以轮回说为基础触目惊心地指出六道众生互为父母，是平等的，无高下尊卑之分，所有生命都有生存的权利，各个生命体之间应相互善待，人与其他生命也是平等的。

佛教还主张无情有性。大乘佛教认为，一切法都是真如佛性的显现，万法皆有佛性。不仅有情众生佛性具足，而且那些没有情识的山川、草木、大地、瓦石等也具有佛性。到了天台宗就将这一思想极为清晰地表达了出来。湛然《金刚錍》曰："我及众生皆有此性故名佛性，其性遍造遍变遍摄。世

---

① 曾繁仁：《当代生态文明视野中的生态美学观》，《文学评论》2005 年第 4 期。

人不了大教之体，唯云无情不云有性，是故须云无情有性。""真佛体在一切法。"三论宗的吉藏也说："若于无所得人，不但空为佛性，一切草木并是佛性也。"① 禅宗亦有此主张。《古尊宿语录》卷九云："天地与我同根，万物与我一体。"《五灯会元》卷十七则曰："不知心境本如如，触目遇缘无障碍。"这样，佛教众多派别都认可了无情有性说，认为佛性是宇宙万物普遍具有的本性，佛性对万物来说，并非此有彼无，也无高下之分，草木瓦石和人一样也具备佛性，所以要爱护山石草木。《楞严经》曰："清净化丘及诸菩萨，于歧路行，不踏生草，况以手拨！"号召教徒爱护草木，做到人与自然和谐无碍。

总之，佛教"众生平等"观和"无情有性"说是佛教对人类中心主义的否定，它否定了人类有权征服自然的观念，将人从人与自然对立的主客二分思维中解放出来，确立了人与自然平等和谐的佛教自然观。"从环境恶化的遏止和自然环境的改善来说，最重要的不是技术问题和物质条件问题，而是应有的态度，即人类应该以一种'非人类中心的'普遍共生的态度来对待自然环境，同自然环境处于一种中和协调、共同促进的关系，这其实就是一种审美的态度。"② 佛教对自然的态度也接近这样一种审美态度。佛教发展到禅宗，逐渐带有了一些审美特性，一些僧徒和崇佛文人诗佛双修，沉醉于自然山水，做到了诗意地栖居。

三、诗意栖居：佛教自然观生态审美智慧的影响和表现

1. 僧徒的诗意栖居

在佛教徒眼里，一切众生都有成佛的灵性，无生命的大地、河流、草木等都"无情有性"，人与自然万物可以互相融合，和谐相处。佛教僧徒日常生活离不开自然环境，连说法、修行也都离不开自然景物，而僧徒与自然所建立的这种融洽关系，使他们的生活具有了诗意性。

首先，许多禅宗大师都以自然景物来示法。禅宗牛头宗人宣称"青青翠竹，尽是法身；郁郁黄花，无非般若"；圆悟克勤则曰："青郁郁，碧湛湛，

---

① 《大乘玄论》卷三。
② 曾繁仁：《简论生态存在论审美观》，《贵州师范大学学报》（社会科学版）2004 年第 1 期。

百草头上漏天机；华（花）蔟蔟，锦蔟蔟，闹市堆边露真智"；杨岐方会云：
"雾锁长空，风生大野。百草树木，作大师子吼。演说摩诃大般若，三世诸
佛在你诸人脚跟下转大法轮。若也会得，功不浪施。"① 翠竹青青是佛法之身
的显现，黄花郁郁则是般若智慧的展现，百草繁花、树木大地，自然界的一
切都是诸佛的体现，这些无情之物不仅有佛性，而且也在弘扬佛法。禅师深
邃的理性思想外化为感性的自然形象，使自然万象被罩上了拟设的空幻色
彩，因而具有了审美性质。这既是禅的境界，又是审美的境界。

其次，由于禅宗对自然环境的亲和而非对立，教徒的修习行为因与自然
环境融合而被美化、诗意化了。《五灯会元》卷十六《云峰志睿禅师》有云：

> 上堂："瘦竹长松滴翠香，流风疏月度炎凉。不知谁住原西寺，每
> 日钟声送夕阳。"上堂："声色头上睡眠，虎狼群里安禅。荆棘林里翻
> 身，雪刃丛中游戏。竹影扫阶尘不动，月穿潭底水无痕。"上堂："不
> 是风动，不是幡动，衲僧失却鼻孔。是风动，是幡动，分明是个漆桶。
> 两段不同，眼暗耳聋。涧水如蓝碧，山花似火红。"②

《续传灯录》卷三十五记载常州华藏伊庵有权禅师诗，曰：

> 黑漆昆仑把钓竿，古帆高挂下惊湍，芦花影里弄明月，引得盲龟
> 下钓船。

这里瘦竹、长松、流风、疏月、钟声、夕阳、虎狼群、荆棘林、竹影、台
阶、尘土、明月、深潭、清水、风吹、幡动、涧水、山花，古帆、惊湍、芦
花影、明月、盲龟、钓船，都是充满灵性的禅机，修行者的思想和智慧宛如
自由的蝴蝶在这种种自然景象中上下翻飞，这是与自然景象不能分离的禅的
境界，也是审美境界，修行者简朴的生活就这样被诗意化。

再次，佛教徒对禅意禅趣的理解，往往借助于诗歌来表达。禅意禅趣

---

① 普济：《五灯会元》，苏渊雷点校，中华书局 1984 年版，第 1230 页。
② 普济：《五灯会元》，苏渊雷点校，中华书局 1984 年版，第 1079 页。

本来就是一种审美化的情趣意绪，借助诗歌来表达就使诗意更为浓厚。《祖英集》卷下所记唐代雪窦重显禅师的两首诗可谓典型。其诗曰：

> 红芍药边方舞蝶，碧梧桐里正啼莺。离亭不折依依柳，况有青山送又迎。①
> 门外春将半，闲花处处开。山童不用折，幽鸟自衔来。②

芍药花正闲适地开放，却红艳无比，梧桐树碧绿，很是繁茂，蝴蝶正自在飞舞，黄莺也在自由啼鸣，即使离别，也不必折柳相送，因为自有青山或送或迎，这里花开无心，鸟鸣自在，却充满禅意禅趣，充满着浓浓的诗意。

如果说禅宗的自然观吸收了儒家和道家的自然观，才与审美有如此密切的联系，那么藏传佛教的修习行为也具有诗意，就是佛教自然观自身的影响了。藏传佛教苦行大师密勒日巴《道歌集》中有一首道歌曰："于此百花丛生处，千树群列竞作舞，众鸟喧鸣齐歌唱，猿猴嬉戏乐奔跃。于此寂静善妙地，独居修禅甚快乐。"这里，百花盛开、千树竞绿，众鸟喧鸣、猿猴嬉戏，而独居修禅的修行者，融入这生机勃勃的大自然中，认为这是最利于修行的"寂静""妙地"，感受到内心与自然和谐统一的快乐，看到的自然界充满美感。

2. 崇佛诗人的诗意栖居

佛教自然观所具有的生态审美智慧，不仅影响到佛教僧众，而且影响到崇佛诗人甚至一般的诗人。

晋宋大诗人谢灵运笃信佛教又醉心山水，大力创作山水诗。他善于描写自然山水外在形貌以及心物合一的鉴赏过程。谢灵运对山水自然的观照，受佛教直觉思维方式的影响，视万物等无差别，其诗常常能写出物象的自在之形，而其中又处处闪烁着佛性的神光灵性，景物的自然之美在禅悟中与佛性熔融，最终呈现出澄净清明、幽寂无边的诗境："云日相辉映，空水共澄

---

① 《送僧》。
② 《春日示众》。

鲜"①，"江山共开旷，云日相照媚"②，"白云抱幽石，绿篠媚清涟"③，"清霄飏浮烟，空林响法鼓"④。这里水天辉映、空明澄澈，云高石幽，青竹与清水相亲，暮色浮烟掩不住霄清林翠，万物千象，灵气飞动，达到一种诗意的审美境界。

唐宋时期，诗与禅互相渗透交融，"诗为禅客添花锦，禅是诗家切玉刀"。禅宗对自然的倾心直接影响了近佛诗人的生活方式更具诗意。这集中体现在王维、孟浩然、柳宗元、白居易、韦应物、苏轼等人身上，而尤以王维、苏轼为最。

唐代王维是佛教信徒，他坚持素食、植树等。《唐书》本传记曰："维弟兄俱奉佛，居常蔬食，不茹荤血，晚年长斋，不衣文彩。"王维还广植树木，所植银杏今日犹存。王维的许多诗文表现出了尊重自然、悲天悯物的情怀。《白鼋涡》曰："南山之瀑水兮，激石涡瀺似雷惊。人相对兮不闻语声，翻涡跳沫兮苍苔湿，鲜老且厚，春草为之不生。兽不敢惊动，鸟不敢飞鸣。白鼋涡涛戏漱兮，委身以纵横。主人之仁兮，不网不钓，得遂性以生成。"其诗《戏赠张五弟堙》中有云："入鸟不相乱，见兽皆相亲。云霞成伴侣，虚白待衣巾。"这些都赞扬了"主人"爱护自然生灵、不网钓、不狩猎的仁德，描述出"侣鱼虾而友麋鹿"、物我相亲、人与自然和谐相处的美好诗意的境界。他还喜欢到清幽静谧的深林里来观照自然胜景。《辛夷坞》曰："木末芙蓉花，山中发红萼。涧户寂无人，纷纷开且落。"深山幽谷中，一片空寂，只有芙蓉花自在开落。整首诗只有20个字，却将山之清空、花之闲静、人之自在，写到极致。其《辋川绝句》中还有很多这种诗篇，都表现出诗人与物相融相谐带来的淡淡欣喜和永恒自在。

苏轼生活于禅宗极为流行的宋代，深受佛教自然观影响，尽管仕途坎坷，但却做到了诗意栖居。其《阿弥陀佛赞》有云："见闻随喜悉成佛，不择人天与虫鸟。但当常作平等观，本无忧乐与寿夭。丈六全身不为大，方寸于佛夫岂小。此心平处是西方，闭眼便到无魔娆。"在诗人看来，"人天"与"虫鸟"平等，"丈六"与"方寸"等同，因此，人生何必拘泥，更不用执

---

① 《登江中孤屿》。
② 《初往新安至桐庐口》。
③ 《过始宁墅》。
④ 《过瞿溪山饭僧》。

着，人与自然相谐，人境无碍，"心平处是西方"。《泗州僧伽塔》诗曰："至人无心何厚薄，我自怀私欣所便。耕田欲雨刈欲晴，去得顺风来者怨。若使人人祷辄遂，造物应须日千变。今我身世两悠悠，去无所逐来无恋。""耕田欲雨刈欲晴，去得顺风来者怨。"一般人都有所求，于是深受或怨或喜的困扰，而诗人"去无所逐来无恋"，"无心"于外境，视万物等无差别，而与自然万物相融相偕，做到了"欣所便"。这是何等潇洒而诗意的人生态度和人生境界啊！苏轼正是以物我一体、万物平等的思想消解现实的痛苦，达到诗意栖居的理想境界的。

此外，中国文学史上还有许多诗人受到了佛教自然观蕴涵的生态智慧影响，他们将自然视为可以安顿心灵的精神家园，写出了物我合一、思与境偕的美好诗作，并且在人生中努力追求人与自然相亲相恋、相互融洽的诗意生态境界，力争达到诗意栖居。

佛教自然观所蕴含的生态审美思想与生态美学的许多问题有相似之处。"以生态整体主义哲学为支撑的生态美学就是力倡在良好的环境中人类'诗意地栖居'。同时，以生态整体主义哲学为支撑的生态美学观还倡导人类对其他物种的关爱与保护，反对破坏自然和虐待其他物种的行为，这其实是人的仁爱精神和悲悯情怀的一种扩大，也是人文精神的一种延伸，使人类的生存进入更加美好文明的境界。总之，以生态整体主义哲学为支撑的生态美学观是人文主义精神在新时代的发扬和充实。"[1] 这段话是对生态美学的阐释，却与佛教自然观蕴涵的生态审美智慧有着惊人的契合：佛教自然观体现的正是"生态整体主义"思想，它"倡导人类对其它物种的关爱与保护，反对破坏自然和虐待其它物种的行为"，是人的"仁爱精神"和"悲悯情怀"的表现。

综上可见，佛教自然观蕴涵着丰富的生态审美智慧。尽管佛教和审美不同，佛教是要解决人的来世问题，指向虚幻的彼岸；而生态审美是一种以和谐的生态系统为审美对象，是付诸现实的，但是佛教自然观中有很多生态文化资源能够给我们建设生态美学提供启示和借鉴。

（原载于《河南大学学报》2010 年第 7 期）

---

[1]　曾繁仁：《当代生态文明视野中的生态美学观》，《文学评论》2005 年第 4 期。

内圣外王与儒家美学的精神逻辑
及话语建构

程　勇

　　"内圣外王"最初见于《庄子·天下篇》，但更适合于表达儒家的理想。
"《大学》所谓'格物，致知，诚意，正心，修身'，就是修己及内圣的功夫；
所谓'齐家，治国，平天下'，就是安人及外王的功夫。"① 历代儒者无不孜
孜以求实现这一理想，亦以之为问学的最高目的，尽管有倚轻倚重之别。求
解"内圣"之"道"与"功夫"，就有"心性儒学"之方向；求解"外王"
之"道"与"功夫"，就有"政治儒学"之方向，儒学即"内圣外王"之学，
儒家之道即"内圣外王"之道。"内圣外王"开启并标示出儒家的生存世界
与理想意愿，因此是恰当理解儒家思想言述的内在视野。儒家对审美生活及
其相关问题的思考，儒家美学的精神逻辑与话语建构，即展开于"内圣外
王"的生存世界，而旨在实现"内圣外王"的理想意愿。

一

　　就话语建构的源初动力而言，孔子开创的儒家学术是对宗周礼乐文明
的文化改制 (re-culturing)，即针对春秋时期"礼坏乐崩"的社会／文化秩
序，通过制度的重建与文化的更新，实现礼乐传统的创造性转化，其实质是
维护与重塑礼乐文化的整合性。这也就构成了儒家的事业与生活，决定了儒
学的性格与志趣——"儒学不是某种专家之业，不是某种知识系统和论说

---

①　梁启超：《儒家哲学·周传儒记》，《清华周刊》1926 年第 1 期。

架构，它所强调的是躬行践履，知行合一"①，遂与专事祈禳、卜筮、相礼之"小人儒"殊途，而"君子儒"的志业担当即《大学》所谓"明明德"、"亲民"、"止于至善"，"明明德"即"内圣"的功夫，"亲民"即"外王"的事业，"止于至善"则是理想的实现与完成。②

　　"内圣"是要实现"专就一个人是人说，所可能有的最高成就"③，是要通过"格物"、"致知"的修养功夫把自己内在所有的"明德"阐发出来，因而是朝向并努力成为所学对象（圣人）的境界论，而非志在获取并植入对象信息的知识论。在仁、义、礼、智、信诸德中，仁具有根本性意义，是德性之本与德行之全。这不仅因为《礼记·中庸》说"仁者，人也"，意谓"仁者，人之所以为人之理"④，是人之为人的根本规定性，一旦为人而不仁，则不仅失去做人资格，文化对其亦不能发生意义："人而不仁如礼何？人而不仁如乐何？"⑤更重要的是，仁是贯通天、地、人的根本德性，"天地之大德曰生"⑥，而"仁是造化生生不息之理"⑦，是宇宙生命创造精神、生命的潜能与种子，"是天（终极信念）、地（自然生态）、人（社会与他人）、我（内在自我意识与情感）之间的普遍联系与相互滋养润泽"⑧，故而"仁者浑然与物同体"⑨。既然如此，"内圣"的"明明德"就并非通过知识程序将外在规则内化为心灵模式，而只不过是"自明其明德，复其天地万物一体之本然而已耳，非能于本体之外而有所增益之也"⑩，所谓"尽其心者，知其性也；知其

①　郑家栋：《断裂中的传统：信念与理性之间》，中国社会科学出版社 2001 年版，第 624 页。
②　刘述先：《论儒家"内圣外王"的理想》，见景海峰编《儒家思想与现代化——刘述先新儒学论著辑要》，中国广播电视出版社 1992 年版，第 2 页。
③　冯友兰：《中国哲学简史》，涂又光译，北京大学出版社 1996 年版，第 6 页。
④　（宋）朱熹：《孟子章句集注·尽心下》，第 112 页，见《四书五经》上册，中国书店 1984 年版。
⑤　《论语·八佾》。
⑥　《易·系辞》。
⑦　（明）王守仁：《传习录》上，见吴光等编校《王阳明全集》上册，上海古籍出版社 1992 年版，第 26 页。
⑧　郭齐勇：《儒学的生死关怀及其当代意义》，见中国孔子基金会编《儒学与二十一世纪》，华夏出版社 1995 年版，第 668 页。
⑨　（宋）程颢：《识仁篇》，载《二程遗书》卷二上，见王孝鱼点校《二程集》，中华书局 1981 年版，第 17 页。
⑩　（明）王守仁：《大学问》，见吴光等编校《王阳明全集》下册，上海古籍出版社 1992 年版，第 968 页。

性，则知天矣"①。"内圣"因此是儒家天人合一的心灵境界，体现为"人性"与"天道"相贯通，它是内向性的打开，却又同时具有开放的超越性。

作为精神情态，"内圣"境界是对天地万物"一体之仁"的直觉体认，是"天人合德"的精神意向，在此意向中，"个体心态感到自身完满无缺，与天地宇宙相通，因而生机畅然。德感不仅内在地规定了自足无待于外的精神意向，而且规定了生命体自显的求乐意向。健动不息的生命力无需再有外在的目的、对象和根据，自身的显发就可以获得恬然自得、盎然机趣的生命流行之乐，其最高境界就是陶然忘机的生命沉醉，所谓酣畅饱满的生命活力的尽情尽兴。"② 作为仁的充分实现，"内圣"境界无疑是道德的至善境界，但同时，人们也有理由认定"仁者与天地万物为一体的境界也就是美的最高境界"③。这固然是因为中国传统始终将心灵作为整体来把握，从不费神区分道德与审美的知识领域，但更为重要的原因是，儒家的道德观是一种"强调德性的道德观"，"道德实践是追求美满的人生的一种不能间断的活动"④，德性的道德修养本身就是人生的目的，这就使道德经验与审美经验在性质上具有相似性，即由万物一体相通的自由想象而获得的对于本然存在的真实（"诚"）体验，是对物我分离、主客对立的日常状态而言的恍若自失而后自得的一种高峰体验。与之相伴随的极度快乐乃是不假外求、不需旁索的自得之乐，"是乐的本身，无关心无目的，无任何利害纠葛，是纯粹的精神之乐，绝对的自由之乐"⑤。

不仅如此，"内圣"作为心灵境界乃是原发性、意向性的意义机制，决定着世界意义的敞开、人生价值的实现，所谓"你未看此花时，此花与汝心同归于寂；你来看此花时，则此花颜色一时明白起来"⑥。它又具有生成性与境遇性，与物化生，随物赋形，在人生的各个瞬间与情境中凝定成型。由于

---

① 《孟子·尽心上》。
② 刘小枫：《拯救与逍遥》，上海三联书店 2001 年版，第 144—145 页。
③ 张亨：《〈论语〉论诗》，见其《思文之际论集：儒道思想的现代诠释》，新星出版社 2006 年版，第 73 页。
④ 石元康：《从中国文化到现代性：典范转移?》，三联书店 2000 年版，第 111 页。
⑤ 聂振斌：《理学家的理趣与艺术情趣》，《哲学研究》2004 年第 6 期。
⑥ （明）王守仁：《传习录》下，见吴光等编校《王阳明全集》上册，上海古籍出版社 1992 年版，第 108 页。

仁的"感通性"——这也就意味着它是一种具有普遍性的价值，通过与天地万物的感通、与他人心灵的感通，"内圣"境界显发于自然境遇，就有"万物静观皆自得，四时佳兴与人同"①之欣然领悟，而生"吾与点也"②之乐；显发于历史境遇，就有"先天下之忧而忧，后天下之乐而乐"③的济世情怀，而能做到"可以速而速，可以久而久，可以处而处，可以仕而仕"④，显发于日常生活境遇，就有"饭疏食，饮水，曲肱而枕之，乐亦在其中"⑤，而"其生色也，睟然见于面，盎于背，施于四体"⑥，遂有温润如玉的圣贤气象以及审美化的人生。当此境界显发于艺术，遂造就华夏艺术"仁爱为怀"的情感肌质——"各种自然放纵的情欲、性格、动作，各种贪婪、残忍、凶暴、险毒的心思、情绪、观念，各种野蛮、狡狠、欺诈、淫荡、邪恶，那种种在希腊神话和史诗中虽英雄天神们也具有的恶劣品质和情操，在中国古典诗文艺术中都大体被排斥在外"⑦，以及"美善相乐"的精神气质——"乐与仁的会同统一，即是艺术与道德，在其最深的根底中，同时，也即是在其最高的境界中，会得到自然而然的融合统一"⑧，进而陶铸了中国民族的审美心性。

要成就"内圣"，就得力行"格物"、"致知"、"正心"、"诚意"、"修身"的功夫，以实现心灵的自觉，培育明澈真诚的性情与品格。由于"内圣"境界就是美的最高境界，这一本体规定决定了文艺审美在儒家这里具有切关存在意义的根源性："兴于《诗》，立于礼，成于乐"⑨。"凡诗之言，善者可以感发人之善心，恶者可以惩创人之逸志，其用归于使人得其情性之正而已。"⑩"诗兴"正是要人从功名利禄的束缚中超拔而出，恢复"本然之心"与生命意义机制："能兴即谓之豪杰。兴者，性之生乎气者也。拖沓委顺，当世之然而然，不然而不然，终日劳而不能度越于禄位田宅妻子之中，

————————————
①　（宋）程颢：《秋日偶成》。
②　《论语·先进》。
③　范仲淹：《岳阳楼记》。
④　《孟子·万章上》。
⑤　《论语·述而》。
⑥　《孟子·尽心上》。
⑦　李泽厚：《华夏美学》，见其《美学三书》，安徽文艺出版社1999年版，第259页。
⑧　徐复观：《中国艺术精神》，春风文艺出版社1987年版，第15页。
⑨　《论语·泰伯》。
⑩　（宋）朱熹：《论语章句集注·为政》，见《四书五经》上册，中国书店1984年版，第4页。

数米计薪，日以挫其志气，仰视天而不知其高，俯视地而不知其厚，虽觉如梦，虽视如盲，虽勤动其体而心不灵，惟不兴故也。圣人以《诗》教荡涤其浊心，震其暮气，纳之于豪杰而后期之以圣贤"[1]，"兴便有仁的意思……诗教从此流出，即仁心从此显现"，故"欲识仁，须从学《诗》入"[2]。而"经过孔子、荀子等儒家思想家的改造"，"儒家所谓'礼'就不仅仅是宗教甚或伦理意义上的行为，而且是艺术行为，一种生活的艺术行为，甚至可以说就是一种表现内在真实情感的有节奏的舞蹈"[3]，"不学礼，无以立"[4] 正是要人通过审美化的礼仪实践反复体认人人相通的真实情感，同时以"一种同人类的尊严、教养、智能、才能相称的感性形式"[5] 立身于人人之际。至于"成于乐"，作为人格修养的完成，因为"大乐与天地同和"[6]，故能与天地生命感通，回复到主客分裂之前的原本状态、天地宇宙和谐的初生状态，率性起止，自然真诚，"可以赞天地之化育，则可以与天地参"[7]。三者的关系是：没有"诗"对于人之真诚性情的兴发，就谈不上"礼"的建立，而缺少了"礼"的"切磋""琢磨"，那也就无法达到"与天地同和"的心灵境界，这就构成人格修养的进阶，而审美恰正处在根源性的位置。不仅如此，由于"礼"已经被改造为"生活的艺术行为"，"礼就成为了乐，要求从其本身得到理解"[8]，因而审美又是贯串人格修养始终的文化力量，从根底上说，"理想的人格，应该是一个'音乐的灵魂'"[9]。从"内圣"的维度看，与其说审美是成就"德性"的手段，还不如说审美决定了"善的生活"的选择，正因为这种生活是审美化的，所以才是令人向往并孜孜以求的。

---

[1] （清）王夫之：《俟解》，见船山全书编辑委员会编校《船山全书》第12册，岳麓书社1998年版，第479页。

[2] 马一孚：《复性书院讲录》，山东人民出版社1998年版，第57、157页。

[3] 彭锋：《君子人格与儒家修养中的美学悖论》，《陕西师范大学学报》2009年第4期。

[4] 《论语·季氏》。

[5] 李泽厚、刘纲纪：《中国美学史》第1卷，中国社会科学出版社1984年版，第142页。

[6] 《礼记·乐记》。

[7] 《礼记·中庸》。

[8] 张祥龙：《孔子的现象学阐释九讲——礼乐人生与哲理》，华东师范大学出版社2009年版，第187页。

[9] 宗白华：《美学与意境》，人民文学出版社1987年版，第240页。

二

"内圣"旨在解决发生在个体自身的自然与文化之间的冲突,"外王"则要在"家"、"国"、"天下"的同心圆结构中圆满解决个体与群体的关系。按儒家思想的内在视野,"外王"乃是"内圣"的必然要求和逻辑延伸,这是因为"仁者己欲立而立人,己欲达而达人。修身立德之功既竟于我,势不能不进而成人之美,使天下之人由近逮远,皆相同化,而止善归仁"①。真正的儒者必有此担当意识、生存世界和理想意愿,其问题意识是如何创造一个使人人都能"止善归仁"的"好世界"。这就发生了儒家的政治思想,而在有关这个"好世界"的种种构想中,审美生活同样得到一贯重视,被视作政治的重要可用之资。

儒家的"好世界"具有"天下主义"的品质。作为一种世界图式,"天下""不以经济关系的维系和'种族—族群'及民族国家的区分和疆域化为基础,而是以'有教无类'的观念形态为中心来呈现人们对世界的认识"②,因而儒家想象的乃是一个超越了民族和国家之狭隘性的人文化成的世界,是一个"夷狄进至于爵,天下远近小大若一"③、"天下为公。选贤与能,讲信修睦"④、"四海之内若一家","天之所覆,地之所载,莫不尽其美、致其用","万物皆得其宜,六畜皆得其长,群生皆得其命"⑤的乌托邦,当中蕴含着一种"把全世界看作平等而治理的"⑥文化的"世界主义"理念。在儒家思想中,"天下"是较诸"民族"和"国家"更高的政治/文化单位,民族和国家的合法性、政府的权威性和政治权力决定于"为公"的"文化天下",故而儒家认为"夷狄"有德者可进而为"中国","诸夏"无德者可退而为

---

① 萧公权:《中国政治思想史》,新星出版社 2005 年版,第 44 页。
② 王铭铭:《作为世界图式的"天下"》,见赵汀阳主编《年度学术 2004:社会格式》,中国人民大学出版社 2004 年版,第 59 页。
③ (汉)何休:《春秋公羊传解诂》,见阮元校勘《十三经注疏》,中华书局 1980 年版,第 2200 页。
④ 《礼记·礼运》。
⑤ 《荀子·王制》。
⑥ [日]本田成之:《中国经学史》,孙俍工译,上海书店 2001 年版,第 125 页。

"夷狄"①，"夺之者可以有国，而不可以有天下；窃可以得国，而不可以得天下"②。若此则"天下兴亡"实质是"文化兴亡"的问题，而"文化兴亡、天下兴亡、人性兴亡是同一个问题，文化之亡就是天下之亡，也是人性之亡"，"只有伟大的文化才能够创造丰富的生活，才能使生活和社会充满活力，才能以其魅力去吸引世界万民，使天下归心，四海宾服"，"政治成功最终取决于文化成功"③。所以坚持"政者正也"④的儒家认定"政治之主要工作乃在化人"，"而政治社会之本身实不异一培养人格之伟大组织"⑤，国家和政府存在的根本意义亦系于此，政治、教育、社会甚至经济制度设立的根本目的即在通过伟大文化的创造和维护，充分实现和发展人的善性。

儒家认同的伟大文化是文质彬彬的周代礼乐，它"把政治统治、亲缘关系和道德文化混融为一体，各领域的规则和角色混融不分"⑥，而"无论作为制度，还是作为规范或作为仪式，其形式都是由美感形式或艺术形式构成的，并以美感愉悦为纽带，把不同的等级、不同的人群联系、调和起来"⑦，根本上是一种高尚优雅的审美性的文化类型，能以造就优美的人生与和谐有序的社会："礼节民心，乐和民声，乐者为同，礼者为异。同则相亲，异则相敬。乐至则无怨，礼至则不争"⑧。在儒家看来，周代礼乐文化的先进性并不能因礼坏乐崩的事实而取消，需要通过文化的更新恢复其作为文明／政制的整合性，此即以"仁"为根基、依"仁"释"礼"，使礼乐传统从天人之际转向人人之际，而成为"身家国天下"的一体性秩序。它以"仁"为精神动源、以"礼"为制度架构、以"德政"为政治理念、以"教化"为实现途径，是"近者悦，远者来"的政治秩序，亦是"和而不同"⑨的文化秩

---

① 《春秋公羊传》。
② 《荀子·正论》。
③ 赵汀阳：《坏世界研究：作为第一哲学的政治哲学》，中国人民大学出版社 2009 年版，第107—108 页。
④ 《论语·颜渊》。
⑤ 萧公权：《中国政治思想史》，新星出版社 2005 年版，第 45 页。
⑥ 阎步克：《波峰与波谷——秦汉魏晋南北朝的政治文明》，北京大学出版社 2009 年版，第22 页。
⑦ 聂振斌：《儒学与艺术教育》，南京出版社 2006 年版，第 2 页。
⑧ 《礼记·乐记》。
⑨ 《论语·子路》。

序。经过儒家的改造，礼乐文明／政制的根本功能就在于位育"文质彬彬"①
的君子人格，是将仁的境界转化到人生之中，是"仁人"与"仁政"的互动
生成，故而儒家坚信"礼乐兴"则"天下兴"，并以礼乐文化的守护人自认。
于此可以说，儒家政治不仅是"文化政治"，亦是"诗性政治"，是审美化的
政治。这是因为，经由儒家的创造性转换，作为政治性规定的"礼不再是苦
涩的行为标准，它富丽堂皇而文才斐然，它是人的文饰，也是引导人生走向
理想境界的桥梁"②，而"政治风俗的理想境界乃是一种审美的境界"③，儒家
的乌托邦实质是一种审美乌托邦。

　　儒家由此赋予审美生活以一种面向全体社会成员的根源性和严肃性：
"志微、噍杀之音作，而民思忧；啴谐、慢易、繁文简节之音作，而民康乐；
粗厉、猛起、奋末、广贲之音作，而民刚毅；廉直、劲正、庄诚之音作，而
民肃敬；宽裕、肉好、顺成、和动之音作，而民慈爱；流僻、邪散、狄成、
涤滥之音作，而民淫乱"④，甚至决定国家的兴衰、存亡、强弱、治乱："乐
中平则民和而不流，乐肃庄则民齐而不乱，民和齐则兵劲城固，敌国不敢婴
也。如是，则百姓莫不安其处，乐其乡，以至足其上矣。……乐姚冶以险，
则民流僈鄙贱矣。流僈则乱，鄙贱则争，乱争则兵弱城犯，敌国危之。如
是，则百姓不安其处，不乐其乡，不足其上矣"⑤。因此并非所有的审美生活
都是正当的，只有那些高雅正派的审美生活才拥有政治上的合法性与道德／
审美上的正当性。儒家坚信"声音之道，与政通矣"⑥，审美生活乃是政治的
文化表征、象征系统，"假如一个政府愚蠢到纵容甚至支持淫邪低俗、粗鄙
弱智的审美生活，就几乎是在为亡国亡天下创造条件"⑦，"其服组，其容妇，
其俗淫……其声乐险，其文章匿而采"⑧就是乱世的征象。这充分表明儒家

---

① 《论语·雍也》。
② 杨向奎：《宗周社会与礼乐文明》，人民出版社 1997 年版，第 381 页。
③ 叶朗：《中国美学史大纲》，上海人民出版社 1985 年版，第 44 页。
④ 《礼记·乐记》。
⑤ 《荀子·乐论》。
⑥ 《礼记·乐记》。
⑦ 赵汀阳：《坏世界研究：作为第一哲学的政治哲学》，中国人民大学出版社 2009 年版，第
　　109 页。
⑧ 《荀子·乐论》。

看待审美生活的功利主义视野，但与法家和墨家的政治 / 实用功利主义的美学观不同，儒家不是以能否直接推动政治、经济、军事发展为标准看待和评价审美生活，而是要求通过审美生活内在提升人的精神境界。这种审美功利主义的审美观取决于儒家对于政治运作的诗性理解。

如此一来，要实现儒家的"好世界"，那就势必要对审美生活进行一种制度性的建构，使其成为一种社会体制，一种"齐家"、"治国"、"平天下"的特殊建构机制："乐在宗庙之中，君臣上下同听之，则莫不和敬；闺门之内，父子兄弟同听之，则莫不和亲；乡里族长之中，长少同听之，则莫不和顺"，使"耳目聪明，血气和平，移风易俗，天下皆宁，莫善于乐"①。它至少包括：

1.确立具有"乐而不淫，哀而不伤"、"尽美矣，又尽善也"②品质的审美经典系统和审美生活的榜样，"声，则凡非雅声者举废；色，则凡非旧文者举息"③；

2.建立"天下主义"的文教 / 审美制度，传播文艺审美经典，规范人格建构的方向："其为人也，温柔敦厚，《诗》教也……广博易良，《乐》教也……属辞比事，《春秋》教也"④，亦奠定文艺审美创造的精神气象及其展开方式；

3.设立"学而优则仕"⑤的修学德行与社会权力的转换机制，"虽庶人之子孙也，积文学，正身行，能属于礼义，则归之卿相士大夫"⑥，形成国家审美文化中心与奖励机制，同时也确保儒家知识精英作为审美制度建构担承者的身份。

与之相伴随的则是儒家美学思想的制度化，即从精英知识话语向治统意识形态转化。这在荀子那里形成"一种政治学的朝廷美学体系。具体表现为：一，以朝廷为中心彰显等级秩序的美学符号（建筑、服饰、旌旗、车马、饮食、舞乐）体系；二，一种新型的帝王形象：结儒家仁心（王道），道

---

① 《荀子·乐论》。
② 《论语·八佾》。
③ 《荀子·王制》。
④ 《礼记·经解》。
⑤ 《论语·子张》。
⑥ 《荀子·王制》。

家的计算（权术）和法家的威势（霸道）为一体的帝王之威；三，与朝廷
体系一致的士人形象……君子，忠臣，循吏，构成了朝廷美学体系士人形
象。进至两汉，朝廷美学在阴阳五行的宇宙观框架里，得到了进一步的体系
化。"① 儒家美学遂成为华夏帝国的政治 / 美学意识形态，不仅"使得中国的
政治意识形态和政治运作方式兼容了礼乐与法律、情感与理智"②，亦强有力
地抟构了中国民族的审美心性与文化认同。

三

"内圣外王"是理解儒家思想的内在视野，亦可说构成了儒学的思想结
构，儒家美学的精神逻辑与话语建构即转化生发自这一思想结构：沿"内
圣"的方向，儒家发展出以个体精神超越为关注核心、以"性与天道相贯
通"为最高境界的"心性美学"；沿"外王"的方向，儒家发展出以审美制
度建构为关注核心、以审美功利主义为基调的"制度美学"。前者铸就了华
夏美学"仁爱为怀"的情感肌质，后者奠定了古代中国审美文化"道一风
同"的制度根基，共同维系着中国民族的审美文化认同，一体两面，不容偏
废。从儒家全部思想来看，"心性美学"是要通过"诗性伦理"的思路来解
决美学与伦理学的关系，"制度美学"是要通过"诗性政治"的思路来解决
美学与政治学的关系。审美因而处在道德生活、政治生活的根基位置，其政
治 / 文化功能在于为伦理规范、道德要求、政治规定提供真实而具有普遍性
的情感基础，而只有具有这种基础，道德生活、政治生活才能回复其初生、
本然，也就是"正"的状态。

对于真正的儒者来说，"人格的培育与对共同体的责任是相互蕴涵的"，
"政治上的责任和道德上的发展是两个不可分离、相互关联的方面"③，因此
"内圣"与"外王"绝不是可以打成两截、互不搭界的生活世界和理想意

---

① 张法：《礼乐文化：理解先秦美学特色的一个路径》，《长沙理工大学学报》2006 年第 4 期。
② 葛兆光：《七世纪前中国的知识、思想与信仰世界》，复旦大学出版社 1998 年版，第
378 页。
③ ［美］郝大维、安乐哲：《汉哲学思维的文化探源》，施忠连译，江苏人民出版社 1999 年
版，第 163 页。

愿，而是必然存在生存论上的互证/互动关系："明明德者，立其天地万物一体之体也；亲民者，达其天地万物一体之用也。故明明德必在于亲民，而亲民乃所以明其明德也。"① 这决定了儒家美学具有强烈的行动性，它不是那种具有清晰的边界意识与严密的学问体系的"专家之学"，亦不在于满足人们的求知欲与理性表达的愿望，而是致力于为个体精神超越与理想社会秩序构建提供行动方案，亦因此决定其生成性、建构性的思路，使其思想体系——如道、释美学，"都带有内向性、封闭性（圜道）特征，但又充满生机活力，均显露出鲜明的自我调控系统的色彩"②。儒家美学因此是一种实用主义美学，为了实现"善的生活"、塑造"好的世界"，审美活动被赋予了重要价值，而在选择"善的生活"与"好政治"时，审美的考虑也被看作是至关紧要的，所以孔子说"知之者不如好之者，好之者不如乐之者"③。这种偏好甚至影响到儒家"制度浪漫主义"和"制度唯美主义"的政治思维方式，即"从象征意义而不是实用意义上思考制度"，看重制度的形式之美④。

　　"内圣"与"外王"的交集是"圣王"理念。"圣"代表文化领域的最高境界，"王"代表政治领域的最高境界，因而"圣王""身上应该包含圣人所具有的全部美德以及帝王所要做的全部工作"⑤，二者缺一不可。所谓"虽有其位，苟无其德，不敢作礼乐焉；虽有其德，苟无其位，亦不敢作礼乐焉"，"非天子，不议礼，不制度，不考文"⑥，而"圣"之于"王"又具有根本性："非圣人莫之能王"⑦。"圣王"理念暗含着儒家"制度美学"的方法论，即美学问题必须与文化问题、政治问题合并思考并一起得到解决，"如果这些基本问题不被放在一起来思考的话，就只能产生残缺的世界和生活，而且任何一个事情都难以被恰如其分地理解"⑧。这意味着文艺审美必得在文化权力与

① （明）王守仁：《大学问》，见吴光等编校《王阳明全集》下册，上海古籍出版社 1992 年版，第 969 页。

② 韩林德：《境生象外：华夏审美与艺术特征考察》，三联书店 1995 年版，第 316 页。

③ 《雍也》。

④ 阎步克：《波峰与波谷——秦汉魏晋南北朝的政治文明》，北京大学出版社 2009 年版，第 98 页。

⑤ 王文亮：《中国圣人论》，中国社会科学出版社 1993 年版，第 217 页。

⑥ 《礼记·中庸》。

⑦ 《荀子·正论》。

⑧ 赵汀阳：《没有世界观的世界》，中国人民大学出版社 2003 年版，第 2 页。

政治权力的互动结构中才能得到理解，文艺审美的正当性亦决定于能否实现文化与政治的良性互动。因此之故，儒家美学关心文艺审美的正当性问题，这也就决定了儒家美学并非"微观美学"，而是"大局观美学"，我们因此可以理解为什么儒家美学没有提供关于文艺审美的细节知识。儒家美学的方法论决定了在儒家思想内部不可能发展出建基于知识分化的独立的美学系统。我们完全可以依据现代学科制知识生产方式，以之为儒家思想的缺陷而批评指责或引以为憾，但不能不承认儒家美学将文艺审美与政治实践、社会生活、个人存在通盘考虑的思想方式是深刻而智慧的。

看似贯通圆融的"内圣外王"实有不易解开的困结，这便是社会宗法血缘联结体与道德联结体之间的存在论断裂。儒家承认社会自然性的血缘联结基础，期望给予道德整合，以建立血缘联结体与道德联结体同一的社会结构，但由于缺乏独立的"法"的约制，便不能保证实际的政治社会秩序与规范（"礼"）的控制者"天子"一定基于道德性的真实感（"仁"），"德"的普遍性并不能转化为"位"的特殊性，于是"内圣"便不能如所愿望地开出"外王"。这一内在冲突导致儒家美学存在结构性的思想症结：

1. 儒家试图把美学问题与文化问题、政治问题合并思考并一起解决，这种关系存在论的知识论在提供大局观的同时，也可能造成对细节知识的疏略与轻蔑，使美学生活、文化实践、政治运作都不能得到充分发展，而这又会反过来影响问题的最后解决。

2. 儒家美学是一种审美功利主义，人、己、物、我、天之间的交流通贯以德性为纽结，审美、文化、政治都是德性的开展或开显，这造就了明朗纯净优雅高尚的古典审美世界，然而"外王"的规范性必然要求从道德走向伦理，即通过文艺审美实现人心的格式化，而使儒家的审美理想变得僵硬枯燥。

3. "圣王"理念寓含着"王者应有圣德"与"圣人应为王者"两方面的崇高期待，然而儒家既无法保证轨持社会秩序的王者一定是有德居位，更无法保证王者一定真诚认信儒家的文化与社会理想，文艺审美的制度建构反倒可能成为专制王权的催眠术、清洗过滤思想意识的意识形态机器。

（原载于《学术月刊》2010 年第 12 期）

六经之教与儒家文论话语建构

程 勇

儒家对于西方意义上的文学理论问题并没有知识学兴趣，因此也就没有发展出"诗学"或"文学理论"的知识型，但这并不意味着儒家从未思考过这些问题，而是思考方式和表述方式与西方思想家不同。因此，对儒家文论及其意义的描述与阐释，应当依照儒家思想的内在视野，澄明其问题意识与思想结构，而不能缺乏反省地挪用西方文论框架。在我看来，如欲展现儒家文论自身的精神逻辑与话语建构方式，不能不从"祖述尧舜，宪章文武"的"道统"、"内圣转化外王"的"政统"、"法则六经"的"学统"这样的本根性视野上手：儒家文论的精神指向奠定其"道统"，儒家文论的思想结构决定于其"政统"，而儒家文论之成型则与其"学统"直接相关。

一、经典意识与儒家文论思维

如同任何一种思想学说的创造，儒家文论亦非凌空蹈虚，其所依托的文化语境与知识背景，乃是西周礼乐文明、春秋时代有关文艺的基本知识和思想，但儒家文论并非成型于针对具体文艺实践的系统论说，而是以"经典释义"为主导性的话语构建方式。假如我们将经学宽泛地理解为对儒家典籍进行的阐释与研究，则可说儒家文论起始便与经学难解难分。儒家文论至为崇高的理论原则、最具基础性的观念、基本思想方式与话语表达方式，都或者直接取自于经学，或者烙有经学的深重印记。现代文论史家或认为"六经之教"的说法出自汉代儒者的构建，但马王堆帛书、郭店楚简等新出土文献证明，儒家的"六经之教"确实在孔子晚年已经形成，"六经"文本的定型及其授受流传始自孔子这一传统说法，并非纯出于后世儒者的臆测。

《诗》、《书》、《礼》、《乐》、《易》、《春秋》联称为"六经"，依据现存传世典籍，最早见于《庄子·天运》，《诗》、《书》等"六经"已与先王的治国大道、彪炳事业相关。而在成篇年代相近的郭店楚简《六德》中，虽然没有明确出现"六经"字眼，但《诗》、《书》等业已实质性地联为一组，缘由在于其中皆蕴含指导夫妇父子君臣关系的"圣、仁、智、信、义、忠""六德"之道①。特别是《易》既与"六德"之道相关，则已超越"卜筮之书"的看待视野，这是《易》之成"经"的关捩。可知至迟在战国中后期，"六经"的经典系统已然确定，而且与"儒家"联系在一起，这决定于儒学"温和的突破"性质、"以述为作"的思想和表达方式。儒学性格决定儒者必得坚守《诗》、《书》"六经"，儒门之教即承此而生，反又成为《诗》、《书》经典化之形式上的保证。相较之下，墨家道家的知识思想虽然也脱化自王官典籍——如《书》之于墨家、《易》之于道家，却都以周代的礼乐文化为批判对象，那也就不可能将周代文献作为信仰基础之经典。这倒更刺激了儒门后学对《诗》、《书》等的尊奉和标榜，于是就有《诗》、《书》文本的经典化和神圣化，其外在表现就是以"经"称谓《诗》、《书》、《礼》、《乐》、《易》、《春秋》。

据现存史料，春秋战国时代，书籍或称为"书"，或称为"典"、"册"，或称为"典籍"，或称为"书契"。许慎《说文解字》释曰："书，箸也。"②"箸"通"著"。又说："箸于竹帛谓之书。"③而"典，五帝之书也。从册在丌上，尊阁之也……庄都说：'典，大册也。'""册，符命也。诸侯进受于王者也。象其札一长一短，中有二编之形。"段玉裁注引蔡邕《独断》说："策，简也。""籍，簿也。"段玉裁注说："簿当作薄，六寸……引申凡箸于竹帛皆谓之籍。"④可知，"书"之用以称谓书籍，取其"记录"、"书记"之义，而"典"、"册"、"籍"、"簿"则各有其形制，"典"并非一般之

---

① 荆门市博物馆编：《郭店楚墓竹简》，文物出版社1998年版，第188页。

② （清）段玉裁：《〈说文解字〉注》，上海古籍出版社1988年版，第117页。

③ （汉）许慎：《〈说文解字〉叙》，见严可均《全上古三代秦汉三国六朝文》（第一册），中华书局1958年版，第740页。

④ （清）段玉裁：《〈说文解字〉注》，上海古籍出版社1988年版，第200、85、190页。

"书""籍"，而是特具意义之"书""籍"，故其形制亦大。至于"经"，《说文解字》解释为"织从丝也"，释"纬"为"织横丝也"，段玉裁注说："织之从丝谓之经，必先有经而后有纬。"① "经"之本义为织布的纵丝，"纬"则是织布的横丝，横丝须以纵丝为纲方能成织，故而"经"引申为"纲"，引申为"纪"，又引申为"治理"、"经纶"。

儒家以"经"称谓《诗》、《书》等典籍，即引申"经"之本义，强调《诗》、《书》等所具有的经邦治国、纲纪群言的意义，赋予其神圣性质，但《论语》、《孟子》皆不言"经"，至于荀子，《诗》、《书》始得称"经"：

> 学恶乎始？恶乎终？曰：其数则始乎诵经，终乎读《礼》……《书》者，政事之纪也；《诗》者，中声之所止也；《礼》者，法之大分，类之纲纪也……《礼》之敬文也，《乐》之中和也，《诗》《书》之博也，《春秋》之微也，在天地之间者毕矣。
>
> 圣人也者，道之管也。天下之道管是矣，百王之道一是矣，故《诗》《书》《礼》《乐》之归是矣。《诗》言是其志也，《书》言是其事也，《礼》言是其行也，《乐》言是其和也，《春秋》言是其微也……天下之道毕是矣。乡是者臧，倍是者亡。乡是如不臧、倍是如不亡者，自古及今，未尝有也。②

本是周代文化旧典的《诗》、《书》、《礼》、《乐》、《春秋》，已提升至蕴含着为儒家圣人所体会的"天下之道"、"百王之道"，故此只能尊奉不能违背之神圣经典，而掌握《诗》、《书》经典解释权的儒者也就分享这种神圣性，理所当然地拥有超越于世俗权力之上的文化身位与文化力量。尤需注意的是，荀子认为"善为《诗》者不说，善为《易》者不占，善为《礼》者不相，其心同也"③，将《易》与《诗》、《礼》并立，表明荀子也以《易》为"经"，

---

① （清）段玉裁：《〈说文解字〉注》，上海古籍出版社 1988 年版，第 644 页。《说文解字》释"经"本无"从丝"二字，段玉裁注依据《太平御览》卷八百二十六补入，可从。
② （战国）荀况：《荀子·劝学》、《儒效》，见王先谦《荀子集解》，中华书局 1988 年版，第 11—12、133—134 页。
③ （战国）荀况：《荀子·大略》，见王先谦《荀子集解》，中华书局 1988 年版，第 507 页。

则儒门"六经"在荀子已经定型化。

"经典圣性"的赋予使儒家典籍凝聚了来自宇宙和历史的经验，儒家圣人遂成为这宇宙和历史经验的守护者和传达者，所谓"大圣者，知通乎大道，应变而不穷，辨乎万物之情性者也"，"圣人备道全美者也，是悬天下之权称也"①，而《诗》、《书》、《礼》、《乐》、《春秋》，也便是对此"天下之道"、"圣人之道"的不同方向和层次的体现，而或言其"志"，或言其"事"，或言其"行"，或言其"和"，或言其"微"。这种对儒家圣人和儒门经典的极高推崇，可以在学理和信仰层次上证立儒家思想的权威性质，使其拥有不言而喻的文化效力，便为推广儒家"圣人之道"奠立了无可怀疑的情感和理性的根基，儒家知识精英塑造经典以自重其文化身位的心态因此也昭昭著明，且颇能表征其宗教性情怀。这其实是儒家"法则六经"之学统内在逻辑的自然延展，虽迟至荀子才始予以清晰表述，但这种思想倾向实际上早在自称"述而不作，信而好古"②的孔子那里便已然确立了。

"经典圣性"的证立建基于儒者对"道"、"圣"、"经"同一性质的体认或赋予，这是经学发生的重大关节，盖因"天地未判，道在天地；天地既分，道在圣贤；圣贤之殁，道在六经"③。至于其在文论上发生的意义，那就是道出了后世逐步明确化的"宗经"、"征圣"、"明道"说的先声，而"宗经"、"征圣"、"明道"正是儒家文论的最高原则，所以郭绍虞先生认定"传统的文学观，其根基即确定于荀子"④。而其之所以能成为儒家文论的最高原则，便是因其涵摄了自文论构建的基本思路至于语文写作的基本程序诸多方面，举其荦荦大者，则有下述三点：

其一，"道"、"圣"、"经"的同一性确立了儒家经典文本的典范性，不仅指示了通过语文写作传达"圣人之道"的"为文"之路，而且单就具体写作程序而言，经典文本也足以效法。荀子所说"五经"是对"天下之道"的

---

① （战国）荀况：《荀子·哀公》、《正论》，见王先谦《荀子集解》，中华书局1988年版，第541、325页。

② （三国魏）何晏注，（宋）邢昺疏：《论语注疏·述而》，见阮元校勘《十三经注疏》，中华书局1980年版，第2481页。

③ （明）宋濂：《徐教授文集序》，见罗月霞主编《宋濂全集》，浙江古籍出版社1999年版，第1351页。

④ 郭绍虞：《中国文学批评史》，新文艺出版社1955年版，第18页。

不同表现，其中"《诗》言是其志"、"《乐》言是其和"虽然皆有特指，却也指出了诗、乐所特有的"明道"方式。至于说"《诗》者，中声之所止"，依杨倞的解释："《诗》，谓乐章，所以节声音，至乎中而止，不使流淫也"①，则更是暗示了一种以"中和"为归趋的诗歌创作的理想模式。这些观念并非凭空虚造，而是既有三代文化之远源，更是春秋时代人们的普遍理解，但经由儒门典籍的神圣化，这些一般性的观念便会附着极为强烈的类似于宗教信仰的情感因素，转而成为具有强制性力量的规定。

　　其二，经典文本的典范性也昭示出必得以"圣人之道"为批评的根基，而《诗》、《书》"六经"寓含自古之"圣王"尧、舜迄于当世"圣人"孔子一以贯之的大道，"以正道而辨奸，犹引绳以持曲直，是故邪说不能乱，百家无所窜。有兼听之明而无奋矜之容，有兼覆之厚而无伐德之色。说行则天下正，说不行则白道而冥穷，是圣人之辨说也"，"故凡言议期命，是非以圣王为师"②。荀子批评惠施、邓析便是据此立论："不法先王，不是礼义，而好治怪说，玩琦辞，甚察而不惠，辩而无用，多事而寡功，不可以为治纲纪。"③这种强烈的信念与批评意向一旦落实为文评，那就会自然合理地推导出以儒家"仁义之道"为基本标准、以"圣人论说"和经典文本为直接依据的批评范式。

　　其三，"宗经"、"征圣"、"明道"的原则影响及于儒家文论话语构建的两个基本思路，一是致力于论证"道"、"圣"、"经"的同一与贯通，以此确立经典文本的权威性质，如此又发展出关于"文"之本原的基于历史或天道的论证④；二是致力于抽绎经典文本的文体品性与作文规则，以此为俗世层面上各种类型的语文写作建立规范。这两个思路在《文心雕龙》之《原道》、《征圣》、《宗经》得到了明确体现，所谓"道沿圣以垂文，圣因文而明道"，所谓"论、说、辞、序，则《易》统其首；诏、策、章、奏，则《书》发其

---

①　（战国）荀况：《荀子·劝学》，见王先谦《荀子集解》，中华书局1988年版，第11页。
②　（战国）荀况：《荀子·正名》、《正论》，见王先谦《荀子集解》，中华书局1988年版，第423—424、342页。
③　（战国）荀况：《荀子·非十二子》，见王先谦《荀子集解》，中华书局1988年版，第93—94页。
④　笔者认为，这种论证决定于儒家对经典神圣性的证立方式，今文经学家偏于天道论证，古文经学家偏于历史论证，依照儒家思想逻辑，历史也不过是天道的开展而已。参见拙著《汉代经学文论叙述研究》第三章、第四章，齐鲁书社2005年版。

源；赋、颂、歌、赞，则《诗》立其本；铭、诔、箴、祝，则《礼》总其端；
纪、传、[铭] 盟、檄，则《春秋》为根"，所谓"文能宗经，体有六义：一
则情深而不诡，二则风清而不杂，三则事信而不诞，四则义直而不回，五则
体约而不芜，六则文丽而不淫"①，而成为中国文论的一种基本思想结构。儒
家文论得以成为中国文化世界的普遍性知识，就其自身话语论证而言，端赖
于这两个思路的支撑，儒家的"道统"、"政统"亦随其展开而得以显现，凝
化为"文"之"道"与"器"、文论之内在结构与精神意向，这两个前后相
承又相互融渗的环节也构成了儒家文论的主体。虽然先秦儒家尚未据此完成
其文论形态，但其内在逻辑却不外乎此。

二、经典释义学与儒家文论知识构建

经典释义学是儒者进入经典知识思想系统的门径，由"法则六经"的
学统引领出来，其看待视野与释义策略潜在地蕴含着儒家文论的建构原则和
具体主张。由于"经典圣性"的证立与圣贤崇拜的成型，这些原则和主张享
有毋庸置疑的权威性质。

儒家经典释义学可称为道德理性主义的释义学，意味着道德主义的释
义取径与人文理性的解释立场。关于人文理性的解释立场，由孔子对"夔一
足"与"黄帝四面"的解释可得到充分了解：前者被解释为"唯圣人为能和
五律，均五音，知乐之本，以通八风。夔能若此，一而足矣"②，后者被解释
为"黄帝取合己者四人，使治四方，不计而耦，不约而成，此之谓四面"③，
两个神话发生了话语类型的转变，夔和黄帝的"异相"也得到了合理主义的
人文化的解释，这正是孔子"不语怪力乱神"④ 的表现。而且，这种理性主

①　周振甫：《〈文心雕龙〉译注》，江苏教育出版社 2005 年版，第 56—77 页。
②　(汉) 孔鲋：《孔丛子·记义》，见程荣纂辑《汉魏丛书》，吉林大学出版社 1992 年版，第
332 页。
③　李昉：《太平御览》卷 79 引《尸子》，中华书局 1960 年版，第 369 页。同书卷 365 又记曰：
"子贡问孔子曰：'古者黄帝四面，信乎？'孔子曰：'黄帝 [取] 合己者四人，使治四方，
大有成功，此之谓四面也。"第 1680 页。
④　(三国魏) 何晏注，(宋) 邢昺疏：《论语注疏·述而》，见阮元校勘《十三经注疏》，中华
书局 1980 年版，第 2483 页。

义也是儒最终与巫、祝、史分途发展的思想根源，孔子晚年所说"赞而不达于数，则其为之巫，数而不达于德，则其为之史……吾求其德而已，吾与史巫同途而殊归者也。君子德行焉求福，故祭祀而寡也；仁义焉求吉，故卜筮而希也"①，不仅指明了儒与史、巫之思想类型上的差异，也表明了孔子解《易》的人文理性主义的归趋。

所谓道德主义的释义取径，意谓儒家的"经典释义"往往特别关注道德经验与理念的萃取，这正与儒家道德理想主义的建构方向相合。孔子与其弟子说《诗》便鲜明地表现出这一旨趣，其所以称许子贡、子夏"始可与言《诗》"②，便是因为二人皆能循由春秋时代"断章取义"的说《诗》传统，从具体诗句中引申出为儒家所认可的道德教训，而子夏从原本写人美貌的诗句中体会到的"仁先礼后"③更是儒家思想的精微之处。这便会形成一种解释传统，当其从经典层面落实在世俗文艺层面，也便极易转化为同时涉及创作与接受的准则，因为经典文本已经树立了这样的楷模，而往圣先贤也已指示了这样的门径。

具体的释义策略便是孟子明确化了的"知人论世"与"以意逆志"："颂其诗，读其书，不知其人，可乎？是以论其世也。是尚友也。""故说《诗》者，不以文害辞，不以辞害志。以意逆志，是为得之。"④这两个释义策略实际上是互为联系的，正如清人顾镇所说："正惟有世可论，有人可求，故吾之意有所措，而彼之志有可通。""夫不论其世，欲知其人，不得也；不知其人，欲逆其志，亦不得也。……故必论世知人，而后逆志之说可用之。"⑤孟子也实际上兼而用之，二者的关系非尽为后世论者所引申，故文论史家或认

---

① 陈松长、廖名春：《〈马王堆帛书·要〉释文》，见陈鼓应主编《道家文化研究》第三辑，上海古籍出版社 1993 年版，第 435 页。

② （三国魏）何晏注，（宋）邢昺疏：《论语注疏·学而》，见阮元校勘《十三经注疏》，中华书局 1980 年版，第 2458 页。

③ （三国魏）何晏注，（宋）邢昺疏：《论语注疏·八佾》，见阮元校勘《十三经注疏》，中华书局 1980 年版，第 2466 页。

④ （汉）赵岐注，（宋）孙奭疏：《孟子注疏·万章下》、《万章上》，见阮元校勘《十三经注疏》，中华书局 1980 年版，第 2746、2735 页。

⑤ 顾镇：《虞东学诗》"以意逆志"条，见焦循《孟子正义》，中华书局 1954 年版，第 377—378 页。

为："在中国文学批评史上，孟子首次提出了分析、理解诗义的方法论。"①

　　将"以意逆志"之"志"解为"诗人之志"自来并无歧义，而"意"当作何解却颇有争议，或以之为"读诗人之意"，或以之为"诗篇之意"。清人吴淇《六朝选诗定论缘起》认为："诗有内有外，显于外者，曰'文'曰'辞'。蕴于内者，曰'志'曰'意'。……汉宋诸儒以一'志'字属古人，而'意'为自己之意。夫我非古人，而以己意说之，其贤于（咸丘）蒙之见也几何矣！不知志者古人之心事，以意为舆，载志而游，或有方，或无方，意之所到，即志之所在。故以古人之意求古人之志，乃就诗论诗，犹之以人治人也。"② 近代以来，多数学者认为此说较诸"读诗人之意"为优，当然也有不同意见。③ 借助吴淇的分析，细考孟子的解释，可知在孟子看来，诗有"诗人之志"——"诗篇之意"——"辞"——"文"的层次，"诗篇之意"是"诗人之志"的体现，但体现的方式却是多样的，而最终落实于具体的"文辞"。由于语言的局限性以及写作技法方面的原因，作者所欲表达的情感志意与显现于诗篇中的意蕴、诗篇意蕴与文辞的所指未必完全一致，而或可能故作反语，或可能故作夸饰，或可能容有偏差，于是在"诗人之志"与"诗篇之意"、"诗篇之意"与"文辞"、"辞"与"文"诸层次之间都可能存在理解上的断裂，但并非因此就全然不能了解诗旨与诗人的志意，关键在于如何处理诸层次之间的关系。假如以文辞所指为诗人志意的完全表达，便有可能偏离诗旨。

　　孟子对于文本结构以及志意关系的理解，正与《易传》阐发的释义理论相合：

---

① 顾易生、蒋凡：《中国文学批评通史·先秦两汉卷》，上海古籍出版社 1996 年版，第115 页。

② 吴淇：《六朝选诗定论缘起》，见郭绍虞主编《中国历代文论选》（一），上海古籍出版社1979 年版，第 36 页。

③ 如蔡钟翔、张少康先生便认为孟子所说"以意逆志"之"意"就是说诗者之意，只是张先生以之为读者对诗意的准确理解。张先生更认为吴淇之说不符合孟子说诗的具体情况，并指出以说诗者之意去理解诗旨、逆取作者的情感志意并非一无所取，而同样能够达到正确的理解。分见蔡钟翔、黄保真、成复旺《中国文学理论史》第一卷，北京出版社1987 年版，第 35—36 页；张少康、刘三富《中国文学理论批评发展史》上卷，北京大学出版社 1995 年版，第 44—46 页。

子曰："书不尽言，言不尽意。"然则圣人之意其不可见乎？子曰："圣人立象以尽意，设卦以尽情伪，系辞焉以尽其言，变而通之以尽利，鼓之舞之以尽神。"①

这里提出了"言"、"象"、"意"的关系问题。孔子认为"圣人之意"可以传达，但是通过一种折曲的方式实现，即"意"→"象"→"言"→"辞"，其中"象"虽特指"卦象"，却也在相当程度上涉及文艺理论上的"象喻"问题，因而具有普遍意义，正如章学诚所体会："象之所包广矣，非徒《易》而已。……《易》象虽包六艺，与《诗》之比兴，尤为表里。"②这便启示读《易》需超越具体卦爻辞语义的限制，沿"易象"所指示的意义生成路向洞穿语言的屏障。这在《诗》便是"比兴"。

据此理解孟子针对解诗所说"以意逆志"的释义方法，则适合的读解方式便是不拘泥于个别文字和词句的所指，而是凭借"象喻"的体悟方式，将诗篇理解为"尽意之象"，唯此才能超越具体语义的限制，把握诗篇的整体意蕴，而只有把握了诗篇的整体意蕴，才能最终理解诗人的情感志意。这固然可如后世论者所说，视为孟子对春秋时代"断章取义"的用《诗》方式的一种纠偏——这一传统虽在战国时代已渐成绝响，却可能潜在地影响着理解《诗》旨的方向，但孟子的真正意图恐怕还是为儒家道德理性主义的经典释义学提供一种可操作的方法，而以孟子《诗》学的精深造诣，这一旨在强调诗歌意义整体构成的方法显然颇得诗之三昧，现代文论史家或认为可与西方接受美学理论媲美。

然而在"诗篇之意"与"诗人之志"之间还是存在着意义断裂的可能，如何能够确定诗人的真正意图？这便要"知人"、"论世"，即探究时代状况（时代问题、文化语境、精神动向等）以把握诗人的生平遭际、德性志向、创作心境，由此确定诗人真正欲图表达的情感志意。按孟子的逻辑，不能"论其世"，便不能"知其人"，不能"知其人"，也便不可"颂其诗"、"读其书"，这一释义视野的引入在"读者——作品"的解释之维之外又增加了

———————

① 《周易正义·系辞上》，见阮元校勘《十三经注疏》，中华书局1980年版，第82页。

② （清）章学诚：《文史通义·易教下》，见叶瑛《文史通义校注》，中华书局1994年版，第18—19页。

"读者——作者"一维，如果再加上"读者——时代状况"一维，则对诗旨的解释实际展开于相当复杂的解释网络。这就会造成多重的视野融合，而因为读者是多种释义维度的纽结点，其重要性不言而喻。孟子耐人寻味地将读者与作者的关系比作"尚友"，二者的精神相遇如同朋友之交，能于千载之下深体其心意所向，若此则如王国维所说："由其世以知其人，由其人以逆其志，则古诗虽有不能解者寡矣。"① 在此意义上，孟子的"以意逆志"又并不排斥"读者之意"的参与，他反对的是单向的"读者——作品"的解释维度，特别是脱离诗歌的整体意义结构（"比兴"的"诗性结构"）寻章摘句、胶柱鼓瑟式的说诗方法，期待的是如同朋友之间精神交流般的阅读，其指向是人文理性主义和道德主义的。孟子的说《诗》实践便树立了这种阅读的典范，其对《小弁》、《凯风》二诗传达的不同的怨意所做的具体分析显然是基于"知人""论世"的了解，对其"所以怨"、"所以不怨"的判断是在准确理解诗意的基础上对作者心意的体悟，而这种体悟所据则是孟子对仁孝的理解②。在思孟一系儒家看来，这种仁孝的品质与情感普遍地深居于每个人的灵魂之中，是人的存在依据，因而也是作为读者的孟子与诗人的精神会通。

若此则对作品的理解实际是"读者之意"与"作品之意"、"作者之志"三重视域的融合，因而读者的理解能力便相当重要。孟子所说"知言"、"养气"虽在一般意义上谈论儒者的精神修养与辨识言语的能力，却也在相当程度上与释义理论相关：

> "敢问夫子恶乎长？"曰："我知言，我善养吾浩然之气。""敢问何谓浩然之气？"曰："难言也。其为气也，至大至刚，以直养而无害，则塞于天地之间。其为气也，配义与道，无是，馁也。是集义所生者，非义袭而取之也。行有不慊于心，则馁矣。"……"何谓知言？"曰："诐辞知其所蔽，淫辞知其所陷，邪辞知其所离，遁辞知其所穷。"③

---

① 王国维：《〈玉溪生诗年谱会笺〉序》，见其《观堂集林》（外二种），河北教育出版社 2001 年版，第 717 页。

② （汉）赵岐注，（宋）孙奭疏：《孟子注疏·告子下》，见阮元校勘《十三经注疏》，中华书局 1980 年版，第 2756 页。

③ （汉）赵岐注，（宋）孙奭疏：《孟子注疏·公孙丑上》，见阮元校勘《十三经注疏》，中华书局 1980 年版，第 2685—2686 页。

诚如顾易生先生所说，孟子"所谓知言的本领植根于养气，而养气就是对自己本性中的善端，循乎自然地加以扩充，不断进行道义的积累。这样就可以成为思想清明、品格伟大的人，气概轩昂、刚正不屈的人，善于分析与运用言辞的人"①，而所谓"诐辞"、"淫辞"、"邪辞"、"遁辞"虽不表现于诗篇，但孟子对于这些言辞的性质与其形成原因的分析，倒也颇有助于理解"诗篇之意"与"诗人志意"之间的复杂情形。

合而论之，"立象尽意"凸显了经典的开放性特征，由此敞开了"经典释义"的广阔空间；"知人论世"、"以意逆志"指明了领悟经典原意的道路，由此保障了"经典释义"的纲领性质与"一贯之道"；"知言养气"则强调了解释者的主动性，由此造成"经典释义"与解释者的双向互动，其间又有错综关联："尽意"之途在"知人论世"、"以意逆志"，"明象"之前提则是"知言养气"，由此又形成两重解释学循环：其一，对经典整体意义的理解有赖于对局部文辞的理解，对局部文辞的充分理解又决定于对整体的理解；其二，解释者扩充"善端"、积累"道义"来自对经典的修习，而对经典本意的充分理解又决定于解释者的内在修养。对于这些为现代诠释学确认发挥的诠释要义，孔孟虽未明言，却已有实践。于此可说，"立象尽意"、"知人论世"、"以易逆志"、"知言养气"已实质性构成儒家经典释义学的基本框架，而"六经"的价值转换即由此实现，并在对"六经"的诠释中引领出有关文艺根本精神和文论构建思路的理解。

三、六经之教与儒家文论的价值取向

司马迁曾引孔子之言："六艺于治一也。《礼》以节人，《乐》以发和，《书》以道事，《诗》以达意，《易》以神化，《春秋》以义。"② 这一理解源自西周贵族大学"六艺之教"的传统，而孔子的伟大贡献在于将《诗》、《书》"六经"释义一元化，遂为后世儒生开辟了新的"经典释义"取径。循此释义取径，孔子便"对《诗》、《书》、礼、乐及《易》，作了整理和价值转换

---

① 顾易生、蒋凡：《中国文学批评通史·先秦两汉卷》，上海古籍出版社1996年版，第112页。

② （汉）司马迁：《史记·滑稽列传》，中华书局1959年版，第3197页。

的工作，因而注入了新的内容，使春秋时代所开辟出的价值得到提高、升华"①，于是"经学之儒家化从此开始，经书遂变成儒家进行教育的教科书，这种教科书贯穿了西周以来的礼乐文明，即使它不具有这种内容，儒家的解释也充满了这种文明"②，封建贵族的"六艺之教"于是幡然转为平民儒家的"六经之教"。

《礼记·经解》明确记载了"六经之教"的具体名目：

> 孔子曰：入其国，其教可知也。其为人也，温柔敦厚，《诗》教也；疏通知远，《书》教也；广博易良，《乐》教也；絜静精微，《易》教也；恭俭庄敬，《礼》教也；属辞比事，《春秋》教也。故《诗》之失，愚；《书》之失，诬；《乐》之失，奢；《易》之失，贼；《礼》之失，烦；《春秋》之失，乱。其为人也，温柔敦厚而不愚，则深于《诗》者也；疏通知远而不诬，则深于《书》者也；广博易良而不奢，则深于《乐》者也；絜静精微而不贼，则深于《易》者也；恭俭庄敬而不烦，则深于《礼》者也；属辞比事而不乱，则深于《春秋》者也。③

孔子"既修之于己，且扩大之于来自社会各阶层的三千弟子，成为真正的文化摇篮，以宏扬于天下，成为尔后两千多年中国学统的骨干"④，遂以一介布衣而"学者宗之，自天子王侯，中国言《六艺》者折中于夫子"⑤。

"六经之教"落实于以"正心"、"诚意"为本的修身工夫，在此基础上才能实现"治国平天下"的宏大理想，盖因"自天子以至于庶人，壹是

---

① 徐复观：《中国经学史的基础》，见《徐复观论经学史二种》，上海书店 2002 年版，第 13 页。

② 杨向奎：《宗周社会与礼乐文明》，人民出版社 1997 年版，第 378 页。

③ 阮元校勘：《十三经注疏》，中华书局 1980 年版，第 1609 页。王锷指出："细审《经解》文字，乃作者引用孔子言论，进一步论述礼对社会和治理国家的重要性，《荀子》、《礼察》先后征引其文，所论又与《孝经》、上博简有相通者，所以，《经解》应成篇于战国中期。"见其《〈礼记〉成书考》，中华书局 2007 年版，第 209 页。

④ 徐复观：《中国经学史的基础》，见《徐复观论经学史二种》，上海书店 2002 年版，第 13 页。

⑤ （汉）司马迁：《史记·孔子世家》，中华书局 1959 年版，第 1947 页。

皆以修身为本，本乱而末治者否矣"①。而"六经"得以成为儒家修身之资，则是因其贯穿了以"仁"为基源的"礼"的精神血脉。此诚如皮锡瑞所体会："六经之文，皆有礼在其中。六经之义，亦以礼为尤重。"②而孔子更认定"仁"是"礼"、"乐"的存在论根源。《经解》所谓"温柔敦厚而不愚"、"疏通知远而不诬"、"广博易良而不奢"、"絜静精微而不贼"、"恭俭庄敬而不烦"、"属辞比事而不乱"的"六经之教"，也正因为有此意义上的"礼"的精神统摄。这种精神虽然有"六经"本文的依据——"六经"因此成为儒家思想的渊府，但更来自于孔子开创的儒家经典释义学的意义赋予。例如，孔子对《诗》的整体理解是"《诗》三百，一言以蔽之，曰：思无邪"。所谓"无邪"，包咸谓之"归于正"③，而所谓"正"者便是"仁"、"礼"和谐在诗篇中的体现，也即《中庸》所说"喜怒哀乐未发谓之中，发而皆中节谓之和"④。孔子评价《关雎》"乐而不淫，哀而不伤"，孔安国说"乐不至淫，哀不至伤，言其和也"⑤，便从此作解，而"温柔敦厚"之"《诗》教"亦即沿循这一思想进路得出。再如，孔子据《鲁春秋》撰作《春秋》，以为"其事则齐桓晋文，其文则史"，"其义则丘窃取之矣"⑥，即是以合乎"礼"的精神的"名分"为"笔削"史料所遵循的"义"，也即以此价值准则统摄文辞，所以才能"属辞比事而不乱"，成为后世为文的典范。

由"六经之教"直接生发出的文论意义在于：文艺审美成为"成人"的助缘、媒介与途径，"若臧武仲之知，公绰之不欲，卞庄子之勇，冉求之艺，文之以礼乐，亦可以为成人矣"，其进阶为"兴于诗，立于礼，成于乐"⑦，

---

① （汉）郑玄注，（唐）孔颖达疏：《礼记正义·大学》，见阮元校勘《十三经注疏》，中华书局 1980 年版，第 1673 页。

② （清）皮锡瑞：《经学通论·三礼》，中华书局 1954 年版，第 81 页。

③ （三国魏）何晏注，（宋）邢昺疏：《论语注疏·为政》，见阮元校勘《十三经注疏》，中华书局 1980 年版，第 2461 页。

④ （汉）郑玄注，（唐）孔颖达疏：《礼记正义》，见阮元校勘《十三经注疏》，中华书局 1980 年版，第 1625 页。

⑤ （三国魏）何晏注，（宋）邢昺疏：《论语注疏·八佾》，见阮元校勘《十三经注疏》，中华书局 1980 年版，第 2468 页。

⑥ （汉）赵岐注，（宋）孙奭疏：《孟子注疏·离娄下》，见阮元校勘《十三经注疏》，中华书局 1980 年版，第 2728 页。

⑦ （三国魏）何晏注，（宋）邢昺疏：《论语注疏·宪问》、《泰伯》，见阮元校勘《十三经注疏》，中华书局 1980 年版，第 2511、2487 页。

而孔子特重诗、乐："不能诗，于礼缪；不能乐，于礼素"①，于是学《诗》便不仅为了熟练出使应对之辞，习"礼"便不仅为了掌握礼仪礼节的形式，观"乐"便不仅止步于感官娱乐的满足，而"正是以文艺，也就是以美作为净化人性的手段，以达到合乎礼的要求，而后能立于礼，成于乐。乐是最高的境界，因为它可以消灭个人的主观成见而达到'人际'协和的目的"，"避免礼的枯槁干燥，而绚丽多彩，有诗、有乐、有舞，它美化了人生，净化了人生"②。

这实在是一个高远的理想，而非"政教中心论的功利主义"一语所能完全概括，"它的重大价值正在于它第一次充分自觉地和明确地从人的内在要求出发，而不是从宗教神学的外在信仰出发去考察审美和艺术"③。若说它是功利主义的，那也是审美功利主义，因为儒家要求通过文艺审美内在提升人的精神境界，使人人都能维护存养其内在本体之仁心，进而"依靠每个有道德的君子去恢复那失去了的黄金时代的文化"，最终目的乃是"为了在将来可以实现完美"④，而不是直接为政治运动和道德播布服务，此正如宗白华先生所体会：

> 孔子是为中国社会奠定了"礼"的生活的。然而孔子更进一步求"礼"之本。礼之本在仁，在于音乐精神。理想的人格，应该是一个"音乐的灵魂"。⑤

显然，儒家十分清楚："人之为人的显著特征就在于，他脱离了直接性和本能性的东西，而人之所以能脱离直接性和本能性的东西，就在于他的本质具有精神的理性的方面"，"因此，教化作为向普遍性的提升，乃是人类的一项使命。它要求为了普遍性而含弃特殊性。但是含弃特殊性乃是否定性

---

① （汉）郑玄注，（唐）孔颖达疏：《礼记正义·仲尼燕居》，见阮元校勘《十三经注疏》，中华书局 1980 年版，第 1614 页。

② 杨向奎：《宗周社会与礼乐文明》，人民出版社 1997 年版，第 377、379 页。

③ 李泽厚、刘纲纪：《中国美学史》第一卷，中国社会科学出版社 1984 年版，第 116 页。

④ 张隆溪：《乌托邦：世俗理念与中国传统》，见其《中西文化研究十论》，复旦大学出版社 2005 年版，第 229 页。

⑤ 宗白华：《美学与意境》，人民文学出版社 1987 年版，第 239—240 页。

的，即对欲望的限制，以及由此摆脱欲望对象和自由地驾驭欲望对象的客观性"①。而发现文艺审美的"教化性"——作为"教化"的礼乐没有"成人"以外的目的，表明儒家实具有高明的美学智慧。

这一思路的实质是纳文艺审美于道德，旨在使外在规范最终转化为内在心灵的愉快和满足，文艺审美因此成为沟通内在的"仁"与外在的"礼"的桥梁，正与儒家致力于弥合"仁"、"礼"的紧张关系相呼应。孟子偏于"内在论"，偏于"内圣"、"尽伦"的方面，便多向"反身而诚"的心灵境界用力，强化心同此理的共通，"口之于味也，有同耆焉；耳之于声也，有同听焉；目之于色也，有同美焉……心之所同然者何也？谓理也，义也。圣人先得我心之所同然耳。故理义之悦我心，犹刍豢之悦我口"②，进而成就"信"、"美"、"大"、"圣"、"神"的人格；荀子偏于"外在论"，偏于"外王"、"尽制"的方面，更兼综"礼"、"法"，便多在制度构架内致思，强调文艺审美在意识形态方面的功能，"故必将撞大钟、击鸣鼓、吹笙竽、弹琴瑟以塞其耳，必将錭琢、刻镂、黼黻、文章以塞其目，必将刍豢稻粱、五味芬芳以塞其口"③，是富国之途。于是文艺审美便不仅是"成人"之"持养"，也是"治心"的工具。在儒家看来，"只有当人被转化为道德人，才能够达到心之治，而心之治是政之治的根本保证，如果能够解决治心问题，就能够从根本上解决冲突问题。在这个意义上，治心就是根本性的政治问题"，而"乐是用来表现普遍人情从而沟通心灵的方式"。相信"礼乐兴而天下兴"，这是儒家典型的一厢情愿，"不过儒家对审美生活的重视却是天才的政治意识"④。这就有"内圣"与"外王"的儒家文论话语的基本结构，以及由此造成的内在冲突。

徐复观先生指出，"礼乐"的意义"乃在于对具体生命中的情欲的安顿，使情欲与理性能得到谐和统一，以建立生活行为的'中道'，更使情欲向理

---

① [德] 汉斯－格奥尔格·伽达默尔：《真理与方法——哲学诠释学的基本特征》，洪汉鼎译，上海译文出版社1999年版，第14、15页。
② （汉）赵岐注，（宋）孙奭疏：《孟子注疏·告子上》，见阮元校勘《十三经注疏》，中华书局1980年版，第2749页。
③ （战国）荀况：《荀子·富国》，见王先谦《荀子集解》，中华书局1988年版，第186页。
④ 赵汀阳：《坏世界研究：作为第一哲学的政治哲学》，中国人民大学出版社2009年版，第107—109页。

性升进，转变原始性的生命，以成为'成己成物'的道德理性的生命，由此道德理性的生命，以担承自己，担承人类的命运"①。这实际上也是儒家文论的精神所在，无论"内圣"抑或"外王"，当都以此为根基。儒家把"仁"看作是人之为人的根本德性，人、己、物、我、天之间的交流通贯以此根本德性为纽结，因而文艺审美从本源意义上说乃是对此道德真实感（"诚"）的情意性开显，而其文化功能也便是造就情欲与理性谐和统一的道德理性的个体生命，这不能不说是一种十分高远的文化理想。儒家推崇"德政"、"仁政"、"王道"，便试图在"礼制"的制度架构里普遍地落实这一高远理想，即通过礼乐教化使人人都能维护存养其内在本体之仁心，进而建立和合统一的理想国，这也就是"人文化成天下"的社会理想，其境界也极高。儒家相信通过"外推"与"内转"的精神实践便能实现这两种高远的理想，并坚信"非圣人不得为王"，殊不知既然无法保证轨持社会秩序的统治者一定是有德居位的"圣王"，更无法保证统治者一定真诚认信儒家的文化与社会理想，则礼乐教化的理想便实际蜕变为专制秩序的建构方略，与之结伴而行的文艺审美也就成为专制王权的催眠术与清洗过滤思想意识的意识形态机器。这种结构性的思想症结非儒家文论自己所能解决，因而也就注定了儒家的审美乌托邦只能是一个理念，是一个关于政治、文化与审美的理想模型。

（原载于《浙江大学学报》2012 年第 5 期）

---

① 徐复观：《谈礼乐》，见李维武编《徐复观文集》第 2 卷，湖北人民出版社 2002 年版，第 97 页。

陌生化理论的旅行与变异

杨建刚

 萨义德认为，由于时代、政治和文化环境等方面的差异，不同语境内的理论家必然从自己的立场和需要出发来对其他文化和理论进行有效的理解、借用和阐发。因此，一种理论由一个时代旅行到另一个时代，或由一种文化旅行到另一种文化，都会发生一定程度的变异。这种旅行和变异正是人类知识和思想取得发展和推广的重要途径和基本条件。[①] 因此，对一种理论或思想的研究，除了把握其基本内涵之外，还需要关注其背后复杂的建构、传播和发展过程。

 俄国形式主义近百年来在世界范围内产生了巨大影响力，其核心范畴"陌生化"从俄国到欧美经历了一种旅行和变异的过程。布莱希特的陌生化（间离效果）理论、马尔库塞的新感性，以及当代西方学术界的诸多理论和范畴都直接源自于对什克洛夫斯基的陌生化理论的吸收、借鉴和改造。近年来，随着对俄国形式主义的兴趣日益提高，西方学术界又出现了陌生化理论研究的新热潮。国内学术界对这些理论已经不再陌生，但对他们之间的传承关系却关注不够，对西方陌生化理论研究的最新进展及其在后现代文化语境中的命运也缺乏关注和思考。因此，对"陌生化"进行知识考古学式的考察，追溯它在西方世界的旅行过程，研究它在不同文化语境中的各种变体，并分析这一发展的内在逻辑和原因，将有助于把陌生化研究进一步推向深入。

---

① ［美］萨义德：《世界、文本、批评家》，李自修译，三联书店 2009 年版，第 400 页。

一、陌生化与文学性

就本意而言，"陌生化"就是"使熟悉的事物变得陌生"（making the familiar strange）①。从这个意义上讲，陌生化并不是什克洛夫斯基和布莱希特的首创，它作为文学和艺术创作的一种基本方法，在西方和中国的文学和艺术理论史上都具有悠久的传统。美国学者西尔维亚·杰斯多维克（Silvija Jestrovic）指出陌生化理论在 20 世纪具有两个重要分支：美学的（以什克洛夫斯基为代表）和政治的（以布莱希特为代表）。从理论渊源来看，前者可以追溯到亚里士多德，后者则开端于苏格拉底。② 浪漫主义诗人普遍把陌生化或新奇感作为诗歌的首要任务，因此韦勒克认为陌生化作为一种艺术手法"至少可以追溯到浪漫主义运动"，而瓦茨－邓顿把浪漫主义者掀起的这一运动称为"奇迹的复兴"。③ 华兹华斯、柯勒律治、雪莱、诺瓦利斯、罗丹等艺术大师都把惊奇感或陌生化作为艺术的重要因素，认为这是美感得以产生的根本原因。④ 正如美学家桑塔耶那所言，"如果重复的刺激不是十分尖锐，我们顷刻之间就会淡忘了它们；像时钟的滴答一样，它们不过变成我们体内状态的一个要素。……我们习惯了的难看的东西，例如风景上的缺点，我们

---

① 对什克洛夫斯基的术语"陌生化"（making the familiar strange）的英文翻译有好几种，在具体分析什克洛夫斯基的陌生化理论的时候，厄尔里希（Victor Erlich）等人多运用 estrangement 和 defamiliarization，而在讨论布莱希特与什克洛夫斯基的陌生化理论的关系问题时，Douglas Robinson 和 Silvija Jestrovic 等人多用 ostranenie 表示什克洛夫斯基的"陌生化"，而用德语词 Verfremdung 表示布莱希特的"陌生化"。英文中也常用 estrangement、alienation 或 disillusion 来翻译德语词 Verfremdung。（John Willett, *The Theatre of Bretolt Brecht: A Study from Eight Aspects*, London: Methuen & Co Ltd., 1959, p.179）中国学界则将布莱希特的术语 Verfremdung 翻译为"陌生化"（estrangement）、"间离效果"（Verfremdungseffkt、alienation）和"去幻觉化"（disillusion）。其中"间离效果"最为普遍，但是从渊源角度来看，笔者认为用"陌生化"更为合适。

② Silvija Jestrovic, *Theatre of Estrangement: Theory, Practice, Ideology*, Toronto: University of Toronto Press, 2006, pp.118-9.

③ ［美］勒内·韦勒克、奥斯汀·沃伦：《文学理论》，刘象愚等译，江苏教育出版社 2005 年版，第 289 页。

④ 对陌生化在西方文艺理论史上的传统的分析可参见杨向荣《诗学话语中的陌生化》（湘潭大学出版社 2009 年版）和周宪《布莱希特与西方传统》（《外国文学评论》1997 年第 3 期），在此不予赘述。

的衣服或墙壁的丑处，并不使我们难堪，这不是因为我们看不见它们的丑，而是因为我们习而不察"①。之所以会如此，是因为我们不断重复对象对我们的刺激，久而久之，新鲜的事物也会变成老生常谈，我们的感觉也就自然变得麻木和迟钝。"当一些现象太熟悉，太'明显'时，我们就觉得不必对其进行解释了。"② 由此可见，陌生化对认识活动至关重要。黑格尔将"自动化——陌生化"的二元对立上升到哲学认识论的高度，认为"一般说来，熟知的东西所以不是真正知道了的东西，正因为它是熟知的。有一种最习以为常的自欺欺人的事情，就是在认识的时候先假定某种东西是已经熟知了的，因而就这样地不去管它了。……对于一个表象的分析，就过去所做的那样来说，不外是扬弃它的熟悉的形式"③。

由此可见，"使熟悉的事物变得陌生"，或者从新的视角来审视我们习以为常的生活，是西方艺术史上的一贯看法。这些思想，尤其是黑格尔的观点，都成为什克洛夫斯基的陌生化的理论资源。④ 虽然都把陌生化作为一种艺术技巧，但相对而言，形式主义者对陌生化在艺术中的作用更加重视。形式主义者认为要获得对生活的重新感知，使生活变得鲜活有力，就需要打破这种习以为常性，这正是艺术的目的之所在，也是艺术之所以成为艺术，文学之所以具有文学性的标志。如塞尔登所言，"艺术品的目的是改变我们的感觉方式，使我们的感觉从自动的、实际的转变成艺术的"⑤。这也正是现代主义对艺术功能的基本看法，因此詹姆逊指出："公正地说，这种把艺术作为感知的更新的观点并非为形式主义者所独有，在现代艺术和现代美学中它处处以这种或那种形式出现，并在新理论中占据首要地位。"⑥ 伊格尔顿认为

---

① [美] 乔治·桑塔耶纳：《美感》，缪灵珠译，中国社会科学出版社 1982 年版，第 72 页

② [美] 乔姆斯基：《语言与心理》，牟小华、侯月英译，华夏出版社 1989 年版，第 27 页。

③ [德] 黑格尔：《精神现象学》（上卷），贺麟、王玖兴译，商务印书馆 1983 年版，第 20 页。

④ 形式主义者都把康德作为其思想的来源，而反对黑格尔的内容决定论，唯有什克洛夫斯基在陌生化理论上得益于黑格尔，这在俄国形式主义阵营中是独一无二的。（Douglas Robinson, *Estrangement and the Somatics of Literature*: *Tolstoy*, *Shklovsky*, *Brecht*, Baltimore: The Johns Hopkins University Press, 2008, p.133）

⑤ [美] 拉曼·塞尔登、彼得·威德森、彼德·布鲁克：《当代文学理论导读》，刘象愚译，北京大学出版社 2006 年版，第 38 页。

⑥ [美] 詹姆逊：《语言的牢笼》，钱佼汝、李自修译，百花洲文艺出版社 1997 年版，第 44 页。

俄国形式主义的出现是文学理论进入现代阶段的标志，从这个意义上说，形式主义者把陌生化从简单的文学技法提高到艺术本体论的高度也是艺术现代性的体现。

在《词语的复活》（1914 年）一文中什克洛夫斯基已经提出了陌生化的基本观念，认为"如果我们要给诗歌感觉甚至是艺术感觉下一个定义，那么这个定义就必然是这样的：艺术感觉是我们在其中感觉到形式（可能不仅是形式，但至少是形式）的一种感觉"①。要感觉到这种形式就要恢复对语言的感知力，要把语言作为诗歌的本体而加以突出。"过去的作家写的太滑溜，太甜美。……极有必要创造一种新的、'硬朗的'的语言，它的目的是看，而不是认知。"② 因此要让词语在诗歌中复活，成为诗歌的目的。形式主义者对未来主义抱以极大兴趣，原因就在于未来主义对词语的突出与形式主义的艺术理念非常一致。

在《艺术即技巧》（1917 年）中什克洛夫斯基进一步指出，在人们对外部世界的感知过程中，"事物被感受若干次之后开始通过认知来被感受：事物就在我们面前，我们知道这一点，但看不见它。"③ 就像我们每天打扫房屋一样，我们的注意力并不会集中在这一行为本身，日复一日的相同动作使打扫房屋这一行为逐渐变成了无意识的和习惯化的，我们对这一行为本身已经失去了感知力。推而广之，如果许多人一辈子的生活都是在无意识中度过，那么这种生活就跟没有过一样。我们之所以需要艺术，就是为了打破这种惯常化的生活而恢复对生活的感受力。艺术的这一根本目的的实现就是要通过陌生化的艺术手法，把形式艰深化，从而增加感受的难度，延长感受的时间，这样才能"使石头显示出石头的质感"。文学理论和艺术史上理论家们不断强调艺术的奇异化特点，就是为了强调和突出艺术的陌生化技巧在提高人的感知力方面的独特功能。这正是诗歌艺术审美功能的产生机制，即在自

---

① ［法］茨维坦·托多洛夫编选：《俄苏形式主义文论选》，蔡鸿滨译，中国社会科学出版社 1989 年版，第 29 页。

② Viktor Shklovsky, "The Resurrection of the Word". *Russian Formalism: A collection of articles and texts in translation.* Edited by Stephen Bann and John E.Bowlt, Harper & Row Publishers, Inc. 1973, p.47.

③ ［苏］维克多·什克洛夫斯基：《散文理论》，刘宗次译，百花洲文艺出版社 1994 年版，第 11 页。

动化和陌生化的辩证法中凸显艺术的审美价值。

形式主义者把索绪尔语言学作为理论来源，而索绪尔提出的能指与所指、声音与意义、符号与对象之间的任意性本身就包含了陌生化的可能性。索绪尔认为语言符号的能指与所指之间的关系并非是固定的，而是任意的，但当这种关系变得约定俗成之后，便具有了理据性，这时人们就会失去对能指本身的感受力而直接关注所指。要使读者将注意力由所指转向能指，就要打破二者之间的这种约定俗成性和理据性，这样必然给读者产生一种陌生感，这也正是陌生化的生成机制。正如雅各布森所言："符号与对象之间相互矛盾的原因在于，如果没有矛盾就不会有概念的变动，也不会有符号的变动，概念和符号之间的关系就变得自动化了。这样，活动就会停止，对现实的意识也就随之死亡。"① 我们不断地处于自动化的危险之中，而陌生化就是去语境化，就是与赖以存在的语境保持距离，从而凸显存在的个性与差异。对于诗歌而言，陌生化就是在诗歌中凸显词语自身，把诗歌语言从日常语言中"突出"出来。穆卡洛夫斯基对诗歌语言与日常语言、标准语言（科学语言）的区分就基于这一辩证法。

穆卡洛夫斯基指出："对诗歌而言，标准语言是一种背景，用以反映因审美原则对作品语言成分的有意扭曲，也就是对标准语言规范的有意违反。……正是这种对标准语言准则的违反，这种系统的违反，使诗歌式地使用语言成为可能；没有这种可能性也就没有诗歌可言。"② 这和什克洛夫斯基提出的陌生化理论如出一辙，也可以看作是对陌生化理论的进一步发展。陌生化针对的是感知的自动化，诗歌语言对标准语言的违背正是为了反自动化。"一个行为的自动化程度越高，有意识的减少处理就越少，而其前推程度越高，就越成为完全有意识的行为，客观地说，自动化是对事件的程式化，前推则意味着违背这个程式。"③ 如果说科技论文采用的是标准语言，避免前推，而是把读者的注意力集中于论文所传达的信息本身，那么诗歌语言

---

① Holquist and Kliger, "Minding the Gap: Toward a Historical Poetics of Estrangement", *Poetics Today*, 26: 4 (Winter 2005), p.631.

② ［捷克］穆卡洛夫斯基：《标准语言与诗歌语言》，见赵毅衡编《符号学文学论文集》，百花文艺出版社 2004 年版，第 17 页。

③ ［捷克］穆卡洛夫斯基：《标准语言与诗歌语言》，见赵毅衡编《符号学文学论文集》，百花文艺出版社 2004 年版，第 18 页。

则是对这种标准语言的有意违反，就是要把语言自身突出出来，置于前景，使读者的注意力集中于语言自身。

在穆卡洛夫斯基的"前推"理论中明显包含着结构主义的"系统"因素，语言是否具有审美化效果并不是取决于语言自身的特性，而是取决于它与背景语言之间的对比关系。如西尔维亚·杰斯多维克所言："使熟悉的事物变得陌生的观念不能简单地看作是对材料进行某些审美化处理的结果，它同时也依赖于各种构成要素之间的等级，以及这些要素在艺术结构中与主导要素之间的关系。"① 诗歌语言与标准语言、日常语言不同，诗歌语言突出的是语言本身，把语言的美学功能作为主导因素，而标准语言和日常语言则突出语言所传递的信息，其关注的是语言的信息交流功能。

雅各布森认为，诗歌的功能就在于指出符号和它所指的对象是不一致的。"所以，对任何诗歌来说，重要的不是诗人或读者对待现实的态度，而是诗人对待语言的态度，当这语言被成功地表达时，它就把读者'唤醒'，使他看到语言的结构，并由此看到他的新'世界'的结构。"② 诗人通过陌生化来感知语言结构，而最终目的则是感知我们所赖以生存的世界的结构，陌生化仅仅是手段而不是目的。由此可见，形式主义的陌生化理论自身也存在矛盾。文学的陌生化就是要打破感知的自动化而恢复人对社会和生活的感知力，文学与社会之间的关系极为密切。但是形式主义者同时认为文学并不反映旗帜的颜色，文学与社会无关，是自律自足的存在。正是这一矛盾，使形式主义者忽视了陌生化的社会意义，而仅仅成为文学语言的一种存在方式，陌生化成为文学的审美价值凸显和文学史发展的动力，从而被限定在纯文学的牢笼之中，其社会价值被遮蔽了。

西方学术界，尤其是马克思主义者，对形式主义的批评大都是针对他们提出的割裂文学与生活、政治的关系这一主张。什克洛夫斯基晚年对陌生化理论的反思也是从政治角度进行的。

1917 年什克洛夫斯基提出了陌生化理论，在文学研究领域起到了振聋

---

① Silvija Jestrovic, *Theatre of Estrangement*: *Theory*, *Practice*, *Ideology*, Toronto: University of Toronto Press, 2006, p.20.

② ［英］特伦斯·霍克斯，《结构主义和符号学》，瞿铁鹏译，上海译文出版社 1987 年版，第 70 页。

发聩的作用，但是随着政治和文化环境的变化，及至 20 世纪 30 年代之后，生活千变万化，丰富多彩，生活已经被艺术化了，处处充满了陌生感，陌生化成了后革命生活实践的真实写照。如艾亨鲍姆所言："普通生活与革命生活之间的区分在于，在革命生活中，对事物的感知被唤醒了。革命生活就好比'使石头显示出石头的质感'那样。"① 在这样的生活中主张陌生化就有犯政治错误的危险，因此包括什克洛夫斯基在内的形式主义理论家们对陌生化已经躲之而唯恐不及。如文学批评家琳达·珍伯格（Lidiia Ginzburg）在她 1927 年的一篇日记中所说："暴露技巧的美妙时光已经一去不复返了（只给我们留下了一个真正的作家——什克洛夫斯基）。现在，批评家们都不得不尽可能地隐藏技巧。"事实上，"在 20 年代后期，审美的陌生化实践在政治上已经值得怀疑；到 1930 年，对陌生化的坚持已经转变成为一种知识分子的犯罪。"② 自此之后，什克洛夫斯基不再继续发挥自己早年提出的陌生化理论，并在晚年对其进行反思。1982 年的《散文理论》中，他坦言自己早年提出的陌生化理论只是在语法上犯了一个小小的错误，③ 而这个错误被不断引用而成为一个重要的理论。如其所言，"可怜的陌生化。我挖了一个坑，许多不同的孩子都掉了进去。陌生化其实就是将对象从对它的惯常接受中拯救出来，就是使其语意系列膨胀。"④ 什克洛夫斯基把陌生化作为一个纯粹的诗学概念，回避陌生化所包含的政治功能。这是由陌生化的诗学意义和政治意义的矛盾性，以及什克洛夫斯基乃至形式主义理论自身的矛盾性所决定的。而弥补陌生化理论的政治缺失，发挥其革命潜能正是马克思主义者布莱希特和马尔库塞等人所做的工作。正因为如此，托多罗夫指出"形式主义运

---

① Silvija Jestrovic, "Theatricality as Estrangement of Art and Life In the Russian Avant-garde", *Substance*, Issue 98/99 (Volume 31, Number 2&3), 2002, p.53.

② Svetlana Boym, "Poetics and Politics of Estrangement: Victor Shklovsky and Hannah Arendt", *Poetics Today* 26: 4 (Winter 2005), p.596.

③ 在《散文理论》中，什克洛夫斯基指出："是我那时创造了'陌生化'这个术语。我现在已经可以承认这一点，我犯了语法错误，只写了一个'H'，应该写'CTPaHHbIǔ'（奇怪的）。结果，这个只有一个'H'的词就传开了，像一只被割掉耳朵的狗，到处乱窜。"（[苏] 维克多·什克洛夫斯基：《散文理论》，刘宗次译，百花洲文艺出版社 1997 年版，第 80—81 页）

④ [苏] 维克多·什克洛夫斯基：《汉堡帐单》，见张冰《陌生化诗学：俄国形式主义研究》，北京师范大学出版社 2000 年版，第 234 页。

动的终点正是布莱希特美学的出发点"，① 陌生化也成为马克思主义和形式主义对话中的一个重要问题。

二、陌生化与革命

在与布莱希特的陌生化理论之间的关系问题上什克洛夫斯基态度比较模糊，甚至在某些时候矢口否认，但是这种关联却是事实，布莱希特对此也供认不讳。② 西方文学和艺术理论史上有关艺术的新奇性观念对布莱希特的戏剧思想产生了重要的影响，但是尚未形成明确的理论。在 1935 年的莫斯科访问中，对什克洛夫斯基的陌生化理论的了解使布莱希特的朦胧观念变得异常清晰，观看梅兰芳的表演给了他把陌生化运用于戏剧领域的方法论启示，而马克思主义者的身份立场以及早已熟知的黑格尔和马克思的异化理论又赋予布莱希特的陌生化理论以批判维度。③ 这次短暂的访问之

---

① ［法］茨维坦·托多洛夫：《批评的批评——教育小说》，王东亮、王晨阳译，三联书店 2002 年版，第 34 页。

② 1935 年，布莱希特受朋友皮斯卡特（Erwin Piscator）的鼓动第一次访问莫斯科。皮斯卡特 1931 年移居莫斯科。他在 1935 年 1 月 7 日的一封邀请信中请布莱希特来莫斯科，并给他介绍认识了退特雅科夫（Tret'yakov）。退特雅科夫是马雅可夫斯基（Mayakovsky）主编的国际刊物 LEF（LEviy Front）的合作编辑，后来成为 Noviy lef（The New LEF）的主编，什克洛夫斯基正是这两个刊物的撰稿人。布莱希特通过退特雅科夫了解到什克洛夫斯基的陌生化理论，也正是他将什克洛夫斯基的术语"陌生化"（ostranenie）翻译为德语词 Verfremdung，从而介绍给布莱希特的。退特雅科夫后来也成为布莱希特著作的俄语译者。什克洛夫斯基本人 1964 年在巴黎的一次采访中也认为是退特雅科夫把自己的理论介绍给了布莱希特。（Douglas Robinson, Estrangement and the Somatics of Literature：Tolstoy, Shklovsky, Brecht, Baltimore：The Johns Hopkins University Press, 2008, pp.167-72, p.284.）奇怪的是，差不多十年之后，在 1976 年的另外一次采访中，什克洛夫斯基又否认了自己前期的观点，认为布莱希特的陌生化理论与自己没有关系。这也许另有隐情，只能引起猜测。（Galin Tihanov, "The Politics of Estrangement：The Case of the Early Shklovsky", Poetics Today 26：4 (Winter 2005), p.688)

③ 德国学者莱因霍尔德·格里姆认为马克思的"异化"理论也是布莱希特的"陌生化"理论的重要来源。（莱因霍尔德·格里姆：《陌生化——关于一个概念的本质与起源的几点见解》，见张黎编《布莱希特研究》，中国社会科学出版社 1984 年版）在英文中，马克思的"异化"被翻译为 alienation，而布莱希特的陌生化有时也用 alienation 来表示。作为一个马克思主义者，马克思的影响对布莱希特是至关重要的。这种影响主要体现在对资本主义异化现实的有力批判方面，也正是它赋予了布莱希特的陌生化理论以批判维度。但是，从艺术的角度看，布莱希特的陌生化与马克思的异化的区别也是极为明显的。

后，布莱希特就于 1935 年正式提出了自己的陌生化理论。可以说，如果没有什克洛夫斯基的启发，布莱希特的陌生化理论难以形成。因此，韦勒特（John Willett）认为，从这个意义上说，毫无疑问，布莱希特也是一个形式主义者。①

形式主义者认为陌生化只能应用于诗歌领域，而对戏剧艺术并没有解释力，但是布莱希特解决了这一难题。布莱希特认为，"把一个事件或者一个人物性格陌生化，首先意味着简单地剥去这一事件或人物性格中的理所当然的、众所周知的和显而易见的东西，从而制造出对它的惊愕和新奇感。"② 但是这种新奇和陌生并不是让对象变得难以理解。陌生化作为一种理解策略，是一个否定之否定的过程，是由理解到不理解再到理解的过程。陌生化就是要在演员和观众之间建立一种间隔，但是它"不像人们一般想象的那样，仅仅存在于制造间隔，而且同时并恰恰存在于在更高一级水平上消除这种间隔。制造间隔本身只是第一步。布莱希特所运用的一切着重于制造间隔的手段，其最终目的都在于促使观众完成第二步：消除间隔。"③ 因此，从辩证法的角度来看，在布莱希特的剧作中，他使情节和形象远离我们，同时又接近我们，让我们在感到陌生的同时又感到熟悉。什克洛夫斯基和布莱希特都要使对象变得新奇和陌生，但是什克洛夫斯基的陌生化旨在通过使对象变得新奇而增加感知难度从而增强人的感知能力，而布莱希特的陌生化则是要使观众对剧情达到更深刻的理解，从而提升人对生活现实的反思和批判能力。前者依赖于人的感性，后者则是一个由感性到理性的发展过程。

这种全新的理念必然产生出全新的戏剧理论，它的矛头直接指向长期以来在西方戏剧理论史上居统治地位的亚里士多德的戏剧理论。亚里士多德认为戏剧的目的就是通过引起观众的情感共鸣从而达到对观众的精神世界的净化和陶冶。这种戏剧理论要求戏剧与生活的同一，让观众在戏剧中看到真实的生活，因此演员在表演过程中要投入剧情，并带领观众的情绪跟着情节的变化而变化。布莱希特认为，这种共鸣只是一种幻觉，它让观众在戏剧中

① John Willett, *The Theatre of Bretolt Brecht: A Study from Eight Aspects*, London: Methuen & Co Ltd., 1959, p.208.

② 张黎编：《布莱希特研究》，中国社会科学出版社 1984 年版，第 204 页。

③ 张黎编：《布莱希特研究》，中国社会科学出版社 1984 年版，第 204 页。

忘记了现实的残酷，从而失去了对社会现实的清醒认识。现代社会已经被完全异化，因此需要艺术来培养和提高人们对这种异化现实的反思和批判能力。

布莱希特认为，"每一种旨在完全共鸣的技巧，都会阻碍观众的批判能力。只有不发生共鸣或放弃共鸣的时候，才会出现批判"[①]。这并不意味着在戏剧中要完全排除共鸣的存在，但是共鸣必须，而且可能在不失去其艺术性质的同时，使观众能够采取批判的立场。要实现这种批判的立场，就需要创造一种技巧，它与那种为了完全共鸣的技巧不同。这种技巧就是陌生化，或称为间离。正是这种"间离方法将观众那种肯定的共鸣的立场转变为批判的立场"[②]。在传统的共鸣戏剧中，观众只是一个欣赏者，而在布莱希特的陌生化戏剧中，观众应该成为冷静的观察者和思考者，而不是被剧情迷惑和欺骗的愚昧看客。这种戏剧就是要把本来熟悉的东西变得陌生，从而遏制观众的共鸣，在观众中间激发起一种惊奇效果，以此唤起观众的思考。布莱希特把戏剧的变革作为社会变革的前奏，并且认为理想的戏剧首先是要塑造具有独立思考和批判能力的观众，把观众从传统共鸣戏剧的幻觉中解放出来就成为重中之重。

什克洛夫斯基的陌生化理论促进了布莱希特的陌生化理论的形成，布莱希特的陌生化理论反过来又影响了什克洛夫斯基在20世纪60年代对自己早年提出的陌生化理论的反思和修正。什克洛夫斯基对这一点直言不讳，明确表明布莱希特对自己有所启发。也正是出于这一原因，什克洛夫斯基于1964年访问了巴黎，并在此期间见到了托多罗夫。[③]1965年，托多罗夫在巴黎出版了俄国形式主义的选集，也正是这部选集使马尔库塞接触到了俄国形式主义，尤其是什克洛夫斯基的《艺术即技巧》和埃亨鲍姆的《"形式主义方法"的理论》两篇文章，并从中发现了与他对资产阶级社会的分析相关联的地方。虽然直到1965年马尔库塞才真正接触到了俄国形式主义的陌生

---

① [德] 布莱希特：《布莱希特论戏剧》，丁扬忠译，中国戏剧出版社1990年版，第249页。

② [德] 布莱希特：《布莱希特论戏剧》，丁扬忠译，中国戏剧出版社1990年版，第250页。

③ Galin Tihanov, "The Politics of Estrangement: The Case of the Early Shklovsky", *Poetics Today* 26：4 (Winter 2005), p.689. 另一说法是，在1964年什克洛夫斯基访问巴黎时二人并未相会，正式会晤是在1966年。

化理论，但是他 1964 年出版的《单向度的人》中就已经论述了布莱希特的陌生化理论。在 1969 年出版的著作《论解放》中，马尔库塞在分析布莱希特的陌生化理论的时候提到了什克洛夫斯基和埃亨鲍姆的文章，并将其理论运用于对发达工业资本主义的艺术和现实的分析之中。

马尔库塞看到高度工业化的资本主义社会是一个单向度的社会，工人阶级已经被社会所同化，失去了反抗的能力，因此政治革命变得不再可能，于是改变社会的责任就自然转到了文化和审美领域里。他通过弗洛伊德之眼看到在这个高度理性化的社会里，高度的工业文明是以感性的压抑为代价的，在这里人沦为非人。这种对立的和解就是要取消这种专制，恢复"爱欲"，即"恢复感性的权利"而获得自由。马尔库塞把感性的解放与人的异化现实联系起来，认为它是将人从中解放出来的最佳途径。"在一个以异化劳动为基础的社会中，人的感性变得愚钝了：人们仅以事物在现存社会中所给予、造就和使用的形式及功用，去感知事物；并且他们只感知到由现存社会规定和限定在现存社会内的变化了的可能性。因此，现存社会就不只是在观念中（即人的意识中）再现出来，还在他们的感觉中再现出来。"① 这种异化现实在消费社会中表现得更为明显，而通过感性解放以打破消费社会商品对人的感知和思维能力的侵蚀就"成为彻底重建新的生活方式的工具。它已成为争取解放的政治斗争中的一种力量。这就意味着，个体感官的解放也许是普遍解放的起点，甚至是基础"②。这种自由的获得"应当在感性的解放中而不是理性中去寻找。自由在于认识到'高级'能力的局限性而注重'低级'能力。换言之，拯救文明将包括废除文明强加于感性的那些压抑、控制。"③ 因此，要获得自由首先就要把感性从理性的压制中解放出来，从而建立一种"新感性"。新感性已成为一个政治因素，它产生于反对暴力和压迫的斗争。这种斗争致力于一种崭新的生活方式的形成而否定现存体制及其道德和文化，建立一种新型社会。感性、娱乐、安宁和美成为在这个社会中生存的基本形式，也成为这个社会的基本形式。这种具有革命性的新感性的形成在高度理性化的社会里只有通过审美形式才能实现。"形式，是艺术感受

---

① ［美］马尔库塞：《审美之维》，李小兵译，广西师范大学出版社 2001 年版，第 132 页。
② ［美］马尔库塞：《审美之维》，李小兵译，广西师范大学出版社 2001 年版，第 132 页。
③ ［美］马尔库塞：《审美之维》，李小兵译，广西师范大学出版社 2001 年版，第 55 页。

的结果。该艺术感受打破了无意识'虚假的'、'自发的'、无人过问的习以为常性。这种习以为常性作用于每一实践领域，包括政治实践，表现为一种直接意识的自发性，但却是一种反对感性解放的社会操纵的经验。艺术感受，正是要打破这种直接性。"① 什克洛夫斯基所说的"自动化"只是感知的惯常性和无意识化，而马尔库塞所说的"习以为常性"已经进入了社会和政治领域，指的是一种对更为广阔的社会和文化里的虚假意识的漠然视之和顺利接受。因此，新感性已经不仅仅是一种感知能力，而且成为一种思考和行动的能力。这和布莱希特的陌生化提高观众对现存社会的反思和批判能力的目标是一致的。通过感性解放这一中介，马尔库塞赋予了形式一种革命的意义，新感性也就随之具有了明显的政治价值。正如马尔库塞所言："新感性，表现着生命本能对攻击性和罪恶的提升，它将在社会的范围内，孕育出充满生命的需求，以消除不公正和苦难；它将构织'生活标准'向更高水平的进化。"② 通过感性的解放，或者说通过建立新感性，人们将从长期的压抑中解放出来而获得自由，也将建立起一种全新的、合理的社会关系和制度。

西尔维亚·杰斯多维克认为，什克洛夫斯基和布莱希特的陌生化分别体现了自律性的（autonomous）和介入的（committed）艺术之间的断裂。也就是说，"在 Verfremdung 和 ostranenie 中，形式与意识形态的关系往往被片面地理解为：Verfremdung 总是与批判的和马克思主义的世界观相联，而 ostranenie 则往往被批评为一种为艺术而艺术的哲学。"③ 形式主义把审美作为文学艺术的最高标准，而马克思主义则认为文学艺术最终指向的是政治和社会革命，美学也"可能成为一门'社会的政治科学'"④。因此，虽然布莱希特的陌生化和马尔库塞的新感性都受到了什克洛夫斯基的启发，但却又通过对什克洛夫斯基的陌生化理论注入马克思主义的批判维度而超越了它。

① ［美］马尔库塞：《审美之维》，李小兵译，广西师范大学出版社 2001 年版，第 111 页。
② ［美］马尔库塞：《审美之维》，李小兵译，广西师范大学出版社 2001 年版，第 98 页。
③ Silvija Jestrovic, *Theatre of Estrangement: Theory, Practice, Ideology*, Toronto: University of Toronto Press, 2006, pp.118-9.
④ ［美］马尔库塞：《审美之维》，李小兵译，广西师范大学出版社 2001 年版，第 100 页。

三、陌生化理论研究的深化与走向

六七十年代之后，西方的学术中心转向了美国，与之相伴随的是陌生化研究在美国学术界的兴起。詹姆逊写作《语言的牢笼》一书的目的就是要把俄国形式主义及其后继者法国结构主义的思想介绍给美国读者，并从马克思主义的视角对什克洛夫斯基和布莱希特的陌生化理论进行深入阐发、批判和补充。

詹姆逊充分肯定了什克洛夫斯基的陌生化理论对文学研究的重要意义，并指出"陌生化"在文学中的重大作用，但是在辩证思维的指导下，詹姆逊也发现了什克洛夫斯基的陌生化理论的重要矛盾。"陌生化这种观点现在是并且永远是一种有争议的观点：它依赖于对现有的思维习惯或感知习惯的否定，就这一点来说，它受到它们的约束，同时也成了它们的附庸。换言之，它本身并没有资格成为一个完整的概念，而是一个可转变的、自我消除的概念。"① 这是陌生化理论本身的矛盾，同时也是什克洛夫斯基乃至整个形式主义的矛盾。这与什克洛夫斯基身上所具有的"黑格尔式的忧郁意识"有关，也包含了形式主义最终有可能被抛弃的可能性，因为"形式主义有关无止境的艺术变化和不停的艺术革新这种观点中所包含的'艺术的悲剧感'同时也要求承认变化，承认一度时新的方法不可避免地会变旧，一句话，必须承认自己的死亡。"② 形式主义者把陌生化或暴露手法作为艺术的本质所在，然而这种理论和方法本身就已经包含了自我消解的因子，因此当学术界对暴露手法的艺术有所厌倦之后，形式主义也就随之消亡了。

詹姆逊认为"自动化——陌生化"这一二元对立包含着丰富的政治和伦理意义，这一点恰恰被形式主义者所忽略了。什克洛夫斯基在陌生化的分析中引用了托尔斯泰关于打扫屋子的一段话，以及从马的视角审视农民的艰苦生活的文字。詹姆逊认为这段话的政治意义是非常明显的，遗憾的是什克

---

① ［美］詹姆逊：《语言的牢笼》，钱佼汝、李自修译，百花洲文艺出版社 1997 年版，第 75—76 页。

② ［美］詹姆逊：《语言的牢笼》，钱佼汝、李自修译，百花洲文艺出版社 1997 年版，第 76 页。

洛夫斯基并没有对此进行发挥，而是将论述的重心转向了对文学自律性的分析。詹姆逊在布莱希特的陌生化理论中发现了对什克洛夫斯基陌生化理论所缺乏的政治意义的补充，因此对布莱希特大加赞赏。如其所言："习惯产生的结果在于使得我们相信现时的永恒性，并加强我们的一种感觉，即我们生活中的事物与事件是'自然的'，也就是说，是永恒的。因此，布莱希特的陌生化效果的目的是一个彻头彻尾的政治目的。正如布莱希特一再坚持的那样，它要使你意识到，你认为是自然的那些事物与制度其实是历史的：它们是变化的结果，它们本身因此也是可以变化的。"① 由此可见，詹姆逊发现了陌生化的诗学价值和政治价值相统一的可能性，并试图在二者的结合中实现马克思主义与形式主义的真正对话。

　　詹姆逊没有像布莱希特和马尔库塞那样在什克洛夫斯基的基础上提出新的理论命题，而是对他们的陌生化理论进行学术研究层面的深化和拓展，这是由美国的政治、文化环境和学术研究特点所决定的。近年来，陌生化理论研究在西方（主要是美国）学术界又一次成为热点问题，但总体上仍然是延续着詹姆逊所确定的方向前进的。这些成果把陌生化理论研究推向深入，其研究内容也呈现出多样化趋势。

　　道格拉斯·罗宾逊（Douglas Robinson）研究了托尔斯泰、什克洛夫斯基和布莱希特的陌生化理论之间的渊源关系，并对他们进行了深入的比较、分析和研究，其中提出什克洛夫斯基的黑格尔主义倾向对理解什克洛夫斯基的陌生化理论提供了新的视角。② 西尔维亚·杰斯多维克分析了俄国先锋派艺术与俄国形式主义的关系，并着重探讨了它们对布莱希特的史诗剧和陌生化理论的影响，以及布莱希特陌生化理论的基本内涵、实践意义及其所蕴含的意识形态价值。卡罗·珍伯格（Carlo Ginzburg）对什克洛夫斯基的陌生化理论的前史进行了考察。通过马的眼睛看待农民的悲苦生活的陌生化手法在西方思想史上曾多次出现过，奥勒留、蒙田、伏尔泰等人都有过这样的分析和论述，这些对托尔斯泰产生了重要的影响。虽然什克洛夫斯基对托尔斯

---

① ［美］詹姆逊：《语言的牢笼》，钱佼汝、李自修译，百花洲文艺出版社 1997 年版，第48 页。

② Douglas Robinson, *Estrangement and the Somatics of Literature*：*Tolstoy*，*Shklovsky*，*Brecht*，Baltimore：The Johns Hopkins University Press，2008.

泰的陌生化理论有所借鉴，但重点完全不同。托尔斯泰及其前人都把陌生化作为一种政治、社会和宗教性批判的手段，而什克洛夫斯基则将它作为一种纯粹的诗学概念和形式方法加以阐发，从而失去了它的政治性和批判性。

这不仅仅是什克洛夫斯基的矛盾，也是形式主义理论自身的矛盾。如克瑞斯蒂纳·瓦图莱斯库（Cristina Vatulescu）所言："批评家们经常指控俄国形式主义在生活与艺术之间所进行的非政治的分离。作为形式主义的核心术语，陌生化首当其冲，经常受到这样的指控。"① 回归什克洛夫斯基提出陌生化理论时的历史语境，分析其内在矛盾，并从美学和政治的双重视角重新审视陌生化理论，揭示二者之间的纠缠关系，是近年来陌生化研究的一个新趋势。

西方学界对什克洛夫斯基陌生化的研究都集中于其在 1917 年《艺术即技巧》一文中的论述，却没有考虑到什克洛夫斯基的陌生化后来所经历的深刻转变，这一转变和他所经历的主要政治实践紧密相连，比如革命、内战、秘密警察的监控等等。对什克洛夫斯基来说，陌生感是革命后的俄国的主要特征。当生活已经发生了天翻地覆的变化，处处都充满了陌生感和奇异化的时候，再过度强调美学意义上的陌生化及其实践就具有反政治的色彩。什克洛夫斯基在回顾德国流亡生活的《感伤的旅行》中对这种情况，以及自己当时的生活和心理境况进行了深入的分析。斯维特拉那·鲍姆（Svetlana Boym）指出："在六七十年代之后，在东欧，显而易见，陌生化变成了一种政治对抗，或反政治的形式。在俄国，陌生化和去意识形态化在实践上是一体两面的：最初是一种反抗形式，后来被主流文化所模仿，从而转变成为一种政治上拒绝介入（noninvolvement）的方式。"② 及至90年代中期，去意识形态化或陌生化概念从政治扩散到社会生活的各个方面。陌生化的这种反政治色彩正是什克洛夫斯基后来不再坚持陌生化理论的原因之一。因此，西方学者普遍认为，只有将什克洛夫斯基置于第一次世界大战、后革命乃至后苏联的历史语境中，陌生化理论的诗学内涵和政治内涵及其激进与保守的双重

---

① Cristina Vatulescu, "The Politics of Estrangement：Tracking Shklovsky's Device through Literary and Policing Practices", *Poetics Today* 27：1 (Spring 2006), p.35.

② Svetlana Boym, "Poetics and Politics of Estrangement：Victor Shklovsky and Hannah Arendt", *Poetics Today* 26：4 (Winter 2005), p.606.

性才能够得到深入的理解。

　　把什克洛夫斯基的陌生化理论置于现代性的语境中，考察它与当代西方其他理论之间的关系，或进行比较研究，是当前西方陌生化理论研究的另一个重要方面。作为一个现代性范畴，与陌生化具有家族相似性的理论范畴为数不少。斯维特拉那·鲍姆认为可以将俄国形式主义的诗学理论置于从文学、哲学和政治角度反思现代性的更广阔的欧洲语境中进行审视。从这个角度来看，什克洛夫斯基和布莱希特的陌生化可以与本雅明的光晕（aura）、阿贝·沃伯格（Aby Warburg）的距离（distance）和文化象征（cultural symbolization）、西美尔的文化游戏（cultural play）、超现实主义理论家的著作中对通常的奇异（ordinary marvelous）的反思，以及阿伦特的自由和距离等理论放在一起进行理解。①

　　加林·特汉诺夫（Galin Tihanov）指出："尽管1980年代之后人们对陌生化的兴趣有所减弱，但是毋庸置疑，陌生化理论已经成为当前文学研究中的重要概念。"② 可以说，陌生化理论研究的繁荣是与目前学术界对现代性的反思紧密相关的。在后现代社会，日常生活审美化和审美日常生活化的趋势日益明显，艺术与生活之间的界限变得非常模糊。但是，只要艺术和生活还没有完全等同，陌生化就有其存在价值。而且，陌生化作为一种打破思维定势，提供观察世界的新视角的方法对任何时代都是行之有效的。因此，研究和思考后现代文化语境中陌生化的存在形态和价值就成为进一步推进陌生化理论研究乃至反思后现代的重要命题。

（原载于《江海学刊》2012年第4期）

---

① Svetlana Boym, "Poetics and Politics of Estrangement: Victor Shklovsky and Hannah Arendt", *Poetics Today* 26：4（Winter 2005），pp.582-3.

② Galin Tihanov, "The Politics of Estrangement: The Case of the Early Shklovsky", *Poetics Today* 26：4（Winter 2005），p.666.

国家形象宣传片的跨文化传播策略

邱　凌

国家形象是反映在媒介和人们心理中对于一个国家及其民众的历史、现实、政治、经济、文化、生活方式以及价值观的综合印象，是一系列信息输入和输出产生的结果，是全面系统的工程。其中以影像制作为基础的国家形象宣传片是推广和介绍一国形象最为直观和直接的渠道。国家形象宣传片是从一个国家的历史、政治、经济、文化等多方面提炼素材，通过具有代表性的视听符号，运用剪辑和音效等多种表现手法展现其国家和民族特点，传播民族文化，树立国家形象。

我国近几年推出了多部国家形象片，如 2011 年年初在美国纽约时报广场电子屏播出的《人物篇》，用于使馆节庆、外交酒会等外事活动中展示的《角度篇》，还有在 CNN 播放过名为"中国制造"的宣传片等。通过以上事实说明，我国政府现已采取非常开明、开放的姿态，通过制作播放国家形象片向国际社会展示本国文化与精神，以塑造良好的国家形象，提升软实力。

一、影响国家形象宣传片跨文化传播的因素

近几年，对于国家形象宣传片制作的要求越来越高，传播环境的挑战也越来越大，不少国家的形象宣传片播放后都或多或少地遭遇到"认知鸿沟"或者"刻板印象"的攻击，有时不仅未树立良好形象，反而引起一些误读，尤其是政府的主动宣传正在遭遇越来越多的挑战。[①] 国家形象宣传片的

---

① 　周庆安：《国家形象宣传片的历史规律与现实挑战》，《对外传播》2011 年第 3 期。

传播多是在跨文化的语境下展开的，这其中影响传播效果的因素有很多，来自政治、经济、文化等各方面的因素都会存在，特别是文化因素和心理因素对其影响较为明显。

1. 跨文化传播中的文化因素

国家形象宣传片的制作目的就是为了促进不同文化背景的公众了解本国，它的传播多从属于跨文化传播。跨文化传播的特点是：编码是在甲文化中依据甲文化的码本进行，而解码是在乙文化中依据乙文化的码本进行。甲乙两种文化的码本不一样，文化中的方方面面都会对甲方的编码和乙方的解码产生影响。世界各个国家各个民族文化的多样性决定了会存在不同文化之间的差异与冲突，也就出现了相互之间理解的困难与障碍。鉴于这样的文化差异，在制作国家形象宣传片时要考虑不同的文化背景。

据霍尔的理论，鉴于信息传播对于环境的依赖程度不同，他把文化分为高语境文化和低语境文化。高语境文化中，信息的意义寓于传播环境和传播参与者之间的关系中，亚洲国家的文化多属于高语境文化；低语境文化中信息的意义通过语言就得以清晰地表达，不需要再依赖环境去揣摩推测。按照霍尔的这种划分，中国文化属于高语境文化，语言表达非常含蓄；而欧美人喜欢坦率直言，其文化多属于低语境文化。所以如果让国家形象宣传片中承载过多的需要"意会"的内容，是不太适合在欧美这些低语境文化国家中进行传播的，换言之，"写实派"的宣传片有可能比"写意派"的宣传片更有效果。

2. 跨文化传播中的心理因素

影响跨文化传播的心理因素主要是刻板印象。刻板印象（或定型观念）是指一个群体成员对另一群体成员简单化的看法，是一种固定的印象，与其代表的真实情况并没有太大的关联。刻板印象中有符合事实部分也有不符合事实的部分，而不符合事实部分的定型观念就是偏见。[①] 这种不符合事实的刻板印象的存在使得受众在接触来自差异文化的事物时更多地选择感性的排

①　关世杰：《跨文化交流学》，北京大学出版社 1995 年版，第 181 页。

斥，而并非花时间去了解事实。如"中国制造"的宣传片，我国商务部的本意是通过宣传片展示中国产品融合国际科技、联手国际企业共同制造的在世界市场上的融入性。但由于国内频出的食品安全问题和假冒产品横行的现实，使得西方受众对于"中国制造"的产品产生排斥心理，所以在看到这则"携手中国制造"的宣传片时也只会联系到"质量差"的中国制造商品，而不是求证片中信息的正确与否，这使得传播的效果大受影响。

所以当民众对一个国家情况并不熟悉时，他会更多地用单个的特征来代替整体的特征。刻板印象好比是"我们头脑中的画面"，代表的是一种过分简化的意见、具有影响力的态度和不加鉴别的判断。在嘈杂混乱的现实世界中，人们倾向于领会自身文化已作出解释的事物，倾向于接收自身文化已形成定式的观念。

二、跨文化传播中国家形象片的制作策略

鉴于在跨文化传播中的文化因素及心理因素等的影响，国家形象宣传片在策划、制作和传播过程中要把握好"民族化的内容、国际化的讲述"，将有中国特色的文化元素和精神内涵按照国际化的规律来制作。在充分考虑不同国家和地区受众差异基础上，把握切入视角、叙事结构、人物选择、民族符号的运用等方面。

1. 个人化的切入视角

从文化因素来看，中国人喜欢群体，在乎亲情。而西方人则强调个体，欣赏独立。从表象来看，这样的差异会带来完全不同的受众，但仔细分析就可以看出，中国人的群体观念是尊重个体基础上的群体观念，而西方人的特立独行也是在一个大的群体环境下的特立独行。所以面对中西文化差异，国家形象宣传片要突出东西方在家庭观念、人道主义、自由平等、生态主义观念等方面的共识，要尽量挖掘中西文化中作为"人"所共通的精神；同时在中国文化的包容性中体现出对西方个人主义、独立精神和消费主义的尊重，从人性化的角度来探讨东西方之间的差别，求同存异。

有不少外国民众表示喜欢看反映中国人人性化的故事。有位外国朋友

谈到了自己的感受：他从报纸上看到一位北京出租车司机发现乘客遗失了 5 万元，找了半个北京城才找到失主的故事，他觉得这样的故事能让自己接触到真实的北京人的脉动。"每一个故事都要有人，只有这样才能吸引受众。"① 法国纪录片编导凯瑟琳·雷默也认为："一些重要的跨文化交流的节目，应该是关于普通人生活的节目。这样的片子能够反映一个文化的独特性、不同文化之间的对比及他们之间的共性。"② 如 2010 年上海世博会，韩国馆播放的短片讲述了一个坐在轮椅上的小女孩在一位青春帅气的大哥哥的鼓励帮助下重拾生活信心的故事，短片充满了浓浓的现代城市气息与人类友谊，在众多国家馆宣传片中堪称另类。这些作品都是以个人视角来切入，以讲故事的方式获得成功的好作品。

虽然宣传片《人物篇》中也有了个人，但是以群像出现，没有每个人的故事，很多人也不了解他们的意义所在。如其中出现的一位维吾尔族大妈阿里帕，自 20 世纪 60 年代起她就含辛茹苦养育着收养的维吾尔、汉、回、哈萨克 4 个民族的 10 名孤儿。如今这个大家庭已是几代同堂，全家共有 180 多口人。在宣传片中只是她的一个几秒钟的形象，而没有这背后的感人故事。正如有位美国观众所言，他对这些陌生的面孔感到有些迷惑，不知这些人物有何特别的精神或感人的故事。如果能拍出阿里帕妈妈被孩子们围绕的场景，再配上如"19 个孩子的母亲"这样的文字，就能帮助观众更直观地了解中国人的爱心。

不难看出我国形象片已经开始逐渐摆脱以往宣传片中"高大全"的模式，开始关注个人、关注问题、关注中国发展的复杂性。正如宣传片总策划朱伟光所言，不用官员代表国家形象，是一个重要的进步。但如果宣传片能多以个人化的视角切入，以讲故事的方式呈现，以人类的共同情感作为主要基调，则能够跨越文化上的差异，在不同民族间都会产生共鸣。

2. 情景化的叙事结构

霍尔有一个很形象的比喻，"情景——文化的积木块"③。他认为情境构

---

① 新浪网新闻，2003 年 8 月 4 日，见 http://news.sina.com.cn/c/2003-08-04/15581475540.html。
② 韩璟：《纪录片走出国门要会"说外语"》，河北新闻网，2007 年 6 月 20 日。
③ [美] 爱德华霍尔：《超越文化》，韩海深译，重庆出版社 1990 年版，第 156 页。

架"是最小的、能独立存在的文化单位"。因此霍尔提供给了我们一个指认分析文化的单位，在单个情景中表现出的语言、姿势、身体距离、时间、社会、物质、人格等是我们区别不同文化的基础和依据。可以通过情景故事构架来表达，寓理念于故事中，也可以通过解说词的使用直接表述，也可多种方式结合。

伦敦的申奥片就以非常具有创意的情景处理串起了各个场景和人物，打破了以往"旅游风光片"的宣传风格。整个短片以一位奔跑在伦敦街头的年轻女子为线索，跟随着她的步伐，观众一路领略到伦敦各著名景点，而且受她矫健的身姿、奔跑的韵律的感染，路人也不禁运动起来；在普通的路人中还穿插了如伦敦市长、演艺明星等名人。奔跑的年轻女子如一根红线串起了名胜、串起了普通人对运动的热爱、串起了名人政要对申奥的支持，该宣传片情景化的结构使得其独具匠心，别有特色，在众多申奥片中脱颖而出。我国的形象片《人物篇》则没有一个贯穿其中的线索，也没有情景化的连缀。整个片子最明显的特点就是没有对白，所有人都没有台词，"简直像是30秒的PPT"，而且以站立的形式出现，从服饰、表情、站姿来让观众猜测出他们的身份，这其中之意很让人费解。不仅对于本国观众而言理解有些难度，对于外国观众更是难解其意了。所以能以情景化的方式来结构片子是跨文化传播中比较实用的策略。

3. 影像化的制作要求

国家形象宣传片是以影像技术为基础，以视听语言为传播符号，所以对画面和音效都有很高的要求。尤其是画面需要有足够的信息量和强烈的视觉冲击力，剪辑要流畅并富有动感，这也是影像化的宣传片优于平面宣传片的地方。韩国的"Korea Sparkling"这一形象片中，起始配以韩国传统音乐和三组风景图，继而是在现代高楼大厦间荡秋千的穿着韩服的女子、在绳子上跳跃的穿着传统服装的男子，还有跳街舞的年轻人、晚上繁忙的高速路、跳着传统舞蹈的面具人、穿韩服用手机收看足球比赛的老人、传统舞蹈、现代性感明星等等，在这样的镜头组合里，鲜艳的色彩、舞动的身影、兴奋的表情让我们看到的是极具传统与现代魅力的韩国。

《人物篇》中的画面也是色彩饱满而热烈，传达出浓重的具有中国特色的色彩基调。画面构图格外考究，一幅画面仿佛就是一张优美的中国画，寓情于景。但遗憾的是所有出来的人物形象都是不动的，正如上文所说如同PPT一般，没有任何影像的动感和视觉冲击力。相对而言，《中国制造》形象片里则尽力安排了一连串的动感画面，充分发挥了影像制作的特点。对于以影像为载体的国家形象宣传片应该充分发挥视频和音频的特点，以充分饱满的色彩和优美动听的旋律来刺激不同国家不同民族观众的视觉和听觉。

4. 差异化的受众需求

笼统地看国家形象宣传片是跨国家、跨文化的传播，但具体而言，不同的国家和民族拥有着不同的文化背景、价值观、宗教信仰，他们又有着不同的兴趣和爱好，对中国的关注和理解的角度、程度也自然不一。如果能在制作宣传片时考虑到受众的差异性，这样的宣传片会更具有针对性。如对于《人物篇》，有的学者认为该片没有针对性，缺乏对美国社会不同群体对中国口味的了解。而且形象片除了美感，没有传达思想道德和价值理念。比如关怀弱势群体、追求公平正义等。"若以这种简单方式重塑国家形象，不大可能明显改变美国人对中国的看法。"不了解对象国的文化特点和价值观是无法准确传播信息的。如前几年耐克的"恐惧斗室"广告、立邦漆的"龙篇"广告和丰田霸道广告在我国所引发的争议，虽然耐克公司强调该广告只是通过多元化元素宣扬了一种积极的人生态度，鼓励年轻人直面恐惧，广告中运用的各种元素只是一种比喻形式，喻指各种恐惧。但内容里相继出现的形似中国老人的武林高手、飞天形象的女子和被丑化了的龙依然引起了国人的反感，最终该广告因涉嫌"亵渎中国风俗习惯"而在中国遭停播。这样的产品宣传不仅影响到产品销量，更是影响了企业形象。对于国家形象宣传片亦是如此，如果不了解对象国的文化特点和价值观，一厢情愿地去塑造形象，有时会适得其反。

5. 明晰的意义表达

宣传片传达信息，一靠画面，二就要靠文字、声音。巴特曾用"锚"（anohorage）来形容图像说明里的文字功能，他认为"视觉图像的意义是多元分歧的，一连串符号义浮动于其中。文字可以固定那串浮动的符号义，以解除不确定性。"① 与画面匹配的恰当的文字（字幕）有助于制作者传递明确的意义，但是有时不恰当的文字反而会带来更多的歧义。如对于"中国制造"这则宣传片，美国商学院教授约翰森认为"这则广告有很强的自卫性，告诉别人不要责怪中国制造，因为参与合作的国际企业也有份。广告里的话是，'中国制造，与世界同造。'所谓和别人共同制造，就意味着，如果你要责怪中国，就也得责怪别人。"② 显然这样的理解与"携手中国制造"宣传片的初衷是背道而驰的。对于宣传片《人物篇》也存在一些误读，认为这是"展示中国成就的利我"、"对国际公众利他的缺席"，这一定程度上阻碍了国际认同。CNN 评论这则宣传片令美国人对中国人产生"更多的是恐惧，而不是友谊"。所以在国家形象宣传片中应该将信息明确、直接地传递出来，或者以同期声的方式，或者以解说词或字幕的形式明确达意。在中国这样的高语境文化中，擅长的是"不可言传，只能意会"，但在跨文化传播中，面对低语境文化的受众，还是要明确其意，字幕和图像贴切吻合，直接表明宣传片的主旨。

6. 代言人的选择：名人 vs 普通人

国家形象宣传片的代言人有两种选择：或者是名人，或者是普通人。在这二者中，都各有其优势，各有其特点。如选择名人，这是对文化进行国际传播的一种有效途径。正如当年英国派驻印度的殖民官所说，英国宁愿失去印度，也不愿失去莎士比亚；"二战"后德国国家形象改善的一个重要战略，即是"唤醒死人"，翻炒德国辉煌的古典思想。在"美国广告节"上获奖的韩国观光局广告"Korea Sparkling"是由韩国当红的演艺明星 Rain 代言的，此外韩国还根据目标国家的不同调整广告代言人的选择。2010 年韩国观光局在日本投放的广告代言人则是由在日本颇具影响力的韩国艺人裴勇俊担任。所以应该培养、造就和利用具有国际影响力的本土公众人物，使之承载中国元素、观念和文化来实现国家形象表达的人格化。我们需要更多的姚

---

① 转引自孟建《申奥片：作为视觉游说的经典读本》，载《图像时代：视觉文化传播的理论诠释》，复旦大学出版社 2005 年版，第 238 页。

② 《美媒称"中国制造"广告效果有限》，2010 年 5 月 7 日，见 http://www.badingjie.cn/Article/? 5120.html。

明、刘翔、成龙和李连杰，要有更多来自中国的全球性艺术家、大学者和文化名人。

而选择普通人也有其自身的优势。美国《时代》杂志曾把"中国工人"评为年度人物，理由是：中国经济顺利实现"保八"拉动世界经济，首先要归功于中国千千万万勤劳坚韧的普通工人，他们最有资格来代言当今中国。可见，草根也是国外媒体和观众关注的角度。无独有偶，在人民网所做的一个"你认为谁在国家形象宣传片中不可或缺"的调查中，有60%以上的人选择了默默无闻的普通中国人。美国在制作宣传片时较为擅长使用普通人。2010上海世博会美国馆的宣传短片内容是美国百姓向中国人民打招呼，其中出现的面孔全部都是普通人，而且都像是随机采访的。所以如何选择宣传片的人物是要根据实际情况而定，要考虑到人物的代表性和影响力，更要从对象国的受众心理出发来确定是选择名人还是选择普通人。

7. 民族化符号的运用

跨文化传播并不是要均质各国的文化或实现文化霸权，相反唯有保持各族的文化多样性才能塑造和传播国家和民族的独特个性，也才能实现各民族间的和谐共处。这正如费孝通所言："各美其美、美人之美、美美与共、天下大同。"联合国教科文组织于2001年通过了《世界文化多样性宣言》，确认"文化多样性是人类的一项基本特征"，强调各国应"采取它认为合适的措施"来保护自己的文化遗产。所以目前呈现的各国宣传片无论采取何种拍摄风格和叙述手法，都无一例外地带有自己国家和民族的文化特征。

对于中国的印象，很多外国民众在谈及中国文化元素时，"都不忘提及中国武术"；其次有中文、烹饪、书法及中国京剧、民乐等；在所做调查中有74.8%的外国人认为"中国历史悠久、具有令人着迷的优良文化"①。所以在国家形象宣传片中中国文化元素是不可或缺的。从世博会宣传片到奥运会宣传片中都可寻觅出中国文化的符号，充分体现了"只有民族的，才是世界的"。然而，目前使用传统文化元素进行创作时存在着一种误解，认为这些

---

① 刘继南，何辉等：《中国形象——中国国家形象的国际传播现状与对策》，中国传媒大学出版社2006年版，第198—200页。

元素是一种外在的、表象的、形式化的视觉符号，在宣传片中只要将这些传统符号一一连缀和呈现就大功告成了，这样的理解和做法是片面的。事实上，传统文化元素并不仅仅是外在"形象"的体现，更是内容与形式的统一体。在这个统一体中，还要体现民族文化和民族精神，他们决定了中国元素的呈现形式和表意特征。所以，在使用传统文化符号时，需要对其所承载的民族文化和精神内涵进行由表及里的开掘与萃取，提炼出适合主题的内容，使内容与形式完美地结合起来。

以影像制作为载体的国家形象宣传片，它的视听符号比起单纯的文字符号更加容易实现跨文化的传播。如果在制作过程中能掌握"民族化的内容，国际化的叙事"及其他一些策略则会提高传播效果，减少误读，提升在国际社会中的形象。当然也正如有些学者指出"没有一个国家指望一部国家形象宣传片就能彻底扭转一个国家的全部形象"。但主动地宣传已反映了我国政府在国家形象的塑造上开始从被动到主动、从低调缄默到高调出击、从缺少沟通到主动展示的转变，展现了中国正积极与世界沟通，这对于改善国际关系、建构国家形象是大有裨益的。

（原载于《现代传播》2011 年第 12 期）

试论生态审美教育对现代审美教育的超越

罗祖文

"审美教育"一词尽管最初出现于席勒的《审美教育书简》中，但审美教育活动却古已有之。在中国，西周时期的统治者把审美教育作为培养贵族阶级的必修课之一，所谓"六艺"中的"乐"，指的就是审美教育。在西方，柏拉图在他的《理想国》中也将艺术教育作为培养"城邦保护者"不可缺少的手段。而今，随着全球生态危机的日益严重和日常生活审美化的进展，生态审美教育开始逐渐进入审美教育的领地。

一、生态审美教育的产生

生态审美教育的提出并非概念的简单置换与组合，而是有着深刻的社会根源与学科要求。长期以来，我们在"人类中心主义"哲学思维的影响下，一直将自然视为人类的征服对象，所谓"人为自然立法"、"人定胜天"、"让自然低头"、"人有多大胆，地有多大产"等。在这种妄自尊大的想象与政治口号的影响下，科学技术和人类财富虽然得到了大幅度的增长，但也带来了工具理性泛滥、环境污染严重、心理疾患蔓延等一系列生态问题。于今，人类已到了生死存亡的路口。这正如莱切尔·卡逊在《寂静的春天》中所指出："现在我们站在两条路的交叉路口上，这两条道路完全不一样。……我们长期以来一直行驶的这条道路使人们容易错认为是一条舒适的、平坦的超级公路，我们能在上面高速前进。实际上，在这条路的终点却有灾难等待着。这条路的另一个叉路——条'很少有人走过的'叉路——为我们提供了最后唯一的机会让我们保住我们的地球。"① 于是，处于经济狂热中的人们开始冷静地思考自己的行为方式与思维方式，反思环境之于人类的价值与意义。1972 年 6 月 5 日，国际人类环境会议在瑞典斯德哥尔摩发表《联合国人类环境宣言》，《宣言》指出："人是环境的产物，也是环境的塑造者。为了当代人类及子孙后代的利益，当今历史阶段的人们在计划行动时，应该更加谨慎保护好地球上的各种自然资源。"与此同时，在世界范围内兴起了一股生态哲学的浪潮。当代环境理论家阿尔伯特·施韦泽于 1915 年提出了"敬畏生命"的伦理观，强调"敬畏生命"绝不只是敬畏人的生命，而是敬畏所有动植物的生命；美国生态伦理学家霍尔姆斯·罗尔斯顿于 1995 年出版《哲学走向荒野》一书，提出了关于哲学中的"荒野转向"（Wild Turning Philosophy）的概念。受其影响，我国学者于 20 世纪 90 年代提出了"生态美学"的建构主张。在这些伦理学家、哲学家们的阐释下，"自然"、"伦理"、"价值"等概念开始慢慢越出传统的"人类中心主义"视域而走向"生态整体主义"。如在传统的美学中，"自然"是自在无为的，其自身无所谓美丑，而在环境美学家艾伦·卡尔松看来，"全部自然界是美的"；在传统的伦理学中，"平等"只限于人际权利之间的平等，而在生态伦理学中，"平等"是生物圈链环中平等，所有生物均具有平等的生存权利；"荒野"在传统的哲学中是无价值的，而在罗尔斯顿看来，它是人类之"根"，是人类生命之源。这些哲学、伦理学思想虽不无偏颇之处，但它警醒着人类的思维模式与教育模式，催促着生态审美教育的推行。

生态审美教育的产生还有着艺术学科内部的发展要求。众所周知，20 世纪以来，随着科技的发展与大众传媒的影响，艺术开始渗透于日常生活的各个角落，成为人们日常生活的内容。如今人们不必走进艺术馆、博物馆和画室，就能够欣赏到精妙绝伦的广告和服饰。在这种日常生活审美化的浪潮中，环境就很自然地成为艺术而进入人们的审美视域，当今琳琅满目的艺术园地里就有所谓的大地艺术、环境艺术、工程景观艺术等。如法国著名工程师伯纳德·拉萨斯将快速运动状态下（100 千米／小时）人的景观感知作为

① ［美］莱切尔·卡逊：《寂静的春天》，吕瑞兰、李长生译，吉林人民出版社 1997 年版，第 203 页。

设计的出发点，将废弃的额桑采石场建成高速公路上的一条景观大道，使这条高速公路的行驶者有一种音乐与视觉的享受。美国著名的设计师帕特丽夏·约翰逊利用高低不同的地质结构，将一条周期性泛滥的河流设计成"洪水池和瀑布"，使这个工程既可作蓄水之用，亦可作喷泉景观之用。美国艺术家罗伯特·史密森利用玄武岩和泥土创造了一条长1500英尺"螺旋形防坡堤"，将一条汹涌澎湃的河流驯服成了真正意义上的"大地艺术"。沃尔特·德·玛利亚用400根长达6米多的不锈钢杆，在新墨西哥州平原上摆成16根×25根的矩阵，接受电闪雷鸣，并称这尊"大地艺术"为"闪电的原野"。从这些景观艺术和"大地艺术"可以见出，它们已超越了传统艺术的界限。从创造媒介来看，它们是以自然大地为基质的；从创造目的看，它们超越了传统审美的无功利性，是以环境改造为前提的；从鉴赏的角度看，它们超越了传统审美的静观，是一种身体感官介入参与的动态审美。因此，在日常生活审美化的今天，我们不得不拓展艺术审美的界域，正视人们的审美欲求，而不能为了迁就传统艺术观念的规训而将自然天地排除在审美之外。

二、生态审美教育对现代审美教育的超越

众所周知，席勒的审美教育思想体系是以康德的二元论哲学为基础而建构的。在康德的哲学体系中，现象界与物自体是根本对立的，人的认识能力只能把握现象界而不能认识物自体，物自体只能凭借理性的意志能力去把握。这样，在人的心理功能上就形成了"知"与"意"两个相互隔绝的领域。席勒批判地继承了康德这一哲学原理，提出了美育是沟通二者的中介与桥梁的观点。"要使感性的人成为理性的人，除了首先使他成为审美的人，没有其他途径。"[①]在席勒看来，美育不仅能克服人性的分裂，恢复人性的完整，而且还是获得政治自由的唯一途径。他在《美育书简》的第二封信中写道："这个题目不仅关系到时代的鉴赏力，而且更关系到这个时代的需求。我们为了在经验中解决政治问题，就必须通过审美教育的途径，因为正是通

① [德]席勒：《审美教育书简》，冯至、范大灿译，北京大学出版社1985年版，第116页。

过美，人们才可以达到自由。"① 在审美教育的实现途径上，席勒受康德主观唯心主义美感论的影响而推崇艺术教育。在他看来，美与艺术是同一的，虽然美是活的形象，艺术是活的形象的显现，但二者的目的都是使人性完整。这样，席勒就把社会美育、自然美育排除在了审美教育的实施途径之外。因此，席勒美育思想虽有资产阶级"人道主义"光辉，但其思维方式是主客二分的，其出发点是想通过美与人性的教育实现政治上的自由，其美育思想由批判资本主义"人性"分裂现象为起始，最终又指归"人性"的自由与解放，是十足的"人类中心主义"。

不可否认，在工业革命和知识经济时代，现代审美教育的确极大地解放了人，提高了人的整体素质。也正因此，世界各国都竞相以之作为提高国民素质的手段。1988 年，美国艺术资助部门对艺术教育的现状作出了评估，认为美国的人才荒芜问题主要是由于缺少艺术教育而引起的，并指出艺术教育的目标是培养学生的艺术感和创造力。为此，美国众、参两院在《2000 年目标：美国教育法》中，将艺术增列为基础教育的核心学科，并启动了"零点项目"和"多元智能"理论研究。在日本，小原国芳提出了"全人"的艺术教育理念，将艺术教育作为情操教育的组成部分，并吁求政府向全民普及美术馆的教育。在此背景下，中国政府于 1999 年 6 月通过了《关于深化教育改革、全面推进素质教育的决定》，明确将美育作为国民素质教育的有机组成部分。尽管从学科理论上阐释，现代审美教育确具有培养和激活人的创造力，提高人的综合素质的功用，但众所周知的是，随着时代与社会的发展，人们的生存诗性和道德神性日渐失落，工具理性和市场拜物日益盛行，全球自然生态加速恶化，现代审美教育的审美救世反而导致了世界非审美化的加剧。笔者管见，其根本原因正在于现代审美教育的"人类中心主义"在新的形势下已慢慢演变成了个人物质功利主义和民族本位主义。因此，从现代审美教育走向生态审美教育成了时代发展的必然选择。

生态审美教育在哲学基础、审美范式与目标任务等方面均具有不同于现代审美教育的特点。从哲学基础看，现代审美教育思想是以康德哲学为逻辑起点而展开的。诚如席勒本人在《美育书简》第一封信中所明白表述的那

---

① ［德］席勒：《审美教育书简》，冯至、范大灿译，北京大学出版社 1985 年版，第 39 页。

样："我对您毫不隐讳，下述命题绝大部分是基于康德的基本原则。"① 而康德的基本原则则是物自体与现象界二元割裂。生态审美教育则突破了现代审美教育主客二分的思维模式，倡导生态整体主义，主张人与世界的和谐统一。以自然审美为例，在现代审美教育中，"自然审美的基础是自然的人化。人在这个过程中是主要的、关键的、中心性的。人是自然美的发现者、欣赏者和创造者。人对自然的欣赏是俯视的、高屋建瓴的、单向度的，是人对自然的情感投射和实践的创造。"② 而在生态美学的视域下，人与自然是一种"此在与世界"的在世关系，"此在"以及这个在"世界"之中的对象与世界之间是一种须臾难离的机缘性关系。自然不能独自成为审美对象，它必须依靠着人的参与，如果离开了人的参与，离开了"此在与世界"的在世结构，离开了人与自然紧密相联的"生态系统"，自然审美的价值属性将不复存在。③

从审美范式上看，现代审美教育在康德的审美超功利性的影响下，强调艺术审美必须保持适当的距离，认为太远或太近都不利于审美。例如，一幅油画从太远处观赏只是一些斑驳的色彩，从太近处观赏则是一团混沌的颗粒。而生态审美教育由于将自然引入审美之维，就超越了传统审美的距离限制。我们既可以在自然界中随意走动，从中挑选任何事物作为审美对象；我们也可从微观层面上使用科学仪器进行审美。罗曼·维斯尼艾克说："人类手工制作的每件东西放大来看都是很糟糕的——拙劣、粗糙、不对称。但自然中生命的一点一滴都是可爱的。我们越将其放大，细节越显现出来，完美地构造出来，像盒子套着盒子，永无止境。"④ 在传统的审美中，视觉和听觉是审美的专属感官，而在生态美学的视域下，自然审美是一种目、耳、鼻、喉等感官全部介入参与的审美。这种感受，郑日奎的《游钓台记》有所描述："山冈既奇，境复幽茜……足不及游，而目游之。清风徐来，无名之香，四山飘至，则鼻游之。舟子谓滩水佳甚，试之良然……则舌游之。……返坐

---

① [德] 席勒：《审美教育书简》，冯至、范大灿译，北京大学出版社 1985 年版，第 10 页。

② 丁永祥：《生态审美与生态美育的任务》，《郑州大学学报》（哲学社会科学版）2005 年第 4 期。

③ 曾繁仁：《生态存在论视野中的自然之美》，《文艺研究》2011 年第 6 期。

④ [芬] 约·瑟帕玛：《环境之美》，武小西等译，湖南科学技术出版社 2006 年版，第 100 页。

舟中，细绎其峰峦起止，径路出没之态……恍间如舍舟登陆，如披草寻蹬，如振衣最高处……盖神游之矣。……舟泊前渚，人稍定，呼舟子劳以酒，细询之曰：若尝去登钓台乎？山中之景何若，于是乎并以耳游。"传统的艺术审美是一种静观的审美，而生态美学视域下的自然审美是一种动态的审美。比如，我们在黄山上观峰，一会儿白云飘过来，我们觉得这山峰如睡荷，俏丽秀雅；一会儿，白云散开，山峰裸露，我们觉得这山峰峭拔峥嵘。因此，在自然审美中，无论我们是否在动，自然都在无始无终的空中扩展，我们也随之穿行于各种体量、质地、颜色、光和影构成的空间之中。"我们很难通过静观的方式，把环境当作与我们相分离的对象来欣赏；事实上，处于欣赏中的环境从来不作为一个对象。我们总是置身于具有各种指向性的动态环境之中，知道路指引我们向前，台阶暗示着向上或向下，入口邀请我们进入，长椅召唤我们坐下和休息，家和建筑意味着庇护或者至少作为给人以相对安宁的场所。"①

　　从目标任务上看，现代审美教育在主客二分的思维模式下，将"美"视为一种认知对象，执着于艺术知识的灌输和艺术技能的训练，妄图以艺术教育来克服工具理性社会对人性的扭曲和割裂，恢复人的自由与全面发展。即便是当下颇有创意的生态式艺术教育，也是通过不同艺术门类之间的生态组合，通过经典作品与学生之间、作品体现的生活与学生的日常生活之间、教师与学生之间、学生与学生之间、学校与社会之间等多方面和多层次的互补、互动与互生关系，提高学生的艺术感觉和创造能力。② 因此，从本质上看，生态式艺术教育还是传统意义上的审美教育，只不过采用了有机整体的教育方法而已，其最终目的还是为了培养"文化人"与"智慧人"，仍带有"人类中心主义"倾向。而生态审美教育以生态整体主义超越现代审美教育的工具论倾向，将审美教育的重心转移到人的审美生存纬面上来，它着重培养的是一种"生态人"。这种人是那些"最深切地根植于地球和自然的幽深处的人，产生所有自然现象的'原生的自然'中的人，同时，作为一种精神

---

① ［美］阿诺德·柏林特：《环境之美》，张敏等译，湖南科学技术出版社 2006 年版，第117 页。

② 滕守尧：《回归生态的艺术教育》，南京出版社 2008 年版，第 5 页。

存在的人"①。由此观之，生态审美教育的最终目标与任务是培养人的生态审美意识与生态审美理想，引导人类进入一个自然、社会与人自身和谐协调、普遍共生的审美生存状态。

三、生态审美教育的特性

生态审美教育是一种特殊的情感教育。在现代审美教育中，审美主体对审美对象采取一种非功利的观照态度，审美的目的是为了满足审美主体自身情感的需要。而在生态审美教育中，审美情感则同时包蕴了伦理—道德情感和科学—认知情感，它不仅以情感人，而且还导向伦理实践和科学认知；它不仅要唤起人们的生态情感和生态伦理，而且还让人们在生态审美中感悟生态原则与生态规律，从而增强生态自我意识。从审美情感的对象上看，现代审美教育是为了激起人们对"美的艺术"的情感，通过艺术形象的感染达到"宣泄"或"净化"人之情感之目的。而在生态审美教育中，审美教育之情感指向自然、社会与自身，其目的是为了唤醒人的生态本性，激发人们审美地对待自然、社会与自我。

生态审美教育是一种价值教育。在以"人类中心主义"为主导的价值体系中，所有价值都是建立在人与对象的物质关系基础上的，自然对人只有外在的工具价值而没有内在的价值。而生态中心主义理论家则认为自然有"内在价值"。罗尔斯顿举例说，野生动物能捕猎和嚎叫，能寻到适宜的生境和进行交配，能养育自己的后代；植物能够生长、繁殖、修复自己的创伤和抗拒死亡就是自然"内在价值"的体现。但在面对"谁是自然万物内在价值主体，谁又是价值的承担者"这一问题时，"人类中心主义"者和"生态中心主义"者都拿不出较为公允的答案。生态审美教育者则持"生态整体主义"立场，坚持自然界内在价值与外在价值的统一。他不仅承认自然具有外在的经济价值、审美价值与科学价值，而且还承认自然具有内在的生命价值、多样性与统一性价值、稳定性与自发性价值等。在生态审美教育者看来，地球上的人、生命和自然界是一个互相依存的生态系统，某一方的存在

---

① ［德］马克斯·舍勒：《资本主义的未来》，罗缔伦等译，三联书店 1997 年版，第 226 页。

既有着自己生存的目的，同时也有利于他方的生存。例如一颗松树种子掉在地上，天长日久，利用地上的泥土、空气和水慢慢生长发芽，最后长成了一棵参天大树，这是它自身生长目的的实现（内在价值）。同时，它又利用太阳能把水和二氧化碳等资源转化为碳水化合物，释放出氧气，供其他的生物利用，成为他物生存的条件（外在价值）。总之，在地球的生态系统网络中，一种生物的存在，既是它自身的目的，又是他物的手段。生态审美教育强调这一点，意在告诫人们，人类要尊重自然的生长规律，保护生态系统的稳定性、完整性和完美性。

生态审美教育是一种伦理教育。在传统的伦理学中，伦理只局限于人际关系中，人对动植物具有生杀予夺的大权。生态中心主义者则以人与动物智商同质为理由，主张在任何情况下都不应该捕杀动物。英国著名小说家托马斯·哈代甚至主张应该将《圣经》中的"金规则"——"你愿意别人怎么样待你，你也要怎么待别人"运用到其他物种、特别是动物身上。当代环境理论家阿尔伯特·施韦泽甚至指出："一个人，只有当他把植物和动物的生命看得与人的生命同样神圣的时候，他才是有道德的。"① 很显然，生态中心主义者虽然纠偏了传统伦理观的"人类中心主义"，但实际上否定了人类正常的吃穿住行等权利，这在实践上是有害的。生态审美教育者则持生态伦理观，主张人与万物在地球上平等地占有一个位置，以人类行为不伤及自然的完整、稳定与平衡为道德底线。这正如利奥波德在《沙乡年鉴》中说："当一个事物有助于保护生物共同体的和谐、稳定和美丽的时候，它就是正确的，当它走向反面时，就是错误的。"②

生态审美教育还是一种责任教育。在现代审美教育中，审美是无功利的。这正如康德所讲："那规定鉴赏判断的愉悦是不带任何利害的。""关于美的判断只要混杂有丝毫的利害在内，就会很有偏心的，而不是纯粹的鉴赏判断了。"③ 在中国，清代山水画家布颜图在《画学心法》中也描述了审美鉴赏中"物我相忘"的境界，"形既忘矣，则山川与我交相忘矣。山即我也，

① ［德］阿尔伯特·施韦泽：《敬畏生命》，陈泽环译，上海社会科学出版社1996年版，第25页。
② ［美］奥尔多·利奥波德：《沙乡年鉴》，侯文蕙译，吉林人民出版社1997年版，第213页。
③ ［德］康德：《判断力批判》，邓晓芒译，人民出版社2002年版，第38页。

我即山也。惝乎恍乎，则入杳之门矣。无物无我，不障不碍，熙熙点点，而宇泰定焉，喜悦生焉，乃极乐处也"。在现代审美教育中，审美鉴赏的目的是为了灵魂的净化与陶冶，生态审美教育却不停留于此，而是要让欣赏者在心中升腾起一种生态责任意识。生态审美教育是"为每一个人提供机会获得保护和促进环境的知识和价值观、态度、责任感和技能；创造个人、群体和整个社会环境行为的新模式"①。也就是说，生态审美教育不是为了审美而审美，而是要使审美者从审美超功利性中超拔出来，建立起正确的行为准则，承担起相应的环境保护责任。

（原载于《中南民族大学学报》2012 年第 1 期）

---

① 杨平：《环境美学的谱系》，南京出版社 2007 年版，第 295 页。

从审美习俗到话语实践：
中国民间歌谣中的身体意识

曹成竹

引言：身体的文化如何构型？

近年来，"身体"逐渐成为文艺学美学领域的一个新热点。如何反思身体在消费文化中遭遇的困境，如何看待其在中西文化史上的不同呈现方式，如何建构更具当代价值的身体美学，这些问题正引发学界越来越多的思考。可以肯定的一点是，身体意识的塑造和变迁总是离不开文化，人的社会性决定了身体是关于肉体的文化。雷蒙德·威廉斯提示我们，文化的观念并不是某种单一的独唱，而是不同文化态势（主导文化、残余文化、新兴文化）之间的张力制衡。关于身体的文化亦是如此——它既表现为某种相对一致的思想价值体系、哲学美学传统乃至文艺风貌，而在更加宏观的层面，又应该是一种张力中的文化构型。本文试图以中国民间歌谣中的身体意识为参照，从审美习俗和话语实践的角度，考察传统社会的精英主导文化是如何与底层民间文化构成了一个互为补充的完整身体观，以及这种身体文化是如何保持着一种相对稳定的结构。

在古代中国占据主导地位的儒家文化身体观表现为身体与精神的同一和个体与社会的同一。孟子的"天下之本在国，国之本在家，家之本在身"、荀子的"君子之学也，以美其身"、《礼记·大学》的"身修而后家齐"，都将"身"视作文化结构的最根本基质。古代中国作为亚细亚生产方式的代表，一个典型的特征便是"家国同构"，而实际上比家更小的单位——身，才是这一金字塔的最小砖石。《孝经》关于身体的言说集中地体现了这一点：

> 身体发肤，受之父母，不敢毁伤，孝之始也。立身行道，扬名于
> 后世，以显父母，孝之终也。夫孝，始于事亲，中于事君，终于立身。

身体的重要性不是源于其自为的存在，而是他性的存在，即用来彰显父母、祖先、君王以及名、道等一系列社会价值。这便把身体的重要性与次要性辩证地统一起来，把人作为一种道德至上的动物，楔入了社会文化秩序的庞大体系中。对于这一身体观，我们可以借鉴福柯对性的经典描述来理解："性的动机——性自由的动机，还有人们获得性知识和有权谈论性的动机——其正当性是与政治动机的正当性联系在一起的：性本身是属于未来的。"①

因此可以说，在儒家文化占主导的古代中国社会，对于知识分子而言思想文化的学习与身体的规约完善是同一过程，其目的是塑成身心合一的理想人格——这一身体观为社会秩序的稳定提供了有效支撑。有学者将中国古代哲学视为与西方的意识本体论哲学不同的"身体本体论哲学"②，这一看法具有深刻的启发性。但我们需要明确的是，中国儒家哲学对"此在之身"的认可和尊重，与西方二元结构中与"心智"相对立的"肉体"仍不是同一层面的问题，儒家身心一体的哲学观仍潜在地规划了二元的秩序，即对高雅、理智、道德之情的推崇，对肉身、欲望、性的压制。古人的词语游戏往往是暧昧的，但其价值倾向却十分明确。在文学领域，自汉儒将《诗经》中的男女爱情解读为政治寓言之后，文学中的身体意识便似乎被阉割了。汉赋作为汉代文学主流，绝少涉及身体内容，而多为帝国风貌、城市环境描写。魏晋以降，文人诗开始发展成熟，却也少以身体为主题，即便有宫体诗这样描写女子体态仪态的作品，也只是将身体作为审美和把玩的对象，而不是一种以身体为核心的主体性逻辑。文艺对身体的呈现是一种文化政治的书写，既抑制痛苦，又克制情欲，还忽视形体。实在的"体"是次要的，文化精英更加重视的是个人身体和艺术形态之外的"气韵"、"风骨"、"道"、"意境"等非实体范畴。可以说，中国古典文艺心灵至上的一贯传统本身便暗含着对身体的集体无意识，并源源不绝地再生产其自身。我们能够从中看到文化精英审

---

① ［法］米歇尔·福柯：《性经验史》，佘碧平译，上海人民出版社 2005 年版，第 5 页。
② 参见张再林《作为身体哲学的中国古代哲学》，中国社会科学出版社 2008 年版。

美趣味的趋同性，恰如布尔迪厄对于"惯习"（habitus）的描述——惯习产生于"铭刻在人的躯体中的社会制度"①。

由此可见，被儒家哲学规划的身体观如同一种心灵观和道德观，显而易见地有着对"肉身"的疏离。这部分被疏离的"身体"是完全式微还是隐遁于别处呢？如果这一身体观并不完整，那么精英之外的世俗百姓态度如何？两种不同身体观又是如何相互影响呢？只有充分思考这些问题，我们对于中国文化中的"身体"才能有更加全面的认识。巴赫金在欧洲中世纪以来的狂欢节习俗中找到了理解文学类型的有益视角，我们考察中国文化语境中的身体问题也不妨回归民间。而歌谣作为民间文艺的最典型代表，其中所蕴含的身体意识应该引起我们的充分重视与思考。这不仅因为歌谣是人们真实自然的情感表达，还因为歌谣中占比重最大的是情歌，而"身体"则是情歌中一个十分突出的主题。

失落于民间的"身体"：作为一种审美习俗

《诗经·魏风·园有桃》言："心之忧矣，我歌且谣。"《毛传》曰"曲合乐曰歌，徒歌曰谣"。这可以算比较早的"歌谣"的解释。可见"歌"是一个大概念，它分合乐和不合乐两种情况。合乐而歌具有正式的表演性甚至仪式性，不合乐而徒歌的"谣"则带有非正式的、自娱自乐的色彩。这种个人性使歌谣以真实自然为本，因为它本来就是个人吟唱的游戏，并不掺杂过多的功利因素。人类学家埃伦·迪萨纳亚克认为，从行为学角度来看艺术的作用实际上非常简单，即让人们"感觉良好"，也就是"在身体上让人愉快"②。歌谣显然就是这样的艺术，而这一身体经验逻辑在《诗经》的情歌中便充分体现出来。

阅读《诗经》的爱情诗会有一个鲜明的印象，即爱情的萌发并不是父母之命媒妁之言或青梅竹马志同道合，而仅源于诗人身体意识的成熟。例如：

---

① ［法］皮埃尔·布尔迪厄：《文化资本与社会炼金术：布尔迪厄访谈录》，包亚明译，上海人民出版社 1997 年版，第 174 页。

② ［美］埃伦·迪萨纳亚克：《审美的人》，户晓辉译，商务印书馆 2005 年版，第 24 页。

> 桃之夭夭，灼灼其华。之子于归，宜其室家。桃之夭夭，有蕡
> 其实。之子于归，宜其家室。桃之夭夭，其叶蓁蓁。之子于归，宜其
> 家人。

按孔安国的注解，"夭夭灼灼并言之，则是少而有华者。故辨之言桃有华之盛者，由桃少故华盛，比喻此女少而色盛也。"很显然，桃树的花枝繁茂与女子成熟美貌的身体姿态是对应的，正是与植物生长相一致的顺应规律的身体状态，表明女子已到了婚嫁的最佳年龄。同样地，在《隰有苌楚》中，我们也能看到对杨桃树姿态外形的描写：

> 隰有苌楚，猗傩其枝，夭之沃沃。乐子之无知。隰有苌楚，猗傩
> 其华，夭之沃沃。乐子之无家。隰有苌楚，猗傩其实，夭之沃沃。乐
> 子之无室。

山谷中的桃树枝干优雅、花朵美丽、果实丰盈，歌者为什么却羡慕它没有爱人，没有家室呢？毛苌的解说是"国人疾其君之淫恣，而思无情欲者也"。在宋明理学家看来，"此诗言人之喜怒未萌，则思欲未动。及其私欲一炽，则天理灭矣。故思以反其初而乐其未知好色之时也"①。若抛开这些附会的解释，我们难道不能想象到一位与杨桃树一样体态优美，正值青春茂盛之年，却经受爱情困扰的歌者吗？（闻一多、李长之、高亨等现代学者便把它看作单纯的爱情诗）再如《摽有梅》："摽有梅，其实七兮。求我庶士，迨其吉兮。"郑笺："兴者，梅实尚余七未落，喻始衰也。谓女子二十春盛而不嫁，至夏始衰。"梅子的成熟与女子身体的成熟相对应，爱情成为自然而然的适时之举。以上例子有个显而易见的特征，即自然万物顺应规律的生长、优美健康的外形姿态，与主人公身体意识和身体经验的成熟之间建立了互文关系。这便确立了一种身体的主体性逻辑，这时的身体便不再是审美对象，而成为审美主体本身。

如前所述，随着儒家文化正统的确立，精英文艺中"身体"作为"肉

---

① 黄櫄：《毛诗集解》。

身"的一极受到了禁锢。然而这并不表示其消逝，它只是隐匿于朝堂之外的民间而已。或许正因为身体意识在很大程度上只能存在于自娱自乐、不登大雅之堂的歌谣世界，我们可以发现一个有趣的现象，在古代文学史上，身体是被轻视的，而歌谣也是被轻视的——因为有着文人雅士和正统思想的区隔。直到明代，随着个性解放和人本思潮的兴起，歌谣迎来了黄金时期，不仅"人人习之，亦人人喜听之"①，且诸多文人雅士也对其喜爱有加。冯梦龙的《山歌》、《挂枝儿》是此时歌谣集的代表，我们能从中再度领略其鲜明大胆的身体意识：

变

变一双绣鞋儿在你金莲上套，变一领汗衫儿与你贴肉相交，变一个竹夫人在你怀里抱。变一个主腰儿拘束着你，变一管玉箫儿在你指上调。再变上一块香茶也，不离你樱桃小。②

这首歌谣通过各种物品的描绘，为我们勾画出一幅以情人的身体为核心的意义图示。再看这一首：

调 情

娇滴滴玉人儿，我十分在意，恨不得一碗水，吞你在肚里。日日想，日日捱，终须不济。大着胆，上前亲个嘴，谢天谢地，他也不推辞。早知你不推辞也，何待今日方如此？③

作者喜欢一个人，最后终于大着胆子"上前亲个嘴"，用身体行动代替了表白，而这种简单轻佻的行为竟然得到了对方的认可，令人不禁莞尔。实际上，《挂枝儿》所涉身体内容十分繁多，不仅有用身体示爱的，亦有直接描写身体部位的，更有许多性器官的隐喻（如橄榄、莲藕、粽子、樱桃等）及男女交欢过程的描写；而《山歌》的"咏物"类，所咏之物大多与身体有

① 沈德符：《万历野获编》。
② 《冯梦龙民歌集三种注解》（上册），刘瑞明注，中华书局2005年版，第55页。
③ 《冯梦龙民歌集三种注解》（上册），刘瑞明注，中华书局2005年版，第26页。

着形似或神似的关联，感兴趣的读者可自去品读，在此不多赘述。

明代民间歌谣的身体意识并不是新兴的，而是在思想风气的变化下，歌谣引起了一部分文人的兴趣，因此这个隐秘的世界被重新认可而已（此时的文人创作也出现了凸显身体经验的作品，如《牡丹亭》）。可以说，民间歌谣对身体的关怀情结，如同古典小说叙事的"横云断山"法，虽然一度被阻隔和遮蔽，却始终传承在底层民间的口头文学中。在 20 世纪早期北京大学一批知识分子发起的"征集歌谣运动"所征集到的歌谣，以及《吴歌甲集》、《吴歌乙集》等歌谣集本中，仍能看到大量表达身体意识的民间歌谣，例如：

> 削竹棍儿，打桑椹儿，姐夫寻了个小姨子儿。闭上门儿，盖上被儿，左思右想不是味儿；管他是味不是味儿，黑夜里躺着不受罪儿。①

"姐夫寻了个小姨子儿"并不是值得提倡的具有解放精神的伟大爱情。作者仅仅因为"黑夜躺着不受罪儿"这样的身体享乐，便僭越了正当的伦理道德，这显然是十分荒诞的。然而正如当时研究者所言："世界上正多这样的事，却又何妨有这样的歌。真实是一切艺术的共同灵魂！"②身体意识和身体冲动是真实的，民间社会和上层社会的乱伦也是真实的，歌谣或是讽刺调侃，或是表达歌者的欲望，其立场不得而知，而唯一能肯定的便是这种身体意识的真实存在。当然，歌谣的身体意识对社会秩序的反抗，亦不乏正面的例子：

> 死了男儿别怨天，十字路口有万千。东来的，西去的，挑他个知心合意的。③

儒家正统文化十分强调秩序，在爱情方面人们面临的道德约束总是首先表现为身体约束：男女不能有肢体接触，因为"授受不亲"；他们的爱情

---

① 雪如：《北平歌谣集》，"国立"北京大学中国民俗学会民俗丛书第 36 卷，（台）东方文化书局 1971 年版，第 61 页。
② 章洪熙：《中国的情歌》，钟敬文《歌谣论集》，上海文艺出版社 1989 年版，第 328 页。
③ 出自章洪熙《中国的情歌》，钟敬文《歌谣论集》，上海文艺出版社 1989 年版，第 328 页。

和婚姻不能自己做主，而需要遵从父母之命媒妁之言；结婚以后无论是否中意，女子都要遵从"夫为妻纲"的原则；如果丈夫早亡，还要为其守节。这些不仅是约定俗成的风俗，更是必须遵从的礼仪，只有以身体之规训才能换取身外之名声。而民间歌谣则常表达出反抗社会秩序的禁锢，对婚姻爱情自由的渴望。此外，歌谣有时还记录了身体的苦难：

　　姐倪生得眼睛尖，出门勿带盘缠钱；两双奶奶换饭吃，撒尿嫁生卖铜钱。①

　　如果梳理归类便可发现，民间歌谣中的身体意识种类繁多，有的表达了以身体经验为基础的自然情感，有的表达了身体的解放，有的表达享乐和情欲，有的表达乱伦，有的则记录了身体的苦难。可以确定的一点是，中国精英主导文化中失落的作为肉欲、物欲、情欲的身体并未消亡，而是仍作为民间特有的审美习俗，长久但不失鲜明地保存在民间歌谣、故事传说、雕塑美术等底层边缘文化之中。在此基础上，我们不仅要确证身体意识在民间的大量存在，更应该进一步思考这种与官方相悖的身体意识，是如何与主导文化的身体观念相互影响和发生作用的，也就是前文提到的身体的"文化构型"。这便需要考察身体作为一种"话语"的文化建构与解构功能。

语境化和超语境化：关于"身体"的话语实践

　　梅洛·庞蒂指出，世界的问题可以始于身体的问题；福柯则认为，世界的问题应当归结于话语的问题。从某种意义上说，关于身体的话语可能同身体的哲学思辨同样重要。话语即规则，话语即权力，话语即我们的经验世界。如果把"身体"看作一种话语的存在，那么它出现的场合、人们谈论它的方式，即代表了一种关于身体的秩序，而这一秩序可能比话语的内容本身更加重要。例如，一首提倡身体解放的歌谣，却始终被人心甘情愿地私下吟唱，这反而说明了身体被禁锢的事实。因此我们不仅需要了解歌谣中身体话

---

① 出自李素英《吴歌的特质》，《歌谣》第 2 卷第 2 期。

语的内容，更应考察其语境，因为语境的变化和超越才可能指向身体意识的真正变革。我们以 20 世纪早期北大歌谣运动①中的事件为例，来探讨这一问题。

当时歌谣运动的领导者周作人曾写过一篇《猥亵的歌谣》，发表在《歌谣》周年纪念增刊（1923 年），专门探讨与身体和性有关的歌谣②。1925 年周作人还同钱玄同、常惠在《语丝》第 48 期刊发了《征求猥亵的歌谣启》，以三人小组的名义征集猥亵的歌谣，并计划将搜集的成果整理成《猥亵歌谣集》、《猥亵语汇》。一年以后，周作人又在《语丝》上发表《关于"猥亵歌谣"》，回顾了搜集的成果："投稿并不很少，不到预定的期限，我们所预定的小册子的分量已经达到了。"随后他解释了暂时无法印刷出版的原因：

> 第一是私人的事情……第二是礼教的，第三是钱的事情。我们本来的意思，是想不赚钱也不赔钱地出版的，即有限制地印若干部，除分赠寄稿者外，悉照实费有限制地售与有阅读资格的人。（恐怕须查验文凭）可是，这个年头儿，不要说有枪的礼教阶级，便是南开大中学的老爷们也会拿一张名片送到官里去，不打屁股也没收全部淫诗！若是全当作非卖品，或可以无事，但现在实在没有人赔得起这一笔本钱。所以今年总是没有出版的希望了。承朋友们来信催问，不及一一答复，特在此处报告一声。③

这段文字可以让我们窥知当时中国的文化语境：虽然新文化运动和文学革命推行已久，但文化主导权仍掌握在"礼教阶级"手中，这一点是"猥亵歌谣"出版工作的主要障碍。此后不久的 1928 年，时为中山大学民俗学会

---

① 指 1918 年由沈尹默、刘半农、钱玄同、沈兼士发起的北京大学征集歌谣运动。这场运动得到了北大校长蔡元培的支持，并且吸引了一大批知名人士参与其中，如周作人、胡适、顾颉刚、钟敬文、刘半农、常惠、李长之、朱光潜、朱自清、台敬农等。他们搜集歌谣、成立组织、创办刊物、探讨歌谣的科学研究方法、阐发其重要价值，形成了一个风气独特的文化共同体。

② 周作人：《猥亵的歌谣》，收入《周作人民俗学论集》，上海文艺出版社 1999 年版，第 115—121 页。本文关于此文的引文均出于此书，下文不再注明。

③ 周作人：《关于"猥亵歌谣"》，《语丝》第 99 期，1926 年 10 月。

主将的钟敬文曾刊印王翼之的《吴歌乙集》，而此书有不少"秽亵歌谣"，令中大校长戴季陶大为不满，因此辞退了钟敬文。由此可见，涉及身体内容的歌谣在民间长久而大量地存在，这是没有问题的。而一旦这类歌谣被置于其自身语境之外，便会受到来自主导文化的压力，因为它超越语境的存在对于秩序形成了挑战。对于这一点，我们也可以参照周作人《猥亵的歌谣》一文对"猥亵歌谣"的解释来理解。他认为，"非习惯地说及性的事实者为猥亵"，猥亵的内容包含四个项目：私情、性交、肢体、排泄。这四方面的内容很容易理解，但问题在于如何把它们断定为"猥亵"？周作人认为关键在于超越了范围：

　　在习惯上要怎样说才算是逾越范围，成为违碍字样呢：这一层学得颇难速断。有些话在田野是日常谈话而绅士们以为不雅者，有些可以供茶余酒后的谈笑而不能行诸笔墨者，其标准殊不一律，现在只就文艺作品上略加检查，且看向来对于这些事情宽容到什么程度。

可见猥亵与否并不关乎歌谣内容本身，而是它被谈及的语境是否得当：许多特殊场合中不能谈及以上四个方面（如文雅绅士的谈话、行诸笔墨的诗文），或者只有在一些特殊的场合才能谈及以上四个方面（如田野日常谈话、酒桌上的玩笑），否则便逾越了范围。即便对于传唱这些歌谣的底层民众而言，他们仍然遵循着某种话语秩序。例如《歌谣》第 22 期的一篇文章，作者写到儿时在乡村学唱歌谣的经历：

　　我七八岁时，每当多春之间，老姑姑坐窗脚下，聚松子烧火取暖。喃喃教我唱乡村歌谣。
　　……
　　我幼时受歌谣的陶冶算是很深，所以我不能不把所晓得的，做一个有系统的研究。我不晓得的，将来再向乡村老妇人小孩子的口里去探讨。但是我所晓得的，只限于安福一方，所以现在只能做安福歌谣的研究。并且我幼时在家乡的日子少，在家也是不出户庭，不曾和田间的童子接触过。老姑姑口里传说的，又是经过了一次选择，所以发于男女之情的，简直没有听过。①

老姑姑在教孩子歌谣时有选择地过滤掉"男女之情"，这一行为看似不经意，却透露出主导文化观念的控制作用。在社会底层的乡民村妇之间，尽管一些诸如情歌、酸曲之类的歌谣很流行，但他们却十分清楚什么是应该的，什么是不好的——虽然可能得到身体的愉悦，却违背道德的戒律。于是他们在自己传唱和教育下一代之间仍然有着自觉的筛选和控制。因此，如果我们把乡野民间对猥亵歌谣的喜爱和传承看作一种审美习俗——对身体经验的本能偏爱的话，那么这种习俗如何被上层文化精英所阐释和规约（如汉儒解说《诗经》、出版猥亵的歌谣遭到禁止），以及如何被底层民众有所区分地对待（如老姑姑的筛选），都附着于这一习俗之上，使这种审美习俗受到话语秩序的控制，从而构成了一个蕴含张力和协调作用的文化构型系统。回到周作人的经典描述——"非习惯地说及性的事实者为猥亵"，我们可以更好地理解其精髓：不在于"说及性的事实"，而在于"非习惯"，也就是通过一种"话语实践"实现对文化秩序的僭越。

猥亵的歌谣在周作人看来有两个成因：第一，合法发泄身体欲望的"意淫"手段。"他们过着贫困的生活可以不希求富贵，过着端庄的生活而总不能忘情于欢乐，于是唯一的方法是意淫，那些歌谣即是他们的梦，他们的法悦。"周作人强调，对自由之爱的追求和身体的放纵是东西方共有的人之常情，而中国社会的男女关系又很不圆满。更重要的是，蓄妾、宿娼、私通这些事都切实地存在于我们的日常生活之中，特别是富人阶层更有条件实现这些行为，而贫困的民众只能通过歌谣来发泄欲望。根据周氏的理解我们可以认为，与其说猥亵的歌谣是社会的毒素，倒不如说它们反而具有排毒的作用，是一种有意健康的习俗。第二，歌谣之所以"猥亵"，还在于民众的文化水平低，无法运用修饰与雕琢的语言和格律技巧，将"身体话语"通过艺术的、隐晦的方式传达出来。这也正是歌谣显得"猥亵"而诗歌却归于"正统"的原因。"其实论到内容，'十八拍'的唱本与祝枝山辈所做的细腰纤足诸词并不见得有十分差异。"

---

① 王礼锡：《安福歌谣的研究》，《歌谣》第 22 期。

　　一方面是底层民众在自然欲求不得实现之时，为求得精神满足而采取的意淫手段；另一方面是民众文化水平低下，语言表达上不善修饰的结果。周作人将这类歌谣置于它赖以产生的特定语境中，论证了这种民间审美习俗的合法化。可以看出，猥亵的歌谣虽然与伦理道德和保守禁欲的正统身体观相悖，但与其说它们是对身体秩序的反抗，倒不如说是一种旁逸斜出的声音，是底层社会特有的发泄途径——假之于话语，而不是别的。然而这种意淫和精神颠覆，却印证甚至维护了长久以来身体被规约的事实。因此当猥亵的歌谣成为民间固有的审美习俗，它们的革命意义，也就只有在旁人的发现和阐释中才可能成立。

　　随着五四以来北大搜集歌谣运动的开展，语涉秽亵的"吴歌"具有了身体解放的积极价值："这是何等精神，何等勇气，何等力量！赤裸的人性，率真的心声，只民歌里有。"① 大量涉及私情、私奔、幽会、交合内容的冯梦龙《山歌》，也得到了肯定和赞美："如此热情，如此刚勇，真使人觉得这一字一句里都蕴藏着热的血泪。我们读后会以为她卑鄙淫荡么？不！我们只应佩服这位礼教叛徒的坚强的人格，而对她处境的恶劣表示极深的同情。"② 可以说周作人、常惠、顾颉刚、钟敬文等人对民间歌谣的凝视与阐释，代表了打破身体文化原有语境的艰难努力，其话语僭越行为，可能比歌谣中的身体意识本身具有更加积极的意义。这也与当时新文学运动中以鲁迅、郁达夫、茅盾、丁玲等作家为代表的推崇自我意识、身体经验的思想解放形成了互为支撑的关系，歌谣搜集与文学表达共同构成了推进中国社会转型的现代审美经验。

结　语

　　中国传统精英文化中相对缺席的身体，始终是民间社会艺术表达的一个重要主题。歌谣为我们展示了一个苦难的民间，一个反抗的民间，一个世俗狂欢的民间，同时也是一个荒淫和缺乏规约的民间。只有充分发掘"身

---

① 李素英：《吴歌的特质》，《歌谣》第 2 卷第 2 期。
② 顾颉刚：《山歌·序》，《顾颉刚民俗学论集》，上海文艺出版社 1998 年版，第 372 页。

体"在民间审美习俗中的存在，我们关于中国社会身体观念的认识才趋于完整。此外，应当从话语实践的角度思考这类歌谣的价值：一方面它们作为自然人性的艺术呈现，用固有的身体逻辑表达了对封建道德秩序的嘲讽和解构；另一方面，这类歌谣虽然传达了身体意识，却又遵从于话语秩序，从而成为主导文化构型的附属品。在社会文化转型期，当歌谣之外的文化精英群体作为旁观者开始凝视它们、谈论它们，把它们置于自身语境之外的时候，民间歌谣中的身体意识才被激活。作为具有抵抗精神的民间审美习俗，它们的积极意义从底层文化、边缘文化中被提炼出来，作为一种现代性的审美经验参与到新兴文化的构型之中。这一探讨对当代学界的身体文化研究至少具有两点启示：第一，无论是在前现代、现代或后现代语境中考量身体问题，都应注意作为主导的精英文化身体观与民间大众身体观之间的张力和交互影响。第二，身体哲学的反思与身体话语的反思同样重要

（原载于《民族文学研究》2013 年第 4 期）

释"庖牺以来，未闻女帝者也"

——兼论刘勰的史学观念

李 飞

一

《文心雕龙·史传》篇云："及孝惠委机，吕后摄政，班、史立纪，违经失实。何则？庖牺以来，未闻女帝者也。"范文澜注："《说文》女部：'娲，古之神圣女，化万物者也。'郑玄依《春秋纬》注《礼记·明堂位》云：'女娲，三皇承伏羲者。'郑不言其为女身，彦和当即用郑义也。"① 金毓黻赞成其说："女娲氏，乃以女娲为氏，非女身也。唯《说文》于'娲'字下云：'娲，古之神圣女，化万物者也。'依许说，则女娲氏为古女帝。然不为刘勰所取，故曰：'庖牺以来，未闻女帝者也。'"② 后来注家皆无异议。

刘勰"庖牺以来，未闻女帝者也"的判断，范注以为是由于刘勰不以女娲为女身，这是一种可能，但并不是唯一的可能，且此种可能实不能成立。范注的依据是郑玄，郑玄不言女娲为女身，但亦未言其不为女身。据笔者推断，郑玄恐怕还是以女娲为女身的可能性更大，理由有四：首先，郑玄列女娲为三皇之一，是采用纬书的说法，而纬书中的女娲却是女身。③ 其

---

① 范文澜：《文心雕龙注》，人民文学出版社 1958 年版，第 296 页。本文《文心雕龙》引文皆用范注本。

② 金毓黻：《〈文心雕龙·史传〉篇疏证》，《中华文史论丛》1979 年第 1 辑（总第九辑）。

③ 《诗纬含神雾》云："赤龙感女娲"，顾颉刚、杨向奎以为据此可以推知女娲为女性。见氏著《三皇考》，载《古史辨》第七册中编，上海古籍出版社 1982 年影印，第 127 页。

次，郑玄列女娲为三皇，所据纬书为《春秋运斗枢》①，稍后的应劭作《风俗通义》，也引了《春秋运斗枢》的这一说法，但同时又以女娲为伏羲之妹。②第三，郑玄以女娲为"承伏羲者"，《尚书序》正义引郑玄云："女娲修伏羲之道，无改作则。"③皇甫谧《帝王世纪》云："女娲氏，亦风姓也，承庖牺制度，亦蛇身人首，一号女希，是为女皇。"④比较两家所说，当是同一来源，司马贞作《三皇本纪》，自注以为郑玄与皇甫谧说同，⑤可证。皇甫谧既以女娲为女身，则郑玄亦应持相同看法。女娲承伏羲制度与应劭所说女娲为伏羲之妹，当是一事之两面。最后，以女娲为女身，自汉至于六朝，由来已久，非是许慎一家私论。王充《论衡·顺鼓》篇云："世俗图画女娲之象为妇人之形，又其号曰'女'。（董）仲舒之意，殆谓女娲古妇人帝王者也。男阳而女阴，阴气为害，故祭女娲求福佑也。"⑥可见两汉政俗皆以女娲为女身，今天我们所能见到的汉代伏羲、女娲画像石更提供了最为直观的证据。以女娲为女身，至六朝犹然。《山海经·大荒西经》郭璞注："女娲，古神女而帝者。"⑦《北齐书·祖珽传》："太姬虽云妇人，寔是雄杰，女娲已来无有也。"⑧以女娲为女身既是两汉六朝通说，郑玄若背此通说，实难索解。⑨

---

① 郑注《中候敕省图》引之，见《礼记正义》，十三经注疏本，上海古籍出版社 1997 年版，第 1231 页下。

② 王利器：《风俗通义校注》，中华书局 1981 年版，第 2、599 页。

③ 《尚书正义》，十三经注疏本，第 113 页下。

④ 徐宗元辑：《帝王世纪辑存》，中华书局 1964 年版，第 9 页。

⑤ ［日］泷川资言《史记会注考证》，北岳文艺出版社 1999 年影印，第 31 页。

⑥ 黄晖：《论衡校释》，中华书局 1990 年版，第 691 页。

⑦ 袁珂：《山海经校注》，巴蜀书社 1992 年版，第 445 页。

⑧ 《北齐书》卷三九《祖珽传》，中华书局 1972 年版，第 519 页。

⑨ 比较早的不以女娲为女身的材料，可能见于《世本·氏姓篇》："女氏，天皇封弟王冏于汝水之阳，后为天子，因称女皇。其后为女氏。夏有女艾，商有女鸠、女方，晋有女宽，皆其后也。"（张澍辑本，收入《世本八种》，商务印书馆 1957 年版，第 47 页）易"娲"为"王冏"，定为天皇之弟，似乎表明女氏之女与性别无关。但这条材料仅见于张澍本，不见于其他辑本，张澍自注引自陆贾《新语》，但今本《新语》并无此文。顾颉刚、杨向奎考订"这条文字至早不得超过东汉"（《三皇考》，第 127 页），果然，则这条材料的来源愈为可疑。张澍又下按语云："女娲为女皇，其氏当为男女之女。"似乎对材料本身又有怀疑。学者以为在《世本》辑本中，"张澍本每多以意删改引文，致失原文之真，虽逐条注释，而考订不精，往往转增读者的疑惑，在各本中较为逊色。"（《世本八种》"出版说明"，第 5 页）评价并不过分。因此，这条孤证不足为据。退而言之，即使这条材料可信，"弟"也可以解释为"女弟"（如杨宽《中国上古史导论》就是这样理解的，见《古

故知范注依据"郑玄不言女娲为女身"而推断"郑玄不以女娲为女身"，证据是不充分的。也就是说，刘勰"庖牺以来，未闻女帝者也"的判断，不能从女娲不为女身的角度加以论定。刘勰的这一判断，更大的可能是他并不以女娲为三皇。

三皇本有异说，吕思勉《三皇五帝考》统计有六说①，列如下表：

三皇	出处
天皇、地皇、人皇	《河图》、《三五历》
天皇、地皇、泰皇	《史记·秦始皇本纪》
燧人、伏羲、神农	《尚书大传》、《礼含文嘉》、《洛书甄耀度》、《白虎通·号篇》、谯周《古史考》（唯《白虎通》伏羲次燧人前）
伏羲、神农、祝融	《白虎通·号篇》引或说
伏羲、女娲、神农	《春秋运斗枢》、《春秋元命苞》
伏羲、神农、黄帝	《尚书伪孔传序》

下面就《文心》本文，讨论刘勰采取何种三皇说，并进而说明刘勰"庖牺以来，未闻女帝者也"这一判断背后的古史观念（本文的古史特指三代之前的历史）。

二

需要首先说明的是，刘勰一般并不区分皇、帝，所以伏羲为三皇，仍可说"庖牺以来，未闻女帝"，帝可统指皇、帝而言。但如果以皇、帝系世，如称皇世、帝代，那么刘勰的皇、帝是有确指的，不能混淆，皇特指三皇，帝特指五帝，不能泛指所有传说时代的帝王。《檄移》篇称："昔有虞始戒于国，夏后初誓于军，殷誓军门之外，周将交刃而誓之。故知帝世戒兵，三王

史辨》第七册上编，上海古籍出版社1982年版，第189页），与女娲为女身并不矛盾。或许因为这条材料不可信，较早的怀疑女娲不为女身的学者如赵翼（《陔余丛考》卷十九"女娲或以为妇人"条，商务印书馆1957年版，第365页）并没有征引这条材料。在刘勰的时代，也找不到不以女娲为女身的确切证据。

① 吕思勉：《中国社会史》，上海古籍出版社2007年版，第345页。

誓师，宣训我众，未及敌人也。"这里的"帝世"很明显是指虞舜。《养气》篇："夫三皇辞质，心绝于道华；帝世始文，言贵于敷奏。三代春秋，虽沿世弥缛，并适分胸臆，非牵课才外也。""帝世"夹于"三皇"、"三代"之间，显然是指五帝时期。陆侃如、牟世金注曰："《原道》篇：'唐虞文章，则焕乎始盛。'与'帝世始文'完全一致。"①所见甚是，可见这里的"帝世"侧重于五帝中的唐尧、虞舜。最有力的证据是《宗经》篇："皇世《三坟》，帝代《五典》。"这实际上是承袭了前人以《三坟》、《五典》来确定三皇五帝的做法②，皇世即三皇，帝代即五帝。可见在刘勰看来，三代之前的传说时代，只有三皇、五帝才配称皇、帝，一般的部落酋长如葛天氏是没有这个资格的。所以尽管范注的结论可待商榷，但他的方向是对的，"庖牺以来，未闻女帝"这一判断得以成立，三代以后不待论，关键是证明此前的三皇五帝中没有女性。五帝虽有异说，但各种说法中均无女性，所以问题就归结为考查刘勰心目中的三皇究指何人。

刘勰既以《三坟》定三皇，《原道》篇云："自鸟迹代绳，文字始炳，炎、皞遗事，纪在《三坟》，而年世渺邈，声采靡追。"则炎（神农）、皞（伏羲）必属三皇之二。如此可以排除"天皇、地皇、人皇"、"天皇、地皇、泰皇"两种三皇说。剩下的四说中，均有神农、伏羲，关键在于最后一人，燧人，女娲，祝融，还是黄帝？燧人氏一般置于伏羲之前，刘勰论史，断自伏羲，故燧人说可以排除；刘勰如以女娲为三皇，则其"伏羲以来，未闻女帝"的判断即不能成立，范注欲证明女娲非女身，亦是为此，故女娲说也可以排除；祝融说自产生后几无影响，故刘勰所采用的，当是《尚书伪孔传序》所

① 陆侃如、牟世金：《文心雕龙译注》，齐鲁书社 1995 年版，第 503 页。
② 贾逵、郑玄、《尚书伪孔传序》皆是。《左传》昭公十二年正义引贾逵云："《三坟》，三王之书；《五典》，五帝之典。"《春秋左传正义》，十三经注疏本，第 2064 页中。（《文选》潘安《闲居赋》李善注"三王"引作"三皇"。萧统编，李善注：《文选》，上海古籍出版社 1986 年版，第 700 页）《周礼·春官·外史》："掌三皇五帝之书。"郑注："楚灵王所谓《三坟》、《五典》。"《周礼正义》，十三经注疏本，第 820 页下。《史记·五帝本纪》正义曰："孔安国《尚书序》……以伏羲、神农、黄帝为三皇。"［日］泷川资言《史记会注考证》，第 76 页。但《尚书序》实际上并没有明确的此类说法，但云："伏羲、神农、黄帝之书谓之《三坟》，言大道也，少昊、颛顼、高辛、唐、虞之书谓之《五典》，言常道也。"《尚书正义》，十三经注疏本，第 113 页。可见张守节认为《伪孔传序》也是采取了依据《三坟》、《五典》来确定三皇五帝的做法。

提出的黄帝说。这在《文心》中虽然找不到直接的证据，但可由推论证得。

在认为"炎、皞遗事，纪在《三坟》，而年世渺邈，声采靡追"的同时，刘勰又主张"三皇辞质，心绝于道华"①。炎、皞既已"声采靡追"，那么刘勰"三皇辞质"的判断，只能是由对余下一皇的考查中得出。《文心》对燧人、女娲、祝融不着一字，也算得"声采靡追"，而对于黄帝，则颇多考索。如：

> "黄帝《云门》，理不空弦。"②
> "黄帝有祝邪之文。"③
> "昔帝轩刻舆几以弼违。"④
> "轩辕之世，史有苍颉，主文之职，其来久矣。"⑤
> "苍颉造之，鬼哭粟飞；黄帝用之，官治民察。"⑥
> "昔黄帝神灵，克膺鸿瑞，勒功乔岳，铸鼎荆山。"⑦
> "昔管仲称轩辕有明台之议，则其来远矣。"⑧
> "二言肇于黄世，竹弹之谣是也。"⑨

《章句》篇的"竹弹之谣"，即是《通变》篇所说："黄歌'断竹'，质之至也。"《通变》篇又称："黄唐淳而质"，"质之至"、"淳而质"，正可看作是对"三皇辞质"的最好注脚。所以只有在采取伏羲、神农、黄帝三皇说的前提下，刘勰"三皇辞质，心绝于道华"的论断才能在《文心》本文中真正落实下来；同时，与"庖牺以来，未闻女帝者也"这一判断也并不矛盾。所以刘勰并不是不以女娲为女身，而是他本不以女娲为三皇。

---

① 《养气》。
② 《明诗》。
③ 《祝盟》。
④ 《铭箴》。
⑤ 《史传》。
⑥ 《练字》。
⑦ 《封禅》。
⑧ 《议对》。
⑨ 《章句》。

三

以上分析了刘勰采取了何种三皇说,下面结合当时的历史背景分析刘勰采取这种三皇说的原因及其立场。

据顾颉刚、杨向奎两位先生考证,三皇说起自战国秦汉之间,西汉时趋于消沉,而在西汉末又重新出现,大行于东汉。六种三皇说中,《史记》所载秦博士言最早,但影响较小,其后汉人的四种三皇说中,有三种直接来自于谶纬;《白虎通》引或说以祝融为三皇,联系到今文经学与谶纬的密切关系(《尚书大传》的三皇说即同于谶纬),这一说法也可能本于谶纬。① 可见西汉末年以来三皇说的流行,与谶纬神学有着极为密切的关系。

蒙文通以燧人、伏羲、神农三皇说为"两汉之恒言"②,其实此说之外,伏羲、女娲、神农三皇说也非常流行,这是汉代以来最为流行的两种三皇说,这种流行一直持续到魏晋南北朝时代。这类说法可以笼统地称之为旧说,因为它们的不同只是纬书内部依据的不同,总体上看都是以谶纬神学作为背景依据。而与之相对的《尚书伪孔传序》所提出的伏羲、神农、黄帝三皇说,则是一种较新的说法。③ 南朝《尚书》学的主流风气是宗伪古文及孔

---

① 据《风俗通义·皇霸篇》,这一说法又见于《礼号谥记》,顾颉刚、杨向奎以为是纬书,或然。见《三皇考》,第126页。

② 蒙文通:《中国史学史》,上海人民出版社2006年版,第61页。

③ 纬书中亦有相同说法:"三皇三正:伏羲建寅,神农建丑,黄帝建子。"见于《礼稽命征》,[日]安居香山、中村璋八辑《纬书集成》,河北人民出版社1994年版,第513页。但首先,这条材料首见于明孙毂《古微书》,孙氏此书例不标明出处,可靠性存疑。其次,这条材料纵属纬书,也有可能是《尚书伪孔传序》产生之后纬书作者引入纬书,而非《伪孔传序》袭用纬书的说法,顾颉刚、杨向奎早已指出此点,见《三皇考》,第130页。笔者赞同顾、杨两先生的看法。王符《潜夫论·五德志》云:"世传三皇五帝,多以为伏羲、神农为二皇;其一者或曰燧人,或曰祝融,或曰女娲,其是与非,未可知也。"见汪继培笺、彭铎校正《潜夫论笺校正》,中华书局1985年版,第383页。可见在东汉人的一般观念中,伏羲、神农属于三皇无异议,余下一皇或以为燧人,或以为祝融,或以为女娲,但其中并无黄帝的位置。一直到孔颖达为《尚书伪孔传序》三皇说作辩护,谓:"孔君既不依纬,不可以纬难之。"可见孔颖达亦认为《尚书伪孔传序》将黄帝纳入三皇的做法与纬书是对立的。见《尚书正义·序》,十三经注疏本,第113页下。故《礼稽命征》的这一记载,作为文献上的孤证,不足以作为黄帝三皇说起自纬书的证据,这一说法的创立,仍当归于《尚书伪孔传序》。

传，因此这一说法在南朝也颇为流行。① 是谶纬旧说，还是《尚书伪孔传序》的新说？这就是刘勰在三皇问题上所面临的选择。

从以上简单的回顾可以看出，关于三皇的讨论始终不是一个纯粹的史学问题，这在两汉表现得尤为明显，盖因此时史学尚未独立，只是六艺略底下的一小类而已；但魏晋以来史学日益脱离经学的笼罩，虽然仍不免受到经学的影响。这就使得当时对于三皇的探讨具有不同的立场，或者是纯粹史学的，或者是受到其他学术门类尤其是经学的影响，我们在讨论中，也需注意两种立场的分别。

先从纯粹的史学立场上来看。六朝时人对三代以上，尤其是五帝以上的古史有相当的兴趣，当时明确论及三皇的史部著作大致如下表（是表大致依据《隋志》、两《唐志》，两《唐志》同于《隋志》者不再加以注明，顺序略依年代先后，年代不明者则据原书顺序）：

时代	作者	著作	著录情况	起讫时间
三国吴	韦曜	《洞纪》	《隋志》史部杂史类	《隋志》自注："记庖牺已来，至汉建安二十七年。"
	徐整	《三五历纪》	《隋志》子部有《三五历说图》一卷，不着撰人，马国瀚以为即是此书，"历称三五，盖记三皇五帝事也"②。两《唐志》史部杂史类并载徐整《三五历纪》二卷	据马国翰所辑佚文，始于盘古，在三皇前
三国蜀	谯周	《古史考》	《隋志》史部正史类。两《唐志》列入杂史类	"周秦以上"。（《晋书·司马彪传》）

---

① 见《隋书》卷七十五《儒林传序》，中华书局1973年版，第1705页。与南朝不同的是，北朝仍主郑学，所以理论上讲，《伪孔传序》的这一说法，在北朝应不多见，北朝三皇说还是主谶纬旧说，尤其是郑玄所主张的伏羲、女娲、神农说。这点史料有阙，已不能确证，姑举一例。《水经注》卷十七《渭水》："庖羲之后有帝女娲焉，与神农为三皇矣。"郦道元著、陈桥驿校证：《水经注校证》，中华书局2007年版，第427页。北朝不是本文考察的重点，这里略作交代。

② 马国瀚：《玉函山房辑佚书》，广陵书社影印2005年版，第2461页上。

时代	作者	著作	著录情况	起讫时间
晋	皇甫谧	《帝王世纪》	《隋志》史部杂史类	《隋志》自注:"起三皇,尽汉、魏。"
	王子年	《王子年拾遗记》	《隋志》史部杂史类,题萧绮撰。今存,书前有萧绮序,盖经乱亡残阙,为萧绮搜罗补缀	萧绮序称:"文起羲、炎已来,事迄西晋之末。"①
宋	吉文甫	《十五代略》	《隋志》史部杂史类	《隋志》自注:"起庖牺,至晋。"
梁	萧衍	《通史》	《隋志》史部正史类	《隋志》自注:"起三皇,讫梁。"

　　表中著作,在《隋志》大部分列入史部"杂史"类,例外的《三五历记》、《古史考》,在两《唐志》也改列入"杂史",只有萧衍的《通史》始终列在"正史"。讨论上古三皇历史的著作绝大多数归入"杂史"类,是由"杂史"类的收书体例决定的。

　　"杂史"为《隋志》新设。姚振宗将《隋志》"杂史"类分为前后两半篇,后半篇即"后来史钞之属也"②,论及三皇五帝的著作也集中于这后半篇。《隋志》论云:

　　　　自后汉已来,学者多钞撮旧史,自为一书,或起自人皇,或断之近代,亦各其志,而体制不经。又有委巷之说,迂怪妄诞,真虚莫测。然其大抵皆帝王之事,通人君子,必博采广览,以酌其要,故备而存之,谓之杂史。③

可见"杂史"后半篇虽如姚振宗所言为后世史钞之祖,但其内容有着特殊的规定,即"大抵皆帝王之事","或起自人皇,或断之近代",故"杂史"类

---

① 萧绮序,见王嘉撰、萧绮录《拾遗记》,中华书局 1981 年版。
② 姚振宗:《隋书经籍志考证》,收入《二十五史补编》第四册,中华书局 1955 年影印,第5286 页中。
③ 《隋书》卷三十三《经籍志二》,第 962 页。

中非"断之近代"的著作，当应皆"起自人皇"，一般起于三皇（如《帝王世纪》），更早者则溯及盘古（如《三五历纪》），从上表能明确判断起讫时间的著作来看，这一点是可以确定的。所以后半篇其他通史类著作，今天虽已不能见到，但就它们入于"杂史"这一点来推断它们的记载当皆"起自人皇"，应无大谬。如果此点成立，那么六朝时论及三皇的史学著作还可以增加如下表：

时代	作者	著作	著录情况
晋	环济	《帝王要略》	《隋志》史部杂史类
晋宋时人①	来奥	《帝王本纪》	《隋志》史部杂史类
梁	刘绍	《先圣本纪》	《隋志》史部杂史类
	陶弘景	《帝王年历》	两《唐志》史部杂史类
北周	甄鸾	《帝王世录》	《隋志》史部杂史类
不详	杨晔	《华夷帝王世纪》	《隋志》史部杂史类
	姚恭	《年历帝纪》	《隋志》史部杂史类
	诸葛忱（依《旧唐书》，《新唐书》作"耽"）	《帝录》	两《唐志》史部杂史类
	《隋志》不着撰人，两《唐志》题庾和之撰	《历代记》	《隋志》史部杂史类

　　两表共计著作 16 部，数量不能算少。后汉以来这么多古史著作的出现，除史学渐趋独立的大背景外，从史学内部讲，大致有三种原因。首先，是史学自身对古史体系完整性的内在要求。张衡曾条上司马迁、班固所叙与典籍不合者十余事，其中一事为："史迁独载五帝，不记三皇，今宜并录。"②这一要求到司马贞补作《三皇本纪》方可说暂告一段落；其次，是当时出土的新史料、主要是汲冢书的刺激。司马彪曾"条（谯周）《古史考》中凡百二十二事为不当，多据《汲冢纪年》之义"③。但这两条原因并不是最主要的。对古史体系完整性的内在要求不足以说明这个时代对古史兴趣的独特性，汲冢书的发现虽对当时的古史研究是一外源刺激，但《汲冢纪年》"起

---

① 据姚振宗说，见《隋书经籍志考证》，第 5283 页下。
② 《后汉书》卷五十九《张衡传》李贤注引，中华书局 1965 年版，第 1940 页。
③ 《晋书》卷八十二《司马彪传》，中华书局 1974 年版，第 2142 页。

自夏、殷、周三代王事"①，对于三皇事未能提供更多的新史料。当时众多论及三皇的古史著作的产生，最重要的是第三条原因，即刘勰所批评的当时史学的"爱奇"风气。

《史传》篇云："俗皆爱奇，莫顾实理。……传闻而欲伟其事，录远而欲详其迹。于是弃同即异，穿凿傍说，旧史所无，我书则传。此讹滥之本源，述远之巨蠹也。"上两表所列的"杂史"类著作即是"述远"之典型。这些著作虽然"多钞撮旧史"，但并非简单的抄录，而是"博采广览"，甚至及于"委巷之说"，如刘勰所批评的"弃同即异，穿凿傍说，旧史所无，我书则传"，导致风格上"迂怪妄诞，真虚莫测"，从《隋志》的这一总评来看，此种风气在当时实为主流。例如梁武帝之《通史》，"其书自秦以上，皆以《史记》为本，而别采他说，以广异闻。"②"别采他说，以广异闻"，动机就在于"爱奇"、炫博。《通史》书虽已不存，然《尚书序》正义引梁武帝云："书起轩辕，同以燧人为皇，其五帝自黄帝至尧而止。知帝不可以过五，故曰舜非三王，亦非五帝，与三王为四代而已。"③或许就是《通史》的内容，而以"舜非三王，亦非五帝"，实在是标新立异的说法。《通史》列入正史，而以"别采他说，以广异闻"为尚，则他可知矣。

史学界这种"爱奇"风尚的形成，其原因极为复杂，此处不能详论。这里仅就本文论旨指出一点，"爱奇"风气并非仅存在于史学领域，并且存在于文学领域；史学领域"爱奇"风气的形成，很有可能是受到文学之影响。刘勰在《序志》篇写道："去圣久远，文体解散，辞人爱奇，言贵浮诡，饰羽尚画，文绣鞶帨，离本弥甚，将遂讹滥。"纪昀评："全书针对此数语立言。"④纪说甚是，刘勰用此数语将其所面临的当时文坛的主要问题作了一极简要的概括，单就创作主体而言，即是"辞人爱奇"。在刘勰看来，"史传"不过是众多"文笔"中的一种，那么史学的"爱奇"风气，也仅是"辞人爱奇"这一共同的创作心理在"史传"这一特定体裁中的呈现而已；如同"辞人爱奇"导致了文坛"离本弥甚，将遂讹滥"的严峻现实，史家的

---

① 《隋书》卷三十三《经籍志二》，第 959 页。
② 刘知几撰，浦起龙释：《史通通释》，上海古籍出版社 1978 年版，第 18 页。
③ 《尚书正义》，十三经注疏本，第 114 页上。
④ 黄霖：《文心雕龙汇评》，上海古籍出版社 2005 年版，第 163 页。

"爱奇"之风也成为史学"讹滥之本源，述远之巨蠹"。这种看法虽不全面，但也揭示了部分的历史真相。下面仅就古史研究说明文学对于史学的这种影响。

此种影响表现之一，是南朝文学流行的隶事、用事之风对古史研究的刺激。要善于用事、隶事，必须于书无所不读，但人力有时而穷，于是有类书之编纂以济其穷。① 类书于《隋志》被归入子部"杂家"，其中著录《科录》七十卷，元晖撰。史载"（元）晖颇爱文学，招集儒士崔鸿等撰录百家要事，以类相从，名为《科录》，凡二百七十卷，上起伏羲，迄于晋、宋，凡十四代"②。值得注意的不仅是《科录》叙及伏羲，更是它与梁武帝《通史》间的关联。刘知几谓："至梁武帝，又敕其群臣，上自太初，下终齐室，撰成《通史》六百二十卷。……其后元魏济阴王晖业（引案：此处撰人误，应为元晖而非元晖业，浦起龙已辨明）又着《科录》二百七十卷，其断限亦起自上古，而终于宋年。其编次多依放《通史》，而取其行事尤相似者，共为一科，故以《科录》为号。"③ "其编次多依放《通史》"，可以见出《科录》与《通史》的密切关系，刘知几将《科录》这部类书纳入"《史记》家"中来论述，也间接承认了其作为史学著作的价值，至两《唐志》径将之列入史部。盖类书虽不即是史书，但对于材料的搜求、排比、整理，却已近于基本的史学功夫。《隋志》以为杂家"盖出史官之职也"，④ 仅就其中的类书而言，确是看到了部分的真理。

然而，虽然《科录》是依放《通史》而作，我们却不可依据这个个例推断类书的编纂是出于史学的兴趣。《魏书》本传已明言元晖编纂《科录》的原因在于其"颇爱文学"。这里的"文学"虽不即等同于现在意义上的文学，但从当时史臣的类似记载来看，其意义也并非无所不包的广义的文学，而是与儒学、玄学、子学相并列的狭义的文学。⑤ 可见这部类书

---

① 关于南朝时文学的隶事、用事之风及其与类书编纂之关系，参王瑶《中古文学史论》，北京大学出版社 1998 年版，第 212—215 页。

② 《魏书》卷十五《昭成子孙列传》，中华书局 1974 年版，第 380 页。

③ 刘知几撰、浦起龙释《史通通释》，第 18—19 页。

④ 《隋书》卷三十四《经籍志三》，第 1010 页。

⑤ 如《梁书》卷三十三《王筠传》、卷三十五《萧子范传》、卷四十九《何逊传》的类似记载，中华书局 1973 年版，第 485、510、693 页。

的编纂，首先还是出于文学的兴趣，是为了满足隶事、用事之需要。前已指出梁武帝敕编《通史》"别采他说，以广异闻"，是出于"爱奇"、炫博之动机，这与他敕编《华林遍略》以高于刘峻《类苑》的做法是一致的。[1]作为行为主体的梁武帝，与其说是一个史家，不如说是一文士。《科录》、《通史》的辗转相因，恰说明史学研究与类书编纂存在某种内在关联，而其时对古史研究的兴趣，至少部分地是由文学领域隶事、用事之风所激起的。

此外还可举出一个旁证。前列"杂史类"古史研究著作，有环济《帝王要略》，"纪帝王及天官、地理、丧服"，其纪丧服部分，题《丧服要略》，别见经部"礼类"。从其分部别类看，体裁可能近于类书。《隋书》子部"杂家类"著录有崔安[2]《帝王集要》一书，已佚，但观书名应与环济书内容相类，而一入杂史，一入杂家。崔氏此书，当略相当于后世类书的"帝王部"部分。后世类书多有"帝王部"，此例不知起于何时，现存较早的类书如《北堂书钞》即有此部。《书钞》为虞世南所撰，虞世南又曾参与《长洲玉镜》的编纂，[3]而《长洲玉镜》又以《华林遍略》为蓝本，[4]以此推断《华林遍略》已有"帝王部"，应不是过分的猜测。可见当时对于古史的研究，除了史部"杂史类"著作以外，子部"杂家类"中的类书部分也多有论及；而由《通史》之于《科录》，《帝王要略》之于《帝王集要》的关系看，"杂史"、类书之间本有相通之处。类书在当时最大的作用就在于满足文士用事、隶事之需要，于是文学上"爱奇"、炫博风气对于古史研究的推动，也是很显然的了。

文学领域"爱奇"风气影响史学研究的另一表现，是小说创作对史学的冲击，此点学界论者已夥，这里仅就三皇问题略作申述。表中所列《王子年拾遗记》，《隋志》、两《唐志》皆列入杂史类，而后世目录著作多列入小说家类。姑举卷一叙庖牺为例：

---

[1] 事见《南史》卷四十九《刘峻传》，中华书局 1975 年版，第 1220 页。

[2] 《新唐志》作"崔宏"，姚振宗以为当从。见姚振宗《隋书经籍志考证》，第 5524 页中。

[3] 事见《北史》卷八十三《文苑传》，中华书局 1974 年版，第 2811 页。

[4] 此据唐杜宝《大业杂记》所记，见姚振宗《隋书经籍志考证》，第 5527 页上。

> 春皇者，庖牺之别号。所都之国，有华胥之洲。神母游其上，有青虹绕神母，久而方灭，即觉有娠，历十二年而生庖牺。长头修目，龟齿龙唇，眉有白毫，须垂委地。①

如此等文，置于《列仙传》中，决无不合。叙三皇五帝而与志怪小说无以异，《拾遗记》为小说"爱奇"风气对史书的影响提供了一个最极端的例子。

从以上类书、小说对史学的影响来看，刘勰将史家的"爱奇"归结为与文士相同的一种文化心理，有其合理之处。但史学与文学究不同质，文学可以自铸伟词，史学记事记言，不可向壁虚造，纵然"爱奇"，毕竟要以史料作为根本，"别采他说，以广异闻"，究需有所依托。欲在三代之前的古史上矜奇炫博，当时的文士只能乞灵于谶纬材料，而谶纬的神学性质，与"爱奇"心理也是一拍即合，尽管与史学之性质相去甚远。这一时期文士——以及大部分史家，因为二者立场相同——关于三皇五帝的论述，大部分可以看作对于谶纬之学的考掘和加工，如上引梁武帝就继承了谶纬以燧人为三皇的说法，而有所损益。此虽史料有阙，但仍可再举出几条证据。

其一，韦曜谓："囚昔见世间有古历注，其所纪载既多虚无，在书籍者亦复错谬。囚寻案传记，考合异同，采撷耳目所及，以作《洞纪》，起自庖牺，至于秦、汉，凡为三卷。"② 韦曜自述写作《洞纪》的动机是为了纠正当时"古历注"对古史叙述的错误，案诸两汉以来的史实，这些虚无、错谬的"古历注"，当主要来自于谶纬。吕思勉谓："言上古年代者，至纬候而始侈，盖汉人据历法所造也。"所说甚是。③ 而上两表中所列著作如徐整《三五历纪》、陶弘景《帝王年历》、姚恭《年历帝纪》等，均与历数相关，即可看作是六朝时期的古史著作受到谶纬影响的明证。

其二，刘知几谓："玄晏《帝王纪》多采六经图谶。"④ 司马贞、张守节

---

① 王嘉撰、萧绮录《拾遗记》，第1页。

② 《三国志》卷六十五《韦曜传》，中华书局1959年版，第1462页。

③ 吕思勉：《先秦史》，上海古籍出版社2005年版，第33—34页。

④ 刘知几撰、浦起龙释《史通通释》，第116页。

均以为皇甫谧与《尚书伪孔传序》持相同的三皇说①，然检《帝王世纪》佚文②，皇甫谧于伏羲之前，又别列天皇、地皇、人皇，显是本自谶纬。

其三，三皇五帝成为六朝文士的一种口实，但在一般性引用时并不会特加说明。《文选》李善注作为对一种文学经典选本的经典注释来说，颇足以说明六朝以来文士的基本知识资源。李善注引纬书极多，对于三皇即采用了《春秋元命苞》的说法。③

需要说明的是，文士、史家在讨论古史时征引谶纬，并不代表他们在经学上遵信谶纬神学。西汉末年以来三皇说的流行与谶纬神学密切相关，而魏晋以降，纬学与今文经学同步衰落，到东晋南朝时，"瑞圣"之谶作为国之利器虽仍常示人，但"配经"之纬却失去了与经学相配的"内学"地位，基本丧失其思想意义，而单纯成为一种公共的知识资源。④黄侃谓："图谶之学，在汉则用以趋时，而在六朝则资以考古。"⑤这句话不尽适合于十六国及北朝，但却大致上符合东晋南朝的现实。在谶纬中挖掘上古三皇的材料，只是出于"爱奇"、炫博的动机，谶纬不过是一种事类的渊薮而已。在这一点上，史家与文士的立场是相同的，可合称为文史之士，谶纬不过是满足他们这一动机的知识资源罢了。

综上，魏晋南朝时期出现众多论述上古三皇历史的著作，是当时史学界"爱奇"、炫博风气的一种表现。在刘勰看来，史学的这一风气不过是作为文士身份之一的史家的"辞人爱奇"的习气在史传体裁的表现而已，从类书、小说对史学的影响可以看出刘勰的这一观点并非全无道理。而欲实现这一目的，当时的文史之士只能诉诸对谶纬材料的考掘，谶纬本身的神学性质

---

① ［日］泷川资言《史记会注考证》，第 76、77 页。皇甫谧是否见过伪《古文尚书》，是尚书学史上一有争议的问题，这里不能详论，还是采取传统说法，认为皇甫谧见过伪《古文尚书》，并且采入《帝王世纪》。说见孔颖达《尚书正义序》，《尚书正义》，十三经注疏本，第 110 页；又《尧典正义》所引《晋书·皇甫谧传》，《尚书正义》，十三经注疏本，第 118 页上。

② 徐宗元辑《帝王世纪辑存》，第 2 页。

③ 萧统编、李善注《文选》，第 30 页。

④ 谶纬"瑞圣"、"配经"两种功能的区分，见《文心雕龙·正纬》篇。这里关于魏晋南朝谶纬之学大势的判断，以及后文关于刘勰对于谶纬态度的论述，俱请参看拙文《从南北风气异同论刘勰"正纬"说》，《北京大学学报》2014 年第 1 期。

⑤ 黄侃《文心雕龙札记》，中华书局 2006 年版，第 24 页。

以及其时文学"爱奇"风尚对于史学的影响，使得这一时期的古史著作"迂怪妄诞，真虚莫测"，"体制不经"，"非史策之正"。明了了这一历史背景，就可以合理地说明刘勰对三皇说的选择。

<h2 style="text-align:center">四</h2>

刘勰虽将史学与文学的"爱奇"风气归结为同一种文化心理，但对于二者的态度是有区别的。刘勰虽将"辞人爱奇"作为当时文弊的主体根源，但对于文学的"爱奇"，并不加以一概地反对；因为"爱奇"是文学的内在本质要求，"爱奇之心，古今一也"①，所要做的不过是导之以正而已，故须"酌奇而不失其真"②，"执正以驭奇"③，能如此者，则如《离骚》"奇文郁起"，刘勰许为"金相玉式，艳溢锱毫"④。对于史学的"爱奇"，刘勰则深恶痛绝，讥为"讹滥之本源，述远之巨蠹"，盖因"爱奇"不仅不是史学内在的本质要求，相反还正与之对立。故一则曰"爱奇反经"，再则曰"俗皆爱奇，莫顾实理"，三则曰"务信弃奇"，与"奇"对立的"经"、"理"、"信"，恰是刘勰论史的最高标准。"信"则实录无隐，故"贵信史也"；然须"析理居正"，方可辨"信"之然否；而"理"之渊薮，正在于"经"，于是"立义选言，宜依经以树则；劝戒与夺，必附圣以居宗"，宗经、征圣成为刘勰史学所悬之最高鹄的。也就是说，在刘勰看来，义理之真实即是事实之真实，经学之义理，即是判断史籍"信"、"实"与否之标准。

基于这一根本看法，刘勰对于当时文学"爱奇"风气影响之下的古史研究不可能抱有好感，因为史学之"爱奇"与"反经"本是一事之两面。当时文史之士"弃同即异，穿凿傍说，旧史所无，我书则传"的做法，导致了这类著作"迂怪妄诞，真虚莫测"的总体风格，这都是刘勰所极力反对的。而文史之士赖以实现其"爱奇"、炫博动机的宝藏，便是谶纬。六朝时期古史说得荒唐无涯，多与谶纬相关。谶纬内容驳杂，虽不无真实历史的曲

---

① 《练字》。
② 《辨骚》。
③ 《定势》。
④ 《辨骚》。

折反映，但其神学性质与史学相去甚远，若不加判断而径据之以言古史，不免闳大迂怪，河汉无极；就当时的史学水平来说，是很难对谶纬作出科学的史学处理的。刘勰所要清理的，根本上是当时史学受到文学影响而存在的"爱奇"、炫博之风，但表面上则呈现为汉儒据谶纬神学言古史的做法在六朝时期所产生的流弊。这就决定了他在古史系统的建立中，不可能采取谶纬旧说。

从单纯史学的观点来看，刘勰的批评是有其合理性的，他"文疑则阙，贵信史也"的主张，对当时"俗皆爱奇，莫顾实理"的不良风气而言是一种纠正。但问题在于，刘勰的观点并非全然是史学的。他对于这种流弊的纠正，不是本于史学自身的标准，而是跳出史学范围，为史学别建一经学的外在准则，在三皇问题上亦是如此。当时文史之士据谶纬考古史，刘勰并不否认谶纬的这一功能，在《正纬》篇末承认纬书所载"羲、农、轩、皞之源，山渎锺律之要，白鱼赤乌之符，黄银紫玉之瑞，事丰奇伟，辞富膏腴，无益经典而有助文章"，但首先，这种承认只在"有助文章"，这也说明刘勰认为当时对于"羲、农、轩、皞之源"等的古史探究主要源自文学方面的兴趣。刘勰看重纬书"事丰奇伟，辞富膏腴"，也就是事类与辞采两方面，而对于事类的重视，正与我们前面所指出的文士隶事、用事之风导致对于古史研究的兴趣相合。其次，在经学方面，"无益经典"的判断说明刘勰将这种探讨限制于文史的事类方面，而不能扩展到经学的义理研究，"有助文章"的局部肯定，是以"无益经典"的整体否定为前提的；最后，具有讽刺意味的是，即使在是对纬书的这种肯定中，刘勰对于古史系统的叙述仍然间接地否定了纬书的记载。所谓"羲、农、轩、皞之源"，"羲、农、轩"正是《尚书伪孔传序》所举三皇，而"皞"（少昊）所以能与三皇并列，显是由于《尚书伪孔传序》列之于五帝。可见在刘勰眼中，即使是不涉及经学义理的单纯的史学考据问题，史学仍须奉经学为圭臬。在三皇问题上，这一圭臬就是《尚书伪孔传序》。我们还可以举出一个旁证，来说明刘勰的这一做法并非个例，而是南朝经学家在这一问题的主流看法。

天监（502—519）初，许懋上书驳封禅议，其中引到了两种三皇说，"古义以伏羲、神农、黄帝，是为三皇"，"燧人、伏羲、神农三皇结绳而治"。许懋虽未明言，但很明显是倾向于前者。首先，他这次上书的主要用意，在于根据"正经之通义"来驳斥封禅这种"纬书之曲说"，甚至攻击郑玄"有参、柴之风，不能推寻正经，专信纬候之书，斯为谬矣"，措辞极为激烈。① 在这种情势下，他对于纬书的三皇说是不可能真心信据的；其次，许懋将《尚书伪孔传序》的新说包装成"古义"，目的在于为这种新说争地位，毕竟即便《尚书伪孔传序》真如同时人所相信的是汉代孔安国的作品，时代也距三皇太远，远不如号称孔子"内学"的纬书来得有声势。儒家以古为尚，许懋将《伪孔传序》的说法含含糊糊地说成"古义"，就是要抬高这一说法的地位以打压谶纬旧说。许懋上书，其主要用意在于通过论证纬书之不可信以证明封禅之无稽，但也能从中看到他对三皇的主张与之类似，都是据经以正纬。许懋上书的结果是"高祖嘉纳之"，可知他的主张在南朝经学实为主流。刘勰既以经学为裁断历史的最高原则，那么他采取当时经学界对三皇的权威看法，便是顺理成章了。

从以上的讨论大体上可以得出这样的结论，南朝时期在三皇问题上，取谶纬旧说的，大致上是文士、史家，即文史之士；取《尚书伪孔传序》新说的，大致上是经学家。当然，南朝士人常多兼具这多重身份，如刘勰，此时就取决于他最为看重哪一种身份。刘勰作《文心雕龙》以"敷赞圣旨"②自许，这就决定了当文史之学与经学发生冲突时，他必然以经学为标准裁剪文史，他必须以一个经学家的身份作出判断，而暂时撇开了其文士和史家的身份。因此他选择《尚书伪孔传序》的新说而非谶纬旧说，是一件极自然的事。

回到本文讨论的起点："及孝惠委机，吕后摄政，班、史立纪，违经失实。何则？庖牺以来，未闻女帝者也。"刘勰的这一论断，是为了反对司马迁、班固为吕后立纪的做法，而反对的理由，是二人"违经失实"。如前所论，"违经"与"失实"本是一事，对于经典的背离本身即意味着信史资格的丧失，"庖牺以来，未闻女帝者也"判断的作出，是建立在不"失实"更未"违经"的基础之上的。这一判断，是一史学判断，但首先是一经学判断；判断的经学基础，是《尚书伪孔传序》的新三皇说。

---

① 《梁书》卷四十《许懋传》，第575—577页。
② 《序志》。

刘勰的这一做法对于当时史学的"爱奇"之风虽有纠正作用，但毕竟是以牺牲史学独立性为代价的，他不仅直接否定了三皇的谶纬旧说，更为重要的是同时也间接否定了《史记·五帝本纪》以黄帝为五帝的说法。去彼取此，足见在刘勰那里，即使谈论的是史学问题，经学也较史学具有更大的权威性，当二者发生矛盾时，史学为经学让步成为必然。刘勰保护史学不受以谶纬面目出现的文学"爱奇"风气的侵扰，但却又将之纳入到经学的轨道中来，这种"立义选言，宜依经以树则"的做法，与谯周"以司马迁《史记》书周秦以上，或采俗语百家之言，不专据正经，周于是作《古史考》二十五篇，皆凭旧典，以纠迁之谬误"①的做法是一致的，根本上讲都是将史学作为经学的附庸，所异者只在于二人经学宗尚不同而已。从大的历史趋势而言，刘勰的这种做法与魏晋以来史学逐渐摆脱经学束缚而获得独立的潮流显然是背道而驰的。范文澜称赞刘勰的古史观"见解高绝，《史通·疑古》、《惑经》诸篇所由本也"②。不知《疑古》疑的是《尚书》，《惑经》惑的是《春秋》，这与刘勰宗经以论史的立场显然异趣。范先生的这一评论，没能看到刘勰宗经、刘知几惑经在立场上的根本分别。

（原载于《中华文史论丛》2015 年第 4 期）

---

① 《晋书》卷八十二《司马彪传》，第 2142 页。

② 范文澜：《文心雕龙注》，第 303 页。

当代美学的人生论转向与中西美学会通

——以徐复观为中心

刘毅青

一

美学研究在全球化时代日显疲惫，在标榜艺术终结的后现代语境中，西方传统的美学面临着衰落。当代西方美学重新思考审美功能，其美学的转向是以重新考量美与生活的关系为重点，而道德乃是其中的难点，美与善如何能够在人生中获得统一迄今为止仍然是美学所致力于解决的难题。在西方美学的当代转向中，美学家对传统美学的批判集中在对康德关于审美无功利性的这个其美学基石的颠覆。当代美学家批判西方美学自康德以来，由于对审美自主的强调，将审美活动与科学、理性或其他人类活动区别开来，审美的概念变得偏狭及封闭，从而审美被当作一种纯形式主义，只能存在于纯艺术领域。他们认为，正是康德美学使得美学成为一种玄学，使得美学脱离了现实生活，这与他们倡导的"日常生活审美化"背道而驰，因此，康德美学成为其批判的焦点。而这种理解在国内"生活美学"的倡导者那里有着一定的普遍性。

然而，当代西方美学的这些理解，并未把握康德美学的实质。众所周知，"无利害"较早在夏夫兹博里那里获得审美观照的内涵，后来才发展为不涉及实践和伦理考虑的"审美知觉方式"。康德则将之纳入"审美鉴赏的第一契机"，作为艺术自律这一现代艺术合法性的基础，从而成为西方美学的基础。康德说："鉴赏是一种通过快感或不快感判断一个对象或一种表象的能力，它是无功利的。这种快感的对象被判断为美的。"①康德的审美无功利性的提出，并不是否定作品的内容和意义，仅仅将美纯粹当作是一个形式的问题来理解。康德的美学包含了美和崇高两大范畴，《判断力批判》在"美的分析"里，他偏重主体的感性和审美对象的形式，而在"崇高的分析"中更侧重于主体的理性精神和审美活动的内容。实际上，康德美学除美到崇高这一主要过渡外，还有从纯粹美到依存美，从自然美到艺术美，从趣味（欣赏）到天才（创造）的一系列过渡。从批判哲学内部看，这些过渡都是从自然到自由（道德）的中介环节，是这一中介的不同形态。康德的判断力批判的核心问题就是解决"无目的"与"合目的性"之间的二律背反，康德美学的重心就在他的目的论。在前面美的判断与分析中，有两个相反相成的命题，即"美是道德的象征"与美的艺术"是天才的创作"。前一个命题表明艺术要建基于一个概念，必然涉及道德判断，是有目的的；后一个命题则又使道德或目的性不以概念的形式进入鉴赏者的思维与创造过程，正因为鉴赏判断建基于一个未被规定的概念，所以康德说：美的艺术"虽然没有目的，仍然促进着心力诸力的陶冶，以达到社会性的传达作用"。康德将此称为"无目的合目的性"。②上述无目的与合目的性二律背反的解决，艺术一方面获得了"自律性"，同时又趋向社会性的传达，使艺术的道德目的得以实现。因此在康德那里，审美可以沟通经验世界和超验世界，把人不断引向自我超越而最终实现人的本体建构，使人成为道德的人、自由的人。③也就是说，康德对美与崇高所做的论证里面，其以目的论建构为最终目标，他的哲学论证从"美在形式"到"美是道德的象征"已经对审美与道德做了很好的沟通。也正如王元骧先生指出的，康德提出审美的真正意图是：在思维方式上，为人们在物质世界之外建构一个"静观"的世界，使人在利欲关系中有所超越；在人学目的上，可以沟通经验世界和超验世界，把人引向"最高的善"。其用意都是为了使人摆脱物的奴役，保持人格独立和尊严，完成自

---

①　[德] 康德：《判断力批判》（上），宗白华译，商务印书馆1964年版，第76页。

②　[德] 康德：《判断力批判》（上），宗白华译，商务印书馆1964年版，第163—164页。译文有改动。

③　王元骧：《何谓审美》，《社会科学战线》2006年第2期。

身道德人格的构建。① 因此，西方的"日常生活审美化"与国内的"生活美学"所希望重建的审美与人生的连续性美学方向在康德那里已经有所显露，只是到了黑格尔那里，美学转而研究艺术与形而上的真理之间的关系，从而美学成为脱离具体生活的艺术哲学，正如康德并未把这门学科称为"美学"一样——"美学"的名称是从黑格尔之后才逐渐定型。故此当代西方美学所批判的西方传统美学那种"不再跟社会或世界脱离的艺术路向"②，其源头应在黑格尔，而非康德。

就当代西方美学的转向而言，其主要的方向乃在于要求艺术应该恢复人跟自然环境的密切关系，关注人类的道德及责任。从而，将美学从纯粹的知识论解脱出来，更加切近人生问题。即审美经验并不限于艺术，审美从根本来说在人生经验之中，美与善之间并不是毫不相干的。为此，当代西方美学界提出了重建美与善关系的美学路径，目前在国际美学界具有影响的美国的舒斯特曼和德国的韦尔施，他们从不同的哲学传统，前者以杜威的实用主义为基础，认为杜威对审美经验的研究能够为美与善的联系提供一条出路。③ 后者主张是以对生活的审美观取代道德观，让审美成为生活的基础和目的。④ 但是，正如上文所述，由于他们误解了康德美学的"无功利性"的实质，他们关于人生与审美的关系存在着一种庸俗化的倾向，即将生活的物欲享受作为所谓审美体验的基础，这实际上就偏离了审美所蕴含道德的本意。而正如旅居台湾的德裔汉学家宋灏（Mathias Obert）指出的，"当代西方美学、艺术哲学都在企图脱离'审美学'的藩篱，因为其正尝试向艺术与生活世界之关系、艺术的伦理学与政治学向度、经济美学、环境价值、感官知觉、身体作用等等探讨发展，所以相对于当代美学的这种'解放'来说，中国传统美学思想真的有很大的帮助。因此，一边可说，或许就是因为现代西方美学上发生的一些转变才让我们将中国古代美学的特质看清楚，另一边

① 王元骧：《何谓审美》，《社会科学战线》2006 年第 2 期。
② 文洁华：《美感经验的完结：当代英美美学基源问题与儒学的诠释》，《清华大学学报》（哲学社科版）2007 年第 6 期。
③ [美] 理查德·舒斯特曼：《生活即审美：审美经验和生活艺术》，彭锋译，北京大学出版社 2007 年版。
④ [德] 沃尔夫冈·韦尔施：《重构美学》，陆扬、张岩冰译，上海译文出版社 2006 年版。

也就是中国美学对将来的西方美学具有启发潜力。"① 这就是说，一方面，当代西方美学的转向使得美学的意义得到提升；另一方面，目前来看，西方美学的美学转向并没有提供一条真正通向人生论美学的思路，而中国传统的美学恰恰能够为构建当代美学提供思想资源。

二

所谓"人生论美学"是由"生活美学"的思考而来。笔者以"人生论美学"来代替目前国内学界的"生活美学"的提法，理由就在于：我赞成"生活美学"所依据的把哲学当作一种生活方式（phil osophy as a way of life）这种哲学观。虽然，"生活美学"推而广之就是将生活作为艺术或者艺术就是生活本身，生活本身与艺术是一体的。但是，我认为，"生活美学"的提法混淆了"生活"与"人生"之间的含义。在英语（包括在德语和法语）里，"生活"与"人生"都是同一个词"life"②。而在汉语里，"生活"与"人生"的含义是有区别的，生活是指我们每时每刻都在经历的、全部的生命活动。而人生，在汉语里则具有某种哲学的内涵，是指我们对自身的全部生活的一种领悟，我们以自己的生活实践着某种具有哲学意味的生活道路。而生活美学所追溯的生活哲学观念——美学或者哲学作为一种生活方式，从根本来说，也就是以某种哲学和美学作为其人生观念，人在自身的生命活动中实践着这种以某种哲学和美学为核心的生活道路。故此，所谓的"生活美学"或"生活哲学"，其实就是一种人生论美学或人生论哲学，其目的就是试图把哲学实践体现在生活当中，强调哲学思想与哲学家自身的人格与生活是密切关联在一起。因此，从这种意义上来讲，西方的日常生活审美化与国内的生活美学实际上是在将美学作为一种生活方式，这种生活方式从根本上就是一种人生观，即审美的人生观。

而正是在以审美的方式来看待人生这种意义上，中国传统的美学思想可以说就是人生论美学。而这种人生论美学在新儒家学者尤其是徐复观那里

---

① ［德］宋灏：《跨文化美学视域下的中国古代画论》，《揭谛》第 14 期（2008 年 2 月号）。

② 当然，在英语中另一个单词 live 的含义是活着，也可以指生活；而舒斯特曼的生活美学即 Performing Live。

得到了较为系统的阐发。徐复观的《中国艺术精神》一书融合中西美学思想，对中国传统的人生论美学建构做了极有价值的探索，为我们提供了值得借鉴的经验，也有助于将传统美学思想突破民族的局限，找到与当代西方美学思想转向所带来的契合点而走向世界。而正如尤西林通过对 20 世纪中国美学史所做的批判，指出当代中国美学的生命力就在于让"审美返回伦理"，"要求走出囿限于艺术静观形式感的流行审美观念，而返回现代人久已遗忘了的人类源初深厚的生存行为审美"①。在他看来，建基于中国传统儒道思想会通之上的伦理生存美学，是中国传统心性伦理学的现代性形态，是当代中国美学发展的一个重要方向。

人生论美学首先要解决审美经验与人生经验如何统一，美与善是如何沟通的。换句话说，就是"为艺术而艺术"如何能够与"为人生而艺术"统一。徐复观认为，审美所包含的道德与人生的价值与中国传统的艺术精神存在着内在的互通性，审美与道德是统一于人生。这是传统根植于中国传统哲学对感性的理解之上的。具体来说，美善相兼是儒家美学核心，"美"只有依托于"善"才深刻，在儒家那里是"乐与仁的会通统一，即是艺术与道德，在其最深的根底中，同时，也即是在其最高的境界中，会得到自然而然的融合统一；因而道德充实了艺术的内容，艺术助长、安定了道德的力量"②。即艺术与道德是相统一的，道德和艺术可以相互促进，但道德只能是以内容的形式参与艺术，只有这样艺术才是独立的，而不相妨害。如徐复观所说："由孔门通过音乐所呈现出的为人生而艺术的最高境界，即是善（仁）与美的彻底统一的最高境界，对于目前的艺术风气而言，'诚由犹河汉而无极也'之感。但就人类艺术正常发展的前途而言，它将像天体中的恒星一样的，永远会保持其光辉于不坠。"③ 因此，儒家的美学是"为人生而艺术"的范型。

徐复观同时认为："艺术与道德，在最高境界上虽然相同，但在本质上则有其同中有异"④。在徐复观虽然主张"美"和"善"的统一，但并没有因

---

① 尤西林：《心体与时间——二十世纪中国美学与现代性》，人民出版社 2009 年版，第 268 页。
② 徐复观：《中国艺术精神》，湖北人民出版社 2002 年版，第 15 页。
③ 徐复观：《中国艺术精神》，湖北人民出版社 2002 年版，第 35 页。
④ 徐复观：《中国艺术精神》，湖北人民出版社 2002 年版，第 16 页。

此而否定审美自主。而这在徐复观对道家美学思想的阐释中有着较为深入的发明。徐复观以中国传统的人生论接引康德美学，他通过庄子的美学论证中国艺术精神"为艺术而艺术"的审美自主最终通向于"为人生而艺术"的人生论。首先，他用康德审美非功利的思想来解释庄子的逍遥游。对康德这种无利害论，徐复观用老庄哲学里的"无用"与"无为"来类比。他说：

> 庄子先说明以自己为中心之用，虽智如狸狌，大如斄牛，皆有所穷，而终结以无用乃是大用。他（庄子）说："今子有大树，患其无用，何不树之于无何有之乡，广漠之野，彷徨乎无为其侧，逍遥乎寝卧其下。不夭斤斧，物无害者。无所可用，安所困苦哉。"以"无用"竞争于人世利害角逐之场，则无用真成为无用。但精神上的"无何有之乡，广漠之野"，是安放不下人世之所谓"用"的。将人世所认为无用的，"树之于无何有之乡，广漠之野"，亦即是说，若过着体道的生活，则人世之无用，正合于道之本性，岂非恰可由此而得到"逍遥避"吗？自由的反面是被迫害（"夭斤斧"），是"困苦"。"不夭斤斧"、"安所困苦"，即是精神上得到了自由解放。而这种自由解放，实际是由无用所得到的精神的满足，正是康德所说的"无关心地满足"，亦正是艺术性地满足。

从上文可以看出，徐复观对康德美学的理解打着浓厚的道家烙印：以道家思想的"无为"来看待非功利，即"无所为而为"。所谓"无所为"是就排除实用功利而言，审美经验必然要与现实的、道德的、功利的活动绝缘。但是，这种"无所为"仍然没有脱离"人生"的基础，其目的仍在于人生的"自由解放"。可见，徐复观对康德的审美判断的理解，正是基于这样一种认识：他把康德美学也视为一种人性论。从康德的目的论来说，他的美学的确是一种人性论，在康德美学里美学理论的发展必须朝人性方面发展，如果不对人的本性、人的能力、人的意识等诸方面作深入的研究，那就谈不上真正的发展。美的问题永远只能与人的问题相关。这样，通过与中国美学的阐释，徐复观将美学引导到了人生论的维度，即把感性提升为精神境界。也就是在尊重艺术自身规律的前提下，强调艺术的社会功能，这是符合在中国艺术精神中存在着的道—艺的平衡，也就是对应着孔子关于德与艺之间关系的。徐复观如是说道：

> 道德之心，亦须由情欲的支持而始发生力量；所以道德本来就带有一种"情绪"的性格在里面。乐本由心发，就一般而言，本多偏于情欲一方面。但情欲一面因顺着乐的中和而外发，这在消极方面，便解消了情欲与道德良心的冲突性。同时，由心所发的乐，在其所自发的根源之地，已把道德与情欲，融和在一起；情欲因此而得到了安顿，道德也因此而得到了支持；此时情欲与道德，圆融不分，于是道德便以情绪的状态而流出……道德成为一种情绪，即成为生命力的自身要求。道德与生理的抗拒性完全消失了，二者合而为一……所以孔子便说"兴于诗，立于体，成于乐"。① "成"即是圆融。在道德（仁）与生理欲望的圆融中，仁对于一个人而言，不是作为一个标准规范去追求它，而是情绪中的享受。②

这就是说，儒学是建立在道德基础之上的。孔子说："志于道，据于德，依于仁，游于艺。"在儒家那里，道、德、仁与艺术是相通的，是互为次第。德与仁乃是人性的基本面相，乃是通于艺的途径，乃是生命与艺术的基本源泉和立足点。可见，在中国传统的艺术观念里，道德与艺术之间并不存在冲突，而是如陈昭瑛所言"亦即惟有在艺术中，才能达到情欲与道德水乳交融的境界"③。"让道德成为我们可以在感性生命中去享受它的东西，亦即让道德成为我们的感性生命的一部分，这或许提供了被指为泛道德主义色彩浓厚的传统儒学得以继续存活于二十一世纪的新的思考方向。"④

而西方美学的当代转向与国内的"生活美学"论者恰恰忽视了这一点，从而没有能够在继承康德的美学遗产基础上向人生论美学推进，反而提出要

---

① 《论语·泰伯》。
② 徐复观：《中国艺术精神》，湖北人民出版社 2002 年版，第 23—24 页。
③ 陈昭瑛：《孔子礼乐美学中的整体性概念》，载《儒家美学与经典诠释》，华东师范大学出版社 2008 年版，第 18 页。
④ 陈昭瑛：《孔子礼乐美学中的整体性概念》，载《儒家美学与经典诠释》，华东师范大学出版社 2008 年版，第 18 页。

彻底终结康德美学。

在徐复观看来，庄子与孔子归根结底都是"为人生而艺术"，儒道的美学思想只是在对人生的认识上有区别，也就是人性论上的区别，从而表现出两种形态。就庄子的本意而言是追求逍遥游的人生自由，并不是为了艺术而艺术。而实际上，"尤其是庄子的本意只着眼到人生，而根本无心于艺术。他对艺术精神主体的把握及其在这方面的了解、成就，乃直接由人格中所流出。吸此一精神之流的大文学家，大绘画家，其作品也是直接由其人格中所流出，并即以之陶冶其人生。所以，庄子与孔子一样，依然是为人生而艺术。因为开辟出的是两种人生，故在为人生而艺术上，也表现为两种形态。因此，可以说，为人生而艺术，才是中国艺术的正统。"① 因此，道家的艺术精神"为艺术而艺术"是与儒家相比而言，它是直上直下的，而儒家则需要"转换"。徐复观在区分儒道两家美学差异的同时，也深刻地洞见了儒道的美学在人生问题上是相通的。

三

对当代的人生论美学而言，中国传统美学的贡献就在于其提供了人格境界向审美境界转化的实践途径，中国传统美学的人格修养能够作为审美与道德联结点就在于，工夫论为其提供了实践基础，这就为人生论美学获得了现实内涵和文化根基。对于此，西方汉学家立足于跨文化的视域已有所发现，正如宋灏所指出的，20 世纪以来的西方美学虽然极力"将美学与伦理学之实践观点关联起来的这种趋势"。而就中国美学的情况来说，虽然"二十世纪以后'美'、艺术和审美才成为专题，但古代诗、书、画论等资料所呈现出来的美学观点则不然。中国古代美学并不由'形象美'之论说抑或认知论这个范围所笼罩，它反而最早是由'风俗'与'礼'这一方面谈起，也是从'修身'、'养生'、'养神'、'修行'等实践角度被展开的，所以基本上中国美学是衔接伦理学立场的"② 。国内外学界有关"工夫论"与"气论"

---

① 徐复观：《自序》，载《中国艺术精神》，湖北人民出版社 2002 年版，第 5 页。
② ［德］宋灏：《跨文化美学视域下的中国古代画论》，《揭谛》总第 14 期（2008 年 2 月），第 39 页。

的讨论都是在哲学层面上展开，基本忽视了中国美学的工夫论内涵。① 美学中的"工夫论"从根本来说源自中国哲学的"工夫论"。而徐复观在对中国艺术精神与中国传统文学的文体论研究中即以工夫论作为理解中国文艺思想的核心。徐复观指出，"工夫"一词，虽至宋儒而始显；但孔子的"克己"及一切"为仁之方"；孟子的"存心"、"养性"、"集义"、"养气"；老子的"致虚极，守静笃"；庄子的"坐忘"，皆是工夫的真实内容。他在《中国文学中的气的问题》一文中认为"孟子的养气，乃是以道德理性，涵养生命中的生理作用。浩然之气，乃道德理性与生理作用合二为一以后，生理作用向精神升华的精神现象。中国言道德而落实于生理作用之上，通过'养'的功夫，而将生理作用加以升华、转化，所以这种道德，乃真实而非观想或思辨的性格。"② 徐复观同时认为，"庄子也从正面提出了'养气'的思想。《庄子》内七篇中，即有《养生主》一篇。不过庄子的养生，虽其功夫与孟子不同，但他在要转化生理的生命以开辟精神境界的这一点上，却是相同的。所以他所说的'养生'，也同于孟子所说的'养气'。只不过，孟子所得的是道德的精神境界，而庄子所得的则是艺术的精神境界。"③ 气论是中国美学的最基本理论，而气论的价值就在于工夫论，传统文艺美学中的养气说深受儒家和道家的修养工夫论影响。工夫论是关于主体修养的哲学，中国哲学的境界论与本体论是以工夫实践，而不是以思辨理论来体现的。在徐复观看来，工夫论的心性之学与西方的道德哲学相比，差异就在于，其道德是立基于生理之上的理性，亦即中国哲学所言之道德总是在具体的人的生命中展开的，而非是思辨哲学中的纯粹理性。徐复观强调了气是生理作用，养气是道德理想与生理作用的合一，强调了道德与人的生命之间的关系。因此，中国哲学工夫论的实践性与人的具体生命之间有着无可分割的关系。中国哲学的工夫论从思想来说有儒释道三家不同的导向，工夫论以身心的统一为基础，以协调身心关系为核心，但从具体的方法进路来说，工夫论有心性、身体不同的进路。工

---

① 参看杨儒宾、祝平次编《儒学的气论与工夫论》（华东师范大学出版社 2008 年版），该书代表了国内外当今学术界的气论与工夫论研究的最新成果，然而却少有将美学里的气论放在工夫论脉络下的研究。

② 徐复观：《中国文学中的气的问题》，载《中国文学论集》，上海书店 2004 年版，第 104 页。

③ 徐复观：《中国文学中的气的问题》，载《中国文学论集》，上海书店 2004 年版，第 134 页。

夫成就的是道德主体，但是同时也能够通向审美主体。总体而言，中国古代哲学儒释道三家，虽然根据其哲学主张与目的不同，有不同的修养工夫进路，但就工夫论的目的而言，存在着相通的地方，"在中国宋明时期，功夫一词被理学家、道家、佛家等作为广义的人生艺术而广泛使用"①。如徐复观所言："后来唐代禅宗中的若干大师，及宋明理学家中的若干大师，尽管在内容上各不相同，但在追求的经验及其结果上，亦即是在其工夫及工夫所到的立足点上，大体还可以与先秦文化的开创时期的人性论，先后比拟。"② 同时工夫论也如许多学者指出的，中国传统哲学最关心的是如何生活，而不是探索现实世界的真理，通过它我们可以认识中国传统哲学及其与西方哲学传统的汇合与分野。

工夫论从实践层面打通了审美与道德。徐复观有关中国艺术精神的阐释是以工夫论为脉络展开的，正是从这一角度，他揭示了中国传统的人生论美学从根本上来说乃是以修养工夫为核心，他认为老子和庄子思想起步的地方，根本没有艺术的意欲，更不曾以某种具体艺术作为他们追求的对象。因此，不能把他们所追求达到的最高境界的"道"视为"今日之所谓艺术精神"。更有甚者，老庄的哲学本身包含了反对艺术的观点，要将他们的道与艺术精神相联系，似乎牵强，但是，"若不顺着他们的思辨地形上学的路数去看，而只从他们由修养的工夫所到达的人生境界去看，则他们所用的工夫，乃是一个伟大艺术家的修养工夫；他们由工夫所达到的人生境界，本无心于艺术，却不期然而然地会归于今日所谓艺术精神之上"③。而且从中国艺术发展的实践中，徐复观发现了老庄思想的深刻影响，《中国艺术精神》第三章以后，基本上是以艺术史为脉络对老庄的影响进行的实证分析。在他看来，之所以老庄思想对中国艺术史产生了深刻的影响，其关键点在于老庄所提供的特殊工夫论将道与艺术精神进行了会通。

正是从工夫论的层面，徐复观探讨了中国艺术精神在当代的意义及实践的可能性，这种可能就在于修养美学不只是要对自我发现，更是一种自我

---

① [美]倪培民：《将"功夫"引入哲学》，《南京大学学报》（人文科学·社会科学版）2002年第6期。

② 徐复观：《徐复观文集》第3卷，湖北人民出版社2002年版，第409页。

③ 徐复观：《中国艺术精神》，湖北人民出版社2002年版，第43—44页。

反省与批判，唯其如此它能够对现代艺术及其所关涉的现代性的态度进行反省。

四

如前所述，在中国美学里，主体人格之所以能够沟通审美与道德，就在于人格的养成得益于具体的工夫实践。儒道两家思想都有工夫修养，都重视人格修养，只不过儒家是道德人格，道家是自然人格。"只有儒、道两家思想，才有人格修养的意义。因为这种人格修养，依然是在现实人生生活上开花结果，所以它的作用，不止于是文学艺术的根基，但也可以成为文学艺术的根基。"① 这两种人格都要求人们将自我的私欲降低到合理的地方，以显现主体的自觉意识，而正可以成就艺术的主体。从而，审美是人格的投入，是人格自身的体现。审美境界的不同源于人格的不同，审美境界的层次也就是各种不同人格的体现。正如徐复观所说："若只从他们由修养的工夫所到达的人生境界去看，则他们所用的工夫，乃是一个伟大艺术家的修养工夫，他们由工夫所到达的人生境界，本无心于艺术，却不期然而然地会归今日之所谓的艺术精神之上"。② 工夫修养所达成的人格境界具有超功利性，因此它并非直接针对审美，但在客观却通向审美，与审美的要求契合。

中国思想或说美学中的人格修养，在徐复观看来就是"有意识地，以某种思想转化、提升一个人的生命，使抽象的思想，形成具体的人格。此时人格修养所及于创作时的影响，是全面的，由根而发的影响。而一般所谓思想影响，则常是片断的，缘机而发的。两者它能够在一条线上滑动，但有深浅之分，因而也有纯驳之异"③。在《中国艺术精神》一书中，徐复观将艺术精神的主体——心斋之心与现象学的纯粹意识做了深入的比较。他认为，心从实用与分解之知中解放出来，而仅有知觉的直观活动，这即是虚与静的心

---

① 徐复观：《儒道两家思想在文学中的人格修养问题》，载《中国文学精神》，上海书店 2004年版，第 7 页。

② 徐复观：《儒道两家思想在文学中的人格修养问题》，载《中国文学精神》，上海书店 2004年版，第 6 页。

③ 徐复观：《儒道两家思想在文学中的人格修养问题》，载《中国文学精神》，上海书店 2004年版，第 5 页。

斋，即是离形去知的坐忘。此孤立化、专一化的知觉，正是美的观照得以成立的重要条件。并认为现象学的归入括号、中止判断，实近于庄子的忘知。不过，现象学是暂时的，而庄子则是一往而不返的要求。因为现象学只是为知识求根据而暂时忘知；庄子则是为人生求安顿而一往忘知。现象学的剩余，是比经验的意识更深入一层超越的意识，即纯粹意识，实有近于庄子对知解之心而言的心斋之心。① 在意识活动这一个维度上，虚静可以说是一种现象学的直观，它们同样都是排除人的日常经验和知识的直观活动。按胡塞尔的看法："现象学的直观与纯粹艺术中的美学直观是相近的。"因为，"对一个纯粹美学的艺术作品的直观是在严格排除任何智慧的存在性表态和任何情感、意愿的表态的情况下进行的。"② "或者说，艺术作品将我们置身于一种纯粹美学的、排除任何表态的直观之中。"③ 所以"虚静"与纯粹的审美意识是紧密相连的，都是对日常经验的"悬置"。但不同的是在虚静中直观的生命形象，与气的生命体验不能分开。作为一种审美活动，如前所述，虚静的直观往往与功夫（身体）联系在一起，而这种做功夫的过程就包涵着生命体验。总之，"虚静"的体道过程要求人虚怀若谷地接纳万有宇宙，摒弃自我的外在追索，返归内心，启明本性，而踏入自由自在的形而上的道之境。"虚静"对于养生修道是实际的功夫，是证道的途径。但这种宗教式的证道体验从生命的本质上沟通了艺术的体验，生命体验在彻底地逐步反向自我的过程中实现与审美体验的融合。而对于艺术而言，它需要这样一种超越个人日常的、世俗的、功利的审美体验从而进入艺术的创造境界。

正因此，徐复观认为现象学并没有把握到心的虚静本性，也就未能使得艺术精神的主体显露。而庄子的这种艺术精神正因为是从人格根源之地所涌现、所转化出来，所以是彻底的艺术精神；这也正是现象学的纯粹意识所无法比拟的。④ 按照徐复观的说法，不同于现象学，庄子忘知后是纯知觉的活动，在类似现象学的还原中，也是纯知觉的活动。但在忘知识后，庄子强调"虚"，所以现象学之于美的意识，只是倪而遇之，而庄子则是彻底的全

---

① 徐复观：《中国艺术精神》，湖北人民出版社 2002 年版，第 49 页。
② ［德］胡塞尔：《胡塞尔选集》，倪梁康译，上海三联书店 1997 年版，第 1202 页。
③ ［德］胡塞尔：《胡塞尔选集》，倪梁康译，上海三联书店 1997 年版，第 1203 页。
④ 徐复观：《中国艺术精神》，湖北人民出版社 2002 年版，第 81 页。

般呈露。凡是进入到美的观照时的精神状态，都是中止判断以后的虚、静的精神状态，也实际是以虚静之心为观照的主体。① 因此，工夫所成就的审美经验与现象学的纯粹意识相比较其区别就在于工夫的过程本身就伴随着一种人格的修养和道德的升华，工夫的成就乃是贯穿于人的生命历程的始终，而不会是在某个特殊的时刻才呈现。就审美而言，人格的修养就体现在审美经验的形式当中，它越是被经验也就越被强化和得到保存，而我们越是专注于这种审美形式之中，它就越能被经验到。正如徐复观所说："庄子所体认出的艺术精神，与西方美学家最大不同之点，不仅在于庄子所得的是全，一般美学家所得的是偏；而主要是这种全与偏之所由来，乃是庄子系由人生的修养功夫而得；而在一般美学家，则多系由特定艺术对象、作品的体认，加以推演、扩大而来。因为所得到的都是艺术精神，所以在若干方面，有不期然而然的会归。……这若用我们传统的观念来说明，即是他们尚未能'见体'，未能见到艺术精神的主体。"② 故此而言，以工夫修养为实践的人格境界，其所达成的审美经验有着内在的道德价值，而非中立性的描述；这一美感经验是活泼泼的生命经验，而不仅仅是一种意识经验；从而能够转化及拓展至哲学与美学的其他范围，而不仅仅是一个思辨的概念。

徐复观肯定艺术精神是从人格根源之地涌现出来的，但是徐复观并没有将艺术精神完全地从属于道德精神，艺术主体完全地等同于道德主体。这就是说，人生离不开道德理性，人生就是价值创造的生活。而"善"与"美"同属价值判断，有着密切关系，二者的区别在于：审美表现为一种情感活动。"一位作者的心灵与道德规范，事实上是隔断而为二，写作的动机并非出于道德心灵的感发，而只从文字上把道德规范套用上去，甚至是伪装上去，此时的道德便成为生硬的教条。凡是教条，便都有束缚性、压抑性，自然也束缚了文学应有要求的发展。"③ 这就是说，没有人格修养的文学其表现道德是一种说教，这样的道德感压抑了审美。只有当道德情感与审美感受统一时，道德内化为人格，艺术中的道德感就成为其人格的自然流露，并

---

①　徐复观：《中国艺术精神》，湖北人民出版社 2002 年版，第 38 页。

②　徐复观：《中国艺术精神》，湖北人民出版社 2002 年版，第 79 页。

③　徐复观：《儒道两家思想在文学中的人格修养问题》，载《中国文学精神》，上海书店 2004 年版，第 6 页。

非道德的说教。因此，徐复观认为，"古今中外真正古典地、伟大的作品，不挂道德规范的招牌，但其中必然有某种深刻的道德意味以作其鼓动的生命力。道德实现的形式可以变迁，但道德的基本精神必为人性所固有，必为个人与群体所需要。西方有句名言是'道德不毛之地，即是文学不毛之地'，这是值得今日随俗浮沉的聪明人士，加以深思熟考的"①。人生论美学要做的正是在探究形式的基础上挖掘其中的价值指向、道德意义。而就审美活动而言，审美中的审美静观、审美鉴赏与审美判断也可以成为提升主体心性的过程，使之获得高尚的道德情感与道德理想，这与工夫的修养是一致的。

　　因此，中国传统美学肯定了通往道体的德性之知，又在具体的人生活动中展现出审美意义。美的根源就在人的主体价值，审美主体具有一颗审美的"心"，审美的心决定于主体的人格。因此"心"乃为艺术的本体，这样价值问题便能确立生命的依归，沟通了艺术与人生。徐复观称中国文化是心的文化。他说："人心是价值的根源，心是道德、艺术之主体，但'主体'不是'主观'。"② 具体在审美活动中，主体的审美活动既是生命力量的自然流露，也是心性提炼、情感陶冶的重要环节。心是可以上提和下落的，上提则成为超越的本心，下落则为私欲之情。正因此，"由修养而道德内在化，内在化为作者之心。'心'与'道德'是一体，则由道德而来的仁心与勇气，加深扩大了感发的对象与动机，能见人之所不及见，感人之所不能感，言人之所不敢言，这便只有提高、开拓文学作品的素质与疆宇，有何束缚可言？"③ 他所说的"心"乃是一种"本心"，而这个"本心"才是人的价值根源，也就能够成为审美的主体，艺术的价值就在于人的道德理性。康德的无功利的鉴赏判断，实际上是以维护人的感性健康而来，即维护人的"本心"，以此对抗实存（物）对人的异化，对抗欲望的侵蚀。只是在康德的二元论的架构中，审美的无功利说并不能有效地沟通审美与道德，以至于一

---

① 徐复观：《儒道两家思想在文学中的人格修养问题》，载《中国文学精神》，上海书店 2004 年版，第 9 页。

② 徐复观：《中国人性论史》，湖北人民出版社 2001 年版，第 32 页。

③ 徐复观：《儒道两家思想在文学中的人格修养问题》，载《中国文学精神》，上海书店 2004 年版，第 7 页。

再遭到误解，就在于西方现代美学中没有这种以人格修养为目的的工夫实践。而实际上，儒道的工夫实践就是通过类似现象学的悬隔，以到达审美鉴赏的无功利性目的，而由此所成就的是一种虚明超越的自由心灵，这种心灵是以超越现实功利的束缚为目的，成就人格精神，也就通过审美人格推动道德人格。

五

以工夫论为参照，当代西方美学转向的误区就在于，其忽视了西方哲学传统里这种作为生活方式的哲学观从根本来说是一种精神修养，也是一种哲学工夫。这就使得这种美学转向无法为道德与审美关系提供一种实践的证明，审美与道德也就无法真正在人生中得到有效的沟通，其"日常生活的审美化"最终也只能是一种物欲化的"表层审美"（韦尔施语），他们的审美就只能是所谓的日常生活进行表层审美，无法达到以审美推动道德。同时，也正由于将"人生论美学"作为"生活美学"的误解，也就是使得国内"生活美学"的论者在追溯其美学的传统资源时，也就未能真正把握"哲学作为生活方式"，其核心就在于提出了一种建立于工夫论基础上的修养美学。

实际上，在韦尔施与舒斯特曼的日常生活审美化的建构中，以古希腊哲学重建西方修养传统的哈道特①，从古希腊开始重新建构主体修养哲学的傅柯② 以及杜威和詹姆斯（William James）的实用主义哲学成了他们联结古希腊与修养哲学当代西方哲学的中介。由于对中国哲学的忽视和无知，日常生活审美化的论者未能把握上述哲学谱系中的工夫论向度。首先，他们无法认识到杜威实用主义与工夫论之间的关联，正如美籍华裔哲学家倪培民所说，事实上在这方面，西方哲学的根源与中国古典哲学相似，"功夫视角给实用主义添加的内容是它明确强调人的修养和转化。这个维度本已存在于杜

---

① Pierre Hadot (1995)："Philosophy as a Way of Life——Spiritual Exercises from to Foucault," Malden, MA：Blackwell Publishing。汉语部分翻译参看李文阁译《作为一种生活方式的哲学》（《世界哲学》2007 年第 1 期）。

② [法] 福柯：《主体解释学》（法兰西学院演讲系列，1982—1982），佘碧平译，上海人民出版社 2005 年版。

威和詹姆斯（William James）的体系当中，但常常被人忽略"①。其次，哈道特和傅柯以精神修养为中心的人生论哲学也包含着工夫论思想。而"部分地归因于当代哲学的全球和历史的对话，皮埃尔·哈道特（Pierre Hadot）和马莎·诺斯鲍姆（Martha Nussbaum）两人都试图为'哲学''正名'，说明古代西方哲学家如苏格拉底、斯多葛派和伊壁鸠鲁派等主要关心的是美德和精神修练，其目的是为了美好的生活，而不是纯理论的思辨"②。

　　哈道特和傅柯试图从西方传统里重新发现关注自身（care of the self）及自我修养（cultivation of the self）的原则，重塑西方修养论，不过他们在具体的修养观念上有着差别。西方汉学家何乏笔（Fabian Heubel）认为，西方的修养传统里也有广义的工夫的实践方法，哈道特的"自我发现"与傅柯"自我创造"呈现出西方哲学的两种截然不同的修养工夫模式：哈道特所代表的心灵修养（心灵工夫），乃基于心灵进展的观念，其目的是为达至圣人的真纯境界；而傅柯则主张由艺术家取代，成为以创造性为核心的"现代性态度"的创造修养。③哈道特希望欧洲古代哲学对当代哲学甚至整个当代生活方式能够产生直接的作用；傅柯则主张，哲学工夫的新探索得以面对现代哲学及科学所建立的真理体制。何乏笔（Fabian Heubel）则致力于以工夫论沟通中西方的有关修养的哲学。从工夫论的进路来说，何乏笔主要偏向于儒家的心性路径，试图用中国的工夫论来改造福柯的主体论，从而在跨文化的哲学视域里讨论现代主体的可能性，指出中国哲学在现代性哲学中所具有的意义。从哲学思想史来看，西方现代哲学对于西方古希腊的哲学是一个转折，现代哲学主要是有关自我反思的哲学④，但是在古希腊和罗马，西方的早期哲学乃至基督教思想里，都有关于自我修养的哲学。因此，有关自我修养的哲学在西方只是在现代哲学里才逐渐衰落了，而晚近的福柯与哈道特，乃至之前的韦伯都通过对古希腊和基督教思想的研究，重新探索在现代性的

---

① ［美］倪培民：《哲学家与功夫》，吴万伟译，http：//philosophyol.com/pol/? action-viewnews-itemid-10674。

② ［美］倪培民：《哲学家与功夫》，吴万伟译，http：//philosophyol.com/pol/? action-viewnews-itemid-10674。

③ ［德］何乏笔：《自我发现与自我创造——关于哈道特和傅柯修养论之差异》，见黄瑞祺主编《后学新：后现代／后结构／后殖民》，（台）左岸文化 2003 年版，第 75—106 页。

④ 参见倪良康《自识与反思》，商务印书馆 2002 年版。

哲学中，自我修养作为哲学的可能性。① 例如，福柯认为，西方的修养史上主体与真理的关系从笛卡尔发生了一个转折，在笛卡尔之前的古希腊和罗马时代，主体认识真理就意味着主体必须进行修养，主体为了能够认识真理就必须要改变自身以能够通向真理。而笛卡尔之后，主体对真理的认识无须改变自我，对自我进行修养的工夫训练。主体而真理成了纯粹的认识活动。但即使在希腊和罗马时代，西方哲学的修养仍然是假设了精神与肉体之间是可以分离的，对自我的工夫修养，是在此一前提下展开的。精神仿佛是能够超脱肉体之外对其进行关照，指导自我进行修养。

福柯揭示了，西方的主体在张扬个体独立的同时，却以一种工具理性思维，把人自身也变成为工具，从而将人的主体独立又从宗教、政治等权力束缚下，屈从于另一种权力——经济等的束缚，人并未摆脱被奴役的状态，仍然在权力的奴役之下，人自身成为一种所谓的"人力资源"，而人的主体性恰恰就丧失了。何乏笔对工夫论的重新阐释就在于，工夫的修养主体则对此具有反省意义，导向一种真正的独立主体。基于此，何乏笔认为，中国哲学的工夫论有着一种超越性的向度，这种超越是内在的超越，不同于西方哲学的外在超越。也正如倪培民所指出的，西方哲学确实存在由理论到行为（实践）的发展轨迹。当前西方哲学界的各种行为理论、行为学（praxiology）以及实用主义都研究人的行为，相对于只研究理论来说是个进步，但是他们有个共同的缺陷就是要么忽视作为主体的人，要么只注重行为的效果而忽视了主体人的其他方面。"功夫"概念体现的是一个完整的人。他认为，中国传统思想中有关修身的思想，如果通过"功夫"这一概念引入哲学，可以帮助哲学界打破西方主流哲学理智主义的局限，将各种哲学观念和问题当作修炼和践行的指导来加以解读和评价。它也可以允许我们充分开拓对实践主体的转化这一领域的研究，弥补西方主流哲学在这方面的严重不足。② 现代艺术在主体论上与现代性是一致的，都是被欲望或理性控制的单

---

① 参见［德］何乏笔《内在超越重探—韦伯论"基督工夫"与资本主义精神德创造转化》，见刘述先、林月惠主编《当代儒学与西方文化：宗教篇》，（台）"中央研究院"中国文哲研究所，第91—124页。

② ［美］倪培民：《将"功夫"引入哲学》，《南京大学学报》（人文科学・社会科学版）2002年第6期。

一的自我主体，而不是中国哲学修养论中所致力于实践的人与世界和谐的主体。如前所述，徐复观中国艺术精神里对现代艺术的批判正是从此艺术主体的构建视角展开的。

在梳理哈道特与傅柯不同的工夫论思想之后，何乏笔一方面以工夫论诠释西方哲学主体哲学中的修养论内容，试图开掘出西方哲学的工夫论谱系；另一方面，他扩展了这种哲学工夫的实践意义。工夫不再仅仅是指个人的修养，而具有一种现代性的批判意义。这种批判是与西方实践哲学所具有的批判意义相连接，即他从傅柯的解构批判与德国法兰克福学派的批判哲学那里将西方哲学的"实践"与工夫连接起来，他不是站在解释学的角度，即不是通过诠释中国哲学或者西方哲学来发展比较哲学，而是直接通过现代性的问题将中国哲学与西方哲学的理论结合起来，以发展出一种跨文化的汉语哲学，而这种汉语哲学的意义就在于能够为"我们的现代性"提供反省的思想资源。

（原载于《哲学研究》2012 年第 2 期）

反本质主义与文学理论的重建

——十余年来反本质主义文学观念所引发的理论探讨述论

李自雄

一

在当代中国的文论界，对于反本质主义之出现，有学者甚至追溯到 20 世纪 80 年代①，显然是与后现代思潮涌入中国相联系的。

在西方，反本质主义文学观念是建立在反本质主义的哲学基础之上的。反本质主义肇始于叔本华、尼采的非理性哲学，批判并试图力纠自柏拉图以降西方传统形而上学的缺陷，为西方现代哲学的突围与重生提供新的思路。这些非理性哲学，标举人的非理性，强调人的生命意志、直觉、情感与欲望等，实则是宣告理性主义所揭示的理性本质之虚无与理性本质观的破产，并因此被视为反本质主义观念的始作俑者。这种反本质主义观念，后经海德格尔（存在主义）、德里达（解构主义）、维特根斯坦（分析哲学）、罗蒂（新实用主义）等为代表的一些思想家的进一步阐扬，在西方形成一股反本质主义的思想大潮，并最终使西方哲学形而上学传统及其理性本质观走向终结，所谓的理性"真理"不复存在，而以其为哲学基础的西方文学本质观也土崩瓦解。

而在我们的视野中，这种反本质主义理论资源作为一种来自西方的批判武器，对当代中国文学理论知识生产状况产生前所未有的"撼动"，却是始于《文学评论》在 2001 年至 2002 年间展开的关于"大学文艺学学科和教

---

① 金元浦、曾军：《问题意识·边界之争·对话主义》，《社会科学报》2005 年 5 月 26 日。

材反思"的讨论。① 此次讨论，旋即引发了一场文论界至今未绝的关于当代中国文论知识生产状况及其出路的理论探讨。这场理论探讨主要围绕下列议题而展开：文学有没有本质？到底应该如何理解文学的本质？它是否仅仅就是历史的建构？"反本质主义"之后，在当代中国应该建设什么样的文学理论？还有与之相关联的一些概念的界定问题：如何界定"本质"？如何界定"本质主义"？如何界定"反本质主义"？等等。许多人发表了不同看法，也不乏观点碰撞，大致来说，主要包括"反本质主义"的观点与被"反"方的观点回应，以及与上述双方不尽一致的来自第三方的看法。

"反本质主义"的观点，无疑是起到了一石激起千层浪的作用。这种观点通过对当代文学理论教材的分析指出，"以各种关于'文学本质'的元叙事或宏大叙事为特征的、非历史的本质主义思维方式严重地束缚了文艺学研究的自我反思能力与知识创新能力"，这是反本质主义要反的，它使当代中国文学理论"无法随着文艺活动的具体时空语境的变化来更新自己"，"保持不断创新的姿态"。②

对于反本质主义的此种批判，被"反"方也以不同的方式，包括正式的诉之笔端，或者非正式的言语方式作出了回应。他们比较正式而有代表性的回应是：中国近代以来的思想解放运动，包括"'五四'新文化运动、延安整风运动和新时期以来的思想解放运动，总的来看都是反本质主义的"，而"审美意识形态论"的提出以及它对"社会意识形态论"的更替，就是这种思想运动的反本质主义产物。③ 显然，被"反"方也从反本质主义立场进行了理论反思。

而对反本质主义的批判，除了被"反"方的回应之外，更多的是来自第三方的声音，我们不妨称之为反思派（当然，无论是"反"方，还是被"反"方，都有自己不同意义上的反思，这里称他们为"反思派"只是为表述方便起见），他们的这种声音，是由反本质主义所引发的论争而引发的进

---

① 陶东风：《大学文艺学的学科反思》，《文学评论》2001 年第 5 期；李珥平：《文艺学学科建设与教材建设的思考》，《文学评论》2002 年第 1 期。

② 陶东风：《文学理论基本问题·导论》，北京大学出版社 2004 年第 1 版、2005 年第 2 版、2007 年第 3 版、2012 年第 4 版。

③ 童庆炳：《反本质主义与当代文学理论建设》，《文艺争鸣》2009 年第 7 期。

一步反思，与"反本质主义"既有着相当大的一致之处，又存在着巨大的分歧。

这种一致之处，表现为他们中的绝大多数，包括来自老、中、青几代的学者，对中国文学理论研究中存在的本质主义观念及其思维方式几乎都采取了批判的态度，近乎是"一边倒"，① 这与"反本质主义"并无二致，而与反本质主义的巨大分歧，则很大程度上表现在他们所提出的各不相同的理论重建方略，比较典型的有"关系主义"、"穿越主义"等，与反本质主义者提出的"建构主义"理论重建思路一起，呈现出颇为异趣的理论路径与面貌，而在不同程度上推进了相关问题的讨论，但和反本质主义者的"建构主义"一样，也各自暴露出了其在理论重建过程中的问题。对此，我们亦将在下文一并作出具体探讨。

而对于以上几种观点，也有学者，如王元骧、杨春时、支宇、章辉等人都提出了质疑，表达了不同观点。但总体来说，对相关问题的理论探讨与思考，能形成的理论共识还不多见，理论建构也不足，并不够系统，特别是对文学本质的认识，缺乏历史与哲学维度的纵深考察，而对文学本质的重新言说及其本质观重建是否必要与如何可能等当代中国文论建设的理论命题，也有待作出更富有建设意义的深层探讨与理论前瞻。

二

正是基于上述研究现状，我们认为对文学本质及其本质观的理解与认识，有两方面的问题值得作出更为深入的理论追问、澄清与探寻：一是从历史与哲学维度（特别是在中西比较基础上），进一步厘清当代中国文论知识生产的本质主义症结所在，即它要反思并应该反思的是何种中国语境意义上的本质主义。二是在此基础上，进而对当代中国文论知识生产的困境作出应对思考，并为其理论重建及走向提出相应的理论设想。

对于前一方面的问题，笔者曾撰文通过与西方认知理性意义上的形而

---

① 曹顺庆、文彬彬：《多元的文学本质——对本质主义和建构主义论争的几点思考》，《文艺争鸣》2010 年第 1 期。

上学传统相区分，指出反本质主义把当代中国文论知识生产症结，简单等同
于西方形而上学传统的那种"真理"意识形态元叙事模式（以认知理性意义
上的形而上学为基础）的本质主义观念及其思维方式，是一种"错位"的归
结，并形成对真正症结，即政治意识形态元叙事模式（以政治伦理意义上的
形而上学为基础，尽管也获得西方"知识论"的"逻辑"支持）的本质主义
观念及其思维方式的"遮蔽"，而不利于对其进行深刻解构。① 这是必须首
先予以厘清的，因为若不是对"症"下"药"，其有效性都是值得怀疑的。
这种中国文学的本质主义观念及其思维方式，作为一种政治意识形态元叙事
模式，是由政治意识形态所主导，并获得政治伦理意义上的形而上学传统
的背后支持（尽管在不同历史语境与时代要求下具有不同的特定内涵）。金
观涛和刘青峰曾分析过中国传统社会的政治结构和意识形态结构的同构关
系②，这种同构关系，正如李泽厚所言，它是"通过以伦理（人）——自然
（天）秩序为根本支柱构成意识形态和政教体制"，并"由一种不可违抗的天
人同一的道德律令展示出来"，"形成中国式的政教合一"，并提升到"宇宙
论"的高度，③ 从而获得某种普遍必然的存在依据，这就是中国政治伦理意
义上的形而上学传统的实质所在。而正是由于这种政治伦理意义上的形而上
学传统及其政教合一结构，所以要动摇旧的政治秩序就势必需要破除相应的
意识形态信仰，并予以重构，而为新的政治秩序的重建提供与之内在一体的
支持。而正是在此意义上，中国现代政治革命在事实上只是置换了政治结构
和意识形态的时代内容，其现代政治秩序的重构，在政治结构和意识形态结
构高度统一的传统模式上，并没有发生根本改变。有不少人论及苏联模式对
当代中国文学本质观念从反映论到审美意识形态论的影响。我们认为，这只
是外因，而正是这种政治伦理意义上的形而上学及其政治结构和意识形态结
构高度统一（政教合一）的传统模式，在国家意志的背景下赋予政治意识形
态以其特定的时代内涵的同时，使高度政治化的苏联模式在当时被接纳过来

① 李自雄：《当代中国文学理论反本质主义批判的批判》，《学术探索》2009 年第 3 期；《反
本质主义的"错位"与文学本质的重新言说》，《汕头大学学报》（人文社会科学版）2010
年第 5 期。
② 金观涛、刘青峰：《兴盛与危机——论中国社会超稳定结构》，（香港）香港中文大学出版
社 1992 年版，第 196—199 页。
③ 李泽厚：《论语今读》，安徽文艺出版社 1998 年版，第 7 页。

是那么顺理成章。

　　在对上述前提性的问题作出厘清之后，那么，第二方面值得思考与探讨的问题，即是：当代中国文论知识生产的出路何在？文学本质的重新言说及本质观的理论重建是否必要？如何可能？这些问题就成了当代中国文论建设必须思考和回答的问题。

　　正如我们前面所提到的，对于这一理论重建问题，有反本质主义者的"建构主义"思路，还有"关系主义"、"穿越主义"等主张，但都值得进一步商榷。在此，先说反本质主义者的"建构主义"思路。我们知道，反本质主义者是不满于当代中国文论知识现状而对本质主义文学观念及其思维方式展开清理与解构的。尽管如上文所述，他们的这番清理与解构还不够彻底，而需要作出必要的再清理与澄清，但正如他们所认为的，解构的目的是为了重建。① 他们反对企图对文学作出"一劳永逸"的揭示，其本质在于历史建构，并以此为自己是"'反本质主义'，而不是'反本质的主义'"② 作出辩护，而由此提出了一条"建构主义"的理论重建思路。但这一理论"重建"③，正如有学者所言，"不是从文学文化现象出发提炼理论"，"而是以先在的文学理论问题为构架，然后寻找中西文献资料予以填充"，"文学理论知识反而被解构为碎片"，"看上去像一部中、西文学理论专题资料汇编"。④

　　不难看出，在反本质主义者所谓"建构主义"理论"重建"过程中，不仅摧毁任何形式的本质，而且也不再对文学作出任何形式的本质重新言说，或者说没能对文学作出某种本质的重新言说，"虽然声称是建构"，但得到的只是"一种知识的集合"，而对当下文学理论的建构"并没有提出任何实质性的意见"。⑤ 而这样的问题也同样存在于另一种重建思路，即"关系

---

① 陶东风：《文学理论基本问题·导论》，北京大学出版社 2004 年第 1 版、2005 年第 2 版、2007 年第 3 版、2012 年第 4 版。

② 陶东风：《文学理论：建构主义还是本质主义？——兼答支宇、吴炫、张旭春先生》，《文艺争鸣》2009 年第 7 期。

③ 陶东风：《文学理论基本问题》，北京大学出版社 2004 年第 1 版、2005 年第 2 版、2007 年第 3 版、2012 年第 4 版。

④ 章辉：《反本质主义思维与文学理论知识的生产》，《文学评论》2007 年第 5 期。

⑤ 曹顺庆、文彬彬：《多元的文学本质——对本质主义和建构主义论争的几点思考》，《文艺争鸣》2010 年第 1 期。

主义"之中。这种重建思路，与反本质主义者对待"本质主义"的态度颇有不同，指出"必须有限度地承认'本质主义'的合理性"，对文学及其界定持历史合理性的观点，认为"文学必须置于多重文化关系网络之中加以研究，特定历史时期呈现的关系表明了文学研究的历史维度"。① 这在很大程度上避免了观点的偏激。但让人未免遗憾的是，这种"关系主义"的理论"重建"②，主要以西方理论特别是西方现代理论作为思想资源，满足于对文学理论概念与范畴进行某种"文献式"的阐释。而这也导致它与反本质主义者的"建构主义"理论"重建"一样，不是从具体的生活现实与文学现象出发，而是以先在的文学理论问题为框架来组织文学理论知识，进行相关文献资料的编排与解释，也同样没能提出新的文学理论知识与新的文学本质规定。

那么，这是不是说在文学理论的重建上就不需要对文学作出某种本质言说了呢？对于这个当代中国文论在其理论重建过程中不容回避的问题，"穿越主义"的重建思路，也许不乏启发意义。这种观点指出，"一个没有真正告别'意识形态'思维、而且不自觉地以'新意识形态'代替'旧意识形态'的民族"，不能轻言放弃"对文学独立的本质性理解"，而要对传统中西方文学"本质论"实现"穿越"，以建立中国文学本质观的当代理论形态。③ 尽管这种重建路径究竟如何实现"穿越"以落到真正的理论重建层面，似乎始终是个让人费解的问题，但它所表现出的"中国问题"意识与对文学本质言说之必要性的审慎态度，却应引起重视。以此为考量，我们认为，进行当代中国的文论重建，有必要弄清有关文学"本质"的一些基本问题，亦即：文学是否有本质？对文学作出某种本质言说是否必要？如何可能？

三

关于文学有无本质的问题，学界有着不同观点。一种看法是认为文学

---

① 南帆：《文学研究：本质主义，抑或关系主义》，《文艺研究》2007 年第 8 期。

② 南帆：《文学理论新读本》，浙江文艺出版社 2002 年版；《文学理论》，北京大学出版社 2008 年版。

③ 吴炫：《当前文艺学论争中的若干理论问题》，《文学评论》2008 年第 4 期。

是有其本质的，并且是一元的，即所谓一元本质论文学观念。这种一元本质论，尽管在自身范围内，触及文学本质的某些层面，但却力图以此来代替对文学全部本质的概括，无疑存在以偏概全的缺陷。① 正是基于此，依据恩格斯特别是列宁"多级本质"观点，有学者指出，文学也是一个"多层次、多本质"的结构，"文学的本质是系统本质"，② 是一个多元本质的系统构成。这作为一种多元本质论文学观念，避免了一元本质论的偏狭，但与后者一样，都是以承认文学本质的存在为前提的，而另一种文学观念，即反本质主义文学观念，则否认了这个前提。诚然，综观中西历史，包括当代中国，对文学本质的揭示与描述，其显然都是基于一种形而上学意识形态的"完美"假设，在此意义上，历史表现为波林·罗斯诺所谓的逻各斯中心，它在造就"神话"的同时，也就成了"意识形态和偏见的源泉"。③ 但需要明白的是，并不能因此就认为文学的本质仅仅就是意识形态的历史建构，④ 从而否定文学本质的存在，或是不再对文学作出某种本质言说。那么，究竟应该如何理解文学的本质呢？

对此，我们认为，正如有学者所指出的，应作两个层面的理解，"在作为基础的现实层面上，文学具有现实意义，主要是意识形态。文学的现实层面是历史地变化着的，现实意义是历史性的意识形态"，而在超越现实的审美层面上，文学具有超越现实与历史的审美意义，它"作为自由的生存方式和体验方式，是对意识形态的超越"，⑤ 因此文学既具有历史意义，即其意识形态意义与本质，又具有超越历史的意义，即其审美本质。可以说，文学是有本质存在的，并需要予以一定历史条件的意义言说。况且，人的存在要通过自我确认，"不同时代的人需要不同的文学样态诠释自我"⑥，并需要一种

---

① 钱中文：《文学原理——发展论》，社会科学文献出版社 1989 年版。

② 陆贵山：《试论文学的系统本质》，《文学评论》2005 年第 5 期。

③ ［美］波林·罗斯诺：《后现代主义与社会科学》，张国清译，上海译文出版社 1998 年版，第 93 页。

④ 陶东风：《文学理论基本问题·导论》，北京大学出版社 2004 年第 1 版、2005 年第 2 版、2007 年第 3 版、2012 年第 4 版。

⑤ 杨春时：《后现代主义与文学本质言说之可能》，《文艺理论研究》2007 年第 1 期。

⑥ 赵大军：《被"自定义"的文学——透视"文学本质"的虚构性》，《吉林大学社会科学学报》2008 年第 2 期。

"自我"本质的重新言说来实现，否则，就会导致自我走向无所归依的虚无深渊，这也是反本质主义之后不再作出任何形式的本质言说，势必造成虚无主义后果。所以，反本质主义之后的当代中国文学理论也理应是一种"自我"本质的重新言说，而这种言说在我们现在这个日益多元化的时代，无疑又应是充满个性的，是一种开放而多元的本质个性化言说及本质观的理论重建。①

总之，十余年来反本质主义在中国文论界所引发的理论探讨，它促使我们对当代中国文学理论知识生产的本质主义症结进行深刻反思，并不能将其简单归结于等同西方形而上学传统的那种"真理"意识形态元叙事模式（以认知理性意义上的形而上学为基础），而在于政治意识形态元叙事模式（以政治伦理意义上的形而上学为基础，尽管也获得西方"知识论"的"逻辑"支持）。并且，当代中国文学理论在反本质主义之后，也不应走向极端解构，而应进行开放而多元的本质个性化言说及本质观的理论重建，并有利于当代中国文论知识生产走出政治意识形态元叙事模式（以政治伦理意义上的形而上学为基础）的本质主义观念及其思维方式。但要指出的是，它需要摆脱的是这种本质主义束缚，而不是说它与政治意识形态没有关系，相反，文学自主性诉求及其本质个性化言说，正表明了它自身对政治意识形态的一种态度与关系，就此而言，在当代中国公民社会渐趋形成——这一新的历史语境下，这种诉求与言说，更显示为一个"公共政治"问题，只是这种政治层面的意义，不是再受从于现存政治意识形态元叙事模式（以政治伦理意义上的形而上学为基础）的单一控制，而具有"作为公共领域自由行动"的意义②，从而推进当代中国社会文明进步与人的自由健全发展，这也是马克思主义人学的终极目标，亦应是这种多元发展的主导倾向。因此，我们主张进行开放而多元的本质个性化言说及本质观的理论重建，并不意味着没有主导的取向而走向理论上的混乱，是为一种"主导多元"的理论构建。唯此，才能避免新的理论误区，并有利于当代中国文学理论的重建与发展。

（原载于《文艺理论与批评》2012 年第 6 期）

---

① 李自雄：《论反本质主义之后的文学理论重建》，《文艺争鸣》2012 年第 1 期。
② 陶东风：《重建文学理论的政治维度》，《文艺争鸣》2008 年第 1 期。

词语意象特征"指向"抽象特征本质分析

——海德格尔语言之思对词语研究的启示

张福海

海德格尔在其诗性的语言之思中，将语言视为"存在之家"，并将语言与诗性存在紧密地联系了起来，而且他在对语言的研究中特别地重视词语，这些都为语言文学的研究提供了积极的启发。在他那里词语创生的是一个世界，在词语中有着世界的聚集与敞开，将此种词语的聚集性称为词语的关系质。笔者将从词语的关系质出发，对词语的生成性进行分析，此即"词语意象特征'指向'抽象特征本质分析"。

一、对"词语意象特征'指向'抽象特征本质分析"的解析

词语是基本的语言单位，它具有关系质，是因为它本身处于语汇系统中，如单从语义来看处于一定的语义场中，扮演着许多角色，正如在世之人。因此，在海德格尔那里才会有词物相生的思想。词语是人对世界认识成果的巩固。随着人们对世界认识的逐步加深，词语的数量也会趋于增多。人们是如何利用已有的词语描绘新事物，或利用旧有词语创造新词指称新事物，这里面有什么规律可循，本节将通过分析个别典型词来进行探讨。

人们认识世界的过程先是从感性认识开始的。毛泽东在《人的正确思想从哪里来的?》一文中说："人们在社会实践中从事各项斗争，有了丰富的经验，有成功的，有失败的。无数客观外界的现象通过人的眼、耳、鼻、舌、身这五个官能反映到自己的头脑中来，开始是感性认识。这种感性认识的材料积累多了，就会产生一个飞跃，变成了理性认识，这就是思想。"人

的思想是由感性认识上升到理性认识，那么记录这一思想的词语也应该具有这一特征。把感性认识的结晶用意象代替，把理性认识的成果用抽象来表达。那么，词语是怎样反映这一认识过程的呢？

首先我们要对"词语意象特征'指向'抽象特征本质分析"的此种分析方法组成要素进行解析：

意象乃艺术之范畴，艺术与人相关，人与生存相关，"此在"生存于世界之中①。而艺术的核心是意象，自然、文学作为艺术的一个高级门类必然也与意象情同手足。意象是一种在心理中呈现出来的审美表象系统，含表达思想感情的意和由想象而来的感性之象，是意与象的融合，可分为仿象、兴象、喻象、抽象等②。

"词语意象观"是指要用意象的视角去透视词语。词语是构成语言的基本材料，而意象是文艺范畴，但可以将词语与意象结合起来，将词语变成了意象的外在物质符号形式。由此观之，每个词语就是一部历史，或从更小的范围来审视，它也至少是一幅画面。而这也正是海德格尔的词语生物的思想，在词语中创生着物，进而通过所创生的物聚集出一个历史性的世界。

之所以要将实际事物用意象法来分析，是因为现实的逻辑带有多面性、多角度性、复杂性。但艺术意象则具有相对的指向性、单纯性、单角度性。如果用意象特征来研究，则不会拖泥带水，而会更快更集中地把握其本质特征。在这一点上，意象特征更侧重于深度及内在本质的指向性。

当人们见到"绿草"、"绿叶"、"绿森林"这些物象后，通过自己眼睛形成了对这些事物的视觉特征的认识，并通过大脑的分析，用一种"抽象质"——"绿"固定下来。"绿"是什么呢？"绿"就是对"绿叶"这一物象的颜色特征分析后形成的抽象特征本质。为研究方便，可以用代数和几何的思想及方法来表达这种"抽象特征本质"。如"绿叶"的抽象特征本质可用代数"a"来表示。"方圆"的抽象特征本质可用几何图形"○"来表示。"指向"内涵中包含着"等质过渡的意思（后文中会有阐释）。"意象特征"还具有感性，而"抽象特征本质"则具有理性，将感性导向理性，以由规则驾驭

---

① [德] 海德格尔：《存在与时间》，陈嘉映、王庆节译，三联书店 2006 年版，第 63 页。
② 蒋孔阳、朱立元主编：《美学原理》，华东师范大学出版社 1999 年版，第 230 页。

无规则则是"指向"的核心用意所在。

二、词语意象特征"指向"抽象特征本质分析例析

1. 对名词性"花布"与"旭日升冰茶"的分析

对于"花布"的分析。布作为一种物从材料角度界定，它的"指向"特征是"花"。也就是说它的意象特征是花。而"花布"前面的"花"并不是我们所见的那一朵朵花，而是一种从万千朵花中抽象出来的花的"抽象特征"。这种抽象特征在人们视觉中枢中的感觉质，便是抽象特征本质。"花布"的"花"可以看作是布的"指向"特征，同时又是日常生活中"花"的抽象特征。在日常见到的五颜六色、姹紫嫣红的花形态各异，但从大部分普通花来讲都具有色彩的不单一性和形状的非平面性。人们的视觉感官眼睛接触到这些在视觉神经上形成的对花的特征，主要是对颜色的特征的抽象认识，即形成了"花"的抽象特征本质（b），而现在当人们又见到布上的花纹颜色时，布的花纹颜色光线作用于人的视觉，人的视觉神经中枢便又形成了一个对布的花纹颜色的抽象特征本质（B）。由此，人们便很容易用已经司空见惯、习以为常的花的抽象特征本质（b）来形容人们初次需要意识并进行命名鉴别的布的抽象特征本质（B），从而完成了形象的逻辑推理。

对于"旭日升冰茶"的分析。茶从温度上设定了一个特征：冰爽＝（c），这个意象特征是从温度方面给定的，从感官上说是从触觉。为什么要分析感觉，因为意象特征形成中其首要使者便是眼、耳、鼻、舌、身五官，而词语的根本特征就是从感官性发展而来的，词语是反映人们认识客观事物情况的，而这一过程中首要离不开的便是感官。马克思说："五官感觉的形成是迄今为止全部世界历史的产物。"① 也可以说，词语史的形成是人类五官发展的结晶。而"冰"这个意象，从触觉、温度等角度设定一个特征，即抽象特征本质＝（C），而（c）≈（C），所以便很容易使两个意象连在一起，虽然是"冰＋茶"——从字面上看，实际上"冰"只代表了它的一个抽象特征本质，也就是说在词语"冰茶"中，"冰"作为一个"符号"，其能指是

---

① 《马克思恩格斯全集》第 3 卷，人民出版社 2000 年版，第 306 页。

"冰"，但其所指是人大脑感觉神经中枢从触觉上感知的具有冰味的一种抽象本质，等等都可做如此的分析。

以上所分析的都是名词性的词或词组，其里面的词或组成词组的意象特征"指向"抽象特征本质的分析，而且其语法结构具有修饰与被修饰——偏正式的特点。其实这种特征在中国古代的象形文字中是最为普遍而又明显的。在古代汉语文字中，单个的字往往就是一个能独立表义的词，而这样的词是最能体现出词语的意象特征"指向"抽象本质的特点的。举一个简单的例子："木"由形可识义，它是对一棵树的最大抽象，木的象形字的写法便凸显了树的抽象本质，而这在鱼、水、火等古代象形字的写法中都有比较显明的体现。除名词之外，笔者还将对动词以及形容词、句子、句群进行此种分析。

2. 对动词、形容词、短语、句子及句群的分析举例

对动词的分析，将举"深爱"例子。"深爱"，爱是一种意象具有动词性，但为什么前面可以加上一个形容词"深"呢？如果分析名词的话如"深水"凭五官可以理解。但爱属于动词，表示一种心理活动，那么，它的意象特征是怎样"指向"的，其抽象特征本质又是什么？"我深爱我的祖国"。当"我"处于这样一种感觉状态时，"我"的整个身心都处于一种深沉的状态，而这种感觉，正仿佛人下到深处游泳时整个身心在深水里所处的那种状态和感觉，这种感觉具有相似性或等质性。也即从感觉上形成的抽象反映质（d）和从触觉上形成的抽象反映质（D）具有相似性，可以称之为等质性。这样，它们便可在意象特征所"指向"的抽象特征本质上实现过渡。这样触觉上形成的抽象特征本质（D），便过渡到了感觉的抽象特征本质（d），成了"爱"的意象"指向"特征。

当然，还可以将这种分析方法用于部分形容词的分析。在对形容词的意象特征"指向"抽象特征本质分析中，会将图式符号引入分析。在日常中，有时候我们可以用"↓"表示深远，用"↑"表示直挺，用"→"表示笔直。用最抽象的符号来代表其意象特征"指向"的抽象本质。如笔直是一些事物的意象特征"指向"抽象特征，而这种抽象特征其本质可用符号"→"来代替。此种研究有利于实现感性与理性的结合。如山上一词。

设"△"为一座山，当人的视觉接触到时，因为人的眼睛是三维立体的，近似于空间几何体，所以山上就可以"△↑"来理解。山上、树上、车上、路上、鞋上即用代数的思维"A"上。代数和几何"A↑"这个符号代表了所有具有"上"这一特征抽象本质的事物意象特征。

成语是词语中非常特殊的类别，但在其分析上，所用的方法是一样的。如成语安如泰山、泰山北斗、泰山压顶、泰山其颓等。这些成语的核心语义都围绕泰山，理解了泰山也就理解了这些词的基本义。人们去泰山，在头脑中形成泰山的意象。既有象，又有意，象的特征是高大，而意的特征是庄重有名、令人起敬。也就是说泰山意象特征"指向"的抽象特征是［＋高大］［＋庄重有名］，而这在人的头脑中便形成了泰山的意象特征"指向"抽象特征的感觉质［＋高大］和抽象特征的认识质［＋庄重有名］。

安如泰山，由［＋高大］派生出［＋稳重安全］，"安"即安稳，安稳如同泰山。也就是安稳在大脑中形成的抽象质（d）同泰山中人们所感觉而形成的抽象感觉质（D）相似，即具有相同质、等质性。(d)≈(D) 从而能实现等质过渡，使（D）成为（d）的抽象感觉质，从而实现了泰山的意象特征的"指向"。

将其用公式分析为：泰山（包含）泰山感觉特征——泰山的感觉特征形成大脑刺激信号≈a≈"安"，感觉特征大脑刺激信号形成的抽象质——"安"的抽象特征（包含于）安。等质过渡后，则有：泰山（包含）≈a≈（包含于）安。从而使感觉质过渡后，泰山的抽象特征本质可以变成"安"的抽象特征本质，也就是说泰山的抽象特征本质还原为泰山意象特征可"指向""安"的抽象特征本质。这一过程就是语的意象特征"指向"抽象特征本质分析。

词语是语言符号的一种，上面说的是词语形象特征与抽象特征在词语符号上的结合，而这一研究又涉及形象思维与抽象思维在语言符号上结合的特点。不仅词语是符号，短语也可以看作是更大意义单位上的符号，从而可以将这种方法推广到短语。如"一片丹心向阳开"。"心""指向""丹"的本质特征是红色，红色又"指向"忠诚。"阳"即"太阳"，是喻象，可近似"指向"内在抽象本质特征"党"。"心"还有一个特征是"指向""一片"，即其特征抽象质是单一，即体现为数量，只具有指示性，不具有思维特征。

"开"其意象"指向"特征为开放，而放在这一句话中则具有 ［＋欢迎］［＋忠诚］的特征。可以看出这一句话中关键词"丹心"、"阳"、"开"都有朝着 ［＋忠诚］这一所有意象特征的抽象质。当然，抽象其实也可以叫作超意象，所以这一句话中的主要词其意象特征"指向"抽象特征本质为 ［＋忠诚］，即此短语超意象特征"指向"抽象特征本质为 ［＋忠诚］，从而确定这一短语的核心主旨为 ［＋忠诚］。

再如"红岩上红梅开"，先将其分成三个意义单位。第一个"红岩上"，第二个"红梅"，第三个"开"。"红岩上"的超意象质为抽象文化质 ［＋革命环境］，而"红梅"的超意象质为 ［＋革命素质］，而"开"的超意象质为 ［＋成长］，自然这一短语的超意象质便是 ［＋革命环境中成长革命素质］。

由短语再将这种方法扩展到句子、句群，即更大的语言单位。如《红梅赞》："红岩上红梅开，千里冰封脚下踩，三九严寒何所惧，一片丹心向阳开。红梅花儿开，朵朵放光彩，昂首怒放花万朵，香飘云天外，唤醒百花齐开放，高歌欢庆新春来。""红岩上红梅开"具有 ［＋发生］质，"千里冰封脚下踩"具有 ［＋勇敢］质，"三九严寒何所惧"具有 ［＋勇敢］质，"一片丹心向阳开"具有 ［＋忠诚］质，"红梅花儿开"具有 ［＋发生］质，"朵朵放光彩"具有 ［＋美好］质，"昂首怒放花万朵"具有 ［＋盛开］质，"香飘云天外"有 ［＋盛开］［＋美好］质，"唤醒百花齐开放"具有 ［＋带动］［＋奉献］质，"高歌欢庆新春来"有 ［＋盛开］［＋迎新］质。所以 ［＋发生］［＋勇敢］［＋忠诚］［＋发生］［＋美好］［＋盛开］［＋盛开］［＋美好］［＋奉献］［＋带动］［＋盛开］［＋迎新］。从这些子抽象质即子超意象质中把握出其超统率质 ［＋向上］［＋乐观］。

三、以上分析方法的应用意义

"文学是语言的艺术"，是说人们能用语言本身的那种符号特质，实现对客观世界、主观世界的一切美化反映。但也可以说，语言是文学的积淀，特别是词语，更是文学的积淀。海德格尔对语词的推崇与研究正说明了词语在对人之历史性生存的巨大意义，而且他还在对古希腊词语自然、无蔽、逻各斯等等的词源学的探究中来追问存在的源初意义，这些都说明词语在人类的历史性生存及思维中的重大意义。

再者，以上分析方法有利于深化人们对词语的感悟。如通过分析会发现每一个词语都是社会的一个小特征，它们从某一角度或某一层面反映了历史社会生活，反映了与人有关的一些情况，从而会将词语放在历史时空、社会时空中去学习，给词语记忆理解提供良好的思维背景，从而促进词语的全面、深入理解。如布鞋，看到这个词一般人都会想到自己见到的一双朦胧、模糊的布鞋。而如果用此种分析方法，将鞋看作一个具有关系质的事物，而关系质就是所具有的社会质、历史质，从而突破了时空界限，你会想到是三国时的或江南地区的鞋。而且将布还原，从材料上还原，将其还原为一个材料特征，但如果将材料特征再还原为布的本体多样性特征，便会有所发现，会想到布鞋上有花纹或布鞋是红色。而且由于布料的类别不同，自然鞋的类别也千差万别，从而使大脑在更大更广的思维认知背景上去感知，必然会增强认知记忆力，促进通过实际理解语言的能力的发展。

如果多次反复大范围、多词语、多种类研究，就仿佛可以摸到语言特别是词语反映事物的规律，即感觉相似质规律、通感规律。如鸿沟，沟的视觉特征大，而鸿其视觉特征也是大，这就是视觉相似。金声玉应，声音好听，通过听觉，而开心锣鼓则从听觉和感觉上通感。

海德格尔的语言之思得益于胡塞尔现象学的意向性之启发，在生存域中，它所含的意思就是事物总是在关系域中生成的，语言具有关系质。同时海德格尔的语言之思也是极具历史性的，这也是在理解词语时总是以社会历史为背景的原因所在。而正是利用此一关系质和意象性中的"指向"性来进行的词语意象特征"指向"抽象特征本质分析，同时又在存在历史生成的层面上来理解词语的。在其中，抽象与形象互为本体又互为特征。之所以不仅能对名词进行意象特征"指向"抽象特征本质的分析，而且对动词和形容词以及短语都能进行分析，是因为任何词语的产生都是一个发生事件，都有其自身历史、社会的生成根源。

语言符号具有人之此在的存在根底。词语和人一样具有关系质，人"此在"着，正如符号"指向"着。人在朝向未来中筹划存在，而符号也总是在不断地"指向"中存在。尽管在海德格尔那里反对符号论语言观，反对把语言只是当成一种信息交流的符号，但是在此一点上不是在符号意义上来思考的。语言是一种符号，但却是一种不断地处于历史与世界的生成中的符号，语言符号也是自然、社会中关系的总和，它在其"指向"性的存在中具有了关系质。语言符号的"指向"性存在功能给出了语言符号的关系质。如果将人的生存的意象性与语言符号的"指向"性、关系性关联，就可以将语言的研究同人的研究结合在一起。而在人的研究中，极为重要的是美学性研究，因此语言学与美学在人文学科研究的根底性上是相通的，在彼此的研究中是互需的。而"词语意象特征'指向'抽象特征本质分析"就立于此一互需的"之间"区域中。

当然，词语意象特征"指向"抽象特征本质的分析方法具有很大的局限性，研究正处于初级层次和低级水平阶段，采用哪一种词语分类法会更有利于此方法的拓展运用尚未成形，而且以上分析的例子具有个别性，如何拓展到更多的词语，这都是以后研究的方向所在。

（原载于《云南社会科学》2012 年第 2 期）

读者理论的重建

——以《锦瑟》的阐释为例

刘毅青

西方哲学解释学是以读者为中心的理解观，对后现代的解释学观念也发生了深刻的影响，但是读者中心论对作者意图的摒弃带来诸多弊端，面临着"过度诠释"的困境，最终导向一种虚无主义的哲学立场。中国传统的解释学是以作者为中心的，强调知人论世，视作者的意图为解释的中心。与此相应，其史料的考证、背景的重建成为解释的主要工作，传统文学解释学的这种考证则将文学作品的虚构与现实、想象与真相之间的界限混淆了，导致作者意图与文本意图的冲突，最终使得文学研究与文本解释走向了一个实证化的僵化理解。这即排斥了新的解释的可能，又丧失了文学解释所必需的审美性。徐复观、龚鹏程都自觉不自觉对此作出了修正。他们在中国传统解释学的基础上，结合现代的文学理论思想，对传统文学解释活动中对作者与文本作者视为同一的观点进行了反省，强调文学作品中虚构作者形象与现实作者经历之间的不同。但同时，他们仍坚持作者意图在理解中的地位。我们认为这种中西、古今解释观的融合，对于推动我们重建合理的读者理论有着极大的启示。在此我们以李商隐的《锦瑟》诗作为例展开论述。

一

锦 瑟

锦瑟无端五十弦，一弦一柱思华年。

庄生晓梦迷蝴蝶，望帝春心托杜鹃。

> 沧海月明珠有泪，蓝田日暖玉生烟。
>
> 此情可待成追忆，只是当时已枉然。

　　李商隐的《锦瑟》大概是在中国文学中最费解、最具争议性的诗，顾随先生为此说过这样一句很斩截的话："若令举一首诗为中国诗之代表，可举义山《锦瑟》。若不了解此诗，即不了解中国诗。"① 从《锦瑟》问世后千百余年间，对他的注释以及研究集中了很多的文学研究者，包括宋代诗人苏轼、黄庭坚、金代的元好问、明代的王渔洋；近代有著名学者梁启超、钱钟书、徐复观、文学家王蒙、李国文、郑敏等，这样的名单还可以继续不断地拉长。或许我们可以认为，《锦瑟》的解释所构成的诠释可谓纷纭多岐、层出不穷，已经使得它被过度阐释了。正因为这首诗所引起的研究构成了文学解释的独特现象，可以成为文学解释学的一个范例。

　　大致说来，对《锦瑟》主旨——作者意图的理解大约有 65 种之多，这些解释可以归为五类：有认为该诗意在悼念亡妻，有主张为客中思家，或实为咏瑟，或锦瑟是令狐楚家侍女的名字、思忆旧情，有慨叹怀才不遇自伤之说，有人生如梦之说，又或忧国思家等等。总之，《锦瑟》主旨引发的争议让人感叹"一曲锦瑟解人难"（王渔阳），"独恨无人做郑笺"（元好问）。

　　近代以来的学者，鉴于李商隐诗歌，尤其是《锦瑟》解释史上所面临的困境，都采取了读者中心与文本中心。著名的学者和文学家梁启超是这样理解李商隐《锦瑟》诗的解释的，他说："义山的《锦瑟》、《碧城》、《圣女祠》等，讲的什么事，我理会不着。拆开来一句一句叫我解释，我连文义也解不出来。但我觉得它美，读起来令我精神上得一种新鲜的愉快。须知美是多方面的，美是含有神秘性的。"② 文学家李国文对梁启超的观点做了进一步的论述，认为："这首七律，凝缩着诗人匆匆一生里的跌宕流离的命运，失落沮丧的际遇，讳莫如深的情感，梦幻绮丽的爱恋……这一切，又如同他名姓中的那个'隐'字一样，影影绰绰，朦朦胧胧，依稀仿佛，似有似无，感觉得到，捉摸不住，可以意会，不可言传，那美学境界吸引着千百年的中国

---

① 顾随：《顾随诗词讲记》，中国人民文学出版社 2006 年版，第 195 页。

② 梁启超：《梁启超美学文集·中国韵文内所表现的情感》，浙江大学出版社 2009 年版，第 217 页。

读者。"① 在他们看来，对这首诗本意的探求与诗歌的欣赏之间并没有必然的
联系，读这首诗的人都被它里面的意境所折服，完全可以从个体的感情遭遇
入手来理解它，而无需对这首诗作者以及其背景有所了解。在他看来，"这
些所谓的评论家、注解家、研究家、编纂家，很大程度上类似《水浒传》里
孙二娘和张顺在十字坡开的那爿黑店里，所雇用的操刀伙计，无论什么文
字、什么作品，只消到得这班职业杀手的刀下，犹如摆放在案子上的那位吃
了蒙汗药的武松，等待着的便是大卸八块的命运。一部文学作品，经得这等
人的剖解，肥肉用来剁馅，瘦肉用来切臊，骨头扔进锅里熬汤，杂碎推去案
下喂狗，支离破碎，零七八碎，血肉横飞，不成样子"②。李国文反对具体感
性的文学被考证与分析弄得干瘪，具体的人生感受和体验被肢解为片段的事
实。在他看来，对于文学作品，最合适阅读方式应该是：以自身经验去体验
作者的生命，去感受作品的深层情感。既然艺术是生命的表达，这只能够去
体验，去感受，而不能被逻辑化。显然，这是欣赏立场基于一种读者中心
论，它在强调读者对诗歌鉴赏以审美体验为中心的同时，也将理解过程中对
作者原意的探寻活动与审美对立起来。但是，作者意图与诗歌的欣赏之间有
无关系呢？是否对诗歌的审美感受无须关注作者意图，仅仅从文本本身出发
就足够了呢？或者说，对文学作品的审美阐释，可以完全离开了对作者心灵
世界的理解，放弃对历史背景的还原呢？

　　首先，正如徐复观所言，对于文学作品而言，文学作品的价值首先在
于其具有的审美性。就《锦瑟》来说："我在这里首先提出一个问题是：为
什么一千多年以来，多少人对于一首不懂的诗、懂错了的诗，却偏偏爱好
它、眷念它，只要稍稍有点诗的修养的人，读了它以后，总不能不承认它是
一首好诗呢？若说完全是出于好奇心，则历史上不是出了些古怪难懂的东
西，例如欧阳修所呵斥的一类文章，为什么早在历史之流中淹没掉了呢？"③
也就是说，《锦瑟》所引发的不断解释，首先来自这首诗本身给予读者的审
美性。《锦瑟》所带来的考据与历史倾向，来自《锦瑟》具有的审美感染力

---

① 李国文：《梁启超怎么读李商隐的〈锦瑟〉》，《南方都市报》2004 年 12 月 2 日。
② 李国文：《梁启超怎么读李商隐的〈锦瑟〉》，《南方都市报》2004 年 12 月 2 日。
③ 徐复观：《环绕李义山（商隐）〈锦瑟〉诗的诸问题》，载《中国文学论集》，上海书店
　 2002 年版，第 277 页。

与其主旨的隐晦含蓄之间的张力，《锦瑟》的美感吸引着人们试图更为清晰地或更为确切地理解诗人内心的真实意图。正如徐复观所言，"不过，对于感觉有意味的事情，想诉之于理智，以求知道一个究竟，这也正是人情之常。理智与感情，性质不同，形态各异，功用互殊，不可相混，但并非如今日有些人一样，以为二者都是两条死巷，必须互相排拒到底，而认为绝对不可以相通的。感情可以诱发理智探索的动机，理智也可以当作感情真伪浅深的考验。二者既统一于一个人的生命之中，其发用固殊，但由彼到此、由此到彼，在人的生命中常能得到自然的'换位'。只要有换位的自觉，则二者不仅互不相妨，而且也可以互相增强、互相补益。"① 日本美学家今道友信也指出，无论对任何作品，如果没有理性的理解阶段，就不能称其为欣赏。② 因为，美不仅是感觉到的，而且也是靠理性发现的，把依靠理性发现的美，叫作解释。③ 正因此，对艺术作品的理性的欣赏其实就是解释，即解释是通过一些方法，以艺术作品为基础，发现竟是价值的体验。在这个意义上，可以说解释是 inventio（发明）的体验，是在精神上开拓出走向价值道路的体验。④ 这就是说，为了更好地进行审美的鉴赏，我们必须付诸知性的理解与分析活动，审美经验不同于一般生活品味之处，就在于审美活动必然内在于认识活动之中。同时，语言不同于图像，语言的特性使得语言的审美必须通过语言的理解而发生，比如同样是幽默，语言的幽默较之于肢体的幽默就难有普遍的共同感，因为语言中所包含的深层次的幽默元素必须是浸淫于这种语言环境中才能有所领会，故难以被操持其他种语言者所理解。

二

中国传统关于《锦瑟》的解释，都以知人论世为主，多探求该诗歌的主旨（作者的意图），更有甚者以此探求本事，试图将这首诗坐实为具体的

---

① 徐复观：《环绕李义山（商隐）〈锦瑟〉诗的诸问题》，载《中国文学论集》，上海书店 2002 年版，第 276 页。
② ［日］今道友信：《关于爱和美的哲学思考》，王永丽译，三联书店 1997 年版，第 174 页。
③ ［日］今道友信：《关于爱和美的哲学思考》，王永丽译，三联书店 1997 年版，第 295 页。
④ ［日］今道友信：《关于爱和美的哲学思考》，王永丽译，三联书店 1997 年版，第 254 页。

事件与人物。而围绕着该诗主旨的研究，可谓众说纷纭，莫衷一是。与传统的解释大异其趣的是钱钟书，他的解释模式是文本的内证，较少将这首诗看作是李商隐身世与情感的写照，而将其确定为一首关于诗歌创作自况的诗，即一首关于诗的诗。钱钟书先生在《谈艺录》中对何焯、汪师韩、张采田等前人的种种不同的解释做了详细的辨析，认为诸说具有不确之处，未能做到圆融无碍。他独采程湘衡略比自序的开宗明义说，以此通解全诗。钱钟书的解释有关键的两点，一是《锦瑟》在李义山诗集中，作为编年诗本排在末尾，可见是其晚年之作。但在其本人晚年编定的《玉溪生诗集》中，却被置于卷首。在钱钟书看来，诗集的"排序"对于诗人而言并非偶然，必然有其合理的考虑。二是他主要根据诗句的意象与整体之间的照应来进行论证。张隆溪认为钱钟书的解释无法避免解释学的循环，不过这种解释学循环在张隆溪看来是一种良性的循环。在张隆溪看来，"证明一种解释的正确，要比证明它的不正确更难。批评家在《锦瑟》问题上的争论表明：所有的解释都不能摆脱整体与部分之间、种类假定与细节说明之间的阐释循环，正是这种循环使人对任何所谓绝对正确的解释均持怀疑的态度。诉诸作者的意图几乎不能解决任何问题，因为所谓作者意图，其实往往不过是解释者的解释，因而同样跳不出论证上的循环。"[1] 由解释学循环从而否定作者意图在解释活动中的中心地位，从而强调理解活动中的读者中心地位，这种观点的根据在伽达默尔的哲学解释学。

伽达默尔所代表的西方解释学，继承了从柏拉图以来，包括近代黑格尔精神现象学、胡塞尔现象学、海德格尔存在论等在哲学上对主体精神现象的关注，将其演化为解释学中的读者中心论的确立。无可否认，解释活动的核心是读者精神参与的过程，所以，解释学的根本问题必须涉及读者，读者成为解释的主体。但是，哲学解释学放弃将文本客观性作为理解的目的，将作者意图判为无法确定，最终导致了在"作者之死"名义下的读者中心地位的确定，也就否定了彻底还原作者意图的努力，同时也放弃了对文本客观性理解的目标。[2] 受其影响的接受美学更走向了一种彻底的主观主义，"读者

---

① 张隆溪：《道与逻各斯》，四川人民出版社 1997 年版，第 250 页。

② 在罗兰·巴特（Barthes）与米歇尔·福柯（Foucault）那里，"作者"更是在理论上被宣布"死亡"。

取向的理论从一开始就坦率地承认自身是一种主观主义形式"。伊瑟尔承认："审美效应理论的一个主要缺陷是把本文牺牲于理解的主观随意性中。"① 这就使得在理解与解释的活动中，作者的内心世界与其背景经历的探索成为可有可无的手段，不必进入到解释活动中。这样一来，读者以自己的理解进入文本本身的"解释学循环"，其理解也就是"瞬间的理解"，理解也就无法一次性完成，以实现所谓的解释的开放性。但是，以"作者意图"之缺席所释放出来的解释的开放性，不得不面临着"过度诠释"的困境，也就面临着解释是虚无主义的危机。正因为此，在关于解释学的德法之争中②，辩论双方德里达与伽达默尔在这一点上却是一致的，哲学解释学与解构主义形成了共谋，那就是都承认作者的原意是无法获知的，我们所知道的只能是文本，都以不可知的论调通向了相对主义。可见，"解释学循环"提出本身就有导向后现代的相对主义的可能性，我们无法再相信作者的意义。如果说，西方的读者中心论完全忽视作者对文本的影响，走向一阵任意的解释，其实也就是消解的理解本身。那么，传统的知人论世的缺陷就在于将文本的作者等同于现实作者本人，忽视了文学的虚构与想象。

《锦瑟》的诠释史就是一个很好的例子。虽然传统对李商隐无题诗尤其是《锦瑟》有不下几十种理解，但是诸多的解释基本上还是遵循传统的"知人论世"的理解模式，即历来的解释者大都将这首诗作为其自身遭遇的写照，强调其身世命运与历史背景与作品之间的关联，以此来厘定《锦瑟》的主题。总的说来，在李商隐的阐释史中，对作者意图的追寻，必然伴随着对作者身世以及历史背景的考索活动，而这种追索使得种种与此相关的考据成为解释中的重点。故此，以传统的史料考证为基础，以实证方法为进路的考据研究，构成了解释的主流。以西方解释学看来，这种考索殊为无益，理当被抛弃。

---

① ［德］伊瑟尔：《阅读活动》，金元浦、周宁译，中国社会科学出版社 1991 年版，第 31—32 页。

② 伽达默尔与德里达在福热教授（Philippe Forget）组织的以《文本与阐释》为题的研讨会（1981 年 4 月 25—27 日，巴黎歌德学院）上的相遇。两人在会上各发表了一篇论文，德里达对伽达默尔的论文提了几个问题，伽达默尔对德里达的问题作了简单的回答。参看［德］H. G. 伽达默尔、［德］卡斯腾·杜特《解释学与解构论的相遇》，《H. G. 伽达默尔与卡斯腾·杜特对谈录》，金惠敏译，《首都师范大学学报》（社会科学版）2004 年第 1 期。

文本内的意义总是指向文本外的，对文本的理解，不仅取决于对文本本身的探索，艺术的魅力恰恰来自言外之意，韵外之旨。因此，含蓄是文本的诱惑所在。深层的理解就是要探索文本之外的意义，关键是文本未说出来的东西。而对文本之外意义的考察，就必须要考察文本形成的过程及其背景，让文本呈现在一个社会与历史的背景中。徐复观认为，"诗虽然是感情的酝酿、升华，在酝酿、升华的过程中，逐渐摆脱了作者所遭遇的具体事物问题的胶固性、局限性，而只成为某种气氛、情调，但在这种气氛、情调中，依然含有引起与创作有关的事物和问题在里面。因此，要对某诗从理智上有确切的了解，势须掌握到此一诗的背景"①。因此，对作品相关背景的考证尤其必要，但问题就在于，传统文学解释学的这种考证将文学作品的虚构与现实、想象与真相之间的界限混淆了，导致作者意图与文本意图的冲突，最终使得文学研究与文本解释走向了一个实证化的僵化理解。这既排斥了新的解释的可能，又丧失了文学解释所必需的审美性。对此，徐复观有一个很好的比喻，他说："犹如葡萄酿成酒后，酒虽然表达出来时，已经不是葡萄，但酒究竟是由葡萄升华而来，所以研究酒的人必须先知道它的原料。但酒的原料容易知道，而一首诗的背景却不容易知道。"②正由于激发诗歌意象的原型如同葡萄，在形象化的过程中已经被消融在意象之中，这种艺术的处理就带有想象与虚构，我们无法通过考证将其具体还原为某个具体的本事。我们的问题是，对作者对作品意图的中心地位的维护，是否妨碍了读者解释的开放性与有效性。

中国传统的解释学是以作者为中心的，强调知人论世，视作者的意图为解释的中心，与此相应的，其史料的考证，背景的重建成为解释的主要工作。但这种考据的误区就在于没有区分文学作品中虚构与现实的界限，将语言的艺术表达等同于事实真相，将诗歌的想象坐实为现实本身。从根本上来说，传统考据的误区并不在于对历史背景与作者身世的重视，而在于认定文学创作等同于作者本身，将作品所描述之事与作者之经历捆死在一起，等同

———————
① 徐复观：《环绕李义山（商隐）〈锦瑟〉诗的诸问题》，载《中国文学论集》，上海书店2002年版，第280页。
② 徐复观：《环绕李义山（商隐）〈锦瑟〉诗的诸问题》，载《中国文学论集》，上海书店2002年版，第280页。

起来，而忽视了文学有其虚构性的一面，文学语言的艺术想象特征。徐复观以为诗歌的魅力首先在于其具有的审美性，而过去的那种索引式的考据，其弊端也正在于"过去对《锦瑟》诗作解释的人，正犯了离开诗的本质去解诗的毛病"。正如龚鹏程在李商隐诗歌阐释中所指出的，"古人论作者，往往未区分历史现实中的作者和诗中的作者，因此常以文字为供证，来还原历史现实的作者，以为两者是相等的；又利用史传数据，来建构诗人生平履历，以为就足以知人论世，说明其诗。不知此均属徒劳。颜昆阳曾撰《李商隐诗笺释方法论》反省过此类问题，我则另由语文自具结构这一面说。这一面其实很容易理解：画布上的苹果焉能等同于真苹果？无论其写实与否，苹果都仅存在于画布上，故真正之李商隐不可知，可知的仅是诗中的李商隐"①。因此，龚鹏程在对传统诗学解释的推进时认为，探求作者意图过程中的考证并不是要求将文本作者与作者本人等同起来。

　　总之，中国传统的文学研究过于集中在考证，乃至于窄化为事实考据的狭隘兴趣上。我们必须承认，这种以资料为中心的传统考据有着重大的缺陷，忽视了文学性与审美性，将文学研究推向了文献学。对作者身世与背景的兴趣也是由作品引发的，对作者身世与背景的考索是出于对作品了解的需要，是为了更好地理解作品。但传统的考据研究往往颠倒了这两者的关系，使得文献考索本身代替了对作品的理解与阐释，代替了对作品的鉴赏。传统对《锦瑟》的各种解释中，有关的历史背景和典故是解释过程中考据的重点，但对这首诗的理解的困难并不在于李商隐的生平以及其历史背景不够清楚，而在于即使在有关李商隐的资料出现，大概也无法给他一个无可置疑的解释，让所有的人都信服。这就是因为，诸多的研究所展开的考据活动其从根本的方向是错误的，未能辨明诗歌的想象与真实之间的区别。因此，恰当的理解，应该"把李商隐和诗中李商隐分开，除了用以反思古代笺释诗歌之方法，说明编年谱、考行止，历史主义式的研究颇有其局限外，还要提醒读者：李商隐本身就有一种与抒情言志未必有关，只属于语言构造的写法。例如《百果嘲樱桃》、《樱桃答》，是假设樱桃与诸果之对答；《代魏官私赠》、《代元城吴令暗为答》、《追代卢家人嘲堂内》、《代应》等，是代拟古人问答；

---

① 龚鹏程：《诗学述要》（下），《南阳师范学院学报》2011 年第 8 期。

《赋得鸡》、《离亭赋得折杨柳》、《赋得月照冰池》，是拈题作诗，并非真得了鸡、真见到月照冰池。与假拟借代一样，都不是自抒己情，自述己事；只是代人啼笑，宛若戏剧而已，有意地利用语文构幻出一个情境来。这些作品，若一径朝李商隐身世之感去揣测，或考索他比兴讽刺了谁，可能都是不恰当的，应注意文学本身的虚构性。"① 徐复观、龚鹏程都自觉不自觉对此作出了修正。他们在中国传统解释学的基础上，结合现代的文学理论思想，对传统文学解释活动中对作者与文本作者高度一致的观点作出了批判，强调了文学作品中虚构与现实之间的不同。

正因此，徐复观对传统考据的批判，并不是反对考据对于历史背景的意义，而是反对将考据视为文学活动的目的，从而扼杀了理解的展开与对理论的建构。对《锦瑟》的理解，首先要解决的是作为文学作品所特有的解释与理解的预设：虚构与现实、语言与真相（意象与实在）之间的关系。而这就是落实在《锦瑟》的文本世界与现实世界之间的辩证关系，就是要解决文本世界之外的现实与诗歌的文类辨证上，后落实在文本世界外属于后设文本实际的李商隐论争史中。而《锦瑟》文本所建构起来的虚实关系，文本世界与外在现实的辩证关系，使得我们对客观性有一个新的理解。重建作者的意图，首先要破除作者本身与文本中显示出的作者形象等同起来。如此一来，对作者身世的考据其合理性，就不在于为作品的作者提供直接的本事，而是为作品提供一个更为丰富完整的历史背景，以便读者更为真实地进入作者的心灵与精神世界。

三

徐复观在对李商隐《锦瑟》的研究中提出了"追体验"的解释方法，这对我们理解文学解释中文本意义的增值和原意之间的张力有着重要的启示。在读者中心论的解释学看来，意义的增值过程也是唯一性原意的消失过程，意义的增值是以原意的模糊和消失为代价，误读的合法性就在于对原意的越界。徐复观"追体验"的意义就在于确定了原意的地位，以文学的欣赏

---

① 龚鹏程：《诗学述要》（下），《南阳师范学院学报》2011 年第 8 期。

作为文学的自身价值所在。如果没有原意，所谓的误读也就不存在了，因此，误读并非否定原意，而是认为原意始终成为我们的参照，提示我们误读的限度，或者阐释的限度。也既对任何一部作品新的阐释都是建立在对旧的批评基础上，新之所以成立，乃是因为其设立了一个原意作为尺度，新的阐释其实与旧的阐释之间存在着竞争。这种不同的阐释之间所能依据的仍然是原意，可见原意的存在是新的解释产生的动力。因此，我们承认由于时间的距离，原意已经很难完全地被揭示出来，但是我们却并不能因此否定原意的存在。可见，原意始终是一个召唤结构，呼唤新的解释的产生，这就保持了解释的开放性，使得解释成为可能。而且，任何一种合理的解释，其解释的过程必然服从解释学循环的原则，在观点与材料的阐释之间存在一致性，前理解与结论之间存在一致性。这样，解释学循环就不必导向一种对原意的否定。

据此，我们对读者中心论的意义理论提出批判，读者中心论在承认误读的地位和宣扬过度阐释的时候，否定了原意。但如果没有原意，就不存在误读。原意和过度阐释以及意义的生成之间并不是矛盾的，意义的衍生始终是与一个原意作为比较而存在的，虽然最终的原意并不能定于一尊，也就是我们无法最终将其中的一种解释作为唯一的解释接受，理解也从来不是一次性的行为，而对原意的尊重始终是引发我们进行重新阐释的动机。在谈及李商隐的解释方法时，同样是基于读者立场，宇文所安是这样认为的：

又如李商隐的《无题》诗，历来的研究者大都喜欢联系历史背景和作者个人的生活情况来猜测《无题》的意思，人们也都知道，诗里常出现的一些相同或相似的意象，有时和政治有关，有时和爱情有关。可以肯定，在作者同时代人的心目中，作品的含义就已经不明朗了。但在我看来，至少有一点还是明朗的，即李商隐在写诗时，知道自己的读者是谁。换句话来说，这是一群实际的读者，而不是想象中的读者。果真如此的话，在创作的时候，他所预设的这些读者就必然对他的写作构成一定的影响。不妨假设一下：当他拿出一首诗给朋友看时，他是希望对方明白呢，还是不希望对方明白？如果他明知自己的读者对诗中所涉及的爱情或政治以及其他什么特定的东西会摸不清头脑，他又会怎样掩饰自己？又会怎样在涉及隐情而且不希望被别人发现的情况下来打破诗歌的常规？这样一来，不仅创作能影响阅读，阅读也能影响创作。①

在宇文所安看来，作者意图里包含的不仅仅是文本所表达的思想，也包含了文本的隐含读者，隐含读者是文本意图的重要部分。因此，实际上不可将读者与作者对立起来，将其视为不可融合的两者。宇文所安进一步分析道：

> 而他尽管知道那些特定的读者对他个人生活的了解各有不同，但仍然把作品给他们看，这个行为本身就不同寻常。在这里，读者圈子以及作者在对这个圈子传播作品时的想法，就是特定层面上的语境，是"历史语境"的核心，而不是那些假设的东西。②

宇文所安认为在中国传统解释学里，对历史语境考索有着许多便利条件，对此不应视为解释的负担，反而是一笔财富：

> 我从不想脱离传记材料来讨论中国诗，但我同时也相信，对于作品中的诗人形象和诗人本身之间关系的更为多元的理解，会使我们读出诗歌的更为丰富的含义。所以，尽管我完全承认历史语境是理解作品的不可或缺的部分，但"历史语境"却要求对我们所体认的"历史"作重新思考。在欧洲文学史上，几乎找不到类似的材料，而中国的文学有这么好的便利条件，有这么多特殊的东西保存下来，如果好好加以研究，确实具有特殊的意义。③

---

① 张宏生：《"对传统加以再创造，同时又不让它失真"——访哈佛大学东亚语言与文明系斯蒂芬·欧文教授》，《文学遗产》1998 年第 1 期。
② 张宏生：《"对传统加以再创造，同时又不让它失真"——访哈佛大学东亚语言与文明系斯蒂芬·欧文教授》，《文学遗产》1998 年第 1 期。
③ 张宏生：《"对传统加以再创造，同时又不让它失真"——访哈佛大学东亚语言与文明系斯蒂芬·欧文教授》，《文学遗产》1998 年第 1 期。

故此，我们赞同文学解释不能陷入一种琐碎的分析，也不能希望以科学的客观性标准为作品确定唯一的正确解释，就像我们解构自然物一样就会把它弄得支离破碎，不成样子。但是，影响我们对经典文本作出客观理解与解释的诸多因素中，除了作为理解与解释主体的读者之外，历史文本在写作与流传过程中遭遇的种种政治社会影响也成为我们阅读时必须留心的因素。所以，对"追体验"来说，重建历史的语境有其必要性，对历史语境的重建程度决定着我们能够趋近于文本内在意义的程度。

四

作者的意图与文本的意义之间也存在着不一致，这就使得对具体作品的理解总会有不同。文学的接受与解释，往往是"借他人的酒杯，浇自己心中的块垒"。这就启示我们必须认识到，人文的解释仅仅具有一种相对的合理性，它不是放之四海皆准的，使理论发生作用的往往是社会的客观性，以及解释者的主体性的结合。但完全舍弃对作者原意的探寻之后，我们可能失去了对文学审美中的那种意义。文学的美感，并不是都来自文本本身，更有文本所折射出的精神人格，作者的心灵世界并不是无关于作品本身的审美情趣。如果完全不涉及作者的生活经历与精神世界，那么就可能错失其中的精神意义所带来的审美感受。这就是说，如果作品仅仅表现了事物的客观真实，并不能引起人们对作品理解的兴趣。对作品背后的人的兴趣始终与我们对作品的审美感受联系在一起。因此，徐复观的"追体验"中最值得我们重视的是：

> 读者阅读作品时，在感情亦或理解上，与作者间会有一个相通的平面，所以我们读过后可以成立出一种解释。但作者所生活的真实世界是一个立体的世界；读者在这立体世界里是只触及到某一个平面，而作者却会"从平面中层层上透，透到我们平日所不曾到达的立体中的上层去"。我们对于作品最初的解释，若不怀成见，反复再读下去，便有可能会感到不足；亦即越读越感到作品对自己所呈现出的气氛、情调，不断地溢出自己原来作的解释之外。于是读者与作者在立体世界

的距离，将会不断地缩小，最后可能与作者在相同的水平、相同的情境，以作者创作此诗时的心来读它，此之谓"追体验"。在"追体验"中所作的解释，才是能把握住诗之所以为诗的解释。①

将自身的回忆和往事移情于理解的对象，依靠的是徐复观所言的"追体验"。尽管人们理解的对象是久远的历史作品，追体验所要求的解释使得读者体现出一种历史感，这种历史感使他能够尽力复活作者的时代，凸显出文学写作中体现的精神。徐复观的"追体验"强调了理解不是一次性的，而是一个不断接近原意的过程。这种理解过程对主体而言是一次内在的精神性与认识的升华过程。一个真正的诠释过程，其内在逻辑是"偏见"或"前理解"逐渐得到修正和改善，最终成为对文本的真实看法。或许读者的感受和理解并没有完全符合作品的原意，但是作品的原意我们只能通过文本来理解。文本沟通了读者与作者的感受和体验，正是读者对作品的感受让作品有了永恒的魅力，因此，对于文学作品来说，如果没有这种精神想象的空间，它的意义就丧失了大半。凡是伟大的作品，它的意义总是在不断的生成当中，它不是一次给定的，也就是说，它不存在绝对的客观解释。

就如同中国书法艺术所展现的，书法的临摹过程中，临摹的目的是为了极力还原帖书本身的意蕴，但就在不断力图还原的过程中，临摹者自己的特点慢慢地出来。因为，还原的过程，实际上是临摹者不断地与贴书做交流的过程。搞过鉴赏的人都知道，即使最完美的模仿也不能还原到与原作完全的一致。因为，最精微的精神气韵等东西，在模仿者与原作者之间始终存在着具体的精神差异以及创作的状态差异，这就导致还原无法达到的完全一致。但是这个不同也就是模仿者能够创造的地方，临摹者在这个模仿过程中逐渐发现了自身固有特性所在，他所不能达到的正是他能创造的。这就是还原所造就的创造性。如果，从一入手就自己去发挥创造，就用自己改造经典，也就失去了与经典对话的过程，无法从经典那里获益。对文学的理解来说也是如此，离开了作者的原意，文本所呈现的那种世界并不是自足的。

---

① 徐复观：《环绕李义山（商隐）〈锦瑟〉诗的诸问题》，载《中国文学论集》，上海书店2002年版，第324页。

"追体验"需要读者在理解活动中将自身的心灵体验投入进去，读者的主动性不表现在比作者更好的理解，而是表现在尊重作者意图的目标下，以作品所透视的精神境界作为范本的自我精神提升。对于李商隐诗歌所折射的复杂的心灵世界，叶嘉莹也表达过类似的观点："我想这种情形是因为他们的作品所写的都是一种心灵的感受，所以要想欣赏他们的作品就应该先有一个与他们相接近的心灵，然后才能进入到属于他们心灵的梦幻的境界之中去，作出深刻的体会和欣赏。而这种心灵不是每个人都相同的，有的人非常欣赏，有的人完全不能理解。"① 因此，试图通过"追体验"进入作者心灵的阅读，对读者而言是开拓自身心灵疆域的活动，理解对读者而言就是自身心灵丰富化的过程。这样看来，对同一部文学作品，不同的人有不同的理解，这其中误解总是不可免，但是并不能因此将原意全盘否定，对原意的否定必将否定写作本身，对于读者而言，其关键更在于使得自己契合作品所折射的心灵世界。历史上，许多作家与作品在其时代并不被理解。作家作品和读者的这种互相理解有时候隔着绵长的历史时空，这就是因为，时间的距离一方面让读者与作者之间产生了时代的隔阂，但另一方面也剥落了影响读者客观理解的社会政治影响，而更为重要的则是真正的理解来自心灵与精神之间的碰撞，它发生在读者与作品折射的作者心灵世界的共鸣当中，当读者能够思接千载进入作者的精神世界，就会发生徐复观所言的"读者之情已与作者之情，间千载而相遇相感"②。作为心灵与精神对话的解释，如果脱离对作者精神境界的了解，势必只能是读者的独白。由此可见，将作者意图与读者理解对立起来，以读者的审美来否定原意的解释无助于我们展开解释活动中的精神探求。

余　论

中国传统的解释学是付诸"作者的原意"，在追寻"作者意图"目标下的理解活动。先秦诸子的经典文本，中国的解释学传统中又经传注疏等方

---

① 叶嘉莹：《李商隐与西方文论》，《陕西师范大学学报》（哲社版）2005 年第 4 期。
② 徐复观：《环绕李义山（商隐）〈锦瑟〉诗的诸问题》，载《中国文学论集》，上海书店2002 年版，第 279 页。

式。尤其是集注，虽然有诸多的注释，但是古代的解经者并未根据自身的理解对其他解释进行贬斥，而是通过集注的方式进行比堪分析，以确定其含义。美国汉学家 John B. Henderson 在将儒家的经典注释传统与基督教和伊斯兰教的经典注释传统做比较时指出：其他传统相比，儒家经典的另一特色在于保持开放状态，不断容许新的经典出现。《春秋》三传在唐代即晋身经书之列，宋代扩大到十三经，清代已有 21 部书名列经典。当然，儒家正典内容最大的变化是《四书》在宋代的崛起。宋明儒者尊四书而轻五经，清代学者却反其道而行，足见儒家经典定义从未如基督教一般固定、封闭，对新说不轻易视为异端而加以排诋。① 这种观点让我们重新审视习见的观点：以儒家思想为核心展开的经典诠释是一种保守乃至因循守旧的传统的成见，中国诗学解释也跟从这样的范式。在中国诗歌解释学中，以《锦瑟》为例，传统上付诸作者意图的解释层出不穷，而"所有的解释可以说都自成一家，也都有反对意见，无一不被诘难，几乎没有一个解释能够完全地说服所有的人。"也就是说，作者意图并未限制对其诗的解释活动，新的解释仍然层出不穷。而解释的意义就在于"更要了解这种分析的工作，对作品自身言，极其究，也只能做到几分之几的效果，而且只能对他人提供以诱导性的帮助，决不可自以为是建中立极之谈，则读者对诗所作的理智活动，不仅不致妨碍了诗的本质，而且对创作与欣赏，多少可以提供若干意义"②。

由此可见，经典的本来意图，正是召唤各种解释，激发各种解释的一种动力。作者意图，或者说文本原意并未成为限制原创性解释的因素，反而，从理解与解释的要求来看，这恰恰是需要遵循的原则。主观性与客观性在解释过程中，始终具有张力关系，互相制约，互相激发。解释学强调对话，但是如何在解释过程中消除作者意图，那么理解也就变成了读者自身的独白，对话也就不存在。换言之，我们其实并不应该将作者的意图作为对读者理解的限制，而是应该将其视为一种召唤，一种挑战，正是作者的意图激

---

① John B. Henderson：*Scripture，Canon，and Commentary：A Comparison of Confucian and Western Exegesis*，Princeton：Princeton University Press，1991，pp.52-57. 就如同李商隐的诗歌，同样也有集注、集解，当代学者刘学锴、余恕诚合著有五卷本《李商隐诗歌集解》（中华书局 1988 年版）。

② 徐复观：《环绕李义山（商隐）〈锦瑟〉诗的诸问题》，第 276 页。

发了读者对作品重新解释的热情。正是在对作者意图的追寻过程中，作品的意义以及更大的解释空间被释放出来。史忠义批判从海德格尔、伽达默尔到德里达的解释学具有的读者中心论导致一种不可知论的立场，他提出必须树立理解的客观性立场，在他看来："所谓客观性立场，主要是强调原作的客观存在以及原作者确有自己的用意，并不是说我们都能准确把握原作的意义和作者的思想；需要了解作者意图和原作本义时，我们应尽可能地接近它们。这一立场并不排斥文艺作品给读者留下了巨大的创造空间的思想。"① 因此，我们主张一种将考证与文学的审美感受统一起来的解释，或者说调和传统考证的知人论世与西方解释学的读者中心论的解释学可能，从而弥合各自的缺陷，重建一种新的读者理论。

虽然对作者心灵世界与原意的考据所追求的那种绝对真实最终是无法确定的，这种考据与文本的解释都存在某种意义上的解释学循环，但我们并不能因此对作者的原意就此取消。对中国传统的解释学的修正可以帮助我们对读者中心论做进一步完善，我们强调了读者作为主体生活方式以参与者的姿态和身份寻求与文本的对话，而不是以被裹挟者的身份被动地卷入文本中。经典的解释关注在这一对话参与过程中当代语境自身的创造，读者的参与和对话，事实上是当代语境与经典本身互动的过程，因此对经典的解释过程就是不断理解、吸收和发展的过程。与此同时，对文本解释的抉择，不是抛弃，而是扬弃、拓展甚至开新的过程。

（原载于《文学评论》2013 年第 3 期）

---

① 史忠义：《关于后海德格尔的思考——浅析海德格尔存在论、德里达解构主义和伽达默尔哲学解释学的不可知论倾向》，《陕西师范大学学报》（哲学社会科学版）2004 年第 5 期。

历史之真：故事的形式论证式解释模式

——论海登·怀特历史诗学的真实性诉求

翟恒兴

荷兰学者洛伦兹指出，海登·怀特的历史诗学强调历史想象与虚构，否定了历史编纂的认知性，是"对传统实证主义观的简单的否定或倒置"①。但洛伦兹忽视了海登·怀特曾提出历史故事的形式论证式解释模式及其所探求的历史真实性与客观性问题。该模式通过建立历史事件逻辑关系的言辞模型（概念），以便分析经典历史著作的认知方式，从而阐明历史认知的话语形态，赋予其历史诗学以认知负责性，并将历史真实性诉求与审美相联系。

一、历史故事的形式论证式解释模式：
认知负责性的话语形式

海登·怀特认为通过普通语言就直接揭示或抽取出历史性事件中真实故事的观点是错误的，"这种故事的事实性陈述是语言实体，属于话语秩序"②。历史事实，是语言中存在的历史事件。只有通过关注"事实的阐释"，才能了解历史。不同时代，应用同风格的语言，再现相同历史事件，因为

---

① [荷] 克里斯·洛伦兹：《历史是真实的吗？——叙述主义、实证主义和"隐喻转向"》，《山东社会科学》2004 年第 5 期。

② [美] 海登·怀特：《后现代历史叙事学》，陈永国、张万娟译，中国社会科学出版社 2003 年版，第 324 页。

"旧的再现形式已经不适应新的形势了"①。他指出："对'发生的事情'所做的纯粹字面的记述只能用来写作一部年代纪或编年史，而不是'历史'。"②历史，是按一定情节模式组织起来的系列事件，这些事件通过"概念"表达了共同"主旨"或"中心思想"，获得了推论性解释。海登·怀特将这种运用推定律的合成原则赋予类型化故事以逻辑化的解释，称之为"形式论证式解释"。它"以叙事形式提供一个语言模式，并据此诉诸于普遍因果规律解释从一种环境到另一种环境的发展过程"③。通过研究19世纪欧洲著名历史学家的经典著作，海登·怀特发现历史学家在讲述历史故事之际，也引述某种一般观念，诉诸某种一般真理理论或证明。史学家们通过某种论证方式或言辞模型使历史具有认知负责性，赋予"虚构"的历史以真实性成分。《元史学》一书就是以19世纪欧洲经典史学著作为例，分析那个时代的史学家阐释历史的不同观念。这并不代表海登·怀特否认历史真实，而是从另一个角度实现真实性的尝试。

首先，海登·怀特并未否定历史事件的真实性。与福柯等主张"历史是想象的产物"、"'事实'只能存在于语言上"④的激进历史观不同，海登·怀特认为"不论事件还可能是别的什么，它们都是实际发生过的事件"⑤。他主张历史是诗性的、虚构的，认为事实是建构之物，是一种语言学上的或话语的虚构，并不认为原始事件是虚构的。海登·怀特否定那些声称完全真实地再现事件的历史。他认为史学家只有对史料进行不断地选择与加工才能把编年史中的事件变成有始有终的历史故事！这些故事是否真实，或者说语言中的事件是否逼真，与史学家的想象能力和虚构手法有很大关系。"不是所有的实在都是客观的，有些实在是主观的"⑥。从原始事件的自然发

① ［美］海登·怀特：《后现代历史叙事学》，陈永国、张万娟译，中国社会科学出版社2003年版，第343页。
② ［美］海登·怀特：《元史学——十九世纪欧洲的历史想象》，陈新译，译林出版社2004年版，第8页。
③ ［美］海登·怀特：《后现代历史叙事学》，陈永国、张万娟译，中国社会科学出版社2003年版，第382页。
④ 张文杰：《历史的话语：现在西方历史哲学译文集》，广西师范大学出版社2002年版，第122页。
⑤ 王逢振：《最新西方论文选》，漓江出版社1991年版，第499页。
⑥ ［美］约翰·R.赛尔：《心灵的再发现》，王巍译，中国人民大学出版社2005年版，第19页。

生来看，历史是实证的，历史真实是客观实在论；而从对原始事件的选择、编排与叙述来看，历史是虚构的，历史真实是主观实在论。

其次，海登·怀特将历史叙事的真实性与历史阐释的合理性联系起来。他认为仅确立解释的权威性并不能说明历史的客观性，叙事的真实性离不开阐释的合理性。历史解释不同于历史阐释。"在历史理论中，解释是与阐释相对立的。"① 历史解释是忠实于现实的客观叙述，历史阐释是添加了想象成分的虚构叙述。"历史学家必然要'阐释'历史记录给予他的那些'数据'，这样才能提供类似于'解释'的东西。"② 历史的客观性"并不是科学家或法院法官的那种客观性，而是艺术家的，更确切地说是戏剧家的那种客观性"③。历史话语中文学"成分"的出现，无损于史学所主张的讲述真实证实及证伪的程序，只有将文学写作等同于撒谎或歪曲事实时，才会损害真实。海登·怀特指出历史知识是次级知识，以研究对象的假想性建构为基础。"因为历史记录既太多又太少的缘故……这意味着历史学家必须'阐释'他的材料，以假定的或纯理论的东西填补信息中的空白。"④ 历史中不可避免地具有阐释成分。

最后，海登·怀特试图建立一个探求历史真实的形式范式，即一组事件被解释之后，呈现出一定的模式！借此，分辨出受关系结构或句法支配的历史场中各个实体的相互关系！他认为历史领域内的实体间有四种关系：对象与对象的相似关系（形式论），部分与部分之因果关系（机械论），部分与整体或微观与宏观关系（有机论），行为主体与行为方式之间的功能性关系（情境论）。历史实体间的关系性质是史学家认知运作的过程与结果。海登·怀特采纳斯蒂芬·佩珀描述世界观的四种范式（形式论、有机论、机械论、语境论），用于分析史学家不同的历史认知观，因为佩珀的术语被当作

---

① [美] 海登·怀特：《后现代历史叙事学》，陈永国、张万娟译，中国社会科学出版社 2003 年版，第 64 页。

② [美] 海登·怀特：《后现代历史叙事学》，陈永国、张万娟译，中国社会科学出版社 2003 年版，第 73 页。

③ [美] 海登·怀特：《后现代历史叙事学》，陈永国、张万娟译，中国社会科学出版社 2003 年版，第 67 页。

④ [美] 海登·怀特：《后现代历史叙事学》，陈永国、张万娟译，中国社会科学出版社 2003 年版，第 63 页。

认知上负责任的话语形式。同时，他又借用肯尼斯·伯克的文学批评术语来分析历史事件间的关系性质。伯克认为文学表现，无论多么"现实"，都是富有寓意的。所有的文学表现形式都含五个假定的"语法"成分：情景、行为主体、行为、行为方式和目的。通过分析这五种要素在历史再现中的相对重要性和描述方式，可阐述历史事件的相互关系及其性质！海登·怀特运用伯克与佩珀的批评术语，描述了故事中四种形式论证式解释的言辞结构，从而建立起一个描绘隐含于历史文本中的世界观与认识论的形式范式。

由此可见，故事的形式论证式解释模式，是描绘历史真实的话语范畴，表明了海登·怀特反传统的真理观和在历史认知上的努力。

二、历史故事的形式论证式解释模式： 历史真实的不同话语形式

海登·怀特在分析历史事实概念化不同模式的同时，也为我们展示了四种历史真实的话语形式。

1. 形式论模式与印象式历史真实

形式论模式，温德尔班称其为"特殊规律的研究"，适合于色调的丰富感和色彩的层次感较强的历史著作！形式论文本不受理论框架的限制，思维敏捷，自由轻灵，重主观情致。海登·怀特指出形式论在普遍概括上是"印象主义"的，这类史学家往往通过历史叙事中的特殊行为主体、行为方式和行为的生动性来弥补概念的空洞，"在自然或历史存在的更高级与更低级的生命形态之间进行区分的基础之上寻求历史过程的意义"[1]。我们将通过形式论解释获得的真实称为印象式历史真实。

海登·怀特认为尼采是形式论真理论的代表，在《道德的谱系》中，尼采将历史看成一系列环节，每个环节都通过在场的行为主体的意图与它之前和之后的事物相联系。他说："一件事、一个机构或一种风俗的历史就

———————

[1] ［美］海登·怀特：《元史学——十九世纪欧洲的历史想象》，陈新译，译林出版社 2004 年版，第 110 页。

变成了一系列连续不断的重新解释和重新整理。"① 而解释过程"不必按因果关系相连接"，它是"一系列多少有些深刻的""多少有些独立性的占有过程"②。尼采颠覆目的论和一切因果关系，突出了个体实体在人类道德观念形成与发展中的作用。在举例分析了一段尼采关于史学家如何穿透意识形态疑云方法论述的文字之后③，海登·怀特认为这种历史文本完全是对机械论"有机论和情境论历史解释概念的拒斥。尼采感兴趣的不是概念本身的精确性，而是行为的意图"历史现象的多样性。

　　这种历史真实通过历史事件的分散性与历史现象的多样性，模糊了抽象的历史概念而凸显心灵感悟与思想启示，注重于个体主观感受，"揭露最终只是由语言习惯造成的幻想"④。印象式历史真实旨在识别历史领域内客体的独特性、现象类型的多样性以及事件动作者、动因和动作的独特性。它对事件的分析是分散的，对各种术语、范畴并不在意，视野较开阔，突破因果律、同一律对历史编纂的束缚与局限。客体的唯一性、现象的多样性、叙事的生动性和概念的模糊性是印象式历史真实的话语形式。

2. 有机论模式与过程式历史真实

　　有机论解释更愿意看到"单个实体"成为整体之部分，而"整体不仅大于部分之和，在性质上也与之相异"⑤。但这"整体"不是静止的、共时性的，而是处于时间特性之下的空间世界。有机论解释对世界构想具有"整合性"，热衷于将具体事件描述成历史进程中的某些成分，通过将一系列事件凝固化与具体化，把整个历史进程划分为不同的历史阶段或层面，使历史领域的种、属、纲不同级别的现象得到合理理解。我们将通过有机论解释获得

① ［美］海登·怀特：《元史学——十九世纪欧洲的历史想象》，陈新译，译林出版社 2004 年版，第 497 页。
② ［美］海登·怀特：《元史学——十九世纪欧洲的历史想象》，陈新译，译林出版社 2004 年版，第 497 页。
③ ［美］海登·怀特：《元史学——十九世纪欧洲的历史想象》，陈新译，译林出版社 2004 年版，第 503 页。
④ ［美］海登·怀特：《元史学——十九世纪欧洲的历史想象》，陈新译，译林出版社 2004 年版，第 455 页。
⑤ ［美］海登·怀特：《元史学——十九世纪欧洲的历史想象》，陈新译，译林出版社 2004 年版，第 19 页。

的真实称为过程式历史真实。

黑格尔是典型的有机论者！他认为形式论在历史中识别出来的形式一致性是任意的，充斥着情感的混乱状态，"在形式体系中，既没有好也没有坏，只有单纯的形式一致性目的与实现它的手段"①。而机械论则将历史过程与单一自然过程相类比，注重行为之间的机械因果联系，得出人类历史从未有过实质意义进步的悲观结论。黑格尔主张有一种历史"原则"，将人类的偶然性与确定性、自由与约束的全部场景转化为一部具有理性的和道德意义的喜剧。他指出只有在"概念场"中，才可以产生种种原则、思想形式和概念类型。他说："研究者必须先天地熟悉正在讨论的诸原则所隶属的整个概念场。"② 在《美学》中，黑格尔论述了三种历史写作的诗学风格"概念"：史诗的、抒情的和戏剧性的。在《历史哲学》导论中，黑格尔区分了三种历史意识"概念"：原始的（自在的）、反思的（自为的）和哲学的（自在自为的）。黑格尔善于将历史过程分解与归类，正是为了营造"概念场"，从而揭示作为部分的"实体"不同于整体的异质性。

有机论真理观对"概念"的重视犹如机械论真理观对"规律"的揭示。"若将历史看作一个发展过程，必要的概念就是开头、中间和结局。"③ 历史通过"概念"，被内化为客体之间的演进关系。过程式历史真实善于对不同层面或阶段的一组事件予以"命名"。虽然侧重于对历史过程的考察，但过程式历史真实主张历史的基础是意识（机械论认为历史的基础是自然），"概念"则是意识的外显。他们将意识置于时间之流中，从"纵"、"横"两个方面厘清历史发展脉络。从历时方面看，人类历史表现出由低级到高级的变迁与渐进式完善；从共时方面看，表现为情感与理性的交互式连贯体系。与重视主观感受的印象式历史真实不同，过程式历史真实侧重于揭示不同层面、类别、阶段的历史意识，并予以"命名"。

---

① [美] 海登·怀特：《元史学——十九世纪欧洲的历史想象》，陈新译，译林出版社 2004 年版，第 167 页。

② [美] 海登·怀特：《元史学——十九世纪欧洲的历史想象》，陈新译，译林出版社 2004 年版，第 112 页。

③ [美] 海登·怀特：《元史学——十九世纪欧洲的历史想象》，陈新译，译林出版社 2004 年版，第 153 页。

3. 机械论模式与抽象式历史真实

机械论解释模式与有机论一样善于抽象地分析材料，但机械论将"行为"或是看作"行为方式"的表白，或是看作 # 目的 $ 的显示！因此，机械论的"抽象"分析倾向于由普遍到特殊、一般到个别的"还原"与简化，侧重于历史现象背后的因果规律研究。我们将这种通过机械论解释获得的真实称为抽象式历史真实。

马克思的社会历史发展规律、经济基础与上层建筑关系规律等充分体现了机械式历史解释之自我概念化和单线性的逻辑因果律特点。他把自然作为历史的基础，像发现自然规律一样从社会、历史中发现分析事件的规律。与形式论对"单个实体"的强调和有机论对"原则"或"观念"的重视不同，机械论的核心词汇是"规律"。"研究历史是为了预言实际上支配着历史行为的规律，而写作历史是为了在一种叙事中展示这些规律作用。"①托克维尔、马克思等史学家"科学"编撰与研究历史的结果是把历史事件按因果关系排列到各种类型、种类、部属、样式之中，把材料陈列在社会政治和文化现象的限定类型中，使它们成为知识。他们认为作为证据的"个体实在"不如其所属的"现象类别"重要，而这些现象类别又不如从中推导出的社会结构和过程的"规律"重要。

规律的表述必须求助于清晰的概念。不同于形式论之概念的空洞，机械论的概念具有精确性；不同于有机论的"概念场"，机械论的概念具有社会性。而概念的精确性与社会性需要精心的抽象与概括。海登·怀特关于历史解释的机械论模式实际上描述了一种通过逻辑因果律获取历史认知的话语形式。

4. 情境论模式与具象式历史真实

形式论模式在概念上的"印象主义"，导致历史叙事的碎片化、零散化和主观性。史学家合并运用形式论之"分散"与机械论之"抽象"，确定一组事件的"家族特征"，使其在一定的历史"情境"中得到解释，海登·怀

---

① ［美］海登·怀特：《元史学——十九世纪欧洲的历史想象》，陈新译，译林出版社 2004年版，第 21 页。

特称之为"情境论"。情境论中的历史事件，成为沐浴在普通"氛围"中的客体，奥尔巴赫称之为"氛围历史主义"。情境论解释模式将历史想象成一种波浪形运动，认为某个波段或波峰的历史事件比其他的更有意义，并以此方式追踪＃线索＆，采取发展与演进情形的历史叙述！情境论解释模式的关键是确定个体或制度与社会文化＃现场＄相连的＃线索＆＄，我们将通过情境论解释获得的真实称为具象式历史真实！

　　情境论真理观通过对"时期"、"时代"、"运动"的描写，"把整个历史进程看作一系列不相关联的结构和过程，每一个都有自己独特的属性，每一个的意义都寓于其丰富多彩的'结构'或'氛围'之中"①。处于"氛围"中的历史事件摆脱了宏观与微观的描述，犹如进入"习惯视野"的物象。因此，我们将情境论解释称为具象式历史真实。所谓具象，指视觉感官接受域限内的具体事物。具象式历史真实中的历史事件既不像形式论那样在分散倾向中被"扩大"，也不像有机论与机械论那样在"综合"与"简化"倾向中被"缩小"，而是根据一定的文化"线索"使它们连在一起而得到解释。对情境论解释模式的具象特点，海登·怀特曾说："一个有关真理、解释和确证的情境论概念，在它对史学家的要求和读者的需求中，似乎都过于中庸了。"②史学家与读者有时不一定通过突出或简化的方式认识历史事件，还可能"不偏不倚"地将其置于诸多事件通过"类连接"的方法而被置于"情境"之中，"把历史领域当作一种'景观'或质感丰富的地毯式网络来了解"③。情境论解释模式是一种描述史学家将事件置于"氛围"之中，探寻历史真实的话语形式。

　　海登·怀特在解读经典历史著作基础上，分析了四种形式论证式解释范式，实际上从语言学角度，描述了四种历史真实的话语形态：形式论解释常常使用个体化的描绘主体瞬间体验的印象式历史话语，有机论解释善于运用对历史过程的各个层面、发展阶段进行命名的"概念"，机械论解释倾向

---

① [美] 海登·怀特：《后现代历史叙事学》，陈永国、张万娟译，中国社会科学出版社 2003 年版，第 85 页。

② [美] 海登·怀特：《元史学——十九世纪欧洲的历史想象》，陈新译，译林出版社 2004 年版，第 24 页。

③ [美] 海登·怀特：《元史学——十九世纪欧洲的历史想象》，陈新译，译林出版社 2004 年版，第 22 页。

于创造描述历史过程结果的概括性、规律性的抽象话语，情境论解释则经常使用勾勒历史场景、揭示事件之间功能性关系的"概念"。这些话语模式揭示了史学家思考历史认知的种种努力，展示了真实历史的多样性话语形式。

三、故事的形式论证式解释与"智性体验"

海登·怀特认为故事的形式论证式解释是史学基于不同认识论阐释历史事件的结果，是历史领域中的求真活动。对此他却自相矛盾地指出："求真意志本质上是一种否定对事物真实性的把握方式。"① 那么什么是真实性的把握方式？海登·怀特找到了自己的解决方案。在《元史学》序言中，他说"选择某种有关历史的看法而非选择另一种，最终的根据是美学的或道德的，而非认识论的"②。这是他对 19 世纪历史意识的研究结论之一。在书中，海登·怀特除阐发自己的历史思想外，还介绍了黑格尔历史的审美意识论、康德的审美地理解历史、尼采的历史真理的审美冲动、克罗齐的历史美学化等美学思想。海登·怀特的历史诗学理论是他将那个时代的美学、文学理论运用于历史领域的结果。情节化解释模式的审美蕴涵是不言而喻的，而旨在求真的形式论证式解释模式，也融入了海登·怀特关于历史真实的审美思考。

首先，历史的概念化与内在自由的映现。海登·怀特认为史学家通过情节化将历史事件概念化之后，还通过形式的、推理的逻辑化语言将历史事件概念化。"在这种概念化层面之上，史学家通过建构一种理论的推理论证，来阐述故事中的事件。"③ 故事解释模式由于认识论的差异，呈现出风格迥异的历史概念。概念并非抽象的、空洞的，而是"实体的真理"④。"概念化的目的是产生出对眼下问题的解释"⑤。对过去材料进行逻辑归纳与提炼的概念

---

① ［美］海登·怀特：《元史学——十九世纪欧洲的历史想象》，陈新译，译林出版社 2004 年版，第 505 页。

② ［美］海登·怀特：《元史学——十九世纪欧洲的历史想象》，陈新译，译林出版社 2004 年版，第 4 页。

③ ［美］海登·怀特：《元史学——十九世纪欧洲的历史想象》，陈新译，译林出版社 2004 年版，第 14 页。

④ ［德］黑格尔：《小逻辑》，贺麟译，商务印书馆 1997 年版，第 322 页。

⑤ ［美］克利福德·格尔兹：《文化的解释》，韩莉译，译林出版社 2004 年版，第 34 页。

是为了深刻地描绘现实的生活状态，使人类未来的活动更加灵活自由。概念化这种外在自由活动归根结底是内在自由的体现。历史著作中旨在说明事件主旨的概念化与史学家的审美意识有着千丝万缕的内在联系。《元史学》中所提供的各种解释模式，以及19世纪历史学家和历史哲学家的个案研究，在怀特看来，就证明了人们在构想历史时所拥有的自由。"①

　　其次，历史真实与感性建构。史学家求真的内驱力离不开审美，揭示历史真相的途径也不能没有审美。实证主义历史的没落与其说是"客观性"神话的破灭，不如说是审美缺失、感性匮乏所致。表面上看，历史的真实性诉求是通过客观冷静的理性实现的。然而，史学家如果在理性认知活动中排除情感、道德、伦理等感性因素，可能会适得其反。正如海登·怀特所说，"求真意志既是真实性的敌人，也是意志的敌"②。他关注历史的艺术性成分，是想曲径通幽地从感性视角接近历史的真相。海登·怀特运用了肯尼斯·伯克的文学批评术语，为其历史叙事的逻辑归纳增添了形象成分，避免成为一种单纯的抽象分析。对此，米歇尔·罗斯评论道："通过形式主义策略对现实的各种建构，海登·怀特将认识论和客观性问题替换为自己喜欢的那种文学或诗性结构的问题。"③海登·怀特对历史叙事的形式主义策略分析中，将历史认知的思考转化为诗性结构的探寻，为其抽象分析中增添了感性因素。四种故事的形式论证式解释模式也是历史叙事的四种诗性结构，是对情节化了的故事本身所蕴含的丰富意义的概括性描述。勃兰兑斯说："作品的真实性是精神上的真实性，是情感上的真实性。"④海登·怀特关注历史之思的感性因素，使其"元历史"认知不仅仅成为一种抽象的逻辑分析，还是一种感性建构。

　　最后，情性体验与智性体验。海登·怀特以情节化解释为四重历史解释的第一个层次表明，感性是其"元史学"认知的基础。他提出的喜剧、悲

① 彭刚：《叙事的转向——当代西方史学理论的考察》，北京大学出版社2009年版，第37页。

② ［美］海登·怀特：《元史学——十九世纪欧洲的历史想象》，陈新译，译林出版社2004年版，第505页。

③ Michael S Roth. Culture Criticism and Political Theory：Hayden White's Rhetorics of History，Political Theory，1988，Vol.16，No.4：640.

④ ［丹麦］勃兰兑斯：《十九世纪文学主潮》（第五卷），人民文学出版社1982年版，第171页。

剧、浪漫剧与讽刺剧四种情节化模式分别侧重于喜、悲、乐、怒四种情感。海登·怀特不仅在故事的形式论证式解释中增添了感性因素，还是感性的升华。如果说故事的情节化解释突出了历史叙事之"形而下"的"情性"，那么，形式论证式解释则强调了历史叙事之"形而上"的"智性"。所谓"情性体验"，指对人的情感、情绪、情怀、情结等欲望的感受。而"智性体验"，则指在"情性"体验基础上对其中反复出现的普遍性感觉的宏观把握与整体感受。保罗·利科将历史领域的"智性"称为"叙述智力"。"叙述智力"是史学家"不断熟悉历史上的情节编排形式而产生的"①。罗斯说："海登·怀特不关心故事与现实是否相符合的问题，因为，除了有意味的故事情节之外，怀特根本就没有考虑'现实'。"②罗斯对海登·怀特关注故事情节"意味"的指责，恰恰表明海登·怀特在历史诗学中对"情性"体验的关注。海登·怀特没有考虑"现实"，是因为故事的形式论证式解释完全是在语言层面上的"操作"，是以"情性"体验为前提的"智性"体验。

由此看来，强调虚构的、诗性历史观的海登·怀特不仅没有回避历史真实性问题，还将历史认知作为其历史诗学"大厦"的组成部分，只不过凸显了历史真实问题的主观性、多样性话语形式与审美成分。

（原载于《广西社会科学》2013 年第 3 期）

---

① 韩云波：《文学感受中的情性与智性》，《中国文学研究》2005 年第 3 期。
② Michael S Roth. Culture Criticism and Political Theory：Hayden White's Rhetorics of History，Political Theory，1988，Vol.16，No.4：640.

从"美学的革命"到"革命的美学"

——法兰克福学派艺术自律思想的批判性考察

韩清玉

作为西方现代美学的基本命题,艺术自律既是历史的产物,又是基于艺术本性的美学原则。它是以审美自律为基础,以审美无利害观念为源头的理论命题。艺术自律的基本含义是艺术有其自身特殊的规律,强调艺术的自我立法和独立自足性。当然,对这一命题的共时性建构是建立在对美学史的历时性考察中。因此,我们不得不从康德谈起。

康德在美学史上的意义非同一般,无论是其哲学思想的主体性转向,抑或为审美划定独立的疆域,都是革命性的。虽然康德的审美自律思想有着明确的道德指向,但是恰恰是审美本身的自律特质成就了其道德自由的象征潜质。正是在这一点上我们可以发现法兰克福学派的艺术自律思想与康德美学的关联。阿多诺和马尔库塞的艺术自律理论是对康德审美自律思想在其价值论视角的发展;但大不相同的是,康德是以审美为本位的,而阿多诺和马尔库塞则是以艺术自律性来达成社会批判的革命性目标。在这个意义上,艺术自律性本身又是作为工具和手段而被利用的,有一个激进的政治目的以他律的姿态出现在理论架构的前提中。因此,艺术自律思想从康德到法兰克福学派的发展轨迹可以概括为"从美学的革命到革命的美学"。

那么,以社会批判和政治干预为重要理论表征的法兰克福学派提出艺术自律思想的深层动因是什么?这一思想主要表现在哪些方面?它自身的复杂性彰显了批判理论的哪些特征?对这些问题的研究学术界仍然没有重视起来,究其原因,是批判理论的社会学指向遮蔽了其美学理论的价值;另外在法兰克福学派的整体理论谱系中,我们倾向于关注从黑格尔到阿多诺等人的理论线索，对康德美学的影响观照不够。正是在这样的研究背景下，对法兰克福学派的艺术自律思想及其理论溯源的深度考察存在很大空间。

一、批判理论与美学价值

虽然"法兰克福学派"是 20 世纪 60 年代被贴上的标签，但是其成员们（特别是阿多诺）并不排斥这一称谓。"一开始，这个名称指一种批判社会学，它将社会视为一种对抗的总体性，那时这种社会学还没有将黑格尔和马克思排除在它的思想之外，而是相反自视为他们的继承者。"① 批判理论家对黑格尔、马克思的继承视角，本身就决定了其批判理论的对象、方法和理想建构，也就很好地解释了以社会批判为自觉的法兰克福学派为什么会如此倾心于美学和艺术。

工业社会出现之后，"异化"越来越成为西方具有社会批判意识的思想家着重思考的问题。如果说黑格尔的"异化"是一种哲学意义上人之社会性存在的探讨的话，马克思的异化理论则将其置于生产劳动的结构叙述之中。随着资本主义生产方式的发展和经济政治体制的调整，"异化"现象非但没有减少，反而变本加厉了。异化程度的加深"在霍克海默那里也存在着这两种相互矛盾的预期。一方面他观察到，服从阶级缺乏独立性并不仅仅因为'他们得到的食物很少'，而且因为他们被限制在虚假的思想精神状况之中，还因为'他们是他们的监禁者的拙劣的模仿者，他们崇拜他们囚牢的象征，不是准备着去攻击他们的看守者，相反，谁要试着把他们从看守那里解救出来，他们就会把谁撕得粉碎'"②。这一点也曾得到马尔科维奇的积极呼应。他认为现代人感到自己已经拥有的自由，而这时却往往正在遭受奴役。对于这一情形马尔库塞也很清醒。在他看来，资本主义社会的现代工业文明已经将人异化到全然不知的程度，异化对象"与狼共舞"却自得其乐。这种反抗意识的钝化是资产阶级文明的结果，这种文明所指向的，更多的是大工

---

① ［德］罗尔夫·魏格豪斯：《法兰克福学派：历史、理论及政治影响》（上册），孟登迎等译，上海人民出版社 2010 年版，第 4 页。

② ［德］罗尔夫·魏格豪斯：《法兰克福学派：历史、理论及政治影响》（上册），孟登迎等译，上海人民出版社 2010 年版，第 147 页。

业背景下的物质生产，所造就的，正是失却自主意识和精神自由的"单向度的人"。如果说马尔库塞的"单向度的人"思想是一种技术社会中的特定产物的话，那么阿多诺的"否定的辩证法"也概莫能外，他是在打造一种理论思维的方法论工具以抗议社会依仗"同一性"的理论权威对人的精神自由的压抑和控制，纵然"否定的辩证法"仍然是一种哲学化思考方式，但已然不同于传统的哲学理性的先在性逻辑。可以说，阿多诺冒着走向绝对否定的理论漩涡的风险来反抗压抑性的社会，也反抗着哲学理性本身。

　　虽然说法兰克福学派的理论生长有其哲学基点，但是，由于他们以社会批判立论，这就决定了其对哲学理性的态度必然是进行一种合法化的"驱逐"，这在阿多诺的观点中表现得尤为突出。他认为："自 17 世纪以来，伟大的哲学把自由确定为它最特有的兴趣。哲学有一种来自资产阶级的未明说的使命，即为自由找到显而易见的基础。哲学这种兴趣本身是对抗性的：它反对旧的压迫，却助长了新的压迫，而这种新的压迫就隐藏在合理性原则本身中。人们为自由和压迫寻找一个共同的公式：把自由割让给那种限制自由的合理性，把自由从经验中清除掉，人们甚至不想看到自由在经验中得以实现。"① 相对于康德对自由的意志性规定，阿多诺更乐于把其看作是一种社会性的存在："也许自由的人们也要从意志中解放出来，只有在一个自由的社会中个人才会是自由的。"② 由此可见，法兰克福学派对理性的批判，连其哲学理性基础也在他们的横扫之列，这也很好地说明了他们走向感性审美之路的理论选择。

　　除了工业文明对人的异化和传统哲学理性之外，技术理性也进入批判理论的视野。在他们看来，"技术合理性已经变成了支配合理性本身，具有了社会异化于自身的强制本性"③。马尔库塞也认清了技术理性对人的思想意识的钳制和束缚，马尔库塞对理性的拯救充满了失望。当然这并不意味着马尔库塞放弃了理性，而是说马尔库塞把理性作为一种理想的存在，与当下的现实存在之间有一条鸿沟，这鸿沟只能借助感性来弥补和填充。我们不难看

---

① ［德］特奥多·阿多尔诺：《否定的辩证法》，张峰译，重庆出版社 1993 年版，第 209 页。
② ［德］特奥多·阿多尔诺：《否定的辩证法》，张峰译，重庆出版社 1993 年版，第 262 页。
③ ［德］马克斯·霍克海默、西奥多·阿道尔诺：《启蒙辩证法》，渠敬东等译，上海人民出版社 2006 年版，第 108 页。

出，马尔库塞在马克思《1844 年经济学哲学手稿》中"人是感性的存在物"的观点中受到启发，而对自身观点进行了某种修正。把过程和努力的路径寄予感性，"并不是要放弃理性和排斥理性，它的作用就是纠正理性过度畸形发展所造成的人性失衡"①。马尔库塞试图实现理性与感性的和解，基于这一思考，他创立了新感性思想。这种力图在技术理性压制下获取解放的新感性，其本质就是审美。

总之，霍克海默、阿多诺和马尔库塞等人主要从"工业社会对人的异化"、"理性（特别是技术理性）对人的精神控制"等视角进行社会批判，并在针砭资本主义时代之弊病的同时力图寻求人之自由解放之路。在他们对社会流弊的痛陈中也充分流露出对艺术寄予的厚望，这样，"破"和"立"结合在一起，美学价值问题在批判理论的视野中被推向了前端。正如理查德·沃林所言："批判理论将在以后的岁月里把'审美领域'列为关于批判超越性的一个必不可少的领域。"②

在批判理论的语境中考察美学的价值问题，更为侧重的是艺术性以外的社会意义，着重挖掘审美对于人的救赎能量。即是说，面对如此不堪的社会现实，批判理论家们的出路选择集中于审美领域。社会批判的历史使命感促使他们对艺术的思考始终站立在社会历史的高度。阿多诺寄希望于艺术形式的破坏力量，而这种力量并非如他所幻想的那般具有颠覆性——这一点阿多诺是清醒的。这种状态被魏格豪斯描述为"绝望的希望"③。无独有偶，马尔库塞曾经明确表示："在悲惨的现实只能通过激烈的政治实践加以变革的情况下，从事美学研究是需要辩解一下的。这样来从事美学研究，即退却到一个虚构的世界，现有环境只能在一个想象的领域加以变革和克服，其中必然包含令人绝望的因素，否认这一点是愚蠢的。"④

到这里我们可以得出结论：就整体的理论倾向而言，走入艺术的王国并非批判理论家的最终目的，对社会的批判才是他们根本的理论意图。工业文

① 周宪：《审美现代性批判》，商务印书馆 2005 年版，第 164 页。
② ［美］理查德·沃林：《文化批评的观念》，张国清译，商务印书馆 2000 年版，第 74 页。
③ ［德］罗尔夫·魏格豪斯：《法兰克福学派：历史、理论及政治影响》（下册），孟登迎、赵文、刘凯译，上海人民出版社 2010 年版，第 854 页。
④ ［美］马尔库塞：《美学方面》，见陆梅林编《西方马克思主义美学文选》，漓江出版社 1988 年版，第 254 页。

明对人的压抑性存在是批判理论产生的根由，而如何改变异化和技术理性对人的精神自由的控制和戕害则是法兰克福学派思想家们思索的根本性问题。这就是说，转向艺术自律观念的探讨是批判理论本身的需要。

二、艺术自律与人的自由

虽然在康德那里即已确立了审美自律的价值向度，但是这绝不意味着法兰克福学派的艺术自律思想是对康德的照本宣科，恰恰相反，由于批判理论的参与，与康德相比，这一思想已经成为某种变相，甚至可以说是对康德审美自律思想的某种反叛。如果说康德的自由思想同时具有"上升"和"下降"两方面的张力的话①，那么与审美自律性紧密关联的道德自由肯定是"上升"思路，其"下降"思路主要应该体现为政治哲学。席勒的自由路线较之于康德则更为生动，经由席勒，法兰克福学派对自由的追求更为具体化了。因此，正是在批判理论的背景下，阿多诺和马尔库塞的艺术自律思想在具体的自由追求指向上更为明晰，甚至即使在如此具体的美学命题上都显现出革命性或政治美学的特征。

艺术自律性与人的自由问题的探讨在康德美学中已趋向深入，后世美学大致是沿着康德的思路前进的，即以主体的自由感为纽带。如果说艺术自律性能够承载人之自由的话，那么在具体的实现上体现在两个方面：一是艺术与现实的关系；二是艺术形式。作为法兰克福学派艺术自律思想的两大核心问题，"艺术与现实"指涉的仍是艺术自律性命题的外部关系；而艺术形式则是艺术自律性本身的自我关联，甚至可以说，艺术形式与艺术自律性本就是一个问题，在多个层面上两者都可以实现话语转换，这一转换的根本意义在于赋予形式以革命性力量，更好地实现社会批判和承载人之自由追求的社会性价值。虽然"艺术与现实"问题是艺术与外部的关系，但是它并不外在于艺术，用阿多诺的话来说，艺术与社会的聚合是实质性的，仍是艺术本身的问题，也是艺术自律思想要解决的问题。

在批判理论家那里，艺术认识现实的方式不应该是照相式的或者透视

---

① 参见张盾《"道德政治"谱系中的卢梭、康德、马克思》，《中国社会科学》2011年第3期。

的描写，"而是通过其自律的构造（法则）来表现的，这些构造被现实的以经验为依据的形式隐藏着"①。相对于苏联马克思主义美学的现实反映论，阿多诺和马尔库塞在"艺术与现实"问题上更为复杂。首先，艺术是与现实对立的，是对现实的否定。艺术对现实的否定性在阿多诺那里是否定辩证法的具体展现，也是建立在整个批判理论对社会的否定性认识的基础之上的。可以说，批判理论的内在逻辑构成了艺术否定现实的合法性所在。正是因为现实是不合理的，所以艺术只能是对过去的追忆抑或对未来的梦幻，"在世界历史上，它是一种对灾难的想象性补偿，是一种在必然性魔力下不曾实现的、或许根本不可能实现的自由"②。

但是，否定性也只是艺术与现实关系的一个方面，艺术还有对现实肯定的一面。马尔库塞认为，艺术必须是现实的，必须是生活的组成部分；而作为生活的一部分的艺术，本身就是对现存生活的刻意否定——否定他的全部不合理的内容。从这一思维逻辑出发，在艺术中出现了两重现实：即那种人们对它抱以"否定"的现实（历史现实），和人们向它表示"肯定"的现实（艺术现实）。这两个"现实"之间是对立的关系，后者是对前者的否定与超越。否定与超越是同时进行的，"破"和"立"结合在一起。只有分辨出两个现实的不同意义，才能准确地理解马尔库塞的这句话："艺术作品在谴责现实的同时，再现着现实。"③ 句中的第一个"现实"是不合理的既存现实；第二个现实则是艺术所力图构建的理想世界。马尔库塞意义上的"再现现实"，被阿多诺看作是艺术所具有的约定性（promissory）。而艺术构建理想世界，也是对马克思在《1844 年经济学哲学手稿》中"人也按照美的规律来构造"的积极呼应。

结合"社会批判"这一价值指向，细察法兰克福学派的形式概念，就会发现其带有的革命性色彩。这一点阿多诺讲得非常明确："虽然艺术中的形式特征不应该从直接的政治条件角度来解释，但它们的本质含义就包括政

---

① Theodor W. Adorno, *Notes to Literature*（*Volume I*）. New York：Columbia University Press, 1991，p. 227.

② Theodor W. Adorno, *Aesthetic Theory*. London and Boston：Routledge & Kegan Paul, 1984, p.196.

③ [美] 赫伯特·马尔库塞：《审美之维》，李小兵译，广西师范大学出版社 2001 年版，第 196 页。

治方面。所有真正的现代艺术都追求形式的解放。……艺术虽然对政治不感兴趣，但会（从另一种意义上）参与到政治中去。当然，在当前社会结构已经完全一体化的语境下，形式本身是一种具有破坏性的抗议。"① 这就是说，形式承担了艺术自律性的价值诉求，成为社会批判的武器。形式被阿多诺规定为改变经验存在（empirical being）的法则，这经验存在就是艺术所要否定的现实，而形式则表征着艺术所要肯定的自由。马尔库塞也认为，作为艺术自律性本身的内在构成，审美形式使艺术与"给定的东西"区别开来，这"给定的东西"正是阿多诺意义上的"经验存在"，因此，是形式产生了美学的"异在效应"，这也就意味着，艺术的批判实践是通过形式进行的。阿多诺在这一问题上是与艺术否定现实的观点结合在一起的。就其一般意义上来讲，压抑性的社会现实是作为艺术的内容（或质料）出现的，虽然艺术是一种形式化的展示，但这并不意味着是对现实的清除，艺术形式包含经验存在物的本质要素。在这里，我们不难发现阿多诺与马尔库塞的细微差别：马尔库塞一直在强调内容如何被淹没在形式中；阿多诺却要努力表明这样一种理论倾向：作为内容之积淀的形式并非只求其本身的独立自足，内容应该在其中得以艺术化地展现。"当形式成功地恢复了积淀在其中的内容的生命力之后，才能判断其在审美意义上完成。"② 即使这样，阿多诺意义上的艺术还是形式，因为艺术作品对于现实内容的表达不是直接的，而是采取迂回间接的方式，并且越是以自我组织的形式来表达，其否定性力量则愈为强大。

可见，阿多诺和马尔库塞的艺术自律思想既出乎艺术之外，又是入乎艺术之中的。所谓"出乎艺术之外"是指他们从压抑的社会现实所导致的人的不自由出发，用艺术自律性印证着人的自由；"入乎艺术之中"则是指他们把艺术自律性与艺术形式紧密地联结在一起，艺术自律性与艺术形式凝结成为一个问题，在阐扬形式专制、内容与形式的辩证统一中，艺术自律得以完满实现，艺术在形式铺就的光明大道中抵达"自由王国"。可以说，艺

① Theodor W. Adorno, *Aesthetic Theory*, London and Boston: Routledge & Kegan Paul, 1984, pp.361-362.

② Theodor W. Adorno, *Aesthetic Theory*, London and Boston: Routledge & Kegan Paul, 1984, p. 202.

术在自律性问题上的纠结在阿多诺和马尔库塞美学中表现得尤为突出：一方面，他们认为实现社会批判的他律性目的必须内化于形式专制的艺术自律性中方能更好地实现；另一方面，他们又把艺术与社会之间的关系看作是艺术自律性的异质契机（heterogeneous moment），这一异质性因素在否定艺术自律性的同时也成就了艺术的自律性。所有这些，都充分表明了艺术自律性作为一个美学命题的复杂性。

三、现代艺术与文化工业

法兰克福学派对艺术史的观照和对社会文化现象与趋势的审视是其艺术自律思想的一大理论特色。具体而言，这一理论特征呈现为"一个肯定和一个否定"。"一个肯定"指的是对现代艺术的推崇，把这种艺术风格作为自身美学价值诉求的承载。自然，这种艺术史的对应是建立在对古典、现代及后现代艺术的纵向参照中完成的。"一个否定"即对文化工业生产下文化产品的责难，这一批判的视角是双重的：一是就大众文化的制造目的和生产流程来说，较之于精英艺术，其艺术趣味的通俗化伴随的是艺术性的大打折扣；二是在意识形态批判的层面，把文化工业看作是资产阶级对劳苦大众进行精神控制的一种手段，从价值维度层面的自由追求来考察，进而把其当作文化批判的靶子。

可以说，阿多诺和马尔库塞对现代艺术的推崇是对其艺术自律思想的一种赋形实践。这首先在于，他们认为现代艺术所要表达的正是对既存现实的否定，是对社会的抵抗和颠覆。这就与他们在艺术与现实的否定性关系方面相互印证。甚至于在阿多诺看来，先锋派是当代世界的仅有可能的真诚表现。因为对于他来说，"先锋主义艺术是一种彻底的抗议，它反对与现存一切的任何妥协，因此是仅有的一种具有历史合法性的艺术形式"①。超现实主义艺术对外在文明所建现实的否定和对艺术再造另一现实这一伟大力量的肯定，正是马尔库塞艺术功能论的考察依据；而处于现代社会中的现代艺术，如何以一种反叛的姿态出现于这一虚假的、不合理的现实之中，

---

① ［德］彼得·比格尔：《先锋派理论》，高建平译，商务印书馆 2002 年版，第 168 页。

又如何能揭示社会历史的真理性内容，业已成为阿多诺全部艺术哲学的核心问题。① 这不仅是对现代艺术的发问，更是对艺术自律价值指向如何实现问题的探索，并且，其对现代艺术的形式批评回答了这一问题。在阿多诺看来，现代艺术借用一种隐蔽的形式让社会进入了自己的境域，这样就保留了艺术的固有禀性。但是阿多诺同时又指出："超现实主义概念必须回到它的艺术技巧，而不是回到心理学。"②

总起来看，现代艺术虽然已经脱离"为艺术而艺术"的唯美主义旨趣，但仍然是一种艺术自律性的实践。理查德·沃林将先锋派艺术的本质特点描述为"去审美化自律艺术"，这本身即已彰显了现代艺术作为新的艺术自律维度之表征所迥异于以往艺术自律传统的地方，也更鲜活地体现了阿多诺和马尔库塞在这一问题上的复杂性。只是，需要对"去审美化自律艺术"作出进一步阐释的是，"去审美化"更多的是一种对社会现实的反抗姿态；而艺术的自律性仍然会促成审美的达成。再用更为折中的说法就是，虽然先锋派艺术对艺术形式具有破坏性，它却仍然没有越出马尔库塞或阿多诺对艺术所作出的界定范围，"因为它的激进的或'进步的'影响依然取决于它能够使业已建立的艺术形式去熟悉化。与此同时，这种艺术'坚持它的激进的自律'，因此对生活保持一种批判的、'意识形态上充分的'距离。"③ 因此，现代艺术与阿多诺和马尔库塞的艺术自律思想在很大程度上实现了某种契合。

当然，无论是阿多诺和马尔库塞所代表的批判美学的艺术自律思想，还是现代艺术所体现出的艺术自律观念，所抵抗的不仅仅是压抑性的社会现实，还有艺术的商品化。这突出表现在其对文化工业的批判。文化工业的出现是一个复杂的社会现象，它既是技术社会发展的产物，也和人与时代的精神状况密切相关，特别是当文化作为一种工业领域被政治资本家控制之后，文化工业的控制力已成为批判理论家首当其冲的批判对象。

① 　See Lambert Zuidevaart, *Adorno's Aesthetic Theory：The Redemption of Illusion*, Cambridge：Mass. & London：The MIT Press, 1991, p.xx.

② 　Theodor W. Adorno, *Notes to Literature*（Volume I）, New York：Columbia University Press, 1991, p. 87.

③ 　[美] 理查德·墨菲：《先锋派散论——现代主义、表现主义和后现代问题》，朱进东译，南京大学出版社 2007 年版，第 37 页。

　　坚持艺术自律性本身就是对艺术的尊重，没有了这种尊重，艺术性也无从谈起。艺术作品的不可复制性是传统艺术的主要特征，而机械复制时代则打破了这一艺术惯例，同时也就打破了艺术的灵韵，当千千万万个艺术品以同样的面目出现于千家万户的时候，艺术的光晕会因为普及而变得廉价。这种艺术精英主义的姿态不仅是批判美学家所独有的情结，已经成为一种艺术接受传统。如果文化消费成为文化工业的基本环节，商品逻辑必将成为文化生产的第一准则。虽然文化工业客观上在一定程度上满足了大众的文化需求，但是这种需求不是以提升自身的真正需求，而是一种虚假需求。因此，商品市场下的文化生产在导致艺术庸俗化的同时更导致了对人的压抑，这两者是相关的——庸俗化的大众文化不具备自律性艺术带来的审美升华，因为"审美升华的秘密就在于，它所代表的是背弃的诺言。文化工业没有得到升华；相反，它所带来的是压抑"①。

　　应该说，文化工业与艺术自律性之间的冲突还是艺术制作与工业生产之间的对立。一直以来，艺术性的展现是一种个人才能的施展，艺术创作过程是自由而个性化的过程；而在文化工业中，"体现在艺术作品中的社会劳动越是客观的和有组织的，对艺术作品而言就越显得空洞和格格不入"②。此外，就大众对文化工业的迎合心态进行分析，固然是一种"虚假"的需求，却成为日常生活中必要的文化消费对象。正是在这种"必要性"上，阿多诺发现了问题的所在。在他看来，艺术属于自由王国，"假如用必要性表示艺术的特征，那就会使交换原则超出其经济领域得以扩展，屈服于市侩从艺术中获得什么实惠的愿望"③。想从艺术中得到什么实惠的要求，自然不是艺术自律性的表现，而文化工业的生产和消费都体现了这样一种倾向，即赋予艺术或经济创收或消遣娱乐的他律目的。

　　总之，阿多诺和马尔库塞对现代艺术的肯定和对文化工业的否定，使其社会批判这一激进的美学锋芒毕露，更使其艺术自律思想有了艺术史的

---

① ［德］马克斯·霍克海默、西奥多·阿道尔诺：《启蒙辩证法》，渠敬东等译，上海人民出版社 2006 年版，第 126 页。

② Theodor W. Adorno, *Aesthetic Theory*, London and Boston：Routledge & Kegan Paul, 1984, p.147.

③ Theodor W. Adorno, *Aesthetic Theory*, London and Boston：Routledge & Kegan Paul, 1984, p.356.

依托和社会文化现象的参照，本身也是对其艺术自律观念的一种充实和丰富。只是，在这一问题上我们不免质疑的是，在阿多诺的理论中，具有自律性的现代艺术在张扬批判性的同时，不可避免地带来了"分化"的后果。现代艺术的精英主义特征，实质上催生了它所不屑的大众文化工业，这正是现代艺术在理论追求与实践效用上的悖论之处，也是法兰克福学派理论家们在艺术自律性主张上的尴尬，这一尴尬使得先锋艺术羞于自身的批判效果。

从康德经由席勒，到法兰克福学派的艺术自律思想，勾勒出一条清晰的艺术自律观念价值论维度的理论线索。如果说"从美学的革命到革命的美学"可以精准地概括这一理论轨迹的话，那么必须重申的一点是："革命的美学"必然以"美学的革命"所确立的艺术自律规范为前提才能彰显其革命性。具体说来，法兰克福学派的艺术自律思想，虽然以社会批判为理论背景，以人的自由解放为价值诉求，但是并没有湮灭康德以来的艺术自律准则，而是以此为前提来展开其革命性诉求。他们并没有摆脱康德审美自律的理论框架，即道德自由的价值是以审美自律为基础的，前者的实现乃是后者的一种事后效应。这一坚持非常重要，因为无论是康德对道德自由的价值寄托，还是阿多诺和马尔库塞鲜明的自由解放追求，说到底是艺术的他律因素。如果没有自律性的前提，这些价值诉求本身就会成为对艺术自律性的否定。

由此可见，法兰克福学派从社会批判视角形成的审美理论模式，并没有以牺牲艺术本身为代价；相反，正是艺术自律思想这根红线贯穿始终。对这一问题的厘清和反思具有重要的理论价值和实践意义。首先，通过以艺术自律思想为中心对法兰克福学派理论体系的批判性考察，一改批判理论在艺术批评问题上他律论的单一面相，康德和席勒的美学传统在此有了承续。其次，当我们回到美学发展的中国语境，特别是新时期以来的美学转型，不难发现这其中存在追随并迷失于西方美学思潮的弊病。这其中一方面是因为我们没有真正地面对审美的诸多基本问题，另一方面也在于我们并没有及时彻底地消化吸收中西美学理论遗产。也正是在这个意义上，我认为具有时代感的美学理论建构，可以像法兰克福学派那样走出康德，而不是否定康德。"走出康德"是因为自律性思想也只是艺术理论的一部分而非全部内容；而作为审美标准的自律性在艺术世界中仍然会有它的生命力，这也正是当下西方审美主义传统再次萌生的缘由，因此，艺术自律性只会被超越而不应被否定。无论是作为背景还是被推向前台，关切人之自由这一深沉主题的艺术自律问题的讨论势必会成为当下中国美学理论研究的重要部分，时下关于艺术语言研究的风行就是很好的例证。对此，我们充满了期待。

（原载于《安徽大学学报》2014 年第 4 期）

时尚消费的悲剧及其意义

——拉斯·史文德森时尚哲学中的存在之思

张爱红

在挪威当代哲学家拉斯·史文德森（Lars Svendsen）看来，时尚是一种历史现象，也是一种审美哲学。时尚不仅仅是服饰，它还可以被看作一种机制或者一种意识形态，它渗入到消费领域，作用于现代世界的中心，甚至已成为了人类的"第二本性"。在增进当代人自我理解的意义上，史文德森觉察到了时尚消费的哲学功能，断言"时尚不是普遍性的。它并不是存在于任何角落、任何时间的现象。它的根要么深植于人类本性之中，要么深植于群体机制之中"①。时尚与现代性同生，"奉行一种现代主义的标准。这种标准意味着，一种新时尚会取代所有以前的时尚，并且使以前的时尚变得冗余而不必要"②。在后现代消费的情境中，时尚以逐新与求奇的魑魅不断炮制着各种诱惑，借以呈现自身、张扬个性探讨着什么是意义，什么是身份的当代存在主义难题。

一、时尚消费中的"文化悲剧"

作为一种受关注的社会现象，时尚始于人类的服饰文化领域。法国历史学家布罗代尔（Fernand Braudel）根据对西方服饰史的研究得出，1350 年欧洲服装形式的转变是时尚诞生的标志。由此，对时尚的界定便有了狭义

---

① [挪威] 拉斯·史文德森：《时尚哲学》，李漫译，北京大学出版社 2010 年版，第 17 页。
② [挪威] 拉斯·史文德森：《时尚哲学》，李漫译，北京大学出版社 2010 年版，第 27 页。

与广义之分。狭义的时尚专指涉及服饰领域的流行文化现象，如波尔希默斯和普罗克特认为时尚是有关西方现代性的一套特殊的衣着系统；广义的时尚除包含服饰领域的文化现象之外，还指向对这种风尚、态度、理念的心理体验及其所代表的社会本质规律的研究。乔安妮·恩特维斯特尔（Joanne Entwistle）认为：“当我们要为时尚下定义时，还必须考虑到在时尚背后的经济、工业和技术的动力为题。‘时尚’是一个一般性的术语，可以用来指诸如建筑乃至学术等社会生活领域中的任何一种系统性变化；而适用于衣着的‘时尚系统’则指称衣服的生产与发售这一套特殊的经营模式。”①迈克尔·所罗门（Michael. R. Solomon）说：“时尚反映了我们的社会和我们的文化，作为一种象征性的表达，时尚反映了人们如何表征自己。……尽管有人倾向于把时尚归结为服装和化妆品，但实际上，时尚影响到几乎所有的文化现象。”②时尚哲学的鼻祖西美尔（Georg Simmel）断言，“时尚是既定模式的模仿，它满足了社会调试的需要”③。

　　然而，史文德森认为，“时尚”是个很难定义的词，甚至说不可定义。在史文德森看来，某件事物能够无可非议地称为“时尚的”，其充分必要条件的存在是极其可疑的。但为了说明“时尚”的基本内涵，史文德森结合亚当·斯密、康德、西美尔和利波维茨基对时尚的论述，把时尚分为两大类：一类是作为服饰的时尚，另一类是作为总体性机制或意识形态的时尚（服饰也包含在其中）。然而，史文德森并不满足于这种粗略的界定，他试图去寻找究竟是服装自身还是服装所具有的性质才构成了“时尚”？通过对罗兰·巴特有关时尚意义体系的借鉴，史文德森推出：“时尚”一词比“服装”一词的外延更为广泛，时尚指向一种既定的性质（或一个各种性质的特殊组合）。因为服装在时尚出现很久之前就已经存在了，有很多现象并非是服装，但却可以被描述为“时尚”。问题的关键在于，“时尚”所指向的这种性质究竟是什么？史文德森的困惑也正基于此。最终，维特根斯坦的“家族相似”

① [英]乔安妮·恩特维斯特尔：《时髦的身体》，郜元宝等译，广西师范大学出版社2005年版，第51页。
② [美]迈克尔·R.所罗门、南希·J.拉博尔特：《消费心理学——无所不在的时尚》（第2版），王广新等译，中国人民大学出版社2013年版，第6页。
③ [挪威]拉斯·史文德森：《时尚哲学》，李漫译，北京大学出版社2010年版，第72页。

理论给予了他新的启发：我们称之为时尚的任何事物，不是因其具有某一相同的性质而被命名，而是因其潜在的相似性从而勾连为一个活跃的流动性网络；把握时尚的本质，必须通过使用我们称之为时尚（或者不时尚）的例证来不断接近概念的核心。

尽管时尚的概念是笼统的，但史文德森确信，"时尚的功能是作为一个舞台，我们在其上可以发现自己，或者更确切地说，能够创造自己。时尚工业承担的责任是，将我们从把自我创造为艺术品的艰难任务中解救出来，其手段就是使我们能从时装店购买现成包装好的服装"①。基于此，史文德森把时尚与现代性关联起来，认为时尚的发展史恰恰标示了现代性的发展方向，"而且现代世界的特征是，消费者可以进行选择的对象的数目在急剧增长"②。然而，消费对象的充裕并不能体现作为主体的消费者的优越，反而昭示了消费者在琳琅满目的商品下的奴役。西美尔把现代文化的悲剧归纳为客体精神（objective spirit）压倒了主体精神（subjective spirit），其结果是主体完全受客体文化变迁的支配，彻底丧失权威。就时尚而言，服装原本由主体创造的，理应为主体所使用。然而，事实却相反，一旦时尚被创造出来，就形成一股强大的洪流，使得主体不得不去适应客体（服装）。可见，在时尚消费中，主体并不具有主导优势，相反，由主体所创造的客体（潜在的时尚潮流）却脱离了它们的起源并开始形成自己的逻辑。在史文德森看来，这正是西美尔所说的"文化悲剧"的核心。

西美尔"文化悲剧"的提出源于其对现代文化危机的诊断。货币在现代生活中的奔涌，无情地抹掉了生命的底色，"事物在一种完全没有色彩的、不具有专门意义上的规定性的交换手段身上找到了自己的等价物，它们任何时候都可以兑换成这样一种等价物，因此事物在某种程度上被磨光、磨平，它们粗糙的表面日趋平滑，不间断的夷平过程在事物之间展开"③。货币对现代生活的全面渗透，导致物质文化的空前膨胀和工具理性的横行，导致客观文化对主观文化的全面压制，最终会使整体文化景观全面衰竭。"文化悲剧"

---

① ［挪威］拉斯·史文德森：《时尚哲学》，李漫译，北京大学出版社 2010 年版，第 147 页。
② ［挪威］拉斯·史文德森：《时尚哲学》，李漫译，北京大学出版社 2010 年版，第 119 页。
③ ［德］西美尔：《金钱、性别、现代生活风格》，顾仁明译，学林出版社 2000 年版，第 16 页。

的实质是现代文化发展过程中，内在的生命冲动与外在的文化形式之间持续不断的二元对抗。生命冲动如内发的火山岩浆，在不断涌动中希冀通过外在的文化形式表现出来，从而形成客观文化；而文化形式犹如固化的火山外壳，限制并拒绝生命冲动的肆意流淌。然而，在货币文化的侵入下，文化形式终究阻止不了生命冲动的狂热，生命冲动的岩浆最终不断铸造着新的客观文化，直至完全被客观文化所覆盖。整个现代文化的发展史就是不断处理这种矛盾的进化史，"生命与形式从一开始就处于一种潜在的对抗之中，并在活动的许多领域表现出来。从长期来看，这种对抗关系最终会发展成为一种普遍的文化危机。"① 在时尚的动力机制中，西美尔把时尚的产生与陨灭均纳入理性解读的范畴，视时尚的文化悲剧为社会驱动的结果。

　　史文德森在时尚消费的痼疾中看到了西美尔"文化悲剧"的典型症候，对时尚消费的后果不无堪忧，直言"时尚中有一个现代性的关键特征——对传统的摒弃。……但在时尚中也蕴含着一个现代性不愿认可的因素，那就是：时尚是非理性的，它会为了变化而变化。而在现代性的自身形象中，变化却是为了逐渐走向理性的自决"②。于是，史文德森归纳出时尚的最基本特征——逐"新"，认为现代化已成为逐"新"的同义词。然而悲剧也正在于此。由于时尚对逐"新"的迷恋，视"新"为时尚的唯一法则，现代性中"美"也被迫让位于"新"，甚至被时尚排除在外。史文德森引用康德时尚理论中对"新颖"的偏爱以及时尚无关乎审美的论断，重申：时尚中的美不具有任何功能，而在于完完全全的暂时性。一切都是过客，匆匆的虚妄！史文德森解释道，"美"在时尚中的稍纵即逝是因为艺术受制于时尚的逻辑，时尚与现代艺术二者都被一种"创新驱动力"所左右。正如前现代艺术家受制于"在传统的框架内坚守"这样一种诉求，现代艺术家也受制于另一种诉求，即"超越这种框架，并且一直创造新事物"。不断地与过去的一切决裂，并不是一种自由选择的结果，而更是现代艺术严格规范的结果。史文德森相信，在无关乎"美"的时尚中，不断的变化、不断的向前似乎才是时尚成其为时尚的理由——尽管这是一种无目的的奔跑。

---

① K.Peter Etzkorn (ed.), *The Conflict in Modern Culture and Other Essays*, New York：Teachers College Press, 1968, p.p.11-12.

② ［挪威］拉斯·史文德森：《时尚哲学》，李漫译，北京大学出版社 2010 年版，第 19 页。

时尚的本质是短暂的，它不断解构语境又重构语境。正如鲍里斯·格洛斯所描述的，时尚的持续变化取消了普遍真理存在的可能，使其不可能决定未来。时尚将自身的逻辑几乎强加于现代社会的所有领域，因而变得无所不包。史文德森喟叹，"时尚已经征服了绝大多数的领域，但在此过程中它迷失了自我。它无处不在，但正因为如此也意味着它无所依存"①。

二、在荒谬的符号价值中构建个人认同

史文德森看到了时尚消费中的"文化悲剧"，似乎表明他是一个文化悲观主义者。因为"在文化悲观主义者看来，无论你从什么视角看待这个问题，市场总是受制于短期利益，而不是它所应该承担的长远社会抱负。当涉及保存并充实人类无价的文化传统的时候，市场会自行创造一种现代性的幻象来遮蔽这种短期利益。"② 时尚消费的文化悲剧在于，在被消费驱赶的商品洪流中，人们来不及驻足欣赏，随即又被裹挟进新的涌动之中——主体完全被客体的节奏所牵制，成为一群盲从于时尚潮流的漂泊者。西美尔将这种悲剧的核心归结为"时尚没有把握住整体的人。时尚的易变性恰恰是由自我情感的持久性来衡量的，由于时尚的易变性，对于整体的人来说，时尚总是作为某种相对外在的东西而存在"③。不同于西美尔的是，史文德森认为时尚悲剧的核心不在于对人的整体性的忽略，而是对个人认同的缺乏。他认为，一旦某种时尚得以确立，处于整体时尚圈中的个体便试图通过保留一些最私人化的特点与性质来强调自己的独特与殊异，以证明个体的存在。这种努力正是通过消费具有特殊符号价值的客体对象来实现的。不同于西美尔的理性原则，史文德森与布鲁默均认为时尚无关乎理性，甚至史文德森的时尚哲学体现了反理性的特点。在史文德森看来，时尚总蕴含着两个对立的要素，一方面以个体展示出作为自我的一面，但同时，又总是将自己视为群体中的一

---

① ［挪威］拉斯·史文德森：《时尚哲学》，李漫译，北京大学出版社 2010 年版，第 28 页。

② Xavier Greffe, *Arts and Artists from an Economic Perspective*, Paris：Unesco Publishing, 2002, p.208.

③ ［德］西美尔：《金钱、性别、现代生活风格》，顾仁明译，学林出版社 2000 年版，第 99 页。

员。基于此，史文德森把一个穿上时尚服装的人视为"一个活生生的荒谬的存在"，因为他同时崇尚并表达着个人主义和顺从主义。

存在主义哲学家雅斯贝尔斯在探讨"人是什么"的本体论命题时坦言，人只有通过自己和他人的形象才能把握自我，"人活着不可能没有关于自己的形象。正是在形象与形象的比较中，人们才能把握住真正的自我。……而人要实现自我，就要寻找自己所崇拜的对象。在自己所爱的人中实现自我，又在那些为自己所鄙视的人中弃绝自我"①。对于"人的存在"的终极命题，史文德森尝试从时尚消费的维度中寻找答案。不同于布鲁默时尚观中的非符号纬度，史文德森明确，在一个消费社会里，不仅所有的商品被转变为符号，而且所有的符号也被转变为商品；符号价值已经取代了使用价值，我们与客体对象的关系已经越来越与使用价值无关，一个人占有什么样的符号，就是在标明他是一个什么样的人。就时尚来说，处于一个特定时尚圈的人必定是具有特定"阶级标识物"的人。在这一点上，史文德森与凡勃伦、西美尔、布尔迪厄又有相通之处。凡勃伦和西美尔从功能论的角度把时尚视为社会阶层区分的工具，认为正是时尚把贵族与平民区分开来；布尔迪厄直接把上层阶级视为时尚发展的驱动力，下层阶级通过模仿上层阶级的时尚趣味而获得社会认同。由此，布尔迪厄十分重视"区分"的重要性，认为恰恰是"区分"创造了稀缺性，以此将他人排除出去，从而在排除他人以后获得充分的符号价值。史文德森认同古典时尚理论中的这种阶级区分论，归纳出了时尚传播的"滴流"机制：时尚创造于社会顶层，然后如水滴般渗透、滴流到各个社会阶层。不同于凡勃伦和布尔迪厄的扩散模式是，史文德森的滴流机制并不仅仅限于从上层到下层之间的垂直模仿，他吸收了塔尔德的自下而上的现代模仿律，认为时尚的传播还包括水平层次的新旧交替。由此看出，史文德森的时尚传播机制并不单独站在社会精英主义的立场，也不是塔尔德充满人道主义精神的平民立场，而更具有大众普适性和社会民主色彩。

尽管史文德森承认社会认同对建构符号价值的重要性，但他依然批判了古典时尚理论所依存的"阶级概念"，断定"阶级概念在今天已经不再适

---

① 　熊伟：《存在主义哲学资料选辑》（上卷），商务印书馆1997年版，第720页。

用了。当今的消费不是与阶级认同相关联，而更多的是与个人认同相关"①。然而，对于在时尚消费中构建个人认同，史文德森并不认为这会是一种成功的路径，相反，他断定其结果必然会是失败。在他看来，建立在符号价值基础之上的后现代消费，根本无法通过一个虚拟、飘缈的符号价值来建立个人认同。因为这些符号到底象征着什么，我们并不清楚。史文德森同时认为，商品的意义不是由某一个特定派别的人所完全决定的，它的符号意义服从于不同人群之间的"协商"。这就排除了商品符号价值的唯一性，即符号背后的内涵应该是广义的。同时，史文德森认为，符号的意义也会随时产生变化，尤其是当产品进入市场后，符号的意义也就飞快地消失了。为此，史文德森以亚文化、反文化进入市场之后文化个性即被"磨平"的例子来证明，从时尚的角度看，反文化和现存文化之间并不存在真正的对立。因为在时尚逻辑中，一切都要服从不断"变化"、不断"求新"的原则。尽管我们为了抵抗持久性的缺乏，不停地寻找新事物，并且成为新事物的主要消费者，但新事物的生命周期总要受到时尚变迁的支配。在流水花影中，在新旧更迭之中，时尚恰恰消解了它自身，成为它的幻象，"时尚的本质是生产有效的符号，而这些符号不久就成为无效的符号"②。

可以看出，在史文德森的时尚哲学中，时尚包含了三种功能：模仿符号、生产（或称建构）符号以及解构符号。三种功能体现了时尚演进的历史深度，并依次对应着古典时尚、现代时尚和后现代时尚三种不同的文化形态。在古典时尚中，时尚符号通过阶级区分来体现自己的身份品味；在现代时尚中，时尚符号通过创建符号来体现与众不同，彰显自己的独特魅力；而在后现代时尚中，时尚符号以玩笑般的虚无主义态度来蔑视权威、忽视独特、漠视符号。在后现代时尚形态中，一件时尚事物可以有无数种解读方式，因而，时尚事物的本身已失去了符号的意义。解构之后的后现代时尚质疑任何形式的文化编码，以嬉戏般的状态清除了传统符号的一切能指和所指，徒留空虚或荒谬。如果说，在传统时尚中，时尚符号指向社会认同（群体认同），现代时尚重视个人认同，那么后现代时尚则漠视任何认同，在漂

---

① ［挪威］拉斯·史文德森：《时尚哲学》，李漫译，北京大学出版社 2010 年版，第 126 页。
② ［挪威］拉斯·史文德森：《时尚哲学》，李漫译，北京大学出版社 2010 年版，第 130 页。

浮的符号中转向一种非理性的狂欢。

三、对快乐的追逐及其虚假的自由

时尚对符号意义的不断消解，促使"我们陷入了经验之中，而经验完全就是感性刺激。……事实上，这是后现代商品最具有吸引力的一个重要部分——我们很快就能替换它了！"① 在看似文化悲观主义者的表述中，史文德森对时尚消费的理解实际上蕴含着更多乐观的情绪。在后现代消费之中，我们不能奢求永恒，但可以寻求变化。即使是为了变化而变化，但在此过程中后现代消费者体验到的也是一种满足，一种或许仅仅关乎当下的片刻的欢娱。这正如尤卡·格罗瑙所说的，在现代享乐主义消费者的理性根源中，"时尚提供了一个具有社会约束作用的趣味标准，有效地影响和引导消费者个人的选择"②。

针对时尚消费的根源及其影响，史文德森与格罗瑙的理性立场和趣味原则有着显著的不同。他依然坚持非理性的立场，并把"快乐"作为这种非理性消费的核心。在《时尚的哲学》中，史文德森总结了后现代消费者的两种愿望：一是追求快乐，以消费来满足内心的快乐；二是对快乐的追求——快乐本身并不重要，关键是追求快乐的过程最为重要。尽管史文德森并没有揭示这两种愿望究竟哪一种才是后现代消费者的最主要特征，但他道出了后现代消费者与古典消费者的明显不同。史文德森认为，古典消费者的消费是为了生存，与一定社会的物质发展水平相适应。在严格的社会标准中，古典消费者明确地遵循道德标准，借以衡量什么情况是消费得过多（贪欲问题），什么时候是消费得过少（贫穷问题），而且这种社会标准从来不允许离满足生理需求过远。史文德森把古典消费中的这种需求概括为"自然的需求"，而把后现代消费中的需求称为"人造的需求"。显然，两种需求的界定仅仅限于相对的主导性，并不具有绝对的排他性。史文德森并不赞同波德里亚将消费社会的需求完全"去自然化"的表述，认为即使我们不能在"自然的"

---

① [挪威] 拉斯·史文德森：《时尚哲学》，李漫译，北京大学出版社 2010 年版，第 131 页。
② [芬] 尤卡·格罗瑙：《趣味社会学》，向建华译，南京大学出版社 2003 年版，第 110 页。

和"人造的"之间划出绝对的界线，但这并不意味着我们因此就彻底放弃二者的区别。在他看来，消费社会中的"自然需求"仍是存在的，只是不再具有主导的规范性，驱动消费的已不再是"需求"，而变成了欲望！

　　问题的关键在于，在后现代消费中，究竟是什么样的欲望不断驱使着人们去消费？借用亚里士多德的快乐伦理，史文德森指出：快乐自身就是其目的。在时尚消费中，消费并不能将我们正在需求的意义给予我们，仅仅提供了一种人造的意义，但正是这种人造的意义却会使我们快乐，并使所有的社会形态获得了一种似乎什么也不缺的理想状态。换句话说，人造的意义制造了一种虚假的符号价值，但却带来了自然需求的满足，同时也使消费主体获得了快乐的体验。即在后现代消费的逻辑中，一切不能使我们变得快乐的消费都是无意义的。在此，快乐似乎变成了一种消费上的诱惑，但"诱惑是以空虚的吸引力为基础的。作为一种形而上学，它是现代时尚的特点，也同时是后现代时尚的特点。……因为在后现代时尚中，符号的使用是随意的，儿戏般的——而且在后现代时尚中，对于意义的追求掩盖了意义的空虚"①。

　　罗兰·巴特在对时尚体系的研究中指出，幻想中的产品与真实的物体之间总有一道深深的鸿沟：我们所想要的服装永远是图片中具有华美形式和象征性内涵的意象服装，但在现实生活中，我们选择购买的却是具有实际功能的真实的服装。坎贝尔确信，在这种截然不同的情境下，两种时尚对象之间的差异恰恰构成了我们对时尚消费的"持续欲求"（continuous desire）。史文德森把罗兰·巴特和坎贝尔对消费动力的理解称之为一种"浪漫主义的解放"，认为消费社会的修辞在很大程度上是反文化的修辞，个体在消费中并不是完全被动、顺从的，而是主动、有选择性的。尤其在时尚消费中，个体基于反文化的个性化要求，消费反而具有更大的创造性。

　　然而，对消费目的的乐观描述并不能从根本上解决时尚消费内蕴的困境。不断变化的时尚逻辑告诉我们：开创一种形式的自我实现总是意味着取消它的另一种形式。在规束和解放之间，新时尚对旧时尚的不断否定，似乎只是一种表象的狂欢。史文德森肯定新时尚中蕴含着伟大的解放力量，赞扬它将个人从旧有的力量中解救出来。问题在于，随着一种压迫被另一种压迫

---

① Alison Lurie, *The Language of Clothes*, London：Bloomsbury, 1992, pp.106-107.

所取代，个体随即成为新时尚暴政的臣民。现代性将我们从传统中解放出来，但它又让我们成为新权威的奴隶，而且这种新权威拥有更为强大的规制力量。

至此，史文德森对时尚的忧虑变成了一种对现代性的恐慌！不是对现代性本身，而是对人在现代化过程中遭遇的"消费异化"的恐慌。在被消费异化的现代社会中，波德里亚指出，"时尚解除了符号的一切价值和一切情感，但它又重新成为一种激情——人为的激情。这是荒诞本身，是时尚符号的形式的无用性，是系统的完美性，在这里什么也不再与真实交换。正是这种符号的任意性，以及它的绝对一致性、它与其他符号的整体相关性约束，在带来集体快乐的同时，同时带来时尚传染的危害性"①。当现代人被导向以高消费来体现人生的价值时，人们便不再关心本真的生存状态，不再关注文化的价值。在把生活意义编织进虚幻的时尚消费所代表的那种生活方式中时，现代大众实际上是以犬儒主义的心态构筑了一种虚假的自由！

结语　乌托邦的意义

时尚消费的悖论正体现了现代人在自我与他者之间的生存尴尬。在解构了符号和意义之后，消费社会中人应该如何存在？或者说在琳琅满目的商品中，人究竟如何确证自我的存在？对此，史文德森仍以积极乐观的态度肯定了"消费"给当下人的生存启示："消费填补了存在的真空，否则它可能就会是一个空缺。我们的乌托邦就是消费社会——在这个社会里，作为个体的我们能够通过消费商品来实现自我。"② 法国时尚哲学家利浦斯基（Lipovetsky）对此评论道："时尚帮助形成了现代个体的一些主要特征，将人类的虚荣审美化、个体化，它成功地将肤浅之物转变为拯救的工具，存在的目的。"③

显然，在人与消费社会的关系中，史文德森对"消费"作出了退让。

---

① ［法］让·波德里亚：《象征交换与死亡》，车槿山译，译林出版社2006年版，第136页。
② ［挪威］拉斯·史文德森：《时尚哲学》，李漫译，北京大学出版社2010年版，第135页。
③ Lipovetsky, Gilles, The Empire of Fashion. Trans. Catherine Porter, Princeton：Princeton UP，1994，p.20.

这种退让一下戳穿了当代哲学的文化软肋：在物化生存的处境中，我们惯常以鸵鸟主义的心态来回避当下的某种困境，不再去追溯远去的历史，也不再展望不远的将来。这不仅是存在主义哲学在当代消费语境中的一种妥协，更是对人性弱点的深刻痛击！从史文德森对时尚消费的整体论述中，我们依然可以在乌托邦式的悲剧中寻找到一种反乌托邦的意义。这正如波德里亚所说的，"这是一种绝望，因为没有什么可以永恒，但这也是一种补偿的快乐，因为可以认识到，超越了死亡，每一种形式都有机会重新出现"①。

（原载于《社会科学家》2015 年第 5 期）

---

① Baudrillard, *Symbolic Exchange and Death*, London：Sage, 1993, p.119.

教育部人文社会科学重点研究基地山东大学文艺美学研究中心基金资助

文艺美学研究丛书（第二辑）

文艺美学的新生代探索（下）

曾繁仁　谭好哲　主编

人民出版社

目　录

（下）

新时期外国文学研究的回顾与反思

刘 林

新时期伊始，百废待兴。像全国其他领域一样，外国文学研究工作者深入揭批"四人帮"在十年动乱中竭力推行的极"左"思潮，系统地重新评价了西方文学发展的各主要阶段，从而首先在古典文学领域突破了"四人帮"设置的极左禁区。同时，在思想解放的大气候下，外国文学研究工作者认真梳理和反思了外国文学评论中传统的基本理论概念，并以极大的热情介绍了 20 世纪外国文学主要创作流派、代表作家作品以及各种文学批评方法。可以说，对传统理论资源的纵向清理、反思与对现当代西方文学及各种批评方法的横向介绍移植使新时期外国文学研究呈现出热点迭出、百家争鸣的生动局面。这一时期的讨论课题之多、程度之热烈都是新中国成立以来所罕见的。

一、对外国文学评论中几个传统理论范畴的讨论

新时期之初，国内的外国文学研究就围绕人道主义在西方近现代文学中的具体形态及其社会作用、消极浪漫主义与积极浪漫主义的分野、19 世纪现实主义文学的理论内涵等问题展开讨论。朱光潜先生在 20 世纪 60 年代曾提出 19 世纪以前人道主义具有一定的进步意义，但 19 世纪以后随着资产阶级从革命转为反动，资本主义社会由上升转为衰落，人道主义就演变成博爱主义与个人主义及其直接后果，即反人道主义。[①] 朱先生的观点在新时期

[①] 朱光潜：《文艺复兴至 19 世纪西方资产阶级文学家和艺术家有关人道主义、人性论的言论概述》，《社会科学战线》1978 年第 3 期。

也不乏支持者①。用这种观点来研究欧洲文学史，以莎士比亚为代表的文艺复兴至 19 世纪以前的西方作家往往就会得到较高的评价，而雨果、狄更斯、哈代、托尔斯泰、陀思妥耶夫斯基等处于资产阶级下降时期作家的人道主义思想倾向则需要加以批判分析。但也有一些学者提出不同看法。许汝祉先生追溯了西方人道主义思想的发展，认为西方人道主义文学的作家主观上大都对已经取得统治地位的资产阶级持批判态度，客观上也受到广大人民群众的欢迎、尊敬和爱护②。陈挺先生则着重分析 19 世纪批判现实主义文学的社会作用，认为 19 世纪人道主义在暴露资本主义社会的黑暗与非人性，启发人民群众的革命觉悟方面发挥了积极作用③。

　　研究者们在进行理论阐述以外，还结合西方文学史的主要发展阶段探讨了人道主义的具体形态及其作用。王富仁先生强调我们必须看到文艺复兴时期人文主义者的内在思想矛盾，人文主义者并不是完全站在"人"的立场上，而是试图在神学框架内找到"人"的位置，从而表现了"人"、"神"这两个基本点之间的内在矛盾，这也是人文主义文学作品的普遍矛盾与规律④。法国作家雨果作为 19 世纪资产阶级人道主义的代表作家无疑是研究的重点，讨论的中心问题是如何正确地估量作家思想中人道主义与革命暴力之间的相互关系。沿用已久的观点是认为雨果把人道的原则凌驾于革命的原则之上，讨论中有的同志对这种传统观念提出质疑，认为雨果思想中人道主义理想与革命暴力之间不存在矛盾，在雨果看来，要想清洗一切时弊，清除黑暗社会这个瘟疫，只有通过革命的风暴⑤。

　　人道主义的原则还是评判西方现代派文学的重要理论依据与价值尺度。无论国内还是国外，都有人从现代艺术的"非人道化"的角度批评现代派文学，苏联文艺理论家赫拉普钦科认为"现代主义是一种否定人的现象。把艺

---

① 何新：《"先锋"艺术与近、现代西方文化精神的转移——现代派、超现代派艺术研究之一》，《文艺研究》1986 年第 1 期。

② 许汝扯：《西方文学与人性论、人道主义》，见张月超《外国文学研究中的新进展》，南京大学出版社 1986 年版。

③ 陈挺：《批判现实主义文学中的人道主义的历史作用》，《上海师范大学学报》1980 年第 2 期。

④ 王富仁：《近代意识的产生与文艺复兴》，《学术月刊》1988 年第 7 期。

⑤ 朱祖谋：《论雨果人道主义思想的发展》，《盐城师专学报》1985 年第 4 期。

术的非人道化奉为原则……这股思潮在本质上疏远人性、厌弃人性、否定人道精神"①。国内也有学者从存在主义否定人的存在的价值和意义的角度批评现代派②。对此，有的学者认为现代派文学通过各种艺术形式揭示资本主义的严酷现实和人的非人道的存在或生存状况，可以极大地唤起读者对社会现实的愤慨，不宜轻率否定，而应予以欢迎③。

　　20 世纪 80 年代外国文学研究还在思想解放的新背景下重新探讨了外国文学研究中一些新中国成立以来沿用已久的理论定式。郑敏、赵瑞蕻先生较早重新评价了以前被确定为消极浪漫主义诗人的华兹华斯的文学贡献④，郑克鲁先生指出"消极"、"积极"是一种政治标准，用来划分文学流派就会贬低那些在艺术上卓有成就的有贵族倾向的诗人⑤。与此相似，研究者们也不再满足于用"批判现实主义"的传统理论范畴概括 19 世纪欧洲现实主义文学。有的指出高尔基把"批判现实主义"作家定性为"浪子"或"多余的人"是对作家经济、人格上的独立社会地位的极大误解⑥。通过这些认真的理论探讨，大家取得了某些共识，20 世纪 90 年代以后出版的外国文学史教材已不再沿用消极浪漫主义、积极浪漫主义、批判现实主义这些理论标签。

　　值得注意的是，新时期外国文学研究的进展不仅表现为对几个传统理论范畴的质疑与突破，而且表现为研究者对重要理论范畴的理解也极大地深化了。比如，"现实主义"虽然今天还被广泛使用，但其理论内涵已有很大变化，这是因为一些学者试图以 20 世纪现代主义为参照系，挖掘 19 世纪现实主义文学中长期被人忽视的现代意识⑦，从而突破了人们以往对现实主义文学传统的狭隘理解，为现实主义注入了新的理论内涵。

---

① 刘宁：《当代苏联文艺发展的趋势——访苏联文艺学家米·鲍·赫拉普钦科院士》，《文艺研究》1987 年第 1 期。

② 陈慧：《论存在主义和人道主义》，《河北师范大学学报》1987 年第 1 期。

③ 冯汉津：《论西方现代派文学思想》，《外国文学报道》1983 年第 3 期。

④ 郑敏：《英国浪漫主义诗人华兹华斯的再评价》，《南京大学学报》1981 年第 4 期；赵瑞蕻：《试说华兹华斯名作花鸟诗各一首》，《南京大学学报》1981 年第 4 期。

⑤ 郑克鲁：《法国浪漫派诗歌的特点和贡献》，《外国文学评论》1993 年第 3 期。

⑥ 郭树文：《批判现实主义质疑——重读一部西方小说引发的对一种理论定式的思考》，《外国文学评论》1989 年第 1 期。

⑦ 蒋承勇：《19 世纪现实主义文学的现代阐释》，高等教育出版社 1996 年版。

二、欧美现代派文学的评价之争

对传统理论定式和研究模式的不断质疑与探讨，促使外国文学工作者勇于突破以往的研究禁区，拓展新领域，对欧美现代派的介绍与评价问题很快成为新时期外国文学研究中的焦点之一，展开较长时期的讨论。参与讨论的同志既有外国文学研究工作者，也有国内创作界、理论界的同志。这场讨论极大地拓展了人们的研究视野，活跃了理论思维，并对我国当代文学艺术的发展产生了不可忽略的影响。

新时期初期，很多研究者已经看到用"反动"、"颓废"等政治术语来概括西方现代文学特别是现代派，并严加拒绝与排斥决非实事求是的科学态度。由于现实主义在我国长期以来都被奉为文学研究与创作的正宗，朱虹、叶廷芳等学者便从现代主义与现实主义相互关系的角度立论，打破现实主义"一统天下"的局面，为现代派文学争得生存空间与研究权力[1]。袁可嘉先生则在国内较早系统地阐述了现代派的自身特性，认为欧美现代派在思想内容上的重要特征是"在四种基本关系上所表现出来的全面的扭曲和严重的异化：在人与社会、人与人、人与自然（包括大自然、人性和物质世界）和人与自我四种关系上的尖锐矛盾和畸形脱节，以及由之产生的精神创伤和变态心理、悲观绝望的情绪和虚无主义的思想"艺术上则具有主观性、内向性和形式主义倾向[2]。

讨论中大多数研究者都采用一分为二、批判继承的理论框架，着重分析了现代派的两面性：即现代派在揭示资本主义社会中人的异化现象等方面具有一定的历史内容和社会批判价值，在其"深邃的自我反省、非理性的梦幻章识、自然本能的放任"等消极颓废现象的背后，蕴含着对西方现代物质社会残害人类感情的无声抗议，和对现行社会体制、官方秩序的不屈不挠的不满、抵触情绪，这样分析，现代派文学就具有强烈的社会文化批判色彩；但这种批判也有其致命的弱点，首先它把现实的异化转化为内心的异化，模

---

[1] 朱虹：《英美文学散论》，三联书店 1984 年版；叶廷芳：《现代艺术的探险者》，花城出版社 1986 年版。

[2] 袁可嘉：《略论西方现代派文学》，《文艺研究》1980 年第 1 期。

糊甚至掩盖了异化现实的社会基础和阶级根源；其次，总体说来，现代派对资本主义社会的叛逆性，并没有也不可能超越资产阶级意识形态这个大的范畴①。经过讨论，大多数同志认为现代派文学作为现代资产阶级的文艺思潮和流派，是一种十分复杂的文学现象，主要是其虚无、悲观的思想观念与某些相当有特色的形式技巧因素相互交织在一起，因此全盘否定或盲目崇拜都是不对的，在介绍和研究中应对渗透其中的资产阶级的哲学思想、人生观和社会、政治观点加以设防和警惕。但另一方面，对现代派艺术表现方法则可以做有选择的借鉴，如意识流文学中对于人物内心世界的开拓，就有利于作家发挥主观能动性与艺术创造力②。但随着研究的深入，有人也不同意这种把现代派的思想内容和艺术特征机械划分，分别加以批判与借鉴的做法。当时来华讲学的美国学者詹明信就曾委婉地指出："从现代主义中抽出某部分或者技巧，来借鉴是没有意义的，仿佛现代主义的技巧，是中性的、没有价值问题的，因此可以不考虑别的因素如思想和形式上的和谐和功能而加以借鉴。"③

除上述意见外，讨论中还出现了两种激烈交锋的观点，也较有影响。徐迟先生认为现代派也有西方社会的基础，来源于并且反映了社会的物质生活，并认为随着中国社会的现代化进程，现代派文艺也必将在中国出现并得到发展④。对徐文提出的现代派文学是否反映现实，我们要不要现代派这两个基本观点，虽有拥护者，但以反对意见居多。一种意见依据意识形态与经济基础的辩证关系和现代派文学的阶级、社会属性，认为在西方物质现代化与现代派文艺之间构筑因果联系，就会犯"经济唯物主义"的错误，作为一种文艺流派与文艺思潮，现代派文艺是资本主义社会的意识形态，只能根植于现代资本主义社会制度和由此产生的精神危机之中，所以我们不能提倡现代派⑤；

---

① 陶济：《论西方现代派文艺的双重性》，《江海学刊》1993 年第 3 期；陈慧：《论西方现代派的颓废性》，《文学评论》1990 年第 6 期。

② 瞿世镜：《意识流思潮概观》，《当代文艺思潮》1982 年第 3 期。

③ ［美］詹明信：《晚期资本主义的文化逻辑》，三联书店、牛津大学出版社 1997 年版，第 277 页。

④ 徐迟：《现代派与现代化》，见何望贤主编《西方现代派文学问题论争集》（下），人民文学出版社 1984 年版。

⑤ 李准：《现代化与现代派有着必然的联系吗?》，见何望贤主编《西方现代派文学问题论争集》（下），人民文学出版社 1984 年版。

在介绍和研究现代派时，我们应当看到在社会主义文艺和西方现代派之间很
难找到共同之处，西方现代派也根本不可能回答我们文艺创作中的各种问
题，因此必须划清资本主义文学与社会主义文学之间的根本界限①。另一种
意见具体分析了现代派在表现方法上的反逻辑性、非理性、唯主观性特征，
认为不能因为现代派某些表现方法上的创新与成功而肯定现代派，甚至直接
否定现代派在艺术表现上取得的进步，认为荒诞派戏剧与新小说也很少有超
过旧现实主义的地方②。

　　现代派讨论还涉及现代派的兴起原因、艺术特征、起止时间、地理范
围等诸多问题。虽然有同志比较重视现代派与 19 世纪浪漫主义、现实主义
两大文学流派的继承关系，但也有研究者比较重视现代派的艺术创新性。如
叶廷芳先生认为现代派表现了"审美视角的内向化"，即通过人物的主观经
验把握外在对象③。赵晓丽、屈长江先生认为现代派反映的真实不能用 19 世
纪现实主义的真实来衡量，因为它致力于表现心理活动的规律和逻辑，表现
内在真实，是深度的真实，超现实的真实，心理现实主义的真实④。这些观
点都在审美视角的转向、艺术与现实关系的理论层面上肯定了现代派"向内
转"的艺术倾向，对现代派作出较为中肯的评价。

三、批评方法的多元化及其反思

　　对西方现代派的介绍与研究使国内研究者清楚地看到在人们熟知的浪
漫主义和现实主义以外存在的另一种文学思潮、文学流派与文学创作方法，
从而直接促使研究者转变已趋于僵化的文学观念。观念的更新又必会带来研
究方法的转变。20 世纪 80 年代中期，欧美各种文学批评方法相继抢滩登陆，
介绍和引进欧美国家文学评论的批评模式和具体操作方法成为外国文学研究
的另一热点。从总体上看，新时期外国文学研究中形成各种批评方法多元补

---

① 陈慧：《必须划清几个界限——谈对现代派的评价问题》，《石家庄市教育学院学报》1985
　 年第 1 期。
② 陈慧：《论意识流的特征及其他》，《河北师范大学学报》1983 年第 5 期；陈桑：《也谈现
　 代派文学》，《文艺报》1983 年第 9 期。
③ 叶廷芳：《20 世纪外国文学走向中"审美视角的内向化"》，《文学报》1988 年 2 月 25 日。
④ 赵晓丽、屈长江：《反危机的文学》，华岳文学出版社 1988 年版。

充、相互竞争的格局，正如盛宁先生后来指出的：各种批评方法之间"不能取代，而只能互补"①。

新时期外国文学研究工作者运用比较文学的批评方法进行大量的中西文学比较研究，同时还进行了外国文学之间的比较。如杨周翰先生比较研究了弥尔顿与中国古代诗人潘岳、元稹等人的悼亡诗②；许子东先生用主题学的方法考察了陀思妥耶夫斯基与张贤亮对知识分子"忏悔"主题的不同描写③。原型批评的方法则被广泛地用来探讨西方古代文学与近现代文学之间的内在联系，如用《圣经》原型来阐释莎士比亚剧作的情节、结构与人物意象④。文化批评也引起新时期外国文学研究者的普遍关注，如智量先生运用文化批评的方法具体考察了19世纪俄国文学的分期问题⑤。

从以上列举的很有限的研究个案中可以看出，新时期外国文学研究已尝试着使用多种方法接近研究对象。但多元方法都有一个共同的标记：它们都是从外国引进的，也就是说方法的多元化与民族化之间还有很大距离。由此引起的讨论围绕着现代后殖民主义语境中批评话语的民族性和外国文学评论的主体意识这两个问题展开。

新时期之初，老一代的著名学者季羡林先生已经提出过建立外国文学研究中的"中国学派"的问题。20世纪90年代以后易丹先生的文章成为"方法论反思"的契机。作者尖锐指出了外国文学研究工作的尴尬处境在于我们使用这些方法，都不可避免地要使用相应的价值系统来对作品进行评判，从而剥夺了我们自己的学术立场和价值判断的独立性。在易丹先生看来，这就会使我们沦落为外国文化的传播者，杰出的"殖民文学"的推销员⑥。一些研究者在肯定易先生文章提出问题的现实针对性的前提下，也发表了不同看法。赵炎秋先生指出不能用强势文化对弱势文化殖民的一面代替不同文化之间的交流与吸收的一面，而且即使运用了外国的方法也不就必然

---

① 盛宁：《文学：鉴赏与思考》，三联书店1997年版，第272页。
② 杨周翰：《十七世纪英国文学》，北京大学出版社1985年版。
③ 许子东：《陀思妥耶夫斯基与张贤亮》，《文艺理论研究》1986年第1期。
④ 肖四新：《〈圣经〉原型——莎士比亚创作的基石》，《外国文学研究》1996年第1期。
⑤ 智量：《论19世纪俄国文学与文化》，《文艺理论研究》1987年第4期。
⑥ 易丹：《超越殖民文学的文化困境》，《外国文学评论》1994年第2期。

地导致站在外国的立场上①。黄宝生先生认为不能把中国和外国的文学研究方法中表现形态上的不同夸大为本质上的截然对立，因此我们应该注意研究、借鉴不同民族、不同文化中文学研究方法上的特色，如"西方倾向于哲学化批评，印度倾向于形式化批评，中国倾向于诗化批评"，来形成文学研究的中国作风和中国气派②。吴元迈先生在讨论中认为民族的或民族性是一个动态的概念和动态的过程，在自我封闭的环境中既无法坚持，也无法发展民族性，各民族总是要不断地吸收借鉴其他民族的东西，这是世界文化发展的客观规律；如果把"我们的"即中国的和"他们的"即外国的截然对立起来，就有可能导致对外国文化与文学的全面拒斥③。

从另一方面来说，任何批评方法都是由批评主体驾驭使用的，都与批评者的主体素质密切相关。如有人认为《简·爱》的女性主体意识体现在小说的女主人公身上，也有研究者认为小说中的"疯女人"才是作者女性意识的聚焦点④。可见即使使用同一种方法，面对同一部作品，批评者的立场、批评文本也会迥然不同。这就凸现了外国文学研究中的主体意识的重要价值。20 世纪 80 年代，有的同志强调外国文学研究绝不是欣赏，而是充满创造性的精神生产，因此研究者必须具备创造性和独立性；同时，批评主体的设想必须在论证中接受批评对象的限制和改造⑤。吴元迈先生在 20 世纪 90 年代的讨论中更加明确地阐述了文学研究的创造性，要求外国文学评论不能满足于介绍与描述，要提高评论的理论水平和美学水平，评起来论起来，注意开拓评论的视野，并且在研究中发挥评论者的个性天赋和激情，总之应注意强化评论的主体性，克服评论者缺乏自己的主体意识，缺乏自己的理论支撑的弊端⑥。

今天看来，上述讨论触及了外国文学研究中的民族性与批评主体性两个重大问题，前者关乎研究的民族品格，后者关乎研究的理论独立性与学术

---

① 赵炎秋：《民族文学与外国文学研究的困境》，《外国文学评论》1995 年第 2 期。

② 黄宝生：《外国文学研究方法谈》，《外国文学评论》1994 年第 3 期。

③ 吴元迈：《也谈外国文学研究方向与方法》，《外国文学评论》1995 年第 4 期。

④ 朱虹：《英国小说的黄金时代》，中国社会科学出版社 1997 年版；方平：《为什么顶楼上藏着一个疯女人——〈简·爱〉〈呼啸山庄〉及其他》，上海译文出版社 1994 年版。

⑤ 王志耕：《外国文学研究的主体意识》，《外国文学研究》1987 年第 1 期。

⑥ 吴元迈：《面向 21 世纪的外国文学》，《外国文学评论》1995 年第 1 期。

创新性。讨论提醒大家看到了在方法多元化的热闹场面背后潜伏的民族性、主体性危机，认识到各种方法的局限性，从而具备了对研究方法的自觉意识，这对外国文学研究的学科建设无疑具有重大意义。也许日本美学家今道友信关于美学方法的论述对外国文学研究也是适用的："对方法的热情就是对学问的热情"；"如果一个人开始关心自己所应采取的方法，也就可以说他已基本上站在美学的大门口并且正在登堂入室了。"① 虽然讨论并没有得出具体的结论，但无疑使人们看到简单模仿、照抄照搬解决不了任何问题，对外来方法的绝对排斥也无益于学术发展和学科建设。这场讨论把研究者从对方法的一味求新转向理论创造力的思考上，使大家注意到任何新方法新观念只有经过研究者的消化吸收，才能创造性地运用，取得有价值的研究成果。

四、"20 世纪世界文学主潮"与"重构文学史"的讨论

20 世纪 90 年代的外国文学在延续以前研究的既定路径，形成介绍尚有争议的欧美"后现代派"文学的热点同时，提出"如何认识 20 世纪文学主潮"和"重构文学史"这两个带有理论性、全局性的讨论课题。这一方面是由于 20 世纪 90 年代外国文学研究已基本完成了对 20 世纪外国文学，主要是欧美文学的各种文学现象、主要流派、代表作家作品与各种批评方法的描述性介绍和初步评析，因此对大量的错综复杂的原始材料加以理论提升即成当务之急；但更主要的原因则在于伴随着新时期外国文学的学科意识的启蒙，研究者比较强调外国文学研究的主体意识，自觉追求文学研究的民族特色、理论创造性和批评方法的多元互补性，力图对 20 世纪外国文学乃至迄今为止外国文学的发展和演变的规律作出理论概括。国内研究者首先就如何定位 20 世纪各主要流派的相互关系以及如何认识近百年来的文学主流展开了讨论。

大多数研究者首先从 20 世纪几大文学潮流的相互冲突更迭、交汇融合的角度界定 20 世纪西方文学的主流。叶廷芳先生的看法最有代表性。他认为当代欧美文学的主流既非现代主义，也不是传统意义上的现实主义，而是

---

① ［日］今道友信：《美学的方法》，李心峰译，文化艺术出版社 1990 年版，第 20 页。

现实主义在广泛吸收现代主义的文学思潮和表现手段的基础上形成的新型文学，其突出特点是"你中有我，我中有你"的渗透和融合态势①。其他研究者或者提出 20 世纪欧美文学发展特点是现实主义与现代主义两大思潮平行而又交叉，或者认为当代世界文学的特点是三种文学思潮（社会主义现实主义、现实主义、现代主义）从泾渭分明演变成交叉渗透、"分中有合"②。瞿世镜先生还从上述观点出发，对所谓当代外国文学"向现实主义复归"的说法提出批评。他以英国著名学者、作家大卫·洛奇的《小世界》为例，认为成功的小说创作都在遵循现实主义的基本规则的前提下，吸收现代主义、后现代主义的因素，称得上是兼收并蓄，内容混杂。由此看来，"向现实主义传统复归"无疑是一种过于简单的概括③。

讨论中还有的学者试图超越 20 世纪几个主要文学流派之间对峙或融合的结构模式，从 20 世纪西方文学的思想倾向、表现内容的角度切入这一研究课题。杨慧林先生、许汝祉先生的观点颇具特色。前者把 20 世纪西方文学视为对现代神学观念、基督教精神的深层体现和直接构合；后者则从 20 世纪的异化现实出发，认为现代异化文学是一种世界性、世纪性的文学思潮④。这些看法虽然并没有被研究者普遍认同，但都在各个层面上深刻揭示了 20 世纪世界文学的重要特征，对以后的研究很有启发。

从学科建设与发展的角度来说，"重构文学史"话题是上述讨论的延伸和深化。参与讨论的同志在肯定杨周翰、赵萝蕤、吴元迈三位著名学者编著的《欧洲文学史》的历史地位的同时，也指出以这部教材为代表的国内外国文学史编写中的缺陷，提出一些有价值的设想。首先，强调外国文学史理应是外国文学自身发展的历史，科学处理外国文学自律与他律、社会学评价与文学本体评价、"内部"规律与"外部"规律的相互关系无疑是重构文学史

① 叶廷芳：《你中有我，我中有你——当代西方文学的基本走势》，《中外文学》1987 年第 3 期。
② 车成安：《论 20 世纪欧美文学思潮》，《吉林大学社会科学学报》1990 年第 5 期；蔡茂松：《论世界总体文学的发展脉络》，《外国文学研究》1995 年第 4 期。
③ 瞿世镜：《回归现实主义——当代英国小说当议》，《社会科学》1993 年第 3 期。
④ 杨慧林：《20 世纪西方文学的神学倾向》，《文艺研究》1994 年第 3 期；许汝祉：《一种世界性、世纪性的文学思潮——20 世纪对人性异化的描写》，《当代外国文学》1994 年第 3 期。

的最重要的研究课题，既应避免重蹈以前文学史普遍存在的庸俗社会学评价的覆辙，也应警惕完全割断文学文本与其他社会精神活动之间的联系的错误做法；在具体操作中可以尝试从文学史特有性质和材料如文学原型、文体分类、文学史母题、人物模式等出发重构文学史；其次，研究者普遍感到应大力加强对外国文学作品的艺术分析。崔宝衡先生强调我们可以借鉴俄国形式主义、英美新批评、结构主义和后结构主义的研究成果，克服我们过去对作品的艺术分析过于粗疏的缺点[1]。这场讨论目前还处于开放状态，还会继续进行下去，看来撰写高质量的外国文学史仍然是外国文学工作者在新世纪不容推卸的艰巨使命。

上文主要以新时期外国文学研究中讨论热点的转换为线索，概要回顾了这一学科 20 多年的发展历程。从中可以看出，新时期外国文学的发展表现出三个重要趋势：

首先，新时期外国文学研究从单纯拓展研究空间走向更高层次的理论概括。新时期之初，外国文学工作者致力于突破传统观念束缚，之后很快转入介绍 20 世纪的外国文学，特别是欧美现代派和后现代派文学，外国文学研究成为 20 世纪 80 年代中期国内最活跃的学术研究领域之一，影响波及理论界、批评界、创作界。新时期外国文学讨论的其他问题都和如何评价现代派这一问题具有密切的联系，可以说对现代派文学的研究构成了这一时期外国文学研究不断发展的主要契机。当然，研究领域的不断扩大还包括本文无暇论及的《圣经》文学、诺贝尔奖文学、通俗文学、影视文学等重要领域，而且还有一些领域值得继续开拓与挖掘。但研究空间的扩展必然具有一个相对的界限。当对研究对象的客观描述达到一个比较充分、相对完整的程度之时，对研究对象的整体的理论把握就会进入研究视野，成为前沿课题。新时期外国文学研究表现了强烈的理论概括欲望，典型的例证则是"20 世纪世界文学主潮"的讨论和"重构文学史"的呼声。

其次，从观念、方法的僵化单一走向多元互补。研究领域的巨大开拓冲击着人们的传统思维方式，带来文学观念和研究方法的深层次变革。现实

---

① 崔宝衡：《回顾与前瞻——试谈外国文学史编写》，参见李明滨、陈东主编《文学史重构与名著重读》，北京大学出版社 1996 年版。

主义的文学观念、社会学式的批评方法由"大国"而为"附庸"，仅作为多元中的一元而存在。新时期外国文学研究工作者从多角度接近对象，力图揭示对象的各个侧面，展现外国文学现象的丰富内涵，这已经成为大家的共识。但我们也必须看到，虽然观念、方法在总体上呈现多元并存、相互补充的态势，然而任何研究者都必须首先在多元中选择一元，才可能开始自己的研究工作，而且面对某一独特对象，各种方法也不会具有同等效力，如英美"新批评"比较适用于分析诗歌作品，法国结构主义、叙述学则相对来说适用于阐释叙述文体，可见只有依靠研究者的主体意识才会作出相对正确的选择。所以，观念、方法的多元化只是相对的，并不能包医百病，研究者的主体意识、创造性的有无，程度的高低都在很大程度上决定着学术研究的质量。

最后，从新时期季羡林先生呼吁建立外国文学研究中的"中国学派"，到外国文学研究方法讨论中强调方法的民族性、开放性，再到前几年陈东先生提出外国文学研究是一个"自足的体系"，新时期的外国文学研究经历了一个学科意识逐步启蒙、觉醒的发展过程。人们看到，外国文学研究既不是对经典作家的个别论断进行演绎注解，也不是为某种理论提供外国文学的例证。研究者应在外国文学这一学科自身内部寻求其"合法性"的证明，而无须旁求他物，即"它应该具有自己的特点，自己的结构、自己的标准、自己的范畴以至自己的价值观念"[1]。这表明外国文学研究已经具备了自我反思、自我设计的独立的学科意识，也蕴含着外国文学研究从"非专业化"向"专业化"的过渡，这也许是新时期外国文学研究取得的最具实质性、建设性的进步。也许我们可以推测，"重构的文学史"再也不会是某种文学理论公式的裁剪剩余物，也不会是其他人文学科的附属领地，而应是外国文学自身规律的再现与总结。

（原载于《文史哲》2000年第5期）

---

[1] 陈东：《我国外国文学研究的现状与出路》，参见李明滨、陈东主编《文学史重构与名著重读》，北京大学出版社1996年版，第7页。

人的自由与审美教育

——席勒美育思想探析

李欣人

作为一个美学家、思想家，席勒的突出特点是重视人，对人的关注构成了席勒美育思想的鲜明特点。像其他启蒙学者一样，席勒坚信治理社会先要改造人，要使社会的政治有所改进，首先应该使人的性格高尚化。但席勒不同于启蒙学者之处在于，他清楚地看到了启蒙运动并未使人变得纯洁向善，他对用高扬理性来使人提高的做法深表怀疑，开始寻求改造人的新方法。他的思维成果充分表现在《美育书简》中。他认为只有通过审美教育和在游戏冲动中，人性才能得到完美的实现。审美是人达到精神解放和完美人性的先决条件。他说："这个题目不仅关系到这个时代的审美趣味，而且更关系到这个时代的实际需要。我们为了在经验中解决政治问题，就必须通过美育的途径，因为正是通过美，人们才可以达到自由。"①

一、现代人人性的分裂及其对和谐的追寻

席勒认为，现代人已经丧失了人性的和谐，其原因，"正是教养本身给现代人性造成了这种创伤。只要一方面积累起来的经验和更明晰的思维使科学更明确的划分成为必然，另一方面国家的越来越复杂的机构使等级和职业更严格的区别成为必然，那么人的本性的内在纽带也就断裂了，致命的冲突

---

① ［德］席勒：《美育书简》，徐恒醇译，中国文联出版社 1984 年版，第 9 页。

使人性的和谐力量分裂开来"①。席勒对现代人的不满，要求他预设了一个能代表他的审美理想的古希腊文明存在的历史可能性。他正是通过古今两种人的对比来说明现代人的不幸处境并进而展开其批判的。在第 6 封信中，他将古希腊人和现代人进行了鲜明的对照。在古希腊人身上，感性和理性还不是两种截然分开的能力。古代社会还没有一种力量去刺激它们划定各自的界限，以致彼此敌对地分离。希腊人的思维能力虽然极高，但其思考却并非悬浮在抽象的空中；希腊人的理性虽然把一切区分得极为精细，但从不肢解任何东西。理性和感性的融洽和谐使希腊人既有多样的形式，又有丰富的内容；既善于哲学思考，又长于形象创造。他们既温柔又刚毅，能够把想象的青春性和理性的成年性、艺术的魅力和智慧的尊严结合在一起。他们具有多种能力，又不是彼此倾轧，而是友好地互相尊重，形成一个和谐整体。所以希腊艺术形象既不流露爱慕之情，也不显示意志的痕迹，它们用女性的优美吸引我们，又以神的尊严和我们保持距离。正如温克尔曼所说，希腊艺术的特色是所谓"高贵的单纯、静穆的伟大"，这反映了希腊人内心世界的和谐宁静。

古希腊人的这种内在和谐是建立在人与社会关系和谐的基础上的。席勒所设想的希腊社会中，个体有其独立的生活，而必要时他们又能结成整体。个体独立性的欲求并不排斥社会整体的存在，社会整体也不以它的巨大身影吞噬个体。在席勒看来，古希腊人的特征就是享有这两种和谐，即人的内在各种能力的和谐及人与社会的和谐。

而现代人恰恰丧失了这两种和谐。现代社会对各门学科的精确划分，对职业特性的强调，各种等级的形成，这些外在强力将人的原本完整的天性撕裂开来，在各种能力之间形成破坏性的纷争。结果是，人在自己身上建立起一个主宰，他让一种能力支配自己。要么是过分旺盛的想象力把知性辛勤开垦的园地变得一片荒芜，要么是抽象的知性毫不留情地扑灭想象的火焰。因而我们看到的不是单个的主体，不是完整的富有个性的人，而是由只发展了他们某一部分天赋的人所组成的阶级。"而其余的人就像畸形的植物，只表现出它的本性微弱的痕迹。"② 所以，现代人是片面发展的人，他以牺牲多

① [德] 席勒：《美育书简》，徐恒醇译，中国文联出版社 1984 年版，第 50 页。
② [德] 席勒：《美育书简》，徐恒醇译，中国文联出版社 1984 年版，第 49 页。

种能力为代价来发展一种能力，以牺牲人性的整体和谐获得某种技能的片面进步。席勒总结道："我不否认，作为一个统一体和从知性的天平上看来，现代人比古代世界最优秀的人物更具优势。但是，这场竞赛应该包括每个成员，用整体的人与整体的人来衡量。哪一个现代人能站出来个人对个人地与单个雅典人比试一下人性的价值？"①

与人的这种内在分裂相应，现代人与社会的关系也变成了对立的。由于人仅仅成了某种职业和知识的标记，因而社会不是用人的标准要求人，而是将职业当作衡量人的准绳。社会尊重的是人的某种特长和技能，而不是人本身。社会不问一个人的爱好、志向、性格如何，只是把他束缚在狭隘的职业领域，这样就使得人的某种能力在得到充分发展时却又压抑了他的其他禀赋。在这种状态下，社会的法则把人变成了一个抽象物，统治者只是以人的一个碎片来认识人，只把人当作手段，看成是某种有用的工具，而人民大众则以冷漠的态度看待社会的要求，因为这些要求压迫他、敌视他，人们一有机会就会疏远社会，躲避到自己狭小的心灵中以求自慰。

这样看来，古希腊人无疑是幸福的，令人羡慕的；而现代人是痛苦的，他们的生活并不让人感到羡慕。但这仅是从个体角度看问题所得出的结论。若从整体上看，现代人的能力却更为突出，比古人更为强大，因为他是把生命的全部能量集中到一个点上，为某一种技能的发展插上翅膀；同时，现代社会还通过肢解人性的办法造就出了它所需要的非凡的人。席勒认为，几千年来，人们也许就是为了社会的进步从事着奴隶般的劳动，我们被肢解了的天性打上了奴隶的烙印，就是为了我们的后代得到比古希腊人更高水准的幸福。这似乎是一个深刻的悖论：现代人是分裂的，但这种分裂是历史进步的必然要求；分裂，为现代人带来痛苦，却又为人的更高水平的发展准备了条件。

面对这个难以解决的矛盾，席勒进行了认真的思考：怎样才能"一方面要排除自然的盲目力量，另一方面要恢复它的质朴、真实和丰满"②呢？针对现代人的分裂典型地表现为感性和理性的对立这一实际情况，席勒强调指

---

①　[德] 席勒：《美育书简》，徐恒醇译，中国文联出版社 1984 年版，第 49—50 页。

②　[德] 席勒：《美育书简》，徐恒醇译，中国文联出版社 1984 年版，第 57 页。

出，人生而是一种感性存在，"自然的人是现实的，而道德的人却是令人置疑的"①。理性从人那里只能取得那些人所实际具有的东西，却不能取得人所不具备的东西，并分配给人那些他能够并应该占有的东西。这样一来，"如果理性对人的企望过高，它为了一种人性甚至夺去了人作为动物性的手段，那么就等于是夺去了他的人性存在的条件。这就等于在他把他的意志固定为法则之前，理性在人的脚下撤去了自然的阶梯"②。所以席勒认为，在观念中没有建成道德的社会之前，现时代自然的社会就一刻也不能中断，为了人的尊严不允许把人的生存推到危险的境地。重要的是如何使自然的性格与法则相一致，使道德的性格从属于印象（第 3 封信）。理性虽然要求统一，但是自然却要求多样性，因此人需要这两种立法：即理性的法则通过不受诱惑的意识作用于人，而自然的法则却通过无法排除的情感作用于人。如果道德的性格只能通过牺牲自然的性格才能保持，那么就证明人还缺乏教养；如果国家的宪法只有通过排除多样性才能达到统一，那么就说明它还根本不完善。国家不仅应该重视个体身上客观的和一般的性格，而且应该重视个体身上主观的特殊的性格。改造人的目的不是别的，就是为了人本身。人是改造的对象，但又是作为目的出现的。而改造人的前提就是对人的感性的尊重，人的自由最终要落实到感性需要的多样化上；如果排除了人的感性需要，消灭了人的感性存在，也就谈不到对人的改造了。

感性对于人虽然重要，但是，若仅仅停留在这一层次，人就只是粗鄙的物质。人之所以成其为人，是因为他没有停留在纯自然造成的那种样子。他向往理性，为了冲破物质的躯壳，人要用理性给物质加上形式，用精神的纯洁清洗物质的污浊，从而在感性的千变万化中保持住理性的一体性。人既是感性存在，也应该是理性存在；人既是物质，也是精神；他是有限的，但也应该成为无限的。总之，人要从物质的现实出发步向理性的王国。

问题关键在于人怎样才能从感性上升到理性，并且在得到理性后又不抛弃感性，从而在自己身上将二者统一起来呢？席勒为了寻找这一重要问题的答案，在其《美育书简》的第 12、13、14、15 四封信中先后分析论述了

---

① ［德］席勒：《美育书简》，徐恒醇译，中国文联出版社 1984 年版，第 40 页。
② ［德］席勒：《美育书简》，徐恒醇译，中国文联出版社 1984 年版，第 41 页。

三种冲动，即"感性冲动"、"形式冲动"和"游戏冲动"。在感性冲动下，人是纯自然法则支配的物质世界的一部分，他用牢固的锁链把向高处奋进的精神固定在物质世界中，把向无限漫游的精神束缚在现实界限之内。这样一来，人变得只知享乐，没有理想；只见到眼前，看不到未来；只知道占有和破坏，不懂得欣赏和怜惜；只想掠夺和征服他人，不理解什么是尊重和尊严；他除了物质没有别的。形式冲动则是人对理性的向往，对永恒的追求，他要离开盲目的自然的控制去实现理想；要把自然法则的强制改造成他自由选择的结果，要把物质的必然上升为道德的必然，从而克服了人对物质现实的依赖、赋予其人格的独立，把人变成绝对实在。感性冲动和形式冲动在人身上都有指挥权，对人都有诱惑力，但是如果它们各执一端，唯我独尊，互不相让，那么无论哪一个冲动在现实中获胜，结果都是片面的。前者排斥了后者，人就变得自私自利而不自主；后者战胜了前者，人就等于穿上了用理性法则制成的坚硬盔甲，因此会变得狭隘、冷酷，不能设身处地了解他人的需要，更不能仁爱地体贴他人，变成毫无同情心的冷血动物，是畸形可怕的人。

　　但席勒同时又指出，感性冲动与形式冲动虽有对立的一面，客观上却也存在着统一的一面。具体表现在：感性冲动虽要求变化，但这种变化并不要求废除理性本身；形式冲动虽要求一体性和恒定性，但它并不消灭人的感觉的多样性，两种冲动在保持自己的特性时并不要求彻底铲除对方。形式冲动需要以感性冲动为前提，如果停止了感性冲动，形式冲动的独立自主性也就无意义了；若完全排斥了形式冲动，也就没有什么感性冲动了。

　　感性冲动和形式冲动在矛盾的对抗中发展自己，感受功能达到了最大强度，理性功能获得了最大独立性，正是在这种激烈的斗争中它们便会在第三种状态中消失，这种把两个冲动结合在一起的第三个冲动就是游戏冲动。游戏冲动的目标是在时间中消除时间，使形式与绝对存在相协调，使变化与同一相协调。也就是说，这种冲动能把形式送入物质之中，并消除了感受和热情片面的自由，使之与理性相协调，同时又去除了理性法则的强制，使它与感官的兴趣相一致。席勒举例说：当我们怀着热情去拥抱一个我们理应鄙视的人时，我们就痛苦地感到自然（本性）的强制。当我们敌视一个值得我们尊敬的人时，我们就痛苦地感到理性强制。只有当一个人既能引起我们的喜受，又能博得我们的尊敬，情感的压力与理性的压力才会同时消失，我们就开始爱他，也就是说，同时让喜爱和尊敬在一起游戏。由此可知，游戏冲动扬弃了单纯的感性冲动和形式冲动，同时又使人的双重天性发挥出来，它在前两种冲动之间处在恰到好处的位置，既分享了它们，又摆脱了它们的片面性。因此，只有当人游戏时，他才是完全意义的人。游戏冲动中的人是自由的人，自由的人所面对的是美的对象。换句话说，只有审美才能促进感性与理性的和谐，达致人的自由。

二、审美活动是人的感性理性和谐运动的结果

席勒用游戏冲动来表示人的审美活动，"游戏冲动的对象用一个普通的概念来说明，可以叫作活的形象。这个概念指现象的一切审美性质，总之是指最广义的美"①。"游戏"的概念来自康德。康德把艺术同劳动相比，认为劳动是强制性的，而艺术是一种游戏，游戏的特点在于它是排除一切强制的自由活动。他说："艺术也和手工艺区别着。前者唤作自由的，后者也能唤作雇佣的艺术。前者人看作好像只是游戏，这就是一种工作，它是对自身愉快的，能够合目的的成功。后者作为劳动，即作为对于自己是困苦而不愉快的，只是由于它的结果（例如工资）吸引着，因而能够是被逼迫负担的。"②席勒发展了康德的游戏概念，并在《美育书简》中把"游戏冲动"作为一个中心问题展开论述。席勒所说的游戏冲动就是一种自由活动，因为它既排除了感性冲动通过自然规律对精神的自然强制，又排除了形式冲动通过理性法则对精神的道德强制，使人在物质方面和道德方面都达到自由，成为一个完美和谐的人。

席勒的"游戏"概念，长期以来被我们的美学家与美学史家解释得与其原意相去甚远。他们多认为席勒的"游戏"概念是后来斯宾塞等人关于艺术起源于游戏理论的出发点。事实上，席勒的游戏冲动和斯宾塞、谷鲁斯等人的游戏说截然不同，后者偏重于从生物学的角度谈游戏，把游戏视为实用

---

① ［德］席勒：《美育书简》，徐恒醇译，中国文联出版社1984年版，第86页。
② 《马克思恩格斯选集》第1卷，人民出版社1995年版，第149页。

生活的准备和练习活动，并谈了从动物的游戏到人的游戏的传承性。在他们那里，动物和人的游戏是有更多的共同性，也就是本能性的东西。而席勒的游戏冲动继承了康德游戏说的理论主张，游戏的含义实际是指自由。康德在论及艺术和手工艺的区别，谈及天才创作的心灵特征时，赋予游戏以自由的含义。如果说斯宾塞、谷鲁斯的理论为探索艺术的起源确实作出了一定的贡献，那么席勒的游戏说则根本不是艺术起源论，它主要在于对人的感性存在的追寻，认为人的本性就是游戏。

斯宾塞曾说："多年前，我曾读到一个德国作家的一段话，大意是说美感起源于游戏冲动。我记不起这位作家的名字，也想不起他提出的理由和论据了。我的这种说法也许字面上不准确，但却隐含着真理。我们称为游戏的那种活动是由这样一种特征而和审美活动联系在一起，它们都不以任何直接的方式促进有助于生命的过程。"① 他认为艺术为人类高级机能提供消遣，给剩余的精力寻找一条出路，而游戏则为他们的低级机能提供消遣。这一学说在历史上被称为"席勒—斯宾塞游戏说"，成为最早对艺术起源的心理—生理学探讨。不过斯宾塞在这里显然极其肤浅庸俗地理解了席勒的游戏冲动理论，从发泄剩余精力的角度考察艺术与审美，从生物学意义去认识审美活动，而完全忽视了审美活动的社会性质和内容。

而席勒认为，只要是艺术，就必须是完全意义上的真正游戏，游戏是艺术的本质规定。人的游戏是因为完全摆脱了需要的束缚，而且真正使人的游戏成为游戏的是理性本性和形式法则的介入。因为人的天性就是自由自在的生存，人的本性就是游戏，游戏的对象就是美，就是艺术。美的本质是自由，游戏的本质是自由，而人的本质也是自由。所以，美、游戏、自由、人本该是统一的，人原本就是审美的，游戏原本就该是人的生存状态。席勒认为，为了保持人的自由本质和人性的和谐，"人应该同美一起只是游戏，人应该只同美一起游戏"② 。只有当人在游戏的时候，他才是完整的人。正是在这种意义上讲，审美是我们的第二造物主，亦即游戏是我们的第二造物主。从《美育书简》全书看，席勒的"游戏说"目的决非去探讨艺术的起源问

---

① ［德］席勒：《美育书简》，徐恒醇译，中国文联出版社 1984 年版，第 25—26 页。
② ［德］席勒：《美育书简》，徐恒醇译，中国文联出版社 1984 年版，第 90 页。

题，也不是特意强调游戏的消遣性、无目的性。他所看重的是游戏本身的无拘无束性、自由性，"自由"才是席勒的主旨。

自由是神圣而迷人的，它不单是艺术审美活动的灵魂，更是人的本性的要求，是人的最高本质。人类的一切积极的活动，其最终目的都是为了不断摆脱自然的束缚而向着自由的境界迈进。在这个历史行程中，却充满了重重障碍。人的行动常常是盲目的、被动的，用席勒的话来说，就是人受到了来自物质和道德的两个方面强制，"而在游戏冲动中两种冲动的作用结合在一起，它同时在道德上和自然上强制精神，因而它排除了一切偶然性，从而也就排除了一切强制，使人在物质方面和道德方面都达到自由"①。这就是席勒所讲的游戏冲动，也即是人类的审美活动。人类正是通过游戏，通过审美活动，才促进了感性与理性的统一，达到了自由的境地。席勒宣称："只有美才能使全世界幸福，谁要是受到美的魔力的诱惑，他就会忘掉自己的局限。"②

席勒把美看成是游戏冲动的对象，看重的是游戏的非实用性和自由性的特点。在《美育书简》中，席勒还从主观态度上分析了产生非实用性、自由性的成因。他认为，在审美活动中，人只对事物的"外观"感兴趣，而不关心事物的"实在"。在第26封信中，他甚至把"对实在的冷漠和对外观的兴趣"看作是"人性的真正扩大和达到教养的决定性步骤"，而把"对实在的需求和对现实的东西的依附"说成"只是人性缺乏的后果"③。在第25封信中，席勒把审美状态描述为一种超然于功利考虑之外的静止观照的态度。"观照（思索）是人对他周围世界的第一种自由的关系"，"只有当他在审美状态中把世界置于自身之外或观照世界的时候，他的人格才与世界区分开，世界才出现在他面前，因为他不再与世界是同一的了"④。自由是和自觉联系在一起的，是主体在满足了基本需要之后的一种主动状态，主体对世界保持一种观照的状态。而人在他最初的自然状态中只是受动地承受感性世界，在这种"自然状态"中，人仍然与这个世界是完全一体的；因为人受其自身生

① ［德］席勒：《美育书简》，徐恒醇译，中国文联出版社1984年版，第85页。
② ［德］席勒：《美育书简》，徐恒醇译，中国文联出版社1984年版，第146页。
③ ［德］席勒：《美育书简》，徐恒醇译，中国文联出版社1984年版，第133页。
④ ［德］席勒：《美育书简》，徐恒醇译，中国文联出版社1984年版，第128页。

理需要的支配，与外界的客观事物只能保持实用性的（功利的）关系，只想占有它，享用它。在这种情况下，人实际上和动物并没有什么根本的区别。审美的基本态度是观照，它只以事物的"外观"为快乐。在这种观照中，人就超出了客观"实在"的束缚，飞升到理性、道德、自由的境界，体现了主体精神的能动的力量，从而显示了人之为人的独立价值。"观照"是审美的基本特征，是不脱离"实在"但又不拘于"实在"的主观意识形态，是自由的一种展现。那么，观照的内在机制是什么呢？是哪一种具体的主体意识能力在观照中将感性与理性结合了起来呢？这就要论及想象问题。

想象力是人所独具的主体能力，是自由的主动的。但它并不能绝对地独立存在，它的实现必须建立在客观事实的基础上。这表现在两个方面：第一是人的需要已经得到了基本满足。在第26封信中，席勒就讲到，在受必然和需求的支配时，想象力就被牢固的绳索捆绑在现实的事物上。只有需求得到满足时，想象力才能发挥毫无拘束的能力。第二，想象不可能完全脱离客观的材料，它不是凭空的臆想，必须触及客观的事物，然后才能有感而发。当然想象力并不满足于客观事物，它的特性恰恰表现在对客观事物的超越。想象力可以把人的感性提升到理性，可以从有限的物质中看到无限的精神，还可以无羁地纵横驰骋，展现出一幅超现实的理想画卷。对于塑造理想人格来说，想象力具有不可忽视的意义。席勒认为最能体现想象力的形式便是美的艺术，其《美育书简》一书论述的着眼点就在于阐明艺术对人性的改造作用，想借用艺术的力量来拯救日益败坏的人类的心灵。

在《美育书简》的第5封信中，席勒指出时代正陷入两种弊端之中：一方面下层阶级沦为粗野；另一方面上层阶级则表现出懒散和腐化。而艺术、审美教育的使命就是使人从这双重的混乱中恢复原状，为了完成这一使命，艺术本身应该保持各种力量的平衡。席勒把现实中的美分为两种："融合性的美"和"振奋性的美"。"融合性的美"表现出两种不同作用：首先就是使物质、感性的人在注重饮食男女之外，也关注一下精神、气质、形式，不再显得那么粗俗；其次就是使那些善于抽象思辨的人恢复其感性欲望，增加些生活乐趣，不至于像机器人那样枯燥乏味。"融合性的美"，其总的作用亦即使片面追求感性的人向理性飞升，使过于拘执理性的人向感性回归，其最终目的都是使感性与理性得到和谐与统一。

至于"振奋性的美"，它所针对的主要应该是所谓"有教养的时代"，正是"教养"把人变得文雅了，其代价是人格精神趋于萎靡。在这样的时代，人们看到的往往是把温情变成虚弱，把坦率变成肤浅，把精确变成空虚，把自由性变成随意性，把敏捷变成轻浮，把安详变成冷漠，而最令人鄙视的讽刺画与最美好的人性混为一谈。所谓文明社会各种规矩制度、繁文缛节将人束缚得紧紧的，久而久之，就使人丧失了生命的力度，变得羸弱疲软。席勒在这里所揭示的有教养的现代人的弱点，其实质就在于用理性的规范压抑了人的感性欲望，这正是席勒对人的感性生存的肯定，这也正是席勒超越康德的地方。

席勒在因材施教的基础上对两种美的作用的阐述，是非常深刻而实际的。这主要在于他对"人"有一个比较全面的认识。他既看到了体力劳动者的局限，又发现了知识者的弊端；既注意到了粗俗野蛮的不足，又没有忽视文明高雅的虚弱。他主张对不同的人施以不同的美育，于是"融合性的美"与"振奋性的美"便显示出了各自的优势与局限。只有因人而异，充分发挥其对人的补足作用，才会促进人们理性、感性的和谐一致。

三、审美的王国——人类追求的最高目标

在席勒的美育思想中，审美活动不仅仅是达到理想人性的手段和途径，它本身就是理想人性的实现，是人类追求的最高目标。受康德三大批判的影响，席勒从历史的角度论述了社会发展过程中存在着的三种人和与此相应的三种状态及三个发展阶段（三个"王国"）。

如前所述，三种人即感性的人、理性的人和审美的人。这三种人及其相应的状态，每个个人和种族都要经过的，而且都要循着自然状态——审美状态——道德状态这个次序运行。席勒在第23封信中就强调，道德的人只能从审美的人发展而来，而不能由自然状态中产生；同时，从感性的人到理性的人，除了首先使他成为审美的人别无他途。席勒还把处在自然状态下的人看作"非理性动物"，把处在道德状态下的人看作"理性动物"，而不受这两种立法支配的人才看作是"人"。正是依据上述的三种状态，席勒构想了三个王国：第一个是"力量"的王国，第二个是"伦理"的王国，第三个是

"审美"的王国。在第 27 封信中，席勒写道："在权利的力量的国度里，人和人以力相遇，他的活动受到限制。在安于职守的伦理的国度中，人和人以法律的威严相对峙，他的意志受到束缚。在有文化教养的圈子里，在审美的国度中，人就只须以形象显现给人，只作为自由游戏的对象而与人相处。通过自由去给予自由，这就是审美王国的基本法律。"

审美的王国，也就是"游戏和外观的愉快的王国"。席勒在第 27 封信中，用充满热情和希望的语言描述了这个王国：在这个王国里，一方面人们对生活日用品的选择，不再只局限于它的有用性、目的性的拘谨的形式，"它还应该反映那思考过它的丰富的知性、创造了它的抚爱的手以及选择和提出了它的爽朗而自由的精神"。就像古德意志人为自己寻找更光泽的兽皮、更华美的鹿角、更雅致的角杯；古苏格兰人为自己的庆宴寻找更美丽的贝壳；工艺精美的剑带也像能格斗的剑刃一样要引起人们的注目。只有这时，自由的游戏冲动才终于完全挣脱了需要的枷锁，从而美本身成为人所追求的对象，非必需的东西不久就成了他最大的快乐。另一方面，对外观的注目、对形式的欣赏由改变人的外部逐渐深入到人的内部。喜悦的无规则跳跃成为舞蹈，无定形的手势成了优美而和谐的手势语言，由人类情感产生的混杂音响发展到服从节奏而编成歌曲。总之，是由"盲目力量的奋勇"变成了"形式的胜利和规律的纯朴庄严"。特别是在两性关系中，则真正摆脱了疑虑的枷锁，高洁的相互倾慕取代自私自利的互相享乐，欲望升华发展成爱。在未来的审美王国里，两性关系将彻底摆脱经济、政治等外在条件的束缚，完全建立在自觉自愿、相互尊重、真诚相待的基础上，而且两性也不再仅仅是生理的需要，还将包含着以爱为核心的精神交往。这种关系在我们看来也就是审美性的。

在审美的王国中，审美的趣味占了主导的地位，任何优先和独占权都不被容忍，个人的欲望必须放弃它的自私自利，在审美趣味的领域，甚至最伟大的天才也得放弃自己的高位，亲切地俯就儿童的理解。在这里，力量要受娴雅美丽的女神们的约束，连高傲的狮子也要服从爱神的钳制。只要审美趣味的手杖一碰，奴役的枷锁就会从有生命和无生命的东西上脱落。在这个王国中，一切事物甚至使用的工具都是自由的公民，同最高贵者具有同等的权利。这里，在审美的外观中实现了平等的理解，这种理想是那些醉心于此的人早就愿意看到其实现的。

在审美的王国中，审美卸下了一切关系的枷锁，使人摆脱了一切不论是身体的强制还是道德的强制。只有审美的趣味能够给社会带来和谐，因为它把和谐建立在个人心中。一切其他形式的观念都使人分裂，因为它们或者单独地以人的存在的感性部分或者单独地以人的精神部分为基础，只有美的观念才使人成为整体，因为它要求人的两种本性与它协调一致。只有美的交流才使社会统一起来，因为它涉及大家共同的东西。席勒认为：只有纯洁的心才相信纯洁的意志。只有美才能使全世界幸福，谁要是受到美的魔力的诱惑，他就会忘掉自己的局限。而在那审美的王国中，人以勇敢的单纯和宁静的天真走过最复杂的关系网，既无须以损害别人的自由来保护自己的自由，也无须牺牲自己的尊严来表现优美。

席勒所着力描绘的审美王国是美丽而又迷人的，是人类自由理想的极境。但是，正如他自己所反问的：这样一种美的外观的国度是否存在？在什么地方可以找到？他的回答是软弱无力的。他说，作为一种需求，它存在于每个优秀的心灵中；作为一种行为，它则像纯洁的教会和纯洁的共和国那样，也许只能在少数优秀的社会圈子里找到。就是说，它离现实还相当遥远，它还只是作为一种理想而存在着，还无法找到建立这一王国的可靠途径。这是由当时的整个时代决定的。

马克思主义认为，唯物的实践斗争的道路才是实现社会进步的最基本的途径。实践斗争的道路主要包括两个方面的内容：一是物质生产的实践斗争，一是社会政治的实践斗争。人的审美能力是随着社会物质实践能力的提高而逐步提高的，人类只有借助于巨大的生产力才能真正从自然王国中彻底解放出来，才能获得更多的闲暇时间来从事于艺术审美活动，遂最终取消康德所谓的艺术与劳动的区别而趋向自由。除此而外，要想使劳动完全成为自由的、令人愉快的，还需进行社会政治的实践斗争，亦即废除私有制及其种种社会弊病。马克思在《1848年至1850年的法兰西阶级斗争》一文中说过："革命是历史的火车头。"[1] 按照马克思的这一思想来看待社会的改造，专制统治者、剥削者是不可能真正接受你那美的熏陶或者说只是爱的说教的，只

---

① 《马克思恩格斯选集》第1卷，人民出版社1995年版，第474页。

有通过无情的暴力革命、流血斗争，才能打碎旧的国家机器，消灭私有制，建构一个真正自由平等的社会组织，只有这时，人际关系的审美化也才能够得到最终实现。否则，审美的王国就只能是"乌托邦"式的幻想。用马克思主义来对照席勒的美育思想，不难看出其唯心主义倾向，这一倾向不但表现在他把观念精神的道路看成唯一的途径，而且表现在当他意识到这条道路行不通后，仍然坚持他的主张。可是，既然审美的王国法典不能实际地改造整个社会，那么审美活动就只能成为纯粹个人的一种自我实现，自我满足了。

但并不能因此低估席勒审美教育理论的特有价值。席勒把未来描绘成审美的王国，这在今天看来仍然是很有意义的。现代社会科学技术突飞猛进，生产力长足发展，物质产品逐步丰富，人们的劳动条件日趋改善，闲暇时间越来越多。在这种情况下，人们必将把更多的精力投入于非生产性活动中去，因此人们的艺术审美需要必然会占据着越来越突出的地位。

美国人本主义心理学家马斯洛曾在人的需要五个层次的梯形结构图中，把审美需要和自我实现放在最高层次上，这无疑是正确的。实践证明，人类社会的发展促使人的需要正不断由低层次向高层次发展。可以预言，在未来的理想社会里，人类的一切活动都将受到审美原则的指导，都将是审美化的。从这个角度看，席勒为未来勾画出的审美王国，给人以美好的憧憬，功不可没；他所设想的这一精神道路也每每令后人惊赞。同时，在理论上使美育具有完整的体系，并且从历史发展的高度来全面地、整体地阐述美感教育问题，席勒的《美育书简》无疑地具有超越时代的意义。因为正是从席勒开始，无论是在美学理论上还是在教育实践上，美育真正确立了它的独立的地位；也正是在《美育书简》中，席勒以异常明确的语言将体育、智育、德育与美育区别开来，而且把美育扩大到社会政治领域并置于其他各种教育之上的重要地位。虽然他给美育披上了一层空幻的理想面纱，但他却以更加诱人的风姿拉开了西方美学史和教育史上新的一幕的帷幕。

（原载于《南开学报》2001 年第 4 期）

当代中国私人领域的拓展与
大众文化的崛起

李红春

大众文化的崛起已经成为当下社会生活中无可争辩的事实。它的出现如同突如而来的野马，成为打破过去文化领域过于单调、沉闷、僵硬状况的现实力量之一。早在 20 世纪 80 年代中期，大众文化就以其新奇的样式和异样的声音引起学界的广泛注意。如今随着市场经济的进一步确立和传播技术的日益发展，大众文化更加迅速地蔓延开来，在当今文化格局中占据了一个相当重要的位置。正因如此，大众文化已经成为学界的一个研究热点。但在众多的研究之中，很少有人从私人领域这一视角来探讨大众文化崛起的必然原因，本文写作的目的就是要理清二者之间的相互联系与影响。

一

私人领域是以个体独立人格为基础的私人活动与私人交往空间。在这一空间内，私人可以按照自己的兴趣、爱好、承诺或者生活习惯等非行政因素进行自由、自主的活动与交往①。从这个角度讲，私人领域又是一种划界行为，在私人领域面前国家必须放弃它的控制意愿和能力。对私人领域的理解有两点需要注意：其一，私人领域所表示的空间并不是与时间相对应的空间范畴，否则就有可能将私人领域狭隘地解释为诸如居住面积、活动场所等具体事物。其实，与其说私人领域是空间范畴，还不如说是生活样式范

---

① 高兆明：《公共权力：国家在现时代的历史使命》，《江苏社会科学》1999 年第 4 期。

畴，它表明了个人所可能有的一种自由自在、不受干扰的生活状态与存在形式。其二，私人领域并不等同于个人领域。一方面，发生于私人领域中的活动有可能在特定条件下进入公共领域并因此带有了公共色彩；另一方面，私人领域本身就包含着真正意义的公共领域，比如说文学公共领域等，它们是由私人组成的公共活动或组织，但是却超出了个人活动的意义，在反抗公共权力机关的干扰时比个人活动更有力量①。以上两点都突出了私人活动的自由、自在性，不受国家行政力量的干扰等特性，这也是私人领域的本质特征所在。

　　私人领域并不是一个先验范畴，它的出现是建立在许多现实条件基础之上的。首先，私人财产所有权的确立构成私人领域出现的现实条件之一。汉娜·阿伦特曾对私人财产所有权与私人领域之间的关系做过深入研究，认为只有私人财产权才构成使私人个体免受公共权力侵扰的有效屏障②。其次，私人财产所有权的确立又为私人领域的产生提供了第二个现实条件——人身自由③。人身自由是私人个体进行自由活动与交往的必要前提，而自由活动与自由交往正是私人领域的重要内容与特性。如果个人被剥夺了人身自由，也就谈不上自由、自在的活动与交往了，私人领域也因此无法形成。再次，个人主体意识与独立意识的获得是私人领域得以形成的另一个条件。由于私人领域更倾向于一种生活样式范畴而非空间范畴，着意突出个体活动与交往的自由自在性，因此对其中的个体提出了更高的要求。只有当每一个活动于其中的私人都具备上述的意识和要求时，他们的活动与交往才不仅是自由的，而且还是自觉的；私人领域也得以从自在状态上升为自为状态。因此，独立意识与主体意识的获得正是私人领域得以构成的内在保障和精神向度。

　　在西方社会，私人领域形成于18世纪初叶。这时资本主义生产方式已经完全确立，而市场经济原则也成为整个社会运行的基础。由于市场经济是

① ［德］哈贝马斯：《公共领域的结构转型》，曹卫东译，学林出版社1999年版，第35页。

② Hanaha Arendt: *The Human Conditions*. Garden City & New York, 1959.

③ 作为共产主义者，马克思反对私人财产所有权，认为只有消除私有财产所有权才能够消除社会罪恶，但另一方面他又认识到私有财产权的丧失会导致失去人身自由这一更大罪恶。正如托洛茨基所说："在国家是唯一雇主（和所有者）的国度，与国家作对意味着慢慢饿死。在这里，不劳动者不得食被一项新的原则所取代：不服从者不得食。"——转引自刘军宁《共和·民主·宪政》，上海三联书店1998年版，第55页。

一种自由经济，以私有财产所有权与人身自由为基础，以独立自主与等价交换为运行原则，很容易在人们之间形成一种追求自由、民主、平等的文化意识与社会观念，也必然会影响到人们对自由自在的生活样式的向往和追求。显而易见，私人领域得以形成的各种条件在此时都已经具备，它的出现也就是必然的事情了。与西方社会相比，私人领域在中国的出现要晚得多。当然，私人领域是从西方社会内部分析出来的一个范畴，它到底在多大程度上适用于中国社会现实的分析仍是一个有待深入讨论的问题。本文对私人领域的使用只是就其自由自在、不受国家行政权力控制这一主要特性而言的。

二

私人领域在中国之所以出现较晚，原因十分复杂。

首先中国有一个十分漫长的封建社会，直到 1911 年辛亥革命成功才告结束。从表面上看，中国封建社会似乎一直存在着相当发达的私人领域。个体在完成既定的国家税收和兵役、徭役等任务之外就不再理会国家权力机关，而是埋头于日常的生活世界，日复一日、年复一年地在固定的土地上繁衍生息，忙碌着自己的事情。国家政权也似乎只对税收、兵役等维持国家安全和官僚机构运转的事务感兴趣，对社会个体的日常生活并不怎么关心，也无意干涉。基于此，有人说中国传统社会的国家、政府观念十分淡漠。这种说法似乎从反面肯定了一个自由自在、不受干扰的私人领域的存在。其实这只是一个假象。中国传统社会并不具备私人领域出现的种种条件。

中国传统社会最为显著的特点就是国、家合一，国家政治原则是家庭血缘关系中所包含的伦理原则的放大与上升，即所谓家庭小国家，国家大家庭。国与家之间不仅结构相同，而且在功能上也相互一致——规范个体，整合社会。因此，尽管社会成员可以不理会国家显在的权力机构如军队、衙门等，但却无时无刻不在家庭的监视和控制之下。实际上此时的族长和家长已经成为皇帝的代言人控制了整个家庭的生活。作为个体的家庭成员完全从属、依附于家庭，也只有在家庭中才能获得经济保障和身份规定。在个体与家庭之间，个人完全处于从属的地位：家庭是实在，个体只是幻影；家庭是权力的发出者，个体只是权力的运作载体。作为个体他们既没有自己的私有财产，没有充分的人身自由，也没有要求独立、要求自由的意识，因此，私人领域是不可能在这种情况下形成的。

其次，1949 年新中国的成立给中国社会生活的方方面面带来了全新的变化，但私人领域却没有随之迅速地建立起来。新中国在宪法中保证了人民当家做主的权利。人人平等、自由独立，也成为社会个体的普遍意识。这似乎表明私人领域的形成已经是必然的事情了。但实际情况却与此相反，从新中国成立初期，一直到 1978 年的改革开放，中国具体的政治、经济制度一直束缚着私人领域的形成和发展。

新中国自成立以来，在经济制度上长期实行计划经济，在所有制方面则实行十分纯粹的公有制。国家不仅是国有资源的最大所有者，而且也是劳动产品最终的分配者。对社会个体来说，则不仅无法拥有对生产资料和劳动工具的所有权，而且对自己的劳动产品也无法直接占有、享用。尤其是在农村人民公社期间，公有制在社会生活中的表现达到了登峰造极的地步，如"大锅饭"、"粮票"等，个体也因此成了彻底的无产者。在"斗私批修"、"狠斗私字一闪念"的社会制度和氛围之下，拥有私有财产不仅可耻，而且也十分危险。生产资料的完全国有化造成了社会个体对国家的过分依赖，人身自由因此受到很大的限制。这一点在单位制（包括农村公社）这一社会组织形式上表现得十分明显。当时的大多数社会成员被国家组织到一个个具体的单位组织之中，这些国有的单位组织"给予他们社会行为的权利、身份和合法性，满足他们的各种需求，代表维护他们的利益，控制他们的思想和行为"[1]。实际上，单位组织正是通过作为社会资源分配中介者的身份实现了国家对社会个体进行控制的重要作用。社会个体一旦离开某个单位而又不被其他单位所接受，其结果将使他不仅无法获得一定的社会身份，更重要的是失去了生活甚至于生存的保障。这样一来，社会个体往往一生都被束缚在一个岗位上，而且他们的子女也往往被指定为这一岗位的合法继承人，不能自由流动和自由选择。经济、政治上的依附和人身自由的受限使得人们要求自由、民主、平等的观念受到了削弱，社会个体的主体意识和自由意识也因此大打折扣，没能得到充分的发展。事实也正是这样。在十年"文革"期间，

---

① 袁方等：《中国社会结构转型》，中国社会出版社 1998 年版，第 212 页。

全国到处充斥着个人崇拜的阴影，领袖的光芒淹没了个体争取自由、独立的自觉意识。诗人杨牧曾在诗歌《站起来，大伯》中记录下这样一幕情景：当毛泽东在天安门城楼上说"中国人民从此站起来了"，而作为具体中国人民一员的大伯却深深地跪了下去；当《国际歌》正在高唱"从来就没有什么救世主"时，大伯却正在伏地叩谢毛泽东的拯救之恩。正是因为各种客观现实条件的缺失，使得私人领域在当时极不发达。人们的活动与交往都因此带有很强的公共化倾向，并且受到权力的严格监督和控制。各个机关、学校、工厂、农场、公社等单位往往组织成员一起工作、吃饭、学习，甚至于在工作学习之余也不顾个人的兴趣、习惯、意愿把他们组织起来，去看电影、听报告、打比赛、从事义务劳动等集体活动。在十年"文革"期间，就连最容易形成私人领域的家庭生活也受到了权力的异化，往往成为思想辩论、政治争斗的公共场所，以至于夫妻反目、父子成仇，最终沦落为政治斗争的牺牲品。

总之，由于社会条件、文化传统以及政治经济制度等多方面的原因，使得私人领域在中国一直没有发展起来。这一状况直到1978年改革开放以后才得到了明显的改变。

三

自20世纪70年代末以来，中国社会经历了大幅度的"去国家化"（借用哈贝马斯的术语），国家行政权力开始在社会生活的诸多领域收缩它的势力范围。所有制从完全公有向公私并存模式的转变意味着私人财产所有权得到了国家承认，具有了合法性。国家控制的放松给公民个人带来了较多的人身自由，越来越多的人离开原来的单位和土地，习惯了"跳槽"和打工的生活，以至于在90年代末出现了无根的"飘一代"。同时，宽松的环境与市场经济的确立也给思想解放创造了必要的空间，人们的自由意识与主体意识得到了前所未有的张扬，私人意识也随之日渐觉醒。只要不违背法律，每个人有权利选择自己的生存样式和交往方式，任何外来的干涉都将被指控为侵权行为。以上诸多因素表明，私人领域在中国的出现已经是水到渠成的事情了。从目前来看，私人领域在中国还远没有达到成熟状态，仅仅是起步而已。它在当下中国主要表现在以下几个方面：

其一，社会劳动领域和商品交换、流通领域。这一领域是市场经济的外在表现形式，它的出现与市场经济的确立有着同步同时性。在这一领域内，社会个体无须听从任何人的安排和指令，只需按照平等交换的原则，遵守市场内部本身的规律就可以了。"这些规律受到了公平交易这一意识形态的保护，因而公正应当能够彻底战胜权力。"① 市场经济在短时间内就迅速形成了巨大规模，在我国社会结构之中成为一个相对独立稳定的系统，这其中有着两个方面的原因：(1) 中国的情况与西方不同，市场经济的出现不是自下而上的斗争过程，而是自上而下的让渡过程。在这一领域国家自愿收缩其干涉权力，由过去的"指令行为"转变为现在的"指导行为"，这正是市场经济在中国发展十分迅速的根本原因。(2) 尽管我国政体的性质决定了这种让渡毕竟有限，但是市场经济一经出现它就会产生"去国家化"的内在冲力，反对国家行政权力的干涉，不断地争取并扩大自己的生存空间。在世界经济一体化的大趋势下，尤其是中国已经加入 WTO，市场经济"去国家化"的内在冲力肯定会越来越强烈，作为私人领域一部分的社会劳动领域和商品交换、流通领域也会因此而逐渐成为真正意义上的私人活动领域。

其二，家庭生活。家庭是社会的细胞和基本组织形式，其间的活动也最有可能成为私人领域的社会组织。哈贝马斯就认为基于两性关系的家庭生活处于私人领域的核心地位②。在传统社会，家庭与国家的同构使得家庭生活不可能成为私人领域的组成部分；而在计划经济时代，家庭除了负责人口繁殖等有限的社会功能之外，几乎完全国家化、权力化了。改革开放以来，随着社会保障体系的建立、收入职业化的转变以及法律制度的进一步确立和加强，家庭逐渐从经济、政治压力中解放出来，呈现出越来越强的私人特性。这一特性主要表现为两个方面：(1) 在家庭组合形式上，现代的绝大部分家庭都是由男女双方按照自由、自愿的原则组合而成，外来的各种政治、经济力量在婚姻组合中所发挥的作用越来越小。(2) 在家庭生活内容上也变得自由而丰富，夫妻双方可以根据共同的兴趣爱好选择电视、录音机、下

---

① [德] 哈贝马斯：《公共领域的结构转型》，曹卫东译，学林出版社 1999 年版，第 51 页。
② [德] 哈贝马斯：《公共领域的结构转型》，曹卫东译，学林出版社 1999 年版，第 59 页。

棋、钓鱼、电子游戏、旅游、健身等各种有益身心的活动。其实，只要不违背法律，夫妻双方尽可以拥有无限丰富的生活内容。由此可见，家庭生活对个体的创造性和主体性具有培养和锻炼的作用。此外，建立在人身自由、男女平等基础之上的家庭生活还有利于培养超脱于政治、经济等压力之外的"纯正人性"，哈贝马斯将这种"纯正人性"规定为自愿、爱的共同体以及教育三项内容①。

其三，休闲娱乐活动。休闲娱乐活动在现代社会越来越成为私人领域的重要表现形式。这是因为，一方面，国家、单位一般不再动用行政的力量统一组织人们工作之外的休闲活动，将休闲娱乐活动的选择权重新还给个人；另一方面，中国社会正由伦理社会向法理社会转型，因此只要不违背国家法律，社会个体可以忽视传统社会的许多伦理规范，完全按照自己的兴趣、爱好、习惯，甚至于非理性的本能冲动来选择休闲娱乐的方式。这两个方面的变化都使休闲娱乐活动的私人性和自由性日益突现出来。当然，休闲娱乐并不是到今天才出现，而是有着十分悠久的历史传统。无论是庙会、年集、听书、看戏，还是吟诗、作赋、歌舞、丝竹，都是传统社会常见的休闲娱乐方式。但是，当时的那些活动都无法与现代社会的休闲娱乐相比。首先，从量上讲，现代机器工业的巨大生产力为人们提供了越来越多的休闲娱乐时间，而且迅速发展的高科技也为人们创造出越来越丰富的休闲娱乐内容和方式。其次，从质上讲，传统社会中的休闲娱乐还往往服从于社会的再生产，而现代社会闲暇时间的延长与富足，直接使休闲娱乐成为人们追求多元自我、拓宽精神空间的生活方式。正如西方学者福勒斯代所言："一个人选择自己的闲暇（方式），也就是选择自己的生活（方式）。"② 这些情况表明，休闲娱乐不再是社会个体生活的点缀和附饰，而是逐渐上升为生活的主要组成部分。休闲娱乐空间的扩大与丰富也同时表明了私人领域在当下中国的进一步拓展。

---

① [德] 哈贝马斯：《公共领域的结构转型》，曹卫东译，学林出版社1999年版，第51—52页。

② [美] 奥斯古德：《现代生活方式面面观》，黄德兴译，上海社科院出版社1987年版，第152页。

四

　　私人领域作为一种新生的生活范式在文化上必然有所吁求，以便填补这块刚刚腾出来的空白地带。但私人领域所具有的许多特点决定了它不仅拒斥官方文化，而且漠视精英文化，最终选择了大众文化作为自己的代言人。

　　改革开放之前，尤其是在"文化大革命"时期，社会生活的完全国家化、权力化导致了大一统的文化专制主义。广大民众在文化上完全处于被动、失语状态，既谈不上什么文化个性，也谈不上什么文化选择。在当时戏剧舞台上所能看到的仅仅是由当权者所钦定的八部样板戏，这些弘扬主流意识形态的官方文化作品又反过来进一步加强了文化专制主义。广大民众作为普通人所有的心理、情感、欲望受到了故意的压抑和摧残，无法在文化上形成自己的诉求。然而改革开放以来，随着私人领域的出现，广大民众终于在一定程度上获得了文化选择权利，其文化主体地位也日益突出。对饱受文化专制之苦的大众来说，其文化选择的自由权利必然首先用来服务于最受压抑的部分，释放自己作为普通人对亲情、爱情等人伦情感的呼唤，对轻松、安逸、享乐等正常人生欲望的渴望。正因如此，一向以教育者、引导者自居而又脱离社会生活、漠视人间温情的官方文化必然受到大众的冷落和排斥。

　　尽管精英文化在价值取向上往往与官方文化背道而驰，但私人领域的依附性决定了它不可能以精英文化作为自己的代言人。私人领域在中国的出现在很大程度上可以说是一个自上而下的政府让渡过程，这与西方私人领域自下而上式的自然成长恰恰相反。中国的私人领域因此带有先天的"缺钙软骨症"，它自身没有形成可与国家权力机关相平衡的内在结构和必要的组织形式。力量的孱弱和组织的缺乏决定了私人领域对国家权力机关必然表现出很强的依附性。私人领域要想获得政府的认可和存在的权利就应当避免和政府产生激烈的冲突，弱化自己的反抗力量。因此，尽管私人领域的内在本性为精英文化的发展提供了可能性土壤，但外在条件的限制使得这一可能性受到很大削弱。

　　所有这些都决定了当下中国私人领域的主要意义及其功能：不在于理性的建构，而在于感性的狂欢；不在于意义的生产，而在于符号的消费；不在于精神的提升，而在于世俗的表达。私人领域的这些特点在文化上必然表现为对大众文化的诉求，因为大众文化正是一种以世俗生活场景为对象，以感性娱乐、轻松活泼为基调，以图像消费为主要内容，尊重了大众的文化个性但又不带有明显社会破坏力的文化形态。可以说，私人领域正是大众文化得以产生的肥沃土壤。这不仅是因为私人领域为大众文化提供了丰富而自由的内在心理源泉，而且也为大众文化的生产传播提供了商品形式①。

对大众文化的理解可以从内容、形式和意义三个方面来进行：

大众文化在内容上突显了世俗生活的场景画面，表达了生命深处的本能欲望。革命理想和战斗激情的退潮使得世俗生活场景迅速突显出来，这个时候人们才意识到，什么才是他们最需要、最感动、最亲切的。男欢女爱、生离死别、婚丧嫁娶、下岗就业、油盐酱醋等一系列或大或小的生活故事在此时都具有了实实在在的光辉和意义，成为大众文化关注的重心。诸如邓丽君的爱情歌曲，琼瑶的爱情小说，金庸的武侠小说，电视剧《渴望》、《篱笆·女人和狗》等文化作品都因符合了大众的心理愿望或者展现了世俗生活的真实状态而获得很高的发行量和收视率。而近年来冯小刚之所以能在电影界一路走红，并不完全在于他一贯的滑稽夸张作风，而在于这些影片，如《甲方乙方》、《没完没了》等都牢牢建基于普通大众的梦想、惆怅、烦恼和喜悦。此外影片中对人间真情、伦理关爱的呼唤，也契合了普通大众对真、善、美之完满人生的现实渴望，故而博得了大众的广泛喜爱。私人领域所释放出来的自由空间不仅使普通大众的现实生活层面得到了展现，而且也为生命深处本能欲望的宣泄打开了闸门：一方面，生命需要放松平静，故而追求轻松、娱乐、消遣和悠闲；另一方面，生命又需要紧张刺激，故而渴望暴力、恐怖、犯禁和征服。这两方面的渴求在日益刻板机械、单调重复的现代生活环境下不仅变得越来越强烈，而且似乎也越来越有意义了。前者在大众文化上表现为一系列肥皂剧的出现和小品、相声的广泛流行，其极致则是以周星驰为代表的"无厘头文化"的兴起。这些文化作品既不求思想的深刻，

---

① 市场经济由于受到政府的支持而迅速发展，并获得凌驾于其他部门之上的准意识形态话语霸权地位，因此它必然会向文化领域渗透，并最终导致了文化在很大程度上的市场化，其生产和流通也因此具有了商品的形式，并按照等价交换和资本增值原则运行。而市场经济所在的产品生产与商品交换领域从根本上说乃是属于私人领域的范围。

也不求意义的丰富，而是拼命地搜求笑料，大耍嘴皮子来搔大众的痒痒肉，以期在笑声中来缓解生活的压力。后者则表现为枪战片、暴力片、性爱片、恐怖片的大肆泛滥。这些影片通过刀光剑影、血肉横飞等极端惨烈恐怖的场景使大众骚动于无意识层深处的性爱、攻击、死亡、窥视等本能欲望得到淋漓尽致的宣泄，获得现实生活中难以获得的快感和体验。

大众文化在具体形态上表现为多种多样，诸如通俗文学、影视广播、家庭肥皂剧、流行歌曲、卡通形象、卡拉 OK、MTV、交谊舞、迪斯科、电子游戏、家居装潢、建筑设计、现代广告、时装表演、生活杂志等。但从外在形式上看，这些大众文化的具体形态都呈现出越来越强的图像化倾向，使得大众文化实际上成了一种"视觉文化"，语言文字的优势地位受到了前所未有的挑战和损害。今天越来越多的文学作品，无论是古代的还是当代的，都被改编成电影或电视，而人们对看电影电视比单纯阅读文字表现出更大的乐趣。此外，大量的中外文学名著都纷纷搞起了插图本，许多报刊也尽量减少文字，加大了图片在版面中的比重和分量。甚至于许多学术性理论著作也一改过去的"文字一统"，变得图文并茂起来。大众文化在形式上的这种特点显然更适合于私人领域中大众追求感性愉悦，渴望本能宣泄的审美趣味和审美心理。从理论的角度讲，语言就是逻各斯，它代表着理性，因此遵守现实规则，而形象却代表着感性，始终处于欲望的中心，因此它遵循着快乐原则。从生理层面讲，大众也必然会选择以图像为中心的文化文本。尽管语言文字与图像都是信息的载体，但与语言文字相比，图像则是信息的直接载体，它能够以全方位的光、影、形等要素直接冲击人们的感官，获得强烈的印象和感受，而不必像语言文字那样需要经过大脑的翻译劳动才能获得对对象的把握和理解。图像的这种特点恰好与大众追求轻松娱乐的心理愿望和生理需求相契合。

大众文化在我国作为新生事物有着十分积极的意义。首先，大众文化的出现为大众提供了一块自由的精神空间，改变了大众过去在文化上完全被动、服从、听命的软弱状态，在一定程度上使大众获得了进行文化创造、文化选择和文化活动的主体地位。其次，大众文化的出现改变了过去大一统的文化专制局面，形成了官方文化、精英文化、大众文化三足鼎立的文化新格局。大众文化与官方文化、精英文化之间不仅仅是控制与反控制、提升与反提升的矛盾关系，而且也存在着良性互补、共同进步的协同关系。比如，大众文化与生俱来的民主、平等倾向必然会借助于高效能的传播和空前壮大的力量影响到国家的文化立法、文化政策，并因此而促成官方文化的民主化和科学化。而大众文化与精英文化"两者之间的矛盾实质上是一种相互渗透与改造的矛盾，两者之间的冲突实质上是一种相互矫正与补充的冲突，这种矛盾与冲突的最终结果是两者之间的相互借鉴、认同、融会和共同提高"[①]。由此可见，大众文化不仅提升了社会个体的文化权利，而且对我国文化的总体发展也有广泛的积极效应。

　　总之，私人领域的出现为大众文化的崛起提供了广阔而自由的社会空间和精神空间，而私人领域目前的特点也具体地决定了大众文化的主要内容和外在形式。如果把私人领域与大众文化的关系近似地看作经济基础与上层建筑的关系，那么有理由相信，随着私人领域在空间上的扩大和结构上的健全，大众文化也会进一步走向成熟和完善。然而大众文化作为具有相对独立性的精神活动不能仅仅被动地去接受私人领域的影响，它也应该反过来发挥自己的能动性对私人领域加以塑造和改进。至于大众文化应当从哪些方面来具体发挥对私人领域的塑形作用，已经不是本文的任务了。

（原载于《天津社会科学》2002 年第 3 期）

---

① 王忠武：《论二十一世纪中国大众文化的发展方向及其控制》，《东岳论丛》1999 年第 6 期。

试论艺术审美的价值限度

王德胜

在一直以来的美学意识中，至少在精神的幻觉之国，艺术总是无所不能而又无以比拟的价值存在，就像文艺复兴时期英国诗人锡德尼以一个人文主义者特有的热情所歌颂的："自然从来没有比得上许多诗人把大地打扮成那样富丽的花毡，或是陈设出那样怡人的河流，丰产的果树，芬芳的花草，以及其他可使这个已被人笃爱的大地更加可爱的东西。自然是黄铜世界，只有诗人才交出黄金世界。"① 这个"黄金世界"充满了迷人的诱惑，唯有诗人（艺术家）才能奉献，唯有通过诗（艺术）的创造之途才可为人触摸、分享——艺术对于价值的控制权力成了唯一至上性的东西。

因此，所谓"艺术审美的价值限度"问题，便很少进入美学或艺术哲学的思想范围。甚至，由于常规性之于反常规性的那种天然排斥，美学在思考艺术审美问题时，常常本能地拒绝任何有关"价值限度"问题的入侵。在保卫"艺术纯洁性"的名义下，美学利用诸如"无功利性"、"心理距离"、"静观"等指涉某种精神超越性的概念，相当自信地封堵了一切可能的思想动摇空隙，并以一种不容置疑的口吻炫耀着艺术审美的无限性力量。

然而，这种在艺术与自然（现实）、精神（理性）与感性二元对立基础上对于艺术审美的价值确认，是否真的就能够持续有效？它真的就可以毫不顾忌地享受至上的精神权利？或者，艺术审美的价值就真的那样不容怀疑和讨论？

---

① ［英］锡德尼：《诗的辩护》，见《西方美学家论美和美感》，商务印书馆1980年版，第71页。

一

　　很显然，以往一切有关艺术审美的价值认识，几无例外都是建立在艺术、艺术活动的创造性特征及其理性功能之上的。无论人们曾经对艺术价值有过什么样的观念或界定，包含在美学话语体系中的每一种经典的"艺术"表述形式，总是这样或那样地指向"创造"（"创造性"）的概念。尽管何谓"创造"（"创造性"）本身仍然是一个有待讨论的问题，但是，美学或者在艺术家方面把它归于个体从技术到精神的"匠心独运"，或者在作品方面将它归之于"独一无二"的性质。"艺术和诗至少具有两种基本价值，这两种价值都是艺术的目的，即一方面是要把握真理，深入自然，发现规律，发现支配着人的行为的法则；另一方面，它要求创造，要求创造出前所未有的新的东西，创造出人们设想的东西。"① 或者，如艺术史家里德所揭示："艺术往往被界定为一种意在创造出具有愉悦性形式的东西。这些形式可以满足我们的美感。"② 而这一认识的心理根据，便是《镜与灯》的作者艾布拉姆斯所概括的，是"诗人的情感和愿望，寻求表现的冲动，或者说是像造物主那样具有内在动力的'创造性'想象的迫使"③。

　　于是，美学一方面习惯于把艺术审美的价值与艺术的形式统一性原理联系在一起，着力强调艺术、艺术家对于客体世界的再造能力，"美与不美，艺术作品与现实事物，分别就在于美的东西和艺术作品里，原来零散的因素结合成为一体"④；另一方面，美学又竭力从这种艺术"创造"中寻找某种超越于现实形式的更高的原则，并赋予这一原则以一种浪漫而神秘的精神光色，"艺术美高于自然。因为艺术美是由心灵产生和再生的美，心灵和它的产品比自然和它的现象高多少，艺术美也就比自然美高多少"⑤。在艺术的广

<hr>

① ［波兰］塔达基维奇：《西方美学概念史》，褚朔维译，学苑出版社 1990 年版，第 339 页。着重号为引者所加。

② ［英］里德：《艺术的真谛》，王柯平译，辽宁人民出版社 1987 年版，第 2 页。

③ ［美］艾布拉姆斯：《镜与灯》，郦雅牛等译，北京大学出版社 1989 年版，第 26 页。

④ ［古希腊］亚里士多德：《政治学》，见《西方美学家论美和美感》，商务印书馆 1980 年版，第 39 页。

⑤ ［德］黑格尔：《美学》第 1 卷，朱光潜译，商务印书馆 1979 年版，第 4、44 页。

大世界里，"创造—心灵（理性精神）"之间似乎形成了某种非常稳定的逻辑关联：艺术的创造特性既由心灵想象能力获得展开，又同时拥有来自心灵（理性精神）的自觉佑护；艺术不仅具有实现人的想象性活动的功能，而且它还因为心灵本身对于现实的超越企图而产生了无限绵延的理性力量，成为人在现实世界以外寻求自我肯定的特殊价值存在。

　　这样一种美学话语所产生的浪漫主义文化理想，曾经在艺术史上唤起无数人为之热情澎湃。人们不仅在艺术内部继续了这个"创造"的神话，而且，这个艺术神话也确曾为人类审美意识的扩展、审美趣味的历史变迁带来过巨大的动力，与此同时，人们又一次次不知疲倦地吁请艺术之神为人类洗涤精神、灌溉灵魂，相信艺术的价值不止于其自身内部的创造，而且统帅了人类心灵的发展史。"受过这种良好的音乐教育的人可以很敏捷地看出一切艺术作品和自然界事物的丑陋，很正确地加以厌恶；但是一看到美的东西，他就会赞赏它们，很快乐地把它们吸收到心灵里，作为滋养，因此自己性格也变成高尚优美。"①

　　可以认为，正是出于对艺术"创造"神话的崇拜，美学在艺术审美的价值确认过程中所维护的，实际就是一种"审美本质主义"的立场，即首先强调艺术在超越自然（现实）方面的绝对性，以此张扬艺术审美的独立意义；其次则把这种艺术审美的独立性进一步加以功能化，强调艺术审美与人的理性自觉、精神升华之间的一致利益，从而肯定艺术审美的心灵指向性，肯定艺术审美所内含的伦理力量——人格的提升和生命意义的完善。应该看到，这种"审美本质主义"价值观之所以在逻辑上能够自满自足，其根本的前提，是美学在理解艺术审美价值的过程中，一直都预设了一个仿佛无须证明的"无限精神"（精神无限性）的存在——这是一种既对立于人的自然存在、外在于客体世界的存在，又超越了人的自然界限、驾驭着人的生命方向的存在。质言之，精神（理性）无限性的价值意图决定了艺术审美的价值前景，艺术审美的本质正维系在这种精神（理性）自身的超越本质上。所以，所谓艺术审美的价值问题，实际上就成了精神（理性）自身的价值问题；对艺术审美的价值确认，也就是对人的精神（理性）无限性的确认。于是，有

---

① 　[古希腊] 柏拉图：《文艺对话集》，朱光潜译，人民文学出版社 1963 年版，第 63 页。

关艺术审美的价值认识，又一次获得了来自人对精神（理性）完善性认同的支持。

然而，问题是：这种对于精神（理性）无限性的认同，是不是真的就无可怀疑？如果它是有问题的，那么美学对于艺术审美的价值确认便同样会发生根本的动摇。

二

雅斯贝尔斯以一个现代思想家的敏锐洞察力，对人类的精神处境进行过深刻分析：

> 有关人类处境的问题，一个多世纪以来，已经变得愈来愈重要；而每一世代都尽力想要根据自己所得到的启示，来解决这个问题；
> ……
> 由于这个世界，就我们目前所知，并不是一成不变的，我们的希望也不再寄托在超越者身上，却已经落实到尘世的层次；它可以由我们自己的努力而改变，因此我们对于现世寻求圆满的可能性充满信心。①

上述看法，应该对我们有很大的启发。事实上，就人类精神的当代处境而言，从"现世寻求圆满的可能性"正在不断促使人们越来越具体、直接地把生存的前景托付给某种现世／当下感性的"完满"与"欢悦"。也就是说，在经历了漫长的文化演变和心灵痛苦、精神焦虑以后，人在当代生活现实中似已发现了某种足以为当下生存活动提供享受根据的感性形式——借助技术进步和大众传播活动，这种感性生存形式正在不断演化为人的当下价值欲求、普遍的生活意志。当下的生活被确认为人的轻松、嬉戏的感觉对象，现实文化的价值实践被肯定为一种不断以"工艺"方式而"诗意"表现的消费体系——尽管这种"诗意"已不再是精神（理性）超越意义上的自我生命实践与体验，而不过是高度快悦的感性抚慰，但它却是人在当代境遇里为自

---

① ［德］雅斯贝尔斯：《当代的精神处境》，黄藿译，三联书店1992年版，第1、3页。

身建立的生存庇护。

　　这里，我们就可以发现，无论如何，建立在精神无限性认同之上的那种艺术审美价值观，其最基本的信仰前提已面临重大挑战。即便不能说任何一种"创造"的精神（理性）企图都已经失败，但至少精神无限性的神话已不再是人们唯一可能倾听的声音；在绝对的精神世界之外，人们似乎看到了更能为人的当下生存满足所要求的现实。这样，精神（理性）在同感性的直接对立中遇到了自己的限度，"超越"的精神（理性）意愿在文化的现实之境显得孤立无助。也正是在这里，人们看到了由当代文化现实所导致的对于"经典的"、浪漫传统的艺术审美本质的终结：艺术"创造"（"创造性"）的唯一性开始让人感到可疑，艺术审美的价值效力由于逐渐失去了精神（理性）有效性的根基而开始褪去它神圣的光环。特别是，当技术进步力量以某种"本体化"方式进入艺术、艺术活动之后①，艺术便不得不开始经历一番痛苦的"重写"。而这种"重写"的最基本形式，就是不断以艺术的技术性"复制"（"制作"）来置换那种纯粹个体手工艺性质的"创造"。显然，这是艺术、艺术活动在当代文化现实中所发生的无可更改的事实，也是审美领域的革命性后果和技术完善化所带来的美学危机。如果说，当年黑格尔曾乐观地坚信："艺术作品却不仅是作为感性对象，只诉之于感性掌握的，它一方面是感性的，另一方面却基本上是诉之于心灵的，心灵也受它感动，从它得到某种满足。"②那么，现在，由于欲望解除了人的精神武装并开始让人直接听命于这个世界的现实摆布，由于艺术生产与商品生产普遍地结合起来了，艺术"不再依附于一个外在的参照物；由于成为成批生产的艺术品，它废弃了孤本或原件的观念"③，因此，精神（理性）在此过程中显然已力不从心，无法继续维持艺术审美与人的理性自觉、精神升华之间曾经被充分肯定的一致利益。因为毋庸怀疑的是，所谓艺术对于"孤本或原件的观念"的废弃，实际就意味着技术话语在当代艺术活动中对于个体性力量的彻底颠覆——艺术不复再现在那种"个人"精神的气质或风格，艺术的真正主体不再是个别

① 关于这个问题，参见拙著《扩张与危机——当代审美文化理论及其批评话题》第5章，中国社会科学出版社1996年版。
② ［德］黑格尔：《美学》第1卷，朱光潜译，商务印书馆1979年版，第44页。
③ ［法］杜夫海纳：《当代艺术科学主潮》，刘应争译，安徽文艺出版社1991年版，第77页。

的艺术家或读者，而是技术规则的自身运作，是到处扩散的"形象"在用机器成千上万地复制自己的"艺术拷贝"。

艺术的当代境遇，恰像福柯在《作者是什么?》中所说的："不仅使我们防止参照作者，而且确定了他最近的不存在（recent absence）"；"必须取消主体（及其替代）的创造作用，把它作为一种复杂多变的话语作用来分析。"① 在"作者"成为问题之处，"创造"也成了问题，艺术审美的心灵指向性及其内含的伦理力量也成了问题。

这个问题，归结到最后，就是精神（理性）本身的问题。正是当代人类精神本身所面临的非超越性现实、感性压力，决定了艺术审美的价值效力必定是有限的。这种对于艺术审美的价值限度的认识，作为一种非本质主义和非审美主义的立场，在强调艺术价值建构的现实性及其超越努力的有限性之际，更多看到的是那种将艺术与自然（现实）、精神（理性）与感性二元对立的美学认识的局限，也更多看到了艺术在当代文化现实中的艰难。

首先，有关艺术审美的价值限度的认识，既承认艺术的精神超越性努力所禀有的浪漫气质，同时又强调了那种建立在精神无限性认同之上的艺术与自然（现实）的对立仅只具有某种历史的意义——在当代文化现实中，艺术带来的却不是由其自身"创造"努力所产生的心灵效力，相反，艺术、艺术活动必须通过对现实的直接认同来重新获取自己的生存之力。这就是说，与以往相比，今天，人的文化—生存环境已产生了新的行动可能性，人们得以在其中有意识地从事各种自我表现的"审美"实践，并形成持续的联系。而艺术活动恰巧是产生这一持续联系的便捷形式，也是人们对付已知的现在和未知的将来的有效文化形式。在这一过程中，艺术家只是充当了必要的中介，艺术、艺术活动已不再是一种仅由艺术家个人承担责任的行为，而成为整个当代文化—生存环境中的人类普遍沟通过程；人们不仅在其中自我表现着自身的追求和利益，同时也强化了对整个文化—生存环境的新的思考。也正因为这样，今天的艺术必定趋向于同大众的文化要求和思想相一致：或者表达大众日常生活中的文化差异因素，或者表达大众对现实环境的认同；或者体现大众日常生活在特定意识层面的自由想象，或者体现大众文化活动的

---

① 王逢振等编：《最新西方文论选》，漓江出版社 1991 年版，第 448、458 页。

反叛性自觉。艺术、艺术活动、艺术家本人及其群体，不是从整个社会进程及其文化现象形态中分离出来的，而是受着整个社会及大众日常生活、文化利益的驱使。整个文化现实所要求并规定于艺术、艺术活动的，是在一种特定"审美形象"的构造中重新显现现实文化价值的具体存在形态，以使大众能够从这种独特的建构行为和结果上直观自己的处境；现实文化进程及其利益所要求于艺术家的，则是充分体认和具体表达当代社会大众的具体文化立场。艺术家不但作为艺术创造主体现实地发挥自己，而且作为大众日常生活的直接参与者，现实地构建当代文化实践过程的独特形式。

其次，对于艺术审美的价值限度的认识，揭示了艺术的伦理幻想特征，强调了这一幻想同时也是人类精神崇拜神话的基本内容。这就是说，对于当代文化处境中的艺术来说，肯定艺术审美的价值限度，也就是进一步明确了艺术的伦理力量的有限性。它所要求的是：艺术能够重新回到现实的文化层面，直接面对人的文化现实而不是远眺精神无限的未来；艺术能够发挥它应有的感性表达功能，直接面对人在当下的满足需要而不是无止境地祷祝心灵的内在自觉。由此，对于艺术审美的价值限度的认识，意味着对于某种现实利益的充分肯定——艺术伦理的现实形式，并不在于引诱人的精神幻想，而在于能够充分体会、同情人在现实境遇中的日常实践意志，满足和补偿人在现实生活中的心理缺失，填充生活的现实空隙。

总之，在现在这个时候，强调对于艺术审美的价值限度的认识，一方面是基于艺术本身的改变，同时更是出于一种现实的功能目的，即通过保持艺术、艺术活动与文化现实之间一定的制度性关系，使艺术得以在一个新的文化时代继续保持自己的生存能力。

三

正是由于上述原因，在我看来，今天，艺术审美的价值主要便维系在对于人的生存现实的心理补偿可能性方面。在根本上，它是同当代文化、日常生活的"泛审美化"趋势联系在一起的。

概括说来，当代文化、日常生活的"泛审美化"，主要表现为：

第一，"审美"领域的无限扩展。在经典的美学话语中，"审美"总是与人的生命精神的自我超越性体验相关联，而与实际的物质功利追求无涉；"美"与"丑"、"艺术"与"非艺术"的唯一界限，就是人的生命精神体验中的心灵感受性。换句话说，"艺术"之为人的精神对象，其所以能够在经典的美学话语体系中有着确定不移的位置，不仅是因为它集中体现了人的生命的超越性想象，更因为它较之不完善的、缺少理想价值的日常生活，更为充分完善地再现了"审美"的精神超越性以及人的生命的永恒性。在"审美本质主义"的浪漫冲动中，人们总是愿意把艺术当作超越现实生活的唯一独特形式，并赋予其特殊而绝对崇高的价值使命。就像马尔库塞热情赞美的，"艺术和艺术人物的纯洁人性所表现出的统一体是非实在的东西：他们是出现在社会现实中的东西的倒影。但是，在艺术非实在性的深处，理想之批判和革命力量，充满生气地保存着人在低劣现实中最热切的渴望"①。这种对艺术的要求，突出了一种知识学领域的辩证法，它的前提就是"审美／艺术"与具体生活现实之间的二分天下。然而，当代文化、人的日常生活现实，却完全破坏了美学话语的这一绝对知识权威：艺术作为一种人们熟悉的文化形式，不仅继续承担着为生活进行审美表现的功能，并且随着当代生活实践的愈益扩大和日常生活方式的广泛改变，特别是随着当代艺术自身"技术本体化"趋势的不断蔓延和大众传播活动的持续泛化，艺术与日常生活的传统界限如今已变得相当模糊；"审美"不再是艺术独擅的专利，而相当普遍地成为整个文化和日常生活本身的直观形式——人的生活的感性存在和存在证明。现在，阅读小说、观看电影、欣赏音乐、参观美术馆等等，不仅是"审美的"活动，更是人们用以显示自己生活方式的"审美的"外观，而大众传播对日常活动的直接介入，则进一步加剧了"审美／艺术"与人的日常生活在感性形式方面的同化，以至于理发、穿衣、居家、购物等都"审美化"、"艺术"了。"艺术"成了生活领域的日常话语，"审美"成了大众欲望的又一种"包装"和日常生活的直观形象。

第二，"当下性"凸显并绝对化为人的普遍的生活享受动机。这里，所谓"当下性"一是指感性的泛滥、膨胀主宰着人对现实生活的全部意欲和追求，对生活的外观直觉压倒了对生活的理性判断，立即呈现的满足感遮蔽了

---

① ［美］马尔库塞：《审美之维》，李小兵译，三联书店 1989 年版，第 14 页。

恒久体验的可能性；二是指日常生活的流行化，流行音乐、流行小说、流行服装、流行发型……生活是一块巨大的"流行榜"，一切皆可流行，一切都服从于流行，"流行化"不仅是文化的一种巨大形式，而且就是日常生活目的本身、人对生活的尽情享受。可以说，正是人的日常意识的感性绝对性以及生活的流行化，构成了当代文化、日常生活"泛审美化"的"当下性"层面。

第三，借助大众传播活动来完善文化的"审美"包装。当代大众传媒的日益发达，大众传播活动的日益普及及其对日常生活的有效介入，不仅从感性方面为张扬文化现实和日常生活的"泛审美化"提供了强有力的技术保障和直观形式，而且也急剧强化了文化的当下性和流行化表现。无孔不入、遍地生花的大众传播活动，大面积渗透在现实生活中，迅速崛起为一股令人无法抵挡的感性力量——当代传播技术的持续进步，则为其制造了持续泛化的新的可能——既改变了生活的"真实性"内容，又把文化现实及人的日常生活感性地包装为一种"泛审美化"的过程。

必须看到，这种"泛审美化"的现实，与当代文化的商业化进程之间具有某种一致性。"泛审美化"的文化现实、日常生活是当代商业化社会形态的现实外观，而商业化则是"泛审美化"的物质内核。也因此，以人的日常生活"物欲"实现和满足为实践过程的商业化社会形态，便理所当然且堂而皇之地进入了破碎的"艺术/审美"之境，商业化的事件最终成了一种"审美的"现实。

正是在这种"泛审美化"的当代文化、日常生活情势下，艺术确立了它对于人的生存现实的心理补偿可能性。因为很明显，无论我们曾经拥有的美学理想、精神超越性期待是如何引领了艺术的前进方向，无论伟大艺术曾经如何"创造"出人类灿烂的精神光华，现在，在一个人的精神努力已经涣散，超越性的理想已被当下的物质满足与感性享受动机所替代的时代，在一个"审美"泛滥为生活的感性外观的现实文化之境，艺术的绝对崇高的价值意图和超越性努力，实际已不可能再度唤起人们精神上的无限向往与渴慕。"泛审美化"的现实拒绝为人的日常活动承担精神的价值义务，它在以感性主义的夸张方式不断制造生活的"审美"包装的同时，又在人对生活的"审美"享受中不断刺激起越来越强烈的感性要求。"审美"成为一种消费性享受，成为感性主义的冲动和流泛。在这种"泛审美化"的现实中，人确已越来越多地感受到自己的生活和生活环境的丰富形式。然而，人除了继续在感性和享乐中陶醉以外，却也无可依傍。

心理的缺失与空旷由此诞生。没有了精神的目标——哪怕这种目标只是幻觉性、超幻的，人却也曾在那里找到过自己的寄托——人在太多的物质诱惑与太多的生活享乐之中，反而感到了一种无所依傍的寂寞与空落。但由于通往精神超越的道路已经封死，理想的花朵已经凋落，因而，在今天这个时候，艺术的直接意义就在于它能够多多少少为人的现在的生活添置几许审美的心理补偿。

这种补偿之所以是心理性的，关键在于：同人在现实过程中对于物欲享受、日常满足的要求相比，艺术、艺术活动已经失去了直达人的全面心灵的能力。尤其是，当艺术本身已成为人的日常生活的具体"包装"形式之时，人对于艺术的体会也就只限于它对生活的形式化意义，而不再顾及艺术的精神超越性努力。而同商业化社会形态所提供的那种日益丰富的物质满足相比，艺术、艺术活动仅仅是在生活的表象层面为人们提供了一种斑斓耀目的色彩，却无力为生活的实际满足指示现实的路径；人在实际活动中并不依靠艺术、艺术活动的精神赐予，而只是借助艺术的"审美"形式来装点被生活的日常欲望驱赶得疲惫不堪的身体。

艺术失去了往昔的精神无限性效力，却获得了它在现在这个时候的新的可能性——精神的美学成了"身体的美学"，艺术成了人在"泛审美化"情势中所获得的一种心理满足。这里，艺术作为现实中人的心理补偿，它的主要特点便表现为：

第一，艺术只要捕捉住那些生气勃勃的日常现实外形，就足以令人快乐，令人惊叹。日常现实是粗鄙、短视的，但它又是那样生动直观，那样娱人耳目，给人以具体满足。较之那些曾经将精神的永恒努力当作不变的价值理想的艺术"创造"，凡俗现实虽然掩饰不住人的精神匮乏、生命平庸，但是，由于它的直观性、具体性和生动性，能够给艺术以超然的理想所没有的现实感、亲近感和熟悉感，因而更易于在形象层面产生出艺术与人、人的生活之间的联系，使艺术获得对日常生活的直接表现能力，进而直接传达人在现实中的欲求、满足与快乐。

第二，艺术只要提供一种基于现实的想象，并且这种想象能够给人们带来当下的快感，便已足够暂时安慰人在现实中的焦虑。在现实的欲望之境，人们或者由于过于急迫地想要得到，时时会感到某种失望、不满和冲动；或者由于物欲的享受过于简单直接，反而会生出许多华丽的遗憾、奢侈的浪漫。无论如何，现实是平庸的，同时却也永无满足。人们希望从艺术中得到某种想象性的表达，希望在艺术的审美之境里获得想象性的实现。在这里，事实上，艺术已经无须讲求所谓历史性的深度、精神性的崇高，或者对于日常之境的批判性反思；艺术本身就是一种"现实"，一种把对于欲望的感动直接转化为审美形式的存在。建立在这一基础上的艺术想象，尽管缺少生命的诗意境界，但却充溢了当下的快感，足以为渴望或餍足的人们提供一种现实的心理安慰，足以使人对艺术充满感激之情——对艺术的需要，正产生于这种感激。

第三，艺术只需提供一种生动可感的形象，而无须等待精神的持久耐力，便可以在人的心理层面产生直接的效果——尽管这种艺术的效果早已不再向人们承诺历史和永恒。"泛审美化"的当代文化与日常生活情势，要求一种取消了精神崇高目标的直接心理效果。一方面，艺术、艺术活动不仅不需要向人们承诺某种伟大、崇高的精神信仰，同时也不需要将这种精神性的价值和价值方式当作自己的期待和本质。艺术、艺术活动已经开始远离文化创造的长远要求，而将自己放在了一个与人的日常生活相平等的位置上。另一方面，艺术和生活之间的固有分界被取消，凡是艺术所表现的，就可以而且应该是由生活加以实现的。不仅艺术的对象、艺术活动的过程就是日常生活本身，而且对艺术的享受也同样必须是能够被人的日常生活所直接包容的。艺术就此成为一种日常生活的直接感性形象，直接生动地叙述着日常生活的故事。

艺术的历史维度被日常生活的感性要求拦腰截断。艺术、艺术活动的有效性不再体现为它对精神超越性的守护能力，而是具体体现在它能否直接感动人在日常生活里的享受目的之上。一句话，今天，当人们再度审问艺术和艺术活动的效力时，已不必过多忧虑其在本体性层面的缺失问题，而只需关心艺术、艺术活动如何才能具体满足人在日常生活里的享受问题。

四

基于对艺术审美的价值有效性的考虑，今天，艺术审美的价值限度主要维系在艺术、艺术活动与日常生活之间的关系上。由于这种关系本身所具有的非超越性本质，因而也就决定了艺术审美在现实文化语境中的有限性维度，实际是指向了一种非伦理性的方向，即艺术、艺术活动既不承担"救世"的文化义务，也不具有为人的生存进行精神救赎的能力。

如果说，过去我们曾经满怀热情地寄望艺术能够在超越现实世界的"创造"中产生某种理想的清明指向，那是因为我们一直在一种理性、精神的先在优越性基础上，把人的世界截然划分为天然对立的两极——感性的世俗生存与理性的超越存在，并试图通过理性对感性的规范、精神对自然的控制来达到理想生存的目的。正是这样一种对世界的理解，鼓舞了美学对艺术审美的价值想象与肯定，并寄予无限的希望。

而现在，感性的甚至是粗鄙的世俗生存被证明为并非毫无意义，生命精神的超越性努力也同样没有兑现它对人在现实世界里的生存的有力庇护。人们相信，人在现实的感性满足中更能为自己找到生存的实际理由。这样，对于艺术、艺术活动来说，它也就失去了作为精神超越性存在的必然。

首先，现实世界虽不完善，但却有可能向人提供实际的满足，人们因此并不寻求在现实世界之外为自己建构一个精神庇护所。相反，人们要求于艺术、艺术活动的，是它能够在直接表现现实世界的过程中，为现实世界进行证明——证明现实世界中人的日常生活满足的合理性，进而也证明人与现实世界的那种感性关系的合法性。现实世界不需要由艺术来拯救，而要求艺术能够为自己作出证明。这样，艺术的存在，艺术的价值，只是体现为艺术与现实的具体对应性，而不是遥遥无期的超越。艺术、艺术活动不仅不承担"救世"的伦理义务，而且否定了精神"救世"的可能性。而正是在这种否定中，艺术产生了自己对于人的审美意义。

其次，在现实中，人的生存满足并不要求确立唯一的精神维度，相反，生活的欢娱本身就来自于对精神努力的回避和悬搁：在不追求精神自足的日常生活中，人获得了自娱性的满足；在拒绝理性主导与控制的感性世界里，人拥有了自由的享乐。由此，艺术曾经为自己设定的精神"救赎"功能被消解了。由于没有了人的"救赎"要求，艺术不仅失去了"救赎"的对象，而且失去了"救赎"的能力。甚而在某种程度上，艺术自身反而被生存现实所"救赎"——只有在艺术对日常生活的直接证明过程里，艺术才有可能获得自己的生存合法性。

　　或许，由这种艺术审美的价值限度所产生的，正是一种新的审美意识形态。它所呈示的，是一个不完善的、同时又十分生动的艺术生存图景：艺术是无力的，因为它并不像我们曾经希望的那样能够导致一个有效超越了现实世界的理想世界；艺术又是有用的，因为它的确可以为人在现实世界里的努力进行必要的修饰。艺术可以是反抗的——作为某种社会批判文本而显现自己的特殊性；艺术更是和平的——在与人的日常欲求、生活意志的直接对应中成为生活之爱与满足的鲜活证明。

　　放弃了"救世"的理想，艺术或将在自己的有限之维产生新的可能？

（原载于《文艺研究》2003 年第 3 期）

论争中的周扬文艺思想研究

孙书文

周扬（1908—1989）①，湖南益阳人，"我国现代以及当代一位具有特殊重要意义的文艺理论家"②。

周扬的特殊性首先在于他文艺实践活动的长期性："在他身上，几乎浓缩了一部当代中国文艺理论和文艺思潮的历史。"③这种特殊性更重要的还在于他长期处于文坛核心。这正如周扬自己所说：在我们党内，50年一贯负责全党的文艺领导工作的，只有他一人。④《二十世纪世界文学大百科全书》称周扬为"中国文艺界的首领和文艺政策的主要设计师"⑤。的确，没有人像他那样，个人劳作与中国文学发展直接相关，个人经历与中国文学命运紧密相连，他的理论批评活动，从一个很重要的侧面，反映了我国无产阶级文学事业及其理论批评艰辛而光辉的历程。从30年代到80年代，"在半个世纪中始终以其自己的文艺思想和我国的文艺思潮相响应，并对我国的文艺思潮的发展给以重大推动"的"大批评家、大理论家"，⑥在这个意义上，周扬是唯一的。

这种唯一性还远远不能说明周扬的特殊性与周扬研究的敏感性。周扬，

---

① 《周扬同志生平》，《新文学史料》1989年第4期。

② 支克坚：《周扬文艺理论中的现实主义问题》，《甘肃社会科学》2000年第4期。

③ 朱辉军：《周扬现象初探》，《文艺报》1988年10月8日。

④ 张大明：《坚持舆论一律保留个人风格——编〈周扬文集〉札记》，《文艺评论》1985年第5期。

⑤ 白烨：《理论批评史上光辉而独特的一页——周扬的文学理论批评概观》，《当代文艺探索》1985年第4期。

⑥ 陈辽：《周扬的文艺思想和我国的文艺思潮》，《批评家》1985年第12期。

之所以是一个和中国现代文艺运动分不开的名字，不仅因为"这个名字贯穿着近半个世纪中国左翼文艺运动的历史"，更是因为它"也牵连着许多尚待评说的是非功过"。① 在一个相当长的时期内，整个中国文学运动发展中的成功与失误，都同周扬的名字紧紧联系在一起。他的浮沉"牵动了半个世纪的文学风云"②。从20世纪80年代中后期开始的周扬研究，是一个充满了论争的历史，而这种论争从目前看还仅仅是个开始。

一

周扬文艺实践与文艺理论的研究，有一个从整体研究走向阶段研究和问题研究的过程。80年代中期，当周扬还在世时，理论界便开始对其一生的贡献与局限进行了论述。这主要体现在当时几篇长文中。尔后的10余年中，周扬在30年代、延安时期、新中国成立后、新时期的文艺思想均有专文论述；就后者而言，研究者涉及"文艺与政治"的关系③、周扬与戏曲改革④、"两结合"理论⑤、文艺传统的继承⑥等多个方面。

从整个理论形态上说，周扬的文艺思想独尊现实主义。有论者把周扬的文艺思想界定为一种政治—艺术模式，这与艺术—政治模式相对。前一种模式是从政治的角度切入艺术研究，而后一种则是从艺术出发，对政治予以认同。周扬从最初主张文艺服从于政治，到强调文艺与政策的紧密结合，都出于这一艺术理念。从周扬的整个文艺实践看，他在不同的情况下对这一观念有所调整，但最终没有突破它。⑦ 从理论的译介开始建构自己理论的周扬，在最初的译介活动中即已认同于这一文艺理念。周扬翻译理论活动的一

① 赵浩生：《周扬笑谈历史功过》，《新文学史料》1979年第2期。
② 刘增杰：《云起云飞——20世纪中国文学思潮研究透视》，上海文艺出版社1997年版，第292—293页。
③ 樊篱：《周扬对"文艺从属于政治"之辩证否定》，《益阳师专学报》1992年第2期。
④ 王光照：《周扬与戏曲改革》，《益阳师专学报》1992年第2期。
⑤ 秦忠翼：《社会主义文艺应该提倡"两结合"——兼论周扬的理论贡献》，《益阳师专学报》1992年第2期。
⑥ 凌云：《周扬的文艺传统》，《益阳师专学报》1992年第4期；支克坚：《"一手伸向古代、一手伸向外国"——〈周扬论〉中的一章》，《河北学刊》2000年第1期。
⑦ 刘锋杰：《中国现代六大批评家》，安徽文艺出版社1995年版，第275页。

个基本特点，是高度重视文艺的政治实用性，强化宣传意识。这些译作把注意力集中在文艺的政治利器功能，主要是趋时和实用，而文艺的自身规律与审美特征则受到冷落和蔑视。这里最重要的价值尺度是"政治优先"。周扬的翻译活动是极富代表性的，和梁启超等人可以说是一脉相承。正是基于此，杨守森把周扬的文艺理论归入"工具论"，"较少见到深入细致的艺术分析。有时即使顾及作品的艺术价值，也往往让人感到不过是一种示其全面的点缀"①。因为与政治有着十分密切的关系，有论者指出，周扬对文艺规律的探讨有着受动性、间断性以及认识的滞后性等特点。他对艺术规律的探讨首先要取决于他是否能超越政治思维的预定性而进入艺术思维空间。他一直在克服着这一障碍，这一障碍也在克服着他。由于这种受动性，周扬对文艺思想的探讨对于政治环境的依赖性很强，他的探索常常被峻急的政治形势所打断。②

周扬把马克思主义文艺理论中国化的努力得到了一些文章的肯定。张大明③与缪俊杰④分别就周扬在30年代和新中国成立后建立中国自己的马克思主义文艺理论与批评的文艺实践和思想进行了历史性的描述。季广茂着重从以下三个方面评述了周扬在30—40年代为建设中国化的马克思主义文艺科学所做的种种努力，即：在与"自由人"、"第三种人"论争中对马克思主义文艺理论核心问题的论述，系统地介绍"社会主义现实主义"创作方法，编选《马克思主义与文艺》，并在序言中比较全面地阐释了马克思主义文艺理论和毛泽东文艺思想。⑤ 岳凯华则是从周扬作为"毛泽东文艺思想的宣传者和贯彻者"这样一个角度来考察，指出周扬在不同的时期把握和提出了许多根本性的文艺方针，在文艺批评的目标和性质、动机和效果的关系、"两结合"的创作方法的理解等许多方面阐释和发挥了毛泽东的文艺思想。⑥

① 杨守森：《缺失与重建——论20世纪中国的文学批评》，《中国社会科学》2000年第3期。
② 刘锋杰：《从政治走向文学的探索与启示——论周扬的文学批评》，《江淮论坛》1995年第4期。
③ 张大明：《30年代文学札记》，天津人民出版社1986年版，第209—228页。
④ 缪俊杰：《周扬与中国式的文艺批评》，《理论与创作》1997年第3期。
⑤ 李衍柱主编：《马克思主义文艺理论在中国》，山东文艺出版社1990年版，第170—197页。
⑥ 岳凯华：《"建立中国自己的马克思主义理论与批评"——周扬文艺思想述评》，《中国文学研究》1997年第2期。

研究者们还对周扬文艺思想的体系建构作了探讨。朱辉军认为，周扬的主要成就基本集中在三个问题上：现实主义论、现实人性论和民族形式论，这"可以看作是一个三维结构，这里的一维是现实性，另一维是思想性，还有一维是形象性"①。温儒敏有着与此相似的看法，他认为，周扬的理论模式可以概括为"三论"，即从属论、形象论与真实论，前者是核心，而后两者是其双翼。②而庄锡华则认为，周扬一生的文艺理论实践围绕三个核心问题：文学与政治的关系、现实主义理论和关于文学遗产的批判与继承。③

二

"在很长一段时间里，当人们把胡风和周扬的名字摆在一起的时候，往往把他们当成一对永远也得不到统一的矛盾。"④周扬与胡风的对立，尤其是两人在 30 年代就典型问题的论争在周扬研究中是一个热点，就这一问题发表的文章也最多。

在政治形势并不利于左翼文学的 30 年代，这场发生于左翼文坛内部的论争，它的背景和深层原因是什么？孙绍振认为，当时引进的革命文学理论中充满了哲学的普遍规律，它与文学的特殊规律之间存在着矛盾冲突。当时左翼文坛试图以理论的话语权威消解这种矛盾，反而使理论本身的生命遭到极大威胁。在这种情势下，左翼文艺的理论家们便不得不试图对革命文论的话语进行重点的转移和话语的派生，以求得理论和文学的矛盾的缓解，激活革命文论的生命活力。但正是在微小的调整上，周扬与胡风发生了激烈的争论。⑤

研究者大致都认为论争的焦点有两个，即典型的特质——典型的共性与个性或者说普遍性与特殊性及其相互关系，以及典型化即典型的创造上。但在每一个问题的分析上，研究者们也有分歧。在前一个问题上，叶纪彬认为胡风把典型的普遍性限定在与其他类群的比较之中，把普遍性与特殊性对

① 朱辉军：《周扬现象初探》，《文艺报》1988 年 10 月 8 日。
② 温儒敏：《中国现代文学批评史》，北京大学出版社 1993 年版，第 183 页。
③ 包忠文主编：《当代中国文艺理论史》，江苏教育出版社 1998 年版，第 644—645 页。
④ 杨建文：《"并非浪费的论争"——试论三十年代胡风与周扬关于典型问题的论争》，《湖北大学学报》（哲社版）1991 年第 5 期。
⑤ 孙绍振：《西方文论的引进和我国文学经典的解读》，《文学评论》1999 年第 5 期。

立起来，而周扬则以典型在自身群体中仍具有特殊性的观点来"修正"胡风的观点，这在理论上是必要的。① 而杨建文对此有不同看法。他认为，两人在承认典型是共性与个性的对立统一这一问题上是一致的，他们的不同在于，胡风认为典型的个性是一种普遍性的个性，典型可以代表全体；而周扬则是在共性与个性对立统一的前提下十分强调典型的个性。② 在这一问题上，研究者大都认为周扬的观点比较正确，胡风的观点有自相矛盾的地方。在典型化即典型的创造方法问题上，朱丕智认为，两者所描述的典型化过程从形式上看并无区别，即现实某社会群体（经由作家认识活动）综合、概括而成本质性，再经由作家创作活动而成为典型。两人的区别主要表现在创作活动上：胡风是要将某社会群体的共性抽取出来普遍化，摒除特殊的东西；而周扬则是要将这共性来个性化，把普遍性与特殊性统一起来。他认为，按胡风的观点很容易导致"一个阶级一个代表"的典型，但周扬的理论本身也有困境，同样不能塑造出典型来。③ 叶纪彬在分析这一问题时，则从理论来源上分析二人的区别。他认为，这两种典型化的理论都来源于高尔基的理论，他们的分歧是来源于对这一理论作了不同的理解。他认为，胡风比较忠实于高尔基的理论本身，即强调概括、综合群体人物的本质，但这也正是高尔基理论的失误所在。周扬忠实于高尔基的主观愿望，他强调典型人物不丧失自己独有的个性。④ 邱运华指出二人分歧源于他们对高尔基理论的误读。⑤

对于此次论争的性质、特点和意义，研究者们也有不同的看法。大致有两派意见。一种意见认为，这是场纯学术意义的论争，没有超出对"典型"这个理论问题进行探讨的界限，没有任何的政治背景和宗派色彩；这是一场与政治无关的论争，它也因此而"格外显得瞩目"。⑥ 另一种意见则认

---

① 叶纪彬：《中西典型理论述评》，华东师范大学出版社 1993 年版，第 303 页。

② 杨建文：《"并非浪费的论争"——试论三十年代胡风与周扬关于典型问题的论争》，《湖北大学学报》（哲社版）1991 年第 5 期。

③ 朱丕智：《周扬与胡风的"典型"之争》，《信阳师范学院学报》（哲社版）1987 年第 4 期。

④ 叶纪彬：《中西典型理论述评》，华东师范大学出版社 1993 年版，第 304 页。

⑤ 邱运华：《现代中国文论建设过程中的高尔基典型论——30 年代周扬、胡风之争与典型说论辨》，《湘潭大学学报》（哲社版）1997 年第 6 期。

⑥ 杨建文：《"并非浪费的论争"——试论三十年代胡风与周扬关于典型问题的论争》，《湖北大学学报》（哲社版）1991 年第 5 期；刘锋杰：《中国现代批评中的现实主义三类型——茅盾、周扬与胡风比较谈》，《海南师范学院学报》（哲社版）1996 年第 4 期。

为，这场论争有极强的意识形态性，也夹杂了宗派意气。他们认为：胡周二人在典型问题上的分歧是"不足争论的"，这场论争其实是把高尔基的典型理论革命工具化了，表现出极强的急功近利的态度，其理论的思考和灼见往往被矛盾和混乱的话语所掩盖。① 对此，孙绍振说得更为明确："我们可能要为他们纠缠字面、意气用事感到困惑。"② 对这论争性质的认定不同，直接影响到对其贡献与局限性的认识。首先，研究者们一般都认为这不是一次高水平的论争。他们认为，这场论争发生在我国典型理论初建阶段，在理论展开与深入方面都是初步的。并指出，论争双方都局限于一般反映论的理论框架之中，以哲学的理论范畴代替典型的基本范畴。理论双方都是在典型理论的初步探索中，比较简单地搬用恩格斯或苏联理论家的一般论述，没有自己科学而深入的研究。③ 但论者又都肯定了这一论争的意义：它推动了马克思主义文艺理论特别是恩格斯几封信在进步文艺界的传播；这场论争从总体上看具有开拓性的意义，对马克思主义典型理论的引进也是开拓性的。④ 与上述观点相反，有论者认为，这场论争中周扬《典型与个性》一文"对苏联的文艺理论和俄罗斯文学的实例的卑躬屈膝的引用，可以说是为后来 50 年代终于登峰造极的中国文艺理论文章的一种恶劣文风开了先例"。⑤

　　围绕这一问题，在学术界还曾发生了一次不大不小的争论。这场争论由 1988 年乐黛云在《文艺报》上发表的一篇文章所起。乐文把周扬与胡风的论争，同卢卡契与布莱希特的论争放在一起进行比较。但文章发表后，引起几位学者的争鸣，争鸣的焦点在于乐文对胡风与周扬二人的态度上。陈育德认为，乐文"对周扬完全否定，对胡风全盘肯定"，这有失偏颇。⑥ 几年

---

① 邱运华：《现代中国文论建设过程中的高尔基典型论——30 年代周扬、胡风之争与典型说论辨》，《湘潭大学学报》（哲社版）1997 年第 6 期；傅莹：《在文学本体与政治意识形态之间——二十世纪中国典型理论影响研究》，《文艺理论研究》1999 年第 2 期。

② 孙绍振：《西方文论的引进和我国文学经典的解读》，《文学评论》1999 年第 5 期。

③ 叶纪彬：《中西典型理论述评》，华东师范大学 1993 年版，第 307 页；杨建文："并非浪费的论争"——试论三十年代胡风与周扬关于典型问题的论争》，《湖北大学学报》（哲社版）1991 年第 5 期。

④ 叶纪彬：《周扬与胡风典型论争及其当代评论》，《社会科学辑刊》1993 年第 4 期。

⑤ 支克坚：《论周扬建国前文艺思想》，《鲁迅研究月刊》1999 年第 7 期。

⑥ 陈育德：《周扬的现实主义理论及其与胡风的论争——兼与乐黛云先生商榷》，《江淮论坛》1989 年第 5 期。

后，叶纪彬又旧话重提，对乐文的观点进行了"修正"。① 两文最终都把批评的矛头对准了乐文的批评态度和方法上。陈文指出，乐文肯定胡风，批评周扬，但她批评周扬的重本质，而她的这一观点恰恰与胡风的观点相反。进而他认为，对胡风与周扬两人的争论不能采取"翻烧饼"的办法，"过去否定的，今天就肯定它；过去肯定的，今天就否定它"。叶文把这一看法理论化也具体化。他认为，历史的眼光和现代的眼光应该统一，从历史唯物主义与辩证唯物主义的这个视野出发，乐文的比较和结论有明显的片面性，失落了历史的客观性。应该说，乐文是从比较文学的视角论述这一问题，把这场论争放在一个世界范围内的马克思主义文学思潮的大背景下进行审视，有其独特之处。把周扬研究放在一个更大的范围内来立论，这是学术界仍然没有很好开展的领域。但乐文或许是在没有理清比较方的理论问题时便进行比较，这大概是出现偏颇的原因。

　　周扬与胡风的比较研究，不仅局限于 30 年代的这场典型论争。有论者对两人的整个创作理论进行比较。樊篱认为，周扬与胡风的分歧是长期的，从 30 年代以来，围绕典型问题、民族革命战争的大众文学与国防文学问题、民族形式问题、《文艺报》问题不断展开争论。"胡风认为以周扬为代表的一些理论家的理论是'机械论'或'庸俗社会学'，周扬及其战友则认为胡风的理论是'唯心主义的'、'资产阶级小资产阶级的'、'反现实主义'。"他认为，两人在创作的根本点上，即从生活出发、按照生活的逻辑创造人物的形象这一问题上是相同的。他们的不同在于：反映什么样的生活，塑造什么样的人物，写光明还是写黑暗。他们在对创作主体的看法上也有不同：周扬是从作家与一般人的共同性来讲主体，主要讲立场、世界观；胡风则着重从创作这种精神劳动的特点来讲作家的主体的特殊性。这种区别最根本的是源于两人所处环境——国统区与解放区，以及任务——暴露黑暗与展现新时代的不同。其次，与他们所总结的文艺实践不同，主要是鲁迅尤其是鲁迅 20 年代的创作经验对胡风有决定性影响，而对周扬理论起决定作用的则是苏联的创作经验和我国 1942 年后的新人民文艺的创作经验。第三，他们整个的文艺思想特别是对文艺与政治的关系认识不同。论者认为，二人的理论在

――――――――
① 叶纪彬：《中西典型理论述评》，华东师范大学出版社 1993 年版，第 310 页。

一定范围内各有其合理性,不能用一个否定另一个。① 陈顺馨则指出,周扬的现实主义理论源于"影响的焦虑",即对苏联文艺变化与国际左翼文学的紧跟;而胡风的现实主义理论则是"实感"的接受,即对鲁迅文学实践的理解。她进而认为周扬与胡风的差异是两个话语系统的差异,即毛泽东/周扬和胡风/冯雪峰为代表的两个系统,前者的核心是"人民",而后者的核心是"人"。②

周扬与胡风的比较研究是把周扬放在整个中国马克思主义文艺理论发展中进行研究的一个部分,虽然是极重要的一部分,但还不是全部。80年代末,冯宪光把周扬与何其芳的文艺思想进行了比较,90年代又有研究者分别对周扬与胡风、冯雪峰,周扬和胡风、茅盾进行比较。③ 从目前看,在周扬研究中的这种比较研究还限于左翼理论内部,乐黛云把周扬与胡风的争论放在一个世界格局中进行审视的研究应该说并未取得应有的效果。

三

最为激烈的争论发生在对周扬文化人格的研究中。这有两方面的原因。一方面,周扬不是一个囿于书斋的学者,而是一个文艺理论的实践者、文艺政策的制订者。他的文艺理论,在延安文艺座谈会之后,散见于一个个的报告之中。在不同的形势下,他会对其理论作出怎样的选择和调整,很大程度上根基于他的文化人格。正如有研究者所说:"研究周扬很难只以其文论其人。因为'其文'多是政策性的产物,'其人'也往往以党的文艺政策的制订者与解释者的身份出现,他自觉不自觉地总是要调整或隐退自己的理论个性,去适应服从政策性与党性,也就是通常所说

---

① 樊篱:《两种不同的现实主义创作论——胡风周扬创作理论比较》,《湖南师大社会科学学报》1989年第6期。

② 陈顺馨:《社会主义现实主义理论在中国的接受与转化》,安徽教育出版社2000年版,第93—97、257—284页。

③ 冯宪光:《周扬、何其芳文艺思想比较》,《四川大学学报》1988年第3期;杨建文:《走向祭坛:作为现实主义理论家的胡风、周扬和冯雪峰》,《湖北大学学报》(哲社版)1993年第6期;刘锋杰:《中国现代批评中的现实主义三类型——茅盾、周扬与胡风比较谈》,《海南师范学院学报》1996年第4期。

的‘个人服从组织’。”① 可以说，文化人格是他文艺理论与当时社会形势、文化氛围和革命政策之间的一个中介。另一方面，周扬长期作为中国文坛的首席执政官，他在许多时候对文学发展的影响是巨大的，甚至至关重要。在这个意义上，他的文化人格直接对中国文学的发展和许多文化人的命运负责。

如果说对一个理论家理论成就的评价相对于当时社会的政治、文化等氛围还具有一定独立性的话，那么，对他文化人格的描述与研究就在很大程度上取决于当时社会的政治、文化的宽松度。而这一点，在相当长的时间内担任重要职务的周扬身上，更为明显。对他文化人格的描述、研究都是一个敏感的话题，也有一个变化的过程。

在 80 年代中后期，几篇全面论述周扬的文章中，对他的文化人格予以了高度赞扬，认为他有着“锐意进取的创新精神”，“无私无畏的理论勇气”，是“一位杰出的马克思主义文艺理论家、思想家和文艺活动家”。② 这些文章也论及了周扬自 1957 年反右扩大化至“文革”之前 9 年间的活动，认为他的内心世界和外部行动都具有两重性，但与此同时又指出：周扬对于“左”的文艺路线、方针、政策既有贯彻、执行的一面，又有抵制的一面；而且即使贯彻执行，他也由起初的真心诚意发展到后来的将信将疑，并把周扬这一时期的活动解释为在社会大潮影响下个人的无奈，明显有为尊者讳的色彩。到 90 年代的中后期，有文章对周扬文化人格的态度则发展到另一个极端。有论者认为，周扬是一个从势者的典型，发展了中国知识分子身上的“工具欲”，即“在提高自己的工具效用上竭尽全力”。指责他“以其半知识分子半政治家的特殊身份，结束了许多人的学术生命、艺术生命和政治生命”，典型的如 1955 年他“精心罗织”了丁玲和胡风两个反党反革命集团，而“这一切仅是他日常工作的一部分”。③ 后来又有论者对周扬的文化人格作了专文论述，提出周扬的“非常战法”，在文艺思想斗争史上，难以有人可以和

① 温儒敏：《中国现代文学批评史》，北京大学出版社 1993 年版，第 179 页。
② 白烨：《理论批评史上光辉而独特的一页——周扬的文学理论批评概观》，《当代文艺探索》1985 年第 4 期；陈辽：《周扬论》，《当代作家评论》1986 年第 4 期。
③ 摩罗：《由从势者到求道者的位移——20 世纪中国知识分子的精神历程》，《文艺争鸣》1996 年第 6 期。

他匹敌，这也时常让鲁迅"流露出无可奈何的哀叹"；凭借此战法，他把他三四十年代的宿敌胡风、冯雪峰、丁玲及鲁迅的几乎所有的弟子都送上了审判台。他的许多观点为"文革"提供了或直接或间接的理论依据。基于此，论者认为，周扬既不是姚文元所说的"两面派"，也不是"摇荡的秋千"，而就是一个一面派，一个革命的激进派。①

对周扬文化人格的基本态度直接影响了对他新时期复出后举动的评价。赞同他的人看到了在"文革"中9年囹圄的经历对他的影响，认为复出后的他完成了对青年时代的自己的一次"更高级阶段的'复归'"，把他比作涅槃重生的凤凰。② 而有的论者从"工具欲"角度出发，认为周扬在复出后并没有忏悔，而是逃避了基本的也是神圣的责任，让自己消融在广大无边的集体之中。明显的例子是周扬对胡风的态度：他对胡风说"责任由组织来负"，而他则无须歉疚，无须忏悔。有论者指出，复出后的周扬依然持守着"奴隶总管"的宗派主义，坚持认为丁玲是个"变节分子"。有的论者即使是承认了他的忏悔，也对他的真诚表示了疑问。"向真正该忏悔认罪的具体对象作真诚由衷的表态，要比在大会上作泛泛的表态强得多。不幸的是，真心实意和虚情假意的区别也在这里。"还有学者干脆称"像唱歌一样地到处表态忏悔之情是官僚周扬的方式"。③

与这两种截然相反的态度不同，有一批学者对周扬的文化人格研究持一种价值中立的态度。他们认为周扬的文化人格上充满了矛盾，但对这种矛盾的认识又有不同。80年代末，有论者认为，从批判《武训传》直到60年代的种种运动，周扬总是不断地检讨，"这表明他作为一个诚挚的人惶惑不安。这是作为政治家的理论家和作为人的理论家的矛盾。在像走马灯一样旋转的批判运动面前，作为政治家的周扬唯恐赶不上时代的步伐，而作为人的周扬却又感到头晕目眩，难以适从。这使他一次一次地陷入尴尬的困境

① 张景超：《周扬"文革"落难现象之反思》，《佳木斯大学社会科学学报》1998年第3期。
② 陈辽：《周扬论》，《当代作家评论》1986年第4期。
③ 分别见摩罗《由从势者到求道者的位移——20世纪中国知识分子的精神历程》，《文艺争鸣》1996年第6期；袁良骏《我所认识的丁玲》，《重庆三峡学院学报》2001年第1期；葛红兵《为二十世纪中国文学写一份悼词》，《芙蓉》1999年第6期；何满子《如何评价周扬》，《社会科学论坛》2000年第8期；陈思和《巴金的意义》，《上海社会科学院学术季刊》2000年第4期。

之中"。①90 年代初，这种"矛盾论"占了主流。李辉把周扬的一生描述为"摇荡的秋千"，这秋千的动力则是"仕途的雄心和文化的使命感"之间的矛盾。②尽管这一论断引起了一些"前辈"的异议，③但这一极其形象的比喻对许多论者发生了影响，甚至可以说此后在这一问题上许多论述都是沿着这一思路进行的。近期还有论者认为周扬的文化人格受其"知识分子和文化官员"双重身份的影响。④杨守森细致分析了周扬在各个不同历史时期的心态，并著文重点对其新中国成立后的心态做了研究。他认为周扬是"一个扑朔迷离、心理复杂的人物"，新中国成立后的周扬不时陷入政治人格与文化人格这样一种二元对立的尴尬之中。这就决定了他的一生是在"政治人格与文化人格对立冲突中苦闷彷徨的一生"，也是"被政治与权力异化了的一生"。即使是复出后他也时常陷入不知如何是好的窘态。这便造成了他悲剧的一生，而且是最终不得解脱的一生。⑤

　　政治、权力与知识分子身份的结合，是周扬文化人格中最具特殊性之处，也是周扬研究中是非最多的焦点。80 年代末，有研究者曾把周扬与瞿秋白相比，认为两人都是由于历史的误会而踏入政治之途。⑥十年后，又有人把他与他的湖南同乡杨度联系在一起："他们一生都在政治的风云变幻中度过，都力求归属于某种政治，但政治的变幻使他们很难有一个固定的立足点，常常自觉或不自觉地改换自己的人生位置，变换自己的人生角色，但政治一直与他们的命运和人格厮守难分，最后都成了政治的牺牲品。"⑦许多论者认为，正是这种矛盾使周扬的一生成为悲剧的一生。而刘锋杰对周扬的这种矛盾则持一种坦然的态度，认为在不同的情况下他会作出一些权变，这是必然的。因为他在 20 世纪中国文坛上长期处于领航的位置，若不在风浪过

---

① 冯宪光：《周扬、何其芳文艺思想比较》，《四川大学学报》（哲社版）1988 年第 3 期。

② 李辉：《摇荡的秋千》，《读书》1993 年第 10 期。

③ 李辉：《人生扫描》，上海远东出版社 1995 年版，第 156 页。

④ 叶凯：《作为知识分子的周扬》，《读书》2001 年第 4 期。

⑤ 杨守森等：《昨夜星辰昨夜风——中国当代著名作家的精神旅途》，河南人民出版社 2003 年版，第 42—60 页。

⑥ 朱辉军：《周扬现象初探》，《文艺报》1988 年 10 月 8 日。

⑦ 田中阳：《湖湘文化对 20 世纪湖南作家人生行为走向的规约》，《湖南师范大学社会科学学报》2000 年第 4 期。

大的情况下，多少使点见风转舵技巧，又是不可思议的。因为这不仅会危及他自己的政治生命，更会危及广大作家的文学生命。这也可见周扬的苦心。而他也因此最终赢得了作家们的尊重，他的结局是"美好的"。[①]

周扬的文化人格，他的进与退、他的激进与保守同中国革命的发展同声相求。因此，在同时代的许多文化人身上都可以看到周扬的影子。他可以作为那个时代、有那种经历的中国文化人的一个具体的缩影，而他的矛盾、他的权变又是一个放大了的典型。这种文化人格，在一定程度上又影响了马克思主义文艺理论中国化的道路。

四

周扬研究从 80 年代中后期开始，此后的十余年是中国整个社会氛围、学术氛围几经变化的时期。对周扬这样一个敏感人物的研究也几经起伏。但总体来说，有两个特点：一是在论争中进行的；二是日益走向正常的学术研究。

21 世纪来临，周扬也已属于 20 世纪。随着时间的推移，关于周扬文艺思想和文艺活动实践的史料也越来越丰富，一些当事人的回忆材料也为研究者提供了宝贵的第一手资料。其中如王蒙、袁鹰主编的《忆周扬》，李辉的访谈录《是是非非说周扬》，于光远的《我想对周扬作一点科学研究》等一批文章，[②] 顾骧发表、出版了一系列关于晚年周扬论著。[③] 这无疑为深入周扬研究创造了良好的条件，一个丰满的周扬正在出现。

在此过程中，有一个问题常常为论者们提及，即对周扬的研究要力避情绪化。刘锋杰在对周扬、茅盾、胡风现实主义三类型进行比较时认为，过于看重他们三人之间的宗派情绪有可能模糊我们对他们各自思想特点的深入

---

① 刘锋杰：《从政治走向文学的探索与启示——论周扬的文学批评》，《江淮论坛》1995 年第 4 期。

② 王蒙、袁鹰主编：《忆周扬》，内蒙古人民出版社 1998 年版；李辉：《往事苍老》，花城出版社 1998 年版；于光远：《我想对周扬作一点科学研究》，《广州文艺》2000 年第 1 期；于光远：《从毛泽东文稿看周扬》，《广州文艺》2000 年第 2 期；于光远：《周扬在延安》，《广州文艺》2000 年第 3 期。

③ 顾骧：《晚年周扬》，上海文汇出版社 2004 年版。

探讨。在文末又强调，这三种现实主义理论都是对真正现实主义精神的探索，不能因为它们在形成过程中夹杂了一定的非学术因素而对其中的某一形态采取轻视的态度。① 刘增杰更是明确地提出：在周扬研究中……克服情绪化的研究心态，是提高研究质量的前提，情绪化批评也往往使研究者难以看到全人。在周扬研究中，周扬的批评者和拥护者似乎各执一端：批评者往往低估了他的积极的历史作用，而过分责备他的"左"的思想表现和宗派主义特色；拥护者则对周扬在指导解放区文艺运动中的缺陷有意无意地避而不谈。② 早在 80 年代末期，陈育德便提出"分析好，大有益"，"不哭，不笑，只求理解"；③ 叶纪彬在 90 年代提出历史眼光与现代眼光的结合；④ 等等。对情绪化研究的警惕可以说贯穿了周扬研究的发展历程。但我们也看到，周扬研究中情绪化的因素还依然存在，有的研究者甚至有专以情绪化的研究来哗众取宠的嫌疑。朱辉军在 80 年代末曾断言："时间这一巨大的过滤器，早把五十年来个人之间的恩恩怨怨、把历史形成的偶然因素给过滤掉了。剩下的，则是周扬留给历史的实际的清晰痕迹。"⑤ 此后的周扬研究状况表明，这与其说是一种结论，还不如说是一种希望。

　　90 年代中期，有研究者提出："周扬死去已经近十年了，仍然是一个有争议的人物，但我认为他该有一个定论了。"⑥ 相隔几年之后，对于周扬的所谓的定论不仅依然没有得出，他反而日益成为一个文化争论的热点。作为一个研究对象，周扬属于过去，属于现在，更属于将来。

（原刊于《文史哲》2002 年第 3 期）

---

① 刘锋杰：《中国现代批评中的现实主义三类型——茅盾、周扬与胡风比较谈》，《海南师范学院学报》1996 年第 4 期。
② 刘增杰：《云起云飞——20 世纪中国文学思潮研究透视》，上海文艺出版社 1997 年版，第 301 页。
③ 陈育德：《周扬的现实主义理论及其与胡风的论争——兼与乐黛云先生商榷》，《江淮论坛》1989 年第 5 期。
④ 叶纪彬：《周扬与胡风典型论争及其当代评论》，《社会科学辑刊》1993 年第 4 期。
⑤ 朱辉军：《周扬现象初探》，《文艺报》1988 年 10 月 8 日。
⑥ 李育中：《大有定论的周扬》，《随笔》1996 年第 4 期。

试论本雅明的颠覆理念及其
对中国当下文化研究的启示

任传霞

瓦尔特·本雅明作为"二十世纪最伟大最渊博的文学批评家之一"(詹姆逊语),他对艺术生产和机械复制的关注构成了其大众文化理论的核心理念,他尤其注重艺术生产和机械复制赖以产生的技术颠覆和破坏功能。这一点蕴含了本雅明大众文化理论的实质,也是本氏理论与当今后现代理论的一个非常重要的交叉点。

一、机械复制和艺术生产:颠覆理念的载体

颠覆与破坏是本氏理论的实质。这一实质是通过对构成大众文化思想的两个核心概念:机械复制和艺术生产的探讨来阐明的。所以,我们有必要梳理这些理论和观念。

1."机械复制":从传统到现代的质因

在本雅明的后期文章中,"出现了一种新的关注,标志着本雅明由占支配地位的审美纬度向历史的和政治的纬度迈进。这就是对机械和机械发明的留意"①。在他那里,技术的发展带给艺术审美活动四个方面的转变,最终颠覆了传统的审美关系和审美模式,导致了传统艺术的危机和现代艺术的

---

① [美] 弗雷德里克·詹姆逊:《马克思主义与形式》,钱佼汝、李自修译,百花洲文艺出版社 1977 年版,第 61 页。

兴起。

其一，艺术本性和艺术价值功能的转变。传统艺术是有"灵韵"的艺术，现代艺术是丧失了"灵韵"的艺术。"灵韵"赋予作品的膜拜价值，随着技术的出现逐渐消失，而代之以展示价值。在传统艺术中，膜拜价值与宗教或巫术相联，存在重于被观照。而后者正相反，展示成为艺术的基本形态和基本功能。很明显，本雅明对灵韵的描述实是对平面化、无深度的后现代景观的描绘。

其二，接受方式的转换。如果说，传统艺术的膜拜价值注定了审美主体对它的接受，是一种有距离的、全神贯注的集中的视觉的感受，那么可以说展示价值的出现则完全打破了这种"灵韵"，将一切去神秘化。它"不再与自由玄想的静观沉思相符合，它使观赏者坐立不安"①，成为一种近距离的分散的感受。

其三，接受群体的变化。膜拜价值向展示价值的转化，意味着艺术的接受群体不仅是少数的垄断阶级和知识精英，而转变为大众化的"群体性的共时的接受"模式。

其四，从永恒性到可修改性的转变。"灵韵"是传统艺术的独一无二性，本真性和不可重复性，这意味着对艺术的永恒价值的追求。古希腊人就是植根于当时社会的技术状况，使他们的艺术品具有了永恒价值。可当代的复制艺术恰恰与其相反，可复制性就是可修改性，电影是复制艺术的代表。

2. "艺术生产"：从权威性到平面化的动力

"艺术生产"概念实际上是机械复制概念的进一步发挥。在艺术生产过程中，艺术技巧作为艺术生产的生产力而存在。机械复制技术的发展导致了艺术的产业化，从而使艺术的大规模的复制成为可能。同时，"艺术生产"也是技术的颠覆功能得以集中体现的重要载体。在"艺术生产"过程中，技术的颠覆和破坏功能体现在三个方面：首先，技术的出现颠覆了传统的审美关系与审美模式，同时颠覆了传统的文化形态，这可以结合随着网络技术的

---

① 〔德〕本雅明：《机械复制时代的艺术作品》(A)，见董学文、荣伟主编《现代美学新维度》，北京大学出版社 1990 年版，178 页。

发展而兴起的网络文化的文学现实来理解。本雅明认为任何一种作品形式都是在与其存在相应的技术条件和社会背景下产生的，艺术作品的形态随着时代的变化而变化，他强调"必须根据我们今天形势下的技术情况，从一个多么广阔的视野出发来根本改变对艺术形式或类型的看法"①。网络文化是大众文化的发展形态之一，它以大众文化为母体，保持了大众文化的接受群体，同时扩大了创造者的范围，体现了对传统文化的突破与发展。其次，伴随现代技术的发展，"震惊"的体验取代了传统的"共鸣"存在于社会生活的各个方面，也体现在现代艺术作品中。这种新的技术形式激发人们认识资本主义的社会本质，从而具有了对资本主义潜在的颠覆功能。第三，艺术中新技术的出现一方面为新的生产领域的开辟提供了必要条件，另一方面也极大提高了原有生产领域的生产水平。正因如此，艺术的消费群体才可能得以扩大，文化才可能大众化，才可能扩大为一种工业或产业。

二、破坏与变革：颠覆理念的实质

本雅明的颠覆作为一个颇具政治性功能的概念是通过"技术"这一范畴体现出来的。技术赋予文化的颠覆与破坏功能主要体现在两个方面：第一，机械复制技术的发展改变了艺术的价值功能和传统的审美关系。技术的出现剥离了传统艺术中的"灵韵"，依附于"灵韵"存在的膜拜价值也随之消失，而代之以展示价值。相应地，艺术审美不再是少数的统治阶级和知识精英的垄断特权，而转变为大众的群体的共时的接受。这种接受模式的转化实际是破坏了传统艺术的接受模式，颠覆了传统的审美特权。第二，新的艺术形式，以电影为代表，具有变革资本主义制度的革命作用。这是本雅明的艺术政治化思想的体现，也是技术赋予文化的颠覆与破坏功能的核心含义。现代资本主义社会生活中，零散的、片段化的、不连贯的知觉占据主要地位。感知觉的分离使人们不能把握资本主义社会的本质。本雅明认为，电影艺术用震惊的审美效应，把生活中分散的场景集中起来，让观众从震惊的审

---

① ［德］本雅明：《作为生产者的作家》(A)，见胡经之、张首映主编《西方二十世纪文论选》
　　第4卷，中国社会科学出版社1989年版，第251页。

美感受中警醒起来，从而思考并认识到资本主义社会的本质，进而投入反对资本主义的斗争中。

三、融合与发展：颠覆理念对中国当下文化研究的启示

大众文化在中国的正常发展是在改革开放以后，伴随着中国现代化进程而呈多元文化的融合之势，并随市场经济的发展而兴盛起来。一方面，它扩大了现代人群的文化视野，满足了现代人日益丰富的文化需求，成为精神文明的重要组成部分。可以说，大众文化中曾被本雅明热情肯定的一些积极性的东西已经在现实中得到相当的表现。但是，另一方面，大众文化的平面化、无意义、无深度、平庸甚至低级趣味等特点，也在相当程度上集中体现了其弊端所在。

在此，有一个值得思考的问题，本雅明理论的核心思想应该说是机械复制的颠覆理念。在当今中国，如果说也存在着机械复制，那么是否也存在着这种技术的颠覆作用？如何颠覆？

首先应当肯定，在当今中国，也存在着与世界同步、甚至在某些方面处于世界先进水平的科学技术。关于技术的颠覆作用对当今中国的影响，则应该具体分析。从审美层面看，颠覆意味着对传统的文化消费结构的强大破坏力。艺术审美与艺术创作具有超功利性、超意识形态性的一面。因此，在社会主义意识形态下，技术包括网络对人类生活与思维的颠覆性影响与资本主义意识形态下的状况具有相似性。

现状之一：大众文化带来政治符号的商业化。plaza，来自西班牙语的"广场"，已被作为铺天盖地的商业场所的命名，取代了中国文化语境中"天安门广场"、"中山广场"之类能指的政治所指——政治运动和群众运动的演示空间。这是一种挪用和转换：由世界革命中心的"天安门广场"转换成为"与国际接轨"的全球一体化的商业景观。

现状之二：几乎全部媒体都围绕商业广告、围绕着 Plaza，在中国都市铺展开全球化风景，波涛汹涌地制造消费主义氛围。

现状之三：形形色色的大众文化无所不在地制造、鼓吹中产阶级的趣味和生活方式，广大下层民众的生活及愿望被两极化和边缘化。

现状之四：所谓现实主义的文艺作品，即使关注普通大众的，也是将现实矛盾转移或化解；即使正视了社会不公和两极分化现实，但"阶级"、"资本家"、"剥削"等传统意义的话语被作为玩笑和调侃颠覆，实际上遮盖了尖锐现实。

这些是否意味着由科技带来的大众文化正在显示阿多诺所担忧的颠覆功能已经在进行之中？而这是本雅明曾经乐观地否定的。是否意味着审美的颠覆，表面遮蔽其实是彰显着更深意义上的颠覆？因此，大众文化中的意识形态应该怎样解读与清理？是否可以这样理解：世纪之交，大众文化无疑成了中国文化舞台上的主角。在似乎相互对抗的意识形态话语的并置于合谋之中，在种种非（超）意识形态的表述之中，大众文化的政治学有效地完成着新的意识形态实践。从某种意义上说，这一新的合法化过程，很少遭遇真正的文化抵抗。在很多人那里，社会主义时代的精神遗产或被废弃，或被应用于相反的目的。我们正经历一个社会批判立场缺席的年代。

因此，我们认为，今天似应考虑被本雅明所忽视的阿多诺所强调的与科技进步密切相关的大众文化的负面作用，特别是对传统意识的颠覆作用。而这正是本氏的颠覆理念对我们今天的文化研究和精神文明建设最大的启示。我们认为，首先要对大众文化的现状保持客观的冷静的审视态度，合理地借鉴本雅明的大众文化学说、阿多诺的批判理论及当今众多马克思主义者（比如詹姆逊）的理论，将其合而观之，去伪存真。同时，结合中国现代文化状况及具体问题，积极倡导主流文化、精英文化和大众文化的互补互足、融合多元的发展趋向。这三者构成了中国现代社会文化的主要文化形态。其中主流文化作为一个社会主流意识形态的文化价值取向的代表，对精英文化和大众文化担负着不可推卸的引导发展方向的重任。它可以在一定程度上帮助克服大众文化的弊端，限制大众文化对意识形态的颠覆作用，甚至可以从长远的社会和文化发展的角度来帮助明确大众文化的发展方向。

（原载于《山东社会科学》2003 年第 3 期）

文学研究文化模式的演变

韩书堂

本文试图探索 20 世纪 60 年代以来文学研究领域中出现的、从文化角度研究文学的新的方法追求和价值取向，简单勾勒其发展轨迹，从而在文化研究的浓厚氛围中发现对文学研究行之有效的方法，探究文学研究的历史命运。文学研究与文化研究的对象不同，文学研究的对象是以文学文本为中心的文学系统（世界、作品、作者、读者），文化研究的对象是阶级、种族、性别、传媒等，因之它们的研究方法也迥然有别。但从文化研究的角度看，文学研究在审美的层面为文化研究提供着无穷的素材和佐证，是文化研究的重要内容之一；从文学的角度看，文学研究是文化研究的一部分，文化研究的某些方法对文学研究也是适用的，而且对文学的研究也确需文化的力量，"文化研究为我们提供了一种与传统的研究全然不同的、新的学术视野和研究范式"①。本文在二者的共同部分立论，是为了文学研究的需要而研究文化模式。

一、后现代时代的来临与文化研究的兴起

首先应该明确界定一下此处的"后现代"概念。"后现代"和流行的"后现代主义"的"后现代"不同，后者将后现代主义等同于解构主义，认为瓦解中心、消解意义是后现代的主要特征，后现代以解构、摧毁、否定为

---

① 罗钢、刘象愚主编：《文化研究读本》，中国社会科学出版社 2000 年版，"前言"第 1—2 页。

能事。其实，后现代作为对 20 世纪下半叶人类文明发展的概括，不仅包括哲学、美学上的解构主义，还有女权主义、后殖民主义、新历史主义等等，其特征是既强调多元，又强调多元之间的结构性产生的意义。多元观念要求我们具有一个多视角看事物的方式，避免思维视角的单一僵化。多元中的任何一元都是平等的。任何一种思想都能对事物作出自己的判断，因而都有平等存在的权利，要求我们放弃一切歧视，平等地对待一切有价值的东西，正视差异的存在。而且，也是最重要的一点是构成性、创造性、建设性。它强调多元之间的互动性、对话性、合作性，使意义在对话的辩证和互补中无限敞开，在多声部大合唱中表现文化的价值。任何个人主义的东西都不再构成意义的整体和全部，任何企图设定一个中心、并将其他纳入这个中心控制的封建王朝而机械地单向发言的局面已经结束。总之，后现代是由平等的多元构成的。其次应搞清后现代主义与文化研究的关系。首先，文化研究作为大概念，其中包含后现代主义；其次，文化研究不是后现代主义的专利，文化研究古已有之，且存在于任何一个领域；再次，从方法论角度讲，后现代主义与文化批评和其他的方法如现象学、接受美学、结构主义、女权主义、西方马克思主义、新历史主义等都是并列的，总之，二者不能等同。赛义德是文化批评家，但他对文本的研究不是后现代主义的，而强调文本处于世界关系之中。但是，今天意义上的文化研究却与后现代主义同宗同源。后现代主义一方面是晚期资本主义发展的产物，另一方面又是哲学发展到后形而上学的产物，那就是人不再拘执于传统哲学对意义和本质的探询，人的存在方式由抽象的、思辨的转而为实践的和行为的、具体的生活世界。①而文化批评就是这一倾向在思想和批评领域的表现。因此，研究文学的文化研究模式就不必过于考虑二者的严格区别，它们错综复杂的关系中的共同性恰好是我们在此处所要予以关注的。

　　哲学的发展过程所要解决的问题，总括起来不外乎两个方面：结构和意义。在"结构"方面，是一元决定论的结构，还是二元关系论的结构，抑或是多元构成论的结构？在意义方面，是单一的明确意义，还是多元的无意

---

① 参见哈贝马斯《后形而上学思想》，第二编"实用主义转型"，曹卫东、付德根译，译林出版社 2001 年版。

义，抑或是多元构成的明确意义？结构主义推翻了一元决定论结构，建立了二元论关系结构，解构主义则将结构多元化；从解释学到接受美学和读者反应批评，意义由一元走向多元，由明确走向模糊，由确定走向不确定，解构主义则使意义瓦解。后现代的文化研究在解构主义毁灭大战的废墟上，在多元构成的结构中，重新追求明白无误的意义，后现代时期的学术获得了强大而广泛的文化语境，并在90年代发展为基于文化网络的学术倾向。这样，由女权主义、后殖民主义、后期西方马克思主义、晚期资本主义理论、新历史主义构成的后现代文化研究群体构成，以新历史主义的文化研究为代表，并以此为中介进入对网络文化研究的文化网络时期。

二、文学研究文化模式的形成——新历史主义批评

新历史主义是作为对解构主义的反动而出现的一种新的文化学派。它继承了解构主义建立起来的多元性，抛弃了解构主义对意义的消解，在文化的大视野中建立起崭新的文化诗学。新历史主义文学批评以文学文本研究为着眼点，在历时态（历史）、共时态（现实社会）和想象（心灵）的立体坐标系中寻绎构成历史、现实和诗意想象各要素间的结构性关联、流通及其相互塑造生成的机理，指出文学文本作为文化人类学的要素之一，参与着历史、社会和诗的运作实践，并在这种实践中得以生成、撑开和保持，它既是社会、历史、文化实践的成果，又是社会历史文化实践的动因之一。由此，我将新历史主义批评的特征锁定为"结构性语境"。"结构性语境"由"结构性"及"语境"构成并生产意义。"结构性"来源于结构主义对"结构"内部关系的分析，结构主义把一切研究对象置于"结构"之中，反对人文主义将人及其意识作为研究主体的做法，将历史性、主体性排除出研究视野，而专注于将科学性的"结构"从历史与现实中"剥离"出来，从对人的把握转向世界结构的分析，科学性取代了价值性。结构主义总是力图把对象分解为对立的二元因素，在这种对立中寻找构成性、转换性，认为二元结构的这种辩证力量正是意义的呈现之所。结构主义的伟大之处，在于为我们提供了结构中的整体性、构成性的研究方法。"语境"是由语义学学者瑞恰兹提出的。他认为文学作品的意义取决于语言与思想的关系。语词只有被利用时才

有意义，而当语词与思想发生联系而具有意义时，便涉及语词、思想和所指客体之间的关系。语词和思想之间构成因果关系，语词和所指客体之间构成转嫁关系，思想与所指客体之间乃是指涉关系。在对这种"关系"关注的基础上，瑞恰兹提出"语境"概念。语境有两重含义：第一，一般意义上理解，语境指词、句、段的上下关系，这种上下文关系决定意义。第二，语境可以扩大到包括与所诠释的对象有关的某个时期的一切事情，可以扩大到表示一组同时再现的事件，这组事件包括我们选来作为原因和结果的任何事件以及所需要的种种条件。可见，语境实际是指研究对象所处的时空关系，即把研究对象置于一切与它可能有关的纵横关系中考察其所指的意义。对象的意义根本上是由它的语境决定的。新历史主义正是在这个广阔的历史、现实之诸事物的关系的含义上汲取了"语境"一词的方法论精神。

作为一种文化诗学，新历史主义具有复杂的历史背景和逻辑前提。但无疑新批评的语义学、结构主义及其解构对新历史主义研究方法的"构成"具有重大意义。"语境"提示了新历史主义批评应有的文化底蕴，而由多元共生的结构及其构成性关联则成为诗学研究的方法论。多元的而不是二元的，构成的关系性而不是分离的孤立性，是新历史主义的精髓。"结构性语境"表明，新历史主义文学批评注重以文学为重心的文化系统研究，认为这种研究乃是文学研究的根本性前提条件；而且，这种系统并不是指各要素并列存在，关系疏离的物理关系的存在"事态"，而是各要素间相互作用、相互生成、相互塑造的动态的"势态"。文学文本的意义在这种"势态"中被揭蔽、敞开，并对文化系统产生动力。在这种"结构性语境"中，"诸如官方文件、私人文件、报章剪辑之类的材料才由一种话语领域转移到另一种话语领域而成为审美财产"①。"这种新历史主义乃是一种采用人类学的厚描方法（thick description）的历史学和一种旨在探寻其自身的可能意义的文学理论的混合产物，其中融汇了经济文化研究中的多种相互趋同然而又相互冲突的潮流。"② 不论采用什么样的论述方法，新历史主义者们都在追求这么一种

---

① ［美］斯蒂芬·格林伯雷：《通向一种文化诗学》，见张京媛主编《新历史主义与文学批评》，北京大学出版社 1997 年版，第 13—14 页。

② ［美］斯蒂芬·格林伯雷：《通向一种文化诗学》，见张京媛主编《新历史主义与文学批评》，北京大学出版社 1997 年版，第 52 页。

对"结构性语境"的关注：把注意力扩展到为形式主义忽略的历史语境，即将一部作品从孤立的文本分析中解放出来，置之于历史的、社会的乃至诗意的种种话语和非话语的实践中。这样，文学研究的视野极大地开阔了，深度也有了空前的拓展：文学文本与历史的关系，与现实的关系，文本间的关系，文本内部人物、事件之间的语境关系以及其他以往看来风马牛不相及的关系，全部展现为文学文本研究的"境域"。伊丽莎白·福克斯——杰诺韦塞使用了维特根斯坦意义上的"函项"概念来概括："本文是作为关联域的一个函项、一种表现而存在的。在这个意义上，历史学家（指新历史主义学者）是在本文和关联域间的共生关节点上工作，而关联域被认为是本文得以生产和播种的环境。"①

新历史主义者不厌其烦地使用语境、结构、跨学科、文化诗学乃至谈判、通货、对话、激荡等诸如此类的概念，一方面是关注文学文本所处的"境域"，另一方面又关注"结构"，因为文学文本正是以"结构"为条件，在"境域"或"语境"的张力结构中生成的。文学文本只有在"结构性语境"中才能被理解。形式主义批评专注于文本细读，这种批评方式的效果有限，因为文学文本的意义离开"语境"的解释是乏力的。而单纯的外部批评专注于历史和社会，认为外部条件决定了文学文本的意义是武断的，因为对文学文本而言，"外部"离开文学文本也就丧失了存在的价值。

新历史主义的价值在于，在后现代主义的文化背景上，它综合了长期分立的内部研究和外部研究，为文学研究提供了一种全新的视角和思考模式，这种视角和思考模式的灵活性和包容性使任何坚持"结构性语境"研究的批评家都会从他自己的视角发现文学艺术的真谛。

三、文学研究文化模式的典范——文化网络时代

新历史主义批评在20世纪80年代汹涌澎湃。它上承新批评和结构主义，吸收了人文主义和科学主义美学各流派的优秀成果，直接发轫于对解构

① ［美］斯蒂芬·格林伯雷：《通向一种文化诗学》，见张京媛主编《新历史主义与文学批评》，北京大学出版社1997年版，第57页。

主义的反动，从而获得了广阔的文化视野，在历史、社会和美学的支撑中找到了多元共存的研究方法。90年代，新历史主义文学批评全面向文化研究进军，开始了文化研究的网络时代。

1. 文化网络研究模式的特征描述

文化网络是由构成文化的各元素作为节点，由节点间的对话交流作为联系形成的一种网络。"网络"是新历史主义的"结构性语境"合乎逻辑的发展。在"文化网络"的研究中，新历史主义的精神得到高张，如无限多元性、交互性、群体协作性等，任何个体或流派都可以申明自己的观点，形成学术上的彻底民主景观，但任何个体或流派都不可能宣称自己达到了真理的本质的认识，而需要无限多的多元群体，立足于杂多的相关学科，共同协作，在广泛对话与交流的基础上，对某一研究项目作出多角度、多侧面、多层次的发掘，从而形成大文化观上的"整合"。因此，文化网络的研究模式继承了后现代主义的多元和民主精神，强化乃至泛化了新历史主义的研究方法，消除了人文学科的明确界限，使其中任何领域都成为文化的一个函项而存在。文化网络具有以下特征：

网络由节点及其关系组成。每一个研究主体或对象都是作为网络中的一个节点而存在的，这些节点既没有数量的限制，彼此之间也没有统治与决定关系。任何节点都受整个网络的影响，而任何节点又都是网络不可缺少的。研究一个节点，即使不能研究其他每一个节点，也要顾及与它发生关系的、处于该节点的语境中的节点。如果把文学作为研究对象，就要把它放在所有与它有关的节点中去研究。

虚拟的网络单元。对于一个网络而言，一个节点可以由它所处的语境来获得意义。但是，一个节点与其他节点的距离总不相同。当某些节点离研究对象过于遥远，这些节点对于研究对象的意义就显得无关紧要。而这些节点却有可能与前一个网络发生断裂，与更多的其他节点构成另一个网络。这样，研究一个问题要把它放在网络中，研究不同的问题要放在不同的网络中。当然，一个网络中的节点是平等的，具有同样的话语权，都有解释和被解释的权利；不同的网络在质上不具有可比性，但它们在地位上也是平等的，具有同样的话语地位。然而，事实上网络是无边无际的，上述划分只是为了研究的方便而有意识地人为设定的，是虚拟的。

文化网络节点之间的联系形态是对话。对话，就是两个人或两人以上的人之间的交流。对话主体之间的联系可以是冲突的，可以是协商的，也可以是认同的，对话主体之间的意见具有辩证性和互补性。辩证必然先有冲突与对立，在冲突与对立中达到统一；互补必然先有缺陷，对各方缺陷的相互弥补构成完整。辩证和互补的对话使不同主体的不同意见彼此交流，相互激荡，不同主体从而从自己各自的角度对研究对象作出自己的努力。

网络中主体的层次与对象的层次。文化网络中的节点既可以指主体的人，即研究者，也可以是研究对象。在前一种情况下，不同的人之间的对话关系构成主体网络。在后一种情况下，不同的对象之间构成网络，如文艺学研究处于社会学、政治学、人类学、心理学、哲学乃至自然科学等节点构成的网络中，这些节点共同为文艺学研究服务，这时文艺学是中心节点，但任何"中心"都是相对而言的，如当以哲学为研究对象的时候，文艺学便不再是中心了。以上二者，文化网络中的主体作为节点构成网络，研究对象作为节点也构成网络，而众多研究主体对同一对象、对不同对象的研究则使网络更加复杂，构成另一层次的网络。网络是纵横立体交叉，无穷延伸的。

历史地看，网络化时代是新历史主义发展的产物。结构主义是在二元结构中发现意义，解构主义是在多元结构中消解意义，新历史主义则是在多元结构中构成意义，进而走向网络时代。从现实看，网络化研究是网络信息时代的产物，INTERNET 为任何个人提供了平等地利用信息，平等对话的权利，这一空间是没有时间、没有界限、没有民族和性别差别的。INTERNET 为所有学术研究提供了无限广阔、立体、网络化的空间。90 年代美国的"批评理论学会"对其所设定的研究项目的工作就是运用这种方法的一个典型。

2."批评理论学会"的文化网络研究

批评理论学会是在 90 年代美国出现的一个文化研究组织。他们的主体任务不是文学研究，但在研究方法上，该学会采用的正是网络化的研究模式，从而为文艺研究的文化模式提供了典型的范例。

1992—1995 阶段，批评理论学会的研究项目是文化和学科问题。最近几年来，文化问题在许多学科和知识的发展潮流中日益成为理论的焦点。人类学理论家们将文化问题作为知识的客体，赋予其人种志及信息载体的地位。在文学理论中，解构和新历史主义修订了对文化的理解，提高了文化种类间普遍的可译性问题。历史学家们打开了"一种新文化史"的领域，扰乱了更为古老的社会和知识历史中的文化契约。女权主义者和民族学研究则指出基于男性和欧洲中心论的先验理解的理论文化的局限。最后，一种更新的趋向出现了，它就是"文化研究"。

本着同样的研究方法和宗旨，批评理论学会确定 1995—1998 阶段的研究项目是"全球化的力量"。他们是在"通讯的"模式上来理解"全球化"的，他们称之为"网络"。每一个网络都意味着一个连贯的、散漫的社区，它超越了任何特定的国家或地区界限。在这些新话题散漫的社区中，大量暗含着通讯网络新理论。在很多情况下，用于社会分类和描述特性的传统范畴，诸如类、民族、阶级、种、性别等被重新概念化。学会分析了全球化力量中四种居主导地位的网络，每一种都可以由一个术语或概念所界定，这些术语和概念正作为新的"全球"形势的传统符码得到运用。这些网络是：

（1）合作网络：跨国合作网络在世界范围内的文化传播、语言流通、消费者权益保护、劳动组织和资本的新形式方面得到检视。全球经济和资本机构基本使国家政府失效，并利用不受检查的自由渗透和扩展的权力，凌驾于大量不平等的现象之上。运用这一方法的得失是一个研究焦点。研究者们检视与这些经济巨头们的实践有关的悖论：他们在某些社会和生活的阶层之上创造了超级组织，而在另外一些阶层却制造出前所未有的混乱；他们的超国家的权力使传统社会契约观念失效，而同时又导致对公民权要求的加强；他们使传统的阶级、民族、种性、代、权威的边界失去稳定，而同时又创造了一种新的等级制度，并加强了世界范围内有产者和无产者之间的极端分化。他们致力于探索批评理论的如下功用：一方面理解诸如世界银行和 IMF（国际货币基金）这样的机构全球化的作用，另一方面在地区差别背景中理解移民工作的经验；并询问哪些（种）理论可以帮助预见到尚未发现的政治和社会形式，能够使社会权力摆脱合作的控制，在更为民主的关系上重新分配？

（2）文化网络：不稳定的有争议的文化概念在很多重要争论中变得越来越引人注目。作为一个分析概念，"文化"业已承担了近年来发生的主要转型。这些转型最主要的特征可能要数杂交繁殖、混血、多元文化主义、多国主义的全球化了。而且，这些转型在学科和媒体的层次上，打开了新的、迄今仍未引起注意的，在全世界范围内与政治社会话语的链接。与这种问题性打交道，首先要区分开两种文化概念，一种与文化研究相联系，另一种与人类学相联系。前者，文化研究的方法主要立足于文化产品和表达形式，后者，人类学对于文化的理解直接指向人们的生活世界，指向符号的或宇宙学的系统。批评理论学会对于这两种概念间的重要交叉深感兴趣，对在全球化的整个过程中决定这些交叉的方式饶有兴趣。

（3）技术网络：在技术领域，学会特别对通讯技术感兴趣，如电子邮件、录像、传真、超文本、因特网、通讯卫星和电影。他们尤其对新技术导致新型式的商品化的方法感兴趣，这是人类主体部分自我建构的途径。比如，如果商品不再主要在其物性上定义，而是定义在其话题转换（或符号）的功能性上，那么其通过国家的或其他领土疆界的流动性可能会更为强烈。另外，"影像"这个术语代替了人文建构的"客体"和语言学上的"符号"。在"全球的"框架之中，什么是"影像"的现象学，在何种程度上"影"超越了特定语言的特性范围而发挥作用？"影像产品"在全球叙事中将扮演什么角色？

（4）环境网络：新的全球化力量意味着在生态意识和环境方面，各种各样平等地共同参与的跨国际的努力。然而，这些平等的力量意味着技术上的"自然"的变化，如基因工程等，它们包括另一种全球化力量：自然合并了社会和经济的领地并使之成为其下属。在这种语境中，学会特别对以下研究充满兴趣：从政治的反应到环境问题的全球化，从特殊的政治运动（如地球优先，绿党及其国际分支，各种生态——女权主义者）到跨于国际之上的本地主义的抬头，以及各种新的地区性定义和问题是如何在后现代世界主义的话语中形成的。某些健康问题也与这种网络有关，尤其是传染病和流行病如艾滋病，与环境危机和灾难（如臭氧层的破坏、"911"恐怖事件）等也形成了"全球化的力量"。

批评理论学会新的研究项目主要依赖人类学家、经济学家、社会学家和政治科学家以及传统上被定义为人文科学领域的一些学者的贡献，鼓励跨学科的研究，它不只是要求人文领域中可以相容的学科的参与，而且也要自然和物理科学、社会科学、艺术和人文学科等不相关联的分支学科的参与。最适度的方法是希望围绕社会、国家和跨国的这些意义的复杂性作出新的研究。① 可见，批评理论学会的网络研究立足于大文化观，把一些具体的问题置于文化网络的广阔视域中探索。这与新历史主义的"结构性语境"研究方法是一脉相承的，他们代表了 90 年代文化研究包括文学研究的网络化倾向。

　　值得注意的一点是，在文化研究日益成熟的过程中，文学研究一方面获得了更多的研究方法和更强的阐释能力，但文学的主体地位却在日益下降。随着后形而上学的兴起，哲学美学的研究已走到了尽头，文艺理论的研究在文化和多元的研究境遇中开始冷遇文艺本质的探索，文学批评执着于新的现实状况，向政治、经济、文化领域渗透，不断开拓新的研究空间的同时也在不断地丧失自已本有的阵地。这是文学的文化研究模式所带来的不可避免的副作用，是非得失有待时间检验。

　　在我国，国外历时态的各种理论在短短的几年内，共时态地平铺在文学研究者的面前。经过内部研究和外部研究的更替，心态已渐趋稳定。受国外后现代和文化研究的横向影响，文学的文化研究模式也开始运用。虽然文化网络模式的理论研究形态尚未形成，但初级形态的不同领域、方法、学科间的对话与综合的呼声很高。就文艺理论而言，改革开放以后，轰轰烈烈的十年文艺理论论争，文艺创作中对西方现代派的轮番模仿，理论界对西方新理论、新方法的消化，使中国文艺界在理论与实践上快步与西方拉平，从而，中国与全世界范围内的学术研究步调渐趋一致。"当代中国文艺理论完成了它向现代化创进的一步，从一元化步入了多元发展的境地。""理论的多元发展，意味着理论的自主多样、宽容、活力，同时也意味着理论的对立、分化、偏执、混乱。"② 因此，多元化之后，应该走向新的"综合"，解决好多元对话与综合的关系。"从理论综合这一目的来看，中国未来文艺理论研究的对话不应该是局部的、限定在某一范围或某一论题上的对话，而应是全方位、多层次，在多种领域与关系中的对话。"③ 可以说，这是在对中国文艺

---

① 资料来源：*The UCI General Catalo gue*。
② 狄其骢：《文艺学问题》，山东大学出版社 1993 年版，第 41、45 页。
③ 谭好哲：《立足对话　面向综合——文论研究面向未来的一个思路》，见《文艺与意识形态》，山东大学出版社 1997 年版，第 560 页。

理论发展历史的回顾的基础上，展望未来文艺理论发展的需要，结合国际文艺理论发展中网络模式化的趋向，得出的合乎逻辑的结论。新历史主义及批评理论学会给我们的启示和对于中国文艺理论建设的意义就在这里。整合的文化诗学应该取代单一地域、历史、方法或学科的狭隘模式，结合本国国情，建设中国特色的文艺学学科，这应是文艺理论界共同努力的目标。

（原载于《文艺理论研究》2003 年第 4 期）

美与艺术之间有必然联系吗

王祖哲

　　在那些可以被图书馆员归到"美学"名下的著作和论文中，使用最多的两个词大概是"美"和"艺术"。这给我们造成了这样一种印象：美和艺术之间似乎存在着某种本质的必然联系。虽然有些学者明确主张美学这门学问或者是研究美的，或者是研究艺术的，但是在大部分美学家那里，美和艺术仍然纠缠在一起——我们经常可以看到"美和艺术"并称这样一个短语。这种现象至少会使人觉得奇怪，因为正如亚里士多德所言，特殊的研究对象决定着一门特殊的科学的存在。那么美学作为一种专门的学科，在逻辑上就不应该同时具有两个不同的对象，正如天文学不应该既研究天体的运动规律同时也试图预言明天是否会发生车祸一样。

　　关于艺术本质的研究，最有影响的是三种"经典的理论"：再现论、表现论和形式论。略加分析，我们便不难发现，美在这三种理论中不一定具有任何位置。再现论宣称，艺术就是对现实世界的再现或模仿，而在现实世界里，美的、丑的或者无所谓美丑的现象都是存在的。这种理论并不排斥不美的现象，而且大量的艺术实践也证明，在艺术品中美和不美的现象都是存在的。柏拉图诽谤荷马的理由之一就是荷马不仅模仿神的美的方面，也模仿神的丑的方面。表现论主张艺术是艺术家感情的表现，而感情也不见得和美有任何瓜葛。一位抒情诗人有可能在他的诗歌里表现失恋或者嫉妒的痛苦，但是如果我们把失恋和嫉妒说成是"美的感情"，那就败坏了"美"这个词语的正当用法——顺遂人意的爱情又该如何表达呢？在形式论中，起码有一种观点，即克莱夫·贝尔的理论认为，艺术是"有意味的形式"。但是这种理论以其同义反复而遭到了批评，因为它并不想断言它所说的那种意味就是

"美"的意味。总而言之，艺术理论和美并没有本质的联系。

什么是"本质联系"呢？我们认为本质（essence）是决定一个东西是其所是的属性（property），这个属性与这个东西之间的关系就是本质联系。例如，乳腺是决定哺乳动物是其所是的属性，乳腺与哺乳动物之间的关系是本质联系。换言之，如果我们把一个动物叫作哺乳动物，那么我们先就承认了这个动物一定有乳腺。同样，如果我们主张艺术和美之间存在着本质联系，那就意味着当我们把一个东西叫作艺术品的时候，我们就先承认了这个东西必须是美的。反之，如果我们发现当一个东西并不美却仍然可以是艺术品，这就表明美和艺术之间不存在本质关系。

一

美和艺术之间具有本质联系的假说，显然不是基于"所有艺术品都是美的"这样一种经验判断，而是基于"所有的艺术品都应该是美的"这样一种理论预期。换言之，理论家们没有分清二者之间的关系，从而把"应该"就当作了"是"。用现代哲学的术语说，他们把价值判断和事实判断混为一谈了。或者这样说：如果有人主张艺术应该是美的，可以有各种各样的理由；但是，如果他宣称艺术必定是美的或者实际上是美的，那便根据不足了。反之，如果有人宣称艺术必定是丑的，也同样是没有根据的。说到底，美和艺术之间的关系是偶然的，而不是必然的，因此也不是本质的。

西方的美学家到 20 世纪才开始意识到这一问题的严重性："艺术和美被认为是同一的这种看法是艺术鉴赏中我们遇到的一切难点的根源，甚至对那些在审美意念上非常敏感的人来说也同样如此。当艺术不再是美的时候，把艺术等同于美的这种假设就像一个失去了知觉的检查官。因为艺术并不必须是美的，只是我们未能经常和十分明确地阐明这一点。我们从历史的角度，或是从社会的角度去考察这一问题，我们都发现，无论是过去或现在，艺术通常是件不美的东西。"①

也许有人会问：如果艺术不一定是美的，它也有可能是丑的或者其他任

① 朱狄：《当代西方艺术哲学》，人民出版社 1994 年版，第 4 页。

何形容词所能够描绘的那样，那么艺术对人类的价值何在？既然艺术不一定是美的，有些艺术品显然是丑的，那么艺术为什么会使我们产生愉快的感觉？——这一问题非常尖锐，也正是美学或者艺术哲学需要首要回答的问题。不过，这些重要得多的问题并不是这篇论文的主题，虽然我们在下文也要多少提及。

一定要把不必是美的艺术说成必定是美的，在逻辑上是有困难的，因为这违背事实。当我们面对着像罗丹的《欧米哀尔》（又名"老妓女"）、达利那些宛若梦幻的绘画、但丁的《地狱篇》和巴尔扎克的小说甚至贝多芬的《第五交响曲》的时候，企图以在日常语言用法中的"美"来描述这些作品，是十分勉强的。但是，当理论家们满怀着为艺术赋予高尚的"美的价值"的时候，他们的好心便试图超越逻辑的障碍。其最常用的方法是：制造一个"广义的美"的概念，这个广义的美的概念与美这个词语的日常用法毫无关系，因为这样一个美的概念是无所不包的，它甚至把人们在日常语言中肯定会称之为"丑"的对象统统囊括其中。另外，这样一个广义的美的概念还很方便地包括"崇高"、"滑稽"、"悲剧"和"喜剧"这些所谓的"美学范畴"。（这个名单或许还可以增加，因为现实生活和艺术岂能是这几个范畴所能够涵盖的？）但是，我们有理由提出这样的诘问：为什么一定要用"美"这个字眼（即使它是广义的）来涵盖艺术中的一切现象呢？难道"广义的丑"不能承担同样的任务吗？——既然艺术品中既有美的也有丑的。对此，除了美学家特别偏爱"美"这个字眼，并迫切地将美这种神圣的价值赋予艺术之外，确实没有更好的解释。于是，一些美学家便以一种异乎寻常的方式将罗丹的《欧米哀尔》称之为"美的"了。

毫无疑问，各门学科都可以有自己的专门术语，并有权赋予这些术语以全新的意义，或者干脆杜撰新词。但是，无论如何，术语的定义必须是明确的。可是，在美学中，"广义的美"这个术语的定义从来就是暧昧含混的，它与日常语言中"美"的概念之间的区别也是不清楚的。这种思路不但违背逻辑，也违背我们对艺术和美的真实经验，甚至毫无顾忌地践踏词语的正当用法。当一位美学家摸着下巴以内行的口气说"多美的《欧米哀尔》啊"的时候，一般人是不可以对他的观点和语言进行质疑的，因为他说的"美"是一个自己炮制的广义的美的概念，跟日常语言和我们的真实经验毫不相关。

说到底，这里的问题不是什么"狭义"与"广义"之分，而是"美"与"非美"之别。上述美学家的做法，不是什么高明而深刻的见解，只是一种偷梁换柱的游戏罢了。

二

将美和艺术如此这般地纠缠在一起，除了有这种理论上的原因之外，还有历史原因。我们今天所研究的美学，是在形成于 18 世纪的西方学术传统之内的。只有西方的学术才如此重视美的问题。在中国古代的全部文论、诗论、乐论和画论中，美虽然也是一个可能用到的词语，但是它却不曾沾染西方学术的那种严重的学术色彩。可以说，那些煞有介事地以西方学术观点为标准，而在中国古典文献中搜集关于美的论述的做法，很可能是无的放矢的。我们发现孔子、庄子等等中国古代思想家在说到美的时候，是在完全不同的语境中用到美这个词的。不仅中国，古代的西方也是如此。尽管包括柏拉图在内的古希腊哲学家都多少谈到美的问题，但是他们并没有把美和艺术的本质联系起来。"现代美学的中心概念'美'并没有在古代思想家或文献中带着现代意义出现过。希腊词的'美'以及它的拉丁语同义词 pulchrum，都是和道德上的善不可分离的。"① 实际上，在古希腊，和艺术纠缠不清的是工艺，因为在那时艺术和工艺漫然不分的———切工艺在其发明之初，都出自于艺术。

古希腊这种艺术和工艺不分的概念实际上也存在于古代中国。"艺"这个词就相当于古希腊的"艺术"，其本意是栽培实践和技术。这种古老的概念是值得注意的，因为它揭示了艺术的创造性和想象性的本质，从而提示我们不要从美的角度来认识艺术，而应该从创造性和想象性的角度来认识它，或者从维柯的诗性思维的角度来认识它。最初的一把椅子和一个雕塑之间在本质上是没有什么区别的，因为椅子的形式并不像一切自然事物那样原本就存在于世上，它是一个有创造力和想象力的古代艺术家的作品。这也就是发明，出于艺术想象力的发明。发明既成，则为模式，模式是僵死的东西，可

---

① 朱狄：《当代西方艺术哲学》，人民出版社 1994 年版，第 21 页。

仅凭摹仿学而习之，于是成为工艺。然而无论艺术还是工艺，和美之间都没有必然的联系。

如此说来，把艺术认定为美的形式，不仅没有为其赋予更高的价值，反而遮蔽了艺术对人类的深刻意义。艺术虽然是非功利的，但艺术却创造了我们的现实生活：一种既善且恶的生活。如今我们生活于其中的一切文物制度以及道德信念，其起源全是艺术的想象，如房屋、服装、用具等等。像普列汉诺夫那样，把我们的原始祖先想象成首先切实而经济地考虑现实生活需要、别无奇思异想的枯燥的理性主义者，是毫无根据的。人类学告诉我们的事实是：原始人是一些思维过于离奇的动物，维柯认为他们是真正的诗人。可以说，文化草创的史前时代，是一个彻底的、不自觉的艺术世界。

朱狄先生的《当代西方艺术哲学》的第一章"'艺术'概念的历史性变化"，正如其标题所示，为我们全面描述了历史上对艺术概念的理解。由此我们得知，甚至到文艺复兴时期，美和艺术仍然不曾联姻：

> 在文艺复兴时期，最早提出"美的艺术"（fine arts）概念的是弗郎西斯科·达·奥兰达，但他当时用的是葡萄牙文"boas artes"，因此未能引起注意。另一方面，由于习惯势力的影响，一些思想家对美的思考仍然很少和艺术联系起来。例如阿戈迪斯诺·尼福的《论美》，虽然直到十八世纪还在被人引证，但它完全不涉及人的美，更不涉及艺术的美。无独有偶，弗郎切斯科·达·迪亚托同一标题的著作也仅仅是停留在普洛美学思想的探讨上，并未对艺术的美有所建树。不仅如此，某些人文主义的领导人物……都是托马斯主义者，他们的著作很少涉及艺术。十七世纪的意大利思想家也未能作出努力使美的艺术和科学相分离，甚至被克罗齐誉为现代美学的奠基者的维柯也同样如此。[①]

意大利文艺复兴虽然是艺术的繁荣和高峰期，但艺术的高峰不等于是艺术哲学的高峰，所以，一个完整的艺术体系并没有在拉斐尔之后建立起

---

① 克罗齐之所以把维柯看作现代美学之父，正是因为维柯不是把艺术的本质看作美而是看作诗性的思维这个原因。而维柯的美学思想完全超越了他的时代，因此没有很大的影响；但是从 20 世纪 60 年代开始，维柯的思想引起了广泛的兴趣。

来，并不是一件奇怪的事情。建立这个体系的一些重要条件，需要经过 17 和 18 世纪才能趋于成熟。①

看来朱狄是很为文艺复兴时代艺术哲学的无能而感到惋惜的，所以，当在 18 世纪中期现代的艺术概念终于出世的时候，朱狄不禁感慨起来：

> 精确地说，现代艺术概念诞生的精确时间当以 1747 年西方艺术体系的正式建立开始，从此时开始，技艺和艺术才真正分离。"美的艺术"完全摆脱了技艺和科学，而成为一个完全独立的自主性概念。惟有"美"的艺术才是艺术，后来，人们出于一种习惯，便把"美的艺术"前两个字省掉了。回顾历史，那种集体的惰性简直令人惊奇，为了使"艺术"独立出来，竟要花去这样长的时间和经过这么多的周折。②

但是，朱狄如此欢迎这个现代的"美的艺术"概念，也是因为他相信"艺术是美的"这一没有根据的假定。从美的角度看，艺术确实从技艺中分离出来了，但是并非与艺术同一血缘的东西却立刻和它攀上了亲戚，这冒认的亲戚中至少有一位是"自然美"。既然据说艺术之所以是艺术，在于它是"美"的，而自然中显然也有美的东西，那么艺术在本质上应该和那些自然的美的事物是一类的，于是也就产生了艺术是对自然本身就有的美的模仿这种不可靠的想法。试问：巴特农神庙和天坛的自然模特在哪里？

其实，这种怪事的发生与近代西方艺术史的背景以及当时的艺术趣味有关。艺术趣味是一时一地的人们由于各种复杂的社会历史因素而形成的对艺术的好恶取舍态度。因此，如果把一时一地的趣味误认为是艺术的本质，就会犯以偏概全的错误。在相当漫长的艺术进化过程中，艺术的本质从来也没有发生变化，变化的是艺术的趣味。艺术哲学所发现的是艺术的本质，却不能把某个时代的趣味当作普遍的本质。"美的艺术"这一概念就是把一段历史中的趣味误解为艺术的本质。

按照朱狄的说法，现代的"美的艺术"产生在 1747 年。因此，了解一

---

① 朱狄：《当代西方艺术哲学》，人民出版社 1994 年版，第 27 页。
② 朱狄：《当代西方艺术哲学》，人民出版社 1994 年版，第 32 页。

下1747年的前一百年和后一百年左右的时间跨度里欧洲的艺术趣味是怎样的，或许对我们的讨论有所帮助。这期间，最可注意的是两个艺术运动：一个是巴洛克（大约在1600年到1750年），一个是罗可可（大约在1715年到1774年）。有的批评家认为巴罗克艺术是文艺复兴艺术的尾声。它的特点从著名的伦勃朗的绘画可以看得出来：强烈的明暗对比、力量感、运动感、神秘感等等；但是，这种绘画仍然可以说是美的。至于罗可可艺术，那是和路易十六的宫廷的装饰艺术分不开的，是一种华丽、繁复而又奢靡的艺术风格，也可以说是美的。在音乐方面，这段时间也是著名的巴赫和亨德尔活跃的时期。用美来形容这两位音乐家以及当时的音乐风格大体是恰当的。总而言之，这段时间的艺术趣味毫无疑问都是美的。

再往前，就是文艺复兴时代。文艺复兴的美术挣脱了宗教的束缚，处处表现着人间肉欲的欢乐，其趣味是美的就是自然不过的事情。再往前，是阴沉的中世纪。中世纪反对的是带有人间的、肉欲色彩的美，但是对秩序井然的所谓形式美却明显的是褒奖的，这体现在教堂的建筑风格及其内外装修以及宗教绘画上。再往前就是古希腊罗马时代，即文艺复兴的范本——美的趣味就是从这里发源的。

可以这样说，从《米罗的维纳斯》的时代（大约是公元前323年到公元31年）一直到巴洛克时代之后的新古典主义时代（在法国延续到19世纪），跨度长达约2200年，西方的艺术趣味一直是美的。如此漫长的美的艺术的历史，似乎使理论家有理由把艺术的本质看作美的。当然了，尽管这一错误的看法情有可原，但错误毕竟是错误。2200年，对于有文字的历史来说，是漫长的；但是，对于包括旧石器时期和新石器时期在内的整个人类进化史来说，却是弹指之间的事情。我们无法保证此后的艺术趣味不会发生深刻的变化，不会由美而变得不美。

问题在于，西方的理论家开始对艺术的本质（而不是个别的艺术现象）进行哲学性质的思考的高峰时期正是18世纪。在这种情况下，所谓"一叶障目，不见泰山"的现象便出现了。因为文化的多元论以及卢梭后来对"野蛮人"的那种崇拜而感伤的情绪，在那个时代连影子也没有。那时的理论家偶尔也会接触到不美的作品，但是他们多半不会承认那是真正配得上艺术这名称的。至于他们在非洲、亚洲和世界其他地区发现的不合他们口味的艺术品，他们当然会将其视为野蛮的东西（西方人在开始的时候甚至不承认在澳大利亚发现的黑天鹅确实也是天鹅呢，因为他们不相信如此符合他们的某种想象的天鹅竟然是如此"难看的"黑色）。只有到了后来的毕加索发现非洲人的木雕面具也是艺术品的时候，欧洲人才渐渐意识到毕加索的判断是对的。总而言之，当时的理论家是以美的趣味，而且多半是以路易十六的宫廷趣味进行艺术判断的。然而，趣味就是趣味，不是艺术的本质。如果把一时一地的趣味看作艺术的本质，那就是一个低级的错误，而当时的理论家真的就犯了这么一个低级错误，而且这个错误直到今天还大有影响。

如果我们从更加宏观的视野下看待艺术史，就会发现这种错误的标准是很不适用的。往前看，在古老的埃及，艺术的形态并不是那么美，倒显得有些僵硬；再往前，就是原始艺术了，和如今人类学家在所谓"未开化民族"中发现的那种艺术倒是相似的。我们与其说这种艺术是美的，不如说它是丑的。往后说，在巴罗克艺术之后，紧接着新古典主义，美的趣味进一步发扬光大。但是，所谓物极必反，后面就来了不那么美的浪漫主义和现实主义；再后来到了20世纪，艺术返璞归真，看起来倒有点像18世纪的理论家无论如何也不会看得起的"野蛮人"的艺术了。

从这一意义上讲，西方18世纪以后的许多美学家和艺术理论家的眼光是局限于自己时代的井蛙之见。让我们设想一个原始时代的理论家，并且假定他也和18世纪的理论家一样是井底之蛙，那么他对艺术本质的理解或许将采取如下的形式："艺术是巫术的体现"、"艺术图腾崇拜的感性显现"、"艺术是娱神的方法"等等。从理论上讲，18世纪的理论家关于艺术的看法实在不比这个好多少。今天的理论家从此得到的教训应该是：理论必须超越时代的趣味。这在古人是难以做到的，而对今天的理论家来说则是可能的，因为我们已经获得了对历史和习俗影响的反思能力。当然，古人的研究也是有价值的，他们起码都在那些不可通行的路口上挂上了"此路不通"的牌子。

三

如果我们的上述论证是可信的，即美和艺术之间不存在任何本质的关系，那么，究竟是把美学看作研究美的学问还是研究艺术的学问，那将是研究者自己的个人爱好问题。譬如，黑格尔在他的《美学》第一卷的开篇即把美学定义为"艺术的哲学"，把"自然美"排斥到了研究的范围之外，因为"就自然美来说，概念既不确定，又没有什么标准，因此，这种比较研究就不会有什么意思"①。如果把这句引文中的"自然美"改为"美"，即可表达我们自己的看法。无论如何，"关于美的研究"和"关于艺术的哲学研究"应该分道扬镳。

在我们看来，"美学"和"艺术哲学"是同义词，即对艺术进行的哲学思考，而美的研究在性质上不属于哲学。在大约两千多年的时间里，西方人一直误认为美的问题是哲学问题，这种误解或许是柏拉图的著名对话《大希庇阿斯篇》的影响所致。其实，柏拉图下述思想是有问题的："凡是美的那些东西真正是美，就有一个美本身存在，才叫那些东西美。"② 这段话，显然是经不起分析哲学推敲的。在现实生活中，我们完全可能用同一个词语来指称并不相同的东西，例如"龙"这个词可能指曾经真实存在过的恐龙，也可能指《天方夜谭》里的那种凶恶的吐火怪兽或者是在中华民族的那个很受尊崇的图腾，而我们并不认为这些不同的龙之间有什么共同的本质。因此，我们认为柏拉图对话中提到的"漂亮的小姐"、"漂亮的母马"、"漂亮的汤罐"、"美的制度"等等之间并不必然地存在着一个共同的美的本质。实事上，要了解"漂亮的小姐"如何美这样一个经验问题，比了解"美的本质"这样一个虚设的本体，不仅有用得多，而且容易得多。歌德的回答就不像哲学家那样扑朔迷离，他说："达到结婚年龄的姑娘，她的自然定性是孕育孩子和给孩子哺乳，如果骨盆不够宽大，胸脯不够丰满，她就不会显得美。但是骨盆太宽大，胸脯太丰满，也还是不美，因为超过了符合目的的要求。"③ 这个说法用在女人身上是非常可信的，但是用在漂亮的母马、汤罐或者许多其他漂亮的东西那里，却并不合适，而我们也不需要这样做。

但是，"漂亮"或"美"这个词语有的时候指的却是艺术性：虽然漂亮的小姐的"漂亮"绝对不是艺术性，因为它不是出自人的想象，而是某种自

---

① ［德］黑格尔：《美学》第 1 卷，朱光潜译，商务印书馆 1982 年版，第 5 页。

② ［古希腊］柏拉图：《文艺对话集》，朱光潜译，人民文学出版社 1983 年版，第 178—210 页。

③ ［德］爱克曼：《歌德谈话录》，朱光潜译，人民文学出版社 1982 年版，第 134 页。

然的东西；但是漂亮的汤罐的"漂亮"就是指艺术性，因为这种"漂亮"显然是出自艺术家的想象。这样一来，当我们问"为什么这个汤罐是漂亮的"，我们就得意识到我们问的是"为什么这个汤罐是具有艺术性的"。这就从反面证明，一个艺术家创造出来的艺术品是美的或丑的，这并不是一个值得进行哲学思考的问题；值得思考的问题是：艺术家的作品，无论美丑，所具有的想象性和创造性。罗可可风格的室内装修无疑是美的，但是这种美是创造和想象出来的，正如毕加索的那些并不美的画也是创造和想象出来的一样。若论美丑，罗可可艺术与毕加索的艺术根本不属于同类，但这两者事实上都归在"艺术"名下。这才是值得我们思考并通过艺术哲学加以研究的问题。只有顺着这条正确的思路研究下去，我们才能真正找到艺术的价值所在。

（原载于《文史哲》2003 年第 6 期）

论康德对后现代主义诗学的几点启示

杨东篱

后现代主义是 20 世纪中叶以后出现的世界性文化思潮。这一文化思潮将当代西方的种种问题与困境暴露到了极致，进而在整个西方思想文化领域形成了颠覆性的逆转与标新立异，被称为西方思想文化的"后现代转折"。这一"后现代转折"在人文科学中表现为一个开放的领域，为不同思潮的相对展示与彼此竞争提供了空间。然而，在这纷纭复杂的思想空间中，还是可以分辨出后现代主义文化三种最主要的思潮：晚期现代论或转型前卫派、作为思维取向与思维风格的无政府主义的后现代理论、在建筑学中作为后现代古典主义的后现代理论以及哲学中的后现代本质主义，也可以说，是"对自然权利理论与自由主义所作出的新亚里斯多德主义的合题"①。这三种主要思潮在后现代主义诗学中都有不同程度的反映，构成了后现代主义诗学的三个基本组成部分。

晚期现代论或转型前卫派是"现代"与前卫派思想在后现代主义文化语境下的升华，是对现代理想的超越。不过，在它们那里，现代意识的遗痕依稀可见。它们本身与彻底的后现代主义新事物之间还保持了一段距离。这样，它们只能是现代意识与后现代意识的中介。这种观念反映在后现代主义诗学中突出表现在它关于文学艺术符号语言的观点上。后现代主义诗学认为，文学艺术的符号与语言应该是感性具体化的。它将具有内在丰富内涵的东西外在化、感性化，形成一种"巴洛克"式的语言风格；符号语言的目标

---

① ［德］彼得·科斯洛夫斯基：《后现代文化——技术发展的社会文化后果》，毛怡红译，中央编译出版社 1999 年版，第 31 页。

是完成人际交流工作并由此充分体现其人际交往的功能。晚期现代派或转型
前卫派的理论既表现出现代主义对文学艺术符号语言具体感性化的强调，又
表现出后现代主义的语言符号交流特征。

　　无政府主义的后现代理论，遵循了保罗·费耶阿本德"怎么都行"的
方案。这种方案具有方法论及美学上的无政府主义解放潜能，同时也带有极
端的随意与折中的危险。此种观念反映在后现代主义诗学中主要表现为它的
文化领域互渗理论。在这一理论中，文学艺术的语言是叙述式的，叙述性成
为后现代主义诗学的主要焦点。历史编写的元虚构将文学、历史、理论三个
领域贯穿起来，以自我对历史理论化的意识和个体对人类状况的虚构为基
础，对人类社会、历史及生活的过去的形式和内容作出重新思考与写作。这
种叙事性依托于文学艺术语言的多重信息码特性，强调浑然整体的意象与情
境，而不是抽象单一的结构与理念。这便模糊了文学、历史、理论的界限，
形成了超越于三者之上的"超文学空间"，"超文学的空间是论辩的、争议
的、偏见的、背叛的、调节的空间，而不是我们所认为构成艺术品的那种统
一的、整合的，或者坚固的空间"①。这既是对相对封闭、整合、统一的近代
思维空间与碎片堆积的现代思维空间的解放与改进，就它本身而言，也是随
意的、无定向的与不稳定的。由此体现出一种趋势：后现代主义诗学是一种
永远开放、变化的理论结构，通过它既安排了我们的文化知识同时也安排了
我们的批评历程。这将不是一种结构主义语言意义上的诗学，它将超出对文
学话语的研究而成为对文化实践与理论的研究。

　　哲学中的后现代本质主义认为，理念和理念的本质性塑造了世界与人
们的意识，也决定了外在世界与意识自身的连续性，即世界本身由多种物质
及精神形态组成，不只是存在着偶然的辩证法或单一的话语状态。不承认本
质形态，而单纯地主张一种纯粹过程意义上的形而上学，只能回复为它本来
要批判的对象——"循环与可逆性的政治"②。从实践角度说，就有一个本质
和形而上学与社会现实结合的问题。本质问题取决于在现代社会的巨大循环

_____

① [加] 林达·哈奇：《后现代主义诗学理论》，尹鸿、陈航译，载王岳川、尚水主编《后现
　代主义文化与美学》，北京大学出版社 1992 年版，第 272 页。
② [德] 彼得·科斯洛夫斯基：《后现代文化——技术发展的社会文化后果》，毛怡红译，中
　央编译出版社 1999 年版，第 32 页。

周期中使实在的生活形式一体化，并且需要明显指出使个人自由和社会经济运动相一致的实践途径。形而上学的问题则在于使实体思想与主体性哲学保持一致。这样，在社会哲学中就要确立一种渊源于古希腊与 18 世纪的自然权利与自由的命题，从而完成对个体主义与自由主义传统的建构。可见，后现代本质主义以人类学形而上学而不是自然形而上学作为它自身的理论基础。总体现实并非通过自然，而是通过人被认识。正是人，而不是外在于人的自然，建立了思维的类比结构，从而构成了总体现实的基本模式。由此，后现代本质主义便克服了现代主义与前现代古典主义的双重弊端：一方面它们努力在发展中消除现代主义中的分离性与差异性；另一方面它们又致力于摆脱前现代古典主义的两个危险——"矫揉造作的学究气及社会分化与等级划分"①，从而体现了其与现代主义及前现代古典主义之间本质性、超越性的区别。后现代本质主义反映在后现代主义诗学中，体现在认为后现代主义艺术实践中包含相互矛盾的要素的观点上。后现代主义诗学认为，后现代主义文学、艺术对传统透视观点的频繁挑战，在叙事作品中最为明显。小说中的叙事者一方面成了非中心之间的模糊关联，几乎不能进行位置确定，另一方面却表现出暂时和有限的特性——常常暗自破坏自己以模糊关联建立的全知视觉。这样，后现代艺术便不约而同地维护着而又深思熟虑地破坏着像价值、秩序和统一性这样的确定性原则。因此，他矛盾地强调独特性与普遍性的结合，希望这两者在"创造性"中得以统一，从而使创造性构成后现代主义艺术及艺术理论的本质，并从其中又体现出后现代本质主义对人本体的关注。

　　通过对后现代主义诗学的三个基本构成中体现的中介性、模糊性、随意性、互渗性、矛盾性、多元性等诸多特性的展示与分析，最终只能得出一个结论——后现代主义诗学本身不具备相对稳定的理论基础，更不是一种成形的诗学理论模式，它只是对两种理论深度模式间过渡的理论展示。就这一点而言，后现代主义诗学与现代主义诗学之间并没有本质的区别。两者之间的区别在于后现代主义诗学已经呈现出对新的深度模式进行孕育的状态，显

---

① ［德］彼得·科斯洛夫斯基：《后现代文化——技术发展的社会文化后果》，毛怡红译，中央编译出版社 1999 年版，第 33 页。

示出了新的深度模式的萌芽，而现代主义诗学还只是停留在对旧有深度模式的抨击与解构上。因此，后现代主义诗学较现代主义诗学呈现了更多的可以被创新、重构及超越的可能，更有可能从中抽析出建立新的深度模式的基础，完成对现代主义诗学与后现代主义诗学的双重超越。后现代主义诗学新的深度模式的萌芽集中体现于艺术语言感性具体化的交流功能、艺术的文化特性及艺术以人为本的创造性本质上。目前，后现代主义诗学面临的主要问题就是如何在这三种新深度模式萌芽的基础上超越它的后现代过渡特性，进行新深度理论模式的构造。在这一点上，作为旧深度模式的集成者与现代主义美学的开山者的康德或许可以提供一些有益的启示。

　　将康德作为后现代主义诗学超越与重构自身的参照系并不是偶然的。一方面，康德的美学思想与后现代主义诗学之间有许多相通之处，构成了它们理论参照的内在基础，如康德将美学自身设定为从纯粹理性的哲学到实践理性的伦理学两个实体之间的过渡状态。这一设定与后现代主义诗学的理论处境颇为相类；康德对感性在美学中的地位、对人的主体能力、鉴赏判断力、鉴赏过程的强调都与后现代主义诗学强调艺术语言符号具体感性化即以人为本质、为中心进行艺术创作与艺术鉴赏的观点有相通之处；而且就康德美学本身（且不考虑它与哲学及伦理学的关系）而言，它不存在后现代主义诗学所极力摆脱的前现代古典主义两个危险中属于本质方面的那个危险——社会分化与等级分化。另一方面，康德的美学思想作为一种成熟的、系统的、严密的、完整的深度模式，构成了它们理论参照的外部条件，使其足以成为后现代主义诗学超越过渡状态，以成熟观念重构自身的理论参照。根据后现代主义诗学本身的三个基本组成，可以发现，康德在四个方面为后现代主义诗学的超越与重构提供了启示和参照。

　　第一方面是关于艺术审美中感性与理性之间的协调关系的。后现代主义诗学将文学艺术的符号语言定位于将内在丰富内涵外在化的具体感性的意象上，体现出消解艺术作品深层结构的极端性，同时也将理性排斥到艺术审美的边缘地带，消解了艺术审美中的理性思考与理性深度，从而异化了人本身感性与理性交融的艺术审美思维，使人的思考与想象趋于感性化、平面化。形成这种情况的原因即在于后现代主义诗学没有协调好艺术审美中感性与理性之间的关系。康德对艺术审美中感性与理性之间的关系处理可分为两步：第一步，承认审美判断力介于自然的感性、知性与理性之间，因此具有感性、知性与理性的三重特性。第二步，将兼具感性、知性与理性三重特性的审美判断力的核心定位于想象力。想象力将感性直观提供的杂多经验按知性的逻辑形式排列起来，使之具有获得规律的可能性，同时想象力又使知性的逻辑框架图式化，使之进入到理性的视野。从中可以看出，想象力就具有感性、知性与理性之间的中介功能。这样，审美判断力中的想象力与知性能力、理性能力就发生了某种关系。从这种关系引起的主体情感的愉悦可断定，想象力与知性能力、理性能力的关系就是这三种能力的和谐，而和谐的外化即为符合主体目的的形式。这样，想象力就具有了一种将对象形式与主体情感创造性地进行组合的功能。在想象力将对象形式与主体情感进行组合的同时，想象力中的理性与感性，即审美判断力中的理性与感性就获得了动态的、具体的协调关系——即在审美的实践行为中获得了协调。参照康德的想法，后现代主义诗学可以先在后现代主义的文化语境下将理性从其感性化变形与审美边缘化地位中恢复，再确定理性与感性在审美活动中的功能比例，然后根据这一理论为理性与感性设定一种可构成两者审美实践关系的动态中介。最后将这一中介与审美的对象按照具体的社会、文化的现实条件进行创造性的组合，从而实现两者之间的动态协调。

　　第二方面是关于艺术语言鉴赏式的交流过程的。后现代主义诗学将艺术符号作为人与人之间交流的中介，而不是人与物化作品之间交流的连接。这表明，后现代主义诗学对艺术符号的理解发生了变化——由物化作品的非实体性价值变为物化作品的实体性整体意象。这样就消解了艺术作品作为一个独立的整体与个体参与艺术鉴赏交流的活动，从而使艺术作品的鉴赏转变为对人艺术思维的认识与理解。这也是艺术作品的符号语言将深层内涵外在化、表面化，从而造成表现过于感性具体的缘故，使人们不经过感性与理性交融的鉴赏活动就可以直接认识到作品的全部内涵。这样，艺术品作为一个独立整体的存在就失去了价值。因此重建艺术作品的鉴赏过程是必要的，而且也不妨碍审美者与创造者进行交流。这种交流不必是消解了中介的直接交流，而可以是一种含括了艺术作品本身的鉴赏式交流。康德的鉴赏过程理论是为鉴赏判断力实施其判断功能的过程，因而康德从鉴赏判断的质、量、关系和模态四个主体契机方面对鉴赏过程的运作机制进行了全面厘定：首先，判断的质的方面。"鉴赏（趣味，即审美的判断）是凭借完全无利害观念的快感和不快感对某一对象或其表现方法的一种判断力。"① 鉴赏过程是一个主体的情感过程。这个过程中的情感既不同于具体欲望满足所产生的纯感性愉快，也不同于道德行为引起的纯理性愉快。这一情感判断只涉及对象的形式，对象的形式在鉴赏过程中处于自足的地位，拥有独立的价值。其次，判断的量的方面。"美是那不凭借概念而普遍令人愉快的。"② 鉴赏过程作为判断功能的实现，其判断是单称的。判断客体与判断主体的关联不以概念为中介却蕴纳着普遍性。与一般的单称判断相反的是，鉴赏过程中的判断客体是在主体判断鉴赏过程中产生的。这体现了鉴赏判断的先验性，表达了鉴赏判断力在想象力作用下产生的形式符合由想象力与知性能力之间的和谐所建构的普遍性。再次，判断的关系方面。"美是一对象的合目的的形式，在它不具有一个目的的表象而在对象身上被知觉时。"③ 鉴赏过程与实用、欲望、伦理、实践无关，又无明晰的概念逻辑，从而也就与任何特定的目的无关。这一过程仅仅是想象力与知性能力、理性能力趋于一定的和谐自由才使鉴赏的判断过程具有了某种合目的的性质。最后，判断的模态方面。"美是不依赖概念而被当作一种必然的愉快的对象。"④ 鉴赏的判断过程体现着合目的性，具有普遍的有效性。所以这个判断过程不仅是感性现实的，也是本体必然的。通过康德对艺术鉴赏过程的分析，后现代主义诗学也可以恢复作为独立个体的艺术作品，建构自己的艺术鉴赏式交流过程。这一过程可以是无功利的、自由的、普遍令人愉快的、无目的的合目的的、不依赖于概念而令人愉快的。不过，与康德的单纯鉴赏不同，后现代主义诗学还有一个交流的侧重点，交流意味着一种平等的对话，这就需要在单称的艺术鉴赏过程中注入双向的交流因素，在注意到鉴赏者对艺术品的审美态度的同时，也要注意艺术品的鉴赏对鉴赏者本身的影响。

　　第三方面是关于个性与普遍性的关系、艺术与文化的关系的。后现代主义诗学的文化领域互渗理论消解了文学、历史、理论等领域的边界，体现

① ［德］康德：《判断力批判》（上卷），宗白华译，商务印书馆 1964 年版，第 47 页。
② ［德］康德：《判断力批判》（上卷），宗白华译，商务印书馆 1964 年版，第 57 页。
③ ［德］康德：《判断力批判》（上卷），宗白华译，商务印书馆 1964 年版，第 74 页。
④ ［德］康德：《判断力批判》（上卷），宗白华译，商务印书馆 1964 年版，第 79 页。

出一种平等统一的理想倾向。这种倾向又在文化领域互渗理论的随意性、无定向性与不稳定性中表现了它的盲目性。对于后现代主义诗学来说，解决这些问题的关键就是处理好旧有的艺术领域与后现代主义文化领域之间的关系。康德的审美的无目的的合目的性、不刻意涉及普遍性却使个性的审美自然而然地包含了"共通感"、普遍性的观点，对此作出了有益的启示。关于康德审美的无目的的合目的性原理在论述康德对后现代主义诗学启示的第二方面时已有所论述，这里不再赘述。按照康德的原理，后现代主义诗学中的旧有艺术领域可以将个性化的审美作为存在的根据。这种个性化的审美不必刻意涉及具有普遍性质的文化领域，而是以审美的个性作为一种文化身份进入文化，既达成了与文化语境的协调，又保持了自我独特的领域，形成了一种无目的的合目的性、无普遍性的合普遍性的统一。

第四方面是关于艺术人学逻辑与自然逻辑关系的探讨。后现代主义诗学以人类学形而上学而不是以自然形而上学作为自身的理论基础。艺术总体现实的基本模式与思维的类比源泉是人学逻辑，而不是自然逻辑。艺术的人学逻辑试图从人类学的研究中找到形成的依据，然而，传统的人类学研究依然基于自然逻辑。这样，所谓的艺术的人学逻辑说就陷入了循环不变的怪圈。实际上，人学逻辑的形成不必要而且不可能完全抛弃自然逻辑，人学逻辑只能是自然逻辑的人本改造。在此，康德对人学逻辑与自然逻辑关系的处理即值得深思。康德的人学逻辑体现在它对审美活动中主体能力的强调上。康德坚信自由意志是人存在的终极本体。这一终极本体的实现无法通过单一的认识，只能通过人的实践活动来实现。这样，人与世界的关系就被划分为两个领域——认识领域与实践领域。由于人本身的完整性，他本身存在的不同领域、不同方式就需要相互联系、补充。这样就存在一种不属于知性又不是理性，而是将两者统一起来使人类活动与实践活动、经验世界与本体世界发生联系的主体能力。康德把这种具有中介功能的主体能力定位为判断力。这样，康德就在美学中第一次明晰地显示和确立了人本主义。美学人本主义把现实的人作为美学研究的出发点、中心和归宿，通过对现实人的界定、阐释求得对美、美感、艺术等一系列美学问题的解答。这即是康德的人学逻辑所在。康德的自然逻辑隐含在人学逻辑之内，构成它思想的基本骨架。这一自然逻辑主要体现于一种理论的分析、推衍与假设，即人与世界的关系可以分成认识领域与实践领域两大部分，这两大部分又统一为判断力。可见，康德的人学逻辑与自然逻辑，是相互包容，互为本质的。人学逻辑是自然逻辑的内在精神与外在表现，自然逻辑是人学逻辑的内在结构与外在框架，自然逻辑发展到质变的程度就会引起人学逻辑的变化。后现代主义诗学可以根据当代的文化背景对其人学逻辑内容作出新的解释，但康德关于人学逻辑与自然逻辑的处理的确是可资借鉴的。

　　根据康德对后现代主义诗学的四方面启示，我们可以约略为后现代主义诗学之后的新的深度模式作出一个描绘：这一深度模式以后现代主义文化背景下的现实的人作为诗学研究的出发点、核心和归宿。在这一出发点下，具体到艺术本身时，在保持艺术审美个性的同时将其融入文化，赋予其一种文化的身份，同时在艺术本身内部进行感性与理性在实践层面动态协调的、创作者、作品、欣赏者之间的鉴赏式对话交流活动。最后以理论分析、推衍的自然逻辑作为这一深度模式的骨架，将人本质、艺术本体与文化及艺术内部要素等方面，层层贯穿起来，从而形成一种适合于新时代文化发展的新的深度模式。这一深度模式适当地处理了理性与感性、鉴赏与交流、艺术与文化、人学逻辑与自然逻辑的四种关系，从而消融了后现代主义诗学本身种种不稳定的过渡特征，又吸收了后现代主义诗学中时代文化背景所赋予的种种新因素，将人类的诗学思维引入了一个新阶段。值得注意的是，后现代主义诗学在康德的启示下建立起新深度模式的同时，也显示出了从后现代主义诗学的角度对康德思想新的选择、理解和诠释，也可以说是符合了后现代主义诗学自身所提倡的平等对话与交流的精神，这也算是后现代主义诗学反过来对康德思想的一种时代启示吧。

（原载于《中国海洋大学学报》2004 年第 1 期）

作为存在之扩充的美学经验

——海德格尔《艺术作品的本源》的美学史意义

孙丽君

《艺术作品的本源》是海德格尔后期最重要的作品，在此作品中，海德格尔提出了一对新的哲学概念：世界和大地，具体论述了艺术的本质规定，并由此上升到对美的真理性的理解，从而集中表现了海德格尔的美学思想。这种美学思想在美学史上有着重要的地位。

一、《艺术作品的本源》简析

在《艺术作品的本源》中，海德格尔从对传统美学的批判出发，指出：艺术作品的本质不在于追问艺术家、艺术作品是什么，这些都不能从本质上说明艺术的本质及起源。这就是传统美学的失误之所在。相反，海德格尔认为，"艺术家和作品都通过一个第一位的第三者才存在"①，这个第三者就是艺术。而要弄清艺术，又要追问什么是艺术作品，海德格尔认为这并不是一个简单的循环，而是一个"思的事情"，正是从这种思考出发，规定着艺术作品及作家的那个"艺术"的本质才能显现出来。

在对艺术作品的追问中，海德格尔首先遵循着当时流行的将艺术看作物的观点，将物区分为用具、艺术作品和纯然的物，而艺术作品就处于用具和纯然的物的中间地带。海德格尔选择了从形式和质料出发去探讨物，因为

---

① [德]海德格尔：《艺术作品的本源》，孙周兴选编自《海德格尔选集》（上），上海三联书店 1996 年版，第 237 页。

这种形式据他看来最有说服力，但他最终发现，这种解释"也最终表现对物的一种扰乱"①。通过对物的分析，海德格尔认为传统的思考物的方式都是从一定的先入之见去思考物，从而阻碍着"对当下存在者之存在的沉思"②，不仅不能思考物之物因素、器具之器具因素，更不能思考作品之作品因素。

那么，什么以及怎样才是物的规定呢？海德格尔认为只有从用具的用具性出发，才能找到那最终规定为物的东西。用具之用具性就在于其使用中的不可觉察性，因为用具越是上手，用具的存在越是隐藏自身，这就是使用或用具存在的本质。相反，在艺术作品中，用具之为用具是作为一个事件被揭示出来，由此，海德格尔进入了艺术作品的分析之中。

首先，海德格尔认为艺术揭示了用具的用具存在。因为在用具本身的使用中，用具是以隐藏自己的存在本质来获取自己的存在的。在用具的上手状态中，用具的存在隐藏在对它的筹划中。而在艺术作品中，用具不是筹划中的用具，它不是对用具的使用和消耗，而是直接描写用具之为用具，海德格尔以凡·高的农鞋为例，指明了农鞋为农夫所用的用具性，这是对用具性存在的一种直观的把握，是存在之真理的直接显现。

其次，通过用具的"为……所用"，揭示了一个世界。世界的概念在海德格尔的作品中相对比较容易理解，它指此在的关联世界，农夫就生存于这个世界中。在这个世界中，此在筹划着在世，从而不仅此在存在，世界也通过这种筹划有了存在。艺术作品显示了这个世界。海德格尔用诗的语言描绘了农夫的世界。农夫向着这个世界敞开，在农夫的敞开中，农夫和世界都找到了自己的存在，存在的真理扩充到用具之何所用的世界之中。

再次，通过对农夫世界的揭示，艺术作品同时也制造和显现了农夫的大地。"这器具属于大地，它在农夫的世界里得到保存。"③对海德格尔来讲，大地是指一切自行闭锁者，大地的概念有三个方面：首先，大地是从此在方面进行的遮蔽。当此在向着世界开放之时，即当此在从一切虚无中区分出

① ［德］海德格尔：《艺术作品的本源》，孙周兴选编自《海德格尔选集》（上），上海三联书店 1996 年版，第 251 页。

② ［德］海德格尔：《艺术作品的本源》，孙周兴选编自《海德格尔选集》（上），上海三联书店 1996 年版，第 251 页。

③ ［德］海德格尔：《艺术作品的本源》，孙周兴选编自《海德格尔选集》（上），上海三联书店 1996 年版，第 254 页。

自我并追求存在时，他已进行着遮蔽，这是本体上对"无"进行的遮蔽；同时，此在作为一个"在此"的在，是一种有限性的在，他所能进行的去蔽不可能穷尽整个的存在整体，因而是对存在整体的某种遮蔽。从而，自我开放同时就是自我遮蔽。其次，大地是由此在的开放所导致的对世界的遮蔽。当世界在此在的开放中有了存在，世界就是一个进入了"有"的世界，这就是对世界的虚无本质的原始遮蔽，对于在世界中存在的物本身来讲，当物进入此在的筹划后和使用后，物就成了某种器具而失去了作为纯粹的物的物性，"只有它尚未被揭示、被解释之际，它才显示自身"①。"当我们砸碎石头而试图穿透它，石头的碎片却不会显示任何的内在的和被开启的东西。"② 在惯常的使用中，物消失于其有用性中，消失于器具的器具存在之中，从这个角度讲，大地是指物由于使用而丧失其作为纯然的物的物性。在此，海德格尔提出了一个新的问题，即认为在物的筹划和使用经验中，不可能得到真正的世界经验，只有对物的经验才是真正的世界经验，因此，在物被此在所使用、所筹划等行为中，纯然的物性不可能被揭示出来，此在就不能得到新的世界经验因而就不能进入"在"的扩充。这就是大地——物在使用中成了被使用的存在——概念的又一层意思。相反，在艺术作品中，由于物并不是使用或筹划中的器具，而是作为纯粹的物被揭示出来，"神庙作品由于建立了一个世界，它并没有使质料消失，倒是使质料出现"③，所以艺术作品揭示了那种纯粹物的真理并将物作为纯粹的物在作品中建立起来，相应地，此在的世界的经验也由于对纯粹物的直接描述有了一种"在"的扩充。这是大地概念的另一层意思。

　　而艺术作品在显现世界的同时，也揭示了这个世界的所依据的大地。农鞋所揭示的只能是农夫的世界，而农夫只能筹划他的世界，他不能超越他的视界去探究他的大地，而艺术作品却同时揭示了农夫所不自知的他的大

---

① [德] 海德格尔：《艺术作品的本源》，载孙周兴选编《海德格尔选集》上册，上海三联书店 1996 年版，第 267 页。
② [德] 海德格尔：《艺术作品的本源》，载孙周兴选编《海德格尔选集》上册，上海三联书店 1996 年版，第 267 页。
③ [德] 海德格尔：《艺术作品的本源》，载孙周兴选编《海德格尔选集》上册，上海三联书店 1996 年版，第 266 页。

地。所以，大地的本质在于"它那无所迫促的仪态和自行锁闭"①，这种自行锁闭只有通过一个世界，才能被此在所觉察和领会，"大地只有把自己嵌入一个世界之际，在它与世界的对抗，才将自己揭示出来"②。而在此在的惯常状态，此在迷失于使用、筹划等行为中，充其量只能意识到他的世界，不可能感受到大地，大地作为锁闭者就不具有存在，不能进入敞开着的此在领域。"作品让大地成为大地"③，作品通过建立一个世界从而也制造了一个大地，通过揭示一个世界也揭示了这个世界所从之出的隐匿的大地，艺术作品是澄明和遮蔽、世界和大地的原始争执。

艺术品所表达的是存在的真理。那么，这种真理在艺术品怎样得到揭示的？大地概念在海德格尔的思路中还有另一层意思，那就是"自行置入"。首先，"自行置入"是指一种状态。在德语中，sich setzen 的本义是"坐"，是指真理就稳坐于其中，它既不出来也不进去，更不会消失。这种存在者的真理不是某一人放置于其中，而是存在自动显现自己。"美是无蔽真理的一种现身方式。"④ 艺术的真理不是某一主体的作为，而是存在者的真理显示的那个状态，因而，作品只是一种被创作存在，艺术的真理不是某一主体所设想出来的真理，而是存在者真理的"自行置入"状态，因而艺术中的真理超越了任何主体的真理，它指向的是一切存在者的真理同时保存这种真理。所以任何作品，都只能是某一被创作存在，创作者不能说明这种真理，因为这真理已超越了创作者的存在，读者也不能穷尽其真理，只能领会作品中的某一部分真理。

艺术的本质是诗，它是此在的原初敞开，是对存在的第一声发问。对于世界来讲，此在的这种原初敞开是世界得以整体存在的光，艺术就是大地和世界的争执，在这个争执中，艺术成了一次冲撞，"一次根本改变习以为

---

① ［德］海德格尔：《艺术作品的本源》，载孙周兴选编《海德格尔选集》上册，上海三联书店 1996 年版，第 290 页。
② ［德］海德格尔：《艺术作品的本源》，载孙周兴选编《海德格尔选集》上册，上海三联书店 1996 年版，第 266 页。
③ ［德］海德格尔：《艺术作品的本源》，载孙周兴选编《海德格尔选集》上册，上海三联书店 1996 年版，第 267 页。
④ ［德］海德格尔：《艺术作品的本源》，载孙周兴选编《海德格尔选集》上册，上海三联书店 1996 年版，第 276 页。

常和平淡麻木的冲撞"①。凭着这种冲撞,世界整体进入了它的本真的存在之中,艺术本质上是真理的发生和保存,而真理又是存在的发生,是对世界的原始去蔽,这是诗的本性,所以艺术的本质在于它是此在对存在的原始发问和揭示。除艺术外,能进行这种揭示的方式还有思,但艺术是一种原初的揭示,在艺术的敞开领域之后,才有科学的计算等筹划。

二、《艺术作品的本源》的美学史意义

1. 美不是某种实体,而是某种关系。传统美学要么将美归结为某种客观规律,要么归结为主体的某种能力。《艺术作品的本源》指出:这种研究方式是将艺术看作为作品或作者,而不是艺术本身,因而是某种实体思维。相反,作为美学的研究方向,只有艺术——艺术品和作者都依靠的那个第三者——才是美学应该研究的东西。而传统美学之所以不能这么做,乃是因为它们的实体化思维方式使然。实际上,美学所研究的美的经验,是此在开放过程中的某种经验而非开放后的某种成果。传统认识论美学将美混同于对客观规律的掌握,其根本失误在于将美学做作品式研究,将此在在开放的基础上形成的认识意向作为唯一的目的,重视的是在艺术作品中所得到的某种实体成果。而传统主体论美学的失误在于将美混同于艺术家的心理状态,是将实体放置于主体身上,仍没有进入关系思维。和认识论美学不同的仅是实体的对象不同。美的经验不应囿于某种成果,应在此在和世界相互关系的基础上寻找,这是《艺术作品的本源》的首要启示,也是对传统美学观念的根本批判。

2. 美学经验和存在的整体有关,是本体的一部分。《艺术作品的本源》令人信服地指出:艺术是存在者真理的自行置入,是"在"的扩充,这就将美学的基础放置于人类的整体存在的基础上,从而使美学进入本体领域。自美学学科产生以来,美学一直作为一种附属的领域,鲍姆嘉通将美作为完善的感性认识,是低级的认识论,寻求的是感性认识对终极理性的把握,美是作为本体的认识定位的,是本体的工具或手段,充其量是通向本体的一个过

---

① [德] 伽达默尔:《〈艺术作品的本源〉导言》,载张志扬选编《美的现实性》,三联书店1991年版,第105页。

程。康德美学将美作为主体纯粹理性向实践理性过渡的桥梁，美成了主体的愉悦。但是，在康德的美学中，在其现象界层面，美仍在追求着普遍性；在其作为本体的物自体层面，美在追求着道德的完善，是道德的象征。总之，美是一种桥梁和中介，不是本体领域的东西。海德格尔的《艺术作品的本源》则将美归为存在，从而将美学经验作为本体领域自身，从这一方面来看，前此美学都暴露了其基础的狭窄性，必定使得某些美学经验难以在其美学体系内得以说明。

美作为本体领域的一部分，美的意义就成了一种无限的存在经验。这就将美从纯主体或纯客体的领域解放出来，使得任何艺术品的作者和读者都不能穷尽艺术品的意义，而只能实现作品中的某一意义。这就使得对美的理解有可能打破原来的精英和权威的控制，使意义走向现实生存的活生生的此在，每一个此在的意义生成都受到了尊重。

3. 正是由于美的经验和存在整体有关，从而美学经验中必然有着真理要求。由于美学和存在有关，是真理的发生和保存，美就是真，这就暴露了现代美学的局限性。现代美学在康德美学的基础上，致力于构建一个审美的王国，将美学作为对社会现实的批判，由于美学不追求和现实的符合从而不构成真理。这不但暴露了现代真理观念的狭窄，美学也在这种真理观念中丧失全面的人文关怀。在黑格尔的体系中，美是理念的感性显现，正是因为对理念的追求，使得美具有真理性，因为艺术经验据有理念从而美学经验中有某种真理。但是，黑格尔将理念本身定为先验，因而不能从根本上说明这种真理。

海德格尔在对美和真的论述中，美作为无蔽真理的现身方式，走向了美、真的完全同一，某种程度上有可能取消美学本身的独特性。这是其美学思想的弊端。同时，美作为存在本体的发生方式，成了原初的诗，美上升为本体的同时，艺术，特别是诗，成了某种宗教。这种美学思想极大地启示了其后的美学思想，伽达默尔正是在海德格尔存在论基础上，重提解释学的认识论美学，将美归结为对存在的直观的认识。"认识意味着我现在把某物作为我曾经见过的东西辨认出来。"① 美作为存在的扩充，正是那"我曾见过的

————————

① ［德］伽达默尔：《艺术和模仿》，载严平选编《伽达默尔集》，上海远东出版社 1997 年版，第 489 页。

东西"，从而美的经验在真理经验的基础上，重新达致了生活世界。

　　4. 海德格尔对艺术的论述，使得美学经验只有从艺术经验的基础上才能得到说明。众所周知，自黑格尔起，就有用艺术哲学取代美学的倾向。在康德的《判断力批判》中，康德认为自然美是自由美，因而是最高的美，其余的美学都是依存美，因而都要服从于对自然美的分析。艺术美的分析也是如此。在艺术美中，天才为艺术美立法，而天才立法的根据仍在于从自然中吸取灵感，因而在其整个体系中，其论述方式是由美学、自然美再到艺术美。对艺术美的分析要服从于美的一般分析。黑格尔推崇艺术哲学，并希望用艺术哲学取代美学，这种艺术哲学使得黑格尔的美学的理念中的某种真理成分。但黑格尔是从理念出发，首先将美定义为理念的感性显现，从这种角度论证艺术哲学，其最终指向仍是先验的理念，正是在此基础上，黑格尔提出了艺术的消逝性命题。其最终结果是艺术被宗教和哲学取代，从而在其最终取向上取消了艺术，艺术并不具有一种本体的地位。

　　相反，海德格尔从此在的运动性出发，从生存和存在的角度证明艺术乃是美学的一般基础。这种基础来源于此在本身的开放。在此在开放的过程中，此在首先以艺术的形式提出对存在的发问，只有这个原初的敞开之后，才有美的现实的经验，在康德美学中占据基础地位的自然美也要从艺术经验出发寻求依据。所以艺术是一种宗教，是此在的原初敞开，美学只有在这种敞开的基础上才有可能。这就从本体上证明了艺术的基础地位。对美的探讨由此从本体上走向了对艺术的探讨。

　　5. 在《艺术作品的本源》中，大地概念规定了艺术作品是真理的自行置入，从而将艺术概念从主体论美学中解放出来。伽达默尔认为："在'大地'的概念中，隐含着一种努力的企图，即撇开创作者和观赏者的主体性，独立地去领会艺术作品的本体论的结构。"① 正是由于这种努力，美学中才有了无穷的意义，才有其后对意义的探讨。由于海德格尔将艺术作品作为被创作存在，从而使其艺术中的真理一方面是对人人可兑现的，是不可穷尽的；但另一方面，因为没有人的参与，意义就成了实现有待于实现的意义，等待

---

① ［德］伽达默尔：《〈艺术作品的本源〉导言》，载张志扬选编《美的现实性》，三联书店1991年版，第104页。

着基于有限存在的此在的填充，这实际上为读者理论排除了障碍，为接受美学的出现做了准备。

　　总之，《艺术作品的本源》表现了海德格尔思想对美学的重大意义，也是对美学史的一种批判，表现了美学史的另一种解读方式。只有了解了这种意义，才有可能真正了解西方美学的发展历程和发展方向及其内在矛盾，构建中国美学的现实的发展方向。

（原载于《社会科学家》2004 年第 4 期）

马一浮诗学思想的哲学基础

高迎刚　马龙潜

在现代新儒家的早期代表人物中，马一浮无疑是国学根底最为深厚，而又最富于诗情、最长于诗艺的一位。熊十力先生曾说："马一浮的学问，能参百家之奥"，而"其特别之表现在诗"。① 程千帆先生则径称其为"我国为数极少之哲人而兼诗人"的诗哲型学者。② 可以说，马一浮不仅是我国近现代以来少有的造诣高深的哲学家，也是一位成就卓著的诗人。这种哲人而兼诗人的治学经历使马一浮能够深切地体会到诗歌艺术的某些独具特征，从而较为自觉地摆脱传统儒学对于诗歌艺术的某些偏见，提出了一系列关于诗歌本体和功用的真知灼见。

当然，作为一位醉心于儒学研究和传播的国学大师，马一浮的诗学思想并非孤立于其哲学研究之外，而恰恰是立足于其哲学思想之上，由其哲学思想生发而来的。"今人以感情归之文学，以理智属之哲学，以为知冷情热，歧而二之，适成冰炭。不知文章之事发乎情，止乎礼仪。忧乐相生，有以节之，故不过；发而皆中节，故不失为温柔敦厚。"③ 马一浮如是说。因而，他非常不赞同那种将哲学与文学歧而为二的做法，认为两者之间存在必然的共通之处。在马一浮看来，诗既是诗人识仁、体仁的一种最为简捷的途径，也是学者通过言说的方式传播自己思想的至为有效的方式之一。哲人而兼诗人的治学经历，不唯使其哲学思想富于诗的情怀，也使其诗学研究充满了哲理

---

① 丁敬涵：《马一浮诗话》，学林出版社 1999 年版，第 170 页。
② 程千帆：《读蠲戏斋诗杂记》，见毕养赛主编《中国当代理学大师马一浮》，上海人民出版社 1992 年版，第 70 页。
③ 丁敬涵：《马一浮诗话》，学林出版社 1999 年版，第 16 页。

的意趣，处处体现着他对义理之学的探究和体认。

"六艺之学"与诗学研究

早在入浙江大学讲学之前，马一浮已有撰写"六艺论"的打算，只是后来适逢日寇侵华，避乱途中"所缀辑先儒旧说，群经大义，俱已散失无存"①，因而没有写成。幸好他对经籍文本颇为熟悉，且其关于"六艺"之论也已基本成型，故而在江西泰和的讲学过程中仍能非常清晰地阐述他的学术思想。在后来辑成的《泰和会语》中，我们可以看到他关于"六艺之学"的较为完整的论述。"六艺者，即是诗、书、礼、乐、易、春秋也。"②故言"六艺之学"，诗学即在其中矣，我们从中也可以了解到马一浮以"六艺之学"为基础的诗学思想。

以"六艺之学"统摄天下诸学，是马一浮的一个创举。"一切学术之原，皆出于此，其余都是六艺之支流。"③在马一浮看来，"全部人类之心灵，其所表现者，不能离乎六艺也。全部人类之生活，其所演变者，不能外乎六艺也"④。正是基于这样的认识，他才坚持认为，"六艺，不唯统摄中土一切学术，亦可统摄现在西来一切学术"⑤。

然而，这样的看法却难免受到时人质疑。深受西学浸染者自然会以为马氏此说体现了"传统儒家的心态"，抱残守缺，故步自封，无视五四以来新文化运动的成就⑥；而同时代的儒家学者也颇不以为然，认为马氏此说过于笼统，大而无当，"先儒不曾如此，今若以此说法，殊欠谨严，将有流失，亟须自己检点"⑦。那么，作为一个对中西学术都有相当了解的现代学者，马一浮为何提出这样一种屡屡为人诟病的见解呢？

时人或以为马一浮精于传统之学，对西方学术则缺乏研究。实际上，

---

① 刘梦溪：《中国现代学术经典：马一浮卷》，河北教育出版社 1996 年版，第 11 页。
② 刘梦溪：《中国现代学术经典：马一浮卷》，河北教育出版社 1996 年版，第 11 页。
③ 刘梦溪：《中国现代学术经典：马一浮卷》，河北教育出版社 1996 年版，第 11 页。
④ 刘梦溪：《中国现代学术经典：马一浮卷》，河北教育出版社 1996 年版，第 20 页。
⑤ 刘梦溪：《中国现代学术经典：马一浮卷》，河北教育出版社 1996 年版，第 19 页。
⑥ 颜炳罡：《当代新儒学引论》，北京图书馆出版社 1998 年版，第 59—60 页。
⑦ 刘梦溪：《中国现代学术经典：马一浮卷》，河北教育出版社 1996 年版，第 22 页。

随着越来越多关于马氏早期求学经历的材料被发现和公开，我们已经能够大体知道他当年所曾留意之西学内容的广博深入。他曾这样概括自己的治学经历："余初治考据，继专攻西学，用力既久，然后知其弊，又转治佛典，最后始归于六经。"① 这样的治学经历，使马一浮能够较为全面而深刻地洞悉中西学术之优劣所在，因而能够在其学术研究中广采博取，形成自己独特的学术眼光。以"六艺之学"统摄天下诸学，就是他有意识地改造、发扬传统儒学的一种方式。

正如许多学者都已经注意到的，中国传统的学问缺乏逻辑体系，大部分流传下来的著作都因条理不清而无法很好地为后人继承。王国维先生就曾一再感叹："吾国古书大率繁散而无纪，残缺而不完，虽有真理，不易寻绎。"② 马一浮显然也注意到了这一点，感到学者"不是用力之久，自己实在下一番体验工夫，不能得其条贯"，作为教师，"若只据先儒旧说，搬出来诠释一回，恐学者领解力不能集中，意识散漫，无所抉择，难得有个人处，所以要提出一个统类来"。③ 因而，他才提出以"六艺之学该摄一切学术"的主张来。"今举六艺之道，即是拈出这个统类来。统是指一理之所该摄而言，类是就事物之种类而言。"④

马一浮强调，"大凡学术，有个根原。得其根原，才可以得其条理。得其条理，才可以得其统类。然后原始要终，举本该末，以一御万，观其会通，明其宗极，昭然不惑，秩然不乱，六通四辟，小大精粗，其运无乎不备"。而"六艺之本，即是吾人自心所具之义理"⑤。因而，在马一浮的学术研究格局中，尽管"六艺之学"各有其所侧重的内容，但却显然都是围绕一个中心展开的，指向一个共同的目的。马一浮径直指出："今治六艺之学，为求仁也。"⑥ 也就是说，六艺之学的研究本身都不是目的，而只是学者借以识"仁"、体"仁"，进而行"仁"、达"仁"的一个途径、一种手段而已。

在马一浮看来，"六艺之学"虽各有分齐，但却并非彼此隔绝，互不相

---

① 马一浮：《马一浮集》第3册，浙江古籍出版社、浙江教育出版社1996年版，第1191页。
② 王国维：《王国维文集》第3卷，中国文史出版社1997年版，第5页。
③ 刘梦溪：《中国现代学术经典：马一浮卷》，河北教育出版社1996年版，第22页。
④ 刘梦溪：《中国现代学术经典：马一浮卷》，河北教育出版社1996年版，第23页。
⑤ 刘梦溪：《中国现代学术经典：马一浮卷》，河北教育出版社1996年版，第49页。
⑥ 刘梦溪：《中国现代学术经典：马一浮卷》，河北教育出版社1996年版，第239页。

干的六样学问。他曾借佛家华严宗的"帝网珠"之喻来说明"六艺之学"各个分支之间的关系:"华严家有帝网珠之喻。谓交光相罗,重重无尽。一一珠中,遍含百千珠相。交参互入,不杂不坏。六艺之道,亦复如是。故言诗则摄礼。言礼则摄乐。乐亦诗摄,书亦礼摄,易与春秋亦互相摄。如此总别不二,方名为通。"① 很形象地说明了六艺相通的道理。

但既称六艺,除"总相"外,亦须各有"别相"。《庄子·天下篇》说:"诗以道志,书以道事,礼以道行,乐以道和,易以道阴阳,春秋以道名分。"② 马一浮认为,"自来说六艺大旨,莫简于此"③。然则何谓"志"也?"道志"与"求仁"之间又是怎样一种关系呢?马一浮说,"心之专直为志",并进一步解释为"如来者无所从来亦无所去正显道心。以此言志、志即仁也"④。故在马一浮看来,所谓"道志",即道"仁"也。诗歌只是以一种特殊的方式道出了人人自具的"仁心"而已。这种说法似乎与宋明以来传统儒家学者所强调的"文以载道"之说相去并不遥远。

事情当然没有这样简单。马一浮显然并不认为诗歌只是"载道"的工具,它还是诗人以特殊的方式"体仁"、"达仁"的一种途径,因而他所说的"诗教主仁"就远非"文以载道"说可以包涵。"诗以道志,志之所至者感也。自感为体,感人为用。"⑤ 马一浮显然注意到了"诗"不同于其他诸艺的感性特征。"感"作为诗歌独具的特征,不仅是诗歌不同于"六艺之学"其他分支的本质内容,也是诗歌感发人心、醇化风俗的主要方式,此亦孔子所谓"己欲立而立人,己欲达而达人"⑥ 之意也。说诗如此,方见出马一浮不同于传统儒家学者的独到眼光。

正是基于这样的认识,马一浮对《礼记·经解》"《诗》之失愚"之说也有着自己独特的理解:"所谓古之愚也直。六失之中,唯失于愚者不害为仁。故诗教之失最少。"⑦ 这里所说的"愚",侧重的是"迷而不觉"之意。马一

---

① 刘梦溪:《中国现代学术经典:马一浮卷》,河北教育出版社 1996 年版,第 266 页。
② 郭庆藩:《庄子集释》第 4 册,中华书局 1961 年版,第 1067 页。
③ 刘梦溪:《中国现代学术经典:马一浮卷》,河北教育出版社 1996 年版,第 11 页。
④ 刘梦溪:《中国现代学术经典:马一浮卷》,河北教育出版社 1996 年版,第 246 页。
⑤ 刘梦溪:《中国现代学术经典:马一浮卷》,河北教育出版社 1996 年版,第 692 页。
⑥ 杨伯峻:《论语译注》,中华书局 1958 年版,第 69 页。
⑦ 刘梦溪:《中国现代学术经典:马一浮卷》,河北教育出版社 1996 年版,第 16 页。

浮认为诗之"愚"即是"直",而"心之专直"即是"志"。也就是说,诗人本于自心所具之"仁心",上通义理而不自知,故发而为诗自然也就"不害为仁"。此说显然与宋儒程颐对"愚"的理解有别。程颐认为,"愚者,则不知制之,纵其情而至于邪僻,梏其性而亡之"。马一浮解之曰:"愚者,不觉也。迷惑之称。不知制约,而纵放其情,一向驰逐,所谓从欲也。"① 细心的读者或可发现,所谓"不觉"、"迷惑",与"不知制约"之间毕竟有所区别,前者可能做到"愚也直",后者却是无论如何也做不到的。马一浮对程颐这段话的解释显然做了一些保留,也为他对诗歌艺术的理解留出了一定的理论空间。

诗学思想之义理根源

在马一浮看来,六艺之中,"诗"与"仁"的关系是最为切近的。他一再说"欲识仁,须从学诗入","六艺之教,莫先于诗。于此感发兴起,乃可识仁"②。这些看法显然不同于宋明以来传统的儒家思想。程千帆先生曾说:"自宋以来,治心性之学者多不工文词,或者至诋为玩物丧志,故朱晦庵外,诗或存矣,然不足传也。先生(指马一浮)自幼能文,长而学道,独以为温柔敦厚之教,流连哀思之作,固与心性之学相通而不相悖。"③ 此说甚得马一浮说诗之意。事实上,现代新儒家的早期诸贤中,梁漱溟、熊十力等先生均不以诗见长,且多少都有些轻视诗歌艺术的倾向,马一浮对诗歌艺术的重视确乎是现代新儒家学者中的一个特例。他曾借用禅家"以狮搏兔"之喻来说明他对待诗歌艺术的态度。"有人问古德,狮子搏兔用全力,是个什么力?答:不欺之力。此虽说禅,亦可论诗。不欺便是诚,不诚则无物。狮子搏兔是用全身气力,故作诗须将整个学问运用在里面,所谓通身是手眼是也。"④这种对待作诗的态度在宋明以来的儒家学者中也是绝无仅有的。

① 刘梦溪:《中国现代学术经典:马一浮卷》,河北教育出版社1996年版,第58页。
② 刘梦溪:《中国现代学术经典:马一浮卷》,河北教育出版社1996年版,第239页。
③ 程千帆:《读蠲戏斋诗杂记》,见毕养赛主编《中国当代理学大师马一浮》,上海人民出版社1992年版,第69页。
④ 丁敬涵:《马一浮诗话》,学林出版社1999年版,第10页。

　　显然，马一浮对诗歌艺术的这种认识和态度与他对诗歌感性特征的理解有着直接的关系。诗歌所道之"志"是以"感"的面目出现的，而"感"并不只是作者个人的事，还要能够起到"感发人心"的作用。所谓"自感为体，感人为用"说的就是这个意思。因而，在马一浮看来，一方面，对诗歌作者而言，诗可以"感发情性，植养伦理"①；另一方面，对于广大读者来说，诗歌又能够"由一人之心以通天下之志"②，起到匡正人心、醇化风俗之功效。这是一种更为理性，也更为贴合诗歌本来面目的理解。

　　很明显，马一浮对于诗歌艺术之感性特征的认识，与来自西方的各种所谓"纯文学"或者"纯艺术"之类的眼光并不一致。他关于诗歌艺术之感性特征的认识依然源于他对儒家义理之学的深刻理解，主要是建立在"诗教主仁"这一基本观念之上的。

　　传统儒家诗学思想对于诗歌艺术特征的认识，多半围绕《诗大序》"诗者，志之所之也，在心为志，发言为诗"③之说展开。马一浮也曾说"诗以道志而主言"这样的话，但他同时以为，以"志"和"言"对举，尚不足以说明诗歌之艺术特征的独特性。如前所说，在他看来，"六艺之学"都是学者识"仁"、体"仁"、行"仁"、达"仁"的有效途径和手段，"诗"自然也不例外。而"志"即"仁"也，故"诗言志"即"诗教主仁"之意。因而，仅仅指出"诗言志"是远远不够的。因为我们可以认为六艺都以揭示"仁心"为目的，即都是"言志"的，故而单说"诗言志"也就无法揭示出诗歌艺术的独具特征。于是，马一浮独辟蹊径，在"志"和"言"之间加入了"感"这一层面，并以"史"和"玄"来分疏"感"的具体所指。如此一来，既突出了诗歌艺术的感性特征，也使学者通过诗歌识"仁"、体"仁"、行"仁"、达"仁"的具体方式得到了更为清晰准确的说明。

　　欲明诗歌在"感发情性，植养伦理"方面的具体作用方式，须先明了诗之"感"的具体内容，马一浮对此作了极为精微的阐释："言乎其感，有史有玄。得失之迹为史，感之所由兴也。情性之本为玄，感之所由正也。"④

---

① 丁敬涵：《马一浮诗话》，学林出版社 1999 年版，第 5 页。
② 刘梦溪：《中国现代学术经典：马一浮卷》，河北教育出版社 1996 年版，第 694 页。
③ 郭绍虞：《中国历代文论选》第 1 册，上海古籍出版社 1979 年版，第 63 页。
④ 刘梦溪：《中国现代学术经典：马一浮卷》，河北教育出版社 1996 年版，第 692 页。

史、玄对举，约当于我们今天所讲的客观和主观两个方面，同谓之"感"，表明两者是内在统一于主体的心理活动之中的，其间的共通性也就不言而喻。

马一浮进一步解释道："凡涉乎境者，皆谓之史。山川、草木、风土、气候之应，皆达于政事而不滞于迹，斯谓能史矣。造乎智者，皆谓之玄。死生、变化、惨舒、哀乐之形，皆融乎空有而不流于诞，斯谓能玄矣。"① 马一浮这里所讲的"史"，指的是诗歌中所涉及的客观事物，而又不止于此，还需由以"达于政事"方可，这也就有了"兴"的意味。须知，马一浮所说的"政事"，指的并非是现实的政治生活，而是一种理想的人类生活状态，也就是他所说的"人类合理的正常生活"的实现。在马一浮看来，所谓"合理的正常生活"，须是合乎天理，亦即人人本心所具之义理的社会生活。这种理想的社会形态显然具有极为浓厚的"乌托邦"色彩，在现实生活中并没有多少实现的可能。但现代新儒家的早期学者们却并不这样认为，20 世纪二三十年代梁漱溟先生还曾为此进行过一系列"乡村建设"的实践，当然没有也不可能取得多少令人满意的成果。对于梁漱溟先生的这些活动，马一浮似乎并不欣赏，认为"其主持乡村建设偏重功利，则未敢苟同"②。在他看来，"合理的正常生活"的实现，靠的既不是人类对自然界的征服和利用，也不是人群间的各种利益分配，更不是人们为争夺各种现实利益而进行的血腥战争，而是需要通过祛除各种后天习气，找回为之所淹没的人类本性，即合于义理之"仁心"来实现。因而他将其设在四川乐山的书院定名为"复性书院"，希望通过书院的教育，能够培养一批具有"君子"人格的学者，然后再通过他们去引导更多的人祛习复性。马一浮认为，祛习复性的途径主要有两条：一是学，即他所谓"渐次修习"；一是悟，即他所谓"当下便是"③。前者靠的是学问的积累，后者则需要有所"兴"。在马一浮看来，"令人感发兴起，必假言说，故一切言语之足以感人者，皆诗也"④。也就是说，六艺之中，"兴"的作用主要是通过诗来实现的。

---

① 刘梦溪：《中国现代学术经典：马一浮卷》，河北教育出版社 1996 年版，第 693 页。
② 马一浮：《马一浮集》第 3 册，浙江古籍出版社、浙江教育出版社 1996 年版，第 1134 页。
③ 刘梦溪：《中国现代学术经典：马一浮卷》，河北教育出版社 1996 年版，第 583 页。
④ 刘梦溪：《中国现代学术经典：马一浮卷》，河北教育出版社 1996 年版，第 145 页。

　　马一浮所说的"兴",既非汉儒郑玄根据道德教化的需要所作出的解释:"兴,见今之美,嫌于媚谀,取善事以喻劝之";亦非宋儒朱熹广为流传却无关诗意的理解:"兴者,先言他物以引起所咏之词也"①。而是有着更为精微的含义:"须是如迷忽觉,如梦忽醒,如仆者之起,如病者之苏。方是兴也,兴便有仁的意思,是天理发动处,其机不容已。"②如此说"兴",也许并不符合古人一贯的理解,但显然是一种更为契合儒家义理之学的解释。因而,马氏之所谓"史",并非只是山川、草木之类客观事物,而必然会包涵"仁"的含义。"造乎智者,皆谓之玄。"于是,马一浮所说的"史",也就同时具有了"玄"的意味。

　　马一浮所讲的"玄",当然也并非只是死生、变化、惨舒、哀乐等情绪本身,而是指所谓"情性之本"。那么,什么是"情性之本"呢?马一浮认为,"心统性情,性是理之存,情是气之发"③。可见,在马一浮看来,"玄"必是关乎"心"的。而"心之全德"即是"仁"④。故"玄"亦"仁"也。然而,怎样才能做到"仁"呢?

　　"仁者,心之全德。人心须是无一毫私系时,斯能感而遂通,无不得其正。即此便是天理之发现流行,无乎不在全体是仁。若一有私系,则所感者狭而失其正。触处滞碍,与天地万物皆成暌隔,而流为不仁矣。"⑤马一浮如是说。因而,在马一浮看来,所谓"玄",不唯是"死生、变化、惨舒、哀乐之形",还要"皆融乎空有而不流于诞",如此方能算得上"玄",这也就有了"正"的意味。所谓"融乎空有而不流于诞",亦即无私而公正之意也。故,此所谓"正",亦即要人胸怀天下,摆脱一己狭隘偏私之感触,然后方能与天地相通,自然醇正。于是,马一浮所谓"玄",也就同时具有了"史"的意味。

　　因而,我们看到,在马一浮的诗学思想中,"史"亦"玄"也,"玄"亦"史"也。二者共同构成了诗歌之"感"的具体内容,内在于主体的心理活

①　袁行霈:《中国文学史》第1卷,高等教育出版社1999年版,第85—86页。
②　刘梦溪:《中国现代学术经典:马一浮卷》,河北教育出版社1996年版,第145页。
③　刘梦溪:《中国现代学术经典:马一浮卷》,河北教育出版社1996年版,第17页。
④　刘梦溪:《中国现代学术经典:马一浮卷》,河北教育出版社1996年版,第239页。
⑤　刘梦溪:《中国现代学术经典:马一浮卷》,河北教育出版社1996年版,第239页。

动之中。"史"借"玄"彰显心志，"玄"借"史"沟通外物。如是，表现在诗歌里的"感"才能与诗人之"志"，即"仁"相合。也只有通过诗人表现在诗中之"真实无妄"的情感，诗歌才能起到"感发人心，醇化风俗"之功效。也只有这样，马一浮所谓"人类合理的正常生活"才有了实现的可能。

诗学思想之内在逻辑

马一浮认为："诗，第一要胸襟大，第二要魄力厚，第三要格律细，第四要神韵高，四者备，乃足名诗。"① 这很可以看出其论诗的层次和逻辑。如果借用儒家传统的"体用"之说，则可以认为前两者有关诗之"体"，后两者则涉及诗之"用"。

"诗教主仁"，这可以看作马一浮诗学研究的最高境界。"识仁"、"体仁"，既可以看作诗人作诗之动机，亦可以看作读者学诗之目的。因而，诗的文本，也就成为在诗人与读者之间交流"体仁"经验的媒介。然而，如前所说，"六艺之学"皆以"求仁"为最终目的，《书》、《礼》、《乐》、《易》、《春秋》等亦各有其文本，它们也是学者们借以交流"体仁"经验的媒介。因而，可以认为，"仁"是六艺之学共同的本源。仍以"体用"之说言之，可以认为"仁"是六艺之"体"，而六艺则是"仁"之所"用"。此即马一浮所说："六艺实统摄于一心，即是一心之全体大用也。"②

然而，以"仁"为"体"，只是六艺之学的一个"总相"。"六艺之学"作为6个不同的学术门类，仍可以各有其"体"，亦各有其"用"。是为六艺之"别相"，也就是每一学术门类不同于他者的个性特征。

"诗以道志，志之所至者感也。自感为体，感人为用。"③ 如前所说，在马一浮看来，"志"即"仁"也。故"诗以道志"，亦即是说，诗是用来阐明"仁"的内涵的，是"仁"之用。而"仁"在诗中的表现形态则是"感"。诗人体仁，是通过"感"，读者识仁，也要通过"感"。因而，在马一浮诗学中，作为六艺的一支，诗是以感性的艺术形态区别于其他分支的。因而，在

---

① 丁敬涵：《马一浮诗话》，学林出版社 1999 年版，第 2 页。
② 刘梦溪：《中国现代学术经典：马一浮卷》，河北教育出版社 1996 年版，第 18 页。
③ 刘梦溪：《中国现代学术经典：马一浮卷》，河北教育出版社 1996 年版，第 692 页。

这里，"感"也就成为诗之"别相"。它既是诗之"体"，亦是诗之"用"。当然，从最根本的意义上讲，诗的"体"和"用"同样是以"仁"，即诗人之"志"为本源的。

诗人之"感"，亦即诗人之"胸襟"与"魄力"；而读者要体味诗中之"感"，唯有通过诗歌之"格律"与"神韵"。故，依马一浮"自感为体，感人为用"之说，前两者是诗人"自感"，属"体"；后两者乃读者所感之对象，即所以"感人"者，属"用"。

在马一浮看来，诗人之"胸襟"与"魄力"对一首诗的好坏的影响是至关重要的。"作诗是游于艺的事，但必须先志于道、依于仁，然后可。诗人所见者大，则其所言者远；其所积者深，则其所发者厚。"① 说的就是这个意思。因而，马一浮认为："作诗须是所感者深，胸襟广大，则出语不落凡近。"② "诗不可苟作，旧日文士积习，言下无物，无所取义也。"③ 马一浮一再强调，作诗要以"道志"为要，而不能刻意雕琢词句，"有意要排，即非佳诗"④，否则，"诗虽工，而无当于性情之正，何益?"⑤

很明显，上述四者在马一浮诗学中的重要性并不完全一样。从"体"、"用"之间的关系看，必先有"体"之立，然后方有"用"之成。由"体"达"用"，由"用"显"体"，是非常顺理成章的逻辑。因而，在马一浮看来，诗人的"胸襟"和"魄力"显然要比诗歌的"格律"和"神韵"之类重要。

然而，这决不意味着马一浮不重视诗歌的格律形式。事实上，作为一位熟谙诗中三昧的诗哲型学者，马一浮深知安排妥当诗歌的格律形式对于诗歌创作和欣赏的重要意义。他曾用"礼"和"乐"的关系来比拟诗歌之思想内涵和格律形式之间的关系："凡事取一种方式行之者，其方式便是礼，做得恰好便是乐。如作诗，格律是礼，诗中理致便是乐。"⑥ 那么，"礼"和"乐"之间又是怎样一种关系呢? 马一浮认为："礼者，天地之序。乐者，

① 丁敬涵：《马一浮诗话》，学林出版社 1999 年版，第 1 页。
② 丁敬涵：《马一浮诗话》，学林出版社 1999 年版，第 53 页。
③ 丁敬涵：《马一浮诗话》，学林出版社 1999 年版，第 50 页。
④ 丁敬涵：《马一浮诗话》，学林出版社 1999 年版，第 4 页。
⑤ 丁敬涵：《马一浮诗话》，学林出版社 1999 年版，第 3 页。
⑥ 丁敬涵：《马一浮诗话》，学林出版社 1999 年版，第 5 页。

天地之和。"①"序"指天地万物运行的规则,"和"则是合"序"的结果。这即是说,在马一浮看来,诗歌的格律形式是保证诗歌可以确切"道志"的基础,所谓"诗以道志,大抵所感者真,其言亦真。然法不孤起,仗境方生"②,说的也就是这个道理。作为一位成就卓著的诗人,马一浮显然知道,仅仅能够"闻道",是不足以造就一个诗人的,正如他所说:"禅门偈颂说理非不深妙,然不可以为诗。"③他曾多次表示诗人应该像杜甫那样"新诗改罢自长吟",只有这样,才有可能成就一位伟大的诗人。

马一浮曾引严羽论诗之语说:"严沧浪以'香象渡河'、'羚羊挂角'二语说诗,深得唐人三昧。'香象渡河',步步踏实,所谓'彻法源底'也;'羚羊挂角',无迹可寻,所谓'于法自在'也。作诗到此境界,方是到家。故以'香象渡河'喻其实,谓其言之有物也;又以'羚羊挂角'喻其虚,谓其活泼无碍也。"④所谓"香象渡河",即是佛家所谓"高高山顶立,深深海底行"之意,诗人体仁,亦须到此境界方为"彻法源底";而所谓"羚羊挂角",即是佛家所谓"境智一如"之意,诗人作诗,亦必须到此境界方为"于法自在"。

由此可见,马一浮对诗歌之思想水准和艺术魅力两方面都有着很高的要求。当然,作为一位造诣高深的现代新儒家学者,他对诗歌之思想境界的要求远远超过对诗歌之格律形式的关注。他平素作诗也极为谨严,也因此颇为自负,每每自诩"格局谨严,辞旨温厚,虽不能感时人,后世必有兴起者"⑤。作为一位重视笃行实践的诗哲型学者,马一浮终生为诗不辍,始终以积极的诗歌创作实践着自己的诗学思想。

（原载于《深圳大学学报》（人文社会科学版）2004 年第 21 卷第 6 期）

---

① 刘梦溪:《中国现代学术经典:马一浮卷》,河北教育出版社 1996 年版,第 151 页。
② 丁敬涵:《马一浮诗话》,学林出版社 1999 年版,第 62 页。
③ 丁敬涵:《马一浮诗话》,学林出版社 1999 年版,第 14 页。
④ 丁敬涵:《马一浮诗话》,学林出版社 1999 年版,第 54 页。
⑤ 丁敬涵:《马一浮诗话》,学林出版社 1999 年版,第 68 页。

倾听"响彻空谷的声音"

——阿尔都塞的认识论方法论及其文艺学意义

张志庆

一

法国哲学家阿尔都塞（Louis Althusser，1918—1990），自 20 世纪 60 后代以来至今，在西方哲学、美学、文学批评等各界具有广泛而巨大影响。在中国，由于马克思主义、西方马克思主义哲学与文艺批评一直是人们极为热心的课题，因此 20 世纪 80 年代以来，阿尔都塞日益受到学界的关注。

阿尔都塞的认识论方法论建立在对马克思的著作重新解读的基础上。阿尔都塞从"保卫马克思"的现实需要出发，在对马克思著作的解读中，表达了自己的哲学思想，而其思想具有显明的"方法前置"、"方法就是一切"的特点。

阿尔都塞反对苏联模式的社会主义，认为这是马克思主义的教条主义，是把马克思主义的阶级论泛化。在《保卫马克思·序言》中，阿尔都塞说："我们的哲学家不勘察任何哲学，并把一切哲学都当作政治；对于艺术、文学、哲学或科学，总之对于整个世界，我们统统用无情的阶级划分这把刀来个一刀切。用一句挖苦的话来概括，那时只是漫无边际地挥舞'要么是资产阶级科学，要么是无产阶级科学'这面大旗。……我们开始看到，使用阶级标准绝不是毫无边际的。马克思的著作本身就是科学，而过去，人们却要我们把科学当作一般的意识形态。因此，我们必须退却，而在这样的混乱状态下，必须从复习基本知识开始。"

阿尔都塞同时反对把马克思主义人本化。1932 年马克思的《1844 年经济学哲学手稿》的发现，斯大林苏联模式的教条主义、极权主义，造成西方马克思主义研究中把马克思主义人本化的倾向，这是"西马"的一个突出标志。卢卡契、柯尔施、葛兰西、弗罗姆、萨特在批判"苏联模式"的同时，关注青年马克思，关注青年马克思主义中"生机勃勃的人道主义"。弗罗姆在其《马克思关于人的概念》中提出"人学马克思"的理论。他们顺应叔本华、尼采、弗洛伊德以来强大的"主体哲学"（生命哲学）的思想潮流，试图在把马克思主义人本化中拯救马克思主义。在阿尔都塞看来，这恰恰加深了马克思主义的危机，因这使马克思主义离"科学"更远。阿尔都塞说：这场"辩论的起因是青年马克思。辩论的结果关系到马克思主义的生死存亡。辩论的题目则是青年马克思是否已经是马克思的全部"①。在阿尔都塞看来，马克思主义是不断发展的，青年马克思不是全部马克思，不是成熟的马克思主义（科学的也就是唯物主义的马克思主义），而是意识形态的（人道主义的）马克思主义。把马克思主义人本化，只能使马克思主义哲学的地位更加岌岌可危。

阿尔都塞之所以这样说，是因为他认为一切传统的人道主义，资主阶级的无产阶级的，都是前理论的、道德的思想。在人道主义中，与其说人取代了神，不如说人性（人的本质）取代了神性。阿尔都塞把这种人道主义称之为理论上的人道主义。如果把马克思主义人本化，也就是用一种道德的意识形态的人道主义批判另一种道德的意识形态的人道主义，这显然是徒劳的。阿尔都塞指出，必须批判这种传统人道主义本身而建立新的理论（有人称之为结构主义人道主义）。新的理论强调不能把社会关系只看作是斗争、统治、奴役等等人与人之间的关系，而要看到人所占有的地位和所承担的功能是关系的结构决定的，"真正的'主体'（即构成过程的主体）并不是这些地位的占有者和功能的执行者。同一切表面现象相反，真正的主体不是天真的人本学的'既定存在'的'事实'，不是'具体的个体'，'现实的人'，而是这些地位和功能的规定和分配"②。

阿尔都塞看来，所谓保卫马克思，就是回到原来的马克思，而这要从认真阅读马克思的著作开始。他是否真的回到了原来的马克思值得怀疑，但

---

① ［法］阿尔都塞：《保卫马克思》，顾良译，商务印书馆 1984 年版，第 32 页。
② ［法］阿尔都塞：《读〈资本论〉》，李其庆译，中央编译出版社 2008 年版，第 20 页。

他在解读马克思中论述的思想及其方法论是有启发和指导意义的。

马克思主义经历了从意识形态马克思主义到科学马克思主义的发展；为了说明这种发展，阿尔都塞提出"认识论断裂"的理论；而为说明"断裂"的实质，又提出"问题结构"概念；要通过"问题结构"把握"断裂"，传统的阅读方法不行，只有通过"症候式阅读"。意识形态、问题结构、认识论断裂、症候式阅读构成阿尔都塞认识论方法论的四个基本要件。

1. 意识形态

在法国思想家、意识形态学说创始人特拉西（Destutt de Tracy，1754—1836）和德国哲学家黑格尔那里，意识形态具有哲学意义。后来，这一概念的社会、政治含义更为突出。费尔巴哈、马克思、卢卡契、葛兰西、马尔库塞、阿多尔诺、哈贝马斯对此概念的运用都是如此。

马克思从否定的意义上使用此概念。马克思认为意识形态是为统治阶级辩护的，因而是虚伪的。在 1845—1846 年的《德意志意识形态》中，马克思指出意识形态"社会一般"的形式体现占统治地位的阶级意志。卡尔·曼海姆在其发表于 1929 年的《意识形态与乌托邦》（商务印书馆 1999 年版）中赞同马克思关于意识形态的本质是社会集团利益的体现的论述，同时认为这种体现是"非故意的"，即意识形态不是"有意识的谎言或欺骗"。用阿尔都塞的话说，即"资产阶级在说服别人相信他们的神话之前，自己一定先相信了这种神话，因为他们看到，他们的意识形态就是对真实生活条件的想象的依附关系……"①

早期"西马"如卢卡奇、葛兰西则不完全从否定意义上使用此概念。他们在批判资产阶级意识形态的虚伪性的同时，从肯定的角度看待无产阶级的意识形态。卢卡奇认为，无产阶级革命的过程就是意识形态活动（生成、成熟），就是意识形态斗争。他说："对无产阶级来说，'意识形态'既不是随从于斗争的旗帜，也不是对它自己目的一个掩饰物，它本身就是无产阶级的目的和武器。"② 葛兰西指出，在西方，资产阶级的统治主要不是依赖政治

---

① ［法］阿尔都塞：《保卫马克思》，顾良译，商务印书馆 1984 年版，第 204 页。

② ［匈］卢卡奇：《历史和阶级意识》，张西平译，重庆出版社 1992 年版，第 283 页。

社会及其机器（军队、警察等），而是依靠他们占有的且由于大众媒介等参与而造成的被统治者自愿认同的意识形态领导权（文化霸权）。在俄罗斯那样的东方国家可采用暴力手段直接夺取政权，而在西方资本主义国家，只能逐步夺取市民社会的也即意识形态的领导权，然后条件成熟时夺取国家领导权。二战后逐步兴起的"西马"的法兰克福学派（如阿尔多诺、马尔库塞、哈贝马斯等）则更多从否定意义上使用此概念。他们强调意识形态本质上的虚伪性、欺骗性，认为它通过物质消费（享乐主义）、大众文化，通过科学技术意识形态化以美化现实，达到为现实辩护的目的。

美国学者丹尼尔·贝尔 1960 年就发表了《意识形态的终结》（*The End of Ideology*），指出传统的由知识分子倡导的人道主义的具有普世性的意识形态已经衰落；资本主义社会与社会主义社会之间的意识形态争论已没有意义，"冷战"应首先在意识形态领域结束。在他看来，"意识形态"这一术语应被淘汰，它即使存在，也是一个不可救药的贬义词。然而，无论贝尔还是后来的亨廷顿、弗朗西斯·福山，都没有终结意识形态，因为在现实生活、政治、哲学中，意识形态没有终结。在这里，阿尔都塞与众不同的意识形态论，颇能说明问题。

阿尔都塞既不是从肯定意义上，也不是从否定意义上看待意识形态。在阿尔都塞看来，对人及其社会而言，意识形态必不可少，无所不在。阿尔都塞认为，"意识形态并不是胡言乱语，也不是历史的寄生赘瘤，它是社会的历史生活的一种基本结构"[①]。人生活在世界上就是生活在意识形态中，只不过意识形态把现实的世界关系转换成想象关系（人不是直接而是通过回忆、期待、希望、意志与世界发生联系），意识形态是人类生存必不可少的条件，因此不存在也永远不会出现没有意识形态的社会。意识形态具有两方面的社会效能：一则，将个人构成主体（主体建构）；二则，作为国家的统治机器。

人并非一开始就是"主体"，而是具体地"在那里生存的个物"，没有关于自己"同一性"的自觉。意识形态召唤个物，把他构成主体，从而使他（在意识形态中）作为自己而知道自己，确定自己。这就是说，意识形态

---

① ［法］阿尔都塞：《保卫马克思》，顾良译，商务印书馆 1984 年版，第 202 页。

使个体成为社会的人，成为共同体的成员。正是在此意义上，没有意识形态就没有社会，意识形态无所不在，是永恒的。意识形态使个体成为意识形态主体，同时，成为特定意识形态的言说的主体。每个人都是在特定的意识形态空间里，在说教中生存——成为主体并言说。因此必须区分作为结构的意识形态（无意识的结构或曰大写的主体）与作为意识形态的主体所言说的意识形态。而要从言说的或曰理论家的意识形态发现结构的或无意识的意识形态，只能通过症候式阅读。

2. 问题结构与认识论断裂

问题结构，英文为 Problematic（疑问），法文为 Problematic，德文为 Problematik（提问），译为"总问题"、"疑团"、"问题设定"、"问题提法"、"问题式"、"问题框架"、"理论框架"等。阿尔都塞在《保卫马克思》中提出这一概念是为了说明新的认识、新的理论究竟从何而来。传统观点认为，认识来源于感觉、经验（英国经验派）或来源于理性（大陆唯理论）。看似对立的两派，实则基于同一的思维结构（主客二分的认识论）。阿尔都塞认为，认识不是反映而是生产，重要的不是特定的结论，而是达到结论的途径，产生结论的特殊方式。"问题结构"有两个含义：其一，无主体发问。提出问题，而且是在一定的话语结构中，思维模式中提出问题。哲学家一般并不直接思考问题结构本身，而是在问题结构中进行思考。因此，问题结构是隐的。"任何思想都有其内部不被自觉的思维模式，这种模式不仅在思想深处（即不知不觉间）决定思想家的思考方向，而且甚至彻底地规定了其用语乃至概念意义的方向。这样的思维模式就叫作'问题结构'。"① 其二，新结论、新理论的生产，是从一个问题结构跳跃入另一个问题结构。这就是"认识论断裂"。

认识论断裂，指从一个问题结构向另一个问题结构的结构性过渡。这里有三层含义：第一，它指的不是知识系统用语和概念层面上的变化、创新，而是问题结构（思维模式）的"革命"。只有这样，才能产生新的理论，

---

① ［日］今村仁司：《阿尔都塞：认识论的断裂》，牛建科译，河北教育出版社 1999 年版，第 123 页。

新的科学认识或从非科学到科学。阿尔都塞认为，青年马克思的意识形态马克思主义向历史唯物主义马克思主义的过渡，就是从一种问题结构向另一种问题结构的过渡。第二，这种过渡，是一种问题结构"抛弃"另一种问题结构，即"非连续性"。阿尔都塞说："我们现在开始把这种历史理解为具有彻底的非连续性（例如当一门新的科学在先前的意识形态基础上脱颖而出的时候）和深刻的变化的历史。这些彻底的非连续性和深刻的变化，虽然承认各认识领域的存在的连续性（并非总是如此），但是在这些认识领域断裂（rupture）的时候却开创出新逻辑的统治，这种新逻辑远不是旧逻辑的简单发展、'真理'或'颠倒'，而是真正取代了旧逻辑的位置。"① 第三，"断裂"并非一蹴而就，需要一个过程，一个从成长到成熟的过程。阿尔都塞因此把马克思主义的发展分为 4 个时期：青年期（1840—1844）；断裂期（1845）；成长期（1845—1857）；成熟期（1857—1883）。

3. 症候式阅读

问题结构是隐在的，要把它读出来，把握问题结构的断裂，必须要用"症候式阅读"的方法。

Symptomatic，直译为症候，在阿尔都塞《读〈资本论〉》中，用此术语讨论一种阅读方法，故译为症候式阅读。

阿尔都塞认为，有两种阅读方法，一种是外在的、单纯字面上的阅读，这种阅读方法只能看到文本的连续性；另一种方法是内在的也即症候式阅读。

文本，除了具有显在的、可见的意思外，另有潜在的、不可见的意思，而可见与不可见之间，常常是矛盾的。已说出的言说背后，连续性的文字下面常常具有两种或多种不同的思维方式以及与之相应的概念、语言，这就构成了意义之争。这种矛盾，在文本（言说）中就会留下痕迹，即症候，表现为真空、空白、白点。症候式阅读就是要从已说出的文字中辨别出沉默的文字，从显在话语读出隐性话语，从表面的充实发现内在的空白。这样，文本的连续性被解体，于是能够发现相互对立的问题结构，赋予隐在的言说、问

---

① ［法］阿尔都塞：《保卫马克思》，顾良译，商务印书馆 1984 年版，第 41 页。

题结构以生命。正像在拉康那里，没有直接显现的东西比看得见的更重要，因而深层的症候分析非常重要一样，在阿尔都塞这里，症候式阅读非常重要，是解读马克思的正确途径。不用症候式阅读，就不能读出马克思认识论的断裂，就无法认识到马克思主义的发展和成熟。"倾听空谷的声音"，发现真空，揭示空白，这是阿尔都塞认识论方法论的基点。他的意识形态学说、认识论断裂、问题结构、多元决定论等等，都建立在这个基点上。因为有了这个基点，才会有新发现，因而也才会有"认识论断裂"、"问题结构"等。

二

阿尔都塞没有美学、文艺学专著，也未做过这方面的专门研究，他对文艺的看法与他的认识论方法论相联系。

阿尔都塞认为：一个社会或一个时代的意识形态无非是该社会或该时代的自我意识，只要人们满足于在这种自我意识中寻找美学的题材，那么这种美学本质上就是"意识形态美学"。阿尔都塞同时指出，真正的艺术不是意识形态但与之密不可分。一方面，意识形态浸透一切人类活动，而艺术使我们"看到"、"觉察到"、"感觉到"它从中诞生出来、沉浸在其中、作为艺术与之分离开来并且暗指着的那种意识形态。科学提供认识，艺术提供体验、感受。另一方面，艺术产生意识形态效果。意大利抽象画家克勒莫尼尼画的不是物体、场所、时间，而是"把物体、场所和时间都包括在内的关系"，因而"人"无所不在，只是以不在场的方式存在，换句话说，"他所'画'的从来只是这些在场中的不在场"。瞬息即逝的植物，瘦骨嶙峋不动便会散架的羊，在这些画中徘徊的是人，人的观念。①

阿尔都塞的文艺观提醒人们：首先，艺术不等同于意识形态，它是对意识形态幻象关系的感受和体验。其次，艺术与意识形态密不可分，因而艺术提供的不是知识、真理，艺术不等同于认识，不等同于现实。艺术没有认识意义上的"原生态"。

---

① 朱立元、李钧：《二十世纪西方文论选》（上卷），高等教育出版社 2002 年版，第 666—671 页。

　　阿尔都塞的文艺观对马克思主义文艺观及文艺批评产生了较大影响，对批驳机械的艺术反映现实论、艺术是意识形态、是批判的武器等观点提供了理论支持，有利于克服以往马克思主义文艺批评中的教条化、狭隘性。特里·伊格尔顿在其发表于 1976 年的《马克思主义与文学批评》（人民文学出版社 1980 年版）中，专门介绍了阿尔都塞的文艺观。中国学界也有不少文章在谈到文艺与意识形态关系等问题时，引用阿尔都塞的观点，但值得注意的是，常常有所歪曲或不正确或不全面。① 将阿尔都塞的文艺观与他的认识论方法论联系起来加以全面、系统的探究，是较为确切地理解阿尔都塞的关键。

　　前面曾谈到，"症候式阅读"（symptomatic reading）是阿尔都塞认识论方法论的基点。症候式阅读既有理论意义，也有一定的操作性。面对一个文本，包括文学文本，依据症候式阅读，我们可以思考并发现：是否存在与表面的言说不同甚至矛盾的另一种言说；造成这种不同或矛盾的原因是什么；对作者而言，这一切是有意的还是不自觉的。我们还能够看到，一些表面看来用词新奇、思想反叛的文本，其思维结构也许依然是传统的、陈旧的。当反叛是"结构性"的，或许潜伏着新的认识，新的理论。就文艺批评而言，我们所以谴责一些用词怪异、情节混乱的文学作品，一个重要的理由在于，支撑其新奇的"结构"、思维方式是陈旧的；换句话说，其思维结构是陈旧的，其新奇、反叛只能是"伪"的，表面的，而这种表面的新奇除了增加阅读的困难之外，毫无意义。相反，有的作品表面看来用词是平淡的，叙述模式是传统的，观念是主流的，但是有着由于时代的、政治的等等原因不得不压抑着、作者却有意或无意间经由"症候"（空白、裂痕）暗示出、传达出的非主流的话语，真正的反叛。

　　症候式阅读应用于对文学文本的解读，可以使我们对文学作品、对作者的思想及其在作品中的传达有全新的理解和发现。到目前为止，在中国文艺界，明确标明使用症候式阅读，发表了大量文章并在学界产生较大影响的是清华大学教授蓝棣之先生。从 1998 年出版的论文集《现代文学经典：症

---

① 如俞吾金先生的论文《美学研究新论》（《学术月刊》2000 年第 1 期），反对美学意识形态化，认为马克思和阿尔都塞都是从否定意义上论述意识形态及其与艺术的关系。

候式分析》，到 2001 年在《清华大学学报》、2003 年在《山东师范大学学报》发表的文章，蓝先生都运用了"症候式分析"（symptomatic reading）。从蓝先生用语不多的对症候式分析的界定及蓝先生诸文章的具体操作中，我们看到，蓝先生的症候式分析实质上是弗洛伊德意义上的"病征分析"。他在《现代文学经典：症候式分析》一书后记中说，只有经典作品才经得起、才值得症候式分析，因一切无病呻吟之作都没有症候，而一切优秀之作，作家动了真情的作品，都是有病呻吟。他更多的是从弗洛伊德意义上关注作者与作品的关系，如《围城》的婚姻主题与钱钟书的婚姻状况；曹禺在繁漪身上寄托了自己的梦想与渴望；关注作品中可能存在的作者或人物的潜意识。与阿尔都塞的症候式阅读有点接近的，是他对柔石《为奴隶的母亲》的解读，但这种"接近"也许不是蓝先生的自觉自为，而是由于他受弗洛伊德和结构主义及解构主义一些理论观点的影响，在仔细阅读小说的基础上形成的。他认为此小说有一个显在结构，也是作者有意为之的主题：揭露阶级压迫与性别压迫；还有一个被显在结构压抑着的潜在结构：特殊的爱情故事——母亲在地主秀才家才感到男人的温存与生活的安适，甚至生了儿子秋宝后也不愿离去（其实，这算不上是一个爱情故事）。重要的是他指出潜在结构并没有加深显在结构的意义，而是颠覆和瓦解了它。这有点阿尔都塞的味道了。但是，蓝先生却接着说："这大概就是西方文论中所说的'解构'吧！"[①]

值得一提的是，赵毅衡先生在其《当说者被说的时候——比较叙述学导论》（中国人民大学出版社 1998 年版）一书的第八章"叙事形式的意义"第六节"症候式阅读"中，专门谈症候式阅读并指出此为阿尔都塞首创。他在此节中用症候式阅读法分析了《卖油郎独占花魁》、《三国演义》、《红楼梦》、郁达夫的《春风沉醉的晚上》以及勃朗特的《简·爱》等作品。赵先生认为，叙事作品的内容与形式之间充满了裂缝和盲区（症候），而牵强的巧合、叙述中的疏忽、暗示、隐言等则指示着这些盲区。症候式阅读就是要读出这些盲区。如《简·爱》中，道德约束与叙述展开无法相容，只得造个巧合：疯妻烧死。叙述服从道德规范，此为叙述的盲区。值得注意的是，赵先生引用罗兰·巴特对爱伦·坡侦探短篇小说《被偷的信》的分析及提出的

[①] 蓝棣之：《现代文学经典：症候式分析》，清华大学出版社 1998 年版，第 147 页。

结论"读（或听）一个叙述，不是从一个词到下一个词的运动，而是从一个水平到另一个水平的运动"论证了真正的批评建立在异水平阅读的基础之上。只有异水平阅读才能跳出叙述世界表面的完整合一，看出症候，看出多元因素多个层次决定的作品后面的意义。不在一个水平上阅读，类似阿尔都塞的一个问题结构向另一个问题结构的断裂。

尽管人们可以对"症候式阅读"有不同的理解、不同的运用，但阿尔都塞的"症候式阅读"的确更有启示意义。他使我们认识到：

1. 发现隐性的、边际的话语，发现这种话语与显在的、主流的话语的矛盾以及前者对后者的颠覆，可以丰富包括文学在内的文本阅读和批评，而且，对于解读过去的文本、政治性时代性较强的文本（如中国"文革"或70—80 年代的文本）非常实用。

2. 关注认识论的断裂，关注文本是否存在超越原有问题结构（思维模式）的新的问题结构，有助于发现新问题、新观点、新方法。

（原载于《山东大学学报》2005 年第 1 期）

五四文学革命的修辞论层面及其发展轨迹

张红军

一

中国现代史上以白话文与白话诗运动为核心的五四文学革命，其展开的标志事件是《新青年》上发表胡适《文学改良刍议》一文。现在回过头看，在这篇作者自己后来也标榜其为"新文学运动的第一次宣言书"① 的文章中，我们发现胡适所列的文学改良，须从入手的"八事"，除第一条（须言之有物）与第四条（不作无病之呻吟）外，其余谈的都是文学的修辞问题。此文之外，在一年多的时间里，胡适还先后在《新青年》上发表了一系列文章，全方位地阐发了自己的文学改革主张。总起来看，胡适在这些文章中的论题一个方面涉及用白话代替文言的"语言革命"，另一方面涉及以西方现代文学为样板改造中国旧文学的"文体革命"。胡适自己还表达过这样的观点："文学革命的运动，不论古今中外，大概都是从'文的形式'一方面下手的，大概都是先要求语言文字文体等方面的大解放"，"若想有一种新内容和新精神，不能不先打破那些束缚精神的枷锁镣铐"②。

一场轰轰烈烈的文学革命，就这样以"修辞革命"的形式展开了。其涉及范围之广，影响之大，意义之深远，使我们在试图以各种方式理解 20 世纪中国的历史时，常常不得不回到这一起点。

对于五四文学的修辞论层面，后来书写这段历史的人要么采取漠视的

---

① 胡适：《谈新诗——八年来一件大事》，《星期评论》1919 年 10 月 10 日。
② 胡适：《谈新诗——八年来一件大事》，《星期评论》1919 年 10 月 10 日。

态度，一味强调五四文学内容上的反传统性与革命性，把其对文学形式方面的关注一笔勾销；要么虽然看到了五四文学革命的修辞论层面，但把它作为与五四精神对立的、颓废的倾向加以批判。即使肯定它的时候，也是立足于社会政治的层面，强调五四文学形式方面的革命在由文学革命过渡到社会革命过程中的中介性地位。

正如有人指出的那样，"五四运动之成为现代中国引人注目的重大事件，除了其本身所具有的震撼力外，还与现代中国激进主义所建构的强势意识形态密切相关"。在这种意识形态的观照下，"诸如革命、爱国主义、俄国十月革命的影响等，被不成比例地扩大；而另外一些与自由主义相关的思想，如个性主义、思想自由等，则被淡化，甚至忽视了"。①

对五四文学的修辞论层面的忽视、淡化或者曲解，也与上述意识形态相关。

白话文运动的倡导者们的确大多怀有文学之外的目的。就胡适而言，他之所以执着于文学语言方面的形式革命，其中一个很重要的原因是因为他清醒地意识到，一场语言形式的革命不仅是中国社会向现代形态转化的突破口，而且也是其重要前提。但是，说以文学革命引发社会革命是胡适的全部目的，他仅仅把文学革命当成一种手段，是不是符合事实呢？

这个问题实际上可以转换为：现代文学中表现出的对文学形式的关注，以及"为艺术而艺术"这样的唯美主义思想，是内在于五四传统之中呢，还是作为五四精神的反面而存在的？

胡适发表《文学改良刍议》这篇文章时还在美国，在追寻胡适文学革命的动机与理论渊源时，后来的人们注意到以下的事实：胡适文学改良的"八不"主张，受到当时美国意象派诗歌理论的影响。关于这一点，梁实秋早在1925年留美期间就指出过。② 后来的研究者则发现，胡适留学日记中全文剪贴过意象派运动的宣言。

对于胡适与美国意象派诗歌的联系，后来的学者还进行了另外的考证。

---

① 欧阳哲生：《胡适对五四运动的历史诠释》，《中国文化研究》1997年第4期。
② 在写于1926年的《论现代中国文学之浪漫的趋势》中，梁实秋追溯了中国新文学受外国文学影响和驱动的线索，指出"影像主义者的宣言，列有六条戒条，主要的如不用典、不用陈腐的套语，几乎条条都与我们中国倡导白话文的主旨吻合"。

如有人指出，1928 年胡适写的《谈新诗——八年来的一件大事》一文把作新诗的方法总结为"影像"的呈现，这里的"影像"即译自意象派的核心概念"image"一词。胡适之所以选用"影像"一词来译"image"，正是为了强调它作为一个外来的概念与中国古典诗论中的"意象"一词的区别。而且，胡适提倡诗歌要用具体的方法来表现，反对用抽象方法写诗歌，也与庞德的反抽象化言论有关。①

意象派在美国是一个十分关注文学的语言层面，唯美主义倾向很严重的诗歌流派。如果胡适的新诗理论受到了这一流派的直接启发，那么说明在胡适的文学观念里，的确存在"为文学"的一面。后来的学者在面对这一事实时，大多断言胡适对意象派理论的借用只是断章取义，他未必是从诗的本体的审美建构方面考虑的，这种结论还是基于胡适的文学革命完全出于文学之外的目的这一前提反推出来的。

在关注胡适文学革命的理论根源时，有学者还提出了这样一个事实：在五四之前，留美的中国青年学生中正在流行一种文学潮流，"这股文学新潮接受了历史的经验教训，不再强调以文学的力量推动政治的革新，而把重点放在文学自身的改革与建设上"。正在美国的胡适直接受到这股文学潮流的影响，并成为其中最具代表性的人物。②

如果是这样的话，情况很可能是：胡适在初涉文学革命这一论题时，主要目的倒是偏于文学自身的。社会革命层面的追求，恐怕是后来随着白话文学运动的发展才逐渐明确起来，因为胡适自己当初也不曾料到白话文学革命在中国能翻卷起如此巨大的波澜。

五四新文化运动是一个十分复杂的存在，许多相互矛盾的因素应当能够共同存在于这一母体之中。文学自身的独立性问题，与通过文学革命促动社会变革的努力，以及以文学作为工具改造社会的观点，应当都是五四新文学运动的题中之意。对于前一点，我们不仅从当时人们对文学形式问题讨论时抱持的极大热情表现出的极大耐心中可以感觉得到（后来完全把文学作为工具的"为人生"派文学家、左翼文学家在这些方面就没有任何的耐心与热

① 殷国明：《中西文艺理论交流史论》，华东师范大学出版社 1999 年版，第 146—154 页。
② 魏绍馨：《历史的重估——胡适与五四新文学运动》，《中州学刊》1999 年第 1 期。

情），而且从当时许多人对"文以载道"这一命题的反感与激烈批判中也可以看出来。因此，后来以梁实秋等人为代表的"新古典主义"的文学主张、梁宗岱等人为代表的象征主义的文学主张，以及闻一多等人的建立新诗格律的主张，从他们共同表现出的对白话文学形式上粗陋的不满以及试图在艺术上完善新文学的倾向看，应当被视为五四文学精神的一个内在层面的展开，而不应当被视为五四文学精神的反动。完全从"文学革命是社会政治层面的革命的工具"这一角度理解五四文学革命，实际上掩盖了五四文学的一些可能的意义与发展方向。

从这一角度看待五四文学的修辞论层面时，我们发现从胡适提出"白话文学"的主张及其对白话文学的最初的设计，到朱经农、任叔永等人对白话文学实践过程中发生的问题的批评；再到饶孟侃、闻一多等人基于对白话诗形式上过于粗糙不满而试图建立白话诗格律的努力，中间有一条清晰的线索。没有胡适等人的斗争，白话文学不可能最终在与旧文学的对峙中占据优势地位；而如果不经过在闻一多等人提出的方向上的努力（这应当是一个更漫长更艰难的过程），白话文学不可能最终走向艺术上的成熟。

二

1928 年 3 月，作为中国现代自由主义者核心阵地的《新月》杂志创刊。创刊号上有两篇带有宣言性质的文章，其中之一就是梁实秋的《文学的纪律》。《文学的纪律》攻击了浪漫主义"过度放纵的混乱"，认为"文学的力量，不在于开扩，而在于集中，不在于放纵，而在于节制"，因此，梁实秋提出应当为新文学制定规范。

梁实秋实际上与学衡派的梅光迪等人有本质差异。他的理论立场，首先基于对白话诗歌艺术上不成熟的深切的感受，目的还是在于白话诗的建设而不是破坏。他首先是一个新文学运动的参与者。他对新文学的意见在接触美国的"新古典主义"理论之前就已形成，美国的新古典主义理论只不过进一步肯定了他对新文学的一些思考。

而且，梁实秋的观点代表了五四新文化运动以来的一批人。新的白话诗要不要从中国深厚的古典诗歌传统中汲取营养，要不要讲究音韵并因此与日常语言保持一定的距离，这两个问题在新诗的建构过程中，一直就是争论不休的。随着白话文学地位的稳固，敌视白话文学，试图恢复旧文学的声音已经越来越弱，所以这种争论主要是新文学阵营内部的争论。胡适、钱玄同等人在这两个问题上取了激进的立场（正是在这一点上，胡适得到了后来的激进主义者的部分的肯定），另一些人则相对保守。激进者主要考虑的是策略问题，保守者则主要考虑的是新诗的艺术价值问题，其建设新诗的目标实际上是一致的。

早在 1918 年 6 月，新诗刚起步的时候，朱经农就曾经给胡适写信表达了对新诗粗糙的形式的不满，指出，"要想'白话诗'发达，规律是不可不有的。""如果诗无规律，不如把诗废了，专做'白话文'的为是。"① 在同一时间，任叔永也给胡适写了一封信，首先对胡适等人一味地抬高白话诗，贬低文言诗提出了异议。他与胡适争论说，"用白话可做好诗，文言又何尝不可做好诗呢？不过要看其人生来有几分'诗心'没有罢了"；认为诗作得好坏主要地不是由用白话还是文言写作决定的，而是由写诗的人具不具备艺术感受力决定的。因此，任叔永指出，"现在讲改良文学，第一，当在实质上用工夫；第二，只要有完全驱使文字的能力，能用工具而不为工具所用，就好了。白话不白话，倒是不关紧要的"②。

在当时，像任叔永"白话不白话无所谓"这样的观点，对胡适等人正在力倡的白话诗运动是不利的。但是，任叔永、朱经农等人发现的白话诗发展过程中存在的问题实际上是白话诗所必须解决的问题。不然，白话诗是没有办法与有着深厚美学传统的中国古典诗词展开真正意义上的竞争的。可惜的是，胡适并没有认真听取他们的意见。在 7 月份写给朱经农的回信中，胡适说"白话诗应该立几条规则"的建议，是不能接受的。并说，"我们做白话诗的大宗旨，在于提倡'诗体的解放'。有什么材料，做什么诗；有什么话，说什么话；把从前一切束缚诗的自由的枷锁镣铐，拢统推翻"③。

这次发生在新诗产生之初的争论，以胡适等人的观点最终占据上风而告一段落。正因为如此，新诗中存在的问题也就暂时被掩盖了起来，没有受

---

① 朱经农：《与胡适书》，载《胡适文存·一集》，黄山书社 1996 年版，第 64—65 页。
② 任永叔：《与胡适书》，载《胡适文存·一集》，黄山书社 1996 年版，第 70 页。
③ 胡适：《答朱经农书》，载《胡适文存·一集》，黄山书社 1996 年版，第 67 页。

到重视，更没有得到解决。

在以后的时间里，对新诗的批评之声仍然时有出现。如 1920 年 12 月《少年中国》杂志在第 2 卷第 6 期上发表了李思纯的《诗体改革之形式及我的意见》的文章，文章说："我对于现在的新诗，很有不满足的地方，怀疑他已有代替旧诗的能力。"并认为新诗形式方面的不足之处在于一方面表现方式太幼稚与直白，缺少诗歌应有的含蓄美；另一方面太漠视音节。作者认为，"（诗歌）与散文（prose）区别，可以说十之八九是属于音节方面的。……为了诗体外形的美起见，也不可过于漠视音节。"这显然比胡适等人一味地强调新诗要用白话、用口语恰当。

1923 年 6 月，闻一多相继在《创造周报》第 4 号、第 5 号上发表了两篇关于郭沫若的诗集《女神》的批评文章。第二篇名为《〈女神〉之地方色彩》的文章，从形式上对郭沫若的诗提出了批评，认为郭沫若的诗作，一方面用了太多的从西方文化中选取的意象、典故，与中国的文化传统则相当隔膜；另一方面，由于过于强调创作的自由，而导致形式上的粗糙。同时，闻一多还正面表达了自己对诗歌的看法。他认为，完全割裂新诗与中国古典诗歌传统的联系是不对的。若要纠正新诗的问题，"我以为第一桩，当恢复我们对于旧文学的信仰，因为我们不能开天辟地（事实上理论上是万不可能的），我们只能够并且应当在旧地基础上建设新的房屋"。而继承中国古典诗歌传统，就是要讲究新诗的语言美。他说，"选择是创造艺术的程序中最紧要的一层手续，自然的不都是美的，美不是现成的。其实没有选择便没有艺术，因为那样便无以鉴别美丑了"。

韦勒克说，"几乎所有的新古典主义批评家都试图创立一种能阐明文学功能、创作过程的本质以及文学作品谋篇布局的方法的系统的文学理论"[1]。这一点，中国的"新古典主义"者也不例外。以闻一多为核心的一批理论家由于对新的白话诗形式上的不满，终于提出了建立新的格律诗的主张。最能体现这一主张的，便是 1926 年 4 月 22 日与 5 月 15 日在《晨报》副刊上相继发表的饶孟侃的《新诗的音节》与闻一多的《诗的格律》两篇文章。

---

[1]　[美] 韦勒克：《现代文学批评史》（第 1 卷），杨岂深、杨自伍译，上海译文出版社 1987年版，第 13 页。

　　饶孟侃的文章指出，音节在诗中是最要紧的一个成分，对于写诗而言，"除了新的题材也同是一种试验外，差不多就可以说是音节上的冒险"。因此，"决不是灵感（其实是杂感）一到就能够写一首好诗出来"。文章还结合新诗创作的情况，从格调（实际上是诗歌当中各段之间的协调问题）、韵脚、节奏、平仄几个方面对新诗的音节进行了探讨。

　　与饶孟侃的文章比起来，闻一多的《诗的格律》一文，则更具有论战的性质。他在文章中对浪漫主义诗歌理论所持的诗是诗人的自我表现，为了这种表现的真实应当放弃形式方面的追求的观点进行了辛辣的嘲讽，认为在这种主张下产生的作品，只不过是伪浪漫，"当它作把戏看可以，当它作西洋镜看也可以，但是万不能当它作诗看"。

　　闻一多在《诗的格律》一文中还提出了"艺术高于自然"这一主张。他说，自然的终点便是艺术的起点，绝对的自然主义便是艺术的破产。自然并不尽是美的，自然中有美的时候，是自然类似艺术的时候。

　　自胡适的《文学改良刍议》发表以来，在十年的时间里，"自然"成了对文学语言包括诗歌语言不证自明的一条金科玉律。即使是反对胡适的诗歌主张，要求诗歌语言应当讲求一定的规范的人，打的也是"自然"这一旗帜。这一金科玉律在浪漫主义者那里更是被奉上了至尊的位置。然而，闻一多则对"自然"这一原则提出了根本性的质疑。"艺术高于自然"的观点的提出，实际上是实现了五四新文化运动以来一直都没有实现的一个理论突破。

三

　　实际上，对新诗形式上的过于粗糙不满的并非只是"新月派"诸人。在中国现代文学批评史上，有一个被后来的文学史家称作"京派批评家"的群体，他们当中的许多人也站在各自不同的立场上，对新诗的现状提出了批评。

　　京派批评家主要活动时间在 20 世纪 30 年代。这些人多有留学西方的背景，其文学观念或者与美国"新古典主义"理论有关，或者是受到了当时欧美诗坛象征主义诗歌理论的影响，也有个别人接触到了"新批评"早期理论家瑞恰兹等人的文学观。

在欧美，新古典主义理论与象征主义理论（美国的意象派诗歌实际上是欧洲象征主义诗歌的支流）、新批评理论之间关系是很复杂的，几个流派的理论主张之间有抵牾的地方，但也有一致的立场。比如，他们都对长期统治欧美诗坛的浪漫主义文学及其理论不满，在文化与政治上持一种保守主义立场，对传统表现出了一定程度的依恋。这些倾向对普遍具有欧美学术背景的京派批评的影响是很深的。

其实，从具体的艺术主张与批评方法上看，京派批评家之间的差异是很明显的。但在反对激进的浪漫主义、反对文学的功利化、要求新文学在发展中吸纳中国古典美学精神这些问题上，他们则基本上具有一致的立场，从而与当时上海的左翼批评家大异其趣。

在京派批评家中，梁宗岱站在象征主义立场上，对新诗的批评最为激烈。他认为，20世纪30年代诗坛上到处是"浅薄的内容配上紊乱的形式（或者简直无形体）的自由诗"，指出，"如果我们不受严密的单调的诗律底束缚，我们也失掉一切可以帮助我们把捉和抟造我们底情调和意境的凭藉"①。

京派批评家并非仅仅表达了对新诗的形式上过于粗糙的不满情绪，有些人还在闻一多等人的基础上做了一些富有建设性的工作。比如，朱光潜认真比较了欧洲语言与汉语的差别，指出欧洲诗的音律节奏决定于音长、音高与音的轻重三个因素，而汉语四声造成的是调质上的差别，且汉语有许多双声叠词。它们对于节奏的影响很小，主要功能是造成声音的和谐。如果充分利用这一特点，汉语诗是能够在形式上有所突破的。② 这种意见充分考虑了汉语自身的特点，将对新诗的格律问题的讨论向前推进了一步。

由于对国内浪漫派诗歌创作的不满，京派批评家打出了"审美距离"这一旗帜，强调作家的创作应把自己的激情控制在一定的范围内。强调带有距离的创作与批评，很容易把人们的眼光引向艺术技巧。因此，沈从文有《论技巧》一文，萧乾写出了《为技巧伸冤》这样的文章。在具体的批评活

---

① 梁宗岱：《梁宗岱批评文集》，珠海出版社1998年版，第226页。
② 黄键：《京派文学批评研究》，上海三联书店2002年版，第190页。

动中，京派批评家中不少人也往往习惯于从文本的技巧切入，而不是像当时流行的批评那样，从文本表现的现实内容、主观情感、阶级立场等外在的角度切入。

打破旧的形式，创立新的形式，一破一立，实际上是五四白话诗发展过程中两个既对立又相辅相成的问题。在前期，破是问题的主要方面；到后来，立便成了更迫切的任务。因此，强调为白话诗建立规范、注重新文学修辞论层面的文学主张及与此有关的批评实践，恰恰是在继续着胡适等五四先驱者未完成的使命。

四

20 世纪开始的 20 多年里，除新古典主义、象征主义等文学观念外，还有几种新的观念随着外来思想与文化的输入而进入中国。这些观念许多都或直接或间接地与修辞论的文学观形成对立。

我们会发现，文学研究会"为人生的文学"主张显然更关注文学中所表现的社会内容与思想内容，许多时候这一文学主张还要求文学能够为人生与社会中遇到的种种现实问题寻找答案。文学的形式问题，是在这种文学理论的视野之外的。

文学中的浪漫主义代表了五四精神中反叛传统、张扬个性的一面。从艺术主张上来讲，强调表现自我、表现内心的浪漫主义文学理论与现实主义文学理论直接对立。但在关注文学内容，否定文学的技巧与形式这一点上，浪漫主义文学理论与现实主义文学理论是一致的。而且，浪漫主义者对文学形式的否定更为彻底——现实主义文学批评家们往往是意识不到文学技巧与形式的存在，或者强调形式要符合内容；而浪漫主义者则往往把文学形式当作束缚自己个性与创作自由的枷锁而要求对它彻底摒弃。郭沫若说，"我也是最厌恶形式的人，素来也不十分讲究它。我所著的一些东西，只不过尽我一时的冲动，随便地乱跳乱舞罢了"①。文学形式的问题，在浪漫主义文学理

---

① 郭沫若：《论诗两则》，见王运熙主编《中国文论选》（现代卷上），江苏文艺出版社 1996 年版，第 185 页。

论与批评中不是被忽视的，而是被有意识地排斥的。

阶级分析的文学观强调用阶级分析的方法对文学作品的内容进行阐释，主要以作品表现出的阶级立场、政治倾向为依据对其进行价值评判，既有其深刻的一面，也有其简单化的一面。倡导"革命文学"的理论家对于五四文学的成就，一般评价不高，而五四文学中的形式主义的倾向，更是被作为"颓废的资产阶级文学观"的集中体现而彻底地否定了。

应当说，现实主义、浪漫主义的文学观念以及阶级分析方法的引入，对于中国文艺理论研究的深入、批评方法的丰富都有十分积极的意义。就文学批评而言，这些批评方法都有明确的哲学思想、文学观念作支撑，其宽阔的批评视野与深刻的思想性是以小说与诗文的评点为主的中国古代文学批评无法望其项背的，它直接推动了中国的文学批评向理论化、理性化、科学化方向的发展。然而，这些批评方法在把批评家的目光引向社会、政治、人生的同时，也就使批评家远离了文本，文学的艺术性、语言性层面同时也就被遮蔽了。

1932 年，郑振铎在北京大学发表题为《新文坛的昨日今日与明日》的演讲，对五四以来的文学发展历程进行了较为系统的回顾。作者认为，从五四到 1932 年，中国新文学的发展经历了这样几个阶段：（一）五四运动时代（1917—1921）。这一时代，文学主张方面以胡适与陈独秀所倡导的文学革命与周作人提出的"人的文学"的观念最为著名。（二）文学研究会与创造社时代（1921—1925）。这是两种文学主张（为人生的文学与为文学的文学）激烈交锋的时期。（三）五卅时代（1925—1928）。与五四时期个人的、普遍性的、浮面的、幻想的、旁观的文学相对，这一时期的文学是群众的、带阶级性的、深刻的、真实的、参与的。（四）茅盾时代（1928—1931）。"此时的争斗，是带有阶级性的，完全为主义的斗争，与五四时代白话与古文之争，大不相同。"①

应该说，郑振铎站在"左翼"立场上对五四以降中国现代文学主流方向的总结，大体上是准确的。从中，我们可以看到文学观念的发展与变化，

---

① 郑振铎：《新文坛的昨日今日与明日》，见王运熙主编《中国文论选》（现代卷中），江苏文艺出版社 1996 年版，第 130 页。

那就是由五四时期对文学形式的关注而转向后来对文学内容的关注；由文学研究会与创造社时期对文学是反映现实人生还是表现作家自我这一问题的关注而转向"五卅"时期对文学表现的内容是积极还是消极（反动）这一问题以及文学的阶级性问题的关注；直到 30 年代初具有很突出的政治色彩的文学理论间的论争。这是一个文学自身越来越向后退，文学之外的人生问题、自我问题、社会问题、阶级问题、政治问题越来越在文学创作、文学理论与文学批评中凸现的过程。

当初，闻一多曾自信地认为，新诗格律问题的提出，将对新诗的发展产生决定性的影响，"这种音节的方式发现以后，我断言新诗不久定要走进一个新的建设时期了"①。由于新月派诗人在诗歌创作上的突出成就与广泛影响，他们创造新的格律诗的主张与实践在当时的确引起了文学界与思想界的一定程度的关注。一直到 20 世纪 40 年代，属于"九叶派"诗人的袁可佳等人，还在重提 30 年代的"中和节制"、"和谐适度"的批评标准，对"政治感伤诗"和"情绪感伤诗"进行着批判。然而，这种声音已经相当边缘化了。由于上面提到的原因，闻一多所期待的响应其新格律诗的主张而发生的现代白话诗历史上的一个新的建设时期并没有到来。

直到 20 世纪 80 年代之后，中国文学才不得不再一次面对闻一多等人提出的问题，重新拾起在他们那里中断了的工作。对于中国白话文学自身的发展而言，这不能不说是一个很大的损失。

（原载于《四川大学学报》2005 年第 1 期）

---

① 闻一多：《诗的格律》，《晨报·诗刊》1926 年 5 月 15 日。

论中国古代山水诗审美意境的空间感

于林立

每一个民族都在挖掘自己中认识和发展自身。以形象思维为主导的思维方式形成了中国文化的基本特点，特别是在艺术方面形成了意境论。意境论不仅是古典文学研究中的基本问题，而且也是开拓现代文学新境界的基础。其重要性正如宗白华先生在《中国艺术意境之诞生》中提到的："就中国艺术方面——这中国文化史上最中心最有世界贡献的一方面——研寻其意境的特构，以窥探中国心灵的幽情壮采，也是民族文化的自省工作。"①

一点山水，万缕情丝，山水是我们心灵的返照。从古至今，似乎只有能忘情于山水的人才能真正体悟生命。一首山水诗就是一种生命对宇宙、对自身的观照方式。"意境"这一概念最初就是从山水诗中感悟而来，并且在山水诗的创作中得到进一步发展的。与其他类型的古代诗歌相比，山水诗将意境方式融入情感，从而使情与景达到了音乐式的融合。由于这种融合是以意象之间形成秩序为前提的，赋予意象以主观秩序便产生了空间感，因此，从这个意义上说空间感的形成就是山水诗意境产生的方式。

空间感的组合方式

空间是事物的存在方式，但事物本身并不能形成空间，空间是事物间关系方式的体现。在山水诗中，空间是通过各意象的交错、呼应、层次、绵延等形成的一种有情趣、可以静观的意象秩序；空间感就是与主体观照

---

① 宗白华：《美学散步》，上海人民出版社 1998 年版，第 68 页。

的人形成关系的空间，是观照者因不同意象的不同组合方式产生的心理直观影像。由于空间感以直观影像的方式进入思维，也就意味着空间先造成对主体情感的影响，然后进入情感与思维相互生发的循环之中。所以空间感的形成是诗人的主观情思与客观景物交流的结果，是郁郁苍苍生命的沟通。

产生空间感的前提是各意象间形成稳定的秩序，以一个自足的整体存在，因此意象间的组合方式即秩序方式，也就是空间的构成方式成为产生空间感的首要条件。在中国古代山水诗中，节奏、数量及对动词的运用是最具代表性的空间构成方式。

节　奏

"节奏是宇宙中自然现象的一个基本原则。自然环境彼此不能全同，亦不能全异。全同全异不能有节奏，节奏生于同异相承续、相错综、相呼应。……艺术返照自然，节奏是一切艺术的灵魂。"在中国古代山水诗中，节奏从外部讲是平仄押韵，从内部讲就是不同意象间的转换、更替，两者的结合形成了与西方诗歌决然不同的表达方式。如果说西方诗歌的表达是音乐式的话，那么中国诗歌就是音乐与绘画的融合，伴随着铿锵听觉节奏的意象使我们对诗歌的体会有声有色。由于外在的音乐节奏和内在绘画节奏如此丝密地结合在一起，不仅使诗歌的外在节奏方式统一起来，也深深强调了一种对生命体悟方式的一致，而这种一致、这种共同的节奏方式就是——生命的秩序。通过对生命秩序的表现，节奏使意象整体化，从而促成了声与色、情与景的融合。

同时通过音乐和绘画的统一，节奏使时间与空间在山水诗中统一了起来。如果说空间只是定着生命外在形态的话，那么时间就规定着生命的本质：一个不可重复的逝去过程。因此在山水诗中如何超越这逐渐逝去的生命，达到永恒就成为核心问题。在中国古代山水诗中，通过时间的空间化完美实现了对永恒生命的表现，以静态空间形式存在的时间，被抽取了具体的限定性只留下本质——流动。由于具体空间景物存在的时间背景被抽象化了，因此时空一体化一方面保留了生命的具体性，另一方面又使具体生命处于抽象的永恒状态，从而达到了有限与无限的融合，使我们通过有限具体的空间把握了无限抽象的时间，超越个体成为永恒。因此节奏就是生生不息，就是万事万物的生命内核。

数　量

如果说节奏使空间具有了秩序，那么数量无疑使空间纵深化，两者的结合让空间在质的可感性方面突出了起来。从我们以点数方式认识周围世界开始，我们就给予了万事万物以相同的量的概念。数字已不仅仅是一个用来记数的标志，更是对生命力的传达。但可数毕竟是有限的，通过有限的可数却使我们看到了无限的不可数。于是人们开始探索不可数的表达方式，特别是试图运用种种可丈量的概念来记数不可数的情感。这种方式不仅很好地使情感具象化，而且加深了情感在不可数方面的性质，如渗透性、弥漫性等。在中国古代山水诗中，数量的关系主要表现为"一"与"众"以及"一"与"无"的关系。

"一"是万数之始也是万数之终，是唯一，也是永恒；是孤寂，也是空灵。我们的情感附着于"一"之上，既稳定又可以神游太虚。"一"连接着万物蓬勃的生命群体和幽远苍茫的无际虚无，使"一"在山水诗中常常与"众"或"无"比较而存在。"寒渚一孤雁，夕阳千万山。"① 我们虽然直接接触到的是数量对比，但真正引起美感的却是空间落差，因为单单数量并不能形成自足整体而空间却可以，而且空间就是具体形象，可以作为意象而存在。"千万山"、"万壑"虽然占有无限空间，但无限的广阔性和秩序的精确性往往使生命之气消逝殆尽，所以无限中必须有生之痕迹，因此离开"一"，无限就产生不了美感。同时，"一"也是离不开"众"的，与"众"相对比的"一"更具有生命的跃动性，活动空间更加阔大，更加灵动。当"众"扩大到不能再扩大时就成为"无"，所以"一"与"无"的关系是"一"与"众"辩证关系的极端化。所不同的是"一"与"众"形成的是对比性转折，"一"与"无"形成的是对立性转折。对立性转折在因空间的急剧转变形成的落差美方面是对比性转折不可比拟的，因为对立性转折将生之渴望推到了

---

① （清）彭定求等编校：《全唐诗》第 47 卷，刘长卿《秋杪江亭有作》，中华书局 1960 年版，第 1494 页。

极致，"烟销日出不见人，欸乃一声山水绿。"① "一" 与 "无" 的辩证关系使诗境有了不尽禅机，经点化的空间吐纳宇宙，滋润万物。

动词的运用

在山水诗中动词的运用使情感以线形方式得到牵引，造成意象之间契合相承、自然生发，从而使空间不再是静止的构成。但由运动引发的空间感带给我们的却是静止的美感，这就是中国古典诗歌意境动静结合、以动生静的独特存在方式，其原因主要存在于 "动词" 这一空间的构成方式中。

首先，这些动词表现的不是因主体运动而是因事物自然运动形成的动感，因此动感的形成以存在静止观察点为前提。这个观察点，就是 "深沉静默地与这无限的自然，无限的太空浑然融化，体合为一"② 的作者凝神的心灵。在这个博大心灵面前，动的只是在静止、永恒大背景中的一个小点，只是进入这个虚静世界的媒介。

其次，构成运动的主体只是某一细微意象，而空间中的其他意象都是静止的。由于诗中静止的一方是构成意境框架的主导意象，其空间感比运动的意象要广阔得多，所以因对比而产生的运动又会因对比而趋向静止。例如 "江干远树浮，天末孤烟起"③（范云《之零陵郡次新亭》）的 "江干" 与 "远树"、"天" 与 "烟"。在这里，动词的使用并不是为了表现动，而是为了说明静，动只是静的一种表现形式，因为动都是具体的有限，而只有静才是无限的永恒。

再次，常用于连接的动词 "起"、"合"、"开"、"下" 等都有一个明显的特征，即表示的动作是水平或垂直的，因此造成的运动往往形成平衡之势，动感较差，而空间的张力很强。并且这些动词常常是双双同时使用的，例如 "起" 与 "下"、"合" 与 "开"、"连" 与 "去"、"去" 与 "归"、"入" 与 "出" 等。这样一来，经过双双组合后的运动就会成为回环往返的流动，从而使在闭和之中的运动都趋向于静止。

---

① （清）彭定求等编校：《全唐诗》第 53 卷，柳宗元《渔翁》，中华书局 1960 年版，第 3957 页。
② 宗白华：《美学散步》，上海人民出版社 1998 年版，第 147 页。
③ 邓魁英：《汉魏南北朝诗选注》，北京出版社 1981 年版。

空间感的分类

由于情感与思维是需要触发的，而不同的空间构成会引起不同的情感体验，因此我们可以通过两种典型的空间构成来分析一下不同空间感的情感方式。

突破型

像"窗含西岭千秋雪，门泊东吴万里船"[①]这样以有形有限的具体空间容纳无形无限的时空意向时，因为时空的快速转移形成巨大落差，从而引起情感以喷发方式升华的类型就是突破型空间感。由于"天人合一"的思维方式是以人的心灵为视角的，因而出发点是单一而真实的，但视角延绵无限扩张的趋势与主体的狭小有限形成强大张力，使情感似乎由一小孔而出，在形成短暂喷发之势后，与无限时空融为一体。因此这时空间感就不仅仅是一种情感引发的方式，更是一种宇宙意识，体现出主体的磅礴气概。

形成这种空间感的关键在于诗人是通过"窗"、"户"、"楼"等与外部空间沟通的。"窗"、"户"通过间隔使内外发生交流，并让我们进入了静观状态。以其作为交流的媒介，我们既不必为追求无限而失去现实处所，又可以在现实中达到理想高度。同时美感的形成是以客观规律为基础的，我们用眼睛观察世界，用心灵感应世界就是遵循着能量守恒规律的一种交流方式。有限有形空间中的能量迅速与无限无形空间中的能量相互交换，交换的切口是个较小的通路，例如"窗"、"户"等，而在交换过程中有限的能量没有被完全吸入无限之中，反而使无限能量回注充溢了有限空间，虽然空间与能量的比例失衡，但却形成了我国意境特有的自我心灵饱满、胸中吞吐万壑之势。

其次，突破型空间感形成的原因还在于因时空巨大落差而产生的不平衡感。不平衡感的产生在于我们可以把"窗"、"户"、"楼"等具象为身边可触摸到的物体，而无法把"云"、"风"、"群山"等进行固定有限的具象，只

---

① （清）彭定求等编校：《全唐诗》第 228 卷，杜甫《绝句四首》之三，中华书局 1960 年版，第 2487 页。

能任其以无限的状态存在。形成古典型美感的一个重要标志是心灵的平衡和谐，但在时空落差巨大的情况下，如何使不平衡具有和谐美就成了美感形成的重要问题。平衡是和谐美的无意识状态，而不平衡是和谐美的有意识状态，在不平衡向平衡转化的过程中，不平衡不但具有了和谐美而且体现出和谐美也是一个形成过程，从而使突破型空间感具有了充满张力的美感。

层次型

突破型是以虚与实的落差交流表现无限，层次型则是通过虚与实形成的层次关系表现无限的。在突破型中虚是由两个落差巨大的独立意象对比产生的；在层次型中，由于方位词的运用使虚成为空间的不同层次，不断地渗透、深化着。突破型情感奔放后冲淡，层次型情感因空间的相互生发而不断推移扩张，由隔至融，别开生面，另辟佳境。

虚与实因"里"成为自然一体化的存在。例如"声喧乱石中，色静深松里"[1]，"中"与"里"的运用一方面没有消失乱石、深松的博大、深邃，而且因声、色加入了一份灵动；另一方面，声、色因石、松有了层次和具体的厚重感。由虚实结合引发无限与有限的对比一般是平面的，而"里"字因空间无限凝缩呈现出立体凹化的态势。"外"是相对于"里"而言的，"里"使虚实契合，"外"以隔离虚实的方法使虚实相融。"江蓠绿遍汀洲外，拟折芳馨寄所思"[2]（张翥《浮山道中》），虽然外与内有无形的界线，但由于"江蓠"的生命蓬勃不已，正如"绿"一样有着渗透性，由内而外充溢了整个空间，强化了生命的漫延。"欲投人处宿，隔水问樵夫"[3]，"隔"把空间分成两部分，一部分是主体所在的实境，另一部分是因水、林等屏障形成的虚境。但在无际虚无中又有樵夫、机杼声，为虚的实化提供了切入点。空间因"隔"产生层次，因层次形成流动扩张的整体。"半"是以量的比例表示虚实关系的。与"里"、"外"不同，"半"没有空间侧重点；与"隔"也不同，"半"是一个整体的某个部分具有的性质。"半"运用遮掩的方法把整体切分

---

① （清）彭定求等编校：《全唐诗》第 125 卷，王维《青溪》，中华书局 1960 年版，1247 页。

② 顾嗣立：《元诗选（戊集）》，中华书局 1987 年版。

③ （清）彭定求等编校：《全唐诗》第 126 卷，王维《终南山》，中华书局 1960 年版，第 1277 页。

为实与虚两个部分，既有真实的存在，又有扩展的无限空间。同时"半"只是个瞬间，"江花何处最肠断，半落江流半在空"①，"半"意味着变，必然导向全与满。这种以时间的停滞表示运动的方式使整个意境虽静犹动。

形成山水诗空间感的表现方式是与中国人的宇宙意识和生命意识分不开的。在我们看来生命与宇宙是不可分的，生命是宇宙中的生命，离开宇宙生命的参照系将不复存在；宇宙是有着生命的宇宙，离开生命宇宙就成为冷冰冰的无限无法切入。具有宇宙意识是因为人们具有生命意识，宇宙意识运用到具体空间就成为空间意识。生命意识的本质就是有限的人与无限时空之间的关系，而我们的生命意识体现的是无限与有限的契合，是对永恒生命的向往。所以当山水诗中的情感由因某物的局部激发扩展为对抽象生命力的首肯时，就会走向冲淡缥逸，呈现给我们的是一个节奏化流动的空间，任凭时间流逝，这境界已成为永恒。

（原载于《山东大学学报》（哲学社会科学版）2005 年第 2 期）

---

① （清）彭定求等编校：《全唐诗》第 412 卷，元稹《江花落》，中华书局 1960 年版，第 4569 页。

法兰克福学派与审美乌托邦

邹 强

一、批判理论的背景

社会批判理论是法兰克福学派社会哲学的核心内容。它的最早阐述见于 1937 年的两篇文章:《传统理论和批判理论》(霍克海默)和《哲学与批判理论》(马尔库塞和霍克海默合著)。在被视为法兰克福学派批判理论宣言的《传统理论与批判理论》一文中,霍克海默指出,传统理论与批判理论的根本区别是,前者只是反映式地根据既存现实进行某种所谓"科学的"社会观察。这种貌似纯客观的态度实际上却丧失了主体的变革性潜能,在本质上掩盖了现实与个体的矛盾,从而以盲目的姿态调和与现存社会的秩序;而后者,则反对既存性和现实性的权威,剥去真实性在现实之中的伪饰,并以一种逆反的力量推动社会变革。

批判理论认为,技术的发展同国家控制的手段连在一起,导致了人们的被动性和从众现象。所以,法兰克福学派的批判理论家们不断强调:如果人们想要从社会束缚下解放出来,就必须得摆脱各种意识形态的操纵,对现有的社会意识形态进行全方位的批判。[①] 如果说马克思等经典作家批判的重点是政治经济领域的话,那么,法兰克福学派则把批判的视野转到了意识形态和文化领域中来了。"他们以马克思的批判理论的继承者自居,同时兼收青年黑格尔派的批判理论、存在主义和弗洛伊德的精神分析学,企图调和并

---

① 参见周宪《20 世纪西方美学》,南京大学出版社 1999 年版,第 107 页;马驰:《"新马克思主义"文论》,山东教育出版社 1998 年版,第 157—159 页。

综合这些理论，形成以现代人道主义为核心的、尖锐批判现代资本主义的
'社会批判理论'。"①

对社会意识问题的极度强调并不意味着法兰克福学派的社会批判理论
脱离了政治实践。霍克海默曾明确指出，批判理论首先是作为一种政治实
践，其次才是作为一种理论出现的。之所以把关注的焦点由直接的社会斗争
转移到对意识形态、文化艺术的批判是因为批判理论家们认为，单纯的政治
经济批判并不能改变现存秩序的根本性质，所以，对现存秩序的批判需要从
意识的批判开始。于是，批判理论就把矛头指向了整个统治秩序及其意识形
态，也就是说，要成为对既存本身的统括的批判了。

二、批判理论向美学理论的转变

正是社会批判理论的背景规定了法兰克福学派美学的实践功能指向。
这种美学的重点不是对美、艺术的抽象探讨，而是把艺术与审美放到了"社
会批判者"的位置上。他们认为因为艺术是从现实中对象化（异化）出来
的，所以自律的艺术与外在的距离间隔使得艺术不同于经验到的现实，相反
却成为对现实的一种批判。"艺术真理的根基在于：让世界就像它在艺术作
品中那样，真正地表现出来。"②

可是问题首先在于，作为从"社会研究所"发展衍化而来的学术流派，
法兰克福学派的任务应当是"现实地从社会哲学的角度对人类全部物质文明
和精神文化进行综合解释"，"在经验的表层之上去把握社会结构，将用对应
于具体历史的社会心理学研究人和社会的关系"。③为何随着对社会理论研
究的深入，其绝大多数的成员却都不约而同地把研究的重心转移到审美、艺
术的领域来了呢？

社会批判理论是在资本主义社会异化日益严重的大背景下提出的，作
为以马克思主义批判理论后继者自居的法兰克福学派理论家们，对社会的异

---

① 朱立元主编：《当代西方文艺理论》，华东师范大学出版社 1997 年版，第 195 页。
② ［美］马尔库塞：《审美之维》，李小兵译，广西师范大学出版社 2001 年版，第 191 页。
③ 杨小浜：《否定的美学——法兰克福学派的文艺理论和文化批评》，上海三联书店 1999 年版，第 4 页。

化、人性的残缺等严酷现实有着近乎焦虑的责任感。在社会政治领域的种种努力都失败以后，法兰克福学派的理论家们开始反思自己的学说。他们惊讶地发现，在这个物欲横流的社会里，居然已经无法找到革命的主体了！这些批判的精英们无奈地发现，当下的工人阶级已经不是马克思当年充满了革命激情的无产阶级了，"如果工人和他的老板享受同样的电视节目并游览同样的游乐场所，如果打字员打扮得像她的雇主的女儿一样花枝招展，如果黑人挣到了一辆卡德拉牌汽车，如果他们都读同样的报纸，那么这种同化并不表明阶级的消失，而是表明那些用来维护现存制度的需求和满足在何种程度上被下层人民所分享"①。这些"工人"已经不再一贫如洗，他们同样享受到了资本主义社会带来的物质享受，在不知不觉间已被高消费、高享受、高福利的策略所同化。

令批判理论家们感到悲哀的远不止这些。在失去了"工人阶级"这个革命的主体后，他们曾一度把希望的目光转向了工人以外的社会阶层，希望在其中能寻找到新的革命主体。于是，尚未被社会所同化、依然保存着批判意识的青年知识分子一度成为他们希望的寄托。但是，随着20世纪60年代那场学生运动的失败，造反的学生们一改以往桀骜不驯的模样，纷纷放弃了造反立场，重新投入主流社会的怀抱。至此，企图依靠青年知识分子来取得革命胜利的努力化作了美丽的泡影。在经过了这一次次的挫折之后，法兰克福学派理论家们寻找革命主体的范围不得不一步步地缩小。最后只能把希望寄予唯一一类还没有屈从于这个社会既定价值的人——文学家和艺术家。当这些艺术家成为法兰克福学派理论家们试图从"匿名状态"中呼唤出来的历史主体的时候，法兰克福学派的理论重心，就不得不由社会政治转向了审美艺术，他们的社会批判理论也就顺理成章地由革命政治理论变成了美学理论。审美，成为革命的暂时替换。

三、"审美乌托邦"思想在法兰克福学派理论中的重要地位

对于审美乌托邦思想在法兰克福学派中的地位，一直不受国内研究者

---

① [美]马尔库塞：《单向度的人》，张锋等译，重庆出版社1990年版，第9页。

重视。最直观的表现就是无论是在法兰克福学派的研究专著，还是在相关的单篇论文中，对此问题的研究都不占有重要的篇幅，或是一带而过，或是根本不提，很少有像《法兰克福学派美学思想论稿》、《否定的美学——法兰克福学派的文艺理论和文化批评》这样专对其美学进行专门研究的学术著作。

　　事实上，美学问题在法兰克福学派中所占据的特殊地位是无论如何不应该也不能被忽视掉的。仅仅从其成员的著述中有关美学、文艺学的部分占其整个研究成果的比例来看，也能推断出美学问题在法兰克福学派中所受到的重视程度。比如阿多诺。在阿多诺的全部著作中，与美学相关的就有：《克尔凯戈尔·美学结构》（1933），《新音乐哲学》（1949），《棱镜——文化批判与社会》（1955），《不和谐音——受支配世界中的音乐》（1956），《文艺札记》（四卷：1957，1961，1965，1974），《音乐社会学导论》（1962），《没有理想——帕瓦的美学》（1967），《美学理论》（1970），《美学讲座——1967年10至12月在法兰克福举办》（1970），以及《声振图形》（1959）、《音乐诸要素》（1964）等与音乐相关的著作。尤其是长达50万言的《美学理论》出版后好评如潮，甚至有的学者认为"此书对于当代美学或审美文化研究的学术参考价值，犹如黑格尔的《美学》巨著之于传统美学或艺术哲学研究"。就连阿多诺本人也抑制不住内心的激动，在写给亲友的一封信中说这本书再现了自己"思想中的精髓"，足见他本人的重视程度。[1] 跟阿多诺为数众多的著作相比较，本雅明的论著不是很多，但尽管如此，与美学相关的还是占据了其为数不多的著作中很重要的一部分：《德国浪漫主义中的艺术批判概念》（1920），《歌德的〈亲和力〉》（1924），《德国悲剧的起源》（1928），《论布莱希特》（1966），《麻醉药——中篇小说、报道、素材》（1972），《波德莱尔——一位高度发达资本主义时代的抒情诗人》（1973）以及著名的长篇论文《机械复制时代的艺术作品》（1936）等等。而作为对后世影响最大的法兰克福学派理论重镇马尔库塞来说，美学更是占据了其研究的绝对中心。其著述中也有相当大的一部分是围绕着这个中心来进行的，主要有：《爱欲与文明》（1955），《单向度的人》（1964），《文化与社会》（2卷，1965），《论解放》（1969），《反革命与造反》（1972），《批判的哲学研究》（1973），《艺

① ［德］阿多诺：《美学理论》中译本引言，王柯平译，四川人民出版社1998年版，第2页。

术的永恒性》（1977），《审美之维》（1978），《乌托邦的终结》（1980）。可以说，从《爱欲与文明》开始，美学日益成为马尔库塞关注的焦点。《单向度的人》、《论解放》、《反革命与造反》等都用了相当的篇幅论述了在作为与现实相对立的美学范畴中，艺术和反抗的政治是如何携手的。到了后来，如同阿多诺用煌煌巨作《美学理论》作为自己学术生命的终结一样，马尔库塞这位思考了一生的大哲学家也把自己的思想用《艺术的永恒性》和《审美之维》等著作凝结在了美学王国当中。①

　　之所以那么不厌其烦地把法兰克福学派主要理论家关于美学方面的论著做一个大体上的梳理，是想以最朴素同时也是最直观的方式来论证法兰克福学派对美学的重视。虽然只是列举了其中三位理论家的著作，但是这三人都是法兰克福学派的核心人物，具有足够的代表性。所以，即使这里所用的举例论证在逻辑上或有不严密之处，但作为最朴素的理论直观，也足以充分说明法兰克福学派的理论家们对美学问题的广泛关注。

　　有的研究者认为，艺术、审美确实是法兰克福学派比较关注的问题，但远非具有根本意义的决定性问题，"美学只是它关注的一个重要方面，而且还不是最重要的方面"②。对于这个问题，不同的学者有不同的观点。英国学者戴维·麦克莱伦就认为："法兰克福学派的最引人注目的成就是美学领域。"③ 杨小浜、程巍等学者也持相似观点。④ 其实，无论认为是"最引人注目的"，还是认为"不是最重要的"，实际上都承认了美学在法兰克福学派的学术思想中占据着重要的地位。至于对美学是不是法兰克福学派"最重要的"学术观点的不同认识，则是由评价的参照系的差异造成的。

　　法兰克福学派美学思想的提出及主要观点的形成都与其批判理论紧密相关的，他们是在多次努力却又多次失败这种屡战屡败的尴尬境地中投入了审美王国的怀抱。所以他们的美学一开始就具有明确的功利性——为拯救异

①　参见欧力同、张伟《法兰克福学派研究》之附录二《法兰克福学派主要成员的著作要目》，重庆出版社1980年版。
②　朱立元主编：《法兰克福学派美学思想论稿》，复旦大学出版社1997年版，第1页。
③　[英] 戴维·麦克莱伦：《马克思以后的马克思主义》，余其铨等译，中国社会科学出版社1986年版，第348页。
④　参见杨小浜《否定的美学——法兰克福学派的文艺理论和文化批评》，上海三联书店1999年版；程巍《否定性思维——马尔库塞思想研究》，北京大学出版社2001年版。

化的社会和异化的人类而服务！马尔库塞深刻地指出："艺术不能改变世界，但是，它能够致力于变革男人和女人的意识和冲动，而这些男人和女人是能够改变世界的。"① 这一段话是马尔库塞对法兰克福学派美学思想功能性指向的生动阐述。由这一段话也可推断出，艺术（或者说审美）在法兰克福学派那里，本来就是社会批判理论的一部分，是作为批判理论中的救赎环节出现的。所以从这个角度来看，认为美学"只是它关注的一个重要方面，而且还不是最重要的方面"的观点不无道理。

但是，认为美学是法兰克福学派"最引人注目的成就"的观点更有自己充足的理由。从发生学意义上看，法兰克福学派庞大的美学大厦固然是因其批判理论的需要而建造的；从功能学的角度来说，法兰克福学派的美学之所以被称为"审美乌托邦"，在很大程度上也是因为人们认为它被社会批判理论不切实际地赋予了太沉重的责任和使命。但是，不能因此就否认法兰克福学派审美思想的相对独立性。在法兰克福学派的批判理论与美学主张之间，虽然存在着各种联系，但更多的是不同。在充分研究两者间相同点的同时，更有必要对它们的不同之处加以深刻剖析。不然，在法兰克福学派那里，美学也就没有必要叫美学，而干脆叫作"批判理论救世学"好了。美学毕竟不等同于社会学，审美理论毕竟不等于社会批判理论，不能简单地将这两者等同起来。就像研究农药、化肥的生物化学不能也不会因其是为了让农作物更好地生长以便更好地满足人类的种种需要而被等同于"人学"一样。

正因如此，法兰克福学派一直被视为当代西方马克思主义美学最主要的派别之一，而不仅仅是被当作一个单纯的社会批判学派。对于这个流派而言，美学既是他们研究关注的重点，又是他们获得世界性声誉的主要原因所在。在这个流派里，几乎人人都谈论艺术研究审美，从具有先驱者意义的布洛赫，到后来者居上的哈贝马斯、施密特，都对美学情有独钟。可以这么说，法兰克福学派由社会批判理论始，至审美研究而成大气候。美学，毫无疑问地成为这一学派关注的终极问题，也是最为重要的方面了。

（原载于《社会科学家》2015 年第 2 期）

---

① ［美］马尔库塞：《审美之维》，李小兵译，广西师范大学出版社 2001 年版，第 212 页。

"庄周梦蝶"的美学意义

伏爱华

"庄周梦蝶"是我们耳熟能详的经典寓言。"昔者庄周梦为蝴蝶，栩栩然蝴蝶也，自喻适志与，不知周也。俄然觉，则蘧蘧然周也。不知周之梦为蝴蝶与？蝴蝶之梦为周与？周与蝴蝶则必有分也。此之谓物化。"① 这寓言是真是假，我们可以存而不论。我们所要追问的是：庄周为何选择蝴蝶作为他梦中的形象？是偶然，抑或是必然？本文不打算做文本的解释学研究或文本的解构主义解读，而只是分析"蝴蝶"这一意象背后所蕴含的意味。

一

我们先来看看庄子是如何论述美的。

美在"自然无为"，自然"无为"即为美，这是庄子美学思想的本质和核心。"天地有大美而不言"②，天地的"大美"体现了"道"的根本特性——无为而无不为。"道"是美的根源，是最高的、绝对的美，因而"天地"，即自然，是美的。人只有与自然合一，像自然那样"无为"，才能备于天地之美，无限地接近"道"。"圣人者，原天地之美而达万物之理"③。美在"自然无为"，也就是要求人生达到"道"的境界。在庄子那里，道是人生所能达到的最高境界，即"逍遥游"的审美自由境界。庄周梦蝶，象征着在时空无限的梦中实现了对象化的自由，象征着人可以拥有不受陈规戒律的约束和压

---

① 《庄子·齐物论》。
② 《庄子·知北游》。
③ 《庄子·知北游》。

抑的自由。虽然这种自由的状态是短暂的，但其境界却是永恒的。人可以像蝴蝶一样，无拘无束、自由自在地徜徉在宇宙的大花园中，欢欣在自然无为中，自然人化，人对象化。这不正是庄子"逍遥游"的形象体现吗？"在这境地，心由超越、澄明而移向'圣地瞬间'——这是恍惚的时间：过去、现在、将来汇合在这一瞬间，也穷尽永恒在这一瞬间，生万有的'空'与化万物的'无'全聚合在这一瞬间。"① 这不正是庄子"物化"所追求的物我两忘、大化同流的生命境界吗？此时此刻是庄子这个"此在"最本己的存在，处于他最"本真样式的时间"，"在这里就可以看到：时间性在每一种绽出样式中都整体地到时"，"到时不意味着诸绽出样式的'前后相随'。将来并不晚于曾在状态，而曾在状态并不早于当前。时间性作为曾在的当前化的将来到时。"② 通过外在的自然，庄子实现了对无限之美的追求和对"道"的体悟。当然，在这里我们应该看到，庄子把自然无为之美绝对化，把个体自由的实现视为审美人生境界，有审美乌托邦之嫌。但这却反映了春秋战国时期人们开始觉醒，意识到自然并不是恐怖的对象，而是可以与之相生相容的对象；自然也不再是仅仅能够提供生活和生产资料的功利的对象，而是超功利的审美对象。

自然无为的事物必然是"清水出芙蓉，天然去雕饰"的，一旦加入了人为的因素，就必然失去了美，因为它违背了自然无为的"道"，所以庄子又提出了美在"法天贵真"的命题。"牛马四足，是谓天；落马首，穿牛鼻，是谓人。故曰：无以人灭天，无以故灭命，无以得殉民，谨守而勿失，是谓反其真。"③ 只有顺应自然，才能获得自然生命的自由发展。美在"法天贵真"体现了庄子要求把个体的本真自由消融在自然之中，主张人的性命之情的自由发展。自然生命一旦为外力所支配，就失去了自由，也就失去了真，失去了美，所以要"任其性命之情"④，"安其性命之情"⑤，"反其性情而复其

---

① 王文娟：《庄子美学时空观及其现代意义》，《陕西师范大学学报》（哲学社会科学版）1995年第 2 期。

② ［德］海德格尔：《存在与时间》，陈嘉应、王庆节译，熊伟校，三联书店 1987 年版，第414 页。

③ 《庄子·秋水》。

④ 《庄子·骈拇》。

⑤ 《庄子·在宥》。

初"①。"在这里，庄子已经意识到了美是自然生命本身的合规律的运动中所表现出来的自由。"② 庄子批判的是那些因追名逐利而失其性命之情的人，礼赞的是那些纯任自然、自在自得的真人。"物化"为蝴蝶的庄子，正是这种至真至纯的人。这样的人摆脱了一切功名利禄，获得的是一种恬然澄明的人生"展开状态"。正如海德格尔所言，真理唯有作为在世界与大地的对抗中的澄明与遮蔽之间的争执才显现自身。那么，人的本真性也应在去除了名利之后回归自然、与自然合一时才得以显现。蝴蝶的"真"就在于永远向往美好与光明（所以我们在阴天和雨天是看不见蝴蝶的），这是否可以看作庄子"道"的形象体现呢？那永远在阳光下、花丛中翩翩起舞的形象，是否可以理解为崇高与优美的结合呢？（虽然在中国古典美学中没有崇高这一范畴，但在西方美学里，"光"是崇高这一美学范畴的最高范式）正如徐复观先生所言，"庄子'物化'之物，必然是不在人间污秽之中的物。……因此，庄子的物化，于不知不觉中，便落到人间以外的自然之物上面去了"③。

二

下面我们再从意象理论的角度来分析庄子的蝴蝶。

我们知道，所谓意象就是着意之象，就是有意味的形象。它不再是客观事物的物象，而是融合了主观心理的物象。庄子为什么在众多的意象中选择了"蝴蝶"这一意象？正如我们上面所分析的，"蝴蝶"这一美学意象符合庄子的情趣，也体现了庄子的情趣。当庄子在梦中聚精会神地观照这一孤立绝缘的蝴蝶，并用情趣贯注其中时，就产生了这样一种能表现他内在生命情趣的形象直觉——蝴蝶的意象。此蝴蝶已非彼蝴蝶矣，它是一种形象直觉，而非客观物象，是体现了庄子"物化"境界的有意味的形象，更是庄子达到"逍遥游"的审美自由境界的载体。

《庄子》一书中有许多引人入胜、叹为观止的意象，如我们所熟知的扶

---

① 《庄子·缮性》。

② 李泽厚、刘纲纪：《中国美学史·先秦两汉编》，安徽文艺出版社 1999 年版，第 237 页。

③ 徐复观：《中国艺术精神》，春风文艺出版社 1987 年版，第 98 页。

摇直上九万里的大鹏、不食人间烟火的藐姑山上的神人，还有"无用之用"
的栎社树、形态丑陋但却具有人格魅力的哀骀它、叔山无趾等，庄子正是通
过这一系列异于常人常物的意象来阐发他的哲学和美学思想的。大鹏"怒而
飞"、"水击三千里"的崇高之美，神人"乘云气，御飞龙"的无限之美，栎
社树的大而无用之美，哀骀它"以恶骇天下"①的丑中之美，都体现了庄子
美学思想的本质和核心：对自由的向往和追求。那么，如何实现自由，达到
审美的人生境界呢？庄周梦蝶，即"身与物化"。通过蝴蝶来体道、悟道的
这一历程，既非直接使用概念，亦非感性的直观把握，更非逻辑的推理，它
是主观与客观、物质与心灵、认知与情感的交融。因而，我们可以说，美不
在于蝴蝶和庄周的形象，而在于蝴蝶与庄周之间物我不分的模糊的虚幻的一
种境界。"庄子学派肯定物与我能够统一，不把物与我看成是互不相容的东
西，既不用我去取消物，也不用物来否定我，而这种物与我的统一，当它在
人的感性的观照中呈现出来的时候，正是审美的境界。"②这种境界是要审美
主体消失了自我，进入这一世界中才能体验到的。正如叔本华所说："主体
已不再仅仅是个体的，而已是认识的纯粹而不带意志的主体了。这种主体已
不再按根据律来推敲那些关系了，而是栖息于，浸沉于眼前对象的亲切观审
中，超然于该对象和任何其他对象的关系之外"③，"好像仅仅只有对象的存
在而没有觉知这对象的人了"④。叔本华的这种物我交融、主客为一的忘我美
学与庄子的美学思想非常接近。但是庄子表现得更彻底，他像蝴蝶一样翩然
进入一种自在的无为境界，不再返回。庄子"无我"的永恒性和叔本华"无
我"的瞬间性，体现了中西方美学对审美自由境界的不同把握：一个是物我
一体，"万物与我为一"；一个只是无意志主体的暂时静观，人在此时自失于
对象之中。庄子以意象的冥想方式反观人生、体验人生，对中国文人的文化
心理、艺术思维有着深远影响。他那"独与天地精神相往来，而不敖倪于万
物，不谴是非，以与世俗处"，"上与造物者游，而下与外死生、无终始者为

① 《庄子·德充符》。
② 李泽厚、刘纲纪：《中国美学史·先秦两汉编》，安徽文艺出版社 1999 年版，第 257 页。
③ [德] 叔本华：《作为意志和表象的世界》，石冲白译，杨一之校，商务印书馆 1995 年版，第 249 页。
④ [德] 叔本华：《作为意志和表象的世界》，石冲白译，杨一之校，商务印书馆 1995 年版，第 250 页。

友"①的"物化"境界一直为古代乃至近现代中国文人所致力追求。

三

从生物学的角度来说,蝴蝶是一种体色艳丽,形态五彩缤纷,以吸食花蜜为主要能量来源的昆虫。种类很多,有的幼虫吃农作物,是害虫;有的幼虫吃蚜虫,是益虫。当然,庄子是不可能有这样的科学认知的。他不管蝴蝶是否吸食花蜜,是否有害有益,他看到的是美丽多姿的蝴蝶在阳光下的花丛中翩然飞舞,于是展开他最擅长的自由而丰富的想象,形成我们现在所看到的这一"蝴蝶"意象。那么,蝴蝶的翩然灵动、轻舞飞扬是否象征着他的"逍遥游"呢?

"逍遥游"的本意是指通过无拘无束的遨游达到一种悠闲放松的状态,庄子把其引申为一种精神的自由境界。庄子在《逍遥游》里讨论了两个层次的自由境界:一是列子的御风而行,然"犹有所待者也";一是"乘天地之正,而御六气之辩,以游无穷者"。前者是"有待之游",即有所凭借的"身游"、"物游",是相对的、有限的自由;日常生活中的"游"都是有待的,无论是搏击万里的大鹏,还是不食人间烟火的藐姑山上的神人,都要凭借云、气、风才能游。后者是"无待之游",即无须凭借任何外物的"心游"、"神游",是"独与天地精神相往来"的自由境界,庄子称之为"游心"、"物化",就是使自己处于一种淡然无为的状态,顺应自然,走向无为,如海德格尔的由去蔽走向澄明的过程,从而达到超然物外的精神自由的审美生存状态。由此可见,庄子的"逍遥游"既是借助于物质工具的自由运动,又是纯粹心灵的想象活动。而庄子所追求的"逍遥游"并非如大鹏和神人那样的"身游"、"物游",因为那不是常人所能及的,庄子的"逍遥游"是最本己的生存状态,是我们每个人都可以达到的生命境界,即"心游"、"神游"。因此,庄子提出"物物而不物于物"。②因为"物物"只能让我们暂时沉浸于自然之中,逃避现象界追求当下、眼前的流俗,最终应建立更为积极、更有

---

① 《庄子·天下》。
② 《庄子·山木》。

建设性的人生态度，即"不物于物"，也就是"乘物以游心"①，如解牛的庖丁、削木的梓庆、承蜩的佝偻者等等。庖丁解牛，"以神遇而不以目视"，"依乎天理"，"因其固然"，"恢恢乎游刃必有余地矣"，而且"合于《桑林》之舞，乃中《经首》之会"。② 梓庆削木，"不敢怀庆赏爵禄"，"不敢怀非誉巧拙"，"辄然忘吾有四肢形体"，"然后入山林，观天性"，③ 才创造出"以天合天"的艺术作品。这不正是常人所能及的"物化"状态和"逍遥游"境界吗？此时此地，人与万物都以其最本真的状态存在，无拘无束，体现了得"道"后的物我交融和超脱自由。因此，庄子的"逍遥游"既是生命存在的最高形式，又是精神自由的终极向往；既是最高的审美境界和艺术境界，又是最高的生命境界和哲学境界。

"蝴蝶"正是通向这一所在的媒介。在庄子那里，人与自然是融为一体的，因而人与蝴蝶是没有区别的。物我交感，庄周梦蝶；物我两忘，蝶乎庄乎；物我齐一，庄即是蝶，蝶即是庄。"此之谓物化。""物化"便是摆脱世俗礼法的羁绊，回归自然纯真的状态，也就是"心斋"、"坐忘"，"独与道游"。从此，自然便不再是神秘的恐怖的对象，而是人们可以亲近，甚至徜徉其中，求得心灵解放的精神家园。这种大自由、大解放，不仅非蜩与学鸠之辈所知，就是水击三千里、扶摇直上九万里的大鹏，甚至吸风饮露、乘云气御飞龙的神人也莫能及。徐复观认为，"达到心斋、坐忘的历程，主要是通过两条路。一是消解由生理而来的欲望，使欲望不给心以奴役，于是心便从欲望的要挟中解放出来，这是达到无用之用的釜底抽薪的办法。""另一条路是与物相接时，不让心对物作知识的活动，不让由知识活动而来的是非判断给心以烦扰，于是心便从对知识的无穷追逐中得到解放，而增加精神的自由。"④

以上就是我们对庄子"蝴蝶"这一意象背后所蕴含的意味的读解和分析。正是通过"蝴蝶"这一独特的意象，庄子达到了"物化"，实现了"逍遥游"的审美自由境界。庄子的"蝴蝶"意象对中国文学史的影响也隐约

---

① 《庄子·人间世》。

② 《庄子·养生主》。

③ 《庄子·达生》。

④ 徐复观：《中国艺术精神》，春风文艺出版社 1987 年版，第 61 页。

可见。如李商隐的"庄生晓梦迷蝴蝶",尤其是世人所传颂不衰的经典剧目"化蝶"。① 梁山伯与祝英台为何不化为一对鸳鸯?或是并蒂莲花?而是化为一双蝴蝶翩翩飞舞,渐行渐远,如梦如幻般地消失在人们的视线中。这一形象永远刻画在了我们的脑海里,给我们以无限的遐想:他们是向着光明而幸福的所在飞去,那里没有约束,没有限制,有的只是自由和美好。这不正是庄子的"物化"、"与道为一"的自由境界吗?体现了庄子那想象性的对现实的情感超越和直觉化的诗意寄托。庄子对审美自由境界的向往和追求明显不同于儒家美学的伦理政治化倾向。这是一种更加纯粹的美学,是中国美学的另一种气质和特征,对后世美学影响深远。

(原载于《安徽大学学报》(哲学社会科学版) 2006 年第 2 期)

---

① 有趣的是,在现代流行歌曲中有很多是与蝴蝶相关的。如庞龙《两只蝴蝶》:我和你缠缠绵绵翩翩飞,飞跃这红尘永相随;刘若英《蝴蝶》:梦里蝴蝶翩然飞舞;陶喆《蝴蝶》:看见一只蝴蝶飞过废墟,是那么的美丽就像一个奇迹。类似的还有很多。这应该是受梁祝"化蝶"这样一个美丽传说的影响吧。

当代美学研究的方法论反思

杨　杰

　　一百多年前，恩格斯在致威纳尔·桑巴特的信中指出："马克思的整个世界观不是教义，而是方法。它提供的不是现成的教条，而是进一步研究的出发点和供这种研究使用的方法。"① 在这里，恩格斯深刻地认识到，马克思主义哲学作为一种世界观，只有转化为方法论时才能真正地成为人们认识活动和实践活动的科学指南，才能成为实践的有力武器，如果仅仅停留在当作背诵的词句，当作一般概念和原理，而不愿意或不善于把它化作方法，这是教条主义的表现，对实践毫无益处。我国著名哲学家艾思奇对此也有独到的见解，认为"通常我们讲哲学原理的时候，都要提到它们的实践意义。应该说，所谓哲学的实际意义，就是它的作为认识方法的意义，因为辩证唯物主义各项原理必须作为方法加以掌握，然后才能帮助我们正确地去观察问题、解决问题"② 。马克思主义哲学方法论的意义，就是它作为一种科学的理论体系本身所具有的帮助人们正确认识并解决各种实际问题的能力，由于哲学的高度抽象性，人们不可能借助马克思主义哲学方法论直接认识和解决任何实际问题，但它却可以为人们正确地认识和解决各种实际问题提供最一般的科学指导。然而，在当前的美学理论研究中却出现了忽视方法论科学性的倾向，值得我们予以重视。

---

① 《马克思恩格斯全集》第 39 卷，人民出版社 1972 年版，第 406 页
② 艾思奇：《辩证唯物主义纲要》，人民出版社 1978 年版，第 7 页。

一

　　回顾新中国成立以来美学理论的发展脉络，大体经历了认识论美学、实践美学和多元化美学并存的三个阶段。

　　自20世纪50年代开始，不管是老一代的美学家，还是新一代后起之秀，都在自觉地向马克思主义靠拢，并且试图用马克思主义指导、修正自己的美学理论。他们在马克思主义美学思想研究的旗帜下，推动了马克思美学思想的研究。此间，影响最大的美学观点有四类，即以朱光潜为代表的关系说、以李泽厚为代表的客观社会性说、以蔡仪为代表的客观说、以高尔泰为代表的主观说。他们通过解读马克思的著作立论自己的思想体系，构成了当时马克思美学思想研究的主要力量，同时也构成了发生于80年代的马克思美学思想研究视角转换的基本背景。今天，尽管人们可能不断指责这些理论的许多局限和不足，并在试图做着"超越"这些理论的努力，但我们必须肯定这些研究成果在马克思美学思想研究发展历程中的重要作用，这是当代美学理论深入思考的基点。

　　在上述理论体系中，以李泽厚为代表的实践美学影响力最大，取得的成就也最突出。李泽厚从马克思的巴黎手稿和实践观点立论，高度重视和强调实践概念在马克思哲学、美学思想中的意义，并从而高度重视和强调实践主体的作用。在相当长的一段历史时期内，实践美学甚至被视作马克思主义美学思想的权威解释而广为接受。实践美学充分肯定了"自然的人化"和"人的力量本质化"的思想，奠定了美的本质研究的科学基础，这条正确的研究途径使我国美学界对美的本质问题的理论探讨迈入了一个新的阶段。实践美学从马克思"人类社会生活的本质是实践的"这一根本观点出发，看到了人与自然的对象性关系是在社会实践中现实生成的，社会实践之中自然的人化是主体与客观对象之间审美的以及其他各种关系的共同自由的本质。由此出发，"从实践对对象现象能动作用的探讨中，来深刻地论证美的客观性和社会性，从主体实践对客观现实的能动关系中，实即从'真'与'善'的相互作用和统一中，来看美的诞生"①。认为"美不是物的自然属性，而是物

---

① 李泽厚：《美学论集》，上海文艺出版社1980年版，第161页。

的社会属性"，"美是形象的真理，美是生活的真实，真和善在现实生活中，本应是完全一致的、不可分割的统一的存在"①。由于其理论中的实践观念中忽视了自然生成的物质性基础，导致"目中无物"的片面性，后遭到"后实践美学"的非难也是情理之中的。

固然，实践美学的观点离开了审美主体的特殊的本质力量，离开了特定的对象性关系对审美对象的特殊性，"没有看到审美对象不是一般的人化自然，而是由审美客体的本质同与之相适应的审美主体的本质力量所构成的特定的对象性关系——审美关系规定的对象，把一般当作了特殊，混淆了真、善、美的界限，混淆了审美对象与认识对象、实践对象的本质区别"②。在以"自然人化"说解释美的成因时更为重视人对自然的能动性，而忽视了人的受动性的一面。殊不知，马克思指出："说一个东西是感性的即现实的，这是说，它是感觉的对象，是感性的对象，从而在自身之外有感性的对象，有自己的感性对象。说一个东西是感性的，是说它是受动的。"③马克思所讲的"对象化"并不只是能动性的对象化，还是受动性的对象化，人的主动性既来源于受动性，又受制于受动性，人的"这些器官同对象的关系，是人的现实的实现（因此，正像人的本质规定和活动是多种多样的一样，人的显示也是多种多样的），是人的主动和人的受动，因为按人的方式来理解的受动，是人的一种享受"④。实践美学对自然美等问题更是难以自圆其说。因此，对实践美学的超越是历史的必然，也是应该的，问题是如何超越。

因此，以"后实践美学"为代表的一些美学流派，他们以审美活动为本体论的核心范畴，凸现美的个体性、精神性、超越性特征，认为审美是超理性的而且应该是对这种超理性的追求，审美的本质不是感性与理性的矛盾运动，因此，他们认为后实践美学的价值就在于对实践美学的超越，就表现在对审美本质超理性的界定上。⑤

他们将矛头指向了"实践"，用"生命"、"存在"等范畴否定、取代

① 李泽厚：《美学论集》，上海文艺出版社 1980 年版，第 29、32 页。
② 马龙潜：《当代文艺学—美学观念引论》，山东大学出版社 2000 年版，第 115 页。
③ 马克思：《1844 年经济学—哲学手稿》，人民出版社 2000 年版，第 107 页。
④ 马克思：《1844 年经济学—哲学手稿》，人民出版社 2000 年版，第 85 页。
⑤ 章辉：《论审美活动与超理性追求》，《河北师范大学学报》2000 年第 3 期。

"实践"，以此实现对实践美学的"超越"。其理论的建构对一以贯之的思想脉络和哲学基础表现出不同程度的忽视和轻视，殊不知，任何美学理论的构建都是以哲学为基础的，如果缺乏这一坚实的理论根基，貌似惊人的理论大厦就会成为空中楼阁，不堪一击。如果我们对此熟视无睹，不加分析，可能会导致美学理论的研究步入误区。

从以上这两种发展倾向中我们不难发现这些美学理论研究中的薄弱点都是忽视其理论体系的思想理论基础，即哲学的基本问题，因为美学问题归根到底还是一个思维与存在的关系问题，是一个哲学认识论的问题，以什么样的方法论为武器直接影响到其理论的科学性。

二

不可否定的是，如同我们所赖以生存的五彩缤纷的社会生活一样，文学也像万花筒般展示出其婀娜多姿，美学理论的多元化发展自然是情理之中，以不同的视角、不同的方法审视文艺、探讨文艺规律并以此为契机综合创新是我国当代文艺理论健康发展的应有之路，同时，更应该是一个以其所产生与生存的特定的历史时代的基本精神为灵魂的多样统一的结构整体。如果这种理论学说脱离了它赖以产生和生存的历史环境，脱离了整体或与整体中的其他部分的联系，仅仅从某一个角度、某一个方面、某一个层次或某一个部分去界定美学的基本理论与规律，那么，这种理论充其量也只能是一个"片面的真理"，难以全面而科学地揭示美学学科的本来面貌和客观实际。在我国美学理论的研究、探讨过程中，的确存在着仅仅单一地依据某一方面的认识去揭示美学的规律而忽视了美学所处的整个系统中的相互联系的弊病。如以往在文艺学、美学研究中居于主导地位的政治文化的理论模式、新时期以来颇受人们青睐的审美的理论范式，以及近年来兴起的文化的理论范式，虽然都有理论意义和价值，但只是对美学这个结构整体的某一层面、某一部分的个别的把握，只是对这个整体认识过程中的一个界定、一个环节的研究，这个研究仅仅把美学理论的动态结构进行了分解，但缺少再综合、运动和静止的辩证统一，以致出现将本应丰富多彩的美学研究简单地定位于或是政治的，或是文化的，或是审美的本质的理论偏向。显然，能否正确地选择、运用科学的方法从事美学研究工作，这是能否能够真正实现整合互补、综合创新的基础和前提。

从方法论的视角，这里存在着一个"元方法"和"类方法"的关系问题。作为独立学科的文艺学、美学，其研究有其特殊的思考和提问的方式，应有其自身的具体类方法，那种将哲学的方法论简单化，机械地移植到具体学科的研究中并以此取代具体学科自身方法论存在的合理性的做法显然是行不通的，这方面是有前车之鉴的。因此，我们不仅要以马克思主义哲学为美学研究的理论基础，还要寻求一个适应该学科特点的方法论，这种具体学科的方法论与马克思主义哲学方法论之间既有联系又有区别，它们在哲学基本问题上观点是一致的，但它们不是一个层面的概念，如果把后者称作"元方法"的话，那么，前者是更接近文艺活动实际的"类方法"。元方法是类方法的方法，具有一元性，即在元方法的层次上，元方法之间是难以调和并存，表现出明显的排异性特点；而类方法作为从属于元方法的方法，它可以在元方法的规定、指导下实现类方法之间的互补。另一方面，我们必须同时清醒地认识到，实践美学也好，后实践美学也罢，还是其他形形色色美学理论，不管其标举的旗帜多么"现代"、"新潮"，在这理论的纷呈迥异的后面，也就是说，在理论探讨的五彩斑斓的表象的深层，我们绝对无法回避的是哲学层面的对那些最根本观念和问题的界定，实现文艺学、美学理论的真正的科学、健康发展，必须将我们的理论体系搭建于坚实的哲学基石之上，以哲学的方式阐释文艺的本质问题，再以此为切入点来揭示文艺的、美学的其他问题与规律。也就是说，作为"类方法"的文艺学、美学研究的方法，是不可能逃脱作为"元方法"的哲学的统摄。那种企图躲避、逃避哲学的元问题的探讨而直接解决文艺学、美学的具体问题的做法，如同缘木求鱼、舍本逐末，在导致其理论体系极易坍塌的同时，终将回归到哲学的层面并且一定会暴露出其世界观和方法论上的致命弱点。

因此，当我们进行文艺理论、美学理论探讨时，那些企图否定哲学作为"元方法"的指导意义，否定哲学作为世界观的意义的美学理论研究本身，由于缺乏哲学根基而存在着致命弱点。一个科学的方法论，应该具有优秀的理论品格，那就是能够不断地对各种不同的思想观点和理论范式进行辩证分析和综合，在与它们的整合互补中使自己逐渐成长、壮大起来。以此方法论为武器从事美学研究工作，便会将以往的美学理论加以辩证否定，找到一条与人类历史进程、与人类历史发展方向、与时代精神相吻合的中国当代美学理论一以贯之的思想线索，从而建构一个为适应 21 世纪的美学理论奠定坚实基础的新的美学理论体系框架。很明显，我们这里所说的美学理论的综合创新，既不同于那些把各种理论学说和观点平面地、不分主次地排列、组合，而见不出概念和范畴辩证运动的综合；也不同于那种离开历史和时代具体规定性，逃避对现实生活实践所提出具体问题的回答，而缺乏现实生活根基以及失去其时代精神支撑和统摄的综合，正相反，却是通过对以往的理论研究成果进行重新审视、辨识、转换和吸收，以从中提炼出能够借以回答所研究问题的理论观点。美学研究的出路在于"综合创新"，在本质上看，这是对学术本位和学术立场的重新定位，是对美学理论研究途径和方法的重新选择，是一种新的理论观念的再确立，而这一切的实现，又是通过建设一种新的美学理论形态和理论结构———一个新的当代形态美学理论的体系框架来得以实现的。要建构这样的理论框架，没有科学的方法论是望尘莫及的。

三

马克思主义哲学作为科学的世界观和方法论的高度统一的理论体系，具有优秀的理论品格，可以而且完全能够承担起建构当代美学理论框架的方法论重任。

卢卡奇在谈到"什么是正统的马克思主义"时，非常严肃地指出："马克思主义问题中的正统仅仅是指方法。它是这样一种科学的信念，即辩证的马克思主义是正确的研究方法，这种方法只能按其创始人奠定的方向发展、扩大和深化。而且，任何想要克服它或者'改善'它的企图已经而且必将只能导致肤浅化、平庸化和折中主义。"[①] 这一对马克思主义的大胆设定直接成了"西方马克思主义"的理论导源，方法论的马克思主义成为"西马"始终贯彻的思想传统，特别是到了法兰克福学派的手中，以"社会批判理论"为核心的方法论武器被广泛应用于分析和批判资本主义社会的政治、经济和文

---

① [匈] 卢卡奇：《历史和阶级意识》，张西平译，商务印书馆 1992 年版，第 48 页。

化诸领域，给西方社会以极大的震动。"西马"从方法论层面对马克思主义的解读思路是值得我们借鉴的。但长期以来，这一方法论视角却没有引起足够重视，从而使其"革命的和批判的"品格被大大削弱了，这一对马克思主义方法论的忽视态度同样也存在于当代美学理论研究中。

马克思主义哲学是在不断"扬弃"的过程中自身日臻科学、完善的。我们知道，马克思的理论生涯是从接收并信仰黑格尔哲学开始的，只不过以"自我意识"取代"绝对精神"。然而，当这一理论与现实问题，特别是对现实的国家及统治阶级相结合时，便发现了理论与现实的二律背反：因为按照黑格尔理性学说，统治阶级及国家便是合理性的结晶，但在现实生活中统治阶级利用国家理性来奴役人民并导致主体性的丧失却是根本不合理的现象，于是他便寻找另一个理论支点，确证了费尔巴哈的一般唯物主义原则，即用主宾颠倒的人本学辩证法展开对黑格尔哲学及其在当时的代言人青年黑格尔派的批判和改造，并在激烈批判中完成并发展了费尔巴哈的人本学辩证法，即在方法论上划清了与黑格尔的思辨辩证法的界限："我的'方法'……是借助人，把一切超自然的东西归结为自然，又借助自然，把一切超越人的东西归结为人，但我一贯地只把明显的、历史的、经验的事实和例证作为依据。"① 于是，"我们只要经常将宾词当作主词，将主体当作客体和原则，就是说，只要将思辨哲学颠倒过来，就能得到毫无掩饰的、纯粹的、显明的真理"②。可见，费尔巴哈创立的哲学把辩证法不是视为思维自身的独角戏，而是视作主体的人与客观的人与自然的相互作用。这是对黑格尔哲学的否定性承接，也是马克思实现的第一次方法论革命。

但是，马克思也发现了费尔巴哈理论的缺陷，就是把立论的基点放在自然而不是放在社会："费尔巴哈的警句只有一点不能使我满意，这就是：他过多地强调自然而过少地强调政治。然而这一联盟是近代哲学能够借以成为真理的唯一联盟。"③ 此时的马克思本人对黑格尔哲学方法论的革命意义的

① [德] 费尔巴哈：《费尔巴哈哲学著作》上卷，荣震华译，商务印书馆1984年版，第249页。
② [德] 费尔巴哈：《费尔巴哈哲学著作》上卷，荣震华译，商务印书馆1984年版，第102页。
③ 《马克思恩格斯全集》第27卷，人民出版社1972年版，第443页。

重要性认识不够，这就决定了他的批判仅仅停留在"价值应该"上，对现实的分析也停留在一种人道主义的价值批判，后来马克思通过对经济学进行深入研究，认识到黑格尔哲学的深刻历史感，再通过对费尔巴哈人本异化史观的批判性分析，完成了对直观唯物主义的超越，从而实现了其方法论的飞跃，即以根植于一定的社会关系、物质生产等范畴而创立的历史辩证法代替了先前的人本学辩证法，唯物史观的科学视界由此才真正凸现了出来。在《关于费尔巴哈的提纲》中，马克思开始创建一种新的方法论，现实的社会关系视角成为其理论思考的新基点，指出："人的本质不是单个人所固有的抽象物，在其现实性上，它是一切社会关系的总和。"① 这里，马克思不仅对人的本质进行了新的规定，还从方法论进行了创新。他在试图解构和颠覆一切抽象的、先验的、非历史的体系哲学，从而宣布旧哲学的逻辑本体论的解体，这一方法论视角在《德意志意识形态》中得到了系统的表述。他指出："在思辨终止的地方，在现实生活面前，正是描述人们实践活动和实际发展过程的真正实证科学开始的地方。关于意识的空话将终止，它们一定会被真正的知识所代替。对现实的描绘会使独立的哲学失去生存环境，能够取而代之的充其量不过是从对人类历史发展的考察中抽象出来的最一般的结果的概括。这些抽象本身离开现实的历史就没有任何价值。它们只能对整理历史材料提供某些方便，指出历史资料的各个层次的顺序。但是，这些抽象与哲学不同，它们绝不提供可以适用于各个历史时代的药方或公式。"② 他赋予了这种新哲学的历史使命——"实际上，而且对实践的唯物主义者即共产主义来说，全部问题都在于使现存世界革命化，实际地反对并改变现存事物。"③ 到《致安年柯夫的信》的写作，马克思自觉运用了历史主义方法，确立了科学的社会批判理论的全新基础，并依此将唯物史观和辩证法真正统一起来。这一深刻的历史主义方法渊源于辩证法，"因为辩证法在对现存事物的肯定的理解中同时包含对现存事物的否定的理解，即对现存事物的必然灭亡的理解；辩证法对每一种既成的形式都是从不断的运动中，因而也是从它的暂时性方面去理解；辩证法不崇拜任何东西，按其本质来说，它是批判的和革

① 《马克思恩格斯选集》第 4 卷，人民出版社 1995 年版，第 14 页。
② 《马克思恩格斯选集》第 1 卷，人民出版社 1995 年版，第 73—74 页。
③ 《马克思恩格斯选集》第 1 卷，人民出版社 1995 年版，第 75 页。

命的。"①

从马克思主义形成过程中可以发现，他们不断吸收、借鉴不同的理论来源，并将其辩证否定为自己理论体系不可缺少的内容。而发展到今天的马克思主义思想理论体系仍然应该和可以把包括当代西方哲学、美学和文艺理论在内的一切有利于自身发展的成果吸收过来，通过对它们的辩证否定来不断丰富和拓展自己的视野。马克思主义的这种其他任何思想理论所无法比拟的理论品格，一以贯之地体现在其理论研究的方法论意识上。

四

马克思主义方法论具有优秀的理论品格，它能兼收并蓄各种理论学说中的合理成分，以批判的精神在不断克服以往理论缺陷和自身理论不足的同时，又虚心借鉴各种新的理论学说中的合理成分，使自身理论体系得以发展、完善，与时共进，成为科学的世界观和方法论高度统一的、能有效地指导人们的社会实践的科学理论。

与此相对照，反思当前美学理论的研究，我们不难发现其理论研究方法论中存在的问题。这主要表现为两种势态：

一是在揭示审美本质时，试图创造一种超越历史与空间，放之四海皆准的抽象的、永恒不变的人类共同的"文学精神"或"人文精神"，持论者把作为社会关系总和而存在的人抽象为超社会、超实践的"人性"、"主体性"，不仅将人的社会属性与自然属性割裂开来，而且对立起来，主张以抽象的"人性论"作为审美本质；把科学精神与人文精神相分离，并将其中的一个方面推向顶峰，以"人文精神"作为学科的本质。

二是力图将美学研究回归到人类学、文化学的基点上，试图为美学理论找到一个超脱于乃至于独立于人类社会具体历史制约的、特别是当代中国社会发展实际的所谓"纯艺术"、"纯学术"的学科学术本位，并将这种预先设定的"超然性"、"独立性"视作衡量艺术与学术真伪与优劣的标尺。持此论者，不顾人类社会历史特别是当代中国社会发展的实际，混淆不同时代、

---

① ［德］马克思：《资本论》第 1 卷，人民出版社 1975 年版，第 24 页。

不同经济结构和社会制度下的文学艺术相互区别与联系的关系，把对传统文论的"抽象继承"和对西方现代文论的照搬和移植，作为发展当代中国美学的出发点。他们一方面希求用从对中国古代和西方现当代文论的诠释中所得到的抽象的"文学精神"和"人文精神"，来取代由社会主义现代化建设的理论与实践所提供的时代精神，从而颠倒了美学及其理论产生和发展的源与流的关系；另一方面，则通过强调美学理论专门话语的特殊性，疏离乃至摆脱社会中心话语对其的统摄性，从而回避了当代社会现实要求美学理论应该也必须回答的一系列理论问题，也背离了社会实践是最终判定学术研究的真伪与正误的唯一标准的基本原则。

以上这两种较有代表性的理论研究倾向，在客观上向我们提出了当前美学理论研究所面临的一系列亟待解决的基本理论问题，其中最根本的则是如何确立该美学理论体系的哲学基础问题，不仅有世界观方面的问题，还有更直接而突出的方法论意识，人与审美对象的关系归根到底还是一个存在与思维的关系问题，是哲学认识论问题，是哲学认识论所决定的审美认识论问题。在这个问题上，以辩证唯物论的认识论为基础的马克思主义美学观的认识论与旧唯物主义和唯心主义的认识论有着原则性的区别。

当前一些美学理论批评实践美学过分重视理性的作用，而竭力张扬美的个体性、自由性和审美活动对人生的价值等，认为审美活动是人的全部精神、生命（包含非理性的精神和生命的全部投入）的活动，尤其是反驳认识美学和实践美学从审美对象的属性方面探寻美的本质的研究途径，采取直接从审美活动主体方面揭示美的本质的策略，将美归结为作为审美主体的所有精神活动，譬如生命活动、自由精神世界、本能等，否定"人的本质对象化"的本质论观点，取消一切二元对立的因素，试图以与现实融为一体的本质的现象，以及现象即是其本质的不可分割的人的存在为起点寻求、规定美。他们认为其理论的"价值"在于超越了主观、客观的二元对立以及建构于这种二元对立之上的主客观统一，可以从精神上自由地去实现美的自由。在他们看来，由实践达到的自由是有限的自由，实践只是有限地改造了现实的世界，不可能无限制地被肯定，真正的自由存在于精神领域。这种观点反映到创作论上，则是主张超越主观、客观以及建立在此基础上的主客观统一论，试图实现一种自由地去实现自由的艺术创作，而这种创造观所张扬的绝不是必然、一般和本质，而是偶然、特殊、现象，他们借助"蝴蝶效应"、"测不准原理"以及"耗散结构理论"的"不平衡是有序之源说"等理论来证明偶然性、随机性不仅大量存在于自然界和人类社会之中，而且其作用在系统的进化中越来越大，有时甚至起支配作用。这种理论贬低、甚至否定客观必然性的一面，必然陷入不可知论。

有的美学理论把审美活动提升到本体的高度，认为美的本质在于对审美自由的追求，而审美自由具有无限性、精神性、个体性和超越性，它可以超越一切限制，审美有非决定论非因果性特征，它自身就是它存在的依据，不外求他物而存在。审美自由源于非理性冲动，能突破感性理性认识达到超理性体验，是对主体存在意义的直接领悟，形上追求是审美的本质；他们认为从主客关系出发的美学最终也无法企及审美活动，因为从主客关系出发的美学往往把认识活动作为根本的生命活动，而后实践美学则从超主客关系出发，能发掘出作为实践美学理论基础的认识活动所无法追寻的本源——这本源恰恰是人类生命存在和生命活动的真正来源，最具本源性，它是人类生命存在中最为重要的东西、人类生命活动的根本需要。

我们并不反对把审美需求看作"精神的动力"，但还要进一步探问"动力"之后的动力是什么。肯定意识的特殊性和相对独立的第二性地位的前提是首先承认物质的第一性，这是不同于唯心主义的根本区别。而且，将审美活动提升到人类生命存在中最为基本、人类生命活动的根本需要的地位，显然是难以自圆其说的。对于"人的审美需求与生理物质需求哪个更为基础性"这个问题的答案是不言而喻的。人只有在满足诸如温饱等生理需求的基础上，即只有解决了最基本的个体生命生存问题之后，才可能论及属于较高层次的情感需求的审美活动，否则就如同与一个连温饱这些最基本生存条件尚无保障的乞丐大谈审美活动的重要性一样不可思议，因为乞丐的一切活动的本源与其说是审美需求倒不如说是为了生存"活着"更为准确。况且，审美活动毕竟也是人的实践活动的一个重要组成部分。伴随历史前进步伐，实践的概念也在不断被赋予新的质，徐碧辉对此把握是较为准确的。她认为："实践是人或人类与对象世界之间所进行的一种物质的或精神的交流活动。这种交流可以体现为物质性或制度性的对对象世界的改造、变革，也可体现为人与人之间的物质的、信息的或精神的交流，还可以呈现为精神性的对对象的体验、感受。实践活动可以是现实性的也可能是想象性、虚拟性的。"①
这正如美国科学家德尔图佐斯所指出的那样，人类最初的三次社会经济革命
都是以物质为基础和对象，犁的发明引发了农业革命，蒸汽机的出现导致了
工业革命，计算机的诞生唤醒了信息革命；第四次革命将是以地球上最珍贵
的资源——人自身的理解为目标。的确，从人类发展历史来看，如果说，工
业革命以前的人类社会面对的是如何生存问题，在人与外部世界的关系中更
多地表现为物质性的实践关系，也就是我们以往通常所理解的人类改造客观
世界的现实的物质性活动；那么，产业革命带来的生产力的飞速发展则全方
位地推动了人类社会的巨大变革，尤其是在知识经济的今天，人力资本地位
的凸现使得作为主体的人展现出更为广泛而丰富的本质，不仅表现为物质性
实践活动，更表现为精神性的实践活动。以往在社会生产力发展中居重要地
位的是物质资本，而在知识经济时代知识资本（人力资本）取代了物质资本
的决定性地位，人的体力因素地位下降，而精神因素得以不断提升。因此，
那些呈现为精神性的对对象的心理的、想象性的体验、感受式的实践活动同
样也是人的实践活动方式之一。只要人以实践方式与客观实践发生关系，就
不可避免地存在主客体之分。由此可见，只要我们承认审美活动的存在，就
不能否定人类的实践活动，更无法回避主客体之分。

　　至于将审美活动界定为纯粹的、孤立的精神界的自我运动、自我发展
的活动，认为审美自由是一种从必然中提升而出的、纯粹的、不受任何限制
的自由的观点，则是否定了物质第一性，陷入了唯心主义的窠臼。

　　人的精神自由就是绝对自由，就是超越时空限制吗？显然不是。我们
知道，人与外部世界形成主客体关系结构，在这个外向关系中，主体的人受
制于客体的外部世界，这个道理不需多说，仅就审美主体自身与自身形成的
内向关系来分析，人的精神自由也是有条件的自由，是受制于自身客体限
制、规定的自由，那种绝对的自由只有在唯心主义者那里才能找到存在的可
能和土壤。

　　与将审美定位于纯粹的精神自由的观点不同，当代美学呈现出另一种
态势，那就是力图将美学研究回归到人类学、文化学的基点上。诚然，这种

---

① 徐碧辉：《主客体之分与新世纪美学的建构》，《学术月刊》2002 年第 9 期。

研究方式充分肯定了"文学即人学"的命题，将文艺、审美研究置于人类文化大背景之下，开拓了我们研究的视野。

然而，理论的具体建构却出现了偏差。在主观方面表现为试图建立一个超越时空，放之四海皆适用的理论范式，找到一个永恒不变的人类共同的"文学精神"。在理论探讨时忽视人类文学发展的历史事实，把文学的具体内容抽象为孤立的概念，以纵贯古今中外的抽象的"人文精神"置换我们今天的时代精神，把作为社会关系总和的人抽象为超社会、超实践的"人性"，以此为逻辑起点建构理论体系。这种理论可以超越乃至独立于当代政治、经济和意识形态，获得了"世外桃源"般的学术品格，并以此"超然性"、"独立性"作为甄别学术研究真伪、高低的尺度，客观上造成了引导学术研究远离现实生活的倾向，而这种回避现实的态度是与以"改变世界"为己任的马克思主义实践哲学相背离的。

我们应该承认，这种认识态度和研究方法坚持了唯物主义，看到了"文学是人学"，从"人学"的角度研究文学存在的本体，是有一定的道理。然而，这里所指的文学表现的"人"究竟是什么？在这个问题上，人类学美学理论实际上又返回到了马克思主义哲学已经超越的费尔巴哈唯物主义的人本学的水平。我们知道，马克思从费尔巴哈的《关于哲学改造的临时纲要》得到最直接的唯物主义，但他发现了问题："费尔巴哈的警句只有一点不能使我满意，这就是：他过多强调自然界而过少地强调政治。然而，这一联盟是现代哲学能够借以成为真理的唯一联盟。"① 对于费尔巴哈的这个问题，恩格斯在《路德维希·费尔巴哈和德国古典哲学的终结》中这样批评道："他紧紧地抓住自然界和人；但是，在他那里，自然界和人都只是空话。无论关于现实的自然界或关于现实的人，他都不能对我们说出任何确定的东西。但是，要从费尔巴哈的抽象的人转到现实的、活生生的人，就必须把这些人当作在历史中行动的人去研究。"② 意识到费尔巴哈唯物主义的局限，马克思将目光转向政治、历史。列宁在《唯物主义和经验批判主义》中反复强调马克思主义哲学最重要的是"**辩证**唯物主义"而不是"辩证**唯物主义**"，是"**历**

---

① 《马克思恩格斯全集》第 27 卷，人民出版社 1972 年版，第 442—443 页。

② 《马克思恩格斯选集》第 4 卷，人民出版社 1995 年版，第 236—237 页。

史唯物主义"而不是"**历史**唯物主义"。也就是说，在历史主义的方法中涵盖着辩证方法的原则，在辩证方法中涵盖着历史主义的内容，二者是统一的。在这里，列宁深刻地指出了马克思主义超越费尔巴哈唯物主义的原则性区别：虽然在主客体关系中，两者都坚持了唯物观，但更为重要的却是马克思主义运用了辩证法，克服了机械唯物主义的局限，把现实的社会看成暂时的，在对现存事物的肯定的理解中包含着对现存事物的否定的理解。它不崇拜任何事物，从本质上看，它是批判的和革命的。

费尔巴哈直观地抽象出人的"类本质"，抛开了人的历史过程，即特定的历史时期的人的社会关系，运用的是非历史主义的方法，所得到的结果必然是抽象的人。在机械唯物主义者眼里，"思想对大脑的关系，有如胆汁对肝脏或者尿对肾脏的关系一样"①，他们坚持唯物论，但却用物理学和化学元素原理来说明生物界现象乃至整个世界。因为他们坚信，无论是有机界还是无机界都是由原子构成的，世界无非是一堆原子，无机界与有机界并无实质的区分，精神不过是一种特殊的物质或物质的机能，于是，这种唯物主义将绚烂多彩的世间万物归结为一种物质——原子。以此观点作指引，世上的一切都可以从世界的原子或物质构成中得到说明。而马克思哲学，由于所运用的武器——辩证方法的特点不是把事物仅仅看作事物，而是从过程中来把握事物，不是把事物看成一个实体，而是看成一个过程，不是以静止眼光看事物，而是在不断发展过程中看事物，以历史的观点审视机械唯物主义物质观，便发现了生命的出现和精神的出现具有重要的意义，它们一经产生就既不能被还原，也不能被取消，并且形成了由低到高的自然等级序列中的新层次，马克思主义认识到了机械唯物主义所没有看到的自然界客观存在的等级层次和高层次的等级层次具有低层次的等级层次所不具有的属性的特征，不仅看到了精神是物质世界长期发展的产物，是人脑的机能，是客观物质世界反映的一面，而且更深刻地认识到精神自产生起所具有的社会特质和精神对物质的能动的反作用。因此，马克思主义哲学在其本体论中明确肯定意识的特殊性和相对独立的第二性的地位和作用，充分肯定人类意识在社会实践活

---

① ［苏］K. C. 巴克拉捷：《近代德国资产阶级哲学史纲要》，涂纪亮等译，中国社会科学出版社 1980 年版。

动中的能动性，并把它纳入其辩证的框架结构中。以此观点和方法对人进行研究，就克服了从抽象的人性出发的弊端。辩证唯物主义从现实的人，即从人生活于其中的社会现实的客观基础出发，根据历史发展的客观进程，具体地把握体现着人的现实社会差别的本质，这种本质并不表现为人的抽象的规定性，而是在社会现实的生产和生活中生龙活虎地呈现出来的内容。因此，马克思以现实的社会关系为理论研究视角审视费尔巴哈的人本学思想，认为"人的本质不是单个人所固有的抽象物，在其现实性上，它是一切社会关系的总和"①。这里需要特别说明的是，马克思试图解构和颠覆一切抽象的、先验的非历史的体系哲学，"社会关系"这一范畴的使用又是对"类"、"社会"等抽象概念的重新界定。马克思所坚持的人，是历史的产物，是人在历史发展的动态过程中表现出自己的本质，这并没有一种固定的、永恒不变的"类本质"。

　　辩证法的基本观点不是把研究对象仅仅当作实体，而是把它置于历史发展过程中，从其产生发展的具体过程中来予以研究。辩证法不承认任何超感觉的本体，认为一切所谓的本体都是有限物，是可感知的。可进入科学认识范围之内的东西列宁称作是有形实体，有形实体即有限的事物，都是有始有终的，存在于历史之中的，绝不是绝对的东西。费尔巴哈的"类"，也只能存在于现实社会的个体之中。在这一点上，马克思超越了费尔巴哈的机械唯物主义。

　　由此反观，在当前的人学研究中普遍存在着的那种逻辑，即由一种抽象的人性（感性经验或普遍理性）出发来解释和阐发人的本质、人的规定和人的发展，达到的只能是一种肤浅的、抽象的具体，这正是费尔巴哈机械唯物主义的人本观，也正是我们说当代一些人类学美学研究又回到马克思主义之前的旧唯物主义阶段的依据。其实，以抽象的"人性论"阐释审美活动和文学的本质在历史上并不新鲜。其实，这种错误并不新鲜。19 世纪的德国思想界就没有充分重视马克思在哲学上所实现的革命性的变革，而是固守抛弃辩证法的纯粹唯物主义。他们主张在自然科学研究中运用还原论，将达尔文的生物进化论观点不加鉴别、不加分析地移置到人类社会，成为社会达尔

---

① 《马克思恩格斯选集》第 1 卷，人民出版社 1995 年版，第 14 页。

文主义，其失误恰恰在于抹杀人类社会与自然界的区别，抹杀了作为社会的人所无法挣脱的社会性。

由此看来，那种抽象"人性论"、抽象"文学精神"和抽象"人文精神"的理论，在对人的本质和审美本质的认识上，从不同方面离开了人的社会实践活动这个最基本的出发点，而重蹈了以往的机械唯物主义或唯心主义美学观的覆辙。这是当前那种试图消解美学的科学形态，造成美学理论日趋平面化、零散化、批评化的理论研究倾向，那种试图取消文艺学的客观性和现实性，造成美学理论愈来愈远离生活现实，使自己日趋"孤立化"、"边缘化"、"私人化"的理论研究倾向的哲学认识论和审美认识论的根源。这些历史的经验和教训以及正在发生在当代中国的事实告诉我们，在新的历史条件下，强化方法论意识，将辩证唯物论和历史唯物论的基本原则作为当代中国美学一以贯之的思想线索，才是推进当代马克思主义美学研究的根本之所在。

（原载于《文艺理论研究》2006 年第 2 期）

"立人"：中国现代人本主义
美育思想的价值追求

刘向信

中国现代美育思想的形成是与中国现代社会、文化的发展密切联系在一起的。所谓"人本主义美育"就是与西方的近世启蒙主义相关，在中国现实的文化语境中，以"立人"为核心的美育思想及实践方式。它强调以"人"为本位的思维方式，重视人自身的价值及其在社会、历史发展中的作用，从"人"自身的心理结构出发，讨论与美育相关的一系列问题。当然，这种以"立人"为中心的美育思想，其内涵也在随时代的不同而发生着变迁。大体而言，以梁启超、王国维、蔡元培、早期鲁迅为代表的美育思想，强调"立人"之于国民改造与国家更生的现实价值理性；而到了后期，艺术化、审美化人生成为美育的深层次追求，其变化是耐人寻味的。

一、"立人"美育理念的形成及其内涵

中国现代人本主义美育思想的核心是"立人"，是中国由近代向现代转化、由落后不断走向进步的历史发展的需要。中国现代美育思想家是在一个什么样的文化与现实语境中，形成了这种以"立人"为本的美育思想呢？李泽厚在《论严复》一文中说："严复在中国近代史上开创了一个新纪元，使广大的中国知识分子真正打开了眼界，看到了知识的广阔图景：除了中国的封建经典的道理以外，世界上还有着多么丰富深刻新颖可喜的思想宝藏。严复对西方资产阶级学术思想的系统介绍，及时满足了当时人们进一步寻找真

理、学习西方的迫切要求。"① 由严复开始所带来的开阔的文化背景以及崭新的西方观念，从思想上根本动摇了封建主义的意识形态，也使知识分子充分意识到了在封建社会意识形态依然浓厚的现实生活中，确立一种新的"人"的观念的重要性。因为只有新的"人"出现，才能真正掌握先进的文化，推动社会的进步和发展。在外国列强的逼迫之下，中国知识分子意识到，要取得民族的合法生存权利，就必须改革社会的政治、经济体制，因此那些具有先进思想的知识分子和统治阶层中的开明派，联手掀起了"洋务运动"、"戊戌变法"等一系列运动。但是，它们都失败了。"既然经济和政治的变革、甚至是革命都不能从根本上解决中国的问题，那么，中国的出路在哪里呢？正是在这样的背景下，陈独秀、胡适、鲁迅等人以'革新人心'、'促使新的国民产生'为己任，掀起了轰轰烈烈的新文化启蒙运动，'国民改造'成为新文化运动的核心问题。"② 也因此，"立人"成为中国社会与文化更生的价值最为优先的时代课题。

"立人"是一个综合概念。在"立人"教育理念形成之初，它有四个论述角度，即："新民"、"培养完全之人物"以及"以美育代宗教"、"国民性改造"，以达到国民改造和国家富强的目的。梁启超说："国也者，积民而成……未有其民愚陋怯弱涣散混浊，而国犹能立者……欲其国之安富尊荣，则新民之道不可不讲。""苟有新民，何患无新制度，无新政府，无新国家……吾国言新法数十年而效不睹者，何也？则于新民之道未有留意焉者也。"③1902 年 2 月，梁启超在《新民丛报》上发表《教育当定宗旨》，明确指出："教育之意义，在养成一种特色之国民，使结团体，以自立竞存于列国之间，不徒为一人之才与智云也。""要之，使其民备有人格（谓成为人之资格也；品性、智识、体力皆包于是），享有人权，能自动而非木偶，能自主而非傀儡，能自治而非土蛮，能角立而非附庸，为本国之民，而非他国之民，为现今之民，而非陈古之民，为世界之民，而非陬谷之民，此则普天下文明国教育宗旨之所同，而吾国亦无以易之者也。"④ 在这里，梁启超明确提

---

① 李泽厚：《中国思想史论》（中），安徽文艺出版社 1999 年版，第 589—590 页。
② 王光东：《民间的现代价值》，《中国社会科学》2003 年第 6 期。
③ 梁启超：《饮冰室合集·专集之四》，北京出版社 1999 年版，第 1 页。
④ 梁启超：《饮冰室合集·文集之十》，北京出版社 1999 年版，第 61 页。

出了"立人"的现代人格观念。

　　与梁启超相比，王国维缺少改革社会的强烈的政治热情，但他并非不关心社会现实，只是社会问题在他的眼中更多表现为"人生问题"。他发表于 1903 年的《论教育之宗旨》一文认为教育的宗旨"在使人为完全之人物"，即，使"人之能力无不发达且调和"。他先将人之能力分为内外二部分，内指精神能力，外指身体能力，而精神能力，又分为智力、感情、意志三方面。"对此三者，而有真善美之理想。""完全之人物，不可不备真善美之三德。欲达此理想，于是教育之事起。教育之事，亦分为三部：智育、德育（即意育）、美育（即情育）是也……完全之教育，不可不备此三者。"①他明确指出："德育与智育之必要，人人知之。至于美育，有不得不一言者。盖人心之动，无不束缚于一己之利害；独美之为物，使人忘一己之利害而入于高尚纯洁之域，此最纯粹之快乐也。孔子言志，独与曾点；又谓'兴于诗'，'成于乐'。希腊古代之以音乐为普通学之一科，及近世之希痕林（通译谢林）、希尔列尔（通译席勒）之重美育学，实非偶然也。要之，美育者一面使人之感情发达，以达完美之域；一面又为德育与智育之手段，此又教育者所不可不留意也。"②在王国维看来，人生所求不过一己之利害。人生而有欲，欲而有求，有求则生得失之心。这种欲望生于内心则为痛苦，见之于社会则为罪恶。除此利害之念，泯灭人己之别的只有"美"。他在《〈红楼梦〉评论》一文中说得更加明确："有兹一物焉，使吾人超然于利害之外，而忘物与我之关系。此时也，吾人之心，无希望，无恐怖，非复欲之我，而但知之我也……然物之能使吾人超然于利害之外者，必其物之于吾人无利害之关系而后可；易言以明之，必其物非实物而后可。然则，非美术何足以当之乎？"③显然，王国维倡导美育的根本目的就是把"人"从"欲"的束缚中解放出来，获得生之自由。王国维这种以"情感教育"为核心，使人达到完美之域的美育思想对于中国现代美育思想的发展有着极其重要的影响。

---

① 王国维：《论教育之宗旨》，见佛雏编《王国维学术文化随笔》，中国青年出版社 1996 年版，第 146 页。

② 王国维：《论教育之宗旨》，见佛雏编《王国维学术文化随笔》，中国青年出版社 1996 年版，第 147 页。

③ 《王国维遗书》（三），上海书店 1983 年版，第 418—419 页。

　　这种以"立人"为根本、以情感教育为核心的"美育"，同时也体现在蔡元培的思想中。蔡元培认为"美育"就是审美教育，或者说"美感教育"，其核心问题是一种情感教育。他大声疾呼以"美育代宗教"的目的就是要用科学的、自由的、进步的，具有普遍意义的美的法则和精神来教育国民，唤醒他们的良知，取代保守、僵化的宗教对人的侵害。他说："美育者，应用美学之理论于教育，以陶养感情为目的者也。人生不外乎意志，人与人互相关系，莫大乎行为，故教育之目的，在使人人有适当之行为，即以德育为中心是也。顾欲求行为之适当，必有两方面之准备：一方面，计较厉害，考察因果，以冷静之头脑判定之；凡保身卫国之德，属于此类，赖智育之助者也。又一方面，不顾祸福、不计生死，以热烈之感情奔赴之。凡与人同乐、舍己为群之德，属于此类，赖美育之助者也。所以美育者，与智育相辅而行，以图德育之完成者也。"[1] "人人都有感情，而并非都有伟大而高尚的行为，这由于感情推动力的薄弱。要转弱而为强，转薄而为厚，有待于陶养。陶养的工具，为美的对象，陶养的作用，叫作美育。"[2] 显然，蔡元培把美育看作是人格完善的重要手段，并且是德育、智育实现的可靠保证。蔡元培这种以人的发展为根本，注重情感教育的美育思想与王国维的美育思想虽然在一些具体阐释上不尽相同，但在"立人"这一基本观念上则是一致的，这种以"立人"为核心的人本主义美育思想对于中国现代美育思想的产生以及后来的鲁迅、朱光潜、宗白华等现代思想家、美学家的影响是至为深远和巨大的。

　　"立人"这一中国现代文化的核心问题，在鲁迅的思想中，则具体表现为"国民改造"观念。在鲁迅看来，新的国民的产生首先有赖于新的"个人"的出现，由此青年鲁迅对摩罗诗人雪莱、拜伦倾注了由衷的热情，冒天下之大不韪地宣称：诗人的人格、使命和理想，应当傲然狂立，应像撒旦一样敢于同全能的上帝分庭抗礼，敢于反抗社会，独战多数，虽获罪于全群而无惧，纵为社会之敌也在所不顾，诗人应刚健不挠，抱诚守真，不取媚于群以随顺旧俗，发为雄声，以期国人之新生，从而达到"人各有己"、"群之大

① 《蔡元培全集》第 6 卷，浙江教育出版社 1997 年版，第 599 页。
② 《蔡元培全集》第 7 卷，浙江教育出版社 1997 年版，第 290 页。

觉"、"中国亦以立"的目的。在"立人"的实践过程中，鲁迅特别重视"个体"的人的精神解放和精神自由，而达到这种目的的手段之一，就是美育。在鲁迅的著作中，美育主要是指文艺的美感教育，也就是通过艺术形象达到以培养人的崇高情感的目的，具体一点说就是"以娱人情"。鲁迅在《拟播布美术意见书》中指出："美术诚谛，固在发扬真美，以娱人情。"① 在《摩罗诗力说》中又说："由纯文学上言之，则以一切美术之本质，皆在使观听之人，为之兴感怡悦。文章为美术之一，质当亦然。"② 文学通过这种"以娱人情"的方式，通过艺术形象唤醒沉睡的国民。这种"以娱人情"的美育思想在五四时期其他作家的论著中，也充分地表现了出来。因为美与人的情感密切相关，人的审美活动主要是体现为一种情感活动，这种认识符合美育的内在规律；另一方面，对于美育的这种认识也直接指向了对传统封建伦理教化教育的批判，对社会丑恶现实的抗争，以美的教育呼唤新的"国民"的诞生。"用情感教育亦即美育"来唤醒人们的高尚的心灵，把人的解放与个性自由的启蒙联系起来，通过"形象"所传达出的感情陶冶人们的灵魂的人本主义美育思想，构成了早期的中国现代美育思想的核心。

梁启超、王国维、蔡元培、鲁迅虽然论述教育问题的出发点有所差异，要么从国家、社会、政治的角度，要么从人生问题的角度，或是从个体存在的角度，但它们都确立了以"人"为核心的教育宗旨，其价值指向都是为了国家的强大与民族的解放。"美育"作为教育的一个重要组成部分，必然与这种"立人"的观念联系在一起。"立人"作为一个时代重要的实践性思想，不仅是一个观念问题，更为重要的是与社会变革、社会进步、民族强大、社会理想的实现联系在一起的重大历史性行为，由此，他们的美育思想才有了巨大的历史进步意义。

二、"立人"美育思想的曲折与深化

在中国现代历史的发展过程中，五四启蒙运动所具有的伟大意义就在

---

① 《鲁迅全集》第 8 卷，人民文学出版社 2005 年版，第 52 页。
② 《鲁迅全集》第 1 卷，人民文学出版社 2005 年版，第 73 页。

于确立了以"人的解放"为核心的现代观念，冲破了封建意识形态对人的束缚和压抑。但是这一启蒙的意旨，在中国特殊的历史发展过程中并没有贯彻到底，这主要是因为 1925 年以后，五四思想革命急剧地转入了政治革命，五四启蒙现代知识分子意识到单纯依靠人的个性、自由的呼唤，仍然难以获得整个国家、民族的解放，"单纯的个人"难以对抗黑暗的社会体制，需要通过集体、阶级的力量去与反动的社会力量抗衡。正如郭沫若所说："我们没有这样的幸运以求自我的完成，而我们又未能寻出路径来为万人谋自由发展的幸运。我们内部的要求与外部的条件不能一致，我们失却了路标，我们陷于无为，所以我们烦闷，我们倦怠，我们漂流，我们甚至常想自杀。"①希求通过发展个性、改造社会的郭沫若被历史追求不能实现的危机感紧紧困扰，他应该如何摆脱历史留给他的倦怠和苦闷，他的新的人生目标又在何处？这不仅是困扰郭沫若的问题，而且是一代中国现代知识分子所面临的人生问题。在 1925 年以后的很长的一段时间里，中国现代知识分子中的许多优秀分子都积极地参与到了中国社会革命的具体实践当中，而很少去考虑个人的自由和解放的问题，民族的解放、国家的独立等更为重大的问题成为他们思考并且切身去行动的人生选择。在这样的历史文化情境当中，个人主义让位于集体主义，个体性让位于社会性，美育的迫切性让位于民族解放与阶级解放，"立人"的问题更多地被"革命、阶级、战斗"等问题所代替，像朱光潜、沈从文等美学家、文学家的思想和对于社会的态度，在当时便极易遭到左翼作家的批评，因为他们对日益尖锐的政治斗争采取贵族式的不介入的清高态度，不能容忍文艺成为政治斗争的组成部分，一再强调文艺的超功利性和独立性。从美育思想史的角度看，中国美育思想产生了曲折。但是在朱光潜等人的论著和言论中，却仍然有着深刻的精神意义，这种意义在于他们的思想与五四时期的启蒙思想有着某种一致的联系性，五四时期改造国民性的主题在他们这些 30 年代自由主义知识分子身上得到了继承和发展。这时期的美育思想家，仍然坚持美育对社会人生的促进作用。只是，作为美学家，他们深深懂得，真正切实有效的美育，应该发挥美的"无用之用"，而不能直着嗓子去呐喊，否则其效果是要打折扣的。所以他们转向"人生的艺

---

① 郭沫若：《文艺论集续集》，人民文学出版社 1979 年版，第 7 页。

术化"、"审美化人生"、"生活艺术化"的角度去阐述自己对教育、对人生的理解。在与强大的实用主义思潮相背离的同时，他们的美育思想得到了强化。

五四时期所出现的"以情娱人"、"提高国民灵魂"、"尊重人的个性和自由"的美育思想也在朱光潜的论著中得到了进一步的体现。朱光潜说："我坚信中国社会闹得如此之糟，不完全是制度的问题，是大半由人心太坏。我坚信情感比理智重要，要洗刷人心，并非几句道德家言所可了事，一定要从'怡情养性'做起……要求人心净化，先要求人生美化。"① 这时的朱光潜正是在这样的一个思想基础上提出"人生的艺术化"的主张，这是他美学理论的逻辑起点，也是他美育思想的精髓。这种美学思想从中国美学史发展的角度看，与王国维、蔡元培、鲁迅等人，特别是王国维有着密切的联系，从世界美学史的角度看则是与克罗齐、王尔德等人有着某种一致性。朱光潜认为生命如要达到高尚完美的境界，关键在于一个人的"性分与修养"。他说："人生本来就是一种较广义的艺术。每个人的生命史就是他自己的作品。这种作品可以是艺术的，也可以不是艺术的，正犹如同是一块顽石，这个人就把它雕成一座伟大的雕像，而另一个人却不能使它成器，分别全在性分与修养。知道生活的人就是艺术家，他的生活就是艺术作品。"② 早期朱光潜受到以康德为主的西方近代哲学的影响，认为人的心理有"智、情、意"三个方面的功能，客观事物有真、善、美三种价值，人类心理有知、情、意三种不同的活动。这三种心理活动恰和三种事物价值相当：真关于知、善关于意、美关于情。人能知，就有好奇心，就要求知，就要辨别真伪，寻求真理。人能发意志，就要想好，就要趋善避恶，造就人生幸福。人能动情感，就爱美，就喜欢创造艺术，欣赏人生自然中的美妙境界。求知、想好、爱美，是人类的天性。朱光潜用中国儒家"尽性"的人生理想来说明完美的人生就是要在这三个方面都得到最大限度的调和与发展，这样的人称为"全人"。因此，朱光潜认为最高的人生理想是成为一个能"尽性"的"全人"，培养"全人"的教育应该包括智育、德育和美育，所谓"美育"就是教人创造艺

---

① 《朱光潜美学文集》第 1 卷，上海文艺出版社 1982 年版，第 538 页。
② 《朱光潜美学文集》第 1 卷，上海文艺出版社 1982 年版，第 533、538 页。

术、欣赏艺术与自然，在人生世相中寻出丰富的兴趣。由此朱光潜又认为美
育就是美感教育，而美感教育又是一种情感教育。正因为如此，朱光潜把
"人生的艺术化"解释成"人生的情趣化"。他说："艺术是情趣的活动，艺
术的生活就是情趣丰实的生活……情趣愈丰实，生活也愈美满，所谓人生的
艺术化就是人生的情趣化。"① 显然朱光潜的美育思想也是承继着王国维、蔡
元培等人的一种以"立人"为核心的人本主义美育。"个人"的完满成为其
关注的核心问题，这种"个人"又是与人生的完美和社会的进步联系在一起
的个人。这一美育思想一方面是由审美活动是情感活动这一美学的根本规律
所决定的，另一方面也来自于朱光潜对中外教育实践的考察和对中国现实的
思考和理解。朱光潜清醒地认识到在流行的教育中，只有智育被人看重，德
育在理论上的重要性也没有人否定，至于美育在理论和实践两方面都很少有
人顾及。这种"美育"的缺席，必然导致人们对于"美"的漠视，社会腐朽
和堕落的一个重要原因就是"美"的情感和有情趣的生活的淡薄。因此，他
才强调真善美和谐发展的重要性，尤其强调"审美教育"在人的道德完善和
知识教育过程中的重要性。这样，朱光潜不仅为自己的美学理论研究奠定了
以"人"为本的哲学基础，同时也构筑起了自己以提高人们的生活质量、提
升人们的人生境界为目标的美育思想体系。

　　与朱光潜以西方美学理论为基础建立自己的美学体系不同，宗白华则
在 20 世纪 40 年代初，满怀豪情地说："现代的中国站在历史的转折点，新
的局面必将展开……就中国艺术方面——这中国文化史上最中心最有世界贡
献的一方面——研寻其意境的结构，以窥探中国心情的幽情壮采，是民族文
化的自省工作。"② 宗白华对中国传统古典文化的热爱，使其美学思想呈现出
与朱光潜不同的特点。宗白华认为美在生命，生命的本质是精神，精神体现
在活力上，故美在活力，活力也就是创造力。生命成为他美学理论的核心问
题，不管这个"生命"的内涵多么丰实，但落实于具体的人生过程中，就是
对人生艺术化的重视。宗白华的美育思想与艺术的人生观紧密相联，就是把
人生"当作一个高尚优美的艺术品似的创造，使他理想化、美化"③。使人生

① 《朱光潜美学文集》第 1 卷，上海文艺出版社 1982 年版，第 538 页。
② 《宗白华文集》第 2 卷，安徽教育出版社 1994 年版，第 171 页。
③ 《宗白华文集》第 2 卷，安徽教育出版社 1994 年版，第 31 页。

艺术化的具体途径，可以有如下几个方面：（1）同情的态度。同情不仅指以情感的态度看待世界，而且指以爱的态度对待世界。宗白华认为艺术的同情作用不仅谋社会同情心的发展与巩固，而且能够让人类的同情心向外扩张到整个宇宙，这样这个世界就是美的世界了。（2）"把玩"的态度。"把玩"包含两方面的意思：一是超出功利的欣赏的态度，二是细细领略其深层意义的态度，这两者都指明对生活的一种审美态度。（3）艺术境界和生命的境界。宗白华认为因与世界接触的层次不同，人生可以有五种境界：功利的境界，伦理的境界，政治的境界，学术的境界，宗教的境界。这五种境界，各有其特殊的追求。功利境界立于利，伦理境界立于爱，政治境界立于权，学术境界立于真，宗教境界立于神。至于艺术境界，介于后二者的中间，以宇宙人生的具体为对象，赏玩它的色相，借以窥见自我的最深心灵的反映，化实景为虚境，创形象以为象征，使人类最高的心灵具体化、肉身化，这就是艺术境界，艺术境界立于美。这种艺术境界的实现依赖"移情"机制。"改造我们的感情，使它能够发现美，中国古人曾经把这唤做'移我情'，改变着客观世界的现象，使它能够成为美的对象，中国古人曾经把这唤做'移世界'。'移我情'，'移世界'是美的形象涌现出来的条件。"① 所谓"移我情"，就是以艺术的方式改造主体情感世界，使之与作为客体的对象世界一致，从而为深入体会、发现和表达美感创造主体条件；所谓"移世界"，就是"艺术地"把握世界，把世界中的万事万物，通过艺术创造与欣赏的形式，变为艺术构成的元素，或直接通过观察、静照的形式，直接"视"之为艺术。由于"移情"——"移我情"与"移世界"的交互作用，主体与客体、人与对象世界就通过相向运动达成了一致。"一致"是"同情"的本质，"同情"就是艺术地生存的积极方式，其"积极性"在于人能够从主体自觉性上改造自我，也能够以艺术的方式改造客观世界。"同情"——"一致"，是形成艺术化人生存在方式的积极行动。宗白华先生指出："这里所理解的'移情'应当是我们审美的心理方面的积极因素和条件，而美学家所说的'心理距离'、'静观'，也构成审美的消极条件。"② 这就是宗白华先生展示的两种艺术化人生

① 《宗白华全集》第 3 卷，安徽教育出版社 1994 年版，第 269 页。
② 《宗白华全集》第 3 卷，安徽教育出版社 1994 年版，第 270 页。

实现方式。无论采用哪种方式，或者二者兼取，各采其长，都可以达成"艺术化人生"的审美化生存境界。有了这种"唯美主义"的生活态度，"理想的人生观"才能生成。

丰子恺更进一步要求"艺术的人生"与"人生的艺术"。这种看法显示了丰子恺艺术观念的独特个性。他以一种出世的精神直面人生，所以他不可能倡导"为人生的艺术"，然而又因为直面人生，所以他也不欣赏那种没有一丝烟火气的"为艺术的艺术"。故所谓"活的艺术"，究其实质，实乃是一颗"艺术的心"，这是一颗大活人的心，所以它的一切艺术创作必然是不脱离现实生活的"人生的艺术"，而又因为同时是一颗"艺术的心"，乃要求艺术是艺术，反对艺术的功利化，并进一步要求使人的日常生活也能多一点艺术的氛围与灵趣，这便是"艺术的人生"。这样，对丰子恺而言，这颗"艺术的心"乃成了本体论意义上的东西，是笼罩他的整个艺术与人生的灵魂。丰子恺的"艺术为人生"是为了使人生艺术化，或者说是为人生的美化。因此，他提出"凡及格的艺术都是为人生的艺术"，"我们不欢迎为艺术的艺术，也不欢迎为人生的艺术。我们要求'艺术的人生''人生的艺术'"[1]。他认为艺术应该是活的，活的艺术能活用于万事，而又与人生密切关联。那种把供欣赏而无直接用处者称为"为艺术的艺术"而排斥之，把含讽刺代呐喊而直接涉及社会问题者称为"为人生的艺术"而推崇之，都失之偏颇，拘泥于事，而不能活用其理，是死的"艺术论"，无论其为艺术，还是为人生，最终都是为了"使生活美化"[2]。丰子恺在"艺术为人生"的一般意义上前进了一大步的同时，又进一步提出"以艺术为生活"[3]，这在一定程度上超越了艺术的工具性地位，而给了艺术更多的自主性。他努力把艺术和人生融合起来，提倡"生活是大艺术品，绘画与音乐是小艺术品，是生活大艺术品的副产品，故必有艺术的生活者，方得有真的艺术的作品"[4]，"故不但学校中的各科，凡属人生的事，都要完全地、认真地施行艺术教育"[5]，进而提出"宇

---

① 《丰子恺文集》第 4 卷，浙江文艺出版社、浙江教育出版社 1992 年版，第 400 页。

② 《丰子恺文集》第 4 卷，浙江文艺出版社、浙江教育出版社 1992 年版，第 23 页。

③ 《丰子恺文集》第 4 卷，浙江文艺出版社、浙江教育出版社 1992 年版，第 15 页。

④ 《丰子恺文集》第 4 卷，浙江文艺出版社、浙江教育出版社 1992 年版，第 231 页。

⑤ 《丰子恺文集》第 4 卷，浙江文艺出版社、浙江教育出版社 1992 年版，第 228 页。

宙是一大艺术。人何以只知鉴赏书画的小艺术，而不知宇宙的大艺术呢？人何以不拿看书画的眼来看宇宙呢？"[1] 我们不能简单地认为这是艺术的泛化，就个体来说，确实是人生苦短，而"艺术是永恒"的。

　　从以上中国现代有代表性的人本主义美育思想家的观点中，可以看到美育的"情感教育"是他们共同重视的核心问题，这是由中国现代历史的内在发展要求和审美活动的基本规律所决定的。从中国现代历史的发展角度看，"立人"——呼唤具有新质的现代人格的出现，是推动社会进步的关键性因素，而在中国特殊的现实语境中，又普遍存在着"情感教育"的不足，导致"人的素质"的欠缺，因此从"立人"的现实要求出发，在美学活动的规律制约下，重视"人"的美育教育及其情感教育就成为极其重要的内容。

（原载于《文史哲》2006 年第 3 期）

---

[1] 《丰子恺文集》第 4 卷，浙江文艺出版社、浙江教育出版社 1992 年版，第 153 页。

生态文学批评"人的主体地位"问题研究

傅洁琳　康德智

生态文学批评是 20 世纪 90 年代发端于美国并波及全球的一种新的文学批评理论潮流。生态文学批评的"核心",是从各个层面、角度、范畴中探讨人类与自然的关系。在当前的生态文学批评讨论中,很多批评家认为生态文学批评倡导一种以"自然为中心"的理念,从而对以"人类为中心"提出反驳,生态文学批评反对传统观念中的人与自然的主客体之间的二元对立关系,把人纳入自然的整体生态系统之中,认为人与自然界中的其他物种是平等的关系,并且否认和解构了人在世界中的主体性地位。实际上,生态文学批评倡导的仍是深层意义上的"人本主义",是完美意义上的"人本主义"。在人与自然的关系上,人具有主体性。这不仅体现在人类能够认识自然,发现自然规律,还体现在人能够通过自己的实践活动按照美的规律改造自然。没有人的对象化存在,自然是无法被感知的,客观自然的生动的美就是未被开发的、被忽略的客观存在。

一、人类文明发展的失误与"人的主体性"

生态文学批评的理论源头是对人类生存环境的忧思,生态危机的日益激化是生态批评迅速生长的催化剂。

勿庸置疑,在人类文明发展进程中,作为人类并不情愿的社会发展的副产品:生物链遭到破坏,环境污染严重,土地沙漠化等等现象大量存在,战争以及人性中的"恶"肆意横行,这说明维护生态,保护环境,爱护人类家园,成为人类刻不容缓的重大使命和无法推卸的责任。要完成这一使命,就必须进一步提高人类的文明程度，提高人类的整体文化素质。在这种时代大潮下诞生的生态文学批评理论，反对"人类中心主义"的极端行径，肯定人是整个大自然的一部分，认为人和自然的地位是平等的，进而提出"主体间性"理论，倡导敬畏自然、尊重自然的科学理念。但是据此，某些学者对人的主体性地位讳莫如深，忽略、否认甚至瓦解人类在世界中的主体性地位，好像只要肯定"人的主体性"，就是肯定人对自然的破坏性力量，这种现象值得我们思考。应该看到：只要人类存在，就存在着人类的社会生产活动问题，环境保护和人类其他文明活动的主体只能是人类。在这种唯一客观成立的前提下，只有遵循自然发展规律，通过人类的生态实践活动，才能使自然更加焕发出美好的生机与活力。可以说，在大自然这一整体生态环境中，在人类社会文明发展进程中，人的主体性地位是重要的、不能否认的。

　　无疑，在大自然面前，人类的肉体和能力是渺小的，但和其他被动、尚处于蒙昧状态的生物相比，人类的精神又是伟大的，人类的伟大在于其充满智慧的主体性、创造性，人类不可能和其他物种一样只是茫然、无奈地生存。尽管从宏观的角度来说个体人的生存都同其他生物一样只是匆匆一瞬，生老病死都如同其他物种一样普遍与必然，但是人的主体性、人的智慧、勇气、信心和力量永远是地球上最伟大的奇迹。人类正是依靠这种勇气、信心和顶天立地的气概才能够创造奇迹、蔑视灾难与死亡，创造了无与伦比的现代文明。因此，如果仅仅指责人类的文明进展给地球带来的诸如环境污染、生态恶化的影响，而真正意义上全面忽略乃至否定"人类的主体性地位"，这种观点是消极的、不明智的，也是不正确的。消解了人的主体性，完全臣服于大自然的威力和壮观魅力之下，是一种浪漫主义消极人生观，是无视人的生存物质性的"障眼法"。只要人类生存着、发展着，就必然与物质世界发生联系，就必然是一种主体性的存在。所以，永远都必须强调人类的科学认知、勇气与力量，不能忽略人的主体性地位。可以说，浪漫主义文学中人与自然的温煦、和谐、美妙的关系是在特定的语境中存在的。在人类满足了温饱住行等基本生存问题后，浪漫美好的自然美境可以成为蓄养美好情操的温床，但是，如果没有人类文明的存在，那么，这种浪漫情怀就是一种绝妙的讽刺。

　　在蒙昧的原始山区和贫困地带，自然以荒芜的形式呈现着。因为没有人类过多的介入，一切呈现一种原始生态的美。比如美国当代超验主义作家亨利·戴维·梭罗旅居"瓦尔登湖"，并在小说《瓦尔登湖》中描绘了生动和谐的自然美，发出"只有在荒野中才能保护这个世界"①的呼吁。但是，这种自然美只能是那些浸染了现代文明的游客的浪漫发现，并不能因此就否定现代文明，并不能因此就否定"人的主体性地位"。没有现代文明，没有现代文明的主体人的存在，自然的美是无法被感知的。对于一个饥肠辘辘的人说来并不存在着食物的属人的形式，而只存在着它作为食物的抽象的存在；同样地，食物可能具有最粗糙的形式，并不能说，这种食物与动物的摄食有什么不同。忧心忡忡的穷人甚至对最美丽的景色都无动于衷。②"毕竟，只有人的智慧才能发现与欣赏美。从某种意义上来说，生态主义并非仅仅是对人文主义的终结，而是召唤一种更广阔的思维，融会贯通地看待自然、精神、社会生态。"③

在关注自然繁茂丰美的同时，我们无法忽略自然的残酷竞争和变幻无常，在平静而神秘的大自然深处，到底蕴含了怎样的不可知的力量？某些丑恶的、破坏性的、暴力的力量，如地震、海啸等灾难，人类尚且无法完全感知和控制。大自然神秘的结构与构成永远是人类科学无法穷尽的，它对于人类永远是一种挑战，人类的生存永远是在由可能性向必然性转化。对于原始、蛮荒时代的人们自身来说，生命是艰辛的，人类的生存以一种困顿的形式呈现着，那么生态美的意义就或多或少被解构了。原始蒙昧状态中的人类尽管也是具有主体性的、能动的人，但是他们并不是以完整智慧的人类形式存在，而只是一种原始生物而已。"自然并不像很多环保主义者想象的那样单纯、明智、没有预谋、完美无缺，而人类也不应该被排除在自然王国之外，因为像其他物种一样，人也是自然进化与物竞天择的结果，包括他的身体、智慧以及他运用工具的能力和其他种种社会行为。"④

---

① Cooper, DavidE."ChuangTzu,"FiftyKeyThinkerson theEnvironment, ed.JoyA.Palmer. London：Routledge, 2001.

② [德] 马克思：《1844年经济学—哲学手稿》，刘丕坤译，人民出版社1979年版，第96页。

③ 曾永成：《生态学——文艺理论建设的当代课题》，《成都大学学报》2002年第3期。

④ Turner, Frederick. Cultivatingthe American Garden, TheEco-criticismReader： LandmarksinliteraryEcology, eds. CheryⅡGlotfelty and Harold From m, Athens：Universityof GeorgiaPress.1996.

所以，地球上一切意义的呈现，都离不开人的主体关怀，离不开对人的生存处境的能动观照。按照美的规律改造大自然是人类不可遏制的"合目的性"活动，只要人类存在着就永远不可能停止。同时我们应该意识到：停止开采矿藏、绝对停止人类的生产性行为，在目前是不现实的。问题的核心在于：人类应该如何努力减少乃至杜绝对地球的破坏性行为，而这个目标的实现，能够依赖的只能是人类的科学理性能力。

二、人类是有价值的主体

生态文学批评强调地球上所有生物的整体性，强调地球上物种间的"非中心"的、整体性的互相联系，进而对人的主体地位讳莫如深。那么，人的主体地位会不会因为"去中心"的理论态势而消失呢？

客观上，人是自然的一部分，而且是最积极的一部分。"尽管作为人类生命基础、生存环境和实践对象的自然已被社会中介化了，但它并不因此消失其自然本性。自然之所以能生成为人，是因为自然本身就存在并生成着属人的本质。"① 人和自然的关系应该是主动、积极、有益、和谐的建构关系，是一种平等的、双向良性互动关系，而不是被动、消极的欣赏与适应。不论是在自然生态环境还是在文化生态环境中，人的主体地位都是不容忽视的。人的主体地位不仅在于人类与世界万物的内在主动性联系，还在于能够对大自然进行科学的认知以及科学的运用。人类作为自然中最积极的因素，是发挥人的主观能动性，促进自然的繁荣发展的主要力量。

人与自然的和谐演进只能以人类的文明进步、发展和观念的不断更新为代价。在人脱离其动物性的存在状态的过程中，人发育了自己的智慧、能力和认知范畴，在这种状况下，人类才愈来愈有能力科学地关照地球这一人类自己生存的家园。人类的物质生活和文明程度愈高，人类的文化素质愈高，那么，人对自然的关照就愈富有高尚的人性，就愈富有科学的规律性。"动物的生产是片面的，而人的生产是全面的；动物只在直接的肉体需要的支配下生产，而人甚至不受肉体需要的支配也进行生产，并且只有不受这

---

① 朱荣华：《走向审美综合的生态文学批评》，《天津外国语学院学报》2004 年第 6 期。

种需要的支配时才进行真正的生产；动物只生产自身，而人再生产整个自然界；动物的产品直接同它的肉体相联系，而人则自由地对待自己的产品。"①

我们说人类和其他物种一样，是自然整体的一部分，人类与其他物种的关系是平等的。但是这种平等关系是以人类为中心而感知和展开的，否则，平等性就没有存在的基础。在这种整体性关系中，人类是最有价值的、最有能动性的主体。绝口不谈人类的主体性，并不意味着人类的主体性就不存在了。人类和地球上的其他物种的区别是显而易见的，这种区别在现实中也是无法忽略以至于轻易消解的。所谓"平等"也并非是指人与虎狼猪鸡乃至苔藓、树木、花草等物种在现实意义上是平等的，是可以真正、现实地和谐交流、和平共处的。这种平等是有条件的，它主要是指一种"形而上"的地位关系，是一种整体性的互动关系。科学、辩证地看待这个问题至关重要，彻底否定和盲目肯定都是不足取的。

在"人类中心主义"理论运作和社会实践过程中，某些激进的"人类中心主义"者夸大人的主观能动性，企图控制、掠夺乃至破坏大自然，给地球和人类造成极大的灾难，但是，据此就否认和忽视人的主体性地位，提倡"生物中心主义"，也是片面的。强调人类的主体性并非是赞同激进的"人类中心主义"者的强制性理论，也绝不是强调人性中欺压、征服、控制的本质，而是要张扬积极的人性因素，即和谐、共融、关爱、智慧、认知和理解等等。在人类与世界万物的关系中，人类永远是一种具有主体性的存在，人类与万物的关系应该是整体和谐的关系。但这种关系绝不是破坏性和控制性的，而是一种通往理想的渠道，是一种认知、体验、面对、促进与发展。

当今全球化语境中所关注的主题依然是人类社会的和谐发展。人类是有价值的主体，人类的主体地位和主观能动性是我们可以依靠的主要资源和决定性力量，否则，人在自然面前只有束手待毙。所谓的"以自然为中心"，只能是一种"形而上"的观念，离开了人的主体性参与，自然只是一种不被感知的消极性存在。人类对世界的感知、认识，明确地体现了"人的主体性地位"，否则，任何认识都是一句空话。甚至提出生态批评理论本身，就在本质上肯定了人类的主体性地位。"生态美学的问题归根到底是人的存在问

---

① ［德］马克思：《1844年经济学—哲学手稿》，刘丕坤译，人民出版社1979年版，第96页。

题。从环境恶化的遏止和自然环境的改善来说，最重要的不是技术问题，而是必须确立一种应有的态度，态度决定一切。这就是人类应该以一种'非人类中心主义'的普遍共生的态度来对待自然环境，同自然环境处于中和协调，共同促进的关系。"① 人类文明进展到现阶段，人类与自然的和谐、人类对自然的关照成为时代的主题，但爱护人类的家园，环境保护的主体和目的仍然是"人"，强调人类对自然的尊敬、崇拜甚至敬畏，提倡人与自然的"主体间性"，主要是为了给人类提供更人性、舒适、静谧的家园；为了人类更久远、更美好地生存发展下去。没有人类的主体性存在，人对自然的态度是无法确立的。

三、生态文学批评关注人类的生存状态

生态文学批评目前还没有完整的理论体系，但是生态文学批评理论的提出显然是人类文明进程中的一个必然的智慧呈现，它并不意味着人类可以放弃和忽略其主体性地位。珍惜自然，顺应自然规律，保护人类家园，是人类的责任和义务，也是科学发展的出发点和归宿。尽管生态批评是一种时髦的理论，是一种开放的、多学科、多元化的理论复合体，但是其理论基石仍然是传统的文化理论，是从某一个侧面敲响人类的文明良知。真正意义上的生态文学批评应该是深层次的"人本主义"和"自然中心主义"的合流，是"以人为本"的自然中心主义。

美国当代生态哲学家霍尔姆斯·罗尔斯顿认为：生态学把其他科学在人类生态系统中加以融汇和整合，以纠偏补弊，使之在互补互动中共同优化人类的生存条件，并把人本精神融注于一切科学，把关于自然的科学与关于人的科学融合成一门科学，从而确立其一切科学对人的生成的终极关怀②。中国学者鲁枢元更全面地把生态文学批评的要旨逻辑地分成三个层次：自然生态、社会生态和精神生态。③ 但是，无论如何，所有的生态文学批评的目的

---

① 曾繁仁：《生态存在论美学论稿》，吉林人民出版社 2003 年版，第 98 页。
② [美] 霍尔姆斯·罗尔斯顿：《哲学走向荒野》，刘耳、叶平译，吉林人民出版社 2001 年版，第 82 页。
③ 鲁枢元：《生态文艺学》，陕西人民教育出版社 2000 年版，第 146 页。

与归宿都是人类的生存问题。

生态文学批评强调世界的整体联系性，倡导人类放弃"君临一切"的霸主地位，但是，在尊重自然，"天人合一"的理想的生态整体关系中，其理论旨归和现实出发点仍然是人，是人的生存状态。当代西方文论家伦纳德·西格尔在《持续的诗篇：四位生态诗人》一书中曾经写道，在今天全球高度信息化、科技化、经济环境与政治环境不平衡的形势下，生态诗学的任务首先是要面对全球环境恶化这一基本事实，要以人的生存为本。在这本书中，西格尔进一步分析了现象学家梅洛·庞蒂的观点。在梅洛·庞蒂看来，本质就是我们的体验；世界不是客观的对象，只是"我的一切思想和我的一切外观知觉的自然环境和场所"①。西格尔发现，梅洛·庞蒂的论点为生态批评家提供了一个有效的模式，即把体验的深度与世界的内在关系融会于一体，不能机械地或用理想主义的框架来理解身体与世界的关系。人与世界的深度联系是人类认识世界、把握世界的新的、有意味的视角。这种理解与观察人与世界关系的视角彻底解构和消解了人与世界的主客观二元对立，但是其理论构成的核心仍然是"我们的体验"，是人类的感觉与参与。

在《巴黎手稿》中，马克思曾经谈到，"男女之间的关系是人与人之间的直接的、自然的必然的关系。在这种自然的、类的关系中，人同自然界的关系直接地包含着人与人之间的关系，而人与人之间的关系直接就是人同自然的关系，就是他自己的自然的规定。因此，这种关系以一种感性的形式、一种显而易见的事实，表明属人的本质在何种程度上对人说来成了自然界，或者，自然界在何种程度上成了人的属人的本质。因而，根据这种关系就可以判断出人的整个文明程度。"人类文明的发展本身就体现了人与人之间的关系、人与自然的关系质的能动性。人类的自由与解放是人类文明的"合目的性"与"合规律性"，对人类生存状态和生存环境的终极关怀是人类文明的产物，也是生态文学批评关注的"核心"问题。

生态文学批评不仅关注现实世界，也同样关注虚拟的文学世界中人与自然的和谐关系，张扬求真、求美、求善的伦理道德功能，并且积极参与构建社会、构建人生的人类实践活动，这是生态文学批评具有持久、广泛的生

---

① 蒋孔阳：《二十世纪西方美学名著选》，复旦大学出版社1988年版，第232页。

命力的主要原因之所在。生态文学批评并不是像传统的文学批评那样把文学看作社会实践的对象，而是强调其参与社会实践的功能性力量。由于作者具有建构一定的生态伦理生存空间的能力，因而获得了主动性和主体性，肩负一定的道德责任和社会责任。"作为一种文学和文化批评，生态批评的主要任务就是，通过文学来重审人类文化，进行文化批判，探索人类思想、文化、社会发展模式如何影响甚至决定人类对自然的态度和行为，如何导致环境的恶化和生态的危机。"① 积极地建构一种有意义的、能动的理论与行为模式，推进人类文明的发展进程，是当代生态文学批评无可推卸的历史重任。因此，坚持"以人为本"的自然中心主义，是生态文学批评应该遵循的原则与方向。

（原载于《东岳论丛》2006 年第 27 卷第 4 期）

---

① 　朱新福：《美国生态文学批评述略》，《当代外国文学》2003 年第 1 期。

民歌社会的现代情结和
现代社会的民歌情结

范秀娟

　　"民歌社会"是对田园牧歌时代的少数民族社会的诗意的指称。本文用"民歌社会"来指称前工业化的少数民族社会是基于这样的事实与理由：处于前工业化时代的少数民族社会常常是以其世世代代流传下来的别具一格的艺术形式为标志区别于他民族和他社会的。用"民歌"来指代少数民族社会的艺术，不仅因为许多少数民族都有源远流长的民歌传统，同时也因为"民歌"一词能形象化地喻指前工业化时代的少数民族社会那种未被扰乱的古朴、宁静和浪漫，并昭示艺术在前工业化的少数民族社会中不可或缺的重要地位。本文的"现代社会"指的是已经工业化了的现代社会。在本文中，民歌社会和现代社会是以现代化为分水岭的两种截然不同却互相关联着的社会形式。

　　"民歌社会的现代情结"和"现代社会的民歌情结"所指涉的事实是：在当代中国，民歌社会即前工业化的少数民族社会正以传统艺术的日益消亡为代价追求现代社会的接纳和认同；而现代社会则以对民歌社会的古老艺术的回望来追想业已失去的牧歌时代，并以此为契机重构都市化过程中疏远甚或遗忘了的文化传统和艺术传统，努力形成有文化根基、地方特色和更大认同感的区域文化；前者摒弃艺术，后者重拾艺术。对这一问题的关注和探讨，有助于我们认识当代中国社会的急剧变迁以及艺术在这一急剧变迁中所扮演的角色。

一、民歌社会：失效的神话

聚居于广西西部毗邻云南和越南的那坡县大石山区里的"黑衣壮"社会，是一个有5万多人口的自称为"布敏"的壮族分支。他们区别于他族群、他民族和他社会的典型标志是：穿着用蓝靛染制的从头到脚都是黑色的服装，唱着千百年流传下来的二声部民歌"虽敏"（意为"敏人"的山歌）。在"三通"（通电、通公路、通电视）之前，这是一个典型的全族一家的社会。他们敬拜共同的神灵和祖先，实行族内婚（但规定直系血亲和七代以内的旁系血亲禁止通婚），种植玉米和山芋，日常生活用品和生产用具除盐和铁需要从外面市场上购得外，其余全部自给自足，每月至少有一次节日，非常喜欢对歌，喜欢跳团结舞、八字舞、黑枪舞等。生活宁静自足、严谨有序又丰富多彩。

没有什么比服饰更能标示一个族群的存在，自称为"布敏"的黑衣壮也正是以其服饰的黑色而得名的。尽管壮族总体而言是一个衣着庄重朴素的民族，服饰多以黑色、蓝色为主，但是黑衣壮把这种风格发挥到了极致：上衣和裤子是黑的，头巾和围裙也是黑的（其他壮族支系有花头帕和花围裙）。最奇特的是黑衣壮妇女围裙的系法：先将宽而长的围裙系在腰间，再将长及小腿的围裙打折成三角形翻卷上来，形成中空的双层裙裾。也就是说，那围裙其实也是裙子，兼具美丽和实用功能——中空的裙裾既可显示女人的妩媚又可作口袋用，装少量的豆荚或针线。黑衣壮妇女头巾的戴法也很独特：用长条黑布在头上缠绕一圈，再翻折摆布成大菱形的图样，两端留长垂在肩头，显得摇曳生姿。

关于为什么要穿用蓝靛染制的黑衣服，黑衣壮神话是这样解释的：相传古时，该区是一片山林茂密、土肥草美的极乐之地，黑衣壮的祖先捷足先登，来到这里安居乐业，辛勤垦荒种地，繁衍子孙，过着自给自足的生活。一次，山里一个名叫侬老发的部族首领在带兵抵抗外来入侵者的战争中，不幸受伤。他果断地指挥其他人安全地退却后，就一个人隐蔽在密林中，他碰见一片青绿的野生蓝靛，随手摘一把当草药敷在伤口上，哪知道这药真的能消肿止痛，使他很快恢复了健康，重上战场，并击退了来侵之敌，取得了胜利，保卫了族人之地。于是，这位头人就把野生蓝靛当着化凶为吉的神物来纪念，号召全族人一律都穿上用野生蓝靛染制的黑布服装①。当然，这个神话还有其他版本。一版本说：相传，古时布敏受到异族侵略，首领梦中得到本族老祖指点，遂令族人采来蓝靛草沤制成染料，将手、脸、衣服、刀枪染黑。众族人俨然天降的一群黑神，趁天黑潜入敌阵，大举反攻，终转败为胜。从此，布敏人穿着用蓝靛染制的黑衣代代相传至今。还有一版本说：古时候，黑衣壮遭外敌入侵，战斗异常残酷，正相持不下之际，首领梦见本族白发老祖，预言说将有一场瘟疫来袭。老祖告诉他们要采野生蓝靛草熬水喝，才可预防瘟疫。于是全族人遵此而行，采野生蓝靛熬水喝，避开了瘟疫，打败了来侵之敌，部落得以继续生存繁衍。所有这些版本都谕示了一点：穿蓝靛染制的黑色服装是神的命令、祖先的命令，是吉祥的，否则会有灾祸降临。

神话使"以黑为美"的观念深入人心，帮助黑衣壮人很好地保持了传统。在广西那坡县，壮族是主要民族，遍布全境，按自称和语言划分有布央、布峒、布农、布税、布依、布敏、布省、布决、布拥、隆安、左州等。很多壮族支系着装早已汉化，而布敏一支却仍沿袭着祖先遗留的传统。"文革"时期，黑衣壮的着黑习俗被认为是"四旧"，属于要破除之列，上面明令不允许再穿黑衣服；周边的其他壮族支系和其他民族也歧视黑衣壮，侮辱性地称黑衣壮为"敏顿"（意为黑鬼一样的敏人），或戏称他们为黑飞机（因黑衣壮妇女头上顶着折摆成大菱形的黑头巾，头巾两端垂挂飘飞在双肩）、黑肚皮（意为黑衣壮人的肚皮都是黑的，因自制的蓝靛布褪色染在肚皮上）等。在圩场上，黑衣壮妇女有过很多不愉快的经历：使坏的人悄悄把烟头丢进她们双层的裙裾里，烧坏她们的衣服；有的黑衣壮妇女赶完圩回到家才知道，自己盘在脑后的长头发被人偷偷掀开头巾剪了。但即使是那样，黑衣壮人仍不改装。只要一问起"为什么穿黑衣服"，黑衣壮人就会告诉你某个版本的神话，并且很自豪自己能纺线织布制衣，不像生活在他们附近的瑶族，连纺线织布制衣都不会，要来买他们穿旧不用的衣服。同一时期，唱山歌也被认为是"旧风俗"而遭禁，但爱歌如命的黑衣壮人只是表面收敛了一点：不再举行大型的歌会。但逢年过节及有婚嫁、新房落成等喜事时仍对歌助

---

① 何毛堂、李书田、李全伟：《黑衣壮的人类学考察》，广西民族出版社 1999 年版，第 4 页。

兴；路遇、上山砍柴、割草捡猪菜、放牧也唱歌。正如黑衣壮山歌所唱的那样："出路携歌当早饭，赶街唱歌当晚餐。妹穷用歌当茶水，妹贫要歌当酒坛。"山歌是黑衣壮人生活中必不可少的精神食粮。黑衣壮人生活在没有河流没有土地的大石山里，只靠存积雨水来解决日常用水，靠落在山石缝、石坑里的一抔抔土种植玉米来生活。在如此艰苦的自然环境中生存，唱山歌是他们最重要的社交方式和娱乐方式。尽管有来自外面世界的高压，倔强的黑衣壮人依然捍卫着他们的传统、习俗和艺术。那是他们人生的意义和乐趣所在，用他们的歌来说："山歌本是古人留，留给后代解忧愁；三天不把山歌唱，三岁孩童变白头。"

但就是这样一个以黑为美、爱歌如命、个性倔强的族群，在 20 世纪 90年代末，当公路、电灯、电视来到他们闭塞宁静的小山村后，一切都迅速地改变了。如今，黑衣壮的年轻人喜欢穿买来的衣服甚于母亲千辛万苦用蓝靛染制的民族服装，喜欢跟着电视学唱流行歌曲远甚于跟本族歌师学唱本民族的二声部民歌。而且，从 2003 年起，由于退耕还林，黑衣壮人不能再在石山缝里种玉米了，于是，打工大潮席卷全族。现在，年轻力壮的中青年人全部外出打工，留在村子里的只有老人和孩子。笔者 2005 年 4 月在广西那坡县城厢镇龙华村黑衣壮聚居区作田野调查，特别想看一看他们农历三月二十八日的"风流街"（即歌圩）。黑衣壮原土司所在地弄文屯人告诉我，因外出打工的人太多，"风流街"已经不成街了。

对比是鲜明的。"文革"时期的禁令和千百年来外族的嘲笑没能禁住黑衣壮照穿他们的黑衣服和照唱他们的山歌。今天，政府为发展旅游业号召黑衣壮继续穿他们本民族的服装唱他们本民族的山歌，外族人也通过电视报道明白了黑衣壮穿的衣服唱的山歌都是"艺术"而改变了对黑衣壮一贯鄙视的态度，但他们却不想再穿那样的服装和唱那样的山歌了。他们开始感受到买衣服比自己做衣服方便、穿起来舒适（机织布轻薄，成本低；自织布特别费工夫，而且厚、重、容易掉色），会唱流行歌曲很时髦，外面的生活很精彩。的确，"当通往现代化的路被跨越之时，各种难以想象的舒适和机遇就变得唾手可得，以至于每个人都想行进在这条路上，一旦开始，就无法回头"①。

---

① ［美］埃伦·迪萨纳亚克：《审美的人》，户晓辉译，商务印书馆 2004 年版，第 371 页。

他们依然记得那个为什么要穿蓝靛染制的黑衣服的神话，但他们已经不相信不穿黑衣服会给他们带来祸患的神谕。一句话，神话失效了。

神话在一夜间成了现代性的俘虏。舍勒于20世纪初已敏锐地指出：现代性——一言以蔽之曰：本能冲动造反逻各斯①。在黑衣壮人遗弃本民族服装和山歌艺术的背后，是人类社会挥之不去的现代情结。金耀基曾这样论述现代化："现代化"是全球性的从传统社会向"现代"社会的大变动，它"不知不觉地改变了整个人类社会基本的文化取向及价值系统"，以至于对每一个民族或国家，"现代化"都是不能完全抗拒的诱惑②。现代化，作为一种甜蜜的诱惑，那是一种比政府禁令和外族嘲笑强大得多的力量，因为它植根于人的本性。细查之，"文革"时期政府的禁令破不除黑衣壮的"四旧"，因为当时布匹供应如此紧张，黑衣壮人手里也没有买衣服的余钱；当时也没有其他新鲜的娱乐方式代替唱山歌，所以禁也是白禁。时间到了20世纪90年代末，由于生活条件的改善，黑衣壮人可以用手中的余钱从市场上方便地买到又便宜又轻便的机织布或成衣，从而免除了自己种棉花纺纱织布染布制衣的繁重劳动。电视把外部世界的生活如此直观清晰生动地呈现在黑衣壮人的面前，劳作之余，看电视自然而然成了黑衣壮人娱乐休闲的主要方式，以往夜晚青年男女走家过户对歌的娱乐方式不可避免地衰落了。祖先是黑衣壮的神灵，千百年来黑衣壮人保持着为故去的亲人守孝三年的习俗，守孝期间不得外宿他处，但打工潮使千年习俗成了一纸空文，丧事过后，打工的人便出门继续到他乡谋生去了。从衣着到社交到娱乐到神事，旧有的一切习俗几乎都改写了、失效了，取而代之的是一种新的生活方式，一种以外部世界的现代生活为指归的生活方式。这是一场空前的转变，而在这场前所未有的社会转型中，他们的艺术——服饰和山歌，这有着千百年历史积淀的曾经标志着他们存在的艺术——成了牺牲品，他们也因此失去了由传统艺术所界定的明确的身份，变成了无根的"漂人"。

当艺术不幸成为牺牲品、神话不再具有神力的时候，意味着民歌社会走到了它的尽头。艺术不再是它的尺度和标志，金钱才是。所以，舍勒的

---

① 转引自刘小枫《现代性社会理论绪论》，上海三联书店1998年版，第23页。
② 转引自刘小枫《现代性社会理论绪论》，上海三联书店1998年版，第31页。

哲学人类学的根本关注点是：现代性不仅是一场社会文化的转变，环境、制度、艺术的基本概念及形式的转变，不仅是所有知识事务的转变，而根本上是人本身的转变，是人的身体、欲动、心灵和精神的内在构造本身的转变；不仅是人的实际生存的转变，更是人的生存标尺的转变①。具体而言，民歌社会向现代社会的转变，是"工商精神气质战胜并取代了神学—形而上学的精神气质"，是"实用价值与生命价值的结构性位置发生了根本转变"②。黑衣壮社会的转变印证了舍勒的分析。

二、现代都市化社会：重构神话

以西方城市为理想蓝图的中国城市化发展进程在多大程度上疏离或借助了地方本土文化是一个值得盘点的问题。20 世纪 80 年代末到 90 年代初，仿佛在一夜间，许多亟待发展的中国城市忽然发现在西方现代文化冲击下日益式微的地方本土文化是一块宝，是城市发展的依托和助推器。因此，在民歌社会神话失效、艺术衰败的同时，现代都市化社会却野心勃勃地尝试着重构神话和复兴艺术，表现出一种与民歌社会的现代情结相反的民歌情结。当然，这种重构神话和复兴艺术的努力并不是怀旧情绪的宣泄，而是城市向现代化挺进的一种策略，这种策略被表述为"文化搭台，经贸唱戏"。这一策略催生了中国的节庆文化。

关于节庆文化与城市发展的关系，2002 年的南宁国际民歌艺术节曾举办过"节庆文化与城市经济发展"的国际主题会。一篇文章如此论述："经营城市需要品牌意识。城市品牌就是城市的风格与个性，就是形象与实力，它凝聚和体现着城市的功能、理念、整体价值取向和由内向外的辐射力和由外向内的吸引力。通过举办节庆文化活动树立品牌形象，可以在短时间内提高城市的知名度，增加资本的含金量，提高资本的利用率。节庆文化品牌的创立直接关系到节庆经济能否取得成功，也关系到举办节庆文化的城市在国内外的形象、地位。一个名牌节庆文化会使一个城市在短时间内发展成为具

---

① 刘小枫：《现代性社会理论绪论》，上海三联书店 1998 年版，第 19 页。
② 刘小枫：《现代性社会理论绪论》，上海三联书店 1998 年版，第 17 页。

有国际影响力的品牌，从而使国内外的各种有效资源，尤其是智力、商业资源为其所用，带动经济的发展，同时大大提高知名度。"① 可见，城市发展需要品牌，而打造品牌的最便捷途径就是举办节庆活动。但是，节庆活动是不能凭空创造的，它需要植根于当地的文化，这样的节庆活动才会有生命力，才能真正彰显城市的特色和魅力，最终达到文化与经济互动双赢的目的。正如一些研究者所指出的，纵观国内外一些成功的节庆活动，不难发现其成功的主要因素是具有鲜明的民族特色，切合当地实际和风俗习惯，有较强的娱乐观赏性，民众参与程度高。在"文化搭台，经贸唱戏"的策略中，中国许多城市开始了重构神话的努力，例如"吴桥国际杂技艺术节"、"潍坊国际风筝会"、"南宁国际民歌艺术节"等。这些成功举办的节庆活动大大提升了主办城市的知名度，彰显了主办城市的文化特色，带动了当地经济的持续发展。

地方传统文化也正是在节庆活动中显示了它独特和经久的魅力。2001年的南宁国际民歌艺术节之所以让人回味无穷，就是因为一群黑衣壮少女在本届民歌节开幕式"大地飞歌"上演唱了她们的无伴奏合唱《山歌年年唱春光》。当一群黑衣壮少女穿着她们黑色的民族服装，佩戴着闪闪发光的银项圈和银项链，用黑衣壮语言和甜美明净的声音演唱那原汁原味的民歌时，所有的观众都被这古老民族的古老艺术陶醉了。那是一种宛如天籁的声音，那是有着千百年历史积淀的曲调。人们仿佛穿越时光隧道，回到了有着竹林、薄雾和处处飘着玉米酒香味、开口即歌的时代。黑衣壮姑娘还在2001年南宁国际民歌艺术节主办的"中外歌唱家演唱会"上演唱了她们的多声部合唱《捶布歌》，征服了在场的中外音乐家们。此后历届民歌节都与黑衣壮结下了不解情缘，或邀请黑衣壮歌手表演，或采用黑衣壮音乐元素创作新民歌，或采用黑衣壮服饰作演出服饰。黑衣壮艺术与刘三姐的歌一起成了南宁国际民歌艺术节上壮族文化的标志。2002年5月，黑衣壮艺术团代表广西参加全国群众歌咏比赛获得一等奖。2003年11月，黑衣壮艺术团到中央电视台录制"壮乡美"节目，再次以其纯净质朴明媚的演唱征服了观众。2004

---

① 李布、文晴：《打造节庆文化品牌，推动中国绿城建设》，《2002年南宁国际民歌艺术节"节庆文化与城市经济发展"国际主题会文集》，第151页。

年，南宁被确定为中国—东盟博览会的永久会址，每年的博览会与南宁国际民歌艺术节同期举行。作为中国与东盟各国交往的文化平台，南宁更需要办好民歌节以提升城市品位与品格；而要办好民歌节，离不开壮族民间艺术的支持。2004 年 11 月，南宁国际民歌艺术节与首届南宁"中国—东盟"博览会大型活动之一的"东南亚时装秀"以 101 个黑衣壮少女演唱的《壮族敬酒歌》为开台歌曲，成功地把民族特色、地方特色、古老风格与"中国—东盟10+1"的主题、现代风格、时尚气息糅合在一起，上演了一场古风和异域风情交融的独特的时装秀。黑衣壮民歌让人们清晰地触摸到和感受到壮乡源远流长的歌唱传统，激起了都市人对于民歌时代和古老艺术的亲切回忆。南宁国际民歌艺术节通过对黑衣壮民歌等古老艺术的挖掘、展示和传扬，成功地帮助南宁——这个在都市化过程中遗失了传统的城市——找到了她的文化之根，确立了南宁作为"民歌之都"的文化品格和身份，恢复了艺术在人的生活中、在一个城市的发展过程中应有的地位和价值。

　　山东潍坊人、河北吴桥人和广西南宁人都因所在城市成功举办的节庆活动获得了某种确定的身份：潍坊人，来自中国的"风筝之都"；吴桥人，来自中国的"杂技之乡"；南宁人，来自"绿城：天下民歌最眷恋的地方"——现代都市化社会以民间传统构筑了现代神话。曾经在现代化进程中疏离了民间传统的都市人终于明白：每一个城市应当有一种让她的市民引以为自豪的和共同感兴趣的东西，一种可以让人们聚集在一起狂欢的形式。笔者曾对不同年龄、不同职业、不同文化层次的南宁市民进行采访，问及喜不喜欢民歌节。回答是一致的：喜欢。喜欢的原因各种各样，其中最有意思的是：市民们普遍认为，民歌节期间的南宁特别美丽、特别可爱，民歌节让他们的生活变得更美好了，民歌节让他们更爱自己的城市。可见，成功的节庆活动不仅适应城市经济发展的需要，更植根于构成这个城市的人的心灵。节庆活动事实上是仪式、游戏和艺术的集合体，它的程序性给所有参与者提供了共同体验艺术的契机。所以，美国学者埃伦·迪萨纳亚克反对把一些重要的仪式庆典当作烦琐过时的东西抛弃。她说："我们可能忘了，仪式庆典中固有的程式化为人类在其整个历史中体验艺术提供了重要的契机，而这些艺术本身是重要的集体信仰和真理不可或缺的饱含情绪的强化刺激。在把这些当作太烦琐或太过时的东西抛弃之时，我们也就失去了艺术对生活的中心地位。于是，我们也就取消了古老的、自然形成的和经过时间检验的那些理解人类生存的方式。在整个人类历史中，艺术就是作为塑造和美化我们生活中重要而严肃的事件标示出来的过度的和超常的手段，我们放弃的与其说是我们的虚伪，还不如说是我们的人性。"① 因此，建立在壮族"三月三"歌圩传统之上的南宁国际民歌艺术节，不只是为南宁找到了这个城市丧失的传统，而且是为这个城市建立了一个更符合人性和生存规律的生活方式。

三、结 论

民歌社会的现代情结和现代社会的民歌情结体现了某种颇有意味的错位。在现代化的冲击下，民歌社会正在丧失传统，而现代社会正在竭力寻找和重建传统；民歌社会正在去艺术化，而现代社会正在再艺术化；民歌社会正在经历丧失传统、丧失艺术、丧失身份的焦虑，而现代社会正在体验重建传统、重拾艺术、重构身份的喜悦。透过黑衣壮社会艺术的衰落和南宁国际民歌艺术节对黑衣壮艺术的青睐，我们可以看到：丧失艺术，实质上意味着丧失合理的生活；重拾艺术，意味着重建合理的生活。正如埃伦·迪萨纳亚克所说："艺术就像我们的恋人、我们的孩子和我们的上帝一样，（是）内在于我们的生活并且是生活绝对必需的。"②

（原载于《文艺研究》2006 年第 4 期）

---

① [美] 埃伦·迪萨纳亚克：《审美的人》，户晓辉译，商务印书馆 2004 年版，第 200 页。
② [美] 埃伦·迪萨纳亚克：《审美的人》，户晓辉译，商务印书馆 2004 年版，第 311 页。

"美的规律"的审美之维

周维山

自 20 世纪 50 年代我国开始研究马克思的《1844 年经济学哲学手稿》(又称《巴黎手稿》,以下简称《手稿》)中的美学思想以来,对"美的规律"问题已有三次大的论争。面对激烈争论,有的学者提出"取消说"。80 年代冯宪光在《手稿对美学研究的指导意义》一文中认为马克思在《手稿》中提出"美的规律"仅仅是作为论证人生产的全面性、多样性的一个例证而已。但是,劳动是人类最基本的生命活动,与人类所特有的审美活动之间有着必然的联系,这也是马克思对美学的重要贡献。二者的联系究竟如何,正是需要我们要探讨和研究的,取消乃至回避不是解决问题的办法。如何突破目前的这种研究僵局,我们首先从论争谈起。

一、"美的规律"内涵之争

"动物只是按照它所属的那个种的尺度和需要来建造,而人却懂得按照任何一个种的尺度来进行生产,并且懂得怎样处处都把内在的尺度运用到对象上去;因此,人也按照美的规律来建造。"① 虽然在三次大的论争中,人们都围绕这段文字的个别词句的译法进行讨论,但是其目的都是为了论证各自的观点。就总体而言,他们对《马克思恩格斯全集》第 42 卷中这段译文的中文表述还是基本赞同的。争论的核心是马克思所言的"内在尺度"属于谁,"美的规律"与"内在尺度"的关系是什么? 在论争中,对"美的规律"

---

① 《马克思恩格斯全集》第 42 卷,人民出版社 1979 年版,第 97 页。

内涵的理解形成了两种主要意见。

一是事物本质特征论。蔡仪在《马克思究竟怎样论美?》中从语义出发,认为"尺度""就它的原意说,本来是测定事物的标准;而在这里,若用普通的话说,相当于'标志'、'特征'或'本质'",由此,"物种的尺度"和"内在的尺度","无论在语义上看或实际上看,并不是说的完全不同的两回事"。二者的差别仅在于一个是指事物的外在特征,一个是指事物的内在特征。"即使物种的内在本质特征也能够掌握,并且能够到处使用它到他所创造的劳动对象上去,'所以人类也依照美的规律来造形'"。① 把"美的规律"等同于"内在尺度",蔡仪认为"美的规律"就是事物的内在本质特征。80 年代挑起争论的是程代熙的一篇文章《关于美的规律——马克思美学学习札记》。他根据《马克思恩格斯全集》第 42 卷的校样对原句的翻译进行了大胆修改,把译文中的"内在尺度"改为"对象所固有的尺度"②,由此来论证"美的规律"就是事物本质特征的观点。这一改动立即遭到墨哲兰等人激烈反对,双方围绕"内在尺度"的所属问题展开论战。90 年代,争论是由陆梅林 1997 年在《文艺研究》上发表的《〈巴黎手稿〉美学思想探微——美的规律篇》引起的。他把德文原文与俄文译文相对照,认为二者在语义上是相等的。由此,他从俄文语法分析道:"从俄文的语法看,这个'尺度'为对象所固有。俄文的'所固有的'这个形容词要求名词变为第三格,就像有的文章所指出的那样是'给予'格,但前面的'对象'一词已是第三格了。因此,可以译为'并且处处会对对象运用固有的尺度'。"并引用英文译文"the inherent standard of the object"加以辅证。③ 最终认为,"内在尺度"属于对象客观尺度确凿无疑。曾簇林接连发表三篇长文支持这一观点。

二是合目的性与合规律性统一论。这一派论点比较复杂,虽然都主张"美的规律"是合目的性与合规律性的统一,但是对具体字句的理解,特别是在"内在尺度"的理解上也有所差异。

一种观点认为,"内在尺度"是人对事物的内在特征的认识和把握,体

---

① 蔡仪:《蔡仪美学论文选》,湖南人民出版社 1982 年版,第 265 页。
② 程代熙:《关于美的规律——马克思美学学习札记》,载程代熙主编《马克思〈手稿〉中的美学思想讨论集》,陕西人民出版社 1983 年版,第 443 页。
③ 陆梅林:《〈巴黎手稿〉美学思想探微——美的规律篇》,《文艺研究》1997 年第 1 期。

现了人的需要和目的。首先持这一观点的是朱光潜。在《生产劳动与人对世界的掌握》一文中，他根据自己对德文原文的理解，认为应把"尺度"改译为"标准"，"种族的尺度"就是"种族的标准"。所谓"种族的标准"，他认为"在于是否符合种族的需要，动物各自按照它所属的那个种类的需要进行生产，例如鸟营巢，兽却穿穴，需要不同，标准也就不同。人却不仅能为自己建筑房屋，而且还可以制鸟窠，造兽穴，在不同的种族需要下，就按照不同的种族去进行。""内的尺度"就是"内在的标准"。他认为："生产实践不仅要依据生产主观方面的需要，还要依据对客观事物的认识，例如制造石刀就要认识石刀的一些性质、内在规律或'内在标准'"，而"根据这种（种族的）需要，结合到他对石头的客观属性的认识，人开始进行生产石刀的劳动，这正是根据'种族的标准'和'对象的内在标准'，也就是'按照美的规律'来制造事物"。①80 年代，持这种观点的有蒋孔阳、马奇等。蒋孔阳在《"人类也依照美底规律来造形"》中论述道："'任何物种的尺度'指的是客观事物的规律；'内在的尺度'指的则是主观对于这一规律的认识和掌握。当内在的尺度适用到对象上去，依照任何物种的尺度来生产时，于是就创造了各种各样的产品。""劳动者欣赏到了自己作为'族类'的人的本质力量，欣赏到了自己的理想、愿望、聪明、智慧和本领等。正是在这个意义上，劳动充满了喜悦，劳动的规律成了美的规律。"②

另一种观点则把"内在尺度"理解为人的尺度。60 年代，李泽厚在《美学三题议》中，把"内在尺度"理解为人的社会目的，是与"真"相对的"善"。他认为，"因为具有内在目的的尺度的人类主体实践能够依照自然客观规律来生产，于是，人类就能够依照客观世界本身的规律来改造客观世界，以满足主观的需要，这个改造了客观世界的存在形式便是美，是'按照美的规律来造形'"③。80 年代，刘纲纪、朱狄、陈望衡、墨哲兰等深化了这一观点。90 年代，持这一观点的代表人物是应必诚、朱立元等。针对陆梅林的文章，应必诚从德文原文出发，首先他认为"种的尺度"是动物主体的

---

① 朱光潜：《朱光潜美学文学论文选集》，湖南人民出版社 1980 年版，第 374—375 页。

② 蒋孔阳：《"人类也依照美底规律来造形"》，载程代熙主编《马克思〈手稿〉中的美学思想讨论集》，陕西人民出版社 1983 年版，第 437—438 页。

③ 李泽厚：《美学论集》，上海文艺出版社 1980 年版，第 163 页。

尺度。在德文中，"物种是 species (Gattung)，客观事物是 (Gegenstand)"，二者在德文中语义和用法都是不同的，这里的"种"是指动物主体，而不是客观事物。这一理解与朱光潜的理解相似。另外，他从语法角度认为，由于 inhärente（内在的）省略了第三格名词，致使"内在尺度"的归属有两种可能，但是动词 anlegen "在同时要求第三格间接宾语和第四格直接宾语时，它的意思是'给……戴上'，'给……扎上'，'把……放置到……上去'"，据此，他认为如果"内在尺度"为对象所固有，那么把对象所固有的尺度放置到对象上去，在逻辑上是讲不通的。"因此，在两种可能的理解中，我们只能理解为主体人把人的内在尺度放置到对象上去，也就是按照人的尺度改造对象世界。"① 应必诚最终认为，不存在一个客观事物固有的尺度，美的规律也不是脱离开人而独立存在的，只能是合目的性与合规律性统一。

二、"美的规律"是"美的"规律吗？

细致分析一下，两方的观点是否真的水火不容呢？未必尽然。从上文的分析可以看到，双方分歧的焦点是在对"内在尺度"的归属问题上。但，不论哪种理解，争论双方都是在马克思劳动实践的观念下进行的，都是从劳动实践的角度界定"美的规律"问题。最重要的是争论双方的出发点是相同的，也就是对"美的规律"问题本身的理解是一致的。双方都认为"美的规律"是美之为美的规律，是美的本质问题。蔡仪认为："美的规律是美的事物的本质，或者说，是美的事物所以美的规律。"② 陆梅林认为："所谓'美的规律'就是美之所以为美的规律。"③ 朱立元认为："何为美的规律？我想，应该是事物（包括人）何以成为美的事物，何以具有审美特性，何以成为审美的对象规律。"④ 双方对"美的规律"的探讨，都是从审美对象、美的事物出发的，把"美的规律"仅仅理解为"美的"规律。诚如应必诚所言："美学研究各派之间争论虽然非常激烈，但在根本出发点上是一致的，即从本体

---

① 应必诚：《〈巴黎手稿〉与美学问题》，《中国社会科学》1998 年第 3 期。
② 蔡仪：《蔡仪美学论文选》，湖南人民出版社 1982 年版，第 265 页。
③ 陆梅林：《〈巴黎手稿〉美学思想探微——美的规律篇》，《文艺研究》1997 年第 1 期。
④ 朱立元：《对马克思关于"美的规律"论述的几点思考》，《学术月刊》1997 年第 12 期。

论的存在和思维的关系角度去探讨美的本质，把美看成一种实体、物质的或精神的实体。"①

　　我国美学研究自 50 年代开始，在唯物主义美学观的指导下，都不约而同地把美学的研究对象放在美的事物上。在"美的规律"问题上，争论双方都从美的事物出发，抓住了美的事物的不同侧面。事物本质特征论者把眼光放在审美特性上，从生产劳动出发，认为事物的审美特性是"内在尺度"，即内在特征。陆梅林认为："简而言之，它包括物象的内容和形式两个方面。美的规律则指二者的统一。""人要'按照美的规律来建造'，其前提就是要认识物之成为美的客观属性，掌握它的规律性，使自己的实践活动尽可能地与客观世界的必然性相一致，这样，才能较好地达到自己的目的和满足自己的需要。"② 曾簇林认为："马克思所说的'美的规律'是指具有审美属性的对象客体内在尺度与表现形式完满统一的规律。"③ 而合目的性与合规律性论者则从生产劳动的角度，认为美是劳动实践的产物，是主体尺度与客体尺度的统一。朱立元认为："马克思最后'美的规律'，其内容应包含人的生产的主体目的与客体尺度两个方面的辩证统一，而不只是物种或对象客体尺度一个方面。"④ 应必诚认为："人是自然和动物世界唯一能够不受种属的限制把任何客观事物的尺度与自己的内在尺度统一起来创造符合自己需要和理想的对象世界的存在物。"⑤ "美的规律"就是创造这种存在物的规律的体现。

　　在从美的事物出发这种美学观的指导下，双方在研究方法上又不约而同地运用了"带入法"。双方都把"人也按照美的规律来建造"与"人却懂得按照任何一个种的尺度来进行生产，并且懂得怎样处处都把内在的尺度运用到对象上去"两句话做了等同处理，从而把"美的规律"等同于"种的尺度"与"内在的尺度"，由此才有两个尺度的激烈论争。显然运用这种简单的"带入法"进行研究是不妥的。因为，这两句话中间不仅仅有一个"因

---

① 应必诚：《〈巴黎手稿〉与美学问题》，《中国社会科学》1998 年第 3 期。
② 陆梅林：《〈巴黎手稿〉美学思想探微——美的规律篇》，《文艺研究》1997 年第 1 期。
③ 曾簇林：《马克思关于"美的规律"的客观性》，《湘潭大学学报》（哲学社会科学版）1998 年第 4 期。
④ 朱立元：《对马克思关于"美的规律"论述的几点思考》，《学术月刊》1997 年第 12 期。
⑤ 应必诚：《〈巴黎手稿〉与美学问题》，《中国社会科学》1998 年第 3 期。

此"连词，还有一个虚词"也"。单由"因此"而言，这是一个结论句，可以用"带入法"。但是，在这里还有一个虚词"也"，使这一句话在本来结论的基础上带有并列的意味。与谁并列呢？在人的劳动实践中，除了"美的规律"之外，还有真和善的规律。也就是说，我们可以这样说，人的劳动实践不但按照美的规律来建造，也按照真的和善的规律。从过去的论争来看，由于他们不同程度地忽略了这里的虚词"也"，在研究方式上用简单的"带入法"，使"美的规律"简单地等同于建造的规律，把真、善、美混为一谈，不能给"美"一个合理的位置。事物本质特征论者，因为把美的规律等同于事物的本质，也就是把美等同于真，而合目的性与合规律性论者，把美的规律等同于人的"内在尺度"，同时又把"内在尺度"理解为人的需要，也就是把美等同于善。因此，总体而言，他们只是揭示了一般生产规律的内涵，尚未揭示"美的规律"的特殊性。尽管有的学者如黄赞梅在《理解"美的规律"应从马克思的原文出发——谈谈 90 年代有关"美的规律"的论辩》中认为"内在固有尺度"是包含人的"真的尺度、善的尺度和美的尺度",[①] 但是，"美的尺度"是什么，内涵仍十分模糊。

马克思在《关于费尔巴哈的提纲》中批判一切旧唯物主义时指出其缺点是："对事物、现实、感性，只是从客体的或者直观的形式去理解，而不是把它们当作人的感性活动，当作实践去理解，不是从主观方面去理解。"[②] 马克思在《手稿》中论述"美的规律"问题是在劳动观念下论述的，不是从抽象的、直观的形式来论述的，是一种劳动实践观，是一种关系思维。应必诚在《〈巴黎手稿〉与美学问题》中也认为："我们的美学研究应该把握《手稿》的基本精神，从关注心与物、精神与物质关系的研究，转向关注主体与客体的研究，从关注实体范畴、属性范畴的研究，转向关注关系范畴、价值范畴的研究。"[③] 应先生对美学研究的发展方向的总结是对的，但是，我们不能仅仅把它放在对"美的规律"的内涵解释上，我们更应该把它贯彻到对"美的规律"问题本身的理解上。当我们从关系的角度重新审视"美的规律"问题本身时，我们会发现它不仅仅是美的事物之为美的规律，它还是人建造

① 黄赞梅：《理解"美的规律"应从马克思的原文出发》，《文艺理论研究》1999 年第 2 期。
② 《马克思恩格斯选集》第 1 卷，人民出版社 1995 年版，第 54 页。
③ 应必诚：《〈巴黎手稿〉与美学问题》，《中国社会科学》1998 年第 3 期。

美的事物的建造规律。建造美的事物的规律是一个过程规律，是人的审美能力的体现，是人的审美规律。审美的维度是理解"美的规律"问题的一个必然维度。只有我们从美的和审美的双重维度对规律进行把握，才能真正深刻把握"美的规律"的内涵。

三、审美之维的存在基础

"人也按照美的规律来建造"，从句义来看，等于"人的建造也遵循美的规律"。美的规律是生产中的规律，它不存在于生产之外，它是一个关系规律。由此，我们对"美的规律"的理解也就不单单只能从美的产品出发，还应从审美的角度审视"美的规律"问题，也就是"美的规律"还是审美能力的规律。

马克思认为人的劳动实践过程是人的本质力量对象化的过程。"工业的历史和工业的已经产生的对象性存在，是一本打开了的关于人的本质力量的书，是感性地摆在我们面前的人的心理学。"① 如何理解人的本质力量呢？合目的性与合规律性论者是从人的需求、目的、理想出发，是从价值论出发的。这种单纯从人的抽象的需要出发的思维模式，正是马克思在《手稿》中批判国民经济学家那种思维模式，把经济问题简单地归结为资本家对利润的追求。"如果科学从人的活动的如此广泛的丰富性中只知道那种可以用'需要''一般需要'的话来表达的东西，那么人们对于这种高傲地撇开人的劳动这一巨大部分而不感觉自身不足的科学究竟应该怎样想呢?"② 马克思所言的人的本质力量是人的劳动的力量，是人在劳动过程中创造力的总和，不是人抽象的需要，是人的一种力，在英文中译为"power"。巴日特诺夫也认为："马克思所理解的人的'本质力量'——这是人的创造能力的总和，这种能力是在生产活动中实际利用它们的过程中日益发展的。"③ 同时，马克思认为："人不仅像在意识中那样理智地复现自己，而且能动地、现实地复现

① 《马克思恩格斯全集》第 42 卷，人民出版社 1979 年版，第 127 页。
② 《马克思恩格斯全集》第 42 卷，人民出版社 1979 年版，第 127 页。
③ [苏] Л. Н. 巴日特诺夫：《哲学中革命变革的起源》，刘丕坤译，中国社会科学出版社 1981 年版，第 152 页。

自己，从而在他所创造的世界中直观自身。"① 这里，复现的是自己的本质力量，是人的创造力，不是人的需要和目的，退一步而言，人的需要和目的需要直观吗？

"劳动创造了美"，人的审美能力是人的本质力量之一。那么，审美能力在人的劳动实践过程中是如何存在的呢？仔细阅读马克思的论述"美的规律"那段著名的话，可以看出人的本质力量可分为三个方面：认识力、实践力、判断力。人在劳动实践中实现对象化，必须认识对象，"懂得按照任何一个种的尺度进行生产"，但认识不是目的，"问题在改造世界"，② 要实现对对象的改造，必须"懂得怎样处处都把内在的尺度运用到对象上去"。但是，人的实践在人的目的和对象之间，有一个克服"物性"的问题。在克服"物性"时，如何使人的认识和实现目的性的实践完美统一起来，使真和善完美统一起来实现人的自由自觉的劳动创造能力呢？这需要人的一种独特的能力——判断力，这种能力包含人的审美能力。大家知道，在近代，鲍姆加登把美学作为一门学科——感性学提出来，他把美学定义为研究感性认识的科学。但是，鲍姆加登并没有把美学这门学科真正建立起来，而真正把美学作为一门现代学科建立起来的是康德。康德在《判断力批判》中提出了著名的审美规律的定义——"无目的的合目的性"，开启了西方现代美学审美心理研究传统。康德之所以能把现代美学建立起来，不单单是他提出了著名的审美规律，更重要的是他为"美"的存在争得了一个合法的地位，他为人的审美寻找到一种独特的能力——审美判断力。马克思在《美国新百科全书》的《美学》条中论述道："鲍姆加滕在德国第一个指出美具有一种极其珍贵的素质；他表明人的意识中有感知美和享受美的能力，这种能力以感觉为基础，以低级理智（'cognitio sensitiva'）为中心，理性可以驾驭但不能忽视低级理智。康德接受和发展了这一论点，认为低级理智不能感知美，而人的一切能力中的最高能力，即判断和评价的能力，才能感知美，这是十分自然的。"③ 马克思是一个德国哲学家，继承了德国古典哲学的一切优秀成果，对康德的美学成果也不例外。有了这种理解背景，我们对马克思的"因此，人也按照

---

① 《马克思恩格斯全集》第 42 卷，人民出版社 1979 年版，第 97 页。
② 《马克思恩格斯选集》第 1 卷，人民出版社 1995 年版，第 56 页。
③ 《马列著作编译资料》第 7 辑，人民出版社 1980 年版，第 31 页。

美的规律来建造"这句话才感觉不会突兀。在这里，马克思把"美的规律"作为与真和善的规律并列提出来，并且把其作为人与动物区别的一种重要特征，是马克思对人的自由自觉创造能力的论述的深化。对我们理解"美的规律"而言，找到了人创造美相对应的能力——判断力，也就为理解"美的规律"的审美之维找到了存在的基础。

马克思是否赞成把人的心理能力三分呢？马克思在 1857 年的《〈政治经济学批判〉导言》中提出："整体，当它在头脑中作为被思维着的整体出现时，是思维着的头脑的产物，这个头脑用它所专有的方式掌握世界，而这种方式是不同于对世界的艺术精神的、宗教精神的、实践精神的掌握的。"① 在这里，马克思提出了人对世界的三种掌握方式，即理论精神掌握、物质实践掌握、实践精神掌握。它们恰恰相对应人的在劳动实践中的三种本质力量。在同一时期，马克思在《美学》词条中写道："最有权威的心理学家们揭示出人的性格，是按照认识、行动（行为）和（感觉）情感能力，或按照理智、意志和情感的感知（鉴赏）能力这三者（三分法、三位一体）来划分（区别）的。有人从这点出发，认为美学研究情感的感知（鉴赏）能力，而逻辑学研究理智，伦理学研究意志。"② 有人据此提出这是从"人的本性"出发的，是反历史的，是唯心主义的，因此，这不是马克思所撰写的。其实，这根本不足为凭。因为，马克思与康德的对人的审美能力的认识是不同的，康德的判断力是一种先天的假设，是他的建筑术的需要。康德提出判断力只是为了沟通他的悟性与理性之间的鸿沟，判断力"将做成一个从纯粹认识机能的过渡，这就是说，从自然诸概念领域达到自由概念的过渡，正如它的逻辑运用中它便从悟性到理性的过渡成为可能。"③ 而马克思的判断力是人的生产过程中的必要能力，是人在生产劳动中形成的。劳动创造了美，同时也创造了人的审美能力。"只是由于人的本质的客观地展开的丰富性，主体性、人的感性的丰富性，如有音乐感的耳朵、能感受形式美的眼睛，总之，那些能成为人的享受的感觉，即确证自己是人的本质力量的感觉，才一部分发展起来，一部分产生出来。因为，不仅五官感觉，而且所谓精神感觉、实践感

---

① 《马克思恩格斯选集》第 2 卷，人民出版社 1995 年版，第 19 页。
② 《马列著作编译资料》第 7 辑，人民出版社 1980 年版，第 29 页。
③ ［德］康德：《判断力批判》，宗白华译，商务印书馆 1964 年版，第 16 页。

觉（意志、爱等等），一句话，人的感觉、感觉的人性，都只是由于它的对象性的存在，由于人化的自然界，才产生出来。五官感觉的形成是以往全部世界历史的产物。"① 人的本质力量不是上帝赐予的，是人类在劳动实践中形成的，人的审美能力也是在劳动中形成的。从劳动实践论述美的创造、论述人的审美能力的发生、活动的规律是马克思对美学的重要贡献。

　　总之，"美的规律"不仅仅是"美的"规律，还是人的审美规律。审美之维是理解"美的规律"内涵非常重要的一维。离开了审美的维度，仅仅从美的事物出发，不但不能揭示马克思的"美的规律"的真正内涵，还会使研究陷入无休止的争论之中。

（原载于《兰州学刊》2006 年第 7 期）

---

① 《马克思恩格斯全集》第 42 卷，人民出版社 1979 年版，第 126 页。

略论魏晋"自然"观由哲学观
向文艺观转换的多重动因

付晓青

　　"自然"概念奠基于先秦道家，老子的"道法自然"、庄子的"顺物自然"确立了"自然"论哲学的基本理论倾向。"道"是老子哲学思想的中心，老子通过"道法自然"的观念将"自然"提升为宇宙最根本的客观法则，又将其具体应用于人与人、人与社会的处世准则。这一思想无论是对此后的中国哲学还是中国文艺观都产生了极为深远的影响。庄子主张"顺物自然"，追求以自由为核心的人生境界，是直观体悟与理性思辨的高度融合的精神观念，也是他探求文艺的出发点。正如徐复观所言，庄子"'道'的本质实系最真实的艺术精神"①。庄子这种返璞归真、率真自然，在精神自由中步入审美境界的主张对中国传统审美艺术产生了深远的影响。两汉时期，《淮南子》、《论衡》等也发展充实了老庄"自然"论哲学。然而，尽管在先秦道家思想中"自然"原本就包含着非常丰富的美学内涵，尽管汉代如《淮南子》、《论衡》已经开始用"自然"概念思想论述文艺问题，并表现出一些融合儒、道文艺观的倾向，但自先秦以迄两汉的"自然"观仍然局限于哲学本体论、政治论和人生论的领域之内，"自然"在本质上仍然是一个哲学范畴，而并非文艺理论范畴。而"自然"范畴从哲学向文艺领域转换的时机是在魏晋六朝时期才得以形成和成熟的。并且这一转换的实现既是复杂多重的，同时又是历史必然的：既有思想领域内的"名教"与"自然"之辩的影响，又有人生追求的任性放达之风的实践；既是审美观转变的结果，又在根本上与人格

---

① 徐复观：《中国艺术精神》，春风文艺出版社1987年版，第44页。

追求的"质性自然"有着深刻的联系。

思想上的"名教"与"自然"之辩

"罢黜百家，独尊儒术"是汉代思想文化的大背景，儒家思想逐渐成为正统的官方哲学。随着东汉后期以来的儒学衰微，一个新的思想解放时代来临，中国哲学又迎来了一个思想发展的黄金时代，而在这个黄金时代执思想界之牛耳的正是以道家思想为主导的玄学。尽管魏晋玄学流派纷杂，但在解决政治人生问题上，如何处理儒、道关系显得更为重要，于是"名教"与"自然"之辩成为当时思想发展的主旋律。

王弼在注释《老子》的同时，表述自己的"自然"论哲学思想。钱穆指出："（王弼）其说以道为自然，以天地为自然，以至理为自然，以物性为自然，此皆老子本书所未有也。然则虽未道家思想之盛言自然，其事确立于王弼，亦不过甚矣。"[1] 王弼主张"名教本于自然"之论，认为人类社会需要自然合理的制度规范，理想社会的制度规范必然是自然合理的，而代表一个社会制度规范的名教相应的也是自然合理的。从这个意义上讲，"名教"与"自然"是一致的：

> 朴，真也。真散则百行出，殊类生，若器也。圣人因其分散，故为之立官长。以善为师，不善为资，复使归一也。[2]
>
> 始制，谓朴散始为官长之时也。始制官长，不可不立名分以定尊卑，故始制有名也。[3]

"朴"即自然，"百行出"、"殊类生"、"立官长"、"定尊卑"都是出于自然，这种以正名分为核心的制度就是名教社会制度。因此，社会制度、伦理秩序、君臣、父子、夫妇之间的尊卑贵贱，虽然受限于社会的制度规范，但这些等级名分在王弼看来是自然的。因此，王弼实质上是赞成名教的，在他看

---

[1] 钱穆：《庄老通辨》，三联书店 2000 年版，第 392 页。
[2] 《老子》二十八章注。
[3] 《老子》三十二章注。

来，作为名教思想核心的仁义是由内而外自然而然形成的道德观念，原本是合理的，但随着儒家经学的典章制度化，儒学逐渐形式化，徒有其表。到东汉末年，社会没落，士人皆以仁义作为仕途名利的工具，抛弃了仁义的实在内容。所以，王弼的自然观主要是为调整名教和自然的关系，论证"名教本于自然"这一命题。从表面上看，"名教本于自然"似乎抬高了自然，贬低了名教，其实，赋予名教以道家的形式恰恰是为了更好地证明名教的合理性。"名教本于自然"是王弼天人之学的基本内容，"自然"、"名教"体用不离，合二为一。

与王弼等玄学家调和"名教"与"自然"的关系相反，"竹林名士"的代表嵇康提倡"越名教而任自然"，指出：

> 六经以抑引为主，人性以纵欲为欢，抑引则违其愿，从欲则得自然。①

> 夫称君子者，心无措乎是非，而行不违乎道者也。何以言之？夫气静神虚者，心不存乎矜尚；体亮心达者，情不系于所欲。矜尚不存乎心，故能越名教而任自然；情不系于所欲，故能审贵贱而通物情。物情顺通，故大道无违；越名任心，故是非无措也。②

嵇康认为，人的本性和情感是自然流露的，而以"抑引"、"违其愿"为特征的名教则压抑了人的自然本性。从这个意义上讲，"名教"与"自然"是相对的，名教区分是非，君子"心无措乎是非"。嵇康明显强调"名教"与"自然"的对立，他的"越名教而任自然"，暗示名教是一种无法超脱的异化的现实，因而诉诸自然。"自然"与"名教"的对立，实质上是"理想"与"现实"的对立，"无"与"有"的对立。这种思想是当时名士阶层的普遍心声，因而，虽然魏晋玄学总体走向是"自然"的儒学化和"名教"与"自然"的调和，嵇康的"越名教而任自然"在思想领域并不占主要地位，但它

---

① 《难自然好学论》。
② 《释私论》。

比较典型地体现出一种率性自然的人生追求。这种追求带有浓郁的审美意味，并且落实于魏晋名士在现实人生中的任性放达之风，从而对审美观念的转换产生了重要影响。

玄学发展到郭象，调和"名教"与"自然"的倾向更为明显。郭象将"自然"用于解释社会等级秩序，认为君臣之分、仁义之教都是合乎自然的。他说：

> 夫时之所贤者为君，才不应世者为臣。若天之自高，地之自卑，首自在上，足自居下，岂有递哉？①

> 夫善御者，将以尽其能也。……若乃任骐骥之力，适足疾之分，虽则足迹接乎八荒之表，而众马之性全矣。而惑者闻任马之任，乃谓放而不乘；闻无为之风，遂云行不如卧，何其往而不返哉？②

郭象认为，人为对于自然的改变是自然而然的，从而强调人为与自然的统一性。此外，他还强调"游外"与"弘内"、"内圣"与"外王"、任性逍遥与从事世务是完全统一的，寓无为于有为，表明他想超越内外分别的理想。王弼的"自然"论哲学观以"无"为宇宙本体，开一代玄风，奠定了本体论哲学"自然"观；而郭象的哲学则彻底消解了这一本体，建立了一种"澈始澈终"的自然论哲学（钱穆语）。冯友兰指出："郭象的哲学，就是要证明，在自然界和社会中，凡是存在的都是合理的。"③

魏晋思想界的"名教"与"自然"之辩将"自然"提到本体论高度，使之或成为论证"名教"合法性的本体依据，或以之作为与"名教"对立的本体原则，"自然"由此一方面重新成为思考现世社会、人生问题的重要观念视角，从而具备了走出哲学领域向审美与艺术世界渗透的可能；另一方面魏晋玄学调和儒道，实际上延续了先秦以来的儒道会通的思路，儒学因素的不断渗入不仅在一定程度上消解了道家"自然"论哲学观的极端

---

① 《庄子·齐物论》注。
② 《庄子·马蹄》注。
③ 冯友兰：《中国哲学史新编》第4卷，人民出版社1982年版，第179页。

化倾向，而且丰富了"自然"的内涵，从而使其向文艺理论转换变得更为"自然"。

审美观上人物品评标准的转变

汉末魏晋以来，随着儒学衰微，人性解放成为时代风潮。表现在审美观上，与玄学兴盛的同时，崇尚自然的审美风尚成为魏晋时期品评人物的基本标准。在谈玄蔚然成风的影响下，对于"本末"、"有无"、"言意"、"养生"等命题的探讨，达到了高度的理论思维水平。名士阶层很少再关注传统的"立德"、"立功"等现实问题，而是热衷于沉浸于玄理思辨的精神乐趣之中。"正是对外在权威的怀疑和否定，才有内在人格的觉醒和追求。"① 这种情况下，人物的品评已经不再是先前看重立德建功的"比德观"，而是注重人物内心的宁静玄远和外在的神情风度之美。如果说，先秦与两汉时代赞美的是崇高的外在形式之美，那么魏晋时期士大夫注重的则是超越外在形式的内心的境界韵味，并且也用此品藻人物的内在精神气度。

魏晋时期，清谈玄理逐渐成为时尚，被当时的文人士大夫所推崇和敬仰。《世说新语》载：

> 康僧渊在豫章，去郭数十里立精舍。旁连岭，带长川，芳林列于轩庭，清流激于堂宇。乃闲居研讲，希心理味。庾公（庾亮）诸人多往看之。②

> 康僧渊目深而鼻高，王丞相（世说新语·王导）每调之。僧渊曰："鼻者，面之山；目者，面之渊。山不高则不灵，渊不深则不清。"③

> 康僧渊初过江，未有知者，恒周旋市肆，乞所以自营。忽往殷渊源（殷浩）许，值盛有宾客，殷使坐，粗与寒温，遂及义理。语言辞

---

① 李泽厚：《美学三书》，安徽文艺出版社 1999 年版，第 93 页。
② 《世说新语·栖逸》。
③ 《世说新语·排调》。

旨，曾无愧色。领略粗举，一往参诣。由是知之。①

康僧渊虽远离俗世，"闲居研讲"、"希心理味"，却并非从此隐逸，而是众多贤达志士景慕的风流人物。庾亮、王导、殷浩或为事务缠身的政界要人，或是高高在上的社会名流，皆屈尊前往康僧渊的"去郭数十里"之处请教"义理"。由此可见当时研究玄学义理之盛，一些从儒家名教中成长起来的诸如庾亮、王导、殷浩之人也开始兼修玄学，崇尚玄学。清谈本身不仅体现着人物的哲学修养，影响着世间声誉，而且成为审美品评的重要标准。

在清谈玄学的影响下，魏晋士人皆以超越现实的功名利禄相尚，追求心境玄远、超然物外的神情风度。这一时期，不仅隐逸之风盛行，即使世俗中人流连于自然山水之间，沉醉于精神的自在逍遥。《世说新语》载：

> 顾长康从会稽还，人问山川之美。顾云："千岩竞秀，万壑奔流，草木蒙笼其上，若云兴霞蔚。"王子敬云："从山阴道上行，山川自相映发，使人应接不暇，若秋冬之际，尤难为怀。"②

> 郭景纯诗云："林无静树，川无停流。"阮孚云："泓峥萧瑟，实不可言。每读此文，辄觉神超形越。"③

"山川自相映发"，使得在山阴道上的两位名士"应接不暇"、"难为怀"，内心得到了自然感应，精神与人格都得到了前所未有的"神超形越"的审美愉悦，在得到美感的同时提升了性情。自然山水所以得到魏晋名士衷情向往，正在于它可以使"鸢飞戾天者，望峰息心；经纶世务者，窥谷忘反"（吴均《与朱元思书》）。正如罗宗强先生所言："名士轻功名利禄而重人格力量，强烈表现自我，追求山水情趣也是表现自我的一种方式，从山水得到愉悦，得到自我满足，在山水的美的享受中体认自我的存在。"④

---

① 《世说新语·文学》。
② 《世说新语·言语》。
③ 《世说新语·文学》。
④ 罗宗强：《玄学与魏晋士人心态》，浙江人民出版社1991年版，第42页。

人物品评标准的转变实质上体现了审美观念的演进。从两汉的德行唯先到魏晋名士的潇洒风神,从清谈玄理的机智巧辩到放情山水的心境玄远,魏晋审美观不断发生着移步换形式的嬗变,而其总体倾向是追求和实现先秦道家所提倡的"游心于物之初"的超然物外的审美态度,这本身就是"自然"论哲学观题中之意。并且,魏晋士人纵情山水的审美风尚也不断在启发着对自然清丽之美的体悟。由此,"自然"从哲学世界走向审美视野,再向文艺领域转换就是顺理成章、水到渠成。

率性自然的放达之风

虽然魏晋思想的整体走向是"名教"与"自然"的调和,但在现实人生追求中,嵇康的"越名教而任自然"之说更有代表性,它的具体表现就是魏晋士人的率性自然、任性放达之风。尽管这种风尚未必都以"越名教而任自然"标榜,但迈越礼法,率性而行却是名士最为欣赏的风流趋尚。曹魏正始时期的政局是影响魏晋士人心态以及人生理念的重要社会背景。司马氏为了谋夺政权,一方面极力提倡"名教",另一方面又将"名教"作为剪除异己、屠戮名士的工具。《晋书·阮籍传》云:"魏晋之际,天下多故,名士少有全者。"在这种极端的政治恐怖氛围里,动辄得祸,如履薄冰,士人或清谈玄理,或放浪形骸。在生命行为中实践着"越名教而任自然"的理想。著名的"竹林名士"嵇康、阮籍等就是此中人物。

嵇康自称于"人伦有礼,朝廷有法""有必不堪者七,甚不可者二"①,阮籍"志气宏放,傲然自得,任性不羁,而喜怒不形于色。……博览群籍,尤好老庄。嗜酒能啸,擅弹琴。当其得意,忽忘形骸。"②他们"至为礼法之士所绳,疾之如仇"③。"竹林名士"们虽藐弃礼法,放浪形骸,但同时却保持着内在的本真情性。嵇康仰慕老庄,"老子、庄周,吾之师也,""读庄、老,重增其放"④。因而,在人生追求上主张"越名任心"。在他看来,人性

---

① 《与山巨源绝交书》。
② 《晋书·阮籍传》。
③ 《与山巨源绝交书》。
④ 《与山巨源绝交书》。

本自然，而以六经为代表的名教则始终是压抑人的性情的，名教与自然相背离。所以要以自然之"从欲"反对名教之"抑引"。因此，嵇康崇尚道家的自然纯朴之真性，反对礼教的虚伪矫饰。阮籍被称为"方外之士，故不崇礼典"，善以白眼等世俗之人，"由是礼法之士疾之若仇"①，但放浪形骸的另一面是"贵真"。庄子曾云："真者，精诚之至也。不精不诚，不能动人。故强哭者虽悲不哀，真怒未发而威，真亲未笑而和，真在内者神动于外。是所以贵真也。"②魏晋名士的任性放达之行，就其积极方面来说，正是在个体生命活动中实践着庄子的"贵真"：

> （阮籍）性至孝，母终，正与人围棋，对者求止，籍留于决赌。既而饮酒二斗，举声一号，吐血数升。及将葬，食一蒸肫，饮二斗酒，然后临诀，直言穷矣，举声一号，因又吐血数升。毁瘠骨立，殆至灭性。③

按儒家礼法，在丧礼进行时是不允许饮酒食肉的。孔子提倡"乐而不淫，哀而不伤"④，居丧哀毁"殆至灭性"也不符合"中庸"之道。阮籍的所作所为既是对"名教"的嘲弄，同时又是对母亲的至孝、"真亲"性情的体现。因此，魏晋士人虽然主张"越名教而任自然"，但并非只是一味地放任怪诞，而是能够坚守内心的纯真的率性自然。

以嵇康、阮籍为代表的自然率真之风在当时及后世都产生了相当深广的影响。嵇康临刑之时，"太学生三千人上书，请以为师"⑤。东晋以后，王子猷雪夜访戴传为佳话，而"乘兴而来，兴尽而返"⑥也是最具魏晋风度的精神境界。此外，《世说新语·任诞》记载："裴成公妇，王戎女。王戎晨往裴许，不通径前。裴从床南下，女从北下，相对作宾主，了无异色。"裴頠崇尚儒学，也不免社会风气熏染，王戎不经过通报便直闯女儿女婿卧室，本

---

① 《晋书·阮籍传》。
② 《庄子·渔父》。
③ 《晋书·阮籍传》。
④ 《论语·八佾》。
⑤ 《世说新语·雅量》。
⑥ 《世说新语·任诞》。

为非礼行为，但双方"相对作宾主，了无异色"，可见当时士族之间不拘礼节，任性而为的行为非常普遍。魏晋名士间的率性自然之风的盛行当然有多方面原因，但我们以为，它可以说是先秦道家所着力追求的"法天贵真"自在逍遥的人生境界有限度的实现。这种被称为"魏晋风度"的颇具审美风味的时代风潮实际上显示着自然率真已经上升为一种普遍的社会意识。正是这种社会意识的自觉成为"自然"论哲学观演变为文艺观的重要渠道。

人格追求上的"质性自然"

在魏晋玄学中，虽然有调和"自然"与"名教"和"越名教而任自然"两种倾向，但即使持调和之说者也是力图将"名教"归之于"自然"，或将"名教"等同于"自然"。"自然"观念的普遍建立对人格追求产生了深远影响。魏晋以来，人们不仅在人物品评上崇尚"自然"，在人生活动中追求率真，同时在人格理想上也以"质性自然"相尚。

正始玄学曾有一次关于圣人有情无情的论辩。《三国志》卷二八《钟会传》裴松之注引何劭《王弼传》云："何晏以为圣人无喜怒哀乐，其论甚精，钟会等述之。弼与不同，以为圣人茂于人者神明也，同于人者五情也。神明茂故能体冲和以通无，五情同故不能无哀乐以应物。然则圣人之情，应物而无累于物者也。"这场论辩涉及"圣人"人格问题，王弼的观点虽以"贵无"为本，但其精神更近于庄子的自然任真的理想人格。此后，嵇康以"直性"自尊，强调"性有所不堪，真不可强"①。

魏晋时期，政治黑暗，许多士人不满于时局和虚伪"名教"，于是向饮酒、服食、养生与诗歌、山水中谋求更为自由的生活方式，实现自己的人生价值。他们关注山水，不仅仅是修养身性，同时更是坚持自己独立的人格精神，向世俗表示抗议。阮籍《达庄论》指出："夫山静而谷深者，自然之道也。得之道而正者，君子之实也。"因此，士人之纵情山水超越了一般的陶冶情性价值观，而是为了得"自然之道"，以"自然"来抗拒世俗，求得更深远的审美人生意义。东晋戴逵《闲游赞》中云：

---

① 《与山巨源绝交书》。

> 况物莫不以适为得，以足为至。彼闲游者，奚往而不适，奚待而不足。故荫映岩流之际，偃息琴书之侧，寄心松竹，取乐鱼鸟，则淡泊之愿于是毕矣。

在观赏山水美景时淡薄宁静的心志，摆脱了尘世的羁绊，形超神越，从自然景物中体悟到老庄自然无为的意境。孙绰在《三月三日兰亭诗序》中说：

> 情因所习而迁移，物触所遇而兴感。故振辔于朝市，则充屈之心生；闲步于林野，则辽落之志兴。仰瞻羲唐，邈已远矣；近咏台阁，顾深增怀。为复于暧昧之中，思萦拂之道，屡借山水以化其郁结，永一日之足，当百年之溢。

为了逃避严酷的政治斗争对人的迫害，远离世俗之危途，只能纵情于山水清音，"借山水以化其郁结"。六朝时代，真正能保持"质性自然"而不受世俗名利、礼法之羁绊的，无疑是田园诗人陶渊明。他把田园生活的题材带进了诗歌中，借助田园景物表达自己率真天然的精神追求，开拓了一个全新的诗歌美学类型和表现领域。陶渊明创造了一种韵味极其醇厚、朴实无华而又冲淡至美的意境，"开千古平淡之宗①"。他"少无适俗韵，性本爱丘山。误入尘网中，一去三十年"，因而，当其赋《归去来兮辞》而退隐田园时，欣然唱道："久在樊笼里，复得返自然。"②这里的"自然"并非作为对象世界的自然山水田园，而"少无适俗韵"的"质性自然"，亦即本真的纯然性情。"结庐在人境，而无车马喧。问君何能尔，心远地自偏。采菊东篱下，悠然见南山。山气日夕佳，飞鸟相与还。此中有真意，欲辩已忘言。"③读罢陶渊明的诗作，一种淡泊宁静之美油然而生。在让人忘我的田园风光，诗人没有世俗的羁绊，而与田园生活泯然交融，从中获得了真实淳美的人生感受。它既不同于建安诗歌的慷慨悲壮，也不似与西晋诗歌的错彩镂金，而是

---

① （明）胡应麟《诗薮》内篇卷二。
② 《归园田居》其一。
③ 《饮酒诗》其五。

一种无欲无求、与世无争、悠然自得的自然和谐境界。正如张可礼先生对陶渊明诗文内容所概括的"三要义——自由·自然·和谐"①，看似最平常，实乃最神奇，想必这也就是其中的陶渊明所体悟到的此中"真意"吧！

"质性自然"是我们对魏晋以至六朝时期人格理想的总体概括，它在当时虽然与文艺创作并未发生直接关系，但作为审美观念、审美理想的理论升华，则是普遍性的人格追求，也是这一时期审美意识、审美风尚在人格理论的体现。所谓"魏晋风度"的核心层次及其对后世的主要影响就在于这种以"自然"为旨归的理想人格。因此，魏晋以至六朝时期"质性自然"的人格追求对"自然"论文艺观的确立影响是潜层次的，但也是更为深远的。

综上所述，魏晋以来，随着玄学的兴起，"名教"与"自然"之辩成为思想发展的主题，而在清谈玄理过程中人物品评观从道德评判趋向于审美判断，崇尚"自然"成为自觉的审美意识，在世俗生活中魏晋士人自觉追求率性自然、任性放达的风尚，"自然"渗透到人的生命活动之中，这些方面的发展最终凝结为"质性自然"的人格理想。如果说"美学范畴和美学命题是一个时代的审美意识的理论结晶"②，那么，"自然"论文艺观正是魏晋以来审美意识发展的理论形态的表现。我们认为，正是这多重因素的影响使崇尚"自然"成为魏晋以至六朝时期审美观的主导倾向，从而也促进了"自然"从哲学领域向文艺领域的转换成为可能。

（原载于《江淮论坛》2007 年第 3 期）

---

① 张克礼：《东晋文艺综合研究》，山东大学出版社 2001 年版，第 342 页。
② 叶朗：《中国美学史大纲》，上海人民出版社 1985 年版，第 4 页。

网络自我认证悖论的审美反思

王卓斐

一、"自我认证"及其网络实现

胡塞尔曾指出，当意识行为指向对象的同时，意识行为也自指，并因而意识到自己的存在。"自我"（Ego）作为人的心理结构的重要内容，便是这样一种人的意识行为对自身活动的觉察和自知。"认证"（I-dentity）这个词在英文中的原义有两种："同一"（"相同"）和"身份"（"本体"）。近年来在文化研究领域，"自我"与"认证"两种含义开始结合起来，由此形成了"自我认证"的概念，意谓人对其自身的认知和评价。它涉及的是我与"我"的关系问题，即"我"① 为什么是"我"（me），从而使人从精神层面上将自己与他人区别开来，确立自身的独立性。据此，"自我认证"可视为一种特殊的内在性交流形式——一种存在于人的意识内部的、人与自身的交流活动。

作为一种内在性交流行为，自我认证本身因缺乏现实的透明度和直接的可体察性而具有某种"神秘性"色彩。对此，西方学者常采取映像的手段对自我认证进行间接把握。该手段包含着这样一个基本的公式：人—自我映象—自我认证，即人通过自己在外界的映像反作用于人的意识活动，凭借这种映象，人可以得到自我存在的认证，并把自身与他人区分开来。映象手段实际体现了人类擅长以种象征性媒介来掌控自我的行为习惯。利用该象征性媒介将自身的欲求、意志、情感等因素投射出去，将自我转化为一个以可感

---

① 张庆熊：《自我、主体际性与文化交流》，上海人民出版社 1999 年版，第 70 页。

知的对象形态存在的"他者",通过与这样一个具有象征意蕴的"他者"的互动,从不同层面获取对自我的直观体察。

在网络时代,电脑成为人们认证自身的一种新型的象征性媒介。电脑的人类学价值在于,它不仅是一种外在的手段和工具,而且还是人的自我意识与生活经验的呈现方式。而这种呈现是通过电脑写作的形式建构完成的。对电脑写作者而言,电脑显示器窗口就是人脑思维过程的映像。电脑写作的特殊性在于,当文字通过键盘被录入电脑时,磷光像素便在屏幕上形成字词。由于这些符号只不过代表内存中的 ASCII 码,所以它们的改变能以光速进行。或者说,键盘敲击与字符显现几乎是同步的。屏幕上的字符瞬息闪现,转眼间又无影无踪,没有一个"来自"和"去往"的地方。这与人脑的意识活动非常相似,是完全没有物质惰性而灵动飞扬的。[①] 语符的随时调用使原来只能存在于脑海中的表象即刻得到某种客观的呈现,摆脱不可通约的私人性而拥有了主体间交换的可能,这一点对网络自我认证意义重大。由于人的意识活动可以得到更及时的跟踪,电脑写作者把写作当成了一种"发现"自己想说什么的过程,写作过程同时也是思想形成的过程。从某种程度上讲,电脑写作免去了从思想到字形的转化过程。脑袋里怎么想,屏幕上立刻就能实现。于是,电脑的技术特征从根本意义上影响了写作的表达方式:电脑写作过程亦即建构自我的过程。在电脑写作中,人被抛进了自己的可能性之中,人本身就是"彻头彻尾被抛的可能性"[②]。由于自我不再被理解为先验的、一成不变的实体,而是一种短暂的、时刻面临着各种可能性转变的精神存在,这表明,当作者以屏幕和键盘等为"上手之物",在对电脑写作的"操持"中领会、建构自我之时,该过程并非按照某种线性逻辑展开,而是常常陷入各种各样的可能性选择。这样一来,人对自我的认证,实质为人对可能性自我的领会和筹划,在领会、筹划的过程中获得自我规定、自我生成的本质。

电脑写作建构的自我本身是一种以语言为主的符号虚拟,简称"虚拟自我"。虚拟自我并非永恒的精神实体,而是一种独特的符号结构。这恰好

---

① 孙海峰:《网络文化的审美反思》,山东大学博士学位论文,2003 年,第 83 页。

② [德] 海德格尔:《存在与时间》,陈嘉映、王庆节译,商务印书馆 1963 年版,第 183 页。

迎合了符号论的观点：第一，自我是过程，而不是实体；第二，语言（符号系统）在自我的构造中起着重要的作用。自我首先必须经过语言符号而达成，语言象征结构先己而存在。当自我进入其中之后将"按该秩序的结构成型"，随之通过对这一虚拟自我的接受，人逐渐认识其自身，使那原本不可琢磨的自我的神秘性在一定程度上得以消解。因此，通过电脑写作，人将自身外投于虚拟自我之上，而这又包含了将"我"与该虚拟对象维系在一起的、潜在的双声性。由于心理空间的外化，电脑界面成为两个相互排斥又相互依存的"自我"的空间边界：一边是牛顿式物理空间中的现实自我，一边则是非物质化网络空间中的虚拟自我。人面对电脑，其关系就像照镜子一样：电脑作为机器以它的非物质性模仿着人，人在机器的非物质性中辨认着自身。电脑写作孕育着对话，实际为两个主体之间的交锋，具有应答性、对话性。对于生活在电脑面前的当代人来说，屏幕的真正含义在于：它既是镜头又是眼睛，既是"自我"又是"他我"。当人注视着电脑屏幕时，网络的"他我"也在通过这个窗口注视着"我"。根据萨特的现象学理论，在注视中双方都力图将彼此置于对象的境地，但是这种努力恰恰证明两者都是自由的，都是权力的主体。于是，电脑不再只是储存信息，更是一个看与被看的交流平台。在这样一种看与被看的无限反馈中，我们的主体性不断改变着自身的内涵。总之，在自我认证问题上，网络空间以其令人信服的似真性，释放出巨大的自我发现和自我构建的潜能，造就了一种新的自我映像——虚拟自我。在虚拟自我面前，人进行着自我认证，实现着与其自身的交流。

二、整合与分裂

自我认证本质是一种人与自身的内在性交流。这种交流关系是随着人对其具体行为的质询而不断得以构建的，由此可以推出自我并非绝对的孤立存在，而是具有多重性的结构特征。自我的多重性是一种普遍存在的精神现象。弗洛伊德把完整的自我结构看作由本我、自我和超我组成的动态能量系统。这三个部分是相互关联、相互作用的。本我作为自我结构中最原始的部分，遵循快乐原则行事；自我由本我分化发展而来，介于本我和超我之间。它遵循现实原则，压制本我的冲动，同时缓冲和调节本我和超我之间的矛盾；超我从自我中分化和发展而来，它按照社会伦理规范和价值标准行事，为一切本能冲动设置最后和最严厉的障碍，控制并引导自我的思想和行为。弗洛伊德认为，对一个心智健全的人而言，自我应为本我、自我和超我三部分组成的和谐统一体。但是，在现实生活中，自我结构的各个层面并非处于绝然对等的状态，而是不断存在着矛盾与冲突，自我的多重性特征难以获得真正实现。在人格心理学看来，个体的每一人生阶段，都必须自愿或不自愿地接受并适应现实社会规定的身份和角色。正是在这种接受和适应过程中，个体往往把社会运行方式作为应付自身环境的唯一行为方式。现实原则的限制使自我的丰富性与多样性难以获得充分的展现，而当一个人想改变现实却最终面临被现实"同化"和"改变"的境遇时，对现实环境的失望容易促使他在一种想象的环境中重塑一个或多个有别于现实中的自我。不过，这种想象性自我只是个体心灵中的孤立存在，自我尚未摆脱在主体意识中的被看地位。

如今，电脑写作的"发现"性特征使人的感受与行动在电脑屏幕中可即时呈现出来，人与自我之间形成了一种近乎直接的感性交流关系。通过电脑写作，人的自我意识被复制和移入网络空间载体。自我已不仅是一种观念性存在物，而是通过键盘的跳动所呈现出的一种虚拟实体，并且网络大多在窗口环境下运行，这令人得以同时实施多种行为。由于每一行为都在某个窗口进行，每个窗口所面向的自我都是同等的真实，且彼此间并不存在层级或相互对比的关系，这便造成不是唯一的"我"在看世界，而是无数个"我"在屏幕前被看，而自我则成为这些不同窗口中的"我"的相加、组合。于是，或许我们可将窗口视为用来思考多重自我的有力隐喻和象征，尤其在颇为流行的网络角色扮演游戏（role-Playinggame，简称 RPG）中，自我的多重性特征得以较为彻底的实现。作为对日常压力的大众反应的延伸，游戏本身隐匿了一定的社会规范，人由关注他人对自己的看法，根据所属社会群体的一般化立场来经验自我，转化为本身自行设定角色和行为。当游戏者暂时抽离超我赖以存在的社会语境，以某种角色直接参与情节的建构，与情节完全共喜同悲时，这恰好符合了亚里士多德有关观众不应只做冷眼旁观的看客，而应当深入剧情，在巨大的"怜悯与恐惧"中达到情感高峰体验和灵魂升华的观点。在此意义上，游戏中的自我形象往往更为自然和本色。如果说，梦的真正内涵在于欲望的达成，那么，将游戏比作"造梦"的艺术丝毫也不夸张。它能将现实生活完全颠倒过来，让你尝试与现实背道而驰的另一个自我。不过，需要明确的是，与传统的角色扮演游戏（比如psychodrama）不同，RPG 游戏者不需离开某个角色便可直接进入另一剧情，通过在一连串窗口间"切换"（cy-clingthrough）往返而拥有一种平行式的生活，并在这种平行式"窗口"环境中进行多重身份的体验。菜单式窗口模糊了主次，淡化了中心，保证了游戏角色的选择并非单线程的非此即彼，而是多种角色的并行不悖。雪莉·特克认为，这种"平行式"的游戏体验为我们思考多重身份问题提供了一个"启发思考之物"（objects-to-think-with），促使我们对多重自我进行新的理论概括。由于在任何时刻，在每一个窗口，都有"我"在场，而自我认证成为这些分散的、在场的"我"的集合。在此，自我在现实环境中受压抑的特征可以被直观地探索和经历，自我的多重性得以不断地去蔽、澄明，这使得任何关于"绝对自我"的高谈阔论都变得黯然失色。

作为实现人的主体性的有力工具，网络淡化超我的"主调"作用，赋予人以巨大的自我发现的潜能，从中显示出某种不可置疑的解放力量。然而，当网络自我被描述为一种多分布系统，并相应地具有在窗口出现的多种可能性时，那么，它就成为一种隐喻，即随网络技术而出现的自我分裂的象征。原因在于，从形式上看，网络自我是以语言为主的符号虚拟结构，这表明，对网络自我存在的可能性的选择实际上体现为以何种语言符号对自我进行界定，这就将人类不可重复的思想和情感的差异转换为语言风格的差异，语言成为思想情感的替代品。拉康曾指出，语言是暴力、抑制和异化的开端。人的自我命名，就是异化的开端。而结构主义学者认为，语言是一部能生成差异关系的庞大机器，意义与其说是语言与物的关联，不如说是语言符号之间的差异关系。因此，一旦自我接受语言的定位，那么自我的多重性实则为从某个能指向另一个能指无休止的转化运动。德里达将这种意义的滑移称为"异延"，它包含了空间上的差异和时间上的延搁，令自我的意义处于不断的解构与重组中。由于各种符号在其中相互作用、转化，所有的符号都不固定，同时又互为轨迹，那么，也就不存在任何自我的原初意义。不难理解，网络的使用者不仅可以随心所欲地设定自我的身份，甚至可以到达忘我的境地。在网络上，一个人可以根据需要随意设定并同时具有若干个自我，这令网络自我建构不再是"发现"自我的过程，而在某种意义上成为"发明"自我的过程。自我是发明出来的，而不是被发现的。所谓多重自我不过是无穷多的能指的编织物，里面充满了偶然、暂时、瞬间的意义。

网络空间本是张扬个性，保证人将想象力付诸现实的感性空间。麦克卢汉提出媒介是人的延伸，也似乎意欲表达在与技术的较量中，人处在中心的位置。然而，当个体的想象、意志和激情沉入语符，游移在众多窗口中间、离散为"远程生活"中不同的碎片时，自律的审美主体就容易最终成为被撒播在网络上的一些节点，以某种裂变的符号形式存在着。根据这一分裂性特征可以推知，网络自我认证已成为一种瞬间性、片断性的交流。拉康分析指出，如果人一直被所认证的空间形象的样板所左右，那么这种分裂性将永不消失。在本源、意义的散碎中，此时"我思故我在"中"我思"的含义出现了歧义：如何判断"我在思"？是符号化前的我在思，还是符号化后的我在思？于是"我在"也变得颇多歧义：这是一个什么样的"我"在？是有生理性特征的"我"在，还是被符号化后的"我"在？如果是后者，就出现了有血有肉的"我"在缺场下的"无我之思"。这样一来，或许真实自我只是无数可能自我的一个特例？怎样能确定哪一个是"真实的自我"？当"我"不再具有唯一性时，当"我"由大写的单数的自我变成小写的复数的自我时，真正意义上的"我"还存在吗？可见，网络空间的自我形象既代表了自我的解放，同时又意味了自我的迷失。因此，当我们在网络空间不无困惑地发现自己又迷失了自己的时候，是否可以进一步追问：在多重自我的整合与分裂之间，我们将会是谁？我们又将应该是谁？！

三、"网络自我认证"的审美化重建

透过网络自我认证的悖论考察可以看出，网络正日益暴露出"为人"和"非人"的双重向度。就"为人"向度而言，网络作为一种人性的解放力量，其重要意义在于通过虚拟性建构和时空结构改变等技术手段，提供了一个可直观达成自我认证的环境。由于屏蔽了特权者的强制干预，人性中某些被压抑的东西得以被唤起和激活。但是，正当人们沉浸于网络带来的福祉时，它的"非人"向度也在为人性的发展设置新的陷阱。我们看到，在网络自我认证中，电脑书写已不再是自我意识的对等物，而是转变为一种语言的自足性表现活动，直接参与到自我的构建中。这种语言是广义的，包括文字、音乐、图像等。这虽满足了个体从传统禁忌挣脱出来、争取个性和欲望的实现这一要求，但同时也会使自我认证的形式化和游戏性远远压倒其意义的深度。最终，从对思想的渴求到思想的解体，由电脑书写产生的自我变体变成了对自我的"谋杀"。

处于现代历史阶段的人，无论赞成或反对技术都是毫无意义的，我们和技术已不可分。事实上，没有了技术，整个人类文明就会崩溃。同样，网络时代的到来亦是人类存在之历史必然。问题在于，是通过网络为人类本质的自我肯定、人类生命力的延续和人类创造力的发展开辟新的道路，还是受网络框架的控制，被自娱自乐的平面游戏所吞噬？我们能够避免"娱乐至死"的命运吗？！

其实，早在20世纪初，奥地利宗教学家、哲学家布伯就已敏锐地洞察到了来自现代技术的危险。他在《我和你》一书中指出，人生与世界具有两重性：一是"为我们所用的世界"，一是"我们与之相遇的世界"，可以用"我—它"公式称谓前者，用"我—你"公式称谓后者。所谓"我—你"强调了交流关系的"直接性"，就是说，在"我"与"你"之间并未掺杂任何具有意图和目的之类的中介。与之相反，"我—它"则强调了交流关系的"间接性"，"它"是为"我"所图谋的手段。布伯反复告诫，单凭"我—它"公式把一切都看成是"它"（物、对象）而生活的人（"我"），即只满足于把一切当成物、对象，在经验中认识和使用的人，其生活是空虚的、无意义的。因为物、对象总是如过眼云烟、转瞬即逝的。他指出，"我—你"关系先行于"我—它"，人在认识到自己是"我"而与"它"分离之前，本是生活在"我—你"一体的关系之中的。人生之初，本无自我意识，而一旦有此意识，便开始进入"我—它"的范畴之中："我"成为主体，"它"成为对象或客体。因此，"我—你"一体的关系领域有着不同于"我—它"关系领域的基础。① 人生的意义不在于以他人他物为手段（中介）的活动，而在于

---

① Martin Buber. *I and Thou*，New York：Charles Scribner's Sons，1958.4.

"我—你"之间的"直接性相遇"①。这里所谓的"相遇",可以理解为与人的灵魂深处直接见面。那种把"你"当作物、当作欲望对象或期望目标或当作手段看待的人,是不能与"你""相遇"的。布伯强调,只有超越"我—它"范畴,进入"我—你"一体的关系中,人与他人他物才不是异己的,而是在相互关系中永恒现存的东西。② 布伯无疑是想提醒我们,在这个科技繁荣发展、日新月异的时代,要对其可能给人类造成的负面效应保持高度的警觉。虽然"经验和使用能力的发展"是必要的,但倘若片面地受其统治,人必然会成为"丧己"之人。因此,布伯强调要超越这种"经验和使用能力的发展",进入"我—你"一体关系的精神境界。概言之,是人,而不是技术,必须成为价值的最终根源。

受启于布伯有关"我们与之相遇的世界"的理论观点,笔者在此尝试提出网络自我认证的审美化建构这一尚缺完备的设想,以期对网络高科技背景下人类自我认证的理想前景作出粗浅的勾勒。笔者认为,所谓网络自我认证的审美化建构,其核心要义在于,从现代人文立场出发,协调人—机关系,利用网络程序、模式等多种技术结构的综合作用,以丰满人性为旨归,以人本质的提升为最高境界,既为自我认证创造鲜活的感性场景,同时又以人文精神为本体内涵,注重内在性、表现性、主观性等深层因素的开掘,以激活人的丰富的审美情感和审美想象力。

当前网络自我认证的文本形态主要呈现为由字符、图形、视频等诸多因素熔铸而成的图像结构。直观材料的多方嵌入虽成就了参与者的抒情方式,使其获得了对感性自然的亲切体验,但由于过多地拘泥于视觉语言与事物真实形态的相似性与逼真性,以至于撕破了审美距离,令人难觅那曾由深度和意义带来的心灵震撼和智慧感悟。"真实的深度存在于我们之所为而不存在于我们之所是之中。我的过去、我的种族、与生命的原始形式相连接的遥远的祖辈……如果我只是偶然事件的会合场所,只是无穷无尽的片段事件的产物,只是自然史的一个时刻,那么任何深度都消失殆尽。"③ 这便要求,网络不应只是一种技术拓展或工具创新,更是一种人文价值负载。"人文"

① Martin Buber. *I and Thou*, New York: Charles Scribner's Sons, 1958.4-9.

② Martin Buber. *I and Thou*, New York: Charles Scribner's Sons, 1958.34.

③ [法] 杜夫海纳:《审美经验现象学》,韩树站译,文化艺术出版社 1996 年版,第 441 页。

并非一个事实的世界，而是充满了意义的世界。它关注的是人的生存状态，追求的是人性的丰富饱满、适得其所。当技术以有限的功利追求碾碎了人的时间意识，把平面意识、空间意识变成了唯一，人文精神却能穿越空间，指向绵延，升华出本真的时间，追问存在的价值与意义。它贯穿于过去、现在和未来的语境中，既依赖于千年的传统文化精华，又离不开现实人的境遇及理想。一旦将这种深刻、内在的人文精神嵌藏于网络的联结和互动中，那么，网络便不再仅为满足一己私利的工具，而是能够令人切实意识到自己作为类存在物所获得的巨大的历史文化支持。这样一来，技术的异化因素虽不会被完全克服，但却由此削弱了它的严酷性和绝对性。

（原载于《社会科学辑刊》2007 年第 6 期）

直寻：哲学视野中的诗学方法论

孟庆雷

随着对传统文化研究的不断深入，中国诗学所特有的运思方式也越来越受重视。作为中国最早的诗学专著，钟嵘的《诗品》首先提出"观古今胜语，多非补假，皆由直寻"，从而为中国诗学的发展打下了坚实的基础。然而对于"直寻"的诠释却历来众说纷纭。陈延杰认为"钟意盖谓诗重兴趣，直接由作者得之于内，而不贵同于用事"；① 许文雨则说"直寻之义，在即景会心，自然灵妙，即禅家所谓'现量'是也"；② 其他诸家则或曰"强调诗歌必须反应社会生活"，③ 或曰"直书即目所见"，④ 或曰"直接写纵目所见之外物"，⑤ 或曰"直抒胸臆"。⑥

综合来看，尽管以上诸家所论之侧重点不同，其方式却是完全相同，都是试图对这一概念本身的含义进行诠释。这种诠释固然能够加强我们对于《诗品》文本的理解，但是显而易见，这种诠释方式受制于诠释者的文化视野，使诠释带上了很强的个人主观色彩，从而降低了其诠释的客观有效性。另外，这种诠释方式仅仅就诗歌方法论本身来理解"直寻"，无形之中忽视了这一理论背后的文化基础，从而削弱了其理论纵深度。鉴于以上问题，本文认为必须把诗学中的文化与文化中的诗学结合起来，即把特定思想话语体系中的特定诗学话语本身的独特品质研究同解析它所蕴含的一般思想文化原

---

① 陈延杰：《诗品注》，人民文学出版社 1963 年版，第 12 页。

② 许文雨：《钟嵘诗品讲疏》，成都古籍出版社 1982 年版，第 22 页。

③ 武显璋：《浅谈钟嵘的"直寻"说》，《文学遗产》1984 年第 2 期。

④ 曹旭：《诗品集注》，上海古籍出版社 1994 年版，第 179 页。

⑤ 向长青：《诗品注释》，齐鲁书社 1986 年版，第 18 页。

⑥ 蒋祖怡：《钟嵘的"滋味说"对我国诗歌发展的作用》，《杭州大学学报》1985 年第 4 期。

则结合起来。"直寻"这一中国诗学创作方法论固然是与《诗品》这一特定的诗学话语分不开的，但它本身又是整个传统文化的产物，本文即旨在追寻这一诗学的传统文化基因。

一

作为研究的基本出发点，我们仍须从"直寻"这一概念本身出发，然而这并不是仅仅要求我们从个人的文化视野出发对其进行一番适合自己文化观念的理解，抑或是仅仅指出这一术语与当时或者之前的其他哲学诗学概念的关联问题。当然，我们不能否认，事实上任何一位研究者都不可能完全摆脱个人视野的限制，而且如果辩证地看，这种阐释的个体色彩与时代色彩恰恰是阐释的魅力所在。尽管如此，为了保证阐释的深度，避免使阐释流于个人臆测，我们仍然有权要求为阐释寻找一种历史的支撑，一种文化的传承，将个体阐释的合法性建立在历史文化的基石上。

"直寻"是由"直"与"寻"组成的合成词。这样的组合背后是一种什么样的文化思路？它仅仅只是一种诗歌创作方法还是本身有着更深的形而上意味？

为了追寻这一问题的原始根基，我们回到它的构词本身。《说文解字》释曰："直，正见也。从乚从十从目，徐锴曰，乚隐也，今十目所见是直也。"[1] 因而"直"的本意首先是指一种纯正的视，一种不带任何功利色彩的原初的本真之视见，它使一切隐匿之物从幽暗之处现身，在这一视见面前世界呈现为一种无遮蔽的状态，所谓"十目烛隐曰直"[2] 说的即是这一"视见"澄明世界的特征。由此可见，"直"的"视"性质显示的乃是"视"的当下未经反思的纯然状态，万物从各种隐暗幽昧状态中"自我"呈现出来，显现出其本然之姿。这一"视"不是为了"见到"什么，而只是世界在"视者"面前的一种本然存在，或者说，是"视者"的"视"使世界敞亮出其原始的自然。

---

① （清）段玉裁：《说文解字注》，中华书局 1963 年版，第 634 页。
② （清）段玉裁：《说文解字注》，中华书局 1963 年版，第 69 页。

　　其次，这不是一种囿于个人一己之见的视，是由众多的视者所组成的一种"公视"。这种"公视"不同于今日之基于不同利益妥协所形成的公共视野，而是一种由原始个体在共处之时所自觉形成的共同之"视"。它不是为了认知某物而"视"，因为在认知性的"视"中，"视"的目的是为了"见到"，并且这一"见到"直接关联着"视者"的个体世俗日常生活，处在这一"视见"中的存在物即如海德格尔所说的，是"在操劳活动中照面的存在者"，其性质显示为"用具性"。① 而在"直"所昭示的原始公视中，事物显示为它本身的所是，以其本然之面现于共视之诸体面前，所以《礼记·大学》云："十目所视，十手所指，其严乎！"②

　　最后，这一"视见"还昭示了一种原初的公正性。《广雅·释诂二》："直，义也。"《字汇·目部》："直，正也。"③ 由于这一"视见"是一种原始无蔽的"视见"，因而它能够作为其他一切"视"的根基而具有先天上的公正性，从而"直"这一词也就具有公正无私之义。在俗常的视野中，物的有用性压倒物作为一种自然的存在者而被强调，从而使原始的"视"这一本真的活动滑落为一种向某物而视，为某物而视，把某物视作什么的俗常生活之"视"中去，使视者的视野为俗常的生活利益所遮蔽。而原初本然之"视"所具有的先天的公正性，保证"视者"之视野的纯正明洁，不致使"视"滑落到为各种世俗利益而追逐奔波的世俗状态中。

　　"直"的原始意义所包含的自然无蔽与先天公正性在以后的哲学中得到进一步的深化。孔子重点发展了其公正性的一面，并把它指向个体的道德修养，如"举直错诸枉，能使枉者直"；"举直错诸枉，则民服；举枉错诸直，则民不服"；"人之生也直，罔之生也幸而免"。④ 在这里，"直"成为构成人性的重要方面，如果不具备这方面的品质就只能懵懵懂懂地活着，这种人能够苟活在世上，只是出于一种侥幸。这样，孔子就将"直"的理论基础建立在人的内在品性上，"直"是人的本质特征，是一个纯正的人真实的内心显现，是仁者的一种本真的存在。

---

① ［德］海德格尔：《存在与时间》，陈嘉映、王庆节译，三联书店1999年版，第80页。
② 陈戍国：《礼记校注》，岳麓书社2004年版，第485页。
③ 徐中舒编：《汉语大字典》，四川辞书出版社1986年版，第62页。
④ 《论语》诸子集成本，岳麓书社1996年版，第335、42、151页。

　　这种本真的状态在庄子哲学中得到更多的体现，尽管庄子没有直接用"直"这一术语，然而他却将"直"所指示的"视见"之自然无蔽状态做了进一步的阐释，并把它作为一种方法论来运用，这就是"目击道存"。① 庄子深刻认识到自然本真之"道"是不能通过知识来获取的，它只能通过一种当下观照来实现。"离开人的一切利害关系，不受私欲杂念干扰，排除知识对它的奴役作用"②，恢复到原初的澄明状态，从而体悟到宇宙运化的最高规律，达到与世界同化，与万物齐生的宇宙大同境界。这不正是对"直"的原始之义所做的最切合的阐释吗？

　　这样，"直"作为一种原始的本真状态体现了世界的自然状态并且成为人类所能返回的最初澄明之境，对这一境界的追求成为中国哲学一个不断深化的议题。而体之于个体的心灵本身，它表现的乃是一种无所挂碍、无所沾染的空明心性，一种无所伪饰的自然情感，一种人生的本色状态。

　　"寻"，《说文解字》释曰："绎理也，从工，从口，从又，从寸。工口乱也，又寸分理之。彡声。此与𣂏同意，度人之两臂为寻，八尺也。"③ 从字源学的角度来看，"寻"首先是一种长度单位，这种长度单位的源始之处乃是人的身体本身。朱骏声在《说文通训定声》中释曰："程氏瑶田云：'度广曰寻，度深曰仞。皆伸两臂为度：度广则身平臂直，而适得八尺；度深则身侧臂曲，而仅得七尺'。"④ 这一解释充分说明了"寻"与身体的关联，作为一种长度单位，"寻"是人类以自身为标尺来衡量外部世界，从而实现其认识世界的目的的手段。因而，在最原始的义项上"寻"就蕴含了人类对外在世界的知识性认识意义，是人类认识外在世界的工具，而且这一认识工具发端于人类的身体本身，是人类认识、掌握外在世界能力的直接延伸。"寻"作为一种尺度，同时就象征着一种已成的、有秩序的社会规则，这在先秦儒家中表现为礼乐制度。故荀子说："礼者，人主之所以为群臣寸尺寻丈检式也。"⑤ "寻"在这里同"寸尺丈"等其他计量单位象征着社会的礼法制度。

---

① （西晋）郭象：《南华真经注疏》，中华书局 1998 年版，第 405 页。
② 张少康：《中国文学理论批评史教程》，北京大学出版社 1999 年版，第 47 页。
③ （清）段玉裁：《说文解字注》，中华书局 1963 年版，第 121 页。
④ 徐中舒编：《汉语大字典》，四川辞书出版社 1986 年版，第 51 页。
⑤ 《荀子·儒效》。

　　当"寻"由名词转化为动词时，它即指运用工具进行认识世界的活动，因而它随之而来的意项就是探求、研究。《说文通训定声》曰："寻所以度物，故揣度以求物谓之寻"；《正字通·寸部》："寻，探求也"。① 以"寻"来度物，即是人类运用已有知识来认识未知的事物，它昭示为"向……而寻"，或者是"为了……目的而寻"，因而"寻"的这一义项是指人类为改善自己境况而对外在世界进行的有目的的探知活动，这种活动在具体的进程中显示为一种功利性的劳作。所以《墨子·修身》云"思利寻焉"。高亨新笺释曰："寻，求也。思利寻焉，谓思利而求之。"② 从"寻"这一活动的本质来看，所有的寻求活动都是功利的。它源始于人类认识世界活动本身，不是指涉某一具体的活动，而是指涉这一活动的整体。

　　另外，"寻"是指一种探求的状态，它不同于"致"。钟嵘在评陆机时说"有伤直致之奇"，并多次提到"致"，如评班姬"得匹妇之致"，评左思"得讽谕之致"，评嵇康"伤渊雅之致"等。在这里，我们可以看到"致"是内在品质的外在呈现，它体现的是已成状态，这与"寻"是不同的。《说文解字》释曰："致，送诣也。言部曰：诣，候至也。送诣者，送而必至其处也。"两相对照即可看出，"寻"所指涉的是探索这一活动，而"致"是已经获得的后果，前者体现为方法上的意义，后者则是风格上的意义。

　　因而，从字源的角度来看，"直"所体现的是一种原始自然状态，一种纯真无蔽的视见，而"寻"所代表的则是人类为了实现自己的目标，改善自己的境遇而进行的人为努力。那么，这一原始自然与人为努力又是如何整合到一起，从而形成一个全新的概念，一种全新的思维方式呢？

二

　　任何一种言说或者文本的形成都离不开它的具体文化语境，都是言说者运用他当时的文化资源、价值观念、思维方式的结果，"直寻"这一方法论的形成同样是这种情况。玄学作为魏晋六朝的主流哲学思想，并不仅仅是

---

① 徐中舒编：《汉语大字典》，四川辞书出版社 1986 年版，第 51 页。
② 徐中舒编：《汉语大字典》，四川辞书出版社 1986 年版，第 51 页。

以一种僵硬、晦涩的形式存在于当时玄学家们的玄学著作与言论之中，它更多的是作为一种内在的精神渗透于当时的整个社会文化生活，潜移默化地影响着当时人们的思想文化与行为方式。"直寻"这一诗学思维的形成同样也离不开玄学的浸润，它同魏晋玄学的几个核心问题——有无之辨、自然名教之辨、言意之辨、顿悟与渐悟之争息息相关。

1. "直寻"与有无之辨

有无之辨是魏晋玄学的核心问题，魏晋玄学的一个显著特点即是它摈弃了两汉以来太极—阴阳—五行—万物的世界生成模式，转而以有无、本末来探讨本体与实在的关系。故汤用彤认为："夫玄学者，谓玄远之学。学贵玄远，则略于具体事物而究心抽象原理。论天道则不拘于构成质料（Comsmology），而进探本体存在（Ontology）。论人事则轻忽有形之粗迹，而专期神理之妙用。"① 然而这并不是说它完全放弃对有形之粗迹的关注，事实上玄学家们所要解决的课题是如何从学理上来解决有形之迹与无形之本的矛盾问题。这一点在王弼哲学中表达的尤为清楚，一方面王弼认为"无"乃世界之本：

> 夫物之所以生，功之所以成，必生乎无形，由乎无名。无形无名者，万物之宗也。不温不凉，不宫不商；听之不可得而闻，视之不可得而彰；体之不可得而知，味之不可得而尝。故其为物也则混成，为象也则无形，为音也则希声，为味也则无呈。②

但另一方面，王弼又认为"无"离不开"有"：

> 夫无不可以无明，必因于有，故常于有物之极，而必明其所由之宗也。③

---

① 汤用彤：《魏晋玄学论稿》，上海古籍出版社 2001 年版，第 23—24 页。
② 楼宇烈：《王弼校注》，中华书局 1980 年版，第 195 页。
③ 楼宇烈：《王弼校注》，中华书局 1980 年版，第 548 页。

　　圣人体无，无又不可以训，故言必及有。老、庄未免于有。恒训其所不足。①

　　可见，王弼在承认"无"的最高本体之地位的同时并不排斥"有"的功用，认为"无"须恃"有"以呈现，在有迹的事物中展现出无迹的玄理。这样，王弼解决了"有"与"无"的对立，从而折中于有无之间，开创了新的哲学思路。

　　这种新的哲学思考对《诗品》有一种潜在的影响：它使钟嵘诗学在整体上具有追求超越具体作品，以诗歌本体之性来规范诗人创作的倾向。它并没有用概念来明确界定诗之本性，因为这是无法做到的，从当时哲学来讲本体乃"无"，是无法用概念来界定的。但这并不是说诗的本性就隐匿不现，恰恰相反，诗之本性正是因为无法用概念来界定反而在具体作品中得到最大形象的彰显，所以钟嵘不断强调诗歌要体现自然英旨，要有滋味，这正是"有无之辨"在诗学中的妙用。"直寻"概念的形成显然吸取了这一思想的精髓，"直寻"所代表的纯真之境是诗学的最高目标，是诗歌赖以成就自己的根本品性，它从本体的高度上来规定诗歌创作的方向，使诗歌之为诗歌的内在规定性成为诗学所追求的目标。然而这一目标的实现又离不开人为的努力，只有通过具体诗人的特定体验与思维转换才能深入到本体的境界，将其转化为特定的诗作。只有在具体的追寻中才能显示出"直"所蕴含的意义，"直寻"从这方面来说是"寻直"，即"向……直而寻"，从具体的诗歌语言中寻出无穷的意味，从而达到"言已尽而意无穷"的效果。

　　"直寻"这一概念的形成显然吸取了这一思想的精髓，"直"所代表的纯真之境是诗学的最高目标，是诗歌赖以成就自己的根本品性，然而这一目标的实现又离不开人为的规范努力，只有在具体的追寻中才能显示出"直"所蕴含的意义，"直寻"从这方面来说是"寻直"，即"向……直而寻"，从具体的诗歌语言中寻出无穷的意味，从而达到"言已尽而意无穷"的效果。

① （南朝宋）刘义庆：《世说新语》，中华书局 1983 年版，第 199 页。

2. "直寻"与自然名教之辨

有无之辨是魏晋玄学的核心问题，然而这一问题的触发之机却是现实的人事政治。东汉末年以来的政治局面，使儒家的思想政治理念受到巨大的挑战和怀疑，如何扫除名教的弊病，为现实的名教寻找更高的合理性依据便成为魏晋士人所不得不予以解决的问题。

王弼的有无观念首先为自然与名教的调和奠定了理论基础。从这一理论出发，现实的一切有形之迹必须通达、显现出无形之道，名教作为儒家的社会制度和价值理念是圣人体道运心而创制的结果，其本身是有先天合理性的；而现实中种种矫情枉性的伪名士行为则违背了自然之道，是对圣人所创制的名教的一种歪曲，因而是不具有合理性的。将名教制度本身与现实中的伪名士行为区分开来是调和名教与自然关系的关键，这样前者被赋予自然的合理性也就不存在学理上的障碍了，因为这时判断名教的标准即变成不矫情枉性，故对王平子、胡毋彦等人的裸体放浪行为，乐广讥之曰："名教中自有乐地，何为乃尔也?"①

真正做到完全调和名教与自然，使人为完全获得自然的合理性的是郭象。他在注《庄子·秋水》之"牛马四足，是谓天；落马首，穿牛鼻，是谓人"时说：

> 人之生也，可不服牛乘马乎? 服牛乘马，可不穿落之乎? 牛马不辞穿落者，天命之故当也。苟当乎天命，则虽寄之人事，而本在天也。②

郭象认为尽管落马首、穿牛鼻是人为行为，但这是牛马的本性所固有的，因而"虽寄之人事"，其实体现的是自然本性。只要属于本性的东西，无论人工物还是自然物，人为行为还是自然行为，都是自然的。这种观念施之于诗歌则要求在人为的创作努力中体现出自然的情趣，也即是"寻"的努力中须得体现出"直"的自然性，使诗歌超越人工创造的技艺层面而达到浑

---

① （南朝宋）刘义庆：《世说新语》，中华书局 1983 年版，第 205 页。
② （西晋）郭象：《南华真经注疏》，中华书局 1998 年版，第 342 页。

然天成的艺术自主层面。倘若进入这一层面则一切人为皆自然，套用郭象的话即是铺锦叠翠不为奢，华丹艳彩不为妖，此陆机"举体华美，厌恶膏粱"，却仍然为"文章之渊泉"；谢客虽"颇以繁芜为累"，然不失为"青松之拔灌木，白玉之映尘沙"之故也。倘离此境则栖居林泉不为高，模山状水不为美，此轻薄之徒"黄鸟度青枝"难入文流，雕琢之士"殆同书钞"、"蠹文已甚"之因也。

3. "直寻"与言意之辨

汤用彤先生认为玄学的方法论即是"言意之辨"，玄学本是本末有无之辨，与言意关系之分疏、辨析有密切的关系，或者说，迹象本体之分乃由于言意之辨。① 这一点从王弼的论述中即可看出："象生于意而存象焉，则所存者乃非其象；言生于象而存言者，则所存者乃非其言也。然则忘象者乃得意者也，忘言者乃得象者也。"② 这一超越现象到达本体的方法可以说是"直寻"这一诗学方法论的直接起因。钟嵘《词品·序》说："观古今胜语，多非补假，皆由直寻。……故大明、泰始中，文章殆同书钞。近任昉、王元长等，词不贵奇，竞须新事，尔来作者，寝以成俗。遂乃句无虚语，语无虚字，拘挛补衲，蠹文已甚。但自然英旨，罕值其人。词既失高，则宜加事义，虽谢天才，且表学问，亦一理乎！"在这里，钟嵘认为诗应该用"直寻"的方式表现"自然英旨"，而不是拘泥于补假、用事等文字上的雕琢、堆砌。作者应该用自己先天赋予的才性去体会、表现先天的自然之诗性，而先天的自然诗性是不能够通过学问来达到，这显然是对"言意之辨"中王弼所说的"得意忘言"的一种诗学表达。

对于玄学来说，语言与意义之间是一种传达与被传达的关系，语言本身更多的体现为工具性，语言与意义是二分的，意义并不直接与语言同体，因而玄学家们所讨论的就是如何超越工具来把握意义，其研究的重点在于二者的区分与联系上。而对于诗学来说，语言本身所体现的是其表现性，如果完全抛弃语言，则诗无所存寄。"诗也者，有象之言，依象以成言；舍象

---

① 汤用彤：《魏晋玄学论稿》，上海古籍出版社 2001 年版，第 23—42 页。

② 楼宇烈：《王弼校注》，中华书局 1980 年版，第 609 页。

忘言，是无诗矣，变象易言，是别为一诗，甚且非诗矣。故《易》之拟象不即，指示意义之符（sign）也；《诗》之比喻不离，体示意义之迹（icon）也。"①针对这种区别，"直寻"讨论的重心已经从"言意之辨"中的语言能否完全传达意义过渡到如何传达意义上。

我们说，原初的语言乃是表现性与实用性一体的，也即它的诗性乃是根植于日常的生活应用之中，在本真的日常生活中展示其诗性惊奇。然而这一状态在语言的表现与实用功能分离之后，语言的实用意义逐渐遮蔽了其诗性的惊奇，因而诗歌创作在很大程度上即是要突破这种遮蔽，还语言以诗性的惊奇，这就要求诗人创作要突破前人的陈旧语言，以努力做到诗性常新。所以"直寻"在一般语言层面上强调的是如何更好地运用语言来写出"古今服务生语"，也即充分发挥语言的表现能力，突破日常语言对诗性语言的遮蔽，努力追寻语言深处那种活泼泼的自然诗意，使诗歌做到"言有尽而意无穷"，在有限的语言中传达出无限的意蕴来。

4. "直寻"与"顿悟"、"渐悟"之争

六朝后期随着佛学的昌盛，玄佛逐渐汇融，而佛学之方法亦渐为世人所重。佛学的方法论产生于如何修行成佛，有人主张"渐悟"，通过不断修行成佛；有人主张"顿悟"，主张立地成佛。这虽然仅是一宗教问题，然而却对当时的思想界具有重大影响。盖因此一问题虽系宗教问题，实亦关乎哲学，在哲学中此一问题的表述则为知识的学习能否达到本体，即本体是由认知达到还是由直观感受。在佛学中支遁首先提及"顿悟"说，然而大力阐发者则是道生，他认为"夫真理自然，悟亦冥符，真则无差，悟岂容易。不易之体，为湛然常照，但从迷乖之，事未在我耳"。"慧达述生公之旨曰：'夫称顿者，明理不可分，悟语极照。以不二之悟，符不分之理。理智（此处一字不明）释，谓之顿悟。见解名悟，闻解名信。信解非真，悟发信谢。理数自然，如果熟自零。悟不自生，必藉信渐。用信伪惑，悟以断结。'"②道生对见解与信解的区分实际上道出了"渐悟"与"顿悟"的区别：信解是知识

---

① 钱钟书：《管锥编》，中华书局 1979 年版，第 12—14 页。
② 汤用彤：《魏晋南北朝佛教史》，上海书店 1991 年版，第 658—659 页。

性的积累，它来自别人的教授，是后天的学习得来的；见解则是主体通过自我观照而获得的对佛性的真正体悟。因而对佛教徒来说要实行"顿悟"的成佛方法，因为只有顿悟才能达到佛之本性。值得注意的是，道生并没有因为主观"顿悟"而完全抛开"渐悟"，他认为尽管只有"顿悟"才能抵达佛性之根本，但"悟不自生，必藉信渐"。也就是说，只有在信渐的基础上才能达到"顿悟"，应该说这是一种非常辩证的看法。

佛学这一方法论对于诗学的意义是非常深远的。《诗品》也同样把知识的理解与运用看作第二性，反对用典用事，指斥大明、泰始中"文章殆同书钞"，并强烈呼唤"自然英旨"，这与道生的重"顿悟"，轻"渐悟"是一致的。就"直寻"概念本身来说，钟嵘亦强调的是"直"所蕴含的那种天然自成的诗歌风韵，而不是单纯"寻"的知识努力。当然他亦非完全排斥"寻"的努力，只是在他看来，这是诗人的基本修养，根本无须特别强调，因为他所评的都是具有一定成就的诗人，所谓"预此宗流者，便称才子"。

总之，魏晋玄学对"直寻"理论的影响以传统哲学的观点来看，是从"道"、"器"两个层次上展开的。在最高的本体层面，"直寻"追问的是诗之本性，诗之为诗之"道"，在具体的"器"的层面上，"直寻"所讨论的是如何在有限的语言中传达出无限的意味，从而超越语言"器"的局限，进入到诗的本性层面，使诗歌语言"道"与"器"两个层次达到完美的统一。

三

玄学的思维方式向诗学中的渗透是漫长的，"直寻"这一诗学概念是自魏晋以来诗学不断吸收哲学思想并深化的结果。考察魏晋以来的文论发展，我们将会寻绎到这一概念的诗学历程。

作为现存最早的文学理论著作，曹丕的《典论·论文》拉开了六朝文论的序幕。尽管没有提出明确的创作方法，但它认为作家的创作才能"譬如音乐，曲度虽均，节度同检，至于引气不齐，巧拙有素，虽在父兄，不能以移子弟"[1]，这与《庄子·天运》中轮扁所说的"臣不能喻臣之子，臣之子亦

---

① 郁沅：《魏晋南北朝文论选》，人民文学出版社 1996 年版，第 14 页。

不能受之于臣"①显然是一脉相承的。尽管这种看法并不强调甚至可以说轻视方法，但是它仍旧有着非常重要的意义，首先它重新开始了对创作本身的关注，并促进了以后研究者对创作方法的思考；其次，这一论点由于本身具有深厚的哲学背景，因而从一开始六朝文论就与哲学有着斩不断的渊源。

随着理论探讨的进一步深入，六朝文论家开始关注作品与外物的关系。如与陆机约略同时的挚虞认为："文章者，所以宣上下之象，明人伦之叙，穷理尽性，以穷万物之宜者也。"陆机亦曰："每自属文，尤见其情，恒患意不称物，文不逮意。"②这种对文章"穷万物之宜"，使"意"与"物"相称的要求直接刺激了对创作方法论的探讨。这在《文赋》中表现得非常明显。尽管陆机在《文赋》中讲到"情瞳昽而弥鲜，物昭晰而互进"、"笼天地于形内，挫万物于笔端"、"理扶质以立干，文垂条而结繁"等具体的方法，但是一个总的追求或者说元方法的要求却是"课虚无以责有，叩寂寞而求音"。李泽厚指出，这句话和魏晋玄学有明显的联系，它是王弼所说的"凡有皆始于无"、"无形无名者，万物之宗也"、"四象形而物无所主焉，则大象畅矣，五音声而心无所适焉，则大音至矣"这一思想应用于美与艺术的结果。③

陆机这一思想具有重要的意义，它不是作为一种具体的方法来指导创作，像后世的文论家所提倡的"诗法"、"文法"那样拘泥于"法"框架之内；而是上升到哲学的层面上来追问如何通过具体的作品来体现出艺术和美的本质，使具体的作品成为至高本体的蕴藉。尽管这一思想仍然有直接运用玄学概念之嫌，但它启迪了以后的理论家对这一问题的进一步思考。

刘勰的"神思"是对方法论的继续深化，对这一概念研究者众多，此处仅做简要分析。《文心雕龙·神思》开篇即云："古人云：'形在江海之上，心存魏阙之下。'神思之谓也。文之思也，其神远矣。故寂然凝虑，思接千载，悄焉动容，视通万里；吟咏之间，吐纳珠玉之声，眉睫之前，卷舒风云之色。其思理之致乎？"④虽然这一思想论述的是"思理"，强调其不受具体形象的制约，超越时空局限，自由畅想的性质；但仍然有着突出的玄佛背

---

① （西晋）郭象：《南华真经注疏》，中华书局1998年版，第281页。
② 郁沅：《魏晋南北朝文论选》，人民文学出版社1996年版，第179、146页。
③ 李泽厚：《中国美学史》，安徽文艺出版社1999年版，第254页。
④ （南朝梁）刘勰：《文心雕龙》，人民文学出版社1981年版，第295页。

景，如张少康就分析了它与《庄子》及佛学的关系，并指出恰恰是"神"体现了这一概念的精髓。① 尽管"神"的概念在道释两家中有不同的含义，但是《易经》所说的"阴阳不测之谓神"，"惟神也，故不疾而速，不行而至"乃是其最根本的意义。它是指一种非知识论的对世界的神秘把握，不是世间的某一具体的物却能掌握世间的一切物。刘勰所讲的"神思"显然也有"不疾而速，不行而至"的特点，这样，尽管刘勰依然强调"思"的重要，但"思"的根基却是超出具体所思的"神"。

通过以上简略的回顾我们可以看到，六朝文论方法论的成熟是与玄学的不断渗入密切相关的，"直寻"这一诗学概念也是这一趋势的自然结果，它蕴含了上述诸家的理论精华，并作出了自己的开拓。

首先，他吸收了挚虞、陆机等人对"各适物宜"的强调，在《诗品·序》中对挚虞亦较为推崇，认为他的《文志》"详而博赡，颇曰知言"。而随着五言山水诗的兴起，钟嵘对诗歌如何准确地展现外物的情态较之前人更为关切，其所举能体现"直寻"特点的四句名句，除"思君如流水"外皆是写景，充分体现了"适物宜"的特点。

其次，将陆机的"课虚无以责有，叩寂寞以求音"的思想继续向诗学方向推进。前文分析说支撑"直寻"这一概念的思想基础即是魏晋玄学的有无之辨、名教自然之辨、言意之辨等，但是这些思想对它的影响乃是隐性的，不像陆机那样直接用"有""无"对举以说明文学创作的特点。相较而言，"直寻"这一概念贴近于诗的言说方式，也更适合体现诗歌的艺术特色。

最后，我们来比较一下它与刘勰"神思"概念的差异。"神思"着眼于所有文学体裁，展现的是"思"的特点，强调作者运思的自由性与主动性，这一思想尽管由"不行而至"的"神"的概念来统摄，但它毕竟还是在具体的"思"的领域，是理性运用的结果。而钟嵘"直寻"概念所针对的仅就诗这一文学样式，它更偏重诗性的感知方式，从本质上说它要突破理性的界线进入到艺术的直观领域。所以它并不重视甚至有些排斥理性的思维方式，认为"古今胜语，多非补假，皆由直寻"，真正优秀的诗歌恰恰体现的是一种超越理性"思"的自然之"思"，给人以清水芙蓉、浑然天成的感觉。

---

① 张少康：《文心雕龙研究》，湖北教育出版社 2002 年版，第 450—466 页。

　　总之，如果将"直寻"这一理论放到六朝文论的整体背景上，我们可以清晰地看到它的发育历程。这一理论的形成既有六朝理论家的整体努力，也有钟嵘个人天才的发挥，从而将对诗歌方法论的研究推向一个新的阶段。作为一种诗学方法，"直寻"具有深厚的文化底蕴，它既有其字源学、文化学上的原始根基，也有魏晋玄学的理论基因，同时也不乏文学理论上的方法传承，它是以往哲学诗学要求真性情、真境界、真自我、真感受的结果，体现了中国艺术对自然风采的追求。同时这一方法由于深刻地触及了古典诗歌的核心奥秘，因而在此后的漫长岁月里，逐渐发展成传统诗歌理论的一般方法论，为广大理论家所接受，并以不同的面目出现，为传统诗歌理论作出了开拓性的贡献。

（原载于《四川大学学报》2007 年第 6 期）

尴尬的话语移植

——谈"日常生活审美化"①及其中国之旅

孙 媛

　　新时期以来，文艺学大概是和西方话语接轨最多的人文学科之一了，在大规模的西语移植中，文艺学不止一次地找到了自己新的理论生长点，但是也经常面临着语境错位所带来的言说尴尬。从"日常生活审美化"的中国之旅中，我们又一次看到了这种尴尬。作为一种话语，"日常生活审美化"产生于西方发达国家消费社会的大背景之下，散见于西方后现代社会学家和哲学家的理论著作之中。我国一些学者将其移植进来，是为了解决当代文艺学研究疏离现实所导致的困境，但是，由于言说环境的差异和面临任务的不同，当运用西方话语资源探讨中国具体问题的时候，"日常生活审美化"既没有像倡导者所希望的那样带给文艺学更多的理论希望，又没有发挥出解释中国当代复杂社会生活状况的作用，非但无助于问题的解决，反而增加了理论的混乱。笔者拟对这一问题发表浅见，分析"日常生活审美化"作为一种话语的言说背景以及其在中国遭遇尴尬的原因。

---

① "日常生活审美化"，在费瑟斯通的《消费文化与后现代主义》中为"aestheticization of everyday life"，刘精明将其译为"日常生活的审美呈现"；在陆扬、张岩冰为韦尔施《重构美学》所作的译本中译为"日常生活审美化"，中国学界在将此话语移植进来之后，在讨论中一般称之为"日常生活审美化"。

一、"日常生活审美化"：西方后现代消费 社会中产生的话语景观

从宽泛的意义上来讲，"日常生活审美化"现象并不新鲜。据格罗塞《艺术的起源》记载，"当达尔文将一段红布送给一个翡及安的土人，看见那土人不把布段作为衣着而和他的同伴将布段撕成了细条缠绕在冻僵的肢体上面当作装饰品……他们情愿裸体，却渴望美观。"①19世纪末，佩特、王尔德等唯美主义者力主在人体、服装、居室等日常生活诸方面实现审美化；20世纪初，周作人诗意地提出："把生活当作一种艺术，微妙地美地生活。"②可见，作为一种人类经验，"审美"原本就以不同的方式体现在古今中外各色人等的"日常生活"之中。但是，作为一种话语，"日常生活审美化"却并不是指人们日常生活中自觉不自觉地流露出来的审美意识和审美倾向，而是消费社会背景下产生的一个有特定内涵的话题，是西方后现代语境中特有的话语景观，英国社会学家费瑟斯通是它的正式命名者，德国哲学家韦尔施对之亦有相关论述。

1987年，费瑟斯通在西印度群岛圣·马丁举行的"宗教及寻求全球秩序大会"发表题为《消费文化和全球失序》的演说，认为后现代主义的特征之一是"后现代主义所喜好的就是对以审美的形式呈现人们的感知方式和生活"③。1988年4月，在新奥尔良举行的"大众文化协会大会"上，费瑟斯通又做了题为 the aestheticization of everyday life 的演说。在这次演说中，他将"the aestheticization of everyday life"定位为一种后现代性体验，认为可以在三种意义上谈论它：（1）那些追求消解艺术与日常生活之间界限的艺术亚文化，即在一次大战和20世纪20年代出现的达达主义、历史先锋派及超现实主义运动。它们的许多策略与艺术技巧，已经被消费文化中的大众传媒吸收。（2）将生活转化为艺术作品的谋划。"这种既关注审美消费的生活、又关注如何把生活融入（以及把生活塑造为）艺术与知识反文化的审美愉悦之

① [德] 格罗塞：《艺术的起源》，蔡慕晖译，商务印书馆1984年版，第42页。
② 周作人：《雨天的书》，人民文学出版社2000年版，第60页。
③ [英] 费瑟斯通：《消费文化与后现代主义》，刘精明译，译林出版社2000年版，第180页。

整体中的双重性，应该与一般意义上的大众消费、对新品味和新感觉的追求、对标新立异的生活方式的建构（它构成了消费文化之核心）密切相关。"
(3)"充斥于当代社会日常生活之经纬的迅捷的符号与影像之流。"随着"实在与影像之间差别"的消失，"日常生活以审美的方式呈现了出来，也即出现了仿真的世界或后现代文化"。费瑟斯通认为，"充斥于当代社会日常生活之经纬的迅捷的符号与影像之流"是消费文化发展的中心，它与"将生活转化为艺术作品的谋划"关联着发展，而这种发展的过程则派生出了"大众消费文化的梦幻世界"。①

在费瑟斯通的论述中，"消费"、"后现代"和"日常生活的审美化"这三个概念相互缠绕，互为因果。为了对西方语境中"日常生活的审美化"的内涵有更加清晰的认识，我们有必要在它和"消费"、"后现代"的关系中对其进行考察。

1."日常生活审美化"和消费的关系

消费为"日常生活的审美化"提供了直接的现实背景；而"日常生活的审美化"又对消费起到了推波助澜的作用。

正如费瑟斯通在《消费文化和全球失序》中所指出的，虽然"具象的审美（figural aesthetic）和日常生活的审美化 the aestheticization of everyday life 可一直追溯到中世纪的狂欢与集会"，但是，只有在后现代时期，借助消费社会中艺术文化市场力量的推动，它们的感知程度和感觉范围才得到了空前的发展与扩张。② 也就是说，只有在消费逻辑无所不在的消费社会里，"日常生活的审美化"才会成为一个明显的社会征候。

在西方语境中，消费社会意味着丰盛的物质财富和无尽的快感追求。我们可以结合博德里亚、费瑟斯通和韦尔施的描述来对其加以观照："今天，在我们周围，存在着一种由不断增长的物、服务和物质财富所构成的惊人的消费和丰盛现象。"③ 在物的包围中，"当代人越来越少地将自己的生命用于

① [英]费瑟斯通：《消费文化与后现代主义》，刘精明译，译林出版社2000年版，第95—99页。
② [英]费瑟斯通：《消费文化与后现代主义》，刘精明译，译林出版社2000年版，第180页。
③ [法]博德里亚：《消费社会》，刘成富译，南京大学出版社2001年版，第1页。

劳动中的生产，而是越来越多地用于对自身需求及福利进行生产和持续的更
新。他应该细心地不断调动自己的一切潜能、一切消费能力。""一切都要尝
试一下：因为消费者总是怕'错过'什么，怕'错过'任何一种享受。……
这里起的作用不再是欲望，甚至也不是'品位'或特殊爱好，而是被一种扩
散了的牵挂挑动起来的普遍好奇——这便是'娱乐道德'，其中充满了自娱
的绝对命令，即深入开发能使自我兴奋、享受、满意的一切可能性。"①"遵
循享乐主义，追逐眼前的快感，培养自我表现的生活方式，发展自恋或自私
的人格类型，这一切，都是消费文化所强调的内容"，而"新型资产阶级及
新型小资产阶级的前卫们所表现出来的新伦理，特别恰当地体现在下列过程
中：创造完美的消费者。"②

　　正是在消费和享受热望的驱使下，"那个古老的梦想，那个通过引入美
学来改善生活和现实的梦想，似乎又让人记上心头"③。"审美化意味着用审
美因素来装扮现实，用审美的眼光来给现实裹上一层糖衣。"④"城市空间中
的几乎一切都在整容翻新。购物场被装点得格调不凡，时髦又充满生气。这
股潮流长久以来不仅改变了城市的中心，而且影响到了市郊和乡野。差不多
每一块铺路石、所有的门户把手和所有的公共场所，都没有逃过这场审美化
的大勃兴。"⑤"传统的艺术态度被引进现实，日常生活被塞满了艺术品格。"⑥

　　同时，"这类日常生活的审美化"又"大都服务于经济目的"⑦。它使美
和艺术变成了炙手可热的消费文化，充溢着令人难以抗拒的魅力刺激和浓重
的商业气息。"一旦同美学联姻，甚至无人问津的商品也能销售出去，对于
早已销得动的商品，销量则是两倍或三倍地增加。""审美氛围是消费者的
首要所获，商品本身倒在其次。"⑧ 从这个意义上来说，"日常生活的审美化"
可谓是消费文化重要的新宠，它刺激消费的力量是任何商品本身都难以相比

① [法] 博德里亚：《消费社会》，刘成富译，南京大学出版社 2001 年版，第 72—73 页。
② [英] 费瑟斯通：《消费文化与后现代主义》，刘精明译，译林出版社 2000 年版，第 133 页。
③ [德] 韦尔施：《重构美学》，陆扬、张岩冰译，上海译文出版社 1995 年版，第 6 页。
④ [德] 韦尔施：《重构美学》，陆扬、张岩冰译，上海译文出版社 1995 年版，第 5 页。
⑤ [德] 韦尔施：《重构美学》，陆扬、张岩冰译，上海译文出版社 1995 年版，第 4—5 页。
⑥ [德] 韦尔施：《重构美学》，陆扬、张岩冰译，上海译文出版社 1995 年版，第 6 页。
⑦ [德] 韦尔施：《重构美学》，陆扬、张岩冰译，上海译文出版社 1995 年版，第 7 页。
⑧ [德] 韦尔施：《重构美学》，陆扬、张岩冰译，上海译文出版社 1995 年版，第 7 页。

的，因为，"审美时尚特别短寿"，"在产品固有的淘汰期结束之前，审美上已经使它'出局'了。"①

很明显，如此商业化、享乐化的审美倾向与西方传统美学观是格格不入的。西方传统美学强调的是排除欲望，只有"当刺激和感动没有影响着一个赞赏判断（尽管它们仍然和这对于美的愉快结合着），后者仅以形式的合目的性作为规定根据时，这才是一个纯粹的鉴赏判断"②。"至于一个对象由于它的形式而具有的那种美，当人们以为凭借魅力的刺激能够提高它，这种想法是一个庸俗的错误。"③正像詹姆逊所说的："对康德以及其后很多美学家甚至象征主义诗人来说，美、艺术的最大长处，就在于其不属于任何商业（实际的）和科学（认识论的）领域……美是一个纯粹的、没有任何商品形式的领域。"④但是，在后现代语境中，审美的含义已经发生了很大改变，这使得充满享乐消费欲望的日常生活也可以被冠上"审美化"的修饰语。

2. "日常生活审美化"与后现代的关系

正是在倡导多元异质的后现代语境中，充满商业气息的"日常生活审美化"才有了进入美学视域的资格。

虽然日常生活现实中的审美现象比比皆是，但是自从黑格尔以降，西方美学主流一直将引发物欲的日常生活拒绝于研究视域之外，美学和艺术哲学基本上是同义词。以阿多诺为首的法兰克福学派更是认为，日常生活现实已经被意识形态化了，其中没有任何真理性的内容，只有反叛日常生活的自律性艺术才能反抗现实的粗鄙，才有望实现美学的救赎。对此，后现代理论家基于重平等、重异质、重多元的后现代视野，提出了完全相反的意见。韦尔施提出，在后现代世界中，"异质的东西已经没有距离"⑤，现实生活中充满了"典型的后现代现象"："多元性、解构、处处可见的杂

---

① ［德］韦尔施：《重构美学》，陆扬、张岩冰译，上海译文出版社 1995 年版，第 7 页。
② ［德］康德：《判断力批判》（上卷），宗白华译，商务印书馆 1996 年版，第 61 页。
③ ［德］康德：《判断力批判》（上卷），宗白华译，商务印书馆 1996 年版，第 63 页。
④ ［美］詹姆逊：《后现代主义与文化理论》，唐小兵译，北京大学出版社 1997 年版，第 161—162 页。
⑤ ［德］韦尔施：《我们后现代的现代》，洪天富译，商务印书馆 2004 年版，第 6 页。

交——以显赫的形式出现的杂交和以日常的形式出现的杂交。"① 在异质杂
交的时代里，"阿多诺以艺术否认粗鄙的当代呼吁"是靠不住的，因为"它
没有保持住审美的差异性"，相反，通过消除原始感性还消弭了这种差异
性。② 费瑟斯通则认为，法兰克福学派的"方法取向，是通过对今天看来
已经站不住脚的关于真实个体与虚假个体、正确需求与错误需求的区分，
对大众文化进行精英主义式的批评。普遍的看法是，他们瞧不起下里巴人
式的大众文化，并对大众阶级乐趣中的直率与真诚缺乏同情。而对后一点
的强烈赞同正是人们转向后现代的关键"③。在强调平等、铲除等级和消解文
化分类的冲动中，后现代主义"强调了艺术与日常生活界限的消解、高雅文
化与大众通俗文化之间明确分野的消失、总体性的风格混杂及戏谑式的符码
混合"④。

　　可以说，正是基于这种消解精英与大众、高雅与通俗、注重审美差异
性的后现代主义理论视野，费瑟斯通、韦尔施等后现代理论家才断然拒绝将
"日常生活审美化"这一消费文化的产物踢出美学研究的视野，而是大力主
张重新思考审美方式和美学研究范围。

　　在消解艺术和日常生活差异的基础上，费瑟斯通对审美对象和审美方
式进行了重新思考。首先，他认为日常生活中所有的事物都可以变成审美的
对象，而"日常生活的审美总体必然推翻艺术、审美感觉与日常生活之间
的藩篱"⑤。其次，在他看来，审美的时候，我们并不一定必须和审美客体保
持审美距离。⑥ "对那些被置于常规的审美对象之外的物体与体验进行观察"
时，可以采用"距离消解（de-distantiation）"的审美方式，即与客体的直接
融合，"通过表达的欲望来投入到直接的体验之中"⑦。我们可以"在审美沉
浸与离身远观这两个审美极端之间来回摇摆，乐在其中，审美沉浸快感与距

① ［德］韦尔施：《我们后现代的现代》，洪天富译，商务印书馆2004年版，第308页。
② ［德］韦尔施：《重构美学》，陆扬、张岩冰译，上海译文出版社1995年版，第93页。
③ ［英］费瑟斯通：《消费文化与后现代主义》，刘精明译，译林出版社2000年版，前言第2页。
④ ［英］费瑟斯通：《消费文化与后现代主义》，刘精明译，译林出版社2000年版，第94页。
⑤ ［英］费瑟斯通：《消费文化与后现代主义》，刘精明译，译林出版社2000年版，第103页。
⑥ 审美主体应该与审美客体保持审美距离是康德以后占主导地位的审美观。
⑦ ［英］费瑟斯通：《消费文化与后现代主义》，刘精明译，译林出版社2000年版，第104页。

离美感两者都是享受和欣赏"①。在这里，康德所强调的快感和美感的本质区别已然不复存在。

较之费瑟斯通，韦尔施更明确地致力于颠覆传统的美学定义——"艺术哲学"，致力于对美学的学科本质进行全新的理解，其理论思考主要从两个方面进行：

首先，他认为当今世界正在经历着全方位的审美化：（1）锦上添花式的日常生活表层的审美化；（2）更深一层的技术和传媒对我们物质和社会现实的审美化；（3）我们生活实践态度和道德方向的审美化；（4）彼此关联的认识论的审美化。②凡此种种，导致"现实作为一个整体"，"愈来愈被视为一种美学的建构"。③这给当代美学提出了新的问题和使命："审美和艺术的传统等式已站不住脚了。"④"美学必须超越艺术问题，涵盖日常生活、感知态度、传媒文化，以及审美和反审美体验的矛盾。"⑤美学的学科"结构应该是超学科的"，应该"综合了与'感知'相关的所有问题，吸纳着哲学、社会学、艺术史、心理学、人类学、神精科学等等的成果"⑥。只有这样，美学才能"成为理解现实的一个更广泛、也更普遍的媒介"⑦。

其次，他借鉴维特根斯坦的语义学研究法，认为"审美"是"一个以家族相似性为特征的语词"⑧，"理当交相意指感性的、愉悦的、艺术的、幻觉的、虚构的、形构的、虚拟的、游戏的以及非强制的"⑨，等等。我们应该公平地对待它的所有用法，"一心给出、或想宣布一个单一的终极审美概念，是错误的，也是不合时宜的"⑩。所以，"凡是将审美的概念专门连接到艺术的领地、将它同日常生活和活生生的世界完全隔离开来的人，无一例外的是

① ［英］费瑟斯通：《消费文化与后现代主义》，刘精明译，译林出版社2000年版，第118页。
② ［德］韦尔施：《重构美学》，陆扬、张岩冰译，上海译文出版社1995年版，第40页。
③ ［德］韦尔施：《重构美学》，陆扬、张岩冰译，上海译文出版社1995年版，第4页。
④ ［德］韦尔施：《重构美学》，陆扬、张岩冰译，上海译文出版社1995年版，第31页。
⑤ ［德］韦尔施：《重构美学》，陆扬、张岩冰译，上海译文出版社1995年版，第2页。
⑥ ［德］韦尔施：《重构美学》，陆扬、张岩冰译，上海译文出版社1995年版，第136—137页。
⑦ ［德］韦尔施：《重构美学》，陆扬、张岩冰译，上海译文出版社1995年版，第1页。
⑧ ［德］韦尔施：《重构美学》，陆扬、张岩冰译，上海译文出版社1995年版，第17页。
⑨ ［德］韦尔施：《重构美学》，陆扬、张岩冰译，上海译文出版社1995年版，第15页。
⑩ ［德］韦尔施：《重构美学》，陆扬、张岩冰译，上海译文出版社1995年版，第30页。

在推行一种审美—理论的地方主义"①，只会导致一种片面的美学。

通过上述分析，我们可以进一步体会到：西方语境中的"日常生活审美化"是后现代消费社会的产物，消费社会的全面启动为它的产生和发展提供了现实条件，而后现代主义的多元化视野又为之进入美学视域提供了理论基础。只有在现实条件和理论基础兼备的前提下，"日常生活审美化"才可能具备阐释价值，而不至于只是流于一个空洞的能指。

二、中国之旅：语境的错位与尴尬的移植

"日常生活审美化"的中国之旅，始自新世纪初一些中国学者对文艺学学科的反思。他们在借鉴费瑟斯通"日常生活的审美总体必然推翻艺术、审美感觉与日常生活之间的藩篱"的说法和韦尔施建立"超越美学的美学"学科新形式言论的基础上，② 结合中国当代大众文化的发展情况（主要局限于大城市范围内），提出"不管我们是否承认，在今天，审美活动已经超出所谓纯艺术／文学的范围、渗透到大众的日常生活中。占据大众文化生活中心的已经不是小说、诗歌、散文、戏剧、绘画、雕塑等经典的艺术门类，而是一些新兴的泛审美／艺术门类或审美、艺术活动，如广告、流行歌曲、时装、电视连续剧乃至环境设计、城市规划、居室装修等。""无可否定的是，日常生活的审美化以及审美活动日常生活化深刻地导致了文学艺术以及整个文化领域的生产、传播、消费方式的变化，乃至改变了有关'文学'、'艺术'的定义。""文艺学如果回避日常生活的审美化以及审美泛化的事实，只讲授与研究历史上的经典作家作品；如果坚持把那些从经典作品中总结出来的特征当作文学的永恒不变的'规律'，那么它就无法建立与日常生活与公共领域的积极的建设性的关系，最后导致自己的

---

① [德] 韦尔施：《重构美学》，陆扬、张岩冰译，上海译文出版社 1995 年版，第 31 页。

② 原文分别见费瑟斯通《消费文化与后现代主义》（译林出版社 2000 年版，第 103 页）和韦尔施《重构美学》（上海译文出版社 1995 年版，第 103 页），陶东风在《日常生活审美化与文化研究的兴起——兼论文艺学的学科反思》（刊载于《浙江社会科学》2002 年第 1 期）一文中曾明确提到了费瑟斯通、韦尔施对自己提出"日常生活审美化"的理论启示。后其他倡导者亦一再提及此二人的相关理论。

萎缩与枯竭。"① 以后的几年里，"日常生活审美化"成了我国学界的热门话题。各家学者纷纷抛出自己的观点，有的积极赞同，有的坚决反对，一时间众说纷纭，争得不亦乐乎。

可以说，从被引进中国的那一天起，"日常生活审美化"理论就肩负着诠释和解决中国现实问题的使命，可是，肩负这一使命对于它来说实在是太过尴尬。

主要原因有二：

首先，中国就总体而言不是一个消费社会，"日常生活审美化"在中国也不是一个普遍现象，这使得"日常生活审美化"理论缺乏阐释现实的根据。

如前所述，"日常生活审美化"是消费社会的产物，与物质极大丰盛是孪生姐妹。但是，当今中国，多数人尚处于物质匮乏的边缘或是处在物质匮乏之中，还没有进入消费社会的能力。难怪会有人发出质问："日常生活审美化"中的"日常生活"，到底是谁的日常生活？② 更有论者愤然指出："'日常生活审美化'问题上的分歧，实际是对于我们所处的时代究竟应如何定位的分歧。""如果硬要说我们进入了'消费主义'的时代的话，那么，只有百分之一的人进入'消费主义'的时代，对于百分之九十的农民、城市打工者、下层收入者，并没有进入消费主义的时代。从这个意义上说，今天的所谓'日常生活的审美化'，决不是中国今日多数人的幸福和快乐。"③ 此言堪称一语中的，击中了"日常生活审美化"在中国缺乏现实根基的"硬伤"。虽然倡导者也作出了一些相应解释，譬如，日常生活审美化与消费文化虽然是中国城市的现象，但是正如在经济上城市对乡村具有辐射力一样，在文化和观念上也是如此。尽管中国许多地区还很穷，但是由于电视这个最重要的大众传播手段的极大普及，城市的消费主义意识形态实际上已经强有力地影响到农村。追求名牌、追求夸饰性消费的心理在农村同样十分普遍，故而研究消费文化与消费主义是符合中国国情的，更何况学术研究也可以具有超前

---

① 陶东风：《日常生活审美化与文化研究的兴起——兼论文艺学的学科反思》，《浙江社会科学》2002 年第 1 期。

② 姜文震：《谁的日常生活？怎样的审美化?》，《文艺报》2004 年 2 月 5 日第 3 版。

③ 童庆炳：《"日常生活审美化"与文艺学》，《中华读书报》2005 年 1 月 26 日第 12 版。

性。① 但是这些解释显得有些无力而且经不起深入推敲。向往消费和实现消费是两个概念。对广大农民和城市中的普通劳动者来说，电视或其他媒体所展示的消费文化是高不可攀的，只能是他们永远的梦想，这些"符号与影像之流"（费瑟斯通语）在加剧人们的消费向往之时，也会带给他们更多的精神焦虑，使他们产生一种对现实人生的不满和厌恶。物质上匮乏，精神上焦虑，这样的日常生活怎么能和"审美化"沾边呢？ 更不要说还有那些连起码的温饱都难以解决的贫困群体了。在中国目前的社会现实中进行"日常生活审美化"研究，实在是太超前了。不管倡导者如何申明自己的立场在于大众和真正的弱势群体，都难以避免他人的指责："更多的时候，他则是取消了批判，怯魅也淹没在他那种说不清是无奈还是欣赏的解读或阐释兴趣中。究其原因，是他对日常生活审美化这一命题始终持一种比较暧昧的态度。"② 也许倡导者会觉得自己遭遇了误读，但是引发指责的主要原因在于"日常生活审美化"并非中国现实日常生活和公共领域的主要特征，但是倡导者却提出"文艺学如果回避日常生活的审美化以及审美泛化的事实……那么它就无法建立与日常生活与公共领域的积极的建设性的关系，最后导致自己的萎缩与枯竭。"③ 既然"日常生活的审美化"如此重要，以至于必须为了它去改变文艺学学科的形态，那么必然意味着它已经被倡导者视为中国社会的主要特征了。这就导致了倡导者陷于遭受质疑的被动处境。笔者冒昧揣测，大概倡导者在引进"日常生活审美化"理论的过程中，只看到了它对拓展文艺学学科边界所具有的工具价值，却忽视了对它与中国现实语境之间关系的全方位考察，当后来遭受质疑时，才又回过头来重新思考这个问题，这就难免在论说上多有矛盾，显得底气不足。

其次，如本文第一部分所述，充溢着魅力刺激的"日常生活审美化"与传统美学观是格格不入的，只有在西方后现代语境中，在艺术、审美和日常生活之家的界限被推翻的过程里，它才有了进入美学视域的资格。当代中

① 陶东风：《也谈日常生活的审美化与文艺学》，《中华读书报》2005 年 2 月 16 日第 12 版。
② 赵勇：《谁的"日常生活审美化"怎样做"文化研究"——与陶东风教授商榷》，《河北学刊》2004 年第 5 期。
③ 陶东风：《日常生活审美化与文化研究的兴起——兼论文艺学的学科反思》，《浙江社会科学》2002 年第 1 期。

国，后现代作为一个流行概念已经泛滥开来，后现代主义也已经影响到了一部分中国学者的学术思维，但是这并不意味着中国就具备了和西方相同意义上的后现代氛围。土生土长于西方后现代语境中"日常生活审美化"，一朝移居，难免会有水土不服之虞。

根据美国学者卡林内斯泰的看法，后现代一词虽然由来已久，但是它作为思潮诞生则是在第二次世界大战之后，具体而言，"第二次世界大战以其史无前例的野蛮与破坏，以其对居于高度技术文明核心深处的残暴的揭示，可以说是作为一种恶魔现代性的顶峰而出现的，这种现代性最终得到克服。因而，一些具有革新性的战后美国诗人（战争的后果在大西洋这边不像在满目疮痍的欧洲那么惨恻）把后现代概念从汤因比附加于他的悲观主义焦虑中解放出来，把新时代作为一个崇高的时代来为之欢呼"。后现代思潮从诞生之日起就是对现代性的反叛和拯救，"对后现代一词的这种乐观主义—天启式的阐释，使它适宜于在六十年代的革命修辞中获得一个突出地位。恶魔现代性已寿终正寝，它的葬礼乃狂野欢庆的时刻。几乎在一夜之间，小小的前缀"后"成了解放行话中备受殊荣的修饰语。……在六十年代，后现代主义的命运似乎已经不可分解地联系到对抗文化的命运。"① 正如费瑟斯通所说，"'后现代'一词，更多强调的是对现代的否定，是一种认知的扬弃，它肢解或消解了'现代'的一些确凿无疑的特征。"② 这种肢解或消解大多不是空穴来风，因为韦尔施和费瑟斯通这些后现代学者一直浸润在西方社会形态之中，对于西方现代性的后果和弊端，他们有自己的切身感受。但是西方现代性的弊病未必就是我们所面临的问题。即使中国有了后现代主义（postmodern），我们的后现代所要 post 的 modern，绝非西方意义上的modern，西方的现代性进程，是从科技发展和对外掠夺开始的，而中国的现代性进程，是和本民族的屈辱史、抗争史同步开始的。历史背景和发展经历不同，所面临的难题也不可能一样。譬如，西方的现代性进程的弊端在于工具理性的过分膨胀，但是在中国谁又能断言现代性进程中的工具理性也跟着过剩了呢？这方面的问题还有很多，我们不再一一赘述，只偏重谈谈与本

---

① ［美］卡林内斯库：《现代性的五副面孔》，顾爱彬、李瑞华译，商务印书馆 2002 年版，第 287—288 页。
② ［英］费瑟斯通：《消费文化与后现代主义》，刘精明译，译林出版社 2000 年版，第 4 页。

文论题密切相关的两个问题。

　　其一，西方后现代要肢解或消解的主要对象之一就是现代精英主义和高雅文化。譬如费瑟斯通就认为，减少了高雅文化和精英主义的美国艺术更多地带有民主风气。① 但是在中国当代，西方意义上的现代精英主义根本就没有形成过规模，知识分子要么就是思想改造的对象，要么就是体制内的组成分子，再不然就在市场大潮的冲击下摇摆不定，什么时候产生过像法兰克福学派那样站在精英主义立场上的批判群体呢？我们反精英主义，到底要反什么呢？难道是要消解仅有的那一点清醒意识和批判良知吗？再说高雅文化，经历了十年浩劫的文化沙漠之后，我们的高雅文化才仅仅发展了二十余年，难道这么快就该和市井文化乃至日常生活融为一体，不辨你我了？不错，我们是有了电视，有了网络，但是这并不意味着我们就真的实现世界大同了，如果说西方的精英主义和高雅文化是太多了②，那么我们的精英文化和高雅文化则是发展得不够，在贫富悬殊、问题成堆的历史转型期里，知识分子不应该降低自己社会责任感和理想主义情怀，只满足于做个后现代意义上的注释者和评论者，而应该在关注普通人日常生活，成为"沉默的大多数"的代言人的基础上，创作出更多的高雅文化，给人提供真正的美感享受，提升大众的精神层次。

　　其二，具体到美学领域，韦尔施等人力主从"日常生活的审美化"出发，去重新思考对"审美"的界定。他们思考的起点是西方两千多年的美学史，他们所质疑的是从黑格尔开始的美学即是艺术哲学的主流意识，他们要消解的是美学的艺术哲学学科形态。而在中国现代美学史上，除了朱光潜、马奇等少数学者力主美学的对象是艺术以外，大多数美学家都认为美学研究可以遍及自然、社会的诸多领域，真正意义上的作为一门学科的艺术哲学根本就没有诞生过。我们的美学要消解的是什么呢？

---

① 　[英]费瑟斯通：《消费文化与后现代主义》，刘精明译，译林出版社2000年版，第158页。
② 　这只是西方后现代学者的看法，在西方也不乏反对者，譬如，美国学者埃伦·迪萨纳亚克在《审美的人》中就批评后现代主义者"背弃了高雅艺术的昂贵而丰盛的大餐，转而提供了乱七八糟、无味也没有营养的小汤。而且很奇怪，尽管后现代主义的目标是挑战旧的精英秩序，但其蛮横无理、难以让人理解的理论即使对心地善良的普通读者来说也远比高雅艺术的辩护者所创作的任何东西更加晦涩和难以接近。"（[美]埃伦·迪萨纳亚克：《审美的人》，户晓辉译，商务印书馆2004年版，第12页）

要之，西方的后现代语境和中国目前文化语境的差异很大，"日常生活审美化"作为西方后现代语境下的产物，是对西方社会和西方文化发展新阶段的描述与概括。它不是一个中西通用的理论学说。将其移植到中国当下语境以后，"日常生活审美化"非但没有带给文艺学更多的理论希望，反而引发了许多不必要的争论，说不定还会遮蔽掉真正需要迫切关注的问题。理论的困惑和言说的无奈屡屡可见，我们的探讨非但没有变得轻松，反而更加复杂沉重。这样的移植，只能用尴尬二字来形容。

最后需要申明两点，其一，我并没有指出"日常生活审美化"话语本身有无问题，因为，对这种尚未经过历时淘洗的西方话语，由于现实生活和话语环境的隔膜，说实在话，笔者还没有什么可靠的标准去判断什么是真知灼见，什么是无稽之谈，只好先让这个问题悬置了。其二，我也并不认为目前的文艺学学科建设就已经十全十美，再也没有什么可供反思的地方。关键是反思要立足于现实，当运用西方理论资源去探讨中国具体问题的时候，我们是不是应该多一点思考，少一点匆忙，多一点现实关怀，少一点急功近利。虽然，这个新旧交替的时代已经引发了一种要求激变的强烈意识，但是在进行激变之时，我们也应该注意手中是不是拿错了武器。

（原载于《海南大学学报》人文社科版 2008 年第 1 期）

论梅洛－庞蒂的美学思想

宋 羿

不论是以今天的思想眼光来看，还是以一种面向于未来哲学视域中的可能性来讲，莫里斯·梅洛－庞蒂（Mauruce Merleau-Ponty，1908—1961）毫无疑问是当代众多法国思想明星中对哲学带来最深刻长远影响的一位，更甚其对整个欧洲大陆现象学圈也是意义非凡。以下从梅洛－庞蒂深厚的美学思想中选取三个基本内容来谈谈我个人对其的一些理解。

一、科学、哲学、知觉（身体）和艺术

"科学操纵事物，并且拒绝栖居其中"[①]

科学如何操纵事物？因为"他把任何存在都看作是'一般客体'"[②]。由此的言外之意就是科学是在主客二分的基础上把握世界的，也正是在主客二分的意义上，才能理解"拒绝栖居其中"的含义。科学把世界当作"我"之外的客体，以冷眼旁观的姿态，对客体进行分析综合，忽视我们存在于世界的那种亲切感。但我们不要遗漏"操纵"、"拒绝"、"栖居"这些拟人化的用法，它提醒我们，主客二分也是"我"自身存在所具有的一种对待世界的态度，其远非这世界唯一的"真理"。或许我们还有很多其他的态度来对待这世界，宗教的、艺术的等等，但如梅洛－庞蒂在《知觉现象学》中所批判的那样，在这多种多样的世界态度里面其实已经混杂了太多的科学物理的思

---

① ［法］莫里斯·梅洛－庞蒂：《眼与心》，杨大春译，商务印书馆 2007 年版，第 30 页。
② ［法］莫里斯·梅洛－庞蒂：《眼与心》，杨大春译，商务印书馆 2007 年版，第 30 页。

维，或者说从根源上，意识已经形成了根深蒂固的科学主客体思维模式。

"哲学的意义是一种起源的意义"①

对于大部分人来说，哲学意味着一个答案，人们可以不读哲学家著作，完全忽略掉哲学家的努力，但知道那所谓的"答案"就够。对哲学家而言，所有工作也是面向起源的，不同于普通人，哲学家是经过艰苦的反思和彻底的批判，步履艰辛地向根源靠近。也正是在此意义上，批判与反思是哲学内在之路。梅洛－庞蒂所做的工作从一定意义上说就是对流行科学意识的反思和批判。批判其危害，反思其产生的根源，并在这根源处重新恢复我和世界的亲缘关系。也正是如此，我们更能理解"真正的哲学在于重新学会看世界"②。

"当我们在以这种方式（重新学会感知我们的身体）重新与身体和世界建立联系时，我们将重新发现我们自己，因为如果我们用我们的身体感知，那么身体就是一个自然的我和知觉的主体。"③

在"我"与世界之间，始终有一媒介，即"身体"。我们看，我们听，我们随时随地都在用身体知觉世界，但同时我们并不自知。对于这个身体，我们是一样的熟悉，也是一样的陌生。如梅洛－庞蒂所指出的，通过身体，一个可见者开始去看，变成为一个自为的、去看所有事物意义上的可见者；并且通过身体，感觉者与被感觉者不可分割地持续着。知觉的领域是充满二律背反的，就如同左手去摸右手，我们能不能肯定地说是左手在感知右手还是右手在感知左手。当然不能，感知者和被感知者是在一起不分的。但是科学意识忽视知觉这种的含混特点，其看待身体的态度一向是和外物等同的，都看作是可以被科学进行分析的客体。他们"描述这些感觉和感觉的基础，就像人们描述一个遥远国家中的动物志，但没意识到他在感知自己，它是有感觉能力的主体，他体验到的知觉通常并不符合他对知觉所作的描述"④，其

---

① ［法］梅洛－庞蒂：《眼与心——梅洛－庞蒂现象学美学文集》，刘韵涵译，中国社会科学出版社 1992 年版，第 120 页。

② ［法］莫里斯·梅洛－庞蒂：《知觉现象学》，姜志辉译，商务印书馆 2005 年版，第 18 页。

③ ［法］莫里斯·梅洛－庞蒂：《知觉现象学》，姜志辉译，商务印书馆 2005 年版，第 265 页。

④ ［法］莫里斯·梅洛－庞蒂：《知觉现象学》，姜志辉译，商务印书馆 2005 年版，第 266 页。

代表就是生理学中反射定律，把身体当作一架可以转化外界刺激，进而输出结果（行为）的计算机，梅洛－庞蒂在其第一部著作《行为的结构》中对之进行了彻底而深刻的批判。在其看来，身体是复杂模糊的领域，是意义的中转站，"各种物理系统的统一是一种关系的统一，各个机体的统一则是一种意义的统一。物理学思维所实践的、通过各种定律而达到的协调，在生命现象中留下了某种只有通过另一种协调方式才可以理解的剩余物：通过意义而达到的协调。"① 真是如此，就该在意义、在结构的层面上重新探寻身体的知觉领域。

"正是（画家）通过把他的身体借给世界，画家才把世界转变成了画"②
科学不允许世界的悬而未决状态，它必须要给世界定一个终极目标，即世界是可以被认识，被掌控的，这态度已然渗入到人类精神的各个领域，不经过深入的反思，我们对此一样不自知。但除了哲学家，还"有画家有权无任何评估义务的注视全部事物"③。因为绘画是视觉的艺术，画家要想在绘画中取得进步就得去用身体进入世界，我们正是根据画家"看"的方式，来区分原始古典和现代的绘画，画家的视觉自然受一个时代科学的影响，但是绘画自身的内在要求是不允许画家被单一的某种"视觉"所一直占据的，也就是在此意义上，绘画给了梅洛－庞蒂的知觉现象学提供了最好的发挥领域。如前所述，知觉领域的描述是需要通过一种现象学的意义才能达到，这是因为知觉本就是意义集散地，如格式他理论所阐发的，我们的每个感受行为非我们明确的意识去掌控，我们随便看一事物，得到的东西，都比我们最后能意识到的多得多，所以在塞尚看来，一幅画甚至包含了景象的气味。④ 也正是在此意义上，我们可理解画家何以将身体借给世界，何以将世界转变成画。

---

① ［法］莫里斯·梅洛－庞蒂：《行为的结构》，杨大春、张尧均译，商务印书馆 2005 年版，第 234 页。
② ［法］莫里斯·梅洛－庞蒂：《眼与心》，杨大春译，商务印书馆 2007 年版，第 35 页。
③ ［法］莫里斯·梅洛－庞蒂：《眼与心》，杨大春译，商务印书馆 2007 年版，第 33 页。
④ ［法］莫里斯·梅洛－庞蒂：《知觉现象学》，姜志辉译，商务印书馆 2005 年版，第 403 页。

二、画家与"看"

几乎在梅洛－庞蒂的每本著作中，都能看到塞尚的名字。塞尚在梅洛－庞蒂的描述中，俨然成为一个最合其心意的典范画家。

画史中的塞尚（1839—1906）是个独特的存在，出生在一个绘画变革的大时代，既远离传统又不跟印象派同路，一生少被理解。"以艺术史的眼光来看，即以各种流派所提供影响来看，我们对塞尚的绘画技法或其个人的表现风格都了解甚微。"①

塞尚对绘画的追求不同于古典主义和印象派。在塞尚看来，"古典派是在做一幅画，我们则是要得到一小块自然"②。一样塞尚拒绝印象派为追求色彩的效果，而牺牲轮廓和色彩的复杂，在其看来印象派追求的是"让对象打动我们的视觉，冲击我们的感官"③，而其则希望回到真实的物体，"不离开感觉来寻找真实，在直接的印象中只以自然为向导而拒绝其他；不勾勒轮廓，不用描抹来调配颜色，既不构设透视也不设计画面"④。

由此的塞尚处在一种二律背反中，"追求真实，却又禁止自己去使用达到真实的手段"⑤。这困惑到死困扰着塞尚，在其最后日记中他写道："我是否能达到我那样苦苦寻求，长期追随的目标呢？我每天都在研究自然，却似乎少有长进。"⑥

可以想见塞尚的疑惑也是梅洛－庞蒂的疑惑，两者的相同点在于：注视

① ［法］梅洛－庞蒂：《眼与心——梅洛－庞蒂现象学美学文集》，刘韵涵译，中国社会科学出版社1992年版，第4页。
② ［法］梅洛－庞蒂：《眼与心——梅洛－庞蒂现象学美学文集》，刘韵涵译，中国社会科学出版社1992年版，第45页。
③ ［法］梅洛－庞蒂：《眼与心——梅洛－庞蒂现象学美学文集》，刘韵涵译，中国社会科学出版社1992年版，第43页。
④ ［法］梅洛－庞蒂：《眼与心——梅洛－庞蒂现象学美学文集》，刘韵涵译，中国社会科学出版社1992年版，第45页。
⑤ ［法］梅洛－庞蒂《眼与心——梅洛－庞蒂现象学美学文集》，刘韵涵译，中国社会科学出版社1992年版，第45页。
⑥ ［法］梅洛－庞蒂：《眼与心——梅洛－庞蒂现象学美学文集》，刘韵涵译，中国社会科学出版社1992年版，第40页。

的是同一个区域（知觉），因其独特，因其无人来过，所以无以凭借；都是在独立开发一种手段，因其混沌，因其满是悖论，所以步履维艰。也正是在此意义上，梅洛－庞蒂尤其喜爱关注绘画，在其看来，"何者为画家之所求？他之所求乃是揭示那些手段——那些可见的手段而非别的手段，借助于他们，山在我们的眼里变成为山。"① 如此的画家正体现着梅洛－庞蒂对哲学的定义：学会重新看世界。进一步说画家的工作要比之前哲学家的工作更接近梅洛－庞蒂"看"的意蕴。可见梅洛－庞蒂后期哲学那种"感性的诗化"指向并非研究领域的改变，而是在学习重新"看"的路上的一种延伸。

由此留给我们的疑惑是，怎么描述画家的"看"以及画家的创作。

让我们先来看梅洛－庞蒂哲学中一个重要概念——"肉身"，我个人以为肉身在其著作中有两意，一是指在其早期著作中所言的原初之肉身，即在先验"我"这个特定的哲学领域，一个笛卡尔身心二分的反题，它显然不是指与心灵对列的血肉混合之躯，而是一种混合了主观客观、身体心灵、本质和经验的存在领域；二是指世界之肉身，此肉身非个体之肉身，而是整个宇宙之肉身本体，个体的原初之肉身是这个世界之肉身的一个层面，也就是说世界之肉身是世间所有存在之共同的领域。在这个世界之肉身里面满是可见物与不可见物，相互悖论式地缠绕在一起，原初的肉身只能通过自身之外一个相似经验去达到那不可见物。由此，我们的身体就单非一个简单的认识主体，他能知觉到可知觉之物，但总是"沉默不语"。

我们以肉身为基础来分析画家的"看"和创作，我们说画家观察世界，但更确切地说，画家在观察"看"自身，他在感悟世界之肉身中可见者背后的不可见者。当然普通人也有如此际遇，"当母体内的一个仅仅潜在的可见者让自己变得既能够为我们也能够为他自己所见时，我们就说一个人在这一刻诞生了"②，但"画家的视觉乃是一种持续的诞生"③。不可见者的捕捉只能通过一个相似性的意义来获得，这是因为世界之肉身对我们总是沉默的，我们身体只能去关注可知觉性，而从不解释知觉为何。画家"注视向这些客体询问他们如何被捕捉到，以便让某种东西突然出现，以便构成世界这一法

① [法] 莫里斯·梅洛－庞蒂：《眼与心》，杨大春译，商务印书馆 2007 年版，第 44 页。
② [法] 莫里斯·梅洛－庞蒂：《眼与心》，杨大春译，商务印书馆 2007 年版，第 46 页。
③ [法] 莫里斯·梅洛－庞蒂：《眼与心》，杨大春译，商务印书馆 2007 年版，第 47 页。

宝，以便让我看见可见者"①，这某种东西就是在我们知觉的域限处一下闪过的沉默肉身的相似性意义，这是画家将身体借给自然的报偿。同样也正是在世界肉身的意义上，观者能够与画家共同领会这肉身的沉默，感受可见物与不可见物的纠缠，开放一种新的视觉。

三、文学和语言

梅洛－庞蒂早在 40 年代就向法国思想界推荐索绪尔的语言思想，语言问题在其他看来是个大问题，尤其是在其后期思想中，多次论述语言问题。

索绪尔认为一个符号对于另一个符号并不意味着什么，只有当一个符号对另一个符号显示出他们于其他符号之间的意思差异时，他们当中的每一个才表达一个意思。也就是说符号的表意注重的是整体，他们合在一起表意时靠的是一种整体的结构才能发生作用，并且在符号与符号之间重要的是差异性，这种差异性也是依托于整体的结构意义，一个差异性不是绝对相同的，在不同环境下，同样两个符号的差异性会有所不同。

梅洛－庞蒂在此基础上进一步延伸。在符号的差异性上，我们看到的是一种晦暗不明，随着意义整体的变迁，这种晦暗不明越来越明显，进而我们需要承认"存在着一种语言的晦暗不明；它无处不在地给纯意思让位，它永远只由言语活动来限定，而意思只有镶嵌在词中自身才显露出来"②。

可以想见，语言的这种晦暗不明恰恰符合于知觉领域的总体风格。"没有一种言语活动完全脱离不稳定的无声表达形式，没有一种言语活动消除自己的偶然性，自身逐渐衰减而让事物自己出现。"③

让我们转到文学。文学语言区别于日常语言最大的特征就是文学语言的能产性，这种能产性从根本上来自我们上面所言的"晦暗不明"，"在文学交流中，存在的、偶然性的东西和在所有伟大艺术作品中存在的含混不清、

---

①　[法] 莫里斯·梅洛－庞蒂：《眼与心》，杨大春译，商务印书馆 2007 年版，第 44 页。

②　[法] 梅洛－庞蒂：《眼与心——梅洛－庞蒂现象学美学文集》，刘韵涵译，中国社会科学出版社 1992 年版，第 67 页。

③　[法] 梅洛－庞蒂：《眼与心——梅洛－庞蒂现象学美学文集》，刘韵涵译，中国社会科学出版社 1992 年版，第 115 页。

即不可还原为论题的东西，都并非一些暂时的缺陷，这是为了一种文学。就是说，一种征服性的言语活动所必须付出的代价，这种言语活动把我们引向一些奇异的观点，而不是让我们对我们自己的观点深信不疑。"① 如此的"晦暗不明"在梅洛－庞蒂看来恰为文学的特色，它使"艺术作品胜于思想而包含思想的模式"②。

梅洛－庞蒂以为言语活动在下述条件下是文学的，就是说能产性的："首先，我们不再时时向他询问原因便可追随他到它所去之地；其次，我们放手让字词及作品的一切表现手段都由它们以其特殊的排列，而具有的意韵光晕来包围，并使整个写作转向第二位的价值，在该价值中，这种写作几乎与绘画的无声光彩汇合。"③ 当我们用一种分析的眼光来看待言语时，我们看到的只是语言的结构，言语后的事物并不对我们展现，上述第一个条件符合梅洛－庞蒂对身体的一贯描述，"我们的身体只有我们为使用它而停止分析它的条件下，才从事物当中引导我们"④。可见文学不是理性主义的分析所能把控的领域，文学评论永远无法取代文学本身。上述第二个条件所言及的是首先言语有其自身的结构与特色。我们在符号的差异性背后，看到了言语和被表现的世界不是一个结构里的两个层次，而是两种不同的结构，不同的领域，符号世界和心理世界，恰恰是在符号与符号间的差异性上，我们意识的构造性找到了最大的用武之地，但又因为在世界肉身中各式不可见物是借助那相似经验被原初肉身所达到的，所以言语是在构造与相似两种极端的同谋下，来让事物自己显现的。虽然在世界之肉身中的存在对于我们身体是沉默的，但是这是一种诗意的沉默，正是有文学这种自身的光晕照亮沉默物，我们终被导向事物，这导向是言语存在的终极奥义，由此说写作仅是第二位的。

（原载于《东岳论丛》2009 年第 10 期）

---

① ［法］梅洛－庞蒂：《眼与心——梅洛－庞蒂现象学美学文集》，刘韵涵译，中国社会科学出版社 1992 年版，第 113 页。

② ［法］梅洛－庞蒂：《眼与心——梅洛－庞蒂现象学美学文集》，刘韵涵译，中国社会科学出版社 1992 年版，第 113 页。

③ ［法］梅洛－庞蒂：《眼与心——梅洛－庞蒂现象学美学文集》，刘韵涵译，中国社会科学出版社 1992 年版，第 114 页。

④ ［法］梅洛－庞蒂：《眼与心——梅洛－庞蒂现象学美学文集》，刘韵涵译，中国社会科学出版社 1992 年版，第 114 页。

宗白华中西比较中的"世界美学"的视野

张 鑫

在中国 20 世纪的美学史上，宗白华是一个独特的存在。他的美学在中西美学的沟通和互融中彰显了中国美学的精神，在对中西方艺术品的观照和体悟中发掘艺术的规律。由于对各种艺术形式浸染之深，他的美学感悟独特而深邃。他美学的成功在于运用了中西比较的方法。在那个西学东渐的年代，这种中西文明的汇通是学人的一种共识，如王国维、朱光潜等美学家也试图沟通中西美学。王国维运用叔本华的悲观主义哲学分析《红楼梦》，朱光潜运用西方的文艺心理学的理论研究中国的诗歌，写出了《诗论》。但他们的美学旨在用西方文论对中国的文学作品进行创造性的诠释，重在西方美学的引进。而宗白华美学研究的着眼点不在于此，他在平等的基础上对中西美学进行对比，泾渭分明却又相得益彰，相互对比中凸显出各自的特性。而这正是因为宗白华采取了"世界美学"的视野。本文试图分析"世界美学"的内涵、成因、艺术发现及其美学史的意义，以期揭示宗白华美学研究的方法独特性。

一、"世界美学"视野的内涵及其成因

宗白华在 1934 年首次提出了"世界美学"的观点。他指出："将来的世界美学自当不拘一时一地的艺术表现，而综合全世界古今的艺术理想，融合贯通，求美学上最普遍的原理而不轻忽各个性的特殊风格，因为美和美术的源泉是人类最深心灵与他的环境世界接触相感时的波动。各个美术有它特殊的宇宙观与人生情绪为最深基础。中国的艺术与美学理论也自有它伟大独立

的精神意义。"①

宗白华认识到美学的多元共存，希望能对全世界的艺术形式求得普遍原理，而又不轻忽其风格。18 世纪中后期，美学学科在西方建立，以西方美学为话语系统。直到 20 世纪中期，"东方美学"才渐渐引起人们注意。人们逐渐认识到：以欧美为代表的西方美学和中国、埃及与印度等为代表的东方美学具有不同的内涵，可以相互补充，共同构成了"世界美学"的构架。而宗白华在 20 世纪 30 年代就呼吁"世界美学"的多元共存。他发现西方美学之外的其他美学形态的价值和意义，尤其是发现了中国美学的独特价值，所以他把中国美学与西方美学进行比较，在平等交流和对话当中凸显出中西美学的共同点和差异点。在他看来，西学不是中学的范本，也不是显示中学的单纯背景，而是将中国与西方放在平等对话和交流的平台上，比较中凸显中西美学的独特性。这种学术视野渗透在他的学术研究方法当中。他几乎所有的美学都是从中西美学思想和中西各艺术形式的比较中展开，如研究中西方戏剧的差异，探索中西绘画的空间意识的区别，试图寻找中西方绘画渊源的差异。

但恰恰是以一种宽容而多元的视角来研究时，中西美学的特质倏忽清晰，尤其是能凸显出中国美学的民族特性。他曾指出："研究中国美学，还要把中国的美学理论与欧洲、与印度的美学理论相比较，从比较中可以见出中国美学的特殊性。"②对中国美学精神的探寻正是宗白华美学的归结点，我们能从他的美学思想当中感到他对中国艺术精神的深深服膺。他谈到"外头的东西再好，对我们来说，总有点隔膜。我在欧洲求学时，曾把达·芬奇和罗丹等的艺术当作最崇拜的诗。可是后来还是更喜欢把玩我们民族艺术的珍品。中国艺术无疑是一个宝库"③。正是在"世界美学"视野的观照下，他发现了东方美学尤其是中国美学的独特价值。这体现在他的美学思想当中。他综观中国古典的诗歌、绘画、书法、舞蹈、音乐、园林、戏曲，从民族艺术形式当中阐发中国艺术的境界；以西方的绘画为参照，试图发掘中国书画的空间意识并进而指出中国人俯仰自得的宇宙观；结合先秦工艺美术、古典诗

① 宗白华：《艺境》，北京大学出版社 1998 年版，第 87 页。
② 宗白华：《艺境》，北京大学出版社 1998 年版，第 386 页。
③ 宗白华：《艺境》，北京大学出版社 1998 年版，第 386 页。

学、古代绘画、古代音乐和园林建筑艺术试图建立中国美学的独特体系。这也正是宗白华美学研究在 90 年代出现高潮并日益被人们所追逐的原因。他的美学研究是真正具有原创性的民族美学的阐发。

最后，宗白华在中西美学的比较中，看到的不仅是外在形式的差别，而是能深入到中西方的世界观去寻找差异。他认识到，"各个美术有它特殊的宇宙观与人生情绪为最深基础"，他的中西美学比较就尤为深厚。

而这种"世界美学"视野的形成是有深层原因的。19 世纪末 20 世纪初是中西文化大碰撞的时代，这个时代孕育了一批学贯中西的学者，宗白华是其中一位。宗白华出生在一个世俗礼仪之家，自幼就受到了传统文化的熏陶，国学根基深厚。他的青年时代是在 20 世纪初叶，西学东渐之风盛行，西方的文艺、科学和民主思想传入中国，很多知识分子把目光投向了西方，想学习西方的先进文明来改造中国的落后现状。这一时期出现了大量的留学生，他们东渡扶桑或远赴欧美，去寻找救国救民的真理，如蔡元培、朱光潜、宗白华、邓以蛰等。1920 年，宗白华赴德国留学，想学习西方先进的学术思想，再结合东方的文化，要"寻出新文化建设的真道路来"。到德国之后，他却发现西方人正在反省欧洲文明，追慕东方文明。当以西方的学术思想为参照系客观地审视中国文化时，他发现了一直以来被遮蔽的东方文明的精髓。他对中国文化艺术的价值重新焕发了信心。"我以为中国将来的文化绝不是欧美文化搬来了就成功。中国旧文化实有伟大优美的，万不可消灭。譬如中国的画在世界上独辟蹊径，比较西洋画，其价值不易论定，到欧后才觉得。"① 不仅如此，他还指出新文化建设的道路来，"但是我实在极尊崇西洋的学术艺术，不过不复敢蔑视中国的文化罢了。并且主张中国以后的文化发展，还是极力发挥中国民族文化的'个性'，不专门模仿，模仿的东西是没有创造的结果的"②。中国美学的出路不是模仿西方美学，而是要创造，开掘中国美学的独特性。这是一个破解西方文化迷信的过程，宗白华由崇拜西方文化转化为能平等地看待东西文化，尤其是意识到中国艺术在世界上的独特价值。由中学到西学，又从西学到中学，这不是简单的思想回归，

---

① 宗白华：《三叶集·自德见寄书》，安徽教育出版社 2001 年版，第 121—122 页。
② 宗白华：《三叶集·自德见寄书》，安徽教育出版社 2001 年版，第 122 页。

而是经过一次次的艰难的文化选择后的思想超越，最终形成了融会中西的
"世界美学"的视野。

二、"世界美学"视野下的艺术发现

在"世界美学"视角的观照下，宗白华最大的发现就是中西绘画空间
感型的差异，主要体现在《中西画法所表现的空间意识》、《中西画法的渊源
和基础》和《中国诗画中所表现的空间意识》三篇论文当中。

宗白华到德国主修哲学，受古希腊哲学、德国古典哲学影响至深。他
还亲自翻译了康德的《判断力的批判》上卷，所以他能从哲学的概念出发来
分析中西艺术。他受到了康德的影响，运用了"空间感型"这一概念分析中
西方的艺术形式。"原来人类的空间意识，照康德哲学的说法，是直观觉上
的先验格式，用以罗列万象，整顿乾坤。然而我们心理上的空间意识的构
成，是靠感官经验的媒介。我们从视觉、触觉、动觉、体觉都可以获得空间
意识。"① 人们抽象的空间意识必须通过具体的艺术形式实体化，所以，他认
为每一种艺术都可以表现为一种空间感型，绘画可以通过光影明暗形成空间
感，雕塑更是给人一种圆浑立体的空间感，建筑本身就是一种空间的构造，
甚至音乐以高低起伏营造一种空间感。其次，宗白华指出不仅每一种艺术都
可以表现出一种空间感型，并且可以互相移易地表现他们的空间感型。西方
人的空间感型沟通了西方的艺术形式，中国人的空间感型沟通了中国的艺术
形式。"西洋绘画在希腊及古典主义画风里所表现的是偏于雕刻的和建筑的
空间意识。文艺复兴以后，发展到印象主义，是绘画风格的绘画，空间寄托
在光影彩色明暗里面。"② "西洋自埃及、希腊以来传统的画风，是在一幅幻
现立体空间的画境中描出圆锥似的物体，特重透视法、解剖学、光影凹凸的
晕染。画境似可走进，似可手摩，它们的渊源与背景是埃及、希腊的雕刻艺
术和建筑空间。"③ 所以，西方的雕塑、建筑、绘画属于一种空间感，都主于
西方的建筑。宗白华主张可以根据西方建筑的变迁来分析西方人艺术史的更

① 宗白华：《艺境》，北京大学出版社 1998 年版，第 110 页。
② 宗白华：《艺境》，北京大学出版社 1998 年版，第 110 页。
③ 宗白华：《艺境》，北京大学出版社 1998 年版，第 119 页。

迭。那么，中国画的空间感型是什么呢？是基于中国的特有艺术书法的空间表现力，中国书法采用了抽象的线条表现人格和情感，与音乐和舞蹈相似。"中国画的空间构造，既不是凭借光影的烘染衬托，也不是移写雕像立体及建筑的几何透视，而是显示一种类似音乐和舞蹈所引起的空间感型。"① 可见，中国的绘画、音乐、书法、舞蹈可以沟通，主于书法，可以根据中国书体的变迁来划分中国艺术史的分期。所以"中国画以书法为主干，以诗境为灵魂，诗、书、画同属于一境层。西画以建筑空间为间架，以雕塑人体为对象，建筑、雕刻、油画同属于一境层"②。这样，宗白华从区别中西绘画空间意识入手，发现了存在于中西艺术形式当中不同的空间感型。中国的国画、舞蹈、书法通于节奏的空间感型，而西方的油画、雕刻、建筑通于立体的空间感型；前者以生命和节奏为灵魂，后者以写实和真实为表现。

不仅于此，他还继续探寻这种差异形成的原因：就是中西方构图方式和宇宙观的差异。西方的美学是建立在古希腊模仿论的基础上，强调主体对客体的模仿，物我之间是对立的、紧张的。所以西方的画家总是站在一个固定的位置，采用透视法表现客观的景物，尤其是运用透视法、解剖学、光影凹凸的晕染以达到一种极度的真实感。而中国艺术的空间感具有中国哲学的基础，那就是"一阴一阳谓之道"，生生不息的阴阳二气就构成了生命的节奏。画家表现的是整个大自然的气韵与生命，所以中国画最高境界为"气韵生动"。中国的画家总是"从世外鸟瞰的立场观照全整的律动的大自然，他的时间立场是在时间中徘徊移动，游目周览，集合数层与多方的视点谱成一幅超像虚灵的诗情画境"③画家不是站在固定一点来审视客观自然，而总是用整个心灵来涵蓄宇宙生命，采用仰视、远视、平视、俯视等数层次视点，把气韵尽观眼底之后，下笔来表现。所以说："中、西画法所表现的境界层根本不同：一为写实的，一为虚灵的；一为物我对立的，一为物我浑融的。"④在中西绘画空间的对比当中，宗白华尤其阐发了中国人独特的宇宙观。"中国的空间意识和空间表现就是'无往不复的天地之际'。不是由几何、三角

① 宗白华：《艺境》，北京大学出版社 1998 年版，第 110 页。
② 宗白华：《艺境》，北京大学出版社 1998 年版，第 218 页。
③ 宗白华：《艺境》，北京大学出版社 1998 年版，第 126 页。
④ 宗白华：《艺境》，北京大学出版社 1998 年版，第 218 页。

所构成的西洋的透视学的空间，而是阴阳明暗高下起伏所构成的节奏化的空间。"① 中国艺术体现的是"俯仰自得"的节奏化音乐化的宇宙观。所以章启群称这是宗白华艺术研究的突出贡献之一，说："在中西哲学、文化、艺术的大背景下，重新发现了中国传统艺术中时空意识，由此对中国艺术意境作了精湛绝伦的阐发，揭示了中国艺术不同于西方的独特的内涵、意蕴和精神，把中西艺术的方法论差别，上升到哲学和宇宙观的高度。"②

三、"世界美学"视野的意义和价值

宗白华的美学实践正是一种寻求促使中西方美学交流互通的"世界美学"视野，对比较文学或比较美学的研究方法具有启示意义。直到 20 世纪 60 年代，韦勒克提出了"总体文学"的概念，指出了文学应注重超越于民族文学之上的共通的规律和特点，但同时指出"恰恰是'文学的民族性'以及各个民族对这个总的文学进程所作出的独特贡献应当被理解为比较的核心问题"③。这其实就是一种世界文学的多元视角。而宗白华在 20 世纪 30 年代就提出了自己的学术立场，指出汇合全世界古今的艺术理想，融会贯通，求美学上最普遍的原理而不轻忽各个性的特殊风格。20 世纪 20 年代末 30 年代初，比较文学和比较美学在中国刚刚兴起，放在这样的学术背景中，宗白华"世界美学"学术视野的超前性就凸显了出来。宗白华的美学研究方法启示我们，民族美学的研究不应该是封闭的、孤立的，而应该放置在"世界美学"的视野中。对于西方诗学的精深了解，不仅有助于我们运用西方美学的优长来弥补传统诗学的缺憾，发现传统诗学之不足，之盲点；同时，亦可借此来彰显传统诗学的自身内涵和特征。宗白华平等地看待中西方美学的视角使中西美学的沟通成为可能，而且他的美学实践为中国的美学融入世界美学，参与世界美学的发展开辟了一条道路。那就是只有保持民族美学的个性，以此为前提融入世界美学当中，以一种平等的心胸与姿态，交流而沟通，而沟通的旨要在于完美民族自身的美学，使它在世界美学的舞台上发挥

---

① 宗白华：《艺境》，北京大学出版社 1998 年版，第 120 页。
② 章启群：《百年中国美学史略》，北京大学出版社 2005 年版，第 134 页。
③ [美] 雷·韦勒克、奥·沃伦：《文学理论》，刘象愚等译，三联书店 1984 年版，第 47 页。

它应有的光彩与价值。正如朱志良教授所说：中国美学融入世界美学的进程不是放弃中国美学的特点，寻求与西方概念系统的同一，用西方的概念系统重新来武装我们，而是必须要坚持东方美学的特点，世界美学是一个包含东方美学在内的整体，忽视东方美学的价值是片面的。当然，强调美学的民族特点并不意味着排斥外来美学思想观念，也不意味拒绝学习异文化的长处。

　　宗白华"世界美学"的视角不仅为中国美学融入世界美学提供了道路，而且为东方美学的建立提供了理论的依据。我们知道，美学这门学科是德国的美学家鲍姆嘉通（Baumgarten，1714—1762）在18世纪中后期首先创立的，美学也称为"感性学"，就是关于美和艺术的哲学。自美学建立之后，西方的美学观念一直处于中心地位。美学的外延当中并不包括东方美学。鲍桑葵（Bernard Basanquet，1848—1923）在《美学史》中谈道："许多读者也许会抱怨这本书几乎完全没有直接提到东方艺术，不论是古代世界的东方艺术也好，还是近代中国和日本的东方艺术也好……因为就我所知，这种审美意识还没有达到上升为思辨理论的地步。"① 所以说，长此以来，几乎所有的美学史还是以西方美学观念体系为主，是一元论的美学，对东方美学是轻视的。20世纪初，西方的美学传入中国，美学在中国的构建也是以移植西方的美学思想为主。在20世纪30年代，宗白华发现了东方美学的价值，他的声音尤为可贵。宗白华以中国的传统美学为学术创新的增长点，他的美学实现了古典诗学向现代诗学的成功转化，较早地参与到中国美学的建构过程中。正是在这种薪火传递的过程中，当下越来越多的学者意识到东方美学的独特价值和地位，有华中师范大学邱紫华教授主编的《东方美学史》的问世，对印度、埃及等东方美学深入研究，发现东方人有别于西方人的审美心理和审美思维。山东大学的陈炎教授呼吁建立东方美学的可行性，他指出："在我看来，建立东方美学之所以是必要的，是因为已有的西方美学存在着自身难以克服的矛盾和问题。在我看来，建立东方美学之所以是可能的，其可能性恰恰不是要向西方美学的逻辑形式靠拢，而是要保留东方智慧的独特品性。"② 可见，东方美学的建立不仅是可行的，而且是必要的。恰恰因为中

① ［英］鲍桑奎：《美学史》，张今译，商务印书馆1985年版，第2页。
② 陈炎：《文明与文化·建立东方美学的可能性和必要性》，山东大学出版社2006年版，第162页。

西美学思维方式的差异而可以互补，而这正是东方美学可以成立的依据。

宗白华的美学思想是西方哲学和中国古典文艺汇通碰撞而产生，运用哲学的视角探照中国艺术的精髓，在中西美学的交流与汇通中是一个成功的范例。他的"世界美学"的视野是其美学思想产生的活水源头，具有方法论意义。

（原载于《西北大学学报》2010 年第 2 期）

论哈罗德·布鲁姆误读理论中的
弗洛伊德元素

艾　洁

　　哈罗德·布鲁姆（Harold Bloom，1930—　），耶鲁大学文学教授、文学批评家，从一本《影响的焦虑》开始使得理论界认识了他独特的文学误读理论。他认为在创作上，"迟来的"后辈对前辈已有的辉煌成就，只有通过有意无意地"误读"前人的行为发挥创造力才能完成自己的创新，散发出修正的光芒。布鲁姆自身的理论也蕴含着这样的光芒，这就是他文学误读理论中的弗洛伊德元素。纵观布鲁姆的理论著述，不难发现"弗洛伊德犹如一个幽灵一样在他的文本中四处出没。……我们也可以说，弗洛伊德之于布鲁姆，就犹如莎士比亚之于弗洛伊德，弗洛伊德乃是他精神上的父亲，是他的遮护天使"[1]。从提出"影响的焦虑"开始，布鲁姆在其理论论述中就常常以弗洛伊德的观点作为引导来阐发自己的观点；后来他逐步以弗洛伊德的精神分析学理论作为研究对象将其与文学批评进行类比；在后期著作中，布鲁姆则将弗洛伊德作为误读理论的个案进行了全然布鲁姆式的分析。在这一过程中，布鲁姆其实也经历了他自己理论中的那种"影响的焦虑"。在面对弗洛伊德这位"强力诗人"时，布鲁姆从借鉴到分析研究再到运用自己的理论去分析，划出了他文学理论中弗洛伊德元素的活动轨迹，从中不仅能看到弗洛伊德理论在布鲁姆理论体系中的地位变化，更能看出布鲁姆理论日趋成熟独立的过程。

---

[1]　［美］哈罗德·布鲁姆：《批评、正典结构与预言》，吴琼译，中国社会科学出版社2000年版，第7页。

作为引导的弗洛伊德理论

布鲁姆作为理论发轫的作品是《影响的焦虑》，在提出著名的"六个修正比"之前，布鲁姆在绪论中就说明了弗洛伊德对于他的理论借鉴意义。误读理论的视域中，诗人之间的关系就如同父辈与子辈，先辈诗人的成就在后辈诗人看来是不得不正视的影响，而这种影响与后辈诗人创作自己的作品、形成自己风格的独创诉求相碰撞，产生了被束缚的焦虑感。布鲁姆这种诗人与诗人的关系模式正是来自于弗洛伊德的家庭罗曼史："诗的影响必须是对作为诗人的生命周期的研究。当这一研究涉及展现这一生命周期的语境时，我们不得不同时把诗人之间的关系作为接近于弗洛伊德称之为'家庭罗曼史'的案例来加以检视。"① 在弗洛伊德的家庭罗曼史中，后辈对于父辈既敬爱又敌对的矛盾心理正如同后来诗人面对前代巨擘的两难困境：无法改变来自前辈诗人在时间上的先在性而必须正视他们自上而下的影响，同时又不甘于被动而尽力想发展出自己的个性创作以期成为同前辈一样的强力诗人。由此看来，布鲁姆在弗洛伊德家庭罗曼史模式的映照中定位诗人与诗人之间的这种束缚与启发的特殊关系，将精神分析学的心理描述运用于诗人的创作心理，从而形成了独特的误读理论，也为他理论中弗洛伊德元素的介入奠定了最早的基调。

随后，布鲁姆就提出了"六个修正比"的概念。在他看来，"双目失明的俄狄浦斯在走向神谕指明的神性境界。强者诗人们跟随俄狄浦斯的方式则是把他们对前驱的盲目性转化成应用在他们自己作品中的'修正比'"②。这六个修正比分别是克里纳门（Clinamen）、苔瑟拉（Tessera）、克诺西斯（Kenosis）、魔鬼化（Daemonization）、阿斯克西斯（Askesis）和阿波弗里达斯（Apophrades）。布鲁姆用他的修正比在说明后辈诗人作为潜在的强者诗人是如何被前辈诗人影响的同时，也描绘出后辈诗人如何在影响的焦虑中通过修正前人而成就自己。虽然布鲁姆的修正比术语来自于多方面的借鉴如卢

---

① ［美］哈罗德·布鲁姆：《影响的焦虑》，徐文博译，江苏教育出版社 2006 年版，第 8 页。
② ［美］哈罗德·布鲁姆：《影响的焦虑》，徐文博译，江苏教育出版社 2006 年版，第 11 页。

克莱修著作、古代祭祀礼仪或宗教故事等等，在心理学层面上则是来自于对弗洛伊德理论的借鉴："本书提出的关于影响的理论所受到的主要影响乃是尼采和弗洛伊德。……弗洛伊德对防卫机制及其矛盾功能的研究则为制约诗人之间内部关系的'修正比'提供了我所能找得到的最清晰明了的可类比物。"①

在具体论述六个修正比时，布鲁姆则将与弗洛伊德理论的这种类比穿插其中，在解释"苔瑟拉"的时候借鉴弗洛伊德定义"焦虑"是对预期危险情境的反应来说明诗人在面对"被前人淹没"可能性时产生的焦虑；分析"克诺西斯"的重复特征时，则从弗洛伊德"焦虑可被证明来自某种重复出现的被压抑物"的病例症状入手，对照弗洛伊德在《超越快乐原则》中提出的重复原则来指明诗人在重复前人的形式强制中发现前驱未被创造出来的精华："从概念上说，迟来者的中心问题必然是重复；被辩证地提高到再创造地位的'重复'乃是新人的入门之道，它使他不再感到恐惧，不再害怕自己仅仅是前驱的一个抄本或副本。"② 在说明"魔鬼化"是如何完成对前驱的"崇高"的反动的过程中，布鲁姆以弗洛伊德的压抑理论来阐明后辈诗人通过强迫自己进入一个新的压抑状态来以退为进地贬抑前驱者的过程；讲到"阿斯克西斯"的净化修正时，弗洛伊德的升华理论更成为布鲁姆直接的借鉴对象，以此来类比诗人只有升华才能矫正他创作的冲动而达成"真正的自我"，从而获得"自我诞生"的快乐；而阐释"阿波弗里达斯"的修正内涵时，布鲁姆则借用了弗洛伊德"任何脱离初始自恋的行为都会导致自我的发展"的观点来点明"脱离认同之外的对修正比的运用即是通常称为'诗歌发展'的过程"③。而这个观点正是后辈诗人成功修正前驱而最后成就自己并推动诗歌发展的结论。如果说在《影响的焦虑》中上述类比还比较零散地见诸论述中，那么到了《误读图示》中，布鲁姆则全面地将弗洛伊德的心理防御理论与他的修正比更加清晰地对应起来，可以说很大程度上促进了其误读理论框架的体系化进程。

---

① ［美］哈罗德·布鲁姆：《影响的焦虑》，徐文博译，江苏教育出版社 2006 年版，第 8—9 页。
② ［美］哈罗德·布鲁姆：《影响的焦虑》，徐文博译，江苏教育出版社 2006 年版，第 80 页。
③ ［美］哈罗德·布鲁姆：《影响的焦虑》，徐文博译，江苏教育出版社 2006 年版，第 154 页。

作为布鲁姆"误读理论"四部曲之一，布鲁姆在《误读图示》这本书当中对于其误读理论的进一步完善突出地表现在他总结出的"图示"中，这是一幅通过修正率、心理防御、修辞学比喻和想象群集来绘制的结构图示①：

修正主义的辩证法	诗歌中的想象	修辞学的比喻	心理防御	修改比率
限制 替代 表现	在场和不在场 ↑ ↓ 部分对整体 或整体对部分	讽喻 ↑ ↓ 提喻	反应形成 ↑ ↓ 转向反对 自我、颠倒	Clinaman 克里纳曼 ↑ ↓ Tessera 泰瑟拉
限制 替代 表现	充满和虚空 ↑ ↓ 高和低	转喻 夸张曲言法	消除、孤立、 复归 ↑ ↓ 压抑	Kenosis 凯诺西斯 ↑ ↓ Daemonization 魔鬼化
限制 替代 表现	内部和外部 ↑ ↓ 早和迟	隐喻 代喻	升华 内射、投射	Askesis 艾斯凯西斯 ↑ ↓ Apophrades 艾坡弗拉戴斯

在这个误读图示中，布鲁姆融合、对比了卢利亚的创造辩证法、弗洛伊德心理防御学说和他的六个修正比之间的相互关联，并且加上了想象以及修辞学的细化分类来充实他修正比的阐释图景，意在指明"在后启蒙强劲有力度的诗歌中，通过修辞格与想象的相互替代作用，凭借强有力诗人防御且抗衡在先强劲诗人时所使用的语言，意义是怎样产生的"②。为了解释这一图示中各部分的具体关联性，布鲁姆利用比喻与防御的类似法则作为修改比率的可互相改变的形式，这个类似原则就是"当比喻和防御在诗中出现时它们可以互相变换，因为在诗中毕竟两者都只是作为想象而出现"。也就是说，以想象作为载体，比喻和防御可以在诗作中产生转换。布鲁姆给他的"修

---

① 六个修正比的名称在两本书中译文不同，在此遵照各自译本名称。
② [美]哈罗德·布鲁姆：《误读图示》，朱立元、陈克明译，天津人民出版社 2008 年版，第87页。

正比"则赋予了更大的包容性:"我称为'修改比率'的东西,是比喻又是心理防御,是两者兼有,又是两者中的每一个,它们在诗歌的想象中表现出来。"①

在这个对应性非常清晰的图示中,心理防御和修改比率的关联承载了布鲁姆对弗洛伊德理论借鉴的最直接表现,他肯定了弗洛伊德关于焦虑与防御间关系理论的伟大进展,认为焦虑所引起的防御与诗人在影响的压力下对前驱的误读修正行为有着鲜明的类比意义。进而布鲁姆采用了安娜·弗洛伊德对她父亲心理防御的总结,将她归纳出的弗洛伊德的十种防御机制②,进一步归类成为与他的修正比相对应的六类。分类后的防御机制并非只是名称上对应修正比,而是凸显了修正比在诗人误读前驱过程中心理因素的形成及功效。可以说,这一图示标明了弗洛伊德在布鲁姆理论体系中的重要引导作用,但严谨的布鲁姆虽然承认弗洛伊德理论的借鉴意义,还是多次客观地表明这种借鉴仍需商榷,而且他也在借鉴中开始了对弗洛伊德的修正,以凸显自己的理论诉求,即在影响中误读前人。

作为研究对象的弗洛伊德及其理论

布鲁姆博览群书,他对弗洛伊德理论的借鉴是以大量阅读和研究为基础的,他有多篇文章都以弗洛伊德的理论为研究对象。随着研究的深入和自身理论观点的成熟,持有误读修正理论立场的布鲁姆跳出了弗式理论来反观其诸多观点,提出了自己的看法,并且尝试运用自己的影响——误读理论来分析弗洛伊德,这种研究分为两个部分。

1. 对弗洛伊德理论的研究

布鲁姆在构架他那幅"误读图示"的时候曾经承认他从弗洛伊德理论转到诗歌可能看起来有些奇怪,是望文生义,于是他在研究弗洛伊德理论的时候首要注重的就是分析其与文学批评的关联性。将弗洛伊德作为一个理论

① ［美］哈罗德·布鲁姆:《误读图示》,朱立元、陈克明译,天津人民出版社 2008 年版,第 88 页。
② 参见车文博主编《弗洛伊德主义论评》,吉林教育出版社 1992 年版,第 923—930 页。

家来看，布鲁姆关注的是他的文学性，他认同拉康的看法即"弗洛伊德是从想象性的文学而不是从科学'吸取他的灵感，他的思维方式和他的分析技术的'"，因而提倡"我们不能像阅读荣格或兰克、亚伯拉罕或费伦茨那样去阅读弗洛伊德，而应像阅读普鲁斯特或乔伊斯、瓦莱里或里尔克或史蒂文斯那样去阅读他"。除此之外，布鲁姆还认为弗洛伊德的精神分析方法其实是一种文学原则，他借用莱昂内尔·特里林（Lionel Trilling）对弗洛伊德的称赞说他的精神分析学与诗歌作品实际上是并行不悖的，因而将精神分析学看作"是一种关于转义、隐喻及其各种变异形式——提喻和换喻的学说"。[①] 而在分析弗洛伊德与莎士比亚的关系时，布鲁姆也明确表明他在文中讨论的是作为作家的弗洛伊德和作为文学的精神分析学，甚至用"弗洛伊德在精神分析学消亡之后仍会作为一个作家而长存于世"的表述来强调弗洛伊德的文学价值。[②] 无论对个人的评价还是对理论的定位，这些论述都可以看出布鲁姆对于强调弗洛伊德理论的文学性特质以将其与文学批评联系起来的理论立场。

除了在方法论上宏观地将弗洛伊德理论与文学批评关联起来，布鲁姆在微观层面如概念观点的研究上也细致地分析了弗洛伊德理论中与文学批评相对应和相互借鉴的表现，主要体现在对防御与文学创作之间关系的关注上，重点放在强调二者作为主体行为模式的相似之处。主体层面上，在《弗洛伊德的防御概念与诗人意志》这篇文章中，布鲁姆将弗洛伊德的防御概念与诗人意志相并列来讨论，阐明二者之间在心理层面上的相通之处，即后者在与前者相似的心理动力促动下采取创造的行为来改变时间上的后来者困境，进而使防御机制与诗歌创作联系起来。他借用了尼采观点，认为意志的切齿之恨与最孤寂的苦恼的别名就是"它就是如此"，意志无法改变已完成的事，不能回顾、不能割断时间和空间，而解决的方式则是"救赎活在过去的人们，并将所有的'它就是如此'重新创造为'我愿它是如此'——我惟称这是救赎"[③]。布鲁姆由此指出，诗人的意志是对时间的对抗，是报复性地

---

① Harold Bloom, *Agon: Towards a Theory of Revisionism*, New York, Oxford University Press, 1982, pp.91-93.

② [美]哈罗德·布鲁姆：《西方正典：伟大作家和不朽作品》，江宁康译，译林出版社 2005 年版，第 295 页。

③ [美]哈罗德·布鲁姆：《批评、正典结构与预言》，吴琼译，中国社会科学出版社 2000 年版，第 309 页。

寻求用"它应当如此"来代替"它就是如此"，而且此处的诗人意志也是创造意志的体现，是通过改造对已有现实的理解来缓解时间强迫性导致的痛苦。弗洛伊德的防御最基本的就是将某一不愿面对的意念排斥在意识范围之外，它对于本能的对抗是通过一系列的比喻、转义来达成的，于是布鲁姆将二者联系起来认为"就诗人而言，防御始终都是一种转义，而且始终都是针对先前的转义的。而本能，则是对不朽的冲动，并且可以称之为是所有诗歌转义中最大的转义"①。同样对于时间上先在性的一种防御出现在布鲁姆另外研究弗洛伊德理论的一篇文章中。他发现在强迫症中，一种孤立的防御目的就在于划出一个时间跨度并在其中消除由于时间的强迫性导致的失落和迟来的感觉，这与诗人创作中避免前人影响而使用的转义在本质上不谋而合。②由此布鲁姆就通过时间对人的决定性影响及人的反抗而以一种迂回的方式证明诗人创作意志有着与防御同样的心理学本质。

　　诗人反抗时间的重要方式之一就是创造力。布鲁姆在菲利普·里夫(Philip Rieff)的启发下发现弗洛伊德后期对于焦虑观点的修正而引出的关于本能中的灾难——创造的理论意象完全适用于创造意志，而且这种适用将创造力与防御修辞地联系起来："'创造力'常常是一种重复模式和记忆模式，也是尼采称作意志报复时间或时间的称述'它就是这样'的模式，那连接重复和报复的东西就是弗洛伊德称作'防御'的心理活动。"③弗洛伊德在《超越快乐原则》中把所有人类本能的根源都归于一种灾难的创造理论，认为作为有机体的人在没有外界刺激的情况下会产生向一种死亡一般安静的无机世界发展的倾向，即死的本能。要克服这种灾难而引发的焦虑，方法之一就是创造力。弗洛伊德在治疗病患过程中发现了强迫性重复动作对缓解这种焦虑的作用：在重复中移情，有准备的"痛苦"再现给予了病人掌握主动权的一次经验从而达到释放的效果。这是一种焦虑的创造，但正是把这种焦虑的创造和心理的重复强迫功能联系在一起，布鲁姆认为弗洛伊德完成了他所

---

① ［美］哈罗德·布鲁姆：《批评、正典结构与预言》，吴琼译，中国社会科学出版社2000年版，第312页。

② Harold Bloom, *Freud*: *Frontier Concepts*, *Jewishness*, *and Interpretation*, American Imago, 48：1 1991：Spring, p.135.

③ Harold Bloom, *Agon*: *Towards a Theory of Revisionism*, New York, Oxford University Press, 1982, p.98.

有转义中最大胆的转义。布鲁姆得出结论即防御是将重复与创造联系在一起的关键，也正因为弗洛伊德的这种表述，布鲁姆认为修辞学与其说是一种说服的艺术，不如说是一种防御的艺术，足见防御在联系弗洛伊德理论与文学修辞之间的重要性。

2. 对弗洛伊德的误读批评

随着布鲁姆对弗洛伊德理论研究的深入和他自己误读理论的独立成熟，对于这位前驱他已经不再满足于仅仅是研究分析，而是开始运用自己的理论来将弗洛伊德及其理论作为个案进行误读批评。他对弗洛伊德展开误读批评最鲜明的举措就是找出他的前驱，即影响弗洛伊德的人们，这些人中有恩培多克勒，有福柯，还有尼采，但是布鲁姆认为真正使弗洛伊德产生影响焦虑的是最伟大的"强力诗人"——莎士比亚。弗洛伊德在谈话和书信中或是在为精神分析学提供文学例证时常常引用莎士比亚，布鲁姆认为莎士比亚对弗洛伊德的影响要远大于《圣经》，因而莎士比亚是弗洛伊德不愿承认的父亲，他则通过对弗洛伊德逃避莎士比亚的细致分析来剥茧抽丝地证明这一点。

首先是弗洛伊德对莎士比亚作者地位的逃避。经过考证，布鲁姆发现弗洛伊德以各种形式表达莎士比亚不是莎士比亚的愿望，即否认莎士比亚的作者地位。他先是相信托马斯·卢尼在《莎士比亚考证》中认为假冒莎士比亚之名写作那些戏剧和诗歌的人是牛津伯爵，后来又相信别人认为莎士比亚这个名字是雅克·皮埃尔的化名的推测，而且弗洛伊德似乎有着接受对莎士比亚身份的任何暗示性质疑的倾向。在布鲁姆看来这是弗洛伊德对于这位前驱的防御，在否定其身份的同时逃避莎士比亚对他的影响而产生的焦虑："我们已经看到了弗洛伊德在莎士比亚问题上的焦虑，即使没有卢尼，他也会自己杜撰出一个牛津伯爵来。"①

其次是弗洛伊德在理论表述上对莎士比亚的逃避。弗洛伊德对于莎士比亚的误读当然主要的还是表现在他的理论中，他对这位前驱必须进行误读、反驳甚至揭露。"俄狄浦斯情结"可以说是弗洛伊德最为著名的术语之

---

① [美] 哈罗德·布鲁姆：《西方正典：伟大作家和不朽作品》，江宁康译，译林出版社 2005 年版，第 295 页。

一，而布鲁姆认为他为这一情节命名的过程也是在躲避莎士比亚的影响。在布鲁姆看来，弗洛伊德的理论中比精神分析疗法更具生命力的精髓在于其对人类心灵内部的分裂和内战的描述以及由此展开的自我分析，这种自我分析"需要依赖于某种戏剧范式以获得其连贯性，而弗洛伊德发现，这种范式就是欧洲浪漫主义通常在哈姆雷特身上找到的那种"。然而弗洛伊德受哈姆雷特的启发而得出的这种性格特性却被加上了潜在的弑父无意识而被命名为俄狄浦斯情结，布鲁姆认为"弗洛伊德将俄狄浦斯嫁接到哈姆雷特身上，主要是为了掩盖自己受益于莎士比亚的事实。弗洛伊德对这两部悲剧的类比实际上体现出他的严重误读"①。布鲁姆接着分析了哈姆雷特身上并没有所谓"弑父娶母"的俄狄浦斯情结，而是以内心有着激烈冲突和情感矛盾的王子形象而成为西方文化史上的一个性格典型。弗洛伊德真正感兴趣和想要分析的是《哈姆雷特》，而他选择的术语却不是"哈姆雷特情结"，其原因就在于"哈姆雷特情结会把令人畏惧的莎士比亚过近地拉进精神分析学这个母体；索福克勒斯则安全得多，因为他也被授予了古典源头的荣耀"②。在《释梦》的早期版本和1934年版本中，哈姆雷特的论述从一个注脚到被提入正文，这种改变也正暗示出弗洛伊德在这一问题上的犹豫。经过此番论证，布鲁姆更加肯定莎士比亚对弗洛伊德的影响，甚至直接认为哈姆雷特未曾有过俄狄浦斯情结，而弗洛伊德显然具有哈姆雷特情结，或许他的精神分析学就是某种莎士比亚情结。

对于弗洛伊德对莎士比亚的基本态度，布鲁姆总结为是"否定"，即某种被压抑的思想或情感只有以否定形式才能在理智上而非情感上被接受。弗洛伊德处于自我保护的动机否认莎士比亚的前驱地位，但是他又一直认同并分析着莎士比亚作品中体现的人性。因而布鲁姆总结说精神分析学在许多方面乃是对莎士比亚的简单化的戏拟，而莎士比亚可以说就是一位超验的精神分析家。

作为一个颇具个性的理论家，布鲁姆显现了他强大的误读修正能力，

---

① [美]哈罗德·布鲁姆：《西方正典：伟大作家和不朽作品》，江宁康译，译林出版社2005年版，第296页。

② [美]哈罗德·布鲁姆：《西方正典：伟大作家和不朽作品》，江宁康译，译林出版社2005年版，第299页。

在前人理论的视域下坚守自己的理论立场，在吸收活用已有成果的同时开辟新兴视角下的理论领域，并且反过来将自己的理论运用于对前人的批评，不能不说是将其误读理论发挥得淋漓尽致。对布鲁姆理论中弗洛伊德元素轨迹的这番描绘正是布鲁姆个性理论的个案体现，也说明了弗洛伊德作为布鲁姆前驱之一的独特重要性。难怪有学者认为照着布鲁姆在《弗洛伊德：一种莎士比亚式的阅读》一文中对弗洛伊德的逆反策略，我们可以以《布鲁姆：一种弗洛伊德式的阅读》为题来对布鲁姆施以同样的逆反策略，虽然这只是理论上的假设，却足以说明布鲁姆理论中弗洛伊德的特殊地位。

（原载于《山东社会科学》2010 年第 3 期）

历史书写元小说中的再现政治与历史问题

陈后亮

引　言

历史书写元小说是由加拿大著名后现代理论家琳达·哈琴（Linda Hutcheon，也译为哈切恩）提出的概念，用以指称那些在 20 世纪 60 年代后出现于欧美文坛的一种新型小说。她说："所谓历史书写元小说，是指那些名闻遐迩、广为人知的小说，它们既具有强烈的自我指涉性，又自相矛盾地宣称与历史事件和人物有关。"① "它不仅是彻底的自我关照的艺术，而且还根植于历史的、社会的和政治的现实之中。"② 像福尔斯的《法国中尉的女人》、库弗的《公众的怒火》和多克特罗的《拉格泰姆时代》等都是此类小说的典范。这些小说与此前流行的现代主义元小说既有相似点又有不同点。一方面，它们在文本的自我指涉性上比元小说有过之而无不及，对自身的虚构性毫不掩饰；但另一方面它们又不一味沉溺于语言游戏，而是如哈琴所说的那样，"将文本自身及其生产和接受的过程再度语境化，置入它们赖以存在的社会的、历史的、审美的和意识形态的整个情境之中"③。在这些小说中，历史、政治和现实这些传统小说热爱的题材以熟悉而又陌生的面孔重新出现，现代主义所宣扬的艺术自治似乎已失去魅力，更吸引人的却是后结构

---

① ［加］琳达·哈切恩：《加拿大后现代主义——加拿大现代英语小说研究》，赵伐、郭昌瑜译，重庆出版社 1994 年版，第 5 页。
② ［加］琳达·哈切恩：《加拿大后现代主义——加拿大现代英语小说研究》，赵伐、郭昌瑜译，重庆出版社 1994 年版，第 29 页。
③ ［加］琳达·哈切恩：《加拿大后现代主义——加拿大现代英语小说研究》，赵伐、郭昌瑜译，重庆出版社 1994 年版，第 40 页。

主义所主张的对语言、现实和历史之间关系的全新理解。在这里，历史、现实和艺术的话语纠缠在一起，历史和小说变得难以区分，现实和虚构也界限模糊。它们既不像现代主义元小说那样曲高和寡，也不像一般通俗小说那样难登大雅之堂，而是真正实现了雅俗共赏。前面列举的几部作品都在获得专业好评的同时登上畅销书榜。

近些年来，随着国内新历史主义小说的兴起，我国学者对这种历史书写元小说的关注也持续升温，有相当数量的研究成果被相继推出。但纵观这些成果不难发现，国内许多学者对"历史书写元小说"这一概念的具体内涵仍理解模糊，无法将它与一般元小说区分开，更有人常将其理解为"历史元小说"，轻率地忽略了"历史书写"（historiography）与"历史"（history）之间的根本差异。① 本文将通过对比考察西方近两个世纪以来的现实主义与现代主义艺术传统，从而把历史书写元小说置入更为广阔的社会历史空间，来发掘其真正的社会意义和艺术价值。

一、现实主义与再现

桑塔格在《反对阐释》一书中曾如此写道："事实上，西方对艺术的全部意识和思想都一直局限于古希腊艺术摹仿论或再现伦所圈定的范围。"② 的确，摹仿说虽是西方最早出现的文艺理论，但它对从古至今的艺术实践的影响却最广泛和持久。"从十五世纪到十八世纪，没有哪一个术语比摹仿更为常用，也没有哪个原则比这一原则更为普遍地得到采纳。"③ 虽然柏拉图曾一

---

① 比如陈世丹先生在《论冯内古特的元小说艺术创新》（《国外文学》2009 年第 3 期）一文中将冯尼古特的绝大多数小说都归为元小说，但在西方学界冯尼古特却是公认的历史书写元小说作家。按照哈琴的看法，元小说仍属现代主义文学范畴，而历史书写元小说则是后现代主义文学范畴。另外在李扬和李峰合译的哈琴代表著作《后现代主义诗学：历史·理论·小说》（南京大学出版社 2009 年版）中，以及在罗媛的《追寻真实——解读朱利安·巴恩斯的〈福楼拜的鹦鹉〉》（《当代外国文学》2006 年第 3 期）一文中，"historiographic metafiction" 这一关键术语都被翻译为"历史元小说"，而这很容易让人误以为其英文对应词当为 "historical metafiction"。

② [美] 苏珊·桑塔格：《反对阐释》，程巍译，上海译文出版社 2003 年版，第 4 页。

③ [波兰] 符·塔达基维奇：《西方美学概念史》，褚朔维译，学苑出版社 1990 年版，第 372 页。

度贬低艺术的摹仿作用，认为"摹仿术离真理距离很远……因为它只涉及一小部分对象，而这一小部分也还只是幻影"①。但亚里士多德却为摹仿说作辩护。他主张："摹仿就是使事物或多或少地要比其本身更美，模仿可以使事物呈现出它们能够而且应当是的那个样子；摹仿能够（而且也应当）限于事物一般的、典型的和本质的特征。"② 按照亚氏的理解，艺术就是对真实世界的复制和再现，可以帮助人们以理性的方法来深化对世界的认知，来获取更高层面的真理。自此之后，绝大多数艺术家便把再现现实人生当作首要创作命题。尤其是经过新古典主义的强化以后，有关摹仿和再现的一些基本假设便成为不正自明的前提，即，外部世界的存在是确定无疑的，我们对它的直接经验也是真实可靠的；世界和经验都是可以传达的，作为中介的语言则是透明中立的；现实的表象可能混沌无序，但其深处一定隐藏着不变的真理和意义；历史和文学的目的都是为帮助我们发掘这些真理和意义，尽管它们各自使用的方式不同。按照亚里士多德的区分，文学与历史的差别在于"一个叙述已发生的事，一个描述可能发生的事"。文学不像历史那样只是如其所是地针对个别已发生的事，而是根据可然率和必然率来描写更具普遍意义的事，因此它比历史更能显示事物的本质和规律，有更高的真实性。

在再现观的影响下，艺术是生活之镜成了现实主义艺术家最常用的比喻之一。司汤达曾写道："一部优秀的创作犹如一面照路的镜子，从中既可以看见天空的蓝色，也可以看见路上的泥塘。"③ 这可以说代表了大多数现实主义小说家的创作理想。他们力图使小说成为世界的窗户，透过它人们可以了解整个社会的风俗史。按照艾布拉姆斯分析，"现实主义小说就是要带来这样一种效果，即它再现了生活和社会世界，让普通读者感觉那些人物角色真实存在，那些事件确曾发生"④。这就要求作者在题材选取、情节组织和写作技巧等方面尽量做到细致贴切，不能有违背常识、不合逻辑的地方。为此

① ［波兰］符·塔达基维奇：《西方美学概念史》，褚朔维译，学苑出版社 1990 年版，第332 页。
② ［波兰］符·塔达基维奇：《西方美学概念史》，褚朔维译，学苑出版社 1990 年版，第364 页。
③ 转引自马新国《西方文论史》，高等教育出版社 2002 年版，第 230 页。
④ ［美］M. H. 艾布拉姆斯：《镜与灯——浪漫主义文论及批评传统》，郦稚牛等译，北京大学出版社 2004 年版，第 260 页。

作者经常要在小说封面或序言里加上一条醒目标识，说明本故事源于某人真实经历等等。另外作者一般不能在书中现身，就像福楼拜曾说的："（艺术家）不该暴露自己，不该在他的作品里露面，就像上帝不该在自然中露面一样。……至于泄漏我本人对所造人物的意见，不，不，一千个不！我不承认我有这种权利。"① 这就是后来批评者所说的"现实的幻象"，好像作者只是客观报道了真实的事情，一切可由读者自主评判似的。

传统历史写作也遵循着同样的现实主义原则。按照一般理解，历史就是过去发生事件的总和，史学家的任务就是根据历史遗留下来的档案材料来梳理和发掘其中的意义，为后人总结经验教训，鉴往知来。特别是在黑格尔历史哲学的影响下，有关历史发展的进步论和目的论成为指导史学研究的不易法则。人们相信，尽管历史事件表面看来杂乱无章，但在其深处一定隐藏着某种客观联系，它作为整个客观精神运动的一部分，有着开始、过渡和结局。我们常说历史的车轮滚滚向前、不可阻挡，其中就暗含着这种历史逻辑。历史学家们声称，他们保证客观地还原了历史的原样，尽管受某些限制他们可能无法洞悉全部规律，但只要做到秉笔直书，事实本身自会说话。史学家所做的就是让事实及其联系和意义通过史家技艺展现于史料之上。19世纪法国著名史学家古朗治的一句话颇具代表性，他说："请不要为我鼓掌，不是我在向你们讲话，而是历史通过我的口在讲话。"②

但与此同时，历史小说的悄然兴起又让人们困惑不已。很多作家以艺术的手法演绎真实历史事件，在给人带来乐趣同时也让人怀疑其真伪。其中最著名的要算英国小说家司格特了。他相信，自己的历史小说虽不能和历史记载完全相符，但在展示事件意义和历史必然性方面却更胜一筹。他常在小说序言里声明在哪些地方对史实作了艺术加工，并在后面详细介绍历史原貌，让读者自己在史实与虚构之间作出选择和评判。还有一些历史小说家则会像写学术论文一样为小说添加注释，使其显得真实严谨，其中最夸张的就是布尔加林（Bulgarin）于 1830 年创作的《冒名顶替的骗子》（*Dimitrii the Impostor*），书中竟有 218 个注释。依靠亚里士多德为他们做的辩护，历史

---

① 转引自伍蠡甫《西方文论选》下卷，上海译文出版社 1979 年版，第 210—215 页。
② 转引自彭刚《叙事的转向——当代西方史学理论的考察》，北京大学出版社 2009 年版，第 158 页。

小说家们声称他们要揭示的是时代精神和历史意义，而具体人物和事件不过是辅助工具，为此他们有必要对史籍材料做些挑选，清洗掉那些偶然和琐碎的信息，就像当年拉热奇尼科夫（Lazhechnikov）所说的："历史小说家不应做数据的奴隶。他必须只忠实于时代的人物和它的推动者，那才是他描写的对象。他的任务不是去搜罗一切乌合之众，去费力地复述一个时代与其推动者的生活之间的所有联系。那是史学家的事。"

　　尽管历史小说在 18 至 19 世纪取得巨大成功，出现了像司格特、雨果和大仲马这样的杰出作家，但同时代的评论家们却对它反应冷淡。根据波恩鲍姆（E. Bernbaum）的研究，我们现在几乎找不到任何当时著名评论家（比如柯勒律治和海兹利特等）对它作出的评论。原因就在于当时人们还是相信文学和历史之间应该有明确的界限，一个是事实，一个是虚构，"历史小说"这个说法本身似乎就有矛盾。就像当年佐伊勒斯（Zoilus）抱怨荷马史诗《伊利亚特》一样，"我越把它当历史，我越发现诗的影子；而我越拿它当诗，却又越发现历史事实"。不过虽有如此不满，但人们还是有如下共识，即，历史和小说都是对事实的再现，只是再现的程度和方式有所不同。虽然有关二者孰优孰劣的争论从古希腊开始就没停息，但这个共识还是一直被保留下来。不过到了 20 世纪，它将面临根本挑战。

二、现代主义与反再现

　　浪漫主义者曾经试图去反叛上述这种现实主义的再现观。他们从柏拉图那里找来理论依据，认为可听可见的外界事物并不真实，最高意味的真实只在人心里，并不寓居于表象事物之中，因此艺术就不应简单反映外在事物，而应忠实于表现人的内在心灵。艺术家所应该做到的"并不是按事物的本来面目加以表现……而是按照事物存在于感觉和情感中的外表来表现事物，按照'真正的想象'所作用的那样来表现事物"①。但是就在浪漫主义高举表现的大旗来反对再现的同时，现实主义的艺术原则却在自然主义那里得

----

① ［美］M. H. 艾布拉姆斯：《镜与灯——浪漫主义文论及批评传统》，郦稚牛等译，北京大学出版社 2004 年版，第 375 页。

到最彻底的贯彻。在左拉等自然主义者看来，艺术家只需做生活的纪录员，"不插手于对现实的增删，也不服从一个先人观念的需要从一块整布上再制成一件东西。自然就是我们的全部需要——我们就从这个观念开始；必须如实地接受自然，不从任何一点来变化或削减它……我们只需取材于生活中一个人或一群人的故事，忠实地记载他们的行为……"① 因此，在现代主义者眼里，浪漫主义对现实主义再现的反叛根本就是不成功的，它只不过把再现的对象由外部现实转向内在心灵而已，同样还迷恋于一个关于真实再现之可能性的神话，故而才招致现实主义更猛烈的反扑。从现代主义开始，反叛的焦点将会集中于再现的不可能性。

著名现代主义艺术评论家格林伯格（C. Greenberg）曾注意到，随着理性主义和市民社会在 17 世纪的兴起，西方艺术便开始"倾向于试图通过压倒媒介的力量来实现幻觉的现实主义"。当模仿说占据统治地位时，人们的兴趣被集中于艺术品的题材和内容而忽略其形式和表现媒介，就像艾布拉姆斯所总结的："它促使人们将作品中明白表现现实世界的那些成分与其他被认为只起'装饰作用'的、给读者以更大快感的言语性、想象性成分一分为二地对立起来，并促使人们潜心追求艺术的'真谛'，追求艺术与其应当反映的事物之间的某种一致性。"也就是说，它使人们只关注于艺术表现的内容，却忽略了艺术表现的媒介和过程，似乎它们根本不存在。比如很少有观众会注意达·芬奇的《蒙娜丽莎》使用了何种绘画材质、罗丹的《思想者》若使用花岗石是否会比青铜有更好表现效果等等。但自从 19 世纪末印象主义开始，"各门艺术之中都有的一个共同倾向是扩充媒介的表现潜力，不是为了表现思想和观念，而是以更为直接的感受性去表现经验中不可复归的因素"②，格林伯格称之为"从精神向物质的逃离"，其最极端的表现就是抽象表现主义绘画。在波洛克的《薰衣草之雾：第一号》中，观众再也找不到传统绘画中熟悉的形象、题材和思想，满眼只是质感极强的颜料、花布和线条等。

文学当中也有类似的情况。作家们也逐渐把关注的焦点转移到文学艺

---

① 转引自伍蠡甫《西方文论选》下卷，上海译文出版社 1979 年版，第 248 页。
② [美]克莱门特·格林伯格：《走向更新的拉奥孔》，易英译，《世界美术》1991 年第 4 期。

术的媒介——语言——上。从象征主义开始，语言日益跳到文学表演的前台，强烈要求读者注意到它的存在。在索绪尔结构主义语言学的影响下，人们开始强调语言与现实之间不存在指涉对应关系，语言的运作靠的是符号之间约定俗成的系统差异，而非有赖于外部世界的授权，因此作家再也无须迁就于客观现实。特别是在布莱希特、马尔库塞和罗兰·巴特等先锋理论家的鼓动之下，现代艺术家开始激进地宣称现实主义是一种不健康、不道德的写作，它掩饰了自身的虚构性，妄称它所再现的就是客观现实，这客观上也就把资本主义社会的丑恶现实当作既定前提保留下来，成为现实体制的粉饰和附庸。它以简单手法将艺术内容加工成易于消化的庸俗制品提供给急需排解无聊时间的大众，在给他们带来廉价愉悦的同时也使其日益变得被动麻木，对艺术的感受力也愈加降低。一切现实主义的再现都不过是统治阶级拉拢和哄骗受压迫阶级的美学代理而已，它可以让人在舒舒服服地接受艺术再现的内容的同时也将本来难以容忍的社会现实自愿接受下来。由此我们不难理解为什么在 17、18 世纪英国国内资本积累和海外殖民扩张最为迅速的时代恰好也是现实主义文学最繁荣的时期，它们在相当程度上成了帝国大厦的社会稳定器。布莱希特曾为此谴责过那些现实主义的戏剧："观众沉浸在眼前的现实中，他的批判力也就被麻醉了，由此不再能想象眼下还能有什么其他行动的可能。它们被感受为真实而非虚构。也就是说，由于其现实的幻象，舞台上的世界被伪称为真实的经历，于是导致革命的反叛行动不再可能。"

　　巴尔特对"可读的（lisible）"与"可写的（scriptible）"文本所做的区分颇具影响力。前者基本上指现实主义作品，它把读者当消费者，同时它对再现现实的要求也暗合了资本主义社会的结构逻辑。后者基本指现代主义作品，它把读者当成生产者，在拒绝现实主义传统的同时也拒绝了资本主义社会的合法性前提。作者 / 读者、生产者 / 消费者和资产阶级 / 无产阶级的区分具有某种内在的结构对应关系。巴特认为，"现在文学作品的目的就是要把读者从文本的消费者变成生产者"。德里达也区别了两种不同的阅读方式，"一种试图并梦想对处于自由游戏之外的真理或本原进行解码……另一种则再也不向本原寻求安慰，而是肯定自由游戏，并试图超越人类和人本主义"。阅读和阐释不再是对文本探本求源，而是要从根本上认识到在文本的迷宫中心只是一个空洞，就像一个洋葱头一样"有许多层构成，里边到头来并没有核心，没有隐私，没有不再简约的本原，唯有无穷层的包膜，其中包含着的只是它本身表层的统一"。文本成了能指的海洋，每一个所指都不过是另一个能指而已。这在乔伊斯的《芬尼根的觉醒》中得到最形象的说明。

元小说正是这种新的写作和阅读意识的产物。这种小说的特点被帕特里夏·沃（Patria Waugh）概括为"对创作想象力的颂扬和对自身再现能力的不确定；对语言、形式和写作行为极度的自我关注；对小说与现实之间关系的无所不在的踌躇；戏仿、游戏或过度故作幼稚的写作风格"。与现实主义作家不同，元小说作家不再妄称其作品是对现实的真实再现，而是干脆坦白自己不过是虚构，并对前者声称语言可以指涉、通达现实的信念深表怀疑，同时还将这种怀疑清晰展示给读者。他们打破传统小说的一切惯例，将情节安排、人物塑造和艺术理想这些传统创作语汇全部抛弃，就像费德曼（R. Federman）曾说的："在未来的小说中，一切对真实与想象、意识与无意识、过去与现在、真实与非真实所作的区分将被废除……小说的首要目的将是暴露自身的虚构性。"现实主义作家愿做小说中隐身的上帝，元小说作家却更愿直接现身。他时而与小说人物商讨未来情节发展，时而邀请读者一同决定某个人物命运，时而又变成评论家对自己刚刚完成的某段文字评头论足。他将自己在创作中的每张牌都摊开在桌子上让读者一目了然，知道作家也并非如以往设想的那样无所不能、洞察秋毫，也并非对世界和生活有超乎寻常的把握，他们在写作中也无时不和普通人一样犹豫不决、前后矛盾、左顾右盼、自暴自弃……在如此破除现实主义的幻象的同时，他们还希望一并破除人们对资本主义社会现实的留恋和容忍。

然而正是在这种社会政治的层面上元小说又表现出了某种悖论。一方面，作为整个现代主义先锋运动的一部分，它把传统现实主义看作是"虚假的、服从的、舒舒服服接受和创造的艺术，是艺术与现存状态的虚伪结合，对压迫条件的美化与粉饰"[①]。它渴望通过激进的艺术实验来对抗资本主义庸俗文化，有意让艺术变得艰深晦涩、不落俗套，以此来唤起观众的"新感性"。他们相信："艺术在文化革命的社会远景中扮演着关键角色，但绝非那

---

① ［美］马尔库塞：《作为现实形式的艺术》，王治河译，载《艺术的未来》，广西师范大学出版社 2001 年版，第 97 页。

种政治鼓吹或社会主义现实主义艺术的角色……激进的变革要求粉碎现实主义的感觉形式……通过拒绝做自然之镜，摧毁对稳固自然的观念本身，艺术打击了统治制度在心理上和经验上的基础。"艺术由再现的现实主义到反再现的现代艺术的发展是一条通往主体解放之路，"通过一种新的感性和感受性使灵与肉获得解放，彻底抛弃支离破碎的经验和残缺不全的感性"。① 但另一方面，对艺术形式的极端关注又使他们的小说变成高度自闭的文本，与外部世界的联系被切断。在这里，没有政治斗争和阶级压迫，只有无休止的能指游戏。马尔库塞会说单纯艺术形式的革新就足以保证其文化政治上的反叛性，但完全非再现的艺术还是让人怀疑它到底是在批判现实还是在逃避和否认现实。元小说作家们虽然也曾邀请读者参与文本游戏，但后来又明显展示出反沟通主义的倾向，其过快的先锋步伐只能让读者选择放弃。就像《芬尼根的觉醒》这样的作品，除了极少数研究专家外又有多少人真正读过？

三、来自新历史主义的影响

从象征主义一直到元小说，整场现代主义运动可以说就是一场形式对内容的反叛。或许是现实主义统治的时间太长，给文学加载了太多政治、道德和历史的责任，才导致这场对内容的叛离持续近百年。世界、现实和历史成了文学研究和写作中受冷落的灰姑娘，语言、修辞和文本占据艺术家和批评家的心灵。但是时过境迁，从 20 世纪 60 年代以后，一场新的转变又开始了。正如米勒（J. H. Miller）所观察到的，"过去几年，文学研究经历了一次突变……即不像以往那样关注语言文本，而是相应地的转向历史、文化、社会、政治、体制和性别局限、社会背景以及物质基础"②。

然而有趣的是，当文学研究由语言转向历史的时候，历史研究却在由历史转向语言。许多史学家们关注的焦点不再是考据史实或收集史料，而是去探究语言在历史研究和历史书写（historiography）过程中到底发挥了什么

---

① [美] 马尔库塞：《作为现实形式的艺术》，王治河译，载《艺术的未来》，广西师范大学出版社 2001 年版，第 93 页。

② 转引自张中载等《二十世纪西方文论选读》，外语教学与研究出版社 2002 年版，第 596 页。

作用。毕竟，"历史只有通过语言才能接触得到，我们的历史经验与我们的历史话语是分不开的"①。叙事和修辞是否像传统史学所辩称的那样只起润色和修饰作用而不会干扰真实内容？历史书写和文学书写之间到底有无根本差异，是否如同以往所说的那样"一个是事实、一个是虚构"？史学家是否单凭自己的意愿、信念和良好的职业素养就能保证研究的客观公正？是否还存在一些他自己根本意识不到的结构规则在根本左右着他的工作？这些问题在海登·怀特看来远比去弄清一两个史实更值得讨论。而他的回答更是让传统史学家震惊不已。他说："每一部历史都首先和首要的是一种言辞制品，是某种特殊类型的语言使用的产物。如果说历史话语所生产的是某种特定知识的话，那就首先必须将其作为一种语言结构进行分析。"②

如前所述，受黑格尔历史哲学影响，传统历史研究把整体论、因果论、目的论和进步论作为根本原则，把"秉笔直书"和"让事实说话"当作职业信念。但就像卡尔所言："事实本身要说话，但只有历史学家要它们说，它们才能说；让哪些事实登上讲坛说话，按什么次第讲什么内容，这都是由历史学家决定的。……相信历史事实的硬核客观地独立于历史学家的解释之外，这是一种可笑的谬论。"③ 在怀特等新历史主义者看来，历史中根本没有什么"事实（fact）"，而只有杂乱无章的"事件（event）"。只有那些被史学家按照一定的逻辑刻意挑选出来并编写进一个完整的叙事框架（比如喜剧的、悲剧的、浪漫的或反讽的等，这取决于从哪个角度来看）内，从而被赋予某种意义或重要性的事件才会成为事实。因此"一切过去的'事件'都是潜在的历史'事实'，但真正成为'事实'的只能是那些被挑选出来并得以叙述的。……哪些成为事实就要看历史学家所处的具体社会文化语境而定"。由此看来，叙事和修辞绝非历史书写中可有可无的配角，而是像盖伊（Peter Gay）所说："没有分析的历史叙事是琐碎的，没有叙事的历史分析是不完整的。"如果我们直接去阅读最原始的历史文献，比如那些年鉴或宫廷档案，

---

① [美] 海登·怀特：《后现代历史叙事学》，陈永国、张万娟译，中国社会科学出版社 2003 年版，第 292 页。

② 转引自彭刚《叙事的转向——当代西方史学理论的考察》，北京大学出版社 2009 年版，第 6 页。

③ 转引自彭刚《叙事的转向——当代西方史学理论的考察》，北京大学出版社 2009 年版，第 140 页。

便很难从中发现事件之间存在什么联系，它们似乎只是一件"接着"一件地发生。但到了经过历史学家修撰的史书里面，事件却变成一件"导致"另一件发生，因果关系使得一切变得一目了然，本来微不足道的某个"事件"突然变成决定历史走向的重大"事实"，它的意义也就被神奇显现了出来。怀特认为，我们千万不要以为那些因果和意义本来就隐含在事件之中，是史学家把它们发掘了出来；相反，"任何历史地再现都必须被视为语言、思想和想象的建构，而非是对假定存在于历史事件本身的意义结构的报道"。①

由此看来，历史与文学之间并不像人们想象的那样相隔遥远。历史具有文本性，而文本也具有历史性。"以前对文学文本的批评方法是先假定文本具有某些普适的价值和永恒的真理要去传达，而新历史主义批评却试图把文学文本解读为特定历史条件下的物质产品。"受福柯等后结构主义者影响，新历史主义把话语权力解读为一切文本赖以生成、存在和被阐释的最重要的语境，而文本也就被视为是这些权力关系能够得以被昭白于世的空间。前文曾提到，历史小说家常公开承认自己对史实所做的艺术加工，去除了某些不适宜的"杂质"。既然史学家同样也对史料去芜存菁，就像文学家一样虚构了事件的起因、发展和结局，那他为何不愿公开承认这一点呢？其实，文学和历史从一开始就是同根所生，不然我们怎么会有"史诗"呢？只是随着理性主义和实证主义的兴起，历史日益被划为客观知识的领域，文学的因素便被压制下去，"史学中的讲故事长期以来就被剥夺了对历史事件进行解释的传统功能，而只起到比较谦逊的解释和说明作用"②。怀特认为，现在我们重新认识到历史中的文学因素并不是贬低了历史学的地位，还原历史学对事实的建构本质只是要告诉人们："历史，作为在时间中出现的现实世界，对于历史学家、诗人及小说家来说，理解它的方式都是相同的，既赋予最初看起来难以理解的和神秘的事物以可辨认的形式……到底世界是真实的或只是想象的，这无关紧要；理解它的方式是相同的。"③ 中国自古就有文史不分家之

① ［美］海登·怀特：《后现代历史叙事学》，陈永国、张万娟译，中国社会科学出版社2003年版，第483页。

② ［美］海登·怀特：《后现代历史叙事学》，陈永国、张万娟译，中国社会科学出版社2003年版，第345页。

③ ［美］海登·怀特：《后现代历史叙事学》，陈永国、张万娟译，中国社会科学出版社2003年版，第190页。

说，想想二十四史中有哪一部不是身兼两任的文学家和史学家书写的？所谓的"春秋笔法"又是什么意思？

如此一来，历史小说这种一度不被评论家所待见的文学体裁便获得了前所未有的合法性。相比之下，它甚至比历史文本更直率可取，因为后者一度宣称自己只讲述和再现史实。历史学家对现实主义的承诺掩盖了在历史实践中原始史料是如何变为证据的，以及历史是如何被组合成文本的。按照巴尔特的看法，他们最常用的手法就是故意隐去叙述主体，把事件按照特定顺序排列，似乎一切都是在按照某种客观必然逻辑在自主展开，"似乎历史在自说自话"。所以伯克霍夫（R.F.Berkerhofer）才会谴责说："历史现实主义的文字工作是使阐释的结构看起来就是事实的结构。它想使读者产生一种印象，即，事实的结构就是表现的结构……这种表现和指涉性的融合的目的就是为了传达现实主义的幻觉。"① 清代文学家方苞尝说："一室之事，言者三人，而其传各异。""言语可曲附而成，事迹可凿空而构，其传而播之者未必皆直道其行也。"② 既然历史学不可能纯然像自然科学那样客观，那它就不单是一个探讨有关过去知识的领域，更是一个为争夺历史意义解释权的政治角斗场。

四、历史书写元小说与晚期现代主义元小说的差异

国内外有许多研究者都把元小说看作是后现代主义文学，这种观点颇有不妥。就像詹克斯（C.Jencks）曾说的："戴维斯（Davis）、古德博格（Goldberger）、福斯特（Foster）、詹姆逊、利奥塔、鲍德里亚、科洛斯（Krauss）、哈桑以及许多人所说的'后'现代主义都不过是'晚期'现代主义（Late-Modernism）。"相比之下，笔者更认同哈琴的观点，即元小说仍属晚期现代主义的范畴，它把后者对自我形式的关注发挥到了无以复加的地步，比如美国的超小说派和法国的新新小说派。元小说最常见的定义是"关

---

① ［美］罗伯特·伯克霍夫：《超越伟大故事：作为文本和话语的历史》，邢立军译，北京师范大学出版社 2008 年版，第 100 页。

② 转引自彭刚《叙事的转向——当代西方史学理论的考察》，北京大学出版社 2009 年版，第 122 页。

于小说的小说"，"它将小说的创作、阅读和批评视角融为一体，提醒读者注意其语言虚构本性，从而与那种对小说人物和情节缺乏自我意识的认同拉开距离。与此同时，它也使读者意识到自己在阅读和参与文本意义生成过程中的积极角色"。这种小说也常被叫作"自我意识小说（self-conscious novel）"，哈琴则更形象地称之为"自恋的小说（narcissistic novel）"。就像希腊神话中的那喀索斯少年一样，由于过度迷恋自己的身影而导致死亡，不过在他死后其灵魂却化作美丽的水仙花活了下来。在哈琴看来，真正的后现代主义小说——历史书写元小说——正是这死而后生的水仙花。

詹克斯在总结现代主义建筑运动失败的原因时认为，"部分在于它没有跟使用者进行有效沟通，部分在于它没能跟城市和历史建立有效联系"。而这也正好说明晚期现代主义元小说的根本问题，即它对待历史、现实和接受者的态度和方式上。对现代主义者来说，历史是他们亟待从中醒来的梦魇，就像《一个青年艺术家的肖像》中的戴德勒斯一样，他们恨不得能肋生双翅，把可恶的历史远远抛在身后。革新和前卫成为刺激他们不断向前的动力，使其很快便耗尽了几乎所有可能的艺术形式。概念艺术的出现似乎便预示着再无形式花样可以操作。另一方面，在对待现实上，由于他们坚持语言的自我指涉和艺术的非再现性，便只剩下不及物的能指符号可以使用。现实的一切成为唯恐避之不及的病毒，一旦沾染上便会被指责为资本主义体制的同谋。最典型的表现就是《芬尼根的觉醒》了。在这部长达 600 页的小说中，除了语言无穷尽的自我指涉、自我增殖和自我游戏外，我们找不到任何现实的影子，小说成了谁也难以走出的语言迷宫。最后，这样的元小说也就冷落了读者。如前所述，元小说最初曾以积极的合作意愿标明自身的，但到了《芬尼根的觉醒》这样的阶段，读者恐怕是想参与也参与不进去了。

也正是在这三个方面，历史书写元小说与纯粹的元小说有了明显差异。首先是它对待历史的态度。沃曾指出："小说的未来将有赖于对传统惯例的转换而非抛弃。……当代激进元小说写作对有关小说本性的教谕是：不管是现代主义还是现实主义的教训，都不能被轻易忘记。"于是在历史书写元小说这里，我们看到一切现实主义与现代主义的风格和技巧都被再度启用，熟悉的形式频频出现。当福尔斯的《法国中尉的女人》乍一面世时，许多读者和评论家都欢呼现实主义的复兴。但很快他们就意识到事情没那么简单，因

为它在仿效现实主义传统时也在肆意对其提出质疑，随处可见的元小说痕迹
又在提醒人们它既非那种简单再现世界的窗户也非自我指涉的迷宫。但它也
没有简单否定二者，而是"既沿袭又妄用小说语言和叙述的传统，借以对现
代主义的形式主义观念和现代主义再现论提出疑问"①。用巴斯（J. Barth）的
话来说，这是在"沿着传统的脉络造反"。而在文丘里（R. Venturi）那里就
成了"非传统的运用传统……利用传统部件和适当引进新的部件组成独特的
总体"。

　　其次是它对待现实的态度。现代主义对待现实是虚无主义的，其登峰
造极的自我再现观认为没有什么在场之理，也没有什么外部真实能够验证
假设，有的只是语言的自我指涉。这就是我们常说的文本主义（textualism）
或泛语言论（pan-linguisticism）。历史书写元小说却没有这样否认现实，因
为它知道："一部小说绝不仅仅是语言和叙述的一个自律的结构，它还自始
至终受到它的语境（社会、历史和意识形态）的制约。"②它只是对我们以往
声称的现实的给定性、直接性和明晰性以及语言对现实的再现能力提出质
疑。现实无论如何也不是抽象语言的织体，但却是物质的语言——话语——
的建构。历史书写元小说的作家们之所以要在小说中既树立现实主义的幻
象，又着意以清醒的自我意识将之戳破，就是要引导读者去一同反思话语和
权力在构造我们的日常现实时所发挥的作用。就这样，"恰恰由于这些元小
说的策略武器——初看起来像是把文本牢牢包裹在远离当代现实的封闭世界
里——反而使它与那个现实有了更贴近的联系"。

　　再次是它与读者的关系。沃曾指出："当作为创造性或实验性的形式或
语言被提供给观众时，它们不应该显得如此陌生以至于完全超出了既有的交
流模式，否则这种小说便会被视为不值一读而遭到拒绝。其中必须要有某种
层面的熟悉度才行。"这正是历史书写元小说从晚期现代主义元小说那里得
到的启示。它不再一味沉溺于文本的自我迷醉，而是时刻不忘把目光投向自
身所处的现实环境，把来自社会各个层面的语码——不管是主流的还是边缘

---

① ［加］琳达·哈切恩：《加拿大后现代主义——加拿大现代英语小说研究》，赵伐、郭昌瑜
　　译，重庆出版社 1994 年版，第 24 页。
② ［加］琳达·哈切恩：《加拿大后现代主义——加拿大现代英语小说研究》，赵伐、郭昌瑜
　　译，重庆出版社 1994 年版，第 104 页。

的、高雅的还是通俗的、传统的还是现代的——统统纳入其中，以照顾到各种欣赏口味。批评者可能会说这是变相的剽窃，"从世界文化中取材，向偌大的、充满想象生命的博物馆吸取养料，把里面所藏的历史大杂烩，七拼八凑地炮制成为今天的文化产品"。但其辩护者却认为这是在以反讽和戏仿的方式向传统表达敬意，是通过赋予旧形式以新意义来显示其对历史的批判性继承。多倾听来自大众的、地方的和边缘人群的声音，以一个生活的积极参与者的身份融入周边环境，而非像现代主义者那种傲慢的精英主义姿态，把普通读者看作庸俗的、无法自救的芸芸众生。多克特罗曾表示，他要创作的小说必须是"既有政治上的关联性，又有美学上的复杂性，而且还要有趣"。于是，像《芬尼根的觉醒》那样只合少数人口味的阳春白雪少了，而像《玫瑰之名》（*The Name of the Rose*）这种雅俗共赏的作品多了。埃科（U. Eco）的这部历史书写元小说自 1980 年问世至今，在让无数专家学者为之着迷的同时，也已被翻译成近 40 种语言、创造了 1600 万册的销售奇迹。

五、关于历史的问题学：走进历史还是思考历史

以历史书写元小说为代表的后现代文学虽已取得巨大成就，但也招致各种批评，最主要的就是对其反历史、反现实、因而也就是逃避政治的倾向的谴责，其中詹姆逊最有代表性。他说："后现代给人一种愈趋浅薄微弱的历史感，一方面我们跟公众历史间的关系越来越少；而另一方面，我们个人对时间的体验也因历史感的消退而有所变化。"在他看来，历史书写元小说正体现了后现代文化无法应对历史的危机。它不能反思历史，便只好拿历史的幻象来应付，"它已经不再以重现历史过去为己任；它所能承担的任务，只在于把我们对于过去的观念以及观念化的看法'再现'出来"。他还点名批评了多克特罗的《拉格泰姆时代》，认为其"精神分裂式的"叙事风格让读者根本无法获得完整的阅读体验，他们所能接触到的完全是一堆凌乱不堪的叙事链条，形不成连贯的意义。因此"读者在阅读时实在无法体验到具体的历史境况，主体也实在无法稳然屹立于扎实的历史构成之中"。而来自艾伦·伍德（E. Wood）的批评声音更为严厉。他说："后现代主义者们心里只有语言、文化和论述。对他们中的一些人来说，这似乎就是说人们及其社会

关系完全是由语言而不是其他什么东西构成的","后现代主义知识分子们暴露出了他们是群根本不顾历史事实的人"。

　　然而，所有这些指责都是混淆了作为晚期现代主义的元小说与作为后现代主义的历史书写元小说的缘故。就像哈琴所说："后现代小说并没有切断与历史和世界的关系，它只是凸显并以此来挑战那种有关（语言再现与世界和历史之间）无缝对接的设想的惯例性和未被招认的意识形态，同时要求读者去反思我们借以对自身再现自我和世界的过程，从而认清我们在自己的特定文化中对经验加以理解并建构秩序的那些方式。"对真正的后现代主义者来说，一切再现的方式——不管是文学的还是历史的——都是深深植根于意识形态的，他们不可避免地与现实社会的权力关系交织在一起。盲目迷信再现的纯洁性或许正是导致受压迫者难以摆脱对自身不利的环境的根本原因。通过质疑历史、现实和再现这些以往被人们想当然地接受的观念，就可以将看似自然的东西去自然化，将看似神秘的东西去神秘化，从而"使那些受压迫的人和被剥削的人通过对他们在社会中的不利地位与那些有权力的人的地位的理解而获得力量"。①

　　詹姆逊认为历史无论如何也不是后现代主义者所理解的那样，因为"历史既不是文本也不是叙事"，相反，"历史是痛苦之根源"，它的血腥与凝重只允许我们以严肃认真的态度去回溯和总结，去探究历史规律和学习历史经验，从而更好地指导现实。他感慨于后现代主义不断侵蚀着人们日渐淡薄的历史感，所以才呼吁人们要"永远历史化"，唯有如此才能走出历史的失重状态再度走进历史。但在后现代主义者看来，在人们再度走进历史之前最好先对历史观念本身提出疑问：历史是什么？是过去的事实还是对事实的话语建构？是谁出于什么目的而讲述的谁的历史？历史书写元小说就是这样一股反思历史的力量，一种关于历史观念的问题学。它的信念就像多克特罗所指出的："一本书可以影响意识——影响人们思考、进而去行动的方式。"

（原载于《当代外国文学》2010 年第 3 期）

---

① ［美］罗伯特·伯克霍夫：《超越伟大故事：作为文本和话语的历史》，邢立军译，北京师范大学出版社 2008 年版，第 342 页。

论杜夫海纳美学主体间性思想的三重维度

尹　航

法国美学家米盖尔·杜夫海纳对审美经验的思考，始终建基于富有主体间性意义的审美知觉意向性上，在共时往返于审美经验活动的两个相关项——审美对象及审美知觉之间的"现象学循环"中进行。它着重考察的是在这种循环描述与相互阐释的语境下，审美对象和审美知觉相遇对话、交互生成、你中有我、水乳交融的关系和主体间关联，蕴含着丰富而深刻的美学主体间性思想。这一思想又是在审美知觉意向性的思维模式之内，通过三个层层深入的关系维度和逻辑阶段渐次展开的，体现出深刻而多元的思想内涵与理论维度。作为较早被引入我国的现象学美学家之一，杜夫海纳的美学思想在我国学术界虽已得到较为广泛而深入的研究，但这些研究几乎都集中在基本理论介绍、现象学方法研究、基本概念阐释及与其他美学理论或中国美学比较研究等几大方面，尤其注重对审美经验现象学的意向性两极——审美对象和审美经验加以分别研究，却罕见对其理论整体呈现的主体间性思想及其内在维度进行自觉的探讨和揭示①。事实上，审美经验现象学的理论大厦恰恰是在这种主体间性的思维模式与思想倾向中被精心构筑的。主体间性思想，正是理解杜夫海纳美学理论的一把钥匙，是把握其审美经验现象学精髓的关键。

---

① 苏宏斌专著《现象学美学导论》（商务印书馆 2005 年版）将杜夫海纳美学纳入现象学美学整体网络深入考察，并用一整节的篇幅揭示了其审美经验的主体间性（同时参见苏宏斌《论现象学的主体间性文艺思想》一文，载《华中师范大学学报》（人文社会科学版）2005 年第 1 期），但仍停留在对象"准主体"与欣赏主体的交往方面，未能揭示出作为杜夫海纳主体间性整体构思的审美知觉意向性，及这一意向性结构下主体间性思想的多重维度和全面展开。

一、审美知觉意向性：杜夫海纳美学主体间性思想的整体构思

作为以现象学方法研究美学的理论家，杜夫海纳将胡塞尔的意向性理论作为其审美经验现象学的方法论基础。胡塞尔主张"回到事物本身"，通过研究本体与本质相同一的现象来达到对真理之普遍明晰的认识。要"回到事物本身"，就必须首先对未经考察而相信事实存在的"自然态度"及客观世界、现实之物进行"悬搁"，经过层层"加括号"还原后，发现意识中最本源的纯粹意识，作为研究起点。纯粹意识的本质特性便是意向性。"意向性"的拉丁文基本义是"指向"，胡塞尔据此认为意识总是以不同的方式与意识中的对象发生着关联，并总指向并关涉某物。即使与外部实在没有发生联系，意识也因"指向"某物而保持着自身的完整性与自主性。从《逻辑研究》到《纯粹现象学和现象学哲学的观念》第一卷，胡塞尔对意向性结构的描述完成于"意向作用——意向对象"。意向行为的意识本身和意识的相关物，"在本质上互相依属。意向性因素本身只是作为如是构成的意识的意向性因素，而意识就是对意向性因素的意识。"① 这样，胡塞尔就通过"意向性"概念，在意识与对象之间建起一座桥梁。立足于美学领域，杜夫海纳看到了审美经验方式与上述意向性结构不无相似之处：一方面，发掘意向性结构的现象学还原方法，与审美经验过程中欣赏者的精神体验具有高度相似性。前者要求把外部客观世界及既有定见统统悬搁以终止判断，进而"返回事物本身"达到对本质的直观认识。而审美经验同样要求审美知觉放弃对周围世界的关注与判断，专注于审美对象自身。对欣赏者来说，现实世界已被存而不论，审美经验之外的现实知识与既有信仰此刻均被"终止判断"："审美知觉将一切真实与非真实都中立化了。"② 所以"审美经验在它是纯粹的那一瞬间，完成了现象学的还原"③。另一方面，"现象与审美对象的这种同一

---

① ［德］胡塞尔：《纯粹现象学通论》，商务印书馆1992年版，第249页。
② Mikel Dufrenne, *Esthétique et Philosophie*（*Tome 1*），Éditions Klincksieck, 1976, p.58.
　　［法］杜夫海纳：《美学与哲学》，孙非译，中国社会科学出版社1985年版，第54页。
③ Mikel Dufrenne, *Esthétique et Philosophie*（*Tome 1*），Éditions Klincksieck, 1976, p.57.
　　［法］杜夫海纳：《美学与哲学》，孙非译，中国社会科学出版社1985年版，第53页。

化，也许有助于说明意向性在主体与客体之间所缔造的联系"①。意向作用必然对应其意向对象，意识总是指向某物的意识，而意向对象也是由意识所指向并构成的对象。审美经验的情况恰是相似的：审美主体定有其相对应的审美对象存在，若审美意向性所指向的物变成其他对象（如实用对象），就说明知觉已滑向一般知觉而失去了审美知觉的特质；而审美对象借助审美知觉实现自身，当知觉不再是审美知觉而是其他知觉时，审美对象也将沦为一个物。审美知觉与审美对象体现出意向性相关项的依存关系。

胡塞尔的意向性理论为杜夫海纳对审美对象与审美知觉相互关系的研究提供了方法论基础和总体框架。但他将意向性中主客关系回溯到纯粹意识意向性。意向对象是被作为完全的意向对象，成为单纯的空 X，等待意向作用的多种意义来指向并构造的。实质上，他将重点放在了意识自我对其意向对象的构造作用。后者被剥夺了独立自存性，靠的是意向作用多种意义的填补与构成。这是杜夫海纳不能接受的，"现象的含糊不清的又不可驳斥的存在，证实了作为目的的主体和作为现象的客体既互相区别而又互相关联，因为客体既通过主体存在，同时又在主体面前存在。……客体的客观性和主体的主观性都是不可还原的"②。既然客体是"在主体面前存在"，那么即使是"通过主体存在"，客体也仍然不可能被化约为一个空而无物的 X，完全等待主体的意向构成与赋义。这在审美经验领域尤其如此：欣赏主体的目光指向始终是与其照面的审美对象，而后者本身便具有内部必然性及完整性。前者对后者的观照并非绝对的构造，而只是对这个自律存在的目光指向；并非意义给予和充实活动，而是对其意义的见证。在这里，意识主体对意识对象的特权是不存在的。

杜夫海纳将目光转向了"存在"。海德格尔把主体定义为对存在有所发问、有所领悟的"此在"，是"在世界之中的存在"。"此在"与"世界"，主体与客体之间超越意识与对象构造与被构造的关系，成为混沌未分的统一体。意向性不是意识对象对意识单纯的依赖关系，而是"永远表现客体与主

---

① Mikel Dufrenne, *Esthétique et Philosophie* (*Tome 1*)，Éditions Klincksieck，1976，p.58.
　[法] 杜夫海纳：《美学与哲学》，孙非译，中国社会科学出版社 1985 年版，第 54 页。
② Mikel Dufrenne, *Esthétique et Philosophie* (*Tome 1*)，Éditions Klincksieck，1976，p.60.
　[法] 杜夫海纳：《美学与哲学》，孙非译，中国社会科学出版社 1985 年版，第 56 页。

体的相互依赖关系……现象学的还原在'存在'的命名上达到了高峰"①。杜夫海纳根据胡塞尔理论中一切意识活动的原始形式是知觉的观点，从梅洛－庞蒂知觉现象学中汲取养料，对意向性进行生存论的改造。梅洛－庞蒂用"身体—主体"代替胡塞尔的纯粹意识主体，并赋予"身体—主体"以意识与躯体、精神与肉身相同一的特质。"身体—主体"的在世生存，便是被显现的对象与显现的主体的混沌统一，就像左手摸右手的同时有如右手摸左手那样的交融相互性。"身体—主体"安身立命的世界便是知觉世界，它是"身体—主体"向本己域外的延展。"身体—主体"在与知觉世界的相遇、接触及对话中，既实现了自身的外在化，即将自己投射于外在世界，又实现了世界的内在化，将其显现于自身。这是双向开放的过程。知觉意向性即是"'身体—主体'——知觉世界"之间可逆的相遇关系，又是二者在一种暧昧混沌的同一性中的交感关系，具有逻辑上的在先性。受此启发，杜夫海纳主张应将现象学还原到一个前思考的世界，其中意识（特指精神与肉体、理性与感性融合一体的意识）与对象是结合一体的，该结合又以相互融通的可逆性方式内嵌于知觉过程中：在其预先形成的整体中，"只能人为地区分哪些属于客体和哪些属于主体的东西"②。意向性不是先验自我独掌话语权的构造游戏，而是意向主体与对象在共同的前提下相互阐释的开放过程；它是双向的投射与交融。

以此为基础，杜夫海纳通过对审美对象和审美知觉的具体分析建构其审美知觉意向性结构。首先，审美知觉与一般知觉相比，是纯粹的知觉。一般知觉是达到表象随即超越表象以进行智力活动的知觉。它指向认识能力更高层级的想象和理解，最终达到实践的目的，所以是非纯粹的知觉。它试图寻找关于对象的真知，导向传统形而上学认识论对认识与现实相符合的追求。在现象学还原中，它所关联的对象是作为客观世界而首先被悬搁起来的，不是还原的目的即"事物本身"。与此不同，"审美知觉却从容不迫，不急于离开自己的对象。它深入考察对象，以便通过感觉去发现一个内

① Mikel Dufrenne, *Esthétique et Philosophie（Tome 1）*, Éditions Klincksieck, 1976, p.56. ［法］杜夫海纳：《美学与哲学》，孙非译，中国社会科学出版社1985年版，第52页。

② Mikel Dufrenne, *Phénoménologie De L'Expérience Esthétique*, Presses Universitaires De France, 1953, p.282. ［法］杜夫海纳：《审美经验现象学》，韩树站译，文化艺术出版社1996年版，第256页。

部世界"①。审美知觉驻足于自身,"是极端性的知觉,是那种只愿意作为知觉的知觉,它既不受想象力的诱惑,也不受理解力的诱惑"②,是"典型的知觉,纯粹的知觉"③。审美知觉揭示的不是关于对象的真理,而是属于对象的真理;不是探求知觉本身与所知觉对象的相符,亦不走向实践,而就是对象本身。这是在感性中被直接给予的真理。审美知觉发现的是真正属于审美对象内部的、与自身同质的世界,达到了显现与存在的完全同一,是现象学的"事物本身",是还原的终点。这个终点便是审美知觉中的审美对象世界。其次,杜夫海纳严格区分审美对象与艺术作品,在与审美知觉的关联中界定了审美对象。欣赏者所直面的艺术作品还只是由创作者加工完成的物,其存在尚未得到显现,其意义未被揭示,故而只是在显现以前处于可能状态的审美对象,它等待审美知觉来唤醒;而审美对象则是被审美地知觉的艺术作品,是在审美主体中被意味到的东西,也即直接呈现在审美知觉里的意向物。挂在墙上的画,对搬运工来说是物,因为它没有得到审美知觉的关注与解读;而对博物馆里的欣赏者来讲,才成为审美对象,因为它接受了审美欣赏的目光;对擦洗、修复它的专家来说,在被操作时沦为一般的物,在被静观时则变回审美对象。"审美对象只有在知觉中才能完成。"④

我们看到,杜夫海纳已有意将在定义上相互依赖的审美对象和审美知觉纳入"现象学循环"进行考察。二者是作为一个混沌整体寓居于审美经验而得到循环阐释的⑤。而用来研究审美经验的审美知觉意向性,则是在该循环内通过具体的艺术理论而加以建构的。首先,审美对象在意向性中对审美知觉的朝向,被杜夫海纳称为艺术作品的"表演"。不管是专门表演家的表

---

① Mikel Dufrenne, *Phénoménologie De L'Expérience Esthétique*, Presses Universitaires De France, 1953, p.660. [法] 杜夫海纳:《审美经验现象学》,韩树站译,文化艺术出版社 1996 年版,第 584 页。

② [法] 杜夫海纳:《美学与哲学》,孙非译,中国社会科学出版社 1985 年版,第 53 页。

③ Mikel Dufrenne, *Phénoménologie De L'Expérience Esthétique*, Presses Universitaires De France, 1953, p.26. [法] 杜夫海纳:《审美经验现象学》,韩树站译,文化艺术出版社 1996 年版,第 22 页。

④ Mikel Dufrenne, *Esthétique et Philosophie*（*Tome 1*）, Éditions Klincksieck, 1976, p.58. [法] 杜夫海纳:《美学与哲学》,孙非译,中国社会科学出版社 1985 年版,第 54 页。

⑤ 洋洋洒洒的《审美经验现象学》对二者分别加以大篇幅的论述,也只是为了条理上的清晰和读者理解上的便利,且两部分之中可见彼此之间大量的相互参照。

演还是艺术创作者的表演，都把隐藏在物质符号之中的感性意义呈现给审美知觉，后者以对感性意义的知觉而实现对审美对象的朝向与完成。通过"表演"，审美对象从可能过渡到现实，从"潜在存在过渡到显势存在"①。而审美知觉活动与其说是指向和关照，不如说是协助艺术审美对象完成自身。协助意味着接受艺术作品和审美对象对它的期待和要求，成为后者的见证人。"在不放弃自己的条件下，必须在作品面前持有见证人的那种公正态度和清醒头脑，而且还要具有见证人的那种特殊勾结，即和他录下的东西勾结在一起，这时与其说他是裁判，不如说他是同谋者。"②在这里，纯粹意识对意向对象的构成活动被审美知觉对审美对象的协助与同谋作用所取代，意义充实与意义给予被意义见证与意义扶持所颠覆。"作品期待他参与活动。作品是在他的身上展现的，但只有他扮演作品为他指定的角色时才能展现。"③见证人"是为了作证，使整个世界通过他的呈现而获得意义，使作品的创作意图得以实现。在这个世界中仍然是作品给他指定一个观看的角度"④。在这里，是"作品有主动性，作品期待于欣赏者的东西就是它给欣赏者安排的东西。这就禁止我们有任何主观主义。……当见证人，就不得对作品有任何的增添，因为作品像对表演者那样，专横地要欣赏者接受"⑤。意向性似乎发生了转向，是审美对象对审美知觉发号施令。虽然它离不开审美知觉的静观见证，但审美知觉的作用也在这里止步，它必须以公平的态度对审美对象予以客观对待。

---

① Mikel Dufrenne, *Phénoménologie De L'Expérience Esthétique*, Presses Universitaires De France, 1953, p.49. [法] 杜夫海纳：《审美经验现象学》，韩树站译，文化艺术出版社1996年版，第43页。

② Mikel Dufrenne, *Phénoménologie De L'Expérience Esthétique*, Presses Universitaires De France, 1953, p.91. [法] 杜夫海纳：《审美经验现象学》，韩树站译，文化艺术出版社1996年版，第82页。

③ Mikel Dufrenne, *Phénoménologie De L'Expérience Esthétique*, Presses Universitaires De France, 1953, p.96. [法] 杜夫海纳：《审美经验现象学》，韩树站译，文化艺术出版社1996年版，第86页。

④ Mikel Dufrenne, *Phénoménologie De L'Expérience Esthétique*, Presses Universitaires De France, 1953, p.96. [法] 杜夫海纳：《审美经验现象学》，韩树站译，文化艺术出版社1996年版，第86页。

⑤ Mikel Dufrenne, *Phénoménologie De L'Expérience Esthétique*, Presses Universitaires De France, 1953, pp.96-97. [法] 杜夫海纳：《审美经验现象学》，韩树站译，文化艺术出版社1996年版，第87页。

可见，二者的关系是建立在纯粹审美知觉与其世界暧昧关联基础上的可逆关系，是一种共存开放、在彼此投射中相互和谐的关系，体现了审美对象与审美知觉间可逆双向的作用往来及主体间的"我—你"关系特征。

二、审美对象与审美知觉的互为存在：杜夫海纳美学主体间性思想的第一维度

以主体间开放可逆的审美知觉意向性为思考模式，杜夫海纳首先通过分别赋予审美对象与审美知觉"自在"与"自为"一体两面的特性，将二者置于双向交流与相互作用的理论平台上加以考察。虽然未明确将对象提升到主体地位，但意向性两极的可逆性交往活动，本身就体现出鲜明的主体间性特征，可视为其美学主体间性思想的第一维度。

"自在"与"自为"本是萨特用来表述人的意识对外物意义揭示与超越的一对概念。前者即"自在的存在"，是作为被意识所指向与揭示的存在向意识显现的。当它未被意识指向与揭示时，仅是作为物而存在，处于一种与意识相对立的"自在"状态。后者是"自为的存在"，是能够揭示某物的意识的存在。"自为"的意识以其固有的指向方式包含着外物的意向性存在，把外物纳入自身的意向性结构加以显现，吞噬外物被显现与揭示之前的混沌与杂乱，从而赋予意义。"自为"以如此的超越性与虚无化能力而显示出强大的主动性与创造性，人的自由本质及其自主选择得以实现。杜夫海纳一方面接纳了萨特的划分，充分肯定知觉主体在感知知觉对象时具有的主动性与超越性，认为二者的关系首先表现在审美对象作为"自在—为我们"的存在，完全需要凭纯粹审美意向指向才能自我完成。在这个方向上，二者的关系可描述为"审美对象的'自在'——审美知觉的'自为'"。同时，杜夫海纳视域中的主体与世界、主体与客体、意识与对象、知觉与感知物均被消解了主客二元对立的意义。"作为物体的主体……它身含世界，世界也含有主体。它通过成为物体的动作认识世界，世界在它身上认识自己"①。二者之间

---

① Mikel Dufrenne, *Phénoménologie De L'Expérience Esthétique*, Presses Universitaires De France, 1953, p.64. [法] 杜夫海纳：《美学与哲学》，孙非译，中国社会科学出版社1985 年版，第 58 页。

谈不上根本的超越与被超越、构造与被构造，而转换成相互揭示与被揭示、包含与被包含的浑然一体的主体交融关系。即使对于一般知觉来说，在知觉导向理解时协调状态会自行瓦解，这种关系却在审美经验的纯粹知觉中稳定存在。于是，"自在"与"自为"被取消了对意向性两极特有的针对性指代用法——"自在"不再局限于称呼外物，"自为"也不复是意识或知觉到外物的意识。二者成为主体与客体、知觉与对象各自共时性的双重特质：在对可逆性的审美知觉与审美对象关系的阐释中，它们用来具体描述双向作用中每一单向指向链条的具体运作方式。如果说，上述审美对象依赖审美知觉而进行的自我完成而形成的"审美对象的'自在'——审美知觉的'自为'"，只是二者作用关系的一个向度，体现的是审美知觉向审美对象偏向主动性的指向作用，审美对象此刻相对来说偏于被动性的自我完成，是"为我们"的存在，那么杜夫海纳同样关注在审美知觉受审美对象激发，对其"愿在"召唤的顺从及公平公正的见证人态度。此时，审美对象反过来发挥其"自为"特性，而对审美知觉采取主动性。这构成了二者作用关系的另一个向度："审美对象的'自为'——审美知觉的'自在'"，它体现的是审美对象对审美知觉偏向主动性的期待和要求，而审美知觉此刻则偏于被动的同谋，是"为对象"而存在的。

在同一次审美经验中，审美对象与审美经验以上述方式完成了相互之间"此消彼长"的过程。它建基于主体间性的知觉现象学基础，以感知者与感知物正反双向作用的方式，体现了二者可逆性的交互关系。而"为我们"与"为对象"的相互朝向状态，开辟了一种对象与知觉、主体与客体的新型关系，即"互为存在"。它意味着关系的双方"为了"对方而存在，在相互的目的论朝向中保持着相敬如宾的姻亲关系及平起平坐、共同进退的姿态与修养，并始终维系无重心偏移的平衡状态。相比前人如胡塞尔以先验自我为模型通过类比统觉、移情作用单向度塑造他人，海德格尔对共同上手之工具的操作性联想来与他人建立联系，杜夫海纳以"互为存在"方式建立审美对象与审美知觉的关系，似更具备纯粹主体间性的特征。

三、对象"准主体"与欣赏主体的相遇交往：
杜夫海纳美学主体间性思想的第二维度

在完整的审美经验中，审美对象与审美知觉分别在各自的辩证逻辑发展中完善自身。前者的感性、再现和表现与后者的肉体、想象与情感三个层面，"互为"对应并交融共现。首先，审美对象第一步便体现为生动辉煌、具体直观的感性存在。"审美对象首先就是感性的不可抗拒的出色的呈现。"[①]它作为一种感性材料的集合，呈现于知觉主体的感官；后者则以肉体的直接性领受感性的丰满和辉煌，实现其直观瞬时呈现。其次，审美对象除了感性形式还包括意义。审美知觉主体的观照，也不限于对感性因素的单纯感知，还包括对审美对象意义的读解。这体现为审美知觉运用想象（被抑制的）来释放对象符号的意指性，而对象将自身具有客观时空结构及逻辑统一性的意义世界再现于审美知觉。同时体现为审美对象的感性外化为客观世界及审美知觉的直接感觉异化为理性想象的过程。最后，再现对象的图像片断经自我扬弃上升到混沌统一的表现世界，同时审美知觉适时止步于理解力之路，以其高于肉体感觉的深层情感整体把握表现世界。

历经否定之否定的自我扬弃之路，审美对象与审美知觉在可逆性关系及互为存在状态中，分别达至逻辑顶点及终极状态。从审美对象方面看，感性将协调整一的感性材料交付给我们，自身异化为由一定表象片断组成的场景，并将作品的意义具体化为逻辑性时空。在一定程度上模仿现实的客观外在世界，组成可由理解力辨识的对象，清晰再现一段情节或场面。再现世界继续上升到表现世界，表象的零散性被后者的浑融一体所补足。表现是笼罩弥漫于审美对象整体的一种气氛和效果，是再现世界诸元素特定方式的排列组合所形成的内部统一性，成为审美对象内在固有的表现世界——它由再现世界自我扬弃而来。它拥有区别于客观外在世界的时空结构，以其时间的空间化和空间的时间化的相互交织，表现出完全的自足性。杜夫海纳将作为这

① Mikel Dufrenne, *Phénoménologie De L'Expérience Esthétique*, Presses Universitaires De France, 1953, p.127. [法] 杜夫海纳：《审美经验现象学》，韩树站译，文化艺术出版社1996年版，第114页。

样一个内部世界之本源的审美对象称作"准主体"，以其独立自律性与作为审美知觉承担者的欣赏主体平等相遇交往于审美经验。另一方面，审美知觉也在自身的辩证法演进中以逻辑意义上更高层级的"新的直接性"即情感，超越了前两个阶段简单的刺激感受性与一般认知性，具备了理解与感知相辩证统一的内在特质，从而拥有了作为主体存在与蕴含感性与意义双重性的对象"准主体"之内部审美世界平等相遇交往的能力。

这样，对象"准主体"与欣赏主体的相遇交往，成为杜夫海纳美学主体间性思想的第二维度，它是以两个"深度"的相遇交往为深层契机而具体实现的。审美对象作为"准主体"，其自身的表现世界的丰富性和自足自律性，被杜夫海纳称为审美对象的"深度"。它在感知主体面前表现出强烈的不透明性与无穷尽性及不可分析性。对象由此变为"一种主体意识的相似物"的"作为一个世界的源泉使自身主体化"的"准主体"而与欣赏主体的审美知觉照面。而欣赏主体的"深度"，是"成为自我的能力，即过一种其节奏不受外界偶然事物影响的内心生活的能力"①，是真实的自我选择其在世存在的本真姿态而不因为外界时空的挤压而沦为一般物的资质。要达到这种姿态，欣赏主体就须运用依附于对象"准主体"内部世界整体综合性的交感思考，而非外在于对象并将其分拆重组的理性思考来与对象"准主体"相遇交往。在审美经验中，就是以情感知觉与表现世界相互应答。它以面对对象世界时瞬间的充实性而达到自身的聚集与完满；它以向对象慷慨的开放呈现而实现在世存在本真的内心生活。因为交感思考中的我们始终与对象的"准主体"世界共同存在，我们在收集对象身上深不可测的深度和意义时，对自身的聚集与完善愈发彻底。两个深度在一体两面的状态中相互对照而存在，形成主体间的亲缘关系。

---

① Mikel Dufrenne, *Phénoménologie De L'Expérience Esthétique*, Presses Universitaires De France, 1953, p.499. ［法］杜夫海纳：《审美经验现象学》，韩树站译，文化艺术出版社1996年版，第442页。

四、创作主体与欣赏主体的交流对话及其复数化：
杜夫海纳美学主体间性思想的第三维度

　　"准主体"内部世界的必然统一性，归根结底来源于其创作者。审美对象的内部时空隐含着创作主体的主体性，它是作品表现世界的创始人。创作者形象透过作品的形式向我们显现出来，它不是由传记、忏悔录和日记而揭示的生平经历和偶然事件，也不是其创作原则与思想观念。它体现为投射于作品整体的世界观和生存态度，投射出个性鲜明的完整永恒的个人世界。作为个体主体意识，它通过审美对象的感性直观而散发着浓厚的人性气息和人文关怀，代表着"那个人"的生存论本真存在。这种存在通过作品的技巧特色及其达到的风格效果得以显现。"莫奈画大教堂时把粗糙的石头溶化在光的醋酸之中。塞尚则相反。他突出普罗旺斯的起伏跌宕的丘陵。显然，莫奈的印象主义和塞尚的潜立体主义在构图、调色和笔法上运用的是不同的技巧，这不同的技巧也可以符合有关透视或颜色的视觉效果的不同学说。"① 莫奈和塞尚这两位风格不同的画家，分别以作品为媒介勾勒出独特视野中的独特世界，由此揭露个人独到的世界观。前者通过把鲁昂大教堂的显影溶化在光之混沌氛围中，表现的是透明、同质的光之世界——这是画家自己世界观支持下的世界面貌。后者对普罗旺斯起伏跌宕的丘陵的偏爱，是出于其内心世界对斯宾诺莎式的充实、严格和稳定的不断诉求。站在欣赏主体的角度，我通过作品的技巧和风格所领悟到的，正是这样通过审美时空世界传达出来的创作者对世界的把握方式及其个人精神气质，是其世界观的具体化样态。作为作者的代言物和意义符号，审美对象封存着来自作者的整体性与真实性，蕴含着深刻的主体性，在与审美知觉的相遇中将这主体性表露与言说。

　　对象"准主体"与欣赏主体之间的交感思考，也就不仅停留在对象世界内部，而延伸至其背后的那个创作主体的世界之中。它领悟的不仅是带着一定程度主体性的"准主体"的意义，而是直接与一个货真价实的鲜活的人

---

① Mikel Dufrenne, *Phénoménologie De L'Expérience Esthétique*, Presses Universitaires De France, 1953, pp.150-151. [法] 杜夫海纳：《审美经验现象学》，韩树站译，文化艺术出版社 1996 年版，第 136 页。

的主体性照面相遇。面对"准主体"的交感思考，依附于对象而把握其内部的必然性与真实性，摒弃客观外部的偶然因素与物理属性；而面对"准主体"背后那个真正主体意识和个人世界的交感思考，也同样依附于该主体性而把握其内部真实性与整体性。交感思考所发现的，是创作者是其所是的本真存在状态及内部真实必然性，是他们在其特定世界观支持下对周遭环境的关怀与态度，是沉睡在他们意识深渊中秘而不宣的人性所在。这是一个"以深度对付深度"的交感过程：一方是创作主体的人性深度，一方是执行交感思考的主体——即欣赏主体平等待物的内心生活的深度。作者通过将自身置入作品，而向作为欣赏主体的那"另一个人"言说内心深处的人性；后者则将作品世界引入内心深度，发掘作品之整体意义，由此领悟并应答作者之人性，最终丰富深化自己的深度和人性。这个过程，是以艺术作品或审美对象为中介物的"我—你"彼此的言说与应答，是在审美领域及文化精神层面的主体间性交往，实现的是处于审美对象两端的两个主体的生存论共在。

这是深层的、纯粹主体间性关系：如果严格来说，上面前两个维度是以审美知觉与欣赏主体平等待物、一视同仁的主体间关怀态度为前提，而展开的人与物的相互照面，显露的还只是主体间性的特征；那么在这个维度，通过真正的人与人、主体对主体的深层交流与对话，这种特征得以最终上升为真正而典型的主体间性关系，揭示了审美经验中主体与主体之间的互识可能性及其实现方式。杜夫海纳美学主体间性至此由特征形态过渡到纯正的思想形态。

进一步讲，创作主体和欣赏主体都有无限增多的复数化倾向。创作主体方面，作者风格又分成个人风格与集体风格。当说一部作品的技法、技巧如何构筑某种整体效果而显示其作者时，我们指的是专属于这个作者的个人风格。当提起风格的某个种类，比如古典风格、黑人风格、立体主义风格、意大利风格或印象派的时候，我们指的便是作为风格总体的集体风格。后者将技法、构思相类似的众多风格统统归入名下，是不同风格的整体类别，体现了个性中的共性和超越独特性的普遍性。由于风格是创作主体意识出场的地方，所以集体风格代表的是其名下各创作主体之间的交集。它作为相去不远的生存状态与精神旨归的深度汇集，实现了创作主体的复数化。于是欣赏主体意向指向的，便不仅是个体的主体意识，它还继续导向复数化所开辟的、体现其共性与普遍性的众人意识。欣赏主体不仅与该审美对象的这个创作主体相遇对话，同时也与其背后的共性世界照面应答。以审美对象为中介，与他建立主体间性关系的不仅是那个单独的该文本的创作主体意识，还有仿佛一圈光晕存在于后者周围的作为类别与普遍性的主体意识总体，一种更为广阔的生活空间与更为博大的居存方式。可见，创作主体的复数化，在创作主体世界的扩大化同时，使欣赏主体丰富并深入化。欣赏主体方面，"公众"是审美对象见证人的无限加倍。对象的自律"愿在"地位，培养了其欣赏对象共同指向对象的鉴赏力，由此也在欣赏主体的意识中树立了超越个人主观性的普遍客观性。正因为对同一对象持有公平客观的态度，众多的个人达到普遍的共识而成为某个稳固的具有社会意义的群体，走出自身狭隘的特殊性而上升到整体开阔的普遍性，由见证人升华至公众，由个人跻身到人类的行列。各不相同的欣赏主体意识从而形成意识整体。如果说创作主体的复数化引起了创作主体与欣赏主体间性关系中朝向前者普遍性的深化和延伸，那么欣赏主体的复数化带来了创作主体向欣赏主体方向的普遍性的深化和延伸。以对象为中介，创作主体世界与主体意识不仅与欣赏主体的内心世界及其主体意识发生碰撞、交流，更触碰到了存在于后者背景中的公众社会的其他成员。在某一次审美经验活动中，创作主体的生存境遇和世界观只是与其对应的欣赏主体的内心生活世界建立了主体间性的关系；但从整个审美经验现象来看，通过不同接受者对同一作品的欣赏、解读与领悟，该创作主体实质上是与无数欣赏主体建立了主体间性关系。他一方面丰富了整体中各成员的精神世界与内心生活，一方面得益于无限的欣赏解读与审美观照，本身的生存境遇与世界观也得到无限的言说与发扬，从而充分实现自身的彰显与敞开。由此可见，复数化使原本各自作为单薄个体的两个主体上升至普遍性的人类境界与整体层面，丰富并深化了二者之间的主体间性交往与关联——创作主体与欣赏主体之间的交流对话及其复数化，成为杜夫海纳美学主体间性思想的第三维度。

（原载于《社会科学》2010 年第 4 期）

I.A. 瑞恰兹与中庸之道

孔 帅

  艾·阿·瑞恰兹（I. A. Richards，1893—1979）是 20 世纪英国著名的文艺理论家、批评家和诗人，学界公认的新批评理论奠基者之一。约翰·克罗·兰色姆在《新批评》一开始就提到："讨论新批评应从理查兹（即瑞恰兹，引者注）说起。新批评几乎自他开始，与所有别的批评家相比，他试图把新批评建筑在更广泛的基础之上，所以我们也不妨说，新批评在他手里从一开始就走上了正轨。"① 作为一位享誉世界的西方学者，瑞恰兹一生对中国文化情有独钟。从 1927 年到 1979 年间，他曾六次来中国访问或工作，在中国度过了近五年的时光。在他心目中，中国是个理想的国度，中国文化和汉字深深地吸引着他，他的传记作家拉索曾说："中国对他具有无限的魅力。这种迷恋最早可追溯到 1920 年，当詹姆斯·伍德高声朗读并让他关注'中文所含的多重意义的潜能时'，当在剑桥大学的中国诗人徐志摩刺激起他对中国的兴趣时，这种迷恋便开始了。"② 特别是中庸思想对他影响尤为深远。早在 1920 年他在剑桥大学读书时，就开始研读《中庸》译本，"1920 年研读了理雅格（James Legge）翻译的《中庸》版本，后来还研读了莱奥（L. A. Lyall）和金辰昆（King Chien Kun）合译的 1927 年的伦敦版本。"③ 瑞恰兹把"中庸"理解为有关平衡与和谐的学说，综观他的一生，平

---

① ［美］约翰·克罗·兰色姆：《新批评》，王腊宝、张哲译，江苏教育出版社 2006 年版，第 3 页。

② John Paul Russo, *I · A · Richards*：*His Life and Work*，Baltimore：The Johns Hophins University Press，1989，p.405.

③ I · A · Richards, *Practical Criticism*，London：Kegan Paul，Trench，Trubner，1929，p.238.

衡、和谐、协调的思想贯穿了他的美学、文学理论和中西文化交流等主要研究领域。

一、"综感"的美

中庸思想对瑞恰兹的影响首先体现在美学研究领域。《美学基础》是1922 年瑞恰兹与奥格登、伍德合著的第一部著作。该书一开始便书有"中庸"两个大的毛笔汉字，接着引朱熹题解"不偏之谓中，不易之谓庸。中者天下之正道，庸者天下之定理"。卷首还引用了《中庸》里的句子："天命之为性，率性之为道，修道之为教。""莫见乎隐，莫显乎微，故君子慎其独也。""喜怒哀乐之未发谓之中，发而皆中节谓之和。中也者，天下之大本也，和也者，天下之达道也。致中和，天下位焉，万物育焉。"

作者首先谈到美学研究混乱的现实："许多聪明人放弃了美学思索，并且也没有兴趣谈论艺术的本质和艺术对象，其原因就在于他们感到很难达成相对一致的明确结论。"① 因此，"美是什么"成为困扰世人的难题。在"审美经验"这一章中，瑞恰兹总结了有关"美"的 16 种定义，他大体把它们分为三类。第一类，美具有某种客观存在的美的内在要素，或为内容方面，或为形式方面；第二类，美是在外部因素的参与下产生的，例如，美是对大自然的模仿，美源于采用成功的媒介，美是天才的创作，美揭示真理、本质、理想、规律、典型，美产生预期的社会影响，这些定义都属于这一类；第三类定义，瑞恰兹运用现代心理学方法，认为美是一种情感表达，能产生愉悦，激起特殊的情感等。关于导致定义混乱的原因，在另一部著作《意义之意义》中，他把词语的用法分为记号用法和感情用法："词语的记号用法就是陈述，就是指称的记录，支撑，组织与传达。词语的感情用法是较简单的事情，它是使用词语去表达或激发情感和态度。"② 在瑞恰兹看来，正是由于没有看到"美"这一词语的感情用法，才导致了对美的界定的混乱局面。

---

① C. K. Ogden、I. A. Richards、James Wood, *The Foundations of Aesthetics*, London: Routledge, 2001, p.9.

② [英] C. K. 奥格登、[英] I. A. 理查兹：《意义之意义》，白人立、国庆祝译，北京师范大学出版社 2003 年版，第 135 页。

美主要是种感情用法，它主要不是明确指称某种客观事物，而是要表达某种主观情感。因此，美与词语的记号用法不同，人们无法给美下明确的定义，而只能对它进行概念性描述。

随后他逐一对这些定义进行考察，认为这些定义都不能准确描述美的概念，定义之间相互混淆，彼此交叉，单独都不能成立。最后他指出，卷首一开始所引用的中庸思想也许能给"美是什么"提供正确的研究方法，鉴于此，他认为真正的美是一种"综感"。综感之所以能产生美感，瑞恰兹结合他的心理学"冲动"理论认为："一个完整的体系必须有一个调整的形式，这种形式可以在全部冲动避免受挫的前提下，确保每个冲动都能保持自由的作用。我们可以在任何这种形式的平衡中体验到美，即使是瞬间的。"① 因此，美就体现在各种相互冲突的冲动达成和解基础上的平衡状态，"综感"不抑制任何冲动的体验，而是在保证其他冲动不受挫的前提下，让每个冲动都能尽情地发挥自己的作用。他进一步解释说："这种平衡不是一种消极的、惰性的、过度刺激或者冲突的状态，并且大多数人对涅槃、狂喜、升华或天人合一这样起初看似合适的术语表示不满。作为描述经历多种冲动的美学状态，综感这个词，无论如何，都恰当地包括平衡与和谐两方面的内容。"② 瑞恰兹特别强调这种综感体验不同于一般的审美活动，不能把审美活动看作是审美欣赏的结果，即不要把过程与结果相混淆，因为审美心理过程还没有达到各种冲动平衡的最终审美目的，因此，审美心理过程本身并不能产生美，而只能是某种刺激因素。

显然，瑞恰兹的综感理论受到"中庸"平衡协调思想的影响，他把美理解为一种和谐、平衡的审美状态，不同的、相互冲突的心理冲动只有达到平衡和谐的状态才能产生美。对此，赵毅衡先生总结说："以此（即中庸思想，引者注）为立论根据，他们分析了历来的十多家关于美的定义，指出这些都不能令人满意，真正的美是附和中庸的'综感'（synaesthesis），因为'一切以美为特征的经验都具有的因素——对抗的冲动多维持的不是两种思

---

① C. K. Ogden、I. A. Richards、James Wood, *The Foundations of Aesthetics*, London: Routledge, 2001, p.64.

② C. K. Ogden、I. A. Richards、James Wood, *The Foundations of Aesthetics*, London: Routledge, 2001, p.64.

想状态，而是一种'。"① 瑞恰兹为了强化综感的中庸理念，结尾处再次引用《中庸》："自诚明谓之性，自明诚谓之教。诚则明矣，明则诚矣。""博学之，审问之，慎思之，明辨之，笃行之。"他通过分析诚与明的辩证关系，来进一步阐释中庸之道，说明自己平衡和谐的"综感"美学观。

二、"冲动平衡"的艺术价值论

《美学基础》更多的是在语义学基础上探讨"美"的概念，而瑞恰兹对后世影响最大的是他独特的文学批评理论，其中艺术价值即何为好的艺术，是他文学理论所关注的核心问题。瑞恰兹始终坚持认为："批评家的职责是处理艺术作品本身，而非存在于作品以外的任何后果。"② 因此，艺术的价值不能用外在的社会道德标准去作判断，而只能从艺术作品本身中寻找。

这里，他再一次引入了"冲动"概念，并且给它下了明确的定义："一个精神活动有可能发生的变化过程，这个显然是以一个刺激开始并以一个行动结束的过程，就是我们所说的一个冲动。"③ 他认为冲动既可以是生理性的，也可以是"交流和合作能力所凭借的冲动"④，即心理性的，而在文学批评中更多的是心理性的冲动。并且冲动都是复合性的，绝不会有单一的冲动，因此，瑞恰兹极为重视一个冲动系统组织中众多冲动的关系问题，而不同冲动的平衡与欲念的满足就是一个"好的经验"。"所谓好的经验我们指的是产生这个经验的冲动得以实现而且是成功的，作为必要限制条件而有所补充的是，这些冲动的利用和满足不得以任何方式干预更为重要的冲动。"⑤ 可见，好的经验就是各种冲动能够和谐相处，满足一个冲动的同时又不挫伤其他冲动的状态。而这种"好的经验"就存在于艺术家即诗人身上，因为"艺术家关心的是，把那些他以为最值得拥有的经验记载下来，并且使之永存不朽……他的经验，至少那些使其工作具有价值的部分，体现着冲动的调和，

① 赵毅衡：《重访新批评》，百花文艺出版社 2009 年版，第 46 页。
② ［英］瑞恰慈：《文学批评原理》，杨自伍译，百花洲文艺出版社 1997 年版，第 28 页。
③ ［英］瑞恰慈：《文学批评原理》，杨自伍译，百花洲文艺出版社 1997 年版，第 75 页。
④ ［英］瑞恰慈：《文学批评原理》，杨自伍译，百花洲文艺出版社 1997 年版，第 41 页。
⑤ ［英］瑞恰慈：《文学批评原理》，杨自伍译，百花洲文艺出版社 1997 年版，第 49 页。

而在绝大多数精神中这些冲动仍然处于一团混乱、相互束缚、彼此冲突的状态。"① 因此，在瑞恰兹看来，艺术家具有调和冲动的特殊能力，通过艺术能使心灵中混乱、相互冲突的冲动变得协调有序，艺术的价值就在于冲动的满足与平衡，艺术价值的大小可以用能否使冲动平衡与协调来衡量。艺术家想要充分实现艺术的"调和"功能和价值，自然需要和读者进行交流，把这种"好的经验"传达给读者。可见，作为批评理论的两大支柱，艺术价值和艺术交流密不可分，艺术价值是艺术交流的目的，而艺术交流是实现艺术价值的有效途径。

那艺术家是如何具有协调平衡冲动的能力呢？瑞恰兹受到柯勒律治"想象"理论的启发，他引用柯勒律治关于想象的论述："那种综合的和魔术般的力量，我们把想象这个名称专门用来特指它……显现于对立的或不协和的品质的平衡或调和……"② 诗人正是通过具有综合功能的想象力，才拥有整理经验的过人能力，将混乱的冲动加以平衡和协调。因此"通常相互干扰而且是冲突的、独立的、相斥的那些冲动，在他（即诗人，引者注）的心里相济为用而进入一种稳定的平衡状态。"③ 而在所有的艺术中，想象在悲剧中的平衡调和能力最为突出。因为悲剧具有其他艺术所没有的两种调和因素：一是怜悯，即接近的冲动；一是恐惧，即退避的冲动。正是怜悯和恐惧这对互补的冲动赋予了悲剧平衡协调的性质，二者的交融正好可以达到悲剧净化的审美目的。

根据这种艺术价值观，瑞恰兹认为可以对具体的文学作品进行价值判断。在《文学批评原理》中，他对"包容诗"（poetry of inclusion）和"排他诗"（poetry of exclusion）做了明确区分：排他诗是由一种或平行发展方向相同的几种冲动构成，它是一种有限的经验，只能满足某种确定的情感，因此，它们不是最伟大的诗歌；而包容诗则由具有异质性的多种冲动构成，是几种对立冲动的均衡经验，这是最有价值的审美反应的根本基础，更能满足我们多样化的情感需要，因此，包容诗是最理想的艺术。例如邓恩的《圣露西夜曲》、马伏尔的《爱的定义》、济慈的《夜莺颂》等都是"包容诗"的代

① ［英］瑞恰兹：《文学批评原理》，杨自伍译，百花洲文艺出版社 1997 年版，第 51—52 页。
② ［英］瑞恰兹：《文学批评原理》，杨自伍译，百花洲文艺出版社 1997 年版，第 220 页。
③ ［英］瑞恰兹：《文学批评原理》，杨自伍译，百花洲文艺出版社 1997 年版，第 221 页。

表作品。

瑞恰兹最后特别强调，这种冲动协调的艺术价值观不同于享乐主义的价值理论，因为冲动的满足并不简单地等同于快感。其次，他坚决反对"为艺术而艺术"的唯美主义价值观。因为在他看来，审美经验和其他一般的生活经验并没有本质性区别，与之相对应，也没有什么特殊的审美价值。这里，他强调了审美经验和一般经验的相似性，这样就把艺术的价值与社会人生有机联系起来，而反对唯美主义虚无缥缈的艺术价值观。他希望通过艺术调和冲动的功能，来拯救现实生活经验中人们混乱、相互冲突的心灵。伊格尔顿对此评价说："理查兹（即瑞恰兹，引者注）把诗作为一种'精致地调和'现代生存之混乱的手段送给我们。如果历史矛盾在现实中无法解决，它们可以在沉思冥想的心灵中作为各种心理'冲动'而得到和谐的调解。"① 这一方面说明瑞恰兹的艺术价值观具有强烈的功利主义目的，但不可否认的是，另一方面把艺术奉为拯救灵魂的"宗教"也带有明显的乌托邦色彩。

作为新批评派的开创者之一，瑞恰兹的"冲动平衡"价值观极大地启发了后来的新批评派成员，维姆萨特和布鲁克斯的"反讽"诗歌辩证结构论、退特的诗歌"张力论"、韦勒克的艺术作品多层面结构说等关于作品辩证结构的重要理论，都与"冲动平衡论"有着直接或间接的联系。

三、"多义界说"的意义交流理论

相对美学和文学理论领域，瑞恰兹其实首先是一位语言学家，他的几部重要著作都与语言学研究有关：早期他和奥格登合著的《意义之意义》一书，从词语、思想和事物的三者关系出发探讨了文本的意义问题；在《文学批评原理》中，他提出了两种语言的用法，对语言的"科学用法"和"情感用法"做了明确的区分，认为诗歌主要是一种情感语言，不同于科学性论文的纯指称表述；在《实用批评》中又提出了语言意义的四种类型——意思（sense）、情感（feeling）、语调（tone）和用意（intention），认为语言活

---

① ［英］伊格尔顿：《二十世纪西方文学理论》，伍晓明译，北京大学出版社2007年版，第45页。

动是种复杂的话语行为，要准确理解具体的意义必须仔细考察这四种功能；《修辞哲学》则重点探讨了复义现象和语境理论。可以说，瑞恰兹所有理论的提出都是建立在他坚实的语言学基础之上。

作为一位杰出的语言学家，语言的意义问题一直困扰着他，他曾经在《〈意义底意义〉底意义》一文中承认："我们所从事的工作，很大一部分便是分析'意义'底各种意义。我们自然见到这个名词具有不少的意义，然实未曾想到日常言论之中彼此竟会那样相混。"① 为此，他在《意义之意义》中把"意义"一词的定义归纳了 16 种。他甚至认为，社会的种种混乱冲突都是人们对词语意义的长期误解所造成的。特别是在比较文学研究领域，一个关键的词如果翻译得不恰当，会严重影响传达者所要表达的思想。因此，他认为要进行比较文学的研究，首先要必备三个条件：一位熟知中国思想的中国学者，一位详知中英两种语言典实的翻译者，一位能在语境下做具体分析的"意义"学者。而《孟子论心》一书就是满足这些条件的成功实践。

《孟子论心》是瑞恰兹在清华大学任教期间，在黄子通、博晨光（L. Porter）、李安宅等教授的帮助指导下完成的。该书共分四个部分："有关翻译的一些问题"、"孟子的言说模式"、"孟子的心性论"和"关于比较研究的技巧"，对《孟子》做了自己独特的文化解读。至于关注中国传统思想的原因，在该书序言中瑞恰兹谈道，他对胡适的"中国传统哲学对现代思想没有什么贡献，而只有历史意义"这一言论大惑不解，他恰恰认为通过对中国传统思想的研究，可以对强调逻辑分析的西方语言起到纠偏作用。因此，对他而言，"比较研究的价值并不在于我们对孟子思想获得什么意见，例如，他教会了我们什么，而是力求通过在孟子与其他人之间所进行的比较研究，对于思想本身能有什么发现。"②

通过对《孟子》的比较研究，瑞恰兹发现，由于文化背景的差异，中西方对"事实"这一概念的界定存在着巨大差异。西方重视自然本性，所以"事实"对西方来说具有客观色彩，强调的是自然界的客观性质；而中国传

---

① ［英］瑞恰慈：《〈意义底意义〉底意义》，见徐葆耕编《瑞恰慈：科学与诗》，清华大学出版社 2003 年版，第 74 页。

② I. A. Richards, *Mencius on the Mind：Experiments in Multiple Definition*，London：Routledge，2001，p.8.

统文化更强调道德伦理，即孟子所说的"性本善"，因此"事实"具有明显的人文性质。这种差异决定了二者不同的提问方式：西方往往问"是什么"，而中国则问"应该是什么"。虽然都是追问"事实"，但是前者侧重"自然之性"，后者倾向"人之性"。正是由于对"事实"的界定和提问方式的差异，所以导致了两种文化交流的困难。那如何消除中西文化交流的障碍呢？瑞恰兹认为需要一种解释的技术——"多义界说"（multiple definition），即"凡下任何界说的时候，都在心理的背景里面加上种种敌对的界说"①。也就是说，要考察词语的多义结构，而不能简单对其进行单一的意义界定。因为在瑞恰兹看来，"我们对于怎样思想，知道的还不够多，还不配说一切思想都要使用这一种或那一种工具而不使用别的"②。引入"多义界说"这一技术的实质就是反对西方话语的强烈"排他性"，即"是什么而不是什么"的思维。他认为，这种强调逻辑清晰的西方语言正需要"语法范畴不明"的中国思想来加以平衡。作为一位西方学者，瑞恰兹毅然批评自己的母语而主张与东方具有包容性的言说方式相融合，这与之前所一贯坚持的平衡、协调的中庸思想不无直接联系。

正如翟孟生（R. D. Jamesom）所说："他给我们的贡献，与其说是分析了孟子自己底心理或者孟子所冥想的心理，都不如说是解除了西洋人底困难，不致再受西方逻辑与科学所自产生的语言习惯的束缚，以致不了解语言习惯不同的心理——那就是因为语言习惯底不同而使用一种好像文不对题的逻辑结构的心理。"③ 因此，瑞恰兹告诫20世纪初正处于现代转型期的中国，全面吸收引进西方的逻辑技术是危险的，不要重蹈西方的覆辙。只有均衡西方的逻辑语言和中国传统的"多义"思维，才能找到人类理想的表达意义的方式和技术，最终打破沟通障碍，促进不同文化间的心智沟通和文化交流。可见，瑞恰兹具有宏阔的世界视野，希望建立一个彼此沟通、达成和解的"大同世界"。这种"大同"思想不仅表现在意义交流理论层面，更体现在他

---

① I. A. Richards, *Mencius on the Mind*：*Experiments in Multiple Definition*, London：Routledge, 2001, p.87.

② I. A. Richards, *Mencius on the Mind*：*Experiments in Multiple Definition*, London：Routledge, 2001, p.88.

③ 翟孟生：《以中国为例评〈孟子论心〉》，见徐葆耕编《瑞恰慈：科学与诗》，清华大学出版社2003年版，第77页。

推广"基本英语"的实践中。20 世纪 30 年代，他和奥格登一起发动了一场世界性的"基本英语"运动，希望创造一种简单易推广的世界语，为此他几乎付出了后半生的全部精力。

综上所述，中庸思想所蕴含的平衡和谐的观念深深地影响着瑞恰兹美学、文学理论、中西文化交流等各个领域的研究。此外，瑞恰兹一生的思想都与中庸之道有着千丝万缕的联系。他本人就是一个思想矛盾体：既崇尚科学，又热爱诗歌；既是经验主义论者，又崇拜形而上学；既要求文学批评的科学化，又极为重视非理性的诗歌情感语言；既看重表述经验价值的批评部分，又强调表述客体的技巧部分；既注重文本的细读，又呼唤读者的交流；既是文化保守主义者，继承了古希腊的和谐美学观，又是新文艺理论的开拓者，开启了 20 世纪文学的"内部研究"方法；他的思想既是西方的，运用心理学方法进行科学化实践，又是东方的，汲取中国传统文化中多义语言的智慧……但他总是努力调和思想中对立的矛盾双方，让这些冲突得到最大程度的统一。虽然，瑞恰兹更多的只是抓住了"中庸"的技术层面——避免走极端而尊重冲突各方，由于受文化背景的限制，还没有完全领会中庸思想所包含的深刻的文化内涵。但我们仍旧可以说，中庸之道是贯穿瑞恰兹一生思想的方法论基石，是他理论研究的一个中心关键词。

（原载于《宁夏社会科学》2010 年第 6 期）

论沃尔顿美学三原则对
文艺本质研究的启示

刘心恬

文学艺术的本质一直是文艺理论与美学研究的热点，层出不穷的新思路试图从多维度进行新阐释。迄今为止，文艺本质研究的基本模式大致有两种：一是"圆圈模式"，视文艺本质为多样化文艺实践背后的相对稳定的存在，认定其历经时间长河的考验、跨越地域文化的界线而具有共通性与普适性。文艺本质凌驾于创作与接受活动之上，从文艺实践中抽象上升并反之指导创作与接受活动的开展。二是"对话模式"，将文艺活动之内外的诸多因素视为自足个体，并使之流动起来彼此对话交流的模式。该模式下的文艺本质经由建构而生，体现间性与互动的目的在于解构统摄与被统摄之间的同一性关联模式，使创作者、接受者、作品、世界等元素摆脱身份地位的限制都登上文艺理论的台面，游戏流转，各说各话。上述两种模式引导出两条道路：或将文学艺术置于一个统领性的维度之下，创作与接受都围绕此本质展开；或将文学艺术置于各因素的关联之中，从多元融合的角度建构文艺本质，从中解读出社会文化、意识形态以及审美等诸多层次。然而，如此研究对与文学艺术本质相关的细节问题不求甚解，易产生合理性大于矛盾性的空泛场面，使思考陷入停滞。针对这一问题的出现，不妨借鉴当代西方美学研究的方法，找寻突破瓶颈的道路。美国当代著名美学家肯德尔·沃尔顿在就任美国美学学会主席的就职演说中，提出了美学研究的三个原则，可作为文艺本质研究方法创新的借鉴。

一、沃尔顿美学三原则

在新世纪之初，肯德尔·沃尔顿提出了美学学科建构和艺术哲学研究的三个纲领性方法论提议，概括而言，即"慎用支柱，民主备选"、"尊重历史，还原多样"、"价值中立，去除预设"。富于辩证意味的"美学三原则"对突破当下文艺本质研究的境况颇具借鉴意义。

1. 慎用支柱与民主备选

作为三原则之首，这一原则奠定了美学方法论基于辩证、趋向多元的理论基调。沃尔顿指出，"由于其个别性和特殊性，对于美学和艺术理论相关概念的任何修正和改良，我们不能将之作为一个理论的支柱，而只能将其视为诸多备选的可能性之一来审视"①。21世纪是多元化的理论思潮共商大计的时代，步入21世纪的美学，再也没有任何一种理论主张能统领其他流派。但美学与艺术理论的发展仍然要在一条主要线索的指引下展开，兼容民主、倡导争鸣、并蓄多元，方为健康有序的进步形态。对文艺本质问题的研究须从"非此即彼"的同一性境遇走向"亦此亦彼"的对话关系，反映论、工具论、审美意识形态论等层面均无法压倒他者荣登统领宝座，毕竟动态前行的文学艺术创作需要辩证的理论作支撑，只有各层面有机协调、执手共进，才能逐步揭开文艺本质的朦胧面纱，接近文艺本质的真正答案。然而，从"非此即彼"走向"亦此亦彼"易，从"亦此亦彼"走向"由此及彼"难，后者牵涉从笼统还原细节的过程，在提出论断时容易产生脱离现实与价值预设两种情况，使理论主张再次偏颇。为引导细节建构原则步入正确的轨道，沃尔顿针对小问题研究中产生的两个困境，提出了后两个美学研究原则，即"尊重历史、还原多样"的原则和"价值中立、去除预设"的原则，为辩证而公正地解答文艺本质问题指引出一条出路。

---

① Kendall L. Walton. *Aesthetics—What？ Why？ And Wherefore？* The Journal of Aesthetics and Art Criticism，65：2. 2007 Spring，p.159.

2. 尊重历史与还原多样

理论不能脱离现实的土壤，回归现实并经过历史考验的理论不可避免地要改良和调整，偏离原初面目，却因此更加合理可信。文艺本质问题也不例外，离开民族性、地域性的抽象研究只是纸上谈兵，不堪一击。针对这一现象，第二原则指出文艺理论与艺术哲学研究要在尊重被研究对象的历史性并还原其多样性的基础上展开。

针对美学与艺术理论尤其是对艺术定义的研究中出现的欧洲中心主义倾向，沃尔顿指出："我们必须认识到，不同文化背景的人们拥有并使用他们自己的艺术定义——不同于西方的艺术定义。这些艺术定义是各自民俗文化的有机组成部分。我们应该避免将本不属于此民族文化的艺术定义强加于此民族的人们。"① 美学与艺术理论的建构要在深入了解此艺术所植根的民族文化的基础上进行，基本方法是"尽可能精确地还原此艺术定义的民族文化特性"。他建议哲学家"将自己的精神状态置于被研究对象所处的文化地域民俗背景之中，将自己想象为当地居民"，从而能够真正"发自内心地"理解这种艺术本身，对其熟悉程度好比"说土话"一样熟练。② 沃尔顿始终秉持价值中立的学术原则，认为上述与研究对象的近距离接触并不意味着立场上的认可和价值判断上的认同，因为"任何认同与批判都必须从理论本身的优劣出发"。作为不能脱离民族性的一分子，由于本身就深受民族文化影响，对哲学家而言，与当地人民沟通以了解被研究对象并不是难事，但哲学家所应避免的，正是"由于这种亲近和亲缘关系所产生的价值判断倾向性"及其对判断的客观性所带来的干扰，这种干扰是"不明智的"，也是"不恰当的"。③

在艺术作品多样性与艺术哲学抽象性的关系问题上，沃尔顿也提出了自己的质疑。他指出："经过我们的判定，具有高度审美品质的艺术作品有

---

① Kendall L. Walton. *Aesthetics—What？ Why？ And Wherefore？* The Journal of Aesthetics and Art Criticism，65：2. 2007 Spring，p.159.

② Kendall L. Walton. *Aesthetics—What？ Why？ And Wherefore？* The Journal of Aesthetics and Art Criticism，65：2. 2007 Spring，p.159.

③ Kendall L. Walton. *Aesthetics—What？ Why？ And Wherefore？* The Journal of Aesthetics and Art Criticism，65：2. 2007 Spring，p.159.

许多，评判这些作品优劣的标准也有许多。"① 因此，"审美价值好比一个摸彩袋"，袋内容纳的物品复杂到令人"难以置信"的地步。面对纷繁复杂的艺术作品，我们岂能用单一的评判标准去衡量框定所有上述类别呢？从繁杂现象中进行概括抽象得出的审美价值评判标准大多与人们对日常生活的关注相关联，包括"认知的标准"、"道德的标准"、"宗教的标准"以及其他种种"功利实用的标准"等，② 这一颇富包容性的概括对文艺本质研究实有借鉴意义。

沃尔顿在研究文艺与道德的关系时，将作品的审美价值与道德价值的关系问题还原到作者、作品、读者三者构成的阅读接受过程中去，尤其着重对在读者阅读接受的环节上对文艺与道德关系的灵活性和多种可能性进行阐释。他指出，基于自身的文化背景与价值取向，受众对作品的解读与接受具有自主性，即便作者在创作文学艺术作品时意在传达某种道德、政治或文化的价值倾向，作品未必在接受环节中传达得到位，甚至可能产生相反的效果。比如读者在阅读一部作品时，"如果发现作者在鼓吹一种与自身道德观和价值观相冲突的立场，很自然地就会自觉地抵制它，拒绝按照作者的指示去思考、去感觉、去行动，甚至很有可能对作者这一企图表示反感"③，更不必说有的作品在创作之初，就是以反对者的姿态进行描述的。比如"一个故事可能同时致力于鼓励读者反对主人公的所作所为，作者甚至会直接表示自己是反对她笔下人物的道德观的"④。反面描写反而更能激发读者去认清自我和描写对象之间的差异，产生更强烈的审美感受，也带来更到位的道德教化作用。

但价值中立的客观研究不等于没有立场。在还原历史的多样性之后，沃尔顿指出文艺与道德之间的确有密切的关联，文学艺术作品中的意识形态层面会对其审美价值的鉴赏与评判产生影响。他指出：

---

① Kendall L. Walton, *How Marvelous*! *Toward a Theory of Aesthetic Value*, Marvelous Images：On Values and the Arts, Oxford University Press, 2008. pp.3-4.

② Kendall L. Walton, *How Marvelous*! *Toward a Theory of Aesthetic Value*, Marvelous Images：On Values and the Arts, Oxford University Press, 2008. p.4.

③ Kendall L. Walton, *Morals in Fiction and Fictional Morality*, Marvelous Images：On Values and the Arts, Oxford University Press, 2008, p.28.

④ Kendall L. Walton, *Morals in Fiction and Fictional Morality*, Marvelous Images：On Values and the Arts, Oxford University Press, 2008, p.30.

面对那些鼓吹异己道德观的作品，它们让我们如此失望、分心甚至反感，以至于我们的确无法静下心来欣赏它们的审美价值，即便这种作品本身是享有某种审美价值的。……没有任何人能彻彻底底地将审美价值与道德价值完全清晰地剥离开来，并加以独立地鉴赏。即使一部作品所传达的令人厌恶的道德倾向没有损毁或削弱它的审美价值，它的道德倾向也不会因此而被观众所接受与认可。①

作品所宣扬的道德观和政治立场与受众自身的趋向发生了冲突，导致审美欣赏不得继续开展，甚至会因非审美的其他因素导致对审美价值的否定性评判，因为在实际的阅读接受过程中，读者"在心理上往往做不到为了达到审美欣赏的目的，将自己的道德主见置入括号中加以悬搁"②。在现实的思维过程中，政治立场与道德倾向的选择很难被单独隔离出来，审美活动与认识活动总是带有意识形态的烙印。经过辩证分析多样化文学艺术作品的传播接受过程，在提出阅读接受的多种可能性的基础上，沃尔顿又指出，文学艺术作品的审美价值与道德倾向在特定语境下彼此享有一定程度的独立自足性，但完全割裂二者关系，将道德倾向与意识形态烙印加上括号悬搁不问的做法，不仅欠妥当也不具有可行性。

3. 价值中立与去除预设

沃尔顿在第三原则中指出：我们不应允许艺术的定义或者我们自诩为的"艺术哲学家"头衔本末倒置地引领甚至决定我们的研究；也不应允许那些人为主观臆造的数据和例子预设地服务于我们的理论建构；还不应假设传统的美学学科边界能够同时将多元化的艺术创作本身也同一化，更不应假设这些创作实践是可以用单一理论全面阐释的。③

针对价值预设行为，沃尔顿提出了解决方案，指出要让理论"如其所

---

① Kendall L. Walton, *Morals in Fiction and Fictional Morality*, Marvelous Images：On Values and the Arts, Oxford University Press, 2008, pp.28-30.

② Kendall L. Walton, *Morals in Fiction and Fictional Morality*, Marvelous Images：On Values and the Arts, Oxford University Press, 2008, pp.28-30.

③ Kendall L. Walton. *Aesthetics—What？ Why？ And Wherefore？* The Journal of Aesthetics and Art Criticism, 65：2. 2007 Spring, p.159.

是"并"如其所愿"地自主发展。当时机成熟、数据齐备、考虑周全的时候,当我们能够对理论的发展作出宏观把握的时候,就要不失时机地及时出手。但理论最终的形态和规模,却不能被提前定调或预先定性。与韦伯所提出的价值关联与价值中立原则相似,沃尔顿也指出:"理论上讲,由于开始一项研究之前学者必须对课题的可行性和正确性进行论证,所以对课题的选择不可能是中立的。但开始研究之后,就不能按照我们所人为设定的学科边界以及对艺术的定义界定等界线框定研究本身。"①

虽然秉持价值中立原则,沃尔顿并非没有基本立场。他指出,艺术哲学和艺术理论研究要从艺术创作与欣赏的实践出发,或许在多元化的艺术定义中确定一个统领性的权威并不容易,但是脱离实践的空头定义肯定不利于艺术理论和创作的发展,脱离艺术史空谈艺术定义的争论与纠结并不符合艺术哲学理论建构的初衷。预设艺术定义再对艺术进行欣赏的行为未必能够接近艺术作品的意义,理论界定与普通鉴赏之间的关系未必是同一性的,艺术创作在理论之外有自主性、自律性和独立性,艺术作品本身和艺术审美活动本身恰恰是我们应更加关注的。

因此,文艺理论研究讲求民主与多元,并不意味着毫无逻辑的混乱无序,而是必须要有一个"宏观基本问题"(Grand Basic Question)作为引领。所谓宏观基本问题是指作为一个"学科理论中心的问题",其他所有问题都"或多或少地与其发生直接或间接的关联",理论家往往通过这一问题统合并建构自己的理论体系。找到或提出一个宏观基本问题是确定研究课题的重要途径,由此"有利于定位整个理论的核心",继而宽松地框定学科界线,使相关研究"宽松地围绕在它周围"②。就此针对美学学科建构,沃尔顿指出,"'艺术是什么'这个问题决不能被当作是本学科固定不变的唯一理论中心。我们应该期待这样一种学科建构,即认识到它的宏观基本问题不是一成不变的,而是被持续质疑讨论的。"③ 找寻答案是重要的,但分析问题的过程更为

---

① Kendall L. Walton. *Aesthetics—What? Why? And Wherefore?* The Journal of Aesthetics and Art Criticism, 65:2. 2007 Spring, p.160.

② Kendall L. Walton. *Aesthetics—What? Why? And Wherefore?* The Journal of Aesthetics and Art Criticism, 65:2. 2007 Spring, p.148.

③ Kendall L. Walton. *Aesthetics—What? Why? And Wherefore?* The Journal of Aesthetics and Art Criticism, 65:2. 2007 Spring, p.148.

关键。理论体系要围绕宏观基本问题展开，若干小问题像被磁铁吸引般环绕其周，每一个微观问题因而分有宏观基本问题的精髓，并为最终阐释构建宏观基本问题而存在，系统而不失灵活，谨严却避免同一，有序而不失民主，多样却避免芜杂。

二、追问、省察与启示

将之置入当代西方美学研究的语境中省察可知，沃尔顿美学三原则的提出符合当下研究的潮流和未来发展的需求。由于宏观叙事的大问题意识已经转向对小问题的挖掘与细致阐述，西方学者大多通过对审美价值、审美经验以及艺术定义等小问题的论述逐步揭开文学艺术本质这个大问题的面纱。著名学者如诺埃尔·卡罗尔、彼得·基维、罗伯特·斯特克、杰拉德·莱文森等人大多将目光聚焦于艺术风格、审美价值、审美性质、审美态度、移情、想象、叙事以及虚构等问题上，较少直接谈论文学艺术的本质问题，试图借由小问题的讨论迂回接近大问题的答案。彼得·基维用"刺猬和狐狸"的比喻来形象地阐说二者之间的区别，他指出："我们正在进入对美的艺术进行哲学探索的新时期。倘若丹托的时代是刺猬的时代，它只知道一件大事，那么我们现在正进入一个狐狸的时代，它知道很多小事。……刺猬知道一件大事，小狐狸们知道一件小事。小狐狸们绝不应该受到轻视。"① 所谓阿瑟·丹托是知道一件大事的刺猬，是指丹托的艺术哲学理论始终带有宏大叙事的色彩，所讨论的多为关乎艺术哲学史的大问题，最典型的即艺术终结论或艺术目的论。所谓诺埃尔·卡罗尔是知道许多小事的狐狸，是指以卡罗尔为代表的美学家们不再专注于丹托时代的大手笔，转而在细微角落挖掘艺术与审美的真谛，宏大叙事的主导地位逐渐被微小叙事的潮流所取代。基维更进一步指出，虽然没有宏大叙事对艺术哲学整体的把握，专注挖掘细微问题的狐狸时代却是不容轻视的。但他没有更深入地论述下去，刺猬时代之后美学迎来了狐狸的时代，狐狸的时代之后，美学又将何去何从？对

---

① ［美］彼得·基维：《超越美学·前言》，见［美］诺埃尔·卡罗尔《超越美学》，商务印书馆 2006 年版。

于艺术哲学的未来发展而言，消弭刺猬与狐狸之间的对立，在刺猬的时代和狐狸的时代之间架起一座桥梁，在宏大叙事的"宏观把握"与细微问题的"细微处见真谛"之间找到合理的平衡点与结合点，小中见大，为超越时空的大问题找到日常经验中的证据与表征，谢绝理论霸权转而追求多样阐释的学术趋势，将成为促进美学突破与中西对话的主要推动力。沃尔顿美学三原则是在长期观察西方美学研究动向、省察问题、找寻出路和调整思路的前提下诞生的，必然具备一定的历史规定性，又因中西方学者在方法论与基本观点上存在许多相通之处，在比较中进行改良调整遂成为找寻创新之路的捷径。

回顾新世纪 10 年的文艺本质研究，其方法论已从"非此即彼"的独断论转入"亦此亦彼"的多元论。展望下一阶段的研究，对这一问题的讨论需从"亦此亦彼"的笼统论述走上"由此及彼"的辩证道路。从刺猬的时代过渡到狐狸的时代，从对大问题的宏观把握转入对小问题的微观阐释，是从"亦此亦彼"走向"由此及彼"的必由之路。进一步调整研究方法，须秉持"大小兼顾"、"小中见大"、"以小'建'大"的原则，以开放多元却又不失辩证逻辑的姿态对宏观与微观问题进行重新思考。

所谓"大小兼顾"是指，对"文艺本质是什么"的回答难以通过宏观把握达成，只有通过兼顾相关小问题的研究，才能逐步接近大问题的答案。如文艺本质作为文学艺术创作欣赏活动中具有相对稳定性的大问题，在各个时期、各个地域、各个民族文化中均有不同的历史规定性，有的甚至差异较大。仅从宏观论述文艺本质问题难以令人信服，需要同时兼顾其在不同历史规定性下的个别研究。正如沃尔顿所云，各民族对文艺本质问题的表述不同，对艺术的定义也有不同，用独一无二的定义或理论体系去框定全球文化语境下的研究对象实不可取。因此，对文艺本质的研究需要结合时代特征、地域特性以及民族特质等多方面的背景，以考察其在不同语境下的差异性。所谓"小中见大"是指，在研究小问题时要时刻以其所体现的宏观性质统合个别性与差异性，切勿因小失大，无视逻辑，从大问题的轨道上偏离出去。例如二战或"文革"等特殊历史时期的文艺创作带有浓厚的意识形态工具色彩，以偏概全地认定文艺本质是意识形态工具的立场就走入了只见小不见大的误区。因此，对文艺本质的研究需要稳中求变，更要变中求稳，以概括其在差异性与多样性中一以贯穿的稳定性。所谓"以小'建'大"是指，小问题是大问题的断片显现，一蹴而就地直接研究大问题不若走拼图式的细节建构路径，步步为营地逐步推进对文艺本质问题的研究。如对文艺与道德、政治、文化、宗教以及认知等社会活动的关系的论述都可见出并建构文艺的本质，将与之相关的问题有机地串接在一起，就好比一块块拼图凑在一处，终能勾勒出文艺本质的宏观面貌。由此根据上述三原则省察文艺本质问题论争，可从以下几方面进行思考：

首先，文学艺术植根于社会，必然烙上社会属性的烙印，无论是意识形态性、认识性、宗教性、道德性还是政治性、文化性，都是文学艺术社会属性的显现。之所以不能简单地将之归为文学艺术的本质，乃是因为上述种种性质产生于文学艺术创作活动与政治行为、认识世界、宗教信仰、道德评判或文化传播等诸项活动的结合之中，并非专属于文学艺术本身。由于产生于二者结合部，上述性质既有了文学艺术活动的本质，又承继了其他社会活动的本质，二者相生相依，难以分离。然而，将其他社会活动的本质阐说为文艺本质的观点不免有失混乱。从文学艺术的审美价值来看，一件文学艺术作品或一项艺术表演行为若与其他社会行为结合，其反映内容或创作主旨越倾向于文学艺术本身之外的社会属性，其审美价值会相对削弱。如一幅画倘若为室内装潢而创作，并旨在赢得顾客青睐的话，其商品性将大大超过艺术性，历经时间考验而流传的持久性降低；歌唱家的表演倘若为赢取比赛奖杯并刻意迎合评委及观众的欣赏品位的话，其功利性将大大超越艺术性。所以，将文学艺术从其与社会行为的融合中分离出来、将文学艺术的本质从其功能层面抽离出来，的确更有利于认清文艺本身的价值与本质。

其次，将上述种种性质归为文学艺术本质的不同层面也未必妥当。千年以来西方哲学始终追求现象背后的本质、世界背后的终极目的，它是柏拉图的"理念"、亚里士多德的"第一动因"、"不动的推动者"，是普罗提诺的"太一"、中世纪神学的上帝，是夏夫兹伯里与哈奇生的自然神，是黑格尔的"绝对理念"，是叔本华与尼采的"意志"……虽然这些尝试几乎全被后世哲学家所批判甚至颠覆，它却告诉我们一个基本事实，即所谓"本质"必定是一个不可分割的整体。文学艺术的本质也不例外，倘若将文学艺术的本质分为审美、认知、意识形态等不同维度，就无法将之把握为一个整体，对本质的追问也就无法停止地层层递进下去。从对本质的追寻本身来看，倘若文学艺术的本质是意识形态的反映，那么意识形态的本质是什么？倘若文学艺术的本质是认识世界，那么认知活动的本质是什么？倘若文学艺术的本质是道德评判和宗教信仰，那么道德和宗教的本质又是什么？假如上述本质都可以同而化之地归于"文学艺术的本质是人学"的阐说，我们难免又要面对"人的本质是什么"的难题，如此质问必将陷入形而上无底洞的怪圈中。与其纠结在文学艺术与其他社会行为的结合中，不如专注于文学艺术作品及其创作欣赏。

然而，这一理想化的途径一旦被投放现实，又将陷入另一困境中：如何才能做到抽身脱离于文艺的社会属性之外？又何为纯粹的文学艺术活动？是否有可能在文学艺术与其他社会行为的先天结合中萃取出纯粹的文学艺术？如果萃取出一种纯粹文学艺术，是否等于承认其可以脱离地域文化特征而独立自足？是否存在一种世界文学艺术形态能够超越时空差异而普适存在？答案显然是否定的。由此，文艺本质问题遭遇了二律背反的矛盾：一方面，文学艺术先天地植根于社会之中，与各项社会行为都有必然交集，层层剥离萃取的纯粹文学艺术活动已然违背了其存在的前提与基础；另一方面，不将文学艺术从其与各项社会行为的结合中抽离出来，就无法接近并获取专属于文学艺术的本质。那么，针对二者各自的合理性，是否可以于其中找到一条恰切的道路重构文学艺术本质问题？

之所以产生二律背反的矛盾，从方法论层面来看，以部分阐释整体的方法总是试图以文学艺术活动一个层面的功能显现涵盖作为整体的本质本身，于是出现了以反映功能、认识功能、审美功能、政治功能、道德功能、宗教功能或文化功能霸占文学艺术本质整体的理论形态。以部分冒充整体、强调片面而忽视联动的疏漏必将导致"错位提问"，以事物某一方面的特性大而化之霸占性质全体，再提出该事物另一层面的特性，并质疑前者无法达到后者的目标或具备后者的功用，从而否定前者的合理性。那么，如何避免步入"错位提问"的误区，使文艺本质研究从"非此即彼"的简单矛盾对立思维中解脱出来，构筑一条"亦此亦彼"、"由此及彼"的新路：既能圆满地包容文学艺术的社会属性与自身本质于一体，使二者实现和平共处，又能从容地解决二者貌似不得兼容的对抗关系，使二律背反在同一语境下实现消解？

　　通过对沃尔顿美学三原则的分析可以得知，重构二律背反双方之关系的思路并非不可行。在"慎用支柱，民主备选"、"尊重历史，还原多样"、"价值中立，去除预设"三个对立矛盾中，"支柱"与"备选"、"多样"与"普适"、"中立"与"预设"之间也能够找到契合点，不轻易地否定任何一方，给各种合理的观点以一定的尊重，故而"支柱"是与"备选"平等对话的"支柱"，"普适"是从"多样"中考察分析得来的"普适"，"中立"是在无法排除的先天语境"预设"基础上形成的与偏激相对的立场。例如，沃尔顿的理论不纠结于文艺本质是道德观还是审美观，而是在承认道德观与审美观并存的前提下，对二者之间此起彼伏的消长关系进行细致的分析，通过列举不同受众对不同门类的艺术进行接受的差异现象，仔细梳理虚构作品中道德与审美之间的关系。又如，在肯定文学作品作者预设道德观的合理性的前提下，深入考察作品中的作者和现实中的作者在道德观上是否可能存在分离与差异。再如，针对上述问题不仅从作者层面进行考察，还对作品、社会和读者等各个要素都进行了读解与比照。对细节问题不遗余力地耐心分析是沃尔顿理论具有说服力的关键，也对我们深入扩展文艺本质问题的思考提供了有益借鉴。

三、结　语

　　综上，围绕文艺本质问题尚有若干琐碎的细节并未研究透彻，倘若对这些细节讨论不清或有意回避，只在宏观层面抓"本质"的直线论述恰恰对"本质"的追寻增添了障碍。毕竟"本质"这座大厦不能一蹴而就地主观"建构"，而应在诸多细节问题的思索争鸣中自然"生成"。然而，仅靠单方面的主观"建构"或单方面的自然"生成"又不利于文艺本质研究的推进。较为可行的路径唯有从细部研究入手，耐心分析，细致踏实，以宏观基本问题为标杆，从宏观把握上进行主观"建构"，同时依靠细节研究让"本质"自动呈现、自然"生成"在分析过程中。因此，对文艺本质问题的研究不能回避小问题，要从对小问题的论述入手，逐步接近大问题。研究了小问题就是向大问题迈进，以集合对小问题的论述来见出大问题的面貌，并建构大问题的体系。以此摒弃"非此即彼"的独断论，在兼顾"亦此亦彼"的多元开放性的基础上转向"由此及彼"的辩证严谨性，将作为文艺本质问题新研究的发展路径，为文艺理论与艺术哲学研究提供新问题，提高创新性，提升新空间。

（原载于《山东大学学报》2012年第1期）

文学传播媒介的静态含义及
动态交互式结构

陈晓洁

艾布拉姆斯曾经用一个三角形的模式①构建了文学的基本结构，这个结构组合了文学四要素：世界、艺术家、欣赏者、作品，建立起文学研究的基本框架。刘若愚又对这个结构图示进行了改进，通过四个要素构建的循环模式②展示它们之间的相互关系，描述交互逆反的艺术过程。如今这个文学结构图式面临着新的重组的必要，媒介对现代社会的巨大影响促使我们思考媒介在文学活动中的位置和作用。但是我们发现很难直观地用模式图把媒介在文学中的角色表达出来，因为媒介不仅仅表现为其中一个因素或者一个动因。它既在世界、作家、文本、读者构成的循环之内，又在这个循环之外；它既处在文学循环的中心，又构成文学活动的背景；它使作家和读者成为作家和读者，从某种程度上说，是媒介创造了作家和读者；它是文本的载体，同时它也构成文本，它就是作品本身；它还是我们和外部世界发生关系的渠道，可以说我们了解的世界就是由媒介建构起来的世界。它就像空气弥漫在文学活动中，既是其中的要素，又是背景；既是内容，又是形式。所以只能把媒介比喻成一个"容器"，而且需要强调的是这是一个没有边缘和外表的容器。

既然文学是多种要素构成的整体，文学研究就应该把文学作为整体来对待，用整体把握的方式去研究文学。如果只从某些方面去考察就只能得出

---

① 具体模式图参见艾布拉姆斯《镜与灯——浪漫主义文论及批评传统》，北京大学出版社1989年版，第5页。

② 具体模式图参见刘若愚《中国文学理论》，四川人民出版社1987年版，第15页。

部分正确的甚至片面的理论。因此，在新的社会文化背景下，引入媒介的维度能够使文学成为一个更加完整的存在，把文学从线性循环的二维的平面结构提升为三维立体式的交互结构，充实文学的内涵，扩展文学的边界。如果不是媒介的变化和影响，我们可能仍然意识不到文学的边界，因为文学似乎就是一贯如此的，是理所当然的。正是媒介的冲击使我们看到了文学的边界，从而激发我们尝试着扩展文学的内涵和疆域。所以从这个角度来说，媒介技术发展给文学带来的未必是厄运。

传播理论对于媒介的认识已经发生了很大变化，媒介曾经被认为是外在的，冷冰冰的，只是内容的载体。但是以麦克卢汉、伊尼斯、翁、莱文森等人为代表的媒介环境学派告诉我们，媒介并不仅仅是内容的载体，还是传播活动中的重要影响因素，媒介本身就是信息。媒介不仅用自身的形态特性和传播倾向制约着我们接受信息的方式，影响着传播内容，而且还影响到我们的思维方式，影响到社会文化。我们对媒介的理解不能局限于报刊、电视、电影、网络等大众化媒介，这种理解会遮蔽我们身边的很多习以为常但是对我们的传播活动影响深远的事物，比如口语、文字、书籍等，因此我认为应该从关系的角度去阐释媒介。所谓媒介就是使事物处于关系性存在状态的连接物，当一个事物不再是独立的存在状态，而是进入一种关系性的存在，在与其他事物发生关系的时候改变了自身，同时也改变了其他事物，这时我们就说事物之间通过某种媒介发生了联系和相互作用。那个使事物产生关系性改变的连接物就是媒介。以这个视点去看文学传播活动，会发现文学发生史和媒介演变史是交织在一起的，不同时期的媒介为文学提供了不同的传播环境，也呈现出不同的文学与媒介的关系。口语传播时期的文学尚没有获得独立的身份和地位，文字产生之后，文学逐渐摆脱记史、祭祀、政论法规等功利性功能，得以催生属于自身的审美功能，尤其是造纸术和印刷术的发明，使书籍能够大范围传播，并且使长篇叙事成为可能，现代意义上的文学才真正产生。

一、文学传播媒介的静态含义

文学传播媒介在静态呈现上包含符号和物质载体两部分，一个是符号媒介，一个是物质媒介。二者相互区别但是又实为一体。符号媒介是内容和意义的物化载体，表现为按照一定规则和方式排列起来的语言文字序列；物质媒介是符号的物理载体，表现为书籍、纸张等物质形式。符号媒介用线性排列的方式表现为时间结构，物质媒介以一定的空间体积表现为空间结构，二者统一起来构成文学传播媒介。在符号媒介和物质媒介的相互关系中，一方面，物质媒介之所以成为文学媒介是因为文学符号，一本书被看成是文学书籍还是科学书籍取决于书的内容，只有书中的文字被作为文学话语来解读，这本书才成为文学媒介。另一方面，符号无法自我肯定、自我实现，符号的实现必须依托特定的物质媒介，文学符号只有固化为一定的物质形式才能称得上是文学作品。把文学传播媒介看作符号媒介和物质媒介的统一符合文学传播的现实情况，而且只有把符号和物质载体结合起来，我们才能对文学传播整体过程中信息传递的规律进行连贯性考察，而不是把文学的物质载体与创作（编码）和接受（解码）割裂开。

从文学媒介演变进程来看，文学符号媒介和物质媒介都是人自身能力的体现和延伸。媒介的发展是基于人的需要，麦克卢汉认为媒介是人的延伸，不同的媒介可以满足人不同的感知需要，并且这种满足逐渐走向融合。文学传播媒介也经历了由简单到复杂、由体内到体外化、由单一到融合的过程，每个时代的文学传播媒介在符号和物质载体上呈现出不同的特点和组合。口语和文字在媒介历史上出现的时间很接近，口语传播时期，人自身就是物质媒介，在时间流里和人捆绑在一起的声音是得天独厚的工具。面对面的口语传播是一种"全媒体"的传播，因为语言符号的抽象性需要多方面的补充，所以在口头传播活动中，人除了用语言之外，还通过声调、表情、姿态、动作等来补充和加强语言信息，甚至表达语言所无法表达的内容。人将自身变成物质媒介，调动自身所有的器官和表达手段参与到传播活动中，使自身感知能力发挥到传播环境允许的最大可能。但是自身媒介毕竟受到生理条件的限制，所以文字和书面媒介的出现就成为一种补充。语言是听觉的符号，使人类把某种声音和与之相对应的东西分离；而文字是视觉的符号，使人类进一步把声音固化，使之和发出这种声音的人分离，不用再依附于人的身体器官而传播，从而突破了时空局限。文字是人类发明的第一套体外化传播系统，沃尔特·翁认为"文字和印刷术需要各自的物质材料和工具……它们把语词从其自然栖息地迁徙出来，使参与性的语词退居到或明或暗的地位，使之等同于一个符号或一个平面，在文字和印刷术中，真实的口语词是无法存在的"①。文字进一步发展了口语的抽象特性，突破主体的生理局限实现体外化异地、异时传播，从而使文学文本脱离人自身成为自足的存在，标志着文学走向独立发展的道路。书面文学并不是口语文学的记录，而是完全不同的活动，因为它们的载体或者说媒介发生了变化。从以语音为媒介到以文字为媒介，从以自身为媒介到以各种书籍纸张为媒介，口语传播的互动性、随意性、生动性、明确性都丧失了，但同时文字媒介也弥补了口语媒介的不稳定性、依赖性等不足，文学获得了自足的独立性，脱离创作主体的文本获得了多种阐释可能性。"人类的传播活动只有过渡到写—读阶段，严格意义上的文学活动才算开始，才有了现代意义上的作家、作品和读者，人类才开始借助文字的魔力建构神奇的文学空间，文学交流才与人的日常活动拉开了距离，进入审美的国度。"② 语言和文字这两种抽象符号媒介具有极强大的生命力，尽管物质媒介在技术推动下发生了巨大变化，语言和文字却始终存在。几千年的历史演变说明这两种媒介必然有其存在的理由，原因也许是因为人的抽象能力的需要和体现。保罗·莱文森认为言语和文字都是人类抽象思维能力的产物，同时也是人类抽象机制存在的理由。虽然当代媒介越来越走向视觉化、形象化，但是始终无法完全取代语言文字，因为这些媒介都无法满足我们创新思维和抽象能力的要求。到了大众传播时代，各种电子媒介进入文学传播活动，对文学的符号媒介和物质媒介产生了极大的影响，这时的符号媒介虽然仍以文字为主，也出现了很多不同于传统文学文本的表达方式，物质媒介则走向多元化和交互式，传统的纸质媒介受到冲击，影视、网络等大众传播媒介成为主流媒介，新兴的以目标用户为中心的网络"终端"媒介③，比如手机、平板电脑等媒介引发的信息革命正在迅速改变着信息传播的方式，也改变着人们的阅读习惯和文学观念。

---

① 参见 Walter J.Ong，*Interfaces of the word*，Cornell University Press，1977，pp.21-22。

② 刘月新：《传播方式与文学活动》，《三峡大学学报》2004 年第 4 期。

③ 参见《媒介》2010 年第 11 期，第 22 页。终端是网络社会的触角和节点，如今正在走向智能化，终端本质上是人类自身的延伸，从收音机、电视、一直到 ipad、笔记本电脑、手机等，终端经历着不断更新、覆盖的跨越式前进，追求人机合一的体验目标。

二、文学传播媒介的动态结构

当我们把文学传播看作动态的信息传递过程，会发现文学传播媒介是贯穿始终的能动性活动因素，它在不同的信息传递阶段作为不同形式的中介发挥作用，通过多重媒介化把创作主体、传播主体、接受主体组织成一个交互式的媒介结构。文学传播活动的主体是人，人在文学传播过程中的不同位置和作用决定了不同的主体定位，从文学活动的整体来看，创作主体、传播主体和接受主体构成人的主体性的不同形式，这三种形式并不是绝对的，在不同的历史时期会出现不同的交叉，在不同的文学传播过程中也会有不同的重叠。媒介进入文学传播活动意味着创作主体和接受主体之间产生了依托媒介的结构性关系，不同时代出现并使用的媒介塑造着不同的创作与接受之间的互动关系。就像文学传播媒介并非一个单一、固定的所指而需要从多重层次上去分析阐释一样，文学传播媒介也是多重媒介化的结构过程。我们分别从文学创作、文学流通、文学接受三个环节分析文学传播活动中各个因素与媒介之间复杂的结构性关系。

文学创作是人内传播的过程，体现了文学传播媒介结构中的第一重媒介化过程。创作主体以自身为媒介，通过感知、思维器官与自身以及外在世界进行信息传递。在这个人内传播活动中，主体和现实世界之间产生互动交叉关系，现实世界进入主体感知范围，成为主体的对象化存在，进而被主体内化为主观心灵世界，主体必须以自身为物质媒介实现外部世界的主体化，通过感知自身来感知外部世界。这是一个逐渐积淀的过程，并非一蹴而就，外部信息在主体感知和意识作用下，经过主体自身这个媒介的改造和过滤成为主体信息网络中的节点，从而被主体媒介化，所以客体的主体化是通过主体自身的媒介化实现的。主体在感知和思考外部世界的同时，也把自身客体化，以顺应外部世界的信息要求，表现在主体的感觉器官不再是纯粹的生理器官，而成为被外界信息所期待的媒介化器官，要依据外部信息系统的要求而作出相应调整，通过适应客体获取信息，比如光影信息，我们要用视觉器官去获取，而气味信息要用嗅觉器官去获取。主体不仅要以自身感知器官为媒介获取外部世界的表层信息，同时还要以自身思维器官为媒介获取外部世界的内在信息，二者共同形成主体的心理现实，所以主体的客体化也是通过主体自身的媒介化实现的，主体的视觉、触觉、味觉、嗅觉以及情感、抽象思维、潜意识等众多因素参与这个主体自身媒介化的活动。在这个过程中，主体既是信息传播的主体，也是信息传播的客体，还是信息传播的媒介。

　　然后文学主体要依托媒介进行第二重媒介化，也就是文学流通过程中的媒介化，把创作主体的心理现实固化或者说物化。创作主体的心理现实还称不上是文学作品，通过选择相应的符号并赋予其意义，以及主动或被动地选择媒介形式才能使内在信息外化为物质形式，从而进入流通过程。作者选择文字以及物质载体的过程是一个把媒介主体化的过程，让文字符号具有了主体的个性化特征，让媒介成为主体主观情感世界中的传播媒介，实现了媒介的主体化。同时主体也在媒介化，选择什么样的媒介也就决定了主体如何物化自己的内心世界，如何把人内传播中以自我为中介创作的信息再转化为媒介所能承载的信息。"对不同媒介的选择会影响文学文本的意义走向。……文本的意义及修辞效果因媒介的不同而或多或少出现差异。"① 第二重媒介化也是一个符号媒介和物质媒介交互作用的多层次过程，它首先体现在创作主体用一定的符号和物质载体完成初步的文本，这个文本是一种"前流通"文本，创作主体通过媒介化完成了符号和意义的自我交换，但是还没有实现指向主体之外的交换，如果这个文本不进入流通过程，那文学就成为一种自娱自乐，也就不能称其为真正的文学传播活动。当"前流通"文本脱离制造者作为自足的文本形式与抄写、印刷、出版、发行等人或机构发生关系时，也就和传播主体产生关系，进入流通过程媒介化的第二个层次。传播主体将创作主体和接受主体联系起来，既体现为具体的传播者，也体现为传播机构或传播产业。传播主体是逐渐从创作主体和接受主体中剥离出来的，从最初由作者或者读者负责文学的传播活动，逐渐发展到独立的专门从事流通活动的传播主体，并且呈现出越来越分化的发展趋势。例如在中国图书发行史上，直到宋元时期仍然是刻售一体，出版与发行混合在一起，明代从事书籍销售的店铺陆续和刻书的作坊分离，独立行业形态的图书发行业正式出现。② 传

① 王一川：《论媒介在文学中的作用》，《广东社会科学》2003 年第 3 期。
② 参见高信成《中国图书发行史》，复旦大学出版社 2005 年版，第 88 页。

播主体并非被动地接受"前流通"文本，当"前流通"文本进入其关注视野，文本的自足性就受到挑战，必须要接受传播主体的选择和主观改造，成为其主观世界中的潜在传播文本，同时"前流通"文本也用自身的内在结构竭力抗拒和说服传播主体，使之接受创作主体的主观诉求，所以最终进入流通的文本是创作主体和传播主体之间妥协的结果。随着物质媒介的进一步发展，传播主体日益专业化、产业化，他们掌控着流通环节的资源和渠道，对创作主体和接受主体的影响和控制越来越大，成为文学传播活动中越来越重要的因素。

文学创作主体的心理现实物化为外在符号和物质媒介，并通过传播媒介进入流通渠道之后，文学传播媒介的交互式结构进入第三重媒介化，即文学阅读的媒介化。文学阅读的媒介化过程也非常复杂。首先，在与物质媒介发生关系的过程中，读者要把自我"媒介化"，读者的阅读首先要拥有物质媒介，如果是纸质媒介的文学文本，读者首先要拥有这个纸质文本；如果是基于网络的文学文本，读者首先要获得网络的使用条件和能力。在这个媒介化过程中，读者对信息的解读受到既有物质媒介的影响和制约，什么样的阅读方式在很大程度上决定了读者选择文本的方式、目的和类型。文学接受者在接触媒介的过程中将自己的前审美期待调整到与既有媒介相适应的状态，实现自身的媒介化。同时物质媒介也成为文学接受者主观认知和情感世界中的对象化的存在，成为带有接受主体倾向性的媒介。其次，阅读的过程是符号意义交换的过程。读者首先要与文学文本的符号媒介达成信息共享的一致性，也就是说要能看得懂那些符号，然后文学阅读进入以接受主体自身为媒介的内向传播过程。在这个过程中，文学接受主体自身的认知和情感因素既构成解码的前提条件和基础，同时又形成解码的障碍和局限。符号的解码从来都不是能完全实现的，都是部分实现，甚至是对抗式实现，即超出或者扭曲创作主体主观愿望的解读，而这恰恰体现了文学接受的能动性，体现了接受主体进行文本解读时的主体性。文学接受者把符号转化成相应的意义，使之成为自身信息系统中的构成因素，从而使符号媒介主体化。同时文本也在召唤潜在的"理想读者"，这种理想读者是文本中的建构，接受主体在解码过程中通过与理想读者的抗争与妥协，实现自身的客体化，使自己的心理世界成为受文学文本影响的对象性存在，实现双方的意义交换和关系性的主客体置换。阅读和接受并不是文学传播活动的完成，因为接受主体的反馈也是文学传播活动中的重要内容。

创作主体、接受主体和传播主体之间基于媒介产生的信息交流和循环往复的互动，使文学传播媒介呈现出多层次交互式的动态结构。以往我们的文学研究更多地从作者、读者、文本、语言等方面研究文学现象和规律，忽视了对文学传播媒介尤其是物质媒介的研究。从宏观历史语境来看，物质媒介对文学的诞生、发展和兴衰发挥了一定程度的决定性作用，媒介形态影响甚至决定了文学的生产、消费和发展轨迹，文学创作和文学接受因此而产生变化，并进而引起文学功能和文学观念的变革。

（原载于《齐鲁学刊》2012 年第 2 期）

论环境审美体验与场所感的关系

宋艳霞

引 言

中国环境美学家程相占教授在他的《中国环境美学思想研究》总序中讲过，作为具体的人，无不生存于特定的时间与空间当中，而人生活其中的这个空间可以理解为"充满着纷繁事物、万千气象的环境"①。人生活的空间其实质就是人所生活的环境，所以环境是与人的生存密切相关的，这也是环境美学兴起的原因之一，尤其是近几十年人们对环境的经济价值的无限度开发所导致的威胁人类生存的全球性环境危机更使我们认识到隐藏在环境的经济价值之下的审美价值，而衡量环境的审美价值的一个重要尺度即是人们对环境的审美体验，这一尺度是对环境的审美价值进行判断的基础。世界著名环境美学家阿诺德·柏林特（Arnold Berleant）说："环境美学便成为了对环境体验和它的知觉和感觉尺度的直观和内在价值的研究。"② 所以，对环境的审美是感性的，环境审美体验便成为环境美学中最重要的审美模式，若没有体验，只依靠理性的思维，就无以把握环境的全貌。由此可见，环境的审美体验已成为环境美学研究的核心要素。

在环境的审美体验中，场所感是常常被忽略掉的，而场所的审美维度更是不易被人发觉。场所感与审美体验是人们认识环境最即刻最当下的体验，是环境美学研究的基础与中心。在环境的欣赏过程中，二者各有差异却

---

① ［中］程相占：《中国环境美学思想研究》，河南人民出版社 2009 年版，第 1 页。
② ［美］阿诺德·柏林特：《生活在景观中——走向一种环境美学》，陈盼译，湖南科学技术出版社 2006 年版，第 25 页。

又紧密交融，是环境审美中最重要的两个要素，所以厘清环境的审美体验和
场所感以及二者的关系对提高人们环境审美的能力具有重大的意义。

一、环境、空间、场所与位置之间的联系
和区别以及与审美体验的关系

要了解环境的审美体验与场所感之间的关系，我们必须首先要对环境、
空间、场所与位置四个概念的联系与区别有个清晰的把握，因为它们是环境
审美体验中最重要的要素与维度，对它们的体验与认识可以直接影响环境的
审美体验，进而决定着对环境的理解与判断。

人们对环境的概念的解释是一个不断地丰富发展的过程。科学家与人
文地理学家认为环境就是人类生活的背景，是我们的自然环绕物。《环境学
词典》中对环境的定义也是如此："环境指围绕人群周围的空间及影响人类
生产和生活的各种自然因素和社会因素的总和。"① 这种通常意义上的环境是
一种与人相分离的、外在于人的物质性的存在，强调的是环境的客观性。而
在环境美学中，环境的含义却被大大地拓展了。环境不再仅仅指我们的外部
环境，不再是独立于人类的物质自然，所以柏林特说："我们日益认识到人
类生活与环境条件紧密相连，我们与我们所居住的环境之间并没有明显的分
界线。"② 柏林特的结论是"人类与环境是统一体"③，环境包含人类，人类已
经成为环境中最重要的一个向度。

如果说环境是一个更具有普遍意义更具包容性的概念，那么，空间、
场所与位置可以说就是环境中不同的要素或维度，在对环境的审美体验中，
它们都起到了不同寻常的作用。其中，空间与环境是最难区分的。人们对空
间的定义也有不同，经典物理的解释是宇宙中物质实体之外的部分称为空
间。地理学意义上的空间是指人类思维可以延伸的范围和深度的总称，例如

---

① 《环境学词典》，科学出版社 2003 年版，第 1 页。

② Arnold Berleant. *Living in the Landscape*: *toward an Aesthetics of Environment*. Kansas：
University Press of Kansas，1997：11.

③ [美] 阿诺德·柏林特：《生活在景观中——走向一种环境美学》，陈盼译，湖南科学技术
出版社 2006 年版，第 9 页。

思维空间、宇宙空间、私人空间等等。所以，空间无处不在，空间可以是人类的生活空间，也可以是人类所无法触及的地方，如外太空等。而环境是离不开人类的参与的，所以空间的外延甚至超越了环境。哲学意义上的空间是运动的存在和表现形式。自从笛卡尔把身体的向度融入空间之后，空间的概念就与环境息息相关了，从这一层意义上来讲，空间与环境共同构成了人类生活活动的背景，或者说，空间也是一种环境。

社会学家、地理学家、人类学家甚至是城市规划师，都把场所看作是与人的行为活动有关的，比如，地理学中场所的定义为"社会相互作用的环境或背景"。在几千年的有关场所的哲学文献中，人们论述最多的是场所与空间之间的关系。笛卡尔的现代主义（Cartesian modernism）和科学所证明的传统观点倾向于认为空间先于场所，场所只不过是空间的分配，是它的划分而已。与这种传统观点相悖，海德格尔（Heidegger）、胡塞尔（Husserl）、梅洛·庞蒂（Merleau-Ponty）等哲学家却认为空间可能后于场所，甚至由场所而来。谁先谁后并非是我这里所要探讨的主题，我所关注的是场所与空间之间到底有何本质上的区别。场所感理论家段义孚（Yi-Fu Tuan）认为，当人类的生存和活动参与其中时，空间就会成为场所。如 E. 雷尔夫（E Relph）所言："从它最基本的含义来讲，场所是指人类生活活动的背景环境。它是人类行为和意图的所在地，存在于所有的意识和知觉体验中。这种以人类为中心的特征就是场所区别于周围空间或一般位置的地方。"① 这一包含人类中心主义的定义其实强调了人类与场所的不可分割性以及场所中人类的知觉体验的重要意义。由此可见，场所不仅是人类活动和行为的场地，更是人类体验的场地。所以，场所与人类的关系比空间与人类的关系更为密切。

位置指物体所在或所占的地方，在环境的四种要素中，位置是一个相对较小的概念，可以指物体所处的位置，也可以指人所处的位置，所以位置与人的关系不及场所与人的关系那么紧密，它只是提供了人所在的方位以及距离远近的概念。所以位置只是一个物理的形式，而场所包含更多的意义，不仅是一种物质形式还是一种感性理解，社会或个人的意义也会融入场所之

---

① E. Relph. *Place and Placelessness*. London: Pion, 1976: 42-43.

中，场所比位置的概念更加复杂。

在环境美学中，某种意义上说，空间、场所与位置都可以是一种环境，都是与人融为一体的，我以下的讨论也是基于这种认识之上的。环境美学要研究环境中的审美体验和价值，正如埃米莉·布雷迪（Emily Brady）所说："许多哲学家已经认识到理解自然世界审美体验的重要性，也认识到理解各种环境审美体验的重要性，环境混合着非人类与人类因素，如乡村景观。"①柏林特又说："人类环境，说到底，是一个感知系统，即由一系列体验构成的体验链。"② 所以在现代美学中，环境成为一个动态的审美体验的过程。环境美学则成了一门研究环境的审美体验的学问。在环境的审美体验中，空间感、场所感以及位置的远近等都可以影响我们的审美判断，尤其是场所感与环境审美体验的关系最为密切，场所感有时甚至能够决定我们的审美体验。

二、环境的审美体验与场所感之间的关系

既然场所也是一种环境，那么二者之间必定存在着某种关系。柏林特对此也做了说明："环境是更宽泛的概念，既然它包含场所，它所指的范围就可以从小地方直到大宇宙。"③ 由此我们得出，环境中包含场所，场所只是环境的一部分。而柏林特又言"场所不是一个物理的位置，也不是一种思维状态，而是有意识的身体与一个具体场所环境的一种交融"④。而以上我们讲过，柏林特也认为环境与人类已成为一体，无法分开，所以我这里所探讨的场所与环境都是与人密切相关的，强调的都是人的参与，是与人的知觉体验密不可分的。那么，环境的审美体验与场所感之间是一种什么关系呢？

环境的审美体验与场所感都是对于特定的场地的体验，所以我们发现

① ［英］埃米莉·布雷迪：《走向真正的环境审美：化解景观审美经验中的边界和对立》，程相占译，《江苏大学学报》2008 年第 4 期。

② ［美］阿诺德·柏林特：《环境美学》，张敏、周雨译，湖南科学技术出版社 2006 年版，第 20 页。

③ Arnold Berleant. *Aesthetics and Environment——Variations on a Theme*. Burlington：Ashgate Publishing Company，2005：138.

④ Arnold Berleant. *Aesthetics and Environment——Variations on a Theme*. Burlington：Ashgate Publishing Company，2005：84.

二者之间一种极其紧密的联系，甚至是一种高度的一致性，我们可以说环境的审美体验即是场所感，场所感即是环境的审美体验。然而，我们不可能把二者完全同等并列，因为它们彼此又有所不同。因此，我们发现二者之间的等同只是纯属偶然，要探讨一者是否是另一者的必要而又充分的条件极其不可能，由此，环境的审美体验与场所感之间的关系并非如此简单，当你仔细辨别二者的差异时，你会有一个惊人的发现——即场所感的某些形式在环境的审美体验中是固有的，也就是说在环境的审美体验中必然包含着某种形式的场所感；反之，在场所感的形成过程中，环境的审美体验又起到一种必要而又关键的构成性的作用。

1. 场所感是环境审美体验的一个重要构成成分

人们对于场所的体验必定包含着一种场所感。不同学科的人对于场所感的定义也是有所区别的，不过人们普遍都认为场所感是与人类的感觉或感知紧密相连的，尤其表达一种对于场所中的特殊品质的感知，而也有人文地理学家把场所感定义为一种美感，是对于构成一个特殊场地的各种丰富复杂的现象的感知，所以人们已经认识到潜藏在场所的物理特性之下的审美维度。柏林特说："作为审美的场所最通常的意义是一种特殊的知觉环境，它把显著的同一性和一致性与令人难忘的人物结合起来，而且我们积极又专注地加入其中。"①

场所感是一个极其丰富的概念，关切到许多相关的学科，文学、哲学、地理与人类学——所有这些领域都与场所感有关。虽然这些学科理解场所感的角度与视野有所差异，人们对于场所感的体验也是各种各样的，可是从更广泛的意义上来讲，场所感意味着一种独一无二的体验。环境心理学家布拉德利·乔根森（Bradley Jorgensen）和理查德·斯特德曼（Richard Stedman）评论说，一般而言场所感的意义是与某人或某群人的某一特定的空间环境相关的。段义夫对于场所感的定义也关涉到对于某一场所的关切和关心的一种主观因素，强调人类的情感和关系。从各门学科对于场所感的定义来看，我

① Arnold Berleant. *Aesthetics and Environment——Variations on a Theme*. Burlington：Ashgate Publishing Company，2005：138.

认为，对于场所感的体验所普遍认同的描述应该从对于一个明确的背景环境的显著特征的感知开始，融入个人的和集体的含义，发展为个人与这一特定场所之间的情感结合，最后以对于它的审美价值的欣赏而结束。简单说来，在人们欣赏环境时，环境中最显著的特征会首先映入人的眼帘，再融入人的感知与情感，形成特定的场所感，进而构成对整个环境的审美体验。由此可以看出，场所感是形成环境的审美体验的必要条件，也是构成环境的审美体验的重要组成部分。

在对于审美体验的本质的哲学阐释中，柏林特赞成现象学美学的交融理论，"当我们欣赏环境时，我们并非是离开了我们的知觉领域，却是与知觉领域融为一体，以不同的方式增强和扩展了我们的感觉"①。柏林特这种交融式的审美模式在某些特殊的场所中更是体现得淋漓尽致，比如一些神圣之地、历史纪念地等等。场所和人是相互关联的。正如凯西（Casey）所说："我们不仅在场所之中，也是场所的一部分。"② 在这些对于场所感的现象学描述中，人的参与、人的身体与感知的介入成为场所感体验的首要因素，有生命的身体使某一场所中的存在成为人类生存必不可少的条件。

虽然并非所有的环境美学家都完全拥护柏林特的理论，可是多数哲学家对于环境的审美体验的普遍本质还是持一致意见的。这些都是基于个人对于一个特定的场所的感觉品质的感知之上的。这些感知与其说是非审美的，还不如说是审美的，因为它们都经过人们的深思熟虑，一个积极感知的感受者既能对场所的知觉品质作出反应，又能融入这种知觉品质之中。所以感受者对于场所及场所的感觉品质的体验必定会让我们了解我们的审美体验，就像感受者和他的感觉意识一样。在环境的审美体验当中，场所的特殊品质会首先被感受者感知到，构成他的审美体验的一部分，影响着他对整个环境的体验。如柏林特所说："在身体与场所的结合过程中，环境的许多特征被改变。"③ 因此，我们不能不说场所感是环境审美体验中的极其有效的一份子，

① Arnold Berleant. *The Aesthetics of Environment*. Philadelphia：Temple University Press，1992：14.

② Edward S. Casey. *The Fate of Place：A Philosophical History*. California：University of California Press，1996：19.

③ [美] 阿诺德·柏林特：《环境美学》，张敏、周雨译，湖南科学技术出版社 2006 年版，第 137 页。

或者说，在环境的审美体验中，必定存在着某种形式的场所感，而各种各样的场所感的体验又不断改变着我们对于环境的审美体验，所以在柏林特的美学理论中，场所与环境因而成为一个动态的变化过程。

2. 环境的审美体验是形成场所感的必要条件

场所感可以说是构成环境的审美体验的一个重要因素，然而，我们不能草率地把环境的审美体验认定为场所感。大多数哲学家都认为，本质上来说，环境的审美体验不能被局限于场所中的某些形式品质的纯粹的感觉意识上。任何一种环境的审美体验都是极其丰富而又无法穷尽的，不能简化为某种单一的维度。审美体验可以包含所有的感觉，但是给予一种包容一切的特征并非是把它仅仅局限于感知上。布雷德主张审美体验应该包含情感的、认知的以及想象的心理状态。柏林特也认为"社会经验、文化因素同样可以通过知觉习惯、信仰、生活方式、行为模式和价值判断等作用于感知"①。因此，看起来好像是极小的一次环境的审美体验也预先假定了一种场所感，还有某种程度的认知和想象的层面。体验本身即是人与场所之间丰富关系的一种体现。

带着以上思考，如果我们重新审视这两种体验，我们就会发现场所感的体验与环境的审美体验可能享有同样的知觉的、文化的、认知的和想象的层面。既然这些因素都是个人体验的不同层面，所以如果我们判定环境的审美体验与场所感之间某些成分是重合的也似乎是合乎逻辑的。正如布雷德所说："很难说审美欣赏在何处结束而场所感又从何处开始。"②

既然二者的界限如此模糊不清，或许它们之间确实存在着某种同一性的关系。我已经讲过在环境的审美体验中都融入了某种形式的场所感，即使是最少的最轻微的一种场所感。虽然我们无法断定二者谁先出场，可是我们可以推测，审美体验的感受与场所感往往是交织在一起的。既然在审美体验与场所感的形成过程中有如此之多的因素成分，而且这些因素成分又总是交

---

① ［美］阿诺德·柏林特：《环境美学》，张敏、周雨译，湖南科学技术出版社 2006 年版，第 19 页。

② Emily Brady. *Aesthetics of the Natural Environment*. Edinburgh：Edinburgh University Press，2003：81.

叉混杂在一起，那么意义与感受之间的持续性的一致看来就是巧合了。所以，二者的完全等同不太可能，只能说场所感的体验中的某些形式是存在于每一次环境的审美体验中的。

倘若场所感的体验是从对于场所的某一感觉品质的关注和认识开始并且融入其中，那么，我可以推断，审美体验就是形成场所感的一个必要条件。也就是说，环境的审美体验可以直接影响我们的场所感，因为对于这一场所的感觉品质的关注和认识其实就是一种审美体验，场所感的形成是以对环境的审美体验为基础的。所以，环境的审美体验是场所感的最重要的决定因素之一，在场所感的形成过程中起一个直接的关键的作用。如斯特德曼所说，场所感是"基于对于环境中的这些要素的欣赏，通过我们的感觉，通过运动、颜色、质地、斜度、光线的强弱、风的感觉、声音以及由风所带来的香气"①。这些环境欣赏的要素在我们的体验中不断交织碰撞从而形成一种强烈的场所感。虽然场所感可能形形色色，极其不同，可是每一种场所感都在一定程度上来源于对某一特殊场所的审美意识，并被认知的以及想象的层面所丰富发展。如果没有这些环境审美要素，如果没有持续不断的环境审美意识，就没有场所感的形成与发展。所以，也可以说，环境的审美体验是形成场所感的必要条件。

总之，通过以上探讨，我们已经基本理解了环境的审美体验与场所感之间的关系，场所感是环境的审美体验的一个重要的构成成分，而环境的审美体验又是形成场所感的必要条件，可是，我们却无法把场所感从环境的审美体验中剥离出去，反之亦然。可见，相互性是二者关系的最好的说明，环境的审美体验会增强场所感，而强烈的场所感又会深化审美体验，二者相辅相成，交织交融，共同构成我们对于环境的审美感知。柏林特坦言："总的来看，运用最大限度的感知能力，就是在拓展我们的体验、人类世界和自己的生活……这种生活的核心就是环境之美感。"② 有了丰富的审美感知，建立审美的环境的目标还会远吗？

① R. C. Stedman. Is it really just a social construction? The contribution of the physical environment to sense of place. [J] Society and Natural Resources，2003：673.

② Arnold Berleant. *The Aesthetics of Environment*. Philadelphia：Temple University Press，1992：14.

当代中国审美文化研究的三个学术维度

戴孝军

"审美文化"这一概念最早产生于西方，在德国美学家席勒1795至1795年间撰写的《美育书简》中首次出现。席勒从自己的现代性启蒙理想和美学思想体系出发，将"审美文化"列为与道德文化、政治文化相对的一种文化形态。稍后的英国文艺家阿诺德以"美的文化"学说，继承和发展了席勒式"审美文化"的理想原则与精英意识。英国哲学家赫伯特·斯宾塞（1820—1903）则把阿诺德所主张的文化正式定名为"审美文化"，成为较早使用"审美文化"概念的另外一人；而阿多诺、克拉考尔、洛文塔尔、布尔迪厄、伊格尔顿等现当代西方马克思主义美学家，在其论著中也对"审美文化"多有涉及，只不过语义变得较为复杂了。西方学者谈"审美文化"有一个共同特点，即强调的重点虽有不同，却始终未曾抛却席勒式审美救世的启蒙情怀、理想原则和精英意识。

在中国，首次在严格意义上使用"审美文化"这一术语的是由叶朗教授主编的《现代美学体系》。该书初版于1988年，专设了"审美文化"一章，对审美文化的构成、特性、生产、消费等问题做了理论上的表述，指出所谓审美文化，就是人类审美活动的物化产品、观念体系和行为方式的总和，它是人创造出来的，又通过一代一代的"社会遗传"而继承下去。[①] 到了20世纪90年代，随着当代审美文化以前所未有的特点和规模在中国大地上的迅猛发展，同时也随着由此而导致的有关"（传统）美学出路何在"的"学术焦虑"的越来越凸显、越来越滞重，中国学界向审美文化研究的学术

---

① 叶朗：《现代美学体系》，北京大学出版社1999年版，第242页。

转型最终渐趋自觉，蔚成热潮。

从 20 世纪 90 年代以来，关注、探讨、研究审美文化问题的学术成果相继涌现，声势日隆，有力地引导、推动了中国当代审美文化理论和实践的发展进程。我们不妨对其中影响较早、较大的这类著作，作一点挂一漏万的学术巡览。

从总体上说，这种启动于 20 世纪 90 年代的审美文化研究大致表现为三个学术维度，一是对审美文化概念本身的学理性探讨维度；二是对当代审美文化实践的批评维度；三是对传统审美文化资源的研究维度。

一

有一些审美文化研究著作属于立足于审美文化基本理论建设而做的研究。如林同华《审美文化论》、李西建《审美文化学》、傅谨等《审美文化论》、张晶主编《论审美文化》、余虹《审美文化导论》等等。这些著作的研究话题主要涉及审美文化研究的对象与范围、审美文化的基本内涵及其与意识形态的关系、审美文化的当代性、审美文化的研究与美学学科和美学史的关系、审美文化理论的建构和发展及其具体的操作方法和实施方略等一系列有关审美文化的基本理论问题。

正因为重在探讨有关审美文化的基础理论问题，所以这些研究著作的突出特点，就是对审美文化概念都作出了不同的理解和阐释。这在学术上，标志着"审美文化"这一概念从一开始就进入了理论的视域，学者们对于审美文化这一概念含义的理解就不尽相同，甚至迥然异趣。

在审美文化研究之初，有的学者把审美文化也称为美学文化，如林同华先生认为："美学系统，即是美学文化系统，实质上，都是审美文化系统。美学文化学，就是审美文化学。"① 这显然是着重在美学与文化的关系中来理解审美文化，侧重于把审美文化理解为整个文化系统的一个子系统，一种特殊的文化形态，理解为美学与文化学的一种结合体。这种观点一般是较早的一种看法，就思维上来看，还带有从过去理性抽象的思辨性美学向注重感性

---

① 林同华：《审美文化学》，东方出版社 1992 年版，第 2 页。

具体的审美文化学转型的明显痕迹。也大体在这个起初阶段，学者们还在自觉突破思辨美学的"抽象性"局限的同时，也某种程度地流露出把审美文化学向文化学扩展、靠近甚至"泛文化"的理论倾向。如李西建先生指出："审美文化学是一门介于审美学与文化学之间的边缘学科。"审美学相当于通常讲的"美学"。显然，这个"审美文化学介于审美学与文化学之间"的看法与前述林同华的观点基本相同。但作者又认为，文化学作为"研究人类文化现象的基础理论学科"，"从某种意义讲，文化学的宗旨与其所包涵的广泛内容，正是审美文化学力求解决的基本任务。"① 这也就意味着，审美文化学从本质上不是美学或审美学，而是更与文化学相近相通了。

随着改革开放的深入发展和国内外思想相互交流的加深，审美文化界掀起了对审美文化的大讨论，学者们对审美文化的概念有了进一步的理解和概括，形成了几种影响较大的观点：一是认为审美文化是人类文化的审美层面，是指人以审美的态度来对待各种文化产品时出现的精神现象。这是当时大多数学者赞同的观点。② 二是认为审美文化主要是指当代人的生活和当代文化的审美化，是对当代文化的规定性表述，它包含或整合了传统对立的严肃文化与俗文化，但展现为流行性的大众文化形态，不是在价值判断的意义上，而是在文化形态的意义上，可以把审美文化指称为大众文化。③ 三是认为审美文化是人类文化与文明发展到高级阶段的文化。在这一阶段，随着整个文化领域中的艺术和审美部分的自治程度和完善程度的增加，其内在原则就开始越出其自治区，向文化的"认识"领域和"道德"领域渗透，对人们的政治意识、社会生活、教育模式、生产与消费方式、装饰服装、工作与职业等领域同化和改造。徐碧辉认为：审美文化，它是一种注重精神品位、以高尚的审美趣味和精神追求来引导和提升生活实践、使之更符合人的真正需求的文化模式。④ 四是认为审美文化是以文学艺术为核心的、具有一定审美特性和价值的文化形态或产品。它不仅包括当代文化（或大众文化）中的审美部分，也可涵盖中西乃至全世界大众文化中的有审美价值的部分。对"审

---

① 李西建：《审美文化学》，湖北人民出版社 1992 年版，第 1、3 页。
② 马宏柏：《审美文化与美学史学术讨论会综述》，《哲学动态》1997 年第 6 期。
③ 马宏柏：《审美文化与美学史学术讨论会综述》，《哲学动态》1997 年第 6 期。
④ 聂振斌、滕守尧等：《关于审美文化的对话》，《哲学动态》1997 年第 6 期。

美文化"一词的理解不应只从概念出发，而应从它的实际使用来分析。①

　　这些对"审美文化"概念的学理性梳理，尽管显得不尽相同，迥然异趣，但在基本问题上也存在着共识，主要表现在两个方面：第一，都承认艺术和审美的发展和提高能够促进整个"文化"的完善和提高，使之更加的审美化，即随着时代的发展变化，"文化"的各个层面都会逐渐审美化、艺术化、美学化。这是文化向审美的逐渐靠拢，逐渐等同，这为学术界大力提倡"日常生活的审美化"和"审美的日常生活化"提供了理论基础。第二，学者们在梳理"审美文化"概念时，基本上都坚持了一种精英主义的学术立场，即都坚持审美的高层次、高品位，认为审美是人类文化的高级阶段、高尚层面，面对文化的市场化、商品化，审美文化仍然要保持人文主义的终极关怀，要给人以美的超越性和愉悦性，以提高人们的日常生活质量和精神生活的高尚。这也流露出学者们面对审美文化的日益市场化趋势的疑虑和担心而心怀抵触的态度。

　　值得注意的是，在审美文化概念形成的同时，也伴随着学者们的强烈质疑和诘难，使得审美文化概念的学理梳理更加深入，从而引发了对更多的热点问题的讨论。如关于审美文化的当代性问题，有的学者指出把审美文化直接等同于大众文化具有明显的局限性。原因在于：首先，"审美文化"是否是个现代性概念还很难确定。其次，既是一个现代概念，也不等于只能指涉现当代文化现象。一个概念的出现、问世的具体时间与该概念适用的时空（历史）范围是两回事。再次，把西方现代文化简单概括为"审美文化"，也失之片面。因为西方现代文化既有大量商业化、技术化的"形象游戏性"的玩意，也有很多反异化、反商业化、反技术化的文化艺术。最后，对"审美"的解释不恰当，它仅仅从形式上（即"形象游戏"的外表且"游戏"亦非康德的"自由游戏"之意）把当代大众文化的商业化、技术化包装上升为"审美的"，却忽略了其词在西方文化传统中更为实质性的一些含义，如"自由性"、"非功利性"、"超越性"、"愉悦性"等。这就把审美降低为一种纯粹低级的功利的感官享乐，也是对"审美"一词反传统解释。鉴于此，作者认为审美文化有广义和狭义两种理解，广义的理解是将审美文化意指古今中外

---

① 朱立元：《何为"审美文化"》，《大连大学学报》1998年第1期。

以文学艺术为核心的一切具有审美特性与价值文化产品与形态；狭义的理解则将审美文化用来专指当代文化或大众文化。① 这就将审美文化概念的适用性扩大了，显示了理论的包容性与开放的学术胸怀。

综上所述，对审美文化概念的学理性梳理，虽然没有得出让人接受的一致意见，但在梳理的过程中也取得了明显的成果，那就是对审美文化概念内涵及适用性的分析，还有产生的原因、特征及研究的核心问题进行了热烈的讨论，由此引发了诸如审美文化的当代性、审美文化与大众文化、日常生活审美化等热点问题的探讨，为下一步当代审美文化的运用和批评打下了一个坚实的基础。

二

随着中国社会经济和文化交织在一起的深入发展，审美文化研究在 21 世纪初进入了一个侧重实际运用和研究范围的全面拓展阶段。

这表现在一些审美文化研究著作是针对中国当代审美文化发展中的现实问题而进行的审美文化批评和研究。如周宪《中国当代审美文化研究》、姚文放《当代审美文化批判》、陶东风《社会转型期审美文化研究》、王德胜《扩张与危机：当代审美文化理论及其批评话题》、陈炎主编《当代中国审美文化》、张晶、范周生主编《当代审美文化新论》等等。这些著作从总的倾向看，基本把中国当代审美文化解读为一种大众文化、市民文化，或者主要是大众文化、市民文化；而对它的态度，按时间顺序，则前后有所变化，大致说来，从最先秉持一种精英主义学术立场，逐步过渡、发展到一种平民主义的学术态度；从最先的拒绝、指责乃至否定，逐步过渡、发展为相对接纳、宽容乃至理解。

一种理论的建构主要是为了实用，美学之用就是"批判理性"，"就是以文化批判的形式张扬一种变革精神和进取精神，它所操持的是文化的批判，是运用理论对现实中的社会文化现象进行批判考察，同时它也要考察流行的观点、思想、学说，包括对于美学自身的批判，当然这种批判不只是否定、

① 朱立元：《"审美文化"概念小议》，《浙江学刊》1997 年第 5 期。

驳斥和谴责，而且也是忠告、引导和提高，最终达到这样的目的，即使得社会文化和理论学说这两个方面都产生积极的变革。"① 近年来中国当代审美文化研究直面现实社会生活的新情况、新问题，对现代都市社会文化生活中出现的新的文化现象始终保持了理论阐释的敏感性和全面的参与性，呈现出专题研究和个案分析逐渐增多、理论思辨逐渐减少的倾向。这主要表现在以下两个方面：

首先，是全景式的阐释和批评当代社会现实生活中的审美文化现象。如现代都市大众日常生活中出现的一类或某一个别的审美现象不仅被纳入了审美文化研究的视野，而且已经成为审美文化研究的主要内容。如《当代中国审美文化》以洋洋 50 万言从服饰、建筑、文学、美术、音乐、舞蹈等诸多方面展示了中国当代审美文化的不同侧面和不同景观。类似的还有周宪的《中国当代审美文化研究》、陶东风的《社会转型期审美文化研究》等。

其次，是多维视角的个案研究。针对当代社会生活的某一种文化类型，选择不同的角度进行阐释和批评，力求揭示出某种文化类型的审美内涵。当然这种涉及面也是很广泛的，几乎涉及了生活的方方面面，如审美文化与媒介文化、消费文化、快餐文化、广告文化、都市文化、青年文化、审美教育、文化工业等。李衍柱教授借鉴加拿大传媒学者马歇尔·麦克卢汉的《理解媒介——论人的延伸》，强调以电子计算机为标志的媒介革命使人们的审美和文化生活可以超越时空限制，但它也加剧了技术理性与审美情感的矛盾。② 当代学者也普遍承认以网络文化为标志的当代信息文化潮流对当代审美文化建设有着积极意义，"它催生了一些新的人际关系和审美关系，凸显了许多新的审美问题，孕育了新的审美精神，拓展了审美文化空间"③。伴随着当代审美文化从生产本位向消费本位的转变，不少学者也开始用鲍德里亚的媒介批判理论来正确解释消费社会中符号消费、商业广告等文化现象存在的合理性和必要性，并指出其媒介批判理论的局限性是夸大了当代传媒技术对社会和人们日常文化生活的影响。同时，对其彻底否定消费主义社会下受

---

① 姚文放：《当代审美文化的批判理性》，《上海社会科学院学术季刊》1994 年第 4 期。

② 李衍柱：《数与美绘制的时代镜像》，《东方论坛》2003 年第 2 期。

③ 何志钧：《信息文化潮流与当代审美文化的范式转换》，《西北第二民族学院学报》2007 年第 1 期。

众面对符号消费和商业广告的无能为力提出了质疑，并指出受众面对媒介的负面信息具有一定的抵制、化解的能力。① 强调"人们对文化的接受也属于一种消费行为……通过文化消费建立起大众在文化中的重要地位，这无疑是审美文化中最重要的变化之一"②。姚文放认为当代审美文化成为一种消费文化反映了当今文化话语权的转换。也有不少学者从审美教育的角度强调当代中国审美文化有着感官化、形式化、物欲化、商业化等等消费特征，从而在一定程度上消解了审美活动中的形而上意味和理性主义内容，在这种情况下，当代审美教育应致力于培养新型的文化人格，使人们"学会审美地生存"③。

这些日常生活中的文化现象都是靠现代技术手段生产出来的，运用大众传播媒介传播开来，具有一种浓厚的商业色彩的文化现象。当代审美文化理论在阐释这些文化现象时，基本上都批评到了这些文化现象的商品化、消费化、大众化、世俗化、流行化、休闲化、生活化等特征，并且还深入地揭示产生这些特征的社会、经济、哲学等原因，以便从中挖掘这些文化现象的审美内涵，便于引导和提高消费大众的精神境界。这种理论的阐释和批评避免了传统美学纯理性思辨的局限，直接将理论和日常感性的社会文化、日常生活紧密融合在一起，积极地参与、介入和批评汹涌而至的当下审美文化现象和思潮，表现出自己鲜明的特异的参与性的学术立场、思维视角和理论特色。这是中国当代美学发展中的一个值得肯定的学术转变。

但是当代审美文化研究也存在着一些不可忽视的问题，如在对日常生活中或当下流行的审美现象进行阐释和批评时，有些批评就只流于现象的描绘而缺乏深层次的理论分析，使研究流于表面化、肤浅化，不利于将审美文化研究与所谓的审美泛化区别开来。另外，在审美文化与影视、旅游等其他学科专业结合研究的过程中仍存在简单嫁接的倾向，还没有真正做到完全意义上的渗透融合，没有很好地以审美文化理论为依托和研究视角去分析阐释这些领域中的审美因素。

---

① 李娟：《鲍德里亚消费社会媒介批判理论的反思》，《江淮论坛》2013 年第 2 期。
② 姚文放：《当代审美文化批判》，山东文艺出版社 1999 年版，第 241 页。
③ 曾繁仁：《审美教育：一个关系到未来人类素质和生存质量的重大课题》，《山东大学学报》（哲社版）2002 年第 6 期。

三

美学界刚开始研究审美文化时，不仅重视审美文化只适应当代性或现代性的时间维度，还重视只从国外寻求学术思想源泉的事实，因此这样就否定了审美文化研究的历史倾向，忽略了审美文化研究的民族特点，割裂了审美文化研究的历史脉络，不能给人以全面的印象。鉴于此，有的学者早就对此进行呼吁："我们对'审美文化'一词的意义理解亦不应只从概念出发，而应从它的实际使用（法）来分析"，"一旦'审美文化'这一概念被引进和认可，随即便得到广泛的使用，并迅速成为流行的书面语词。而在这种广泛使用和流行的过程中，该词的意义范围大为扩展。远不只指当代大众文化，而是意指古今中外以文学艺术为核心的一切具有审美特性与价值的文化产品或形态"。① 鉴于此，学界掀起了一股研究中国古代审美文化，纵向挖掘审美文化史的研究进程。这股中国古代审美文化史研究之风涵盖了从先秦一直到明清的审美文化研究，出版面世了一大批系统的、较有影响的中国古代审美文化和审美文化史的专著。这些审美文化研究著作，则专注古代，重读传统，同时又超越了古代美学思想研究这一曾经的热门视域，而对更为广泛的中国传统审美文化话语事象进行更加全面系统的解读和阐释。如陈炎教授等人编著的四卷本《中国审美文化史》，周来祥先生主编的《中华审美文化通史》，吴中杰《中国古代审美文化论》等，与此相关的是一些断代中国审美文化史研究著作，如仪平策教授的《中古审美文化通论》等。

在对中国古代审美文化研究中，突出的贡献有三点：一是在抽象的理论思辨成果与感性具体的实证材料的融合统一基础上建构了全新的美学史。原先的美学史往往偏重于美学概念与概念之间的纯粹思辨研究，缺乏考察和分析实际生活中普遍存在的审美文化研究，因此美学研究也就成了美学思想史研究，与现实日常生活缺乏紧密的联系。陈炎教授等人编著的四卷本《中国审美文化史》弥补了这种缺憾并具有开拓性的贡献。这种贡献在于：它以文化处于"道"与"器"之间的中间性质，来界定"审美文化"既不同于逻辑

---

① 朱立元：《"审美文化"概念小议》，《浙江学刊》1997 年第 5 期。

思辨的"审美思想史",又不同于现象描述的"审美物态史",而是以其特有的形态来弥补二者之间存在的裂痕:一方面用实证性的物态史来校正和印证思辨性的观念史,一方面用思辨性的观念史来概括和升华实证性的物态史。因此,它建构了一个既不是一种单纯的思辨推理,也不是一种单纯的实证分析,而是一种建立在思辨成果和实证材料基础上的解释和描述的审美文化史。因此可以说,它的出现将意味着美学史研究形态的真正成熟。[1]遗憾的是《中国审美文化史》只写到明清,这种缺憾被周来祥先生主编的《中华审美文化通史》所补充。但是《中华审美文化通史》又是具有自身特点的审美文化史,它是以弘扬和阐述中华审美文化的和谐精神与和谐传统,以和谐文化贯穿始终的一部审美文化通史,被称为"第一部弘扬中华文化和谐精神的审美文化史著作",也是我国第一部从石、陶的远古文化写到 20 世纪 90 年代的审美文化通史,开拓了美学研究的新领域。

二是认为中国古代也存在审美文化,古代审美文化的理念和精神应该成为当代审美文化的源泉和动力。这方面朱立元、陈炎、仪平策等先生都非常重视研究中国自身的审美文化问题,认为中国古代也存在着一种审美文化,自觉搜索和梳理中国古代审美文化发展的历程和学理脉络,对中国本土审美文化理论资源进行批判继承,主张"当代审美文化的崛兴……与中国传统审美文化之间保持着某种深刻的历史性关联",应当将"道不远人"这一传统文化精神与当代审美文化建设结合。[2]应当积极借鉴儒家依靠"中庸之道"的原则来平衡人与自然、理智与情感之间辩证关系的审美文化理念,认为儒家的审美观念以"仁学"为核心,确立了人在整个生态系统中的核心地位,并设计出一套"亲亲而仁民,仁民而爱物"的"贵人贱物"、"爱有差等"的生态价值体系。形成了一种以"善"统"美"的伦理本位立场,并通过"君子比德"的方式赋予自然界的审美对象以社会价值,通过"微言大义"的方式赋予艺术作品中的自然情感以伦理价值。[3]

三是注重中西审美文化比较研究。在对中国传统审美文化资源进行研究的时候,既有上面我们所说的纵向历史的全面梳理,也有很多的个案分

[1] 陈炎主编:《中国审美文化史·先秦卷》,山东画报出版社 2000 年版,第 3 页。
[2] 仪平策:《当代审美文化与中国传统精神》,《广播电视大学学报》2006 年第 4 期。
[3] 陈炎、赵玉:《儒家的生态观与审美观》,《孔子研究》2006 年第 1 期。

析，涉及中国传统的彩陶、青铜、玉器、瓷器、漆器、服装、园林、建筑、雕塑、家居、茶、酒等，从这些类型中分析探讨中国的审美文化精神，以期为当代审美文化建构自身的理论渊源。思维方式上，也一改传统美学研究的纯思辨抽象思维，而更注重思辨抽象与感性具体的相互结合，显得更加具有说服力。更为突出的是，在进行个案分析时，有意识地进行中西审美文化比较研究成为最为明显的特色，研究的内容也丰富多彩。"从抽象的理论概念如中西方审美文化的哲学起点、审美理想、审美意识、审美心理、审美方式、审美范畴等，到具体的中西方著名的学者的美学思想、美学著作或者文艺著作中体现的审美思想、审美内容、审美意象、审美风格等无一遗漏地都涵盖于中西审美文化比较研究的视域内。"① 抽象的理论概念的比较主要涉及中西审美文化的本源性研究，这主要源于中西方所处的地理环境、生活方式、宗教信仰以及发展轨迹的不同。而具体的比较则是找出中西方文化之间的相互联系，加深对中西方审美范畴的清晰界定，以期找出中西审美文化的相同与相通之处。

这些中国古代审美文化研究作为我国当代审美文化研究的一种重要探索，对于建构具有中国特色的审美文化，弘扬中华文化的民族精神，发出我国美学自己的独特的声音有着不可忽视的、积极的意义。但也有一些问题，这种研究多是强调中国传统审美文化是当代审美化的源泉，当代审美文化应积极地多向中国古代文化汲取养分和活力，却忽略了对当代审美文化这一外来语汇的理论来源做必要的历史梳理。另外，有些学者把整个中国古代文化都看成具有审美性质，研究的内容过于宽泛，把一些不具有审美性质的内容也当成审美文化来研究，有点牵强附会。这些都不利于中国审美文化的建构，甚至在某种程度上有误导之嫌，这是应该警醒的。

（原载于《中国海洋大学学报》2013 年第 6 期）

---

① 杨存昌：《中国美学三十年——1978 年至 2008 年中国美学研究概观》，济南出版社 2010 年版，第 27 页。

叙事学与女性主义文学批评的联姻

——论罗宾·沃霍尔的"未叙述事件"

孙桂芝

亚里士多德在《诗学》中提出一个重要的美学思想:"诗人的职责不在于描述已发生的事,而在于描述可能发生的事,即按照可然律或必然律可能发生的事。"① 这就意味着文学文本中存在两种事件,已经发生的和可能发生却实际未发生的。就叙述而言,也存在两种不同形态,已经叙述的和未叙述的。事件与叙述的不同组合必将出现不同的叙事效果:已发生事件的叙述／未叙述,未发生事件的叙述／未叙述,情节差异由此产生。罗兰·巴尔特、热拉尔·热奈特以及普林斯等学者都不同程度地谈及"未叙述事件"的叙事现象,并且对这种叙事现象给予一定关注,当代著名美国女性主义叙事学家罗宾·沃霍尔,对已有理论主张进行女性主义修正,深刻挖掘情节差异背后的性别文化规约,促成了女性主义性别意识与叙事学方法的有效结合,代表了女性主义文学研究以及"未叙述事件"理论的新进展。

一、"未叙述事件"的理论溯源

叙事文本中,常出现叙事者对已发生事件省而不叙现象,罗兰·巴尔特在《叙事作品结构分析导论》中以"悬念"加以解释:"一方面,悬念用维持一个开放性序列的方法(用一些夸张性的延迟和重新推发的手法),加强同读者的接触,具有明显的交际功能;另一方面,悬念也有可能向读者提

---

① 伍蠡甫:《西方文论选》,上海译文出版社 1979 年版,第 84 页。

供一个未完成的序列，一个开放性的聚合，读者以焦虑和快乐的心情阅读到的正是这种逻辑混乱。"①"悬念"是叙事者蓄意设置的情节空白，叙事者对已发生的事件，通过隐而不叙、推迟叙述的方式丰富结构、制造悬念，激发读者的阅读兴趣；读者面对这种有意设置的叙事序列，则自行联想、补充后完成理解。在巴尔特的理论体系中，"悬念"作为叙事技巧而存在，这种结构主义情节观在叙事学理论中颇得认同。

随后，热拉尔·热奈特提出"省叙"和"赘叙"两种叙事类型进行分析，"正如在古典音乐中，调性的暂时变化，甚至不谐和音程的复现，均被视为转调或变音，而总的调性并不受影响。……有两种可以设想的变音类型，一是提供的信息量比原则上需要的要少，一是提供的信息量比支配总体的聚焦规范原则上许可的要多"②。他把前者取名为"省叙"（paralipsis），后者为"赘叙"（paralepsis）。"省叙"是叙事者回避叙述已发生的、叙事者、主人公都知道的事情，达到对读者故意隐瞒相关信息的叙事技巧；"赘叙"则是叙事者提供出更多的未发生事件的信息，二者都是整个叙事过程中的微小变奏，不影响叙事意图的传达。热奈特在解释"省叙"特征的过程中，明确指出这就是巴尔特称之为"悬念"的标志性手法，承认二者之间具有理论内涵的延续性；但与巴尔特不同的是，热奈特还强调"一方面是叙事文本所讲述的事件，另一方面是产生该文本的叙述行为"③，并指出叙事研究需要关注事件和行为两方面，突出了研究叙事行为的必要性。

1978 年，西蒙·查特曼在《故事与话语》中，指出读者对叙事交流的填补作用，尤其是对"由于各种原因而未被提及的各类必要的或适当的事件、特征或对象"④ 进行填补空白。当然，查特曼并未就各种原因展开论述，也未就未被提及的事件等进行深入分析，他认为这是"激发一个潜在情节细部世界"⑤，

---

① 张寅德：《叙述学研究》，中国社会科学出版社 1989 年版，第 36 页。

② ［法］热拉尔·热奈特：《叙事话语、新叙事话语》，王文融译，中国社会科学出版社 1990 年版，第 133 页。

③ 张寅德：《叙述学研究》，中国社会科学出版社 1989 年版，第 190 页。

④ ［美］西蒙·查特曼：《故事与话语——小说和电影的叙事结构》，徐强译，中国人民大学出版社 2013 年版，第 14 页。

⑤ ［美］西蒙·查特曼：《故事与话语——小说和电影的叙事结构》，徐强译，中国人民大学出版社 2013 年版，第 15 页。

既是叙事的选择，也是受众按照逻辑、想象进行叙事交流的活动表现，与其他叙事学学者不同的是，查特曼开始把"未叙述事件"与读者的接受效果结合。

1988 年，普林斯在《文体》杂志发表论文《叙述未发生事件的话语》（*the disnarrated*），首次提出"未叙述事件"这个研究术语："这个术语的意思是：'叙事中那些关于过去或现在并未发生过的事情的文字。'"① 同时，普林斯概括"未叙述事件"的原因是"根据某一特定叙事不能叙述或不值得叙述的事情，其原因可能是它违反了法律（社会的、作者的、类属的、形式的等等）"②。也就是说，普林斯认为叙事文本中存在两种叙述话语，一种是对未发生事件的叙述，一种是对已发生事件的省叙。普林斯虽然指出未叙述原因是社会文化等制约，但是他着重研究未发生事件的叙述，而且只关注话语的叙事功能，对叙事行为、意图等未展开论述。

沃霍尔对"未叙述事件"的研究，从术语使用层面看，其直接理论基础源自普林斯，但其理论内涵则是对前期各观点的综合、延伸：一是从叙述话语研究转向叙事行为研究，二是在性别文化立场进行叙事意图分析。"不可叙述事件……内容反映并构成了受众关于政治、伦理、价值观的发展意识。"③ 沃霍尔不但把视角转向关注已发生事件的不叙述、迂回叙述，更强调叙事主体的控制力，因为事件自身不存在真实与虚构的本质差异，都是叙事行为的产物，社会规约、叙事意图则支配叙事行为，造成文本类型差异。沃霍尔希望通过比较男、女作家叙事文本，研究者将能够辨认各种文化规约对叙事行为的约束，探析作者深层叙事意图、性别意识。

二、沃霍尔"未叙述事件"的四种类型及内涵

普林斯谈及未叙述现象原因时，只是概括其可能是由于不符合社会规

---

① ［美］罗宾·R. 沃霍尔：《新叙事：现实主义小说和当代电影中怎样表达不可叙述事件之事》，宁一中译，《语又学刊》（外文版）2006 年第 12 期。

② ［美］罗宾·R. 沃霍尔：《新叙事：现实主义小说和当代电影中怎样表达不可叙述事件之事》，宁一中译，《语又学刊》（外文版）2006 年第 12 期。

③ ［美］罗宾·R. 沃霍尔：《新叙事：现实主义小说和当代电影中怎样表达不可叙述事件之事》，宁一中译，《语又学刊》（外文版）2006 年第 12 期。

范或者叙事者的需要，沃霍尔以此为契机拓展"未叙述事件"理论，深入讨论其具体表现和缘由，衍生出四种类型的未叙述事件：不必叙事者（the subnarratable）、不能叙述事件者（the supranarratable）、不应叙事者（the antinarratable）、不愿叙事者（the paranarratable）。

1. 不必叙事者：因属于"常识"而不必表达之事件，但是男作家和女作家对"常识"的理解和态度却迥异

19 世纪英国男性小说家特罗洛普小说，"鲁夫顿太太站起身来，四处忙乱看。她拨拨火，换换蜡烛。跟格兰泰利博士说几句话，又跟她儿子耳语几句；她拍拍露西的脸颊，又跟搞音乐工作的范妮说他们想听点音乐"①。叙事者通过鲁夫顿太太的活动介绍她的聚会招待行为，但是关于鲁夫顿太太的心理活动、细微的肢体动作、表情等都未进行叙述，因为 19 世纪中产阶级家庭主妇的聚会活动，都是社交礼仪常规，鲁夫顿太太是履行家庭主妇社交职责，她的体验没必要叙述。"最有效的文学作品，是迫使读者对于自己习以为常的种种代码和种种期待产生一种崭新的批判意识的作品。"② 对于"常识"的认知或评判，不同的人、不同性别气质的人也许存在着错位，在男作家看来不值一提，在女作家那里或许就是一种无言的抗争。同时期女作家简·奥斯丁的小说中，我们看到关于"常识"不同叙述。《劝导》中，拉塞尔夫人是寡妇，沃尔特爵士是鳏夫，叙事者说："她不想再婚，这并不需要对邻里作出什么解释，因为一个妇人的再婚要比她寡居更会引起人们无端的不满。可是对沃尔特爵士未曾再娶之事倒需要作一注释。"③ 传统社会的寡居女性为保守贞洁而不要再婚，所以拉塞尔夫人不再婚是正常的；可一个有地位、有财产的男人在妻子死后，再婚则是普遍选择，沃尔特爵士不再婚就是不正常的，要详加解释。从表层叙述话语及其态度看，叙事者遵守社会常规，所以不再叙述拉塞尔的未再婚。但叙事者为何特意解释不叙述原因？"如果我们相信某个事件不该得到它已得到的戏剧性处理，而另一事件本应

---

① Trollope, A. Framley Parsonage. Harmondsworth, UK: Penguin, 1987, p.158.
② ［英］特雷·伊格尔顿：《二十世纪西方文学理论》，伍晓明译，北京大学出版社 2007 年版，第 69 页。
③ ［英］简·奥斯丁：《劝导》，裴因译，上海译文出版社 2010 年版，第 5 页。

该详尽一些处理，我们就会作出相反的反应。"① 确实是合理的生活常识，何须特意解释？如果不是合理的生活常识，又为何不叙？在拉塞尔夫人和沃尔顿爵士未再婚的理解方面，作者、叙事者之间双声语部的表现必将引起关注，读者自然会反思、质疑这"未叙述事件"背后的"常识"合理性，也正是凭借这种特殊的叙述缝隙，读者将窥得叙事者的言与行之间矛盾，看到叙事者的观点与传统观念之间不和谐，进而掌握作者对所谓"常识"的嘲讽意图。

2. 不能叙述事件者：因为不能用言语表达而不能讲述者

抽象符号与表达的形象之间总是具有裂痕，背景不同的交流者之间也总是存在可能的理解误差，妙的体验或感受难以言传致使不能叙述之事出现。但是对于叙事者直言无法叙述、不能叙述的行为，还需要仔细辨明是难以言喻还是对叙事自身的调侃。比如菲尔丁常这样说："既然我们打定主意只为读者叙述有趣的事件，那么他们之间这些谈话和议论就略过不提了。"② 提醒读者注意故事的虚构性，叙事是一种取乐的活动，不必当真。但女作家却常通过强烈的情感诉求来调动读者自身体验的参与，与男作家表现出来调侃、轻挑腔调明显不同。结合社会历史语境以及性别文化传统，将能更好地理解其中缘由。在 20 世纪，男人对社会生活拥有更多公开宣讲、发言空间，文学的叙事不过是其众多选择之一，所以男性叙事出现语言的游戏意味；女人作为"家庭中的天使"，局促的交流空间、受限的发言权利，都将促使她们珍惜而不是否定语言交流功能，也更希望用叙事行为召唤读者进入文本世界。

正如柏拉图说世人都在山洞中，背对洞口，看到影子就以为是我们自身，对于叙事文本而言，尤其是强调用语言符号追求精神形象的现代叙事，趋向于通过虚构到达真相的彼岸，如果仅注意其已叙述的、表层的情节，无异于只止步于发现影子。"未叙述事件"的存在，与具体言说的字面意义并不是完全相符，对其中深意的讨论需要把叙述话语置入社会历史语境、性别

① ［美］杰拉德·普林斯：《叙事学——叙事的形式与功能》，徐强译，中国人民大学出版社 2013 年版，第 60 页。

② ［英］亨利·菲尔丁：《汤姆·琼斯》，黄桥生译，译林出版社 2004 年版，第 239 页。

文化传统中，才能更好地理解其中缘由。

3. 不应叙事者：因社会常规不允许而不应被叙述事件。关于身体性征、欲望的叙述，在 19 世纪英国现实主义小说中处于不应叙事者，即使到 20 世纪前半期，对身体和性的叙述也是不符合社会常规的行为

女人个体对生活、性的体验不能泄露给他人，属于不可叙的，因为在丈夫看来，女人就是妻子和母亲，她的欲求是不必叙述的，也是不愿叙述的。阿特伍德所说"男人把女人放在男人的小说里，她们一些部分被删掉了，例如头或手。女人的小说也删掉男人的一些部分。有时候是肚子至膝盖那一段，有时候是幽默感"①。这段话表示两层意思，一是男作家作品中，女人或作为服务者出现，或是男人感兴趣的物而存在，女人最重要的是身躯；二是女作家叙事文本中，突出叙述男人的头脑和精神境界，身躯的性征却是完全删除的。

《查特莱夫人的情人》小说以性爱闻名于世。这部小说，劳伦斯写有完整的三部文稿。第一部文稿《查特莱夫人》1944 年在美国出版，以现实主义手法隐晦写性，主题是上层社会的查特莱夫人与猎场看守人帕金之间的爱情发展故事，叙事者描绘的是两性间欢快、健康的性关系。1972 年在英国出版第二稿《约翰·托马斯和简夫人》，写作手法侧重自然主义，叙事者对康妮和帕金做爱时快乐享受的叙述更为明确、直白。第三稿《查特莱夫人的情人》1928 年在意大利的佛罗伦萨私印出版，性描写的着力程度更胜过第二稿，公开谈论性爱的场景更加直白，遭到严重抵制，直到 1959 年根据《淫秽出版物法》对《查特莱夫人的情人》进行起诉失败，1960 年第三版本的《查特莱夫人的情人》未删节本才出版。三部书稿之间的关系，一个重要的变化就是针对性禁忌边界的拓展，挑战社会常规，然而一个客观事实是，在出版争议中，劳伦斯的声誉和道德方面的影响达到了巅峰状态。"即使在性事本身可以被叙述很久后，性快感（女性尤其是母亲的性快感）也是不可叙述的。"② 美国女作家凯特·肖班因写乡土风情而著名，1899 年发表《觉

---

① ［加］玛格丽特·阿特伍德：《女人的小说》，见朱立元、李钧主编《二十世纪西方文论选》（下卷），高等教育出版社 2002 年版，第 581 页。

② ［美］凯利·A. 玛西：《不可叙述事件的母余快感与〈劝导〉的隐性情节》，唐伟胜译，《叙

醒》，讲述一个已婚妇女婚外情、性自由追求的故事，出版后，遭到"陈腐而肮脏"、"庸俗不堪"的严厉抨击，《觉醒》被列为禁书，肖班被逐出文学沙龙，更为严重的是，此后肖班直到去世也都几乎再无作品发表。在劳伦斯走向经典的同时，肖班却只能在女性主义文学中复活，女作家面临的性禁忌更严厉，更长久。

　　女性在社会生活中，需要回避被凝视的眼光，却又总是成为被凝视对象。女性十分在意自己的举止言行是否合乎规范，她们不仅在社会生活中努力遵照男性眼光审视自己，在文学创作中也会不自觉地避免引起他人目光的集中。对于进行文学写作的女人而言，创作就是她的性别行为，这决定了19世纪女作家在对身体的叙述行为中，自觉遵守甚至严格恪守的叙事创作行为，是社会性别禁忌的自觉内化，鲜有敢于突破之人，否则就可能被贬为"下半身写作"。

4. 不愿叙事者，由于遵守常规而不愿叙述的事件

　　"不讲述并不是因为事件不重要，或不可言表，或讲的事件属于禁忌，而是因为在维多利亚时代，这在小说中是叙事者不愿讲述之事：讲了就是不行。"① 比如女性的婚姻幸福感体验，男作家那里是不愿叙述的事情，女作家那里是不能叙述之事，在这一点上，两性叙事文本出现基本的认同错位。以男作家为主导的童话叙事中，故事常以王子和公主举行盛大婚礼、幸福地生活在王宫结束。可是对于女人而言，婚礼之后，她走入丈夫的家庭，婚礼开启的是空间、身份的转换而不是结束。身份转换后发生了什么，未曾得到叙述，女人的情节在其开始之时就已经被终结了。在男性文化中心，女人婚姻中多元存在形态是不愿叙述的，即使叙述，也将是疯女人。《简·爱》这部作品中，婚后的伯莎作为疯子出场，失去自我叙事话语权：罗切斯特作为丈夫叙述，伯莎是具有歇斯底里症的；简虽同作为女人，为维护罗切斯特权威，她不能质疑其对伯莎的描述，为维护婚姻的神圣，她不愿对伯莎疯狂之事进行历史性描述，为了家庭平和、灵魂安宁，必然不愿意讲述婚姻中伯莎

事》（中国版）第四辑，暨南大学出版社 2012 年版，第 128 页。

① 　[美] 罗宾·R. 沃霍尔：《新叙事：现实主义小说和当代电影中怎样表达不可叙述事件之事》，宁一中译，《语文学刊》（外文版）2006 年第 12 期。

疯狂的故事。可以说正是在罗切斯特和简的合谋下，伯莎作为婚姻中不幸福的女人形态被有意遮蔽了。

"形式在自身之上构成了一种附着于思想功能的机制。"① 在虚构的叙事文本中，事件出现概率、形态都极富主观性和人为性，与叙事主体的视角、意图、思想紧密相连。反观奥斯丁对婚姻的叙事，《曼斯菲尔德庄园》结尾处，范妮和埃德蒙结婚了，"有这么多真实的好品质，有这么多真实的爱，既不缺钱花，也不缺朋友，这一对表兄妹看来婚后过得十分幸福，真是世上少有"②。在这段叙述话语中，好品质、爱、钱、朋友都是社会常规预设的婚姻幸福条件，现在这个婚姻实现了所有预设，那么应该是幸福的了，但是，"看来""世间少有"的叙述话语，又潜在地传达出叙事者对于王子、公主式幸福结论的反讽。反讽呈现言外之意，面对叙述和不可叙述的语法规则，我们必须考虑到叙事者的言外之意，因为言外之意所传递出的社会规约中人与人之间的差异，也就是叙述同样的事，叙事者对正在讲述的事件，描述的人物以及思想情感的态度必然得以体现。勃朗特对婚姻的支持，奥斯丁对婚姻的怀疑，还有她们对"未叙述事件"的处理策略，共同导致文本中性别场景、表面意义与潜在性别意味的直接背离，如果忽略叙事行为的同中有异，必然疏漏了女作家内部的差异性。

从上述四种"未叙述事件"类型及其具体表现看，同一时期的男作家、女作家甚至是女作家阵营内部，在共同的社会文化规约之下，对社会常识、社会禁忌的认知、应用、突破都具有极大的差异，"未叙述事件"正是发现、分析他们叙事差异根源的路标。

三、沃霍尔"未叙述事件"理论的修正及启示

传统女性主义文学批评常根据情节概括、抽演主题，肖沃尔特分析奥斯丁以及勃朗特作品，认为作品中获得幸福的女主人公共同之处，即都具有对抗传统社会、主张人格独立、婚姻自由、男女平等的情节，但是明显忽略

---

① ［法］罗兰·巴尔特：《写作的零度》，李幼蒸译，中国人民大学出版社 2009 年版，第 43 页。

② ［英］简·奥斯丁：《曼斯菲尔德庄园》，孙致礼译，译林出版社 2004 年版，第 405 页。

"未叙述事件"代表的叙事意图，有可能导致对女作家阵营内部差异的疏漏。反观以巴尔特、热奈特、普林斯为代表的经典叙事学，延续文学内部研究与外部研究分离的思路，把"未叙述事件"归为结构的变奏、叙事的技巧，并不在意叙事的社会文化指代问题，但应该承认，技巧是意图的展示，意图则是技巧的产物。沃霍尔在二者衔接处发现空隙，对"未叙述事件"理论进行弥补，既具有理论的借鉴性，又具有实践的指导性：

第一，叙事是具有主观意图的行为。普林斯以叙事话语为研究对象，进行叙事技巧分析，淡化叙事意图在整个叙事活动中的决定性作用，无视社会文化对叙事话语的影响；沃霍尔则以叙事者的叙述行为为研究对象，"普林斯的文章把叙述未发生事件话语本身当作对象来描述，而我的兴趣在于将'对未发生事件的叙述'和'未叙述'都当作叙事行为，目的是要找出它们是如何成为文类的明显标志的"①。根据时间先后、故事逻辑推导已经发生的事件，却未被叙述，根本原因必然与叙事者叙事目的、意识以及技巧有关，更与社会文化规约的限制有关。叙事文本就是创作者根据生活、社会以及他自身、读者的需要而进行的模式构造这个构造中，重要的不是发生过的、正在发生的事情，而是按照社会规约模式必须、应该发生的，这就是虚构的权力。对于叙事类型而言，"哪些事实是必需的，哪些可以被剔除掉？谁剔除了这些事实也同样重要"②。一部小说，没有任何事实、信息是完全客观、自发地出现，说什么、不说什么同样重要，所以经过叙事者选择、叙述的情节可以成为读者阅读线索。沃霍尔的研究方法，实质是把叙事活动置入整个社会文化传统进行分析，指引读者看到社会文化规约与创作者叙事意图之间的张力。

第二，以性别文化语境填充"未叙述事件"的分析。沃霍尔对"未叙述"的研究拓展叙事学研究范畴，同时也为女性主义媒介研究提供了研究情节的新路径。"诗人们也做思考，也属于他们的时代。"③ 文化的意识形态性

---

① ［美］罗宾·R.沃霍尔：《新叙事：现实主义小说和当代电影中怎样表达不可叙述事件之事》，宁一中译，《语文学刊》（外文版）2006年第12期。

② ［英］马利厄斯·亨笛：《小说中背景故事的分类和功能》，金敏娜译，《叙事》（中国版）第四辑，暨南大学出版社2012年版，第105页。

③ ［英］弗兰克·克默德：《结尾的意义——虚构理论研究》，刘建华译，辽宁教育出版社2000年版，第78页。

总是需要载体才能实现，叙事活动就是历史语境与可能世界之间的调节，叙事文本的形式、叙事行为都可充当载体，在社会常规约束下，在有限的叙事空间，不断遵守、突破社会文化禁忌，尤其是性别禁忌，以迂回叙述的方式完成不可叙述事件的表达，正是女性叙事策略的一种标志性特征。维多利亚时代女作家对叙事与不可叙事之间的把握，与男作家叙事文本形成较明显的对照，如果仅是从家庭故事、主题、情节入手进行概括，将忽视形式细节，更将被叙事文本的叙事策略的表层叙事蒙蔽；在女性主义研究者看来，人类历史的叙事主要由男性主导，充斥着种种性别规约、权力的偏见，也充满视而不见、听而不叙事件和现象，女性在历史中以一种哑然的姿态存在，如果仅从叙事情节表层结构、按照必然率对生活进行合理化叙事，必然导致那被掩埋的女性群体、事件以及存在完全失去言说的机会。面对不同性别作家的叙事文本，关注细节，寻找那可能被隐藏的两性叙事的基本范式，最终掌握那把开启性别叙事差异真相的钥匙，否则就谈不上真正实现对叙事文本的分析，"未叙述"之事与叙述话语之间的空隙，就是一条抵达真相的路径。

第三，研究方法从主观演绎转向形式归纳。经过近半个世纪的发展，女性主义文学批评对 19 世纪的现实主义小说，尤其是女性小说进行诸多阐释，关键词主要以揭示父权、解构形象、反对偏见为主，秉持对男性社会的抵抗姿态，她们常把文学作品当作意识形态传声筒，忽视叙事文学的形式性，更低估作家在历史语境中叙事策略选择性，二元对立的思维模式导致一刀切的研究倾向。沃霍尔也分析 19 世纪现实主义小说情节，只是她通过对具体文本中"未叙述事件"及其原因的分析，找到社会文化规约与创作者主观意图之间的契约，分析叙事者如何利用叙事形式的隐秘结构，巧妙地、小心翼翼地向她的读者传递秘密意图。在文学研究领域，必须尊重文学作为艺术的审美价值，以文学的分析，而不是身份的定位来进行文学批评实践，强调研究方法必须走向归纳式，实质上正体现出女性主义叙事学内部对研究方法的反思。

文学作为一种艺术，兼具意识形态和审美二重属性，叙事既是形式的也是社会的，对叙事文本的研究，不仅需要探讨叙述话语特点，还要看到社会性别文化规约形成的束缚；对于女性主义文学批评而言，也应该意识到，叙事文本中不仅存在已叙述情节，还存在不可叙述情节，只有将"说什么"

与"未说什么"结合起来，将叙事文本的文学性与文化性结合，将形式细读、意图阐释相结合，多层面分析叙事行为，才能拥有言之有据的女性文学批评依据。

结　语

沃霍尔女性主义叙事学以叙事形式、性别意识以及文化规约为三个支点，实现了叙事学以及女性主义文学批评的联姻。对女性主义文学批评而言，无论何种形态，都必须坚持对女作家以及性别文化的关注，但是这并不意味着女性主义文学批评只有批判父权这一个研究术语可以使用，也不意味着只有抗拒的姿态才是女性主义的。未可叙述事件及叙事行为之间形成磁力场，充满叙事意图与社会常规、性别文化等的要素，可以作为女性主义情节研究新路径；也为叙事学理论提供了性别视角、历史语境的补充，同时还可以把小说、影视、图文等不同媒介叙事放在一起，探究它们未叙述事件的叙事模式，从而构建性别文化与叙事形式综合分析的叙事研究体系。

（原载于《文艺争鸣》2014 年 3 月第 3 期）

D. H. 劳伦斯文学批评中的生态意识研究

张玮玮

面对愈演愈烈的生态危机，生态批评应运而生。它旨在通过对文学文本中人与自然关系的考察探究生态危机产生的思想根源，并期望通过对这些错误根源的批判最终实现人和自然的和谐共处。从生态批评的角度对文学史中的经典作品进行评价正是当代生态批评的重要使命之一。

作为英国 20 世纪富有影响力的作家，戴维·赫伯特·劳伦斯（D.H. 劳伦斯，1885—1930）的作品自问世以来一直饱受争议。不过，自生态批评兴起以来，因为在作品中反映了工业文明对自然和人性的双重摧残，劳伦斯前所未有地备受推崇。他的主要小说和诗歌都不断成为生态批评理论的解读对象。另外，值得注意的是，在小说家和诗人的身份之外，劳伦斯还是一位出色的文学评论家，尤其是他的《美国经典文学研究》(*Studies in Classic American Literature*)① 更是文学批评的经典之作。劳伦斯在书中对菲尼莫·库柏、埃德加·艾伦·坡、纳撒尼尔·霍桑和赫尔曼·梅尔维尔等 8 位在美国文学史上占有重要地位的作家进行了极有见地的评论，并在学术界引起过广泛关注。此前，研究者们大都注重此书对于确立美国文学及美国文化的独立性的意义。美国人 E. 古德哈特认为此书不但更为深刻地分析了美国经典文学，也准确表述了"美国意识"，成为美国批评家一个"取之不竭"的生存资源。②

---

① 学术界一般将 *Studies in Classic American* 翻译成《美国经典文学研究》，包括此书的中文译者黑马。但此书的中文译本在出版时改名为《劳伦斯论美国名著》。本论文仍沿用学术界通行的译法。

② 周郁蓓：《民族和学科动因下的美国文学批评——从 D. H. 劳伦斯的〈美国经典文学研究〉谈起》，《外国文学评论》2009 年第 3 期。

在此观点的基础上，我国学者周郁蓓认为劳伦斯在此书中的研究视角是我们研究以民族动因和学科动因为核心驱动力的美国文学批评本质的最佳视角。① 此书的中文译者黑马也将它看成是美国文化的"独立宣言"。② 但是纵观以上研究，学者们在注意到劳伦斯的欧洲人身份之于美国文学和文化的意义之外，却都忽视了一点：即劳伦斯在此书中评价作家优劣的重要标准是他们对待自然、对待工具理性和对灵与肉的态度。这一评判的角度与劳伦斯本人在其文学作品中所传达的关切自然、批判工具理性的生态意识具有极大的延续性。同时，与其文学作品相比，在文学评论中劳伦斯对作为生态危机根源的现代性的反思又更为清晰明确，甚至与当代的生态批评具有相当的一致性。因此，对劳伦斯文学批评中的生态意识的研究既是生态批评浪潮中劳伦斯研究的深入，也将为当代的生态批评的发展提供有益的借鉴。

一、"地之灵"：人与自然的统一

在《美国经典文学研究》一书的开篇，劳伦斯并没有直接对美国作家或作品进行具体的评论，而是谈到了"地之灵"的问题。对于"地之灵"，他写道："每一个大陆都有其伟大的地域之灵。每一国人都被某一特定的地域所吸引，这就是家乡和祖国。地球上的不同地点放射着不同的生命力，不同的生命振幅，不同的化学气体，不同的星座放射着不同的磁力——你可以任意称呼它。但是地域之灵确是一种伟大的真实。"③ 根据劳伦斯对"地之灵"的看法，无论是祖国还是家乡都绝不仅仅意味着抽象的、概念化的存在，更意味着生养人、哺育人的大地和自然。在此基础上，劳伦斯接着论述了"自由"的问题。众所周知，美国一向自我标榜为"自由的土地"；而每当谈及在美洲殖民地开拓时期，欧洲人之所以漂洋过海来美洲定居，逃避宗教迫害、追求自由似乎也已经成为人们公认的理由。但劳伦斯却提出了截然

① 周郁蓓：《民族和学科动因下的美国文学批评——从 D. H. 劳伦斯的〈美国经典文学研究〉谈起》，《外国文学评论》2009 年第 3 期

② 黑马：《劳伦斯 & 美国文化的独立宣言——追溯〈美国经典文学研究〉的写作与出版》，《出版广角》2007 年第 5 期。

③ ［英］D. H. 劳伦斯：《劳伦斯论美国名著》，黑马译，上海三联书店 2006 年版，第 6 页。

相反的看法。他认为，美国人所谓的自由不过是"你不许如何的自由"，这恰恰是对自由的背离。而真正的自由是"当他生活在充满生机的祖国之时，而不是他漂泊流浪之时"，"人从属于一个充满生机、健全的、有信仰的群体，这个群体为某种从未完成甚至未实现的目标积极奋斗，只有这样他才是自由的人"。① 因此，美国人从未真正地获得自由，因为他们虽然身处美国的土地，但是精神上仍然向往欧洲。他们自始至终都没有与美国的土地——他们真正的家乡和祖国融为一体，美国仅仅是他们凭借观念建构起来的一个理想化的地方。

　　从对待大地的方式出发，劳伦斯评论了海克特·圣约翰·德·克里夫库尔（John de Crevecoeur）的《美国农夫信札》。克里夫库尔出生于法国的贵族家庭，后来定居美国并拥有了自己的农场。克里夫库尔在书中热情洋溢地向欧洲读者介绍了普通美国农民的劳作、生活和理想以及美国辽阔的疆土和富饶的自然环境。他的书出版之后在欧洲大陆受到了广泛欢迎，他也因此成功地塑造出自己"美好而纯洁的自然之子"的形象。但是，劳伦斯却认为表面上克里夫库尔先于爱默生、梭罗等人确立了"自然"在文学中的位置，然而他并非真正地热爱大地和自然。于他来说，自然仅仅是他取悦欧洲读者、在欧洲沽名钓誉的手段，他所有对自然的描述都是按照自己的目的和理想描绘出来的，并非自然的本真面目。于是，劳伦斯宣称克里夫库尔是个虚伪的骗子，他"想把自然装进自己的口袋"，也断定他的《信札》是虚伪的，仅是"一种意念的满足"。

　　也同样从这一视角出发，劳伦斯却给了在文学史上名不见经传的理查德·达纳（Richard Henry Dana）以及他的作品《两年水手生涯》以较高的评价。起初，达纳试图能够征服大海。在同大海的搏斗中，人虽然不断取得胜利，却也付出了巨大的代价——由于在海上航行过久，不断有船员患上败血病。可是，无论病情多么严重，他们都被来自大地的、"带着泥土味儿"的新鲜食品一一治愈。有个船员曾经病得连嘴巴都张不开，但在喝了一口生土豆汁后，"浓郁的陆地气息令他浑身为之一颤"，然后靠着土豆和葱头，十多天后竟然奇迹般地恢复了。可以说，达纳在书中既描述了人类征服自然

---

① ［英］D. H. 劳伦斯：《劳伦斯论美国名著》，黑马译，上海三联书店 2006 年版，第 9 页。

的行为所得到的报复，又展示了人类回归大地所得到的滋养。所以，劳伦斯称赞道："达纳的这本小书了不起，它包容了极端化的知识，那是自然的知识。"①

正如当代德国美学家沃尔夫冈·韦尔施所认为："人类的定义恰恰是现世之人（与世界休戚相关之人），而非人类之人（以人类自身为中心之人）。"而其所谓的"现世性"就是指"所有的人都是现实生活之人，而不是抽象的存在物"。② 因此，劳伦斯对"自由"的认识及对上述作家的评论体现出了深刻的生态内涵：人只是自然的一部分，永远不能离开自然独立存在。并且只有人与大地的和谐相处、人与自然的真正融合才能为人类带来真正的自由，而人与大地的疏离乃至对立最终将导致人类自身的悲剧。在对托马斯·哈代的悲剧小说《还乡》进行评论时，劳伦斯也同样指出小说真正的悲剧就是爱顿荒原本身，是它哺育了小说中的人物尤斯塔西亚、威尔德夫、姚伯太太和克里姆等人并赋予了他们特有的性情。对于爱顿荒原的离弃，使他们背离了自己在爱顿荒原上形成的本能，成为他们悲剧的根源。

二、"黑森林"：理性与本能的统一

众所周知，西方文明史上存在着持久而强大的重视理性的传统。无论是古希腊哲学还是中世纪经院哲学中，理性都是人类探究世界本源的重要工具，唯有透过理性人类才得以透过复杂多变的感官表象认识世界。17 世纪，笛卡尔开创了西方近代的唯理论哲学，即一切知识的基础只能建立在理性基础之上，理性成为检验真理的唯一尺度。不可否认的是，西方人对理性的追求曾经极大地推动了自然科学的发展和科学技术的进步。尤其是自工业革命开始，工业和科学技术的发展使得以英国为代表的欧洲国家迅速从农业社会转变为工业化社会，科技进步带来的丰硕成果更是促进了社会的发展并彻底改变了人们的生活。因此，人们对于理性的崇尚也日益加剧，自以为凭借理性的力量可以征服一切。与此同时，西方文明不断走向理性化的过程也是马

① [英] D. H. 劳伦斯：《劳伦斯论美国名著》，黑马译，上海三联书店 2006 年版，第 131 页。
② 曾繁仁：《生态美学导论》，商务印书馆 2010 年版，第 306 页。

克斯·韦伯所谓"世界的祛魅"的过程，即把一切带有巫术性质的知识或宗教伦理实践要素视为迷信与罪恶加以祛除的过程。① 经历了"祛魅"过程的世界对于人类来说，不再是一个充满神秘的存在，而是一个可以全凭人类理性把握的机制。

但是，正如韦伯所见，理性的主宰和世界的祛魅在实现对人的启蒙的同时也带来了一系列深重的问题与危机。在"祛魅"的世界中，人对自然的剥削与控制不但变得愈加肆无忌惮，工具理性也取代价值理性成为衡量一切的标准，使人也逐渐沦为工具和物质的奴隶。很显然，劳伦斯对于此也有着深刻的认识。因为劳伦斯正是生活在工业革命后英国发展最快的时期。他出生在矿乡伊斯特伍德，作为矿工的儿子他目睹了昔日美丽的家乡变为一个嘈杂丑陋的地方，以及机器对当地人身体和精神的双重摧残。所以劳伦斯对工具理性和作为其象征的机器有着本能的排斥，并在自己的作品中对它们进行了不断的揭露。而《美国经典文学研究》的写作及劳伦斯游历美国之时也恰逢一战之后美国的繁荣时期。汽车等新工业的发展"不仅推动了其他经济部门的迅速繁荣，也构成了改变美国人民的生活习惯和社会态度的主要动力"②。劳伦斯在《美国经典文学研究》中不时对美国人对机器的过分依赖和为理性是从的观念进行批判。在他看来，美国人已经将自己困在了机器的"牢笼"之中，机器也越来越剥夺了美国人的本能。他说道："我们愈是让机器介入我们与自然力之间，我们的感官就愈是迟钝和萎缩。每次我们拧水龙头，每次我们扭动旋钮点火或开电灯我们都是在否定自身、埋没自己的生命。自然中的要素，土壤、空气、火和水就如同一些了不气的情妇，我们追求她们，同她们较量。可所有的工具只能褫夺我们与这些'情妇'的美妙拥抱，褫夺我们生活中的奇迹。机器是最大的无性人，是阉人中的阉人，到头来它会阉割我们大家的。"③ 但是，尽管人受制于机器是工业发达之后的产物，但对工具理性的膜拜却早已根植于美国人的灵魂深处，并在他们的文学作品中得到了充分的反映。因此，以对待工具理性的态度为出发点，劳伦斯

---

① 王泽应：《祛魅的意义与危机——马克斯·韦伯祛魅观及其影响探论》，《湖南社会科学》2009 年第 4 期。

② 侯维瑞主编：《英国文学通史》，上海外语教育出版社 1999 年版，第 134 页。

③ ［英］D. H. 劳伦斯：《劳伦斯论美国名著》，黑马译，上海三联书店 2006 年版，第 128 页。

在《美国文学经典研究》中对本杰明·富兰克林和埃德加·艾伦·坡等作家进行了评论。

本杰明·富兰克林在美国是个备受尊重的传奇人物。他既是作家，他的《穷理查历书》(*Poor Richard's Almanac*)、《自传》(*Autobiography*) 等都曾经畅销一时；又是科学家，他的雷电实验家喻户晓；同时，还是美国独立战争时期的政治活动家。但是，劳伦斯却对富兰克林进行了无情的嘲讽和批判。在欧洲启蒙精神的影响下，富兰克林十分推崇理性的力量，不断对读者的道德、日常生活进行劝导，认为在理性精神的指引下任何人都可以走向完美。然而，由于深受现代心理学尤其是弗洛伊德无意识理论的影响，劳伦斯认为人的完整灵魂既包括已知的自我，又包括未知的自我，人的理性所能认识的仅仅是其中的一小部分，于是他将人的灵魂比作"一座幽深的森林"，而将已知的自我比作"森林中的一小块空地"。所以，对于劳伦斯来说，富兰克林对理性的强调便是对人的完整性的剥夺。他批判道："人的灵魂是一座浩瀚的黑森林，林中满是野性的生命。可是本杰明却要用樊篱把这野性的生命封锁起来！"①

在劳伦斯眼中，完全以理性精神为指导来进行文学创作的还有埃德加·爱伦·坡。爱伦·坡是美国文学史上最重要的作家之一。他的作品因为融合了恐怖和美丽、理智与疯狂，从而充满了特殊的艺术魅力。甚至有人认为"坡的两大文学主题分别是美（女）和死亡"②，即爱伦·坡笔下的美丽女性"不是自身就笼罩在一层令人恐惧的迷雾中，就是直接导致了自己或他人的可怕的死亡事件"③。在劳伦斯看来，爱伦·坡笔下的女性的恐怖性来自于爱伦·坡对待她们的方式。他认为与其说坡是个艺术家，不如说是个科学家，"他像科学家在坩埚中溶解盐一样把自己化为灰烬。这几乎是在对灵魂和意识进行化学分析"④，就像他对待他的爱情小说《莉盖娅》的女主人公莉盖娅的方式。爱本该是神秘的生命相吸，但莉盖娅的丈夫却并未将其当成有血有肉的生命去爱。为了验证莉盖娅对他的爱情，他将其当作研究的对象不

① [英] D. H. 劳伦斯：《劳伦斯论美国名著》，黑马译，上海三联书店 2006 年版，第 12 页。
② 张冲主撰：《新编美国文学史》第一卷，上海外语教育出版社 2000 年版，第 252 页。
③ 张冲主撰：《新编美国文学史》第一卷，上海外语教育出版社 2000 年版，第 253 页。
④ [英] D. H. 劳伦斯：《劳伦斯论美国名著》，黑马译，上海三联书店 2006 年版，第 67 页。

停地分析，试图通过理智来控制她生命和个性的秘密。他对莉盖娅的理智剖析最终只有通过她的死亡才得以终结。所以劳伦斯认为，爱伦·坡小说中女性与死亡的关联不是源自于其自身，而是因为爱伦·坡对于理性没有界限地运用必然导致她们的毁灭。

无论"黑森林"这一比喻，还是他的过度使用理性必将导致毁灭的见解，都清楚地表明劳伦斯已经深刻地意识到了人类理性的局限，即人类永远无法通过理性把握世界和自身的全部奥秘。与此同时，在对这些作家的评论中，劳伦斯一再提及与这种理智意识对立的"血液意识"，即人在很多时候应当放弃理性的探求，承认世界存在超出人的理性范围的神秘性，并尊重自己的直觉和本能。这既得到了现代心理学的证明，也得到了现代哲学家的应和。当代美国生态理论家大卫·雷·格里芬便提倡实现"世界的返魅"，即"部分地恢复自然的神圣性、神秘性与潜在的审美性"[①]。只有尊重甚至敬畏自然和人身上神秘的一面，人和自然的和谐相处、人自身的完整生存才会得以可能。与此同时，法国思想家塞尔日·莫斯科维奇也提出我们应当"恢复自然之魅"，并进一步认为"自然的魅力来自生命的魅力。当我们努力捍卫自然时，我们也在试图拯救生命"[②]。

三、性：灵魂与肉体的统一

谈到劳伦斯，性始终是一个无法绕开的话题。这一主题在他的小说中一再地出现，同时也成为让他的作品饱受争议的最重要的原因。因为小说中大量性爱场面的描写，劳伦斯曾经被人称为"淫秽"作家，他的小说也因此屡屡被禁。尽管如此，劳伦斯一直赋予性以重要的美学甚至哲学意义。首先，性体现了宇宙万物的运行规律。在小说《查泰莱夫人的情人》遭禁以及画展惨遭查抄之后，劳伦斯曾写过《为〈查泰莱夫人的情人〉一辩》一文。他在文中指出："性是宇宙中阴阳两性间的平衡物——吸引，排斥，中和，新的吸引，新的排斥，永不相同，总有新意。在大斋期，人的血液流

① [美]大卫·雷·格里芬主编：《后现代精神》，中央编译出版社1998年版，第224页。
② [法]塞尔日·莫斯科维奇：《还自然之魅：对生态运动的思考》，庄晨燕等译，三联书店2005年版，第20页。

动渐缓，人处于平和状态；复活节的亲吻带来欢乐；春天，性欲勃发仲夏生出激情，随后是秋之渐衰，逆反和悲凉，暗淡之后又是漫漫冬夜的强烈刺激。性随着一年的节奏就在男人和女人体内不断变幻其节奏，它是太阳与大地之间关系变幻的节奏。"① 他更进一步指出："如果爱仅仅变成一种个人的感情而不与日出日落和冬、夏至和春、秋分有任何神秘关系，这是怎样一种灾难和残缺啊！"② 因此，对于性的正确态度体现了人对自然规律的遵从。另外，性还被劳伦斯视为反抗工具理性的重要力量。作为理性与非理性二元对立的延伸，西方哲学中也一直存在灵魂与肉体的二元对立。柏拉图曾将理智比喻为灵魂的驾驭者，灵魂因为离理智更近而受到推崇，相反肉体则因远离理智而遭遇鄙视。柏拉图的这一观点在基督教哲学中被进一步发挥，肉体被进一步视为罪恶的象征。而在近代笛卡尔以降的机械论哲学中，肉体和灵魂更被视为彼此迥异相互分离的实体，灵魂之于身体具有绝对的优势。但是劳伦斯却认为完整的人必然包含灵魂与肉体的自然平衡，过去那种重理性而轻肉体的哲学扼杀了人们鲜活的生命。而性则体现了人的灵魂与肉体的统一，因此真正的性可以赐予人摆脱理性统治、恢复完整人性的力量。正因为如此，劳伦斯对美国作家关于性的态度也给予了特别的关注。

正如前文所述，坡的小说是用理性的精神统摄一切。坡小说中的爱是精神之爱，而不是灵肉统一的"血液之爱"，所以这样的爱情注定都导致了女主人公生命力的枯竭而最终走向死亡。劳伦斯认为在纳撒尼尔·霍桑的经典作品《红字》中同样存在着灵与肉、精神与血液的对立。海斯特·白兰是肉体与血液的化身，但却不得不屈从于理智；她的丈夫齐林乌斯则只有对精神的信仰；而牧师丁梅斯戴尔身上则充满了精神与肉体的争斗，他企图通过精神控制自己的肉体，失败之后再通过抽打自己的办法来惩罚肉体。他们三人之间的矛盾斗争就是人的肉体本能与理性之间斗争的缩影，所以劳伦斯赞美《红字》是"所有文学中最伟大的寓言之一"。

---

① ［英］D.H. 劳伦斯：《夜莺——学生必读世界名著》，黑马译，中国国际广播出版社 2009年版，第 213 页。

② ［英］D.H. 劳伦斯：《夜莺——学生必读世界名著》，黑马译，中国国际广播出版社 2009年版，第 213 页。

　　尽管劳伦斯对霍桑、梅尔维尔作家都评价颇高，但只有一人他将其视为同道知音，那就是瓦特·惠特曼。跟劳伦斯一样，惠特曼的《草叶集》中也存在大量对性的描写，并因此受到众多非议。他同样赞美肉体，他将性与美、纯洁、健康等等同起来。他在他的名篇《我歌唱我带电的肉体》中曾经写道："男人或女人的肉体的美是难以形容的，肉体本来是难以形容的，男性的肉体是完美的，女性的肉体是完美的……"① 因此，在劳伦斯看来，惠特曼的诗遵循的是生命的教义而非道德教义，他以对性的描写追求人的灵魂与肉体的统一，抨击灵魂高于肉体的旧观念。所以在惠特曼之前尽管也有很多优秀的作家，但劳伦斯认为惠特曼是第一个打破对理智的依恋的人，认为他是一个先锋、是一个英雄，美国大陆只有通过他才第一次发出了自己的声音。但与劳伦斯不同的是，惠特曼的诗中不但赞美了异性爱，还赞美了同性爱。不过正如劳伦斯所理解的，性原本是阴阳两性之间的平衡，所以惠特曼诗中的同性爱都建筑在死亡之上，劳伦斯又由此称赞惠特曼是一位"写生命终结的伟大诗人"。

结　语

　　尽管在《美国经典文学研究》中 D.H 劳伦斯对爱伦·坡等作家的评价在某些时候显得有失公允，也并未能将爱默生、梭罗等美国生态文学的先驱包括在内，但劳伦斯的文学批评坚持以对待自然、对待理性以及对待性的态度作为评判作家优劣标准。他主张人与大地的真正融合，批判工具理性对人完整性的剥夺，并期望通过灵肉合一的性爱帮助人们恢复完整人性，充满了深切的生态关怀。这些观点与当今流行的生态批评具有相当的一致性，体现了劳伦斯在 20 世纪初期对导致当今生态问题的诸多思想根源的超前反思。更为难能可贵的是，劳伦斯对生态的理解显然已经超越了自然生态这一层面，而是将关注的目光投向人的生态地生存。劳伦斯在近百年之前提出的观点对于当今社会更加受困于自然和精神生态危机的现代人仍然具有巨大的借鉴意义，同时这也是劳伦斯的作品历经考验仍不断焕发出新的艺术魅力的原

---

① 张冲主撰：《新编美国文学史》第一卷，上海外语教育出版社 2000 年版，第 428 页。

因所在。不过，我们也应当指出，在小说和文学批评中，劳伦斯都认为凭借灵肉统一的性爱，人类就可以摆脱数千年来工具理性对人的束缚、解决现代社会的一切危机，未免太有空想的色彩。只有对人类既往的思想文化从整体上进行反思，并以强调多元共生的生态文化取代二元对立的传统文化，人类才能真正走出自然和精神的生态困境。

（原载于《文艺争鸣》2014 年第 8 期）

从范畴角度论皮尔士的规范美学

张彩霞

查尔斯·桑德斯·皮尔士以其实用主义、符号学闻名于世，似乎与美学相隔甚远。他也从来没有大篇幅、系统地阐述过美学，并认为自己"同其他逻辑学家一样，对这门学科的思考太少了"①。但实际上，除了沃特里（Whately）的《逻辑》和康德的《纯粹理性批判》的影响外，美学是皮尔士进入哲学的另一块敲门砖。皮尔士研读了大量美学方面的书籍，特别是席勒的《美育书简》，对这些成果的思考帮助他形成了自己独特的美学思想（CP5.128）。皮尔士并不认可当时那个时代美学的发展，对其中的一些美学观点也不赞同，这可能是他为何一直倾向使用"esthetics"这个词来表示美学，而不是像其他学者那样采用"aesthetics"的原因。从他遗留的海量文稿中，我们能够发现皮尔士对审美的不同于常人的敏感和见解，以及对美学问题独树一帜的思考。如果像考古学家挖掘恐龙化石、组装恐龙骨架一样，将那些散落在众多文稿中的皮尔士美学观点收集整理出来，虽不敢确保完全符合皮尔士的美学原意，但至少可以展示出一个"皮尔士美学"的大概框架。本文是尝试组装、还原这个框架的第一步，旨在从规范美学的角度入手来了解皮尔士眼中的美学。这个意义的美学与现代美学不同，强调的是它对伦理学、逻辑学以及其他特殊科学的基础作用。之所以选择从范畴的角度研究皮尔士规范美学，主要有两个原因：一是因为皮尔士在 1903 年对科学体系做

① Peirce Charles Sanders，*The Collected Papers of Charles Sanders Peirce*，Cambridge：Harvard Uni. Press，1931-1958，Vol.2，Para.197. 通常简写为 CP2.197，即本丛书第 2 卷第 197 段，下文均采用简写方式，并只随正文夹注，不再一一注释。

最后一次划分的时候运用了范畴概念。皮尔士先后对科学体系做了 20 多次划分，但只 1903 年的划分参考了范畴概念，并且也是在此次划分中，"皮尔士才开始认识到规范科学的性质"（CP1.573）。这说明从范畴角度划分科学体系是皮尔士长期思考和尝试的结果，亦是最成熟、最系统的一次划分。借助范畴理论，我们能够更为清楚地了解美学在科学体系中以及规范科学中的地位，从根本上全面把握皮尔士的原意。二是因为皮尔士认为宇宙中所有的现象都可以化为三个范畴，不能增多，也不能化简；利用范畴可以找到适用于任何对象的最简单的概念。因此借助于范畴理论，我们可以更好地了解皮尔士规范美学的特点。

一、皮尔士的科学体系及范畴论

由于深受康德的影响，皮尔士一生都致力于建立一个有着深厚而庞大基础的哲学体系。但与康德以逻辑为基础不同的是，皮尔士的哲学体系是植根于数学之中的。皮尔士认为数学（其中包括研究关系的形式逻辑）是所有科学的基础，处于科学体系的首位；哲学紧随其后；然后才是物理学、心理学等特殊科学。哲学作为特殊科学的基础，主要拥有三个分支：现象学（Phenomenology）、规范科学（Normative Science）和形而上学（Metaphysics）。哲学以数学为基础，但同时又是其他实证科学的基础，这是皮尔士哲学体系的最大特点，亦是了解皮尔士哲学的关键。

在皮尔士哲学体系中，规范科学处于现象学和形而上学之间，是一种"在认识的领域、行为的领域和情感的领域，对好和坏进行区分的理论研究"①。规范科学研究的是现象与目的之间的关系，探究的是其中一般的、必然的规律。其被区分开的三个不同的目的是：美、正确和真理（CP5.12）。由此可知，皮尔士将美学、伦理学、逻辑学都划归为规范科学。

需要注明的是皮尔士是将逻辑学等同于符号学，认为"符号学只不过

---

① Nathan Houser and Christian Kloesel（ED）：*The Essential Peirce：Selected Philosophical Writings*，Bloomington：Peirce Edition Project.1992-1998，Vol.2，p.147. 通用简写为 EP2：147，即本丛书第 2 卷第 147 页，下文均采用简写方式，并只随正文夹注页码，不再一一注释。

是更广泛意义上的逻辑学的代名词而已"①。皮尔士借用第三人称表达了自己的观点:"1867年,这个作者将逻辑定义为研究象征符号与对象关系的形式规则的科学。但在对科学不同分支之间的界限的性质进行了更为成熟的思考之后,该作者认为最好是将逻辑看作是对象征符号进行全方位哲学研究的科学,不仅仅只是对象征符号进行研究,还研究(其他)所有种类的符号。"(EP2:387)为了表述得更为切题,避免造成误解,在本文以下部分,笔者都将逻辑学称为符号学(逻辑学)。由此,规范科学的三个组成部分依次是美学、伦理学和符号学(逻辑学)。

同时我们还要明白皮尔士整个科学体系的划分是有等级顺序的。前一门科学为后一门科学的基础,并为后者提供工作原理;后一门科学则为前一门科学提供具体数据以及有待于前一门科学解答的问题。这也是为什么我们说数学是其他科学的基础,而哲学又是其他特殊科学的基础的原因。因此,按照该理论,在规范科学中,符号学(逻辑学)依赖于伦理学,伦理学依赖于美学。换言之,符号学(逻辑学)和伦理学皆是以美学为基础建立发展起来的,美学为二者提供基础原理。这是皮尔士经过逻辑推理之后得出的结论,也是本文将要论述的要点之一。

皮尔士在1903年对科学体系作了最后一次划分,指出"这三种规范科学(的排列)是与三个逻辑(第一性、第二性、第三性)相一致的,从精神的层面上而言,它们分别属于情感、反应、思想"(CP8.256)。也就是说,在规范科学的范围内,美学为第一性、伦理学为第二性、符号学(逻辑学)为第三性。实际上不只是规范科学,整个科学体系的划分都是按照范畴来进行的。为了能够将美学在规范科学以及科学体系中的地位阐释清楚,我们需要在此引入皮尔士的范畴概念。

正如前面所论及,数学是皮尔士哲学以及其他科学的基础。经过数学意义的推导和现象学的证明,皮尔士最终总结出了三个范畴:第一性、第二性和第三性。他认为任何存在的事物以及任何可以想到的事物都可以、亦只能归为这三个范畴,不能化简,也没有更多,这被称为"皮尔士定理"。第一性是这样一种概念:它不借助于任何其他事物的存在而存在,是一种自身

---

① 李欣人:《符号论艺术观哲学基础探赜》,《山东社会科学》2005年第8期。

的肯定的存在，是一种感觉特性（quality of feeling）。第一性是初始的、鲜活的、自发的、自由的。第二性是相对于第一性的第二，对作为第一性的某物产生影响，是相对于某物的第二，与其他事物没有关系。第二性是一种反应，是二元的。第三性是一种联系。它将第一性和第二性连接起来，成为互为第二性的两个事物的中介，是三元的。概括而言，第一性是一种质；第二性是一种事实或反映；而第三性则是一种法则，是关系的呈现。范畴中的第一性描述的是一种质、一种感受、一种可能性；是自发性、鲜活性和自由性的源泉。正是在这个意义上，美学展示了它的特点。

二、皮尔士规范科学中的美学

1. 皮尔士的"作为第一性的美学"

根据皮尔士 1903 年对科学的划分，哲学是由现象学、规范科学和形而上学三个部分组成的。因为现象学在规范科学之前，位于美学之上，为美学提供原理，所以在讨论皮尔士美学之前，我们先要来了解一下现象学。在皮尔士看来，现象学只是负责观察、描述那些随时随地、以任何形式出现在心智面前的一般性的事物，这些事物是一切认知所依赖的最基本的要素。现象学的目的就是将这些最基本的要素整理入库，以供其他科学采用。现象学碰触的只是要素的表面价值，不对其做深层次的探究。在此，皮尔士对现象学概念作了一个可以想到的最宽泛意义上的理解。他认为现象学研究的是那些似乎是的事物，描述的是"那些存在着本质区别，并以似乎是的形式似乎地呈现出自己的事物"（CP2.197）。换句话说，现象学处理的是那些以任何可能的形式出现在心智面前的现象的最一般的特性，研究的是它们第一性的呈现。现象学并不关注这些要素是否真实以及它们应该如何。现象学提供的只是方向，即告诉人们应该朝哪儿走，路上应该能看到什么；对于实际上人们是否采取行动，以及具体采取了什么行动，现象学并不关注。从此种意义上说，现象学具备了第一性的特点，并成为规范科学、形而上学以及其他特殊科学的基础。那么，理所当然，现象学在数学的帮助下所做的那些发现也为规范科学中的美学提供了基本原则。

紧随现象学之后的规范科学，作为哲学的第二分支，是"在认识的领域、行为的领域和情感的领域，对好和坏进行区分的理论研究"（EP2：147）。此处既然有好和坏的区分，就存在着二元关系。因此我们可以说规范科学研究的是作为第二性存在的我们所熟悉的现象。美学属于规范科学，自然与其他规范科学相同，也存在着基本的二元性。但我们要知道规范科学的组成也是与范畴相联系的。换言之，在规范科学的范围内，作为第一分支，美学应该存在着伦理学和符号学（逻辑学）所不具有的某种独特的第一性。正是在这个意义上，美学的特点得以展露出来。那么美学究竟在何种意义上归于第一性呢？

皮尔士说，规范科学是研究现象学与目的之间关系的科学，探讨的三个目的是"真理、正确、美"。这很容易让人误解，认为皮尔士是将"美"作为了美学的目的，但实际上皮尔士并没有用"美"来界定美学；相反，他反对将美学定义为有关感性美的科学，他甚至认为美学就是因为被当作了有关"美的理论"，其发展才受到阻碍（CP2.199）。他认为，"美学研究的是那些不考虑任何外在因素，客观上值得赞美的（admirable）事物"（CP1.19）。美学的研究对象必须自身具备客观的令人赞美性，这其中不夹杂任何其他因素，也不与任何其他因素发生关系。美学的目的就是"寻找客观上值得赞美的事物"。这种"客观的令人赞美性"比"美"更为复杂，也更为严苛。"美的"和"值得赞美的"虽然属于一种感觉特性，但并不是所有的感觉特性都归为美学研究对象。某物之所以能够成为美学的研究对象只能是因为"它自身的因素使它成为了值得赞美的事物，没有任何其他理由"（CP1.612）。换句话说，这种作为美学特性的"令人赞美的"感觉特性是客观的，不是主观的。在这个意义上，美学属于第一性。

此外，皮尔士还将美学称为一种"典范科学"，或者说是一种"理型科学"（a science of ideals）（CP1.19）。他认为，美学的目的是"寻找典范"。前面我们已从感觉特性的角度将美学归为范畴中的第一性，那么"典范"是不是也可以被解释为第一性呢？对此，我们可以从两个角度进行理解。首先，不管是"典范"还是"理型"，其中都暗含了一个完美的（perfect）概念。这表明"典范"是一种追求、一个目标、一个方向；是潜在的、是一种可能性（potential），是我们此时此刻无法把握、无法抓住的。从这个角度来说，"典范"也属于一种感觉特性，因此也是第一性的。其次，如果某个概念在一个共同体内（皮尔士将社区作了最广义上的理解）被设定为了"典范"或者是"理想"，那么就表明它成为大家的共识。在一定时间内，不会有人对此进行争论、推理、界定。对该典范人们不需要经过任何思考，就能瞬间理解、接受。对典范的认可，是自由的、自发的。因此可以说，典范也是一种感觉特性，也是第一性的。由此看来，美学不管是从"令人赞美性"的角度，还是从"典范"的角度，都具有第一性的意义。

整个宇宙的现象错综复杂，美学以现象学为基础，其目的就是"将蕴含其中的某些感觉特性找出来"①。这并不是所有人都可以做到的。它需要一种特殊的能力。皮尔士说只有真正的艺术家才能具有这种罕见的能力，"这种能力能够让他们看清楚面前的事物，正如它自身所呈现的那样，没有添加任何解释，是没有在细节上作任何修缮的原初模样"（CP5.42）。皮尔士用阳光下积雪的例子来解释我们常人的能力与艺术家的能力的差异。常人一般都认为阳光下的雪是纯白色的，而阴影处的雪则略带灰色。可这并不是呈现在眼前的真实现象，我们只是描述了我们认为"应该是"的样子。艺术家会告诉我们，阴影处的雪不是灰色，而是灰蓝色；阳光下的雪不是纯白色，而是鲜黄色的。皮尔士认为，对现象的观察最需要的就是艺术家的这种观察能力（CP5.42），需要描述的不是想当然的样子，而是事物的原初模样，不做添加，也不做删减。美学第一性的特点决定了艺术家必须具备这种能力。只有这样，他们才能挖掘出现象中那些属于美学的感觉特性。这是艺术创作和艺术批评的第一步，也部分解释了为什么笔者认为皮尔士的规范美学思想是皮尔士整个美学观的基础。

2. 皮尔士对"审美意义的善"之阐释

皮尔士认为，规范美学所探讨的那种"客观令人赞美性"以及"美学典范"，实际上就是审美意义的善。借用范畴理论，皮尔士进一步解释了美学意义的"善"（goodness）的概念："一个对象，要具备审美意义的善，必须拥有一定数量的要素，这些要素之间相互关联，从而能够给整体呈现出一种肯定的、简单的、直接的特性；只要做到了这一点，就是审美意义的善，

---

① De Waal Cornelis, *On Peirce*, Wadsworth Cengage Learnig, 2001, p.19.

至于整体特性具体是什么则不予考虑……（呈现出来的）那种特性有可能令我们恶心，有可能令我们害怕，或者也可能令我们不安以至于欣赏者完全脱离了审美享受，不能纯粹地思考具有这个特性的对象。"（CP5.132）。但它仍然具备审美意义的善，因为该特性自身才是我们思考的对象，与我们对（拥有这个特性的）对象的思考无关。借用美学的定义来说，这个特性是一种客观上的存在，与其他事物（如反思）无关。我们不能平静地、简单地、愉悦地欣赏一个对象，并不能说明这个对象不具备审美意义的善。反之，即使一个对象使我们感到愉悦，也并不能表明这个对象就具备审美意义的善，因为不管愉悦还是痛苦都属于主观感受，这不是判断一个事物是否具备美学特性的必要因素。借用范畴的概念来说，愉悦还是痛苦虽然也属于感觉特性，但它们已经属于第二性意义的感觉了。一个对象吸引我们，我们会感到愉悦；一个对象令我们厌烦，我们会感到痛苦。无论愉悦还是痛苦，表现的都是"吸引与排斥"的行为特点，这是明显的第二性的特征。美学特性，作为第一性，是一种客观的存在，与我们的主观思考、主观感受无关。这也是为什么皮尔士认为"美"这个词不足以表达美学目的，认为它"太肤浅了"，甚至认为"我们现有语言中没有一个词拥有那种一般性的要素"（CP2.199）。皮尔士最后勉强用了希腊语 kalos，这个词更接近现在我们所说的"和谐"的含义。皮尔士认为，该词虽不尽如人意，但至少没有像"美"那样将那些拥有美学特性但不美的对象排除在外。皮尔士这段话还告诉我们，人们容易将客观的感觉特性与主观的感觉相混淆，主观的感觉最容易干扰我们的审美活动。所以皮尔士提议说，心智的理想美学状态应该是最单纯的，不受任何外界事物干扰的纯粹状态。美学评论家在进行审美批评之前，必须使自己的心智回到那种状态中，任何先入为主的思想都会干扰到纯粹的审美活动。皮尔士说："最好的评论家就是那种训练自己以使自己能够最完美地做到这点的人。"（CP5.111）

至此，皮尔士美学提及了三个核心内容：美、客观上值得赞美的事物、典范。不难看出，这三者之间是层层递进的，"美"被"客观赞美性"所限定，而典范则是一种最高理想、是至善。皮尔士曾经区分过宇宙发展过程中的三种目的：一是以追求主观的愉悦感受为目的；二是以追求当前社会物质上的客观增长为目的；三则是以追求整个宇宙的理性发展为目的

（CP1.590）。皮尔士认为只有第三种目的才符合自然规律，才是永久的、终极的目的。由此看来，皮尔士是将美学追求的"典范"与宇宙自身所呈现出来的理性相等同。没有比理性发展自身更令人满意的典范了（CP1.615）。美学典范与任何其他事物无关，是一种肯定的、简单的、直接的整体特性，是对宇宙创造过程中表现出来的理性的一种充分表达①。而"理性的本质是这样的：它的存在永远不可能是绝对完美的。它总是处于初始阶段，总是处于发展的过程中"（CP1.615）。理性的发展特点告诉我们，美学典范即美学的至善不是静止不动的。这与皮尔士符号运动的连续性特点以及皮尔士的宇宙进化论相一致。正是在这个意义上，我们说，至善存在于符号活动中，存在于宇宙的进化中。美学典范如同绝对命令，一旦提出我们只能要么赞成，要么反对。如果反对，我们将会继续寻找新的、得到大家认可的典范；如果赞同，我们就需要搞清楚，如何通过自我控制使自己的行为符合这个典范，这就属于伦理学的范围了，而符号学（逻辑学）研究的则是如何在代表某物的具体行为中实现这个典范。

3. 规范美学的基础作用

在规范科学中，美学与伦理学和符号学（逻辑学）存在着两种意义上的关系。一是美学为伦理学和符号学（逻辑学）提供典范，犹如指路灯一样，是一种法则意义上的存在，指引着二者向一定的方向行进。从这个意义上来说，美学在规范科学中居于至高的位置。但同时，伦理所要追求的"善"实际上是，也只能是审美意义的善的一种特殊规定。由此可见，在皮尔士看来，道德标准归根到底是一种审美判断。同时，符号学（逻辑学）所追求的逻辑上的善也是伦理学的善的一种特殊规定。或者我们可以这样来解释：符号学（逻辑学）、伦理学、美学分别对应的是思想、行为和情感。符号学（逻辑学）研究的是慎思，即思想被某种目的所约束和控制，是一种被限定了的行为，由此符号学（逻辑学）成为伦理学的一种特殊规定；伦理学研究的是慎行，即行为受到控制，使之符合某种目的，因此伦理学也就成

---

① De Waal Cornelis, *Peirce: A Guide for the Perplexed*, Newyork: Bloomsbury Publishing, 2013, p.52.

为了以"至善"（summum bonum）为研究目的的科学（美学）的特殊规定。美学、伦理学、符号学（逻辑学）三者的关系可以这样来表述："道德意义的善是被某种特别的附加因素专门限定了的审美意义的善，而逻辑意义的善则是被某种特别的附加因素专门限定了的道德意义的善"（CP5.131）。从此种意义上而言，作为伦理学和符号学（逻辑学）的基础，美学又是一种最原始、最基本的存在。

伦理学将道德意义的善与行为联系起来，而道德意义的善又是审美意义的善的一种特殊规定，是被美学评估了的感觉特性。这种感觉特性在主观上令人愉悦，从而指引了行为的方向。在这个意义上，伦理学显露出了它的第二性的概念：对伦理学而言，某物令人赞美，不是因为它自身，而是因为它与某物相符合，这个某物就是美学中的令人赞美性，或美学典范。正是因为美学典范的客观性，皮尔士与享乐主义分隔开来。美学典范是绝对的，是从范畴中来的，是范畴的第一性，与个人喜好无关。

同样道理，符号学范围内的逻辑思考也是一种经过自我控制的行为，因此逻辑意义的善是伦理意义的善的一种特殊限定。换言之，"逻辑意义的善与恶…实际上就是道德意义的善与恶或正义与邪恶的一种更为一般意义上的特别运用"（CP5.108）。既然道德意义的善是审美意义的善的一种特殊规定，那么毫无疑问逻辑意义的"善"也是审美意义的善的一种必然发展结果。

总而言之，不管是伦理中的慎行，还是符号中的慎思，都是自我控制（self-conroled）的行为。所有这些努力都有一个统一的方向，即至善，也就是宇宙的具体理性（concrete reasonableness）。如果这些行为都是经过深思熟虑采取的行动，那么这个由此实现的典范就应该是一种情感习惯（a habit of feeling），而有关情感习惯的审慎形成的理论就是规范美学的意义所在。（CP1.574）至此，美学典范体现了范畴的三个不可分割的组成要素：作为感觉特性，它是质的存在，是对发展中的理性的整体印象的可能性表达，这体现了其第一性的特征；作为一种感觉特质，必须借助其他事物才能得以体现，这体现了它的第二性的特征；而作为典范，其又是法则意义的存在，是情感习惯的形成，这体现了第三性的特点。实际上，美学典范"是在实现它的第二性时成为了真正属于第三性的第一性"（It is the Firstness that truly belongs to a Thirdness in its achievement of Secondness)①。因此，我们可以这样理解，宇宙进化中的每一个符号都承载了至善的某些一般特性，这些特性在发展的过程表现出自身的理性。符号的持续运动决定了理性的持续增长，也决定了至善的不间断的发展。在这个过程中，我们对美学典范，即至善所做的任何阐释，都是至善的可能性概念（idea-potentiality）的一个小的组成部分，都是理性发展的初始阶段。对它的完美阐释，即那个符号活动的最终解释项则属于遥远的未来。

三、结　语

借用范畴来谈论皮尔士的规范美学，我们可以很清楚地看到皮尔士美学作为规范科学的特点以及对伦理学和符号学（逻辑学）的基础作用。将美学至善与宇宙的理性联系起来更体现了美学在皮尔士哲学体系中以及在其整个科学体系中的地位。美学典范不仅规范了艺术家的审美活动，而且也使我们了解了美学对其他特殊科学的指导作用。"美是真理的光辉"，求美与求真相互渗透、相辅相成；可以说正是科学研究中不断透漏出的"美"引导着科学家们前赴后继地投身于科学研究实践当中②。同时我们还要明白，将美学典范与宇宙进化的最终理性相联系，把对美学典范的最终确定交予未来并不能减少美学研究的意义。相反，正是因为有了我们所有人的审美体验的参与，美学的至善，即宇宙的具体理性才能永不停止地向前发展。

（原载于《山东社会科学》2014 年第 11 期）

---

① Beverley Kent, "Peirce's Esthetics: A New Look", in *Transactions of the Charles S. Peirce Society*, Vol.12, No. 3 (Summer, 1976), pp. 263-283.

② 参见马万宾《科学审美与科学创造力的发展》，《山东社会科学》2007 年第 9 期。

特里·伊格尔顿对亚里士多德
"形而上学"思想的借鉴
——兼论其"神学转向"是否发生

阴志科

当伊格尔顿近年来发表了一系列与神学相关的著作 [如 *Holy Terror* (2005 年)、*The Meaning of Life* (2007 年)、*Reason, Faith, and Revolution: Reflections on the God Debate* (2009)、*On Evil* (2010)、*Culture and the Death of God* (2014 年)] 之后,作为理论资源的神学逐渐受到国内美学与文学理论界的重视,"神学转向"开始成为学者们讨论的热点。有学者提出,伊格尔顿试图从神学伦理学中寻找理论资源,在对悲剧的研究中,他试图发掘宗教的革命潜力①;有的学者明确表示,伊格尔顿在 2000 年之后明确地出现了"神学转向"②。尽管这些观点准确地描述了伊格尔顿的学术兴趣转换,但在本文看来,这些认识未能突出他对于本质主义的反复强调,未能突显他对于建构宏大体系的兴趣,尤其未能把握亚里士多德形而上学(神学)思想对伊格尔顿的重要影响,而理清这些关系,对于重新认识伊格尔顿自 20 世纪 90 年代以来的哲学、美学观点非常重要。

一、怎样理解"神学转向"中的"转向"?

在谈到自己的著作《人生的意义》时,伊格尔顿承认:"显然我的这本

---

① 柴焰:《伊格尔顿的后现代主义文化批判之路》,《理论学刊》2012 第 11 期,第 114 页。
② 耿幼壮:《编者絮语:西方马克思主义与神学》,《基督教文化学刊》2010 年第 2 期,第 4 页。

书所受的影响之一是神学。我是从一个业余神学家的角度开始写这本书的。"
他还说，"在我关于悲剧观念的著作中就是如此"，"悲剧提出了非常深刻的
问题，它不仅涉及马克思主义，而且还涉及神学、人类学、精神分析等众多
其他领域"①。我们知道，他讨论悲剧的著作是《甜蜜的暴力》（2003 年），在
此书中他把悲剧比作一种"世俗化了的神学"，因为悲剧的主角在不可抗的
命运面前失败了，而在面对令人恐惧的崇高之时，想象力也会因胆怯而萎
缩，在悲剧和崇高这两个范畴当中，"无限性"通过将有限性暴露出来才得
以彰显②。如此看来，这种无限性岂非神学中的"神"？难道这暗示了所谓的
"神学转向"？

　　其实伊格尔顿对自己的所谓"神学转向"有过明确表述。在《神圣的
恐怖》（2005 年）的作者序言当中，他说："我本人在最近这些年已经发生
了某种形而上学或者神学转向（或称回归③）"，"尽管这种转向有人欢迎，
但也激怒了另一些人，因为在后者看来，作为一名左派学者，伊格尔顿怎能
对神学这种保守的意识形态感兴趣？"④ 面对质疑，伊格尔顿自问自答，他认
为神学话语中，诸如撒旦、狄俄尼索斯等角色同样暗含着政治激进性，而这
并不亚于左派们诸如帝国霸权、游击战术之类的正统话语；更重要的是，他
认为研究诸如死亡、邪恶之类的神学或形而上学概念，是为了扩张左派的表
达方式并向右派提出挑战。可见，伊格尔顿不仅关注神学话语体系当中尚未
被充分展现出来的反抗性力量，而且他试图利用神学和形而上学资源来为左
派知识分子提供更具针对性的话语武器。

　　问题就在这里——首先，既然伊格尔顿是把"神学"和"形而上学"
放在一起连用，那么，将这二者分开解读就有违作者原意。其次，既然"转
向"（turn）和"回归"（full circle）在原文中是前后紧跟、不可割裂的，那
么我们就不能将"转向"从字面上简单理解成"180 度大转弯"。

　　在 2008 年出版的《伊格尔顿：批判性读本》一书中，作者詹姆斯·史

① 王杰、徐方赋：《我不是后马克思主义者，我是马克思主义者：特里·伊格尔顿访谈录》，
《文艺研究》2008 年第 12 期。

② Eagleton, Terry. *Sweet Violence: The Idea of the Tragic*. Oxford: Blackwell Publishing,
2003: 121.

③ 此处括号系伊格尔顿本人所加，回归的原文是 full circle。

④ Eagleton, Terry. *Holy Terror*. New York: Oxford University Press, 2005: Vi.

密斯（James Smith）针对"回归"（full circle）问题提出："伊格尔顿明确地返回到（return to）神学话语，并非代替其政治关切，而是将之视为拓展激进文化批评视野的一条途径"①。史密斯还提到了伊格尔顿早在 2001 年出版的著作《守门人：伊格尔顿自传》（*The Gatekeeper：A Memoir*），认为这本书"将作为政治话语资源的伊格尔顿宗教观念明确地摆放到最显著的位置"②。如此看来，按照该作者的看法，伊格尔顿的神学话语就如同政治话语的"语料库"，伊格尔顿念念不忘的是政治，只不过他需要借助一些新材料。

关注神学（形而上学）问题对伊格尔顿来说，不是"从无到有"的最终结果，而是一个从潜层到表层、从隐蔽到彰显的动态过程——在 2012 年接受《牛津人评论》的采访时，伊格尔顿表示：将马克思主义的左派政治和宗教（尤其是天主教）结合，是自己学术生涯的主要议题，只是它们最近才浮出了水面，而在此前的所谓"阿尔都塞阶段"，这些问题仅仅是一股潜流③。早在 2008 年他便说："我一直对研究神学（形而上学）和政治之间的关系感兴趣。我的著作曾一度离开这个主题，但近年以来，我又回到这个主题"④。詹姆斯·史密斯则发现，早在 20 世纪 60 年代，"伊格尔顿的介入有一个清晰明确的政治目的，即在天主教左派话语和更广泛的新左派话语之间建立起直接关系"⑤。可见，伊格尔顿和他有意强调的话题之间类似于分分合合、时隐时现的关系。

我们还发现，《理论之后》前四章关注的侧重点明显与后四章不同，前半部分伊格尔顿侧重对后现代主义的批判，对抛弃政治的文化理论提出了严厉批评；但在后半部分，伊格尔顿开始大谈特谈美德、伦理、客观性、基础、死亡、爱之类的伦理学、形而上学甚至神学话题。如果说前半部分与文学有关，后半部分则明显和文学无关，以至于拉曼·塞尔登等人在《当代文

① Smith, James. *Terry Eagleton：A Critical Introduction*. Cambridge：Polity Press, 2008：140.
② Smith, James. *Terry Eagleton：A Critical Introduction*. Cambridge：Polity Press, 2008：141.
③ Barker, Alexander, and Alex Niven. "An Interview with Terry Eagleton." The Oxonian Review (2012). Issue 19. 4 http://www.oxonianreview.org/wp/an-interview-with-terry-eagleton.
④ 王杰、徐方赋：《"我的平台"是整个世界：特里·伊格尔顿访谈录》，《文艺理论与批评》2008 年第 5 期。
⑤ Smith, James. *Terry Eagleton：A Critical Introduction*. Cambridge：Polity Press, 2008：154.

学理论导读》中误认为伊格尔顿的"后理论其实是更多的理论",塞尔登觉得伊格尔顿的"新构想包罗甚广,但却缺少了一个重要的话题或范畴,那就是艺术……也可以说是文学"①。有了伊格尔顿对自己的回答,现在我们便知道,他其实是将早期一直都关注着的话题重新"提取"出来,而不是什么逃避或者忽视文学问题。况且,伊格尔顿在《理论之后》引起轰动之后,仍然马不停蹄地发表了诸如《英国小说》(2004 年)、《怎样读诗》(2007 年)、《文学事件》(2012 年)、《如何阅读文学》(2013 年) 等重要著作,如今回头再看塞尔登等人的论点,显然过于仓促、武断。

所以詹姆斯·史密斯在其读本中意味深长地表示:"如果说,伊格尔顿近来的著作因其与神学理论范式的重新接触而引起人们注意,这些理论范式最初在 20 世纪 60 年代提出,随后又引起了人们对于'形而上学转向'观点的质疑,那么,通过《英国小说》和《怎样读诗》等著作,伊格尔顿与直接的文学话题之间也发生了值得注意的重要接触。"② 史密斯使用了"重新接触 (re-engagement)",也使用了"形而上学转向 (metaphysical turn)",由是观之,一方面,神学和形而上学在伊格尔顿这里是不可分割的,而它们和伊格尔顿的关系也不是从无到有、"被发现"的;另一方面,从中文的字面意义上理解 turn (转向),忽视 return、full circle、re-engagement 等相关词汇的确切含义,容易让读者误以为伊格尔顿在新千年里的兴趣和观点发生了转移,因此,对于这类结论需要人们的认真审视。

在本文当中,我们还要进一步讨论,神学和形而上学在伊格尔顿这里的具体含义,为什么他要把"形而上学"和"神学"放在一起表述? 二者之间有何关系? 伊格尔顿如何扩张了左派的表达方式?

二、重提神学与形而上学

在伊格尔顿的理论话语当中,神学、形而上学的术语有重叠部分,且经常被混合使用,他的"神学"观点并不完全是宗教层面上的"神学",还

① [英] 塞尔登等:《当代文学理论导读》,刘象愚译,北京大学出版社2006年版,第338页。
② Smith, James. *Terry Eagleton: A Critical Introduction*. Cambridge: Polity Press, 2008: 159.

混合着亚里士多德神学的成分。

我们都知道伊格尔顿是天主教徒，但我们还应该了解，西方马克思主义和神学之间并非风马牛不相及，有学者曾如此描述二者间关系："在马克思异化思想和基督教末世学说的理论背景下，诉诸受压迫群体的独特经验和边缘话语，对现实社会和人类生存处境进行否定性批判乃至抵抗，进而寻求一种乌托邦/弥赛亚希望和审美/政治解放"①。伊格尔顿显然没有排斥这二者间的联系，他甚至说："面对最糟糕现世的同时却期待着最完美的未来，基督教和马克思主义在这问题上要比自由理想主义严肃得多，它们将罪恶或者剥削视为历史的决定性（definitive）条件；但是这二者却比实用主义或者保守主义乐观轻松得多，因为它们确信无论男女都是有价值的，并且能够比现在有价值得多。"②

问题远不止于此。一方面，伊格尔顿喜欢在神学当中寻找诸如解放、平等、自由等等话语资源；另一方面，伊格尔顿希望利用神学和形而上学来建构一个拥有更坚实基础的、本质主义的、反"后现代"的、横跨文学、美学、伦理学、政治学的庞大思想体系，而这需要返回到亚里士多德，返回到古希腊时期，返回到那个将哲学、神学、自然哲学、政治学、伦理学、艺术有机融合在一起的时代。这样，我们还需要简单梳理一下神学和形而上学的关系。

通常情况下，在当代日常生活当中，我们是在信仰尤其是宗教层面上去理解神学的，但在现代社会形成之前，尤其在启蒙运动发生之前，科学和神学最初并非敌对，在那部与无神论者辩论的著作中，伊格尔顿告诉我们，神学"在17世纪总体上并未将科学视为上帝的威胁，在早期现代社会，科学家们会为了宗教的正统观念去辩护，自然神论③是一种允许科学和宗教并存的策略"④。在《理论之后》一书中他还说：曾几何时，知识分子们在神学

① 耿幼壮：《编者絮语：西方马克思主义与神学》，《基督教文化学刊》2010年第2期。

② Eagleton, Terry. *Sweet Violence：The Idea of the Tragic*. Oxford：Blackwell Publishing, 2003：40.

③ 关于自然神学与科学的关系，可参考高秉江《自然神学与科学》，《华中科技大学学报》（社会科学版）2004年第4期。该文认为宗教与科学虽有诸多对立，但对立表象之下也存在通融性和互补性，神学在诸多问题上启示和推动过近代科学的形成与发展。

④ Eagleton, Terry. *Reason，Faith，and Revolution*（*Reflections on the God Debate*）. New Haven and London：Yale University Press, 2009：76.

当中安营扎寨，后来哲学又给了知识分子们栖身之所，到了 19 世纪，秉承实证主义的自然科学才逐渐成为此后人类知识的范式①。可以认为，一方面，哲学和自然科学的诞生与发展都受到了神学的哺育；另一方面，正是经院哲学中的唯名论革命促成了现代性的兴起，从此以后，人本主义才开始强调人自身的个体价值。这样的话，简单地认为神学与现代科学相对立是不得要领的。

对"形而上学"我们也存在认识误区。总体上说，形而上学是西方哲学研究的核心部门，研究超验的或者超自然的现象，是经验科学的前提。形而下的学科，比如物理学，研究存在之物的特征，但形而上学研究的却是存在之物何以存在，它们存在的前提是什么。不过，这些超验的东西不仅仅指人格化的神，诸如理念、最高存在、不动的动者之类也属于形而上学的研究对象。而在我们通常的理解当中，大家往往受到恩格斯的影响，把形而上学的思维方式看作与辩证法相对立；恩格斯又受到黑格尔的影响，黑格尔为了区别自己的辩证法，才把近代形而上学称为知性思维。此时，恩格斯的使用方式就是"对形而上学概念的泛化"②，我们容易把形而上学看成是"低等"思维。

当然，还有学者指出，近代形而上学和自然科学一道反对传统神学，通过祛魅促进了现代化进程，用自然（Nature）来消解神学的目的论，寻找世界本质的洛克、笛卡尔、斯宾诺莎、莱布尼茨都是这样的代表③。可见，形而上学也并非一贯地属于"落后"思想。

综上可知，在我们的"前理解"里，或者把神学狭隘地理解为宗教，或者让神学和自然科学完全对立，或者将神学和形而上学看作"低级知识"或者"落后思想"，这些根深蒂固的认识妨碍了我们对于整个西方思想史的客观解读。所以，当伊格尔顿在《神圣的恐怖》一书中说自己发生了某种"神学或形而上学转向"时，我们依然在用有色眼镜看他，给他贴上偏离马克思主义的标签，这是个误会。

---

① Eagleton, Terry. *After Theory*. New York: Basic Books, 2003: 80-81.

② 张志伟：《形而上学的历史演变》，中国人民大学出版社 2010 年版，第 3—4 页。

③ 彭立群：《从本质在先到存在在先：西方形而上学的自我救赎路径》，《学术研究》2006 年第 2 期。

　　伊格尔顿的"神学思想"是复杂的。在 2012 年出版的《文学事件》中，伊格尔顿说："依其智慧，上帝本不应当把乌龟或者三角形造出来，因为，如果他是自由的，他就没必要这么做。"① 确实，在上帝万能这个问题上，伊格尔顿和无神论们一样，用个人理智对上帝是否存在表示怀疑。他还在《理论之后》举例说，《新约》的作者为了证明弥赛亚诞生的预言，"冷静地发明了罗马人口普查，指令罗马帝国的每个人要回到自己的出生地以便登记"②。伊格尔顿认为这明显是一种"难以置信的叙述手段"，因为这种让整个罗马帝国的人回归故里去登记是个鲁莽的做法，将造成举国混乱，交通大堵塞会贯穿整个帝国，可实际情况却是历史上并没有相关记载。显然，伊格尔顿并不是一个盲信的神学家。

　　伊格尔顿的"神学思想"并不完全是宗教意义上的神学，也不是反对自然科学的神学。他经常引用托马斯·阿奎那的神学观点。在《文学事件》中伊格尔顿说："对阿奎那和其他神学家来说，让一事物成为存在物，是源自上帝的一种赏赐，不是什么逻辑推理或者严格的必要性。这是爱，不是必要（need）……事实上，阿奎那和他的导师亚里士多德一样，认为世界可能并没有什么起源。"③ 由于以阿奎那为代表的一些中世纪经院哲学家，运用理性的力量为上帝存在辩护，伊格尔顿借鉴了这个思路，但他不是为了证明上帝存在，而是在提醒我们，要学会运用理性来思考问题。当无神论者们说要对望远镜和显微镜表示感谢，因后者让人们摆脱了"上帝的欺骗"，伊格尔顿却认为，上帝根本就没想过成为万能解释，上帝并非单纯的因果必然性推理中的原因或前提，无神论者假定了某些因果必然性的逻辑前提，但是神学话语远远大于这个范围，上帝爱世人，所以每个人也应该爱他人，这都是无须理由的，你如此行善，是因为上帝也是这样做的，此时的神学是个伦理学问题。

　　其实，上帝在伊格尔顿这里更多是一个"本质"、"基础"的代名词。我

---

① Eagleton, Terry. *The Event of Literature*. New Haven and London: Yale University Press, 2012: 4.

② Eagleton, Terry. After Theory. New York: Basic Books, 2003: 196.

③ Eagleton, Terry. *The Event of Literature*. New Haven and London: Yale University Press, 2012: 4.

们都知道，伊格尔顿在《理论之后》中明确表达了对"反本质"的后现代主义的强烈抗议——后现代主义者们拒绝讨论死亡、苦难和政治，他们讨厌"一成不变"的东西，他们不讨论任何有关本质的问题，包括人的本质，以及全人类必须共同面对的问题——伊格尔顿却认为讨论任何问题都要有个基础，人的问题也一样；后现代主义者们只关心现世的、肉欲的、肤浅的东西，却把重大的、先验的、深刻的问题抛诸脑后，这是对人类自身的不负责任。由于后现代主义盲目地反对本质，伊格尔顿说："只要我们使用深度、本质、基础等词汇，后现代主义者就坚决认为，我们仍需面对那个令人敬畏的全能上帝。"但事实远比后现代主义者们描述得复杂。伊格尔顿提醒道，实际上我们并没有"轻易地将上帝杀死或者掩埋，我们只是简单地给他一连串威严的新名字：本质、人、理性、历史、权力、欲望等等。我们并没有撤除掉那套完全过时了的形而上学和神学装置，我们只是赋予它一个新的内容"①。人文主义者的"人性"，弗洛伊德的"性"，列维—斯特劳斯的"结构"，新实用主义者的"文化"，诸如此类，哪一个不是改头换面的"上帝"呢？

　　由于本质主义一定要先设定一个"本质"，柏拉图设定了"理念"，神学家则把本质（动力、目的）归于上帝或者真主，所以后现代主义者们对此很不以为然，他们认为这些都是虚构的，可同时，他们又跳不出本质主义的逻辑来终结这些问题。伊格尔顿的思路是，从生活在政治关系当中的个人入手，追问人的价值问题，这个价值问题的前提是人本身，人本身就是"人的本质"，和死亡、苦难、身体、性、道德、爱等等"一成不变"的问题紧密联系在一起，而这些问题正是亚里士多德思想体系中最重要的部分。在古希腊时期，亚里士多德哲学认为具体事物的本质（是其所是）就在具体事物本身，而不是什么事物以外的"相"、"理念"。由于这些"一成不变"的问题始终伴随人的一生，所以若要理解伊格尔顿的本质主义，必须先理清它和亚里士多德哲学之间的关系。

---

① Eagleton, Terry. *The Meaning of Life*. Oxford：Oxford University Press，2007：17.

三、对亚里士多德"形而上学"思想的借鉴

"基础的问题是，总有可能在基础底下再塞进一个基础"①，而要避免这种无止境的回退，需要的就是不言而喻的、不证自明的基础，发明"上帝"可以解决这个死循环问题。但伊格尔顿检视了一通之后发现，只有"人性或者类存在物（species-being）"最适合成为人类自身问题的"基础"，他认为"这是本质主义的一种形式"，因为"人类有些东西不会改变"，像"死亡、无常、语言、社会性、性功能、苦难、生产等等……这些是人类生存的必需条件"②，所以，在伊格尔顿这里，本质、基础之类的东西不是后现代主义者们所设想的、抽象的、类似于柏拉图式的"理念"，而是最能反映个人欲求和社会需要的、关于人自身的问题。

1. 亚里士多德对伊格尔顿的影响

亚里士多德在伊格尔顿的著作中很常见。早在1990年的《审美意识形态》中伊格尔顿就说，现代伦理学以为伦理是个人化的，与公共政治无关，但"它忘记了亚里士多德的观点，伦理学是政治学的分支，是有关和谐生活的问题，以及在全社会达到幸福和宁静生活的问题。……唯物主义伦理学坚持认为，当我们达到这种最高价值的时候，我们正表现出我们本质中最好的可能性。这样一种伦理学也是美学，关于愉快、满足和创造"③，"对于马克思来说——与亚里士多德相一致——人类生活的目的不是真理，而是幸福或美好的生活"④。彼时，伊格尔顿开始把亚里士多德和马克思放入伦理学的语境中相提并论。

在2012年的《文学事件》中，他把亚里士多德的伦理学和文学联系了起来，他说："文学作品代表着一种实践或者行动中的知识，在此意义上它类似于古典意义上的美德。文学作品在实践意义而非理论意义上，其形式与

---

① ［英］伊格尔顿：《理论之后》，商正译，商务印书馆2009年版，第186页。
② ［英］伊格尔顿：《理论之后》，商正译，商务印书馆2009年版，第185页。
③ ［英］伊格尔顿：《审美意识形态》，王杰等译，广西师范大学出版社2001年版，第417页。
④ ［英］伊格尔顿：《审美意识形态》，王杰等译，广西师范大学出版社2001年版，第222页。

道德知识相同","像美德一样，文学作品有它们自身的目的"①。由于在亚里士多德那里，美德的目的是美德②自身，是去"行"，而不仅仅是"知"，在完成有德行的行为当中才能实现美德。在这个意义上，文学的目的也不在文学之外，就在文学之内。此时的伊格尔顿同时引入了亚里士多德的伦理学和"形而上学"：一方面文学是一种伦理学意义上的实践活动；另一方面文学的本质不在什么外在于文学的"文学性"，而在于文学活动本身，这借鉴了亚里士多德的形而上学思想。由于形而上学是亚里士多德思想当中最核心、最复杂的部分，从这个根本问题入手，才能清楚地理解伊格尔顿数十年来的学术思想演变。

2. 形而上学与神学

亚里士多德学说的基础是"形而上学"，是我们进入亚里士多德思想体系的门槛。形而上学（metaphysics）是"第一哲学"，是一切科学的基础，研究存在本身，研究先验的、超自然的对象，是经验的前提和依据，是"关于世界终极目的因的学问"，研究"作为实体的本原和原因的东西"，这是"一类特殊的实体、最高的实体"，这些实体"是所有实体运动的本原和原因，是它们存在的终极目的因"③。亚里士多德认为世间万物运行、生灭都是有目的的，但还存在一种不运动的、不可感知的事物，后者是前者的本原，即最高的实体，推动事物进行永恒的生灭变化。正因为如此，亚里士多德在《形而上学》第六卷中把第一哲学界定为神学④，认为形而上学研究的是特殊存在者，它是没有生灭的、静止的，独立于一切变化之外，这个自身不动却推动万物运动的存在物，亚里士多德称之为"神"。

---

① Eagleton, Terry. *The Event of Literature*. New Haven and London：Yale University Press，2012：64.

② 需要注意的是，现代人往往把美德（virtue）理解成"美的道德"，但在古希腊，所谓美德是指优秀、卓越的品质，廖申白在译《尼各马可伦理学》时将其译为"德性"，指"使一个事物状态好并使其实现活动完成得好的品质"，可用来指人，也可用来指物。参见《尼各马可伦理学》译注者译，商务印书馆 2003 年版，第 xxvi 页。

③ 聂敏里：《存在与实体：亚里士多德形而上学 Z 卷研究》，华东师范大学出版社 2011 年版，第 6—7 页。

④ 关于亚里士多德神学和形而上学的关系讨论，可参考汪子嵩等《希腊哲学史》第 3 卷，人民出版社 2003 年版，第 890—900 页。

不过，核心问题在于：这个"神"和我们现在理解的"神"不同，我们通常会把"神"人格化、具象化，但在亚里士多德那里，"神"是"理性"，正所谓"生命本为理性之实现，而为此实现者唯神"（1072b 25—30）①，神是自我实现的，是至善，是永恒。学界通常认为，亚里士多德的"神"是"思想和愿望的对象"，是"最高意义上的快乐、幸福"，是"神圣的思想或理性"，是"万物的动因和目的"②。由于思维活动本身既是活动的主体，又是活动的对象，所以只有它是最完满的，是无求于外的，因此神就是"自己思想自己的思想活动本身"③。

既然神是自我实现的，无求于外的，那么神就是自主和自由的。思想活动也是如此，所以思想或者理性活动本身，就是最神圣的。人最高的幸福就是让理性在探索当中永续不断，故而在《形而上学》中亚里士多德说理论学术（吴寿彭译法，聂敏里译作静观的知识）在三门人类学问中是最高级的，高于实用学术与制造学术（聂译实践的知识与创制的知识）（1026a 21—25）。

这个观点启发了伊格尔顿，他在《文学事件》中提出："一首诗或一幅画的形式完全与自由一致，这种自由应当被理解为积极主动的、自主自决的自由，而不是消极的、从束缚当中解放出来的自由。因为艺术作品中的每一个特征都是用来强化其他特征的，都是为了促进其他特征实现其最大潜能，每个特征的自我实现都是所有特征自我实现的前提条件。"④伊格尔顿从文学的形式问题出发，发现文学和思想活动（理性）之间的共同点，即，尽管文学难以定义，但文学一直存在，这种存在表明了人类理性思维的自由，文学才是人类可以真正发挥自身潜能并自由实践的范例。

---

① 亚里士多德的著作按希腊文标准版统一了页码和行次，这是国际通行的标准编码，学者们一般参考希腊文和英文对照的 The Loeb Classical Library 版本，本文标注遵循惯例。引文主要参考吴寿彭译《形而上学》，商务印书馆 1981 年版；汪子嵩等《希腊哲学史》第 3 卷；聂敏里《存在与实体》等。
② 黄颂杰：《实体、本质与神》，《哲学研究》2008 年第 8 期，第 95 页。
③ 聂敏里：《亚里士多德的形而上学》，见张志伟编《形而上学的历史演变》，中国人民大学出版社 2010 年版，第 86 页。
④ Eagleton, Terry. *The Event of Literature*. New Haven and London：Yale University Press, 2012：141-142.

3. 对亚里士多德"形而上学"思想的借鉴

伊格尔顿还借用了"神"在亚里士多德"形而上学"思想体系中的另一特点，即存在一个最终的基础，这个理性的神，和后来人格化的上帝一样，都起着基础作用。

伊格尔顿多年来之所以对"反本质主义"、"后现代主义"嗤之以鼻，主要原因就在于，后现代主义者们对"本质"、"基础"之类的范畴唯恐避之不及。伊格尔顿嘲讽说，"反本质论主要是哲学票友和哲学无知的产物"，因为实际上，本质论并不意味着没有差别，"本质论并不一定忽视自然和文化现象间的差异"①，相反，"只有在共同的框架之内，冲突才可能发生"，"差异是以相似性为前提的"②。反本质论放弃本质论，强调差异性，其实是对相似性、共同性的故意忽略，而这种忽略，其实是放弃了对本质和基础问题的思考。

比如说，自20世纪后半叶起，人们突然发现，原先被"人"终结的"神"，如今却披上了符号、结构、文化、无意识的外衣，后现代主义者热衷于这些术语。以斯坦利·费什、理查德·罗蒂等反理论家为例，他们认为理论就是解释自己行为的理由，而这是不可能的，也是没必要的，"文化就是文化"，"它并没有任何理性基础"③。既然如此，文化就成了一个无须理性证明的东西，那么，评价文化差异也是不可能的，因为各有各的说辞；同样，反思文化自身也是不可能的，因为人不能通过揪头发拔高自己——伊格尔顿说，这不就是"用一种基础锚代替了另一种基础锚"吗？这不就是把"文化"而非"上帝或自然"当作了"世界的基础"④吗？如此说来，其实所有的理论都是本质主义的，后现代主义也不例外，"每个人都是基要主义者，因为每个人都心怀某些基本信念……它们必须是你生活方式的根本"⑤。顺着这个逻辑我们得知：伊格尔顿对"反本质主义"的反驳正是要寻找一种解释上的最终依据，神、信仰、理论、本质、基础，这些概念其实是同义词。如

---

① ［英］伊格尔顿：《理论之后》，商正译，商务印书馆2009年版，第117页。
② ［英］伊格尔顿：《理论之后》，商正译，商务印书馆2009年版，第152—153页。
③ ［英］伊格尔顿：《理论之后》，商正译，商务印书馆2009年版，第54页。
④ ［英］伊格尔顿：《理论之后》，商正译，商务印书馆2009年版，第58页。
⑤ ［英］伊格尔顿：《理论之后》，商正译，商务印书馆2009年版，第191页。

果说，在伊格尔顿这里，本质、基础、信仰、神都起着相同的作用，那么，我们就可以从"本质"这个词入手去探究它对于伊格尔顿美学与文学理论的重要意义。

首先，本质不是共性。在《形而上学》第十二卷当中，亚里士多德提道：现代哲学家（指柏拉图学派的哲学家）认为事物的本原是普遍的、不变的东西（如"相"、理念等），但古代哲学家（指先于亚里士多德的早期希腊哲学家）探讨事物的本原时却把特殊的、变化的东西（比如水、火、土等具体元素）当作第一实体（1069a 25—30）。亚里士多德显然更强调具体、特殊的事物，这和强调共性的柏拉图哲学形成了鲜明对比，因为在后者那里，世上的马存在是因为它们分享了马的理念，世上的白色存在是因为它们分享了白的理念，理念是所有事物都具有的共性。伊格尔顿正是在这个问题上找到了理论依据，他所反驳的后现代主义者信仰恰恰就是柏拉图式的"理念论"翻版。

在《理论之后》中伊格尔顿指出：反本质论者"讨论本性就是阐明① 某些事情的共同性，在高度评价差异的时代里，这是件不讨好的事"②。他还借用约翰·奥尼尔的话说，"本质论相信：有些东西之所以这样，是因为它们具备了一些必需的特性"③。比如，要成为铜，就必须具备延展性、可塑性、可熔性、导电性、原子数为 29 等。此处，反本质主义者自己绘制了一个论敌，错把共同性（common nature）当成本质（nature），可对伊格尔顿来说，归为同一类的事物，未必都要具备某一种或者几种特性，伊格尔顿推崇的本质不是共性，这和亚里士多德对柏拉图的反驳是一致的。在《文学事件》中，伊格尔顿借用维特根斯坦的"游戏说"反思了传统上关于文学本质的观念，即，不能因为找不到一个或者几个所有文学所共有的本质属性，便下结论说，文学是不存在的——所有被称为游戏的活动同样也没有共有的本质属性——所以文学的本质并不是文学的共性，④ 把本质等同于共性未能逃出

---

① 商正译本中，bring out 被译为"显现了"，但综合上下文看，此处译为"阐明"更符合伊格尔顿的意思。

② [英] 伊格尔顿：《理论之后》，商正译，商务印书馆 2009 年版，第 114 页。

③ [英] 伊格尔顿：《理论之后》，商正译，商务印书馆 2009 年版，第 117 页。

④ 当然，文学也有"共性"。伊格尔顿说："悲伤和哀恸对所有人而言都要共同面对"（*How to Read Literature* 185），"伟大的诗和小说都是那些超越了时代并对所有人都言之有物的

"理念论"的阴影。

其次，本质在自身。在亚里士多德这里，本质还有一个特点，它并不外在于事物，事物的本质就在它们本身。简单地说，事物的本质就是决定事物成为"这一个"的内部原因。在亚里士多德的《形而上学》中，实体的本质就是它的定义，亚里士多德称之为"是其所是"，"认识每一个东西也就是认识'是其所是'……二者必然是一个东西"（1031b 19—23）。由于事物的本质和事物是同一的，亚里士多德便反驳了从事物之外寻找本质的所谓"理念论"，他认为决定事物成其自身的"本质"和事物是一体的。

一般来说，文学总被人们认为是"虚构作品"，但虚构作品却未必是文学，因此，人们常说，虚构不是文学的本质属性。原因很简单，虚构是文学的必要条件，但不是充分条件。这种分析哲学的思路在伊格尔顿看来是有问题的。原因就在于，进行这样的论述时，人们把文学作品和现实生活放到了同一论域当中，非要把文学和现实的关系当成文学是否存在的前提条件。伊格尔顿认为："虚构首先是一个本体论范畴，而不是一个文学类型。一首热情洋溢的抒情诗和《洛丽塔》一样都是虚构的。虚构是一个有关文本如何起作用的问题，是一个关于我们如何对待文本的问题，而不是什么文类问题，更不是什么真假问题。"① 亚里士多德的形而上学常被称为"本体论"，伊格尔顿亦受此影响。如果我们把文学看成一种事物，把现实生活看成另一种事物，那么文学的本质怎么能从现实生活当中寻找呢？文学就是文学，现实就是现实。所以，虚构绝不是什么文类，而恰恰是文学本身的一个本质特性。这个本质就在文学自身内部，并不由什么外在事物来决定。

伊格尔顿还用了身体和外部世界的关系来阐释文学文本。他说："身体和文本都是自我决定的（self-determining）"，"这种自我决定的活动与它们（指身体和文本）对其周围事物（surroundings）产生影响的方式不可分

作品，他们论及的都是人类永恒的、不朽的话题——快乐、苦难、悲伤、死亡、情欲，这些绝不是什么区域性的或者偶然性的东西"（*How to Read Literature* 183）。伊格尔顿对文学本质主义的探讨和他对以悲剧为代表的文类研究是并行不悖的，他强调人类必须共同面对的本质问题：死亡、苦难等等，是为了反驳后现代主义者、文化主义者对这类重大问题的回避，另文论述。

① Eagleton, Terry. *The Event of Literature*. New Haven and London：Yale University Press, 2012：111.

割"①,"身体并不是处在一个'外在'(external)于自己的世界当中,世界是身体的栖居之地,而不是一个包围着身体的外部空间"②。所以他认为:文学作品和身体一样,"都悬浮于真相与扮演之间,结构与实践之间,材料和语义之间"③。伊格尔顿的意思是,当语言不通时,身体动作也是交流方式,此时的肉体就等于语义;而身体虽是动物性的肉体,却有自己的目的性,可以自由行动,类似于精神和肉体的相互依赖关系,身体就是某种"徘徊于主体和客体之间的不确定空间"④。就文学来说,它的自我决定性既是它的主观目的,也是它对读者和世界产生的客观影响,文学既是真相,也是扮演;既是现成的构造之物,又在具体的阅读传播过程当中被重新构造。而作品的内部世界和它所栖居的外部世界又无法划定界限,同样一部作品既可以作为客体被阅读、分析、解释,又能成为主体深深地影响到读者的思想和行为——那么,如此看来,文学的本质不在其自身,又在哪里呢?难道所谓的"外部世界"和"作品世界"是两个世界?最终他的结论是,文学就像我们的身体一样,都把世界看成是自己的延伸,文学的存在方式和人的存在方式没有不同,我们在存在和本质上是合一而非分裂的。

第三,形式才是本质。亚里士多德的《形而上学》中有一对极为重要的概念:形式/质料。铜是铜像的质料,铜像是铜的形式,决定"这一个"铜像存在的本质不是其质料,而是形式。之所以说形式才是事物的本质,原因在于,形式是关于"这一个"事物的,但质料不是这样,质料可以属于这个事物,也可以属于那个。

就文学来说,无论是讲述道德问题还是反思社会问题,都有许多优秀作品,但作品的最大价值并不在它所要表达的所谓内容,而是作品的具体表现形式。文学是特殊的文字,但要"依其表达方式来理解其表达内容","文

---

① Eagleton, Terry. *The Event of Literature*. New Haven and London: Yale University Press, 2012: 209.

② Eagleton, Terry. *The Event of Literature*. New Haven and London: Yale University Press, 2012: 210.

③ Eagleton, Terry. *The Event of Literature*. New Haven and London: Yale University Press, 2012: 209.

④ Eagleton, Terry. *The Event of Literature*. New Haven and London: Yale University Press, 2012: 208.

学的内容和呈现它的措辞不可分割"①，我们是"越过"形式"直达"内容，还是通过对形式的欣赏让内容得以呈现？显然后者才是文学存在的意义。那么，究竟哪些属于形式，哪些属于内容？伊格尔顿认为，文学的内容包括意义、行动、性格、观念（idea）、故事情节（storyline）、道德观、论据等，文学的形式则包括语气、音高（pitch）、节奏、发音（diction）、音量、韵律、情态（mood）、叙事语态、称呼（address）、神韵（texture）、结构、音色（quality）、句法、音域（register）、视点、标点符号等等②。当然，这种分法只是学术意义上的，实际上这二者密不可分，如同铜像和铜一般，这正像形式和质料的关系。

　　伊格尔顿想要突出强调：文学的形式，诸如"语气、节奏、韵律、句法、谐音、文法、标点之类也可以创造意义"，"改变其中任意一项都会改变意义本身"③。在日常生活当中，言语的内容也由它的形式所决定，"内容是形式的产物"，"所指（意义）是能指（语词）的结果，意义关乎我们运用语词的方式"④。我们知道，语言要表达的意义和它所指涉的现实无需用逻辑真假来判断，"龙"不存在，但不妨碍我们用它来表达吉祥祝福。可是当我们判断文学价值的时候，却要用是否符合或者反映现实的标准衡量之，岂不是把"现实"当成了质料，把"文学"当成了形式？这种思路用来讨论现实主义作品或许有一定作用，但在本体论意义上评价文学却行不通，因为，所谓的"现实"难道不是语言建构出来的？语言不仍旧属于一种"形式"？

　　有人会问，亚里士多德的"摹仿说"不就是艺术对于生活的摹仿吗？

　　非也。从整个亚里士多德思想出发，我们知道，以诗为代表的艺术对现实的摹仿并不是去再现某些存在的东西，而是去表现人的本性。亚里士多德的摹仿对象是人这种存在（或称"是"）的本质意义，艺术是用来洞察人生的，所以汪子嵩等先生指出："亚里士多德的摹仿，是一个特定的美学范畴，不同于手工制品摹仿自然，而是指在'诗'这种创制技艺（艺术创作）

---

① Eagleton, Terry. *How to Read Literature*. New Haven and London：Yale University Press，2013：3.

② Eagleton, Terry. *How to Read a Poem*. Oxford：Blackwell Publishing，2007：66.

③ Eagleton, Terry. *How to Read a Poem*. Oxford：Blackwell Publishing，2007：67.

④ Eagleton, Terry. *How to Read a Poem*. Oxford：Blackwell Publishing，2007：68.

中，表现人和人的生活。"① 所以，亚里士多德在《诗艺》中说，人天生具有摹仿的禀赋，这是人的天性，正因如此，诗才是一种比历史更严肃、更富有哲学性的艺术。理解了这层含义，我们就能理解伊格尔顿的下列说法："文学中的道德事实（moral truths）是展现而非声明出来的，文学作品更适合用海德格尔有关真理显现或澄明的概念来表述。"② 文学显现了人的存在真理，揭示了人的存在本质，文学关注的不是现象，而是本质。我们顺着这个逻辑还可以推论：如果把文学形式看作艺术"摹仿"的形式，那么，文学内容从更广义的视角来看，也是一种形式。因为，所谓的伦理与道德问题、社会与文化问题、政治与经济问题，不都是人类生存本质的具体展现形式吗？

余 论

亚里士多德的"神学"与形而上学，被人冠以"目的论"，他认为自然万物都是有目的的，人亦如是。人的选择、行为、性格都有一个向善的最高目的，神就是那个推动万物的"目的因"。而对伊格尔顿来说，没有只写给自己看的文学，也没有不产生任何效用的文学，他认为最早形式的文学批评就是修辞学，修辞是关于形式与内容的学问，是为政治和伦理服务的。如此看来，只有深入理解了亚里士多德横跨哲学（形而上学）、伦理学、政治学、修辞学、诗学等多个学科的宏大思想体系，才可以清晰地理解伊格尔顿的文学观点，而这需要更多学者的关注和共同努力。

（本文原载于《文艺理论研究》2015 年第 2 期）

---

① 汪子嵩等：《希腊哲学史》第 3 卷，人民出版社 2003 年版，第 1160 页。

② Eagleton, Terry. *The Event of Literature*. New Haven and London：Yale University Press, 2012：65.

审美观念变迁的媒介动因

吕 丽

伴随大众传媒的发展，以消费为主导的文化范式对传统审美观念产生了巨大冲击，媒介成为当代审美观念嬗变或转型的重要元素。审美观念的生成与传播已经被纳入媒介制造的景观社会中，媒介是审美观念的传播者，更是生产者和接受者。考察媒介对美观念变迁的推动作用，不可忽视媒介的信息性质、生产机制、媒介资本和技术逻辑。

一、媒介通过议程设置引导审美观念

在消费语境下，媒介通过符号商品的供给生成审美观念和消费形式，信息的"物化"使其具备了审美本体论功能，同时，在构建具有现实和仿真双重性质的文化环境过程中，媒介进行审美议程设置的性质又使其认识论功能得以突显。

1. 媒介本身即审美议程

媒介供给的信息越来越具有现实影响力，这种被"物化"的信息赋予商品和影像以特殊的使用价值，以满足和唤起受众的欲望和审美愉悦。虽然众多学者质疑媒介编织了虚假现实和文化幻象，但不可否认媒介信息的"物化"已经成为现实，不仅文学艺术作品的生产依托媒介的视听特性，文学艺术作品的传播和接受也依托媒介的工具载体，日常生活的各种现实景观更是由媒介直接构造，饮食、旅游、服饰、身体、交通等等都经过媒介加工包装后以审美的方式进入大众感知范畴，通过议程设置发挥引导力。例如纪录片

《舌尖上的中国》在全国范围内掀起寻找家乡特色美食的浪潮，激发了观众爱国爱家爱美食的情怀。该片还引发了外媒的关注，向世界呈现了中国美食的人文魅力。

2. 媒介议程设置的仿真性

媒介信息特性还对审美观念生成、传播和接受产生影响。鲍德里亚认为媒体为我们提供了无止境的、令人神秘的影像和仿真之超负荷信息，在真实与影像混淆的超现实中，美学的神奇诱惑无处不在。媒介以其特有的信息生成特性构成了具有现实与仿真双重性质的文化环境并使受众浸润其中。经过媒介加工呈现的拟态环境，是对这个世界的一种呈现，但是由于掺杂了意识形态、经济因素、媒介定位、制作者的文化背景和个人喜好等诸多因素，使得纯粹客观的媒介内容是不存在的，只是经过筛选净化或美化过的信息流。经过把关机制、商品机制或意识形态的作用，媒介充分发挥了审美议程设置功能，有针对性地提供现实、制造时尚话题和塑造完美"形象"，被构建的"形象"无处不在并被赋予一系列象征意义。日常生活以审美形象被认识和体验，受众沉浸在自我实现和改造的审美陶醉中。

二、媒介的资本逻辑重塑受众审美观念

审美观念的演变被置于媒介资本逻辑之中，多重审美感知的开发与注意力竞争息息相关，受众审美观念被"他者引导"的特性日益鲜明。

1. 受众审美观念成为"注意力"资源

进入大众传媒阶段，语言、文学、艺术批量生产和传播成为可能，标准化逐渐代替了个性化，传统艺术的光晕被媒介以普及的方式去神圣化，高雅艺术和通俗艺术界限日趋模糊，艺术成为商品被出售给受众欣赏和体验，其自身蕴含了无限的经济价值，被纳入到消费文化体系中，相应的艺术审美也沉浸于消费生活之中。

在媒介生产机制中，资本扮演了重要角色，无论是广告的直接宣传还是隐形植入，都表明商业资本介入到了媒介生产机制中。一方面，商品是各

种审美意义的延伸，被包装成为具有象征意义的信息，商品超出了自身使用
价值而实现审美价值的升华，受众所获取的是某种欲望、地位、荣誉或是某
种独特的品位；另一方面，受众被作为资源出售给信源机构，收视率或收听
率、点击率等指标成就了媒介的生产效能。为了在"注意力竞争"中占得优
势，媒介不断探寻受众的审美取向或引导受众建立新的审美观念，继而进行
深入而广泛的传播，力图实现市场、受众、媒介三方共赢。在这一经济逻辑
中，审美观念很难以完全自主的形式出现。

2. 媒介竞争促使新的审美体验生成

在媒介资本逻辑中，媒介除了斡旋于市场与受众之间外，还要面对自
己内部的竞争，因此不断制造新奇感、新体验，传达新的审美形式，以期获
得更多受众关注和跟随便成为法宝，随之而来的就是商品更新速度不断加
快，带动生活节奏也随之加快，商品附带的审美观念也迅速融入生活之中。
同时，为了探寻新的注意力增长点，各种媒介纷纷变革，从提供单一的审美
感知向开发多种审美感知融合。当平面视觉欣赏不再能激发受众新的审美愉
悦时，追求立体感的审美体验便生成在绘画、电影、声音等各个层面。当二
维电影止步于内容情节而难以突破视觉冲击力时，三维电影以其梦幻逼真的
技术和模拟触感走进大众生活。媒介本身也积极拓展感知维度，报纸已经不
满足通过图片应对电视竞争，还积极开发在线阅读和有声报纸，希望留住受
众并赢得受众更多注意力。总之，媒介不断制造符号消费的狂欢，而里斯曼
提出的"他者引导"也渐渐成为受众构建审美观念的主要特性。在漂浮的审
美符号中，审美主体不再以膜拜的形式进行艺术审美，而是非中心化凸显，
消解了距离沉浸在审美盛宴中，不断地通过媒介延伸着各种审美触觉。媒介
信息爆炸的冲击使得多数受众面对众多审美意象难以抉择，而以体验代替阐
释，拼贴代替逻辑，受众的审美观念逐渐被媒介与消费文化塑造。

三、媒介技术的创造力使审美"光晕"生活化

1. 媒介技术模糊了艺术与生活的界限

本雅明认为，现代机械复制技术给传播带来了革命性变化，有力地冲

击着以维护独特"灵韵"为宗旨的传统传播方式，并开创了以大量"复制"为标志的新的大众传播方式。有学者指出，电子媒介文化介入美与艺术，一是破坏了美和艺术的本源性权威性，二是破坏了美和艺术模仿现实的能力。正因如此，导致了美和艺术的生产方式、结构方式、作用方式、知觉方式、接受方式、传播方式、评价方式发生转变，也改写了关于美和艺术的审美观念。在高技术文化作用下审美对象的唯一性、绝对性、终极价值不复存在，审美主体混淆了艺术与生活的界限。① 审美对象作为人对世界的某种观照，已经脱离了纯粹的物质属性而具备了新的审美含义，成为主体将个人审美趣味投射其上而形构的审美景象。媒介技术导致了关于美和艺术观念在当代的转型，不是因为破坏了美和艺术模仿现实的能力，而是因为提高了美和艺术模仿现实和超越现实的能力。

媒介技术为审美想象和无止境的审美体验提供了可能性，也使得审美想象的空间得以拓展，人类审美体验的无尽追求得以实现。依凭传统的近距离直观审美或者纸质媒介的个人沉浸式审美已经无法满足人类日益增长的审美需求，而技术却能帮助人实现超越时空的梦想，感受现实中不可能实现的审美景象，体验超现实的虚拟世界，并且为变被动式审美为主动创作提供了保障。审美对象不再是单一的而是充满了各种可能性的复合体，美之为美不再以"这一个"的独特性作为标准，技术的复制能力和蒙太奇构造延伸了人的多重感知，美和艺术融入了日常生活。

2. 媒介技术延伸了审美体验的想象界

媒介技术的模仿复制能力不是停留在狂热生产审美装饰的表层，而是具备了创造的功能。恰如韦尔施所指"今天的审美化不再仅仅是一种'美的精神'，抑或娱乐的后现代缪斯，不再是浅显的经济策略，而是同样发端于最基本的技术变革，发端于生产诸过程的确凿事实"②。在他看来，传媒构建现实使其变得非现实化和审美化，审美不只是指美的感觉，而是指虚拟性和可塑性。媒介技术让非现实的事物变得可知可感，让所有可以想象的创造形

---

① 潘知常、林玮：《电子文化与当代审美观念的重构》，《南京社会科学》1996 年第 10 期。
② ［德］韦尔施：《重构美学》，陆扬、张岩冰译，上海译文出版社 2006 年版。

式赋形成为可能，同时也让美和艺术通过横向连接与纵向延伸具有了多元审美的可能。不同艺术风格的杂糅，不同时代审美元素的拼接，使得传统艺术的光晕转变为新的形式，主体在审美过程中不再局限于有形的原作，而是可以在摹本的网络中感受艺术的光晕，这种光晕不再是神圣的远距离膜拜的，而是可以介入和生活化感知的。

四、媒介整合传播力与受众审美需求的博弈

媒介是多重角色的融合体，它在传播与接受的网络中实现对审美观念的影响，形成了媒介传播模式的双向接受机制。

媒介的双向接受机制包含两个方面：一是媒介与受众间的双向审美需求与接受；二是媒介之间形成的接受网络。前者意在突出受众在审美观念的生成与更新中仍具有主导地位，并非是在消费文化中应声而倒的靶子，而是在媒介的互动中，在"他人引导"和"自我需求"相结合的过程中参与审美活动；后者意在指明媒介在审美观念嬗变中的整合传播效力，媒介以叠加的方式全方位多侧面地对某一时尚审美观念的推崇，对受众造成审美轰炸。

媒介制造的景观社会作为人的审美观念和行为转变的环境因素，随着形象的增殖和消费的狂欢渐有成为审美本体之势，但是并不意味着它对审美主体的影响具有绝对的控制性。如前文所指，媒介除了是审美观念的传播者和生产者，还是接受者。费瑟斯通对媒介的"教育和培养在实践中识别和运用后现代文化商品的接受者与大众"功能给予肯定，同时细致分析了布迪厄、拉蒙特与拉里奥等人提出的文化资本与城市文化、消费社会、后现代生活方式等的关系，认为与文化资本相关联的符号等级的合法性以及文化资本场域的结构特征不是永恒不变的，文化资本的竞争和等级变化让文化品位标准日趋多样化，从而为审美提供了多元空间。从文化资本的积累和地位的获取角度看，媒介无疑为各受众群体提供了良好的平台。

媒介对时尚生活方式、审美新体验的传播并不是由媒介人凭空制造的，而是源于对日常生活中的社会风尚捕捉和对受众审美需求的满足。在信息洪流中，受众已经不满足于传统的审美与非审美、精英艺术与大众艺术、高雅与通俗、艺术家与欣赏者二分对立，而是希望打破符号等级，革新生活方

式，寻找个性化的形象标签。虽然媒介是复制品的生产者，但技术的演变已经倾向于给予受众参与创造的权力，互动成为审美生产的主要形式，受众审美需求及审美品位的确立不再是完全被动地接受，如今已有越来越多的人通过媒介传达自己的审美追求，特别是在网络媒介的冲击下，个性化表达得到了更多人的关注，受众也成为审美产品主动的生产者、创造者和建设者。同时，由于受众自身审美趣味、社会关系以及文化背景等存在的差异，媒介有意或无意传播的信息对于不同类型受众审美观念的影响，亦即审美扩散的时间和深度也是有差异的。媒介往往意图培养具有影响力的意见领袖并使其接受某种新的审美体验方式，继而通过多级传播达成观念的普及和反馈，以保证紧跟社会发展和受众需求变迁的步伐，实现审美观念传达的更新。

媒介的发展态势使得对审美观念的影响不再是单一格局，而是呈现整合趋势。在推进审美观念演变的过程中，媒介之间形成互相借鉴和合作地接受网络，以叠加融合的方式对受众进行审美轰炸。某种新的审美体验形式总是可以在多种媒介同时开辟传播平台，诸如流行色这类经久不衰的热点话题，各种时尚杂志总是以其作为主打内容，电视推出的各类时尚资讯节目也给予流行元素以高度关注，色彩中国等网站更是铺天盖地报道，各种媒介共同引领时尚、色彩、设计潮流。报纸、杂志、广播、电视、网络等各种媒介针对受众的不同需求，在融合的同时又能够提供细分服务，满足受众多种审美感知需求，实现了多元而又具有一致性的整合效力。

（原载于《当代传播》2014 年第 3 期）

近代哲学想象理论的发展危机与转折

赵 娜

爱因斯坦曾说，想象比知识更重要，因为知识是有限的，而想象力概括了世界上的一切，推动着进步，是知识的源泉。他甚至把想象力视为科学研究中的实在因素。不仅在科学上，在文学艺术上，想象也为诗人、小说家所推崇。但在哲学理论上，从早期的柏拉图和亚里士多德开始，历经斯宾诺萨、帕斯卡尔，到康德、胡塞尔、萨特等等，想象是争议颇多的问题，面临着认识论和本体论的双重冲击。因此，想象理论陷入危机，处于被悬置状态。保罗·利科语义学想象理论的出现，赋予了想象新的生机。

一、想象理论的发展与近代危机

什么是想象？普通心理学的定义是，想象是人在头脑里对已储存的表象进行加工改造形成新形象的心理过程，是一种特殊的思维形式。哲学上对想象含义的理解有诸多不同，连词写法也多样，即使在同一种语言中，也有不同表达与拼法。比如，在希腊语有 eikon 和 phantasia，法语通常写作 l'imagination，萨特却独出心裁地用有形容词意味的 l'imaginaire。如果说想象是一种心理的活动，意象则是这种活动所呈现的形象，是想象的内容。理论家们往往围绕这二者的关系，对想象进行阐释。

回顾想象的历史，可以发现，自古希腊柏拉图、亚里士多德开始到康德之前，想象被视为理性、真的对立面，意象被看作是对感觉到的东西的再现。

在《理想国》中，柏拉图将整个世界划分为影像、自然物、数学对象和理念四个等级，相应的，人的知识分为想象、信念、数学知识和理性知识。其中，想象是最低级的认识，它只能把握到影像，因而是最不可靠的。他又提出"洞穴比喻"，将只有想象这种认识能力的人比喻为终身处于阴暗洞穴地下室的愚昧无知的囚徒。可见，想象一开始就被贬低，这一见解被传承了下来，为日后想象的危机埋下了伏笔。

亚里士多德是古代较多谈及想象的哲学家，其理论具有代表性，想象在他的理论中也是处于"低级"的地位。从等级，而不是从内容上，亚里士多德把想象置于感觉和概念的居间地位，在感觉和概念的两极关系中确定想象的位置：一方面，想象属于感觉的范围，它与感觉的关系就像不在场和在场的的关系，或是微弱的印象和强烈的印象的关系，抑或是准—或假—与权威与真的关系；另一方面，想象也被概念思考的领域所吸引，在这个过程中它不再作为前概念，再现的或形象的东西。然而由于它被与感觉和概念相比较，它也总被与一种是否虚幻的机能相比较。这样看，想象组成上是模糊的，结构上缺乏真，它在本质上是一种欺骗、引人入歧途的能力。这种理论有很多优点，为想象理论的发展奠定了基础，但是也进一步使想象与认识的真实对立。

17 世纪笛卡尔同样追随柏拉图的观点，对想象采取消极态度，将想象的作用限制在虚幻不实的感官领域。想象理论在康德那里发生了变化。康德对"想象力"含义的阐述，集中体现在他的两本著作，即《纯粹理性批判》和《实用人类学》中。在康德看来，想象力是心灵的一个活动过程，难以被人觉察，是先验的时间规定被呈现出来的过程。想象仍然是处在阶梯中，但是作为在简单感知和认识之间的综合阶段。康德把想象依其是否具有创造性而划分为两种：一是"生产性的想象力"，又叫作"创造性的想象力"；二是"再现性的想象力"，又叫作"复制性的想象力"。对二者的区分是康德的创举，康德特别重视前一种想象力，他说："想象力是把一个对象甚至当它不在场时也在直观中表象出来的能力。……就想象力就是自发性这一点而言，我有时也把它称之为生产性的想象力，并由此将它区别于再生的想象力。"①

想象作为简单感知和认知之间的一个综合阶段，是客观化过程的一个

---

① ［德］康德：《纯粹理性批判》，邓晓芒译，人民出版社 2004 年版，第 101 页。

阶段。在这个意义上说，它与感觉判断融在一起，并没有自己的客体。"一方面，它聚集不同点；另一方面，它为知性提供支持。想象从此是感受性和生产力的综合。"① 在兴趣判断中，康德把想象置于美学的而不是认识的领域。他把想象从感觉和概念的双重监管下解放出来，在官能的自由游戏中，想象和知性互相刺激。也是在游戏中，想象产生秩序，它以自由的合法性产生形式，这是一种没有概念的图式化思想。但是，另一方面，对艺术的思考并没有探询一种客体的新方式或一种新的现实角度，相反，在愉悦和痛苦中的兴趣判断禁止赋予想象揭示相关世界经验的某种能力。想象的地位，尤其是创造性想象的地位在康德这里得到了提升，它在知识获得上的作用也得到了某种程度的承认。但这种理论有全然主体化的倾向。一方面，审美由于对愉悦和痛苦的指涉而与客观知识截然对立——与任何认识功能，任何宇宙或世界的角度相对，从美没有概念的意义上说它是没有客体的。另一方面，愉悦和痛苦，都只是官能内在游戏所带来的。最后，把审美主体和客体的再现相联系的判断过程本身就是一种综合活动，这种综合活动证实主体支配美的客体，关于天才的美学只不过是兴趣美学在主体化意义上的极端化。在康德之后，想象进入了现象学时期。现象学家注重于想象的视界角色，把想象看作是"看"世界的一种特殊或改良的方式，因此，想象在它与感觉的关系中被限定。

胡塞尔从现象学的意向范畴中来看想象，想象是最为基础的意识活动之一，是看的"中立化"方式，与感知同是现象学意识分析的核心概念。"感知使一个当下的现实显现给我们，这个现实是当下的并且是现实……而想象则相反，它缺乏想象之物有关的现实性意识。"② 尽管胡塞尔试图用一种以自由想象为基础的本质直观方法来认识事物，但想象所展示对象依然是不存在的，想象理论的处境没有得到改善。萨特曾经从现象学、心理学的角度对想象进行过专题研究，并撰写《想象》与《想象心理学》两部著作。萨特认为想象是"准看"的不现实方式，意象成为意向对象。"想象这个词只能表示意识与对象的关系，换言之，它是指对象在意识中得以显现的某种方

---

① Paul Ricoeur, *Lmagination productive et imagination reproductive silon kant*, 2010, p.203.
② 倪梁康：《胡塞尔选集》（下），三联书店 1997 年版，第 724 页。

式。"① 在萨特看来，想象具有意识的虚无化能力，其本质是自由的。通过想象，人们实现了对现实的否定和超越，实现了对虚无的把握，因此，想象是走向自由的唯一途径和方法。萨特通过自由想象把自在的存在与自为的存在统一起来，营造出一个艺术和美的世界。可见，萨特的想象已不仅仅是一种思维方式，更是一种积极的介入行动，是争取自由，超越现实的一种手段、工具，想象是我的自由的见证。现象学消除了再现和概念之间不确定的对抗，同时，意象的特有权利被认为是一种被赋予客体的特殊方式，不在场的一端，也就是中立的存在。但相对于康德的创造性想象理论来说，胡塞尔和萨特的想象理论是一种倒退。他们所着重的不在场问题，使作为缺席事物的心理意象，也就是再现性想象再次成为优先考虑的问题，这似乎又回到了亚里士多德想象的第一种含义。

总之，想象在当代面临双重的指责：首先，想象被看成是一种知觉理论的内在机制，它所产生的意象既不如感觉又不如概念，它既没有所觉察到的东西的事实性，也没有所构想到的东西的明确性。意象被当成精神或心理实体，因此是不可见的。"从笛卡尔到康德、弗雷格和胡塞尔，对心理主义的战争，从本质上说，就是对意象的认识论意图的战争。"② 另一方面，作为一种显示不在场客体的机制，想象又与它所引入的存在的在场联系在一起，因此，想象的再现被指责是现实的复制，而现实已经先于它而存在，所以想象在表达上真是失败的，也就是说，想象没有说出某种东西，没有本体的一面。

二、想象理论的转向

鉴于对想象理论的种种谴责，法国现象学、阐释学大师保罗·利科试图作出反驳，对此问题的思考贯穿于其从《恶的象征》以后大部分作品中。

尽管没有想象方面的专著，但利科曾在巴黎第十大学开过一门课——想象的现象学探究。在对想象的危机进行阐明后，利科指出，通过研究意象

---

① ［法］萨特：《想象心理学》，褚朔维译，光明日报出版社 1988 年版，第 25 页。

② Paul Ricoeur, *Les Directions De La Recherche Philosophique Sur L'imagination*, 2010, pp.45-46.

和语言的关系，似乎会打开一条更有活力的道路。以诗意的意象为范例，当在读到或听到一首诗的时候，在我们的脑海中会想象出作者所描绘的情景，我们可以说这些意象被诗本身、被说或写的东西所激发，而不是被看到的现实事物所激发。当我们自己直接想象时，我们能发现的只是那些贫乏的意象，但当我们接受诗人或诗的中介时，意象便成为构成阅读的丰富体验的一部分，想象成为获得意义或者说解释的手段。利科把想象与语言联系在一起，想象被看成是在语言中或通过语言的意义创新——即语义创新中不可或缺的机能，这就是利科的语义想象理论。

把语言与想象相联并不是利科的首创。巴什拉在《梦的诗学》中有语言想象、物质性想象的提法。语言，想象，存在，三者联系在一起。宇宙高度的意象不只是简单的虚构，是"一种语言的新的存在"。① 海德格尔在其著作《通向语言的途中》也看到了想象力的重要作用，在《从一次关于语言的对话而来——在一位日本人与一位探问者之间》篇中，当一位日本人提到日语中用 koto ba 即花瓣来表示语言时，海德格尔说："来自 koto ba 的花瓣。当这个词语开始道说之际，想象力要漫游而纵身于未曾经验的领域中。"② 他在此书中的一个重要观点就是"语言是存在之家"。康德的创造性想象理论直接启发了利科，"从语义学理论的观点，亦即从字面层次的观点来解决想象问题的唯一方式就是从康德意义上的创造性的想象开始考察，并且尽可能长久地推迟对再生的想象问题、以对想象物的解决。想象被视为图式，它表现了语词的维度。"③ 对于利科，在语言基础上产生的想象是创造性想象，再现性想象则是对不在场事物的回忆。由此，利科把创造性想象和语言联系在一起而发展成为语义学想象理论。

作为现象学家，利科的想象理论自然首先立足于现象学的根基上。对于他，想象构成现象学的必要因素，想象既能悬置它所指向的经验现实，也能达到它的本质。利科想象理论的另一个立足点是独特的，那就是视想象为主体特征的组成。利科曾说，自我到自我最近的路是通过他者。主体不能直接通过自己了解自己，只能通过解释符号、通过破解为人类想象所产生的神

---

① [法] 加斯东·巴什拉：《梦想的诗学》，刘自强译，三联书店 1997 年版，第 4 页。
② [德] 海德格尔：《通向语言的途中》，孙周兴译，商务印书馆 1997 年版，第 138 页。
③ [法] 保罗·利科：《活的想象》，汪堂家译，上海译文出版社 2004 年版，第 274 页。

话、象征、梦等话语的意义来认识自己，想象理论和主体的理论因此紧密在一起。在写于 1976 年题为《话语和行动中的想象》的论文中，我们可以看到利科对想象的明确思考方向。本文的观点主要有：1. 应该从语言和意义中来确定想象的功能，想象不应作为真和假的区别。2. 如果想象是一种语言，意象就不只是一种意义，也是一种指涉，想象的创造，也是世界问题，也具本体意义，即使这种指涉借用虚构的迂回。3. 想象是行动的组成，我们可以在想象的自由中辨认那些会是自由的想象的东西。可以看到，利科对想象的认识论与本体论疑问都作出了解答。

在综合分析各种观点的基础上，利科发展了在语义创新基础上的解释学想象。解释学——作为破解间接意思的艺术的采用，见证了想象的创新能力。这种能力，把已有的意思转化成新的意思，使人能把未来理解为人自由的可能性戏剧，理解为希望的视界。这种方法的影响至关重要：在意愿和需要（或者用萨特的词——想象和真实）之间的长久对抗现在看来是可以被超越的。现象学是描述的，解释学更注重解释，解释必然离不开语言。鉴于解释学涉及多层次的意义，意象也不能只理解为对知觉的直接表象。用语言代替视觉模式的意象，利科认定了想象的"诗的"角色：它有着用一种东西说出另一种东西，或者同时说出几种事物的能力，因此可以创造出一些新的东西。这样，利科驳斥了萨特所认为的想象是本质的匮乏，它不能教给我们任何新知识，因为它是知觉所投射的"虚无"的观点。想象的世界，对萨特来说是感性世界的对立面，利科则认为想象同时是两个不同的世界——真实的和不真实的，并能产生新意义。

因此，利科给予想象理论更重要的地位："想象难道不能是我用来塑造、图式化、显示居住于世界的方式的东西吗？正是在此，它'导致更多'构想；因为在在世和它存在的潜在性、它居住的可能性中会有比我们所有话语更多的东西。"①

---

① Paul Ricoeur, *Les Directions De La Recherche Philosophique Sur L' imagination*，2010, p.297.

三、结论：想象新角色

语义学模式，使想象进入了诠释学或者说现象学的诠释学时期。利科对意象的语义作用的偏重说明了他对想象生产能力，主要是语言方面的确信。举例说，隐喻是想象如何连接两个语义场的典型，它使句子中的比喻词由字面层次上完全的不协调成为在新的层次上（诗意）的完全协调。或者，用利科自己的话说："正是在字面谓语破坏之时，一个新的意义产生时，想象出面进行了特殊的干预。"①

语义想象是回应存在被表达的愿望而产生新意义的想象。它同时面对着两个方向——后面的已被揭示的存在和前面有所揭示的语言。在语言层面上它也有双重责任，因为它产生了给读者开启新视野的文本。诗的想象使读者进入一个可能性的自由空间，悬置了对读者和作者的感知世界的直接指涉，展露了在世的新方式。因此，在最根本的意义上，想象所特有的语义创新的作用是本体的事件。另一方面，解释学的想象并不被限为解释的循环。通过规划新世界，它也给我们提供了行动的规划。实际上，理论和实践的传统对立在某种程度上化解了，利科认为，想象有与行动的物力论相关的规划作用。想象所产生的隐喻、象征和叙述都提供给我们"想象的变奏"，因此也赋予我们从其他方法上来构想世界，以及理解那些可能引起改革的行动方式的自由。想象的可能世界可以被行动变为现实，这也就是利科说"没有无想象的行动"的原因，语义想象理论由此"从文本到行动"，走向了社会想象理论。

（原载于《求索》2012 年第 5 期）

---

① [法] 保罗·利科：《在话语和行动中的想象》，见孟华编《比较文学形象学》，北京大学出版社 2001 年版，第 46 页。

文学研究：从本质主义到反本质主义

孙　宁

本质主义与反本质主义是当前哲学界的一个焦点，也是文学理论界热议的一个话题。本质主义与反本质主义的论争是人类思维发展的必然结果，也是人类超越自我、获得飞跃性发展的必经之途，更是文学研究向纵深发展的必然要求，因此，这一论争的出现有其内在必然性和深远的现实意义。

一

本质主义源于对世界的探索，人类具有了思维能力后，他们面对神秘、变幻莫测的自然界总会问：这是什么？这种想探究事物本源的思维模式就是一种本质主义的思维模式。罗素说，"追求一种永恒的东西乃是引入研究哲学的最根深蒂固的本能之一"①。

在西方文化中，本质主义的方法论可以追溯到柏拉图之前的巴门尼德。巴门尼德是前苏格拉底哲学家中最具代表性的人物之一，他驳斥了赫拉克利特认为事物都是变化着的观点，认为没有事物是变化的②。苏格拉底则"相信事物本质皆可探究认识……在苏格拉底式的人看来，深入事物的本质，区别真正的认识和表象错误，是最崇高的、乃至唯一的人生职业……"③之后的柏拉图更是继承了巴门尼德的实在永恒、变化虚妄、灵魂不朽的观点，并做了更为详细的发挥，在他的理论体系中，有一个永不消失的本质存在——

---

① ［英］罗素：《西方哲学史》，何兆武、李约瑟译，商务印书馆 1963 年版，第 74 页。
② ［英］罗素：《西方哲学史》，何兆武、李约瑟译，商务印书馆 1963 年版，第 77 页。
③ 凌继尧：《西方美学史》，北京大学出版社 2004 年版，第 21 页。

理念。柏拉图对世界本源的研究模式奠定了西方哲学、美学的研究走向，从他开始在西方哲学美学发展过程中，这种对事物本质的诉求一直持续着，亚里士多德对"共相"的探求，中世纪对永恒上帝的顶礼膜拜，文艺复兴时期对人性的高扬，到康德的先验的"物自体"，黑格尔的形而上的绝对精神，西方哲学两千多年都在探求人、世界乃至宇宙的内在本质，都试图寻找到一个本源性的东西。

中国传统文化中对世界本源的探寻，最早可追溯到《尚书·洪范》篇的"五行"说或西周末年伯阳父的阴阳说。但将"本源"作为一种学说详尽阐发的是《管子》。《管子》中的《水地》篇这样说道："水者何也？万物之本原也，诸生之宗室也，美恶贤不肖愚俊之所产也。"①认为"水"是万物的始基。《周易·系辞上》有"易有太极，是生两仪，两仪生四象，四象生八卦"。《道德经》第四十二章有"道生一，一生二，二生三，三生万物。万物负阴而抱阳，冲气以为和"。不管是儒家还是道家，都非常注重万事万物的本源，尽管各派在阐发本源化生万物过程的路向不同，但都是在本质主义的思维方式下进行的，都注重对世界、宇宙的原初进行追寻。

本质主义的方法是预设世界上的一切事物都存在着某种不变的、永恒的属性和规律，这种方法在人类社会发展过程中成为人们认识世界、认识社会、认识自我的重要途径，有时甚至是唯一途径。不管在自然科学还是人文科学领域，没有对本质的追寻，就不会有高速发展的科技和社会文明，正是人探求事物的本能才使得人类取得了自然科学的飞速发展和人文科学的丰硕成果，对此我们应持肯定的态度。所以南帆说："即使冒着被奚落为'保守分子'的危险，我仍然必须有限度地承认'本质主义'的合理性。"②然而当前很多学者在对待本质主义这一问题上有些激进，全然否定其在社会发展和人类文明史中的作用，认为"本质主义的科学观不仅是错的，而且是严重误导人类文明的，放弃本质主义的科学观，科技才能转向一个安全的方向，人类文明才能与地球生态系统和谐共生"③。曹顺庆在他的文章中就比较中肯、客观地肯定了本质主义："自古希腊和我国春秋时期开始到现在的文学理论，

① （唐）房玄龄注：《管子》，上海古籍出版社 1993 年版，第 15 页。
② 南帆：《文学研究：本质主义，抑或关系主义》，《文艺研究》2007 年第 8 期。
③ 卢风：《两种科学观：本质主义和非本质主义》，《哲学动态》2008 年第 10 期。

并没有谁能够提出文学具有某种普遍有效的、永恒的本质。但是本质主义在历史上对于人们认识世界、认识文学确曾作出过巨大贡献，这一点是我们无法否认的。"① 毫无疑问，没有本质主义的研究方法，就无法达到现在对文学的属性的深入了解，正是在对文学的本质的追问中，我们看到了文学与社会、文学与世界、文学与读者的多维关系，认识到了文学的意识形态属性、文学的审美属性、文化属性等诸多特征，这些都是在本质主义研究思维指导下所取得的成果。

二

每一种理论和方法都有其使用的范围和前提，本质主义的研究方法也不例外。本质主义的思维方法把我们带到了科技高速发展的 21 世纪，它走过了辉煌的历程之后，出现了很多问题。出现这些问题的原因很多，但最重要的一个原因就是学科使用范围的错位。一种理论或者方法如果用错了地方，真理也就变成了谬误。作为一种思维方法或者研究的方法，本质主义更适用于自然科学领域，而在文学研究领域，本质主义的方法可以作为一种方法也许是需要的，但不能把它作为唯一的研究方法，尤其是在已经出现了许多问题之后，如果还仍然死抱着一个本质，那就必然会产生一系列的不良反应。

本质主义运用到文学研究领域，首先会产生一个元问题，即文学是什么？这个问题自有文学以来人们一直都在追寻，到现在反倒越来越让人糊涂了。从文学发展史来看，不管是模仿说、表现说、实用说、客观说还是自然说、情感说，都不能全方位地揭示文学的本质，这就使得我们开始反思用本质主义的方法研究文学及其本质是不是一种痴人说梦？艾布拉姆斯在《镜与灯——浪漫主义及其批评传统》中提出的文学四要素就可看成是对本质主义思维方法的反思。他提出在任何一种文学活动中至少有四个要素参与，即世界、作家、作品和读者，然而"几乎所有的理论都只明显地倾向于一个要素。就是说，批评家往往只根据其中的一个要素，就生发出他用来界定、划

---

① 曹顺庆、文彬彬：《多元的文学本质》，《文艺争鸣》2010 年第 1 期。

分和剖析艺术作品的主要范畴，生发出藉以评判作品价值的主要标准"①。艾布拉姆斯的这段话表明，文学的本质、文学的主要属性取决于主体围绕某一个要素来进行建构，这种建构本身是否具有合理性、科学性，是否符合文学活动的实际情况也是不得而知，因而不能看作是对文学本质的精准界定。

将本质主义的思维方法作为唯一有效的方法运用于文学研究中，存在以下问题。首先，把文学活动静止化、简单化。本质主义的方法就是假设一切事物都有其超历史的、普遍存在的、永远不变的本质，要研究文学，就要研究文学的本质，即文学是什么，搞明白这个问题才能研究文学的其他相关问题。僵化的思维模式和研究方法势必将生动、丰富、动态的文学活动界定为单维、静止、片面的活动，以此为根基建立的文学理论也就会与文学活动的实际相差甚远，并进而误导后来者对文学的理解。其次，文学理论失真。在本质主义主导或者主宰下的文学研究通过一种"逻各斯中心主义"的思维方式把文学的某一局部特征本质化，放大局部以概括整体使得文学理论失真，不能真实地反映文学的实际情况。文学创作在蓬勃发展，出现了许多新的文学作品类型，也出现了新的文学现象，但是我们的文学理论是陈旧的，与文学活动的实际是脱节的，因而缺乏应对的机制，文论在很长一段时期处于"失语"的状态，一个重要的原因，就是死守着一个本质，理论没有随着文学活动的变化进行相应的调整。最后，产生文学研究的话语独断和理论霸权。文学是一项极富创造力的活动，它需要一个平等、民主、自由的环境，将本质主义作为一种长期有效的研究方法去研究文学，企图为文学寻找一个普遍的、放之四海而皆准的定义，这种做法一方面会给文学阅读带来一定的指导意义，也会促进文学的再创作，但也会带来另一个无法避免的后果，即话语独断和理论专权，因为这种"逻各斯中心主义"的研究模式的核心就是寻找一种不变的、可依赖的本质，那么当一种占据优势的文学理论一旦与主流意识形态相结合，理论霸权就会出现，它会使文学研究远离多元、平等和对话而陷入瓶颈，从而严重地影响了文学理论的健康发展。

反本质主义作为一种思维方式，是对本质主义的僵化模式、绝对本质

---

① [美] 艾布拉姆斯：《镜与灯——浪漫主义及其批评传统》，北京大学出版社 1989 年版，第 6 页。

和简单化的反驳，也是长期以来人类总结经验教训、反思自身、反观世界的一种结果，反本质主义虽然没有完整的体系和统一的纲领，但在反中心、反权威、反稳定等方面是一致的。在反本质主义者看来，人类煞费苦心、呕心沥血为各类事物的命名、定义以及看似牢固的真理，实际上都是主体一厢情愿的理论建构的结果。

三

反本质主义的缘起可以追溯到尼采，尼采的"重估一切价值"直接宣判了上帝的死亡，而上帝的死亡意味着人类长期执着追寻的古典理性王国轰然倒塌，取而代之的是"超人"，尼采所言的"超人"是具有不断创造的、有着强烈意志的现实生活中的血肉之躯。他认为之前的哲学把活生生的人和现实生活都用理性思维概括为一种抽象的存在，"几千年来凡经哲学家处理的一切都变成了概念的木乃伊，没有一件真实的东西活着逃出他们的手掌"[①]。海德格尔用"诗意的栖居"来寻找人的存在本质，而不是去追问抽象的人的本质存在。存在主义大师萨特同样高举"存在先于本质"的大旗，突破传统本质高于现象的本质观。

之后的解构主义从索绪尔语言学的"能指"和"所指"出发，对文本意义进行了彻底的解构。尤其是德里达的"延异"对本质主义的核心范畴"逻各斯中心"进行了决然的颠覆，"他认为传统的二元对立结构本身就包含着自我分裂和对立，'解构'就要颠覆这种二元对立的等级关系，粉碎逻各斯中心主义和形而上学的神话"，"德里达代表了承接尼采开创的反思、颠覆形而上学一元论、理性中心论和逻各斯中心主义这一路径的文学认识思路"。[②]阿多诺说过："不存在可以涵盖所有艺术种类的一般艺术概念……艺术的界说尽管确实有赖于艺术曾是什么，但也务必考虑艺术现已成为什么，以及艺术在未来可能会变成什么。"[③]分析哲学的代表人物维根特斯坦在他的后期哲学中提出了"家族相似"的理论，颠覆了传统哲学所建构的形而上学

---

① ［德］尼采：《尼采文集》，楚图南等译，长江文艺出版社 2003 年版，第 333 页。
② 董学文：《西方文学理论史》，北京大学出版社 2005 年版，第 445 页。
③ ［德］阿多诺：《美学理论》，王柯平译，四川人民出版社 1998 年版，第 4 页。

假象，他认为文学中没有完全超越现象的固有本质，所有的文学类型只存在某种关系之维的"相似性"。其"家族相似"理论成为后现代反本质主义最有力的思想来源。

反本质主义的出现是本质主义发展到一定阶段的必然结果。正如马克思所言："一切发展，不管其内容如何，都可以看作一系列不同的发展阶段，它们以一个否定另一个的方式彼此联系着。任何领域的发展不可能不否定自己从前的存在形式。"① 本质主义的思维方法使我们认识文学的能力不断提高，同时也让我们认识到了这种方法自身的不足，而反本质主义所提供的方法和思路在一定程度上可以弥补本质主义方法的不足。反本质主义反对普遍性，认为"一种本质主义往往假设有超越历史诸现象和社会上各种意见的永恒真理，但言说者既可宣称其陈述的普遍有效性，又可宣称其陈述只不过具有个体的有效性"②。普遍性与个体言说之间是否可能另当别论，对文学而言，我们所苦苦追问的文学的普遍性是否存在？既然找不到答案，我们为何不换个角度？把对文学普遍性探寻的"文学是什么"置换为"什么是文学"，还文学应有的丰富和血肉，给文学的自我生长留下足够的空间，也许当我们把重心放在对文学盎然多彩的特性上，我们梦寐以求的所谓"文学本质"会翩翩而来也说不定。在这方面，美国著名学者、理论家乔纳森·卡勒为我们树立了一个很好的典范。他的《文学理论入门》就是以一种开放的、解构的思维去探寻文学、研究各种文学现象。他说："文学是什么？你也许会认为这是文学理论的中心问题，但事实上，这个问题并不重要。"③ 他质疑了"文学是什么"这一问题的合法性和核心性。在他看来，对文学的定义是一个永远可能无法完成的任务，与其在这个问题上纠缠，不如另辟蹊径来研究文学有哪些属性。卡勒首先从文本开始分析，探讨了是什么因素或程式使得一个文本被看成是文学。经过分析，最后他提供了关于文学的五种理论：文学是语言的"突出"；文学是语言的综合；文学是虚构；文学是审美对象；文学是互文性的或者自反性的建构。乔纳森·卡勒强调这只是关于文学的五种视

---

① ［德］马克思：《道德的批评与批评的道德》，《马克思主义经典作家论历史科学》，人民出版社 1961 年版，第 128 页。

② ［美］梯利：《西方哲学史》，伍德增补，葛力译，商务印书馆 1995 年版，第 600 页。

③ ［美］乔纳森·卡勒：《文学理论入门》，李平译，译林出版社 2011 年版，第 19 页。

角，并且提醒读者在理解一种视角时还要给其他视角留有余地。乔纳森·卡勒对于文学的研究是多元的、变化的，是在保留了文学的鲜活和生动的基础上进行的，值得我们深入思考。历史经验启示我们，摒弃本质主义的绝对化和一统文学研究领域的霸权境况，让平等的交流和对话、多元的研究方法共存于文学研究领域，一定比死守着一个所谓的"本质"要收获得更多。

反本质主义肯定差异性、多元性和复杂性的主张在方法论上具有很好的借鉴意义。陆贵山说："解析各式各样的反本质主义，不仅有利于文学理论的建构和发展，而且对发扬追求真理的科学精神，强化文学的思想深度和精神力量，提高文学的社会责任和批判精神，都是有益的。"[①] 文学是人学，是人的高度自觉、极富个性的精神活动，它理应是个体性的（尽管它也包含有人类普遍精神），不能用单一的、静止的"本质"去规限它。正如马克斯·韦伯所言，在彼岸世界的真理消逝以后，现代世俗社会并不存在替代性的神圣真理，但个体依然可以选择"哪一个是上帝，哪一个是魔鬼"，只是这种选择"只能宣称个体的有效性，而不能上升为世界的普遍有效性"。[②] 多元、平等的对话和交流是文学研究健康向前发展的一个必要条件，巴赫金的对话理论和哈贝马斯的交往理论为我们提供了好的思路和方法。巴赫金说："一切莫不都归结于对话，归结于对话式的对立，这是一切的中心。一切都是手段，对话才是目的。单一的声音，什么也结束不了，什么也解决不了。两个声音才是生命的最低条件，生存的最低条件。"[③] 在巴赫金看来，文学研究的对象不同于自然科学，自然科学的研究对象在某种程度上可以有其"本质"的存在，而文学研究的对象是活生生的、具有个性和声音、掌握语言的人的活动，这决定了文学研究乃至人文学科都应该以对话为其基础。他说："真理只能在平等的人的生存交往过程中，在他们之间的对话中，才能被揭示出一些来（甚至这也仅仅是局部的）。这种对话是不可完成的，只要生存着有思想的和探索的人们，它就会持续下去。"[④] 由此看来，对话也是文学研究生存的最低条件，如果没有平等的对话，如果还把本质主义的思维方式作为文

---

① 陆贵山：《本质主义解析与文学理论建构》，《文学评论》2010 年第 5 期。
② 聂春华：《个体言说与"普遍性"神话》，《文艺理论研究》2011 年第 3 期。
③ ［苏］巴赫金：《诗学与访谈》，河北教育出版社 1998 年版，第 340 页。
④ ［苏］巴赫金：《诗学与访谈》，河北教育出版社 1998 年版，第 372 页。

学研究唯一有效的方法，那么文学理论也将失去生命之根而陷入绝境。

从以上分析可以看出，文学研究从本质主义到反本质主义是其向纵深发展的必然趋势，是文学研究获得新鲜血液的基础。而本质主义与反本质主义的论争，其内在原因是本质主义思维和方法在使用学科方面定位的错位。本质主义不是一无是处，反本质主义也不是无懈可击，只是我们把在自然科学领域更适用的本质主义的思维和研究方法，作为一种长期、唯一的方法运用于文学研究领域，致使出现了研究上的断裂和方法上的错位。从这点来看，反本质主义不是反"本质"，而是反"本质主义"的思维方法。在文学研究领域，面对丰富、多变的文学活动，转变思维，改变研究模式，打破一元论的思维定势，积极、理性地借鉴反本质主义所提供的多元视角和方法，才有可能使文学研究由一元的独断论转向平等的交流与对话而走出困境。

（原载于《内蒙古社会科学》2015年第1期）

编 后 记

　　山东大学文艺美学中心成立于 2001 年，至今已经 15 年了。15 年来，在教育部、山东大学和学界同人的大力支持和本中心全体成员的共同努力下，本中心在学术研究和人才培养方面均取得了一定的成绩，在国内外扩展了自己的学术影响。为总结和呈现以往所取得的成绩，特编辑此系列文集，作为《文艺美学研究丛书》第二辑予以出版。

　　此系列文集中所选文章包含了本中心全体成员、中心的基地重大项目承担者、中心学术委员会成员以及中心所培养的博士生和博士后的代表性成果。由于文集容量有限，对于项目承担者和学术委员会成员原则上每人收录1 篇，而对博士和博士后的文章，则只择优收录了部分人员在读或在站期间以中心为第一署名单位所发表的成果。

　　文艺美学是由中国学者命名和发展起来的一门文艺研究学科，自文艺美学研究中心成立之日起，我们就把该学科的发展壮大作为中心成员的自觉使命。经过多年发展，本中心形成了文艺美学、生态美学、审美教育和审美文化等相对稳定而又具有较大影响的研究方向。因此，本文集即按照这几个方向编排各分册的内容，希冀以此展现出中心学术研究的基本概貌。

　　山东大学文艺美学研究中心在以往的发展中得到了社会各界尤其是学界的呵护与关爱。借此机会，对长期以来支持我们学科建设和学术发展的各位学界同人尤其是本中心学术委员会和专家委员会的各届成员，以及本中心重大项目承担者表示由衷的感谢！也向给予我们以极大信任和支持、为我们的学术成果得以问世付出心血的报刊与出版社编辑们敬达谢忱！

谭好哲

2016 年 4 月 20 日

责任编辑:房宪鹏

封面设计:徐　晖

图书在版编目(CIP)数据

文艺美学的新生代探索:全2册/曾繁仁,谭好哲 主编. —北京:
　人民出版社,2016.6(2021.4重印)
(文艺美学研究丛书)
ISBN 978－7－01－016056－6

Ⅰ.①文…　Ⅱ.①曾…②谭…　Ⅲ.①文艺美学-研究　Ⅳ.①I01

中国版本图书馆 CIP 数据核字(2016)第 065407 号

文艺美学的新生代探索

WENYI MEIXUE DE XINSHENGDAI TANSUO

(上、下)

曾繁仁　谭好哲　主编

人民出版社 出版发行
(100706　北京市东城区隆福寺街99号)

北京一鑫印务有限责任公司印刷　新华书店经销

2016年6月第1版　2021年4月第3次印刷

开本:710毫米×1000毫米 1/16　印张:51.25

字数:810千字

ISBN 978－7－01－016056－6　定价:133.00元(全2册)

邮购地址 100706　北京市东城区隆福寺街99号
人民东方图书销售中心　电话 (010)65250042　65289539